日本古典文學大系
75

榮花物語 上

松村博司
山中裕 校注

岩波書店刊行

監修者

高木市之助
西尾　實
久松潜一
麻生磯次
時枝誠記

題字　柳田泰雲

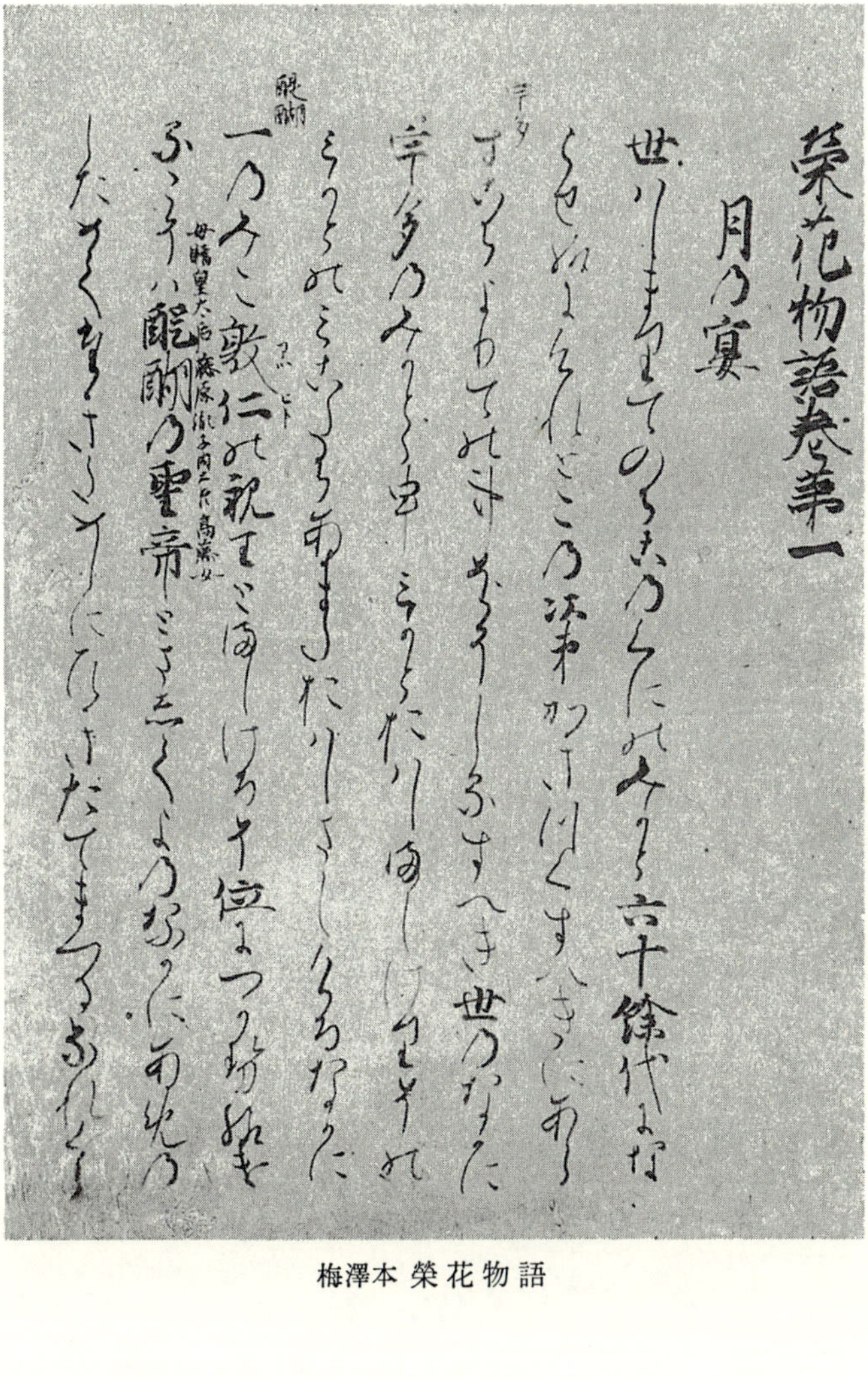

梅澤本 榮花物語

目次

解説

書名　本書の底本とした梅沢本(旧三条西家本)の前半大形の本には、外題・内題ともに、栄花物語とあり、この他、同じ書名を伝えているものに、「栄花物語目録」(金沢文庫旧蔵、尊経閣文庫現蔵、称名寺第二代長老明忍房剱阿書写)・「源氏物語古註」(葵の巻、吉田幸一氏蔵)裏書・金沢文庫蔵今鏡断簡第八紙裏書(「栄華物語第一云」として記事引用)・百錬抄等がある。いずれも鎌倉時代の古写本乃至はその時代の成立になるものであるから、当時この物語が栄花物語と呼ばれていたことは明らかである。ただ文字としては、栄花・栄華両様があるが、これらは相通じて用いたと見られる。この後時代の下る写本・刊本・注釈書等、書名としては、ほとんど「栄花物語」と表記し、明治以降二、三の書物においては、「栄華物語」が用いられている。

栄花物語は、単に「栄花」とも称されたことがあると思われるが、「日本紀私抄」(金沢文庫旧蔵、東京大学付属図書館現蔵、剣阿書写)に「栄火」とある。栄火は栄花の当字と見るべきであるが、もともとの書名は、単に栄花だけであったかも知れない(巻三十六根あはせには「栄花のかみの巻」といっている)。そして、人が呼ぶ場合、「栄花の巻」などと称したこともあるかも知れない。

一方、梅沢本の後半七帖の小形本には、表紙に、「世継」と書いてある。この名称の最も古いものは、讃岐典侍日記に、

かやうの事は、世継など見るにも、そのこと書かれたるところは、いかにぞやおぼえて、ひきこそかへされしか。

と見えるものであろうが、世継とは、一般に仮名書史書の総称であったらしい。しかし、ここの世継は、その内容から推測して栄花物語のことを指しているようである。また、大鏡のことを、世継大鏡とか、世継物語とか呼んだことも明証があり、こうしたことから栄花物語と大鏡とを混同した例もあり、近世の学者の説の中にも誤ったものがある。讃岐

典侍日記にいっているところは、栄花物語続篇に属する巻三十三きるはわびしとなげく女房の一節を指しているらしいが、だからといって続篇の部分だけを「世継」と称したのではなく、続篇には書名がなかったかも知れないので、仮名書史書の総称としての「世継」をもって仮りに呼んだのであろう。そして、それがある場合には、栄花物語全体を呼ぶ名としても用いられ、顕昭の袖中抄その他、清輔の袋草紙のように、世継・世継物語等と呼んだり、あるいは、富岡家旧蔵乙本のように、正篇だけで完結しているのに、書名は世継物語となっているようなものもある。

結局、栄花物語正篇のはじめの書名は、「栄花」であったものが、次第に整備されて、「栄花(華)物語」となるとともに、一方において、大鏡とともに、「世継」または「世継物語」というような、仮名書史書の総称を用いて呼ばれたこともあったというように推測される。

成立　栄花物語は、「本朝書籍目録」に四十帖とあるように、巻三十までの三十巻で完結している異本系統本以外、現存諸本はいずれも四十巻から成っている。そして、巻三十つるのはやしと、巻三十一殿上の花見との間で一線を劃し、前三十巻と、後十巻の二部とすることは通説といってよい。今、前三十巻を正篇と称するならば、後十巻は続篇的な性質を持っているということができる(栄華物語詳解では、上篇・下篇という名称を用いている)。巻一月の宴巻頭に、

世始りて後、この国のみかど六十余代にならせ給にけれど、この次第書きつくすべきにあらず。こちよりての事をぞ記すべき。

とあり、巻三十つるのはやしに、「出家せさせ給しところの御事、終の御時までを書き続けきこえさする程に、今の東宮・帝の生れさせ給しより…」といい、また巻末に近く、

次〳〵の有様どももまた〳〵あるべし。見聞き給らん人も書きつけ給へかし。

とある文は、相呼応しており、一応この巻で擱筆したらしいこと、また次の巻三十一殿上の花見のはじめが、改めて起筆したらしい書きぶりである上に、前巻の最後の年代との間に三年程年紀が欠けていること等により、巻三十までの三十巻を一つのまとまった物語として見ることができる。

ただ作者と関連して考察する場合に、前三十巻と後十巻とを同一作者の手に成るものと見る説や、またそれぞれ異った作者によって書かれたとする説等があってやや複雑であるが、要は和田英松氏が「栄華物語研究」(「国史説苑」所収)において、巻三十までが本来のもの、後十巻は後から追加したもので、「されば一部のものを上下に分ったのではなく、別々のものを併せて一部としたものである」といわれたようになる。その上に、それぞれの成立した時期も、作者も異なると見られるところから、上下篇というよりは、正続篇という方が適当であると考えられる。すなわち、巻三十までが正篇で、これが本篇であり、後の十巻は続篇として、別の作者によって正篇に書き継がれたものである。

正篇の所収年代は、宇多天皇に起筆して、村上天皇の天暦年間あたりから記述が詳しくなり、後一条天皇の万寿五年二月にいたっているのであるから、正篇の成立年代がそれよりも後であることはいうまでもない。

和田氏は、巻一月の宴に、「この国のみかど六十余代にならせ給にけれど」とある詞、また巻十五うたがひに、

寛弘二年十月十九日…との丶御前〔木幡浄妙寺ノ〕仏の御前にて三昧の火を打たせ給…この火一度に出で丶この廿余年今に消えず。

とある詞から、六十余代は後一条天皇を指したもの、また「この廿余年」は万寿三年から長元六年まで九年間の中であるが、この中万寿五年までは巻三十つるのはやしに載せているから、つまり長元二年から同六年まで五年間(一〇二九—一〇三三)に書いたということになるとされた。浄妙寺建立は寛弘二年のことで、その供養の行われたのは、同年十月十九日である。巻十五うたがひは、道長の仏事関係の事業を総括して記そうとする意図があったので、実は巻八はつはなに書くべきことを、巻十五の寛仁三年条に書きこんだのである。前掲寛弘二年とある所は、諸本いずれも寛仁三年で、寛弘二年の誤記とは思われない。和田氏は「詳解」において、これを寛弘二年に改めた上で上記の立論をしたのである。本文を任意に改めたことは穏当を欠くが、この説は結論においては大過はないと思われる。その理由は、作者は寛弘二年とすべきを寛仁三年と書いたのではあるが、実際は寛弘二年から数え、「この廿余年今に消えず」としたのであったと推定され、その廿余年、即ち長元二年から数年間が著作の現在点であると考えられるのである。

続篇は、堀河天皇の寛治六年(一〇九二)二月の記事で終っているが、和田氏が、「本書の中寛治以後なるべき人物及び官位等の混ぜしものなく、又寛治以後にかゝる事柄のまぎれつるものだになければ、其後程なく成りしものとせんに不可なきが如し」と詳解においていわれたものに従う以上、年代を穿鑿すべき資料がない。讃岐典侍日記の嘉承二年(一一〇七)二月一日鳥羽天皇御即位の条に見える世継の記事(寛治六年より十五年後)が、栄花物語巻三十三の記事を指しているならば、栄花物語の全部は、最後的にはこの頃までには成立していたことになる。

作者　正篇・続篇に分けて考うべきであるが、厳密にはいずれも未詳といわなければならない。しかしながら、栄花物語の作者としては、古説がないわけではない。たとえば「日本紀私抄」には、

栄火　大隅守時持女 赤染右衛門作

という説を伝えている。本書は、剣阿の書写したものといわれるから、少くとも鎌倉時代において、一部には、栄花物語の作者を赤染衛門だと信じる説が行われていたのである。そしてこの説は、室町時代の「延徳御八講記跋」(三条西実隆)・「三条大納言聞書」・「梅庵古筆伝」等を経て、近世になると、かなり普遍化され、明暦二年刊の栄花物語整板本・絵入九巻抄出本においては、赤染衛門の述作であることが明記され、「和歌色葉集」(上覚)の刊本にも「栄花物語ノ作者赤染衛門」と見え、近松門左衛門も浄瑠璃「赤染衛門栄花物語」の筆を執ったりした。近世および明治以後の学者がこうした説に対してどのように対処したかはここでは省略するが、少くとも正篇の作者として最も有力な候補者であることには誤あるまい。赤染衛門は、歌人平兼盛の女、その母が彼女をみごもっている間に兼盛と離別し、赤染時用の妻となったので、赤染姓をもって呼ばれるのだと伝える。時用は家系・伝記等詳細は分らないが、日本紀略村上天皇の康保元年二月十五日条に、「宣旨、検非違使之政、以二法家官人一為レ宗、而右衛門志赤染時用依二勘事一不レ従レ事、宜下以二右少史日下部豊金一令上レ参二政庭一者」と見える。赤染衛門は長じて大江匡衡の妻となり、挙周・江侍従を生んだが、彼女が一流の歌人として声名を馳せたことも、勝れた才学をもってよく夫匡衡を扶けたことも、兼盛の血を享けたものと見るのが正しいであろう。「中古歌仙伝」にも、「思二其芸能一、尤可レ謂二兼盛女一歟」といっている。兼盛は光孝天皇皇子是忠親

王の曾孫であるが、父篤行の時代から平姓を賜わり、歌人として勝れた才を持ち、三十六歌仙の一人に数えられるが、従五位上駿河守で終った。

赤染衛門は匡衡と結婚したが、一方藤原道長の北の方鷹司殿倫子に仕えた。そして後朱雀天皇の長久二年に行われた「弘徽殿女御十番歌合」「源大納言家歌合」等になおその名が見えているのであり、この頃彼女は八十五、六歳ぐらいと見られるのであるから、閲歴上、手腕上、年齢上、正篇の作者としてふさわしい輪郭と条件とを具えているということができる。

赤染衛門の夫匡衡は、大江氏の出身であるが、大江氏は六国史編修停止の後、「新国史」の編修に力を注いだ。すなわち、朝綱は天暦八年撰国史所別当に任ぜられており、朝綱の死後は維時が別当となっている。しかし、「新国史」編修事業も冷泉天皇の時代以後は停止状態にいたった。匡衡は維時の孫に当るが、大江家には修史事業のための多くの史料も集められていたであろうし、修史の家としての伝統もあったであろう。そうした中に赤染衛門を置く時、栄花物語の作者(あるいは編修者)として彼女を考えることは一層有力視されることになる。しかし、それが果して赤染衛門であったかどうか、なお今後の検討に俟たなければならない。

栄花物語正篇は、醍醐天皇に起筆し、たとえ形式的だけにせよ「三代実録」に継ごうとする姿勢を見せている。そして、それは「新国史」の挫折したところを、そのために集められたであろう史料を用いて、漢文に代るに仮名文をもって補充しようとした一面も、作者(あるいは編者)の気持の中に存したであろうが、しかしそれとは別に、新しく、「こちよりての事をぞ記すべき」と宣言して、作者自身による史料の選択と、解釈とによる「近代史」を書こうとしたことが、主なる目的であったというべきであろう。ただ、作者の「近代史」は、自身が道長の周辺に置かれていたがために、目は終始主として道長とその一家とに注がれ、村上天皇以降の政権争奪史的な筋を追いながらも、大部分は、むしろ道長を主とする「現代史」ともいうべきものになった。作者の在り方は、ずっと後の近世期において、古い歴史の欠を補おうとした荒木田麗女とは全く異なるものがある。

続篇の作者については、近世の学者樋口宗武と土肥経平に、続篇最初の数帖に同一人の和歌が頻出するということを理由として、その作者出羽ノ弁をもって続篇の作者に擬そうとする説があったし、明治以後においても与謝野晶子によって熱心に主張された。ただしこの説を認めるためには、少くとも続篇をさらに第一部七帖と第二部三帖とに分け、各作者を異にすることを前提としなければ、弁の年齢上不可能である。

続篇は一筆ではなく、別々の作者によって次々に書き継がれていったであろうと見られるが、どこで区分をつけるかは必ずしも説は一定していない。しかし、その中で巻三十七までとそれ以後とで区分をつける説は理由とするところがあり、その前七帖の作者として弁は有力なものと考えられる。ただ弁自身が筆を下したというよりも、弁の提供した史料を基として、弁と親しい一女性の手に成ったものであろうという推測も可能であるから、弁はいずれにしても続篇の編述と密接な関係にあったであろうという程度にとどめておく(「栄花物語続篇の和歌に関する諸問題」松村博司、学士院紀要第二十巻二・三号参照)。

出羽ノ弁は、「作者部類」に「加賀守平季信女」とあり、「尊卑分脈」(巻十六)には、従五位下出羽守季信女として掲出され、後拾遺・金葉・詞花・新勅撰等の作者となっている。桓武天皇皇子葛原親王の後裔である。弁は、はじめ後一条天皇の中宮威子に仕え、宮廷や中宮の母鷹司殿倫子の許に出入したが、中宮の崩御後は、御子一品宮章子内親王(後に後冷泉中宮、二条宮)に仕えて、「一品宮の出羽ノ弁」と呼ばれた。続篇のはじめ七巻の記事が、作者の交友関係に私し、取材の範囲が弁の周囲に精細である等のことについては、日本古典全集「栄花物語下巻」(正宗敦夫編、日本古典全集刊行会)所収の解題において、編者が詳説している。弁はさらに後、寛徳三(永承元)年三月禖子内親王の斎院卜定とともに、あるいは少し後れて、章子内親王の許を去って、斎院に奉仕することになったらしい。続篇巻三十六根あはせの途中から弁は突然姿を消すが、巻三十七までは一品宮周辺の記事は絶えることがない。このような事は、恐らく弁が巻三十七までに何等か深い関係を持っていることを暗示するものであろう。

もし前七帖の作者として弁の関与が推定されるならば、その成立は、延久四年(一〇七二)以後間もなくの頃で、弁六十五歳までのことであろう。
続篇第二部の後三帖は、前記日本古典全集解題に逸名女房の作としている以上の考えはないが、この部分もまた一女性の手に成ったものであることだけは明らかである。

内容　栄花物語は物語風史書というべきものであるが、文学史上では、歴史物語というものの中に入れている。歴史物語は、栄花物語を初作とし、それに続く大鏡・水鏡・今鏡・増鏡等一連の作品の総称として用いられており、この他にも類似の作品があるが、本質的には、平安貴族とそのエピゴーネンの生み出した物語風史書の一群で、藤原氏の摂関制の成長とともに生まれ、その没落とともに歴史的使命を終えたものを主体とすると規定されている。歴史叙述の歴史からいえば、詩的歴史と呼ばれるべきものの中に入るであろうが、史書でありながら、その記述は文学的であり、歴史と文学の性格を半々に持っているものである。種々の材料(史料)を集めて書いたものであるが、殊に栄花物語では、そうした史料の未消化から、文学作品としては渾然たる作品となり得ていない面も否定できないし、作者論の立場からは、正篇の中に一人の作者(あるいは編者)によって統一されたらしい形跡をとどめながら、なお数群に分けて考察する必要もありそうな節をも残している。また、それが普通本(奏上本と考えられる証本に対して、通行本のことか。顕昭の「古今和歌集序注」に見える)といわれるものしか伝来していない関係からか、当然あるべき所に和歌を欠いているような不備も残されている。

栄花物語叙述の骨子となっているものは御歴代で、村上・冷泉・円融・花山の四代(宇多以下三代を除く)約三十五年間を巻一・二の二巻に収め、巻三〜八の六巻二十四年余りを一条天皇、巻九〜十二の半ばまで三巻半約四年を三条天皇、巻十二の半ば〜三十の十八巻半、約九年を後一条天皇の治世に当てて宮廷貴族社会の公私にわたる記事を書いている。これにより収録年代の平均されていないことが分るが、概して前半は収録範囲が長期にわたり、後半は短く、記事の粗密があるが、「こちよりての事をぞ記すべき」という巻頭の言にそって書かれていることが分る。

正篇の構成は、皇室と藤原氏の系譜的な事項から書きはじめて、宮廷貴族社会における悲喜こもごもの生活史の展開となっている。そこには生活史の断片や、挿話・逸話と称すべきものや、時には人物の性質・容貌が概括的・批評的に記されたり、年中行事や儀式の一駒がさしはさまれたりしている。そして時の推移を軸とし、時の順序に従って断片的な説話や史実が配列されているのであるが、その中にはおのずから全篇の根幹ともなるべき緊密な脈絡を持つ筋が籠められているとみられる。すなわち、藤原氏の北家の皇室と結びついての発展が一応の史観をもって書かれているのであり、後見の重大さを強調しているところは、作者の意図の中におのずとにじみ出た史観とも見られるようなものである。そして、そうした中に特に正篇前半には、藤原道長が競争者のすべてを克服して栄華の全盛を極めるにいたるまでの権力の争奪が描かれているが、特に道長とその周辺を詳しく描くと共に、明暗二面を交互に繰返しながら進めてゆくところに文学的手法を見ることができる。

この明暗二面は、たとえば前半は主として優勝劣敗の更替推移の面に多く見られ、巻五浦〳〵の別―巻六かゞやく藤壺―巻七とりべ野―巻八はつはな―巻九いはかげ―巻十一つぼみ花のあたりは殊に明暗の対照が著しいが、それ以前の巻にあっても一巻の中でもしばしば明暗両面が交互に描かれている。また、後半では、栄華を極めた道長の栄光と、子女の出家や死に遭遇して痛切な悲嘆を味わわされる道長の明暗二面が描かれ、正篇構成上注意すべき文学的手法となっている。

正篇は宇多天皇に起筆して、道長の死の翌年にいたり、公私にわたる宮廷貴族史を骨子として描くが、道長に関する記事は特に多く、道長のこの物語における地位は、源氏物語における光源氏のように、ほぼ物語に一貫する主人公としてみることも不可能ではない。しかし、文学として、純粋な道長物語とみるには、あまりにその構成は散漫に過ぎ、作者もそのようなものを企図していたとは考え難い。根底は編年体式宮廷貴族史一般であるが、核心となっているものは道長時代であり、ほとんどあらゆる話に道長が関係している上に、北の方の中でも特に鷹司殿倫子およびその子女に関する記述が多いが、特に道長の栄華を眼前に見るように伝えようとしたところからの自然の帰結である。

正篇は単に史実を説明的に記述するだけではなく、作り物語の手法に似せて、その中のある場面を見るように精細な記述をしているところがたくさんある。それらは後からの想像だけで書き得るものとは思われないので、それぞれ多くの既成の材料を用いているものと想像される。それらのうち、巻八はつはなにおいて紫式部日記を用いていることは明瞭な一例として挙げることができるものであるが、この他、今日では原史料が湮滅してしまったがために確証として明示することはできないとしても、ある史料によって書いていると推定される部分が多い。たとえば法成寺グループの諸巻とも称すべき巻十五うたがひ・巻十七おむがく(音楽)・巻十八たまのうてな・巻二十二とりのまひ等は内容上・構成上特異な存在となっているが、これら諸巻には往生要集をはじめ多くの仏典類を引用駆使しており、本書の大部分に見られる史実を物語体で叙述した部分とは文体をも異にしているところから見て、本来の作者以外の人の手に成る既成の文を材料としているだろうと想像することができるが、なお進んで、これら材料となった既成の文を製作したと考えられる某尼と、作者との共同製作になるものと考える方が一層適切である。いずれにしても、このようなグループの介在は、はなはだ特色ある物語を構成した一面、文学的にも思想的にも作品の全体に不統一性を与える結果にもなっている。

　続篇の作者は、正篇の最終巻つるのはやし巻末のことばに応えて書き継いだものとみられるが、正篇における道長のように、記述の中心となる人物を設けようとする態度をとっていない。もちろん、男性としては関白頼通やその兄弟(頼宗・教通・能信・長家等)・師実・師通・忠実等が、また、女性としては上東門院をはじめ高貴な女性だけでも二十指にあまる登場人物が比較的多くの比重を占めて描かれているが、特定の中心となるような人物を欠き、むしろ群像を描いているというべきである。そして、後一条天皇の長元三年から堀河天皇の寛治六年二月まで、後一条・後朱雀・後冷泉・後三条・白河・堀河の六代にわたり、およそ六十年間の宮廷貴族社会の出来事や風俗が写されているが、正篇に比べて場面の造型も不十分で構成の散漫さを覚え、文学的興趣に乏しい。

諸本　「後法興院記」文明十五年三月三十日条によれば、「此物語事態第一之帖不㆑被㆑仰㆓他方㆒」とあり、禁裏本栄花物語の第一帖は、藤氏の嫡流たる近衛家において書写する慣行のあったことが指摘されているように、貴重視もされ、また大部であった関係からか、古写本の数は、必ずしも多いとはいい得ない。諸伝本を系統によって分けると、ほぼ三類に大別できるが、その他に系統の明確でない別本群がある。

第一類古本系統本は二種に分れ、第一種本は梅沢本をもって代表され、欠点はあるにしても、現在最もよく古体を保存しているものと考えられる。他に中央大学本(九条家旧蔵本、笹野堅氏旧蔵。元来四十巻十九冊本であるが、現在は巻一—四の四冊を逸亡し、十五冊の欠損本になっている)がある。また第二種本は陽明文庫本をもって代表され、他に宮内庁書陵部蔵甲・乙本(いずれも旧桂宮本)・天理図書館本・穂久邇文庫本等がある。特に巻五・六の両巻には、流布系統本の特色が顕著に見られる混合本であるが、巻名は全般的に古本系統に従っている。また巻二十御賀の終りに、「つくしにはおはせぬ人の云々」という第一種本にない本文が見られる。

第二類流布系統本の第一種本は、西本願寺本を最善本とし、この他に、飛鳥井雅章が寛文十年に西本願寺本をもって書写した由の奥書をもつ本(吉田幸一氏蔵)がある。第二種本には、古活字本(刊年未詳)と明暦二年刊本とがあり、後者は前者を藍本としてこれを整板に移したものと見られるが、巻により多少語句に異同がある。宮内庁書陵部・内閣文庫・静嘉堂文庫・神宮文庫その他に、これら刊本と同種の写本が相当多く蔵されているが、第二種本は誤脱などがあり、善本とはいい得ない。流布系統本は、特に巻五・六、十二—二十の十一巻は、異本系統本の本文と似た文を有し、古本系に比較してはなはだ異同が多いが、その他の巻々は、小異はあるが、古本系統本の本文に近い。すなわち流布系統本は、性質を異にする二種の本の合体したものである。第三種本として、絵入九巻抄出本(承応頃刊か)があるが、四十巻の各巻から要所を抜萃したもので、本文は古本系統と流布本系統とが混在している。巻名は古本系であるが、巻十五の巻末に、藤原道長の願文が付載されているのは流布系統本の特色である。

第三類異本系統本には、富岡家旧蔵甲本(竹本省三氏蔵)・同乙本(学習院大学付属図書館蔵)があり、前者は室町時代以前、後者は室町時代頃の書写であるが、他に校合として伝えられているものに、為親卿真蹟本があり、神宮文庫蔵新見正路旧蔵本・宮内庁書陵部蔵本多忠憲旧蔵本・国立国会図書館蔵屋代弘賢校合本等の古活字本に校合されている。異本系統本は、流布本系統本の一部とともに、平安末期頃の改修本と見られ、第一類本に比べて異同がはなはだしく、巻三十までの正篇だけでまとまっている点に特色がある。

以上の他に、小林正直氏旧蔵本(旧国宝、衣の珠・若水の二巻を一帖に仕立てたもので、鎌倉初期を下らない栄花物語中最古の写本。逸亡)・金沢文庫蔵断簡・兼好法師真蹟本(巻二十五嶺の月のみ。新見本・本多本等に校合されている)等の零本・断簡・校合本の類があり、全貌が分明でないため、厳密な系統別や種別をすることに困難があり、一括して別本群として扱っておく。

底本について 底本とした梅沢本栄花物語は、梅沢彦太郎氏の所蔵に係るものであるが、もともと三条西家に伝来し、従来三条西家本栄花物語と称されたものである。四十巻十七帖より成る、栄花物語写本中最古の完本で、昭和十年国宝に指定されたが、昭和二十九年新国宝に再指定された。

本書は書写年代を異にする二部より成り、前十帖は縦三〇・六糎、横二四・二糎の大形の本で、大和綴。雲母引き金銀箔散らしの表紙に、直接、

栄花物語第〇〇巻名

のように、外題・帖の順序・巻名(ただし巻名は磨消甚だしく判読し難い)等を書く。現在は、元表紙の上に、三条西家の定紋のついた別表紙が付けてある。料紙は黄色、厚手の楮紙を用い、ほとんど毎巻筆者を異にしていると見られる。巻一月の宴から、巻二十御賀まで一帖に二巻宛を収め、毎巻巻首に、内題と巻数、巻名が二行に書かれている。各巻十行書きであるが、巻五・六の二巻は十一行書きになっており、漢字の使用法も他の巻に比べて異なるものがある。行間に傍注・校合を施し、古訓・朱句点・声点・鈎点等を付している。

後半七帖は、縦一六・二糎、横一四・八糎の小形の本で、大和綴。表紙は元来特別なものが付けられていなかったらしく、本文とは別筆で、直接、

世継廿一二三四

のように書かれ、内題を欠いている。ただし巻二十七を収めた第三帖は、表紙の紙質を異にし、「栄花物語廿七」と書い

てあるが、表紙が剝脱したため後補したものであろう。巻二十一—四十の二十巻で、一帖に一巻乃至四巻宛を収めている(第一帖自巻廿一至廿四、第二帖巻廿五・廿六、第三帖巻廿七、第四帖自巻廿八至卅、第五帖自巻卅一至卅三、第六帖自巻卅四至卅六、第七帖自巻卅七至四十。ただし第六帖は二冊になっており、初の帖は巻卅六根あはせの途中まで、後の帖はその残部を収める。そして後帖のはじめにも、「世継卅四五六」と書いた表紙があるので、第六帖は、二枚同じような表紙を持っていることになる)。全巻一筆、扉見返しに、「栄花物語」と題し、その帖所収の巻名と、その順序とを列記し、別に綴寄りに近い所に、一巻ごとにその巻の巻名が書いてある。これらはいずれも本文と同筆と見られる。各帖十行書き、行間に傍注・校合を付し、ところどころに古訓を注している他に、標目もあるが、巻三十一以下には各巻首に内容の主な項目を目次式に標注している(巻三十七以下には本書に書かれていない事柄をも記している)。第二帖の第七紙と第八紙の間に用紙一枚分(二丁)の脱落があるが、幸い同系統本九条家旧蔵本によって補うことができる。この脱落は、現在綴がかなり損傷しているところから察して、いつの頃か離脱したものと思われる。

大本・小本共に、奥書その他書写年代を証すべき何物も無く、鎌倉時代以前写と見るもの(谷森善臣説)、前十帖平安末期、後七帖鎌倉中期を下らぬ書写と見るもの(三条西公正氏説)、前十帖鎌倉中期を下らぬ頃、後七帖鎌倉初期頃と見るもの(新訂増補国史大系解題)等諸説があって一定しないが、両本とも鎌倉中期を下らぬもので、書写年代の差はあまりないものと見るのが穏当であろう。

本書の伝来については、「実隆公記」の、後柏原天皇永正六年(一五〇九)十一月四日条に、

栄花物語十七冊全部□北畠中納言材親卿礼物弐百疋□無謂之由再三雖令固辞、頻示之間□

とあり、欠文のあるのは惜しまれるが、同八日条にもまた、

栄花物語代物百疋今日遣之

と入手の事情が記されており、さらに、永正八年三月七日条には、

栄花物語去年感得本四十巻今日終一覧功、其後無沙汰、適終閑覧、自愛々々

と、珍籍を入手閲覧した感激が記されているが、別に本書から要所を抜書きしたものが今日残っている。これより先、文亀三年(一五〇三)九月五日条には、

栄花物語・続世継本有沽却本東山殿御本也共以美麗尤所望之物也

と記されているが、この東山殿伝来本というのが、後年実隆の入手した十七帖本、すなわち本書の底本としたものであろう。

本書は、書写年代を異にする二種の写本の取合せ本であること、本文の性格からいっても多くの傍書されている本文を持っていること、その他脱落・誤写ではないかと思われるような部分のあること等において、多くの問題を持っているが、栄花物語の完本中書写年代の最も古いものとして、古本系統のみならず、全系統本を通じて最も貴重なものであることは言を俟たない。

底本の表記　梅沢本においては、他の大方の古写本と同じく、「給ふ」「申す」「侍り」等頻出する語においては種々の表記が見られる。たとえば、「給ふ」という終止形は、「給」「たまふ」「たまう」があり、連用形は、「たまひて」「給ひて」「給ふ(う)て」「たまて」等が見られる。「たまて」という表記は、日常の消息文にあっても、ふつう用いられていた形と見え、青蓮院旧蔵紙背消息文(白河天皇永保・応徳ごろのもの)にも、「おほしいのらせたまてはへる」「おりさせたまてとはへりしかはおほつかなくはへりつるに」などと見えるが、実際の発音は、「タマヒテ」「タマウテ」「タマッテ」などのうちどのようであったか不明であるから、本書ではそのままにしておいた。また「侍り」も、終止形・連体形を「侍」だけで表記することが多いが、連体形には「侍る」「はんへる」などと書いているところもある。これも青蓮院旧蔵文書によれば、「はへり」「はへる」「はへりける」「はへりて」「はへれと」「はへりなは」等と表記するほかに、「はへめり」という表記がはなはだ多く、参考になることが多い。本書において、総じて「申(し)て」「思(ひ)やる」等活用語尾を送らないことは特に記すまでもないことで、この種のものも、活字に移すに当ってはそのままにしておいた。これもまた青蓮院旧蔵文書を見ると、「思たまへられはへる」などの類が多く、実用文においても同じであったことが分る。このほか、

本書の仮名遣は、巻々によって統一されてもいないし、同じ巻においても二様に書いている場合さえもある。恐らく筆者の癖に基づくものであろうが、中には底本の親本においてすでに不統一があったかと思われるような部分もある。

「さはく(騒ぐ)」「あはたゝし」「ことはり」「たいらか」などはほぼ常にそのように書かれているが、

おとゝ―をとゝ(大臣)　　おのつから―をのつから
おかし―をかし　　おまへ―をまへ
おはします―をはします　　きこえ―きこへ
おゝし―をゝし　　さいはひ―さいはい
さか(栄)え―さかへ
す(据)ゑ―すへ

等の混同も見られ、この他、

重＜おもし／をもる　　敢＜あへ／あえ
押＜おし／をし　　衰＜おとろふ／をとろう

等の混同もある。また、

をき(掟)つ　をい(老)て　をろか(疎)　いとをし　をくり物　をそろし　をよすけ　をこなひ　おり(折)　ほをゑむ　物くるをし　ちゐさし　なを

等特殊な仮名遣も見られるが、すべての場合このようであるとは限らない。以上のすべては巻を異にする場合だけでなく、同一の巻の中にあっても見られる現象である。

研究文献　注釈書・研究書の主要なものと、特に最近の発表に係る研究論文だけを掲げるにとどめる。

栄花物語目録年立　土肥経平　栄花物語考　安藤為章

重脩栄花物語系図　檜山成徳　栄花物語事蹟考勘　野村尚房

栄花物語抄　岡本保孝

右の諸書は「日本文学古註大成」(昭和九年、国文名著刊行会)・「国文学註釈叢書」(昭和四年、名著刊行会)に収められており、「栄花物語系図」だけを省いたものは、「国文註釈全書」(明治四十二年、国学院大学出版部)に収められている。

栄花物語標註　佐野久成　明暦二年刊本に書入れた詳注(明治二十四年成る)、住吉大社蔵

栄華物語詳解　和田英松　佐藤球　和装版十七冊　明治四十年　明治書院
洋装版四冊　大正十年

新訳栄華物語　与謝野晶子　原版三冊　大正四年　金尾文淵堂
古典日本文学全集本一冊　昭和三十七年　筑摩書房

栄花物語の研究　松村博司　昭和三十一年　刀江書院

栄花物語の研究続篇　松村博司　昭和三十五年　刀江書院

栄華物語詳解補註　岩野祐吉　(謄写印刷)

栄花物語雑攷　岩野祐吉　昭和三十八年　(謄写印刷)

栄花物語人名索引　赤木志津子　昭和三十八年　お茶の水女子大学人文科学紀要

歴史物語　松村博司　昭和三十五年　塙書房

歴史物語成立序説　山中裕　昭和三十七年　東大出版会

本文は、史籍集覧・名倉煕三郎校正栄花物語・日本文学全書・国史大系・*校註国文叢書・*校註日本文学大系・*日本古典全集・岩波文庫・新訂増補国史大系・大日本文庫・古典文庫(異本栄花物語)・*日本古典全書等に収められ、これらのうち*印を付したものは、詳細な解説を付したもの、あるいはやや詳しい頭注の付されているものである。

栄花物語の和歌に関する諸問題　松村博司　日本学士院紀要第十六巻第一号　昭和三十三年六月

栄花物語続篇の和歌に関する諸問題　松村博司　日本学士院紀要第二十巻二・三号　昭和三十七年十一月
栄花物語・大鏡に現われた安和の変　山中　裕　日本歴史　昭和三十七年六月
定頼集・赤染・栄花　森本元子　平安文学研究　昭和三十七年六月
栄花物語の説話小論　河北　騰　文学・語学　昭和三十七年九月
栄花物語における係結の現象　当山公子　お茶の水女子大学国文十八号　昭和三十八年二月
栄花物語の断簡一つ　松村博司　名古屋大学国語国文学　昭和三十八年三月
栄花物語の作者　野村一三　国語国文研究　昭和三十八年六月
栄花物語巻五・六に関する覚書　松村博司　金城国文　昭和三十八年六月
日本紀と物語　阿部秋生　国語と国文学　昭和三十八年十月
栄花物語月宴巻について　山中　裕　国語と国文学　昭和三十八年十月
「栄花物語系図」覚書　松村博司　平安文学研究　昭和三十九年六月
栄花物語難語考　岩野祐吉　平安文学研究　昭和三十九年六月

凡例

一　本文　本書は梅沢本(旧三条西家本)を底本とし、字遣い・段落は原則として底本のままとした。ただし活字に移すに当って、理解の便をはかり次のような方針を採った。

1　底本の仮名に相当多くの漢字を当てた。ただし、この場合、底本の仮名はそのまま振仮名として残し、直ちに原文に復原できるよう留意した。

　かた〱→方《かた》〲　　百官をゝしかへし→百官を押《ゝ》しかへし

また、たとえば、

　…と、殿《ゝの》ゝ内の人〱《…と、殿《との》の内の人〱》　　物ゝ覚え…《物の覚え…》　　日ゝに…《日々に…》

等(《　》は読み方を示す)も、少しく紛らわしいところもあるが、底本のままにし、敢て改めることをしなかった。

2　従って、元来底本に施されている、片仮名または平仮名の振仮名には、〈〉を付して、これを区別した。また、底本に押紙して振仮名を施したものはすべて省略した。また、底本にあて漢字をしている場合は、底本のままにした。

3　底本にまま付された声点・鈎点・人名符(短い横線で示されている)などは、すべて省略した。

4　底本の古体・異体・略体の漢字は、原則として、いわゆる正字体に改めた。一例を挙げると、

　諡→謚　阬→院　敍→殺　沉→沈　壷→壺　宰→宰　攝→攝　淑→淑　程→程　姫→姫　明→明　从→頭…

ただし、次のようなものは底本にしたがって採用した。

　哥　謌　付　職　弁　井

また、東宮と春宮、式部卿宮と式部卿の宮の類も底本のままとし、統一することをしなかった。なお次のような場

合も底本のままに表記し、改めることをしなかったが、このような場合はなるべく頭注において説明を施した（巻五・六の両巻は他の巻に比べて特異な漢字の用法が多いが、すべて底本のままにした）。

木丁　御丁　宮すどころ　御みやうじ　あか月　正徳太子　事はり　な覧…

5 底本の変体仮名はすべて通行の字体に改めた（巻によっては「も」の表記に「ん」を用いた所もあるが、すべて「も」に統一した。また、「見」は漢字として用いてあるのか、仮名として用いてあるのか判別に困難な場合があるが、仮名あるいは漢字として適当に扱った）。

6 反覆記号は、底本のままに「ゝ」「〱」を区別した。

7 底本において訂正・校正の施されている字句については、

A 訂正・校正される前の字句に、それもまたそれで意義の認められる場合は、前の字句をそのままにし、併せて訂正・校正の状況をも示した。

B これに反し、前の字句が、単にまた明瞭に過誤であるに過ぎない場合は、訂正・校正されたものだけを掲げた。

C Aの場合、底本において斜線を用いて抹消したもの（見せ消ち）は、「あ」のごとく、抹消した文字の左に傍点を付した。

D 底本では、字句を補うのに、おおむね、補い入れるべき字間に○符号を付し、その右傍に細書してあるが、本書ではそれらを（　）を付して本文に組入れた。底本の仮名に漢字を当て、もとの仮名を振仮名として残した場合、もとの仮名に補入のある時も、次の例のように（）を付した。

懺法《せ(ん)ぼう》　篝火《かゞ(り)び》

8 他本を参照して、底本に字句を補った場合には、【　】を付し、また、底本の字句を改めた場合には、該当箇所に*符を付し、ともにその由を「校訂」に記した。

9 新たに改行することをしなかった。ただし、段落と思われるところには、」符号を付して、読解の便をはかった。和歌は底本どおり改行して二字下りにし、また、その終りを明らかにするため、」符号を加えた。ただし、儀式的な和歌のように、列挙してあるような場合は、この限りではない。

10 底本の朱句点はこれを省略し、校注者が新たに句読点・濁点を付した。また、底本にある振仮名にも濁点を施した。

11 読解の便をはかって括弧を用いた。

「」……会話。この中にさらに会話のある場合は、『』を用いた。

「」……心の中で思っていること。

二 勘物 人名注だけは底本のまま行間の該当箇所に付したが、他はすべて一括して、本文の次に収めた。校訂方針はほぼ本文の場合に準じた。

検索の便のため、底本の順序に従い、巻毎に１２３……の如く一連番号を付して排列した。

勘物に明らかに誤のある場合は、校注者の意見として、簡単にその由を〔〕の内に記した。

三 校訂 明らかに底本の誤として、すでに底本自体において訂正されているものを除き、校注者の意見によって校訂されたものをこの項において説明した。また、底本に「イ」として記入された校訂異文のある場合も、すべてこの項に収めた。

四 頭注と補注 頭注には語釈・考証・参考異文を掲げた他、標目を付して内容の理解を易からしめた。補注には他の文献に見える史実・考証の詳細にわたるもの等を収めた。また、他の文献を引用した場合、割注は〈〉を付し、また校注者の加えた注には〔〕を付して区別した。

ただし、本文の異同(参考異文)に関しては特に必要と認めたものだけにとどめた。

五 本書の校注に当っては、中央大学本(旧九条家本)・陽明文庫本・桂宮本・西本願寺本・竹本省三氏蔵本(富岡家旧蔵甲本)・学習院大学本(富岡家旧蔵乙本)・古活字本・明暦二年刊板本・絵入九巻抄出板本・栄華物語詳解等を用いたが、いずれも最少限にとどめた。

六　本書において使用した略号のうち、主なるものを掲げると、次のようである。

九	中央大学本	小右目録	小右記目録
陽	陽明文庫本	左経	左経記
桂	宮内庁書陵部蔵桂宮本	紀略	日本紀略
西	西本願寺本	略記	扶桑略記
活	古活字本	要記	一代要記
板	明暦二年刊板本	世紀	本朝世紀
絵	絵入九巻抄出板本	百錬	百錬抄
富(甲)(乙)	富岡家旧蔵本(甲本)(乙本)(甲本・乙本の合致している場合は単に富とした)	編年記	帝王編年記
抄	栄花物語抄(岡本保孝)	補任	公卿補任
標註	標註栄花物語抄(小中村義象・関根正直)	分脈	尊卑分脈
詳解	栄華物語詳解	紹運	皇胤紹運録
新訳	新訳栄華物語(与謝野晶子)	二中	二中歴
御堂	御堂関白記	拾芥	拾芥抄
小右	小右記	倭名	倭名類聚抄

七　巻末に系図を付載したが、上下巻に分載することにした。また、巻頭に掲げた口絵写真は、本書の底本とした梅沢本栄花物語巻第一月の宴巻頭部分である。

本書の校注に当り、校注者の一人松村は、すでに日本古典全書「栄花物語」の校注に当ったことがある。このたび本書を刊行するに際して、朝日新聞東京本社古典編集部より快く諒解を与えられたことに深甚なる謝意を表する。

榮花物語

巻第一　月の宴

巻名　康保三年八月十五夜、清涼殿において月の宴が催されたという記事により、巻中の詞によった。

諸本＝月のえむ(陽)・月宴(西、活)・第一月宴世始トモ(富)。

所収年代　第五十九代宇多天皇から、第六十四代円融天皇の天禄三年(九七二)にいたる六代(宇多・醍醐・朱雀・村上・冷泉・円融)およそ八十五年間。ただし、天禄三年までというのは本文に明記された年代によるが、実は天延三年(九七五)と推定される記事もある。また、宇多・醍醐・朱雀三代は簡単で、詳しい記述は村上天皇以後のおよそ二十六年間。

内容　宇多・醍醐・朱雀の三代を経て、村上天皇の御代となった。天皇は醍醐天皇に続いての聖帝といわれた。多くの女御・御息所があったが、等しく君寵を受け、宮廷は穏やかに治まっていた。

東宮がまだ定まらなかった時、元方大納言女が皇子(広平)を生んだので、元方は未来の東宮の父を夢見た。しかし、間もなく右大臣師輔女安子も皇子(憲平)を生んだ。

太政大臣忠平が没し、貞信公と諡された。左大臣は実頼、右大臣は師輔であったが、師輔は鷹揚な性格で人望を集めた。

憲平親王が東宮に立ったが、この他にも多くの女御・更衣の御腹に皇子皇女が大勢生まれた。

安子女御が立后して中宮となり、大夫には源高明が任ぜられた。

この御代には後撰和歌集が選ばれ、実頼の歌も多く入集した。

元方とその女祐姫は失望のうちに引続き没し、東宮も物の怪のために悩まれた。

帝は、式部卿宮重明親王の北の方(師輔女、安子妹登子)を垣間見て、心を引かれ給うた。しかし、宮の没後も中宮に憚り、思うようにならなかった。

第四皇子為平親王が高明の婿になった。

師輔が没し、後任に顕忠が右大臣に任ぜられた。

中宮は皇女(選子)を生んで崩御され、盛大な葬送が行われた。

帝は登子の参内をうながされ、局を登華殿に賜い厚く寵愛された。登子は尚侍に任ぜられた。

師輔男高光が出家して多武峯に籠って修行したが、父を慕う姫君がいじらしかった。

康保三年八月十五夜には月の宴が行われた。

帝は御不例の後崩御、東宮が即位して冷泉天皇となったが、物の怪の劇しいのが心憂いことであった。次の東宮には守平親王が立たれた。

太政大臣に実頼、左大臣に高明、右大臣に師尹が任ぜられた。

中宮昌子内親王の他に、女御に伊尹女懐子が上り、間もなく懐妊した。皇子(師貞)御誕生。

源高明は為平親王を帝位につけようとしているという噂が拡まり、大宰権帥に左遷された。末娘(明子)は盛明親王の養女となった。

冷泉天皇譲位、円融天皇が立たれた。

実頼が没し、清慎公と諡された。摂政に伊尹が任ぜられた。

帝元服、兼通女媓子が女御となり、兼家女超子は冷泉院に参上した。

昌子内親王は村上天皇八宮永平親王を養子に迎えようとされたが、親王は痴者であった。

榮花物語巻第一

月の宴

[一]世始《はじま》りて後《のち》、この國《くに》のみかど六十餘代[二]にならせ給にけれど、この次第書《か》きつくすべきにあらず。[三]こちよりての事をぞ記《しる》すべき。」世の中《なか》に、[四]宇多のみかど《宇多》ゝ申みかどおはしましけり。そのみかどの[五]御《み》子《こ》達《たち》あまたおはしましけるなかに、[六]一の御《み》子《こ》〈アツヒト〉[1]敦仁の親王とましける[七]ぞ、位につかせ給けるこそは、[八]醍醐の聖帝《醍醐》とまして、世《よ》の中《なか》に[九]天《あめ》の下《した》めでたき例《ためし》にひき奉《たてまつ》るなれ。位《くらゐ》につかせ給て、[一〇]卅三年を保《たも》たせ給けるに、[一一]多《おほ》くの女御達候《たちさぶら》ひ給ければ、[一二]男御子《おとこみこ》十六人、女御子《をんなみこ》あまたおはしましけり。」その頃《ころ》の[2]太政大臣基經の大臣《おとゞ》と聞《きこ》えけるは、宇多の帝《みかど》の御時[一三]にうせ給にけり。中納言[一四]長良〈ナガヨシ〉〈ラ〉と聞《きこ》えけるは、[3][一五]太政大臣冬嗣の御太郎にぞおはしける、[一六]後《のち》には贈太政大臣とぞ聞《きこ》えける、[一七]かの御三郎にぞおはしける。その基經の大臣《おとゞ》うせ給て、後《のち》の[一八]御謚昭宣公と聞《きこ》えけり。」その基經の大臣《おとゞ》、男《おとこ》君四人おはしけり。太郎は[4]時平と聞《きこ》えけり。左大臣までなり給て、[一九]卅九にてぞうせ給にける。二郎は[5]仲平と聞《きこ》えける、左大臣までなり給て、[二〇]七十一にてうせ給にけり。

一 開闢(かいびゃく)以来の意。ただし多くは人皇の御治世が始まって以来の意に用いている。↓補一。
二 巻三十鶴の林までが正篇で、それは六十八代後一条天皇までを記す。
三「こち」は此方。こちらに近い方。近代。↓補二。
四 五十八代光孝天皇第三皇子。仁和三年十一月十七日即位。御年二十一。宇多天皇に起筆したことは、形の上だけであるが、三代実録を継いでいることを示す。該書は光孝天皇までを記載。↓補三。

宇多天皇・醍醐天皇とその御子

五 ↓補四。 六 ↓補五。 七「まし」は「まうし」の中略形。↓補六。 八 醍醐は御陵地による御追号。↓補七。 九 天下がめでたく治まっている例として。 一〇 ↓補八。 一一 ↓補九。 一二 ↓補一〇。 一三 ↓補一一。 一四 ナガラ(諱名訓抄)。 一五 贈太政大臣が正しい。「斉衡三年秋七月癸卯〔三日〕、権中納言兼左衛門督従二位藤原朝臣長良薨、長良贈太政大臣正一位冬嗣之長子也」(文徳実録)。 一六 長良は。 一七 基経はかの(長良の)三男で。「長良—国経・遠経・基経」(分脈)。

太政大臣基経・中納言長良

一八 イミナ(名義・字類)。贈名とも。死後その人を尊び、行状などによって追贈する称号。 一九「左大臣藤原朝臣時平薨、〈年卅九〉」(紀略、延喜九年四月四日)。 二〇「一日甲午、左大臣正二位兼行左近衛大将皇太子傅藤原朝臣仲平出家、〈年七十一〉、五日戊戌、入道左大臣藤原朝臣仲平薨」(紀略、天慶八年九月)。↓補一二。

基経の四人の男子と女子

三郎兼平と聞《きこ》えける、三位までぞおはしける。四郎忠平の大臣《おとゞ》ぞ、[一]太政大臣までなり給て、多《おほ》くの年頃過《としごろすぐ》させ給ける。」その基經の大臣《おとゞ》の御女《第四女也》の女御《穏子》の御《朱雀村上》はら《御母》に、[二]醍醐の宮達あまたおはしましける。十一の御子《みこ》寛明《〈ヒロアキラ〉》の親王と申ける、み[三]かどにゐさせ給て、[四]十六年おはしまして後《のち》におりさせ給ておはしましける(を)ぞ、[五]朱雀院のみかどゝは申ける。その次《つぎ》[六]同《おな》じはらから同《おな》じ女御の御腹《はら》の十四の御子《みこ》、[七]成明親王と申ける、さし續《つゞ》きてみかどにゐさせ給にけり。天慶九年四月十三日にぞゐさせ給ける。朱雀院《朱雀院》は御子達《みこたち》おはしまさゞりけり。たゞ王女[6][八](御)母《はゝ》女と聞《きこ》えける御腹《はら》に、えもいはずうつくしき[九]女御子《をんなみこ》[7]一所《ところ》ぞおはしましける。[一〇]御も御子みつにて[8]うせ給にしかば、[一一]みかどわれ一所《ひとゝころ》心苦《ぐる》しきものに養《やしな》ひ奉《たてまつ》り(給)ける。いかで后《きさき》に据《す》ゑ奉《たてまつ》らんとおぼしけれど、[一二]例なき事にて、口惜《くちを》しくてぞ過《すぐ》させ給ける。[一三]昌子内親王と(ぞ)聞《きこ》えさせける。」かくて[一四]今《いま》のうへ《村上》の御心《こゝろ》ばへあらまほしく、あるべき限《かぎり》おはしましけり。醍醐の聖帝[一五]よにめでたくおはしましけるに、又このみかど、[一六]堯の子の堯《〈ゲウ〉》ならむやうに、[一七]おほかたの御心《こゝろ》ばへのをゝしうけ高《だか》く、かしこうおはしますものから、御才《ざえ》も限《かぎり》なし。[一八]和哥の方《かた》にもいみじうしませ給へり。[一九]よろづに情《なさけ》あり、物のはえおはしまし、[二〇]そこらの女御・[二一]御息所《みやすどころ》参《まい》り集《あつま》り給へるを、[二二]時あるも時なきも、御心ざしの程《ほど》こよなけれど、[二三]い

一　関白太政大臣が正しい。太政大臣には承平六年八月十九日に、関白には天慶四年十一月二十八日になった(紀略)。二　保明・寛明〔朱雀〕・成明〔村上〕親王(紹運)。三　帝位におつきになって。四　延長八年十一月二十一日即位、天慶九年四月二十日譲位。この間十六年。五　御在所(三条北・朱雀西四町)の名による御追号。↓補一三。六　寛明親王と御同腹で。この一句諸本に無い。このままでも通じるが、次の「同じ女御」と重複。衍入か。七　村上天皇のこと。↓補一四。八　皇女または女王で女御になった方。保明親王女凞子女王。九　可愛らしい皇女。「朱雀天皇―昌子内親王〈冷泉院皇后、母凞子女王〉」(紹運)。天暦四年出生(符宣)。一〇　皇女三歳の時に。↓補一五。一一　帝はお一人で内親王を不愍なものに思し召して養育なさった。一二　例は、富「れい」と音読。↓補一六。一三　天暦四年八月十日一歳で親王宣下(符宣)。一四　村上天皇の御性質は理想的で、かくあれかしと思われる最大限であられた。

朱雀天皇と昌子内親王

村上天皇

一五　まことに御立派で。一六　中国の聖帝堯の子丹朱は不肖の子であったが、村上天皇は醍醐聖帝に続いてめでたい君であるから、堯の子にまた堯が生まれたようで。一七　総じての御性質は男らしく、気品高く賢明であったが、同時に学問芸能の道にも限りなく深くあらせられた。一八　和歌の方面にも深い嗜みを持たれていた。一九　万事にわたり情も深く、物を華やかにさせるところもおありで。二〇　多くの。二一　天子の休息する便殿から起った名で、女御・更衣その他御寝に侍しても別に職名のない者を指し

さゝか恥《はぢ》がましげに、いとをしげにもてなしなどもせさせ給はず、二四なのめに情《なさけ》ありて、めでたうおぼしめしわたして、なだらかに掟《をき》てさせ給へれば、この女御・御息所達《みやすどころたち》の御仲《なか》もいとめ二五やすく便《びん》なき事聞《きこ》えず、くせ〴〵しからずなどして、御子生《むま》れ給《たま》へるは、二六さる方《かた》に重《おも》〴〵しくもてなさせ給、二七さらぬはさ(べ)う、二八御物忌などにて、つれ〴〵におぼさるゝ日などは、御前《おまへ》に召《め》し出《い》でゝ、二九碁《ご》・雙《すぐ》六うたせ、偏《へん》をつがせ、いしなどりをせさせて三〇御覽じなどまでぞおはしましければ、みなかたみに情《なさけ》かはし、おかしうなん在《をは》しあひける。かくみかどの御心《こゝろ》のめでたければ、三一吹風も枝を鳴《なら》さずなどあればにや、春《はる》の花も匂《にほひ》のどけく、秋の紅葉《もみぢ》も枝《えだ》にとゞまり、いと心のどかなる御有様《ありさま》なり。」たゞ今《いま》の太政大臣三二にては、基經《もとつね》の大臣《おとゞ》の御子、四郎忠平の大臣《おとゞ》、三三みかどの御叔父《をぢ》にて、世をまつりごちておはす。その大臣《おとゞ》の御子五人ぞおはしける。太郎は今《いま》の左大臣にて、實頼と聞《きこ》えて、三四小野宮といふ所《ところ》に住《す》み給。三五二郎は右大臣にて、師輔の大臣《おとゞ》、九條といふ所《ところ》に住《す》み給。三六三郎の御有様《ありさま》おぼつかなし。四郎師氏と聞《きこ》えける、三七大納言までぞなり給ける。五郎師尹の左大臣と聞《きこ》えて、三八小一條といふ所に住《す》み給。」
さればたゞ今《いま》は、この太政大臣《おほきおとゞ》の御子どもやがていとやむごとなき殿ばらにておはす。この殿《との》ばら皆各〴〵《みなをの〳〵》御子どもさま〴〵にておはするなかに、九條の師輔

ていう私称。別に御子を生んだ女御・更衣、上皇妃・東宮妃の尊称としても用いる。 二二 寵愛を得ている者も、そうでない者も帝の御愛情の度合は格別であるが、寵愛のない人に対しても。富甲に「御心さしすくれたるもこよなきも」とあるによれば、「こよなきも」は劣っているの意。共に文脈やや晦渋。 二三 少しも恥ずかしい思いを起させるような、またお気の毒のようなお取扱いもなさらず。 二四 極端に走らぬ情をおかけになり、一同を穏やかに待遇なさったので。 二五 見苦しい事もなく、ふつごうな噂も立たず、ひねくれがましい事もなく。 二六 それ相応に重味を持たせた御取扱いをされ。 二七 御子をお生みにならぬ方は然るべく。「御前に召し出で、」に続く。 二八 →補一七。 二九 →補一八。 三〇 ご覧なさるというようにまで御情深くいらせられたから、一同互に情誼を交わし、快く暮らされた。

忠平の子息達

三一 →補一九。 三二 富「関白太政大臣」。天慶四年十月三十日摂政を辞し、同十一月八日関白(世紀・略記・補任)。 三三 村上天皇の御母穏子は忠平の同胞。 三四 「大炊御門南・烏丸西、元惟喬親王家」(拾芥、二中は烏丸東)。 三五 「天皇御二南殿一、以二右大臣(実頼)一任二左大臣一、以二大納言藤原師輔卿(右大将)一任二右大臣一」(紀略、天暦元年四月二十六日)。九条は師輔邸(「九条坊門南・町尻東」拾芥・二中)。 三六 師保(抄)。分脈によれば二男であることは明確、早く出家したので経歴が判然しないの意であろう。 三七 権大納言

師輔らの子女達

(安和二年二月二十七日任)までいたった。枇杷大納言・桃園等と号した。 三八 →補二〇。

の大臣《おとゞ》、いとたはしく[一]おはして、あまたの北方の御腹《はら》に、男《おとこ》[二][9]十一人、女《をむな》六人ぞおはしける。小野宮の左大臣殿は、男《おのこ》[10]君三人ばかりぞおはしける。女君もおはしけり。[三]一所《ところ》は宮腹《みやばら》のぐ〔具〕にておはす。[四]さし次《つぎ》は女御〔述子〕にておはしけり。次《つぎ》／＼さまゞ／＼にておはす。小一條の師尹の大臣《おとゞ》、男子《をのこゞ》[五]二人、女一所《をんなひとところ》ぞおはしける。男子《をのこゞ》[11]一人ははかなうなり給にけり。」[六][12]かくて、女御達《たち》あまた参《まい》り給へる中《なか》に、九條の師輔の大臣《おとゞ》の姫君《ひめぎみ》、あるが中《なか》に一女御にて候《さぶら》ひ給。又今《いま》のみかどの御はらからの重明[七]の式部卿の宮《みや》の御むすめ、[13]女御にておはす。又同《おな》じ御はらからの代[14]明中務宮の御むすめ、[15][八]麗景殿女御とて候《さぶら》ひ給。又在衡の按察[九]大納言のむすめ、[一〇]あぜち〔致平昭平親王母〕の更衣とて候《さぶら》ひ給。小一條の師尹の大臣《おとゞ》の御むすめ、いみじううつくしくて、[16][一一]宣耀殿の女御と聞《きこ》えさす。又廣幡《ひろはた》[一二]の中納言庶明〈モロ〉の御むすめ〔村上更衣號廣幡〕、廣幡《ひろはた》[17]の御息〔計〕所とておはす〔子女宮一人誕生〕。さてもこの御方《かた》／＼、皆御子生《みなみこむま》れ給《たま》へるどもなり。御子生《みこむま》れ給はぬ御息所達《みやすどころたち》もあまた候《さぶら》ひ給。まこと、[一三]元方〔参議菅根卿一男〕民部卿[18]のむすめも参《まい》り給へり。」

年頃《としごろ》[一四]東宮もかくて再《ふた》びうせ給ぬるに、春宮かくゐさせ給はぬに、こゝら候《さぶら》ひ給御方《かた》／＼あやしう心もとなく《う》、御子生《む》れ給はざりける程《ほど》に、九條殿の女御〔安子〕、たゞにもおはしまさで、めでたしとのゝしりしかど、女御子《をんなみこ》[19]にて、いと本意《ほい》なき程《ほど》に、[一五]平《たいら》かにてだにおはしまさでうせさせ給ぬるに、元方《もとかた》の御息所、[一六]たゞなら

一 色好みでいられ。「たはし」は婬。二 正しくは男十二人・女七人。三 一人は皇女のお腹に生まれた方の妻になっておられる。↓補二一。四 すぐ次の姫君は。村上天皇女御述子、母は時平女。五 定時・済時・芳子。六 富「一の女御」。地位の第一の女御。七 ↓補二二。八「女御従四位上荘子女王、中務卿代明親王女、母右大臣定方女、天暦四年十月廿日為㆓女御㆒、天皇崩後為㆑尼、寛弘五年七月十六日卒、年七十八歳」(要記)。九 按察は按察使(あぜち)。地方の治績を視察する職。はじめ諸国に置かれたが、後廃され、陸奥・出羽のみとなり、それも納言以上の兼帯で名義だけとなった。ここは藤原在衡。一〇 西「あせちの御息所」、富「あせちのみやす所」。底本もすぐ後では御息所と称している。更衣藤原正妃。一一「女御従四位下藤原朝臣芳子、左大臣師尹一女、母定方女、天徳二年十月廿八日為㆓女御㆒、康保四年七月廿九日卒」(要記)。一二 宇多天皇孫。斉世親王男。一三 藤原元方。その女は祐姫(紀略・要記、紹運は更衣元子とする)。一四 醍醐天皇の時代、第二皇子保明親王が東宮に立ったが薨じ、御子慶頼王がこれを継いだ。王また早世し、寛明親王が東宮となった。

村上天皇の女御達

広平親王御誕生

親王が即位して朱雀天皇となり、譲位後皇太弟村上天皇が即位、まだ次の東宮の決定を見ないの意。一五 無事にご生育なさることさえなく亡くなられたのに。承子内親王のこと。「天暦三年二月為㆓親王㆒、二歳、同五年七月廿五日薨、年四歳」(要記)。一六 ご懐妊の由奏上して里へ退出されたから。宮中では産穢を忌むからである。

ぬ事の由《よし》申てまかで給ぬれば、もし男御子《をのこみこ》生《むま》れ給へるものならば、又なうめでたかるべき事《こと》に世《よ》の人申思たるに、[一七]一のみこ（廣平親王是也）生《むま》れ給《たま》へる[一八]ものか。あなめでた、いみじとのゝしりたり。[一九]内よりも御劍《はかし》より始《はじ》めて、[二〇]例《れい》の御作法《さほう》の事《こと》どもにて、もてなしきこえ給。元方の[二一]大納言（民部卿）いみじとおぼしたり。「東宮はまだ世《よ》におはしまさぬ程《ほど》なり。[二二]何《なに》の故《ゆへ》にか、我《わが》御《み》子《こ》春宮にゐ誤《あやま》ち給《たま》はん」と、頼《たのも》しくおぼされけり。」いみじく世《よ》の中《なか》にのゝしる程《ほど》に、九條殿の女御、[二三]たゞにもおはしまさずといふ事《こと》、おのづから世《よ》に漏《も》り聞《きこ》ゆれど、元方の大納言、「[二四]いで、さりともさきの事《こと》もありき」など、きゝ思けり。[二五]大《おほ》いどの（貞信公也）も九條殿も、いと嬉《うれ》しうおぼす程《ほど》に、[二六]上《うへ》は、[二七]世はともあれかうもあれ、一の御子《みこ》のおはするを、うれしく頼《たのも》しき事《こと》におぼしめす、理《ことはり》なり。」かゝる程《ほど》に、太政大臣殿（貞信公也）、月頃《ごろ》悩《なやま》しくおぼしたりつるに、20[二八]天曆三年八月十四日うせさせ給ぬ。この三十六年大臣の位《くらゐ》にておはしましけるを、御年《とし》今年《ことし》ぞ七十になり給にける。[二九]左右の大臣達《たち》も、いと又めでたく頼《たのも》しき御有様《ありさま》なり。[三〇]みかどうとからぬ御なからひにて、よろづかた〲の御事もめでたくて過《す》ぎもていきて、[三一]女御（安子 九條女御也）も御服《ぶく》にて出《い》で給ぬ。[三二]宣耀殿（芳子 師尹女也）の女御も同《おな》じく服《ぶく》にて出《い》で給ぬ。[三三]心《こゝろ》のどかに慈悲の御心《こゝろ》廣《ひろ》く、世を保《たも》たせ給へれば、世《よ》の人いみじく惜《お》しみ申。後《のち》の御諡[三四]貞信公と申けり。[三五]次《つぎ》〲の御有様《ありさま》、

一七 天暦四年出生(紀略に天禄二年九月十日薨去、二十二歳とあるにより逆算)。一八 感動を表わす語。…ではないか。驚いたことには…だ。一九 皇子ご誕生の際は、帝から佩刀を贈られるのが例。二〇 御湯殿や三夜・五夜以下産養(うぶやしない)の儀等。二一 富「民部卿」。天暦四年には大納言になっていない。大納言になったのは五年正月三十日。二二 何の理由があって、わが女の生んだ皇子が皇太子になりそこなうことがあろうかと。二三 普通の御身体でもいらせられない(懐妊された)ということが。二四 何の何の、九条殿の

安子懐妊

女御が懐妊されてもさきに皇女のお生まれになった例もあった。今度もまた皇女がお生まれになるであろう。二五 →補一三。二六 主上(村上天皇)。二七 世間ではどんなであろうとも、第一皇子広平親王のおられることを嬉しく頼もしいことに思し召されるが、それは道理だ。二八「十四

忠平薨去

日乙酉、戌時、太政大臣藤原朝臣忠平薨二小一条第一〈年七十〉」(紀略、天暦三年八月)。延喜十四年八月二十五日任右大臣より、この年まで三十六年。二九 左大臣実頼、右大臣師輔。ともに忠平男。「頼しき」は、頼もしい立派なの意。三〇 忠平は帝の御伯父に当るから親しい御血縁であり、葬儀・法事の事など万端立派に終了し。「よろづかた〲の御事」は富「よろつのつき〲の御こと」。三一 祖父の喪に服して安子も宮中から退出された。→補二四。三二 芳子は師尹女、忠平孫。三三 忠平は寛裕仁慈の大きな気性をもって世を治めておられたから。三四 →補二五。三五 初七日以下中陰の仏事などの御有様は

哀愁の中にも名僧等を請じて立派に行われて、月日は過ぎてゆく。

一 父に代り実頼が政をとり行う。但し村上天

憲平親王(冷泉院)御誕生

皇一代間は関白とならず、冷泉天皇の時に至り、関白の詔を下された。「詔令下二左大臣一関中白万機上、大内記成忠草レ詔」(紀略、康保四年六月二十二日)。本朝世紀に経過が詳しい。 二 宮中席次が摂関に次ぐ人、ここは右大臣。 三 →補二六。 四「冷泉院、(中略)天暦四年五月廿四日、辛酉、誕二生于丹後守藤原遠規宅一」(紀略)。→補二七。 五 失望の余り若宮を呪詛するような事をも誤ってしでかしてしまいそうな事だとばかり。 六 心配の絶える暇のない胸を痛めては。 七 病気になったような気がして、どうせ死ぬなら第

憲平親王御誕生の喜び

二皇子に引き越されるのを見ない前に死にたいとしきりに思うのは、常規を逸した気持である。 八 産屋にあられる間の。 九 そのまま伝え難い程である。 一〇 右大臣師輔。 一一 左大臣実頼。 一二 広平親王。 一三 万事心配もなく、思い通りになられた状態として。 一四 誕生後五十日目の祝儀。父または外祖父などが箸

憲平親王立太子

で餅を赤子の口に入れる。 一五「冷泉院(中略)天暦四年七月廿三日、戊子、於二外祖右大臣〔師輔〕第一立為二皇太子一」(紀略)。「天暦四年七月廿三日、憲平親王立二皇太子一」(略記)。 一六 忠平が去

皇子皇女の誕生

あはれにめでたくて過《す》ぎもていく。世《よ》[一]の中のことを、實頼の左大臣仕《つか》うまつり給。九條殿[二]の人にておはすれど、猶《なを》九條殿をぞ[三]くるしき二に、人思《おも》ひきこえさせためる。」かゝる程《ほど》に年もかへりぬめれば、[21]天暦四年五月廿四日に、九條殿の女御、[四]おとこみこ《冷泉院憲平》生《う》み奉《たてまつ》り給つ。内よりはいつしかと御劍《はかし》もて參《まい》り、おほかたの御有様《ありさま》心ことにめでたし。世《よ》のおぼえことに騒《さは》ぎのゝしりたり。元方《もとかた》[22]の大納言かくと聞《き》くに、胸《むね》ふたがる心地《こゝち》して、物をだにも食《く》はずなりにけり。いといみじく、[五]「あさましき事《こと》をもし誤《あやま》ちつべかめるかな」〔と〕*、[六]物《もの》思つきぬ胸《むね》をやみつゝ、[七]病《やまひ》づきぬる心地《こゝち》して、「同《おな》じくは今《いま》はいかで疾《と》く死《し》なん」との[九]み思《おも》ふぞ、けしからぬ心《こゝろ》なるや。」九條殿《師輔》には[八]御産屋《うぶや》の程《ほど》の儀式有様《ありさま》など、まねびやらん方《かた》なし。[一〇]大臣《おとゞ》の御心《こゝろ》の中《うち》思やるに、さばかりめでたき事《こと》ありなんや。[一一]小野宮のおとゞ《實頼》も、[一二]一の御子《みこ》よりは、これは嬉《うれ》しくおぼさるべし。御かどの御心の中《うち》にも、[一三]よろづ思《おも》ひなく、あひかなはせ給へるさまに、めでたうおぼされけり。」[一四]はかなう御五《い》十日《か》なども過《す》ぎもていきて、生《む》まれ給て三月といふに、[一五]七月廿三日に東宮[23]《憲平》にたゝせ給ぬ。九條殿は、[一六]太政大臣《おほきおとゞ》うせ給にし《去年》を返ゝ口惜《くちを》しくおぼされて、[一七]えいみあへずしほたれ給ぬ。一の御子《廣平》の母《はゝ》女御、湯《ゆ》[24]水《みず》をだに參《まい》らで、沈《しづ》みてぞ臥《ふ》し給へる。いみじく[一八]ゆゝしきまでにぞ聞《きこ》ゆる。」[一九]はかなくて年《とし》

月《つき》も過《す》ぎて、この御方《かた》〳〵、われも〳〵劣《おと》らじ負《ま》けじと、皆《みな》[二〇]たゞならずおはして、[二一]御子達《たち》いとあまた出《い》で來集《きあつま》り給ぬ。按察の御息所《みやすどころ》《在衡》、男《おとこ》三の宮《致平》・女三の宮《保子内親王》生《う》み奉《たてまつ》り給つ。又この九條殿の女御、男《おとこ》四・五のみや《爲平 守平》生《うま》れ給ぬ。又宣耀殿女御《師尹女》、男《おとこ》六・八のみや《昌平 永平》生《むま》れ給へりけれど、(六)宮ははかなくなり給にけり。八宮《永平四品兵部卿》(ぞ)平《たいら》かにて在《をは》しける。麗景殿の女御《庄子女王 代明親王女》、おとこ七宮《具平親王》・女六の宮《樂子 齋宮也》生《むま》れ給にけり。[25]式部卿の宮の女御《規子内親王》、女四宮ぞ生《う》み奉《たてまつ》り給《たま》へりける。廣幡御息所《庶明女》、女五宮《盛子》生《うま》れ給へり。按察の御息所《在衡女》、男《おとこ》九の宮《昭平(アキ)》生《うま》れ給などして、又九條殿の女御、女[26]七・九・十の宮など、あまたさし續《つゞ》き生《む》ませ給て、猶《なを》この御有様世《ありさまよ》に勝《すぐ》れさせ給へり。かくいふ程《ほど》に、おほかた[二二][27]男《おとこ》宮九人・女宮《おんなみや》十人ぞおはしける。」[28]この御中にも、廣幡の御息所《みやすどころ》ぞ、あやしう心ことに[二三]心《こゝろ》ばせあるさまに、みかどもおぼしめいたりける。内よりかくなん、

[二四]逢坂《あふさか》もはては往來《ゆきゝ》の關《せき》もゐず尋《たづ》ねて訪《と》ひこ來《き》なば歸《かへ》さじ」

といふ歌《うた》を、同《おな》じやうにかゝせ給て、御方《かた》〳〵に奉《たてまつ》らせ給けるに、この御返事(を)方《かた》〳〵さま〴〵に申させ給けるに、廣幡《ひろはた》の御息《みやす》どころ《更衣計子》は、[二五]薫物《たきもの》をぞ參《まい》らせ(給)たりける。されば猶心《なをこゝろ》ことに見《み》ゆれと、おぼしめしけり。[二六]いとさこそなくとも、いづれの御方《かた》とかや、いみじくしたてゝ參《まい》り給へりけるはしも、なこその關《せき》もあら

年天暦三年に亡くなったことを。一七 縁起を忌むこともできないで涙を流された。「しほたる」は潮水にぬれて雫が垂れること、転じて涙に袖がぬれる意。一八 忌み慎しまれるほどの評判であった。一九 この段には天暦三年(九四九)から康保元年(九六四)にわたる記事が書かれている。「はかなくて云々」の表現は作者の常套語。以下にも類例が多い。二〇 懐妊されて。二一 →補一八。二二 「村上九皇子、皇后藤原氏生㆓冷泉帝・第四子為平親王・円融帝㆒、女御荘子女王生㆓第七子具平親王㆒、藤原芳子生㆓第六子昌平親王・第八子永平親王㆒、更衣藤原祐姫生㆓第一子広平親王㆒、藤原正妃生㆓第三子致平親王・第九子昭平親王㆒。推㆓昭平生年㆒、実第五子、而日本紀略・尊卑分脈以㆓円融帝㆒、為㆓第五子㆒、昭平第九。蓋以㆓当時賜姓之故㆒、不㆑与㆓諸皇子歯数㆒、而其為㆓親王㆒最在㆑後、故為㆓第九㆒歟」(大日本史、巻九四)。二三 深い考えをお持ちの方と。二四 (恋しい人に

広幡御息所の才智

逢いたく思ってもはじめのうちは人もへだてはしたが)遂に今では人目の関守もなくなったから、心易く尋ねて来なさい、来た上は寵愛して、帰すこともすまい。「逢坂」に男女の逢うを掛け、その縁で関という。「関もゐず」は関所も据えずの意。「あはせたきものすこし」という詞を毎句の上下に伏せた折句沓冠の歌。二五 合薫香(あわせたきもの)。数種の香料を煉り合わせて作った香。二六 御息所ほどは気がつかぬにしても、ある女御とかが美々しく飾り立てて参上されたのは、全く勿来の関も据えたい—来ないでほしいほどに思し召された。「なこその関」は磐城国(福島県勿来市)菊多の関のこと。白河の関と並んで、奥州街道の関門であった。

まほしくぞおぼされける。御《おほん》おぼえも日頃《ひごろ》に劣《おと》りにけりとぞ聞《きこ》え(侍)[一]し。」宣耀殿《芳子》の女御《師尹女》は、[二]いみじううつくしげにおはしましければ、みかども我《わが》[三]御私物《わたくしもの》にぞいみじう思《おも》ひきこえ給へりける。みかど箏[四]の御琴《こと》をぞいみじう遊《あそ》ばしける。この宣耀殿の女御にならは[五]させ給ければ、[六]いとうつくしう弾《ひ》きとり給へりけるを、[29]女御の御はらからの濟時の少將、常《つね》に御前に出《い》でつゝ、[七]さりげなうきゝける程《ほど》に、いみじうよく弾《ひ》きとり給へりければ、上《うへ》いみじう興《けう》ぜさせ給て、召《め》し出《いだ》しつゝ教《おし》へさせ給て、後《のち》〳〵は御遊の折《をり》〳〵は、まづ召《め》し出《い》でゝ、いみじき上手《ず》にてぞものし給《たま》ひける。」[八]この殿ばらの御心ざまども、同《おな》じ御はらからなれど、[九]さま〴〵こゝろ(〴〵)にぞおはしける。[30]小野宮の大臣《おとゞ》は、歌《うた》をいみじく詠《よ》ませ給《たま》ふ。[一〇]すき〴〵しきものから、奥深《おくふか》く煩《わづら》しき御心にぞおはしける。[31]九條の大臣《おとゞ》は、[一一]おいらかに、知《し》る知《し》らぬわかず心廣《ひろ》くなどして、月頃《ごろ》ありて參《まい》りたる人をも、たゞ今《いま》ありつるやうに、けにくゝも持てなさせ給《たま》はずなどして、いと心安《やす》げにおぼし掟《おき》てためれば、大《おほ》[一二]とのゝ人〳〵、多《おほ》くは此九條殿にぞ集《あつま》りける。[32]小一條の師尹の大臣《おとゞ》は、知《し》[一三]る知《し》らぬ程《ほど》のうとさむつまじさも、おぼしおぼさぬ程《ほど》のけぢめけざやかになどして、くせ〴〵しうぞおぼし掟《をき》てたりける。そ[一四]の程《ほど》さま〴〵をかしうなんありける。」東宮《冷泉院》やう〳〵[一五]およずけさせ給*まゝに、

宣耀殿女御芳子とその兄済時

一「侍」は諸本同じ。本書地の文に「侍」を用いたところが十数ヵ所ある。資料のままに書いたか、または不用意に口語口調が出たものであろう。二「御目のしりの少しさがり給へるがいとゞらうたくおはする」(大鏡、師尹伝)。三 大切に思う物。秘蔵物。四 十三絃の琴。仁明朝に遣唐使准判官藤原貞敏が伝えて帰朝したものという(体源鈔)。五 村上帝が女御芳子に琴を習わせなさった。「させ」は使役。見果てぬ夢巻に「又先帝(村上)の、御箏の琴を宣耀殿の女御にも教へ奉らせ給」とあり、大鏡、師尹伝にも「御妹の女御殿に村上の、こと教へさせ給ける御前に候ひ給て、きゝ給程に、をのづから我もその道の上手に人にも思はれ給へりしを」とある。

実頼・師輔・師尹の性質

六 たいそう魅力的な音色で弾くことができるようになられたが。七 学ぶともなく。八 忠平の子、実頼・師輔・師尹等。九 種々、めいめい違った性質で。一〇 風流ではあるが、同時に一面容易に心も知れず気のおかれる性質でいらっしゃった。一一 人柄がおっとりしており、親疎の別を立てず度量が大きく、数月来無沙汰をしていて邸へ参上した人をも、始めて出会ったように疎々しい扱いなどはされず、たいそう気楽にもてなされたから。一二 忠平邸の人々。一三 親しい者に睦しくし、疎縁な者を遠ざけるという区別も、好意を持つ持たないによってつける区別をもはっきりさせなどして、意地悪くもてなされた。一四 殿ばらの性質はさまざまで

師輔信望を受ける

いみじくうつくしうおはしますにつけても、九條殿の御[一六]おぼえいみじうめでたし。又四・五のみやさ《為平并圓融》へおはしますぞめでたきや。」かゝる程《ほど》に、[一七]天德二年七月廿七日にぞ、[33]九條殿女御、后《きさき》にたゝせ給。藤原安子《ヤスイコ》と申て、今《いま》は、[一八]中宮と聞《きこ》えさす。[一九]中宮大夫には、みかどの御はらからの[34][二〇]高明の親王と聞《きこ》えさせし、今《いま》は源氏にて、[二一]例人になりておはするぞ、なり給《たま》ひにける。次《つぎ》〳〵の[二二]宮司《みやづかさ》ども、心ことに選《えら》びなさせ給。九條殿〔の〕*御けしき、世《よ》にあるかひありてめでたし。小《お》野宮《のゝみや》の大臣《おとゞ》、[二三][35]女御《述子》の御事《こと》を口惜《くちを》しくおぼしたり。」小野宮の大臣《おとゞ》の御[36]太郎、少將にて敦敏とていとおぼえありて在《をは》せし、ひとゝせうせ給にしぞかし。[37][二四]その御思《おも》ひにて、いみじく戀《こ》ひしのび給《たま》ひけるを、東《あづま》の方《かた》より、人かの少將の君にとて、馬を奉《たてまつ》りたりければ、見《み》給て、大臣《おとゞ》詠《よ》み給ける、

[二五]まだ知《し》らぬ人もありけり東路《あづまぢ》に我《われ》も行《ゆ》きてぞ住《す》むべかりける」。この殿、

おほかた哥を好《この》み給ければ、[二六][38]今《いま》のみかどこの方《かた》に深《ふか》くおはしまして、折《おり》〳〵にはこの大臣《おとゞ》もろともにぞ詠《よ》みかはさせ給ける。」[二七][39]昔《むかし》高野の女帝の御代、天平勝寶五年には、[二八]左大臣橘卿《諸兄》諸卿大夫等集《あつま》りて、[二九]萬葉集を撰《えら》ばせ給。醍醐の先帝の御時は、古今廿巻選《え》りとゝのへさせ給て、よにめでたくせさせ給。たゞいまゝで[三〇]廿餘年なり。[三一]古《いにしへ》の今《いま》のと古《ふる》き新《あたら》しき哥選《え》りとゝのへさせ給て、よにめでたう

興あることであった。一五 成人なさるにつれて。一六 帝からのご信望。一七 十月が正しい。「甲辰策ニ立女御従三位藤原朝臣安子ニ為ニ皇后ニ」(紀略、天徳二年十月二十七日)。一八 元来三后の総称。在位の天皇の后を中宮と称することは醍醐天皇の皇后穏子に始まる。ここは皇后の意。一九 中宮職の長官。后宮の縁故者が任ぜられることが多く、納言などの兼任。高明北の方と中宮安子と姉妹であった関係からの任命であろう。二〇 醍醐天皇皇子。↓補一九。二一 もと皇族で源姓を賜わり、臣下の列に入った人。ふつう「タダビト」と読んでいるが、「レイヒト」(東松本大鏡)、「レイノヒト」(三条家旧蔵大鏡)等の読み方もある。二二 中宮職の役人。二三 女御述子が早く世を去られた事を。天暦元年十月五日卒去(紀略)。二四 その喪中で。二五 東国にはまだ少将の死を知らぬ人もあるのだった。それなら自分も東国へ行って住めばよかった。後撰、哀傷・大鏡、実頼伝・古本説話集等所載。二六 今上村上天皇も和歌の方面に造詣がお深くて。二七 孝謙天皇。号高野姫天皇。山陵名による御称号。二八 橘卿は橘諸兄。卿は三位以上、大夫は四・五位の人。↓補三〇。二九 万葉集勅撰説の最初の文献と見られる記事。↓補三一。三〇「二十は四十の誤なるべし、延喜五年より天暦五年まで四十七年なり」(歴代和歌勅撰考)。大日本史料も中山美石説を引き「卌」の誤としている。三一 古今集では古今新旧の歌を撰定されて。

女御安子立后

少将敦敏の死

万葉・古今・後撰集等撰定の事

せさせ給。[一]此御時には、その古今に入《い》らぬ哥を、昔《むかし》(の)も今《いま》のも撰《せむ》ぜさせ給て、後《のち》[40]に撰《せん》ずとて後撰集といふ名《な》をつけさせ給《たま》ひて、又廿卷撰ぜさせ給《たま》へるぞかし。それにも、この小野宮《をのゝ》の大臣《おとゞ》の[二]御哥多《おほ》く入《い》りためり。たゞし古今には、(貫之)[*]序いとおかしう作《つく》りて仕《つか》うまつれり。後撰集にもさやうにやとおぼしめしけれど、[三]かれはその時《とき》の貫之この方《かた》の上手《ず》にて、[四]いにしへを引《ひ》き今《いま》を思《おも》ひ、行末《ゆくすゑ》をかねておもしろく作《つく》りたるに、[五]今《いま》はさやうの事《こと》に堪《た》へたる人なくて、口惜《くちを》しくおぼしめしけり。」この小野宮《をのゝ》の大臣《おとゞ》の二郎《頼忠》三郎《齊敏》、二所殘《ところのこ》りておはしつるを、[六]三郎《齊敏》右衛門督までなり給《たま》へりつるもうせ給にければ、[41]今《いま》は二郎頼忠と聞《きこ》ゆるのみぞおはすめる。[七]まだ御位《くらゐ》いと淺《あさ》し。[八]右衛門督の若《わか》うて上達部《かんだちめ》になり給へりしが、[九]かく(て)やみ給《たま》ひにしかば、それに怖《を》ぢて、すが〳〵しくもなし上《あ》げ奉《たてまつ》り給はで。[一〇]右衛門督の御子どもあまたおはしける中《なか》にも、三郎をぞ、おほぢ大臣《おとゞ》我《わが》御子にし給《たま》ひて、[42]實資とつけ給へりける。あつ《敦》とし《敏》の少將の君も、[一一]おのこゞ《佐理大貳是也》女子《おんなご》あまたも給《たま》へりけるを、この祖父《おほぢ》おとゞ《實頼》ぞ、よろづにはぐゝませ給ける。」九條殿《師輔》の后《きさき》の御はらからの中《なか》[43]のきみ《登子》は、重明の式部卿のみや《延喜第五御子》の北《きた》の方《かた》にぞおはしける。[一二]女君《をんな》二人生《う》みてかしづき給《たま》ひけり。」かくて東宮《冷泉院》[一三]四つにおはしましゝ年《とし》の三月に、[44]元方大納言なくなりにしかば、そのゝち、[一四]一の宮《みや》《更衣祐姫》も女御もうち續《つゞ》

一 当代村上天皇の御代には。二 春上・下、秋上・中、恋三、雑三、雑四、哀傷に各一首、恋五に二首、計十首が載る。三 古今集の序はその時代に名だたる紀貫之が歌文の名人で。四 古今集序「この歌天地の開け始まりける時より出で来にけり」の箇所は古の事、「今の世の中色につき人の心花になりにけるより」は今の事、「たとひ時うつり事さり云々」の箇所は未来の事を述べている。五 当今は文章を巧みに書き得る人がなくて。ただし撰者の一人源順の如きは博学多才の人であるから、序が書けなかったのではなく、序を書くまでに至らなかったのであろうという。六 ↓補三二。七 頼忠の天徳二年における官位は従五位下右衛門佐(補任)。

小野の宮実頼の諸子

八 斉敏は、康保四年十月七日〈年四十〉参議に任ぜられ(補任)たから「若うて上達部に…」は誤。九 亡くなられたので、それに懼れてすらすら滞ることなく昇進させ申す事もせず。↓補三三。一〇「斉敏—実資〈祖父実頼公為レ子、用二四男一云々、号二小野宮一〉・懐平」(分脈)。大鏡、実頼伝にも詳しい。小右記〈寛仁二年四月一日条により、実資が実頼の戸口に入る由の実頼の正筆の書や処分状が存した事が知られる(桃裕行氏「忌日考」国民生活史5)。一一 敦敏—佐理・女子・女子(分脈)。男子・女子数多というのは言い過ぎ。

師輔女中の君登子

一二 女君二人の内一人は不明。

元方親子の霊

もう一人は朝光室で姫子の母。↓補三四。一三 東宮(憲平)は天暦四年誕生故、四歳は天暦

きうせ給にしぞかし。一五そのけにこそはあめれ、東宮いとうたてき御もの丶けにて、ともすれば御心地《こゝち》あやまりしけり。一六いと〳〵をしげにおはします折《をり》〳〵ありけり。45一七さるは御かたちうつくしうきよらにおはします事限《ことかぎり》なきに、一八玉《たま》に瑕《きず》つきたらんやうに見《み》えさせ給。一九たゞいみじきことに(は)、二〇御修法あまた壇にて、世《よ》と共《とも》によろづにせさせ給へど、験《しるし》なし。二一いとなべてならぬ御心ざま・かたちなり。御けはい有様《ありさま》、御聲《こは》つきなど、二二まだ小《ちゐさ》くおはします人の御けはひとも見《み》えきこえず、まが〳〵しうゆ丶しう、いとをしげに在《をは》しましけり。これをみかど《村上》もきさき《安子》も、いみじきことにおぼしめし歎《なげ》かせ給。」二三やう〳〵御元服の程《ほど》も近《ちか》くならせ給へれば、二四御女《むすめをは》在する上達部・親王達《みこたち》は、いたうけしきばみ申《ま》し給へど、二五かくおはしませば、たゞ今《いま》さやうの事おぼしめしかけさせ給はぬに、46二六先朱雀院の女御子《をんなみこ》(又)なきものに思《おも》ひかしづき丶こえさせ給しを、二七さやうにおぼしめしたるは、后《きさき》に据《す》ゑ奉《たてまつ》らんの御本意なるべし。されば二八その宮参《みやまい》らせ給べきに定《さだめ》ありて、二九こと人〳〵、たゞ今《いま》はおぼしとゞまりにけり。」式部卿の宮の北《きた》47の方《かた》は、三〇内《うち》わたりのさるべき折《をり》ふしのおかしき事見《み》には、宮仕《みやづかへ》ならず参《まい》り給けるを、三一上《うへ》はつかに御覧《らん》じて、48人知《し》れず、三二「いかで〳〵」とおぼしめして、きさき《安子》に切《せち》に聞《きこ》えさせ給《たま》ひければ、三三心ぐるしうて、知《し》らぬ顔《がほ》にて二三度

七年。一四 広平親王。↓補三五。一五 必ずそのせいであろう、東宮は大層厭わしい物の怪のために、どうかすると御狂気になられた。一六 大層お気の毒な様子でいらっしゃる。一七 実をいうと御容貌の可愛らしく耀くばかり美しくいらっしゃることは限りないのに。一八 物事の十分な中に一つの欠点のある譬。源氏、手習・とりかへばや・在明の別等に例がある。一九 全く大変な事には。「験なし」へ続く。二〇 密教の祈禱法。↓補三六。二一 以下物の怪の憑いた東宮の御様子。二二 まだお小さい子供から受ける感じとはお見え申さず、忌まわしく不吉で、お気の毒な様子でいらっしゃった。二三 ↓補三七。
二四 姫君を持つ親王・公卿方は、女を差上げようと意中をほのめかしてお見せ申したが。元服

昌子内親王、東宮御参りの事定まる

の際は副臥(そいぶし)を定める例。二五 東宮は時々気の狂われるような状態故。二六 サキノスザクイン。先帝朱雀院の皇女昌子内親王。二七 副臥にと思し召されたのは、内親王を将来后にお立てしようとした朱雀院の御本意に添い奉るものなのであろう。二八 元服の夜昌子内親王を妃とした事が、紀略、応和三年二月二十八日条に見える。二九 他の人々はこの際女を差出すことを断念された。

村上天皇、登子を垣間見給う

三〇 宮中で行われる然るべき折々の興ある物見事には、御姉安子中宮の許へ宮仕えとしてでなく参られたのを。
三一 帝はほのかに御覧なさって。
三二 何とかして会いたいものと。
三三 后はお気の毒に思い、見て見ぬふりをして。

は對面《たいめ》せさせ奉《たてまつ》らせ(給)けるを、上《うへ》[一]はつかに飽《あ》かずのみおぼしめして、常《つね》に猶《なを》〳〵と聞《きこ》えさせ給ければ、わざと迎《むか》へ奉《たてまつ》り給けれど、あまりはえ物《もの》[二]せさせ給《たま》はざりける程《ほど》に、みかどさる[三]べき女房を通《かよ》はせさせ給て、忍《しの》びて紛《まぎ》れ給つゝ参《まい》り給。又造物所《つくもどころ》[四]にさるべき御調度共《てうどども》まで心《こゝろ》ざしせさせ給ける事を、自《をのづか》[五]ら度《たび》〳〵になりて、后《きさき》の宮《安子》も聞《き》かせ給《たま》ひて、いと[六]ものしき御けしきになりにければ、上《うへ》[七]もつゝましうおぼし(めし)て、かの北《きた》の《重明北方》かたもいと恐《おそろ》しうおぼしめされて、そのこと止《やま》りにけり。かの宮《みや》の北《きた》の方《かた》は、御[八]かたちも心もおかしう今《いま》めかしうおはしける。色《いろ》[九]めかしうさへおはしければ、かゝる事はあるなるべし。みかど人知《し》れず物思《ものおも》ひにおぼし亂《みだ》る。」[49]かゝる程《ほど》に、后の宮もみかども、四の宮《為平式部卿》を限《かぎり》[一〇]なきものに思きこえさせ給ければ、その御けしきにしたがひて、よろづの殿上人・上達部《かんだちめ》、靡《なび》[一一]き仕《つか》(う)まつりてもてはやし奉《たてまつ》り給《たま》ふ程《ほど》に、やう〳〵[一二]十二三ばかりに在《をは》しませば、御元服の事おぼし急《いそ》がせ給《たま》ふ。御女《むすめ》も給《たま》へる上達部は、い[一三]みじうけしきばみきこえ給に、宮[一四]の大夫と聞《きこ》ゆる人、源氏の[50]左大将《高明》えもいはずかしづき給一人女《ひとりむすめ》を、さ[一五]やうにとほのめかしきこえ給《たま》ひければ、帝《みかど》[一六]も宮《みや》も御けしきさやうにおぼしければ、よ[一七]ろこびてよろづしとゝのへさせ給て、や[一八]がてその夜参《よまい》り給。例《れい》[一九]の宮達《たち》は、我里《さと》におはし初《そ》むる事《こと》こそ常《つね》の事《こと》なれ、これは女御・

一 帝は僅かな逢瀬で、飽き足らずのみ思し召されて、常にそれでもやはり対面せしめようと申されたので、后は特に登子を御自分のもとへお迎え申し上げたが。二 登子は后に憚り、度々は参ることもできなかったが。三 帝は然るべき女房を登子の所へ使に出してお呼びになり、登子は隠れ隠れして参内された。四 宮中の調度類を調製した所。別当・預・史生等がある。承和十五年初見。五 自然の成行きで度重なり。六 大層不快な御様子になられたので。七 帝も遠慮深く思し召され、かの重明親王北の方(登子)も恐しく思われて、密通の事は終りになった。八 御容姿・性質ともすぐれており当世風に華やかでいらっしゃった。九 その上色っぽくもいらっしゃったので、このような事もあるのだろう。村上天皇と登子との情事は大鏡、師輔伝にも同趣の記事がある。一〇 この上なく可愛いものに思い申し上げておられたから。

源高明女、為平親王に嫁す

一一 一同靡き仕え申しておとりもち申し上げているうちに。一二 だんだん成長して。一三 親王の妃にと大層気負い立たれたが。一四 中宮大夫と申し上げる人—左大将源高明がいうにいわれず大切にしておられる一人娘を。一五 親王の妃にとそれとなく申し上げられたので。一六 帝も中宮も高明女を親王妃にしてもよいという御内意のようであったから。↓補三八。一七 高明は喜んで用意万端調えなさって。一八 元服の日(康保二年八月二十七日)その夜すぐに親王のもとに参られた。↓補三九。一九 普通の宮達ははじめ女の里にお通いなさるのが通例の事であるが。二〇 宮中におられる親王のもとにそのまま参上させなさるように定められたので。

更衣のやうに、二〇やがて内《うち》におはしますに参《まい》らせ奉《たてまつ》り給《たま》ふべき定《さだめ》あれば、二一例《れい》の女[51]御・更衣の参《まい》りはさることなり、これはいと珍《めづら》かに様《さま》かはり今《いま》めかしうて、御元服の夜やがて参《まい》り給《たま》ふ。帝《みかど》・后《きさき》の御二二よめ扱《あつか》ひの程《ほど》、いとおかしくなん見えさせ給ける。*」[52]かゝる程《ほど》に、重明式部卿の宮日頃《みやひごろ》いたくわづらひ給《たま》ふといふ事聞《きこ》ゆれば、九條殿《師輔》もいかに〳〵とおぼし歎《なげ》く程《ほど》に二三うせ給《たま》ひにければ、みかど人知《し》れず二四今《いま》だにと嬉《うれ》しうおぼしめせど、みや《安子》にぞ憚《はゞか》りきこえさせ給《たま》ひける。二五御忌《いみ》など過《す》ぎさせ給て、二六この四宮《爲平》をぞ一品式部卿の宮と聞《きこ》えさすめる。」かゝる程《ほど》に、九條殿《師輔》悩《なやま》しうおぼされて、二七御風《かぜ》などいひて、二八御湯茹《おほんゆゝで》などし、薬《くすり》きこしめして過《すぐ》させ給ほどに、まめやかに苦《くる》しうせさせ給《たま》へば、みや《安子》も二九里《さと》に出《い》でさせ給ぬ。三〇男《おとこ》君達《ぎみたち》あまたおはすれど、またはか〴〵しくおとなしきもさすがにおはせず。中《なか》におとなしきは、[53]中將《伊尹》などにておはするもあり。いかにおはすべきにかと、内《うち》にもいみじうおぼしめし歎《なげ》きたり。東宮《冷泉院》の御後見《うしろみ》も、四《〈四〉爲平》・五《〈五〉圓融院》宮の御事《こと》も、たゞこの大臣《おとゞ》を頼《たの》もしきものにおぼしめしたるに、いかに〳〵と、おほやけよりも御修法など行《をこな》はせ給《たま》ふ。いとめでたき御幸《さいはい》に世《よ》の人も申思《おも》へり。[54]三一天徳四年五月二日出家せさせ給て、四日うせさせ給ぬ。御年五十三。三二たゞ今《いま》かくしもおはしますべき程《ほど》にもあらぬに、口惜《くちを》しう心憂《こゝろう》く、惜《を》しみ申さぬ人なし。「三三世《よ》を知《し》

二一 通例の女御・更衣が後宮へ参られるのは当然の事だが、これは親王妃として入内なさるのが珍しく様子が変り当世風で。 二二 新来の親王妃を迎え御嫁のようにお取扱いなさる様が。

二三「三品式部卿重明親王薨、年四十九、延喜帝王四子也」(略記、天暦八年九月十四日)。この事実は為平親王の元服の康保二年よりは、十二年前で年月の順序が前後している。

式部卿宮重明親王薨去

二四 せめて今なりと(思うように登子に会えるだろう)と。

二五 喪に籠るべき一定の期限。

師輔病悩・出家・薨去

二六 為平親王を式部卿宮と呼んだ文献のはじめは、天元元年十一月二十八日(紀略)である。

二七 四時の気が人に当って生ずる疾病、主として神経系の慢性的疾患。↓補四〇。

二八 入浴し身体を温めて治すこと。湯治。

二九 里邸(師輔邸)。

三〇 伊尹・兼通・兼家を始め男君達は大勢いるが、しかししっかりした年かさの者はさすがにまだいない。↓補四一。

三一 紀略、天徳四年五月一日の条に師輔出家のこと、同四日条に薨去のことがある。なお出家のことは九暦抄・紀略・略記、五月二日の条に、薨去のことは、以上の他、西宮記にも見える。

三二 まだ五十三歳の今日、このようになくなられるような御年配でもないのに。

三三 関白となって世の中を治めなさるのにも申し分のないお心がけの方なのにと。

り給はんにもいとめでたき御心《こゝろ》もちゐを」と、返ゝおぼし惑《まど》はせ給。宮《皇后安子》おはしませば、よろづ限《かぎり》なくめでたし。一天下〈が〉の人、いづれかは宮《みや》に靡《なび》き仕《つか》うまつら(ぬ)があらん。」かくて後《のち》[一]の御事ども、「あはれ〳〵」と聞《きこ》えさする程《ほど》に、[二]御法事も六月十よ日にせさせ給。「[三]今《いま》はとて内《うち》に参《まい》らせ給へ」とあれど、「いと暑《あつ》き程過《ほどすぐ》して」とておはします。[55][四]右大臣には、[56]故時平の大臣《おとゞ》の御子《こ》[57]顯忠(の)大臣《おとゞ》なり給ぬ。このおとゞ《實頼》左の殘《のこ》りてかくおはする、いとめでたし。[58]東宮の女御も、[五]宮《みや》の御もののけの恐《おそろ》しければ、里《さと》がちにぞおはしましける。」年《とし》月もはかなく過《す》ぎもていきて、をかしくめでたき世《よ》の有様《ありさま》ども書《か》き續《つゞ》けまほしけれど、[六]何《なに》かはとてなん。宮達皆《たちみな》さま〴〵うつくしう[七]何方《いづかた》にもおはしますを、[八]上《うへ》左も右もとぞおぼしめさるゝ(が)うちにも、[九]猶《なを》宮《安子》の御方《かた》の御子達《みこたち》は、いと心《こゝろ》ことにおぼしめす。九條殿の[一〇]急《いそ》ぎたる御有様《ありさま》、返ゝも口惜《くちを》しういみじき事をぞ、帝《みかど》も后もおぼしめしたる。」世《よ》の中何事《なにごと》につけても變《かは》りゆくを、あはれなる事にみかどもおぼしめして、猶《なを》「[59][一一]いかで疾《と》う下《を》りて心《こゝろ》やすきふるまひにてもありにしがな」とのみおぼしめしながら、「[一二]さき〴〵も位《くらゐ》ながらうせ給みかどは、後《のち》〳〵の御有様《ありさま》いとゝころせきものにこそあれ」と、「[一三]同《おな》じくはいとめでたうこよなき事《こと》ぞかし」とまでおぼしめしつゝぞ、過《すご》させ給ける。」式部卿の宮《爲平》も、今《いま》は

一　入棺・葬送等死後の諸事。富「のち〳〵の御事とも」。これらの事実、他の文献には見えない。二「中宮於二法性寺一、修二故前右大臣卌九日法事一、諷誦布施布三百段」(紀略、天徳四年六月二十二日条)。七七日の法事のこと。十よ日は、廿余日の誤。三 今はもうあきらめて。父病気のために里邸に退出した中宮に言われる帝の御詞。「戌刻中宮従二飛香舎一移二右近権中将伊尹朝臣一条宅一、依二右大臣薨一也」(紀略、天徳四年五月十日)。これによれば、病中・薨後の二度退出されたようである。四「大納言従二位藤原顯忠朝臣任二右大臣一、年六十三、故左大臣時平二男也」(略記、天徳四年八月二十二日条)。五 東宮にお憑きしている元方の霊が恐しいので、里邸に御別居勝ちでいらっしゃる。六「何かは書き尽すべきとてなむ措きつる」の意。どうして書き尽くされようかというので省略する。七 どの女御・更衣がたにも。八 帝は御子達のことをああもしよう、こうもしようといろいろに思し召されているが。九 安子所生の御子達は、帝も特別可愛く思し召される。一〇 早く世を去られたことが。一一 何とか早く譲位して、ぜひ気楽な振舞をもしたいものだとしきりにお考えになられながら。一二 前々も在位のまま崩御された帝は、上皇と異なり御葬送や御法事など堂々たるものだと思われ、また。「もの」は底本

故師輔の法事。顯忠右大臣に任ず

村上天皇と御子達

村上天皇御譲位の思し召し

為平親王東宮に立たれず

いとようおとなびさせ給ぬれば、里《さと》におはしまさまほしく《う》おぼしめせど、帝《みかど》も后《きさき》も一四ふりがたきものにおぼしきこえさせ給《たま》ふものから、怪《あや》しき事は、「[60]一五みかどなどにはいかゞ」と見奉《みたてまつ》らせ給ふことぞ出《い》で來《き》にたる。されば五宮《守平》をぞ、さ一六やうにおはしますべきにやとぞ。まだそれはいと稚《おさな》うおはします。それにつけても、「大臣《おとゞ》のおはせましかば」とおぼしめす事多《ことおほ》かるべし。」麗景殿《庄子 代明女[61]》御方の七《二品中務》宮《(卿)具平》ぞ、一七おかしう、御心掟《こゝろをきて》など小《ちひさ》ながらおはしますを、母女御《庄子》の御心《こゝろ》ばえ推《を》し量《はか》られけり。一八按察《あぜち》の宮《正妃 在衡女》すどころことにおぼえなかりしかども、宮達《みやたち》[62]のあまたおはしますにぞ一九かゝり給《たま》ふめる。式部卿のみや《重明女 徽子女王》の女御、宮《みや》二〇さへ在《をは》しまさねば、参《まい》り給《たま》ふ事いとかたし。二一さるは「いとあてになまめかしうおはする女御を」など、常《つね》に思《おも》ひ出《い》でさせ給折《をり》〳〵は、御文《ふみ》ぞ絶《た》えざりける。」かゝる程《ほど》に后《きさき》の宮《安子》、日《ひ》頃《ころ》二二たゞにもおはしまさぬを、いかにとおぼしめさるゝに、怪《あや》[63]しう悩《なやま》しうのみ、常《つね》よりも苦《くる》しうおぼさるれば、「いかなる事にか」と、二三わが御心地《ち》にもおぼしめさるれば、二四七壇の御修法、二五長日御修法、二六おほやけ方《がた》・宮方《みやがた》(と)行《をこな》はせ給《たま》ふ。二七不斷の御讀經など行《おこな》はせ給しるしありて、御心地《こゝち》さはやがせ給などすれば、いと嬉《うれ》しき(ことに)おぼしめせば、又同《おな》じことに苦《くる》しうせさせ給などして、月日過《す》ぎもていく程《ほど》に、里《さと》に出《い》でさせ給《たま》ふ(を)「二八猶《なを》〳〵かくて」と申させ給へど、

の見せ消ちを生かして解した。一三 同じ事ならそのように立派にされる事は結構で格別なことであると、なき後の事まで思し召されては、御譲位の事も御決心になられずお過しになられた。一四 忘れ去り難い—手放し難いものに思い申し上げなさるものの。一五 帝位につけ奉ることはいかがと考えられるような事件が起った。↓補四二。一六 皇太子として次に皇位にもおつけすべき方であろうかと思し召された。一七 お可愛くて、お心配りなどを年少ながらお持ちであるから、母女御の平素のお気立てもすぐれたものと推量することができる。具平親王は康保元年六月十九日誕生であるから、このあたり年紀通りではない。一八 按察の御息所(↓三〇頁)は特に御寵愛もなかったが。一九 それを頼りにしておられる。二〇 (寵愛の薄い上)皇子さえお生みになられないから、君側へ参上することも容易でない。しかしこの記事は誤。↓補四三。

麗景殿とその他の女御

中宮安子御懐妊・御悩・御祈禱

二一 その実、大層高貴で優雅でいらっしゃる女御なのにと。↓補四四。二二 懐妊されたのである。二三 中宮御自身のお気持でも。二四 ↓補四五。二五 日限を定めずに長期にわたって行う御祈禱。二六 朝廷でも中宮方でも。二七 昼夜絶えず読経して安産を祈願すること。一日十二時を十二人の僧が交替で読経を続ける。二八 やはりこのまま宮中にとどまるように。源氏、桐壺に、更衣が病によって退出しようとする時、帝が「なほ暫し試みよ」といわれたのと同趣。ここ以下の叙述にも桐壺の巻の影響が見られる。

一 病の重い身が宮中にとどまることは神の怒りにも触れ恐れ多いことである。二 日本紀略によれば主殿寮で崩御されたとあり、本書と異なる。病のため里邸に退出したこと、他の文献に見えない。三 憲平・為平・守平・輔子・資子等。

村上天皇はじめ人々の憂慮

四 お気晴らしをしたり興深い管絃の遊びも。五 どうしたらよかろうかと。六 御心痛のあまり帝が御病気になられてはと恐しく思い。七 やはり帝は平素お気晴らしをなさるのに慣れていらっしゃるのに。「て」は反対の意を表わす語句を導く。八 実頼は帝が(以上の理由により)お気の毒な事だとして。実頼は女述子が帝の女御であった関係上御心配申し上げたのであろう。九 万事秩序も立ち、中宮以外の女御・更衣がたものんびりしたお取扱いを受けておられる。

中宮御重態、元方の霊出現

しかし、もし中宮に万一のことでもあられたら。一〇 御母中宮が退出されたこうした折にまでこの機会を見逃し得ようかと、そのまますぐに里へ退出してしまわれたから。中宮安子の場合と同様、為平親王の里邸退出のことも、他の文献に見えない。一一 帝はいろいろな事につけて淋しく、気がかりな事を多く憂慮なさる。一二 中宮御所生の皇女たち。一三 やはり今暫くは宮中にとどまっているように。一四 守平親王。一五 中宮のお側へゆくと、物の怪の乗り移るのが恐しいからといって。一六 今頃宮たちは母もいず淋しく思っていられるだろうと思われて。一七 中宮を御心配なさる御心の休まる暇とてないが。一八 万事あれこれ心づかいをなさるにつけても。上の「宮達をば」は「よろづに心しらひ

「64— それも恐《おそろ》しき事《こと》なり」とて出《い》で[二]させ給て、いよ〳〵御祈《いのり》ひまなし。多《おほ》[三]くの宮《みや》達《たち》のおはしませば、上《うへ》いかにとのみ、しづ心《ごゝろ》なくおぼし惑《まど》ふも、げにとのみ見《み》えさせ給《たま》ふ。」うち《村上》には、よろづに御心[四]をやりをかしき御遊《あそび》も、この御悩《なやみ》によりおぼし〔たえ〕*て、「いかさまに[五]」とおぼしたれば、小野宮《をのゝ》のおとゞ《實頼》、[六]いと恐《おそろ》しう、[七]猶《なを》御心をやりておはしましならひて、いたく沈《しづ》ませ給へるを、「心苦《こゝろぐる》[八]しき御事なり」とて、(又)御祈《いのり》などよろづに仕《つか》まつらせ給《たま》ふ。「この宮《安子》かくておはしませばこそ、[九]よろづとゝのほりて、かたへの御方〳〵も心のどかにもてなされておはすれは。もしともかくもおはしまさば、いかに〳〵見苦《みぐる》しきこと多《おほ》からん」と、人〳〵もいひ思《おも》ひ、御方〳〵もいみじくおぼし歎《なげ》くべし。」かゝる程《ほど》に、御悩《なやみ》猶をどろ〳〵しうなりまさらせ給《たま》へば、内《うち》にも外《と》にもこの御事をおぼし歎《なげ》くに、内より御使隙《つかひひま》もなし。[一〇]式部卿の宮この折《をり》さへやとて、やがて出《い》でさせ給《たま》ひにしかば、上《うへ》[一一]さま〴〵にさう〴〵しくおぼつかなき事ども多《おほ》くおぼしめす。女[一二]宮達《たち》は、「猶《なを》[一三]しばし」とてとゞめ奉《たてまつ》らせ給《たま》へり。五[一四]宮をも、「御[一五]ものゝけ恐《おそろ》し」とて、とゞめ奉《たてまつ》らせ給つ。返ゝ「いかなるべき御心地《おほんこゝち》にか」とおぼしめさる。宮達《たち》をば「[一六]さう〴〵しくおぼしめさるらんに」とて、御[一七]心《こゝろ》の暇《いとま》なけれど、上渡《うへわた》らせ給《たま》ひて、[一八]よろづに心しらひきこえさせ給《たま》ふも、かつ[一九]は「いか

ど」とおぼし續《つゞ》けても、御涙《なみだ》こぼれさせ給《たま》へば、よく[二〇]忍《しの》ばせ給《たま》へど、御心騷《さはぎ》せさせ給。[二一]たゞにもあらぬにかくおはします事を、よろづよりも危《あやう》く大事におぼしめさるゝに、[二二]御心地久《こゝちひさ》しうなれば、いと弱《よは》くならせ給《たま》ひて、[二三]ともすれば消《き》え入《い》りぬばかりにおはします御有樣《ありさま》を、内《うち》には、[二四]むつまじき女房達《たち》[二五]かはり〲に參《まい》りて見奉《みたてまつ》りつゝ奏すれば、さま〲[二六]耳《みゝ》かましきまでの御祈《いのり》[二七]ども、驗《しるし》見《み》えず、いといみじき事《こと》におぼし惑《まど》ふ。御ものゝけどもいと數多《かずおほ》かるにも、[二八]かの元方大納言の靈いみじくおどろ〱しく、いみじきけはひにて、[二九]あへてあらせ奉《たてまつ》るべきけしきなし。東宮《冷泉院》をも[三〇]いみじげに申《まう》し思《おも》へり。[三一]東宮もいかに〱とおぼつかなさを思やりきこえさせ給《たま》ふ。内よりの御使《つかひ》、夜晝《よるひる》わかず頻《しき》[三二]りて參《まい》り續《つゞ》きたり。[三三]御はらからの殿ばら・君達《きみたち》、心《こゝろ》をまどはし給。」かゝる程《ほど》に、[三四]おほかたの御心地よりも、例《れい》の御事《こと》のけはひさへ添《そ》ひて苦《くる》しがらせ給《たま》へば、いとゞ[三五]御しつらひし、御誦經など、[三六]そこらの僧の聲《こゑ》さしあひたる程《ほど》に、[三七]いみじう、宮《安子》は息《いき》だにせさせ給《たま》はず、なきやうにておはします。[三八]そこらの内外額《うちとぬか》をつき、押《を》しこりてどよみたるに、みこ《選子内親王》[三九]いか〱と泣《な》き給《たま》ふ。「あな嬉《うれ》し」と思て、[四〇]後《のち》の御事どもを思《おも》ひ騷《さは》ぐ程《ほど》ぞいみじき。「[四一]や」とのゝしる程《ほど》に、やがて消《き》え入《い》らせ給《たま》ひにけり。
65 かくいふ(こと)は[四二]應和四年四月廿九日、[四三]いへばおろかなりや。思やるべし。[四四]内

云々」へ続く。一九 一方では中宮はどうであろうかと思い続けられても。二〇 悲しみをがまんなさるけれども。二一 御懐妊の上に物の怪の加わったことを。二二 御病気が長びいたので、大層衰弱されて。二三 どうかすると息が絶えそうになられるばかりの御有様で、それを。二四 帝の親しく使われる女房たちが。二五 交替で里邸に参上し中宮の御様子をお見申し上げては奏上するので。二六「耳囂し」。耳にやかましい。二七「御祈りどもせさせ給へど」の意。二八 元方女が第一皇子広平親王をお生みしたのに、安子所生の憲平親王のため東宮の地位を奪われ、それが原因で憤死して元方は物の怪になった。二九 まったく生きておかせ申す様子も見えない。三〇 (霊が)大層恨みがましげに。三一 東宮も(中宮の御悩を御心配なさって)、いかがいらっしゃるだろうと気がかりな御病状を推量申し上げなさる。三二 度重なって。三三 御兄弟である若い殿方。伊尹・兼通・兼家ら。三四 普通の御病気以上に、御産気まで

選子内親王御誕生と中宮の崩御

加わって。三五 産室の御仕度をし、安産祈願の御誦経など。この様子については、他の文献には見えない。三六 大勢の僧たちの声が入り交っている間に。三七「なきやうにて云々」へ続く。三八 大勢の室の内外にいる人々は神仏を礼拝し、一団となってどよめき騒いでいる間に。三九 嬰児の泣く擬声語。オギャアオギャア。→補四六。四〇 後産の事など。四一 あ、これはと大騒ぎをしている間に。→補四七。四二 口にすれば形容が不十分である。四三 →補四八。四四 中宮御所生の宮達も夜になって退出せられた。「けがれ給ふ故に皆出で給ふ也」(抄)。

の宮達《みやたち》もよべぞ出《い》でさせ給つる。この度《たび》の宮、女にぞおはしましける。宮達《たち》まだ稚《をさな》くおはしませば、何《なに》ともおぼしたるまじけれど、一おほかたのひゞきにいみじう泣《な》かせ給。式部卿の宮《為平》は、伏《ふ》し轉《まろ》び泣《な》き惑《まど》はせ給も理《ことはり》にいみじう。(内にも)聞《きこ》しめして、すべて何事《なに》もおぼえさせ給はず、御聲《こゑ》をだに惜《お》しませ給《たま》はず、二ゆゝしきまで見《み》えさせ給《たま》ふ御有様《ありさま》也。三東宮《冷泉院》も、御物のけのこの宮に參《まい》りたれば、例《れい》の御心地におはしませば、いといみじう悲《かな》しきことに惑《まど》はせ給もあはれに、見奉《みたてまつ》る人皆《みな》涙《なみだ》とゞめがたし。四あはれなりともおろかなり。五「さてやは」とて、六今宮《いま》は、七侍從の命婦八かねてもしかおぼしゝ事なれば、やがて仕《つか》うまつる。「あはれ、九例《れい》のやうに平《たひら》かにおはしまさましかば、こたびは心《こゝろ》ことにいかにめでたからまし」といひ續《つゞ》けて、殿ばら・女房達《たち》泣《な》きどよみたる、理《ことはり》にいみじき御事なりかし。」66 一〇かくてのみやはおはしまさんとて、一一「とかくし奉《たてまつ》らん」とおぼし掟《をき》てたるにも、儀式有様《ぎしきありさま》、あはれに悲《かな》しういみじき事限《かぎり》なし。一二内《うち》〳〵に奉《たてまつ》りつる絲毛《いとげ》の御車《くるま》にぞ奉《たてまつ》る。世《よ》の中の一三さるべき殿上人・上達部など、參《まい》り送《をく》り奉《たてまつ》る、殘少《のこりすくな》く見《み》えたり。よろづよりも、式部卿の宮《為平》の御車《くるま》の後《しり》に歩《あゆ》ませ給《たま》ふこそ、いといみじう悲《かな》しけれ。一四奉《たてまつ》り給《たま》へりける物のさまなどのいみじさよ。一五香の輿《こし》・一六火の輿《こし》など、皆《みな》あるわざのなりけり。すべて御供《とも》の男《おとこ》女、いとうるは

一 あたりの人々が泣き騒ぐ総じての騒ぎにひかれて大層お泣きなさる。二 忌み憚るべき程にお見えなさる悲しまれようである。三 はじめ東宮にお憑きしていた元方の霊が中宮の方へ行ったので、東宮は平常の御本心に立ちかえっていらっしゃって、中宮の崩御を悲しい事と途方に暮れておられるのもお気の毒で。四 お気の毒だなどといったところで並一通りの言い方で、十分な形容ではない。五 そう悲しんでばかりもおられようかと。六 今度お生まれになった皇女。選子内親王。「今」は新しいの意。七 系譜未詳。中宮安子の女房か。「侍從」は夫の官名か。八 あらかじめ今宮の御乳母に任命しようとお考えになっていた事であるから、そのまま奉仕することになった。九 いつものように御安産なさったのであったら、今度は特別どんなにかめでたいことであったろうか。一〇 亡きがらをこのままにしてばかりはおけないというので。一一 茶毘にお付し申し上げようとお定めなさるにつけても。「三日、戊寅、早旦右大臣以下參二杖座一、定下行皇后崩葬官事上、警固・固関如レ常」(紀略、康保

故中宮御葬送、村上天皇の御精進

元年五月)。一二 中宮が平素お乗りになっておられた糸毛の御車を轜車(ひつぎの車)としてお乗せ申し上げた。糸毛の車は五色の糸で飾ったもので、「輿車図考」に詳しい。一三 然るべき縁故の深い。一四 親王のお召しになっておられる喪服・藁履等の有様のおいたわしさよ。一五 香炉の輿。小さい輿の中で香を焚く。一六 燭の輿。火を点じた輿。これらの事は、左経記(長元九年五月十九日条)・類聚雑例等が参考になる。一七 藤衣。〔参考〕「応和四年五月七日、(中略)近臣猶可レ着二素服一」(西宮、前田本、臨時五)。

しき装束《さうぞく》どもの上《うへ》に、[一七]えもいはぬ物《もの》どもをぞ著《き》たる。おほかたの儀式有様《ぎしきありさま》、いはんかたなくおどろ〳〵しう、内にも東宮にも皆《みな》御服あるべければ、[一八]諒闇だちたれど、[一九]これは殿上人なども薄鈍《うすにび》をぞ著《き》たる。[二〇]夏の夜もはかなくて明《あ》けぬれば、この御はらからの君達《だち》、[二一]僧《そう》も俗《ぞく》も皆《みな》うち群《む》れて、[二二]木幡《こはた》へ詣《まう》で給《たま》ふ程《ほど》など、「[二三]誰《たれ》も遅《おそ》く速《と》きといふばかりこそあれ、いと昨日今日《きのふけふ》とは思はざりつる事ぞかし」と、内におぼしめしたる御けしきにつけても、[二四]猶《なを》めでたかりける九條殿の御ゆかりかなと見《み》えさせ給。[二五]押《を》しかへし、「みかどのおはしますに、先《さき》だち奉《たてまつ》らせ給《たま》ひぬるも、[二六]又いとめでたしや」と申す類《たぐひ》も多《おほ》かりや。[二七]五宮《守平》はいつゝ六《む》つにおはしませば、[二八]御服だになきを、あはれなる御有様《ありさま》、世《よ》の常《つね》の事《こと》に變《かは》らず過《す》ぎもていく中《なか》にも、よろづおどろ〳〵しく、こちたきさまはいとことなり。さて内《うち》はやがて[二九]御精進《さうじ》にて、この程《ほど》はすべて御戯《たはぶれ》に〔も〕*女御・御息所《みやすどころ》の[三〇]御宿直《とのゐ》絶へたり。[三一]いとさまことに孝じきこえさせ給。」[三二]かくて御法事六月十七日の程《ほど》にぞせさせ給へりける。[三三]五月の五月雨《さみだれ》にもあはれにて鹽解《しほど》け暮《くら》し、田子《たご》の袂《たもと》に劣《をと》らぬ有様《ありさま》にて、御法事にすべて司《つかさ》〳〵の人皆《みな》ゐたち、[三四]さるべき公方《おほやけがた》ざまにし掟《をき》てさせ給《たま》ふ。かくて御法事過《す》ぎぬれば、僧どももまかでぬ。宮の内《うち》[三五]あらぬものにひきかへたり。されど宮達《たち》おはしませば、さるべき殿上人・上達部絶《た》えず、この

一八 諒闇(天皇が父母の喪に服される期間のこと。この間上下一般、国中悉く喪にいる)といった趣であるが。 一九 今度の場合は、殿上人なども橡(つるばみ)の喪服ではなく、薄鈍(薄鼠色、後には少し縹(なはだ)色に染めた)を着ている。「鈍色　花田染也、亮闇時、直衣此色也、指貫勿論、表袴表袍裏等同ㇾ之、大帷同㆓此色㆒歟」(名目鈔)。→補四九。 二〇 短い夏の夜もあっという状態で明けたので。「はかなくて」と「て」を付けていう用法は本書の慣用。 二一 僧は尋禅・深覚等、俗は伊尹・兼通・兼家等。いずれも中宮の御兄弟。 二二 山城国宇治郡(京都府宇治市木幡)。ここの東北御蔵山麓一帯には冬嗣以下藤原氏歴代の諸墓や皇妃・皇子の陵墓が多く、安子の御墓を中宇治陵という。→補五〇。 二三 何人も遅速の別だけはあるが、いずれは死ななければならぬのであるが、こんなに早く亡くなられようとは思いもかけなかったことだ。「いと」は「思はざりつる」へ続く。「つひにゆく道とはかねて聞きしかど昨日今日とは思はざりしを」(古今、哀傷、業平)による。 二四 (このように帝に惜しまれるのは)やはり九条師輔公のゆかりのお方は違ったものだとお見えなさる。 二五 反対に臣下の立場からは。

故中宮の御法事、中宮御所の有様

二六 御葬送や御法事なども立派に行わせられるから不幸中にも結構な事である。 二七 守平親王は天徳三年誕生、応和四年は六歳。 二八 →補五一。 二九 御身を清浄にし潔斎されて。 三〇 夜伽も。 三一 普通と違い特別に亡き中宮のために追善供養をなさった。「孝(きょう)ず」は亡き人のため仏事供養すること。 三二 →補五二。 三三 五月雨に較べてももっと哀れに毎日を涙にくれて過し、涙

殿《との》ばらも候《さぶら》ひ給へば、いみじくあはれ(に)悲《かな》しくなん。[一]ものゝ心《こゝろ》知《し》らせ給へる宮達《たち》は、御衣《ぞ》の色《いろ》などもいとこまやかなるもあはれなり。御乳母《めのと》の侍従命婦をはじめとして、[二]小貳命婦・[三]佐命婦など、二三人集《あつま》りて仕《つか》うまつる。これは[四]もとの宮の女房、皆《みな》内かけたるなりけり。」かくいみじうあはれなる事を、内《うち》にも眞心《まごゝろ》に歎《なげ》き過《す》ぐさせ給程《ほど》に、[五]男《おとこ》の御心《こゝろ》こそ猶《なを》憂《う》きものはあれ、[六]六月つごもりにみかどのおぼしめしけるや〔う〕*、「式部卿の宮《重明》の北《きた》のかた《師輔公女》は一人在《ひとりをは》すらんかし」とおぼし出《い》でゝ、[七]御文ものせさせ給《たま》ふに、后の宮の御弟《おとゝ》の(御)方《かた》〴〵、男君達《おとこぎみたち》、たゞ親《おや》とも君《きみ》とも宮《安子》をこそ頼《たの》み申つるに、[八]火《ひ》をうち消《け》ちたるやうなるを、[九]あはれにおぼし惑《まど》ふ。」[一〇]かくて宮達《みやたち》内に參《まい》らせ給に、今宮も忍《しの》びておはしますを、[一一]あはれに悲《かな》しと見奉《みたてまつ》らせ給。いみじうおかしげに[一二]めでたうおはします。御[一三]五十日《い》は里《さと》にてぞきこしめす。御衣《ぞ》の色《いろ》ども、[一四]ひたみちに墨染《すみぞめ》なり。」宮の北方は、珍《めづら》しき御文を嬉《うれ》しうおぼしながら、[一五]なき御影《かげ》にもおぼしめさむこと、恐《おそろ》しうつゝましうおぼさるゝに、その後《のち》御文しきり(に)て、「[一六]參《まい》り給へ〳〵」とあれど、いかでかは思《おも》ひのまゝには出《い》で立《た》ち給はん。「いかに」などおぼし亂《みだ》るゝ程《ほど》に、[一七]御《お》はら《ほん》からの君達に、上忍《うへしの》びてこの事を宣《のたま》はせて、「[一八]それ參《まい》らせよ」と仰《おほ》せられければ、「[一九]かゝる事のありけるを、宮のけしきにも出《いだ》さで、年頃《としごろ》おはしましけ

に濡れた袖は、早苗を植える農夫の袂に劣らずしめり勝ちで。[二四]然るべき朝廷の儀式に準じてお定め申し上げた。[二五]にぎやかな今までとは全く変り寂しくなった。

村上天皇より登子に御消息

一 物心のついた宮達は、喪服の色なども大層濃いのも哀れである。二↓補五三。三↓補五四。四 故中宮に仕えた女房で、皆主上付の女房をも兼ねていたものであった。五 男心というものはやはり全く憎いものである。六 六月下旬に。七 登子のもとへ御消息をお遣りあそばしたのに。八 中宮に亡くなられ、灯火を消したような心細さを感じていたが。九 登子の所へ帝から御消息がとどいたので感無量の体で途方に暮れた。一〇 中宮御腹の御子達が御忌服で久しく退出し

選子内親王の五十日の御祝

ておられたが、今度参内された時。一一 選子内親王が生まれて間もなく御母の崩御されたことを天皇は。一二 可愛いらしく美しくいらっしゃる。一三 生後五十日の祝い餅は里邸で召し上られた。五十日は、六月十四日に当るが、他の史料には見えない。一四 ひたすら真黒な喪服であった。

登子入内、登花殿尚侍に任ず

一五 亡き人の面影―姉中宮・夫重明親王の霊に対しても、その思し召しが恐しく慎しく思われるのに。一六 早く参内するようにと。一七 伊尹・兼通・兼家ら。一八 登子を参内させよ。一九 帝と登子とこのような御関係のあった事を、年来中宮は御顔色にも出さないでいらっしゃった事よ。

る事」とおぼすにつけても、いと悲《かな》しう思出《い》できこえ給。さてかしこまりてまかで給て、「はやう参《まい》り給へ」など聞《きこ》え給へば、二〇あべい事にもあらずおぼしたれば、「二一今《いま》はじめたる御事にもあらざなるを」など二二恥《はづか》しげに聞《きこ》え給て、二三この君達同《おな》じ心《こゝろ》にそゝのかし、さるべき御様《さま》に聞《きこ》え給。内よりは二四内藏寮《くらづかさ》に仰《おほ》せられて、二五さるべきさまのこまかなる事どもあるべし。二六「さば」とて出《い》で立《た》ち参《まい》り給《たま》ふを、二七御はらからの君達《だち》、さすがにいかにぞやうち思《おも》ひ給《たま》へる御けしきどもゝ、すゞろはしくおぼさるべし。68さて参《まい》り給《たま》へり。二八登花殿にぞ御局《つぼね》したる。二九それよりとして御宿直《とのゐ》しきりて、三〇こと御方《かた》〳〵あへて立《た》ち出《い》で給《たま》はず。故《こ》宮の女房・宮達《みやたち》の御乳母《めのと》など三一安《やす》からぬ事に思《おも》へり。「三二かゝる事のいつしかとあること。たゞ今《いま》かくおはしますべき事《こと》かは」など、三三事《こと》しも咀《のろ》ひなどし給《たま》ひつらんやうに聞《きこ》えなすも、いと〳〵かたはらいたし。御方《かた》〳〵には、三四宮《みや》の御心のあはれなりし事を戀《こ》ひ忍《しの》びきこえ給に、三五かゝる事さへあれば、三六いと心《こゝろ》づきなき事《こと》にすげなくそしりそねみ、安《やす》からぬことに聞《きこ》え給《たま》ふ。参《まい》り給て後《のち》、(すべて)夜晝《よるひる》臥《ふ》し起《お》き三七むつれさせ給《たま》ひて、三八世《よ》のまつりごとを知《し》らせ給《たま》はぬさまなれば、たゞ今《いま》の三九そしりぐさには、四〇この御事《こと》ぞありける。「四一わりなかりし折《をり》、あやにくなりしにや」とおぼされつる御心《こゝろ》ざし、今《いま》しもいとゞまさりて、いみじう思きこえさせ給てのあ

二〇 登子は参内などあるべき事でもないように思っておられたから。二一 今度の事は今が始めての事でもないことだのに。二二 登子が恥かしくなるような様子で申し上げなさって。二三 伊尹等兄弟は同じ心になって勧め、参内されるのが当然だと申し上げなさる。二四 中務省に属し、金銀・珠玉・宝器を管し、供進の御服、祭祀の奉幣などを掌った。二五 入内に必要な細々とした品物なども下賜されたであろう。二六 それではと。二七 伊尹らが参内を勧めたものの、あまり立派な事でもないと思っておられる様子を見ると、登子も具合悪く思われた。二八 →補五五。

二九 入内後は。富「それよりして」。

三〇 他の女御がたは。

三一 心穏やかならぬ事に。

三二 こんな事がさっそくあるなんて、中宮様のなくなられた今こんなでいらっしゃっていい事でしょうか。

三三 中宮の崩御は登子の方で呪詛でもなさったかのように強いて噂するのもにがにがしい事である。

三四 故中宮の御心が慈愛にみちていた事を。

三五 登子参内の事まで起ったから。

三六 大層気にくわぬ事としてそっけなくそしったり嫉妬したり、がまんできない事と申し上げなさる。このあたりもすべて源氏、桐壺の巻に似せて書いている。

三七 親しみまつわりなさって。

三八 政治にも関知なさらぬ様子だから。

三九 非難の種。

四〇 富「この御事をそしたりける」。

四一 めちゃめちゃに登子が恋しかった時、(中宮の手前)生憎な事なのだろうかと思われた御愛情が、(遠慮のなくなった)今は一段とまさって。

まりには、「[一]人の子《こ》など生《う》み給はざらましかば、后《きさき》にも据《す》ゑてまし」とおぼしめし宣《のたま》はせて、[二]内侍のかみになさせ給つ。御はらからの君達《きんだち》も、暫《しば》しこそ「心《こゝろ》づきなし」とおぼし宣《のたま》はせしか、御心《こゝろ》ざしのまことにめでたければ、[三]たけからぬ御一筋《ひとすぢ》をおぼすべし。小野宮の大臣《おとゞ》などは、「あはれ、[四]世《よ》のためしにし奉《たてまつ》りつる君の御心《こゝろ》の、世《よ》の末《すゑ》によしなき事《こと》の出《い》で來《き》て、人のそしられの負《を》ひ給《たま》ふ事」と、歎《なげ》かしげに申《ま》し給。御方〻[五]たまさかにぞ御宿直《とのゐ》もある。登華殿の君参《まい》り給ては、[六]つとめての御朝寝《あさい》・晝寝《ひるね》など、あさましきまで[七]世《よ》も知《し》らせ給はず御殿《との》籠《ごも》れば、「[八]何事《なにごと》のいかなれば、かく夜《よる》は御殿籠《おほんとのごも》らぬにか」と、けしからぬ事《こと》をぞ、近《ちか》うつかまつる男《をとこ》女申思《おも》ひためる。」

[69]かゝる程《ほど》に、[九]按察の更衣《在衡女》の御腹《はら》の女《保子》三宮《内親王》、琴《こと》をなんをかしく弾《ひ》き給ときこしめして、みかど「いかでその宮《みや》の琴《こと》聞《き》かん。参《まい》らせ給へ」と、御息所《みやすどころ》に度《たび》〻のたまはせければ、母御息所《はゝみやすどころ》いと嬉《うれ》しくおぼして、[一〇]したてゝ参《まい》らせ給《たま》へり。[一一]上《うへ》、晝間《ひるま》のつれ〴〵におぼされけるに渡《わた》らせ給て、「[一二]いづら、宮《みや》は」と聞《きこ》え給《たま》へば、「[一三]こなたに」と聞《きこ》え給《たま》へれば、[一四]ゐざり出《い》で給《たま》へり。十二三ばかりにて、[一五]いとうつくしげにけ高《だか》きさまし給《たま》へり。[一六]け近《ちか》き御けはひぞあらせまほしき。みかど、[一七]いづれも御子《こ》のかなしさは分《わ》きがたうおぼしめされて、うつくしく見奉《みたてまつ》らせ給に、「母御息所《はゝみやすどころ》に[一八]おぼえ給《たま》へり」と御

一 子供を生んだことのない女だったら、后位にも据えてしまおうものを。 二 尚侍。内侍司（常侍・奏請・伝宣等の事を掌る）の長官。もと従五位であったが、平城天皇の時、従三位に上せて尚侍薬子を寵愛されてから、御寝所に伺候するようになり、大臣の女を尚侍とする例が多くなった。ここはそれ。「以二従五位上藤原登子一為二尚侍一」（紀略、安和二年十月十日）。村上天皇崩御後の事で、本書と異る。 三 強くない支持の理由として、安子と登子が同胞という点を思われるのだろう。 四 聖帝の例にお引き申し上げていた我が君の御心が、世の末になってこのような詮ない事が起り、人の非難を負われることよ。 五 ときたま。 六 その翌朝の。 七 政治もおとりなさらないで。 八 一体何がどうしてこのように夜もおやすみにならないのだろうか。 九 御息所と同人。「御息所」は、女御・更衣その他職名

按察御息所女、御前に琴を弾く

なく寵幸される後宮の総称。 一〇 着飾って（娘と一緒に）参上された。 一一 帝はある昼間の、手持無沙汰に思われた時に御息所のもとにお越しになられて。 一二 どちらの方にいるのか、三の宮は…（倒置法）。 一三 母御息所の詞。三の宮よ、こちらへ出ていらっしゃい。 一四 膝行して出て来られた。 一五 大層可愛らしい様子で。 一六 親しみのある感じを添えさせたい。 一七 どの方をも御子としての可愛さは差別をつけ難く思し召されて、三の宮をも可愛いものと御覧なさるにつけて。 一八 よく似ていらっしゃる。 一九 何となく年寄りめいて見え、あまりぱっとしない様子でいらっしゃって。 二〇 少々古風な感じや、様子をしていて。 二一 会ってみたいような感じが多分なさらなかったであろう。 二二 みやびや

覧《らん》ずべし。御息所《みやすどころ》もきよげにおはすれど、[一九]もの老《お》い〳〵しく、いかにぞやおはして、[二〇]少《すこ》し古體《こたい》なるけはひ有様《ありさま》して、[二一]見《み》まほしきけはひやし給《たま》はざらん。姫宮《ひめみや》はまだいと若《わか》くおはすれば、[二二]あてやかにおかしくおはするに、御琴《こと》をいとをかしう弾《ひ》き給《たま》へば、「[二三]きゝ給《たま》ふや。これはいかに弾《ひ》き給《たま》ふぞ」と宣《のたま》はすれば、母御息《みやす》どころ《正妃》、[二四]三尺のき丁を御身にそへ給《たま》へるを、[二五]き丁ながらゐざりより給ほど、[二六]なま心《こゝろ》づきなく御覧《らん》ぜらるゝに、「『[二七]ものと何《なに》と道《みち》をまかれば經をぞ一巻《ひとまき》見付《みつ》けたるを、取《と》り廣《ひろ》げて聲《こゑ》をあげて讀《よ》[二八]むものは、佛説の中《なか》の摩訶の般若の心經なりけり』と弾《ひ》き給《たま》ふにこそ」と宣《のたま》ふに、[二九]せん方《かた》なくあやしうおぼされて、[三〇]ともかくも宣《のたま》はせぬ程《ほど》、いと恥《はづか》しげなり。[三一]その折《をり》にあさましうおぼされたりける御けしきの、世語《よがたり》になりたるなるべし、[三二]かやうなる事《こと》もさしまじりけり。」后《きさい》の宮《みや》おはしましゝ折《をり》、[三三]九の宮などの御對面《たいめん》ありしなどこそ、いみじうめでたかりし(か)など、[三四]上《うへ》の女房達《たち》は、夜晝宮《よるひるみや》を戀《こ》ひ忍《しの》びきこえさする様《さま》[三五]おろかならず。[三六]おほかたの御心《こゝろ》ざま廣《ひろ》う、[三七]まことの公《おほやけ》とおはしまし、[三八]かたへの御方《かた》〳〵にもいと情《なさけ》あり、おとな〳〵しうおはしましゝをぞ、御方《かた》〴〵も戀《こ》ひきこえ給《たま》ふ。」

尚侍《ナイシノカミ》の御有様《ありさま》こそ、猶《なを》めでたういみじき御事なれど、たゞ今《いま》あはれなる事《こと》は、この内侍のかみの御はらからの[三九]高光少将と聞《きこ》えつるは、[四〇]童名《わらは》はまちをさの君と

かに美しくいらっしゃる上に。二三 帝の御詞。聞いておられるか。ところでこれは何といってお弾きになっているのか。二四「き丁」(几帳)は室内に立てて身辺の隔てとするもの。土居(つち)という四角の台の上に柱二本を立て、その上に横手をつけ、これに帷(とばり)を付けて垂れる。三尺は柱の高さ。二五 几帳ごと膝行して来られる有様を。二六 何となく気にくわぬ様子で御覧になっておられると。二七 琴に合わせて唱った歌詞。「これは仏教の大意を賦したる梵賛・漢賛などあるを、こゝには今様歌の体にうつし、和賛とて節にあはせてうたふものなり」(標註)。「摩訶の般若の心経」は摩訶般若波羅蜜多心経の略。「ものと何と」は、誰それと一しょに。二八 読んだその物は…であった。二九 帝はどうしようもない程変なことと思われて。三〇 何ともおっしゃらないので、御息所は帝に対して大層恥ずかしそうである。三一 この時帝がお呆れになられた御様子が、世間話となって伝わったのであろう。

故中宮に対する上の女房達の追憶

三二 (世の中の様々の出来事の中には)このような事もまじっていた。三三 資子内親王。三四 主上付きの女房。三五 並一通りでない。三六 故中宮は、総じての御気性が広く。三七 真の国母でいらっしゃり。三八 そばの女御・更衣がたに対しても思いやりが深く、思慮も深くあられたことを。中宮の御性質については大鏡、師輔伝参照。三九 師輔男、右少将。母は村上天皇皇女雅子内親王。尚侍登子の母は武蔵守経邦女。

少将高光の出家

四〇 元服以前の幼名。摂家は何君、清華以下は何丸などいう。

聞《きこ》えし(は)、九條どのゝいみじう思《おも》ひきこえ給《たま》へりし君、[一](中)宮《安子》の御事なども あはれにおぼされて、月の隈《くま》もなう澄《す》みのぼりてめでたきを見《み》給て、

[二]かくばかり經難《へがた》く見《み》ゆる世《よ》の中にうらやましくも澄《す》める月かな」と詠《よ》み給《たま》

ひて、その曉《あかつき》に[三]出《い》で給て、法師になり給にけり。みかどもいみじうあはれがらせ給《たま》ふ。世《よ》の人もいみじく惜《お》しみきこえさす。[四]多武峯といふ所《ところ》に籠《こも》りて、いみじく行《おこな》ひておはしけるに、三《み》つ四《よ》つばかりの[五]女君のいと〳〵うつくしきぞおはしける。[六]それをぞ猶《なを》おぼし捨《す》てざりける。[七]多武峯《たふのみね》まで戀《こひ》しさは續《つゞ》きのぼりければ、[八]母《はゝ》君の御許《もと》に、それ(に)より(て)ぞ音《おと》づれきこえ給ける。[九]かの兒君《ちごぎみ》も、屛風の繪《ゑ》の男《おとこ》を見《み》ては、父《てゝ》とてぞ戀《こ》ひきこえ給《たま》ひける。[一〇]これは物語《ものがたり》に作《つく》りて、世《よ》にあるやうにぞ聞《きこ》ゆめる。あはれなること(に)は、この御事《こと》をぞ世《よ》にはいふ。」

はかなく年《とし》月も過《す》ぎて、みかど世しろしめして後《のち》、[一一]廿年になりぬれば、「下《を》りなばや。[一二]暫《しば》し心《こゝろ》にまかせてもありにしがな」とおぼし宣《のたま》はすれど、時《とき》の上達部達《たち》、さらに許《ゆる》しきこえさせ給《たま》はざりけり。」

[71]康保三年八月十五夜、[一三]月の宴せさせ給はんとて、清涼殿の御前に、[一四]皆方分《みなかたわか》ちて前栽植《う》へさせ給《たま》ふ。[一五]左の頭には、[一六]繪所別當藏人少將濟時とあるは、小一條の師尹の大臣《おとゞ》の御子、[一七]今《いま》の宣耀殿の女御の御兄《せうと》なり。右の頭には、造物所《つくもどころ》の別當右近少將[一八]爲光、これは九條殿の九郎

一 御姉中宮安子崩御の事。二 かくも暮し難い無常の世の中に、月だけは羨しくも何の物思いの雲もかからず澄み渡っていることよ。「澄める」に「住める」を掛けた。三 出家されて。多武峯略記によれば応和元年十二月五日。当時二十三歳、五位。四 奈良県磯城(しき)郡の南部にある山。もと倉橋山といい、談山(かたりやま)ともいう。大織冠藤原鎌足の墓所のある地。五 後に昭平親王の北の方となった方。「うつくし」は可愛い。六 少将はその女君をやはりお忘れにならなかった。見せ消ちの「を」を生かして解す。七 多武峯まで女君を恋しく思う心は引続き少将とともに上って来たから―山に来ても女君の恋しさは忘れられなかったから。八 女君の母―北の方師氏女のもとへ、女君恋しさ故に便りをお寄せなさった。九 その女君も。「てゝ」といういい方は、大鏡、道長伝・青蓮院旧蔵紙背文書仮名消息等にも見える。一〇 →補五六。

村上天皇御譲位の思し召し

一一 天慶九年御即位以来康保二年まで二十年。一二 当分の間思う存分にしていたいものだ。一三 観月の宴。仲秋明月を賞することは中国の風習。唐代後期から盛になり、これが我が国に伝わったという。田氏家集(島田忠臣)にある「八月十五夜月宴」「八月十五夜惜月」

清涼殿の月の宴と前栽合

「八月十五夜宴各言レ志」等の詩や、素性・貫之・躬恒等の和歌にあるものが古いものという。一四 左右に組を分けて互に造った前栽の優劣を競争する遊びをしたのである。→補五七。一五 前栽合の頭領。一六 建春門内東脇御書所の北にあった絵画のことを掌った所。「別当」は

君なり。劣《おと》らじまけじと挑《いど》[一九]みかはして、繪所の方には洲濱《すはま》[二〇]を繪《ゑ》に書《か》きて、くさ\/の花生《はなを》ひたるに勝《まさ》りて書《か》きたり。遣水《やりみづ》・巖《いはほ》みな書《か》きて、銀《しろがね》[二一]をませのかたにして、よろづの蟲《むし》どもを住《す》ませ、[二二]大井に逍遙したるかたを書《か》きて、鵜船《うぶね》に篝火《かゞり》ともしたるかたを書《か》きて、蟲《むし》のかた*はらに歌《うた》は書《か》きたり。造物所《ツクモドコロ》の方《かた》には、おもしろき洲濱《すはま》を彫《ゑ》りて、潮《しほ》みちたるかたをつくりて、色《いろ》\/の造花《つくりばな》を植《う》へ、松《まつ》竹《たけ》などを彫《ゑ》り付《つ》けて、いとおもしろし。かゝれども、歌《うた》は女郎花《おみなへし》[二三]にぞつけたる。

左方、

[二四]君《きみ》がため花植《はなう》へそむと告《つ》げねども千代《ちよ》まつ蟲《むし》の音《ね》にぞなきぬる」右方、

[二五]心《こゝろ》して今年《ことし》は匂《にほ》へ女郎花《をみなへし》咲《さ》かぬ花《はな》ぞと人は見《み》るとも」。

御遊[二六]ありて、上達部多《おほ》く參《まゐ》り給《たま》ひて、御祿さま\/なり。これにつけても、「[二七]安子みやのおはしましゝ折《をり》に、いみじく事《こと》のはえありておかしかりしはや」と、上《うへ》よりはじめ奉《たてまつ》りて、上達部達《たち》戀《こ》ひきこえ、目拭《めのご》ひ給《たま》ふ。花蝶《はなてふ》[二八]につけても、今《いま》はたゞ「下《を》[二九]りゐなばや」とのみぞおぼされける。」時ゞにつけて變《かは》りゆく程《ほど》に、月日も過《す》ぎて康保四年になりぬ。72 月頃內《ごろうち》[三〇]に例《れい》ならず惱《なやま》しげにおぼしめして、御物忌などしげし。「いかに」とのみ恐《おそろ》しうおぼしめす。御讀經・御修法など、[三一]あまた壇行《おこな》はせ給《たま》ふ。かゝれどさらに驗《しるし》もなし。例《れい》[三二]の元方の靈《れい》なども參《まゐ》りて、いみじくのゝしるに、

その長官。済時は応和元年八月七日左少将、同二年正月十六日蔵人(補任)。一七 師尹の女芳子。一八 為光は、応和二年正月二十三日右少将、同三年正月十三日蔵人。一九 お互にはり合って。二〇 洲浜の出入した形を模して作った盤の上に、岩木花鳥等の景物を設け、饗宴の飾り物とするもの。ここはそれを絵に描いた。二一 銀で籬(ませ・まがき)の形を作り。洲浜は類聚雑要抄に図がある。二二 前の洲浜絵と同じものかどうか紛らわしいが、恐らく同一の場面であろう。「大井」は大井川。下流は桂川となって淀川に注ぐ。「逍遙」はぶらぶら歩き。二三 活けものの女郎花の枝に付けた。二四 わが君のため美しい花を植え初めて千代の秋を待つということは告げないが、花の下にいる千代を待つという名を持った松虫がその由を音に立てて鳴いている。「まつ」に松と待つが掛けてある。二五 女郎花よ、造花のことだから、咲き匂わぬ花だと人は見るかも知れないが、それに構わず特に心を用いていつもよりは美しく咲き匂えよ。二六 管絃の遊び。二七 中宮の御在世中は大game遊びばえがして興趣の深かったことよ。天徳四年三月の清涼殿歌合のことなどをいう。紀略・村上御記・西宮記・内裡歌合等に詳しい。二八 世の中に花よ蝶よといってにぎやかに遊び過ごすにつけても。〔参考〕「皆人の花や蝶やといそぐ日もわが心をば君ぞ知りける」(枕草子、三条宮におはしますの頃の段)。二九 譲位したいものだと。三〇「今日天皇初御不豫」(紀略、康保四年五月十四日)、「天皇不豫」(略記、康保四年五月十四日)。

三一 →補五八。

三二 →四三頁。

村上天皇の御悩

[一] やはり天位を保つ命数が尽きたからこそ、

実頼、東宮の事につき帝の御内意を伺う

物の怪出現のような事もあるのだろう。[二] 以前は御譲位になりたく思われたが。[三] ままよ、同じ事ならば、在位のままで死ぬ方がよい。しかし事実は五月十四日に御出家になっている。[四] もし万一の事(崩御の事)もおありなさったら。[五] 天機をお伺い申し上げなさると。[六] この期にのぞんでは東宮におつきなさることはできまい。このあたり、実頼が、為平親王をやめて守平親王を東宮に立てるために陰謀をめぐらしたように思われるが、この後の彼の行動によっても一層それが明瞭になる。[七] 涙を流されるなどといったところで並一通りの形容である。[八] 可哀そうで、人の笑いものになることだろうと思ってお嘆きなさるさまは。

村上天皇崩御、冷泉天皇御即位

中宮の崩御後推して参内し寵を専らにしたのであったから。[九]「廿五日、癸丑、(中略)巳刻天皇崩㆓于清涼殿㆒、春秋卌二、在位廿一年」(紀略、康保四年五月)。「同日子剋、奉㆓璽剣於皇太子直曹襲芳舎㆒〈或云凝華舎〉、固㆓三関㆒警㆓諸衛㆒」(紀略)。富「うせさせ給ぬ」。[一〇] 宮中。中国の王城は門を九重に造る制であったからとも、宮居を九天にかたどったのだともいう。[一一] かき消したような有様でもある。[一二] あきれた大変な事だというのも並一通りのことである。[一三] 多くの。

御葬送の司召・御葬送・諒闇

[一四] 悲しみのあまりどうしてよいのか分らなかった。「かす」という言い方は、「驚かす」(カ行

「[一]猶《なを》世《よ》の盡《つ》きぬればこそ、かやうのこともあらめ」と、心細《こゝろぼそ》くおぼしめさる。」[二]かねては下《を》りさせ給《たま》はまほしくおぼされしかど、今《いま》になりては、「[三]さばれ、同《おな》じくは位《くらゐ》ながらこそ」とおぼさるべし。御心地《こゝち》いと重《おも》ければ、小野宮のおとゞ（實頼）忍《しの》びて奏し給《たま》ふ。「[四]もし非常の事もおはしまさば、東宮には誰《たれ》をか」と御[五]けしき給はり給へば「[73]式部卿の宮《みや》をとこそは思《おも》ひしかど、[六]今《いま》におきてはえ居《ゐ》給はじ。[74]五宮（守平 圓融院）をなんしか思《おも》ふ」と仰《おほ》せらるれば、うけたまはり給《たま》ひぬ。御悩まことにいみじければ、宮達《みやたち》・御方《かた》〴〵[七]皆涙《みななみだ》を流《なが》し給もおろかなり。その中《なか》にも[75]内侍のかみ、[八]あはれに、「人笑《わら》はれにや」とおぼし歎《なげ》く(さま)、理《ことはり》にいとをしげなり。」

[76]されど終《つゐ》に[九]五月廿五日にうせ給ぬ。[77]東宮位《くらゐ》につかせ給《たま》ふ。あはれに悲《かな》しきこと譬《たと》へん方《かた》なし。めでたう照《て》り耀《かゞや》きたる月日の面《おもて》に群雲《むらくも》の俄《にはか》に出《い》で來《き》て掩《おほ》ひたるにこそ似《に》たれ。又[一〇]九重《こゝのへ》の内《うち》の燈火《ともしび》(を)[一一]かい消《け》ちたるやうにもあり。[一二]あさましういみじとも世《よ》の常《つね》なり。[一三]こゝらの殿上人・上達部達《たち》、[一四]足手《あして》をまどは(か)したり。「我君《きみ》の御やうなる君には、今《いま》はあひ奉《たてまつ》りなんや。我《われ》も後《をく》れ奉《たてまつ》らじ〳〵」と、[一五]足《あし》ずりをしつゝぞ泣《な》き給。[一六]東宮の御事《こと》まだともかくもなきに、世《よ》の人皆心《みなこゝろ》〴〵に思定《さだ》めたるもをかし。「[一七]大臣《おとゞ》は皆知《みなし》りておはすめる物を」と。」よろづ御後《のち》[一八]の事どもいといみじ。[78]御葬送《さうそう》の夜は、[一九]司召《つかさめし》ありて、[二〇]百官を押しかへして、この

道《みち》かの道《みち》と分《あか》ちあてさせ給《たま》ふに、[二一]常《つね》の司召《つかさめし》はよろこびこそありしか、これはみな涙《なみだ》を流《なが》すも、げにゆゝしく悲《かな》しうなん見《み》えける。いづれの殿上人・上達部かは殘《のこ》らんとする、數《かず》を盡《つく》して仕《つか》うまつり給。[二二]殿上には人たゞ少《すこ》しぞとまれる。[二三]村上といふ所《ところ》にぞおはしまさせける。その程《ほど》の有様《ありさま》いはん方《かた》なし。[二四]夏夜もはかなく明《あ》けぬれば、皆歸《みなかへ》り參《まゐ》りぬ。[二五]いみじけれどもおりゐのみかどの御事は、たゞ人のやうにこそありけれは、これはいと／＼珍《めづら》かなる見物《みもの》にぞ、世人申思《おも》ひける。[二六]その後次《ゝちつぎ》／＼の御事ども、いみじうめでたき御事と申せども、同《おな》じさまにて月日も過《す》ぎぬ。宮〻御方《かた》／＼の[二七]墨染《すみぞめ》どもあはれにかなし。同《おな》じ諒闇なれど、これはいと／＼おどろ／＼しければ、たゞ一天下の人[二八]烏《からす》のやうなり。四方山《よもやま》の[二九]椎柴殘《しゐしばのこ》らじと見《み》ゆるも、あはれになん。」事どもゝ皆《みな》はてゝ、少《すこ》し心《こゝろ》のどかになりてぞ、[79][三〇]東宮の御事あるべかめる。式部卿宮《為平》[80]わたりのには、人知《し》れず[三一]大臣《おとゞ》の御けしきを待《ま》ちおぼせど、あへて音《おと》なければ、「いかなればにか」と御胸《むね》つぶるべし。源氏のおとゞ《高明》、[三二]「もしさもあらずば、あさましうも口惜《くちを》しうもあべきかな」と、物思《ものおも》ひにおぼされけり。」[81]かゝる程《ほど》に、[82][三三]九月一日東宮《守平》立《た》ち給《たま》ふ。[83]五宮ぞたゝせ給。御年九にぞおはしける。みかどの御年十八にぞおはしましける。このみかど《冷泉院》たゝせ給《たま》ふ同《おな》じ日、[84][三四]女御も后《きさき》にたゝせ給て中宮と申。[85]昌子内親王と

四段活用の他動化）などからの類推作用で起ったといわれる。一五 足をすり合わせもがきつつ泣くこと。一六 新東宮の事についてまだ何の音沙汰もないのに。一七 小野宮の大臣はすべて知っておられるらしいのにと。以下省略した形であろう。ただし富には「と」は無い。一八 死後の諸事。一九 葬儀官の補任。→補五九。二〇 百官を本来の役とは違って、この役かの役と葬儀の役を割当てなさるのに。二一 年々恒例の司召は。二二 清涼殿の南側。大臣以下殿上人の伺候する所。二三 山城国葛野郡花園（京都市右京区）。「山陵 山城国葛野郡村上陵〈六月四日葬二之仁和寺一也〉」（略記、康保四年五月二十五日）。二四 ナツノヨ。夏の短か夜もあっという間に明けたので。二五 盛大ではあっても太上天皇の御葬送は、大臣等臣下のような有様だが、しかしこの場合は。二六 一七日以下の御法事等立派に行わせられたが、五七日・六七日・七七日と何時の場合も同じように月日は過ぎていった。特

為平親王と源高明の落胆

に七七日は清涼殿で盛大に行われたことが、記略・世紀・西宮記等に見える。二七 黒く染めた喪服。二八 国中の人が黒い喪服を着たから。二九 椎柴は喪服の染料になるもので、それを皆取り尽して、今は四方の山にも残りはあるまいと思われるのも。三〇 東宮が誰にきまるかということが。三一 小野宮実頼が何と言い出すかと

守平親王立太子、昌子内親王立后

いう様子を。三二（自分の女婿である為平親王が）もし東宮に立たれなければ。三三「一日、丙戌、立二先皇第五皇子守平親王一為二皇太弟一〈年九〉」（紀略、康保四年九月）。三四 →補六〇。

ぞ申つるかし。[一]朱雀院の御心掟《こゝろをきて》を、本意かなはせ給へるもいとめでたし。中宮大夫には、[二]宰相朝[86]成〈ひら〉なり給ぬ。春宮の大夫には、[三]中納言師氏、[四]傅には小一條の大臣《おとゞ》なり給ぬ。皆《みな》九條殿の御はらからの殿ばらにおはすかし。たゞし九條殿の君達《だち》は、[五]まだ御位《くらゐ》ども淺《あさ》ければ、えなり給《たま》はぬなるべし。」みかど[六]例《れい》の御心地におはします折《をり》は、[七]先帝にいとよう似奉《にたてまつ》らせ給へり。[八]御かたちこれは今少《いますこ》し勝《まさ》らせ給へり。[九]あたらみかどの御ものゝけいみじくおはしますのみぞ、よに心憂《う》きことなる。今年《ことし》は[一〇]御禊・大嘗會なくて過《す》ぎぬ。」[87]かゝる程《ほど》に同《おな》じ年《とし》の十二月十三日、[一一]小野宮のおとゞ《實頼》太政大臣になり給ぬ。源氏の右のおとゞ《高明 西宮》左になり給ぬ。右大臣には小一條のおとゞ《師尹》なり給《たま》ひぬ。源氏の大臣位《おとゞくらゐ》はまさり給へれど、[一二]あさましく思《おも》ひの外《ほか》なる世中をぞ、心憂《う》きものにおぼしめさるゝ。かゝる程《ほど》に年もかへりぬ。」[88]今年《ことし》は年號かはりて安和元年といふ。[一三]正月の司召《つかさめし》に、さま〴〵の[一四]喜《よろこ》びどもありて、九條殿の御太郎伊尹の君、[一五]大納言になり給て、いと華《はな》やかなる上達部にぞおはする。[一六]女君達《たち》あまたおはす。[89]大姫君《おほひめ》内《うち》に參《まい》らせ給《たま》はんとて、急《いそ》がせ給《たま》ふといふ事あり。二月にとぞおぼし心《こゝろ》ざしける。これを聞《きこ》しめして、中宮《昌子内親王也》も里《さと》に暫《しば》し出《い》でさせ給。[一七]上《うへ》の御ものゝけの恐《おそろ》しければ、この宮《みや》も里《さと》がちにぞおはしましける。」[90][一八]二月ついたちに女御《伊尹女 懐子》參《まい》り給《たま》ふ。その程《ほど》の有様《ありさま》を推し

一 朱雀院が内親王を未来の后と御心に計画されていたことや、その御本意のかなわれたことも結構な事だ。「を」は富「御心おきて御本意」とあるを参照、「御」の誤と見て解した。 二 宰相は参議の唐名。右大臣藤原定方六男。「参議正四位下藤朝成、右衛門督、使別当、九月四日兼㆓中宮大夫㆒〈立后日〉」(補任)。 三 忠平男。実頼・師輔等の弟。「中納言正三位藤師氏、左衛門督、九月一日兼㆓春宮大夫、大納言従二位藤師尹、右大将、按察使、九月一日、兼㆓皇太子傅㆒〈立坊日〉」(補任)。 四 東宮の職員。皇太子の補導役。「小一条の大臣」は師尹。師氏の弟。 五 康保四年の官位は、伊尹従三位権大納言、兼通従四位上内蔵頭、兼家正四位下左近中将兼美濃権守春宮権亮。 六 物の怪の起らぬ尋常の御心地。 七 村上天皇。 八 御容貌は、冷泉院の方は。 九 このように御立派な帝が。 一〇 諒闇の年は、御禊・大嘗会の行われぬ事は六国史に見えており、この時も先例の如く行われなかった。 一二 →補六一。 一二 藤原氏が為平親王をさしおいて御弟守平親王を東宮にお立てした意外な世の中の形勢を。 一三 「甲午、始㆓除目㆒、十三日除目終」(紀略、安和元年正月十日)。これは県召除目であって、司召とあるのは誤。 一四 叙位任官等の祝い事。伊尹の任権大納言は十二月十三日、任大納言は安和二年(補任)。 一五 前年の十二月

冷泉天皇と御物の怪

実頼太政大臣に任ず。官位移動

安和元年正月、司召

伊尹女懐子入内、同懐妊により退去

量《はか》るべし。みかどいとかひありて時《とき》[一九]めかせ給ほどに、[二〇]いつしかとたゞにもあらぬ御けしきにて物し給《たま》ふぞ、[二一]いとゞゆゝしく、父《ちゝ》大納言胸《むね》つぶれておぼされける。[二二]御祈《いのり》を盡《つく》し給《たま》ふ。みかどもいと嬉《うれ》しきことにおぼしめしたり。三*つきになりぬれば、事《こと》の由《よし》奏して出《い》でさせ給《たま》ふ程《ほど》、いみじくめでたし。これにつけても[二三]猶九條殿《師輔》をぞふりがたき御さまに聞《きこ》えさすめる。さて里《さと》に出《い》で給へる程《ほど》も、内《うち》[二四]よりおぼつかなさをおぼしきこえさせ給。[二五]中宮《昌子》内《うち》に入《い》らせ給へり。中宮の御方の有様《ありさま》、昔《むかし》も今《いま》も猶いと奥《おく》[二六]ぶかう、心殊《こと》にやむごとなくめでたし。」[二七]去年《こぞ》は世《よ》の中《なか》の人墨染《すみぞめ》にて暮《く》れにしかば、ことし《安和元年也》(こそ)は御禊・大嘗會などのゝしるめれ。様《さま》〴〵にめでたき事《こと》おかしき事、あはれに悲《かな》し(き)事多《おほ》かめり。」伊尹大納言[二八]一條に住《す》み給《たま》へば、一條殿とぞ聞《きこ》ゆる。[91]その女御、世《よ》[二九]の中の大事〔の〕*いそぎどもはてゝ、少《すこ》しのどかになりて御子《みこ》[三〇]生み奉《たてまつ》り給へり。[92]おとこみこ《花山院也》におはすれば、よにめでたきことに申思《おも》へり。[三一]御うぶやの程《ほど》の有様《ありさま》いへばおろかなり。七日の夜は[三三]勸學院の[三二]太政大臣《おほきおとゞ》をはじめ(た)てまつりて、皆參《みなまい》りこみ騒《さは》ぎたり。衆どもも皆參《みなまい》り、[三四]式部民部のつかさ皆參《みなまい》りこみたり。[三五]一天下をしろしめすべき君の出《い》で給《たま》へると、よろこび拜《をが》み奉《たてまつ》る。[三六]祖父《おほち》の大納言の御けしきいみじうめでたし。「[三七]九條殿、この頃《ごろ》六十に少《すこ》しや餘《あま》らせ給《たま》はまし」とおぼすにも、おはしま

十三日の実頼・師尹・高明の任官と同時に権大納言に任ぜられたのを誤ったのであろう。一六 大鏡裏書に、冷泉院女御懐子他四人を、また分脈、巻二には懐子他五人を掲げている。一七「此天皇従二東宮時一有二御悩一、今年春比、御薬尤劇」(略記、康保五年)。一八 紀略によれば、懐子が女御となったのは、康保四年九月四日。一九「時めく」(四段活用自動詞)を使役に用いた。寵愛なさっているうちに。二〇 早くも御懐妊の様子でいらっしゃるのが。二一 一段と一通りでないことで。二二 安産の御祈禱。二三 女御の祖父師輔の余沢を、亡くなった後も永く昔に変らぬ事だと噂申し上げるようだ。二四 気がかりな様子。二五 →補六二一。二六 深みがあり、他とは違って特別高貴で立派である。二七 去年(康保四年)

御禊・大嘗会

は諒闇で、人々が墨染の喪服を着たままで年が暮れてしまったから。二八「一条殿 一条南・大宮東、二町、謙徳公家、又為光公家」(二中)。二九 御禊・大嘗会の仕度も終って。三〇「今日女御藤原懐子産二第一皇子一花山院是也」(紀略、安和元年十月二十六日)。「此御門、安和元年戊辰十月二十六日、母方の御おほぢの一条の御家にて生れさせ給ふ」(大鏡)。三一 産屋にいらっしゃる間の。三二 実頼。三三 →補六三。三四「つかさ」は官人。これもよろこび申しのための参賀。三五 将来一天下を治められるであろう帝王がお生まれなさった。三六 皇子の祖父に当る大納言伊尹。三七 天徳四年に五十三歳で薨じた九条殿(師輔)が、もし生きていたら六十一歳になられたであろうに。

女御懐子、師貞親王を生み奉る

さぬをかうやうの事《こと》につけても口惜《くちを》しくおぼさるべし。七日も〔すぎ〕*、次《つぎ》〳〵の[一]御五十日《いか》の御有様《ありさま》いはん方《かた》なし。」源氏のおとゞ《高明》(は)、式部卿の宮《みや》の御事《こと》を、[二]いとゞへだて多《おほ》かる心地《こゝち》せさせ給《たま》ふべし。[三]宮《みや》の御《おん》おぼえの世《よ》になうめでたく珍《めづら》かにおはしましゝも、世《よ》の中の物語《ものがたり》に申思《おも》ひたるに、[四]さしもおはしまさゞりしかば、皆《みな》かくおはしますめり。[五]みかどゝ申すものは、安《やす》げにて、又かたき事《こと》に見《み》ゆるわざに*なんありける。」

[93][六]式部卿《為平親王》の宮の童《わらは》におはしましゝ折《をり》の御子日の日、帝《みかど》・后《きさき》諸共《もろとも》にゐたゝせ給て、出《いだ》したて奉《たてまつ》らせ給ひし程《ほど》、御馬をさへ召《め》し出《い》でゝ、御前にて[七]御装置《よそひを》かせなどして、[八]鷹犬飼《たかいぬかひ》までの有様《ありさま》を御覧《らん》じいれて、[九]弘徽《こき》殿のはざまより出《い》でさせ給し。御供《とも》に左近中將重光朝臣・藏人頭右近中將延光朝臣・[94]式部大輔保光朝臣・中宮權大夫兼通朝臣・兵部大輔兼家朝臣など、いと多《おほ》くおはしきや。その君達《きみたち》、[一〇]あるは后《きさき》の御兄達《せうとたち》、同《おな》じき君(達)と聞《きこ》ゆれど、[一一]延喜の御子中務のみや《代明》の御子《おほんこ》ぞかし。今《いま》は皆《みな》おとなになりておはする殿ばらぞかし。おかしき御狩装束《かりさうぞく》どもにて、[一二]さもおかしかりしかな。[一三]船岡《ふなをか》にて[一四]亂《みだ》れたはぶれ給《たま》ひしこそ、いみじき見物《みもの》なりしか。后《きさい》の宮《安子》の女房、車《くるま》三つ四《よ》つに乗《の》りこぼれて、[一五]大海《おほうみ》の摺裳《すりも》うち出《いだ》したるに、「船岡《ふなをか》の松《まつ》の緑《みどり》も色濃《いろこ》く、[一六]行末《ゆくすゑ》はるかにめでたかりしことぞや」と語《かた》り續《つゞ》くるを聞《き》くも、今《いま》はおかしうぞ。「[一七]四宮《為平》みかどがねと

一 五十日の祝。生後五十日目に餅などを作って祝うこと。二 一段と釈然としない気持。三 宮の帝からの御寵愛が無類にすばらしく、驚く程でいらっしゃった事も、世間話としてお噂申し上げていたが。四 御寵愛の厚い程でもいらせられなかったから(立太子されなかった事)、すべてこのように不運でいらっしゃるらしい。五 帝位に即くということは。六 ↓補六四。七 御鞍を

式部卿為平親王の世評

置かせなさったりして。八 野鳥を捕えるべき鷹犬を飼養する者。大鏡裏書にも、この日、鷹飼四人とあり、新儀式野行幸の条にも鷹飼四人、犬飼四人とある。九 弘徽殿(清涼殿の北にあり、母后のいる所、ここは親王の御母安子の御所)の西庇の前に垣があり、その間が狭い通路になっていた(枕草子・大内裏図考証、巻十七参照)。一〇 兼通・兼家は(故)中宮安子の兄。一一 醍醐天皇の皇子中務宮代明親王。重光・延光・保光はその御子。一二 まったく趣のあった事であった。一三 船岡山。愛宕郡紫野(京都市北区)の西南にある標高一一二メートルの小丘。一四 富「たかつかひてみたれ…」。一五 大波・藻貝などすべて海辺の物にかたどった模様(海賦)を摺り出した裳を車外へ出衣《いだしぎぬ》にしたのであったが。一六 親王の前途も洋々として結構なことであった。一七 将来帝となるべき人。一八 今までの勢はどこへ行ってしまったか。「上に四の宮のいかめしき事をいひつゞけて、今はいづらはその御勢の有しと也」(抄)。一九 御聟になられた事により東宮になりそこねてしまったことだ。二〇 自分らに関係のない事を。「あいなし」は

為平親王の子の日の御遊

申思《おも》ひしかど、[一八]いづらは。源氏のおとゞ《高明》の御[一九]壻《むこ》になり給しに、事違《ことたが》ふと見《み》えしものをや」など、世《よ》にある人、[二〇]あいなきことをぞ、苦《くる》しげにいひ思《おも》ふものなめる。」 みかど御[二一]ものゝけいとおどろ〳〵しうおはしませば、さるべき殿上人・殿ばら、たゆまず夜晝候《よるひるさぶら》ひ給ふ。いとけ恐《をそろ》しくおはしますに、「[二二]今日《けふ》おりさせ給《たま》ふ、明日《あす》下《を》りさせ給」とのみ、きゝにくく申思《おも》へるに、[95]みかどゝ申物は、[二三]一《ひと》度《たび》はのどかに、一度《ひとたび》は疾《と》く下《を》りさせ給《たま》ふといふことも、必《かなら》ずあるべき事《こと》に申思《おも》へるに、今年《ことし》は安和二年とぞいふめるに、位《くらゐ》にてみとせ《三年》にこそはならせ給《たま》ひぬれば、[二四]いかなるべき御有様《ありさま》にかとのみ見《み》えさせ給[96][二六]へり。」 かゝる程《ほど》に、世中にいとけ[二五]しからぬ事をぞいひ出《い》でたるや。それは、源氏の左の大臣《おとゞ》の、式部卿宮の御事《こと》をおぼして、[二七]みかどを傾《かたぶ》け奉《たてまつ》らんとおぼし構《かま》ふといふ事出《ことい》で來《き》て、世《よ》にいときゝにくゝのゝしる。「[二八]いでや、よにさるけしからぬ事あらじ」など、世《よ》人申思《おも》ふ程《ほど》に、[二九]佛神の御ゆるしにや、げに御心の中《うち》にもあるまじき御心やありけん、[三〇]三月廿六日にこの左大臣殿に[三一]検非違使《けびゐし》うち圍《かこ》みて、[三二]宣命讀《よ》みのゝしりて、「みかどを傾《かたぶ》け奉《たてまつ》らんと構《かま》ふる罪《つみ》によりて、大宰權帥になして流《なが》し遣《つかは》す」といふ事《こと》を讀《よ》みのゝしる。今《いま》は(御)[三三]位《くらゐ》(も)なき定《ちやう》なればとて、[三四]網代車《あじろぐるま》に乘《の》せ奉《たてまつ》りて、[三五]たゞ行《い》きに率《ゐ》て奉《たてまつ》れば、式部卿の宮の御心地《こゝち》、[三六]大方《おほかた》ならんにてだにいみじとお

「あひなし」(合無し)の意で、当事者でもなく関係のないの意。二二 ↓五四頁。二三 今日御譲位になるか、明日御譲位になられるかと。二三 一代は御治世が長く、一代は短いということも必ず

冷泉天皇御譲位の噂

あるべき事だと。当時の俗説であろう。二四 上の論旨からいうと、先帝村上天皇は在位二十一年であったから、今上はすでに三年在位されたので、今後それほど長く続かないのではなかろうかというのであろう。二五 常軌を逸した事を言い出したことだ。二六 左大臣源高明が、女壻為平親王が東宮に立てないことをふくんで。二七 朝廷を顚覆させようと計画しているという事が。安和の変のこと。↓補六五。二八 いやいや、まったくそのようなあやしい事はあるまい。

源高明陰謀の噂、大宰権帥に左遷

「いでや」は不承反撥の語。二九 仏や神にも見放されたのであろうか。「三月廿六日に」以下に続く。三〇 ↓補六六。三一 検非違使庁に属し、京中の非法・非違を検察し、糺弾・追捕・断罪・聴訟をつかさどった職。今の裁判官と警察官とを兼ねたような職。嵯峨天皇の御代に此職が置かれ、淳和天皇の天長年中に始めて使庁が設けられた。三二 宣命体(和文)で記したみことのり。三三 御位もないということにきまったからといって。三四 竹または檜の網代で車箱を張った牛車。大臣・納言・大将などの略式用、四、五位・中少将・侍従などは常用。三五 遮二無二お連れ申し上げたので。三六 自分に関係のない世間一通りの事でこんな結果になってさえ悲しい事と思われるに違いない事なのに。

ぼさるべきに、まいて我《わが》御事《こと》によりて出《い》で來《き》たることゝおぼすに、せん方《かた》なくおぼされて、[一]われも〳〵と出《い》で立《た》ち騒《さは》がせ給《たま》ふ。[二]北《きた》の方《かた》・御女《むすめ》・男君達《をとこきんだち》、いへばおろかなるとの[三]ゝ内《うち》の有様《ありさま》なり。思《おも》ひやるべし。[四]昔菅原《むかしすがはら》の大臣《おとゞ》の流《なが》され給《たま》へるをこそ、世《よ》の物語《がたり》に聞《きこ》しめしゝか、[五]これはあさましういみじきめを見《み》て、あきれ惑《まど》ひて、皆《みな》泣《なゝ》き騒《さは》ぎ給も悲《かな》し。[六]男《おと》君達《だち》の冠《かぶり》などし給へるも、後《をく》れじ〳〵と惑《まど》ひ給へるも、[七]敢《あ》えて寄《よ》せつけ奉《たてまつ》らず。[97]たゞ[八]あるが中《なか》の弟《おとゝ》にて、[九]童《わらは》〔俊賢十一也〕なる君のとのゝ御懐《ふところ》はなれ給《たま》はぬぞ、泣《な》きのゝしりて惑《まど》ひ給《たま》へば、事《こと》のよしを奏《そう》して、[一〇]「さばれ、それは」と許《ゆる》させ給《たま》ふを、同《おな》じ御車《くるま》にてだにあらず、馬《むま》にてぞおはする。十一二ばかりにぞおはしける。たゞ今世《いまよ》の中《なか》に悲《かな》しくいみじきためしなり。人のなくなり給、例《れい》の事なり。これはいとゆゝしう心憂《こゝろう》し。醍醐のみかど、[一一]聖《ひじり》のみかどゝさへ申しみかどの御[一二]一の御子《みこ》、源氏になり給《たま》へるぞかし。かゝる御有様《ありさま》は、よにあさましく悲《かな》しういみじうさかしう(かしこく)おはしまして、心憂《こゝろう》き事に、世に申のゝしる。式部卿の宮〔爲平〕、「法師《ほうし》にやなりなまし」とおぼせど、[一三]稚《おさな》き宮達《みやたち》の[一四]うつくしうておはします、[一五]大北《おほきた》の方《かた》の世《よ》をいみじきものに[一六]おぼいたるも、たゞ今《いま》は宮[一七]一所《ひとところ》の御陰《かげ》にかくれ給《たま》へれば、えふり捨《す》てさせ給はず。いみじうあはれに悲《かな》しとも世《よ》の常《つね》なり。[一八]住《す》ませ給《たま》ふ宮〔西宮也〕のうちも、[一九]よろづにおぼ

一 自分をも連れて行けと、身仕度して騒がれなさる。 二 師輔女。所生の男子は忠賢・惟賢・俊賢・経房等(分脈、巻十二・補任)。→勘物97。 三 西宮邸内の。 四 右大臣菅原道真が延喜元年正月二十五日に大宰権帥となって左遷された事(大鏡、時平伝に詳しい)。また紀略には「醍醐天皇延喜元年正月二十五日、戊申、諸陣警固、帝御二南殿一、以二右大臣従二位菅原朝臣一任二大宰権帥一」とある。その他の文献にも詳しい。 五 今度の事件においては自分たちが。 六 子息たちの中で元服などされた者も。 七 まったく。 八 兄弟中の末弟で。 九 本の雫の巻の経房が大弐に任ぜられた条に「源帥の流され給し時童にて在したりける君なり」とあるを参照すると、経房が相当するが、本年(安和二)の生まれ故、十一、二とあるに合わない。ここは天徳三年生十一歳の俊賢のことか。しかし、また、十一、二は、一、二の誤ともみて、経房とも考えられる。 一〇 ままよ、その者だけはさしつかえあるまい。 一一 →二七頁。 一二 高明は醍醐帝の皇子で源氏になられた方である。しかるにこのような冤罪を負うとは、あさましく悲しくいやなことと、世人は憤慨した。「高明は醍醐帝の第十子にして長子にあらず。公卿補任に第一源氏とあれば、此文はみかどの御子第一の源氏とありしが転倒せしか」(標註)。「左大臣源高明、延喜第一源氏」(編年記)。 一三 憲定・為定・恭子女王等(紹運)。 一四 可愛い有様でいらっしゃるし。 一五 高明室。 一六 「おぼ(思)したる大北の方も」の意。 一七 為平親王お一人を頼りにしておられるから。 一八 高明の西宮邸。「四条北・朱雀西」(拾芥)。「四条北・大宮東、高明公家、一本云錦小路南、朱雀西」(二中)。 一九 何事につけても逼塞しておられたから。 二〇 水草が茂り、流れが

し埋《む》れたれば、御前《おまへ》の池《いけ》・遣水《やりみづ》も、[二〇]水草《みくさ》居《ゐ》咽《むせ》びて、[二一]心もゆかぬさまなり。さま〲にさばかり植《う》へ集《あつ》め、つくろはせ給し前栽《せんざい》植木《うへき》どもゝ、心《こゝろ》にまかせて生《お》ひあがり、庭《には》も浅茅《あさぢ》が原《はら》になりて、あはれに心ぼそし。宮《みや》はあはれにいみじとおぼしめしながら、[二二]くれやみにて過《すぐ》させ給にも、[二三]昔《むかし》の御有様《ありさま》戀《こひ》しう悲《かな》しうて、御直衣《なをし》の袖もしぼり敢《あ》えさせ給《たま》はず、[二四]生《い》きながら身《み》をかへさせ給《たま》へるぞ、あはれにかたじけなき。」源氏の大臣《おとゞ》のあるが中《なか》の[二五]おとゝのおんなぎみ《高松殿上是也》の、いつゝ六《む》つばかりにおはするは、大臣《おとゞ》の御はらからの十五[98]のみや《盛明親王也》の、御女《むすめ》もおはせざりければ、迎《むか》へとり奉《たてまつ》り給て、姫《ひめ》宮とてかしづき奉《たてまつ》り給《たま》ひて養《やしな》ひ奉《たてまつ》り給。それにつけても、いとあはれなるものは世《よ》なり。[二六]帥殿《そちどの》は法師《ほうし》になり給《たま》へるとぞ聞《きこ》ゆめる。」はかなく月日も過《す》ぎて、[二七]事限《ことかぎり》あるにや、[99]みかどおりさせ給とてのゝしる。[二八]安和二年八月十三日なり。みかどおりさせ給ぬれば、東宮《圓融院》位《くらゐ》につかせ給ぬ。御年十一なり。東宮《花山院》に[二九]おりゐのみかどの御子の兒《ちご》宮ゐさせ給《たま》ひぬ。[三〇](師貞親王なり)。伊尹の大納言の御[三一]幸《さいはひ》いみじくおはします。おりゐのみかどは[三二]冷泉院にぞおはします。されば冷泉院と聞《きこ》えさす。東宮の御年二《ふた》つなり。[三三]太政《おほき》おとゞ《實頼》攝政の宣旨蒙《かうぶ》り給《たま》ひぬ。[三四]師尹の大臣《おとゞ》は左大臣にておはす。[三五]御禊・大嘗會などもいと近《ちか》うなれば、世《よ》の人騒《さは》ぎたちたり。」[100]かゝる程《ほど》に、小一條の左大臣《師尹》日頃《ころ》悩《なや》み

つかえ滞り。二一 心も晴れ晴れしない有様である。二二 暗闇に同じ。途方に暮れて。二三 帝や中宮から愛された昔の。二四 (岳父の失脚から今は失意の境涯に堕ち)昔と今と生きながらにして身をとりかえたような有様になられたのは。二五 末娘の明子女王。盛明親王の養女になり、後に道長室となって高松殿と称した。大鏡、道長伝参照。二六 大宰権帥源高明。「今日丞相出家」(紀略、安和二年三月二十六日)。二七 事には限度があるのだろうか(実は御物の怪のため何時までも御在位が叶わなかった)。二八 →補六七。

盛明親王、高明女を養女とす

二九 位を退いた天皇。上皇。三〇 この補入は陽・西・富等は本文となっているが、元来は傍注であろう。三一 師貞親王は伊尹女懐子所生だから。三二「大炊御門南・堀川西、嵯峨天皇御宇、此院累代後院、弘仁亭、本名冷然院云々、而依㆓火災㆒改㆓然字㆒為㆑泉」(拾芥)。「二条北・大宮東、四町」(二中)。「方四町にて四面に大路ある京中

冷泉天皇御譲位、東宮御即位

の家は冷泉院のみとこそ思ひ候ひつれ」(大鏡、基経伝)。「太上皇遷㆓御冷泉院㆒」(紀略、安和二年八月十六日)。三三「詔令㆘太政大臣藤原朝臣㆒輔㆓佐幼主㆒摂㆗行政事㆖、如㆓貞信公故事㆒」(紀略、安和二年八月十三日)。大鏡裏書・補任・略記等にも見える。三四「以㆓右大臣藤原師尹㆒為㆓左大臣㆒」(紀略、安和二年三月二十五日)。円融帝即位後も左大臣でいらっしゃる。三五 天禄元年十一月に行われた。本文は安和二年の事をいっているから一年年次が違う。

左大臣師尹の薨去

給ける、[一]十月十五日御年《とし》五十にてうせさせ給《たま》ひぬとのゝしる。[二]宣耀殿女御《芳子》、男《おとこ》君達《きんだち》よりはじめて、よろづにおぼし惑《まど》ふ。今《いま》の攝政殿《實頼》の御はらからなれば、[三]御服《ぶく》にならせ給《たま》へば、[四]大嘗會の折《をり》の事、いと口惜《くちを》しうおぼせど、などてか。[101]御弟《おとうと》なれば、「[五]一月の御服《ぶく》こそあらめ」など、定《さだ》めさせ給も、あはれなる世《よ》の中なり。」[六]例《れい》の有様《ありさま》〔の事〕*どもありて、はかなく年《とし》も暮《く》れぬれば、[七]今の上《うへ》、童《わらは》におはしませば、[八]つごもりの追儺《ついな》に、殿上人[九]振鼓《ふりつゞみ》などして參《まい》らせたれば、上《うへ》ふり興《けう》ぜさせ給もをかし。」一日《ついたち》になりぬれば、天祿元年といふ。珍《めづら》しき御有様《ありさま》にそへて、空《そら》のけしきもいと心《こゝろ》ことなり。[102]小一條の大臣《おとゞ》のかはりの大臣には、在衡の大臣《おとゞ》なり給へるを、はかなく惱《なや》み給《たま》ひて、[一〇][103]正月廿七日うせ給ぬ。御年七十八。年《とし》のはじめにいと怪《あや》しき事《こと》なり。[一一]さるべき殿ばら御愼《つゝし》みあり。[一二]右大臣にて伊尹の大臣《おとゞ》おはす。」[104]攝政殿《どの》も怪《あや》しう風[一三]起《をこ》りがちにておはしまして、内にもたはやすくは參《まい》り給《たま》はず。いかなることにかとおぼしめす。小野宮《をのゝみや》の大臣《おとゞ》[一四]非常の事もおはしまさば、この一條のおとゞ《伊尹》[一五]世は知《し》らせ給《たま》ふべしとて、さるべき人〳〵[一六]忍《しの》びて參《まい》る。この[一七]太政大臣《おほきおとゞ》の二郎は、[105]たゞ今《いま》の左大將にて頼忠とておはす。攝政殿の御惱《なやみ》いと重《おも》くおはしまして、まめやかに苦《くる》しうなりもておはしまし、[一八]御年《とし》など(も)衰《おとろ》へ給《たま》へれば、人いかにとぞ申思《おも》へる。[一九]御はらからの殿ばらはうせも

一 安和二年(紀略・補任・大鏡・大和物語)。 二 すでに三年前(康保四年七月二十九日、紀略)に卒去。「男君達」は定時・済時等。 三 喪に服すことになられたので。 四 大嘗会の折で、それにさし障るのは残念だといって、どうして支障のないわけにゆこうか。 五 →補六八。 六 しきたり通りの葬送や法事などが行われて。 七 今上帝はまだ幼童でいらっしゃるので。

つごもりの追儺

八 十二月大晦日に行われる鬼やらい。→補六九。 九 「如㆑鼓而小、持㆓其柄㆒揺㆑之、則旁耳還自撃㆑之」(倭名、調度部)。「つごもりの追儺」に振鼓を献上することは、雲図抄に「晦日追儺事…先㆑是行事蔵人献㆓儺木・振鼓等於台盤所㆒」とある。

天禄元年、左大臣在衡の薨去

一〇 正月廿七日は、任左大臣の日で(補任・紀略・略記)、薨去は天禄元年十月十日(補任)。 一一 在衡と親しい殿方は喪に籠り謹慎した。 一二 「天禄元年正月二十七日、詔以㆓右大臣藤原朝臣在衡㆒為㆓左大臣㆒、以㆓大納言同伊尹㆒為㆓右大臣㆒」(紀略)。在衡の任左大臣により伊尹は右大臣となり、現在も右大臣だというのである。

実頼の病悩・薨去

一三 →三九頁。 一四 「ヒザウ」の事。薨去のこと。 一五 摂政・関白になるであろうというので。 一六 内々で参上してよしみを通じる。 一七 実頼の二男。「天禄元年八月五日任㆓権大納言㆒、年四十七、同日転㆓左大将㆒」(補任)。実頼の薨去以前に頼忠の左大将になっているように書くは誤。 一八 御年も高齢でいらっしゃるから。この時七十一歳(補任)。 一九 師輔は天徳

ておはしにたるに、かく久《ひさ》しく世を保《たも》たせ給つるもいと恐《おそろ》し。よろづ御心《こゝろ》のまゝに愼《つゝし》ませ給。世《よ》こぞりて騒《さは》げども、人の御命《いのち》[二〇]はずちなき事《こと》なりければ、[二一][106]五月十八日にうせ給ぬ。後《のち》の御諡《いみな》清愼公と聞《きこ》ゆ。[二二]左大將頼忠に世《よ》をも讓《ゆづ》りきこえ給《たま》はで、ありのまゝにてうせさせ給ぬる御心《こゝろ》ざまいとありがたし。御年七十一にぞならせ給ける。あはれに悲《かな》しき世《よ》の有様《ありさま》なり。」[二三][107]七月十四日師氏の大納言うせ給ぬ。貞信公の御子[二四]男《おとこ》君四所《ところ》おはしける、皆《みな》うせ給ぬ。御年五十五にぞおはしましける。」かゝる程《ほど》に五月廿日、[二五][108]一條の大臣《おとゞ》攝政の宣旨蒙《かうぶ》り給て、一天下我御心《こゝろ》におはします。[二六]東宮の御祖父《おほぢ》、みかどの御おぢにて、いと〳〵あるべき限《かぎり》の御おぼえにて過《すぐ》させ給。この御有様《ありさま》につけても、九條殿の御有様《ありさま》のみぞ猶《なを》いとめでたかりける。」[109]左大臣に源氏[二七]の兼明と聞《きこ》ゆる、なり給ぬ。[二八]これも醍醐の帝《みかど》の御子《こ》におはして、姓得《え》てたゞ[二九]人にておはしつるなりけり。[三〇]御手《て》をえもいはず書《か》き給《たま》ふ。[三一]道風などいひける手《て》をこそは、世《よ》にめでたき物にいふめれど、これはい[三二]となまめかしうをかしげにかゝせ給《たま》へり。[三三][110]右大臣には、小野宮《をのゝみや》の大臣《おとゞ》の御子頼忠なり給《たま》ひぬ。」かくいふ程《ほど》に、[三四]天祿二年になりにけり。[111]みかど御年十三にならせ給《たま》ひにければ、御元服の事ありけり。九條殿の御次郎君《ぎみ》とあるは、今《いま》の攝政殿の御[三五]さしつぎなり。兼通と聞《きこ》ゆ。[三六]この頃《ごろ》宮内卿と聞《きこ》ゆ。[三七][112]そ

四年五月四日に、師尹は安和二年十月十五日に薨去。二〇 どうにもならないことだったから。二一「戊午申刻摂政太政大臣従一位藤原朝臣実頼薨〈年七十一〉」(紀略、天禄元年五月十八日)。補任・大鏡にもある。「諡曰二清愼公一」(紀略、天禄元年五月二十日)。二二 我が子頼忠に摂政をもお譲り申し上げないで、在職のままで薨ぜられた御気性は大層例の少ない珍しいことだ。二三「大納言正三位皇太子傅藤原朝臣師氏薨」(紀略、天禄元年七月十四日)。年は補任には五十八とある。二四 実頼・師輔・師氏・師尹。もう一人師保がいたが早く世を去る。二五「詔令下二右大臣藤原伊尹朝臣一、摂二行政事上」(紀略、天禄元年五月二十日)。補任も同じ。

大納言師氏薨去

伊尹摂政となる

左大臣に源兼明任ず、能書の噂

二六

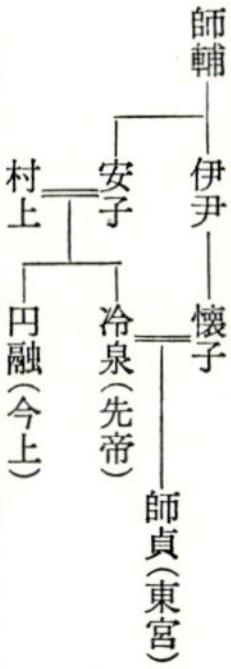

二七「天禄二年、左大臣従二位源兼明十一月二日任」(紀略・補任)。二八 源高明に対していう。二九 臣下の列。三〇 文字をいうにいわれず上手に。三一 ↓補七〇。三二 大層優美に趣深く。三三 ↓補七一。三四 ↓補七二。三五 すぐの弟。三六 兼通は安和二年閏五月二十一日宮内卿(補任)。三七 ↓補七三。

円融天皇御元服、兼通女媓子入内

の御姫君《ひめぎみ》参《まゐ》らせ奉《たてまつ》り給。一攝政殿の姫君達《ひめぎみたち》は、まだいと稚《をさな》くおはすれば、え参《まゐ》らせ給《たま》はず。いと心二もとなく口惜《くちを》しくおぼさるべし。宮内卿は堀河《ほりかは》三なる家《いゑ》をいみじく造《つく》りてぞ住《す》ませ給ける。女御いとおかしげにおはしければ、上《うへ》いと若《わか》き御心《こゝろ》なれど、思きこえさせ給《たま》へり」。内《うち》には、一《ひと》つ御腹《はら》(の)女九宮、[118]四先帝いみじう思《おも》ひきこえ給《たま》へりしを、この今《いま》五の上《うへ》もいみじう思かはしきこえさせ給て、六一品になし奉《たてまつ》り給へり。七内《うち》のいとさう〴〵しきに、おかしくておはします」。女[114]十宮、この御時に八齋院に居《ゐ》させ給にけり」。九條どのゝ御三郎九兼家の中納言と聞《きこ》ゆる、いみじうかしづきたてゝ[115]姫君二所《ひめぎみふたところ》おはす。たゞ今《いま》の東宮は兒《ちご》におはします、内には堀河《ほりかは》の女御候《さぶら》ひ給《たま》ふ、一〇競《きほ》ひたるやうなりとて、一一[116]冷泉院にこの姫《ひめ》ぎ超子みを参《まゐ》らせ奉《たてまつ》り給。押《を》一二したがへたる事に世《よ》の人申思《おも》へり」。攝政殿の女御懐子と聞《きこ》ゆるは、東宮の御母《はゝ》女御におはす。その御一《ひと》つ腹《はら》に、[117]女宮二所《ふたところ》生《むま》れ給にけり。されど女一宮は一三程《ほど》なくうせさせ給《たま》ひて、女二の宮ぞおはしましける。一四それは院の位《くらゐ》におはしましゝ折《おり》ならねど、後《のち》に生《むま》れ給《たま》へる、いみじう美《うつく》しげに光《ひか》るやうにておはしましけり。一五東宮かくておはしませば、時《とき》〴〵こそ見奉《みたてまつ》りにも参《まゐ》らせ給へ、たゞこの姫宮《ひめ》をよろづの慰《なぐさ》めにおぼしめしたり」。かゝる程《ほど》に、かの村《むら》上《かみ》の先帝の(御おとこ)八宮、宣耀殿師尹女芳子是也の女御の御腹《はら》の御子《みこ》におはします、いとう

一 分脈には伊尹女として、冷泉院女御懐子他五人を挙げている。二 じれったく残念に。三「二条南・堀川東、南北二町、昭宣公家、忠義公伝領」(拾芥)。四 村上天皇が大層可愛がっておられたが、その女九の宮を。五 今上帝も妹宮と仲よくいらせられ。六「資子内親王於二昭陽殿ニ有二藤花宴一、天皇臨御、宴訖内親王叙二一品一」(紀略、天禄三年三月二十五日)。七 宮中は大層淋しいのに、女九の宮はお美しくていらっしゃる。八 伊勢神宮の斎宮になぞらえ、賀茂社に奉仕せしめられる皇女の御在所、またその皇女。天皇御即位後、皇女中未婚の方を卜定される。一代ごとに替るが、選子内親王はこの時以来後一条天皇まで五朝にわたり、大斎院と称された。しかし、選子内親王の斎院となったのは天延三年のこと。九 兼家は安和二年二月七日任中納言(補任)。一〇 その上に女を入内させては競争するようだというので。ただし超子の入内は安和元年円融天皇の東宮時代の事ゆえ、本書の誤であろう。一一「同(藤原)超子為二女御一」(紀略、安和元年十二月七日)。一二 強引なやり方だと。一三 大鏡、伊尹伝にも「花山院の御妹の女一の宮はうせ給ひにき」とあるが、紀略、寛和二年七月二十一日条には「今日、二品宗子内親王薨

円融天皇、御妹資子内親王と親し

選子内親王、斎院に卜定

超子、冷泉院女御となる

宗子・尊子内親王

村上天皇八の宮永平親王

御おつくしくおはしませど、[118]怪《あや》しう[一六]御心ばへぞ心得《え》ぬさまにおひ出《い》で給める。御おぢの濟時の君《きみ》、今《いま》[一七]は宰相にておはするぞ、よろづ[一八]に扱《あつか》ひきこえ給《たま》ひて、小一條[一九]の寢殿《しんでん》におはするに、この宰相は枇杷《びは》[二〇]の大納言延光の女《むすめ》にぞ住《す》み給《たま》ひける。母は中納言敦忠の御女也。えもいはずうつくしき姫君《ひめぎみ》[二一]捧《さゝ》[二二]げ物《もの》にしてかしづき給。かの八宮は、母女御もうせ給にしかば、この小一條の宰相のみぞよろづに扱《あつか》ひきこえ給《たま》ふに、まだ稚《おさな》き程《ほど》におはすれど、この八宮[二三]いとわづらはしき程《ほど》に思《おも》ひきこえ給《たま》へれば、ゆゝ[二四]しうてあへて見《み》せ奉《たてまつ》り給はずなりにたり。稚《おさな》[二五]き程《ほど》はうつくしき御心《こゝろ》ならで、うたてひが〳〵しく痴《し》ればみて、又[二六]さすがにかや〔う〕*の御心さへおはするを、いと心《こゝろ》づきなしとおぼしけり。宰相[二七]の御甥《をひ》の實方の侍從[二八]も、この宰相を親《おや》にし奉《たてまつ》り給《たま》ふ。この姫《ひめ》君の御あにゝて、男《おとこ》君は長命君[二九]といひておはす。おほ[三〇]北《きた》の方《かた》取《と》り放《はな》ちて、枇杷《びは》[三一]殿にてぞ養《やしな》ひ奉《たてまつ》り給《たま》ひける。その[三二]君達《きみたち》もたゞこの宮をぞもて[三三]笑《わら》ひぐさにし(た)てまつり給ければ、ともす[三四]ればうちひそみ給《たま》ふを、いと[三五]ゞをこがましき事《こと》に笑《わら》ひ奉《たてまつ》り給へるに、に[三六]くさは姫君《ひめぎみ》をいとめでたきものに見奉《みたてまつ》り給て、常《つね》に參《まい》り寄《よ》り給《たま》ひけるを、宰相むげ[三七]に心《こゝろ》づきなしとおぼしなりにけり。この八宮十二[三八]ばかりにぞなり給にける。この[三九]御心《こゝろ》ざまの心得《え》ぬ歎《なげ》きをぞ、宰相はいみじうおぼしたる。實方侍從・長命君など集《あつま》りて、「馬《むま》

〈年廿三〉」とある。紀略、寛和元年五月一日条に「前斎院二品尊子内親王薨年廿」とあり、女二宮の方が早世。本書は誤。一四 そのことは冷泉院の御在位中の事ではなかったが。「後に生れ給へる」は尊子内親王。尊子内親王は逆算で康保三年の御誕生。したがって冷泉帝の東宮に居給える時のこと。一五 師貞親王が東宮に立たれて宮中においでになるので、御母女御も時々御対面に参内なさるが、平素は里邸で自分の許に養われる尊子内親王を慰めと思し召された。一六 御性質が何とも合点のゆかぬ状態で御成長なさった。一七「済時、天禄元年八月五日任㆓参議㆒、天延三年正月二十六日任㆓権中納言㆒」(補任)。一八 万事御面倒を見申し上げて。一九 →補二〇。二〇 延光女を妻としてそこに通っておられた。延光は醍醐天皇皇子代明親王の男。敦忠は藤原時平三男。二一 娍子(東松本大鏡・新訂増補国史大系本日本紀略の頭注等に従う。従来は娍子に作る)。二二 大切なものとして。二三 大層うるさい程にこの姫君に執心せられたから。二四 忌まわしくて、全然姫君にお会わせ申さなくなってしまった。二五 八の宮は幼年時に可愛い御性質でなく、いやになる程ひねくれ愚かしく見えたが。二六 しかし一面何といってもこのような姫君を恋するお心までお持ちなのを。二七 実方は、済時の兄定時の男。定時の早世により済時に養われた。二八 中務省に属し、天子に近侍する役。「掌㆓常侍、規諫、拾㆑遺補㆑闕」(職員令)。二九 侍従相任の童名、寛和二年出家(分脈)。(枕草子、小白河云々の段参照。) 三〇 祖母の大北の方(延光室)が実方と長命君を別に引き取り枇杷殿(延光邸)で養育申し上げた。三一 枇杷殿は近衛南・室町東(或は鷹司南・東洞院西、一町)(拾芥・二中)、邸内に枇杷を植えたのでこの称がある。

に乘《の》りならはせ給へ。乘《の》らせ給はぬはいと惡《あ》しき事なり。宮達《たち》はさるべき折《をり》〳〵は馬《むま》にてこそ歩《あり》かせ給へ」とて、御厩《みまや》の御馬召《め》し出《い》でゝ、御前《おまへ》にて乘《の》せ奉《たてまつ》りて、[一]さゞと見騷《みさは》げば、[二]面《をもて》いと赤《あか》くなりて、馬《むま》の背中《せなか》にひれ伏《ふ》し給《たま》へば、いみじう笑《わら》ひのゝしるを、宰相[三]かたはらいたしとおぼすに、「抱《いだ》きおろし奉《たてまつ》れ、恐《おそろ》しとおぼすらん」と宣《のたま》へば、さゞと笑《わら》ひのゝしりて、抱《いだ》きおろし奉《たてまつ》りたれば、馬《むま》の鬣《かみ》を一口含《ひとくちくゝ》みておはするを、宰相いとわびしと見《み》給《たま》ふ。女房達《たち》など笑《わら》ひのゝしる。かゝる程《ほど》に冷泉院(の)[119]后《きさい》の宮、御子《みこ》もおはしまさず、つれ〴〵[四]なるを、[五]「『この八宮子《こ》にし奉《たてまつ》りて通《かよ》はし奉《たてまつ》らん』となん宣《のたま》はする」といふことを宰相傳《つた》へきゝ給て、「いと〳〵嬉《うれ》しうめでたきことならん。かの宮《みや》は寶《たから》いと多《おほ》くもたせ給《たま》へる宮なり。故朱雀院の御寶《たから》物はたゞこの宮《みや》にのみこそはあ[六]むなれ。[七]この宮《みや》は幸《さいはひ》おはしける宮《みや》なり。寶《たから》の王《わう》になり給《たま》ひなんとす」とて、[120]吉日《よき》して參《まい》り初《そ》めさせ給へり。中宮、「[八]さりとも、かの宮、小一條の宰相敎《をし》へ立《た》てたらむ心の程《ほど》こよなからん」とおぼして、迎《むか》へ奉《たてまつ》らせ給。宰相[九]いみじうしたてゝ率《ゐ》て奉《たてまつ》り給《たま》へれば、見奉《みたてまつ》り給《たま》ふに、御かたちにくげもなし。御髮《ぐし》などいとをかしげにて、[一〇]よをろばかりにおはします。うつくしき御直衣姿《なをしすがた》[一一]なりや。[一二]ゝがて呼《よ》び入《い》れ奉《たてまつ》らせ給《たま》ひて、[一三]南面《みなみおもて》の晝《ひ》の御座《おまし》の方《かた》にかしづきすゑ奉《たてまつ》らせ給《たま》ひて、御供《とも》の人

基経―仲平―延光と伝来され、この後兼家・道長の所有となる。三二 実方や長命君。三三 嘲笑の種。三四 どうかすると顔をしかめ泣き顔をなさるのを。三五 一段といい笑いものとして。三六 憎いことには。三七 全く気にくわぬことと。三八 永平親王は永延二年二十四歳薨、逆算すれば康保二年誕生、十二歳は貞元元年。三九 八の宮の御性質の不可解なことについての嘆きを、悲しいことと思われた。

一「さざ」は急に笑う声。ハ、ハ、ハ…と笑いながらはやしたてると。
二 大鏡、師尹伝に八の宮の逸話を記した所にも「(済時が)目をくはせ申し給へば、御面いと赤くなりて…」と同じような表現が見られる。
三 そばにいていたたまれなく思われるので。
四 所在がないから。
五 后の御詞。八の宮を養子として済時の許から中宮御所へ通わそう。
六「あンなれ」に同じ。「なれ」は、伝聞・推定の助動詞。話によれば…だそうだ。
七 この八の宮は。
八「さありとも」の約。早く御母宣耀殿女御にお別れはしたが、済時が教育された程の八の宮の御心は格別御立派であろうと思し召されて。
九 大層立派に装いをこらしてお連れ申し上げたので。
一〇 活本に「膕」と当てている。「膕〈与保呂〉」(倭名)。「ひかがみ」ともいい、膝の後のくぼみ。
一一 烏帽子・直衣・指貫を着けた姿。公卿の平服姿。
一二 そのまますぐに。
一三「南面」は南向の正殿。「昼の御座」は、清

ゝにかづけもの賜《たま》ひ、御贈物《をくりもの》などしてかへし奉《たてまつ》らせ給《たま》ふ。ものなど申させ給《たま》ひけるに、すべて御答《いらへ》なくて、たゞ御顔《かほ》のみ赤《あか》みければ、「限《かぎり》なくあて[一四]におほどかにおはするなめり」とおぼしけり。そのゝち時《とき》〲参《まい》り給《たま》ふに猶物のたまはず。怪《あや》しうおぼしめす程《ほど》に、后《きさい》の宮悩《なやま》しうせさせ給ければ、宰相、宮の御とぶらひに出《いだ》したて奉《たてまつ》らせ給。「参《まい》りてはいかゞいふべき」と宣《のたま》はすれば、「『御悩《なやみ》の由《よし》うけ給はりてなん』とこそは申給はめ」など、敎《をし》へられて参《まい》り給へれば、例《れい》の呼《よ》び入《い》れ奉《たてまつ》り給に、[一五]ありつる事《こと》をいとよく宣《のたま》はすれば、宮悩《なやま》しうおぼせど、うつくしうおぼしめして、「[一六]さはのどかに又おはせよ」など聞《きこ》えさせ給。[一七]まかで給て、宰相に、「ありつる事《こと》いとよく言《い》ひつ」と宣《のたま》へば、「[一八]いであな痴《し》れがましや」〔と〕*、いと心づきなうおぼして、「いかで『言《い》ひつ』とは申給ぞ。[一九]ゝれはかたじけなき人を」と聞《きこ》え給へば、「[二〇]おい〱さなり〱」と[二一]宣《のたま》う程《ほど》、いたはり所《どころ》なう心憂《う》く見《み》えさせ給をわびしうおぼす程《ほど》に、[121]天祿三年になりぬ。一日《ついたち》には、かの宮、[二二]御装束《さうぞく》めでたくしたてゝ、宮《みや》へ参《まい》らせ奉《たてまつ》り給《たま》ふ。[二三]聞《きこ》え給べき事を、この度《たび》は忘《わす》れて敎《をし》へ奉《たてまつ》り給《たま》はずなりにけり。宮には、八宮参《まい》らせ給《たま》ひて、御前《まへ》にて拜《はい》し奉《たてまつ》り給《たま》へば、いと〱[二四]あはれにうつくしと見奉《みたてまつ》らせ給《たま》ふ。心ことに御[二五]茵《しとね》など参《まい》り、さるべき女房達《たち》など華《はな》やかに[二六]装束《さうぞ》きつゝ出《い》で居《ゐ》て、「入《い》らせ給《たま》へ」

涼殿にある天皇の日中おられる所をいうが、ここは中宮御所の昼の御座。

一四 高貴でおおような性質でいらっしゃるらしいと。

一五 前に教えられたことを。

一六 それでは又ゆっくりおいでなさい。

一七 中宮の御前から退出されて。

一八 高貴の方に対して「言った」とは、いやもう愚かしいことだと、大層気にくわず思われて。

一九 中宮は恐れ多い方なのに。

二〇 うんそうだそうだ。「おい」は承諾した時に発する語。

二一 とおっしゃる様子は、同情の余地なく情ない有様にお見えなさるのを。

二二 元旦の拝賀のために。

二三 中宮に申し上ぐべき事柄を。

二四 感嘆するほど可愛いと。

二五 座蒲団。類聚雑要抄に、赤地小文、方四尺(内縁弘五寸)のものが掲げてある。

二六 「装束く」という動詞の連用形。装束を身につけては。

と申せば、[一]うちふるまひ入《い》らせ給程《ほど》、いとうつくしければ、「[二]あなうつくしや」など、めできこゆる程《ほど》に、茵《しとね》に[三]いとうるはしく居《ゐ》させ給(て、「[四]なに事をきこえ給)べきにか」と集《あつま》りて、[五]扇《あふぎ》をさし隠《かく》しつゝ、押《を》しこりて皆《みな》居《ゐ》竝《な》みて、[六]かつは「あな恥《はづか》しや。[七]小一條の姫《ひめ》君の御方《かた》のいみじからんものを」など、聞《きこ》えあへる程《ほど》に、[八]うち聲作《こはづく》りて申出《い》で給事ぞかし、いとあやし。「御惱《なやみ》の由《よし》うけたまはりてなん參《まい》りつること《事》」ゝ[九]申給《たま》ふ物か。去年《こぞ》の御惱《なやみ》の折《をり》に參《まい》り給へりしに、宰相の教《をし》へきこえ給《たま》ひしことを、正月の一日《ついたち》の拜禮《はいらい》に參《まい》りて申給なりけり。宮の御前あきれて物《もの》も宣《のたま》はせぬに、女房達《たち》何《なに》となくさと笑《わら》ふ。「世語《よがたり》にもしつべき宮の御言葉《ことば》かな」と[一〇]さゝめき、[一一]忍《しの》びもあえず笑《わら》ひのゝしれば、[一二]いとはしたなく、顏赤《かほあか》みて居《ゐ》給《たま》ひて、「[一三]いなや、[一四]おぢの宰相の、去年《こぞ》の御心地の折《をり》『參《まい》りしかばかう申せ』といひしことを、今日《けふ》は言《い》へば、などこれがおかしからん。物笑《わら》ひいたうしける女房達多《たちおほ》かりける宮《みや》かな。[一五]益《やく》なし。參《まい》らじ」と、[一六]うちむづかりてまかで給《たま》ふ有樣《ありさま》、あさましうおかしうなん。小一條におはして、「あさましき事こそありつれ」と語《かた》り給《たま》へば、宰相「何事《なにごと》にか」と聞《きこ》え給へば、「今《いま》は宮にすべて參《まい》らじ。たゞ殺《ころ》しに殺《ころ》されよ」と宣《のたま》はすれば、「いなや、いかに侍《はべ》りつることぞ」と聞《きこ》え給《たま》へば、「『御惱《なやみ》の由《よし》うけたまはりてなん參《まい》りつる』と申つれ

一 容子ぶってお入りなさるさまは。
二 何て可愛いのでしょう。
三 大層きちんと行儀正しく坐られて。
四 どういう事を中宮に申し上げられるのだろうかと思って。
五 女房たちの様子。顔を見られないように、檜扇を顔にかざしつつ一団となってずらり並び坐って。
六 八の宮のお目にかかる一方では。
七 小一条の姫君はすばらしい方でいらっしゃるだろうから。
八 ことさら声をつくろって申し出されたことよ、それが大層妙なことである。
九 言いも言ったり…と申されることよ。「物か」は感動を表わす語。
一〇 ひそひそささやき。
一一 がまんもできず大笑いするので。
一二 八の宮は大層まが悪く。
一三 いいや。「いな」は否定の語。「や」は感動助詞。
一四 中宮が去年御病気の折に、参上したらかくかく申し上げなさいと、叔父宰相が言った事を、今日言ったからといって、何でこれがおかしいことがあろうか。
一五 無益だ、もう二度と参上すまい。
一六 立腹して。

ば、女房の十廿人と出《い》で居《ゐ》て、ほゝと笑《わら》ふぞや。いとこそ腹《はら》だゝしかりつれ。されば急《いそ》ぎ出《い》でゝ來《き》ぬ」と宣《のたま》へば、殿《との》、いとあさましういみじとおぼして、すべてものも宣《のたま》はず。「いなや、一七ともかくも宣《のたま》はぬは、麿《まろ》が惡《あ》しういひたる事か。一八去年《こぞ》參《まゐ》りしに、さ申せと宣《のたま》ひしかば、それを忘《わす》れず申たるは、いづくの惡《あ》しきぞ」と宣《のたま》ふを、一九いみじとおぼし入《い》りためり。

一七 八の宮詞。あなたは何ともおっしゃらないが、自分の言い方が悪いのではない。「まろ」は男女に通じて用いられた自称代名詞。
一八 去年参上した時に、そのように申し上げよと(済時が)おっしゃったから、それを忘れずに今年も申したのは、一体どこが悪いか。
一九 済時は困ったことと。

巻第二　花山たづぬる中納言

巻名　花山天皇が出家して、元慶寺（別名、花山寺）に遁世された時、御叔父に当る中納言藤原義懐がそこへ尋ねて行ったという記事によるもので、短篇物語的命名。

諸本＝花山たつぬる中納言（陽）・花山（西、活）・第二花山院尋中納言（富）。

所収年代　第六十四代円融天皇の天禄三年（九七二）から、第六十五代花山天皇の寛和二年（九八六）まで、およそ十五年間。

内容　一条摂政伊尹が飲水病に罹って没し、謙徳公と諡されたが、子息義孝少将らは悲しみのうちに法事を営んだ。

師輔二男兼通は、天禄三年十一月に弟兼家その他上首数輩を超えて、権中納言から一躍摂政になった。（摂政は関白の誤。）

翌天禄四年（天延元年）七月一日兼通女女御媓子立后、中宮となり、冷泉院中宮（昌子）は皇太后となった。

兼家はその女冷泉院女御超子が時めいていることを喜ぶものの、その妹詮子を天皇に納れたい望みが兼通に対する気兼から果されずにいる。兼通は弟兼家とは仲が悪かったが、従兄弟右大臣頼忠とよく、一しょになって政治を執った。

天延二年、兼通は太政大臣に任じ、威勢並ぶものもなく、その上、兼家の失脚を念願して東三条邸に出入する人々をも詮議だてした。

超子が皇子（居貞）を生んだが、兼通は、兼家が天皇を廃し皇子を帝位に即ける陰謀を企てていると讒言、治部卿に貶した。間もなく兼通は没し、頼忠が太政大臣に、源雅信が左大臣に任じ、兼家も右大臣に復活した。

詮子が入内して梅壺女御と称し、時めいた。天元二年中宮崩御、梅壺の立后が取沙汰された。その冬頼忠女遵子も女御として入内。（ただし紀略によれば、遵子入内の方が早い。）

梅壺に第一皇子（懐仁）誕生。兼家の勢力が伸展した。帝は頼忠に対する遠慮から、遵子の立后を勧められたが、頼忠は兼家に憚り、肯んじなかった。帝の御意向を知った兼家はじめ詮子の兄弟達は参内をやめて無言の示威を試みた。

天元五年庚申の夜超子頓死、その三月遵子立后。御子がないため素腹の后といわれた。十二月懐仁親王の著袴の儀挙行。翌秋帝は兼家を召し、譲位の思し召しを漏らされたので、漸く兼家の心も解けた。

円融天皇御譲位、花山天皇の御代となる。後宮には太政大臣頼忠女諟子・為平親王女婉子・権大納言朝光女姫子・大納言為光女忯子が次々と入った。

寛和元年七月十八日最愛の女御（弘徽殿）忯子が懐妊のまま亡くなったのを悲しんでおられた天皇は宮廷を抜け出で、同二年六月二十二日花山寺において出家された。翌日一条天皇即位。東宮には冷泉院二宮（居貞）が立たれた。

榮花物語巻第二

花山たづぬる中納言

[1]かくて一条攝政殿《伊尹》の[一]御心地例《れい》ならずのみおはしまして、水《みづ》[二]をのみきこしめせど、[三]御齡《とし》もまだいと若《わか》うおはしまし、[四]世知《し》らせ給ても三年になりぬれば、[五]さりともと頼《たの》みおぼさるゝ程に、月頃《ごろ》にならせ給ぬ。[六]内に參《まゐ》らせ給《たま》ふ事なども絶《た》えぬ。世《よ》の歎《なげ》きとしたり。九月ばかりの程なり。[七]殿の御とぶらひに、[八]御子《こ》の義孝《よしたか》の少將の御許《もと》に、[九]人(の)「御心地いかゞ」と訪《とぶら》ひきこえたれば、[2]少將いひやり給《たま》ふ、

[一〇]夕《ゆふ》まぐれ木繁《しげ》き庭《には》をながめつゝ木《こ》の葉と共《とも》に落《お》つる涙《なみだ》か。」

かやうに、いかにいかにと一家《ひといゑ》おぼし歎《なげ》く程に、[3][一一]天祿三年十一月の一日かくれ給ぬ。」さま〴〵、女御よりはじめ奉《たてまつ》り、[一二]女君達《をんなきむだち》、[一三]前少將《擧賢》・後少將《義孝》など聞《きこ》ゆる、あはれにおぼし惑《まど》ふとも世《よ》の常《つね》なり。その中《なか》にも後の少將は、[一四]稚《おさな》くよりいみじう道心におはして、[一五]法花經を明暮《あけくれ》讀《よ》み奉《たてまつ》り給て、「[一六]法師にやなりなまし」とのみおぼさるゝに、[一七]桃《もゝ》ぞのゝ中納言保光と聞《きこ》ゆるは、故中務卿宮代明親王の御子《みこ》におはす、[一八]その御女《むすめ》君に年頃通《としごろかよ》ひきこえ給《たま》ふに、うつくしきをのこゞ《行成卿是也》を(ぞ)生《う》ませ給へり

一 病気勝ちでおられて。 二 飲水病のこと。煩渇多尿を主徴とする糖尿病のことという。 三 天禄三年に四十九歳。 四 天禄元年五月二十七日摂政に任じて以来。 五 そのうちには病気も治るであろうと。 六 →補七四。 七 伊尹の病気見舞に。 八 伊尹の二男。兄弟ともに少将に任じた。 九 ある人が、御病気はいかがでしょうかと御見舞申し上げたので。 一〇 この夕暮時、父を気づかって樹の繁った庭を眺めていると、はらはらと木の葉が散るが、それとともに思わず涙が落ちることだ。義孝集・詞花集、雑下。ともに初句「夕暮の」。 一一 「太政大臣従一位藤原朝臣伊尹薨〈年卌九〉」(紀略、天禄三年十一月一日)。補任・大鏡も同じ。 一二 分脈に女御懐子その他五人を掲げている。大鏡、伊尹伝参照。 一三 ともに代明親王女恵子女王所生。大鏡・編年記にも挙賢を前少将、義孝を後少将と号したとある。 一四 大鏡、伊尹伝の他、今昔、巻十五の四十二・同、巻二十四の三十九等参照。「道心におはして」は厚い信仰心を持たれた方での意。 一五 →補七五。 一六 いっそ法師になってしまおうか。 一七 保光の任中納言は、永延二年正月二十九日(補任)。→補七六。 一八 義孝はその保光女を愛人として年来通っておられたが、女君は。

摂政伊尹の病

伊尹薨去

前少将・後少将

ける。それが見捨《みす》てがたきに、よろづを[一]おぼし忍《しの》ぶ(る)なりけり。」かくて御[二]忌《いみ》の程、何《なに》事もあはれにて過《すぐ》させ給つ。御法事など[三]あべい限《かぎり》にて過《す》ぎぬ。[四]今《いま》はとて人〳〵まかづるに、よしたか《義孝》の少将の詠《よ》み給、

[五]今《いま》はとてとび別《わか》れぬるむら鳥《どり》の古巣《ふるす》にひとりながむべきかな」修理大夫《すりのかみ》[4]惟正返《かへ》し、

[六]翼《はね》ならぶ鳥《とり》となりては契《ちぎ》るとも人忘《わす》れずばかれじとぞ思《おも》ふ。」攝政殿(は)今年《ことし》ぞ四十九におはしましける。太政大臣にてうせさせ給《たま》ひぬれば、後《のち》[七]の諡《いみな》を謙徳公と聞《きこ》ゆ。[八]かくて攝政には、[5]又この大臣《おとゞ》の御さしつぎの九條殿の(御)二郎内大臣兼通の大臣《おとゞ》なり給(ぬ)。」[6]かゝる程に年號かはりて天延元年といふ。よろづにめでたくておはします。[7][九]女御《媓子》いつしか后《きさき》にとおぼし急《いそ》ぎたり。[一〇]はじめの攝政殿《伊尹》の、[8]春宮(の)御世の事を見果《みは》て給《たま》はずなりぬる事をぞ、人もあはれがりきこえける。かくてその[一一]年《とし》の七月一日、[9]攝政殿《兼通》の女御《媓子》后《きさき》にゐさせ給ぬ。中宮と聞《きこ》えさす。はじめの冷泉院の[10][一二]中宮を(ば)皇太后宮と聞《きこ》えさす。中宮の御有様《ありさま》いみじうめでたう、世《よ》はかうぞあらまほしきと見《み》えさせ給。(みかど)、[11][一三]一品の宮《みや》の御方、中宮の御方とかよひありかせ給。[一四]内《うち》わたりすべて今《いま》めかし。堀河殿《ほりかは》とぞこの攝政殿をば聞《きこ》えさする。[一五]今《いま》は關白殿とぞ聞《きこ》えさすめる。その御男君達《をとこきんだち》

義孝の歌

一「る」が補入されているが、西・活・板等に無いのがよい。二 喪中重く慎しむべき一定の期限。四十九日の間のこと。三「あるべきかぎりにて」の音便省略形。十二分の事をして。四 法事などもこれが終りだといって。「為₂故太政大臣₁、於₂法性寺₁、修₂卌九日法事₁」(紀略、天禄三年十二月十七日)。五 今は中陰も果てたというので、喪に籠っていた人々も群鳥がとび散るように帰ってしまった、今後はただ一人その鳥の古巣—故殿の一条殿に残り物思いにふけらなければならないだろう。義孝集・後拾遺、哀傷ともに第二句「別るめる」。六 摂政殿に死別して一同翼をならべて一旦は飛びわかれはしても、

兼通摂政となる

あなた(義孝)が私どもをお忘れなさらぬならば、我々はむろん離れてしまうことはしますまい。「契る」は「わかる」の誤か。義孝集、三句以下「君忘れずばうれしとぞ思ふ」、富「君忘(れ)すはわれもわすれし」。↓補七七。七 ↓補七八。八 ↓補七九。九 兼通はその女媓子(円融女御)を早く后にしたいと内々準備された。

媓子立后、昌子皇太后となる

一〇 前摂政伊尹が外孫たる東宮師貞親王(花山院)の皇位につかれるのを見ないで薨じたことを、人々も気の毒に思い申し上げた。一一 ↓補八〇。一二 中宮は同時に二人以上並び立つ事ができないから、昌子内親王は皇太后宮になられた。一三 一品の宮は円融天皇御妹(↓六二頁)。天皇は御妹の所、中宮の御部屋などとあちらこちらへお訪ねなさった。↓補八一。一四 宮中は

[12]四五人おはして、いと今《いま》めかしう、[一六]世《よ》にあひめでたげにおぼしたり。」九條殿の三郎君（兼家）は、この頃《ころ》[一七]東三條の右大將大納言など聞《きこ》ゆ。冷泉院の女御（超子 三條院母后）いと[一八]時《とき》めかせ給を嬉《うれ》しき事におぼしめさるべし。[13][一九]中姫君の御事をいかでとおぼしめす程に、上《うへ》の御けしきありて宣《のたま》はせければ、いかでとおぼさるれど、この關白殿、[14][二〇]もとよりこの二所《ふたところ》の御中よろしからずのみおはしますに、中宮（兼通女）かくて候《さぶら》はせ給へば、つゝましくおぼさるゝなるべし。」[15]かゝる程に天延二年になりぬ。[二一]關白殿太政大臣にならせ給ぬ。ならぶ人なき御有樣《ありさま》につけても、[二二]たゞ九條殿の御事をのみ世《よ》に聞《きこ》えさす。小野宮殿の御次郎頼忠のおとゞ（右大臣大將）と、この關白殿の御中いとよくおはしければ、よろづのまつり事[二三]聞《きこ》えあはせてぞせさせ給《たま》ひける。」[16]今年《ことし》は世《よ》の中《なか》に[二四]もがさといふもの出《い》で來《き》て、よもやまの人《ひと》上下病《や》みのゝしるに、公《おほやけ》私《わたくし》いといみじき事と思《おも》へり。やむごとなき男《おとこ》女うせ給たぐひ多《おほ》かりと聞《きこ》ゆる中にも、[17]前攝政殿の前少將（擧賢〈タカヽタ〉）・後少將（義孝）、[二五]同《おな》じ日うち續《つゞ》きうせ給て、母《はゝ》きたの方（代明親王女也）あはれにいみじうおぼし歎《なげ》く事を、世《よ》の中の[二六]あはれなる事の例《ためし》にはいひのゝしりたり。[二七]まねびつくすべくもあらず。」この東三條殿、關白殿との御中ことに惡《あ》しきを、世《よ》の人あやしきことに思きこえたり。「[二八]いかでこの大將をなくしてばや」とぞ、御心《こゝろ》にかゝりて大殿はおぼしけれど、いかでかは。東三條殿は、

兼家、中姫君の入内を志す

総じて華やかに当世風になった。一五 兼通は、はじめ摂政となり、後、関白となるように書かれているが、紀略・略記等には、はじめから関白の宣旨を受けている。本書のこの書き方は独特。一六 羽振りもよく、いかにも具合よさそうに思っておられた。一七 補任に兼家は「安和三年八月五日兼㆓右大将㆒、天禄三年正月廿日、任㆓権大納言㆒、閏二月廿九日転㆓大納言㆒」とある。一八 御寵愛の厚いのを。一九 二女詮子をぜひ入内させたいと思っておられるうちに、円融帝の御意があって入内させるよう申されたから、兼家もぜひ女御に奉ろうと思われたが。二〇 関白兼通と兼家とは日頃仲がよくなかった上に、兼通女媓子が中宮としておられるので、兼家は遠慮されるのであろう。

兼通太政大臣となる、頼忠と良し

二一 →補八二。二二 忠平の子孫の中でも、伊尹・兼通と、師輔の流のみが続いて顕職にあるので、世間でもひたすら師輔の幸せばかりを噂申し上げた。二三 相談なさって。

疱瘡流行、前少将・後少将同日に没す

二四 裳瘡（豌豆瘡の俗称、続日本紀、天平七年十一月条参照）。「八九月間有㆓疱瘡疫㆒、天下貴賤夭亡者多矣」（略記、天延二年）。二五 →補八三。二六 可哀そうな事の例として喧伝した。

兼通・兼家兄弟の不和

二七 そのままに言い尽しようもない。二八 何とかして兼家を失脚させてしまいたいと、兼通は始終心にかかっておられたが、どうしてそのような事ができようか。

「猶《なを》いかでこの中ひめぎみ《東三條院也》を内に參《まゐ》らせん。[一]いひもていけば何《なに》の恐《おそろ》しかるべきぞ」とおぼしとりて、人知れずおぼし急《いそ》ぎけり。されどそのけしき人に見《み》せ聞《き》かせ給はず。この[二]堀河《ほりかは》殿と東三條殿とは、たゞ[三]閑院をぞ隔《へだ》てたりければ、東三條に參《まゐ》る馬車《むまくるま》をば、大殿《關白殿》には「[四]それ參《まゐ》りたり、かれまうづなり」といふ事を聞《きこ》しめして、「[五]それかれこそ追從《ついそう》するものはあなれ」など、くせ〴〵しうの給はすれば、いと恐《をそろ》しき事にて、夜《よる》などぞ忍《しの》びて參《まゐ》る人もありける。[六]さるべき佛神の御催《もよをし》にや、東三條殿、「猶《なを》いかで[七]今日《けふ》明日《あす》もこの女君參《まゐ》らせん」などおぼし立《た》つと、自《をのづか》ら大殿聞《きこ》しめして、「[八]いとめざましき事なり。中宮《媓子》のかくておはしますに、この大納言のかく思《おも》ひかくるもあさましうこそ。いかによろづに(我を)呪《のろ》ふらん」などいふ事をさへ、常《つね》にの給はせければ、大納言殿[九]いと煩《わづらは》しくおぼし絶《た》えて、「さりとも自《をのづか》ら」とおぼしけり。」はかなく年もかはりぬ。[18][一〇]貞元〻年丙子《ひのえね》(のとし)といふ。かの冷泉院の女御《超子》と聞《きこ》ゆるは、東三條の大將の御姫《ひめ》君《ぎみ》なり。去年《こぞ》の夏《なつ》より[一一]たゞにもおはしまさゞりけるを、[一二]二三月ばかりにあたらせ給て、[一三]その御祈《いのり》などいみじうせさせ給(を)、大殿《兼通》聞《きこ》しめして、「[一四]東三條の大將は、『院の女御男御子《超子おとこみこ》生《う》み給《たま》へ。世《よ》の中構《なかかま》へん』とこそ言《い》ふなれ」など、きゝにくき事をさへの給はせければ、[一五]むづかしう煩《わづらは》しとおぼしながら、さりとてま[一六]

一 (兄兼通に憚ってさし控えているが)せんじつめてゆけば何の恐れ憚ることがあろうかと決心されて。二「堀河殿」は→六二頁注三。「東三条殿」は、「二条南・町西、南北二町」(拾芥)。三「二条南・西洞院西、一町、冬嗣大臣家、金岡畳二水石一、公季公伝領」(拾芥)。大鏡(兼通伝・公季伝)を参照すれば、古く冬嗣の邸であったものが、兼通の伝領するところとなり、その二男閑院大将朝光も住んでいたこともあり、更に後閑院大臣公季の伝領するところとなったか。四 誰それが東三条殿に参られた、又誰それが訪れたなどと家来のいう事を兼通が聞かれて。五 誰彼が兼家におもねっているという話だなどと、意地悪くいわれるので。このあたり、八巻本系大鏡、兼通伝参照。六 神や仏の何か然るべき御うながしでもあったのか。七 今日か明日。「も」は強意の助詞。八 弟のくせに失敬なことだ。九 事めんどうと(入内の事を一旦思い切られたが)、それにしても自然の成りゆきで好い機会もあるだろうと。一〇 天延四年七月十三日、内裏焼亡と大地震のため改元して貞元元年となる。本書年の始めに改元されたように書いているのは誤。一一 御懐妊の様子であられたが。

冷泉院女御超子御懐妊

一二 出産は二月か三月頃に相当されたので。一三 安産の御祈禱などを。一四 兼家は、冷泉院女御は皇子を生み奉れ、そうしたらその皇子を御位につけ、自分は天下の政治を専らにしようと言っていると聞いている。一五 不快で事めんどうだと。一六 放任しておき申すべき事でもないから。一七「三条院御事〈在位五年〉、冷泉院第二皇子、母儀贈皇大后宮藤原超子、東三条入道摂政太政

皇子(居貞親王)御誕生

大臣女」(大鏡裏書)。編年記・紹運等は正月三日。一八 (時々起る御脳病のため)大層狂気じみた御心にも、平常の状態でおられる時は、(皇子誕生を)嬉しいことに思し召されて。一九 色々とお世話申し上げなさった。二〇 娘が院の第二皇子を生み、どんなに得意になっていることだろう、それを思ってみるだけでも結構なことだ。二一 大層みっともない態度で皮肉を言われるのを。二二 変な、意地の悪い心を持った人だと心中穏やかならず思われた。二三 ↓補八四。二四 天皇は職曹司におられたから、ここでは住居として見苦しいの意。

内裏焼亡、堀河殿を里内裏とす

二五 兼通の邸。兼通、天延二年二月二十八日太政大臣。二六 内裏の造営ができるまでは。二七 「天皇自₂職曹司₁、遷₂御太政大臣堀川第₁」(紀略、貞元元年七月二十六日)。三月とするは本書だけ。二八 中宮は貞元元年七月十七日、職御曹司から権中納言朝光の三条の家に遷御、八月十三日にさらに堀河院へ遷った(紀略)。その夜(三月二十六日)とするのも本書だけ。二九 内裏焼亡などによって宮城外に新しく一時仮に設けた皇居。里内裏。↓補八五。三〇 官位を昇進させ。

左大臣兼明を親王に復し、頼忠任左大臣

三一 関白職。紹運も同じ。三二 御病気の故をもって左大臣職を解かれ、もとの親王に復せしめられた。↓補八六。三三 任左右大臣は、いずれも貞元二年四月二十四日。「たまつ」は富「たまひつ」。↓補八七。

かせきこえさすべきことならねば、いみじう祈《いの》り騒《さは》がせ給けり。」[19]さて三[一七]月ばかりに、いとめでたきおとこみこ《三條院是也》生《むま》れ給へり。院[一八]いともの狂《ぐるを》しき御《おほむ》心にも、例《れい》ざまにおはします時はいと嬉《うれ》しきことにおぼしめして、[一九]よろづに知《し》り扱《あつか》ひきこえさせ給けり。太政大臣《おほきおとゞ》聞《きこ》しめして、「あはれめでたしや、東三條の大將は、院[二〇]の二宮え奉《たてまつ》りて思たらんけしき思ふこそめでたけれ」など、[二一]いとおこがましげにおぼしの給ふを、大將殿は、「怪《あや》[二二]しう、あやにくなる心つい給《たま》へる人にこそ」と、安《やす》からずぞおぼしける。」[20]かゝる程に内[二三]も焼《や》けぬれば、[二四]みかどのおはします所《ところ》見苦《みぐる》しとて、[二五]堀河殿《ほりかはどの》をいみじう造《つく》りみがき給て、内裏のやうに造《つく》りなして、[二六]内いでくるまではおはしまさせんと急《いそ》がせ給なりけり。[二七]貞元二年三月廿六日に堀川院に行幸あるべければ、天《〈テン〉》下急《いそ》ぎみちたり。その日になりて渡《わた》らせ給。中宮《媓子》[二八]もやがてその夜移《うつ》りおはしまして、堀河《ほりかは》の院を[二九]今《いま》内裏といひて、よにめでたうのゝしりたり。」かゝる程に、大殿おぼすやう、「世《よ》の中もはかなきに、いかでこの右大臣《頼忠》今少《いますこ》し[三〇]爲《な》し上《あ》げて、[三一][21]我代《わがゝは》りの職《そく》をも讓《ゆづ》らん」とおぼしたちて、たゞ今《いま》の左大臣兼明の大臣《おとゞ》と聞《きこ》ゆるは、延喜のみかどの御十六の宮におはします、[三二]それ御心地惱《なや》しげなりと聞《きこ》しめして、もとの親王《みこ》になし奉《たてまつ》らせ給《たま》ひつ。[22]さ[三三]て左大臣には小野宮の頼忠の大臣《おとゞ》をなし奉《たてまつ》りたまつ。右大臣には[23]雅信の大納言

関白兼通病悩、兼家を譲す

一 我が命の程もはかり難いから。挿入句。
二 東三条の大将(兼家)を、死んだも同然にして。三 摂政・関白。摂関は官の順によらず、宣旨を蒙って百官の上座に着く宣下があるために一の人という。四 何かというと居貞親王を皇位につけ奉ろうと、口にしたり思ったりして。
五 讒言されて。六 兼通自身は病が重く悩ましいと言って、里邸(閑院であろう。→七四頁)におられたが、無理やりに帝の御前に参上されて、兼家の働きのない事を奏上なさって。紀略によれば、貞元二年六月二十九日堀河院から新造内裏へ遷御されたとあるから、事実は本内裏での事であろう。七 →補八八。八 無官ということにおさせ申し上げたかったが。九 これというはっきりした理由もないので。一〇 治部卿にも。
一一 ひどい九州のような田舎にまでも流してやろうと思われたが。
一二 「少一条」は底本のまま。小一条に同じ。「右近大将藤原兼家任二治部卿一、権中納言藤原済時任二右近大将一」(紀略、貞元二年十月十一日)。
一三 恨めしくむちゃくちゃだと咽び嘆かれた。
一四 道隆・道兼・道長等。
一五 御病気が重くなって。
一六 先頃帝の御前に参上して兼家を失脚せさせ申した。そしてもう一度というので、参内されて万事後々の事をしっかり奏上しておいて退出なさった。
一七 どんな事を奏上したのだろうかと、人々は内容を知りたがったが、何の音沙汰もない。大鏡には兼通の奏上した内容が明らかである。

兼通薨去、頼忠関白となる

なり給ぬ。」[24]かゝる程に、堀川殿御心地いと悩《なやま》しうおぼされて、御心《こゝろ》の中《うち》におぼしけるやう、「いかでこの東三條の大將、[一]我命《わがいのち》も知《し》らず、[二]なきやうにしなして、この左《ひだり》の大臣《おとゞ》を我次《つぎ》の[三]一の人にてあらせん」とおぼす心ありて、[25]みかどに常《つね》に「この右大將兼家は、冷泉院の御子《みこ》を持《も》ち奉《たてまつ》りて、[四]ともすればこれを〳〵といひ思《おも》ひ、祈《いのり》すること」[五]ゝいひつげ給《たま》ひて、みかどは堀河《ほりかは》の院におはしましければ、[六]我《われ》は悩《なやま》しとて里《さと》におはしますに、わりなくて參《まい》らせ給《たま》ふて、この東三條の大將の不能《ふのう》を奏《そう》し給て、「かゝる人は世《よ》にありては公《おほやけ》の御ために大事出《い》で來侍《きはべ》りなん。かやうの事はいましめたるこそよけれ」など奏《そう》し給て、[七]貞元二年十月十一日大納言の大將をとり奉《たてまつ》り給て、治部卿になし奉《たてまつ》り給つ。[八]無官の定になしきこえまほしけれど、さすがに[九]その事とさしたる事のなければ、おぼしあまりて[一〇]かくまでもなしきこえ給へるなりけり。御心のまゝにだにあらば、[一一]「いみじき筑紫《つくし》九國までも」とおぼせど、過《あやまち》なければなりけり。御代《かは》りの大將には、[一二]少一條のおとゞ《師尹》の御子の濟時の中納言なり給《たま》ひぬ。東三條の治部卿は、御門《かど》閉《と》ぢて、あさましういみじき世《よ》の中を[一三]ねたうわりなくおぼしむせびたり。家《いへ》の[一四]子《こ》の君達《きむだち》出《い》でまじらひ給はず、世《よ》をあさましきものにおぼされたり。」かゝる程《ほど》に、堀河殿《ほりかはどの》[一五]御心地いとゞ重《をも》りて、頼《たの》もしげなきよしを世に申《まう》す。[一六]さいつ頃内《ころうち》に參《まい》らせ給て、東三條の大将をばなくなし奉《たてまつ》り給てき。今一度《いまひとたび》とて内に參《まい》らせ給て、よろづを奏《そう》し固《かた》めて出《い》でさせ給にけり。何事《なに》[一七]な覽とゆかしけれど、また音《をと》なし。かくて十[一八]一月四日准三宮の位《くらゐ》にならせ給ぬ。同月の[26]八日うせ給ぬ。御年《とし》五十三なり。忠義公と御[一九]いみ(な)を聞《きこ》ゆ。あはれにいみじ。かく幾《いく》ばくもおはしまさゞりけるに、東三條の大納言をあさましう歎《なげ》かせ奉《たてまつ》り給《たま》ひけるも心憂《こゝろう》し。小野宮の頼忠の大臣《おとゞ》に世《よ》は讓《ゆづ》るべき由《よし》一日奏《そう》し給しかば、そのまゝにとみかどおぼしめして、[二〇][27]同《おな》じ月の十一日、關白の宣旨蒙《かぶ》り給て、世《よ》の中皆《みな》うつりぬ。[二一]あさましく思《おも》はずなる事に、世《よ》に申思《おも》へり。中宮《媓子》よろづにおぼし歎《なげ》く。朝[二二]光の權大納言、顯光の中納言《忠義公嫡男》など、あはれにおぼし惑《まど》ふ。」東三條殿の(院の)女御《超子也》は、去《こ》年《ぞ》生《むま》れ給《たま》ひしおとこみこ《三條院也》に、又今年《ことし》もさし續《つゞ》きて同《おな》じやうにて生《むま》[二三]れたまへる《爲尊彈正尹也》につけても、猶《なを》いと行末頼《ゆくすゑたの》もしげに見《み》えさせ給。堀河《ほりかは》どのゝ後後《のちのち》[二四]のことゞも例《れい》のごとし。」

[二五]かくて年《とし》もかはりぬ。左の大臣《おとゞ》の御さまいと〳〵めでたし。大《おほ》[二六]ひめぎみ《遵子皇后是也》を「いかで内に參《まい》らせ奉《たてまつ》らん」とおぼす。はかなくて月日も過《す》ぎて冬《ふゆ》になりぬ。[28]年號かはりて天元[二七]ゝ年といふ。[29][二八]十月二日除目ありて、關白殿《頼忠》太政大臣にならせ給ぬ。左大臣に雅信の大臣《おとゞ》なり給ぬ。東三條どのゝ罪《つみ》もおはせぬを、[二九]かく怪《あや》しくておはする、心得《こゝろえ》ぬ事なれば、太政大臣《おほきおとゞ》度〳〵奏《そう》し給て、[30]やがてこ

一八「四日庚寅、詔太政大臣任人賜爵、准三后」(紀略、貞元二年十一月)。「准三宮」は、太皇太后・皇太后・皇后の三宮に准じ、年給(年官年爵)を賜うこと。皇族・后妃・外戚・功臣等に対する優遇法。

一九「八日甲午、依二太政大臣病一大二赦天下一、老人賜レ物。大臣於二堀川院一薨〈年五十三〉。廿日丙午、奏二故太政大臣薨由一、(中略)謚曰二忠義公一」(紀略、貞元二年十一月)。

二〇「太政大臣召二大内記菅原資忠一仰云、以二左大臣一可レ為二関白万機一者。奏二覽詔書一之後、召二中務輔一給レ之」(紀略、貞元二年十月十一日)。同じ月ではなく、一ヵ月以前のこと。

二一 あきれた意外な事に。

二二 顕光は兼通一男、朝光は同三男(大鏡裏書)。

二三 為尊親王。貞元二年出生(権記、長保四年六月十三日二十六歳にて薨去とあるより逆算)。

二四 葬送や法事など。

為尊親王の誕生

二五 貞元三年。

二六 中姫君・弟姫君に対する語。長女の尊称。遵子のこと。

二七「廿九日庚戌、詔改レ元為二天元元年一、依二明年陽五之御慎一也。大二赦天下一、老人賜レ穀有レ差」(紀略、天元元年十一月)。

貞元三年

天元元年十月の除目

二八 紀略同日。改元以前のこと。「除目」は任官の儀。官史の人事異動。→補八九。

二九 罪もなくて官位を奪われ籠居していることは、うなずけない事であるから。

兼家女詮子入内

一 兼通の御心に計画されたことがお話にならず気にくわぬ事であったから、兼家は中宮を恐れ憚ることなく。二「八月十七日己巳、大納言藤原兼家卿息女初入二掖庭一、候二梅壺一。〈名詮子〉十一月四日己酉、以二藤原詮子一為二女御一」(紀略、天元元年条)。三 頼忠は女遵子を先に入内させようと思われたが兼通に遠慮されているうちに、兼家は憚らず思い立って、女詮子を入内させ申したのは、(兼通との関係から見て)道理あることと思われた。↓補九〇。四 大層時めいていらっしゃる。五 中宮をこのように憚りもなく侮りがましくお取扱い申し上げるのも。六 かつて父が兼家に加えた無情な態度を考えてのことであろうと、(兼家の仕打も)道理あることと中宮は思われた。七 凝花舎。壺は、つぼまったの意。すなわち中庭。前庭に紅白の梅が植えてあることによって、梅壺と称した。八 魅力的で親しみやすく可憐でいらっしゃる。九 前に「家の子の君達出でまじらひ給はず」(七六頁)とあったのと照応。↓補九一。一〇 三の宮敦道親王は天元四年生れ(紀略、寛弘四年十月二日二十七歳薨去より逆算)、従って本書は年次を誤る。一一 中宮職においても。一二「三日庚戌、寅刻皇后藤原媓子崩二于堀河院一、年卅三」(紀略、天元二年六月)。一三「あへなう」。「あへなく」の音便。あっけなく。一四 世間の人は例により口のうるさいものだから。一五 兼家の御幸福はまた増すことよ。下の文とともに結句に「かし」を補えば落着い

敦道親王御誕生

天元二年、中宮媓子崩御

の度《たび》右大臣になり給ぬ。「これはたゞ佛神のし給《たま》ふ」とおぼさるべし。」内には中宮《媓子 兼通女》のおはしませば、誰《たれ》もおぼし憚《はゞか》れど、[一]堀河《ほりかは》どのゝ御心掟《おほむこゝろおきて》のあさましく心《こゝろ》づきなさに、東三條の大臣《おとゞ》中宮に怖《を》ぢ奉《たてまつ》り給《たま》はず、[31][二]中姫君參《ひめぎみまい》らせ奉《たてまつ》り給《たま》ふ。[三]大《おほ》とのゝ「姫君《ひめぎみ》をこそ、まづ」とおぼしつれど、堀河《ほりかは》どのゝ御心をおぼし憚《はゞか》る程に、右《みぎ》の大臣《おとゞ》はつゝましからずおぼしたちて、參《まい》らせ奉《たてまつ》り給、理《ことはり》に見《み》えたり。參《まい》らせ給へるかひありて、たゞ今《いま》は[四]いと時《とき》におはします。[五]中宮をかくつゝましからず、ないがしろにもてなしきこえ給も、[六]「昔《むかし》の御情《なさけ》なさを思《おも》ひ給《たま》ふにこそは」と、理《ことはり》におぼさる。東三條の女御は[七]梅壺《つぼ》に住《す》ませ給《たま》ふ。御有様愛敬《ありさまあいぎやう》[八]づき、け近《ちか》くうつくしうおはします。[32][九]御はらからの君達《きんだち》この頃《ごろ》ぞつゝましげなうありき給める。」院の女御、[一〇][33]男御子《おとこみこ》三所《みところ》にならせ給ぬ。猶《なを》いと頼《たの》しげなる御有様《ありさま》なり。」かゝる程に天元二年になりぬ。梅壺《むめつぼ》いみじう時めかせ給《たま》ふ。中宮《媓子》月頃《ごろ》御心地怪《あや》しう悩《なやま》しうおぼしめされて、よろづ[一一]宮司《みやづかさ》も、又公《おほやけ》よりも、御祈《いのり》の事さま〴〵にいみじけれど、[34][一二]六月二日うせさせ給ぬ。[一三]あえなう、あさましうあはれにいみじうおぼしきこえさせ給へどかひなし。[一四]世の人例《れい》の口安《くちやす》からぬものなれば、[一五]「東三條どのゝ御幸《さいはい》のますぞ」「梅壺《むめつぼ》の女御后《きさき》《詮子》に居《ゐ》給べきぞ」などいひのゝしる。かくて[一六]相撲《すまひ》もとまりて、世《よ》に[一七]ものさう〴〵しう思《おも》ふべし。關白殿《頼忠》は中

宮の御事[一八]どもを行《をこな》ひきこえ給。[一九]たゞ今《いま》の世《よ》の御後見《うしろみ》にもおはします、堀河殿(の)御心をもさまぐ\おぼしめし知り、何《なに》事をも扱《あつか》はせ給なるべし。権大納言《朝光》・中納言《顯光》などいみじうおぼし歎《なげ》き給。」かやうにて過《す》ぎもていくに、[二〇]その冬《ふゆ》関白殿の[35]ひめ君《遵子》内に参《まい》らせ奉《たてまつ》り給。[二一]世《よ》の一《いち》の所《ところ》におはしませば、いみじうめでたきうちに、との丶御有様《ありさま》なども奥深《おくぶか》く心にく丶おはします。梅壺《つぼ》はおほかたの御心有様《ありさま》[二二]け近《ちか》くおかしくおはしますに、この度《たび》の女御は少《すこ》し[二三]御覺《をぼえ》(の)程やいかにと見《み》えきこゆれど、[二四]たゞ今《いま》の御有様《ありさま》に上《うへ》も従《したが》はせ給《たま》へば、疎《をろか》ならず思《おも》ひきこえさせ給なるべし。」[36]いかにしたる事《こと》にか、か丶る程に梅壺《むめつぼ》例《れい》ならず悩《なやま》しげにおぼしたれば、父大臣《ちゝおとゞ》いかにぐ\と恐《おそろ》しう思きこえ(させ)給へば、[二五]たゞにもおはしまさぬなりけり。[二六]世《よ》も煩《わづら》はしければ、一二月は忍《しの》ばせ給へど、さりとて[二七]隠《かく》れあべき事ならねば、三月にて奏《そう》せさせ給に、みかどいみじう(うれしう)おぼしめさるべし。[二八]一品の宮《資子》も、梅壺《むめつぼ》をば御心よせ思《おも》ひきこえさせ給《たま》へれば、いと嬉《うれ》しうかひあるさまにおぼしきこえさせ給。[二九]里《さと》に出《い》でさせ給はんとするを、[三〇]上《うへ》いと後《うしろ》めたうわりなくおぼしめしながら、さてあるべき事ならねば、出《い》でさせ給程《ほど》の御有様《ありさま》[三一]いへば疎《をろか》なり。さべき上達部・殿上人皆残《みなのこ》るなう仕《つか》(う)まつり給《たま》ふ。[三二]世《よ》は皆《みな》この東三條(殿)にとまりぬべきなめりと見《み》えきこえたり。」上《うへ》も[三三]年頃《としごろ》に

た文になる。[一六] 相撲節。毎年七月に行われ天皇が御覧になった。↓補九二。[一七] 何となく心寂しく。[一八] 万事万端を処理申し上げなさる。[一九] 頼忠は現在の関白でもあるし、また兼通が

関白頼忠女遵子入内

自分を推挙した心中をもよくわきまえていらっしゃり、(恩返しの積りで)葬送以下万事を世話されるのであろう。頼忠は関白であることから、これを「世の御後見」という。[二〇] 遵子入内は天元元年四月で本書の趣と異なる。補注九〇参照。[二一] 頼忠は関白でいらっしゃるから、入内の儀も大層立派であったし、また関白家の御様子も深みがあり奥ゆかしくいらっしゃる。[二二] 親しみがあり思わず頬笑まれる

梅壺女御詮子懐妊、里邸退出

ようでいらっしゃるのに。[二三] 御寵愛の程度は余り大したものでもないように沙汰するが。[二四] 父たる現在の関白の威勢に帝も憚りなさるから、疎略ならず思い申し上げられるのであろう。[二五] 懐妊されたのであった。[二六] 世間で色々噂を立ててうるさいから。[二七] 知られずにすむことでもないから。[二八] 資子と詮子は従姉妹(↓六二頁)。好意を寄せて思い申し上げていらっしゃるので。[二九] 里邸東三条殿。[三〇] 帝は大層不安に詮方なく思し召しながらも、御懐妊のまま宮中に留めおくことのできることではないから。[三一] 言ったところで十分な表現ではない。[三二] 天下の衆望はすべて兼家にとまり、他へはゆかぬことになりそうだと取沙汰した。[三三] 御即位後天元二年まで十一年になる。

円融帝、梅壺の御懐妊を喜び給う

ならせ給ぬれば、今《いま》は下《を》りさせ給まほしきに、いかにも〳〵御子《みこ》のおはせぬ事をいみじうおぼし歎《なげ》くに、男《おとこ》[一]・女《をんな》の御程は知《し》らず、たゞならずおはしますをよに嬉《うれ》しきことにおぼしめして、[二]さべき御祈《いのり》ども数《かず》を盡《つく》させ給。長日の[三]御修法・御讀經など内方《うちがた》[四]よりも始《はじ》めさせ給《たま》ひ、すべてか[五]ゝらんにはいかでかと見《み》えさせ給。關白殿いと世《よ》の中をむ[六]すぼゝれすゞろはしくおぼさるべし。「[七]さばれ、とありともかゝりとも我《わが》あらば女御をば后《きさき》にもするゑ(たてまつりてん」と)おぼしめすべし。」　はかなくて天元三年庚辰《かのえたつ》の年《とし》になりぬ。三四月ばかりにぞ、梅壺《むめつぼ》[八]さやうにおはしますべければ、その御用意《ようい》ども限《かぎり》なし。[九]内藏寮《くらづかさ》に御帳よりはじめ、白《しろ》き御具《ぐ》ども仕《つか》まつる。[一〇]殿の上にもせさせ給。たゞ今世《いまよ》に[一一]めでたき事の例《ためし》になりぬべし。内より夜晝《よるひる》[一二]わかぬ御使暇《つかひゝま》なし。げに理《ことはり》に見《み》えさせ給。[一三]いつしかとのみおぼしめす程に、五月のつご[一四]もりより御けしきありて、[一五]その月をたてゝ[一六]六月の一日寅《とら》の時に、[37]えもいはぬ男御子《おとこみこ》平《たいら》[一七]かにいさゝか悩《なや》ませ給程《ほど》もなく生《むま》れさせ給へり。内にまづ奏《そう》せさせ給へれば、御劍[一八]奉《はかしたてまつ》らせ給ふ程ぞ、えもいはずめでたき御けしきなるや。七[一九]日の程の御有様思《ありさまおも》ひやるべし。東[二〇]三條の御門《みかど》のわたりには、年頃《としごろ》だにたはやすく人渡《わた》らざりつるに、院[38][二一]の宮達《たち》の三所《みところ》おはしますだに疎《をろか》ならぬとのゝ内《うち》を、まいて今上一宮のおはしませば、いと理《ことはり》にて、

一 詮子の懐妊された御子が男女いずれかは分らないが、懐妊されたことを。二 安産祈願その他の然るべき多くの御修法の。三 ↓四一頁。
四 御修法は里方で行うのが本体だが、宮中でもお始めなさって。五 総じてこれほど盛大に行ったらどうして御安産なさらぬことがあろうかと。六 気がふさぎ面白くなく思われることだろう。七 ままよ、所詮自分が関白をしている限りは女御遵子を皇后にお立て申し上げようと。
八 御産があるべき故。九 ↓四七頁。内蔵寮では御帳台を始め、御産用の白づくめの御道具類の数々(白縁畳・白几帳・白絵屛風等)を調進申し上げた。一〇 兼家の北の方におかれても準備

懐仁親王(一条)御誕生

せられた。兼家室時姫は天元三年正月二十一日に没したが(↓補九八)、本文のままでも差支えはない。一一 すばらしい慶事の例に。一二 昼夜をわかたぬ御見舞の勅使の絶え間がない。
一三 早く御産があればとしきりに。
一四 下旬から産気づかれて。
一五 五月も過ぎて。
一六「寅剋女御藤原詮子産二第一皇子一〈名懐仁〉」(紀略、天元三年六月一日)。
一七 無事に。
一八 佩刀。新生の皇子に帝から賜わる守り刀。
一九 三・五・七夜の産養(うぶやしない)の御様子は。
二〇 東三条邸の門のあたりへは、この年来でさえ気楽に人も出入しなかったのに。
二一 そして冷泉院の三皇子(居貞・為尊・敦道、兼家女超子所生)がおられることでさえ並一通りならぬ御殿であるのに。
二二 女御の同胞道隆・道兼・道長等は、年来の鬱陶しくふさいでいた心地も解け、大層喜ばし

いづれの人も(よろづに)参《まい》り騒《さは》ぐ。[三三]御はらからの君達《だち》、年頃《としごろ》の御心地むつかしうむすぼゝれ給《たま》へりける、紐《ひも》とき、いみじき御心地どもせさせ給。」[39]かゝる程に(又[二三]ことし)内裏焼《や》けぬ。[二四]みかど閑院にわたらせ給。閑院は故[二五]堀河《こほりかは》どのゝ御領にて、朝光の大納言ぞ住《す》み給《たま》ひける、ほかにわたり給《たま》ひぬ。」かくて關白殿の女御《さぶら》はせ給へど、[二六]御はらみのけなし。大臣《おとゞ》いみじう口惜《くちお》しうおぼし歎《なげ》くべし。[二七]みかどいつしかといみじうゆかしう思《おも》ひきこえ(させ)給《たま》へば、「御子《みこし》忍びて参《まい》らせ給へ」とあれど、[二八]世《よ》の人の御心ざまも恐《おそろ》しうて、すがすがしうもおぼしたゝず。[二九]今年《ことし》いかなるにか大風吹《ふ》き、なゐなどさへふりて、[三〇]いとけうとましき事のみあれば、[三一]上《うへ》は若宮《わかみや》の里《さと》におはします事をいとゞ後《うしろ》めたうおぼしの給はすれど、さりとて[三二]内《うち》の狹《せば》きにおはしますべきにあらねば、たゞいかにとのみ夜晝分《よるひるわ》かぬ御使《つかひ》あり。[三三]御五《い》十日《か》や百日《もゝか》など過《す》ぎさせ給て、いみじううつくしうおはします。東三條に行幸あらまほしうおぼせど、太政《おほき》おとゞ《頼忠》の御心《こゝろ》におぼし憚《はゞか》らせ給なるべし。」みかどの御心いと[三四]うるはしうめでたうおはしませど、「雄《お》[三五]ゝしき方《かた》やおはしまさゞらん」とぞ、世《よ》の人申思《おも》ひたる。東三條の大臣《おとゞ》世中を御心のうちに[三六]しそしておぼすべかめれど、[三七]猶《なを》うちとけぬさまに御心もちゐぞ見《み》えさせ給ふ。みかどの御心強《つよ》からず、[三八]いかにぞやおはしますを見奉《みたてまつ》らせ給へればな

い御気分になられた。 三三 →補九三。
二四 太政官庁・四条後院・職御曹司等へ遷御されたことだけで、閑院遷幸の記録はない。→補九四。

内裏焼亡、閑院へ遷御

二五 故兼通の御領で。朝光の転居した「ほかに」は、他所への意。

円融帝、若宮(懐仁)を恋い給う

二六 御懐妊の徴候が見られない。
二七 帝は詮子所生の第一皇子に早く御対面なさりたいと、大層御熱望なさるので。
二八 (兼家は)世人の心底も何をたくらむか分らず恐しいので、はきはきと参内させる事も決心されない。 二九 紀略、天元三年七月条には、大風・暴雨・洪水等の記事だけで、地震のことは見えない。「なゐふる」は地震がすること。
三〇 大層恐しい事ばかりが。
三一 一段と心配だと思われ、またお口にされるが。 三二 里内裏の狭い所に。
三三 生後五十日・百日にする祝い。五十日の事は、紀略、天元三年七月二十日に「於二清涼殿一新誕皇子五十日有二御遊一」とある。百日は九月十日に相当。
三四 端正で立派でいらっしゃるが。

円融天皇の御性質と兼家

三五 男性的な面はお持ちでないだろう。
三六 思うようになし遂げたと思われるように見えるが。→補九五。 三七「うちとけぬさまに」は「見えさせ給ふ」へ続く。
三八 どうかとあまり感心できないようでいらっしゃるのを。

るべし。」[40]かゝる程に天元四年になりぬ。みかど御心のうちの御願などやおはしましけん、[一]賀茂《か41も》・平野《ひらの》などに、二月に行幸あり。[二]「御子《みこ》の御祈《いのり》などにこそは」と、理《ことはり》に見《み》えさせ給。みかど、「今《いま》は御子《みこ》も生《むま》れさせ給へり。いかでおりなん」とのみおぼし急《いそ》がせ給。梅壺《むめつぼ》の女御の里《さと》がちにおはしますを、安《やす》からぬ事に上《うへ》おぼしめせど、大臣《おとゞ》、[三]「我《わが》一の人にあらぬを、何《なに》かは」などおぼしめすなりけり。[四]堀川の大臣《おとゞ》おはせし時、今《いま》の東宮の御妹《いもうと》の[42]女二宮参《まい》らせ給へりしかば、[五]いみじううつくしうともて興《けう》じ給ひしを、参《まい》らせ給て程《ほど》もなく、[六]内《うち》(など)焼《や》けにしかば、[七]火の宮《みや》と世人申思《おも》ひたりし程に、[八]いとはかなううせ給にしになん。」みかど、太政大臣《おほきおとゞ》の御心に違《たが》はせ給はじとおぼしめして、[43][九]「この女御后《きさき》に据《す》ゑ奉《たてまつ》らん」との給はすれど、大臣《おとゞ》[一〇]なまつゝましうて、「一の御子《みこ》生《むま》れ給へる梅壺《むめつぼ》を置《を》きて[一一]この女御の居給《ゐたま》はんを、世人いかにかはいひ思《おも》ふべからん」と、[一二]「人[一三]敵《がたき》はとらぬこそよけれ」などおぼしつゝ過《すぐ》し給へば、「[一四]などてか。梅壺《むめつぼ》は今《いま》[一五]はとありともかゝりとも必《かなら》ずの后《きさき》なり。世《よ》も定《さだめ》なきに、この女御のことをこそ急《いそ》がれめ」と、常《つね》にの給はすれば、嬉《うれ》しうて人知《し》れずおぼし急《いそ》ぐ程に、今年《ことし》もたちぬれば、口惜《くちお》しうおぼしめす。かゝる事ども漏《も》り聞《きこ》えて、右のおとゞ《兼家》内《うち》に参《まい》らせ給事難《かた》し。[一六]女御《詮子》の御はらからの君達《だち》などもまいてさし出《い》でさせ給はず。女

賀茂・平野行幸、御譲位の思し召し

[一]「戊子、天皇行幸平野社」(紀略、天元四年二月二十日)。小右目録その他にもある。賀茂の行幸は天元三年十月の事を指したのであろう。賀茂「天皇行幸賀茂社」(紀略、天元三年十月十日)。小右目録その他にもある。[二]懐仁親王の御成育と、将来東宮に立たれることを御祈願なさるのであろう。[三](兼家は)自分は関白でもなく面白くもないのだから、どうして女を君のお側にばかり置くことができようなどと。[四]兼通の在世中に。紀略(天元三年十月二十日)に「前斎院尊子内親王始参候麗景殿〈冷泉院皇女也〉」とあり、入内は兼通薨去後のこと。[五]可憐なものとしてお可愛がりなさったが。[六]天元三年十一月二十二日の焼亡をいう。[七]この事、大鏡、伊尹伝にも見える。[八]あっけなくお亡くなりなさってしまったのである。日本紀略に「寛和元年五月一日乙巳前斎院二品尊子内親王薨〈年廿、冷泉院上皇二女、上皇妃也〉」とあって、小右記には二日とある。天元四年よりは五年の後のこと。

遵子女御と梅壺女御

[九]頼忠が遵子立后に懸命であったことは、小右記、天元五年二月二十三日、二十九日、三月三日、五日等に詳しく、女房良峯美子がこれに活躍している。[一〇]何となく遠慮されて。[一一]この女御が后にお坐りなさることを。[一二]と思い、また。[一三]兼家の恨みなど買わぬがよいと。[一四]何で遠慮することがあろうか。[一五]今はどうあろうとも結局は必ず后に立つべき方である。有為転変の世の中であるから(明日にでも譲位したなら后位につける事はできない)、この女御立后の事を急がれるのがよかろ

御も心解《と》けたる御けしきもなければ、一品宮《資子》は世《よ》にいふ事をもりきゝ給《たま》ひて、一七「さやうにおぼしたるにこそ」と、世《よ》を心づきなくおぼしきこえさせ給べし。」

はかなく年《とし》一八もかへりぬ。正月一九に庚申出《い》で來《き》たれば、東三條殿の院の女御《超子》の御方《かた》にも、梅壺《むめつぼ》の女御《詮子》の御方《かた》にも、若《わか》き人〳〵「年《とし》のはじめの庚申なり。せさせ給へ」と申せば、二〇「さば」とて御方《かた》〴〵皆《みな》せさせ給。男《おとこ》君達《たち》、この女御達《たち》の御はらから三所《道隆 道兼 道長》(ぞ)おはします。「いと興《けう》ある事なり。いとよし。二一こなたかなたと参《まい》らん程に夜《よ》も明《あ》けなん」などの給て、さま〴〵のことゞもして御覧ぜさせ給に、二二歌《うた》や何《なに》やと心《こゝろ》ばへおかしき御方《かた》〴〵の有様《ありさま》よりはじめ、女房達《たち》、碁《ご》二三・雙六《すぐろく》の程(の)いどみもいとおかしくて、「この君達《だち》のおはせざらましかば、今宵《こよひ》の二四ねぶりさましはなからまし」など聞《きこ》え思《おも》ひて、二五「度《たび》〳〵鶏《とり》も鳴《な》きぬ。院の女御《超子》、あか月方《かた》に御脇息《けうそく》に押《を》しかゝりておはしますまゝに、やがて御殿籠《とのごも》り入《い》りにけり。今《いま》二六さらに」など人〳〵聞《きこ》えさすれど、「烏《からす》二七も鳴《な》きぬれば、今《いま》二八はさばれ、なおどろかしきこえさせそ」など、人〳〵聞《きこ》えさするに、はかなき二九歌《うた》ども聞《きこ》えさせ給はんとて、この男君達《おとこきんだち》「やゝ三〇、ものけたまはる。今《いま》三一さらに何《たに》かは御殿籠《とのごも》る、起《お》きさせ給《たま》はん」と聞《きこ》えさするに、すべて御いらへもなく三二おどろかせ給はねば、よりて「やゝ」と聞《きこ》えさせ給に、殊《こと》三三の外《ほか》に見《み》えさせ給へれば、ひきおどろかし

う。一六 道隆・道兼・道長等。一七 詮子のうちとけぬのは遵子立后のことを思われるからであろうと、それにつけても世の中を面白からず思し召されるであろう。一八 天元五年。下文に再び「かゝる程に今年は天元五年になりぬ」とあって紛らわしい。一九 この年の庚申は正月二十七日。庚申の夜寝ると、人の体内に住む三尸(さんし)虫が天に上り、その人の悪事を天帝に告げるという道教の信仰により、徹夜をして過す風習があった。二〇 それではと言って。

冷泉院女御超子頓死

二一 超子女御や詮子女御の御殿をあちこち往復しているうちに。詮子がこの時内裏の直廬にいたことは、小右記、正月三日条で明らかである。

二二 和歌を詠んだり、その他何やかや風情ある女御方の有様を始めとして。

二三 碁を打ったり双六をして遊ぶ間の勝負争いも大層頬笑ましくて。

二四 ねむけさましは無かっただろうに。

二五「度〳〵」以下を会話文とすると、やや長すぎるが、地の文としても落着かぬところがある。仮りに会話文としておく。

二六 今になっておやすみになるのですか。

二七 烏とあったのを鳥と誤って仮名書したか。富「とり」。

二八 (せっかくおやすみになったのだから)今はままよ、お起し申し上げないように。

二九 ちょっとした和歌を。

三〇 もしもし、物をお尋ね申し上げます。「ものけたまはる」は「ものうけたまはる」の略。

三一 今になってどうしておやすみなさるのですか。三二 お目ざめなさらぬので。三三 格別な様子—ただごとでない有様にお見えなさったので。

奉《たてまつ》り給に、[一]やがてひえさせ給へれば、あさましうて、[二]御殿油《となぶら》取《と》り寄《よ》せて見奉《みたてまつ》らせ給へば、[三]うせさせ給へるなりけり。「あなあさましや」と(も)いひやらん方《かた》なくおぼされて、[四]殿《との》にまづ「かう〳〵の事候」と申させ給に、[五]すべて物《もの》も覺《おぼ》えさせ給はで、惑《まど》ひおはしまして見奉《みたてまつ》らせ給に、あさましくいみじければ、抱《かい》へてたゞふしまろび惑《まど》はせ給《たま》ふ。との〳〵内《うち》[六]どよみてのゝしりたり。[七]さべき僧ども召《め》しのゝしり、よろづの[八]御誦經所《ところ》〴〵に走《はし》らせ給《たま》へど、つゆかいなくて[九]かきふせ奉《たてまつ》らせ給《たま》ひつ。[一〇]白《しろ》き綾《あや》の御衣《ぞ》四《よ》つばかりに紅梅《こうばい》の御衣《ぞ》ばかり奉《たてまつ》りて、[一一]御髪《ぐし》長《なが》くうつ(く)しうてかひ添《そ》へて臥《ふ》させ給へり。[一二]たゞ御殿籠《とのごも》りたると見《み》えさせ給《たま》ふ。[一三]殿《との》いみじうかなしきものに思《おも》ひきこえさせ給へれば、たゞ思《おも》ひやるべし。[一四]宮達《みやたち》のいと稚《おさな》くおはしますなどに、[一五]よろづおぼし續《つゞ》け惑《まど》はせ給。冷泉院に聞《きこ》しめして、あさましう[一六]あはれに心憂《う》き事におぼしめす。「猶《なを》これも[一七]かの御ものゝけのしつる」とぞおぼされける。[一八]よろづの御とぶらひにつけても、いとゞあやにくにおぼし惑《まど》はる。[一九]ゆゝしき事どもなれど、すべてさべ(う)おはしますと見《み》えさせ給も悲《かな》しういみじうおぼさるれど、[二〇]さてのみやはとて、[二一]後《のち》〳〵の御事ども例《れい》の作法《さほう》におぼし掟《をき》てさせ給につけても、殿《との》はたゞ涙《なみだ》におぼれてぞ過《すぐ》させ給。[二二]あさましうはかなき世《よ》とも疎《をろか》なり。」[二三]御忌《いみ》の程あさましういみじうて過《すぐ》させ給

一 (脇息にもたれて)そのまま冷たくなっておられたから。 二 御殿でともす油火のあかり。 三「廿八日辛酉、雪、…今朝院女御頓滅云々」(小右、天元五年正月)。 四 兼家。 五 まったく無我夢中で、うろたえながらお出でになって御覧なさると。 六 泣き声の鳴り響くばかり大騒ぎをした。 七 然るべき僧侶を大騒ぎして召したり。 八 読経の料を持った使を寺々へ走らせなさったが。 九 遺骸を床の上に横たえ申し上げた。 一〇 白綾の袿(うちぎ)を四枚ほど重ねた上に、紅梅(表紅・裏蘇芳)の表着(うわぎ)をお召しになって。 一一 長く美しい髪の毛を身体にかけたままでおねかし申し上げた。 一二 まったくおやすみになっていられるように。 一三 兼家は平常超子を可愛いものに思われていたから、(その悲しみの程は)ただ想像するほかはない。 一四 居貞(七歳)、為尊(六歳)、敦道(二歳)。 一五 …等によって。 一六 悲しくつらい事と。 一七 元方の霊。↓四三頁。 一八 多くの人々が弔問されるにつけても、兼家は一段と悲しみも増しあいにくな事と思うほど気も顚倒された。 一九 不吉な事だが、すべてこうなるべき運命であるとお見えになるのも、悲しく堪えがたく思われるが。 二〇 そう悲しんでばかりはおられぬというので。 二一 葬送・法事など死後の諸事をきまり通りの作法に従って指図なさるにつけても。↓補九六。 二二 あさましくはかない世の中だといったところで並一通りの言い方だ。 二三 服喪の期間。ここは四十九日。 二四「女御」は詮子。(超子の急逝も元方の霊のしわざかと思えば、詮子の上にも禍が及ぶかもしれぬと)一段と恐しく思われて。 二五 ↓補九七。 二六 超子所生の宮達はいずれも御幼少で、何事

兼家の悲嘆

とも感じていられぬことを。 二七 上文に「年もかへりぬ」(八三頁)とあるのと重複。 二八「以㆓女御従四位上藤原遵子㆒立為㆓皇后㆒。天皇出㆓御南殿㆒。左大臣以下参了。宣制之後於㆓殿上㆒有㆘任㆓宮司㆒之除目㆖。次召㆓諸衛㆒仰㆓啓陣㆒、次大臣以下参賀」(紀略、天元五年三月十一日)。小右記、同日の条にも詳しい。 二九 頼忠がわが女を皇后に立てようとすることは人情から言っても道理あることだ、しかし。 三〇 (第一皇子の御母詮子をさしおいて遵子を皇后に立てようとされる)帝の御はからいを、世人も正視でき難いほどあきれたことに。 三一 さしおいたままで。 三二 とやかく非難して。 三三 御子をお生みしない后。
三四 寿命さえあれば(自分の存命中に詮子の立后を見ることができるだろう)と。
三五 やはり心に満たずあきれた事と。
三六 冷泉院女御超子の死を悲しく思われる上に、

兼家の不平

重ねて詮子が遵子に超えられたことを世人もかれこれ噂するだろうことよと。
三七 世の中一般までが、経験したこともないあきれるばかりのものに思われて。
三八 兼通の仕打は今度の事にくらぶれば何程の事でもなかった。
三九 忌まわしく情ないことと。「心憂く」は「心憂しと」と改めれば直接話法的になる。
四〇 これ程の人の物笑いとなっては、この世に生きていないでもありたいものだと。
四一 いくら何でもこのままで終ることもあるまい。我こそ人々の有様を最後まで見届けよう。
四二 超子薨去の後は、ますます籠居し勝ちで。

女御遵子立后、素腹の后と称せらる

につけても、今《いま》は[二四]女御の御有様《ありさま》いとゞ恐《おそろ》しうおぼしめして、[二五]女御ど[東三條院并一條院]のとわかみや[也]とはほかに渡《わた》し奉《たてまつ》らせ給て、世ははかなしといへど、いまゝだかゝる事は見《み》聞《きこ》えざりつる御有様《ありさま》なりや、宮[二六]〳〵の何《なに》事もおぼしたらぬをいとゞ悲《かな》しうおぼされけり。」かゝる程に今年《ことし》[二七]は天元五年になりぬ。三月十一日中宮立《た》ち給はんとて、太政《おほき》おとゞ[頼忠]急《いそ》ぎ騒《さは》がせ給。これにつけても右のおとゞ[兼家]あさましうのみよろづ聞《きこ》しめさるゝ程に、[二八]后《きさき》[45]たゝせ給ぬ。いへばおろかにめでたし。[二九]太政大臣《おほきおとゞ》のし給《たま》ふも理《ことはり》なり。[三〇]みかどの御心掟《をきて》を、世人も目《め》もあやにあさましき事に申思《おも》へり。一の御子《みこ》おはする女御[詮子]を措《を》[三一]きながら、かく御子《みこ》もおはせぬ女御[遵子]の后《きさき》に居《ゐ》給《たま》ひぬる事、安《やす》からぬ事に世の人なやみ[三二]申て、[三三]素腹《すばら》[46]の后《きさき》とぞつけ奉《たてまつ》りたりける。されどかくて居《ゐ》させ給ぬるのみこそめでたけれ。」[47]東三條の大臣《おとゞ》「命《いのち》[三四]あらば」と(は)おぼしながら、猶飽《なをあ》[三五]かずあさましき事におぼしめす。院[三六]の女御の御事をおぼし歎《なげ》くに、又「この御事を世人も見思《みおも》ふらん事」と、[三七]なべての世さへ珍《めづら》かにおぼしめして、かの堀河《ほり》[三八]の大臣《おとゞ》の御しわざはなにゝかはありける、此度《こたみ》のみかどの御心掟《をきて》は、[三九]ゆゝしう心憂《う》く思《おも》ひきこえさせ給ふも疎《をろか》なり。「[四〇]かばかりの人笑《わら》はれにて、世《よ》にあらでもあらばや」とおぼしながら、「[四一]さりともかうて止《や》むやうあらじ。人の有様《ありさま》をば、我《われ》こそは見果《みは》てめ」と強《つよ》うおぼして、[四二]女御[超子]

の御事のゝち、いとゞ御門《みかど》さしがちにて、男君達《おとこたち》[一]すべてさべきことゞもにも出《い》でまじらはせ給はず。内の御使《つかひ》女御殿《詮子》に日《ひ》ゞに参《まゐ》れど、二三度《ど》がなかに御返《かへり》は一度《ど》な(ど)ぞ聞《きこ》えさせ給ける。一品の宮《資子》もいと心憂《こゝろう》[二]き事におぼし申させ給。」若宮《わかみや》のうつくしうおはしますらんも、今年《ことし》は三にならせ給へば、秋《あき》つ方《かた》[三]御袴著《はかまぎ》の事あるべう、内には造物所《つくもどころ》[四]に御具《ぐ》どもせさせ給、その御事どもおぼしまうけさせ給べし。院の女御の御の(ちの)ちの事どもし果《は》てさせ給て、つれ〴〵[五]におぼさるゝまゝには、たゞこの[六]宮達《みやたち》の御扱《あつか》ひをせさせ給。」この[七]殿《との》は上《うへ》もおはせねば、[48]この女御どのゝ御方《かた》に候《さぶら》ひつる大輔[八]といふ人を使《つか》ひつけさせ給て、いみじうおぼし時《とき》めかし使《つか》はせ給《たま》ひければ、權《ごん》[九]の北方にてめでたし。[49]院の二・三・四の宮の御乳母達《めのとたち》、大貳[一〇]の乳母《めのと》・少輔の乳母《めのと》[一一]・民部の乳母《めのと》・衞門の乳母《めのと》何《なに》[一二]くれなどいと多《おほ》く候に、御目《め》[一三]も見《み》たてさせ給はぬに、たゞこの大輔をいみじきものにぞおぼしめしたる。」梅壺《むめつぼ》[一四]の女御の御けしきもつゝましうおぼされて、内には、若宮《わかみや》の御袴著《はかまぎ》の事を、御心の限《かぎり》おぼしめし急《いそ》がせ給もさすがなり。それは[一五]女御の御ために疎《をろか》におはしますにはあらで、太政《おほき》おとゞ《頼忠》をいと恐《おそろ》しきものに思《おも》ひきこえさせ給なりけり。この冬若宮《わかみや》の御袴著《はかまぎ》は、東三條院にてあるべうおぼし掟《をき》てさせ給を、内には「など[一六]てか。内にてこそは」とおぼしの給はせて、十二月《しはす》

一 道隆・道兼・道長等もすべて公の儀式にも出仕なさらない。

二 今度のお取扱いを。

懐仁親王御袴着の準備

三 男子がはじめて袴を着る儀式。古くは三歳の時行われた。しかし、その人の成長の程度により、五歳から七歳ごろに行われることもあった。西宮記・九暦・北山抄などに詳しい。

四 →三八頁注四。

五 兼家は。

六 超子所生の居貞・為尊・敦道各親王のお世話をなさる。

兼家、大輔を寵愛す

七 兼家は北の方も亡くなられたままで。北の方時姫の没年は天元三年正月二十一日。→補九八。

八 超子のお部屋に仕えていた大輔という女房。

九 北の方に準ずる人。権は最上の次の地位。

一〇 未詳。

一一 →補九九。

一二 誰それなど。

懐仁親王御袴着

一三 御目をつけることもなさらぬのに。

一四 帝は梅壺女御の御機嫌に対しても遠慮なさって。

一五 「さすが」というわけは、詮子女御に対して疎略な扱いをされるのではなくの意。

一六 何で里ですることがあろうか、宮中でされたらよい。

はかりにと急《いそ》ぎたゝせ給。女御も参《まい》り給て三日候《さぶら》はせ給べし。さていみじう急《いそ》ぎたゝせ給て、[一七]その日《ひ》になりて参《まい》らせ給ぬ。[50]その程の儀式有様思《ぎしきありさまおも》ひやるべし。上《うへ》この御子《みこ》を見奉《みたてまつ》り[一八]給が、いみじううつくしければ、「[一九]この女御の御ために疎《をろか》なるさまに見《み》えんは罪得覧《つみう》かし、かばかりうつくしうめでたくて我繼《わがつぎ》し給べき人を」とおぼしめして、[二〇]いみじき事どもをせさせ給ひ、女御《詮子》をも[二一]よろづに申させ給へど、心解《と》けたる御けしきにもあらぬを口惜《くちお》しくおぼしめす。御袴奉《はかまたてまつ》りたる御有様《ありさま》いはん方《かた》なくうつくしうおはします。[二二]上《うへ》の女房など見奉《みたてまつ》りて、「[二三]上《うへ》の御兒生《ちごおひ》たゞかうぞおはしましゝ」など老《お》ひたる人は聞《きこ》えさせ合《あ》えり。[二四]一品のみや《資子》の御方に、上若宮《うへわか》抱《いだ》き奉《たてまつ》らせ給ておはしましたれば、いみじうもて興《けう》じきこえさせ給。「[二五]この御ために疎《をろか》におはします、いと悪《あ》しき事なり」など申させ給へば、「いかでか疎《をろか》には侍《はべ》らん。[二六]自《をのづか》ら侍《はべ》るなり」など聞《きこ》えさせ給。さまぐ〵の御贈物《をくりもの》めでたくておはしましぬ。上達部《かんだちめ》・殿上人・女房などのさま[二七]ぐ〵めでたき事ども、こまかにいみじうせさせ給て、[二八]四日といふ暁《あかつき》に、女御も若宮も出《い》でさせ給。上《うへ》いみじうとゞめ奉《たてまつ》らせ給へど、「[二九]今《いま》この頃過《ごろすぐ》して、心のどかに」とて出《い》でさせ給へば、上《うへ》いと飽《あ》かずおぼしめせど、[三〇]我御心の怠《をこたり》とおぼしめさるべし。若宮《わかみや》の御有様《ありさま》をいと戀《こひ》しう御心にかゝりておぼしめす。」右のおとゞ《兼家》は、

一七「天元五年十二月七日甲戌、著袴」(皇年代略記)。
一八 富「みたてまつらせ給に」。
一九 女御(詮子)のためにもこの御子を疎略に扱うことは神仏の罰を蒙るだろう、こんなに可愛く立派でいらっしゃって、自分の後継をされるはずの人なのだから。
二〇 善美をお尽しなさったり。
二一 色々となだめ申されるが。
二二 主上付の女房。
二三 帝(円融)の御幼少時代はまったくこのとおりであらせられた。
二四 一品の宮が常に内裏におられたことは、紀略によって明らかであり、ここは、内裏におられる資子内親王の所へ、若宮をおつれしたことをいう。
二五 一品の宮御詞。この若宮の御ためにも女御(詮子)を疎略にされることは、大層悪いことです。
二六 (遵子を后にしたのは頼忠の勢の然らしめたところ)自然の成行きというもので已むを得ないことである。
二七 種々結構な禄。
二八 四日目の暁に内裏より東三条院へ退出した。
二九 暫く時がたってから、心静かに参りましょう。
三〇 自分の心のおこたりから起った過失によって女御に不快な気持を懐かせるようになったのだとあきらめなさるであろう。

院の故女御《超子》の[一]御果《はて》もこの月にせさせ給べければ、[二]まづこの御袴著《はかまぎ》の事をせさせ
給(へ)れば、今《いま》はこの廿餘《よ》日御果《はて》せさせ給。[三]あはれにいみじき御事を扱《あつか》ひ果《は》て
させ給つ。あはれもつきせずおぼし歎《なげ》く。[四]このわたりの御事は、[五]「さばれ、い
みじくとも今一年二年《いまひとゝせふたとせ》こそあらめ」と、心強《こゝろづよ》くおぼしめしたり。」かゝる程に
51 年號もかはりて、[六]永觀元年といふ。正月よりはじめ、ことゞも世《よ》[七]の常《つね》にて過《す》ぎ
もてゆく。[八]そのことゝある折《おり》こそあれ、はかなく月日も過《す》ぎもて行《ゆ》くに、[九]若宮《わかみや》
を心安《やす》くもあらずもてなしきこえさせ給を、内にもいと苦《くる》しうおぼしめすべし。
52 上《うへ》、[一〇]「今《いま》はいかでおりなん」とのみ(ぞ)おぼさるゝうちに、[一一]御ものゝけも恐《をそろ》し
う繁《しげ》う起《をこ》らせ給にも、冷泉院は猶例《なをれい》[一二]の御心は少《すくな》くて、あさましくてのみ過《すぐ》させ
給に、はかなくて永觀二年になりぬ。[一三]「今年《ことし》だに必《かなら》ず」とおぼしめして、[一四]人知《し》
れずさるべきさまにおぼしめさるべし。東三條の大臣《おとゞ》[一五]たはやすく参《ま》り給はぬを、
いと怪《あや》しうのみおぼしわたる。[一六]梅壺《むめつぼ》の女御《詮子》の御許《もと》にも、猶若宮《なをわかみや》の御祈心《おほんいのりこゝろ》こと
にせさせ給。[一七]かくてさるべきつかさかうぶりなど、多《おほ》くよせ奉《たてまつ》らせ給。」時《とき》
〴〵のことゞも(はかなく)過《す》ぎもてゆきて、七月[一八]相撲《すまひ》も近《ちか》くなれば、「これを
若宮《わか》に[一九]見《み》せばや」との給はすれど、大臣少《おとゞすこ》し[二〇]ふさはぬさまにて過《すご》させ給に、度《たび》
〴〵「大臣参《おとゞまい》らせ給《たま》へ」と内《うち》より召《め》しあれど、[二一]みだり風《かぜ》などさま〴〵の御[二二]障《さは》り

一 御一周忌。超子の薨去はこの年正月二十八日であるから、満一年を経過していない。繰上げて行なったか。この記事は本書だけにある。 二 それに先だって。 三 まことに悲しい御追福の事もお世話して終られた。 四 詮子立后の事については。 五 ままよ、どれ程長くとももう一、二年内の事であろう。

円融天皇御譲位の思し召し

六「十五日庚子、詔書改元為㆓永観元年㆒、依㆓去年炎旱幷皇居火災等㆒也」(紀略、永観元年四月)。 七 例年どおり普通の状態で。 八 何か改まった儀式などのある折はそれはそれとして。 九 若宮(懐仁親王)を安心できない状態でお取扱いなさっていることを(東宮に立てるかどうか分らぬことを)、帝におかせられても。 一〇 早く譲位したいものと。

一一 帝の御身に。
一二 普通の御精神状態のことは少く。
一三 せめて今年なりと必ず譲位しようと。
一四 内々御譲位の心用意をなさる。
一五 これもまた容易には参内されないことを。
一六 女御の所でも、やはり若宮立坊のための御祈禱を特別になさった。
一七 それで帝からも然るべき官位など(御祈禱の事にあずかった人々に与えるための)を御寄進なさった。

円融天皇兼家に御譲位の決意を語る

一八「八月一日戊寅、於㆓堀川院㆒有㆓相撲事㆒」(紀略、永観二年)。
一九 富「みせたてまつらはや」。
二〇 気に入らぬという様子で。
二一 風病のこと。↓三九頁。 二二 御支障。
二三 大層情をこめてねんごろに。 二四 安和二年御

即位から今年永観二年まで十六年。 二五 帝位にあろうとも思わなかったが、十六年も心ならずも帝位にあるのだが。「月日の限」は、いついつまでは帝位にいなければならないという天の決めたきまり、制限の意。 二六 来月ごろ譲位しようと。 二七 師貞親王(花山院)。 二八 所々の寺々に御祈禱を十分やらせて、思いどおり立坊できるようにせよ。 二九 若宮のことをおろそかならず考えている自分の心中を誰も知らないで、不快な様子を見せるのは、大層残念な事である。 三〇 大勢あってさえ、人は子供を可愛いものに思うものだ。まして一人ぎりの若宮をどうして疎略に思おうか。 三一 万事将来あるべき御処置の数々を仰せなさるのを兼家は承って。 三二 ひそかにお話申し上げて。 三三 暦を繰って吉日を選び。 三四 あちらこちらの寺々に御祈禱を依頼する使が。 三五 近く若宮立坊のことが実現するだろうとは。 三六 道隆・道兼・道長等。 三七 誰もかれもいうにいわれぬ嬉しげな様子である。 三八 晴々した気持になって参朝するようになられた。 三九 「甲辰、天皇譲二位於皇太子一。皇太子自二閑院第一移二御堀河院一受禅。即日入二内裏一。儀一如二行幸一。先皇留二御堀河院一。此日立二懐仁親王一為二皇太子一」(紀略、永観二年八月二十七日)。その他も同じ。

御譲位・御即位・立太子

四〇 口にすることも十分できないくらい結構なことである。 四一 「かうこそは」の下「あるべけれ」を補って解する。こうあるのが当然と考えられた。

ども申させ給《たま》ひつゝ参《まい》らせ給はぬを、相撲近《すまひちか》くなりて、頻《しきり》に「参《まい》らせ給へ」とあれば、参《まい》り給《たま》へれば、いと[二三]こまやかに御物語《ものがたり》ありて、「位《くらゐ》につきて今年《ことし》[二四]十六年になりぬ。いまゝであべう[二五]も思《おも》はざりつれど、月日の限《かぎり》やあ覽、かく心より外《ほか》にあるを、この月は相撲《すまひ》の事あれば騷《さは》がしかるべければ、來月[二六]ばかりにとなん思《おも》ふを、「東[二七]宮位《くらゐ》につき給なば、若《わか》宮をこそは東宮には据《す》へめ」と思《おも》ふに、祈所《いのりところ》[二八]〻によくせさせて、思の如《ごと》くあべく祈《いの》らすべし。疎《をろか》[二九]ならぬ心の中《うち》を知《し》らで、誰《たれ》〳〵も心よからぬけしきのある、いと口惜《くちお》しき事なり。[三〇]あまたあるをだに、人は子をばいみじきものにこそ思なれ。ましていかでか疎《をろか》に思はん」など、萬《よろづ》[三一]あるべき事ども仰《おほ》せらるゝうけ給はりて、かしこまりてまかで給て、女御[諟子]殿にもの[三二]さゝめき申させ給て、御殿油召《おほんとなぶらめ》し寄《よ》せて暦《こよみ》[三三]御覽《らん》じて、所《ところ》[三四]〴〵に御祈《いのり》使《づかひ》ども立《た》ち騷《さは》ぐを、かう[三五]〳〵との給はせねど、殿の中《うち》の人〳〵けしきを見《み》て思《おも》へる樣《さま》、いふも疎《をろか》にめでたし。この[三六]家《いへ》の子《こ》の君達《きんだち》、いみ[三七]じうえもいはぬ御けしきどもなり。さて相撲《すまう》などにも、この君達《だち》参《まい》り給。大臣《おとゞ》の御心の中《うち》[三八]はれ〳〵しうて交《まじら》せ給。」[53]かくて八月[三九]になりぬれば、廿七日御讓位とてのゝしる。その日になりぬれば、みかどはおりさせ給ぬ。[54]東宮は位《くらゐ》につかせ給ぬ。[55]東宮には、梅《むめ》壺《つぼ》[懐仁一條院也]のわか宮居《ゐ》させ給ぬ。[四〇]いへば疎《をろか》にめでたし。世はかう[四一]こそはと見《み》え聞《きこ》えたり。」[一]おりゐのみかどは、堀河《ほりかは》の院《ゐん》にぞおはしましける。今《いま》のみかどの御年《とし》なども[二]おとなびさせ給《たま》ひ、[三]御心掟《をきて》もいみじう色《いろ》におはしまして、[56]いつしかとさべき人〳〵の御女《むすめ》どもをけしきだちの給はす。太政《おほき》おとゞ《頼忠》この御世にも[四]やがて關白せさせ給。[五]中ひめぎみ《諟子女御》十月に參《まい》らせ給。[六]前《まへ》を拂《はら》ひ、[七]我《われ》一の人にておはしませば、さはいへど御心のまゝにおぼし掟《をき》つるもあるべき事なりとぞ見《み》えたる。」

[八]御即位・大嘗會御禊やなど、事ども過《す》ぎて少《すこ》し心のどかになりぬる程に、太政大臣《おほきおとゞ》急《いそ》ぎたち參《まい》らせ奉《たてまつ》り給。[57]女御《諟子》の御有樣《ありさま》、仕《つか》うまつる人にも、[九]七八年にならぬ限《かぎり》は見《み》えさせ給事難《かた》ければ、[一〇]とかくの御有樣聞《ありさまきこ》え難《がた》し。[一一]まさに惡《わろ》うおはしまさんやは。[一二]かくてやむ事なくおはしませば、[一三]いといみじう時《とき》にしも見《み》えさせ給はねど、大臣《おとゞ》、[一四]「后《きさき》には我あらば」とおぼすべし。」かゝる程に、式部卿《為平親王》の宮の姫《ひめ》君、いみじううつくしうおはしますといふ事を聞《きこ》しめして、日ゝに御文《ふみ》あれば、[一五]「かばかりの人を引《ひ》き込《こ》めてあるべきにあらず」とおぼして、急《いそ》ぎたち參《まい》らせ給《たま》ふ。故村上のいみじきものに思《おも》ひきこえ給し[一六]四宮《為平》の、源帥《高明》の御女《むすめ》の腹《はら》に生《む》ませ給へる姫宮《ひめみや》にて、[一七]御仲《なか》らひ(も)あてにめでたうて、姫宮《ひめみや》もいとうつくしうおはしますを、[一八]あべい限《かぎり》にて參《まい》らせ給《たま》へれば、たゞ今《いま》はいといみじう思《おも》ひきこえさせ給へれば、かひありてめでたし。」[一九]たゞ今《いま》はかばかりにてお

上皇堀河院に留御、新帝の御性格

一 位を退かれた帝。上皇。二 十七歳で大人ぽくていらっしゃり。三 御性質も大層好色でいらっしゃり、早速然るべき人々の御女には妃になるようお顔に出して仰せなさる。四 前代から引続きそのまま。「令下二太政大臣藤原朝臣一関中白万機上一如二朕時一」(紀略、永観二年八月二十七日)。五 中宮遵子同母妹。小右、永観二年十二月十五日条に「亥時姫君入内〈乗二金作車一〉、人給車十両(下略)」とあって本書の趣と異なる。

頼忠女諟子入内

承香殿を休所とした。女御となったのは、二十五日(小右)。六 この本文意不通。陽・富等に「まつほかをはらひ」とあるによって解すれば、何よりもまず他から奉る女御を排しての意か。七 頼忠は自分が関白であるから、何といっても自分の思いどおりに姫君を参らせなさったのも当然な事だと思われた。→補一〇〇。八 御即位は永観二年十月十日、大嘗会御禊は翌寛和元年十月二十五日。九 七、八年以上いる者以外には顔をお見せなさることもほとんどないので。一〇 どんな御有様か美醜は申し難い。一一 しかしどうしてよくないことがおありであろうか。

為平式部卿宮女婉子入内

一二 関白太政大臣女というように尊貴でいらっしゃるから。一三 甚だしく御寵愛が厚いとは見えぬが。一四 自分が関白の地位にある限りは必ず后に立てることができるだろうと。一五 これ程の人を家にひき籠らせておるべきではないと

閑院大将朝光女姫子入内

はしぬべきを、又「[二〇]朝光の大将のひめ君《姫子女御也》参《まい》らせ給へ」と、急《きう》[二一]にの給はすれば、「いかゞせまし」と[二二]おぼしやすらふに、「東宮[二三]は兒《ちご》におはします。[二四]かやうの方《かた》にもと思《おも》はんには参《まい》らせ奉《たてまつ》らんのみこそはよからめ。又この姫君《ひめぎみ》を誰《たれ》[二五]か疎《をろか》にはおぼさん」など思《おも》ほし立《た》ちて、参《まい》らせ奉《たてまつ》り給。この大将殿は、堀河《ほりかは》どのゝ三郎、[二六]あるが中《なか》にめでたきおぼえおはしき。今《いま》[二七]に世《よ》に捨《す》てられ給はず。母上《はゝうへ》[二八]は、九條殿の御女《むすめ》登華殿の内侍のかみ《登子》の御腹《はら》に、延喜のみかどの御子《みこ》の重明の式部卿の御女《むすめ》(に)おはします。その姫《ひめ》君にて、[二九]よにおかしげなる御おぼえおはす。えもいはずめでたうおはす(な)れば、「[三〇]さりとも疎《をろか》ならんやは」とて、参《まい》らせ奉《たてまつ》り給《たま》はんとおぼし立《た》ちて、十二月《しはす》[L58]に参《まい》り給。(こ)堀河《ほりかは》どの《兼通》ゝ御寶《たから》は、この大将の御もとにぞ皆《みな》わたりにたる。(故)中宮《媓子》[三一]の御物の具《ぐ》どもゝ、たゞこの殿《との》をいみじきものに思《おも》ひきこえさせ給へりければ、それも皆《みな》この殿に(ぞ)渡《わた》りにける。いみじうめでたくて参《まい》らせ給へり。」[三二]この母宮《はゝみや》[59]には殿《との》は今《いま》は御心かはりて、枇杷《びは》の大納言のぶみつ《延光》の北《きた》の方《かた》は、故敦忠權中納言の(御)女《むすめ》なり、それに大納言[三三]うせ給《たま》ひて後《のち》はおはし通《かよ》ひて、この上《うへ》をばたゞ[三四]よそ人のやうにておはするに、[三五]男《おとこ》[60]君達《だち》二人この姫《ひめ》君とおはすれば、何事《なに》[三六]もやん事なくぞ思《おも》ひきこえ給《たま》へれど、さやうの事は同《おな》じ所《ところ》にて扱《あつか》ひきこえ給はんこそよかべけれ、よそ〳〵にはならせ

宮は思われて。↓補一〇一。 一六 為平親王が。 一七 御父は村上帝第四皇子為平親王、御母は醍醐帝皇子源高明女という御間柄で、高貴に立派で。 一八 善美を尽した仕度をして。
一九 目下は頼忠女諟子と婉子女王とだけにとどめていらっしゃるべきであるが。
二〇 ↓補一〇二。 二一 性急に。
二二 躊躇されたが。 二三 永観二年に五歳。
二四 女御・更衣として入内させようと思うからは帝の御もとに差上げるのが最上であろう。
二五 誰が疎略に思われよう。 二六 多くの兄弟中で信望もめでたかった。 二七 今もって世間からお忘れなさられない。 二八 姫子の母は、九条師輔女登花殿尚侍の所生で、醍醐帝皇子重明式部卿

重明親王＝登花殿尚侍
　｜
　女＝朝光（兼通―朝光）
　　｜
　　姫子

を父とする方であった。 二九 世間に美人という評判の高い方である。 三〇 後から入内しても疎略なお取扱いを受ける事はあるまいというわけで、朝光は入内を決心して。 三一 円融天皇の中宮。朝光の姉。媓子が弟朝光を愛しておられたので、御調度品等も皆朝光のもとに移された。

朝光とその後妻

三二 重明親王女。 三三 延光の薨去は貞元元年六月十七日(紀略)。朝光と延光女の関係は本書のみ。 三四 全く関係のない他人のようにしていらっしゃるのに。 三五 ↓補一〇三。
三六 万事につけてこの姫君を大切に世話申し上げているが、女の入内の事は夫婦揃ってお世話なさるのがよい事だのに、別居をすることになった。

一 朝光のもとの妻、重明親王女は。

二 醍醐―代明―延光―女
時平―敦忠―女（＝延光）
女＝朝光
女＝済時

三 延光未亡人の夫となった朝光にとっては、大層年の多い継娘を持ったものと、世人は内々噂をするが、総じて済時は人望のすばらしい人故、そうそうは噂を立て得ないのであろう（朝光三十四歳、済時四十四歳）。四 延光北の方は朝光の母程に見えると。「年よそぢ余りばかりなる人の大将（朝光）には親ばかりにぞおはしける」（八巻本系大鏡、兼通伝）。五 見苦しいほどに御寵愛なさる。六 時めいて御寵愛を専らにしておられた宮の女御婉子のお伽は、最近では圧倒されなさった。七 いやもう仕方がないと、何と

女御姫子寵幸を受く

なく不快に。八 絶えず姫子は清涼殿へ参上なさり。九 帝もまた姫子の麗景殿へお出になりなどされて。このあたり源氏、桐壺に、「御局は桐壺なり。あまたの御方々を過ぎさせ給ひつゝ」とある趣に似せて書いている。一〇 他に人もなげに姫子を御寵愛なさる。一一 さてはこのように御寵愛を蒙るべき因縁があったのだと。

女御姫子の寵幸俄かに衰う

一二 →補一〇四。一三 当世風の新しいはきはきした御政治を始められ。一四 何となく具合悪く合点のゆかぬことと。一五 世の成行きどおりになる従順な御性質でそのまま日を過ごしてゆかれるうちに。一六 とだえ勝ちになって、しまいには。一七 ほんのちょっとしたお便りさえ。

給へり。かの枇杷《びは》の北《きた》の方《かた》いみじうかしこうものし給人なり。[一]この上《うへ》は兒《ちご》のやうにおはしければ、「いかに」とのみ世人いひ思《おも》へり。[二]少一條大將《済時》の北《きた》の方《かた》も、この枇杷《びは》の大納言《延光》の（御）女《むすめ》におはしければ、[三]いとおとな（〳〵）しき御繼女《まゝむすめ》の程などを、世人内《うち》〳〵には聞《きこ》ゆべかめれど、おほかた大將の御おぼえのいといみじければ、人もえ聞《きこ》えぬなるべし。[四]「御母ばかり」とぞいはれ給ける。」かくて女御參《まい》らせ給へれば、[五]みかどさまあしく時めかしきこえ給。[六]時《とき》におはしつる宮の女御御宿直《とのゐ》、この頃《ころ》はおされ給へり。宮の女御、[七]「いでや」などものむつかしうおぼしめす程に、一月ばかり[八]隙《ひま》なうまう上《のぼ》らせ給《たま》ひ、[九]こなたに渡《わた》らせ給などして、[一〇]こと人おはするやうにもあらずもてなさせ給。[一一]「さばかうにこそは」と思《おも》ふ程に、年《とし》[61]もかへりぬ。」[一二]元三日の程よりして今《いま》[一三]めかしうさはやかなる御まつり事どもにて、太政大臣《おほきおとゞ》もなまさま[一四]惡《あ》しう心得《こゝろえ》ぬことにおぼすべかめれど、[一五]世《よ》に從《したが》ふ御心にて、さてあり過《すぐ》し給程に、閑院の大將どのゝ女御《姫子》の御宿直《とのゐ》怪《あや》し[62][一七]（た）[一六]うかれ〳〵になりて、はては「のぼらせ給へ」といふ事思かけずなりぬ。（た）はぶれの御消息《せうそこ》だに絶《た》え果《は》てゝ一二月になり行《ゆ》く。「あさましういかにしつる事ぞ」など、大將よろづにおぼし惑《まど》へどかひなくて、[一八]人笑《わら》はれにいみじき御有《あり》樣《さま》にて、[一九]同《おな》じ内《うち》におはします人のやうにもあらずなりはてぬれば、[二〇]しばしこそ

あれ、すへなくて人目《め》も恥《はづか》しうて、（すべなくて）まかで給《たま》ふを、いさゝか[二一]御出《いで》入《いり》をだに知《し》らせ給はずなりぬ。あさましういみじう心憂《う》き事には、たゞ今世《いまよ》にこの事よりほかに申言《い》ふ事なし。大将殿も「内へ参《まい》れば胸《むね》いたし」とて、かき籠《こも》り居《ゐ》給《たま》ひぬ。世《よ》[二二]の例《ためし》にもしつべし。「[二三]御継母《まゝはゝ》の北《きた》の方《かた》のいかにし給つるにか」とまで、世人申思《おも》へり。みかどの渡《わた》らせ給[二四]打橋《うちはし》などに人のいかなるわざをしたりけるにか、[二五]我ものぼらせ給はず、上《うへ》も渡《わた》らせ給はず、[二六]目《め》もあやに珍《めづら》かにてまかで給ひにしかば、[二七]その後《のち》さる事やありしといふ事ゆめになし。[二八]なにをかきみなども絶《た》えて参《まい》り給はずなりぬ。世《よ》の例《ためし》にもなりぬべし。」かくて又[二九]少一條の大将《済時》の御女《なすめ》・[三〇]一條大納言《為光》の御女《むすめ》などに、夜晝《よるひる》わかぬ御文《ふみ》もて参《まい》れど、少一條の大将は、[三一]閑[三二]院の大将の女御の、おぼつかなからぬ程の御仲《なか》らひにて、あさましく心憂《う》しとおぼし絶《た》えたれば、いひわづらはせ給ぬ。[三三]村上などは、十、二十人の女御・[三四]宮すどころおはせしかど、[三五]時あるも時なきも、なのめに情《なさけ》ありて、けざやかならずもてなさせ給ひしかばこそありしか、[三六]これはいとことのほかなる御有様《ありさま》なれば、おぼし絶《た》えぬるなるべし。一條の大納言《為光》は、[三七]母《はゝ》もおはせぬ姫《ひめ》君を、[三八]我御ふところにておほしたて奉《たてまつ》り給《たま》へれば、よろづいとつ[三九]ゝましき世《よ》の御心もちゐなれば、つゝましうおぼしながら、今《いま》の[四〇]みかどの御をぢ義懐[63]中納言は、

一八 人の物笑いの種となり情ない有様で。 一九 同じ宮中にいる人とも思われぬように御寵愛がなくなってしまったので。 二〇 暫くはそのまま宮中におられたが。 二一 姫子が宮中に出入する事さえ、関知せられないようになった。 二二 →補一〇五。 二三 継母に当る朝光北の方(元延光室)がどのような事をなさったのか—何か謀をされたのだろうと。 二四 廊下などの切れている所に臨時に板を渡して橋とするもの。このあたりも源氏、桐壺の「あまりうちしきる折々は、打橋・渡殿、ここかしこの道にあやしきわざをしつつ…」とあるのに似せて書いた。 二五 姫子も清涼殿へ参上せず、帝も麗景殿へお出になられず。 二六 正視できぬ程珍しい結果となって退出されたから。 二七 その後はかつてそんなに御寵愛を専らにしたことがあったかというような事などは全然なくなった。

済時女・為光女等、天皇に召さる

二八 ↓補一〇六。 二九 済時の女娍子。 三〇 為光の女忯子。 三一 「いひわづらはせ給ぬ」へ続く。 三二 姫子が帝と相当お睦じい間柄でありながら、あさましく情ない事として御寵愛が絶えてしまったから、そういう有様を見て。 三三 村上天皇は。 三四 御息所。 三五 御寵愛のある方も無い方も、極端でないお情をおかけになり、誰彼の区別をはっきり立てられぬお取扱いをなさったからよかったが。↓二八頁。 三六 花山帝は極端な御様子であるから、(済時もわが女の入内を)断念なさったのであろう。 三七 母(敦敏女)を失った姫君を。↓補一〇七。 三八 男手一つで養育申し上げておられたから。 三九 為光は遠慮深く対処される方であるから、遠慮勝ちに思われながら。この一句「さてやう〳〵」へ続く。 四〇 ↓補一〇八。

かの[一]一條大納言の大《おほ》い君の御をとこにてものし給《たま》ひければ、それをたよりにて、常《つね》に中納言をせめさせ給なりけり。さてやう〳〵[二]思《おも》ほし立《た》つべし。猶《なを》式部卿の[爲]宮[平]の女御ぞ時《とき》めかせ給。おほ殿[諟子 頼忠女也]の女御はじめよりなのめにて[三]、なか〳〵さまよくおはします。一月に四夜《よ》五夜《よ》の御宿直《とのゐ》は絶《た》えず同《おな》じやうなり。」[64]かゝる程に、一條の大納言の御姫《ひめ》君[四]したてゝ参《まい》らせ給。[五]この姫《ひめ》君は、小野《をのゝ》宮の大臣《おとゞ》清愼公の御太郎敦敏の少將の御女《むすめ》の腹《はら》に、男《おとこ》君・女《をんな》君とおはしけるなり、手《て》[六]かきのすけ[佐]まさ[理]の兵部卿の御 妹《いもうと》 の君の御腹《はら》なりけり。父殿《ちゝとの》は九條どのゝ九郎君、爲光と聞《きこ》ゆ。[七]何《いづ》れも劣《おと》り勝《まさ》ると聞《きこ》ゆべきにもあらず、誰《たれ》かはそのけぢめのこよなかりける。[八]いとおどろ〳〵しきまでにて参《まい》らせ給へり。[65][九]弘徽《き》殿に住《す》ませ給。[一〇]すべてこれはもろ〳〵に勝《まさ》りていみじう時《とき》めき給《たま》へば、大納言いみじう嬉《うれ》しうおぼして、[一一]いとゞ御祈《いのり》をせさせ給。又「[一二]いかに」ともおぼし歎《なげ》くべし。[一三]いとあまりさま惡《あ》しき御おぼえにてあまたの月日も過《す》ぎもていけば、[一四]かたへの御方《かた》〴〵いとさま惡《あ》しう、「[一五]かゝる事は今《いま》も昔《むかし》もさらに聞《きこ》えぬ事なり」「[一六]久《ひさ》しからぬものなり」など、きゝにくゝ[一七]呪《のろ》〳〵しき事ども多《おほ》かり。」かゝる程に[一八]たゞならずならせ給にけり。いといみじう、はかなき御果物《くだもの》も安《やす》くもきこしめさず。たゞ「まづ〳〵弘《こ》徽《き》殿に」とのみ[一九]宣《のたま》はすれば、[二〇]御おぼえめでたけれど、大納言もかたは[二一]

一 為光長女の夫でいらっしゃるから。 二 為光は女の入内を。 三 一通りの御寵愛で、かえって外聞の悪いようなことがなくていられる。 四 立派に着飾らせて参らせなさる。「大納言如・〔女〕去夜徒歩参入云々、依レ不レ被レ免レ輦也」(小右、永観二年十月二十九日)、「大納言藤原朝臣

為光女忯子入内、時めき給う

為光卿女忯子入㆓掖庭㆒」(紀略、十月十八日)。 五 実頼―敦敏―佐理

敦敏―女
女＝為光
　├斉信
　└忯子

六 能書家佐理。道風・行成とともに三蹟。 七 (家柄からいって)どの女御も優劣ありと申すことのできるものではなく、誰がその区別の格別なものがあろうか。 八 (このような中へ)忯子は仰山な程の仕度で参内された。 九 十一月七日忯子は女御になり、弘徽殿を休所とした。「伝聞、大納言女為㆓女御㆒云々」(小右、永観二年十一月七日)、「宣旨、以㆓大納言藤原為光卿第二女忯子㆒為㆓女御㆒者、以㆓弘徽殿㆒為㆓休所㆒」(紀略、同日条)。 一〇 総じて忯子は諸女御たち以上に御寵愛を受けたので。 一一 一段と御寵愛の変りないようにという御祈禱を。 一二 どんなだろうか―姫子のように急に御寵愛のさめることがあってはと。 一三 余りに外聞の悪い程の御君

忯子懐妊、里邸へ退出

寵を受けて。 一四 傍輩の女御方は大層体裁も悪く。 一五 このような御執心ぶりは今も昔も一向聞いたこともない事です。 一六 永続きしないものですなどと。 一七 呪いがましい色々な事が。

らいたきまでおぼしけり。[66][二二]三月にて奏して出《い》で給《たま》はんとするに、よろづにとゞめきこえ給て、五月ばかりにてぞ出《い》でさせ給。よろづ御慎《つゝしみ》も[二三]御里《さと》にて心安《やす》くとおぼすに、いまゝで出《い》でさせ給(は)ざりつるに、かく出《い》でさせ給て、[二四]手を分《わか》ちてよろづにせさせ給。はじめは[二五]御悪阻《つはり》とて物《もの》もきこしめさざりけるに、月頃《ごろ》過《すぐ》れど同《おな》じやうにつゆものきこしめさで、いみじう痩《や》せ細《ほそ》らせ給。[二六]いみじきわざにおぼして、よろづ手惑《てまど》ひ、し残《のこ》す事なく祈《いの》らせ給に、[二七]橘《たちばなひと》一つもきこしめしては[二八]御身にもとゞめず、あさましうあはれに心細《ぼそ》げにのみ見《み》えさせ給へば、父《ちゝ》との、胸《むね》ふたがりて、安《やす》からずうち歎《なげ》きつゝ扱《あつか》ひきこえ給。[二九]内よりも御修法あまたせさせ給。[三〇]内蔵寮《くらづかさ》より[三一]よろづの物《もの》をもて運《はこ》ばせ給。[67]よる夜中分《よなかわ》かぬ御使《つかひ》の繁《しげ》さに殿上人・藏人も[三二]あまりにわびにたり。[三三]暫《しば》しも滞《とゞこほ》るをば[三四]御簡《けづ》を削らせ給、[三五]御かしこまりなどさま〲おどろ〳〵しければ、[三六]さても六位の藏人などはいとよしや、さるべき殿《との》ばらの君達《だち》などはいと堪《た》へ難《がた》きことに思《おも》ふべし。はかなき御果物《くだもの》なども、かしこにはつゆかひなうきこしめさねど、[三七]「まづ〳〵」と奉《たてまつ》らせ給を、大納言、[三八]「いと世《よ》づかずや」など、うち歎《なげ》きつゝ過《すぐ》し給程に、[三九]せめておぼつかなく戀《こひ》しく思《おも》ひきこえ給《たま》ひて、[四〇]「たゞ宵《よひ》の程」とのみの給はすれど、[四一]えおぼし立《た》ゝぬに、[四二]女御《祇子》もさすがにおぼつかなげに思《おも》ひきこえさせ給へれば、大

一八 懐妊された。一九 帝は。二〇 御寵愛がすばらしいとはいえ。二一 はたで見ていてはらはらするほどに。二二 懐妊三カ月で。二三 里邸において気楽にしたいと思われるにつけては。二四 手分けをして色々御祈禱などをなさった。病気・懐妊等の祈りは、里方で本人を前にして行うのが最もよいとされた。二五 妊娠初期に悪心・嘔吐等を催すこと。二六 大変なことと思われ、万事することも手惑いしたり、あらゆる御祈禱をされたが。二七 蜜柑の類。二八 すぐに吐き出してしまい。二九 帝(花山)の方からも。

三〇 →四七頁注二四。

三一 御祈禱の道具や誦経の料などを。

三二 余り度々のことに難儀に思った。

三三 御使に行くことが暫くでも滞ると。

三四 殿上日給の簡(ふだ)(殿上人の姓名をしるして置く札)を除いて昇殿をさしとめられたり。「除籍 侍臣等有㆓罪過㆒之時、及㆓除籍㆒、頭蔵人承㆑仰、仰㆓蔵人㆒、蔵人削㆑簡、蔵人・非蔵人同㆑之、殿上受領在㆓彼簡㆒同削㆑之」(禁秘抄)。

三五 勅勘とか召籠とか色々と恐しいから。

三六 六位の蔵人などは身分も軽いからまだよいが、よい家柄の若い君達などは、勤務の激しさに堪え難く思うであろう。

三七 何はともあれ女御に食べさせよといって。

三八 (帝の御寵愛ぶりが)余りにも世の常とかけ離れていることよと。

三九 (帝は女御を)切に気がかりに恋しく思い申し上げなさって。

四〇 ほんのちょっと宵の間だけでも参内させよと、しきりに仰せられるが。

四一 父大納言は決心もできなかったが。

四二 女御もさすがに帝に御心配をかけるのも気がかりなことと思い申し上げたから。

納言殿、[一]たゞ一日二日《ひとひふつか》とおぼし立《た》ちて參《まゐ》らせ奉《たてまつ》り給。弘徽殿《こき》に參《まゐ》らせ給《たま》ふとて、[二]御しつらひなどいふ事を、[三]かたへの御方《かた》〴〵の口《くち》よからぬ人〳〵、[四]「ゆゝしういま〳〵しきこと」ゝ聞《きこ》ゆ。かくて參《まゐ》らせ(たまへれば)、[五]あはれに嬉《うれ》しうおぼしめして、夜晝《よるひる》やがて[六]御膳《もの》にもつかせ給はで入《い》り臥《ふ》させ給へり。[七]「あさましう物狂《ものぐるを》し」とまで內わたりには申あへり。[八]女御は參《まゐ》らせ給へりし折《をり》にもあらず、[九]かくたゞならずならせ給て後《のち》は、[一〇]內におはしましゝ折《をり》よりもこよなく細《ほそ》らせ給へりしを、まいてこの度《たび》は[一一]その人とも見《み》えさせ給はず、あさましうならせ給へり。[一二]いとざれをかしうおはせし人とも覺《おぼ》えず、いみじうしめらせ給て、[一三]たゞあべいにもあらぬ歎《なげ》きをのみせさせ給へば、[一四]上《うへ》も泣《な》きみ笑《わら》ひみ、涙《なみだ》にしづませ給へり。いみじうあはれに悲《かな》しき御事どもなり。さて三日ありて[一五]「出《い》でさせ給なん」とて、御迎《むかへ》の人〳〵・御車《くるま》などあれど、すべて許《ゆる》しきこえさせ給はで、[一六]今《いま》一よ〳〵と留《とゞ》め奉《たてまつ》らせ給へる程に、七八日になりぬれば、[一七]御愼《つゝしみ》もよそ〳〵てはいとうしろめたしとて、大納言[一八]いとまめやかに奏《そう》し給へば、泣《な》く〳〵御暇《いとま》許《ゆる》させ給ても、[一九]御輦車《てぐるま》ひき出《い》でゝまかでさせ給まで出《い》で居《ゐ》させ給へり。大納言あはれにかたじけなうおぼされて、[二〇]我《わが》御面目《めいぼく》もめでたくて、[二一]さま〴〵御淚《なみだ》も出《い》でければ、[二二]ゆゝしくて忍《しの》びさせ給。[二三]なか〳〵わりなくおぼされて、上《うへ》さへ例《れい》の

一 ほんの一両日間だけと決心して。二 御部屋の飾りつけをするなどということを。三 同輩の女御方に仕える口の悪い女房たちは。四 不吉な縁起でもない事だと。五 帝は。六 御食膳。七 余りにも常軌を逸したことだと。八 女御ははじめに参内された折とはちがって。「おりにも」は詳解では、「おりのやうにも」と補って解している。九 御懐妊後は。一〇 宮中におられた時に比較して格段と。一一 それがもとの女御かとも。一二 大層しゃれて美しかった人とも思われず、ひどく陰気に涙勝ちになられて。一三 生きていることもできそうにないという嘆きばかり。一四 帝も泣いたり笑ったりして。一五 御帰り願いたい。一六 もう一夜もう一夜と。一七 御謹慎も里を離れて他所(宮中)にいたのでは大層心配であるといって。一八 誠心誠意。一九 輿に車をつけたような形で、人が手で牽いたもの。「手車の宣旨」という勅許を蒙り、宮城の中重(なかのえ)の門を出入するのに用いる。忯子女御懐妊・帰邸以下の叙述も、源氏、桐壺に似せて書いている。二〇 手車の宣旨まで賜わるとは、女御のみならず、自分も大層面目を施したようで。二一 嬉しさ忝なさ様々に御涙も流れたので。二二 涙を流すことは不吉なこととして我慢なさった。二三 女御に合われかえってひどく恋しく思われ、帝までも御健康がきづかわれるので。二四 お気の毒なこととお噂申し上げる。二五 忯子。二六 二、三カ月来は御病気とはいえ、とにかくそのままずごすことのできた状態であったのに。二七 今度宮中から退出されてからは。二八 まるきり頭もおもち上げなさらず、あきれる程病に沈み重態になられ。二九 ひたすら死期を待つばかりの御有様である。三〇 →補一〇九。三一 御簾を垂れその中に籠って。三二 そんなにお

女御忯子卒去

泣きなさらぬよう制止申し上げたが。三三 女御の里邸たる為光の居邸。三四 そう悲しんでばかりはおられぬと。三五 火葬などしきたりどおりの諸儀式をとりまかなわれるのも、あきれる程情ないことである。三六 懐妊によって里へお連れ申し上げた時は。三七 行く行くは后にし奉って、御輿で宮中を出入するような身分におさせしたいと思ったが、こんな悲しい車に乗って家を出てゆく日が来ようとは思いもかけなかった。「かくやは」の下、「思ひかけし」を補って解する。三八 帝におかれては然るべき贔屓

故女御の葬送、天皇の御悲嘆

になさる殿上人・公卿の中の親しく思し召される者は、全部野辺送りの御供に加えさせられた。三九 帝は後に残ってよそ事として聞いておいでになるのみで野辺の送りにも行かれぬことの悲しさを。四〇 終夜。四一 女御の柩車のうしろについてお歩きなさる様子も。四二 女御の亡骸《なきがら》もついに(荼毘に付し)雲となり霧となって消え失せてしまわれた。四三 宮廷の内外ともに。四四 仏の図絵を懸けたり経文を書写したりして供養し、死者の冥福を祈る仕度をするにつけて。↓補一一〇。四五 ↓補一一一。四六 四十九日の忌中。四七「絶えて」は「つゆまうのぼらせ給はず」へ続く。どの女御方も、まったくお伽のために清涼殿へ参上させなさらない。四八 宮の女御をお伽にと(帝の御意として)申し上げなさる折もあるが、女御は御病気とおっしゃったりして、参上なさらない。「宮の女御」は婉子女王。

やうにもおはしまさぬを、女房などもいと[二四]おしう聞《きこ》えさす。」[二五]一條殿の女御は、月頃《ごろ》[二六]はさてもありつる御心地に、こたみ[二七]出《い》でさせ給て後《のち》は、すべて[二八]御ぐしもゝたげさせ給はず、あさましう沈《しづ》ませ給て、たゞ[二九]時を待《ま》つばかりの御有様《ありさま》なり。大納言泣《な》く〳〵よろづに惑《まど》はせ給へど、かひなくて、[三〇][68]妊《はら》ませ給て八月といふにうせ給ぬ。大納言どのゝ御有様《ありさま》、書《か》き續《つゞ》けずとも思《おも》ひやるべし。内《うち》にも[三一]たれ籠《こ》めておはしまして、御聲《こゑ》も惜《お》しませ給はず、いとさま惡《あ》しきまで泣《な》かせ給。御乳母達《めのとたち》[三二]制《せい》しきこえさすれど、聞《きこ》しめし入《い》れず。あはれにいみじ。」[三三]一條殿には、[三四]さてのみやはとて、[三五]例《れい》の作法《さほう》の事どもしたゝめきこえ給も、あさましう心憂《こゝろう》し。「[三六]率《ゐ》て出《い》で奉《たてまつ》る折《おり》などは、[三七]后《きさき》になし奉《たてまつ》りて、御輿《こし》にて出《いだ》し入《い》れ奉《たてまつ》りて見奉《みたてまつ》らんとこそ思《おも》ひしか、かくやは」と伏《ふ》しまろび泣《な》かせ給。[三八]内にはさべき御心よせの殿上人・上達部《かんだちめ》の睦《むつま》じき限《かぎり》は、皆《みな》かの御送《をくり》に出《いだ》したてさせ給。[三九]我《わが》よそに聞《き》く事の悲《かな》しさを、返ゝおぼし惑《まど》はせ給。[四〇]夜《よ》一夜御殿籠《とのごも》らでおぼしやらせ給。大納言殿《どの》は[四一]御車《くるま》のしりに歩《あゆ》ませ給も、(たゞ)倒《たふ》れ惑《まど》ひ給さまいみじ。[四二]果《はて》は雲霧《きり》にてやませ給ぬ。[四三]内《うち》にも外《と》にも、「あないみじ、悲《かな》し」とのみおぼし惑《まど》ふ程に、はかなう日も過《す》ぎもてゆきて、さべき[四四]御佛經の急《いそ》ぎにつけても[四五]御涙《なみだ》乾《ひ》るまなし。内にも[四六]この御忌《いみ》の程は、[四七]絶《た》えていづれの御方ゝもつゆまうのぼらせ給はず。[四八]宮《みや》

の女御をばさやうになど聞《きこ》えさせ給折《をり》あれど、「御心地悩《なやま》し」などの給はせつゝ、上《のぼ》らせ給はず。」かく[一]あはれ〳〵などありし程に、はかなく寛和二年にもなりぬ。世《よ》の中正月[二]より心のどかならず、怪《あや》しうものゝさとしなど繁《しげ》うて、内にも御物忌《ものいみ》がちにておはします。又[三]いかなる頃《ころ》にかあらん、世《よ》の中の人いみじく[69]道心起《をこ》して尼法師《あまほうし》になり果《は》てぬとのみ聞《きこ》ゆ。これをみかど聞《きこ》しめして、[四]はかなき世をおぼし歎《なげ》かせ給て、「あはれ、弘徽《こき》殿[五]いかに罪《つみ》ふかゝらん。かゝる人はいと罪重《つみをも》くこそあなれ。[70][六]いかでかの罪《つみ》を滅《ほろぼ》さばや」と、おぼし亂《みだ》るゝ事ども御心のうちにあるべし。」この御心の怪《あや》しう尊《たうと》き折多《おりおほ》く、心のどかならぬ御けしきを太政大臣《おほきおとゞ》おぼし歎《なげ》き、御叔父《をぢ》の中納言も人知《ひとし》れずたゞ[七]胸《むね》つぶれてのみおぼさるべし。説經[八]を常《つね》に花山[九]の嚴久阿闍梨[71][一〇]を召《め》しつゝせさせ給。御心のうちの道心限《かぎり》なくおはします。「妻子珍寶及王位」[72][一一]といふ事を、御口《くち》[一二]の端《は》にかけさせ給へるも、惟成〈シゲ〉[73][一三]の弁、[一四]いみじうらうたきものにつかはせ給も、中納言諸共《もろとも》に、「[一五]この(御)道心こそうしろめたけれ。出家[一六]入道も皆例《みなれい》の事なれど、これはいかにぞやあるを御心ざまの折《おり》〳〵出《い》で來《く》るは、こと〴〵ならじ、たゞ冷泉院[一七]の御ものゝけのせさせ給なるべし」など歎《なげ》き申わたる程に、猶怪《なをあや》しう例《れい》ならず[一八]物のすゞろはしげにのみおはしませば、中納言なども御宿直《とのゐ》がちに仕《つか》うまつり給程

一 忯子の死があわれなことだと誰も惜しんでいるうちに。二 →補一一二。三 何という年廻りであろうか、世の中の人々が大層菩提心を起して、誰もが皆尼や僧になってしまいそうだという噂がある。→補一一三。四 忯子とのかりそめの御仲をお嘆きなさって。五 どんなに罪障の深いことであろう、懐妊したままで亡くなった人は罪障が深いと聞いている。六 帝の御心が普通と違い、変に仏を念ぜられる折が多くなり、落着かれぬ御様子を。七 (こんなことから大事でも起ってはと)しきりに心配にお思いなさることだろう。八 「説経を常に」は「せさせ給ふ」へ続く。九 山科北花山にある元慶寺の。→補一一四。

帝密かに宮中を出で給う

一〇 花山大僧都と号した。→補一一五。一一 →補一一六。一二 御口癖にしていらっしゃるにつけても。一三 →補一一七。一四 (帝が)大層愛すべきものとしてお使いなさっておられる惟成も、義懐も一しょになって。一五 帝が今度起しなさった菩提心はまことに心配である。一六 出家入道などするのは世間普通のことだが、帝の場合はどうかと思われるような御心持(―持続的・恒常的でない道心)が折々起って来るのは、別事ではなく。一七 花山帝の御父冷泉院に憑き奉った元方大納言の死霊が。一八 何となく落着かず、そわそわとばかりしておられるから。一九 急に御行方不明になられたと大騒ぎをする。→補一一八。二〇 宮中における大勢の。二一 身分賤しい衛士・仕丁。→補一一九。二二 行かぬすみずみのないくらい探索申し上げるのに。

花山天皇出家の思し召し

に、寛和[74]二年六月廿二日の夜俄《にはか》[一九]に失《う》せさせ給ぬとのゝしる。内[二〇]のそこらの殿上人・上達部《かむだちめ》、あやし[二一]の衞士・仕丁にいたるまで、殘《のこ》る所《ところ》なく火をともして、到《いた》[二二]らぬ隈《くま》なく求《もと》め奉《たてまつ》るに、ゆめ[二三]におはしまさず。太政大臣《おほきおとゞ》よりはじめ、諸卿・殿上人殘《のこ》らず參《まゐ》り集《あつま》りて、壺《つぼ》[二四]〳〵をさへ見奉《みたてまつ》るに、いづこにか(は)おはしまさん。[二五]あさましういみじうて、一天下こぞりて、夜《よ》のうちに關《せき》[二六]〳〵固《かた》めのゝしる。中納言《義懐》は守宮神[二七]・賢所《かしこどころ》[二八]の御前《まへ》にて伏《ふ》しまろび給て、「我寶《わがたから》[二九]の君はいづくにあからめせさせ給へるぞや」と、伏《ふ》しまろび泣《な》き給。山《やま》〳〵寺《てら》〴〵に手を分《あ》かちて求《もと》め奉《たてまつ》るに、さらにおはしまさず。女御達《たち》涙《なみだ》を流《なが》し給。「あないみじ」と思《おも》ひ歎《なげ》き給程に、夏《なつ》の夜もはかなく明《あ》けて、中納言や惟成の弁など花山に尋《たづ》ね參《まゐ》りにけり。そこに目《め》[三〇]もつゞらかなる小法師にてつい[三一]ゐさせた(ま)へるものか。「あな悲《かな》しや、いみじや」とそこに伏《ふ》しまろびて、中納言[75][三二]も法師になり給ぬ。惟成《これしげ》の弁もなり給ぬ。あさましう[三三]ゆゝしうあはれに悲《かな》しとは、これよりほかの事あべきにあらず。かの御事[三四]ぐさの「妻子珍寶及王位」も、かく[三五]おぼしとりたるなりけりと見《み》えさせ給。「さても法師にならせ給はいと[三六]よしや。いかで[三七]花山まで道《みち》を知《し》らせ給(て)徒歩《かち》よりおはしましけん」と見奉《みたてまつ》るに、あさましう悲《かな》しうあはれにゆゝしくなん見奉《みたてまつ》りける。」　かくて廿三日に東宮[三八]位《くらゐ》につかせ給ぬ。東宮[76]

二三　一向。まったく。
二四　御殿と御殿の間の小庭。壺の内。
二五　気も顚倒し一大事として。
二六　各関所を警固し大騒ぎをする。↓補一二〇。
二七　スクジン。外記庁に祭った神。宮殿・官衙の守護神。また災厄を予言する神でもあるらしい。ここはその意味で祈願したか。↓補一二一。
二八　天照大神の御霊代としての神鏡を奉安してある所で、温明殿の中にある。内侍所ともいう。天皇の御先祖天照大神をお祭りした所であるから祈願した。
二九　わが大切な主君は何処へお姿を隠してしまわれたのか。↓補一二二。
三〇　きょろきょろと目を見張った小柄な法師の恰好で。「堀川殿のめをつゞらかにさしいで給へるに」(八巻本大鏡、兼通伝)。↓補一二三。
三一　かしこまっていらっしゃるではないか。「ついゐる」は「突き居る」の音便。かしこまること。「ものか」は詠嘆の語。
三二　「権中納言従三位藤原朝臣義懐入道。同日権左中弁正五位上左衛門権佐藤原朝臣惟成出家。先帝蔵人侍読也」(紀略、寛和二年六月二十四日)。
三三　大層忌まわしく、しみじみと悲しいとは。
三四　言草。口癖。
三五　かように御出家なさろうと、御心中に悟っておいでになったのであったと拝察される院の御有様である。
三六　まことに御立派なことである。「や」は感動助詞。
三七　「徒歩より」は徒歩での意。↓補一二四。
三八　懐仁親王が御即位になられた(一条天皇)。↓補一二五。

一条天皇御即位、居貞親王立太子

には冷泉院の二宮居《ゐ》させ給ぬ。みかどは御年七《なゝ》つにならせ給。[77]東宮は十一にぞお〔は〕*し〔まし〕*ける。[一]東宮もこの東三條の大臣《おとゞ》の御孫《まご》にこそはおはしませ。いみじうめでたき事限《ことかぎり》なし。[二]これ皆《みな》あべい事なり。」さても花山院は[三]三界の火宅を出《い》でさせ給て、[四]四衢道のなかの露地におはしまし歩《あゆ》ませ給《たま》ひつらん[五]御足《あし》の裏《うら》には千輻輪の文おはしまして、御足《おほむあし》の跡《あと》にはいろ〳〵の蓮《はちす》開《ひら》け、[六]御位《くらゐ》上品上生にのぼらせ給はむは知《し》らず、[七]この世には九重《こゝのへ》の宮《みや》のうちの燈《ともし》火消《き》えて、たのみ仕《つか》うまつる男女《おとこをんな》は暗《くら》きよに惑《まど》ひ、あはれに悲《かな》しくなん。さても中納言も添《そ》ひ奉《たてまつ》り給はず、[八]飯室といふ所《ところ》に[九]やがて籠《こも》り居《ゐ》給ぬ。惟成入道は、[一〇]聖《ひじり》よりもけにめでたく行《をこな》ひてあり。花山院は[一一]御受戒、この冬《ふゆ》とぞおぼしめしける。[一二]あさましき事どもつぎ〳〵の巻《まき》にあるべし。

一
冷泉
　＝超子
　　└居貞(三条)
兼家
　├超子
　└詮子
　　＝円融
　　　└一条(懐仁)

花山院御出家後の有様

二 これら兼家の栄達は皆当然の事である。「あべい事」は「あるべき事」の意。三 ↓補一二六。四 四方に通じる道で、苦集滅道の四諦の法門に譬え、「露地」は覆いも何もない所で、迷の心の一切去った状態に譬える。↓補一二七。五 御足の裏には千輻輪の模様が生じ、御足跡には色々な色の蓮華が花開くように、法皇が仏果を得給うて、その御徳は釈迦仏にもたぐえられるに至り。↓補一二八。六「三界の火宅」以下の大意は、法皇は煩悩の苦しみに充ち満ちた迷いの現世をお逃れになる仏の道に足をおいれになって、やがて悟りを開かれてその御徳は釈迦にも比すべきものになられるであろうし、また来世には上品上生の御身にならせられることはいうまでもないが、それはさておいて。↓補一二九。七 この現世では、宮中における灯火とも仰ぎ奉る主君におくれ奉り、頼みとしてお仕えする男女は闇路にたどるような有様となって。「暗きよ」は「暗き夜」の意に解する。富「暗きやみ」。八 ↓補一三〇。九 出家したまま引続き籠っておられた。一〇 聖に比べて一層勝って。「聖」は仏教の帰依者として固く戒行を守る人。修行僧。一一 仏門に入り戒(悪を防ぎ、非を止めるおきて、忌むことともいう)を受けること。一二 ↓補一三一。

巻第三　さまぐ〵のよろこび

巻名　永祚元年正月、一条天皇の円融院への朝覲行幸の条に、「院司など、よろこびさま〳〵にて過ぎもてゆく」とあることばを変えたものであろう。

諸本＝さま〳〵のよろこひ(陽、西、活)・種々慶(富)。

所収年代　寛和二年(九八六)六月から、永延・永祚を経て正暦二年(九九一)二月まで、四年八ヵ月。

内容　寛和二年六月兼家が摂政となり、七月梅壺女御(詮子)立后。同腹の兄弟道隆・道兼・道長らの官位がそれぞれ昇進した。

兼家女綏子が尚侍に任じ、東宮(居貞)元服の際の副臥(そひ)に定まった。

道隆ら三兄弟は性格もとりどりであったが、道長が最も人気があり、壻にと所望されることも多かったが、肯んじなかった。

十月に御禊、十一月に大嘗会が行われたが、その間東宮元服があり、尚侍は副臥となって参り、麗景殿に住んだ。

寛和三年(永延元年)皇太后詮子の東三条院に朝覲行幸が行われ、司召には道隆以下が昇進した。

道長は源雅信女(倫子)に求婚したが、雅信は聞き入れなかった。しかし北の方穆子は、道長に矚目し、これを許した。この頃道長は左京大夫に任じた。

花山院は仏道修行に専念、共に出家した義懐・惟成らも同じく修行に励んだ。

道隆は、大姫君(定子)・中姫君(原子)をそれぞれ帝と東宮にとこころざしていたが、庶腹の男道頼をうとみ、嫡妻腹の伊周を愛した。

永延二年正月、円融院へ朝覲行幸が行われた。まだ幼少ながら天皇は笛を嗜まれた。一方冷泉院は引続き物の怪のため悩まれた。

道長室倫子は女子(彰子)を生み、産養が盛大に行われた。これより先、道長は、源高明女で、高明左遷後は叔父盛明親王の養女となり、皇太后詮子の許にあずけられていた明子を愛し、これと結婚した。

兼家六十賀、五節、賀茂臨時祭等がにぎやかに行われた。

永祚元年六月頼忠薨去、臨時除目に道隆以下の官位が昇進した。当時斎宮は恭子女王、斎院は前代に引続き選子内親王であった。

正暦元年天皇御元服、摂政兼家の二条邸では大饗が行われた。二月に道隆女定子入内、道兼は女子のないことを嘆き、粟田山荘において女子の生まれてからのあらまし事に専念した。

兼家は北の方(時姫)没後、召人大輔を愛していたが、その後保子内親王と結婚した。しかしその愛は間もなく絶えた。

兼家は病のため出家、道隆が代って摂政となった。二条邸は寺に改造され、法興院と呼ばれた。

六月一日定子立后、中宮大夫に道長が任ぜられたが、これを不快とした。七月二日兼家薨去。道隆の岳父高階成忠は二位に叙せられて、高二位と称し、一家は時流に乗じた。

翌二年二月円融院崩御、御遺産はすべて一条天皇におくられた。

栄花物語巻第三

さま〴〵のよろこび

[1]かくてみかど《一条院 懐仁》、東宮《三条院》[2]たゝせ給ぬれば、東三條のおとゞ《兼家》、[一]六月廿三日に[二]攝政宣旨かぶらせ給。[三]准三宮にて、[四]内舎人随身二人、[五]左右近衞兵衞などの御随身仕《つか》うまつる。右大臣には、[六]御はらからの一條大納言《爲光》と聞《きこ》えつる、なり給《たま》ひぬ。」[8]七月五日、[七]梅つぼの女御《東三條院 詮子也》后《きさき》にたゝせ給。皇太后宮と聞《きこ》えさす。家《いへ》の子《こ》の君達《きみたち》、后《きさき》の一《ひと》つ御腹《はら》のは[4]三所《ところ》ぞおはする。まだ御位《くらひ》ども淺《あさ》けれど、[八]上達部《かんだちめ》になりもておはす。一《ひと》つ御腹《はら》の太郎君は、三位中將《道隆》にておはしつる、[九]中納言になり給《たま》ひて、(やがてこの宮の大夫になりた)まひぬ。二郎君《道兼》は、藏人の頭にておはしつる、宰相になり給ぬ。[5][一〇]三郎君《道長 御堂公也》は、四位少將にておはしつる、三位中將になり給ぬ。閑院の左大將《朝光 兼通子也》は、春宮大夫になし奉《たてまつ》り給《たま》へり。[一一]これにつけてもこと〴〵ならず、かの父大臣《ちゝおとゞ》の御心《こゝろ》ざまをおぼし出《い》づるなるべし。[一二]世中にいふ譬《たとへ》のやうにおぼすにやと、[一三]あいなうこそ恥《はづか》しけれ。」との〻御女《むすめ》と名《な》のり給《たま》ふ人ありけり。との〻御心地にも、[一四]「さもや」とおぼしける人參《まい》り給《たま》ひて、[一五]宮の宣旨になり給ぬ。[一六]東宮

一　廿四日が正しい。↓補一三二。　二　富「摂政の宣旨」。　三　↓七七頁注一八・補一三三。　四　ウドネリズイジン。中務省に属する職。「内舎人〈九十人、唐名通事舎人〉可レ然之侍任レ之、摂政関白給ニ内舎人随身ニ時、殊撰ニ其器ニ召任レ之、帯剣之官也」(職原)。　五　近衛随身は本府随身のこと。近衛府に属し、上皇以下参議及び近衛少将以上に朝廷より付せられる者。摂関は十人。

一条天皇践祚、兼家摂政に任ず

富に「兵衛など」は無い。　六　兼家の弟。師輔十一男。　七　円融院御在位中女御であったが、所生の皇子が即位されたので、御優遇を受けて皇太后になられた。↓補一三四。

円融院女御詮子立后

八　公卿。　九　↓補一三五。

一〇　↓補一三六。

一一　官位昇進についても朝光はよそ事でなく、父兼通が兼家に対してとった意地悪い心情を思い出されることであろう。

一二　礼記・史記(遊俠伝)等の「以レ徳報レ怨」の類を指すか。(兼通が意地悪くしたにもかかわらず、兼家は朝光の官位を昇進させ、怨に報いるのに恩をもってしたから。)

一三　まったく具合悪く恥ずかしいことであった。

一四　「さもやあらん」の意。自分の娘かも知れない。

一五　皇太后宮の宣旨。女御詮子が皇太后宮になられた時、宣旨を伝える役をした女房。

藤典侍と橘典侍

一六　「東宮には」は、「藤内侍のすけ…候ひ給ふ」へ続く。↓補一三七。

には、九條殿の御女《むすめ》といはれ給、又先帝の御時の御息所《みやすどころ》にてものし給《たま》ひしやがて一《ひと》つはらからの、内侍のすけ達《たち》になりて、藤内侍のすけ《師輔公女》、橘内侍のすけなどいひて、やむごとなくて候《さぶら》ひ給《たま》ふ。權大納言といひける人の御女《むすめ》なるべし。」

東宮《三條院》は今年《ことし》十一にならせ給にければ、[6]この十月に御元服の事あるべきに、おほとの《兼家》ゝ御《おほん》[7]むすめ《綏子》、[一]對《たい》の御方《かた》といふ人の腹《はら》におはするをぞ、[二]内侍《ないし》のかみになし奉《たてまつ》り給て、やがて御[三]副臥《そひぶし》にとおぼし掟《おき》てさせ給て、その御調度ども、夜《よる》を晝《ひる》に急《いそ》がせ給。對《たい》の御方《かた》、いと色《いろ》めかしう、[四]世《よ》のたはれ人に言《い》ひ思《おも》はれ給《たま》へるに、この[五]内侍のかむの殿《との》ゝ御ゆかりに、たゞ今《いま》はいみじう覺《おぼ》えめでたければ、世《よ》の人、「[六]さば、かうもありぬべき事《こと》にこそありけれ」と言《い》ひ思《おも》ひたり。」[七]そのおとうとの女君は、このとのゝ中納言殿の御女とあれば、[八]宮の御匣殿《くしげどの》になさせ給《たま》ひつ。對《たい》の御方《かた》は、[九]いとやん事なき人ならねど、[一〇]大貳《國章也》[8]なりける人の、女《むすめ》をいみじうかしづきめでたうてあらせける程《ほど》に、あまりすき〲しうなりて、色好《いろごの》みになりにけるとなむ。」[一一]この中納言殿《道隆》、[一二]才深《ふか》う人に煩《わづら》はしとおぼえたる人《高二位成忠事也》の國《くに》〲治《おさ》めたりけるが、男子《をのこゞ》[9]女子《こ》どもあまたありける、女《むすめ》のあるが中《なか》にいみじうかしづき思《おも》ひたりけるを、[一三]「男《おとこ》あはせん」など思《おも》ひけれど、[一四]人の心《こゝろ》の知《し》り難《がた》う危《あやう》かりければ、たゞ「宮仕《みやづかへ》をせさせん」と思《おも》ひなりて、[一五]先帝の御時に、[一六]おほやけ宮仕《みやづかへ》

一「兼家の側室にて、常に対の屋にすまひ給ひしをもて、しかいへるなり。太宰大弐国章の女にて、名詳ならず」(詳解)。恐らく、蜻蛉日記に見える近江という女であろう。近江は「色めく者なめれば」とあり、天延二年に子を生んでいることは、綏子が同年生れであることと符合する。

兼家女三の君尚侍となる

二 尚侍。綏子のことは大鏡、兼家伝に詳しい。↓補一三八。三 東宮・皇子などが元服された夜、御寝所のお相手として、公卿などの娘が儀礼的な慣習としてそばに添い寝すること。四 みだらな女であると、人から。「たはれ」は↓三〇頁注一。五「内侍の督の殿」。尚侍殿に同じ。その母であるという御縁故で。六 それでは、この対の御方のようなのもすばらしいことであった。七 綏子の妹君は道隆の御女だということであったから。

兼家四の君東宮の御匣殿となる

八 東宮の御匣殿。「御匣殿」は御匣殿別当(貞観殿の中の装束を調進した所の長官)の略。ここは東宮の侍妾。↓補一三九。九 身分が大層貴いという人ではないが。一〇 大宰大弐国章が、娘を大層大切にして結構なもてなしをしているうちに。この頃、国章が大宰大弐であったことは、観世音寺文書に「天延三年十月十一日大弐藤原朝臣」とある。

道隆の北の方高内侍

一一「この中納言殿」で一旦切り、数行距てて「この中納言殿…」へ続く。この間に、道隆が成忠女を妻とするについて、その女の説明を挿入した。一二 学才も深く人からけむたく思われていた人で、諸国の受領に歴

に出《いだ》し立《た》てたりければ、女[10][一七]なれど、眞字《まな》などいとよく書《か》きければ、内侍[一八]になさせ給《たま》ひて、高内侍[11]とぞ言《い》ひける、この中納言殿（道隆）、よろづ[一九]にたはれ給《たま》ひける中《なか》に、人よりことに心《こゝろ》[二〇]ざしありておぼされければ、これ[二一]をやがて北《きた》の方《かた》にておはしける程《ほど》に、女君達[二二]（定子皇后）三四人、おとこ君[二三]（帥殿隆家等歟）三人出《い》で來《き》給にければ、いと[二四]ゞいみじきものにおぼしながら、猶《なを》[二五]御たはれはうせざりければ、この[二六]御子《こ》どもと言《い》はれ給君達《きむだち》あまたになり給《たま》へど、猶《なを》この嫡妻腹《むかひばら》のをいみじきものに思《おも》ひきこえ給《たま》へるうちに、母北《はゝきた》の方《かた》の才《ざえ》[二七]などの、人よりことなりければにや、このとの〻男君達《おとこぎみたち》も女君達《たち》にも、皆《みな》[二八]御年《とし》の程《ほど》よりはいとこよなうぞおはしける。」中納言どの〻、御容貌《かたち》も心も[二九]いとなまめかしう、御心《こゝろ》[三〇]ざまいとうるはしうおはす。この中納言の御外腹《ほかばら》[三一]の太郎君[12]、大千世君と聞《きこ》ゆるを、攝[13][三二]政殿とりはなち我《わが》御子《こ》にせさせ給て、この頃《ころ》中將など聞《きこ》ゆるに、嫡妻腹《むかひばら》の兄君《あにぎみ》を小千代《こちよ》[14]ぎみ（伊周）とつけ奉《たてまつ》り給《たま》へり。」攝政殿の二郎君《ぎみ》宰相殿（道兼）は、御顔色《かほいろ》惡《あ》しう、毛深《けぶか》く、事の外《ほか》にみにく〻おはするに、御(心)ざまいみじうらう[三三]〱じうを〻しう[三四]、け恐《をそろ》[三五]しきまで煩《わづらは》しうさがなうおはして、中納言殿（道隆）を常《つね》に敎《をし》へきこえ給《たま》ふ御(心)ざまなり。[三六]（道兼北方也）北方には、宮内卿（遠量 師輔四男）なりける人の、女《むすめ》多《おほ》かりけるをぞ、一人《ひとり》ものし給《たま》ひける。宮内卿は、九條殿の御子《こ》にぞおはしける。ことに[三七]たはれ給《たま》ふことなく、よろづをおぼしもどきたり。

任していた人―高階成忠が。↓補一四〇。

一三 夫を持たせよう。一四 男心は知り難く危かしいものであったから。一五 円融天皇の御時に。一六 禁中の女房として奉仕させたところ。一七 ↓補一四一。一八 掌侍（ないしのじょう）の略。内侍司の判官。一九 あちこちの女に情を通じられた中に特に。「たはる」は↓三〇頁注一。二〇 愛情を感じておられたから。二一 高内侍をそのまま嫡妻として。二二 定子・原子（東宮女御淑景舎）・敦道親王室・一条天皇御匣殿。二三 伊周・隆円・隆家。二四 一段とすばらしいものと。二五 放逸な御素行がなくならなかったので。二六 道隆の子供と。二七 漢学の才などが、人に比べて異常であったからか。二八 御年配に比較して格別勝れておられた。大鏡、道隆伝参照。二九 大層優雅で。

大千代君と小千代君

三〇 御性質は大層端正でいらっしゃる。「故関白殿（道隆）の御心をきていとうるはしくあてにおはしゝかど」（大鏡、道隆伝）。三一 庶腹（伊予守藤原守仁女）の出生である長男道頼は。「大千世君」は「大千代君」に同じ。道頼の童名。藤原守仁は山城守（分脈）ともある。三二 祖父兼家が引取って自分の御子にされて。↓補一四二。

道兼の外貌・性質と妻妾

三三 老獪で。「労々」を活用させた形容詞という。「労」は、経験・熟練の意。三四 男性的で。↓二八頁注一七。三五 何となく恐しく感じられる程意地悪く口やかましくおられて。剛腹で陰険だというのである。三六 北の方としては、娘の多かった宮内卿の女一人だけがいらっしゃった。三七 特別淫奔なふるまいもされず、万事こういうことを心中に非難しておられた。

一后《きさい》の宮《みや》の藤内侍のすけの腹《はら》にぞ、御女一人おはすれど、何《なに》ともおぼさず。北《きた》の方《かた》の御腹《はら》に、二男君《おとこぎみ》たちあまたおはするに、三女君のおはせぬをいと口惜《くちを》しき事《こと》におぼすべし。」[15]五郎君三位中將《道長》にて、御かたちよりはじめ、御心《こゝろ》ざまなど、四兄《あに》君達《ぎみたち》をいかに見奉《みたてまつ》りおぼすにかあらん、五ひきたがへ、さま〴〵いみじうらう〳〵じう(おゝしう)、六道心もおはし、七わが御方に心《こゝろ》よせある人などを心《こゝろ》ことにおぼし顧《かへり》みはぐゝませ給《たま》へり。八御心《こゝろ》ざますべてなべてならず、九あべき限《かぎり》の御心《こゝろ》ざまなり。一〇后《きさい》の宮《みや》も、一一とりわき思《おも》ひきこえ給《たま》ひて、[16]我御子と聞《きこ》え給《たま》ひて、心《こゝろ》ことに何《なに》事も思《おも》ひきこえさせ給《たま》へり。一二たゞ今《いま》御とし廿ばかりにおはするに、たはぶれにあだ〳〵しき御心なし。それは御心《こゝろ》の一三まめやかなるにもあらねど、「一四人に恨《うら》みられじ、女につらしと思《おも》はれんやうに心苦《こゝろぐる》しかべい事《こと》こそなけれ」などおぼして、一五おぼろげにおぼす人にぞ、いみじう一六忍《しの》びて物《もの》などもの給ける。一七かうやん事なき御心《こゝろ》ざまを、一八自《をのづか》ら世《よ》に漏《も》り聞《きこ》えて、一九我も〳〵とけしきだちきこゆる所《ところ》〴〵あれど、「二〇今《いま》しばし、思《おも》ふ心《こゝろ》あり」とて、さらにきゝ入《い》れ給《たま》はねば、大殿《との》も、「あやしう、いかに思《おも》ふにか」とぞおぼしの給ける。」大殿は、二一院《冷泉院》の女御《超子》の御男御子《おほんおとこみこ》達《たち》三所《みところ》を、皆《みな》御懐《ふところ》にふせ奉《たてまつ》り給《たま》へるを、二二一宮《三條院》は東宮に居《ゐ》させ給《たま》ひぬれば、今《いま》は三《三宮爲尊彈正宮》・四の宮《四宮敦道帥宮》を、いみじきものに思《おも》ひきこえさせ給《たま》へるに、あるが

一 皇太后詮子に仕える藤典侍(繁子)の腹に、御女一人がいらっしゃったが、別に可愛いとも思われない。「御女」は尊子。大鏡、道兼伝に「女君は、故一条院の御乳母の藤三位の腹にい

道長の性質

でおはしましたりしを」とある。二 福足君・兼隆・兼綱等。↓補一四三。三「女子をほしがり、願をたて給ふしかど、御顔をだにえ見奉り給はずなりにき」(大鏡、道兼伝)。四 兄道隆・道兼の性質が、一人はなまめかしく色めいており、今一人はさがなく煩しいのを見て、どのように考えなさるのか。五 兄たちの性質とは反対に、うって変って。六 仏道を信奉する心。七 自分の方に好意を寄せる人などを。八 総じて並一とおりでなく。九 理想的な御性質である。一〇 皇太后宮詮子。道長の姉。一一 特に道長を可愛いがりなさって、御自分の御子だと申し上げなさり。一二 道長は康保三年生れ。寛和二年は二十一歳。一三 まじめくさっているというわけではないが。一四 女から怨まれまい、女に無情な人だと思われるような、気の毒に思って心を痛めるようなことは無いがよいなどと思われて。一五「おぼろげに」は「おぼろげならず」に同じ。一とおりならず愛情を感じる女に対して。一六 内々で情を通じられた。一七 このような並一通りでない御性質であったから。一八 自然世間に噂となって拡がり。一九 われ勝ちに(道長を壻どろう

冷泉院の三の宮・四の宮

と)素振りに出して申し上げる所が方々にあったが。二〇 道長の詞。当分の間待ってほしい、自分には考えがあるからといって。二一 冷泉院女御超子。↓補一四四。二二 居貞親王。二三「御

なかにも東宮《三條院》と四宮とぞ、類《たぐひ》なき物に思《おも》ひきこえ給《たま》へるも、來年[二三]ばかり御元服はとおぼしめす。」 かくて十月になりぬれば、御禊・大嘗會とて、世のゝしりたり。みかど七《なゝ》つにおはしませば、御輿《こし》には宮諸共《みやもろとも》[二四]に奉《たてまつ》るべければ、宮の御方《かた》の女房など、さま〴〵[二五]いみじう世のゝしりたり。女御代[二六]の御事《こと》など、すべて世《よ》のいみじき大事なり。」 [17][二七]かくて御禊になりぬれば、東三條[二八]の北面《きたおもて》のつい(ひ)ぢ[二九]崩《くづ》して、御棧敷《さじき》[三〇]せさせ給《たま》ひて、宮達《みやたち》も御覽《らん》ず。その程《ほど》の儀式有樣《ぎしきありさま》、えも言《い》はずめでたきに、一《ひと》[18]つ御輿《こし》にて宮おはします。宮の女房がたの車廿、又內[三一]の女房の車《くるま》十、女御代の御車など、すべてえも[三二]言《い》はぬことゞもは、まねびつくすべくもあらず。常《つね》[三三]の事《こと》なれば推《お》し量《はか》るべし。ことゞも果《は》つる程《ほど》に、攝政殿[三四]おはします。御隨身ども、いはんかたなくつき〴〵[三五]しき樣《さま》にてうち出《い》でたるに、又御前[三六]の人〴〵など、やむ[三七]事なくきらゝかなる限《かぎり》を選《えら》せ給《たま》へり。あなめでた[三八]と見《み》えさせ給《たま》ふに、東三條の御棧敷《さじき》の御簾《みす》の片端《かたはし》押《お》しあけさせ給て、四宮[19]いろ〴〵[三九]の御衣《ぞ》どもに、濃《こ》き御衣《ぞ》などの上《うへ》に、織《おり》物の御直衣《なほし》を奉《たてまつ》りて、御簾《みす》の片《かた》そばよりさし出《い》でさせ給《たま》ひて、「や、[四〇]大臣《おとゞ》こそ」と申させ給《たま》へば、攝政殿「あな、[四一]まさな」と申させ給《たま》ひて、いと[四二]うつくしう見奉《みたてまつ》らせ給《たま》ひて、うち笑《ゑ》ませ給《たま》へる程《ほど》、すゞ[四三]ろに見奉《みたてまつ》る人いと笑《ゑ》ましう思《おも》ひ奉《たてまつ》るべし。さてその日《ひ》[四四]も暮《く》れぬれば、大嘗會の

元服は来年ばかりと句を上下にして見るべし」(抄)。敦道親王の御元服は、正暦四年二月二十二日のこと。

御禊・大嘗会の準備

二四 皇太后宮が一緒にお乗りなさるはずであるから。「幼主の時は中宮同輿あり」(代始和抄)。 二五「世」は衍か。富「さま〴〵いそかしうのゝしりたり」。 二六 →補一四五。

二七 →補一四六。 二八「二条南・町西、南北二町」(拾芥)。「北面」は二条大路に面した方。

一条天皇御禊行幸

二九 築泥(ついひじ)の音便。土塀。→補一四七。 三〇 行列見物のため一段高く構えた床。 三一 上の女房に同じ。主上付の女官。 三二 到底口にいうこともできない色々な事は、そのとおりに書き尽せない。 三三 恒例どおりの事であるから。 三四 兼家。 三五 (摂政の警固に)ふさわしい凛々しい姿で扈従して出て来た上に。 三六 御前駆の人々。 三七 尊くきらきらしく美麗な者ばかりを。 三八 ああ実に御立派だとお見えなさるのに。 三九 色々の色の袙(あこめ)を重ね着た上に、濃紅の袙を着、さらにその上に織物の直衣を召されて。「御衣」は、直衣の下に着る袙。富「にこき御そなと」無し。 四〇 もしもし、おじいちゃま。「や」は呼びかけまたは驚きの時発する感動詞。「こそ」は体言につき呼称の下に添える敬称。 四一 まあ、やんちゃな。「まさな」は「正なし」の語幹。 四二 御覧なさって可愛く思われ。兼家の大嘗会見物のこと、および敦道親王との会話の記載は本書だけ。 四三 おぼえず。「いと笑ましう」を修飾する。 四四 御禊行幸の当日。この日以後は大嘗会の準備をする。

御いそぎぞあるべき。東宮の御元服十月とありつれど、かやうに[一]さしあひたる御いそぎどもにて、十二月ばかりにとおぼしめしたり。」はかなう十一月にもなりぬれば、大嘗會の事ども急《いそ》ぎたちて、いと世中心あはたゞしう、[二]帳上《とばりあ》げ、[三]何《なに》くれの作法《さほう》のことゞもいと騒《さはが》しう、おどろ〳〵しうて、五節も、[四]今年今《ことしいま》めかしさまさるべし。」かやうにて過《す》ぎもていきて、[五]十二月のついたち頃《ごろ》に、東宮《三條院》御元服ありて、[六]やがて内侍《綏子 兼家三女》のかみ參《まい》り給。麗景殿に住《す》ませ給。宮いと若《わか》うおはします。[七]督《かん》の殿《との》は十五ばかりにぞなり給。大殿の御女《むすめ》におはしませば、[八]やがて御(手)ぐるま(にて)、[九]「女御や」など、あべき限《かぎり》いとも〳〵しうおぼしかしづき奉《たてまつ》り給も、對《たい》の御方《かた》の幸《さいはい》めでたく見《み》えたり。[20]まこと、九條殿の十一郎君《公季》、[一一]年《とし》宮をぎみ《宮雄君》と聞《きこ》えし人、[一〇]この頃《ごろ》中納言にて春宮權大夫にておはす。」はかなく年もかへりぬ。[一二]后《きさい》の宮、東三條の院におはしませば、[21][一三]正月二日行幸あり。いといみじうめでたうて、宮司《づかさ》・[一四]との〻家司など、[一五]加階しよろこびしの〻しる。つごもりになりぬれば、[一六]司召《つかさめし》に、中納言殿《道隆》は大納言殿になり給《たま》ひぬ。宰相殿《道兼》は中納言になり給《たま》ひぬ。」[22]今年《ことし》は年號かはりて永延元年といふ。[一七]二月は例《れい》の神事《わざ》どもしきりて、所〻の使立《つかひた》ち、何《なに》くれなどいふ程《ほど》に過《す》ぎぬ。[一八]三月は石清水《いはしみづ》の行幸あるべければ、いみじう急《いそ》がせ給。[一九]行事、この權中納言殿《道兼》せさせ給。[二〇]御位《くらゐ》まさ

一 御禊・大嘗会等の大儀の準備が重なり合ったために。二 褰帳（けんちょう）。大嘗会卯の日の祭が

大嘗会

終り、辰の日以下の節会に出御の時、御帳台の南面の帳をかかげる儀。「豊明節会、〈可二尋見一〉」(紀略、寛和二年十一月十九日)。三 その他何やかやの色々な作法が。四 例年の新嘗会の時

東宮御元服、尚侍綏子東宮に参る

よりは当世風の華やかさが勝るだろう。〈舞姫も普通四人、大嘗会の時は五人。〉五「冷泉院第二居貞親王、於二外祖摂政南院第一、加二元服一〈年十一〉」(紀略、寛和二年七月十六日)。小右記にも同じ記事がある。十二月一日というのは本書だけ。六 元服の夜すぐに。綏子入東宮は、一代要記は永延元年九月二十六日、小右記は永祚元年十二月九日、「今夜尚侍参二東宮一、倩案二事情一、神今食以前宮中潔斎、而有二婚礼一如何」とある。

東三条院へ朝覲行幸

ここは添臥として参られたのであろう。七 綏子。紀略および大鏡裏書に「寛弘元年二月七日薨〈年卅一〉」とあるにより逆算すると、永祚元年は十五歳。八 東宮に参るとともにすぐに輦車を許され。九 女御と同じことよと、人々は最大限におごそかに思って大切にお仕えなさるにつけても。一〇 寛和二年七月二十日任権中納言。春

石清水行幸

宮権大夫は元の如く兼ねた(補任)。一一 寛和三年。四月五日改元永延元年。一二 ↓補一四八。一三 朝覲（ちょうきん）の行幸。ただしこの事は紀略・略記等に見えない。一四 東三条家の家司（摂関大臣

家に仕え、家事を司る者)。一五 位がのぼり、そのお礼言上のため大騒ぎする。一六 →補一四九。

一七 →補一五〇。一八「天皇幸二石清水八幡宮一、皇太后同輿」(紀略、永延元年十一月八日)。略記同じ。三月とするのは本書のみ。→補一五一。一九 行幸についての奉行役。二〇 行幸奉行の功績によって。「十一月十一日従二位、去八日石清水行幸行事賞云々」(補任、永延元年条)。二一 →一〇七頁。二二 威風あたりを払うほどいかめしい。二三 次の「この三位殿」へ続く。道長はこのとき中将ではない。その後も中将にならなかった。二四 雅信は天元元年十月二日左大臣に任ぜられた(公卿補任)。二五 倫子と中の君。倫子は永延元年に二十四歳(大鏡裏書により逆算)。二六 雅信の嫡妻穆子。中納言藤原朝忠女。その女二人は穆子の所生であるが、大層大切にされて将来の后と思い申し上げておられたのを。二七 何とか妻にほしいと。二八 素振りを顔色にお出しなさった。二九 ああ気狂いざただ。もっての外のことだ。三〇 口ばたの黄色い青二才を聟に迎えて出入させようか。永延元年に道長は二十二歳。三一 絶対お聞きにならないのを。三二 普通の女と違って。三三 才気が勝れておられて。三四 祭や行列などの見物。三五 雅信は。三六 総てあるべき事でもない。道長を聟どるなどとんでもないこと。三七 →補一五二。三八 →補一五三。三九 →補一五四。四〇 どうかすると俗世を捨てようと心が落着かれないのを、大層心配な事に思われた。四一 気にいられて。四二 気が済まなく思われたが。四三 一条天皇は永延元年に八歳、東宮居貞親王は十二歳。

道長、鷹司殿倫子と結婚

らせ給べきにやと見《み》えたり。宮例《れい》[二一]の一《ひと》つ御輿《こし》にておはしませば、いと御有様《おほんありさま》[二二]ところせきまでよそほし。」かゝる程《ほど》に、三[23][二三]位中將殿、土御門《つちみかど》の源氏の左[二四]大臣殿《雅信》の御[二五]女《むすめ》二《ふた》所、嫡[二六]妻腹《むかひばら》にいみじくかしづき奉《たてまつ》りて、后《きさき》がねとおぼしきこえ給《たま》ふを、いかなるたよりに(か)、[24]この三位殿、このひめぎみ《鷹司殿也》を[二七]いかでと心深《ふか》う思《おも》ひきこえ給《たま》ひて、け[二八]しきだちきこえ給《たま》ひけり。されどおとゞ《雅信》「[二九]あな物狂《ものぐるを》し。ことのほかや。誰《たれ》かたゞ今《いま》さやうに口《くち》[三〇]わき黄《ゝ》ばみたるぬしたち出《いだ》し入《い》れては見《み》んとする」とて、ゆ[三一]めに聞《きこ》しめし入《い》れぬを、母上《はゝうへ》例《れい》[三二]の女に似《ゝ》給はず、いと心《こゝろ》かしこくか[三三]ど／＼しくおはして、「などてか、たゞこの君《きみ》を聟《むこ》にて見ざらん。時《とき》／＼物[三四]見などに出《い》でゝ見《み》るに、この君《きみ》たゞならず見《み》ゆる君《きみ》なり。(たゞ)我《われ》に任《まか》せ給《たま》へれかし。この事悪《あ》しうやありける」と聞《きこ》え給《たま》へど、殿《ゝの》[三五]、「[三六]すべてあべい事にもあらず」とおぼいたり。この大臣《おとゞ》は、腹《はら》／＼に男[25]君達《おとこきんだち》いとあまたさま／＼にておはしけり。女[三七]君達《ぎみたち》もおはすべし。この御腹《はら》には、女君《ぎみ》二所《ところ》・男《おとこ》三人なんおはしける。弁[三八]や少将などにておはせし、法師になり給にけり。又[三九]おはするも、世《よ》の中《なか》(を)いとはかなきものにおぼして、と[四〇]もすればあくがれ給(を)、いとうしろめたき事《こと》におぼされけり。かくてこの母上《うへ》、この三位殿の御事を心づき[四一]におぼして、たゞいそぎに急《いそ》がせ給を、殿《との》は心《こゝろ》[四二]もゆかずおぼいたれど、たゞ[四三]今《いま》

一 天皇に差上げようか、東宮に差上げようかなどとは考うべきものでもない。二 その他家柄・官位の卑しくない人で、立派な、理想どおりの人も目下のところおられない。三 閑院は↓七四頁注三。朝光は摂政兼通二男。四 重明式部卿宮の女、中姫君。↓九〇頁。五 いるのかいないのか分らないような状態であるが。六 あの枇杷の大納言延光未亡人に通じていて、この事がうるさく厭わしいので。↓九二頁。七 「鷹司殿配二御堂一、永延元年十二月十六日甲辰」(台記別記、久安四年七月三日)。↓補一五五。八 官位の低い道長を迎えるのにわざとこれ見よがしに重々しく取扱われたので。九 父兼家は。一〇 位などまだ低い道長が(このような扱いを受けて)笑止な事だ。どうしたものか。「が」は陽・富「に」。

道長左京大夫となる

一一 「永延元、九月四日左京大夫〈少将如レ元〉」(補任)。このことは、結婚以前のこと。一二 京職の長官は平安京の司法・警察・民政を司ったが、職権が検非違使に移り、権力がなくなったので、年寄役のように思われたのである。一三 自分もかつて在職した役目だ。一四 道隆・道

花山院熊野に御修行

兼。その北の方は高内侍(道隆室)・遠量女(道兼室)。この北の方達との結婚は、異なる事もなく思い申し上げたのに、道長は一段と立派できらめかしい有様で聟に迎えられたことと、道長に仕える人々も万事につけて特別の敬意をお

義懐・惟成の修行

払い申し上げた。一五 ↓補一五六。一六 伝聞・推定の助動詞。一七 帝であった方がどうしてこの

のみかどいと若《わか》うおはします、東宮も又さやうにおはしませば、[一]内、春宮とおぼしかくべきにもあらず。又[二]さべい人などの、物〳〵しうおぼすさまなるもたゞ今《いま》おはせず。[三]閑院の大将《朝光》などこそは、[四]北《きた》の方《かた》年老《としお》ひ給て、[五]ありなしにて聞《きこ》えなどすめれど、[六]かの枇《び》[26]杷《は》の北《きた》の方《かた》などの煩《わづらは》しくて、この母《はゝ》北《きた》の方《かた》聞《きこ》しめしいれず。たゞこの三位殿を急《いそ》ぎたち給て、[七][27]聟《むこ》どり給《たま》ひつ。その程《ほど》の有様《ありさま》、[八]いとわざとがましくやむ事なくもてなしきこえ給《たま》へれば、[九]攝政殿、「[一〇]位《くらゐ》などまだいと浅《あさ》き(が)、かたはらいたき事。いかにせん」とおぼしたり。」いとかひあるさまに通《かよ》ひありき給《たま》ひける程《ほど》なく、[一一]左京の大夫《かみ》になり給ぬ。[一二]いと若若《わかわか》しからぬ職《つかさ》なれど、「[一三]我《われ》もさてありし職《つかさ》なり」など宣《のたま》はせて、大殿のなし奉《たてまつ》らせ給《たまひつ》へるなりけり。[一四]今《いま》二所の殿《との》ばらの(御)北《きた》の方達《かたたち》、ことなる事なう思《おも》ひきこえたるに、「この殿《との》は、いとゞ物清《きよ》くきらゝかにせさせ給へり」と、殿《ゝの》人も何《なに》事につけても心《こゝろ》ことに思《おも》ひきこえたり。」[一五][28]かの花山院は、去年《こぞ》の冬《ふゆ》、山にて御受戒せさせ給て、その後《ゝち》熊野に詣《まい》らせ給《たま》ひて、まだ帰《かへ》らせ給《たま》はざんなり。[一六]「[一七]いかでかかる御ありきをしならはせ給《たま》ひけん」と、あさましうあはれにかたじけなかりける御宿世《すくせ》と見《み》えたり。」御おぢの入道中納言《義懐》は[一八]たゞひきこえ給《たま》はず、我は飯室[一九]と[二〇]いふ所《ところ》に住《す》み給《たま》ひて、いみじく世《よ》の中《なか》あらまほしう、出家の本意《ほい》はかくこそと

見《み》えて居《ゐ》給《たま》へり。この三月に、御房の前《まへ》の櫻《さくら》の、いとおもしろう盛《さか》りなりければ、二一ひとりごち給《たま》へりける、久《ひさ》しくありてぞ、(世に)自《をのづか》らもり聞《きこ》えたりし、

二二見《み》[29]し人も忘《わす》れのみゆく山里《やまざと》に心《こゝろ》ながくもきたる春《はる》かな」。惟[80]成《シゲ》弁もいみじう聖《ひじり》にて、二三たゞ今《いま》の佛《ほとけ》かなとみ(え)聞《きこ》えて行《おこな》ひけり。」二四大殿の大納言殿《道隆》(の)二五大《おほ》姫君《ひめぎみ》、(こひめ君)いみじくかしづきたてゝ、内、東宮にとおぼし心ざしたり。この大千代《ちよ》ぎみ《道頼》は、二六國《くに》〴〵あまた知《し》りたる人《永頼三位歟》の、山《やま》の井《ゐ》といふ所《ところ》に住《す》むが、女《むすめ》[31]多《おほ》かるが壻《むこ》になり給《たま》ひぬ。二七三・四《為尊敦道等親王也》のみやをばさらにもきこえさせ給はず、大殿、この君《きみ》をいみじく思《おも》ひきこえさせ給へり。二八大納言殿、これをばよそ人のやうにおぼして、小《こ》ちよ君《伊周》を「いかで〳〵これ疾《と》く二九なしあげん」と(ぞ)おぼしためる。」かの三〇土御門殿《つちみかどどの》には、三一少將《時叙》にておはしける(きみ)この頃《ごろ》又出家し給《たま》へれば、三二殿《との》、「いと怪《あや》しうあさましき事《こと》なり。三三この男《おのこ》どもの、この姫君《ひめぎみ》の御後見《うしろみ》どもを仕《つか》うまつらで、かくのみ皆《みな》なり果《は》てぬる」とおぼし歎《なげ》きて、三四尋《たづ》ねとり給て、「歸《かへ》り給《たま》へ〳〵」とせめきこえ給《たま》へるも、三五いとわりなき事なりや。三六[32]外腹《ほかばら》の男君達《おとこぎみたち》、なか〳〵いとさま〴〵になり出《い》でゝおはしけり。」三七かくてこの殿《との》には、左京の大夫《かむ》の殿《御堂》の上《うへ》、三八悩《なやま》しげにおぼいたるうちにも、例《れい》せさせ給事などもなかりければ、大殿も、(三位殿も)いみじう嬉《うれ》しくおぼされて、御祈《いのり》どもさるべういみじ

ような苦労な御修行をしつけるようになられたのであったかと、驚きあきれる程の恐れ多い前世の因縁かと思われた。一八 熊野にもお伴申し上げず。一九 ↓補一三〇。二〇 この世に生活するならばこうもありたく、出家の本意はこうあってこそと思われるような有様でおられた。

道隆の姫君と男君たち

二一 次の歌をひとりごととして口ずさまれた。二二 年来なじんだ人も大方自分を忘れてゆくこの山里に、気の短い人とは違い心長くも忘れずに訪れて来た春よ。後拾遺、雑三、第三句「ふるさとに」。二三 目下差当ってのいき仏であると見えもし世にも噂されて、修行に専念した。二四 ↓補一五七。二五 定子。「こひめ君」は原子。二六 多くの国々を治めた人で、当時山の井という所に住んでいる藤原永頼という人が、女を大勢持っているその人の壻になられた。↓補一五八。二七 兼家は為尊・敦道両親王(母は兼家女超子)を愛されたのはもちろん。

少将源時叙の出家

二八 父道隆は、道頼を他人のように疎外されて。二九 官位を昇進させよう。三〇 左大臣源雅信邸。三一 傍注に時叙とある。時方とみる説もあるが時叙とすべきである。一〇九頁一三行目を受ける。三二 雅信は。三三 この兄弟達は姫君(倫子・中の君)の後見をもされないで、皆このように出家してしまったことよ。

道長室倫子の懐妊

三四 少将を尋ねあてられて。三五 大層むちゃくちゃな事だ。三六 ↓補一五九。三七 この土御門殿においては。三八 気分も悩ましげに思われたし、月の障りもとまったりしたので。

くせさせ給《たま》ふ。北方・大上《うへ》[一]、御心のいたる限《かぎり》の事ども殘《のこ》るなうせさせ給《たま》ふ。[二]いとゞものゝはへある御さまなり。」院[花山院也][33]はいみじうめでたくておはします。[34][三]冷泉院こそ、あさましうおはしますかひなき御有様《ありさま》なれ。この院[圓融院]は、いみじう多《おほ》くの人靡《なび》きて仕《つか》うまつれり。*」かくて永延二年になりぬれば、正月三日院に行幸[四]ありて、宮[五]もおはしませば、いとゞしう物の(ぎしきありさまゝさりて心ことにめでたし。みかどの御)ありさま、いみじう美《うつく》しげにおはしますを、院[六]いとかひあり、えもいはず見奉《みたてまつ》[七]らせ給。[35][八]御笛《ふえ》をぞ御心に入《い》れさせ給へれば、吹《ふ》かせ奉《たてまつ》らせ給て、いみじうもて興《けう》ぜさせ給。院の御方には、みかどの御贈《おくり》物や宮[九]の御贈物《おほんおくり》やなど、さま〳〵にせさせ給《たま》へり。上達部・殿上人の御祿など、す[一〇]べて目《め》もあやにおもしろくせさせ給へり。[一一]御乳母《めのと》の内侍のすけ達《たち》や、[一二]なべての命婦、藏人、宮の御方の女房、すべて下《しも》[一三]の數《かず》にもあらぬ衞士・仕丁まで、皆品《みなしな》〳〵物賜《たま》はせたり。又院司[一四]・上達部や、さべき人〳〵[一五]よろこびせさせ給《たま》へり。[一六]かやうにこそあらまほしけれと見《み》えさせ給《たま》ふにも、[36]冷泉院の御有様《ありさま》を、まづ聞《きこ》えさせけり。[一七]さておはしますにだに、その御かげにかくれ仕《つか》うまつりたまふ《る》男《をとこ》女は、たゞ「觀音の衆生化度のために現《あらは》れさせ給《たま》へる」とぞ申《ま》し思《おも》ひたる。[一八]はかなく奉《たてまつ》りたる御衣《ぞ》や御衾《ふすま》[一九]などは、[二〇]奉《たてまつ》るまゝに、里にやがてわれも〳〵とおろ

一 雅信の父敦実親王の北の方。藤原時平女。 二 (思いどおり道長を婿どりした上に間もなく倫子が懐妊したから)一段と華やかに見ばえのする有様である。 三 それに対して冷泉院は(物の怪が強く)お気の毒な状態で、世におわしますかいのない御有様である。 四 円融院への朝覲の行幸。ただしこの事は諸書に見えない。 五 皇太后宮詮子。→補一六〇。 六 御父円融院は。 七「めでたく」を補って解する。 八 一条帝は御笛に御熱心でいらっしゃったから。→補一六一。 九「…や…や」は類似した物事を列挙する時に用いる。 一〇 まぶしいほど立派に趣深く。 一一 藤典侍・橘典侍。→一〇四頁。 一二 普通の命婦や女蔵人、それに皇太后宮方の女房など、その他。「命婦」は五位以上の女官。ただし、延喜以後は中﨟の女房。「蔵人」は、ここは女蔵人。命婦に次ぐ下﨟の女房。 一三 下々の物の数にも入らぬ衛士・仕丁に至るまで、皆身分に応じて物を下さった。「品〳〵」は富「しな〳〵に」とある方がよい。 一四 上皇付の職員。別当・執事・年預・判官代・主典代・蔵人・非蔵人等。 一五 行幸の賞としてそれぞれ加階せしめるなど恩寵に浴させなさった。 一六 円融院のようにありたいと思われるにつけても、(物の怪が強く、世におわしますかいのない)冷泉院の御有様を第一に噂申し上げた。 一七 冷泉院がかいのない有様でいらっしゃるのでさえ、院の御恩を蒙ってお仕えしている人々は、ひたすら、観世音菩薩が衆生を教化済度するために現われなさったのだと取沙汰していた。 一八 ほんのちょっとお

三院の御有様

円融院に朝覲行幸

し惑《まど》ひあひて、冬《ふゆ》などもいと寒《さむ》げにておはしますもいとかたじけなし。この三・四為尊敦道親王也の宮など、たまさかにも参《まい》らせ給《たま》ふ折《おり》は、二一いみじうぞめづらかにうつくしみ奉《たてまつ》らせ給《たま》ひける。されど二二御物のけのいと恐《おそろ》しければ、たはやすくも参《まい》らせ奉《たてまつ》らせ給《たま》はず。二三この院はかくこそおはしませど、さべき御領の所ゝ、いみじうおほむなと寶《たから》物多《おほ》く侍《さぶら》ひければ、たゞこの春宮やこの宮《みや》〳〵にぞ皆得《みなえ》させ給《たま》へりける。」かゝる程《ほど》に、この左京大夫殿の御上《うへ》、二四けしきだちて悩《なやま》しうおぼしたれば、御讀經・御修法の僧どもをば二五さる物にて、驗《しるし》ありと見《み》え聞《きこ》えたる僧達《だち》召《め》し集《あつ》めのゝしる。二六大殿よりも宮よりも、いかに〳〵とある御消息《そうそこ》隙《ひま》なう續《つゞ》きたり。さていみじうのゝしりつれど、いと平《たひら》かに殊《こと》にいたうも悩《なや》ませ給はで、めでたき37二七上東門院是也をんなぎみ生《むま》れ給《たま》ひぬ。二八この御一家は、はじめて女生《むま》れ給《たま》ふを必《かなら》ず后《きさき》がねといみじき事《こと》におぼしたれば、大殿よりも御よろこび度《たび》〳〵聞《きこ》えさせ給。二九よろづいとかひある御《おほん》なからひなり。88三〇七日が程《ほど》の御有様《ありさま》、書《か》きつゞくるもなか〳〵なればえもまねばず。三日の夜は三一本家、五日の夜は三二攝政殿より、七日の夜は三三后《きさい》の宮《みや》よりと、さま〴〵いみじき三四御産養《うぶやしなひ》なり。」三五いとゞ三位殿はおぼしわくるかたなう、水漏《みづも》るまじげにて過《すぐ》させ給程《ほど》に、三六故村上の先帝の御はらからの盛明十四歟十盛明親王也五の宮の姫《ひめ》君、いみじうかしづき給へるは、西宮高明也源帥と聞《きこ》えしが御おと姫《ひめ》君をと

召しになった。一九夜具。二〇御使用なさる一方からそのままお下げ渡しになり、そのお下りを戴くのに我も我もと互に先を争うという有様で。二一大層珍しく思われ、お可愛がり申し上げなさった。二二冷泉院にお憑きした物の怪が。二三冷泉院は。二四御産のきざしが見えて。二五いうまでもないことで。二六「大殿」は兼家、「宮」は詮子。二七永延二年誕生(権記、長保元年十一月七日・小右、同年十一月二日・大鏡裏書等により逆算)。二八兼家公の一流は、最初にお生まれになった

鷹司殿倫子、彰子を生む

女を必ず将来の后としてすばらしい事に思っておられたから。二九何事も思いにかなってかいのある道長と倫子との夫婦仲である。三〇三夜・五夜・七夜までの産養や湯殿の儀等の有様は、書き続けるのもかえって筆の及ばないことであるから、写し出すことができない。三一妻の親の家。里方。ここは土御門邸。三二兼家。三三皇太后宮詮子。三四出産後三日目・五日目・七日目等に行う祝。祝宴を催し、親族から産婦の衣服、嬰児の襁褓(むつき)その他飲食物等を贈る。三五子供も生まれ、道長は一段と倫子以外に心を分ける方もなく、その夫婦仲は水も漏りそうにない程の親しさで過ごされたが。三六村上天皇の御兄弟十五の宮盛明親王の姫君

道長、高松殿明子と結婚

で、大層大切にされていらっしゃる方は、大宰権帥源高明と申し上げた人の末女を貰い受けて親王が養女とされた方であった。↓五九頁・補一六二。

りて養《やしな》ひ奉《たてまつ》り給しなりけり。[39]その姫《ひめ》君を后《きさい》のみや《東三條院》に迎《むか》へ奉《たてまつ》り給て、宮《みや》[一]の御方と思《おも》ひきこえ給を、何《いつ》れの殿《との》ばらもいかで[二]〳〵と思《おも》ひきこえ給へるなかにも、大納言殿《道隆》は、例《れい》[三]の御心の色《いろ》めきはむつかしきまでひきこえ給《たま》へれば、宮の御前、さらに[四]〳〵あるまじき事《こと》に制《せい》し申させ給けるを、この左京大夫殿《御堂》、その[五]御局《つぼね》の人によく語《かた》らひつき給《たま》ひて、さる[六]べきにやおはしけん、むつ[七]まじうなり給にければ、宮も、「この[八]君《きみ》はたはやすく人に物など言《い》はぬ人なればあえなん」と、ゆるしきこえ給て、さ[九]べき様《さま》にもてなさせ給《たま》へば、(我)[一〇]御心ざしも思《おも》ひきこえ給うちに、宮《みや》の御心《こゝろ》もちゐも憚《はゞか》りおぼされて、おろ[一一]かならずおぼされつゝありわたり給。土御門の姫《ひめ》君は、たゞ[一二]ならましよりはとおぼせど、おほかたの御心ざまいと心のどかに、おほ[一三]どかに物若《わか》うて、わざ[一四]と何《なに》かともおぼされずなん。」[40]攝政殿《兼家》は今年《ことし》六十にならせ給《たま》へば、この春御賀[一五]あるべき御用意《ようい》どもおぼしめしつれど、事[一六]どもえしあへさせ給はで、十月にと定《さだ》めさせ給へり。はかなう月日も過《す》ぎもていきて、東[41][一七]三條の院にて御賀あり。御屏風の哥ども、いとさま〴〵にあれど、物騒《さはが》しうて書《か》きとゞめずなりにけり。家《いゑ》の子《こ》の君達《きみたち》、皆《みな》舞人にていみ[一八]じう。」みかども行幸せさせ給《たま》ひ、春宮もおはしまして、殿の家司ども皆《みな》よろ[一九]こびしたるなかにも、有[42][二〇]國・惟[二一]仲を大殿いみじ

一 ↓補一六三。 二 是非とも妻にしたいと。 三 いつもの好色の御心からうるさく厭わしいほどにこの姫君を思い申し上げたので。 四 絶対とんでもないこととして制止なさったが。 五 姫君付きの女房に十分取入りなさって。 六 そのようになるべき前世の因縁がおありになったのだろう。 七 姫君と。 八 道長はその性質として容易に女に物など言わぬ人であるから、(これは真面目な事に違いない)差支えなかろう。 九 詮子も道長と姫君との間を適当にお取持ちなさったから。 一〇 道長自身の御愛情も深く姫君を思い申し上げたし、また詮子の親切な御配慮も恐れ多く思われて。 一一 疎略ならず姫君を愛されては年月を過ごされる。↓補一六四。 一二 こんな事が起ってどんなに恥かしいことかと思われたが。 一三 おっとりして何となく若々しく。 一四 とりたてて何か変った事でも起きたかなどとも思われない。 一五 長寿の祝賀。四十歳から始めて十年ごとに行う。 一六 準備を完了させることがおできになれず。 一七 ↓補一六五。 一八 すばらしかった。富「いみしうめてたし」。

摂政兼家六十の賀

一九 官位昇進をした中でも特に。 二〇 藤原内麻呂の後裔。「永延元年七月十一右中弁、十月十四〈日〉従四〈位〉下、〈此日行レ幸摂政第一、以ニ家司一有ニ此賞一〉十一月八日昇殿、十一日従四〈位〉上〈去八日石清水行幸行事賞〉同日左中弁」(補任、正暦元年条)。 二一 高棟王の後裔。平氏。「永延元・七・十一任右少弁…同十月十四日正五〈位〉上〈此日行レ幸摂政第一、家司預ニ此賞一〉十一月日転ニ右中弁一」(補任、正暦三年条)。

兼家、有国・惟仲を厚遇

きものにおぼしめしたり。有國は左中弁、惟仲は右中弁にて、世《よ》のおぼえ・才なども、人よりことなる人〳〵にて、各《おの〳〵》この度《たび》も加階していみじうめでたし。」

かやうにてこの月も立《た》ちぬれば、五節などを、殿上人はいつしか[二二]と心《こゝろ》もとなく思《おも》ふ程《ほど》に、御即位[二三]の年《とし》はさるやむ事なき事にて、今年《ことし》[二四]は五節のみこそは有様《ありさま》けざやかに御前《おまへ》にも御覽《らん》じ、人も思《おも》ひためるに、[二五]四條の宮（皇太后宮遵子也 頼忠女）の御五節、又左大臣殿（雅信）の左兵衛督時仲[二六]の君、さては受領[二七]ども奉《たてまつ》る。[二八]御前の試《こゝろみ》の御覽の夜《よ》などは、[二九]上若《うへわか》うおはしませど、后《きさい》[三〇]の宮《みや》おはしませば、その[三一]二間《ふたま》の御簾《みす》の内《うち》のけはひ、人のしげさなど、少《せう》〳〵の舞姫《まひゝめ》など、少《すこ》しものゝ心《こゝろ》知《し》りたらんは、[三二]やがて倒《たう》れぬべう恥《はつか》しうて、面赤《おもてあか》むらむかしと見《み》えたり。[三三]猶宮《なをみや》の御五節はいと心《こゝろ》ことなり。[三四]とやかうやととり〴〵に女房言《い》ひ騒《さわ》ぎて、又[三五]の日《ひ》の御覽《らん》に、[三六]童《わらは》・下仕《しもづかへ》などのさまも、何《いづ》れも〳〵誰《たれ》かは必《かなら》ずしも人に劣《おと》らんと思《おも》ふがあらん、[三七]心《こゝろ》〴〵おかしう捨《す》てがたうおぼしめし定《さだ》めさせ給。」五節もはてぬれば、臨時の祭《まつり》[三八]、廿日あまりにせさせ給。試樂[三九]もおかしくて過《す》ぎにしを、祭《まつり》の日の還遊《かへりあそび》[四〇]御前にてあるに、攝政殿をはじめ(た)てまつりて、さべき殿《との》ばら・殿上人殘《のこ》るなう候《さぶら》ひ給。この舞《まひ》人の中《なか》に、六位二人あるに、藏人[四一]の左衛門尉うへの判官といふ源兼澄[48 44]、舞人[45]にて土器《かはらけ》[四二]とりたるに、攝政殿御覽《らん》じて、「まづ祝《いはひ》の和哥ひとつ仕《ゝか》うまつるべし」と

二二 早くその日になればよいと待ち遠に。二三 御即位の年は践祚大嘗会のためにゆっくり見ることもできないが。二四 今年は(普通の年故)五節だけはその舞をはっきり主上も御覧になり、又人々もゆっくり見ようと思っているようだが。「人も」の次「見むと」を補って解す。

五節

二五 四条の宮から奉った五節舞姫。→補一六六。二六 時中から奉った舞姫。→補一六七。二七 諸国の国司も舞姫を奉った。「五節は恒の年は公卿二人、殿上受領二人、四所也。代始には公卿二人、殿上受領三人、五所也」(河海抄、巻九)。二八 十一月中の寅の日の夜、清涼殿の廂において舞うのを天皇が簾中より御覧になる儀。儀については西宮記・北山抄・江家次第等に詳しい。二九 帝は年若くいらっしゃるが。三〇 皇太后宮詮子。三一 清涼殿の一室の名。三二 そのまま卒倒してしまいそうに恥かしくて。三三 やはり四条の宮から奉った舞姫は立派である。三四 なんのかのと思い思い批評しては。三五 卯の日清涼殿における舞姫御覧の儀。童女御覧ともいう。三六 舞姫に付従う者。三七 めいめい趣があって捨て難いものと。三八 賀茂臨時祭。宇多天皇のときを起源とする。

賀茂の臨時祭、舞人源兼澄の和歌

十一月下酉の日。紀略、永延二年十二月条によれば、五日試楽、七日臨時祭。本書は前年の臨時祭の誤か。三九 舞楽の試演。→補一六八。四〇 →補一六九。四一 蔵人兼左衛門尉で、上の判官と称する源兼澄が。「うへ」は殿上を許されたこと。判官は検非違使尉。→補一七〇。勘物の臨時祭を元年とするのは誤。四二 賜わった素焼の盃を手にしたのを。

仰《おほ》せらるゝまゝに、「[一]よゐのまに」とうちあげ申たれば、「興《けう》あり〳〵、遲《おそ》し〳〵」と殿《との》ばら宣《のたま》はするに、「君をし祈《いの》り置《お》きつれば」と申《ま》したり。大殿いみじう興《けう》ぜさせ給て、「遲《おそ》し〳〵」と仰《おほ》せらるれば、「まだ夜深《よぶか》くも思《おも》ほゆるかな」と申たれば、いみじう興《けう》じほめさせ給て、攝政殿、[二]衵《あこめ》の御衣《ぞ》ぬぎて賜《たま》はす。」

[46]世中は五節、臨時の祭《まつり》だに過《す》ぎぬれば、殘《のこ》りの月日ある心地《こゝち》やはする。十二月《しはす》の十九日になりぬれば、[三]御佛名とて、地獄繪《ゑ》の御屛風などとう[四]でゝしつらふも、目《め》とゞまりあはれなるに、折《をり》しも雪《ゆき》いみじう降《ふ》りければ、「[五]送《おく》り迎《むか》ふ」といひ置《を》きたるもげにとおぼえたるに、殿上人の[六]菩提聲《ごゑ》も[七]あやにくなるまで聞《きこ》えたり。[八]次《つぎ》〳〵の宮などのものゝしる。つごもりになりぬれば、[47][九]追儺とのゝしる。上《うへ》いと若《わか》うおはしませば、[一〇]振鼓《ふりつゞみ》などして參《まい》らするに、君達《だち》もおかしう思《おも》ふ。」

[48]かくて年號かはりて、[一一]永祚元年といひて、[一二]正月には院に行幸あり。[49]院も入道せさせ給《たま》ひにしかば、[一三]圓融院に住《す》ませ給《たま》へば、その院に行幸あり。[一四]例《れい》の作法《さほう》の事どもにて、[一五]院司など、よろこびさま〳〵にて過《す》ぎもてゆく。」かくて大殿、十五の(盛明親王)(也)宮の住《す》ませ給《たま》ひし[50][一六]二條院をいみじう造《つく》らせ給て、[51]もとより世《よ》におもしろき所《ところ》を、御心《こゝろ》のゆく限造《かぎりつく》りみがゝせ給へば、いとゞしう目《め》も及《およ》ばぬまでめでたきを御覽《らん》ずるまゝに、御心《こゝろ》もいとゞいみじうおぼされて、夜《よる》を晝《ひる》に急《いそ》がせ給。明年正

一 一首の意は、宵の程にわが君を賀茂の神に千代もと祈っておいたから、これからゆく先の御寿命は遠く限りなく思われることだ。「夜深く」に「世深く」(世は寿命)の意を籠めてある。 二 束帯の時は下襲《したがさね》と単《ひとへ》の間に、また、衣冠・直衣の時は袍や直衣と単の間に着るもの。 三 仏名会。毎年十二月十九日から三日間、清涼殿において僧侶をして仏名経を読み、三世の

御仏名と追儺

諸仏の名号を唱えさせて、六根の罪障を滅する年中行事。仁寿殿の本尊を移し、廂に地獄変の屛風を立てる。「御仏名」(紀略、永延二年十二月二十日)。→補一七一。 四 取出して飾りつけるのも。 五「数ふればわが身に積る年月を送り迎ふとなに急ぐらむ」(拾遺、冬、斎院の御屛風にしはすつごもりの夜、兼盛)。 六 正道を心ざして一心に念仏を唱える声。 七 あんまりで厭わしくなる程。 八 内裏だけでなく、次々諸院や宮などで行われるのも皆同じように騒ぎあった。 九 ツイナ。→六〇頁注八。 一〇 →六〇頁注九。

円融院に朝覲行幸

一一 永延三年八月八日改元。 一二 →補一七二。 一三 円融寺に同じ。拾芥抄に「仁和寺ノ法皇御在所」とあるが、仁和寺付近衣笠山麓にあった

兼家二条邸修造

寺で、御譲位後の円融法皇の御所。 一四 院に御対面の際におけるしきたりどおりの作法。供膳・管絃・贈物等の作法のこと。小右記に詳しい。→補一七三。 一五 行賞の加階など。 一六 二条京極邸。→補一七四。 一七 大臣大饗のこと。毎年正月(又は大臣に任ぜられた時)大臣が

月に[一七]大饗《だいきやう》あるべうおぼし宣《のたま》はせ(て)、急《いそ》がせ給也けり。」[一八]九條殿の御男君達《おとこぎみたち》十一人、女君達《たち》六所おはしましける御中に、[一九]〔安子皇后也〕きさいの御末《すゑ》いまゝでみかどにおはしますめり。[二〇]内侍のかみ・[52]六の女御《忯子》などきこえし、御名残《なごり》も見《み》え聞《きこ》え給はぬに、男君達《おとこぎみたち》は太郎一條の攝政《伊尹》ときこえし、その御後《のち》[二一]ことにはかゞしうも見《み》え聞《きこ》え給はず。[二二]花山院もかの御孫《まご》におはしますぞかし。それ[二三]かくておはしますめり。[二四]男君達《おとこ》入道中納言《義懐》こそはかくておはしましつるもあさましうこそ。女君も、[二五]九の君までおはせし、その御方《かた》のみこそは殘《のこ》り給めれ。[二六]堀河《ほりかは》の左大將《朝光》、たゞ今《いま》は昔《むかし》も今《いま》もいとなほやむごとなき御有様《ありさま》なり。[二七]廣幡《ひろはた》の中納言《顕光》は、[二八]ことなる御おぼえも見《み》え給はず。[二九]こと君達《ぎみたち》、まだいと御位《くらゐ》も淺《あさ》うおはすめり。[三〇]このたゞ今《いま》の大殿《兼家》は、三郎にこそはおはしましけるに、たゞ今《いま》はこの殿《との》こそ今行末遙《いまゆくすゑはるか》げなる御有様《ありさま》に、頼《たの》もしう見《み》えさせ給めれ。一條の右大臣殿《為光》は、九郎にぞおはしける。[三一]かやうにこそ[三二]かくいみじき御中にも、猶勝《なをすぐ》れ給《たま》へるはことなるわざになん。」[三三]かやうにこそはおはしまさふめるに、[53]たゞ今《いま》御位《くらゐ》もあるが中《なか》にいと淺《あさ》く、御年《とし》などもよろづの御おとうとにおはすれど、[54][三四]いかなるふしをか見《み》たてまつ(る)らん、世《よ》の人、この三位殿《道長》をやむ事なきものにぞ、同《おな》じ家《いゑ》の子《こ》の御中《なか》にも人ごとに申《まう》し思《おも》ひたる。」かくてはかなく明《あ》けくれて、六月になりぬれば、暑《あつ》さを歎《なげ》く程《ほど》に、三條

九条師輔の子孫の有様

諸大臣以下殿上人を招いて行う饗宴。このときは一人の正客を定め、これを尊者と称する。これを新装の二条京極邸で行おうというのである。しかし明年正暦元年の正月の大饗は、本書以外には見えない。一八 →補一七五。一九 安子所生の冷泉・円融両帝の御子孫。二〇「内侍のかみ」は登子。安子妹。元重明親王北の方、のち村上天皇に召されて尚侍となり貞観殿に住んだ。忯子も安子妹、師輔六女、冷泉院女御。この方々には立派なお子様もお持ちでない上に。

二一 特別きわだった状態でも。二二 伊尹の女懐子の御子だから。二三 出家して。二四 男君達のうち義懐は花山院と共に出家していらっしゃったのも驚くべきことである。二五 九の君までいらっしゃったが。九の君は為尊親王北の方。

二六 師輔の孫、兼通四男(大鏡に二男、同裏書に三男)。朝光は現在(父の在世中であった)昔も今も変らぬ重々しい有様である。永祚元年大納言正二位、左大将・春宮大夫・按察使を兼ねている。二七 朝光の兄。二八 特別の御寵遇も受けておられない。二九 顕光・朝光以外の君達。系図によれば正光だけ。正光は永祚元年頃左馬頭(小右)。三〇 伊尹・兼通等の兄と比べると。

道長衆望を負う

三一 兼家だけが繁昌している中でも、為光が勝れておられるのは特別のことである。三二 以上のように一族の中でも各人いろいろでいらっしゃるようだが。三三 永祚元年に道長は従三位権中納言・右衛門督。三四 どういう点を。

太政大臣頼忠薨去

の太政《おほき》おとゞ《頼忠》いみじう悩《なや》ませ給《たま》ひて、廿[55—一]六日うせ給ぬ。この殿《との》は、故小野宮の大臣《おとゞ》の二郎頼忠と聞《きこ》えつる大臣《おとゞ》なり。うせ給ぬるを、[二]「あないみじ」と、きゝ思《おも》ひおぼせどかひなし。[三]中宮《遵子》・女御殿《諟子》・[四]權中納言《公任》やなど、さまぐ\いみじうおぼし歎《なげ》くべし。後の御[五]諡《いみな》廉義公と聞《きこ》ゆ。[六]あはれなる世なれど、さはいかゞはとぞ。はかなう[七]御忌《いみ》も果《は》てゝ、御法事などいみじうせさせ給《たま》ふ。[八]七月つごもりには相撲にて自《をのづか》ら過《すぐ》るを、今年《ことし》は[九]あるまじきなどぞあめる。」さて[56—一〇]臨時に除目ありて、攝政殿《兼家》太政大臣にならせ給ぬ。殿の大納言殿《道隆》内大臣にならせ給ぬ。中納言殿《道兼》は大納言になり給《たま》ひ、三位殿《道長》は中納言にて右衛門督かけ給つ。」[一一]小千代《こちよ》ぎみ《伊周》(は)、六條の中務の宮《具平》と聞《きこ》ゆるは、村上の先帝の御七の宮におはしましけり、御母《はゝ》[57]麗景殿の女御の御兄《せうと》源中納言重光と聞《きこ》ゆるが御聟《むこ》になり給ぬ。[一二]御妻《め》まうけの程《ほど》、[一三]兄君《あにぎみ》にこよなうまさり給《たま》ひぬめり。」小野宮の實資の君は[58—一四]宰相になりて、猶《なを》人に[一五]心《こゝろ》にくき物に思《おも》はれ給《たま》へるに、[一六]やもめにおはすれば、さべき女《むすめ》もたまへる殿原など、[一七]けしきだちきこえ給へど、おぼす心《こゝろ》あるべし。「いかなる事《こと》ならん」などゆかしげなり。」かくて[59—一八]三・四の宮の御元服一度にせさせ(給)。さて三宮をば彈正の宮《爲尊》と聞《きこ》えさす。四宮をば帥宮《敦道》と聞《きこ》えさす。式部卿《爲平》・中務卿《具平》・兵部卿《永平》などにては、村上の先帝の親王達《みこたち》の皆《みな》おはしませば、かくなし奉《たてまつ》らせ給

一「太相府危急悩給之由云々、仍卯時許馳参、辰時許薨給」(小右、永祚元年六月二十六日)。二 ああ大変なことだ。三 中宮は円融院后。遵子を中宮と呼んだのは本書ではここがはじめてであるが、天元五年三月十一日に中宮になった。四 公任の任中納言は長保三年。当時は左権中将兼蔵人頭。権中納言は後官で書いたか、または権中将の誤。五 ↓二七頁注一八。六 無常の世ではあるが、そうそうは天命でどうすることもできないと思われる。「とぞ」の下、「思はるる」などを補って解す。七 服喪の期間。↓補一七六。八 小右・紀略等によれば、七月二十八日内取、二十九日召合、八月二日相撲御覧。九 相撲などはおこなってはならない事だという噂もあるようだ。一〇 ↓補一七七。一一「小千代君は」は、「重光と聞ゆるが御聟になり給ぬ」へ続く。「六条の」以下は重光の系譜。

臨時の除目、任大臣

伊周、重光女と結婚

小野宮実資参議となる

醍醐―代明┬重光――女＝伊周
　　　　　└麗景殿(荘子)＝村上―具平(中務宮)

為尊・敦道両親王御元服

一二 妻を儲けること。嫁娶。その儀の有様は。一三 兄道頼とくらべて格段と。(代明親王孫女を妻としたから)。一四 任参議は永祚元年二月二十三日(補任)。一五 奥ゆかしい人と。一六 独身で

斎宮は恭子女王、斎院は選子内親王

いらっしゃるから。鰥夫(独身の男)のことをも「やもめ」という。一七 素振りに出してお勧め申されるが、実資の応じないのは。一八 ↓補一七八。

一条天皇御元服、摂政兼家の大饗

一九 ↓補一七九。二〇 為平親王女婉子女王。花山院女御。二一 その妹の中の宮。二二 永祚二年十一月七日改元。二三「五日壬午、天皇元服〈年十一〉」(紀略、永祚二年正月)。二四 ↓補一八〇。二五 立派に造営された東二条院の有様が。二六 大饗の時の上客。二七 内大臣道隆。二八 対の屋から道隆の姫君たちが見物されるので、他の殿方も見物なさるべく願われたが、道隆はお聞き入れなさらない。二九 ↓補一八一。三〇 紀略、正暦元年正月二十五日条に「壬寅、内大臣藤原朝臣女定子入二掖庭一」とあるが、それは添臥として参ったのであろう。ここは二月十一日に女御として正式に入内した事。三一 内大臣家の日常とし

道隆女定子入内、同女御となる

ては、北の方高内侍は宮仕に馴れた方だから、大層奥深く引込み勝ちな事は悪い事に思われて、当世風に華やかで親しみ易い御有様である。三二 一代要記・大鏡裏書によれば十四歳。三三 ↓補一八二。三四 三条院女御淑景舎(原子)になられる方であろう。

道兼と粟田の山荘

大鏡によれば中姫君(富も同じ)。三五 成長が待遠しく。三六 山城国愛宕郡粟田郷。ここは、浄土寺・鹿ケ谷・岡崎一帯の上粟田郷であろう。

へるなりけり。」まことや、[一九]この頃《ごろ》の齋宮《恭子女王》にては、[二〇]式部卿の宮《為平》の女御の御[二一]おとうとの中《なか》の宮《みや》ぞおはします。みかどはかはらせ給へど、齋《さい》院には同《おな》じ村上の十《選子内親王大齋院是也》のみやにおはします。かやうに過《す》ぎもていく。」はかなう年暮《としく》れて、[二二][60]今年《ことし》をば正暦元年といふ。正月五日《壬午》、[二三]内の御元服せさせ給。さしつゞき世《よ》の中急《なかいそ》ぎたちたるに、[二四]攝政殿、[61]二條院にて大饗せさせ給。[二五]造《つく》りたてさせ給へる有様《ありさま》、えもいはずおもしろうめでたければ、本意《ほい》あり、嬉《うれ》しげにおぼし興ぜさせ給。一條の右のおとゞ《為光》、[二六]尊者には參《まい》り給へり。目《め》も遙《はるか》におもしろき院の有様《ありさま》にぞ。えもいはぬ東《ひんがし》の對《たい》には[二七]内の大《おほ》い殿住《す》ませ給へば、[二八]やがて姫君達《たち》など物御覽《らん》ずれば、こと殿《との》ばらも御覽《らん》ずべう申させ給へど、聞《きこ》しめし入《い》れず。[二九]宮《みや》〳〵いとうつくしきに(こ)おとこどもにておはします。」[三〇]二月には内大臣殿《道隆》の[62]大《おほ》ひめ君《定子皇后也》内へまいらせ給有様《ありさま》、いみじうのゝしらせ給へり。[三一]とのゝ有様《ありさま》、北方など宮仕《みやづかへ》にならひ給《たま》へれば、いたう奥《おく》ぶかなる事《こと》をばいとわろきものにおぼして、今《いま》めかしうけ近《ちか》き御有様《ありさま》なり。[三二]姫君十六ばかりにおはします。[三三]やがてその夜《よ》の内に女御にならせ給ひぬ。今《いま》は[三四]小姫《こひめ》君のいはけなき御有様《ありさま》を[三五]心《こゝろ》もとなうおぼさる。」かやうの事《こと》につけても、大納言どの《道兼》はいとうらやましう女君のおはせぬ事をおぼさるべし。[三六][63]粟田《あはた》といふ所《ところ》にいみじうおかしき殿をえもいはず仕立《した》てゝ、そこに通《かよ》は

せ給て、御障子の繪には名ある所〻[一]をかゝせ給《たま》ひて、さべき人〳〵に哥よませ給。世中の繪物語《ゑものがたり》[二]は書《か》き集《あつ》めさせ給。女房數《かず》も知《し》らず集《あつ》めさせ給て、たゞあら[三]まし事《ごと》をのみ急《いそ》ぎおぼしたるも、*[四]おかしく見奉《みたてまつ》る。」[五]この男《おとこ》君達の御中《なか》[64]のこのかみにおはせし君《きみ》をば[六]ふくたり《福足歟》君《ぎみ》と聞《きこ》えし、一昨年《おとゝし》の八月にわづらひてはかなう失《う》せ給にしかば、口惜《くちを》しき事におぼすべし。いみじうさがなくて、世《よ》の人に安《やす》くも言《い》ひ思《おも》はれ給はざりしかばにやとぞ、人も聞《きこ》えける。」[七]内大臣殿《道隆》の嫡妻《むかひ》腹《ばら》の三郎君《隆家》は、たゞ今《いま》四位少將などにておはす。[八]それも、ふくたり君《ぎみ》などの御やうにいとさがなうおはすれど、[九]これはさすがにぞ見《み》え給。[一〇]四郎君はまだ小《ちゐさ》くおはすれど、法師になし奉《たてまつ》らせ給て、[一一]小松の僧都《勝算 延暦寺》といふ人につけ奉《たてまつ》り給てなん。[一二]腹《はら》〳〵の御君達、大千代《おほちよ》《道頼》ぎみよりほかに、まだともかくもしたて奉《まつ》り給はず。」[一三]大殿年頃《としごろ》[65]やもめにておはしませば、[一四]御召人《おほんめしうど》[66]の内侍のすけのおぼえ、年月《としつき》にそへてたゞ[一五]權の北方にて、世中の人[一六]みやうぶ《名簿》し、さて[一七]司召《つかさめし》の折《おり》はたゞこの局《つぼね》に集《あつま》る。院《冷泉院》女御《超子》の御方に大輔といひし人なり。[一八]世《よ》の御はじめ頃《ごろ》、かうて一所《ひとところ》おはします凶《あ》しき事なりとて、[一九]村上の先帝の御女三宮[67]は、按察の御息所《みやすどころ》と聞《きこ》えし御腹《はら》におとこ三宮《致平親王》・女三宮《保子内親王》生《むま》れ給へりし、その女三宮を、この攝政殿心《こゝろ》[二〇]にくゝめでたきものに思《おも》ひきこえさせ給て、通《かよ》ひきこえさせ給《たま》ひしかど、すべてことのほか[二一]に

一 名所。歌枕。二 絵入りの物語。物語中の人物・場面などを絵画化し挿入した物語(源氏物語事典)。三 女が生まれてもそのかしずきに事欠かぬよう将来の事ばかりを準備されたの意。

道兼の子福足君没す

四「見奉る」の主格は道兼周辺の人々。「おかしく」は可笑の意。五 道兼の子息中最年長者でいらっしゃった方を。六 ↓補一八三。七 道隆の嫡妻貴子の腹に生まれた隆家。↓補一八四。

道隆の子隆家・隆円

八「この帥殿〈伊周〉の一ばらの、十七にて中納言になりなどして、世中のさがなものといはれ給ひし殿〈隆家〉の御童名は阿古君ぞかし」(大鏡、道隆伝)。九 隆家の方はさすがにいくらかよくお見えになった。一〇 ↓補一八五。

一一 勘物の勝算は誤。ここは隆円の師実因。実因は小松寺に住し、小松僧都と号した。↓補一八六。一二 庶腹の君達は、大千代君(母、山井守仁女)以外には、まだ官位につけておやりになるなどされない。「したて」は仕込む、育てあげる意であるが、ここは官位につけたりする面倒を見ることをいうのだろう。

摂政兼家の権の北の方

一三「末には北方もおはしまさゞりしかば、おとこずみにて」(大鏡、兼家伝)。「やもめ」は↓一一八頁注一六。一四 御侍妾たる典侍。↓八六頁注八。一五 北の方に準ずる人。準正室。一六 典侍に名札を送り、除目の際の猟官運動に成功しようとしたりして。一七 除目。諸臣任官の公事。一八 兼家執政の当初このように独身でおられることは不吉がましいことだといって。「とて」は「その女三宮を」

て絶《た》え奉《たてまつ》らせ給《たま》ひにしかば、その宮《みや》もこれを恥《はつか》しき事におぼし歎《なげ》きて失《う》[二二]せ給にけり。[二三]それもこの内侍のすけの幸《さいわい》のいみじうありけるなるべし。又圓融院の御時、[二四]中將の御息所《みやすどころ》などありしは、元方《もとかた》の民部卿の孫《まご》の君《きみ》なり。參《まい》りたりしかど、おほかたこの内侍のすけよりほかに(は)人ありともおぼいたらぬ年頃《としごろ》の御有様《ありさま》なり。[二五]三・四の宮の御めのとゞも(も)[二六]さるは劣《おと》らぬさまのかたちなれど、戲《たはぶ》れにものをだに宣《のたま》はせずなんありける。」[68]かゝる程《ほど》に、大殿の御心地《こゝち》惱《なやま》しうおぼしたれば、よろづに恐《おそろ》しき事にて、殿《との》ばらも[二七]宮もし[二八]殘《のこ》させ給事なし。[69][二九]この二條院物のけもとよりいと恐《おそろ》しうて、これがけさへ恐《おそろ》しう申す。樣《さま》〲〔の〕*御物のけの中《なか》に、[70][三〇]かの女三宮の入《い》り交《まじ》ら(は)*せ給も、いみじうあはれなり。「猶所《なをところ》[三一]かへさせ給《たま》へ」と、殿ばら申させ給へど、この二條院を猶《なを》めでたきものにおぼしめして、聞《きこ》しめし入《い》れさせ給はぬ程《ほど》に、御惱《なやみ》いとゞおどろ〳〵しければ、[三二]東三條院に渡《わた》らせ給ひぬ。[三三]みや(みや)の御前もいみじう歎《なげ》かせ給《たま》ふ。攝政も辭《〈ジ〉》せさせ給べう奏《そう》せさせ給へど、「猶《なを》しばし〳〵」とて過《すぐ》させ給程《ほど》に、御惱《なやみ》まことにいとおどろ〳〵しければ、[三四]五月五日の事なれば(にや)、菖蒲《あやめ》の根《ね》のかゝらぬ御袂《たもと》なし。[三五]太政大臣の御位をも、(攝政をも)辭せさせ給。猶《なを》その程《ほど》は、關白などや聞《きこ》えさすべからんと見《み》えたり。」[三六]猶《なを》いみじうおはしませば、[71][三七]五月八日[72]出家せ

以下へ続く文脈。一九 この部分は女三の宮の説明。二〇 奥ゆかしく結構なことと。二一 思いのほかで通われるのも絶えてしまったから。↓補一八七。二二 ↓補一八八。二三 女三の宮がこのような結果になったのも、この典侍の幸運がすばらしかったためであろう。「ありける」は呼応からいうと「ありければ」となるべきであろう。二四 ↓補一八九。二五 ↓一〇六頁。二六 実をいうと典侍に劣らない容姿の人々であったが、兼家は戯れにことばさえおかけになったことはなかった。二七 皇太后宮詮子。二八 読経・修法など

兼家摂政太政大臣を辞す

病気平癒の祈禱をし残すことなくなさった。二九 例の二条院はもともと死霊などの祟の恐しい所で、(兼家が病気になって以来は)物の怪の気配までも現われて。二条院の物の怪のことは大鏡、兼家伝参照。三〇 兼家の愛が絶えてそれを恨に思って死んだので物の怪となって現われたのである。三一 やはり転地療養をなさるようにと。三二 ↓補一九〇。三三 補入の「みや」は衍か。詮子。三四 折しも端午の節句のためか、菖蒲の根が頭や袖にかからぬことのないように、声をあげて泣く涙のかからない御袂はない。五月の節会には、菖蒲の根を、男は「あやめかづら」にして、女は唐衣などにつけて歩く。その「根」を音に、「かゝる」を涙のかかるに掛けた。三五 「五月五日辞二摂政太政大臣一、更詔二関白一」(補任、正暦元年)、「四日、太政大臣上表、辞二摂政一、同日詔又令二関白万機一、随身不レ改」(紀略)。百錬抄・本朝文粋にもある。三六 重態でいらっしゃるので。三七 ↓補一九一。

兼家出家、道隆摂政となる

させ給へは。[一]この日攝政の宣旨、(内大臣殿)蒙《かぶ》らせ給。」されどたゞ[二]今《いま》はこの御悩《なやみ》の大事なれば、嬉《うれ》[三]しともおぼしあへず、「[四]これこそは限《かぎり》の御ことなれ」とおぼし騒《さは》がせ給ひて、[五]二條院をばやがて寺《てら》になさせ給つ。[六]もし平《たひら》かにも怠《をこた》らせ給はば、そこにおはしますべきなり。殿の内《うち》いみじうおぼし惑《まど》ふに、猶《なを》[七]さらに怠《おこた》らせ給はず。」攝政殿の御有様《ありさま》[八]いみじうかひありてめでたし。北方の御はらからの明順・道順・信順などいひて、[九]おほかたいとあまたあり。[一〇]宣旨には、北《きた》の方《かた》の御はらからの攝津守爲基が妻《め》なりぬ。北《きた》[一一]の方《かた》の御親《おや》もまだあり。大殿の御悩《なやみ》のかくいみじきを、誰《たれ》も同《おな》じ心に思《おも》[一二]ひ念じきこえ給。攝政殿《道隆》[一三]御けしきたまはりて、[73]まづこの女御、[一四]后《きさき》に据《す》ゑ奉《たてまつ》らんの騒《さは》ぎをせさせ給。我《われ》[一五]一の人にならせ給ぬれば、[一六]よろづ今《いま》は御心《こゝろ》なるを、[一七]この人〳〵のそゝのかしにより、[74][一八]六月一日后《きさき》にたゝせ給ぬ。世《よ》[一九]の人、いとかゝる折《をり》を過《すぐ》させ給はぬをぞ申める。[75][二〇]中宮大夫には、右衛門督殿《御堂也》をなしきこえさせ給へれど、「[二一]こはなぞ。あなすさまじ」とおぼいて、[二二]参《まい》りにだに参《まい》りつき給はぬ程《ほど》の御心《こゝろ》ざまもたけしかし。」かゝる程《ほど》に、[76]大殿の御悩《なやみ》、よろづかひなくて、[二三]七月二日うせさせ給ぬ。誰《たれ》もあはれに悲《かな》しき御事をおぼしまどはせ給事限《かぎり》なし。今年《ことし》御年《とし》六十二にぞならせ給ける。七八十まで生《い》き給《たま》へる人もおはすめるに、心憂《こゝろう》く口惜《くちを》しきことにおぼし惑《まど》ふ。[二四]入道

一 ↓補一九二。 二 当面父兼家の病気が重く大事の時だから。

兼家、二条院を寺とす

三 関白を譲られたことも嬉しいとも思うことができず。 四 今度の病気こそ最後の御事に違いないと。 五 病気平癒祈願の一つとして二条院をそのまま寺にされた。主格は道隆。 六 もし病気が無事平癒されたならば、法興院に住まわれるはずである。

女御定子立后

七 やはり一向快方へ向われない。 八 道隆は大姫君が入内したし、又父兼家の入道により、摂政(関白の誤)の宣旨を蒙ったので。 九 ↓補一九四。 一〇 定子が女御に立った時の宣旨を取伝えた女房。それに道隆室貴子の妹である為基の妻がなった。↓補一九五。 一一 貴子の父高階成忠もまだ存命である。成忠は長徳四年七月に七十三歳で薨じたから、正暦元年には六十五歳。従三位、非参議。 一二 平癒を祈願申し上げなさる。 一三 帝の御内意を戴いて。 一四 后にお立て申し上げようとする準備をなさる。 一五 摂政・関白。ここは摂政。 一六 摂政の地位にある今は何事も自由になるのに。「さて我身執柄となれるからは、天下の事思ふにまかせぬはなく、立后などの事いつにてもあるべきを、父入道殿の大事をおきて、折をも過さずかくいそがるゝ」(詳解)の意。

入道兼家薨去

一七 成忠・明順・道順・信順等のおだてによって。 一八 ↓補一九六。 一九 ↓補一九七。 二〇 「従三位藤道長　右衛門督、正月七日正三位…十月五日中宮大夫〈定子立后日〉、督如レ元」(補任、正暦元年)。 二一 中宮大夫とは何というこ

せさせ給へれば、御諡《いみな》なし。彈正宮《為尊》・帥宮《敦道》、あはれにおぼし惑《まど》はせ給、理《ことはり》に見《み》えさせ給。[二五]大《おほ》ちよ君《道頼》は、この頃《ごろ》藏人の頭ばかりにてぞおはするを、[二六]今《いま》は小千代《こちよ》ぎみ《伊周》に劣《おと》らん事を、様《さま》〳〵とり集《あつ》めおぼし續《つゞ》け歎《なげ》かせ給もあはれなり。東三條院の[二七]廊・渡殿《わたどの》を[二八]皆《みな》土殿にしつゝ、宮・殿《との》ばらおはします。[二九]東宮いみじうおぼし入《い》らせ給へり。[三〇]次《つぎ》〳〵の御事どもあべいかぎりせさせ給。[三一]はかなくて、後《のち》〳〵の御有様《ありさま》よろづにあらまほしうめでたう見《み》えさせ給。」かゝる程《ほど》に、[三二]もとより心《こゝろ》よせおぼし思きこえさせたりければ、[77]有國は、粟田殿《あはたどの》(の御方)にしば〳〵参《まい》りなどしければ、攝政殿、心《こゝろ》よからぬ様《さま》におぼし宣《のたま》はせけり。[三三]さるは入道殿の、有國・惟仲をば[三四]左右《ひだりみぎ》の御(ま)なこと仰《おほ》せられけるを[三五]きめられ奉《たてまつ》りぬるにやと、いとをしげなり。」[78]二條院をば[三六]法興院といふに、この[三七]御忌《いみ》の程《ほど》、多《おほ》く〳〵の佛《ほとけ》造《つく》り出《い》で奉《たてまつ》りて、寢殿におはしまさせ給て、[三八]八月十餘《よ》日御法事やがてそこにてせさせ給。その程《ほど》の事思《おも》ひやるべし。[三九]この春の大饗の折《おり》の、[四〇]東の對《たい》の端《つま》の紅梅のえんの盛《さか》りなりしも、この頃《ごろ》は木繁《こしげ》(く)て見所《みどころ》もなし。[四一]御誦經、内・東宮よりはじめて皆《みな》せさせ給へり。かの[四二]よろづの兄《あに》君、たゞ今《いま》三位中將《道綱》と聞《きこ》ゆ。宰相にだになしきこえ給はずなりぬるを、心憂《こゝろう》くおぼすべし。」[79]はかなう年《とし》月も暮《く》れもていきて、正暦二年になりにけり。されど今年《ことし》は、[四三]宮の御前も、[四四]さべき殿《との》

とか、ああ面白くないことだ。→補一九八。二二 中宮の御許へ全く寄り付きもせぬ道長の御心持も気丈なことだ。二三「二日、乙亥、入道太政大臣藤原朝臣兼家薨〈年六十二〉」(紀略、正暦元年七月)。二四 大鏡、大臣序説も同じ。二五 補任、正暦元年条に元蔵人頭とある。本書の誤か。二六 自分を愛してくれた兼家亡き後は弟に劣るであろうことを、あれやこれやと考え続けて嘆かれるのも気の毒だ。二七 廊は主として回廊、渡殿は殿舎と殿舎とを接続する廊下。二八 喪の時籠る仮屋。殿舎中の板敷をとり放って土間とし、蘆の簾などを懸け、すべて粗末な調度を用いる。これにより、薨去はやはり東三条院か。二九 居貞親王。冷泉院第二皇子、御母は兼家女超子。三〇 葬送やそれに関する諸事。→補一九九。三一 あっという間に葬送も過ぎ、その後行われた七日毎の法事や追福の事など万事理想的にお見受けされた。「十日、壬子、…依㆓入道殿御法事㆒考定延引」(小右、八月条)。三二 元来有国は道兼に好意をお寄せし。→補二〇〇。三三 実をいうと兼家が。三四 共に欠くべからざる大切なもの。三五 道隆からなじられ申したのであろうとお気の毒である。→補二〇一。三六 伊呂波字類抄によれば、ホコ院と読む。→補一九三。三七 喪に籠っている間に。三八 →補二〇二。三九 →一一九頁。四〇 →補二〇三。四一 御誦経物の略。御誦経を依頼するにつけての料物。布施物。四二 兄弟中での兄。→補二〇四。四三 皇

道隆、有国を憎む

法興院の法事

摂政道隆の政治、外戚登用

ばらも、[一]御服にて行幸もなし。摂政殿《道隆》の御まつりごと、たゞ今《いま》は[二]ことなる御そしられもなく、[三]おほかたの御心ざまなども、いとあてによくぞおはしますに、[四]北方の御父《ちゝ》ぬし、[五]二位《成忠》になさせ給《たま》へ(れ)ば、高二位《成忠》とぞ世《よ》には言《い》ふめる。年老《としお》[六]ひたる人の才限《ざえかぎり》なきが、心ざまいとなべてならずむくつけく、かしこき人に思《おも》はれたり。[七]北方の一《ひと》つ腹《はら》の〔は〕*、さべき國《くに》〴〵の守《かみ》どもにたゞなしになさせ給へり。[八]この人〳〵のいたう世《よ》にあひて掟《おき》て仕《つか》うまつる事《こと》をぞ、[九]人やすからずもと、やむ事なからぬ御《おほん》なからひを、心《こゝろ》ゆかず申思《おも》へり。北方《高内侍也》(もと)より道[一〇]心いみじうおはして、常《つね》に經を讀《よ》み給、山《やま》〳〵寺《てら》〳〵の僧どもを[一一]たづね問《と》はせ給へば、[一二]あはれに嬉《うれ》しき事《こと》に申思《おも》へり。」[80]かゝる程《ほど》に、[一三]圓融院の御惱ありて、いみじう世《よ》のゝしりたり。折《をり》しも今年《ことし》[一四]行幸なかりつるを、おぼつかなくおぼしきこえさせ給程《ほど》に、[一五]かゝる事《こと》のおはしませば、行幸今日明日《けふあす》とおぼし急《いそ》がせ給。さて吉《よき》日して[一六]行幸あれば、いみじう苦《くる》しげにおはします。みかど今《いま》は御[一七]かうぶりなどもせさせ給て、おとなびさせ給へるを、返《かへ》す〴〵かひありて見奉《みたてまつ》らせ給。[一八]さべき御領の所《ところ》〴〵、さべき御寶《たから》物どもの書立《かきたて》[一九]目錄せさせ給《たま》へりけるを、それ皆《みな》奉《たてまつ》らせ給。みかども若《わか》うおはしませど、[二〇]いかに〳〵とおぼし歎《なげ》かせ給。(院)は[二一]たゞさらにもきこえさせず、常《つね》の行幸に似《に》ぬ御有様《ありさま》もいみじうあはれに

太后宮詮子。四 兼家と縁故の深い。

一 服喪中で朝覲の行幸も行われない。二 特別な誹謗もなく。三 総じての御性質なども大層高貴で立派でいらっしゃったが。四 高階成忠。「ぬし」は人の尊称。大体受領階級の人に付ける。成忠は当時従二位讃岐権守。五 補任(正暦二年)によれば、非参議、従三位で、「式部大輔、七月廿二日従二位〈去二大輔一、二階〉」とある。六 老人で学問も大層ある人で、性質は一通りならずいやらしく、恐るべき人と思われていた。↓補二〇五。七 貴子と同腹の兄弟(信順・明順・道順等)は、むやみによい国々の守などに任命された。↓補二〇六。八 この高階一家が大層時流に乗じて身を処しお仕えする事を。九 世間の人々は不快な事として、貴い続き合いでもないのを得心のゆかぬことと噂した。

円融院御悩

一〇 菩提心。菩提・正覚を求める心。一一 物を恵んでは慰問なさるので。一二 僧どもは。一三 ↓補二〇七。一四 朝覲行幸の無かった事を、もどかしいことに申し上げなさっておられるうちに。一五 円融院御悩の事。一六 この事紀略以下の諸書に所見がない。一七 「うひかうぶり」のこと。元服して初めて冠をつけることから、転じて元服。一八 円融院御領の荘園、その他然るべき御宝物類数々の。一九 箇条書に記した目録。二〇 院の御悩をどうかどうかと案じてお嘆きなさる。二一 お嘆きなさる事は全くいうまでもなく、常の朝覲の行幸にも似ぬ御見舞のための行幸の有様も感慨無量で、返す返すお気の毒とお見申し上げなさる。二二 院に憑いた御物の怪が帝にのり移ることも恐しいので。二三 御容態は

どんなであろうかと、お目にかかれない心もとなさを御心配なさっていらっしゃるうちに。

円融院崩御

二四「今日法皇崩〈年三十三〉逃位之後八年」(紀略、正暦二年二月十二日条)。小右目録・略記も同じ。二五 多年親しみなついてお仕え申し上げた。二六 院の昇殿を許された殿上人。二七 院庁に奉仕する判官。「判官代〈五位〉院庁ノ判官也。拾芥抄五位、或ハ四位、六位諸大夫補レ之、代字院中ニ限、禁中ト不レ紛為也」(禁中方名目鈔)。二八 寛朝。宇多天皇皇子敦実親王御子。左大臣源雅信同母弟。円融法皇灌頂の師。↓補二〇八。二九 敦実親王。「一品式部卿、号二八条宮一、又号二仁和寺宮一、天暦四・二・三出家、法名覚真、康保三・二・二薨、母同二天皇一〈内大臣高藤公女胤子〉」(紹運)。三〇 法皇の灌頂の師であったから。三一 かの釈尊が入滅した時のような気持がして。三二 梵語 Gavāmpati の音訳。舎利弗の弟子。牛相と訳す(過去に罪あって牛に生まれ、現になおその余習を存したからという)。三三 身中から水を流しながら流れて行ったというように、法皇の崩御を慕い奉って同じ道にと思う人々が大層多かった。↓補二〇九。三四 心の底から悲しいなどといったところで並一通りの表現である。

て、返《かへ》すぐ〳〵おぼし見奉《みたてまつ》らせ給。[二二]御物のけも恐《おそろ》しければ、「疾《と》く還《かへ》らせ給ね」とて、返《かへ》し奉《たてまつ》らせ給つ。」さて[二三]おぼつかなさをいかに〳〵とおぼし聞《きこ》えさせ給程《ほど》に、日頃《ひごろ》[81]ありて[二四]正暦二年二月十二日にうせさせ給ぬ。[二五]こゝらの年頃《としごろ》馴《な》れ仕《つか》うまつりつる僧俗・[二六]殿上人・[二七]判官代、涙《なみだ》を流《なが》し惑《まど》ひたり。いはんかたなし。[82][二八]仁和寺の僧正と聞《きこ》ゆるは、土御門の源氏のおとゞ《雅信》の御はらからにおはす。[二九]仁和寺《にわじ》の親王《みこ》と聞《きこ》えける御子におはす。[三〇]いみじうおぼし惑《まど》ふ。[三一]かの釋尊の御入滅の心地《こゝち》して、「大師入滅、我隨入滅」と[三二]憍梵波提が言《い》ひて、[三三]水になりて流《なが》れけん心地する人いと多《おほ》かり。[三四]あはれにかなしともおろかなり。内《うち》には一日の行幸の御有《あり》様《さま》おぼし出《い》でゝ戀《こ》ひきこえさせ給。

巻第四　みはてぬゆめ

巻名　出雲前司相如の歌に「ゆめならでまたもあふべき君ならば寝られぬいをも嘆かざらまし」、同じく卒去の条に、同女「夢見ずと嘆きし君を程もなく又我夢に見ぬぞ悲しき」などとある歌のことばを少しく改めたものや、道兼が関白の宣旨を蒙り、僅か七日で薨じた条に、「かゝる夢はまだ見ずこそありつれ」などとあるによる。

諸本＝見はてぬ夢（陽、西）・見はてぬゆめ（活）・不見終夢（富）。

所収年代　一条天皇の正暦二年（九九一）二月から、同三・四・五年、長徳元年を経て、同二年（九九六）三月まで五年間。

内容　円融院の御葬送が行われ、あわれな事が多かった。

花山院は熊野御参詣その他の修行に専念された。

右大臣藤原為光が太政大臣に、大納言源重信が右大臣に任ぜられた。

済時女娍子が東宮（居貞）に召され、宣耀殿に住んで時めいた。

道隆の同胞・子息たちはそれぞれ官位が昇進したが、伊周は北の方重光女の腹に道雅が生まれた。

正暦三年二月には故円融院の一周忌が行われ、薄鈍の喪服も華やかな服装に改まった。

道長は、北の方二人が懐妊したので、安産の祈禱を行った。

法興院の中には積善寺が建てられ、その供養の準備に忙しかった。

為光が没し、恒徳公と謚された。為光は、女の花山院女御忯子卒去の後は法住寺に籠り、修行三昧に暮していた。女君はこの他なお三人いたが、忯子と三の君とが特に愛されていた。

花山院は伊尹女（九の御方）の許に通われていたが、乳母の女中務をも寵愛し、後にはその女をも愛して、親子共に懐妊した。皇太后詮子や摂政道隆は院のために年官年爵・御封を奉った。院はまた、御弟弾正宮を九の御方に壻どられた。

御病気中の皇太后は石山詣の効験か、平癒されたが、始めて女院号を称された（東三条女院）。その後御願果たしのため、長谷寺と住吉へ参詣された。

伊周は大納言、済時・道兼は左右大将に任じた。

道隆関白となり、その中姫君は東宮妃となり、三の君は帥宮敦道親王と結婚、四の君は御匣殿となった。

隆家は重信の壻となったが、景斉の女をも愛していた。

道長北の方は、それぞれ男子を出産した。倫子所生の頼通、明子所生の頼宗であった。

伊周が内大臣に任じ、道長は出仕もしなかった。

倫子の父左大臣源雅信が没した。

正暦五年は悪疫が流行したが、倫子は二女妍子を、宣耀殿女御娍子は第一皇子（敦明）を無事生んだ。

村上天皇皇子昭平・致平両親王が出家したが、致平親王男成信は道長の養子となり、他の一人は法師（永円）になった。また道兼は昭平親王女を養女とし、公任を壻とした。

道隆は飲水病を病み重態であった。

長徳元年も年初から悪疫が流行したが、伊周は道隆の病中、内覧宣旨を蒙った。

道隆は出家後間もなく没したが、伊周は失政が多く悪評を受けた。左大将済時が没した後、代って道長が任ぜられた。

道兼は病のため出雲前司相如の家に転地をした。この家で関白の宣旨を蒙ったが、病が重くなり二条邸へ帰った。

悪疫の猖獗はますます劇しく、重信・保光・清胤僧都らが死に、続いて道兼も没した。相如もまた道兼の後を追うようにして死に、女はたいそう悲しんだ。

政権は伊周の期待に反し、道長に内覧宣旨が下された。

故道兼法事の日、北の方は尼になった。有国は復官して参議に任じたが、大弐佐理と交替に九州へ下った。

中納言顕光女（元子）・公季女（義子）が引続いて入内した。為光三の君は伊周の、四の君は花山院の愛人であったが、院は伊周の邪推がもとで隆家の従者から弓で射られた。この事は道長の知るところとなった上に、大元帥法をおこなったこと、女院呪詛のこと等が発覚した。

道兼女尊子は入内して暗部屋女御と呼ばれたが、道長がその世話をした。

この頃定子中宮が懐妊された。

榮花物語巻第四

みはてぬゆめ

かくてこの圓融院の御葬送《さうそう》、[一]紫《むらさき》野にてせさせ給《たま》ふ。[1]その程《ほど》の御有様《ありさま》思《おも》ひやるべし。「[二]ひとゝせの御子日に、この邊《わたり》のいみじうめでたかりしはや[三]」とおぼし出《い》づるも、あはれに悲《かな》しければ、[四]閑院の左大將（朝光）、

[五]紫《むらさき》の雲《くも》のかけても思《おも》ひきや春《はる》の霞《かすみ》になして見《み》んとは」行成兵衞佐いと若《わか》けれど、これをきゝて、一條攝政の御孫の成房[2]の少將の御許《もと》に、

[六]遲《をく》れじと常《つね》のみゆきは急《いそ》ぎしを煙《けぶり》にそはぬたびの悲《かな》しさ」などあまたあれど、[七]いみじき御事《こと》のみおぼえしかば、皆誰《みなたれ》かはおぼゆる[八]人のあらん。さて歸《かへ》らせ給ぬ。[九]御忌《いみ》の程《ほど》の事ども、いみじうあはれなりき。[一〇]さべき殿ばら籠《こも》り候《さぶら》ひ給ふ。」[一一]その頃櫻《ころさくら》のおかしき枝《えだ》を人《ひと》にやるとて、實方[3]中將、

[一二]墨染《すみぞめ》のころもうき世《よ》の花盛《はなざか》りおり忘《わす》れても折《お》りてけるかな」これもおかしう聞《きこ》えき。世中[一三]諒闇にて、[一四]ものゝ榮《はへ》なき事ども多《おほ》かり。」花山院[4]所《ところ》[一五]〳〵あくがれありかせ給て、[一六]熊《くま》のゝ道《みち》に御心地《こゝち》惱《なやま》しうおぼされけるに、海人《あま》の鹽《しほ》やくを御

一「十九日庚申、葬㆓太上法皇於円融寺北原㆒、置㆓御骨於村上山陵傍㆒」(紀略、正暦二年二月)。北原は竜安寺東北、春日谷という原山の頂(大日本史料第二編一)。二 小右、寛和元年二月十三日条に「戊子、巳時許参院、今日御子日也、御㆓々車㆒令㆑向㆓紫野㆒給」とあり、以下紀略・百錬抄・大鏡・大鏡裏書等に詳しい。三 感動の意を表わす。…よ。四 朝光は永祚元年六月二十七日大将を辞す。ここ正暦二年は大納言、按察使。

円融院御葬送

五 わが法皇を紫野の春霞のように火葬の煙となして見ようとは、思いがけたことであろうか、思いも寄らぬことであった。「紫の雲の」は「かけても」の序、同時に「紫野」に掛け、崩御の意を含めた。「春の霞」は荼毘の煙。後拾遺、哀傷。六 法皇の常の御幸の場合にはおくれまいと急ぎお伴申し上げたのに、この度の御幸は永の御旅で、果は煙と消え去られてお伴のできない悲しさよ。七 崩御に伴って悲しくて仕方のない事ばかりが。八 思い出して語る人があろうか。九 服喪中の様々の事は。一〇 院司とか親しい殿方は、御葬所に設けられた仮屋に籠居された。一一 桜の花の満開の枝を。一二 誰も皆墨染の衣を身にまとい悲しい時世ではあるが、折しも桜の花盛りのことで、花をもてはやす折でないのを忘れて枝を折りとったことよ。「墨染のころも」は喪服、「頃も」に掛けた。新古今、哀傷。ただし実方は正暦二年九月二十一日右近衛中将。これは春の歌であるから後官で書いたか。一三↓

実方中将の哀傷歌

花山院御修行中の御歌

覧じて、

一旅《たび》の空《そら》よはの煙《けぶり》とのぼりなばあまの藻鹽《もしほ》火たくかとや見《み》ん」と宣《のたま》はせける。旅《たび》の程《ほど》にかやうの事多《ことおほ》くいひ集《あつ》めさせ給《たま》へれど、二はか〲しき人し御供《とも》になかりければ、皆忘《みなわす》れにけり。さてありき巡《めぐ》らせ給て、三圓城寺といふ所《ところ》におはしまして、櫻《さくら》のいみじうおもしろきを見廻《みめぐ》らせ給て、ひとりごたせ給《たま》ひける、

四木《こ》のもとをすみかとすれば自《をのづか》ら花見《はなみ》る人になりぬべきかな」とぞ。あはれなる御有様《ありさま》も、いみじうかたじけなくなん。」一條の攝政の5五大上《うへ》は、九の御方〔一條攝政女〕六ともに七東《ひんがし》の院《ゐん》に住《す》ませ給て、八この院《ゐん》を「いかで見奉《たてまつ》らん」とおぼしけれど、九たゞ今《いま》の御有様《ありさま》、さやうに里《さと》などに出《い》でさせ給べうもあらずなん。」6圓融院の御法事、一〇三月廿八日に、やがて同《おな》じ院にてせさせ給つ。一一年頃《ごろ》殿上人などの御心ざしある様《さま》のは、内にいと心ことの御用意《ようい》あるべし。」さてその年《とし》のうちに、一二右のおとゞ〔爲光〕太政大臣になり給ぬ。右大臣には、一三六條の大納言〔重信〕なり給《たま》ひぬ。土御門左大臣の御はらからなりけり。」一四東宮〔居貞　三條院〕(の)十五六ばかりにおはしましけるに、ある僧の經尊《たうと》く讀《よ》みければ、一五常《つね》に夜居《ゐ》せさせ給て世《よ》7の物語《がたり》申けるついでに、小一條殿のひめぎみ〔濟時女〕の御事を語《かた》りきこえさせけるに、宮御耳《みゝ》とゞまりておぼしめして、この僧《そう》を夜《よ》ごとに召《め》しつゝ經を讀《よ》ませさせ給て、たゞ夜《よる》の御物語《がたり》

四五頁注一八。一四何をしてもぱっとしない事が。一五御修行のためあちこちゆかれて。一六熊野権現参詣の道で。大鏡、伊尹伝は千里の浜(和歌山県日高郡岩代付近の海岸)。↓補二一〇。

一旅の途中ここに死にそのまま火葬の煙となって暁の空に上ってしまうならば、人は漁夫が藻塩火をたいているのかと見ることだろう。「旅」に「荼毘」を掛けた。藻塩火は海藻から塩を製する時にたく火。後拾遺、羇旅・大鏡、伊尹伝。二しっかりしている人。「し」は強意助詞。三↓補二一一。四桜の花盛りの頃木の下を住居としていると、世捨人も自然花を見る浮世の人のようになってしまいそうだ。詞花、雑上。

伊尹の後室と九の御方

五大北の方の意。伊尹室恵子女王。六…と共に。七「東の院」は伊尹の邸。↓補二一二。八ぜひお会い申し上げたい。大上は花山院の外祖母。九現在の花山院の御有様は(御修行三昧に過され)、京の俗家などにはおいでになられそうもない。

円融院御法事

一〇「閏二月廿七日、修二円融院先皇御善根一」(紀略、正暦二年)。「廿七日、令レ奏二法事定事一」(小右目録)。略記も同じ。三月二十八日は本書だけ。一一殿上人などで年来院から厚い眷顧を蒙っている方々は、帝から特別の御配慮があるだろう。

為光太政大臣に、重信右大臣となる

一二正暦二年九月七日(補任)。一三宇多天皇皇子敦実親王四男。同年

東宮、済時女の御参り御所望

には、この小一條の邊《わた》りの御事《こと》を[一六]言種《ことぐさ》に仰《おほ》せられて、「[一七]この事必《かなら》ずいひなしたらば」など、いみじう[一八]眞《ま》心に仰《おほ》せられければ、[一九]大将に聞《きこ》えければ、「[二〇]かくてのみやは過《すぐ》させ給べき。[二一]花山院の御時もかしこう逃《のが》れましゝか、[二二]みかどのいと若《わか》うおはしますにあはせて、内にも中宮さへおはしませば、いと煩《わづら》はし。[二三]これは麗[8]景殿《綏子》候《さぶら》ひ給《たま》ふめれど、それはあえなん」などおぼして急《いそ》ぎ給。[9][10]ひめぎみ《娍子》十九ばかりにおはしますべし。」[二四]はかなき御ものゝ具《ぐ》どもは、[二五]先帝の御時、この大将の御妹《いもうと》の[二六]宣耀殿の女御、[二七]村上《むらかみ》いみじう思《おも》ひきこえさせ給て、[二八]よろづの物の具《ぐ》をし奉《たてまつ》らせ給へりし御具《ぐ》ども、御櫛《くし》の筥《はこ》よりはじめ、屏風などまで、いとめでたくて持《も》たせ給へれば、さやうの[二九]事《こと》おぼし營《いとな》むべきにもあらず、たゞ御裝束《さうぞく》・女房の裝束《さうぞく》ばかりをぞ急《いそ》がせ給。母上《はゝうへ》は枇杷の大納言延光と聞《きこ》えしが女《むすめ》におはしければ、[三〇]御仲《なか》らひもいと物きよげなり。又[三一]先帝の、[三二]御箏《さう》の琴《こと》[11]を宣耀殿の女御《芳子》にも教《おし》へ奉《たてまつ》らせ給、この大将《済時》にも教《おし》へさせ給けるを、このひめぎみ《娍子》に殿《との》教《おし》へきこえ給へりければ、[三三]まさゞまに今少《いますこ》し今《いま》めかしさ添《そ》ひて彈《ひ》かせ給。いみじうめでたし。[三四]今《いま》の世《よ》には、かやうの事ことに聞《きこ》えねど、これはいみじう彈《ひ》かせ給《たま》ふ。中の君には琵琶《びは》をぞならはしきこえ給《たま》ひける。姫君《ひめぎみ》の御有様《ありさま》、[三五]一《ひと》つにもあらずもてなしきこえ給《たま》へれば、中の君をば[三六]祖母《おば》北《きた》の方《かた》取《と》り放《はな》ちて養《やしな》ひきこえ給。[三七]そ

九月七日(補任)。一四 貞元元年誕生、正暦二年は十六歳。一五 その僧を常々護持のため夜分お側に侍らせ、世間話を申し上げた機会に。一六 話の種。一七 娍子入内の事を必ずまとめてくれたらどんなによかろう。「いひなしたらば」は活「いひなしてたまへ」。一八 真実の心をこめて。一九 その仰せを父済時に申し上げたので。二〇 院のおことばをこのまま放っておき申すべきではない。二一 花山院御所望の折もうまくお断わり申し上げたが(↓九三頁)。二二 一条帝は大層お若くていらっしゃると同時に、定子中宮までもおいでになるから、大層気がおける。

済時女娍子、東宮に参る

二三 東宮には綏子(兼家女)が女御として参ってはおられるが、それは差支えあるまい。二四 ちょっとした御調度品。二五 村上天皇。二六 師尹女芳子。二七 大層御寵愛なさって。二八 種々の御道具類を作ってお与えなさった、それら、すなわち。二九 調えなさる必要もなく。三〇 東宮とは御関係がいとこちがいで、大層御立派である。三一 ↓三四頁。三二 十三絃の琴。三三 父よりは一段勝れ、今少し当世風の華やかな趣を加えて。三四 当節では、このような琴の伝授など余り世間に聞かないが、姫君は。三五 一筋ならず色々とお世話なさるので。三六 師尹室(右大臣定方女)。祖母が姉とは別に離して養育された。三七 祖母は大層年をとっておられたから、中の君を養育するのに都合のよい方だと申し上げたが。西「よきわか君たちにこそはとなん思きこえ給へれと」。

の上《うへ》のいたう老《お》い給《たま》ひにたれば、よき御北《きた》の方《かた》となん聞《きこ》えたれど、一左大将さも思《おも》ひきこえ給はぬを、口惜《くちお》しう小一條殿におぼいたるべし。かくて急《いそ》ぎたゝせ給て、二十二月のついたちに參《まゐ》らせ給。三昔《むかし》おぼし出《い》でゝ、やがて宣耀《せんえう》殿に住《す》ませ給。四かひありていみじう時《とき》めき給。されば大將殿「五我君《わがきみ》をば誰《たれ》の人か疎《をろか》に思《おも》ひきこゆる事あらん」などぞおぼし宣《のたま》ひける。」麗景殿《娍子》六いと時にしもおはせねど、七たゞおほかた物華《ものはな》やかにけ近《ちか》うもてなしたる御方《かた》のやうなれば、八心安《やす》き物語《ものがたり》所《どころ》には、殿上人など九かの御方《かた》の細殿《ほそどの》をぞしける。一〇この女御の御方《かた》をばいと奥深《おくふか》う恥《はづか》しきものにいひ思《おも》ひけり。」一一御兄《せうと》のこの頃《ごろ》内藏《くら》のかみ《通任　不歴内藏頭》にてぞ物し給。父《ちゝ》大殿《おとゞ》にも似《に》給《たま》はず、一二いとおいらかにぞ、人思《おも》ひきこえたる。一三長命君《相任》とて侍従におはせしは、出家し給《たま》ひてしをぞ、父殿《ちゝとの》は、「一四今《いま》にこれがありて、かれがなきこそ口惜《くちを》しけれ。一五かやうの御交《まじら》ひの程《ほど》に、いかにかひあらまし」とぞ、常《つね》におぼし出《い》でける。大將の御甥《おい》の一六實方《侍従貞時子》中將、一七世のすき物に恥《はづか》しういひ思《おも》はれ給へる、一八その君《きみ》をぞこの女御、一九大方《おほかた》のよろづのものゝはへにものし給。二〇たゞ今《いま》は又限《かぎり》なき御有様《ありさま》にて候《さぶら》はせ給へば、いとかひありて見《み》えたり。」二一攝政殿よろづの兄君《あにぎみ》は、宰相《道綱》にておはす。二二粟田殿《あはたどの》は内大臣《道兼》にならせ給ぬ。中宮の大夫《道長》は大納言にならせ給ひぬ。大《おほ》ちよ君《道頼》は中納言になり給《たま》ひぬ。小千代《こちよ》ぎみ《伊周》は三位中將にておは

一 済時はそう思い申し上げぬのを、祖母方では残念に思われた。二「十一月某日、大納言藤原済時卿女娍子入二東宮一」(紀略、正暦二年)。三 昔懐しくも叔母宣耀殿女御(芳子)が村上帝の御寵愛を受けた同じ御殿にそのままお住みになった。四 参ったかいがあり。五 自分の大事な女(娍子)を、誰が疎略に思い申し上げる事があろうか。六 特に東宮の御寵愛が深いというのではないが。七 総じて物華やかで親しみ易く振舞われる御殿の様子だから。八 気楽な話し場所としては。九 麗景殿の細殿。麗景殿内の東廂にある。一〇 娍子の御殿の方を心の知れ難い気のおけるものと噂した。一一 この年兵衛佐。長保元年閏三月任の右馬頭の誤か。一二 大層おっとりしていると。一三 済時二男相任の童名。↓六三頁注二九。一四 現在通任がいて、相任が俗人でないのが残念だ。一五 娍子が東宮の女御として奉公している時、相任がいたらどんなにかいがあるだろう。↓六三頁。一六 済時の兄定時の子で、済時の養子。一七 大層風流者で気のおける立派な人だと噂されていた実方を。一八 娍子。一九 総じて万事につけての名誉なものにしておられた。二〇 現在娍子もまた限りない御寵愛をいただいているので、かいのある御有様だ。二一 ↓一二三頁注四二。道綱以下正暦二年九月七日任。二二 ↓補二一三。二三 常に道隆の同胞子息等だけが官位昇進をするようだ。二四 道頼。道頼の室は永頼女。二五 藤原永頼邸。↓一一一

東宮の女御宣耀殿と麗景殿

済時の諸子と実方中将

道兼・道長・道頼・伊周等の昇進

しつるも、中納言になり給《たま》ひぬ。[三三]いつもたゞさるべき人のみこそはなりあがり給めれ。」[二四]新中納言の北《きた》の方《かた》、[二五]山の井といふ所《ところ》に住《す》み給へば、山《やま》の井の中納言とぞ聞《きこ》ゆる。小千代君《こちよぎみ》は、かの大納言殿（重光）の姫君《ひめぎみ》、いみじう美《うつく》[二六]しき若君《わかぎみ》生《う》み給《たま》へれば、[二七]祖母北《おばきた》の方《かた》・[二八]摂政殿など、いみじきものにもてかしづき給《たま》ふ。[12]松君《ぎみ》とぞ聞《きこ》ゆめる。殿迎《とのむか》へきこえ給《たま》うては、乳母《めのと》にも君《きみ》にも、様《さま》〴〵の御贈《をくり》物して帰《かへ》しきこえ給。女房ども[二九]いつしかと待《ま》ちおぼすべし。」[14][三一]かくて月日も過《す》ぎもていきて、[13]正暦三年になりぬ。[三〇]あはれにはかなき世《よ》になん。二月には、故院の御はてあるべければ、天下急《いそ》ぎたり。御はてなどせさせ給《たま》ひつ。世中の薄鈍《うすにび》[三二]など果《は》てゝ、花の袂《たもと》になりぬるも、いともの〻榮《はへ》ある様《さま》なり。[三三]摂政どの〻姫君あまたおはすれば、[三四]今少《いますこ》しおよずけ給《たま》はぬを心もとなくおぼさる。」[15]中宮大夫殿（道長）は、土御門《つちみかど》（鷹司殿）のうへも、宮《みや》の御かた（高松殿）も、去年《こぞ》[16]より[三五]たゞならず見《み》えさせ給へば、左大臣（雅信）殿は[三六]さきのやうにいかに〳〵とおぼし祈《いの》らせ給。宮の御方にも宮《みや》[三七]おはしまして、さるべき御祈《いのり》の事掟《をき》ておぼしたり。」かくて摂政殿の、法興院の内《うち》に[三八]別に御堂建《た》てさせ給て、[17]積善寺と名付《なづ》けさせ給て、その[三九]御堂供養《くやう》いみじかべう急《いそ》がせ給。」一條の太政大臣《おほきおとゞ》は、[18][四〇]六月十六日にうせさせ給《たま》ひぬ。後《のち》の御諡《いみな》恒徳公と聞《きこ》ゆ。[四一]女御（忯子）の御後《のち》は、たゞ法師より[四二]もけにて、[四三]世《よ》と共《とも》に御行《をこな》ひにて過《すぐ》させ給《たま》ふ。

頁注二六。[二六]可愛らしい若君(道雅)。[二七]重光室。伊周の姑。[二八]道隆。「男君は、松君とて、

伊周の子松君

生れ給へりしより、祖父おとゞいみじきものにおぼして、迎へ奉り給ふたびごとに、贈物をせさせ給ふ」(大鏡、道隆伝)。[二九]松君の成長を一時も早くと。[三〇]この年は故円融院の御一周忌があるからであろう。[三一]「二月六日、庚午、奉㆓為円融院法皇㆒、周関御斎会、請僧百口」(紀略、正暦三年)。「同三年二月六日、公家被㆑行㆓故院

円融院一周忌御法事

御周忌御斎会事㆒」(小右目録)。[三二]薄鼠色の喪服も終って、常の華やかな着物になってしまったのも。「皆人は花の衣になりぬなり苔の衣よ乾きだにせよ」(古今、哀傷、遍昭)[三三]道隆の女は五の君まで大勢おられるので。[三四]もう少々大人におなりなさらぬ事を待遠しく。↓補二一

道長北の方倫子・明子懐妊

四。[三五]懐妊の御様子だから。[三六]彰子誕生の時のように心配して平産を祈願なさった。↓一一三頁。[三七]盛明親王。明子はこの親王に養われたから。[三八]道隆が。[三九]正暦五年二月に行われた。↓補二一五。[四〇]「六月十六日、戊寅、太政

積善寺御堂供養

大臣従一位藤原朝臣為光薨〈年五十一〉」(紀略、正暦三年)。権記・補任・小右目録同じ。

太政大臣為光薨去

[四一]女の花山院女御忯子卒去の後は。[四二]…よりも一層勝れた状態で。[四三]引続き修行三昧で。

[一]法住寺をいみじうめでたく造《つく》らせ給て、明暮《あけくれ》そこに籠《こも》らせ給てぞ行《おこな》はせ給《たま》ふ。あはれにいみじうぞ。」御太郎、松雄ぎみ（誠信《サネ》 松雄君誠信童名也）とておはせし男《おとこ》にて、この頃《ごろ》[二]春宮権大夫にておはす。今一所《いまひとゝころ》、中將（[三]齊信）と聞《きこ》ゆ。その中將、[四]この四月の祭《まつり》の使《つかひ》に出《い》で立《た》ち給《たま》ひしかば、よろづに[五]したてさせ給て、[六]おしかへして、怪《あや》しの御車《くるま》にて御覧じて、使《つかひ》の君渡《きみわた》りはて給《たま》ひにしかば、[七]こと〱は見《み》んともおぼさで帰《かへ》らせ給《たま》ひにしも、世《よ》の人思《おも》ひ出《い》でゝ悲《かな》しがる。」[八]女君達今《たちいま》三所《ところ》一《ひと》つ御腹《はら》におはするを、三の御方《かた》をば寝殿の上（御方）と聞《きこ》えて、[九]又なうかしづきゝこえ給《たま》ふ。四・五の御方《かた》〱（も）おはすれど、[一〇]この（故）女御と寝殿の御方とをのみぞ、いみじきものに思《おも》ひきこえ給ける。「[一一]女子はたゞ容貌《かたち》を思《おも》ふなり」と宣《のたま》はせけるは、四・五の御方いかにとぞ推《を》し量《はか》られける。」[一二]御忌《いみ》の頃《ころ》、この中將（齊信）の許《もと》に、齋院（19選子）より御とぶらひありける、かくなん、

[一三]色《いろ》かはる袖《そで》には露《つゆ》のいかならん思《おも》ひやるにも消《き》えぞいらるゝ

[一四]事ども。」[一五]御法事やがて法住寺にてなり。[一六]一條殿、いみじうなべての所《ところ》の様《さま》ならず、いかめしう猛《まう》におぼし掟《おき》てたりつれば、一所《ひとゝころ》うせさせ給ぬれば、いとおはしましにくげに荒《あ》れもていくも心苦《ぐる》しう。[一七]この寝殿のうへ（母敦敏少將女也）の御處分にてぞありける。よろづの物《もの》たゞ[一八]この御領にとぞ、おぼし掟《おき》てさせ給ける。」かゝる程《ほど》

一 →補二二六。二 正暦三年に東宮権大夫で侍従・備後権守を兼ね、二十九歳。三 永祚二年七月一日左中将。

為光男誠信・斉信

四 正暦三年四月二十二日の賀茂祭。紀略に賀茂祭の記事はあるが、斉信・誠信のこの日の装束の事などは本書以外の書にない。五 つくろいたてなさって。六 反対に為光は粗末な御車に乗って行列を御覧になり。七 他の事は。八 為光の女は花山院女御忯子の他に猶三・四・五の君が同腹の姉妹としておられたが。三人の母は伊尹女。

為光の女達

九 またとなく大切にし申し上げておられた。一〇 女御忯子。一一 女子は専ら容貌の如何を思うのであるといわれたについては、四・五の君は器量が余りよくないのではないかと推量された。一二 喪に服していた頃。一三 常と色の変った喪服の袖には涙の露がどんなにふりかかることか、お察し申し上げるにつけても消え入るほどに悲しまれます。一四 下に「なり」を補って解する。

斎院選子内親王の御歌

一五「今日故一条太丞相周忌法事云々、念慶師云、七僧外六十僧云々、重七僧有㆓法服㆒云々」(小右、正暦四年六月十三日)。

故為光の法事を法住寺に行う

一六 為光邸一条殿は尋常の所と異なり、すばらしい威勢で指図して造られた邸であったから、為光一人がなくなられると、(立派であるだけかえって)住みにくく、次第に荒廃してゆくの

花山院、乳母子中務を寵遇

に花山院、東《ひんがし》[一九]の院の九[20]の御方《かた》に[二〇]あからさまにおはしましける程《ほど》に、やが[21]て院の御乳母《めのと》の女《むすめ》[二一]中務といひて、明暮《あけくれ》御覧《らん》ぜし中に、何《なに》ともおぼし御覧《らん》ぜざりける、いかなる御様《さま》にかありけん、これを召《め》して御足《あし》[二二]など打《う》たせさせ給ける程《ほど》に、むつまじうならせ給て、おぼし[二三]移《うつ》りて、寺《てら》へも帰《かへ》らせ給はで、つく〴〵[二四]と日頃《ひごろ》を過《すぐ》させ給。九の御方《かた》、我見奉《わがみたてまつ》[二五]らせ給をばさるものにて、世《よ》[二六]に自《をのづか》ら漏《も》り聞《きこ》ゆる事《こと》を、わりなうかたはらいたくおぼされけり。今《いま》は[二七]この院におはしましつきて、飯むろ《入道中納言義懐》[二八]にも、世《よ》のまつりごとを掟《おき》て給《たま》ふ。世《よ》にもいと心憂《う》き事《こと》に思《おも》ひ聞《きこ》えさす。さればこそ、[二九]さやうに物狂《ものぐるを》しき御有様《ありさま》、「さる事在《をは》しましなんと思《おも》ひし事也」と、心におぼさるべし。かやうなる御有様《ありさま》[三〇]自《をのづか》らかくれなければ、御封[三一]なども奉《たてまつ》らせ給はなくて、[三二]いかに〳〵とて、后《きさい》の宮《詮子》、摂政殿など、[三三]きゝいとをしがり奉《たてまつ》らせ給て、「受領[三四]までこそ得《え》させ給《たま》はざらめ、[三五]つかさかうぶり・御封などはあべき事《こと》なり。いとかたじけなき事《こと》なり」と定《さだ》めさせ給て、さるべきつかさかうぶり・御封など奉《たてまつ》らせ給へば、いとゞ御里住心安《さとずみこゝろやす》[三六]くひたぶるにおぼされて、東(の)院の北《きた》なる所におはしまし所造《どころつく》らせ給ふ。」かくておはしますも、[三七]さすがに甘《あま》へいたくやおぼされけん、我《わが》御はらからの弾正宮《為尊》を語《かた》[三八]らひきこえさせ給て、この[三九]九の御方に聟《むこ》どりきこえさせ給ふ。「悪《あ》しからぬ事なり」とて、宮[四〇]おはし通《かよ》は

も気の毒だった。一七 一条殿は寝殿の上一人に遺された御遺産だった。一八 寝殿の上の所有にするようにと。一九 →一三〇頁注七。二〇 かりそめに通っておられるうちに。二一 平祐之の女、中務を常に見馴れておられたが格別の思し召しもなかった女を、どういう事の次第であったか。二二 足の按摩などおさせになっているうちに。二三 愛情がお移りなさって。二四 しんみりと。二五 そのような事を自分が見申し上げることはもちろん厭わしいことで。二六 世間に自然と噂の立つことを、大層にがにがしく思われた。二七 東の院にすっかり落着かれて、政治をおとりなさる。二八 横川の別所谷に籠って修行している入道中納言義懐は。「飯室」は→補一三〇。二九 あのように常軌にはずれた御様子―ひたむきに出家されたこと―は、必ずこんなことが起るだろうと心配したことだったと。三〇 なりゆき上隠れることのないことだから。三一 ミブ。食封又は封戸。皇室・諸王・諸臣の勲功・位階・職分ある者に賜わる課戸。上皇も出家された方にはなかったのであろう。三二 御不便なことだろうというので。三三 噂を聞きお気の毒に思い申し上げて。三四 受領の得分まで差上げることはできないだろうが。三五 →補二一七。三六 (東の院のような)町中の御生活がいちずに気楽に思われて。三七 (気楽とはいうものの)気ままにふるまい過ぎるように思し召されたのであろう。三八 仲間にお引入れ申して。三九 九の御方の所へ通わせ申し上げなさった。四〇 お通いなさった。「おはし」は往くの敬語。この事実は本書だけ。

花山院、弾正宮を九の御方に通わせ給う

一→一〇六頁注六。二 二、三千回と。三 毎日のお勤めを(結婚のため怠らせまいと)かえって色

花山院と弾正の宮の秀句

々気を配られた。四 なさけを知る人知らぬ人を差別せず愛される御性質である。五「去夜強盗乱コ入斎院ニ」(紀略、正暦三年十一月五日)の類を指すか。六 夜夜中を区別しない女遊びも大層気がかりである。七 簾の上辺を隠すために別に横に引渡した布。八 検非違使の追捕にあってひしがれたようだという洒落。九 いや実は弾正に追捕されて破れたのだ。上の語が弾正宮のいわれたことであるから、それに応じた機智。一〇 花山院は元来ぱっとした華やかで風流な御性質でいらっしゃったのに。一一 万事ままよと

花山院、中務の女をも寵遇

ひたすらに思し召され(道心も捨ててしまわれ)たのも。一二 (来世の事を願うべき)無常の世に、どうしてそんな振舞をなさるのだろうかとお見えなさる御有様である。一三 中務と平祐忠の間

皇太后詮子の御悩、御出家

に生まれた女。平子。一四 中務もその女も共に懐妊して。一五 常軌を逸した事件があった。一六→補二一八。一七 前々からの御物の怪の様子など、今度もそれと同じようである。→補二一九。一八 物の怪が昼夜の分ちなく気絶させ申し上げるので。一九 尼になるなどよろしくない事としきりに。二〇 全くこれがこの世の最後と。二一「こそ」の次「願はしかるべけれ」を補って解する。それではたとえ尼になっても無事でいられることが願わしい事であるというので。二二 出家された。「戌刻、皇太后落飾為レ尼」(紀

せ給《たま》ふ。九の御方、年月《とし》いみじき御道心[一]にて、法花經[二]三千部と讀《よ》ませ給て、たゞ[三]明暮《あけくれ》の御行《をこな》ひを、中〳〵よろづおぼさるべし。」彈正宮いみじう色《いろ》めかしうおはしまして、[四]知《し》る知《し》らぬ分《わ》かぬ御心なり。[五]世《よ》の中の騷《さはが》しき頃《ころ》、[六]夜夜中分《よるよなかわ》かぬ御ありきもいとうしろめたげなり。おはします所《ところ》の[七]御簾《みす》の帽額《もかう》の破《や》れたれば、宮、「[八][22]檢非違使《けびゐし》にあひたる御簾《みす》の縁《へり》かな」と宣《のたま》はすれば、院「[九]されど彈正にこそあひて侍《はべ》れ」など宣《のたま》はするもおかし。院[一〇]ものゝはえあり、おかしうおはしましゝに、まいて今《いま》は[一一]何事もさばれと、ひたぶるにおぼしめしたるも、[一二]はかなき世《よ》になどかさはと見《み》えさせ給。」かゝる程《ほど》に[一三]中務が女《むすめ》、若狹守《わかさのかみ》すけ《祐》たゞ《忠》といひけるが生《む》ませたりけるも召《め》し出《い》でゝ使《つか》はせ給ほどに、[一四]親子《おやこ》ながらたゞならずなりて、[一五]けしからぬ事どもありけり。九の御方、いと心憂《う》くあさましうおぼさるべし。あはれなる御有様《ありさま》なり。」たゞ今世《いまよ》にいみじき事には、[一六][23]后《きさい》のみや《詮子》悩《なや》ませ給。世《よ》のたゞ今《いま》の大事にのみ思《おも》ふ程《ほど》に、[一七]さき〴〵の御物のけのけしきなど例《れい》の事なり。すべておはしますべき様《さま》ならず。内も行幸などせさせ給ひて、よろづにおぼし惑《まど》はせ給ふ。ともすれば[一八]夜晝《よるひる》わかず取《と》りいれ〳〵奉《たてまつ》れば、「今《いま》はたゞいかで尼《あま》になりなん」と宣《のたま》はするを、殿《との》ばらも、暫《しば》しは[一九]さるまじき事にのみおぼし申《まう》し給へど、[二〇]さらに限《かぎり》と見《み》えさせ給へば、「[二一]さば、とてもかくてもおはし

まさんのみこそ」とて、[24][二二]ならせ給ぬ。あさましういみじき事なれど、[二三]平《たいら》かにおはしまさんの本意《ほい》なるべし。さて[二四]世《よ》にある事の限《かぎり》しつくさせ給て、[二五]又かくもならせ給《たま》ひぬればにや、御悩《なやみ》もよろしうならせ給ぬ。石山に年毎《としごと》に[二六]おはしまさん限《かぎり》は詣《まい》らせ給ひ、長谷寺・住吉などに、皆詣《みなまい》らせ給べき御願どもいみじかりければにや、[二七]怠《をこた》らせ給ぬ。内にも嬉《うれ》しき御事に[二八]おぼしきこえさせ給ともおろかなり。」[二九]御年《とし》も三十ばかりにおはしまし、いみじう[三〇]あたらしき御様《おほんさま》にて、あさましう口惜《くちを》しき御事なれども、[三一]譲位《おりゐ》のみかどに準《なぞら》へて女院と聞《きこ》えさす。さて年[三二]官年爵得《え》させ給《たま》ふべきなり。[三三]年《とし》ごとの祭《まつり》の使《つかひ》も止《とゞま》りて、たゞ[三四]陣屋などもなくて心安《やす》きものから、めでたき御有様《ありさま》なり。女院の[三五]判官代などに[三六]かたほなるならず選《えら》びなさせ給へり。」さてその年《とし》の内《うち》に、[25][三七]長谷寺に詣《まい》らせ給ぬ。御供《とも》には、上達部・殿上人[三八]年若《としわか》くいみじき、狩衣姿《かりぎぬすがた》をしたり。[三九]おとな殿原(は)、直衣《なをし》にて仕《つか》うまつり給《たま》ふ。[四〇]摂政殿御車《くるま》にて仕《つか》うまつらせ給へり。院は[四一]唐《から》の御車《くるま》に奉《たてまつ》れり。女房車《ぐるま》の前《さき》に、尼《あま》の車《くるま》をたてさせ給《たま》へり。いみじき見物《もの》なり。[四二]年頃候《としごろさぶら》へるもさらぬも、尼《あま》十人ばかり候《さぶら》ふ。[四三]みゆきとて童《わらは》にて候《さぶら》ひしが、御供《とも》に尼《あま》になりにしかば、[四四]りばた《縦姿多》とつけさせ給《たま》へり。童《わらは》べ年頃使《としごろつか》はせ給《たま》はざりしも今《いま》ぞ多《おほ》く参《まい》り集《あつま》りたれば、[四五]ほめき・すいき・はなこ・しきみなど様《さま》〲つけさせ給へり。さて

略、正暦二年九月十六日)。二三 無事でいらっしゃろうという。二四 病気平癒について、この世でできるすべてを尽され。二五 出家されたからであろうか。二六 在世中はいつも。二七 病気が平癒された。二八 思い申し上げなさったなどというのも十分でない程のお喜びであった。二九「正暦二年九月十六日出家、年卅一」(大鏡裏書)。三〇 若く、出家されるのは惜しい程の。三一 上皇に準じて女院(東三条)と申し上げた。三二 ツカサコウブリ。↓補二一七。三三 毎年賀茂祭以下の祭に中宮から奉幣使を遣↓補二二〇。

東三条女院と号す

されるが、女院になられたのでそれもなくなり。三四 (女院故に)后の宮時代の衛士の詰める陣屋もなくなり、気楽ではあるものの、やはり女院は結構な御有様である。三五 別当・預等と共に院司の一員。五位または六位で、容貌器量の整った者を選ぶ。

東三条女院長谷詣

三六 容姿の醜くない者を選んで。三七「十五日、東三条院自㆓式曹司㆒参㆓詣長谷寺㆒」(百錬、正暦二年十月)。三八 年の若い立派な公卿殿上人は。三九 年の多い重々しい殿方は。四〇 道隆。四一 唐庇(からびさし)の車。上皇・皇后・東宮・准后・親王・摂関等の乗用に供する。四二 年来女院の許にお仕えしていた者も、そうでない新参の者も。四三 みゆきという名で女童としてお仕えしていた者が。四四 元来は羅漢の名(法華経序品に見える)。四五「いぬき」(源氏、若紫)、「なれき」(竹河)、「こもき」(手習)の類の呼名で、「き」は公または君の略であろう。「はなこ」は花籠、「しきみ」は樒から来たもの。

[一]詣《まい》らせ給て、めでたき様《さま》に佛にも仕《つか》うまつらせ給てぞ、[二]僧をもかへりみさせ給て、歸《かへ》らせ給《たま》ひぬ。かくて[三]今年《ことし》は二三月ばかりに、住吉《すみよし》へとおぼしめしける。かやうにてあらまほしき御有様《ありさま》にて過《すぐ》させ給。」[四]山《やま》の井《ゐ》の中納言にておはするに、小千代君《こちよぎみ》、宰相中將にておはするを、[26][五]攝政殿安《やす》からずおぼして、[六]引《ひ》き越《こ》して大納言になし奉《たてまつ》らせ給《たま》ひつ。山の井いと心憂《こゝろう》く思《おも》ひきこえ給《たま》へり。」かゝる程《ほど》に[七]閑院の大將いみじうわづらひ給て、[27]大將辭し給《たま》へれば、粟田《あはた》殿ならせ給ぬ。小一條の大將左になり給て、[八]この殿《との》右になり給《たま》ひぬ。女院の后《きさき》におはしましゝ折《おり》、[九]正の亮今《いま》は皆《みな》三位になりてめでたし。」[一〇]粟田どのゝ御女《むすめ》、藤三位(師輔公女)の腹《はら》の御[一一]君に裳著《もき》せさせ奉《たてまつ》らんとのゝしれば、[一二]粟田《あはた》殿心よりほかにおぼせど、[一三]さべうい[28]ひしらせ給《たま》ふ。」かくて攝政殿をば、[一四]みかどおとなびさせ給ぬれば、[一五]關白殿と聞《きこ》えさす。中姫君《ひめぎみ》十四五ばかりにならせ給ぬ。[29][一六]東宮に參《まい》らせ奉《たてまつ》り給《たま》ふ有様《ありさま》、華《はな》〳〵とめでたし。さて參《まい》らせ給ぬれば、[一七]宣耀殿はまかで給《たま》ひぬ。[一八]淑景舍にぞ住《す》ませ給。[一九]何事もたゞかやうなれば、いはん方《かた》なくめでたし。女御の御心ざまも華《はな》やかに今《いま》めかしう、[二〇]さまあしき御有様《ありさま》也。年頃《としごろ》宣耀殿を見奉《みたてまつ》りたる心地《こゝち》に、これは事《こと》にふれ今《いま》めかしうおぼさる。女御も[二一]かうもてなすとおぼさねど、御衣《ぞ》の重《かさな》りたる裾《すそ》つき・袖口《そでぐち》などぞ、いみじうめでたく御覧ぜられける。[二二]何事も女

一 長谷寺に参詣されて。二 僧にも被け物など賜わって。三 ↓補二二一。四 山の井(道頼)が中納言でおられるのに、弟の小千代君(伊周)が宰相中将でいるのを。ただし伊周の宰相中将は前文には中納言とあった(↓一三二頁)。五 道隆。

伊周大納言、済時・道兼左右大将

六 兄をとび越えて伊周を。伊周の任権大納言は正暦三年八月二十八日。七 閑院朝光の大将辞任は、永延三年六月(補任)、正暦三年より四年前。済時(小一条)・道兼が左右大将に転じたのは永祚二年六月。八 道兼。九 ↓補二二二。一〇 道兼の御女で、藤三位の腹に生まれた君(尊

道兼女裳着

子)に。一一 補↓二二三。一二 道兼は考えてもみないことと冷淡に。一三 とにかく然るべく裳着

道隆、摂政を改め関白となり、中の君東宮に参る

の指図をされた。一四 帝十四歳。一五 ↓補二二四。一六 長徳元年正月十九日(紀略・小右)。枕草子、淑景舎東宮に参り給ふ程の段参照。一七 済時女娍子。一八 シゲイシャ。内裏五舎の一。桐壺ともいう。一九 華やかに参内された上、宣耀殿も退出され、御寵愛を専らにするというふうだから。二〇 外聞悪い程の御寵愛を受けておられた。二一 わざと今めかしく見せようとされるのではないが。二二 女房の服装をはじめ万事大勢の人々が参集した上の事故、結構ずくめでとかくの批評を申し上ぐべき限りでない。二三 姉妹の中において。二四 そのままにもおかれようかといって。二五 敦道親王。親王と道隆三女の結婚の

房のなりなども、人〳〵そこらもて参《まい》り集《あつま》れば、善悪《よしあし》を人の聞《きこ》ゆべきにあらず。」三の御方[二三]皆《みな》が中に少《すこ》し御かたちも心ざまもいと若《わか》うおはすれど、[二四]「さのみやは」とて、[30][二五]帥宮にあはせ奉《たてまつ》らせ給つ。[二六]宮《みや》の御心ざし、世《よ》の御ひゞき煩《わづらは》しうおぼされたれば、あはれなり。我《わが》御心ざしは夢《ゆめ》になし。[二七]殿も理《ことはり》に、取《と》り分《わ》きおぼし見奉《みたてまつ》らせ給ふ。されど[二八]南《みなみ》の院に迎《むか》へ奉《たてまつ》らせ給《たま》ひぬれば、あべき限《かぎり》にておはします。四の君の御方いと若《わか》うおはすれど、[二九]内の御匣殿《みくしげどの》と聞《きこ》えさす。」[三〇]この御腹《はら》のあるが中《なか》の弟《おとうと》の君《きみ》は、[三一]三位中将《隆家》になしきこえ給《たま》ひつ。[三二]六條の右の大《おほ》いど《重信》の、[31]いみじきものにかしづき給《たま》ふ姫君《ひめぎみ》に[三三]聟《むこ》どり給《たま》ひつ。大臣《おとゞ》、[三四]御年《とし》など老《お》い給にたるに、この三位の中將の御事を[三五]いみじき事《こと》におぼして、夜《よ》さりは夜中ばかりにおはするにも、我《われ》は大殿籠《おほとのごも》らでよろづをまつりごち給も、あはれにいみじき御心ざしを、この中將の君夢《きみゆめ》におぼしたらず、[32]景齊《かげまさ》の[三六]大進の女《むすめ》をいみじき物《もの》におぼいて、この姫君《ひめぎみ》の御ために[三七]いみじうおろかにおはすれば、關白殿《道隆》いとか[三八]たはらいたうかたじけなき事に宣《のたま》はすれど、男《おとこ》の心は[三九]いふかひなげなり。」かくて[四〇]一條の太政大臣《おほきおとゞ》の家《いゑ》をば女院領《らう》ぜさせ給て、いみじう造《つく》らせ給て、みかどの[四一]後院におぼしめすなるべし。」[34][四三]大納言どの《道長》は、[四二]土御門《つちみかど》の上《うへ》も宮の御方《かた》も、[33]皆《みな》男《おとこ》君をぞ生《う》み奉《たてまつ》らせ給《たま》ひける。とのゝ若《わか》君をば、たづ君と〔ぞ〕*つけ奉《たてまつ》らせ給

事は大鏡、道隆伝に詳しい。二六 帥宮の愛情は、三の君に対する世の噂をうるさく思っていたか

道隆三の君、敦道親王と結婚

ら、お気の毒である。事実深い愛情は全くなかった。↓補二二五。二七 道隆も宮が三の君を愛していないことを道理として、特別大事に後見をされた。二八 宮も御心中はともかくとして、三の君を南の院へお迎えになられたので、親王妃として理想的な有様でいらっしゃる。↓補二二六。二九 主上付の御匣殿。三〇 四の君と同胞

隆家、六条右大臣女と結婚

(母は高内侍貴子)のうち末子(隆家)は。三一 正暦四年三月任左中将、同五年八月叙従三位。三二 敦実親王の御子、土御門左大臣雅信の弟で六条と号した。ここは左大臣とあるべきところ。三三 隆家を聟として迎えられた。三四 正暦五年七十三歳。(重信は同年八月二十八日転左大臣。)三五 すばらしい事に思われて、隆家が夜ふけて来る時にも、大臣自身は寝ずに万事お世話なさるのも。このあたり源氏、紅葉賀に、左大臣が聟の源氏を厚遇する所に似ている。三六 中宮大進か。隆家と景斉女の結婚の事は分脈以外に見当らない。三七 疎略でいらっしゃるから。三八 はたで見ていてはらはらしたり、重信に対して恐

東三条女院一条殿を領し給う

れ多い事と。三九 いうだけの効果のないものだ。四〇 一条殿。↓一三四頁注一六。四一 天皇御譲位

頼通・頼宗の誕生

後の御在所。四二 鷹司殿倫子と高松殿明子。四三 土御門殿の上の若君。頼通。童名鶴君(大

鏡・要記)、御堂関白記は田鶴・田鶴丸等と書く。

東宮女御たちの御有様

橘三位腹の道隆の子女

一 宮「宮の御方のをは」。明子所生の若君を。二 東三条女院の乳母。三 巌君(権記)。頼宗の童名。御堂には異葉丸・巌等と見え、大鏡は石君と書く。ともに正暦三年の誕生。四 橘典侍に同じ。橘清子。三位に叙せられたのは寛弘七年。山の井(道頼)の子をも生んだ。↓補二二七。五 懐妊された。六 父済時は。七 東宮が女御を寵愛された事に報いることができたと。八 そのまま里に退出するのに適当な時期だと。九 よからぬ評判。鳥辺野巻によれば、源頼定と不義の名が立った事。しかしそれは長徳頃であるから、二、三年後の事となる。一〇 衷心から大事にしなければならぬ筋の人としては。一一 いたわり気を使わなければならぬ筋の人としては。

伊周内大臣となる

一二 不義をしてもそれ程重大な事とは思っておられない。

土御門左大臣雅信の薨去

一三 左大臣源雅信。薨去の事は、権記・小右目録・紀略・世紀・補任等七十四歳。一四 道長。一五 穆子。一六 女の道長室倫子が懐妊したのを、雅信は安産を見届けて死にたいと思われながら。正暦五年三月誕生の妍子のことか。一七 関白殿は道隆、入道殿は兼家。

道隆、有国父子の官を奪う

ける。[一]宮の御方《かた》をば、[二]院の御前の乳母《めのとと》より〔わき〕*よろづに扱《あつか》ひ知《し》らせ給て、い[三]はぎみ《頼宗也》とつけ奉《たてまつ》り給《たま》へり。」 [四]橘三位の腹《はら》に關白殿の御子《こ》とて、男女《おとこをんな》などおはす。又山《やま》の井の御子《こ》もあり。」 かくて宣耀殿《娍子 濟時女也》、月ごろたゞ[五]にもおはせずなりにけり。[六]大將殿いみじき事におぼし祈《いの》らせ給《たま》ふ。[七]東宮の御心ざしのかひありて思《おも》ひきこえさせ給《たま》へり。この頃《ごろ》は淑景舍《道隆第二女》候《さぶら》はせ給へば、「[八]やがてよき折《をり》なり」とおぼしめしけり。麗景殿《綏子 兼家第三女》はさとにのみおはしまして、[35][九]けしからぬ名《な》をのみ取《と》り給《たま》ふ。東宮たゞ今《いま》は、人知《し》れず[一〇]まめやかにやん事なき方《かた》には宣耀殿をおぼしたり。[一一]いたはしう煩《わづらは》しき方《かた》には淑景舍を思《おも》ひきこえさせ給へれば、わざとも麗景殿《れいけいでん》までは[一二]さしもおぼしたらず。」 [36]かくて小千代君《こちよぎみ》内大臣になら《り》せ給《たま》ひぬ。御年《とし》廿ばかりなり。中宮大夫殿《道長》いとことのほかにあさましうおぼされて、ことに出《い》で交《まじ》らはせ給《たま》はずなりもてゆく。」 [一三]土御門《つちみかど》の大臣《おとゞ》も、[37]正暦四年七月廿九日にうせさせ給にしかば、[一四]大納言殿や君達《きんだち》、さし集《あつま》りて扱《あつか》ひきこえさせ給《たま》ふ、いとあはれなり。御年《とし》も七十ばかりにならせ給《たま》ひぬれば、理《ことはり》の御事なれど、殿の[一五]上《うへ》いみじくおぼし歎《なげ》きたり。後《のち》〳〵の御ことゞもあべき限《かぎり》にて過《す》ぎさせ給《たま》ひぬ。[一六]大納言〔殿〕*の上《うへ》、たゞにもあらぬ御有様《ありさま》を、おほ(い)殿は「これを見果《みは》てゝ」とおぼしつゝぞ、うせさせ給《たま》ひける。」 [一七]關白殿は、入道殿うせさせ給《たま》ひて二年ばかりありて、有國を皆官位《みなつかさくらゐ》もとらせ給て、押《お》い籠《こ》[一八]めさせ給てしを、粟田《あはた》[一九]殿も大納言殿も、心憂《う》き事《こと》におぼし宣《のたま》はす。[二〇]惟仲をば左大弁にていみじうもてなさせ給《たま》へり。その折《おり》いみじうあはれなる事にぞ、世《よ》の人も思《おも》ひたりし。[二一]まだそのまゝにて、子《貞順》は丹波守にてありしも取《と》らせ給《たま》へりしかば、あさましう心憂《う》し。」はかなく年《とし》も暮《く》れて正暦五年といふ。いかなるにか今年《ことし》[二二]世中騒《さはが》しう、春[38]よりわづらふ人〳〵多《おほ》く、道大路《みちおほぢ》にもゆゝ[二三]しき物ども多《おほ》かり。かゝる折《をり》しも、宣耀殿もたゞ[二四]ならず、今年《ことし》にあたらせ給《たま》へり。」[二五]土御門殿の上もかうものせさせ給へば、世《よ》の騒《さはが》しきにいかに〳〵とおぼしめす程《ほど》に、三月ばかりに土御門《つちみかど》殿の上《うへ》、いと平《たひら》かに[39]女君生《ぎみむま》れ給《たま》ひぬ。恐《おそろ》しき世《よ》に嬉《うれ》しき事《こと》におぼされたり。」五月十日の程《ほど》に、宣耀殿御[二六]けしきありておはします。東宮より御使頻《つかひしきり》なり。大将どの《濟時》、いかに〳〵とおぼし騒《さは》ぐほどに、[二七][40]限《かぎり》なき男《おとこ》宮生《むま》れ給へり。大将殿よろこび泣《な》きし給て、よにめでたき御有様《ありさま》におぼし掟《をき》てたり。あらまほしうめでたくて、七日の[二八]程《ほど》も過《す》ぎぬ。よろづ推《お》し量《はか》るべし。御乳母《めのとまい》参り集《あつま》る。東宮はいつしかと、まだ[二九]見《み》ぬ人の(ゆかしく)戀《こひ》しうと思《おも》ひきこえさせ給。「げにいかで疾《と》く御覧ぜさせばや。昔《むかし》[三〇]の宮達《たち》は五七にてこそ御對面《たいめん》はありけれ」など、祖[三一]父殿《どの》いと古體《こたい》[三二]におぼしのどめ給《たま》へれど、宮には、たゞ「疾《と》く〳〵いらせ給へ」と、急《いそ》がせ給《たま》ふ。

一八「押い籠め」は押し籠めの音便。家に籠居させなさったのを。↓補二二八。

一九 粟田殿は道兼、大納言殿は道長。

二〇 (有国と共に兼家から左右の眼であるといわれた)惟仲を左大弁に任じて道隆は厚遇された。惟仲の左大弁は正暦五年九月八日(補任)。一年後のこと。

正暦五年疫病流行

二一 有国は官位を奪われたままで今日まだ許されずにおり、子の貞順は丹波守であったが(小右、永祚元年二月一日「貞順朝臣任二丹波一」)、それをも職を剝奪されたので。

道長女妍子誕生

二二 ↓補二二九。

二三 死骸のような忌まわしいものが。二四 懐妊して、その出産が今年の予定であった。

東宮の御子敦明誕生

二五 倫子も同じようでいらっしゃったので。

二六 産気づかれて。

二七 三条院第一皇子敦明親王。「九日、庚申、此日寅時春宮女御有二御産一、男児也、左大将藤原済時卿女子也」(世紀、正暦五年五月)。紀略も同じ。十日は誤。

二八 七夜までの産養の儀も過ぎた。

二九 新皇子が早く見たく恋しいと。

三〇「皇子達は御対面とて五つや七つなどにてぞ昔はありける」(浦〳〵の別)。「内親王年七八歳有二初謁事一」(新儀式)。「延長第四公王(勤子内親王)…年纔七歳初謁二先帝(醍醐)一」(倭名抄序)。

三一 オオジドノ。済時。

三二 昔風にのんきに考えておられるが。

よろづよりも世中いと騒《さはが》しければ、[一]關白殿《どの》も女院も、よろづに恐《おそろ》しき事《こと》をおぼしたり。[二]今年《ことし》に來年《らいねん》まさるべしと聞《きこ》ゆれば、いと恐《おそろ》しくおぼさる。」かくて粟[三]《あは》田《た》殿の北方の親《した》しき御有様《ありさま》にや、村上の先帝の九[41][四]の宮入道して石藏[五]にぞおはします、[42]又[六]兵部卿の宮《みや》と聞《きこ》えさする、御同《おな》じはらからに三宮と聞《きこ》えさせし、それも入道して同《おな》[七]じ所《ところ》におはします。兵部卿の宮、この左《ひだり》[八]の大《おほ》いどのゝ外腹《ほかばら》の女《むすめ》に住《す》み奉《たてまつ》り給て、[九]男宮達《おとこみやたち》二人おはしましけるを、一所《ひとところ》は、(この)[一〇]大納言殿の御子《こ》にし奉《たてまつ》らせ給て、[一一]少將と聞《きこ》えしおはす。今一所《いまひとところ》は、[一二]小《ちゐさ》うより法師になし奉《たてまつ》りて、[一三]宮のおはします同《おな》じ所《ところ》にぞおはしましける。九宮は、[一四]九條殿の御子入道の少將[高光]多武峯の君と聞《きこ》えし、童名《わらはな》はまちをさと聞《きこ》えしが(御むすめに)住《す》み給へりける。[一五]いとうつくしき姫宮《ひめみや》出《い》でおはしましたりけるを、いと見捨《みす》て難《がた》うおぼしければ、[一六]世中はかなかりければおぼし捨《す》てゝけるなりけり。」このひめぎみ[昭平親王女]、いみじう美《うつく》しうおはするを粟田殿聞《きこ》しめして、[一七]この宮《みや》を迎《むか》へ奉《たてまつ》りて、子《こ》にし奉《たてまつ》りてかしづきゝこえ給程《ほど》に、[43][一八]さるべき人〳〵訪《おとづ》れきこえ給人多《おほ》かりけれど、きゝ入《い》れ給《たま》はぬ程《ほど》に、故三條[頼忠廉義公]の大殿の權中將[公任][一九]せちに聞《きこ》え給《たま》ふ。[二〇]はかなき御文《ふみ》がきも人よりはおかしうおぼされければ、[二一]おぼし立《た》ちて取《と》り奉《たてまつ》り給《たま》ふ。[二二]二條どのゝ東《ひんがし》の對《たい》[二三]をいみじうしつらひて、[二四]恥《はぢ》なき程《ほど》の女房十人・童《わらは》二人・下仕《しもつかへ》二人して、[二五]ある

一 関白殿は道隆、女院は東三条院詮子。二 疫病は今年に比べて来年は一層流行するだろうという噂だから。

道兼、昭平親王女を養女とす

三 後の「粟田殿聞しめして」へ続く。ただしこの間に村上帝九の宮と三の宮に関する長文が挿入された。道兼北の方が親しくしている御関係からだろうか、道兼は九の宮の御女の事を耳にされて、これを自分の所へ迎え養女として大切にしているうちに。道兼北の方と昭平親王北の方とは従姉妹同士。四 紹運録に「永観二出家、住二三井一後、移二岩蔵一、号二岩蔵宮一、又入道九宮、母同二致平一」とある。五 岩蔵ともいう。山城国愛宕郡岩倉(京都市左京区)大雲寺。六 兵部卿宮と申し上げた方は九の宮の御同胞で、三の宮と申し上げた方であるが。七 紹運録に「天元三五十一出家、法名悟円、住二三井明王院一智弁入室」とあって、同じ所ではない。八 左大臣雅信の庶腹の女を妻とされて。↓補二三〇。九 成信と永円。以下はその説明。一〇 道長。一一 成信。↓補二三一。一二 幼少の時から法師におさせ申し上げて。永円のこと。

公任、昭平親王女と結婚

一三 致平親王。一四 九条師輔の御子で、多武峯入道少将と申し上げ、その幼名は「まちをさ」と申し上げた方の御女を妻としておられた。昭平親王の北の方は少将高光(↓四九頁)の女である。このことも本書のみ。一五 大層可愛い。一六 世の中が無常であったからお捨てなさったのであった。一七 昭平親王女。このことも本書のみ。一八 求婚されるにふさわしい人々で、文など通わせなさる人も多かったが。一九 しきりに求婚申し上げなさった。↓補二三二。二〇 ちょっと

べき程《ほど》にめやすくしたてゝおはしそめさせ給《たま》ふ。姫《ひめ》君の御有様《ありさま》いみじう美《うつく》しければ、[二六]いとかひありて思《おも》ひきこえ給へり。さてしばし[二七]ありき給て、猶かゝる有《あり》様《さま》つゝましとて、[二八]四條の宮の西《にし》の對《たい》をいみじうしつらひて、迎《むか》へきこえ給《たま》ひつ。宮〔遵子〕も[二九]女御〔頼忠第一女〕どのも、[三〇]いと嬉《うれ》しき御仲《なか》らひにおぼして、御對面《たいめん》などあり。いとあらまほしき様《さま》なれば、粟田《あはた》殿いとお[三一]ぼすさまに聞《きこ》え交《かは》し給《たま》ふ。」又一[三二]條の太政《おほき》大臣《おとゞ》(の)御子《こ》の中[三三]將をぞ我子《わがこ》にし給て、[三四]この北方の御弟《をとうと》をあはせ奉《たてまつ》り給て、よろづに扱《あつか》ひきこえ給《たま》ふ。」かゝる程《ほど》に冬つ方《かた》になりて、關白殿水[三五]をのみきこしめして、いみじう細《ほそ》らせ給《たま》へりといふ事ありて、内などにもおさ〳〵參《まゐ》らせ給《たま》はず。この二[三六]位の新發心を惑《まど》はして御祈《いのり》をし、いみじき事どもをす。北方お[三七]ぼしいたらぬ事なし。世[三八]の騷《さはが》しさ冬になりて少《すこ》し心のどかになりぬれば、世《よ》の人もうちたゆみ、「嬉《うれ》し」と思《おも》ふに、との[三九]ゝ御心地《こゝち》のたゞならぬをぞ、世《よ》の大事に思《おも》ふめる。」内大臣殿〔伊周〕のまつぎみ〔道雅〕おかしげにておはするに、女君達《をんなぎみたち》もい[四〇]とうつくしうて生《むま》れ給《たま》へれば、后《きさき》[四一]がねとかしづきゝこえ給《たま》ふ。この[四二]殿《との》は、御かたち[44]も身《み》の才《ざえ》も、この世《よ》の上達部《かんだちめ》には餘《あま》[四三]り給《たま》へりとまでいはれ給に、ゆ[四四]ゝしきまで思《おも》ひきこえ給も理《ことはり》なりと見《み》えさせ給。この御はら〔から〕*の三郎、法師になして、[45]僧都〔隆圓〕になしきこえ給《たま》ふ。その御弟《をとうと》は、[四五]中納言〔隆家〕にておはす。[四六]山の井は、故《こ》との

書いて寄こされる手紙の書きぶりも、公任のは他の人に比べて趣深く思われたので。二一 決心して公任を聟にお迎えなさった。定頼の誕生は正暦三年。結婚を正暦五年の所に書くのは誤。二二 道兼の邸。二三 立派に飾り付けを整えて。二四 器量・容貌など恥しくないような。二五 できるだけ立派につくろいたてて公任を通わせ初めなさった。二六 公任も聟になりがいがあったと。二七 暫くの間姫君の許に通われたが、やはりそうした事は宮の御女故遠慮されるというので。

道信、道兼北の方の妹と結婚

二八 ↓補二三三。二九 遵子の妹。花山院女御。

関白道隆病悩

三〇 (同胞の公任が姫君を北の方にしたことを)大層嬉しい間柄だと思われ、御対面などされた。三一 思いどおりの有様として公任と文通などなさった。三二 為光。三三 道信は兼家の養子(分脈・紀略、寛和二年十月二十一日条)。道兼の養子は誤。三四 この北の方(遠量女)の妹をこれにめあわせて。三五 飲水病(↓七一頁注二)のこと。「正暦五年十一月十三日、博陸〔道隆〕所悩事」(小右目録)。三六 新発はシボチ。普通新発意と書く。新たに発心して仏道にはいった者。道隆の舅高階成忠。出家したのは正暦二年十月。

伊周の子と兄弟

三七 治療の為にあらゆる手段を尽した。三八 流行病は。三九 道隆の病気が。四〇 大層可愛い姫君として。四一 将来の后として。四二 伊周。四三 もったいない程であるとまで。四四 (美しすぎて若死などするのではないかと)不吉な程に。四五 長徳元年四月六日任権中納言。四六 ↓補二三四。

ゝ御心掟《をきて》おぼし出《い》でゝ、大納言《道頼》になしきこえ給《たま》へり。かくて關白殿、水きこしめす事やませ給《たま》はで、いと恐《おそろ》しうて年《とし》も暮《く》れもてゆく。」[一]東宮には宣耀殿のわか宮《敦明》率《ゐ》て入《い》り奉《たてまつ》り給て、[二]いみじうこと御心なく、つと抱《いだ》きもて扱《あつか》ひうつくしみ奉《たてまつ》らせ給ふ。」年《とし》もかへりぬ。内には[三]中宮竝《なら》びなき様《さま》にておはします。東宮は[四]淑景舍いかにと見奉《みたてまつ》る。[46]かくて長徳元年正月より[五]世《よ》の中いと騒《さはが》しうなりたちぬれば、殘《のこ》るべうも思《おも》ひたらぬ、いとあはれなり。[六]女院には、[七]關白殿の御心地をぞ恐《おそろ》しうおぼすかたはさるものにて、「[八]世中心のどかにしもおぼし掟《をき》てずや」と、さまゞゝおぼし亂《みだ》れさせ給ふ。今年《ことし》はまづ下人《しも》などは、いといみじうたゞ[九]この頃《ごろ》の程《ほど》にうせはてぬらんと見《み》ゆ。四位・五位などの亡《な》くなるをば更《さら》にもいはず、「[一〇]今《いま》は上《かみ》にあがりぬべし」などいふ。」いと恐《おそろ》しき事限《かぎり》なきに、三月ばかりになりぬれば、關白殿の御惱《なやみ》もいとたのもしげなくおはしますに、内に夜《よ》の程參《ほどまい》[一一]らせ給て、「かくてみだり[一二]心地《ごゝち》いたく惡《あ》しく候《さぶら》へば、この程《ほど》のまつりごとは内大臣《伊周》行《おこな》ふべき宣旨下《くだ》させ給へ」と奏《そう》せさせ給《たま》へば、「[一三]げにさば、かう苦《くる》しうし給《たま》はん程《ほど》は、などかは」とおぼしめして、[一四]三月八日の宣旨《せんじ》に、「關白病《やまひ》の間《あひだ》殿上及《をよ》び百官執《施》行」とあるよし宣旨くだりぬれば、内大臣殿よろづにまつりごち給。」かゝる程《ほど》に、閑院の大納言《朝光年卌五》[一五]世《よ》の中心地にわづらひて、[一六]三月廿日う

一 宣耀殿女御娍子のお生みした若宮をお連れして御所へ参った。 二 (東宮は大層喜んで)すべ

東宮、若宮と御対面

てを忘れじっと若宮を抱いてお世話し可愛がり申し上げなさる。 三 定子中宮が並ぶもののない

長徳元年、疫病益々甚し

有様で。 四 淑景舎の女御をどのようにお扱いなさるだろうかと人々は危ぶんでお見申し上げる。 五 悪疫がまたもり返した勢で流行し出したので、(この疫病のために)誰も生き残れそうにも思っていないのは。 六 東三条女院詮子。 七 道隆の御病気を恐しく思われることはもちろんだが。 八 落着いて政治上の事を指図なさることもできなくなるのではなかろうかと。 九 またたくまに皆死んでしまうだろうと。 一〇 今度は上層階級にも流行するだろう。→補一三五。 一一 道隆自身。 一二 病気がひどく悪うございますから。 一三 一条帝の御意。道隆のいうとおりそれならば、こんなに苦しんでいる間は、内大臣に政治

内大臣伊周内覧の宣旨

をとらせることは何の差支えがあろう。 一四 →補一三六。 一五 流行病に罹って。 一六「廿日、丙寅、正二位大納言藤原朝臣朝光薨〈年卌五〉」(紀略、長徳元年三月)。→補一三七。 一七 明日のわが身は同じように死ぬのかそれは分らないが、今日はこうして人の死んでゆくのが悲しい—これが現実とみえる。「あす知らぬわが身と思へどくれぬ間の今日は人こそ悲しかりけれ」(古今、哀傷、貫之)。 一八 胸がどきどきして。「人にあは

閑院大納言朝光の薨去

せ給《たま》ひぬ。あはれにいみじき事なり。」「[一七]あすは*知《し》らず、今《いま》はかうなめり」と、さべき殿《との》ばら、[一八]胸走《むねはし》り恐《おそろ》しうおぼさるゝに、關白殿の[一九]御心地《こゝち》いと重《おも》し。[二〇]四月六日出家せさせ給《たま》ふ。あはれに悲《かな》しき事におぼし惑《まど》ふ。[二一]北方やがて尼《あま》になり給《たま》ひぬ。[47][二二]さるは内大臣殿、昨日《きのふ》ぞ隨身など様《さま》〲えさせ給へる。かくて「あはれにいかに〱」と殿の内《うち》おぼし惑《まど》ふに、[二三]四月十日、入道殿うせさせ給《たま》ひぬ。あないみじと世《よ》のゝしりたり。」内大臣殿の御まつりごとは、[48]とのゝ御病《やまひ》の間《あひだ》とこそ宣旨《せむじ》あるに、やがてうせ給《たま》ひぬれば、「[二四]この殿《との》いかなる事《こと》にか」と、世《よ》の人、[二五]世《よ》のはかなさよりもこれを大事にさゞめき騒《さは》ぐ。内大臣殿は、たゞ[二六]我《われ》のみよろづにまつりごちおぼいたれど、[二七]大方《おほかた》の世《よ》にはかなううち傾《かたぶ》きいふ人〲多《おほ》かり。[二八]大《おほ》とのゝ御葬送《さうそう》、[二九]賀茂《かも》の祭過《まつりすぐ》してあるべし。[三〇]その程《ほど》もいと折惡《をりあ》しういとをしげなり。[三一]かゝる(御)思《おも》ひなれども、[三二]あべきことゞも皆《みな》おぼし掟《おき》て、[三三]人の衣袴《きぬはかま》の丈《たけ》伸《の》べ縮《しゞ》め制《せい》せさせ給《たま》ふ。「たゞ今《いま》(は)[三四]いとかゝらでもと、知《し》らず顔《がほ》にてもまづ御忌《いみ》の程《ほど》は過《すぐ》させ給へかし」と、[三五]もどかしう聞《きこ》え思《おも》ふ人〲あるべし。[三六]北方の御兄《せうと》の何《なに》くれの守《かみ》ども、「[三七]いかなるべき事にか」と思《おも》ひあはてたり。[三八]二位の新《しん》發意《ぼち》この御忌《いみ》にも籠《こも》らで、さべき僧どもして様《さま》[三九]〲の御祈《いのり》ども行《おこな》はせて、[四〇]手を額《ひたひ》にあてゝ夜晝祈《よるひるいの》り申《まう》す。」「あないみじ」といひ思《おも》ふ程《ほど》に、小一條の大將(濟時)、

関白道隆出家、ついで薨去

むつきのなきには思ひおきて胸はしり火に心やけをり」(古今、誹諧歌、小町)。一九 御病気が重態である。二〇 紀略・補任・小右も同じ。二一 高内侍貴子。二二 伊周は、(両親は出家したが)その実昨日随身などを賜わり喜んだばかりであった。↓補二三八。二三「十一日丁亥、民部丞国幹告送云、入道関白殿去夜亥時許入滅云々、遠資朝臣又告送云、戌刻許入滅者〈時年卌三〉」(小右、長徳元年四月)。「十日薨二於南院第一」(補任)。

内大臣伊周の政治と世評

二四 伊周は引続き政治をとるのだろうか、どうだろうかと。「この殿」は富「このことの」。二五 世間の無常よりも政権の行先を大事として大騒ぎをした。二六 自分だけは政治をとっている積りでいるが。二七 広く世間では頼りないこととして承服しにくく小首を傾ける人々が多い。二八 道隆の御葬送は。二九 四月中の酉の日。長徳元年は二十一日(紀略)。三〇 葬送の時期も。三一 父の喪中にもかかわらず伊周は。三二 こうあるべきだと思われる諸事を皆指図されて。三三「長徳元年七月十五日、御衣袖令二縫縮一給事〈公卿衣袖同レ前依二宣旨一也、一尺八寸〉」(小右目録)。三四 こんな細かい事をせず、政治の事は知らぬ顔をしてもまず御忌の事を考えて、服喪中は過されるのがよい。三五 非難顔で。三六 明順・道順等あちこちの国守。三七 伊周の身の上がどうなるべき事かと思ってあわてた。三八 高階成忠。三九 (伊周が引続き執政たるべき)御祈禱の数々を。四〇 熱心に祈願をこめる時のさま。

小一条大将済時の薨去

49 四月廿三日にうせ給《たま》ひぬ。宣耀殿の[二]一宮もいと稚《おさな》くおはしますを、[三]見《み》置《を》き奉《たてまつ》り給程いといみじ。」　左右の大将暫《しば》しもおはせぬも惡《あ》しき事にや、中宮大夫殿《道長》、この御代《かは》りに[四]左大将になり給《たま》ひぬ。[五]大とのゝ御葬送《さうそう》、祭《まつり》過《す》ぎて四月のつごもりにせさせ給べし。小一條の大将も同《おな》じ折《おり》なり。あはれにいみじき事どもなり。」　内大臣殿《伊周》、[六]世《よ》の中《なか》危《あやう》くおぼさるゝまゝに、二位を[七]「たゆむな〳〵」と責《せ》め宣《のたま》へば、二位[八]えもいはぬ法どもを、我《われ》もし、又人しても行《おこな》はせて、[九]「さりともと心長閑《のどか》におぼせ。[一〇]何《なに》事も人やはする。たゞ天道こそ行《おこな》はせ給へ」と[一一]頼《たの》めきこゆ。」[一二]御叔父《をぢ》の殿ばら、[一三]世《よ》の中を安《やす》からず歎《なげ》きおぼしさゝめきたるは、粟田《あはた》殿《どの》を恐《おそろ》しきものに思《おも》ひきこえたるになん。又[一四]女院の御心掟《をきて》も、粟田《あはた》殿知《し》らせ給べき御ことゞもありて、[一五]そのけはひ得《え》たるにやあるらん、世《よ》の人殘《のこ》るなく參《まい》りこむ程《ほど》に、[一六]内大臣殿の御歎《なげき》さへありて、さま〴〵物《もの》おぼし歎《なげ》く程《ほど》に、粟田《あはた》殿[一七]夢《ゆめ》見《み》騒《さはが》しうおはしまし、ものゝさとしなどすればにや、[一八]御心地《こゝち》も浮《う》きたる様《さま》におぼされて、[一九]陰陽師《をんみやうじ》などに物《もの》を問《と》はせ給にも、「所《ところ》を替《か》へさせ給へ」と申めれば、さるべき所《ところ》などおぼし求《もと》めさせ給《たま》へど、又[二〇]「御よろこび」など一《ひと》つ口《くち》ならずさま〴〵占《うらな》ひ申すを、怪《あや》しうおぼさる。」　このとのゝ内《うち》にかやうのものゝ兆《さとし》・御愼《つゝし》みある事《こと》を、内大臣殿《伊周》聞《き》かせ給て、御祈《いのり》いよ〳〵いみじう。[二一]「かくたゆむ世《よ》なき御祈《いのり》の

一 「去夜左大将薨〈年五十五〉、去二今日一間四位五位多卒」(小右、長徳元年四月二十四日)。紀略・補任も同じ。 二 敦明親王。済時の外孫。 三 後へ残して亡くなられたことはお気の毒だ。

道長左大将となる、道隆・済時葬送

四 →補二三九。 五 「廿四日庚子…今夕故関白葬送也」(紀略、長徳元年四月)。済時葬送のことは諸書には見えない。 六 政権が他に移りそうなので。 七 怠りなく祈禱を続けよと。 八 大層尊い御祈禱を色々。 九 いくら何でも政権が手を離れることがあろうかと落着いておられよ。 一〇 万事人力の致すところではない、全く天帝が天地自然の理法によって行われるものである。 一一 頼みに思わせ申す。 一二 明順・道順等。 一三 世の中を不安に思いどうなる事かと私語し合っているのは、道兼を第一の政敵として恐しいものと思い申し上げたからである。 一四 女院のお考えにも、道兼が執政すべきであるという事がおありになって。 一五 その趣を感得したのであろう、世の中の人は一人残らず道兼邸に訪れてくるうちに。 一六 伊周の悲しむことまで加わって。 一七 夢見が悪く胸騒ぎがされたり、神仏のお告げがあったりするからか。 一八 心も身に添わないように。 一九 陰陽寮に属し、占いなどをつかさどった職。 二〇 御慶事のしるしである。

伊周、高階成忠に祈禱せしむ

道兼不祥を占わしむ

道兼、出雲前司相如の家に移る

二一 伊周方のたゆみない祈禱の効果だろうと。 二二 「いつものかみにてのちつかさなし、蔵人に

験《しるし》にや」と、物恐《おそろ》しげに申思《おも》ひたれば、粟田《あはた》殿四月つごもりにほかへ渡《わた》らせ給《たま》ふ。それは出雲《いづも》の前司二二〈スケユキ〉[50]相如といひける人の、二三年頃《としごろ》かうのゝしらせ給《たま》ふ關白殿にも參《まい》らで、たゞこの殿《との》をいみじきものに頼《たの》みきこえさせつるものゝ家《いへ》なり。二四中河に左大臣殿近《ちか》き所《ところ》なりけり。父《ちゝ》の[51]内藏頭助信《くらのかみすけのぶ》の朝臣《あそん》といひける人の造《つく》りて住《す》みける。二五池《いけ》・遣《やり》水・山などありて、いとおかしう造《つく》りたてゝ、二六とのゝ御方違《かたゝがへ》所《どころ》といひ思《おも》ひたりける家《いゑ》なりけり。この相如《すけゆき》も、かの時平《ひら》の大臣《おとゞ》の御子《こ》の敦忠《あつたゞ》の中納言の御孫《むまご》なりければにや、「二七位《くらゐ》なども淺《あさ》う、人〳〵しからぬ有様《ありさま》にてあるにや」とぞ、世《よ》の人もいひ思《おも》ひける。さてその家《いへ》に渡《わた》らせ給て住《す》ませ給に、二八さうじ《障子》どもに手《て》二九づから繪《ゑ》かきなどして、をかしき様《さま》になんしたりければ、殿《との》なども興《けう》ぜさせ給て、世《よ》の人も參《まい》りこむに、三〇御心地《こゝち》は猶こゝにても例《れい》ざまにもおはしまさゞりけり。」

道兼関白となる

かく(て)おはします程《ほど》に、[52]三一五月二日關白の宣旨もて參《まい》りたり。三二折《おり》しもこゝにてかうおはしますを、三三家主《いゑあるじ》も世《よ》のめでたき事に思《おも》ひ、人〳〵もいみじう申思《おも》へり。三四世中の馬車《むまくるま》、外《ほか》にはあらじかしと見《み》えたり。」

伊周政権推移を嘆く

三五内大臣殿には、三六萬《よろづ》うちさましたるやうにて、三七あさましう人笑《わら》はれなる御有様《ありさま》を一殿《ひとゝの》ゝ内思《うちおも》ひ歎《なげ》き、三八搔膝《かひゝざ》とかいふ様《さま》にて、「三九あないみじの業《わざ》や。たゞもとの内大臣にておはしまさ《せ》まし、いかにめでたからまし。四〇何《なに》の暫《しばし》の攝政、あな手《て》づゝ。四一關

て春宮に候へし女に…」(相如集)。「助信〈内蔵頭、右中将、従四位下、母参議源等女〉―相如〈出雲守、正五下、母和泉守俊連女〉」(分脈)。相如が出雲前司であったことは以上により明らか。四月下旬とあるは本書だけ。二三 年来千客万来の関白邸にも参上せず、道兼を立派な人として頼み申し上げていた人(相如)の家。二四 中河の付近で左大臣(重信)邸にも近い所であった。↓補二四〇。二五 泉水・遣水(庭園に造った小流)・築山。二六 道兼が方違えの時に行く家として。道兼が相如の家に行ったことは、本書独自の記事。二七 曾祖父に恨を残した菅原道真の祟りのために官位も昇進せず低い身分でいるのだろうと。二八 襖・屛風・衝立の類。二九 相如自身で。三〇 御病気はやはり相如の家においても治られることがなかった。三一「四月廿七日関白巨細雑事、同廿八日為二氏長者一、五月二日申二慶賀一」(補任)。五月二日は奏慶の日。三二 折も折相如の家で関白の宣旨を蒙ったことを。三三 相如。三四 高位高官の乗った馬や車は、すべてここに集ったというように見えた。三五 伊周邸では。三六 万事興ざめ張合が抜けたようで。三七 あきれた、人の物笑いになるような御有様を邸中あげて。三八「かいひざ」が正しい。「かき膝」の音便。片膝立てて手でかき抱くようにして坐ること。三九 何というばかなことをしたものだ。一途に元通りの内大臣でおられたら、どんなに結構なことだったろうに。四〇 暫くの間の摂政など何のことがあろう、あまずい事をしたものだ。「手づゝ」は手業の

足りととのわないこと。四一 関白(内覧)になってかえって物笑いの種になった事など、どんな幼児でも知らぬものがあろうか。

道兼の病をよそに、臣たちの祝宴

一 →三九頁注二七。二 →補二四一。三 実をいうと。四 道兼に関白職が移ったこと。五 どうして伊周のような幼児如きものに政治を執らせることがあろうか。「おとゞ〔道隆〕うせ給にしかば、いかでかみどりごのやうなる殿の世の政し給はんとて、粟田殿〔道兼〕に渡りにしぞかし」(大鏡、道長伝)。六 満足のゆくように。七 父の服喪中謹慎しても過されず。八 権勢の伸縮の早かったのは、服制の伸縮を余り急激にされたからだ。九 関白殿の御病気は真実苦しく思われたが。一〇 熱気を帯びておられるので、とやかくなさることもできず。「ぬるむ」は発熱すること。一一 関白になった当初故、御祈禱など縁起悪く思い、強いて無関心を装われ。一二 摂関家にある侍所。家人(けにん)の詰所。一三 随身の詰所。一四 摂関家の下役の詰所。一五 手を打ち鳴らし歌をうたったりして大騒ぎする。一六 自分の仕える主君の御病気が、こんなに苦しいだろうとも思っていない。一七 道長。一八 そうするのが当然な諸事を指図なさる。一九 呆れる程重い道兼の病気の有様を心得がたいことにお見申し上げなさるが、不吉な筋の事(薨去)になろうとは。二〇 是非をいわず自邸に帰ろうと。二一 五月月初めの六日の。富「ついたち六日の日御よろこひ申ありてその夜中」。相如邸より二条邸へ帰っ

白の人笑《わら》はれなる事《こと》を、何《いつ》れの兒《ちご》かはおぼし知らざらん」と、理《ことはり》にいみじうなん。」かゝる程《ほど》に、關白殿御心地《ち》猶《なを》惡《あ》しうおぼさるれば、「一御風にや」などおぼして、二ほを《朴》などまいらすれど、さらにおこたらせ給《たま》はず、起臥安《おきふしやす》からずおぼされたり。三さるは世《よ》の人も「かくて四これぞあべい事。五いかでか兒《ちご》にまつりごとをせさせ給やうはあらん」と申思《おも》へり。大將殿《道長》も今《いま》ぞ六御心ゆく樣《さま》におぼされける。内大臣殿はたゞ七にも御忌《いみ》の程《ほど》は過《すぐ》させ給《たま》はで、世《よ》のまつりごとのめでたき事を行《をこな》はせ給《たま》ひ、人の袴《はかま》のたけ・狩衣《かりぎぬ》の裾《すそ》まで伸《の》べ縮《しゞ》め給けるを、安《やす》からず思《おも》ひけるものどもは、「八伸《の》べ縮《しゞ》めのいと疾かりし故《け》ぞ(や)」とぞ(きこえける)。五月四五日になれば、九關白殿の御心地まめやかに苦《くる》しうおぼさるれど、一〇ぬるませ給《たま》ひたれば、えともかうもせさせ給《たま》はず。御讀經・御誦經などたゞ今《いま》あるべきならず、一一事《こと》のはじめなればいま〳〵しうおぼされて、せめてつれなうもてなさせ給《たま》ひて、起臥《おきふし》わが御身ひとつ苦《くる》しげなり。とのゝ内《うち》には、一二侍《さぶらひ》(に)も夜晝《よるひる》もつゆの隙《ひま》なく、世界《せかい》の四位・五位・殿《との》ばらまでおはしましこみ候《さぶら》ふ。一三御隨身所・一四小舍人《こどねり》所は酒《〈サケ〉》を飲《の》みのゝしりてうちあげの一五ゝしる。「一六我君《きみ》の御心地《こゝち》や、かう苦《くる》しうおはすらん」とも思《おも》ひたらず。一七左大將殿《どの》日ゝにおはしましつゝ、一八あるべき事どもを申掟《おき》てさせ給。猶《なを》一九いとあさましき御心地《こゝち》の樣《さま》を心得《え》ず見奉《みたてまつ》らせ給へど、

道兼二条邸に帰る、病重る

たことは本書のみ。二二 こうした噂がすっかり明るみに出たので。二三 再び政権ももどって来ようかと何となく待遠しく思われるのも道理である。二四 二条邸では、病の重くなった事を今は隠しきれず一家中大騒ぎをしている。二五 世間一般が疫病で騒しい中でも、道兼の病気で関白の帰趨も分らないという事まであったりしたから。二六 万一にそなえ会議のために。二七 滝口所に勤番する武士や帯刀の陣に勤める武士(東宮警固に任ずる)が当番を怠らず伺候している。二八 懐妊の様子でおられたのに。二九 (姫君をほしがっていた)道兼は早く生まれればよいと。三〇 (関白の宣旨を蒙るような)めでたい事まで。三一 道兼の病の重いのを。三二 道長もまたお気の毒に思ってお世話なさり。三三 御誦経の料(布施物)として種々の物を諸寺に運び出された。三四 御誦経の料として。三五 牛車を牽かせる牛。三六 このままで終りにはどうなるであろうと、粟田殿の人々は物につき当らんばかりにあわてた。三七 日本紀略も同日。すべて流行病で死んだ。清胤は大江朝綱男、内供奉十禅師の一人で、法興院上座権少僧都(紀略)。「セイハン」は「セイイン」の誤であろう。↓補二四二。三八 ああやかましい、人の死んだことをいうのは病人に対して憚るべきことだ。「かま」は囂(かま)しの語幹。三九 利口そうに。四〇 「(五月)八日薨二于二条亭一」(補任)。紀略・百錬も同じ。未の時というは、本書のみ。四一 何と不吉なことだろう。

左大臣重信・中納言保光等薨去、続いて関白道兼も薨去

凶《まが》〳〵しき筋《すぢ》には誰《たれ》もおぼしかけず。」かくてこの御心地《こゝち》まさらせ給《たま》ひぬれば、今《いま》は[二〇]とありともかゝりともとて、[二一]ついたち六日の夜中にぞ二條殿《どの》に歸《かへ》らせ給《たま》ふ。[二二]かゝる事どもも隱れなければ、内大臣殿《どの》には奥《おく》[二三]ゆかしうおぼさるゝも事はりになん。[二四]殿の内《うち》、今《いま》はつゝみあえずゆすりみちたり。[二五]大方《おほかた》の騷《さはが》しきうちにも、かゝる御事どものあり定《さだ》まらぬ事さへあれば、内《うち》わたりにもさるべき殿ばら候《さぶら》[二六]ひ給《たま》ひ、[二七]瀧口《たきぐち》・帶刀《たちはき》など番かゝず候《さぶら》ふ。二條殿には北《きた》の方《かた》、日頃《ひごろ》[二八]たゞにもおはせぬに、「この度《たび》は女君《ぎみ》」と夢《ゆめ》にも見《み》え給《たま》ひ、占《うら》にも申つれば、[二九]殿《との》いつしかと待《ま》ちおぼしつるに、[三〇]かくめでたき御事さへおはしませば、「必《かなら》ず女君」と待《ま》ち思《おも》ひきこえさせ給へるに、[三一]かうおはしますを、いかに〳〵と殿の内《うち》ゆすりみちたり。女院《東三條院》よりも御使《つかひ》隙《ひま》なし。大將殿《道長》[三二]はたあはれにおぼし扱《あつか》はせ給て、[三三]御誦經によろづの物運《ものはこ》び出《い》でさせ給《たま》ふ。[三四]御厩《みまや》の御馬殘《むまのこ》るなくせさせ給、[三五]御車牛《くるまうし》にいたるまで、御誦經など多《おほ》く掟《をき》て宣《のたま》はす。「[三六]かくあり〳〵ていかゞ」と、殿ゝ《の》内《うち》の人〳〵物《もの》にぞあたる。」[53][三七]五月八日のつとめて聞《き》けば、六條の左大臣《重信》・桃園源中納言《保光》・[54]清胤《〈セイハン〉》僧都といふ人など亡《う》せぬとのゝしれば、「[三八]あなかま。かゝる事《こと》は忌《い》むわざなり。殿《との》にな聞《き》かせ奉《たてまつ》りそ」と、誰《たれ》も[三九]さかしういひ思つれども、[四〇]同《おな》じ日《ひ》の未《ひつじ》の時ばかりにあさましうならせ給ぬ。[四一]あなまが〳〵し。とのゝ内《うち》の有様思《ありさまおも》ひやるべし。左大將殿《道長》は[一]夢《ゆめ》に見《み》なし奉《たてまつ》らせ給て、御顏《かほ》に單衣《ひとへ》の御袖《そで》を押しあてゝ歩《あゆ》み出《い》でさせ給ほどの心地《こゝち》、さらに夢《ゆめ》とのみおぼさる。[二]あはれにおもほしきこえさせ給《たま》へりける御仲《なか》なれば、ゆゝしともおぼさず扱《あつか》ひきこえ給《たま》へる、悲《かな》し。[三]同《おな》じ御はらからと聞《きこ》ゆべきにもあらず、關白殿《道隆》うせ給へりしに、御とぶらひだになかりしに、[四]あはれにたのもしう扱《あつか》ひきこえ給《たま》ひつるかひなき事《こと》を、返〳〵[五]殿方《とのがた》にはおぼし歎《なげ》く。[六]さいへどとのゝ年頃《としごろ》の人〳〵こそあれ、この頃參《ごろまい》りよりつる人〳〵は、やがて出《い》でゝいき果《は》てにけり。[七]關白の宣旨かぶらせ給《たま》ひて、今日七日にぞならせ給ける。[八]さき〴〵の殿ばら、やがて世《よ》を知《し》らせ給《たま》はぬ類《たぐひ》はあれど、かゝる夢《ゆめ》はまだ見《み》ずこそありつれ。心憂《う》きものになんありける。」かの内大臣殿には、[九]あさましうおこがましかりつる御有樣《ありさま》の推《を》し移《うつ》りたりし程《ほど》を、人笑《わら》はれにいみじうねたげなりつるに、「[一〇]後《のち》は知《し》らず、程《ほど》なう世《よ》を見《み》あはせつるかな」と嬉《うれ》しうて、[一一]二位の新發祈《いのり》たゆまず、[一二]いとゞしう「さりとも〳〵」と思《おも》ふべし。「[一三]げにさもありぬべき御有樣《ありさま》のためしを」と思《おも》ふぞ、げに公腹《おゝやけばら》だゝれける。」この粟田《あはた》どのゝ君達《きんだち》、はか〴〵しう大人《おとな》び給《たま》へるもなし。いと若《わか》う[一四]毛《け》ふくだみてぞ[55]二人おはすめるも、いとあはれに見《み》え給《たま》ふ。その夜《よ》さりやがて粟田《あはた》殿に率《ゐ》て奉《たてまつ》りぬ。[一五]十一日御葬送《さうそう》せさせ給。返《かへ》す〴〵[一六]あえなういみじう心憂《う》

一　兄の死を夢のように観じ申し上げ。
二　道兼・道長は互に好意を抱いていた兄弟仲故、道長は不吉とも思わずお世話申し上げたのが悲しい事である。
三　道隆の亡くなった時は、同胞と申し上げることもできないくらいで、道長は弔問さえしなかったのに。
四　衷心から頼もしくお世話申し上げたそのかいもなく亡くなられた事を。
五　道兼の邸では。富「殿のかた」。
六　しかし道兼に年来仕えた人々は別として、関白になったため俄に仕えるようになった人々は、そのまま暇をとって帰ってしまった。
七　五月二日関白の慶びがあってから今日八日まで七日。「世云二七日関白一」(補任)。
八　故人となった殿方で、執政にまでおなりにならなかった人々はあったが、関白になって僅か七日というような夢のような目にあった人はいなかった。

伊周法験をよろこぶ

九　あきれる程みっともなかった有様で政権が道兼に推し移った時、世間の笑い草になりひどく恨めしげであったのに。
一〇　遠い将来は別として、意外に早くよい世の中に出会ったものよと。
一一　→一四三頁注三六。

道兼葬送

一二　旧に倍しいくら何でも今度こそ関白になれるだろうと思うであろう。
一三　(あれだけの御祈禱の効験を思えば)ほんとうにこうなるのは当然だと思うのは、正に公憤

し。かの一七中河《なかゞは》の家主《いゑあるじ》、一八人よりもあはれとおぼしたる、又限《かぎり》なう嬉《うれ》しと思けるに、又かうおはしませば、世《よ》を心憂《う》くいみじう思《おも》ひて、この御葬送《さうそう》の夜、一九心ざしの限《かぎり》火《ひ》水《みづ》に入《い》り惑《まど》ひ扱《あつか》ひ明《あか》し奉《たてまつ》りければ、心地《こゝち》もあやしうなりて、家《いへ》に行《い》きて、「物をいみじう思《おも》へばにやあらん、心地《ち》こそいと惡《あ》しけれ」といへば、女《むすめ》どもいと恐《おそろ》しき事に思て歎《なげ》きけり。かくて二〇御忌《いみ》の程《ほど》、皆粟田殿《みなあはたどの》におはすべし。二一これのみならず、「殘《のこり》なく皆《みな》人のなるべきにや」と見《み》え聞《きこ》えて、あさましき頃《ころ》なり。」

二二かの家主《いゑあるじ》粟田殿《あはたどの》に宿直《とのゐ》して、たゞよろづに思《おも》ひ續《つゞ》け、二三戀《こひ》しう思《おも》ひきこえければ、二四いも寝《ね》られでひとりごちける、

二五相如哥

ゆめならでまたもあふべき君《きみ》ならば寝《ね》られぬいをも歎《なげ》かざらまし

と詠《よ》みたるを、五月十一日より心地《こゝち》まことに惡《あ》しう覺《おぼ》えければ、二六そのつとめて女《むすめ》どもの家《いへ》に行《い》きて、「心地のあしう覺《おぼ》え侍《はべ》れば、二七苦《くる》しうなるは必《かなら》ず生《い》くべうも覺《おぼ》えず侍《はべ》れば、詣《ま》で來《き》つるぞ」といひて、「この粟田殿《あはたどの》にて一夜二八いの(ね)られざりしかば、かくなん」と、歌《うた》を語《かた》りて、硯《すゞり》の下《した》なる白《しろ》き色紙《しきし》に書付《かきつ》けて得《え》させたり。二九三〇歸《かへ》りてやがて心地《こゝち》いみじうわづらふなりけり。家《いへ》の内《うち》いみじう歎《なげ》きて、いかに〳〵とよろづに思《おも》ふ程《ほど》に、三一限《かぎり》になりにける折《おり》も、三二殿の御法事にだに會《あ》はずなりぬる事おぞ、返〳〵いひける。さて同《おな》じ月の廿九日にうせにけり。家《いへ》の内《うち》

の起される次第だ。
一四 毛ばだつこと。
一五 公卿補任も同じ。
一六 はりあいのないことで。
一七 相如。
一八 道兼が誰よりも愛した男であり、相如もまた道兼の任関白をこの上なく喜んでいたが、このように薨去されたので。
一九 愛情の限りを尽し水火も厭わずお世話して故道兼のため夜をお明かし申し上げたので。「惑ひ」は強意の語。
二〇 服喪中は。中陰の間は。
二一 道兼の他多くの人々が亡くなったというだけでなく、流行病のため世の中の人は残りなく死んでしまうのであろうかと噂が立ったりし。

出雲前司相如病悩、同卒去

二二 かの相如は。↓補二四三。
二三 死んだ道兼を。
二四 熟睡することもできないで次の歌を独りつぶやいた。
二五 夢でなく現実に再び会うことのできる我が君であるならば、眠ることも夢を見ることもできぬのを嘆くこともあるまいに。詞花、雑下。
二六 その翌朝。
二七 こんなに苦しくなるのは、きっと生きられそうには思われないから訪ねて来たのだ。
二八 よく眠れなかったので。
二九 女にくれてやった。
三〇 帰宅してそのまま。
三一 いよいよ臨終という時も。
三二 故道兼の御法事にさえ会えないで死んでしまう事を。「おぞ」は「をぞ」が正しい。

の人[一]いかゞは思《おも》はざらん。悲《かな》しさは同《おな》じ事なり。日頃《ひごろ》ありて女《むすめ》の詠《よ》みける、

[二]夢《ゆめ》みずと歎《なげ》きし君《きみ》を程《ほど》もなく又わが夢《ゆめ》に見《み》ぬぞ悲《かな》しき」。うせ給にし殿《との》ばらの御法事ども、皆《みな》[三]かたはしよりしてけり。」 56 この粟田《あはた》どの丶御事の後《のち》より、五月十一日にぞ、左大将《道長》[四]天下及《をよ》び百官施行といふ宣旨下《くだ》りて、今《いま》は關白殿と聞《きこ》えさせて、又竝《なら》ぶ人なき御有様《ありさま》なり。女院《東三條》も昔《むかし》より御心ざし[五]とりわき丶こえさせ給へりし事なれば、「年頃《としごろ》の本意《ほい》なり」とおぼしめしたり。[六]この内大臣殿は、粟田《あはた》どの丶御有様《ありさま》にならひて、「[七]この度《たび》もいかゞ」とおぼすぞ痴《おこ》なりける。[八]さりともと頼《たのも》しうて、二位の御祈《いのり》たゆまぬ様《さま》なり。世《よ》[九]の中さながら推《を》し移《うつ》りにたり。[一〇]内大臣殿世《よ》の中をいみじうおぼし歎《なげ》きければ、御[一一]叔父《をぢ》どもや二位など、「何《なに》[一二]かおぼす。今《いま》はたゞ御命《いのち》をおぼせ。たゞ七八日にてやみ給人はなくやは。命《いのち》だに保《たも》たせ給はゞ、何事《なにごと》をか御覧ぜざらん。[一三]いであな痴《おこ》や。老《おい》[一四]法師世《よ》に侍らん限《かぎり》は」と、頼《たのも》しげに聞《きこ》ゆれば、[一五]さりともとおぼすべし。」 大将殿《道長》は、[一六]六月十九日に右大臣にならせ給《たま》ひぬ。」 [一七]よろづよりもあはれにいみじき事は、山《やま》の井《ゐ》の大納言《道頼》日頃《ひごろ》わづらひて、[一八]六月十一日にうせ給ぬ。御年《とし》廿五なり。たゞ今人《いま》にほめられて[一九]ようおはしける君《きみ》なれば、今《いま》[二〇]の關白殿《道長》も、この君《きみ》をば故殿[二一]の子《こ》にせさせ給《たま》ひしかば、「[二二]我もとりわき思《おも》はんとしつるものを」と口惜《くちを》しうおぼされけ

一 どうして悲しく思わぬことがあろうか、悲しさは貴賤とも一様である。二 亡き主君を夢に見ないと嘆いた父君が亡くなり、今度は自分の夢にさえ見ないようになったことは何と悲しいことか。後拾遺、哀傷。三 一人ずつ。

道長に内覧の宣旨

四 内覧の宣旨のこと。↓補二三六。朝野群載、七、摂籙家に内覧宣旨とある。「十一日丙辰、大納言道長卿蒙二関白詔一之由云々、仍取二案内一、頭弁〈俊賢〉示送云、非二関白詔一、官中雑事、准二堀川大臣〈兼通〉例一可レ行也者」(小右、長徳元年五月)。五 道長に対し特別の好意を持っていた事故、年来の望みのかなった事と女院も思し召された。この間の事情は、大鏡、道長伝に詳しい。六 内大臣伊周の方では。七 今度も事故などが起きて期待できるのではなかろうかなどと思われるのは、いい物笑いであった。八「呪二咀右大臣一之陰陽師・法師在二高二位法師家一、事之体似二内府所為一者」(百錬、長徳元年八月十日)。九 政権はすべて道長に推移した。一〇 伊周。一一 明順・道順等。一二 伊周を慰める詞。何を悲観されるのか、今はただ命を大切に思われよ。(関白になっても)僅か七、八日で終る人がないことがあろうか。

道長右大臣となる

山の井大納言道頼の薨去

一三 (そんなに悲観するとは)いやもう何と不体裁なことだろう。一四 この老法師たる私が生きている限り、どんな祈禱をもしてあなたの世にして見せよう。一五 いくら何でもそのうちには政権を握ることもできようと、伊周は思われるだろう。一六 ↓補二四四。一七 何事より

り。すべてあさましう心憂《う》き年《とし》の有様《ありさま》也。これにつけても内大臣殿[二三]世《よ》を恐《おそろ》しうおぼし歎《なげ》き給。」女院には、[二四]年頃《としごろ》法花經の御讀經あるに、又はじめさせ給て讀《よ》ませ給。世中の騷《さはが》しさをいと恐《おそろ》しきものにおぼしたり。」粟田《あはた》殿の御法事六月廿日の程《ほど》なり。粟田《あはた》殿にてせさせ給。北方やがて尼《あま》になり給《たま》ひぬ。「[二五]たゞにもあらぬ御身《み》に」と人〳〵聞《きこ》ゆれど、[二六]おぼしのまゝになり給《たま》ひぬるも理《ことはり》に見《み》え給。」[二七]中宮世中をあはれにおぼし歎《なげ》きて、里《さと》にのみおはします。されど、[二八]さてのみやはとて參《まい》らせ給ぬ。みかどいとあはれにおぼしめしたり。春宮には、宣耀殿も[二九]淑景舍もいとあはれに同《おな》じ様《さま》なる事を、心苦《ぐる》しう思《おも》ひやりきこえさせ給《たま》ふ。[三〇]淑景舍のいとほこりかなりし御けしきもいとゆかしうおぼしめすべし。宣耀殿の一宮《敦明》もいと戀《こひ》しう覺《おぼ》えさせ給へば、猶「參《まい》らせ給へ」とあれど、[三一]世《よ》の騷《さはが》しければよろづつゝましうおぼして、[三二]すが〳〵しうもおぼしたゝず。」世中のあはれにはかなき事を、[57][三三]攝津守爲頼朝臣といふ人、

[三四]世中にあらましかばと思《おも》ふ人なきは多《おほ》くもなりにけるかな」。これをきゝて、春宮の[三五]女藏人小大君、返、

あるはなくなきは數《かず》そふ世中にあはれいつまであらんとすらん」とぞ。」

[三六]小野宮の實資中納言、式部卿宮《爲平》の御女《むすめ》、[58]花山院の女御に通《かよ》ひ給といふ事出《い》でき

もお気の毒で大変な事は。一八「十一日丙戌、今日権大納言道頼薨〈春秋廿五〉」(小右、長徳元年六月)。

東三条女院の法華講

道兼法事、北の方尼となる

一九 誰からも受けのよかった方だから。二〇 この一句「我も」以下へ続く。二一 兼家。二二 自分も特別目をかけてやろうと思っていたのにと残念に思われた(↓一〇五頁注三二)。二三 叔父道兼が死に又兄道頼が流行病で死んだ事を見て。二四 ↓補二四五。二五 御懐妊の御身でお気の毒に。二六 お考え通り尼になられたのも道理と。二七 兄伊周の事などで世の中を悲観され。二八 何時までそうしてばかりはおられないというので参内された。二九 いずれも父の喪で大層お気の毒な有様を。三〇 父道隆在世中原子が東宮に参られた時、弘徽殿や宣耀殿女御をよそに誇らしげであった有様も今はどんなだろうかと。三一 疫病で世の中も騒がしいので。三二 参内することもすらすらとは決心なさらない。三三 藤原兼輔孫。刑部大輔雅正男。紫式部の父為時の兄弟で歌人。正暦三年十二月五日任摂津守。三四 世の中にいてくれたらどんなによかろうと思うような人の亡くなってゆく数が多くなったことだ。拾遺、哀傷、四句「なきが」。古本説話集。三五 ↓補二四六。三六 ↓補二四七。

宣耀殿女御と淑景舎女御

為頼と小大君との贈答歌

実資、花山院女御婉子に通ず

一 恋を得た嬉しい思いはいかばかりであろう、それに反し恋を失った我が身の憂さは身にしむ心地のすることだ。詞花、恋上、結句「ものにぞありける」。大鏡、師輔伝・古本説話集。

有国大宰大弐となる

二 道信も女御に思いをかけていたのだろうか。しかし道信の薨去は、正暦五年七月十一日(小右目録)。↓補二四八。 三 官位を奪われおし籠められた有国(↓一一三頁)。 四 ↓補二四九。 五 (有国の復活を喜び)世の中はこうあって当然だと人々も取沙汰しているうちに。 六 大宰大弐が辞表を朝廷にさし出したので。↓補二五〇。 七 橘三位(播磨守橘仲遠女徳子)が、北の方となって大層すばらしい威勢で任地へ下った。富「橘三位北方にて」。 八 これこそ当然な事。 九 故兼家が大層寵愛なさっていたのに。

顕光女元子入内

一〇 故道隆が官位を奪いひどい取扱いをされたので。 一一 今度大弐になった事はいい感じだ。 一二 ↓一一三頁。 一三 長徳元年六月十九日権大納言から正に転じ、同年六月二十日右大将。中納言は誤。 一四 ↓三三頁。「おぞ」は「をぞ」が正しい。 一五 元子・延子・重家。 一六 周囲を煩わしく思い遠慮して。直接には道隆に憚り。 一七 帝のところへは断念していた。 一八 道隆死に、伊周勢なく、道長の姫君まだ稚いのでこの隙に乗じて。長徳二年十一月十四日入内。 一九 「大納言正三位藤公季、六月十九日任、大夫如ㇾ元」(補任、長徳元年)。既に中納言ではない。 二〇 兵部卿有明親王女。姫君は義子。男君は実成・親賢か。尊卑分脈によれば、もう一人如源という子がある。

たれば、一條の道信中将さし置かせける、

　嬉《うれ》しきはいかばかりかはおほ《も》ゆ《ふ》らんうきは身にしむ心地《こゝち》こそすれ

と。我も懸想《けさう》じきこえけるにや。」まことかの押《を》い籠《こ》められし有國、この頃《ごろ》宰相までなさせ給《たま》へれば、あはれに嬉《うれ》し。「世《よ》はかうこそは」と見思《みおも》ふ程《ほど》に、この頃《ころ》大貳辭書奉《たてまつ》りたれば、有國をなさせ給へれば、世中はかうこそはあれと見《み》えたり。みかどの御乳母《めのと》の橘三位の、北《きた》の方《かた》にていと猛《まう》にて下《くだ》りぬ。「これぞあべい事。故殿のいとらうたき物にせさせ給《たま》ひしを、故關白殿あさましうしなさせ給てしかば、めやすき事」と世《よ》の人聞《きこ》え思《おも》ひたり。惟仲はたゞ今《いま》左大弁にてゐたり。」かくて冬にもなりぬれば、廣幡《ひろはた》の中納言《顕光》と聞《きこ》ゆるは、堀河《ほりかは》どの《兼通》ゝ御太郎也。それ年頃《としごろ》の北方には、村上のみかどの廣幡《ひろはた》の御息所《みやすどころ》の腹《はら》の女五宮《盛子》おぞもち奉《たてまつ》り給《たま》へる、その御腹《はら》に女君二所《ふたところ》・男《おとこ》一人ぞおはするを、年頃《ごろ》「いかでそれは内・東宮に」とおぼしながら、世中煩《わづらは》しうて、内にはおぼしかけざりつ。春宮には淑景舎候《さぶら》はせ給へば、よろづに憚《はゞか》りおぼしつるに、「この絶間《たえま》にこそは」とおぼし立《た》ちて、この姫《ひめ》君内に參《まい》らせ奉《たてまつ》り給。今日明日《けふあす》とおぼし立《た》つ程《ほど》に、又たゞ今《いま》の侍從の中納言といふは、九條殿の十一郎公季と聞《きこ》ゆる、これも宮腹《みやばら》の女《むすめ》を北方にて、姫《ひめ》君一人・男《おとこ》君二人もてかしづきて持《も》給《たま》へりけれど、世中に誰《たれ》もおぼし憚《はゞか》りつるを、[二一]今《いま》の關白殿の御女《むすめ》あまたおはすめれど、まだいと稚《おさな》くて走《はし》りありき給程なれば、それにおぼし憚《はゞか》るべきにあらず。これも内にとおぼし立《た》ちけり。春宮には淑景舍、[二二]内侍のかみ候《さぶら》ひ給ふ。[二三]宣耀殿にはた一宮の御母女御《娍子》にて、又なき御思《おも》ひなれば、[二四]同《おな》じうは内にとおぼし立《た》つも、げにと見《み》えたる事也。[66][二五]さて廣幡《ひろはた》の姫君參《ひめぎみまい》り給て、承香殿に住《す》み給《たま》ふ。世《よ》のおぼえ、「[二六]いでや、怪《け》しうはあらむ。あな古體《こたい》」と聞《きこ》ゆめれど、[二七]さしもあらずめやすくもてなしおぼしめしたり。かひある事なり。」

公季女義子入内

公季中納言、「などか劣《おと》らん」とおぼして、[67][二八]さし續《つゞ》き參《まい》らせ奉《たてまつ》り給。弘徽殿にぞ住《す》み給《たま》ふ。これは何《なに》事にもいま[二九]一《ひと》きはゝ今《いま》めかしうさま〴〵にし奉《たてまつ》る事さらなり。たゞ女御のおぼえぞ[三〇]、のどやかに見《み》え給《たま》へる。「承香殿ぞ思《おも》はずに[三一]おはすめる」と、世人申ためる。内わたり今《いま》めかしうなりぬ。女院[三二]、「誰《たれ》[三三]なりともたゞ御子《みこ》の出《い》で〔き〕*給《たま》はん方《かた》をこそは思《おも》ひきこえめ」と宣《のたま》はす。女御の御おぼえ、承香殿は勝《まさ》り給やうにて、はかなう月日も過《す》ぎもてゆく。」

中宮定子の御述懐

中宮《定子》は、「年頃《としごろ》[三四]かゝる事やはありける。故《こ》[三五]との《道隆》ゝ一所《ひとゝころ》おはせぬけにこそはあめれ」と、あはれにのみおぼさる。[三六]内には「人見《み》る折《おり》(ぞ)」といふやうに、今《いま》めかしう、何事につけても中宮を常《つね》に戀《こひ》しう思《おも》ひきこえさせ給《たま》へり。」

伊周、為光女三の君に通ず

かゝる程《ほど》に、[三七]一條殿をば今《いま》は女御《娍子》こそは知《し》らせ給へ。かのとのゝ女

二一 道長。二二 尚侍綏子。二三 宣耀殿女御においては、これまた一宮の御母女御として、東宮から並びない御寵愛を受けているので。二四 同じく参らせるならば帝にと決心したのも。二五 顕光女元子。→補二五一。二六 いやまぁ御寵愛は厚くはあるまい。(女を宮仕に出すのを最上の理想にしているのは)古めかしいことだ。二七 噂程ではなく、無難な御寵愛をおかけになられた。二八 義子入内は長徳二年七月廿日、女御とするのは八月九日(紀略)の事で、元子の入内より前。二九 元子に比べて一段と当世風に様々な仕度で参内した事はいうまでもない。三〇 御寵愛はのんびりしたようにお見受けされた―帝の渡御もはげしくないような君寵であった。富「御おほえ」。三一 世評に反して思いのほか御寵愛が厚くていらっしゃるらしいと。三二 東三条院詮子。三三 (后・女御は大勢いるが)誰であろうと、御子を生まれた方を贔屓しよう。三四 年来自分をさしおいて、多くの女御がわれ勝ちに参るような事があったろうか。三五 それも道隆一人が在世なさらぬからに違いなかろう。三六 帝は「人見る折ぞ」と(諺又は歌句に)いうように、何事につけても、他の女御達よりは中宮を今めかしく常に恋しく思い申し上げられた。→補二五二。三七 →補二五三。

一 上文及び下文に寝殿の御方とあるのに同じ。「寝殿は一家の主殿をいふ。この三君鷹司なる所の主殿に住み給へる故にしかいへるなるべし」(詳解)。二 格別勝れていらっしゃるというので。三 女子は容貌を第一に尊ぶべきだという考えによって。このあたり一三四頁参照。四 思いをそぶりに出してお示しになられたが。五 とんでもない事として。六 上皇御自身おいでになられては。七 華やかにふるまわれては四の君の心をおとりになった事を。

花山院、為光女四の君に通い給う事により、伊周・隆家、院を射奉る

八 美人ということも聞かない(→一三四頁)四の君の許によもや院が通われることはあるまい。九 どれ、すっかり私にまかしてしまいなさい。一〇 然るべき腹心の臣二、三人を引連れなさって。小右記によれば伊周は武士を養っていたというから、そうした人々であろう。一一 院を威し申し上げようと計画したのだが、その結果。一二 射たことを婉曲に言ったのである。一三 →補二五四。一四 あんなにも大層男性的でいらっしゃる院ではあったが。一五 物には限度というものがあるから。一六 むちゃくちゃでひどい目に会ったと。一七 この事を帝にも道長にもたやすく訴えられることはできようが。一八 事の有様が元来感心できない(院が内密に女性のところへ通われるという)事から起きたのだから。一九 この事は世間に言い散らさぬようにしよう、後代までの恥辱である。二〇 総じてその当時の人の噂に上ったことはこ

伊周の不法発覚

の事件であった。二一 (こんな事の起ったのも)院のお考えが全く軽率でいらっしゃったから

君達《たち》は鷹司《たかつかさ》なる所《ところ》にぞ住《す》み給《たま》ふに、内大臣殿《伊周》忍《しの》びつゝおはし通《かよ》ひけり。[一]寝殿のうへ《為光公女》とは三君をぞ聞《きこ》えける。御かたちも心も[二]やむ事なうおはすとて、父大臣《ちゝおとゞ》いみじうかしづき奉《たてまつ》り給《たま》ひき。「[三]女子はかたちをこそ」といふ事《こと》にてぞ、かしづきゝこえ給《たま》ひける。その寝殿《しんでん》の御方《かた》に内大臣殿《伊周》は通《かよ》ひ給けるになんありける。」かゝる程《ほど》に、花山院この四君の御許《もと》に御文《ふみ》など奉《たてまつ》り給、[四]けしきだゝせ給けれど、[五]けしからぬ事とてきゝ入《い》れ給《たま》はざりければ、たび〳〵[六]御みづからおはしましつゝ、[七]今《いま》めかしうもてなさせ給《たま》ひける事《こと》を、内大臣殿は、「[八]よも四君にはあらじ、この三君の事ならん」と推《お》し量《はか》りおぼいて、わが御はらからの中納言《隆家》に、「この事こそ安《やす》からず覺《おぼ》ゆれ。如何《いかゞ》すべき」と聞《きこ》え給《たま》へば、「[九]いで、たゞ己《おのれ》にあづけ給《たま》へれ。いと安《やす》きこと」とて、[一〇]さるべき人二三人具《ぐ》し給《たま》ひて、[68]この院《花山》の、鷹司《たかつかさ》殿より月いと明《あか》きに御馬《むま》にて歸《かへ》らせ給けるを、「[一一]威《をど》しきこえん」とおぼし掟《をき》てけるものは、[一二]弓矢《ゆみや》といふものしてとかくし給《たま》ひければ、[一三]御衣《ぞ》の袖《そで》より矢《や》は通《とを》りにけり。[一四]さこそいみじうおゝしうおはします院なれど、[一五]事限《かぎり》おはしませば、いかでかは恐《おそろ》しとおぼさゞらん。[一六]いとわりなういみじとおぼしめして、院に歸《かへ》らせ給《たま》ひてものも覺《おぼ》えさせ給《たま》はでぞおはしましける。」[一七]これを公《おゝやけ》にも殿《との》にも、いとよう申《ま》させ給《たま》ひつべけれど、[一八]事《こと》ざまのもとよりよからぬ事の起《おこ》りなれば、恥《はつか》

しうおぼされて、「一九この事散《ち》らさじ、後代の恥《はぢ》なり」と忍《しの》ばせ給《たま》ひけれど、殿にも公《おほやけ》にも聞《きこ》しめして、二〇おほかたこの頃《ごろ》の人の口《くち》に入《い》りたる事はこれになんありける。「太上天皇はよにめでたきものにおはしませど、二一この院の御心掟《こゝろおきて》の重《おも》りかならずおはしませばこそあれ。二二さはありながら、いと〳〵かたじけなく恐《おそろ》しき事なれば、二三この事かく音《をと》なくてはよもやまじ」と、世《よ》人いひ思《おも》ひたり。又二四太元法といふ事は、たゞ公《おほやけ》のみぞ昔《むかし》より行《おこな》はせ給《たま》ひける、二五たゞ人はいみじき事あれど行《おこな》ひ給《たま》はぬ事なりけり。それをこの内大臣殿忍《しの》二六びてこの年頃《としごろ》行《おこな》はせ給《たま》ふといふ事この頃《ごろ》聞《きこ》えて、これよからぬ事のうちに入《い》りたるなり。又二七東三条院「女院の御悩《なやみ》、折《おり》〳〵いかなる事にか」とおぼしめし、御ものゝけなどいふこと《事》どもゝあれば、この内大臣殿を、「猶御二八心掟《をきて》心稚《おさな》くてはいかゞはあべからん」と、傾《かたぶ》きもて悩《なや》みきこゆる人〳〵多《おほ》かるべし。」二九かくいふ程《ほど》に長徳二年になりぬ。二三月ばかりになりぬれば、三〇こぞ《去年》あさましかりし所《ところ》〳〵の御はてども、あるは同《おな》じ日、あるは次《つぎ》の日などうち續《つゞ》きてこゝかしこおぼし營《いとな》みたり。いみじうあはれになん。所《ところ》〳〵に御三一衣《ぞ》の色《いろ》かはり、あるは薄鈍《うすにび》などにておはするも、あはれなり。」三二た《立》ゝむ月にぞ祭《まつり》とのゝしるに、世《よ》の人口安《くちやす》からず、「祭果《まつりは》てゝなん花三三山院の御事《こと》など出《い》でくべし」などいふめり。「三四あなもの狂《ぐるを》し。三五盗《ぬす》人あさりすべしなどこ

である。二二 そうではあるが。二三 この事件はよもや何の音沙汰もなくて済むことではあるまい。二四 ダイゲンノホウ。普通「大元帥法」と書いて帥の字は発音しない。正月八日から十四日まで七日間、治部省で大元帥明王を本尊として行う大法会。天子の衣装を箱に入れ、緋の綱で結び、壇上に送って修法する。臣下の行うことは禁ぜられていた秘法。二五 普通の人。常人。二六「法琳寺申下内大臣修二大元法一之由上、仰令レ召二仲祚法師一」(紀略、長徳二年四月一日条)。二七 女院に御悩が起り、折々重くなるので一体どうした事かと思し召され、又御物の怪がおつきしたなどという事態も起ったので。「院御悩昨日極重…又云、或人呪咀云々、人々厭物自二寝殿板敷下一掘出云々」(小右、長徳二年三月二十八日)。二八 お考えが稚気を脱しないようではどういうことをされるか分らないと、首を傾け心配申し上げる人々が多いであろう。二九 これ以前既に長徳二年に該当する記事はしばしば書かれているので、ここに長徳二年というのは適当でない。三〇 道隆・道兼以下去年主人を亡くした

道隆以下の一周忌

家々の一周忌を。三一 今までの喪服が平常の色に変り、或はまだ喪があけず、色の濃いものから薄鼠色の喪服に変っただけでいたりするのも。三二 来月は賀茂祭だと大騒ぎするにつけ。三三 院に対する事件の始末がつけられるだろう。「くべし」は、富「くへき」。

捜盗の風評

三四 そんなばかな事はない。三五 盗人の捜索。大索(おおあなぐり)ともいう。北山抄、巻四・新儀式等に詳しい。

そいふめれ」など、[一]様《さま》〴〵いひあつかふもいかゞと、いとをしげになん見《み》え聞《きこ》ゆ(め)る。いかなるべき御事にかと、心苦《ぐる》しうこそは[二]侍れ。」[三]この頃《ごろ》内には、[70]藤三位といふ人の腹《はら》に粟田《あはた》どのゝ[四]御女《むすめ》おはすれど、[五]殿の、姫君《ひめぎみ》おはせぬをいみじき事におぼいたりしかど、この御事をばことに知《し》り扱《あつか》はせ給《たま》はざりしに、むげにおとなび給《たま》ふめれば、[71][六]三位おもひ立《た》ちて内に参《まい》らせ奉《たてまつ》り給《たま》ふ。三位は九條殿の御女《むすめ》といはれ給めれば、[七]この殿《との》ばらもやむごとなきものにおぼしたれば、[72]かやうにおぼし立《た》ち参《まい》らせ給にも、にくからぬ事にて、[八]はかなき事なども[九]左大臣殿用意《ようい》しきこえ給《たま》へり。」[73]さて参《まい》り給て、[一〇]くらべやの女御とぞ聞《きこ》えける。三位は[一一]今《いま》めかしき御おぼえにものし給《たま》ひける。[一二]年頃《としごろ》これなか《惟仲》の弁ぞ通《かよ》ひければ、[一三]それぞこの女御の御事もよろづに急《いそ》ぎける。かう女御達《たちまい》参り給へれど、いまゝで[一四]宮出《い》でおはしまさぬ事を、女院《東三條院》はいみじうおぼしめし歎《なげ》かせ給へり。中宮《定子》の[一五]たゞにもおはしまさぬを、さりともと頼《たのも》しうおぼしめすを、「[一六]なにゝかはおはしまさん」と、世《よ》の人おぼつかなげにぞ申思《おも》ふべかめる。「[一七]いさや、それも今《いま》の事なれば、まことにさやおはしまし果《は》てざらんとも知《し》りがたし。[一八]内大臣殿《伊周》こそはよろづに祈《いの》り騒《さは》ぎ給《たま》ふめれ、あやしうむつかしき事の世《よ》に出《い》できたるのみこそ、いと〳〵おしとおぼし歎《なげ》かるれ」。

一 様々取沙汰するのもいかがなものと、伊周等のためにお気の毒な有様であり、又噂である。

暗部屋女御尊子の入内

二 「侍れ」を地の文に用いるのは穏やかでない。 三 下文の「内に参らせ奉り給ふ」へ続く。 四 道兼女尊子(↓一〇六頁)。 五 道兼は北の方に姫君の生まれぬのを嘆いていたにかかわらず、この尊子の事を特別世話されることもなかったうちに。 六 「今夕故関白右大臣道兼女尊子入二掖庭一」(紀略、長徳四年二月十一日)。大鏡裏書・要記も同じ。二年後のことで本書と異なる。 七 九条殿(師輔)の一族の殿方。 八 ちょっとした仕度品などをも。 九 道長。長徳二年七月二十日、左大臣となる。 一〇 尊子のこと。↓補二五五。 一一 華やかな御寵愛を戴いておられた。富

中宮定子御懐妊

「ものし給はさりける」。 一二 年来惟仲が三位を愛人としてその家に通っていたから。 一三 惟仲が尊子入内についても万事仕度などをしたのであった。 一四 皇子のお生まれにならぬ事を。女御の入内は伊周配流後であるから、ここに皇子の生まれぬことを嘆くという記事は誤。 一五 御懐妊の様子だから、今度は皇子御誕生であろうと頼もしく思し召されるが。 一六 どういうことなのであろうか(御懐妊か、それとも御病気か)。 一七 いいえ、まだ時期も早い事だから、真実御懐妊でないともきめにくい。 一八 伊周は皇子御誕生を願い、種々御安産の祈禱をして騒いでおられるが、奇怪な煩わしい事(花山院の御事その他)が世の中に起って来た事だけはお気の毒だと女院はお嘆きなさる。「おぼし歎かるれ」の下「とぞ」などの略されたものとして解する。

巻第五　浦〱の別

巻名　大宰権帥藤原伊周が明石の浦を通った時、弟隆家は但馬に遷されることを思い、人麿の「白浪はたてど衣に重らず明石も須磨も己が浦〳〵」という古歌によって、「かた〴〵に別るゝ身にも似たる哉明石も須磨も己が浦〳〵」と詠んだことによる。

諸本＝浦〻のわかれ(陽)・うら〳〵のわかれ(西、活)・浦〻別(富)。

所収年代　一条天皇の長徳二年(九九六)四月から、同四年十一月まで三年間。

内容　長徳二年の賀茂祭が終ると、伊周兄弟の罪科決定があるだろうというので、御懐妊中の定子中宮をはじめ、内大臣一家はおののきながら日を送っていた。宮廷では、盗賊捜索を口実に、警戒を厳重にしたが、年頃兵乱あるべしという占の出ていたのはこの事であろうと、廷臣一同も緊張の極に達し、京都はただならぬ空気に包まれた。

内大臣邸は検非違使によって取囲まれ、外部との往来が遮断されていたが、伊周は配流に先だち、木幡に先祖の墓参を念願していた。宮廷からは配流宣命使が差遣されて、花山法皇を射奉った事、東三条女院を呪詛し奉った事、私に大元帥法をおこなった事の三箇条の罪条により、伊周を大宰権帥、隆家を出雲権帥として流すことが伝えられた。

伊周は隙を窺って邸を脱出、叔父明順とともに木幡に参詣し、父の墓前に無実の罪を訴えるとともに、中宮の無事を祈願した。その後、車を北野天神に廻した。

脱出後の邸内には検非違使が乱入して隅なく捜索したが、身をもって中宮を護衛する隆家の姿を見るだけで、伊周は見当らなかった。

翌日夕方帰邸した伊周には、明朝配所へ出発せよとの宣旨が伝えられたが、出発の当日は、中宮・母北の方(道隆室)・伊周の三人は固く手を取り合ったまま離れようともしなかった。筵張りの車に乗せられた伊周の後から、母北の方も乗り込んで遂に山崎まで同車した。ここで伊周は病気になったので、身の上をあわれんだ女院は道長にとりなされ、伊周は播磨に、隆家は但馬に留まるように改められた。母北の方はここから漸く帰京した。

兄弟の出発後、皇后は自ら鋏をとって落飾された。

伊周は母北の方の悲嘆のさまを聞いて、矢も楯もたまらず、密かに上京。西院の隠れ家に母と中宮とに対面したが、事が露顕して捕われ、今度は筑紫へ流された。

十月下旬母北の方がなくなった。続いて翌月下旬には中宮は皇女(脩子内親王)を出産された。翌三年夏ごろ、宮廷からは中宮入内の催促が度々あったので、皇女を伴って入内し、帝と久方ぶりの御対面に尽きせぬ物語が交された。二月程の滞在中に、中宮は再び懐妊された。

冬になり承香殿女御が懐妊して里へ帰った。翌四年皇后は皇子(敦康親王)御出産。後見のいないという理由で伊周兄弟召還の宣旨が下された。当時赤瘡(あかもがさ)が流行して、高二位(高階成忠)が没した。

承香殿女御は太秦広隆寺に参籠中産気づいて水を産むという珍事があった。

隆家は五月に、伊周は十二月に帰京し、皇后と対面の後、母の墓に詣でた。折しも雪の降りしきる時であった。

(本巻の記事は小右記にも詳しく、両者を対照すると、細部において一致する記述を見る一面大きな異同もある。それらは尽く補注に注したが、大きな相違の一は、本巻に長徳二年四月二十四日伊周が配所へ向って出発したということであり、その二は、伊周兄弟召還が敦康親王誕生によるものとしているのに対して、小右記や百錬抄では長徳三年四月五日東三条女院の御悩による非常赦免によるものとしている点で、いずれも本巻の記述は誤っていると見られる。)

榮花物語巻第五

浦〳〵の別

[1]かくて祭果《まつりは》てぬれば、世中にいひさゞめきつる事共[一]のあるべきさまに人〳〵いひ定《さだ》めて、恐《おそろ》しうむつかしう[二]内大臣殿《伊周》も中納言殿《隆家》も覺し歎く。殿には、御門[三]をさして、御物忌《いみ》しきり也。宮[四]の御前もたゞにもおはしまさねば、大方御心地《かたち》さ[五]え悩《なやま》しく苦《くる》しう覺さるれば、臥《ふ》しがちにて過《すぐ》させ給。かゝること[六]どもおのづからもり聞《きこ》ゆれば、「あなあさましや。さやう[七]の夢をも見ば、我いかにせむ。い[八]かでたゞ今日明日《あす》身を失《うしな》ふわざもがな」とおぼしなげゝど、いかゞはせさせ給はん。此殿ばら、「さ[九]てもいかなるべきにかあらむ。さりと[一〇]て只今身を投《な》げ、出家入道せむも、いとまことにおど[一一]ろ〳〵しからむ事《こと》は逃《のが》るべきにもあらず。たゞ佛[一二]神こそともかくもせさせ給べき」と、誦[一三]數を離《はな》たず、露[一四]物もきこしめさで、歎明《あか》し思ひ暮《くら》し給。」内[一五]には陣に、陸[一六]奥《みち》の國の前守維叙《のぶ》、左[一七]衛門尉維時《平將軍貞盛孫》、[一八]俻前ゝ司頼光[2]、周[一九]防前司頼親《頼光弟 母同》など云人〳〵、皆これ滿[二〇]仲・貞盛子孫也、各《おの〳〵》つは物どもを數知《かずし》らず多《おほ》く候。[二二]東宮《三條院》の帯刀《たちはき》よ、瀧口など云もの共夜る晝《ひる》候て、關《せき》[二三]を

一 世間で言い騒いでいた事—伊周兄弟の罪科決定の事が行われるだろうというふうに。↓補二五六。前巻の記事を受け、ここは長徳二年。この年の賀茂祭は四月十五日。二 伊周も隆家も恐しく厭わしいこととお嘆きなさった。三 伊周の二条邸では門をとざして。四 中宮定子も御懐妊中でいらっしゃるから。五 総じてお身体の具合までも悩しく苦しく思われるので。六 兄弟の

伊周一家の悲嘆

伊周・隆家らが罪科に問われるだろうという事が自然の成行き上お耳にはいるので。七 兄弟が罪に問われるというような夢のような目に逢うならば、自分はどうしようか。八 何とかして今日明日すぐにでも死んでしまうような方法がほしいものだ。九 伊周・隆家らの心中。一体これからどうなるということなのだろうか。一〇 いくら罪に問われるからといって。一一 罪科に問われるような恐しい事は逃れる筈のものでもない。一二 神や仏こそどうともお助け下さるだろう。一三 数珠(ずじゅ)に同じ。一四 少しも食事もおとりなさらないで。一五 宮廷においては武士の詰所に(陣は禁中警固のために六衛府の武士の祗候する詰所)。「各つは物どもを」以下へ続く。一六 鎮守府将軍陸奥守従四位下平貞盛男。上野・常陸・陸奥権守、右衛門尉、従四位下(分脈)。↓補二五七。一七 維叙の弟常陸介維将男。小右、長徳二年十月十日に左衛門尉平維時とある。

禁中警固

一八 源満仲男。「哥人、武略長、通神権化人也」(分脈)、備前その他の守を兼ねたことは尊卑分脈、源氏系図(前田家本)等に明らか。但し備前守に任ぜられた年月は未詳。一九 「舎兄頼光朝臣

卒去之後、世人加二武将四天王内一云々」(分脈)。一〇 満仲は清和天皇曾孫六孫王源経基男、多田と号した。貞盛は鎮守府将軍平国香男、平将軍と号した。一一 富「春宮のたちはきや」が穏当である。東宮警護の武士。滝口は→一四九頁注二七。一二 →補二五八。

内大臣家の召使暇をとる

一 大層気味が悪い。二 →一五七頁注三五。三 この年来天変などが起って占った結果兵乱が起るだろうと陰陽師の申したのは実はこの事件のことだったのだ。四 ありとある殿方や宮々はいざという時の用意をなさった。五 ともすれば騒動を避けて山にはいろうと準備をしたりして、当時は大変な有様であった。六 故関白道隆室高内侍貴子。伊周らの母。道順、左中弁、正四下(分脈)。七 (こんなに騒ぐのを見ると)それでは世の中はこうなるべき運命だったのだ。

検非違使の追捕

八 部屋を貰ってお仕えしていた人々は。九 たとえどうなるにしても主人と運命を共にしようとは思わないで。一〇 色々な物をとり壊しては運び。一一 ごとごと音を立てて大騒ぎしながら。一二 制止の意を表わす副詞(点本に「勿」の訓として見える)。そんな事をしてはいけない。一三 世間の人々の見且つ思う事も恥しく外聞悪く思っておられるうちに。一四 世の中にありとある検非違使は全部。→補二五九。一五 いうにいわれぬような恐しい者。放免(検非違使の連れている下部)のこと。一六 いらっしゃる一家の人々は。富「おはしましあひたる人々」。一七 検非違使の下部。

固《かた》めなどして[一]いとうたて有。世には[二]盗《ぬす》人あさりといひつぐるもいとゆゝし。「[三]年比天變《へん》などして、兵亂などうらなひ申つるはこの事《こと》にこそ有けれ」と、[四]よろづの殿ばら・宮ばらさるべく用意《ようゐ》せさせ給。物の數《かず》にもあらぬ里人さへ、よろづに[五]ともせば山に入《い》らむとまうけをし、ゆゝしき比の有様《さま》也。」[六]北方の御兄人《せうと》の明順《〈アキノブ〉》・道順《〈ノブ〉》弁など云人〳〵、「あな心憂《う》。[七]さば、かうにこそ世は有けれ。いかゞせさせ給はんずる」など申騷《さは》げど、つゆかひあるべきにもあらず。殿の内に年比[八]曹司して候ひつる人〳〵、「[九]とありともかゝりとも、君のならせ給はんまゝにこそは」とおもはで、[一〇]よろづをこぼち運《はこ》び、[一一]ごほめきのゝしりてもて出《い》で運《はこ》び騷《さは》ぐを見《み》るに、いみじう心細《ぼそ》し。されど「[一二]まな」と制《せい》し給べきにもあらず。」[一三]よろづの人の見思《おも》ふらむ事も恥《はづか》しういみじう覺さるゝ程に、[一四]世中にある檢非違使の限《かぎり》、此殿ゝ四方にうち圍《かこ》みたり。各《おの〳〵》[一五]えもいはぬやうなる物たちこみたるけしき、道大路《おほぢ》の四五町ばかりの程はゆきゝもせず。いとけ恐《おそろ》しき殿の内のけ色共、いはん方《かた》なく騷《さはが》しけれど、寝殿の内に[一六]おはしましある人〳〵多《おほ》かれど、人おはするけはひもせず、あはれに悲《かな》しきに、かゝる[一七]あやしの物共殿の内にうちめぐりて、こゝかしこをぞ見騷《さわ》ぐめるけはひ、えもいはずゆゝしげなるに、[一八]物のはざまより見出《いだ》して、ある限《かぎり》の人〳〵、胸塞《むねふた》がり心地《ち》いといみじ。[一九]殿

「今は逃《のが》れがたき事にこそはあめれ。いかで[二〇]此宮のうちを出《い》でゝ[二一]木幡に參て、[二二]近《ちか》うも遠《とを》うも遣《つか》はさむかたにまかるわざをせん」と覺しの給はするに、[二三]此物共立《た》ちこみたれば、[二四]おぼろげの鳥けだ物ならずば出《い》で給べきかたなし。「夜中なりとも[二五]なき御影にも今一たび參てこそは、[二六]今《いま》はの別にも御覽ぜられめ」と言《い》ひ續《つゞ》けの給はするまゝに、[二七]えもいはず大きに、水精の玉ばかりの御涙續《つゞ》きこぼるゝは、見奉《たてまつ》る人いかゞ安《やす》からむ。母北方・宮の御前・御[二八]舅の人〱[二九]例《れい》の涙にもあらぬ御涙《なみだ》ぞ出《い》で來《き》て、此[三〇]恐《をそろ》しげなる物共の宮の内に入亂《みだ》れたれば、檢非違使共いみじう[三一]制《せい》すれど、それにもさはるべきけしきならず。」かゝる程に、この[三二]みだれがはしき物の中をかきわけ、さすがに[三三]うるはしくさうぞきたる物、[三四]南面《おもて》にたゞ參《まい》りに參て、「こは何にか」と思程に、[三五]宣命と云物讀《よ》むなりけり。聞《き》けば、「太上天皇を殺《ころ》し奉らむとしたる罪《つみ》一、御門の御母后を呪《のろ》はせ奉りたる罪《つみ》一、公家《ヲホヤケ》よりほかの人いまだ行《おこな》はざる[三六]大元《ゲン》の法をわたくし(にかくし)て行《おこな》はせ給へる罪《つみ》により、[三七]内大臣《伊周》を筑紫《つくし》の帥になして流《なが》し遣《つかは》す。又中納言をば出雲權守になして流《なが》し遣《つかは》す」と云事を讀《よ》みのゝしるに、宮の内の上下、[三八]聲《こゑ》をとよみみ泣《な》きたる程の有様、この文讀《ふみよ》む人もあはてたり。檢非違使共も涙をのごひつゝ、あはれに悲《かな》しうゆゝしう思ふ。[三九]其わたりに近《ちか》き人〱皆きゝて、[四〇]門《かど》をばさした

一八 御簾・几帳などの隙間からその様子を眺めて。一九 伊周。二〇 伊周邸であるが、当時中宮がおられたので宮といった。↓補二六〇。二一 山城国宇治郡(京都府宇治市木幡)。道隆をはじめ藤原氏墓地のある所。ただし伊周が木幡へ行き、道隆の墓へ詣でたことは他の史料にはない。
二二 配所の遠近を問わず。二三 検非違使やその配下どもが。二四 おぼろげならぬ(一通りでない)鳥獣以外は邸から脱出しようがない。二五 亡き父道隆の霊。二六 最後の別としてお目にかかりたい。二七 いうにいわれず大きくて、水晶の玉ほどの大粒の御涙が続いてこぼれ出る様子は。
二八 オジ。母の兄弟。明順・道順ら。二九 普通の涙とは違った血の涙。三〇 例の恐しい恰好をした放免どもが。三一 制止につとめたが、それに

伊周・隆家配流の宣命

阻止されるような様子ではない。三二 富「みたりかはしききもの」。無法乱暴な放免ども。
三三 端麗に装束を著けた者が。↓補二六一。三四 寝殿の正面にまっすぐ参上した。
三五 配流の宣命。↓補二六二。
三六 ↓一五七頁注二四。
三七 「今朝仰㆓左右馬寮㆒令㆑引㆓御馬㆒、堪㆓武芸㆒五位以下依㆓宣旨㆒令㆑候㆓鳥曹司㆒云々、大宰権帥正三位藤原伊周〈元内大臣〉、出雲権守従三位藤原隆家〈元中納言〉」(小右、長徳二年四月二十四日)。
三八 声をわっと立てて。「京内上下挙㆑首、乱㆓入后宮中㆒、風〈凡〉見物濫吹無極、彼宮内之人、悲泣連㆑声、聴者拭㆑涙」(小右、長徳二年四月二十八日)。
三九 伊周邸の近傍の人々は誰も皆この泣き声を聞いて。四〇 門はぴったり閉じてあったが、漏れ聞える泣き声に引かれて。

れど、此御聲《こゑ》にひかれて涙とゞめがたし。さて「[一]今は出させ給へ。日暮《く》れぬ」とせめのゝしり申せど、すべてともかくもいらへする人なし。内にもかくいらへする人なき由《よし》を奏せさすれば、「[二]などて。さるべき事《こと》にもあらず。たゞよく〳〵せめよ」とのみ宣旨しきりに下るに、かくてこの日も暮《く》れぬれば、内大臣殿、「[三]今夜ぞ率《ゐ》て出《い》でさせ給へ」と、覺し念ぜさせ給驗《しるし》にや、[四]そこらの人さばかり言《い》ひのゝしりつれど、夜中ばかりにいみじう寢《ね》入たれば、御舅の明順ばかり(と)ともに、人二三人ばかりして[五]盜《ぬす》まれ出《い》でさせ給。[六]御心中に多《おほ》くの大願を立《た》てさせ給驗《しるし》にや、事《こと》なく出させ給ぬ。」それより[七]木幡に參《まい》らせ給へるに、月明《あか》けれど、此ところ*はいみじうこ暗《ぐら》ければ、「[八]その程《ほど》ぞかし」と推《を》し量《はか》りおはしまいて、かの山近《ちか》にてはおりさせ給て、[九]くれ〴〵と分《わ》け入《い》らせ給に、木の間より漏《も》り出たる月をしるべにて、[一〇]卒《そ》塔《と》婆《ば》や[一一]釘貫《くぎぬき》などいと多《おほ》かる中に、「[一二]これは去年《こぞ》の此頃《ころ》の事ぞかし。されば少《すこ》し白く見ゆれど、[一三]其折《をり》から人〳〵あまたものし給ひしかば、いづれにか」と尋まいらせ給へり。そこにては萬《よろづ》を言《い》ひ續《つゞ》け、ふしまろび泣《な》かせ給けはひに驚て、山の中の鳥けだ物聲をあはせて鳴のゝしる。「[一四]ものゝあはれも」など、あはれに悲《かな》しくいみじきに、「[一五]おはしましゝ折《をり》、人よりけにめでたき有樣《さま》をと、覺し掟《をき》てさせ給しかど、身づからの宿世《すくせ》果報《くわほう》の

一 検非違使の詞。もう邸を出て配所へ赴かれたい、日も暮れてしまうから。二 どうしてそんな事でよかろうか、そのような事のあるべき事ではない。ひたすら督促せよ。「権帥伊周候二中宮御所一、不レ随二使催一之由、再三允亮朝臣以二忠宗一令二奏聞一、既無二許容一、只被レ仰下可二早追下一之由上」(小右、四月二十五日条)。三 亡き父の霊よ、今夜こそ自分を連れ出して下さいと、祈念された効き目が現われてか。四 大勢の人々があんなにも大声をあげて騒いでいたが。五 密かに忍び出られた。六 富「御心の中に」。七 →補二一六三。八 道隆の墓所は大体その辺だったとあて推量でいらっしゃって。九 心も暗く悲しみにくれながら。一〇 供養として墓のうしろに建てる、上部が塔の形をした細長い板で、梵字で経文をしるす。

伊周密に木幡に詣ず

一一 柱を立て並べ、横に貫(ぬき)を通した墓所の柵。一二 卒塔婆など立てたのは。一三 ちょうどその当時は疫病のために多くの人々が亡くなられたので、父の墓はどれなのか。一四 歌句の一部か。典拠があると思われるが未考。ただし富は「物のあはれもしらぬたにことゝひかほにと」となっていて分り易い。一五 伊周の詞。父在世の折自分を人よりも勝れて結構な有様にしておいてやろうと、御配慮下さったが、自分の宿縁果報はいまわしく拙いものであったから。一六 亡き御影。今後再び亡き父の御霊にお目にかかれる方法もありますまい。一七 自分自身では過失があったと思われるような事はありませんが。「思ひ給る」は「思ひ給ふる」と読む。一八 このようになるべき前世からの宿縁で。一九「いかで—身を失ふ…」という文脈。何とか

ゆゝしく侍りければ、今はかくて都離《はな》れて知《し》らぬ世界《せかい》にまかり流《なが》されて、又かやうに無御影にも御覧ぜらるゝやうも侍らじ。身づから怠《おこた》ると思ひ給る事侍らねど、さるべき身の罪《ザイ》にてかくあさましきめを見侍れば、いかで家地もまからで、今夜のうちに身を失《うしな》ふわざをしてしがな。なき御影《かげ》にも御おもてぶせと、後代の名を流《なが》し侍、いと悲《かな》しき事也。たすけさせ給へ。中納言も同く流《なが》し遣《つかは》せば、同《おな》じ方《かた》にだに侍らず、方〳〵にまかり別るゝ、悲《かな》しきこと。またゆゝしき身をばさる物にて、宮《定子》の御前の月比たゞにもおはしまさぬに、かゝるいみじき事にあはせ給て、露御湯《ゆ》をだにきこしめさず、涙に沈《しづ》みておはしますを、いみじうゆゝしうかたじけなく侍。おはします陣の前は、笠《かさ》をだにこそぬぎて渡《わた》り侍れ、かくえもいはぬ物共の、おはしますめぐりにたちこみて、御簾《す》をも引《ひ》きかなぐりなどして、あさましうかたじけなく悲《かな》しくておはしますとも、もしたま〳〵平《たひら》かにおはしまさば、御産の折《おり》いかにせさせ給はんずらむ。かひなき身だに行末も知らずまかりなりぬれば、猶この御身離《はな》れさせ給はず、平《たいら》かにとまもり奉らせ給て、又かけまくもかしこき公家の御心地《ち》にも、又女院《詮子》の御夢などにも、この事とがなかるべきさまに思《おも》はせ奉らせ給へ」など、泣《な》く〳〵申させ給まゝに、涙におぼゝれ給。聞人さえ無所なれば、明順聲《こゑ》も惜《を》しまず鳴たり。」

して身を隠すことをしたいものだ。「家地もまからで」は、帰邸もしないでの意。
二〇 亡き父の御霊に対しても不名誉になる事として、汚名を後世に流すことは。
二一 弟の中納言隆家をも(朝廷では)自分と同じように流罪に処することになったから。
二二 弟とは同じ方角でさえなく、それぞれ別な所へ向って別れることになったのは。
二三 忌わしいわが身はともかくとして。
二四 数月来御懐妊でいらっしゃる上に。
二五 このような大変な事件にお逢いなさって、少しも御薬湯さえ召し上がられず。
二六 大変なことでもあり、又恐れ多い事です。
二七 中宮のいらっしゃる御所の陣屋の前は(他に敬意の表しようもなく)せめて笠をとるなりしてお許し下さいと言って通るものだ、それなのに。
二八 お話にならぬ下賤な連中が。
二九 引きちぎりなどして。
三〇 今は言語道断な恐れ多く悲しい状態でいらっしゃろうとも。
三一 御無事でおいでなさるならば。
三二 頼りにならない自分までも(おそばにおればともかく)行方も知れない遠国へ行ってしまうから。
三三 やはり父の霊は中宮からお離れにならないで、無事でいらっしゃるようにと守護申し上げなさって。
三四 申すも恐れ多い帝の御気持の中にも、又女院の御夢の中にも現われ、今度の出来事は何の咎もないことだと思わせ申し上げて下さい。
三五 涙に溺れなさる。
三六 「聞く人さへ無き所」と読む。
三七 泣くのあて字。

伊周さらに北野に詣ず

一 直ぐにそこから反対の方向へむいて。京都の東南(辰巳)の木幡から、西北(戌亥)の北野の方へ。二 北野社。菅原道真を祭る。道真は無実の罪によって大宰府へ流された人であるから、寃罪を祈念するため参詣したというのであろう。三 夜明けを告げる鶏が鳴いた。四 泣く泣く。五 北野社の神号。六 伊周は学才のある人であったから、神に申し上げる詞は限りなく立派であった。七 北野の神官に知られては悪いと。八 急いで社を立退かれる頃夜はすっかり明けた。「も」は強意の助詞。九 これからどうしようかと思われ、又。「と」は「覚す」へ続く。一〇 直接話法的に「かしこにいらむ程も騒し、

伊周邸の検索

猶このわたりにとかく暮して、夕方」(と覚す)として解する。一一 邸の有様が衷心から心配に思われたが。一二 右近衛府の馬場のあるあたり。北野社の東南。「一条京極末、号二右近馬場一」(拾芥)。一三「宮には」は「宣旨しきり也」へ続く。一四 昨日空しく過した事さえふつごうで、今日は早く出立するようにと。↓補二六四。一五 隆家は在邸のようだが、伊周は全く不在の由を。↓補二六五。一六 多く母屋の片方に設け、周囲を厚く壁で塗りこめ、妻戸から出入する部屋。衣服・調度などを納めたり、寝室にも用いた。一七 組入天井。格天井(ごうてんじょう)ともいう。一八 中宮様は御別座下さい。↓補二六六。一九 術なし。どうにもならない。二〇 几帳で囲っただけの奥深くない体で。二一 人生はこのようにあさましいものであったと目も眩み途方に暮れて。二二 茫然自失の態で。二三 薄鼠色の喪服。

[一]やがてそれより押《を》し返し、[二]北野にまいらせ給ほどの道いと遙《はるか》に、辰巳《たつみ》の方より戌亥《いぬゐ》の方《かた》ざまにおもむかせ給。参つかせ給へれば[三]鳥鳴《な》きぬ。そこにて[四]鳴〳〵又いみじきこと共を申續《つゞ》けさせ給に、[五]此天神に御誓《ちかひ》たてゝ、[六]才《ざえ》おはする人にて、申給ふ事限《かぎり》なし。[七]「宮人もや驚」と、[八]いそぎ出させ給程もむげに明《あ》けぬ。[九]「いかにせん」と、[一〇]かしこにいらせ給はむ程も騒《さはが》し、猶このわたりにとかく暮《くら》させ給て、夕方《がた》と覺すほども、[一一]かしこの御有様共あはれにうしろめたく覺せど、「猶しばしやすら(は)む」と覺して、[一二]右近馬場のわたりにとゞこほらせ給程に、[一三]宮には[一四]昨日暮《く》れにし事だに有、「今日とく〳〵」と宣旨頻《しきり》也。」さても[一五]中納言はあるけはひし侍、帥はすべて候はぬ由《よし》を奏せさすれば、「あさましき事也。宮をさるべう隠《かく》し奉りて、[一六]塗籠《ぬりごめ》をあけて[一七]組入《くみれ》のかみなどをも見《み》よ」とある宣旨しきりにそふ。「御塗籠《ぬりごめ》あけさせ給はむ。[一八]宮去《さ》りおはしませ」と、検非違使申せば、今《いま》は[一九]ずちなしとて、さるべく几帳などたてゝ、[二〇]あさはかなるさまにておはしまさせて、此検非違使共のみにあらず、えもいはぬ人して、この塗籠《ぬりごめ》をわりのゝしる音《おと》も、ゆゝしうあさましう心憂《う》し。「さば[二一]世中はかく有わざにこそ有けれ」と、目もくれ心もまどひて、涙だに出《い》でこず。中納言殿、[二二]われにもあらぬさまにて、[二三]薄鈍《うすにび》の御直衣《なをし》・指貫《さしぬき》着給て、[二四]あさましくてゐ給へれば、[二五]人〳〵かしこま

りて近《ちか》ふもえ参寄《よ》らぬに、このあやしの物共の入《い》り亂《みだ》れて、[二六]しえたる氣色どもぞあさましういみじき。さてあけたれど、おはせぬ由《よし》を奏せさす。「出家したるか。さるにても只今は都のうちを離《はな》るべきにあらず。よく〳〵あされ〳〵」と宣旨しきり也。検非違使ども、[二七]かつは泣《な》く〳〵いみじう思ながら、宣旨のまゝにするにおはせねば、いとあさましき事にて、[二八]ずちなしとて其あたりさがす。[二九]夜《〈ヨル〉》晝《ひる》まぼるべき由《よし》の宣旨しきりに有。かくて今日も暮《く》れぬ。[三〇]いとあさましき事也。」[三一]いかゞさるやうあらむ、検非違使共ことあやまりたらば、皆とがあるべき由《よし》聞にも、[三二]その夜夜一夜ゐも寝《ね》じと思ひ騒《さわ》ぐ程に、[三三]酉《とり》の時ばかりに、[三四]あやしの網代《あじろ》車のこゝらの人にも怖《を》ぢぬさまなるが、人二三人ばかり供《とも》にて、この宮をさして[三五]たゞ來《き》に來《く》るに、あやしうなりて、[三六]此検非違使共の具《ぐ》の赤衣《あかぎぬ》など著《き》たる物共、たゞ寄《よ》りに寄《よ》りて、[三七]「なぞの車の只今かゝる所に來《く》るは」とて、[三八]轅《ながえ》にさとつけば、[三九]「あらずや。殿の木幡に参らせ給しが、今歸《いまかへ》らせ給なり」と云をきゝて、この物どもも皆去《さ》りぬ。御車、御門のもとにて[四〇]かき下《をろ》して、内大臣殿降《を》りさせ給。検非違使共皆[四一]降《を》りて土に竝《な》みゐたり。見奉《みたてまつ》れば御年は[四二]廿二三ばかりにて、[四三]御かたちとゝのほり、ふとり清《きよ》げに、[四四]色合《あい》まことに白くめでたし。[四五]かの光源氏もかくや有けむと見奉る。[四六]薄鈍《うすにび》の御衣《ぞ》の綿《わた》うすらかなる三ばかり、同《おな》

道隆の死後一年になるので色の薄い喪服を着ている。二四 あきれたような様子で坐っておられるので。二五 検非違使らは威厳に恐れて近寄ることもできないのに。二六 手柄顔をしているのは。↓補二六七。二七 一方では泣きながらひどい事だと思いながら、一方では。二八 どうにもならないと言いながら。二九 昼夜兼行で見守るべき由の。三〇 この一句上文を受けるものとして解する。三一 「いかゞさるやうあらむ(どうして行方が分らぬなどいうことがあろうか)…皆とがあるべし」と朝廷でいうのを、検非違使が聞くにつけても意。「ことあやまりたらば」は、下手な事をして逃してしまうような事があるならの意。

伊周邸に帰る

三二 二十三日夜は一晩中寝ることもしないで探そうと。三三 午後五時から七時の間。三四 粗末な網代車で、大勢の検非違使にも恐れる様子のない車が。三五 ひたすらやって来るので。三六 検非違使どもの連れて来た赤衣を着た下部。赤衣は元来は検非違使の看督長(かどのおさ)の着る狩衣。三七 どういう車がたった今こんな所へ来るのか。「は」は感動助詞。三八 車の長柄にさっと取りつくと。三九 別に怪しい者ではない。木幡の墓所に参られた殿(伊周)が、今お帰りになられたのだ。四〇 牛から放して御車をおろし。四一 階上から下りて地上に並んでいた。四二 長徳二年に二十三歳。四三 御容姿がととのい、でっぷり太り立派で。四四 肌の色加減。四五 あの源氏物語における光源氏もこんなであったろうと思って。↓補二六八。四六 薄鈍色の袙(あこめ)の薄綿を入れたのを三枚ばかりと、その上にいずれも同色の単の袙と直衣、指貫の袴を着用している。

じ色の御一重《え》の御衣《ぞ》・御直衣《なをし》、指貫《さしぬき》同様〈サマ〉也。一御身の才《ざえ》もかたちも此世の上達部には餘《あま》り給へりとぞ(人)聞《きこ》ゆるぞかし。「二あたら物を、あはれに悲《かな》しきわざかな」と、見奉《たてまつ》るに涙も止《とゞ》めがたくて皆泣《な》きぬ。三乗《の》りながらも入《い》らせ給(は)で、宮のおはしませば我一人は猶かしこまり給へるもいと悲《かな》し。四さておはしぬれば、「五帥木幡に参られたりける、只今なむ帰《かへ》りて候」と奏せさすれば、「六むげに夜に入ぬれば今夜はよくまぼりて、明日〈アス〉の卯《う》七の時に」とある宣旨あれば、夜一夜ゐも寝《ね》で立《た》ち明《あか》したり。宮の御前、母北方、帥殿、一《ひと》つに手をとりかはして惑《まど》はせ給。」はかなくて夜も明《あ》けぬれば、「八今日こそは限《かぎり》」と誰〻もおぼすに、立《た》ちのかんとも覺さず、御聲も惜《を》しませ給はず。「九いかに〳〵、時なりぬ」とせめのゝしるに、宮の御前、母北方、一〇つととらへて、さらにゆるし奉らせ給はず。かゝる由《よし》を奏せさすれば、「几帳ごしに宮の御前をひき放《はな》ち奉れ」と宣旨頻《しき》れど、一一検非違使どもゝ人なれば、おはします屋には一二えもいはぬ物共も上《のぼ》りたちて、一三塗籠《ぬりごめ》をわりのゝしるだにいみじきを、又「いかでか宮の御前の手をひきはなつ事はあらむ」と、いと恐《おそ》しく思ひまはして、「一四身《み》のいたづらにまかりなりて後は、いとびんなかるべし。とく〳〵」とせめ申せば、一五*ずちなくて出《い》でさせ給に、一六松君いみじう慕《した》ひ聞え給へば、一七かしこくかまへて率《ゐ》てかくし奉りて、御車に一八柑《かん》

一「この殿(伊周)も、御才日本には余らせ給へりしかば」(大鏡、道隆伝)。二 惜しむべき人なのに。三 車に乗ったままでは門内にお入りなさらず―というのも中宮がいらっしゃるので、他人はともかく自分一人は敬意を表しておられるのも。四 このように伊周が帰って来られたので。五 大宰権帥伊周が木幡に行っておられたが、それが。六 すっかり夜になってしまったから。七 午前五時から七時の間。その時刻に出発せしめるよう。八 今日はほんとの別れだと。九 どうしているのか、出発の時刻になった。一〇 伊周の袖を捉えて全然お放し申し上げなさらない。「中宮与二権帥一相携不レ離給、仍不レ能二追下一之由、再三令レ奏レ之」(小右、四月二十八日条)。一一 この一句「いみじきを」へ続く。一二 いうに

伊周、中宮・母と別を惜しむ

いわれぬ下賤な下部どもが。「も」はすて仮名。一三 塗籠を大騒ぎして破壊することさえ堪え難いことなのに。「朔日依二宣旨一、官人及宮司等破二皇后夜御殿扉一、々太厚不レ能二忽破一、仍突二破戸腋壁板一、令レ開レ扉、女人悲泣連レ声、皇后者奉レ載レ車、捜二於夜御殿内一、后母敢無二隠忍一、見者歎悲」(小右、五月五日条)。「手」は富「御手」。一四 役目を怠って免職にでもされてしまったら大変困ることです。そうならぬ前に早くお出ましを願う。一五 どうしようもなくて。一六 伊周の男道雅の童名。一七 上手にだまして他所へ連れていってお隠し申し上げ。一八 柑子蜜柑や橘の実。一九 未詳。西・富に無い。二〇 蓋付きの椀。二一 外出時食糧を入れて携帯する袋。もと鷹の餌を入れた袋に似せて作ったからという。二二 車の屋形を筵で張った牛車。下級の者の乗用。二三 中宮の御前で乗車するのは恐れ多く思

われたが。二四 そのまま伊周の御腰に抱きつき続いて乗車されたので。二五 大層ふつごうな事だ。二六 山城国乙訓郡(京都府乙訓郡大山崎村)。摂津との国境に隣し、淀川の右岸。「権帥去夜宿二石作寺一〈在長岡〉、左衛門権佐允亮、府生茜忠宗今朝送二離宮一、母氏不レ可二相副一之由宣旨下了」(小右、五月五日条)。二七 小右記・紀略等によれば流罪宣下の日。二八 西南の方角。二九 西北の方角。三〇「后昨日出家給云々」(小右、五月二日条)。紀略・百錬・権記も同じ。三一 帝に対しては。三二 中宮は懐妊の御身であるのに、このように

伊周・隆家配所に赴く

心配をおかけすることよ。三三 それをお隠しなさる。三四 特に「六軍不レ発無二奈何一、宛転蛾眉馬前死、花鈿委レ地無二人収一、翠翹金雀玉搔頭、君主掩

中宮定子御薙髪、一条帝の御悲しみ

レ面救不レ得」のあたりを指す。三五 伊周・隆家らが配所へ行かれるのを世間の人々の見物するさまは、なまなかのみもの以上であった。「二条大路見物雑人及乗車者如レ堵、為レ見二帥下向一云々」(小右、長徳二年四月二十五日)、五月一日隆家出立の所にも「見者如レ雲云々」(小右)とある。三六 哀れにも悲しい事などとは一通りの言い方で、並大抵の悲しさではなかった。三七 山城と丹波の国境。

隆家大江山にて歌を詠む

三八 牛車の牛を扱う下部。垂髪で布衣を着し、童形をしている。

子《じ》・たち花、[一九]かきほをゐる[二〇]御ごき一ばかり[二一]御餌袋《あぶくろ》に入《い》れて、中納言は[二二]筵張《むしろばり》の車に乗《の》り給。[二三]宮のおはしますをいとかたじけなく覺せど、宮の御前、母北方も續《つゞ》きたち給へれば、近《ちか》う御車寄《よ》せて乗《の》らせ給に、母北方[二四]やがて御腰《こし》を抱《いだ》きて續《つゞ》きて乗《の》らせ給へば、「母北方、帥の袖をつととらへて乗《の》らむと侍」と奏せさすれば、「[二五]いとびんなき事也。ひき放《はな》ちて」とあれど、離《はな》れ給べきかた見《み》えず。「たゞ[二六]山崎《ざき》まで行《い》かむ〳〵」とたゞ乗《の》りに乗《の》り給へば、如何《いかゞ》はせん、ずちなくて御車引《ひ》き出《いだ》しつ。[二七]長徳二年四月廿四日なりけり。」 帥殿は筑紫《つくし》の方《かた》なれば、[二八]未申《ひつじさる》の方《かた》におはします。中納言は出雲の方《かた》なれば、丹波の方の道よりとて、[二九]戌亥《いぬゐ》ざまにおはする。」 御車共引《ひ》き出《い》づるまゝに、[三〇]宮は御鋏《はさみ》して御手づから尼にならせ給ぬ。[三一]内には、「この人〳〵まかりぬ。宮は尼《あま》にならせ給ぬ」と奏すれば、「あはれ、[三二]宮はたゞにもおはしまさゞらむに、物をかく思《おも》はせ奉ること」ゝ覺し續《つゞ》けて、涙こぼれさせ給へば、[三三]忍《しの》びさせ給。「[三四]昔《むかし》の長恨哥の物語《がたり》も、かやうなることにや」と、悲《かな》しう覺しめさるゝ事限《かぎり》なし。[三五]この殿原のおはするを世の人ゝの見る様、少ゝの物見《み》には勝《まさ》りたり。見る人涙を流《なが》したり。[三六]あはれに悲《かな》しきことはよろしき事也けり。」 中納言殿は京出《い》ではて給て、[三七]丹波境《ざかい》にて御馬に乗《の》らせ給ぬ。御車は返《かへ》し遣《つか》はす。年《とし》比使《つか》はせ給ひける[三八]牛飼童《うしかひわらは》に、「此牛は我形《わがかた》見

に見よ」とて給へば、童《わらは》ふしまろびて泣《な》くさま、理《ことはり》にいみじ。御車は都に來《き》、我御身は知《し》らぬ山路《〈チ〉》に入《い》らせ給程ぞいみじき。[一]大江山と云所にて、中納言、宮に御文《ふみ》かゝせ給。「こゝまでは平《たいら》かにまうできつきて侍。[二]かひ無身なり共今一たび參て[三]御覽ぜられでや止《ゝ》み侍なんと思給るになむ、いみじう苦《くる》しう侍。[四]御有様のゆかしき」など、あはれに書《か》き續《つゞ》け給て、

[五]憂《う》きことを大江の山と知《し》りながらいとゞ深《ふか》くも入わが身かな」となむ思給へられ侍」など書《か》き給へり。宮には、あはれに悲《かな》しうよろづをおぼし惑《まど》はせ給て、物も覺えさせ給はず。[六]「たゞならぬ御有様にかくさへならせ給ぬること」ゝ、かへす〴〵内にも女院にもいみじう聞《きこ》しめし覺す。」帥殿は[七]其日のうちに山崎關戸の院と云所にぞとまらせ給へる。[八]此御共には、さるべき檢非違使共四人ぞ仕《つか》うまつりたりける。[九]其具《ぐ》の物共の、御車につきて參ぞあはれにゆゝしき。中納言の御供《とも》には、[一〇]左衛門尉延安《〈ノブヤス〉》と云人は、[一一]長谷僧都《観修》のはらからの檢非違使也、それぞ仕《つか》うまつりたりける。あさましきこともせず。關戸の院にて[一二]帥殿は御心地《ち》あしくなりにければ、御供《とも》の檢非違使ども、[一三]「かう〳〵帥殿はみだり心地《ち》あしとてためらひ候。母北方もやがて[一四]つと捉《とら》えて、又《また》こゝになむ」と奏すれば、[一五]「疾《と》く〳〵其心地《ち》つくろひ(やめ)て、すがやかに下《くだ》すべき由《よし》、母北方すみ

一 大枝山とも。山城国(京都府)乙訓郡大枝村沓掛から丹波国(兵庫県)桑田郡篠村王子にいたる老ノ坂のことで、京都から山陰に出る路に当る。二「かひ無き身なりとも」。頼りがいのない身ではあるが。三 お目にかからずにおこうかと思うにつけて。「思給る」は「思ひ給ふる」と読む。四 いずれにしても御有様がなつかしく慕わしいことです。五 つらい事を覚えるという名を持った大江山と知りながらも、いよいよ深く分けいって憂い目に逢うわが身なることよ。六 御懐妊の上に「大江」に「覚え」を掛ける。七 本書によれば二尼にまでなられたことよと。関戸の院は、「関戸院、按元此地、山城南界而有レ関、又有二官舎一、号二関外院一、其院絶矣。故後世指二其旧跡一、名二関戸宿一、今称二関戸町一、疑是乎」(山城名勝志、乙訓郡条)。前掲小右記に拠れば五月四日に長岡の石作寺に泊った。

伊周、山崎関戸の院に病む

八 小右記、四月二十四日条によれば領送使は左衛門尉源為貞。府生忠宗は、五月十日山崎より帰京しており、これもお供したらしい。九 検非違使の引き連れた下部どもが。一〇「領送使右衛門尉陳泰」(小右、五月五日条)。延安は当字。石見守藤原実明男(分脈、巻七)。→補二六九。一一 紀氏(元亨釈書、巻四)。長徳三年に園城寺長吏に補された。一二「十二日(中略)大外記致時朝臣云、為貞上下帥依レ病不レ能二発向一之由上云々」(小右、長徳二年五月)。一三 かように伊周は病気のため一息ついて休息している。一四 邸を出る時からそのままじっと伊周をとらえて、又此処まで来ている。一五 早く病気を治療して、滞りなく配所へ下らせる事及び母北の方は早速都へお帰し申し上げよ。一六 流し遣る伊周・隆家の

やかにあげ奉れ」と宣旨あるに、中納言、宮の御有様も覺しやり、かの母北方をもおぼしやらせ給に、いみじくて、女院も内も、[一六]遙《はるか》なる御有様をいとゞ心苦《ぐる》しう覺しめして、[一七]大殿にも猶、「[一八]ことよろしかるべく」など、[一九]院に切《〈セチ〉》に申させ給て、[二〇]帥殿は播磨《はりま》に、中納言殿は但馬《たぢま》に留給べき宣旨下ぬ。」此事を宮人づてに聞《き》かせ給て、[二一]いみじく嬉《うれ》しなどもおろかに覺しめさるゝも、あはれにいみじき御事共なりかし。」關戸の院にて播磨にとまり給べきになりぬれば、いみじう嬉《うれ》しくおぼされて、「[二二]さばはやう都へ歸《かへ》らせ給ね。[二三]こよなう近程にまかり留りぬれば、いと嬉《うれ》しく侍。又あやまちたる事侍らねば、[二四]さり共召《め》し還《かへ》さるゝやうも侍なん」など、鳴〳〵聞え慰《なぐさ》めさせ給て、[二五]上《〈アゲ〉》奉《たてまつ》らせ給。我は播磨へおはす。[二六]かたみに遠《とを》ざからせ給へば、[二七]いみじう悲《かな》しなども世《よ》の常《つね》也。さて歸《かへ》らせ給て、[二八]上《うへ》は宮の御有様の變《かは》らせ給へるに、又いとゞしき御涙さくりもよゝ也。」帥殿は播磨《はりま》におはすとて、「こゝは明石《あかし》となん申」と云を聞《きこ》しめして、

[二九]物《もの》思心《こゝろ》の闇《やみ》し暗《くら》ければ明石の浦もかひなかりけり

「[三〇]いでや、物のおぼゆるにや」と、我御心にもにくゝ覺さるべし。「[三一]中納言ことかたへおはすらむを、などか、同方にだにあらましかば、何事もよからまし」と、[三二]あやにくなる世を心憂《う》く覺されて、「[三三]白浪はたてど衣に重《かさな》らず明石《あかし》も須磨《すま》も己《をの》が浦〳〵」[三四]といふ

行先が余りにも遙かなことを。一七 道長に対しても。一八 罰を適当に軽減するよう。一九 女院(詮子)におかれては痛切に道長に言われなさって。二〇「頭弁行成云、権帥者病間安二置播磨国便所一、出雲権守安二置但馬国便所一、各令下請二国司一取中其請文上可二帰参一者」(小右、五月十五日条)。

伊周・隆家の配所を播磨・但馬に改む

二一 大層嬉しいなど言ったところで十分な表現でないくらいに。二二 伊周の母北の方にいう詞。

伊周の母貴子、関戸の院より帰京

二三 格別近い所に留ることになったから。二四 いくら何でも召還されることもあるでしょう。二五 母北の方を都へ帰らせ申し上げた。↓補二七〇。二六 伊周は西の方播磨へ、母は東の方都へ、互に遠ざかってゆかれたので。二七 大層悲しいなどといったところで平凡な言い方である。

伊周、明石にて歌を詠む

二八 北の方は中宮が尼姿になられたことに、又一段と涙を流ししゃくり上げておいおい泣かれた。二九 流罪の身は物思う心の闇に迷うことだから、明るいという名を持つこの明石の浦も何のかいもないことであった。後拾遺、羇旅。三〇 いやまあ、なお物思う気力があるのだろうかと、我ながら心中つれなく思われるであろう。「いでや」は不承・反撥の語。三一 弟の隆家は別の方面—但馬へ行かれるだろうに、何故別の方へ遣られるのだろうか、せめて自分と同じ方角であったならば万事好都合であっただろうにと。三二 思うにまかせぬ世の中をつらく思われて。三三 着物の裏と表とを裁ち縫えば

古《ふる》哥をかへさせ給へるなるべし、

[一]かた〴〵に別《わか》るゝ身にも似《に》たる哉明石も須磨《すま》も己《をの》が浦〳〵」とぞ覺されける。」中納言殿は、旅のやどりの露[二]けくおぼされければ、

[三]さもこそは都のほかに旅寢《ね》せめうたて露けき草枕かな」。かくて但馬におはしつきぬれば、[四]國の守《かみ》[五]公家《オホヤケ》の御定《さだめ》よりほかに、さし進《すゝ》み仕《つか》ふまつる事多《おほ》かり。中納言殿は心あい[六]行づき給へれば、誰もいみじうぞ仕《つか》ふまつりける。[七]おはしつきぬれば、延安《ノブヤス》都《みやこ》へ歸り參るに、いと心細《ぼそ》げなる御有様の心苦《ぐる》しさに、我子を供《とも》に率《ゐ》ていきたりける[八]友助《トモスケ》と云をとゞめて、「御心にしたがへ」といひ置《を》きて、我は上りける。播磨にも[九]有べきさまにしつらひすゑ奉《たてまつ》り置《を》きて、[一〇]御共の檢非違使共歸《かへ》り參りぬ。[一一]いと遙《はるか》なりつる程の御ことゞもに、よそ〳〵の人もあはれに嬉《うれ》しく思《おも》へり。松君の戀きこえ給ぞいみじうあはれなりける。」宮には[一二]つきもせぬことを覺し歎くに、御腹《はら》も高《たか》く成もていきて、たゞならぬ事のみおぼし知《し》らるゝにも悲《かな》しうなむ。播磨《はりま》よりも但馬よりもうち續《つゞ》き御使しきり參る。」北方は其[一三]まゝに御心地《ち》あしうて、[一四]物もまいらで、年《とし》[一五]ごろの御念誦《ず》も懈怠《けだい》して、あはれに口惜き御有様を、御はらからの[一六]清照《セイセウ》阿闍梨など明暮《あけ》聞ゆれど、今は覺し直《なを》るべきやうも見えず、[一七]沈《しづ》み入ておはすれば、いかにと心細《ぼそ》きを、宮の御前に

衣として重なるのに、同じうらである明石の浦と須磨の浦とに立つ白浪は、立っても衣には重ならない。「たて」は「立つ」と「裁つ」を、「浦〳〵」は「裏々」に掛けた。拾遺、雑上、題知らず、人麿。三〇…という古歌を詠み変えられたのであろう、次のように詠まれた。

隆家の歌、隆家配所に着く

一 同じ浦でも明石と須磨に別れているのは、兄弟ながら一人は但馬、一人は播磨とあちこちに別れている身の上に似ていることだ。二 涙勝ちに。三 都の外ではいくら露っぽい旅寝をするにしても、それにしてもこれは余り露っぽい旅寝であることよ。後拾遺、羇旅、三句「やどりせめ」。四 但馬守。→補二七一。五 朝廷で定められた配流者の待遇以上に進んで奉仕申し上げる事が多かった。六「愛敬づき」。思いやりのある方だったので。七 但馬に着かれたので、領送使陳泰は都へ帰参することになったが、隆家の。八 尊卑分脈(巻七)には見えない。九 伊周の居所を然るべき有様にととのえ申し上げ置いて。

中宮・北の方の悲嘆

一〇「送権帥使左衛門尉為貞一日帰参」(小右、六月九日条)。一一 伊周・隆家とも遠い所へ送って行った旅であったが、(途中から早く帰ることができ)関係の薄い人々—検非違使の家族の者も大層喜んだ。一二 いつまでも消えない痛恨事—伊周・隆家流罪の事。一三 山崎から帰京したまま。一四 食事もされないで。一五 永年続けて来た念仏も怠って、お気の毒にも又残念な御有様

道隆室貴子病悩

も御方〳〵にも覺し歎く。[一八]二位新發はたゆみなき御祈の驗《しるし》、[一九]さりとも〳〵と思べし。いづくにも其まゝに皆[二〇]御齋《とき》にて、[二一]朝《〈アケ〉》くれ佛を念じ奉り給。[二二]かしこに通《かよ》ふ御文《ふみ》のうちの言《こと》葉ども、いづれもあはれに悲《かな》しき(に)、この北方は沈《しづ》み入《い》り給て、いと賴《たのも》しげなく(なり)まさらせ給。[二三]たゞ世《よ》と共《とも》の御言《こと》には、「殿に對面《たいめ》して死《し》なむ〳〵」とぞ寢言《ねごと》にもし給。[二四]帥殿をかく聞《きこ》え給なるべし。「[二五]世はかなければ、かく覺しつゝ(と)もかくもおはせむは、いみじき事かな」と、[二六]この主達《〈ヌシ〉たち》の聞《きこ》ゆるに、「さりとていかゞはあるべからむ」とて、九月十日の程になりぬれば、宮の御事もやう〳〵近く成ぬるに、[二七]賴《たのも》しう覺す人の沈《しづ》み入《い》り給へるに、いと心細《ぼそ》く覺さるゝ事つきせずなん。[二八]この御心地《ち》の有樣、おこたり給はむ事《こと》あり難《がた》げなるに、たゞ明暮は、「[二九]あな戀し」よりほかの事をの給はゞこそあらめ。是を聞給まゝに、但馬にも播磨にも[三〇]いみじう覺し遣《をこ》す。母北方うち泣《な》き給ひて、

[三一]夜の鶴《つる》都のうちに籠《こ》められて子を戀つゝも鳴あかす哉」。「いかに」と人〳〵聞《きこ》ゆれば、「[三二]あらず」と言《い》ひ紛《まぎら》はし給へり。播磨には、「[三三]此上《うへ》の戀しとおぼしたらむに、いかでか見奉《たてまつ》るべからむ。[三四]親の御事をいみじとて、また身のいみじう成はてむこと」ゝ覺し亂《みだ》る。[三五]但馬には「いみじき親の御事有とも、いかでかまたきゝにくきことはし出《い》でん、人の思《おも》はむ所のやさしからむ」と覺した

を。一六 僧綱補任「静昭」。詞花、雑下「法橋清昭」。長保二年正月十日法橋上人位。後に比叡山東塔功徳院に住した。一七（落胆のあまり）沈みこんでおられるので。一八 道隆北の方の父従二位高階成忠。「新発」→一四三頁注三六。
一九 いくら何でも効験があるだろうと。
二〇 僧と同じ食事をとって（身を慎み）。
二一 明暮。二二 播磨や但馬に届けられる。
二三 常日頃の口癖としては。
二四 伊周に対してこのようなことを言われたのであろう。二五 世の中は生死定めのないものであるから、伊周に会いたいと思いながら、万一亡くなるような事もあるならば、ひどく悲しいことだ。二六 北の方の同胞。明順・道順等。
二七 中宮が頼みに思っておられる母北の方。
二八 北の方の御病気は恢復がむつかしい有様であるにつけて。二九 ああ伊周が恋しいという事以外に一語として申されようか。
三〇 たいそう思いを都へ馳せなさる。
三一 夜の鶴が籠の中に捕われて子を恋うるように、都の中にとり残されて流浪の身にある子を恋いつつ泣き明かすことよ。詞花、雑上。「都」に「身や籠」を掛けた。「夜の鶴」は白氏文集（新楽府）にも「夜鶴憶᾿子籠中鳴」とあり、子を思うもの。三二 何でもない事。
三三 母が自分を恋しいと思っておられるにつけて、何とかしてお逢いできぬだろうか。
三四 伊周の心地。（しかし）親の事が大切だからといって（帰京したならば）、またわが身も一層重罪に問われるであろう。
三五 但馬において隆家は、親に関する非常の事—死ぬような事があろうと、どうして更にまた醜態を演じようか、人の思わくも恥かしいことと、帰京の事は断念した。

えたり。」 淑景舎《道隆第二女》は、春宮《三條院》より常《つね》に御消息《せうそく》絶《た》えず。[一]内にはいみじくおぼせど、世中におぼしつゝみて、たゞ[二]右近内侍して忍《しの》びて御文《ふみ》などはありける。帥宮《敦道》の《道》うへ《隆第三女》は、[三]今はあさましき御心地《ち》なれば、こゝにのみおはす。[四]猶ふりがたく、この御中には此宮ぞすぐれさせ給へる。[五]女院には、「この宮のもし男宮生《う》み奉り給へらば、あはれにもあるべきかな」と、[六]行末遥《すゑはるか》なるべき御有様を覺しつゞけさせ給も、「[七]上《うへ》を限《かぎり》なく思《おも》ひきこえさせ給御ゆかりにこそは」と、事はり知《し》られ給。[八]いみじうあはれにのみ常《つね》に歎きゝこえさせ給。」 はかなく秋にもなりぬれば、世の中いとゞあはれに、[九]荻吹《ふ》く風の音も、[一〇]遠程《トヲキ》の御けはひのそよめきに覺しよそへられけり。播磨よりも但馬よりも、日ゝに人參り通《かよ》ふ。北方の御心地《ち》いやまさりに重《おも》りにければ、[一一]こと〳〵なし。「[一二]帥殿今《いま》一度見奉《たてまつ》りて死《し》なん〳〵」と云事を、寝《ね》ても覺《さめ》てもの給へば、[一三]宮の御前もいみじう心苦《ぐる》しきことに覺しめし、この御腹からの主達《たち》も、「[一四]いかなるべきことにか」と思まはせど、猶いと恐《おそろ》し。北方はせちに泣《な》き戀奉《たてまつ》り給。見聞奉る人〳〵も[一五]やすからず思ひ聞えたり。播磨にはかくときゝ給て、「いかにすべきことにかはあらむ。[一六]事《こと》の聞えあらば、我身こそはいよ〳〵不用《ふよう》の物になりはてゝ、都を見でやみなめ」など、よろづに覺しつゞけて、[一七]只とにかくに御涙のみぞ隙《ひま》なきや。「[一八]さばれ、此身は

淑景舎女御と帥宮の上

一 一条帝は中宮定子を大層いとしく思われたが、世間に遠慮なさって。二 一条天皇付の女房で、御信任厚く、中宮にも愛された。枕草子にしばしば登場している。三 今では御病気のため気の狂われたような状態であるから、実家(中宮御所)にばかりおられる。敦道親王室については大鏡(道隆伝)に詳しい。四 三人の御姉妹の中では、やはり中宮が昔に変らず勝れておられた。五 東三条女院(詮子)は。六 その皇子を皇太子にしようなどと遙かな将来の御有様を思い続けたりなさるのも。七 わが子一条帝を限りなくいとしく思い申し上げなさるその御縁によってであろうと、その道理も知られる。「事はり」は理。八 女院は中宮の御身の上を。九「秋は猶夕まぐれこそたゞならね荻の上風萩の下露」(義孝集)。一〇 遠い配所の淋しいひそやかな物音かと、譬えられなさった。一一 心配する以外に余念がない。一二 母北の方のことば。

伊周配所を逃れ京に入る

一三 中宮も母を大層お気の毒に思し召され。一四 どのようにあるべき事かと思案を廻らしたが、(伊周らを迎える事は)やはり恐しい事である。一五 (北の方が今にもという容態にありながら伊周に会う事のできぬのを)心落ちつかず思い申し上げた。一六 もし露顕したならば、我が身はいよいよ廃り物となり終り、都を見ることもできず死んでしまうだろう。一七 あれこれと。一八 ままよ、この身がどうなると思うのか、これ以上の苦しみ悲しみがあろうかと。一九 親が臨終でいらっしゃるのにお会いしたからといって、朝廷も一層重罪に処し、神

又はいかゞはならむとする。これにまさるやうは」とおぼしなりて、「一九親の限《かぎり》におはせん見奉りたりとて、公家《オホヤケ》もいとゞ罪せさせ給ひ、神佛もにくませ給はゞ、猶さるべきなめりとこそは思《おも》はめ」とおぼしたちて、二〇夜るを晝《ひる》にて上《のぼ》り給。

さて二一宮の内には事《こと》の聞え有べければ、この二二西《にし》の京に二三西院《サイ》と云所に、いみじう忍て夜中におはしたれば、上《うへ》も宮もいと忍《しの》びてそこに二四おはしましあひたり。此西院も、二五殿のおはしまし丶折《をり》、この北方のかやうの所を二六わざと尋《たづ》ねかへりみさせ給しかば、二七その折の御心ばえ共に思ひて、洩《もら》すまじき所を覺しよりたりけり。母北方も、宮の御前も、御方〳〵も、二八殿も見奉《たてまつ》りかはさせ給て、又今更の御對面の喜《よろこ》びの御涙も、いとおどろ〳〵しういみじ。二九上はかしこく御車に乘《の》せ奉りて、おましながらかきおろし奉りける。三〇いと不覺《ふかく》に成にける御心地《ち》なりけれど、よろづ騒《さはが》しう鳴〳〵聞え給て、「三一今は心安《やす》く死《しに》もし侍べきかな」と、よろこび聞え給も、三二いかでかはおろかに。三三あはれに悲《かな》しとも世の常《つね》なりや。」かくて三四一二日三五おぼろげなく忍《しの》びさせ給に、三六いかなる物の罪にか、三七大やけ・私《わたくし》、帥殿上《のぼ》り給へりと云事出來《イデキ》て、三八宮をも守《まも》らせ給。さるべく疑《うたが》はしき所をも三九うかゞはせ給に、すべて露けしきなければ、夜を晝《ひる》になして公家《オホヤケ》の使四〇下《くだ》りて、四一在《をは》しおはせず確《たしか》にとて見せに遣《つかは》したれば、げにおはせざりけり。さるべく疑《うたが》はしき所ゝ

仏も憎み給うならば、それもやはり運命なのだとあきらめよう。二〇 昼夜兼行で。二一 中宮御所では事があらわれるかも知れないから。二二 平安京を朱雀大路で区切ったその西側の区劃。右京。→補二七二。二三 サイイン。普通サイとよむ。京都市右京区にある一劃。二四 お二方ともそこへいらっしゃった。二五 関白道隆の御在世中に。二六 特に安否を問うてはあるじに目をかけてやられたので。

二七 その折の有難い北の方の志に感じ、(伊周の隠れている事を)洩らす恐れのない所を思いついたのであった。二八 伊周も。

二九 北の方はうまく御車にお乗せ申し上げて、(隠れがに着いてから)御座所のまま車からおおろし申し上げた。

三〇 全く物も覚えぬ半死の御病気ではあったが。

三一 わが子に対面した今は安心して死ぬこともできることよと。「死」は名詞。

三二 どうして並一通りのことであろうか。

三三 しみじみと悲しいことだなどいうのもありきたりの言い方である。

三四 ヒトヒフタヒと読む。

三五 並々ならず身を隠しておられたのに。

三六 どのような目に見えぬ霊の罪によったのか。

―伊周の入京発覚、筑紫に配流―

給「いかなるもの丶つけ」(つけは告)。

三七 朝廷でも世間でも、伊周が上洛されたという噂が広まり。→補二七三。

三八 中宮御所をも警固された。

三九 様子を探らせなさったのに、全然おりそうな様子もないので。四〇 播磨に下って。

四一 播磨にいるのかいないのかを確かめようというので。

を尋ねさせ給に、只西院になむ(こもりて)おはすると云事聞えたれば、「[一]大やけ事《ごと》に、皆さき〳〵かゝる事ある事なれど、まだかく私《わたくし》に上りたる例《ためし》なし。是は只事にはあらじ、[二]公家をいかにし奉らむと云ことをかまへたるぞ」と、いみじきことを推しはからせ給も、恐《おそろ》しくて。「すべて都の近がする所也、また〳〵もかくぞあらむ」とて、[三]此度はまことの筑紫《つくし》にとて、[四]あまた檢非違使ども送《おく》り奉るべき宣旨くだりぬ。うち圍《かこ》みて、「[五]疾《と》く〳〵」と、いさゝか逃《のが》れ給べくもあらず、そゝのかしきこゆ。[六]又《また》さらなる御氣色ども、いへば疎《をろか》にゆゝし。此度の御供《とも》にぞ、母北方の御はらからの[七]津の守爲基といひし人の妻《め》をぞ宣旨とてありし、[八]御車にてやがて参る。[九]母北方あきれて、やがて物も覺え給はず。帥殿は、[一〇]「何《なに》か、是は理《ことはり》の事なれば。さるべきにこそは」と、よろづ覺しなして出《い》でさせ給に、松君は「我も〳〵」と鳴叫《さけ》びのゝしり給。げにあはれに悲《かな》しういみじ。[一一]かしこくこしらへとゞめ奉りて、御車引《ひ》き出《い》づる程もあはれに悲《かな》し。あさましう心憂《う》く、「夢のやうなることにも有かな」と、盡《つ》きもせず覺し歎かる。宮の御前の御心地《ち》にも、「播磨とかはこよなく近しと聞つれば頼《たの》しかりつる物を。[一二]とあり共かゝりとも、母北方はおはすべき有様にもあらざめり。[一三]とかくの事《こと》の折に、いかにあはれに悲《かな》しう心細《こゝろぼそ》く、[一四]誰かは、や、ともいはんとすらむ」と、盡《つ》

一 公事として、大臣を流刑に処した事は先例もあることだが、伊周のように私事のために勝手に配所から上洛した例は未聞の事だ。二 朝廷をどのようにしようという隠謀をたくらんだのだろうかと、とんでもない事を臆測なさるのも恐しいことであった。三 (前回は筑紫に流すつもりで播磨にとどめたが)今度はほんとうの筑紫にというわけで。四 十月十日のこと。↓補二七四。五 早く行け早く行けと、少しも逃れることのできそうもないくらいに催促申し上げる。六 また改めての悲しい御様子は、言ったところで平凡なくらい大層なものであった。七 尊卑分脈に「為基、摂津守、文章博士、正五下」とある。小右記、永祚元年四月五日の条に「図書権頭大江為基〈本摂津守〉」とあって、このときは摂津守ではない。↓一二三頁。八 御車で同時にお伴申し上げた。九 母北の方は茫然として、そのまま気が遠くなられた。一〇 何の驚くことがあろうか、捕われて再び配所に赴くことは道理の事であるから。これも前世からの因縁だろうと、すべてを覚悟して。一一 上手にだまして後におとどめ申し上げて。一二 どうあろうとこうあろうと、母はもう長い命のある方ではないように見える。一三 万一の事のある場合、どんなにしみじみと悲しく心細く。一四 誰が「や」(あ、これは。驚きの語)ともいうであろうかと。一五 伊周上洛の事。「それが申出たる事也ければ」へ続く。一六 高棟王四代孫。尊卑分脈、桓武平氏参照。ただし同書には行義とある。「非参議従三位平親信〈五十七〉、正暦三年六月一日任㆓越前守㆒」(補任、長保三年)。↓補二七五。一七 歌をうたうことが上手で。一八 祭の折ごとの陪従(賀茂・石清水等の祭に行われる東遊の音楽を奏する人や歌人。地下の楽人。近衛使に陪

きもせず覺さる。」 さても[一五]此御事は、[7][一六]越後前守平の親信《〈チカノブ〉》と云人の子、いと數多《あまた》有ける中に、[8]右馬助孝義《〈タカヨシ〉》といひて、[一七]哥うたひ、[一八]折ふしの陪從などに召《め》さるゝ有けり、それが申出たる事也ければ、「公家《〈オホヤケ〉》の御ために[一九]うしろやすき事申出《い》でたり」とて、[9][二〇]加階給はせたりければ、よろこびいひに父《〈チヽ〉》がもとにいきたりければ、親信朝臣「[二一]いづこにたがもとゝてこゝには來《き》つるぞ。おほけなくつれ無も有かな。[二二]か(う)やうの事は、我らが程の子などのいひ出《い》づべきにあらず。かゝることは、[二三]ゑびす・[二四]町女《〈メ〉》などこそいへ。あさましう心憂《う》きことを云出て、[二五]人の御胸《むね》を燒《や》きこがし歎を負《お》ふ、よきこと成や」とて、[二六]いとはしたなくいひのゝしりければ、[二七]あまへて出にけり。」 世の人此殿の御有樣を、あるは、「[二八]あしうし給へれば理《ことはり》」と云人も有、又[二九]少《すこ》し物の心知《し》りたる心ばへある人は、「[三〇]彼御身にては、おはしたるにくからず。[三一]母の死《し》ぬべきが、我を見て死《し》なん〳〵と寢《ね》ても覺《さ》めてもいはむを、[三二]身はいたづらになるともなどおぼすにこそはあらめ。哀なること也や。[三三]彼もとの播磨も今《いま》は過給ぬらむかし。[三四]中納言こそかしこくおはせず成にけれ。猶玉しゐはおはする君ぞかし」などぞ聞《きこ》えける。」 母北方、あはれに悲《かな》しき事を覺し入つゝ、今は[三五]限《かぎり》になり給にたり。哀に悲し共世《よ》の常《つね》なる御有樣ども也。[三六]年《とし》ごろの御念數いたづらに成ぬべきことを、[三七]清照《〈セイセウ〉》阿闍梨口惜ことに

平親信、その子孝義の密告を怒る

従する意味)として召される者がいた。一九 安心のできる事を。二〇 密告の賞として位を加え進められたので。「孝義朝臣加二一階一、左衛門尉倫範叙位、皆是告二言外帥入京之由一賞」(小右、長徳二年十一月十日条)。二一 ここを誰の所だと思って来たか、汝は大それた薄情者だ。二二 密告などというものは、我々程の身分の者の子弟などが口にすべきことではない。二三 東夷のような未開の情知らず。二四 賤しい物売りの女。二五 伊周一家の心を痛ましめ嘆きを負うことは、立派な事であろうか。
二六 大層体裁の悪い程大声で叱ったので。
二七 孝義はきまり悪く思って帰って行った。
二八 よくない事をなさったのだからこうなるのも当然。

伊周の行動に対する世評

二九 少しく人情を弁えた考えのある人は。
三〇 あのような境遇の御身としては、帰京されたのも憎むべき事ではない。
三一 死に臨んだ母が。
三二 たとえ身はすたれ者になるとも構わないと、自分を犠牲にするお考えなのだろう。
三三 あのもと住んでいた播磨の国も。
三四 中納言隆家は賢いことに帰京されなかったことだ。やはり思慮のしっかりした人物だ。

故道隆北の方の病危篤

三五 最期になられた。
三六 長年の御念仏もむだになってしまいそうなことを。「念数」は念誦。ネンズ。
三七 → 一七二頁注一六。

思ひきこゆ。[一]二位の新發は、たゞ夜る晝《ひる》[二]御祈どもを死《し》ぬばかりしゐたり。猶こ[三]り須磨にさるべき法共をなむ行《をこな》ひける。」東宮より淑景舎[四]に、「[五]あはれに、いかに〳〵」とある御消息《せうそこ》絶《た》えず。「[六]いみじう口惜(う)。誇《ほこ》りかにおはせし物を、いかに物覺すらむ」と、ゆかしう思ひきこえさせ給。春宮よりいかなる御消息《せうそこ》か有けん、淑景舎より聞えさせ給、

[七]秋霧《ぎり》の絶間《たえま》〳〵を見渡《みわた》せば旅にたゞよふ人ぞ悲《かな》しき」。はるかなる御有様《さま》を覺しやらせ給て、*中宮、

[八]雲の波煙《けぶり》の浪をたちへだてあひ見むことの遙《はるか》なるかな」とひとりして覺されけり。」[九]やう〳〵筑紫《つくし》近うおはしたれば、國〻のやけ[一〇]の使《ツカイ》[一一]の御まうけども、いと眞《ま》心に、泣《な》[一二]く〳〵といふばかりに仕《つか》まつりわたす。今[一三]は筑紫《つくし》におはしましつきたるに、其折の大貳[一四]は有國朝臣なり。かくときゝて御まうけいみじう仕《つか》うまつる。「あはれ、故殿[一五]の御心の、有國を罪もなく怠《おこた》る事もなかりしに、あさましう無官にしなさせ給へりしこそ、世に心憂《う》くいみじと思ひしに、有國[一六]が恥《はぢ》は恥《はじ》が恥《はじ》にもあらざりけり。哀[一七]にかたじけなく、思ひもかけぬ方にも越《こ》えおはしましたるかな。公家[一八]の御掟《をきて》よりは、さしまして仕《つか》うまつらむとす」などいひ續《つゞ》け、よろづ仕うまつるを、人づてに聞《き》かせ給もい(とは)づかしう、なべて[一九]世

一 →一四三頁注三六。二「こは見はてぬ夢の巻にも見えて道長を呪詛して伊周の世にいでむ事を祈るよしなり」(詳解)。三 以前の失敗にも懲りずに然るべき御祈禱を行った。「共」は複数の接尾語。四 →一三八頁注一八。五 お気の毒に、どうして過しておられるか。六 大層残念な事だ。誇らしげに寵愛を専らにしていたのに、今はどんなに物思いをされているだろうと、お会いになりたく思い申し上げなさる。七 秋霧の絶えまを見渡すにつけ旅の空に流浪する人の身の上が悲しまれる。「旅に」以下底本傍書「うきたる雲そあはれなりける」、万代、秋下もこれに同じ。且つ「見渡せば」を「ながむれば」とする。八 筑紫は千雲万波を立ち距たっていていつ相会うこともできるか、遙かな事である。続古今、離別(結句「かたくもあるかな」)。九 次第に。一〇 駅家の使。宿駅の船や馬などを取扱う家にいる役人。陽「むまやの使」、富「うまや〳〵の使」。一一 御接待。一二 泣かんばかりに一同奉仕した。一三「十二月八日権帥伊周到二大宰府一」(略記、長徳二年)。一四 大宰大弐。府政を総管する役。有国の任大弐は長徳元年十月十八日(補任)。一五「故殿」は故道隆。→一二三頁。一六 有国の恥辱は恥辱というようなものではなかった。一七 衷心からもったいなく、思いもよらぬ方面―筑紫などへお出なさった事ですね。一八 朝廷のお取りきめになった流人の待遇規定以上につけ加えてお世話申し上げる覚悟です。一九 おしなべて世の中までも厭に思われる。二〇 未詳。→補二七六。二一 事情がよく分らず、

淑景舎と中宮の御歌

大弐有国、伊周を厚遇

中さえ憂《う》く覺さる。御消息《せうそこ》我子の[二〇]よしなりして申させたり。「思ひがけぬ方《かた》におはしましたるに、京のことも[二一]おぼつかなく、驚ながら參るべく候へども、[二二]九國の守《かみ》にて候《さぶら》ふ身なれば、[二三]さすがに思ひのまゝにえまかりありかぬになむ、いまゝで候はぬ。何事も只仰《おほ》せごとになむ隨《したが》ひ仕《つか》うまつるべき。[二四]世中に命長《なが》く候けるは、[二五]わが殿の御末《すゑ》に仕《つか》まつるべきとなん思ひ給る」とて、さまぐ\の物共、[二六]櫃《ヒツ》どもに數知《し》らず參らせたれど、是につけても[二七]すぞろはしく覺されて、きゝ過《すぐ》させ給。其まゝに只[二八]御時にて過《すご》させ給。」かくいふ程に、神無月の廿日餘《あま》りの程に、京には母北方うせ給ぬ。哀に悲しうおぼしまどはせ給。[二九]二位の命長さあはれに見えたり。されどそれは[三〇]むげに老はてゝ、たはやすくも動《うご》かねば、たゞ明順《アキノブ》・道順・信順《サネノブ》など云人ぐ\、よろづに仕《つか》うまつり、[三一]後の御ことゞも例のさまにはあらで、[三二]櫻をと云所にてぞ[三三]さるべき屋作て納《おさ》め奉りける。哀に[三四]悲共おろか也。但馬には夜を晝《ひる》にて人參りたれば、鳴ゝ[三五]御衣《ぞ》など染《そ》めさせ給。筑紫《つくし》にも人參《まい》りにしかど、[三六]いかでかはとみに參りつくべきにもあらず。[三七]後ゝの御事共さるべくせさせ給。筑紫の道は、[三八](今)十餘《よ》日といふにぞ參りつきたりける。「あはれ、[三九]さればよ。能くこそ見奉り(見え奉り)にけれ」と、今ぞ覺されける。[四〇]御服《ぶく》など奉るとて、

とるものもとりあえず参上すべきですが。

二二「九国」は西海道の九国。九州のこと。その守は大宰大弐の意。二三 直ちにとは思うものの、何といっても思いどおりに出歩くこともできないので、今まで参上しないのです。二四 公卿補任によれば有国は長徳二年に五十四歳。二五 わが主君兼家公の御子孫に仕えよということだろうと存じます。「給る」は「給ふる」と読む。二六 櫃。大形の匣(こは)の一種で、上に向って蓋の開くもの。二七「すずろはしく」に同じ。伊周は何となく落着かぬように感じられて、お礼も言わず聞き捨てにされた。二八 御斎。元来は僧家の食事。ここは詳解に「僧の食を食して、慎み

高内侍貴子逝去

居るをいふ」とあるの意。二九 貴子の死は本書だけ。父成忠の長命された事が気の毒に思われた。補任・分脈に長徳四年七月薨七十三(二イ)歳とあるによれば、今年七十一歳。
三〇 ひどく老耄して。
三一 葬送の事。通例の火葬ではなく土葬にして。
三二 桜本。「を」は「本」の草体の誤。→補二七七。
三三 棺をおさめておく霊屋(たまや)。
三四 カナシトモと読む。
三五 御着物を黒くお染めなさった—喪服を着用された。
三六 どうしたところで急には参着できるものでもない—遠路故到着までに日数を要した。
三七 死後の法事など。
三八 但馬よりもなお十余日を費して。
三九 やはりそうだった。あの時よくぞ母にお会い申し上げ、また母から見られ申したことだったと。
四〇 喪服を着られるというので。

[一]その折に著《き》てまし物を藤《ふぢ》衣やがてそれこそ別成けれ」とぞ一人ごち給ける。」　かくて[二]上《うへ》の御事はあさましくてやませ給ぬ。[三]宮の御産のことも覺し歎《なげ》かれけり。[四]しはすの廿日の程に、わざとも惱《なや》ませ給はで、[10]女御子生《むま》れさせ給へり。「同くは男におはしまさましかば、いかに賴《たのも》しく嬉《うれ》しからまし」と覺す物から、又押《を》[五]し返し、「[六]いと嬉《うれ》し。煩《わづらは》しき世中を」とぞ、おぼしめされける。[七]内にはけざやかに奏せさせ給はねど、[八]おのづから院聞《きこ》しめしければ、同《おな》じう聞《きこ》しめしつ。いと〳〵哀に、[九]いかにせさせ給らむと覺し聞えさせ給。女院より、様[一〇]〳〵にこまかに推《を》しはかりとぶらひきこえさせ給へり。[一一]わざとおぼし續《つゞ》けさせ給共なかりつれど、佛神の御助《たす》けにやと見えさせ給。[一二]御湯殿《ゆどの》には内より仰ごとにて、右近内侍ぞ參りたる。[一三]いとつゝましく恐《おそろ》しき世なれ共、上《うへ》の仰事のかしこさに參たるなりけり。[一四]事限《かぎり》あれば、何事もあべいさまは失《う》せねど、[一五]故殿などの御世の花〳〵とありしに、かやうの御有様ならましかば、いか斗めでたからまし。[一六]それを覺し出させ給にも、ゆゝしく覺さる。[一七]御衣《ぞ》の色より始、誰もうたてある御姿《すがた》共に、[一八]若宮の物あえせさせ給はず、[一九]白くうつくしうおはしませば、右近内侍、「あはれ、是を疾《と》く内に御覽ぜさせ奉らばや」と聞えさす。[二〇]七日が程の御事共、[二一]いかゞはなべてなるべき御事共かは。」　但馬にはきゝ給て、「哀に嬉《うれ》し

一 母に別れ都を立つ時、この藤衣(喪服)は着ればよかったのに、母との生別がそのまま永久の別れであった。玉葉、雑四、結句「限りなりけれ」・万代、四句「やがてこれこそ」。二 伊周の心配の種であった母北の方の事は、その死をもって終りを告げられた。三 又中宮御産の事についても心配して嘆かれた。四「十六日壬子、中宮誕⁼生皇女⁼、出家之後云々、懐孕十二ケ月」(紀略、長徳二年十二月条)。五 反対に。六 女御子でよかった。もし皇子だったらむつかしい事の起りそうな世の中だから。七 表向きにはっきりとは奏上させなさらなかったが。八 自然の成行で女院のお耳にも達したので、同じように帝も御承知になられた。九 中宮は今頃どうされておられるだろうかと、帝は御推測申し上げなさる。一〇 色々委細御推量の上御見舞申し上げなさった。一一 中宮は正式に仏神を祈願し続けられたわけではなかったが、(平産なさったのは)仏神の御加護によるものだろうと。一二 御湯をあみせ奉る儀式。↓補二七八。一三 伊周の家に出入することは、(道長に対しても憚り多く)恐しい世ではあるが。一四 誕生の儀式にはきまりがある故、万事しきたり通りの事はされたが。一五 故道隆の関白時代の華々しかった時に、御産をせられたのであったら、どれ程めでたい事であったろう。一六 そうした事を思い出されるにつけても、涙が流れ不吉めいた感じを起された。一七 中宮の御着物を始め誰も喪服を着て厭わしいお姿であるにかかわらず。一八 若宮はそれにあやかりもされないで―それとは似ても似

脩子内親王誕生

隆家の感慨

つかず。「あえは肖也」(抄)。一九 肌の色も白く可愛らしくいらっしゃるので。二〇 七日間にある産養（うぶやしない）の儀。二一 どうして並一通りであってよい事であろうか―盛大に行われるべき事であった。二二 御子がお生まれなさらぬのでさえ、流罪にされるような恐しい世の中においては、昔もかように皇子の御誕生により嫉みを受けたりして、恐しい事がたくさん起ったものだ。二三 已むを得ないとあきらめられたのだろう。二四 我等は遠国にあって、どうすることも出来ず、母貴子は亡くなられているし、中宮定子母子を、誰が懇ろにお世話申し上げるだろうか。二五 母貴子の逝去を。二六 宮中へ帰参することになったので。二七 中宮は様々懇ろに禄などを下さったので。二八 中宮様はこの私を何で水臭い者のようにお取扱いなさって、このように仰山な禄など下さるのでしょう。二九 睦じく気のおけない者として使えと、帝が思し召してこちらへお向けなさったかいもなく、何でこのように大層な禄など下しおかれたのでしょう。これでは帝のお尋ねなさった時御返事の申し上げようもありません。三〇 いろいろ付け加えて。三一 若宮に会いたいものだ。三二「内親王初謁事、内親王年七八歳有㆓初謁事㆒」(新儀式)。三三 皇太子妃宣耀殿女御のお生みした皇子などは、皇太子がじっと抱いて宮中を歩いていらっしゃると聞いた。↓一四四頁。三四 また懐妊されたとか、うらやましく思うこともあるが、自分たち親子の相会う事がいつの事やら分らないのは心細いことだ。

右近内侍中宮・若宮の御有様を奏上

きことかな。げに男におはしまさぬもいとよし。[二二]さらぬだにかゝる世の中に、古《いにしへ》もか様の事《こと》によりてこそ、多《おほ》く恐《おそろ》しきことは出來《く》れ」など、[二三]いかゞはせむの御心にや、女におはしますも心安き事に覺しける。「[二四]誰かこまやかに仕《つか》まつるらむ」と、哀に思ひやり聞え給。筑紫には、[二五]上《うへ》の御事を哀に思ひやりきこえ給。宮の御事《こと》をも朝暮心にかけ覺しけるに、かく平かにおはしますよしを聞えに人参りたり。」かくて右近内侍、七日が程過《す》ぎて[二六]内に参れば、[二七]様〳〵いみじうこまかなる事共をせさせ給へれば、「[二八]何をうとしと、かくは煩《わづらは》しきことゞもをせさせ給へるならむ。たゞ右近をば[二九]むつまじうあなづらはしきかたにてと、上の覺しめしてせさせ給へるかひなく、いかでかくおどろ〳〵しき御事どもをば。問せ給はんにも奏すべきかた候はずなん」など啓して、返〳〵かしこまりて、やがて内へ参りければ、上は忍《しの》びやかに召《め》して、日比の御有様細《こま》かに問《と》はせ給に、[三〇]よろづさしましつゝいみじう哀に奏すれば、御涙もうかせ給ひて、「げにさぞあらむかし」と覺しめし續《つゞ》けさせ給。若宮の御うつくしさなど奏すれば、「[三一]かれを見ばやな。[三二]御子達は御對面とて五や七などにてぞ昔《むかし》は有ける。又内に兒《ちご》など入《い》るゝことなかりけり。されど今の世はさもあらざめり。[三三]東宮の宣耀殿《娍子》の宮《小一條院》などは、つと抱《いだ》きてこそありき給なれ。[三四]又只にもあらずものし給とか、うら山しう思こともあれど、逢見ん事のいつとなきこそ」など、哀に語《かた》らはせ給。「[一]いみじう様〻よろづせさせ給へるこそ、いとかたじけ無かしこく候へ。[二]えもいはぬ装束して給はせたれど、一日《ツイタチ》にとてなむおさめて候《さぶら》ふ」など奏すれば、「[三]心ばえのおとな〳〵しう哀なるかたは誰かまさらむ。[四]又人をあまた見ぬにやあらむ」など、[五]いみじう御心ざしある様に仰らる。それにつけても、尼にならせ給へることを口惜う、[六]参りなどせさせ給はむにも、世の人の口煩《わづらは》しう覺さるゝ程に、人知《し》れぬ御歎成ける。」かくて[11]年もかはりぬれば、一日は[七]朝拝《てうはい》などして、(萬目出度すぎもていくに、花の都は)目出に、彼旅の御有様共、「[八]春や昔《むかし》の」とのみ覺されつゝ、哀に[九]年さえへだゝりぬるを、[一〇]よろづいとおぼつかなく、あまたの霞立隔《へだ》てたる心地《ち》せさせ給。」[一一]彼二條の北南と造《つく》り續《つゞ》けさせ給しは、殿のおはしまいし折かたへは燒《や》けにしかば、今は一《ひと》つに皆住《す》ませ給しを、此帥殿の御下《くだ》りの後、程《ほど》無燒《や》けにしかば、[一二]此御子なども生れ給ふべかりしかば、[一三]平中納言惟仲(が)知《し》る所有けり、それにぞ女院など仰られて住《す》ませ給ける。[一四]内には、若宮の御うつくしさを、いかにいかにと女院も聞えさせ給へど、[一五]つゝましき世の有様なれば、覺したゆたふべし。「[一六]殿などや如何《いかゞ》覺しめさむ」とおぼすらむ、理《ことはり》にこそ。[一七]宮の其まゝに、例《れい》の御有様におはしまさぬにより、あからさ

一 中宮様が大層いろいろと御心配下さいましたことは、ほんとにもったいなく恐れ多いことでした。二 いうにいわれぬ立派な装束を揃えて下さいましたが、元日にと思って納めてございます。三 気だてがよくできていてしみじみと情味のある点では中宮に勝る人が誰あろう。四 中宮以外に自分は人を大勢知らぬせいかも知れないが。五 中宮に対する深い御愛情を抱かれている御様子で。六 中宮が参内などされるにつけても、(尼姿では)世間の人の口もうるさいことと思われたが、そうした事が。七 朝賀。元旦辰の刻に天皇が大極殿に出られて行われる儀式。起源は大化二年。文武天皇頃には隆盛を極めたが、

年改まる(長徳三年)

小朝拝が盛んになるにつれて行われなくなった。八「月やあらぬ春や昔の春ならぬ わが身一つはもとの身にして」(古今、恋五、業平)。九 去年流されてから既に年も変ってしまったのを。一〇 何事につけても都のことは不案内で。一一 道隆・伊周の居邸。↓補二七九。

中宮定子、平惟仲の家に遷御

一二 脩子内親王。一三 惟仲の知領所があったが、それに東三条女院の仰せで中宮はお住まいなさった。惟仲は美作守珍材一男。↓補二八〇。一四 帝に対しては、若宮のお可愛らしさ故、お会いなされたらいかがですかと女院も申し上げられたが。一五 憚りある世の有様であるから、帝としてはためらって心をお決めかねるであろう。一六 道長などが何と思われるだろうかと、帝がお思いなさるのは道理の事である。一七 中宮は事件以来、尼姿でいらっしゃるから、ほんのちょっと参内されるのもいかがかと。一八 帝

まに参らせ給はむもいかにとつゝましう覺しめすなるべし。常《つね》[一八]の御言《こと》草のやうにゆかしく思ひ聞えさせ給御有様を、女院はいと心苦《ぐる》しき御事に覺しめせど、さすがに若[一九]宮の御前の限《かぎり》参らせ給べきにはあらずかし。」若宮の御乳母には、[12][二〇]北野の三位とて物し給し人の御女なども参りけり。それも九[二一]條殿の御子といはれ給し人也。又弁[二二]乳母や、少[二三]輔の命婦と云、様ゝ候ふ。」はかなく夏にもなりぬれば、若宮の御有様《さま》いとうつくしうおはします。旅[二四]の御消息《せうそこ》も日毎《ごと》にといふ斗なり。[二五]あはれにおぼつかなくのみ覺し亂。[13][二六]二位此若宮見奉《たてまつ》りにとて夜の程参《まい》れり。宮の御前哀に御覽じて、[二七]さくりもよゝと泣《な》かせ給。宮のいみじううつくしうおはしますを、二位笑《え》[二八]みまけうつくしみ奉り給。「哀に、上[二九]の御かはりには、御前をこそ頼《たの》み申て候まゝに、明暮《あけくれ》もえ見奉《たてまつ》らぬことをなむ。さても『内には、此宮をいとゆかしき物に思ひ聞えさせ給へば、入《い》らせ給ふべし』など世には申めるを、[三〇]如何《いかゞ》は覺し定《さだ》めさせ給らむ。老[三一]の身は、さべき人も物をなむ聞《き》かせ侍らざりける」と申給へば、「[三二]こゝにも母の御かはりにはいかでとこそ思ひ聞え侍れど、其事と無物騒《さはが》しきうちに、此宮の御扱《あつか》ひにはかなく朝暮《く》れてこそ。内よりも、『[三三]此宮をいまゝでおぼつかなくてあらせ奉ること』など、まめやかにの給(は)すめり。女院もその〔御〕*氣色に従《したが》はせ給にやあらむ、『[三四]猶

が日頃の御口癖のように姫宮にお会いなさりたく思っておられる御有様を、女院としては大層お気の毒な事に。一九 若宮だけを。二〇 非参議従三位藤原遠度の女、宰相の君。→補二八一。

脩子内親王の御乳母達

二一 藤原師輔の男。分脈によれば、母は常陸介〔藤原〕公葛女。永祚元年三月二十四日薨。
二二 阿波守藤原順時《まさとき》の女。→補二八二。

高二位成忠、中宮御所へ参る

二三 左大臣源雅信家女房(底本初花巻勘物)。岩野氏説によれば源為善妻かという。二四 旅の身の上にある伊周・隆家からの御たよりも毎日というほどであった。二五 それによればお気の毒に都のことが心配と、しきりに思い乱れておられる。「覚し乱」は、「おぼし乱る」と読む。
二六 高二位高階成忠。中宮の外祖父。二七 しゃくりあげてよよと泣かれる。二八「笑み設け」。相好をくずしてお可愛がり申し上げなさる。
二九 故北の方の代りには、中宮を頼みに思っているので、毎日お目にかかれないのが残念。「なむ」の下「口惜しく覚ゆる」などを補って解する。三〇 どのように御決心なされるか。
三一 自分のような老人は、相談あって然るべき人も何も聞かせてくれない。
三二 自分も、母の代りには何とぞあなたをと思い申し上げているが、何ということもなく物騒がしかったし、この姫君のお世話をしたりで徒らに月日も過ぎてしまった。「こそ」の下「過し侍りつれ」などを補って解する。
三三 今まで対面もせず姫宮を心もとない状態でおくことよなどと。
三四 やはり姫宮を宮中へお連れなさるようにと。

率《ゐ》て入《い》り奉れ』とこその給はすれど、[一]いさや、よろづつゝましくのみ覺えてこそ、「いかにせまし」と思ひやすらはれ、[二]萬よりも彼旅の人〴〵をいかに〴〵と思ひ物するこそ、いみじう哀に心細《ぼそ》けれ。[三]『さり共、いとかくてやむやうはいかでか』とのみこそは、内にもいみじう心苦《ぐる》しき事にの給はす(な)れ」との給はすれば、「たび〴〵夢に召《め》し還《かへ》さるべき様に[四]見給へるに、[五]かく今まで音《をと》無侍をなむ。[六]猶さるべう覺し立《た》ちて内に參らせ給へ。御祈をいみじう仕《つか》うまつりて、寢《ね》て侍し夢にこそ、「男宮生れ給はむ」と思夢見て侍しかば、[七]『此事によりて猶疾《と》く參らせ給へ』と、そゝのかし啓《〈ケイ〉》させさせむと思ひ給へられて南、[八]多《おほ》くは參侍つる也。[九]「御文《ふみ》にては落《お》ち散るゝやうもや」と思ひ給へてなん」などそゝのかし、[一〇]泣《な》きみ笑《わら》ひみ夜一夜御物語ありて、曉には歸《かへ》り給ぬ。」宮の御前の内參の事、[一一]そゝのかし啓しつるにぞ覺したゝせ給へる。明順・道順、萬に[一二]そゝき奉る。國〻の[一三]御封など召《め》し物すれど、はか〴〵しく物すがやかにわきまへ申人もなければ、[一四]さるべき御庄《〈シヤウ〉》などぞ、「絹《きぬ》など奉らせん」と[一五]安内申人ありければ、絹《きぬ》召《め》して萬に急《いそ》がせ給。[一六]宮おはしますたびなれば、よろづ御けはゐ異《こと》なり。[一七]御輿《こし》などは古體《たゐ》に有べき事なれば、「御車にて」とぞ覺しめしたる。いと〴〵つゝましう宮おぼしめしたれど、[一八]「などてか。猶諸共《もろとも》に」と聞えさせ給へば、彼二位

一 いやいや、万事遠慮せられて、どうしたらよかろうかと躊躇され。二 何事よりもあの旅にいる伊周・隆家の身の上をどうしておられる事かと心配するよりほかないのが、哀心から心細く思われる。三 それにしてもこのままで召還されずに終ることがどうしてあろうかと、しきりに帝も大層気の毒なこととして仰せられていると聞きます。四 富「見給ふるに」。 五 今にいたるまで何の音沙汰もないのを残念に思う。「なむ」の下「口惜しく覚ゆる」などを補って解する。六 やはり然るべく決心されて参内なさいませ。七 皇子がお生まれになるというのだからやはり早く参内なさいませ。八 今日参内したのも多分はこうしたわけだったのです。九 御手紙では秘密の漏れ広がる恐れもあろうかと存じまして(参上したのです)。一〇 泣いたり笑ったりして。一一 成忠がおすすめして申し上げたことによって参内を御決心なさった。一二 急ぎ騒いで仕度申し上げる。一三 入内用途の料として諸

中宮と脩子内親王参内

国の食封地からの貢物を徴収されたが、はきはき滞りなく上納する人もないので。
一四「伊周などのもてる荘園なるべし」(詳解)。
一五 案内。申入れをする人があったので。
一六 今度は姫宮をお伴いになることであるから、万事御様子も違っている。
一七 皇后は輿にお乗りになるべきであるが、若宮御同道では、それは古風で儀式張る事だから。「天子は至尊におはしませば車には乗御せず。また輿はことに重くせらるゝものにて、天子の外には皇后と斎王とに限れり」(輿車図考)。
一八 そのように御遠慮なさる事はない。やはり若宮と御一緒に参られるように。

脩子内親王、帝と女院とに御対面

のそゝのかし聞えし事もあれば、[一九]さばとて諸共《もろとも》[14]に參らせ給。人の(くち)やすかるまじう思《おも》へり。」 かくて内に參らせ給夜は、大殿、[二〇]さるべき御前參るべきよし仰らるれば、皆參りたり。殿の御心樣のいみじうあり難《がた》くおはします事限《かぎり》なし。かくて參らせ給へば、女院[二一]いつしかと若宮抱《いだ》き奉らせ給へば、いとうつくしうおはします。うち笑《え》みて哀に見奉《たてまつ》らせ給。いとをかしげに肥《こ》ゑさせ給へり。[二二]御物語なにと無もの華《はな》やかに申させ給へば、[二三]まづ知《し》る物に覺さるべし。宮萬につゝましき事を覺しめすに、院と御對面ありて、盡《つ》きせぬ御物語《がたり》を申させ給程《ほど》に、[二四]上渡《わた》らせ給て若宮見奉らせ給。えもいはずうつくしうおはしまして、たゞ笑に笑《わら》ひ物語せさせ給。上の御前は「[二五]今まで見ざりけるよ」と覺しめすに、まづ御涙もうかせ給べし。まして「[二六]男におはしまさましかば」とぞ、人知《し》れず覺しめしける。さて宮に御對面あるに、御几帳引寄《よ》せていとけ遠《どを》くもてなしきこえ給へる程も[二七]理なれど、[二八]御殿油《とのあぶら》遠くとりなして、隔《へだて》なき樣《さま》にて泣《な》きみ笑み聞えさせ給に、[二九]古《いにしへ》に猶たちかへる御心の出《い》でくれば、宮「いと〳〵けしからぬ事なり」など、萬に申させ給へど、それをも聞《きこ》しめし入《い》れぬ樣に亂[三〇]させ給程《ほど》も、かたはらいたげ也。萬に語《かた》らひ聞え給て、曉に出《い》でさせ給べけれど、「猶しばし。[三一]宮見つくまで、今四五日は」と申させ給て、職《〈シキ〉》[三二]の御曹司に曉渡《わた》らせ給て、

一九 それではというので中宮は姫宮と御一緒に参内された。世間の人は口やかましくいわないではおられぬように思った。「今夜中宮参ニ給職宮(曹)司一、天下不ニ甘心一。彼宮人々称レ不ニ出家給一云々、太希有事也」(小右、長徳三年六月二十二日)。
二〇 規定通りの前駆の者を差出すよう。
二一 さっそく。
二二 若宮は何か分らぬ事を何ということもなくキャッキャッと申しなさるので。〔参考〕「(藤壺腹ノ若君ガ)物語などしてうち笑み給へるがいとゆゆしううつくしきに」(源氏、紅葉賀)
二三 涙の種と。「世の中の憂きもつらきもつげなくにまづ知るものは涙なりけり」(古今、雑下、読人知らず)。
二四 次の「上の御前」とともに一条帝。
二五 こんなに可愛いのに今までどうして会わなかったことかと。
二六 もし皇子でいらっしゃったならば(どんなによかったろう)と。
二七 出家されたのであるから道理だが。
二八 御灯火をわざと遠ざけて、隔意ない御様子で泣いたり笑ったりしてお話申し上げているうちに。
二九 昔にもどり御愛情が湧き出て来るので。「古になほ立ちかへる心かな恋しき事に物忘れせで」(古今、恋四、貫之)。
三〇 とり乱した事をなさるので、中宮もお困りの様子である。
三一 若宮が馴れつくまで、せめてもう四、五日は。
三二 中宮職(中宮付の役所)の御曹司。皇居の東北、左近衛府の西。

[一]そこにしばしおはしますべくしつらはせ給。」[二]上《うへ》も宮も萬におぼしめしはゞかる事多《おほ》くおはしませど、[三]ひたみちに只哀に戀しう思ひ聞えさせ給へる程なれば、人のそしらむも知《し》らぬさまにもてなし聞えさせ給も、此方はずちなき事《こと》にこそあめれ。宮の御前は、[四]世のかたはらいたさをさへ、物歎《なげ》き〔に〕*添《そ》へて覺しめす。[五]御方の女房達、昔覺《むかしおぼ》えて哀に思たり。さて日比おはしまして、猶いと[六]程《ほど》遠しとて近殿《〈デン〉》に渡《わた》し奉りて、[七]上《のぼ》らせ給事はなくて、我おはしまして、夜中斗におはしまして、[八]後夜に歸《かへ》らせ給ける。[九]御心ざし昔にこよなげ也。[一〇]此比候給女御達の御覺《おぼ》えいかなるにかと見えさせ給。」疾《と》く出させ給べかりけるを、「猶しばし〳〵」との給はせける程に、二月ばかりおはします程《ほど》に、御心地惡《ちあ》しうおぼされて、[一一]例《れい》せさせ給事《こと》もなければ、「いかなるにか」と胸《むね》つぶれて覺さるべし。上かくと聞せ給にも、まづ[一二]哀なる契を覺し知せ給。[一三]かへす〳〵もかくてあるべかりける御有樣を、[一四]かくいさゝかなることゞもを、世人もきゝにくゝ申、我御心地《ち》にも萬に夢の世とのみおぼしたどるべし。但馬には[一五]かゝる事どもを聞給て、たゞ佛神をのみ祈ゐ給へり。[一六]二位いとゞしき御祈安《やす》からむやは。宮はかくて御心地苦《ちくる》しうおぼさるれば、[一七]せちに聞えさせ給て出《い》でさせ給ぬ。[一八]其程弘徽殿（義子 公季女）・承（元子）香殿（顯光女）など參こみ給。されど[一九]御心ざしの有樣こよなげ也。内よりは萬にさま[二〇]〴〵

中宮の御寵愛厚し

一 そこに当分お住まいできるよう飾り付けをなさった。二 帝も中宮もいろいろ世間や道長に対して御遠慮なさる事が多くおありになられたが。三 帝はひたすら中宮をいとしく恋しく思い申し上げておられる頃なので、人が非難するのも知らぬ顔に振舞われるのも、恋路はどうしようもないものと見える。四 世間に対するきまり悪さをまで、御不運な身の上の嘆きに加えて思し召される。五 主上付の女房たちも、中宮の時めかれた昔の事が思い出されて感慨深く思っていた。六 職の御曹司では清涼殿に距離が遠いというので。七 中宮の方から清涼殿へ。八 夜半から朝までの間。

中宮定子御懐妊

陽「後夜にそ」。九 以前に比べ御寵愛も格別な様子である。一〇 この頃祗候しておられる女御たちの御寵愛もどんなかと見えるような有様で(皆中宮のためにけおされなさった)。一一 月の障りも見ないので。一二 愛情の深い前世からの因縁をお悟りなさった。一三 ほんとうにこうあるのが当然であった御有様であったのに。一四 このような些細な事をも、世人は非難し、中宮御自身の御気持にも万事につけて。一五 中宮の入内のことや懐妊の事などを。↓補二八三。一六 成忠は一段と御祈禱をし、落着いておられようか。一七 しきりにお願い申し上げて里へ退出された。↓補二八四。一八 義子の入内は、長徳二年七月二十日(要記)、元子は長徳二年十一月十四日(紀略)、そして、義子は八月九日、元子は十二月二日、それぞれ女御となる。一九 これらの女御たちに対する御寵愛は中宮に比べると格別劣っているようであった。

二〇 中宮に対してさまざま御心配になるということを書かれた御手紙が暇もなく届けられた。二一 大抵に言って隔日の御便りがある。二二 人目に立たないそれとない取次としてお仕えしていた。二三 中宮御懐妊の事を。二四 入内されたら皇子降誕があるだろうという夢想の験が実現するに相違ないと思って。二五 いくら何でもこれで召還されるだろうと。二六 配流よりもずっと以前、六条左大臣女とは関係が絶えたままになっておられたので。其上はソノカミと読む。↓一三九頁。二七 参議右中将源惟正男。↓補二八五。二八 早く会いたいとしきりに。二九 子息松君(道雅)を遠くから恋しく思いながら。三〇 筑前国早良郡壱岐村(福岡市)の今津湾に面した海岸。「今日まではいきの松原生きたれどわが身の憂さに嘆きてぞふる」(拾遺、雑賀、藤原後生女)。生きるには生きて来たが、憂い生活を嘆いて年月を過ごすことだと、全く歌の境遇にたぐえられた次第であった。三一 伊周・隆家が遠国に流罪になっているのを余りな事に中宮が申されたので。三二 女院に対しても赦免の事を。↓補二八六。三三 懐妊の御様子故。三四 どの后・女御方でもよい、皇子さえお生みしてくれたならば(嬉しいことよ)と。三五 三ヵ月の頃懐妊の事を奏上して。三六 禁中から退出される際の儀式は。三七 輦車を許され、女房たちは皆徒歩で行列を作ってお伴申し上げる。三八 弘徽殿の西廂(にしびさし)の部分。三九 後から御簾を押し出すようにして、女房たちがこぼれ出んばかりになって行列を見るので。四〇 御供の童女で、人馴れのしたませた童女が。四一 明るくともされた灯火で。四二 女御義子は懐妊されず、簾の身が孕んだのか。

承香殿女御懐妊、里邸に退出

のおぼつかなさを、御文隙《ひま》なし。[二一]大方にて日まぜなどの御使あり。右近内侍ぞ[二二]さりげなき傳え人にては候ける。二位か[二三]様の御事を聞て、いとゞ嬉《うれ》しう、夢の[二四]驗《しるし》あるべきと思ひて、いとゞしき御祈たゆまず。筑紫にもかゝる事を聞給て、萬に[二五]さりともと頼《たのも》しう覺さるべし。但馬の中納言殿は、[二六]いまだ其上六條殿（左大臣重信女）は絶《た》え給にしかば、[二七]伊與守兼資（源氏也）の主の女（經輔母是也）をいみじうおぼいたりしを、[二八]いつしかとのみ哀に戀しうおぼさるべし。帥殿は[二九]松君を遙《はるか》に覺しをきつゝ、「[三〇]いきの松原」とのみおぼしよそへられけり。哀なる御仲《なか》らひ共也。月日も過もていきて、宮の御腹も高《たか》くならせ給へれば、哀に心細《ぼそ》く覺されけり。[三一]遙《はるか》なる御有様どもをわりなきことに申させ給しかば、内にもいと心苦《ぐる》しき事に思食て、常に[三二]院にも語《かた》らひ申させ給。」はかなく冬にも成ぬるに、承香殿（元子）[三三]たゞにもあらぬ御氣色なれば、父《ちゝ》大臣いみじう嬉《うれ》しき事に覺しまどふ。上もいみじう嬉《うれ》しく覺さるべし。院も、「[三四]いづれの御方にも、只男御子をだに生奉り給はゞ」とおぼしめす程に、[三五]三月ばかりにて奏して出させ給。[三六]其度の儀式《ぎしき》はいと心こと也。女御も[三七]御手車にて、女房かちより歩《あゆ》みつれて仕《つか》うまつる。[三八]弘徽殿（義子）の細殿をわたらせ給程、細殿の[三九]御簾を押《お》し出《いだ》しつゝ、女房こぼれ出《い》でつゝ見れば、此女御（承香殿）の[四〇]御共の童女《〈ワラハ〉》いたうなれたるが、[四一]火のいと明《あか》きに此弘徽殿の細殿を見て、「[四二]簾《すだれ》の身《み》もはらみたるか」などいひていくを、弘徽殿の女房、「[一]あなねた。何しに見つらむ」など云けり。[二]あさましうしたり顔《がほ》にねたげ也。[三]とまれかうまれかくて出給御有樣いと羨《うらやま》しう見えたり。さてまかで給て、右大臣《〈オトゝ〉》(顯光)萬に御祈し給。[四]粟田殿の北方、此殿の北方にておはす。[五]御位も皆かくなりかはらせ給へるもいと哀也。[六]堀河院をぞいとよく造《つく》りたてゝ今は渡《わた》りて住《す》ませ給ける。此女御の御一腹の御せうと[七]も少將にて、人にほめられておはす。」はかなく月日も過《す》ぎぬ。長德四年になりぬ。[八]若宮三にならせ給ぬ。「[九]いかにいとゞうつくしう」と思ひやり聞えさせ給も、いと〳〵戀しうまめやかに[一〇]覺し出《い》づる折〳〵多《おほ》かるべし。中宮(定子)には三月斗にぞ御子生れ給べき程なれば、御愼《つゝし》みを萬に覺せど、ことに御[一一]封などすが〳〵しうわきまへ申人無。内藏寮《くらづかさ》より例のさま〴〵[一二]の御具《ぐ》などもてはこび、女院などより萬を[一三]推しはかり聞えさせ給へば、それにてぞ何事も[一四]急《いそ》がせ給。僧都君(隆圓 道隆男)も萬に賴《たのも》しく仕《つか》うまつり給。いかに〳〵と覺し渡《わた》る程に[一五]御氣色あり。[一六]さゞとのゝしり騷《さは》ぐ程に、哀に賴《たのも》しき方なし。只この[一七]但馬守ぞ、萬賴《たのも》しう仕《つか》うまつる。[一八]二位もかくと聞奉りて、[一九]居《ゐ》ながら額《ぬか》をつき祈申。」いみじき御願の驗《しるし》にや、[二〇]いと平かに男御子生れ給ぬ。男御子におはしませば、[二一]いとゆゝしきまで覺されながら、[二二]女院に御消息あれば、上《うへ》に奏せさせ給て、[二三]御劍《はかし》もて參る。いと嬉《うれ》しき事に

一 何という侮辱だろう。(知らぬ顔をしていればよかったに)何で行列を見たのかしら。二 承香殿側の女房たちは、あきれる程得意顔で、憎らしい様子である。三 それはともかく。四 道兼未亡人(遠量女)は今は顯光北の方でいらっしゃる。五 道兼の地位も北の方も、顯光のものと変ってしまったのもお気の毒である。「戌時宰相内侍着服、件女遠量子也、在㆓左府(顯光)堀河院㆒」(御堂、寛仁元年六月廿四日)。六 陽「堀河殿」。二条南・堀河東。七 「左少将重家」(小右、長徳三年九月九日)。八 脩子内親王。九 どんなにか一段と可愛らしくなった事か。一〇 衷心から。

長徳四年、中宮の御産近し

一一 御食封などを荘園からはきはきと納入申し上げる人もない。一二 御産に必要な道具。一三 万事中宮の御身の上を御推察申し上げて御用立てなさるので。一四 御産の準備を万端仕度された。一五 御産気づかれた。一六 ざわざわと大騒ぎする間、心から頼みになる人もいない。一七 但馬守平生昌(小右記による)。↓補二八七。一八 成忠は長徳四年七月二十五日薨、御産は翌長保元年十一月であるから事実に合わない。一九 坐ったまま額をすりつけて仏神に祈願した。二〇 「卯刻中宮産㆓男子㆒〈前但馬守生昌三条宅〉」(小右、長保元年十一月七日)。二一 中宮方では忌み慎しまれるほどうれしく思われながら。二二 まず女院に御知らせ申し上げたので、女院から帝に奏上なさって。

敦康親王御誕生

二三 皇子降誕の時は帝から御剣を給うのが例。「主上以㆓右近中将成信㆒、被㆑奉㆓御剣於中宮㆒」(小右、十一月七日条)、権記には、「今朝勅遣㆓御剣右近権中将成信於中

誰も〳〵おぼしめさる。「[二四]世の中にはかくこそ有けれ。『[二五]望《のぞ》めど望《のぞ》まれず、逃《のが》るれど逃《のが》れず』といふは、げに人の御幸にこそ」と、聞にくきまで世にのゝしり申。[二六]御湯《ゆ》殿に右近内侍、例《れい》の参《まい》る。此度は内より御産養《うぶやしなひ》あべけれど、[二七](猶)覚しはゞかりて〔すぐさせ給に〕*、[二八]内の御心をくませ給へるにや、大殿、[二九]七日夜の御事仕《つか》うまつらせ給。内にも院にも嬉《うれ》しきことに覚しめしたり。女院より、[三〇]絹《きぬ》・綾《あや》、大方さらぬ事共、いとこまかに聞えさせ給へり。七日夜は、[三一]今宮見奉りに二位[三二]藤三位をはじめ、さるべき[三三]命婦・藏人達参る。[三四]その程《ほど》の御用意《ようゐ》皆有べし。一天下の君にこそは[三五]夢をまさしく見《み》なして、「[三六]かしらだにかたくおはしまさば、そはおはしますめれ。よく〳〵心ことにかしづき奉らせ給へ」と、常に啓(せ)さす。又の日、但馬にも筑紫にも皆御使奉られしかば、但馬にはいと疾《ゝ》う聞給て、哀に嬉《うれ》しき事を覚すべし。「[三七]いつしか筑紫に聞せ奉らばや」と覚し歎く。[三八]宮の女房、「よくこそほかざまへおもむかず成にけれ。若《わか》君の御世にあひぬること」ゝ、世にいみじう目出度思べし。御湯《ゆ》殿の[三九]鳴弦《ツルウチ》や[四〇]讀書《フミヨミ》の博士など、皆大〔道長〕殿にぞ[四一]掟《おき》て参らせ給へる。大殿、「[四二]同《おな》じき物を、いときららかにもせさせ給へるかな。[四三]筋《すぢ》は絶《た》ゆまじきことにこそ有けれとのみぞ。[四四]九條どのゝ御族《ぞう》よりほかの事はありなむやと思物から、其中にも(猶)此一筋《すぢ》は心こと也かし」などぞの給

宮一件御剣従レ院〔詮子〕被レ奉也」とある。二三 当時の諺であろう。↓補二八八。二四 この世の中では万事こうしたものだ。二五 当……

二四 この世の中では万事こうしたものだ。二五 当時の諺であろう。↓補二八八。二六「御うぶ湯の儀には、右近内侍が例により奉仕した。二七 やはり道長に遠慮されてそのままになさっておられたが。二八 道長は帝の御心をお察し申し上げたのだろう。二九 七夜の産養の儀を。権記に見える。ただし道長の七夜の儀奉仕のことは見えない。三〇 絹や綾を贈られたほか、その他万事にわたり、大層懇ろにお世話申し上げた。権記、十一月七日条に絹・綾その他の物を整えたことがあるが、女院からこれらを奉ったことは見えない。三一 新生の皇子を。三二 九条師輔女。内の女房。↓一〇四頁。三三 命婦は五位以上の女官。但し延喜以後は中臈女房。蔵人は女蔵人。命婦に次ぐ下臈女房。三四 その人々に対する御下賜品。三五 かつて見た夢を正しく実現させて。三六 健やかにさえ生い立たれるならば。「かしらかたし(頭堅し)」は壮健の意(大言海)。三七 早く筑紫の伊周にお聞かせ申し上げたいと。↓補二八九。三八 よくもまあ主人替えをしなかったことよ、そして若宮にお仕えすることができたことよ。三九 御湯殿の時五位・六位数人が弓の弦を引き鳴らして悪魔を退散させる法。四〇 同じく御湯殿の時、紀伝・明経博士が一人ずつ漢籍の文(多く史記・孝経の一節)を読み上げる事。四一 おきめになって差上げなさった。↓補二九〇。四二 同じくお生みなさるのに、よくも立派に皇子をお生みなさったことよ。四三 (皇子を生まれるような幸な后の出る)血統は絶えてはなるまいことであったと思われる。四四 その血統は師輔公の子孫以外にはあり得ようかと思うものの、その中でもやはり兼家の一統は格別なことである。

はせける。かく云程に筑紫《つくし》に聞給て、あさましう嬉《うれ》しくて、物[一]にぞあたらせ給。「我佛[二]の御徳《とく》に我等も召《め》されぬべかめり」と、いみじう嬉《うれ》しく思食されて、此御事の後《のち》よりは、只行末[三]のあらまし事のみ覺し續《つゞ》けられて、御心の中にはいと頼《たのも》しく覺さるべし。」かゝる程に、今[四]宮の御事のいといたわしければ、いとや[五]むごとなく覺さるゝまゝに、「いかで今は此御[六]事の驗《しるし》に旅人を」とのみ思食て、常に女院と上[七]の御前と語《かた》らひ聞えさせ給て、殿[八]にもか様にまねび聞えさせ給へば、「げ[九]に御子の御驗《しるし》は侍らむこそはよからめ。今《いま》は召《め》しに遣《つか》は(さ)せ給へかし」など奏し給へば、上いみじう嬉《うれ》しう思食ながら、「さ[一〇]ばさるべきやうにともかくも」とのどやかに仰らる。」四月にぞ今[一一]は召返す由《よし》の宣旨下《くだ》りける。それに今年例[一二]の裳瘡《もがさ》にはあらず、いと赤《あか》[一三]き瘡《かさ》の細《こま》かなる出來て、老たる若、上下わかず是を病《や》みのゝしりて、や[一四]がていたづらになるたぐひも有べし。是を公家・私《わたくし》今の物歎《なげ》きにして、しづ心なし。されど、此召返しの宣旨下ぬれば、宮の御前よに嬉《うれ》しき事に覺さるべし。夜[一五]を晝《ひる》になして、公家の御使をも知ず、まづ宮の御使共參。これにつけても「若[一六]宮の御徳」と、世の人めでのゝしる。京には、賀[一七]茂祭、何《なに》くれの事共過て、つごもりに成ぬ。」筑紫には御使も宣旨もまだ參らぬに、但馬にはいと近ければ、御迎《むかへ》のさるべき人〳〵數も知ず參こ

一 物に突き当らんばかりであった。 二 わが仏とも頼まれる若宮のお蔭により、自分も京へ召還されるに相違ない。 三 将来の予測―召還の事ばかり。 四 新皇子に後見もない事がお気の毒なので。 五 捨ててもおけないことと思われて。 六 今宮御誕生という御慶事のかいに配流の人

若宮誕生により召還の議起る

を召還したいとしきりに思し召されて。 七 一条帝とが。 八 道長にもその通り申し上げなさると。 九 道長の詞。お言葉通り今宮御誕生の験はあった方がよいでしょう。 一〇 それなら然るべくよきにはからうようにと、のんびりと仰せられた。(道長に憚られたのである。) 一一 →補二九一。 一二 いつものような天然痘ではなく。 一三 赤もがさ。麻疹(はしか)のことという。「今月天下衆庶煩二疱瘡一、世号二之稲目瘡一、又号二赤疱瘡一、

伊周・隆家に召還の宣旨下る

天下無下免二此病一之者上」(紀略、長徳四年七月二日)とあって、本書の書いているその前後の事実と合わない。「若」はワカキと読む。 一四 そのまま死んでしまう者も。 一五 昼夜兼行で、朝廷からの赦免使の有無など関知せず、真先に中宮の御使が但馬・筑紫に向った。 一六 新皇子のお蔭によるものだと。 一七 この年の賀茂祭は四月二十一日(「〔長徳四年四月〕廿一日己酉、賀茂祭」紀略)。→補二九二。 一八 いやいや配所から帰る事故名誉の事でもないが。 一九 「廿二日乙卯…去夜出雲権守隆家入京云々、使内舎人相副」

隆家入京

(小右、長徳三年四月)、「四月五日有ㇾ勅、召二反大宰権帥伊周幷出雲権守隆家一、五月十三日入

京」(略記)。二〇 兼資は隆家北の方の父。隆家と兼資女と恋仲になったことが前文にある(→一八七頁)。その縁で隆家は上京後まず兼資の家に着いた。二一 今一人の女壻に成信がいらっしゃるので。成信は道長室倫子の養子故「大殿の」という。→一四二頁注一一。二二 父兼資は全くよくない事と思って。

二三

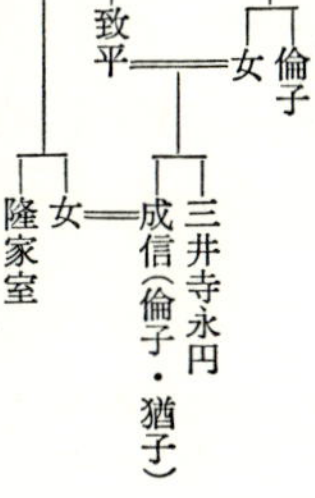

二四 岩蔵大雲寺。→一四二頁注五。二五 伝聞・推定の助動詞。聞くところによればおありになるということで。二六 さて隆家は、成信室の姉妹に、親たる兼資にも秘密で通っておられた、その隆家に。二七 流されるという事まで起って。二八 一層厭わしい事に女の両親(兼資夫妻)まで言ったので、今もって内密にしておられるのであった。二九 道長北の方倫子の異母姉妹の女であったから。

隆家と北の方の贈答歌

三〇 あなたと別れて配所へ赴いた五月の頃(長徳二年五月一日京を出発)、再び都における今日の五日に会おうと思ったろうか。万代、雑二。三一 お別れした端午の節句には涙ばかり袂に注いだことでしたが、今日の節句にはそれと全く反対になった事は、ほんとに嬉しいことよ。「うきね」に、浮根と憂き音を掛けた。

隆家、中宮御所に参る

三二 →補二九三。三三 まるで夢

みたり。それも一八いでや面目有事にもあらねど、いと〳〵嬉《うれ》しく覺さる。さて上《のぼ》らせ給。一九五月三四日の程にぞ京に付給へる。二〇兼資《源氏伊與守》朝臣の家に中納言上《のぼ》り給へれど、二一大殿の源中將《成信》おはすとて、此殿のおはしたるを、父《ちゝ》二二は更によからぬことに思て、いみじう忍てぞおはしける。殿二三の源中將と聞ゆるは、村上御門の三宮に、兵部卿宮《致平》と聞えしが、入道して石藏二四におはしけるが、御男子《をのこゞ》二人おはすな二五る、一所は法師にて三井寺におはす、今一所は殿の上の御子にし奉らせ給なりけり。それ此兼資が壻《むこ》にておはしけり。二六されば此の中納言には、今一人の女に親にも知《し》られで通給たりけるが、二七かゝる事さえ出來て、二八いとゞうたてげに親共さえいひければ、今に忍給なりけり。此*17源中將《成信》の母は、二九大殿の上の御異《こと》腹からの御子也ければ、御甥にて御子にし奉らせ給なりけり。」五月五日、中納言《隆家》の給ける、

三〇思ひきや別し程のこの比よ都の今日《けふ》にあはんものとは」とありければ、女君、

三一うきねのみ袂《たもと》にかけしあやめ草引たがへたる今日ぞうれしき。」中納言殿《隆家》、宮《定子》に參り給へれば、御よろこびの涙ども關とめがたし。哀に悲しきに、三二姫宮《脩子》・若宮《敦康》、様〳〵にぞうつくしうおはします。見奉り給につけても、三三夢のうつゝに

成たる心地《ち》せさせ給こと限《かぎり》なし。「[一]いつしか筑紫の殿の御ことを疾《と》く」と覺さる。[二]御迎《むかへ》に明順朝臣など人〳〵參にけり。[18][三]淑景舍・宮上など集《あつま》らせ給へり。四の御方は、[四]今宮の御後見にとりわき聞えさせ給へれば、扱《あつか》ひ聞えさせ給。中納言殿、夜ばかりこそ[五]女君のがりおはすれ、[六]只宮にのみおはす。」二位も此比赤《あか》瘡《もがさ》にていと[七]不覺《ふかく》にて、ほと〳〵しく聞ゆれば、哀に覺さる。今《いま》は「[八]帥殿見奉りて死《し》なむ」とぞ願きこゆれど、[九]いかがと見えたり。」かゝる程に殘《のこ》るなく病ゝしるに、彼承香殿女御《元子》、[一〇]御生《ウミ》が月も過させ給て、[一一]いとあやしく音《おと》なければ、[一二]萬にせさせ給へど、覺しあまりて、六月斗に[一三]大秦《ウヅマサ》に參りて、御修法、藥師經の[一四]不斷經など讀《よ》ませ給。萬にせさせ給て、[一五]七日過ぬれば、又(のべて萬に)祈らせ給へばにや、御氣色有て苦《くる》しうせさせ給へば、殿《顕光》《トノ》しづ心無覺し騒《さは》ぎて、まづ内に右近内侍の許《モト》に、御消息遣《つかは》しなどせさせ給へば、御前に奏しなどして、いかに〳〵など御使有。女院よりも、「[一六]いかに〳〵とおぼつかなく」など聞えさせ給に、「[一七]此御寺《ミ》のうちにては、いとふびんなる事にてこそはあらめ。さりとて里に出させ給はむも[一八]いとうしろめたき事也」と、此寺の[一九]別當なども申思程に、[二〇]只事《こと》なりぬべき御けしきなれば、「[二一]さばれ、罪《つみ》は後に申思《おも》はむ」と覺して、まかせ奉り給程に、[19]御身よりたゞ[二二]物も覺えぬ水のさと流出《い》づれば、[二三]いとあやしく

が現実になったような気持のすることは。

一 早く伊周をよびかえしたいと。「いつしか―疾く」と呼応する。二 筑紫へ伊周を出迎えるために。三 それぞれ道隆の二・三・四女。四の御方は一条院御匣殿。四 特に敦康親王の御後見役にきめておられたから、若宮をよくお世話申し上げなさる。ただし四の御方の敦康親王の後見役ということは明らかでない。五 兼資女の許へいらっしゃるが。六 その他はひたすら中宮御所にばかりおられる。七 人事不省の体で、危篤状態だという噂なので。八 伊周にお会い申し上げてから死にたいと。九 それまで保つだろうかと。

高二位成忠赤瘡を病む

一〇 臨月。一一 不思議と音沙汰もないので。一二 手を尽して御祈禱などなさるが、思案に余って。一三 山城国葛野郡(京都市右京区)太秦の広隆寺。「午刻許、為レ訪二申承香殿女御一、詣二広隆寺一」(権記、長徳四年十二月十二日)。六月の流産の記事は本書だけ。一四 一昼夜を十二時とし、十二人の僧に輪番で経を読誦させる。一五 修法の一七日の期限も過ぎたので、又日を延べて。一六 どんな様子かと気がかりでなどと。一七 寺の中でお産をする事は、(霊場を汚す恐れもあり)ふつごうな事であろう。一八 大層心配になる事だ。一九 寺務を総理するもの。二〇 事が成就しそうな―生まれそうな御様子であるから。二一 ままよ、(霊場を汚す)罪は後にお許しを願おうと思われて、そのままにおさせ申し上げておいたところ。二二 全く見たこともないような水がさっと流れ出たので。二三 大層怪しく珍し

承香殿女御水を生む

よづかぬ事に人〳〵見奉り思へど、さりとも[二四]有様《アルヤウ》あらむとのみ騒《さは》がせ給に、水つきもせず出來て、御腹[二五]たゞしゐれにしゐれて、例の人の腹よりもむげにならせ給ぬ。[二六]こゝらの月比の血《ち》の(け)はひだに出こで、水の限《かぎり》にてかく御腹のへりぬれば、寺の僧共あさましういひ思。父大臣は、「[二七]七日やむ」と云らむやうにあさましういみじきに、[二八]搔膝《かいひざ》といふことをせさせ給て、空を仰《あふ》ぎて、夢さめたらむ心地《ち》してゐさせ給へり。萬よりも女御の御心地《ち》、あさましう恥《はづか》しう、[二九]彼弘徽殿の細殿の事など覺し出られ、今は[三〇]內わたりと云事おぼしかくべくもあらず。內より御使頻《しきり》に參に、奏しやらせ給はむかたなし。[三一]兒などのともかくもおはしますは例の事也、是はいとことのほかと云もおろかなり。御《ミ》寺の僧共も、「かゝることは恥《はづか》しき事也けり。されど[三二]佛の御德に平《たひら》かにおはしますにこそは」とぞ、[三三]いかゞはせんに聞えける。內には聞《きこ》しめして、「[三四]ともかくも物も仰られでこそはあらめ。[三五]右近が物騷《さはが》しういひて、かう物狂《ぐるほ》しうはからひて、あさましきわざにこそ有けれ。[三六]たゞなるにはこよなく劣《をと》りても有かな」とぞ、[三七]いとをしう思食ける。[三八]院にもいと聞苦《ぐる》しうぞ覺しめしける。世の中には[三九]哥にさえぞ聞えける。彼「[四〇]簾の身《み》」といひし童は、それに恥て、やがて參らずなりにけり。[四一]ほかよりも弘徽殿《義子》こそ、いみじうおこがましげに人〳〵聞えけれ。[四二]かの出させ給し夜の

いことと。二四 何か仔細があるのだろうとしきりにお騒ぎなさったが。二五 どんどん縮んでいって、普通の人の腹よりもずっとかさ低になられてしまった。→補二九四。二六 幾月来滞っていた血はその気配さえも下りないで、水だけでこのように御腹が低くなったので。「あまたの月日の間、月のものを見ざりしに、さらにそのとどこほれる血のやうなるものは出でずして…」(詳解)。二七 世間で、驚きのあまり七日も病臥すると言うかのように。当時の諺か。
二八 搔き膝の音便。片膝を立てて坐ること。
二九 宮中退出の折、弘徽殿の細殿の前で召使の女童が弘徽殿女御の悪口を言ったこと。→一八七頁注四二。
三〇 内わたりは宮中辺りで、宮中生活の意か。
三一 チゴ。生まれた子が亡くなられるなどいう事は普通ある事である、しかし今度の事は論外などといったところで並一通りの言い方だ。
三二 仏の御蔭で無事でいらっしゃるのだ。
三三 已むを得ずそんな事を申し上げた。
三四 何もいわないでおろう。「仰せられで」は、作者の敬意をこめた表現。三五 右近の内侍が物騒がしく奏上して、あのように気狂いじみたとりはからいをしたのは呆れるような事であった。
三六 初めから何もなかった方がどれ程よかったか知れない。
三七 女御に対してお気の毒に思し召された。
三八 東三条女院におかれても。
三九 この事を歌にまで作ってうたった。
四〇 簾の身が孕んだと言って弘徽殿を罵った童女は、これに恥じて里へ帰ったまま再び仕える事をしないでしまった。四一 他の人々以上に弘徽殿方の人々は、承香殿をみっともない事だと噂した。四二 承香殿女御が。

御有様は、さばかりの面目ありしことやは有し。「[一]猶世中こそ哀なる物はありけれ」と、何事に付ても定無《ナク》こそ。」彼筑紫には、[二]赤瘡《あかゞさ》かしこにもいみじければ、帥殿《伊周》[三]急《いそ》ぎたゝせ給へ共、大貳《有國》の、「[四]此比過《すご》して上《のぼ》らせ給へ。[五]道の程いと恐《おそろ》しう侍。御送《をくり》に參らむ下人などもい[六]と不便《ビン》に侍らむ」など申ければ、げにと覺しめして、[七]心もとなくおぼしながら、立どまらせ給て、世の人少《すこ》し病《や》[八]みさかりて上《のぼ》らせ給。[20][九]この程に二位、此瘡《かさ》にてうせにけり。いみじう哀なる事共也。か[一〇]くて上《のぼ》らせ給も、只「若宮の御しるし」と、あはれに嬉《うれ》しく覺しつゝ上《のぼ》らせ給。[一一]かちよりなれば、「[21][一二]今は在《をは》し着《つ》かせ給ぬらむ」とのみ、いつしかと待《ま》ち聞えさせ給。」[一三]十二月《シワス》に上り着《つ》かせ給。[22][一四]彼致仕大納言殿にこそは、おはし着《つ》かせ給へる。上《うへ》を始《はじ》め奉りて、殿の中の人〳〵よろこびの涙ゆゝし。殿の有様など、昔[一五]にあらず哀に荒《あ》れはてにけり。上《うへ》も何事もえ聞えさせ給はず、只涙[一六]におぼゝれて見奉り給。[23]松君のいと大きに成給へるをかき撫《な》でゝ、いみじう泣《な》かせ給へば、松君もいかに覺すにか、目をすり給、「いと嬉《うれ》し」と覺したるも、あはれに理《ことはり》なり。殿、

[一七]淺茅生《あさぢふ》と荒《あ》れにけれどもふる里の松は木高《こだか》く成にける哉」又殿、

[一八]來《こ》しかたの生《いき》の松原いきて來て古《ふる》き都を見るぞ悲《かな》しき」との給へば、上《うへ》、

一（ところがその面目がかえって物笑いの種となり）やはり世の中はあわれなものであったと、何事につけても世の中の無常が感じられる。

伊周筑紫を立つ、成忠薨去

二 麻疹がその筑紫においても大層流行したので。三 上洛をお急ぎなさったが。四 この流行の時期が終ってから。五 病気蔓延のため道中も恐しゅうございます。六 大層困ることでしょう。七 上洛を待遠には思われながら。八 流行病が遠のいてから。九「入道従二位高階朝臣成忠薨〈年七十六〉」（紀略、長徳四年七月二十五日）。事実は伊周上洛の後約一年。一〇 このようにして帰洛するのも、全く若宮がお生まれになったお蔭だと。一一 陸路をお上りになるのだから。一二 もう御到着なさったのだろうとしきりに、早く着かれればよいと中宮や隆家は。一三 この

伊周入京、中宮御所に参る

一句富には無い。陽「十一月」。「内大臣正三位藤伊周　同（長徳）三年三月廿三日給二官符一、召返、十二月入洛」（補任）。一四 伊周の舅。致仕は官職を辞した人につけていう。致仕大納言は重光。正暦三年八月二十八日権大納言を辞して伊周に譲った。一五 伊周の下った当時と違いひどく荒廃していた。→補二九五。一六 涙におぼれて。一七 浅茅生と荒れ果てたが故里の松だけは木高くなったことだ―松君だけは成長したことだ。後拾遺、雑五、初句「浅茅生に」。一八 自分が歩いて来た方角―今まで住んでいた配所に生の松原という所があったが、その名の通り無事生き永らえて来て故里を見る事は感慨無量である。「いきて」に「行きて」と「生きて」とを掛けた。

其[一九]上の生《いき》の松原いきてきて身ながらあらぬ心地《こゝ》せしかな」との給。「まづ宮[二〇]へ参らむ」とて急《いそ》ぎ出させ給にも、女君[二一]涙こぼれさせ給。宮の御前、一[二二]重《え》の御衣《ぞ》の袖もしぼるばかりにておはします。「何[二三]事《なにごと》ものどかになむ」など申させ給。宮[二四]達さま〴〵にいみじう美《うつく》しうおはしますを、一宮《敦康》をまづ抱《いだ》き奉らまほしげに覺せど、「いま[二五]〴〵しうのみ物ゝ覺え侍て」と、聞えさせ給程《ほど》も、「猶[二六]いと世は定がたし。平かに誰も御命を保《たも》たせ給のみこそ、世に目出度事なりけれ」とのみぞ見えさせ給。故[二七]上の御事を返〴〵聞えさせ給つゝ、誰もいみじう泣《な》かせ給。萬[二八]一涙といふ様に見えさせ給も、哀に見えさせ給。」其比吉《よき》[二九]日して、故北方の御墓《はか》を拝《おが》みに、帥殿・中納言殿諸共《もろとも》に櫻《さくら》[三〇]本に参らせ給。哀に悲《かな》しう覺されて、「お[三一]はせましかば」と覺さるゝにも、涙におぼゝれ給。折しも雪いみじう降《ふ》[三二]る、

[三三]中納言哥歟
露ばかり匂ひとゞめて散《ち》りにける櫻がもとを見るぞ悲き」帥殿、

櫻[三四]もと降《ふ》るあわ雪を花と見て折にも袖ぞぬれまさりける」。萬哀に聞え置《を》きて、啼〴〵歸《かへ》らせ給。「いかで今はそこに御堂建《た》てさせん」とぞおぼ[三五]し掟《おき》てける。

一九 その昔生の松原のある方へ行かれたが、その名のように命永らえて帰って来られた今、当時を思うと我が身ながら自分の身とは思えぬような悲しい気持のしたことです。「其上」は、ソノカミ。その当時の意。
二〇 中宮御所へ。
二一 伊周室。
二二 単衣(ひとえ)の御召物。
二三 お話したい事はたくさんあるが、すべて落着いてからにしよう。
二四 脩子内親王・敦康親王。
二五 母北の方(貴子)の喪中故万事不吉な気持がしますので…。
二六 やはり世の中は無常なものだ。誰も無事に生きていらっしゃるのが一番めでたいことであった。

伊周・隆家、母貴子の墓に詣ず

二七 故母北の方。
二八 ヨロズヒトツナミダ。嬉しいにつけ悲しいにつけ出る涙は同じというように。「嬉しきも憂きも心は一つにてわかれぬものは涙なりけり」(後撰、雑二、読人知らず)。
二九 吉日を選んで。
三〇 →一七九頁注三二。
三一 母が生きておられたならどんなに嬉しかろうと。
三二 「降る」の下、陽・富等には「中納言」とある。 三三 僅かばかり余香を留めて散ってしまった桜の木のもと(桜本を掛けた)を見るのは悲しいことだ。雪を桜と見立ててある。
三四 桜本の墓地に降る淡雪を桜の花と見て枝を折るにつけても涙で濡れた袖は一段と濡れまさることだ。
三五 心の中に御計画になられた。

巻第六　かゞやく藤壺

巻名　彰子入内の条に「此御方藤壺におはしますに、御しつらひも、玉も少し磨きたるは光のどかなる様もあり、これは照り耀きて…」とある巻の内容によるもの。ただし成語は、はつはなの巻に「中宮の参らせ給し折こそ、耀く藤壺と世人申けれ」とある。

諸本＝かゝやく藤つほ（陽）・かゝやくふちつほ（西、活）・耀藤壺（富）。

所収年代　一条天皇の長保元年（九九九）二月から同二年（一〇〇〇）七月まで一年半。

内容　道長の女彰子が十二歳になって裳着の式が行われ、一条天皇への入内の準備が進められ、花山法皇や公任から祝の和歌が寄せられた。

彰子の入内は長保元年十一月に行われたが、容姿の勝れていることはいうまでもなく、少女というべき年齢にかかわらず、立派に大人びた所を具えていた。

入内後は藤壺を居殿としたが、見事な室礼（しつらい）といい、女房達の服装の美々しさといい、宮廷は華やかな色どりに包まれた。君寵も厚く、帝はしばしば藤壺に渡御され、目もあやな調度類を飽きず御覧になられた。

伊周は千日間の精進を行い、法師も恥じる程であったが、敦康親王立坊の御祈禱を夢中でおこなったりした。

帝は、女院や道長のはからいで敦康親王と対面された。中宮も同時に入内されたが、しきりと心細さを帝に訴えられた。

長保二年三月藤壺立后、中宮と称し、中宮定子は皇后と改称された。この頃皇后はまた懐妊されたが、帰邸後は食事もとられず、夜昼涙のうちに過された。

一旦帰邸していた彰子は四月に入内、この度は藤壺の室礼も中宮としての格式が立派に整えられた。女房達の服装も相変らず美々しいものであった。

月日の過ぎるにつれて、皇后の物思いは一段と募っていった。

相撲の節には東宮御覧が予定され、着々その準備が進められた。また七夕の日には、中宮と女院との間に和歌の贈答があった。

榮花物語卷第六

かゞやく藤壺

大殿《道長》の姫君《[一]彰子》十二《上東門院也》にならせ給へば、年の内《うち》に御裳着《ぎ》[二]有て、やがて[三]内に參らせ給はむと急《いそ》がせ給。萬しつくさせ給へり。女房の有様共、彼[四]初雪の物語の女御殿に參こみし人〳〵よりも、是は目出し。屛風より始、なべて[五]ならぬ樣にし具《ぐ》せさせ給て、[六]さるべき人〳〵、やむごと無所〻に哥は讀せ給。[七]和哥は主《ぬし》がら南、をかしさは勝《まさ》ると云らむやうに、大殿やがてよみ給。又花山院よませ給。又四[八]條の公任宰相など讀給へる、藤の咲《さ》きたる所に、

[九]紫の雲とぞ見ゆる藤の花いかなる宿《やど》のしるしなるらむ」。又、人の家に小《ちゐさ》き鶴《つる》共多《おほ》く書たる所に、花山院、

[一〇]ひな鶴を養《やしな》ひたてゝ松が枝《え》の影に住《す》ませむことをしぞ思」とぞ有。多《おほ》[一一]かれど片端《かたはし》をとて、かゝずなりぬ。」かくて參らせ給事、長保[一二]元年十二月十一日從三位、十一月一日入内、十餘日の事也。女房四十人・童六人・下仕《づかへ》六人也。いみじう選《え》り調《〈ト、ノ〉》えさせ給へるに、形[一三]・心をば更にもいはず、四位・五位の女とい

道長女彰子の裳着

一 彰子は永延二年の生まれ、長保元年は十二歳。
二 女子が成人して始めて裳を着る儀式。御堂関白記、長保元年二月九日条に「比女御着裳」とあり、以下詳しい。
三 着裳に引続き、一条帝の妃として入内させ申そうとその準備をされる。
四 「初雪といふ物語御覧ぜよ。それにぞ物語の事は見えて侍る」(無名草子)とあるものと同じであろう。今伝わらない。「目出し」はメデタシと読む。
五 並々ならず立派に作って持参なさり。「具す」は携帯する。
六 然るべき縁故ある人々や、高貴の方々におかせられて、屛風の画賛の和歌をお詠みなさる。↓補二九六。
七 和歌は作者の品位で面白さが一段と勝るとかいっている、そのことばどおり道長公が即座にお詠みなさった。「南」は助詞「なむ」の当字。
八 公任は長保元年に参議で、その正月七日従三位に叙せられた。
九 紫雲たなびくかと見えるまで咲いている藤の花はどれ程めでたい家の瑞祥だろうか。紫雲に慶雲と后の異称とを掛けた。拾遺、雑春。
一〇 雛鶴(彰子)を養育して松の枝(一条帝)の蔭に住ませるように、女を帝に参らせ、やがて后に据え奉ろうとする道長の心を思いやることだ。
一一 彰子入内のための道長邸における和歌選定の事は、小右記、長保元年十月二十八日条に詳しい。

彰子入内

一二 西「長保元年十一月一日のことなり」。↓補二九七。
一三 容姿や気立てを吟味したことはいうまでもないことで。

一 つきあいもよくなく。 二「なりいで」。生い立ち・そだち等が原義であろうが、ここは挙措動作の出来上り。単に外面的な容姿だけでも、また教養の出来上りだけでもなく、動いた時の教養の表われ。「清げ」「清らか」はすっきりした事。 三「内・女院以下より奉り給へる童の呼名なり。内裏なるを内人、院なるを院人など名付けたるなり」(詳解)。

彰子の容姿

四 容姿の勝れている事はいうまでもないが。 五 まだ少女というべき年齢であるのに、少しも幼稚な所がなく、いうもやぼな程立派でいらっしゃる。 六 彰子が。 七 妃としてどんなにか参りばえがしないのではないかと思い申し上げたが。 八 万事珍しいほどの仕度で入内された。 九 こんにち聞き合わせてみると。 一〇「物狂しう」は「少に」へ続く。その当時の人の衣服は全く信じられない程襲(かさね)の数も少く、入れた綿も薄く着て晴の場所へも顔を出し。→補二九八。 一一 わが家でもどうして寒さを凌ぐことができただろうかと思われた。「たべ」は「たぶ」の連用形、「あり給ひたらむ」に同じ。西・富等には「た」がない。それならば「在り経たらむ」の意となる。 一二 現代の人は、ほんとに風情を損ねる程重ね着をしても、それでもやはり風病(→三九頁注二七)なども起るようである。

一条天皇と後宮の有様

一三 昔の女御・后の御方々などについて考えてみるに、女御・后でも今の服装のほんの一端ではないかと思われる程(今は贅沢だ)。「やう」は誤か。陽傍書「おもひやるにカ」。 一四 主上は大層大人になられ、何事をも弁えておられるから、新妃は一段と参りがい

へど、殊《こと》に交《まじら》[一]ひわろく、成出[二]清《〈キヨ〉》げならぬをば、あへて仕《つか》うまつらせ給べきにもあらず、物清らかに、成立《なりいで》よきをと選《え》らせ給へり。さるべき童などは、女院などより奉らせ給へり。是は驄此度《たび》の童の名共、院[三]人・内人・宮人・殿人などやうにつけ集《あつ》めさせ給へり。」姫君の御[四]有様さらなる事なれど、御髪丈《ぐしたけ》に五六寸斗餘《あま》らせ給へり。御形聞えさせせん方《かた》なくおかしげにおはします。[五]まだいと稚《をさな》かるべき程に、いさゝかいはけたる所なく、いへばおろかに目出度在《をは》します。見奉り仕《つか》うまつる人〳〵も、[六]餘《あまり》若くおはしますを、「[七]いかに物のはえなくや」など思ひ聞えさせしかど、あさましきまで大人《おとな》びさせ給へり。[八]萬珍《めづら》かなるまでにて參らせ給。昔の人の有様を今[九]聞あはするには、いとぞ[一〇]物狂《ぐるを》しう、其折節の人の衣少《すくな》に、綿薄《わたうす》くて、目出き折節にも出《い》で交《まじら》ひ、内《うち》[一一]〳〵にもいかでありたべたらむと覺えたり。[一二]此比の人は、うたて情なきまで着重《きかさね》ても、猶こそは風なども起《おこ》るめれ。されば[一三]古《いにしへ》の人の女御・后の御方〳〵など思やうに、かたはしにあらずやと見えたり。」かくて參らせ給へるに、[一四]上のむげにねび、物の心知《し》らせ給へれば、いとゞ物のはえも有、又恥《はづか》しうもおはします。[一五]中宮《定子》の參せ給へりし程などは、上もいと若くおはしましゝを、是はさらなる事ながら、「御心掟《をきて》・御氣色など、末《〈スヱノ〉》世の御門には餘《あま》らせ給へり」とまでぞ。世の人「やむ事なき君に

おはします」と、時の大臣・公卿も申聞《きこ》えさせける。故關白殿《道隆》の御有様は、いと[一六]物華《はなや》かに今《いま》めかしう愛《あい》行づきてけぢかうぞ有しかば、中宮《定子》の御方は、殿上人も、[一七]細殿常《つね》に床しうあらまほしげにぞ思ひたりし。弘徽殿《義子 公季女》・承香殿《元子 顯光女》・くらべや《[一八]尊子 道兼女》など参りこませ給へり。されどさるべき御子達も出《い》でおはしまさで、中宮のみこそは、かくて[一九]御子達《たち》あまたおはしますめれ。」此御方《カタ》[二〇]藤壺におはしますに、[二一]御しつらひも、玉も少磨《みが》きたるは光のどかなる様もあり、是は照《て》り耀《かゞや》きて、[二二]女房も少〻の人は御前の方《かた》に参り仕《つか》うまつるべきやうも見えず、いといみじうあさましう様ことなるまでしつらはせ給へり。御几帳・御屛風の[二三]襲《おそゐ》まで、皆蒔《マキ》繪《ヱ》・螺鈿をせさせ給へり。女房の[二四]同き大海の摺裳《すりも》・織物の唐《から》衣など、昔より今に同様《ヤウ》なれども、[二五]是はいかにしたるぞとまで見えける。女御の[二六]はかなく奉りたる御衣《ぞ》の色・薫《かほり》(などぞ、世に目出度ためしにしつべき御)こと也。[二七]御とのゐしきり也。」吉日《よき》して、御乳母より始、命婦・藏人・[二八]陳の吉上・衞士まで送物を給はすれば、年老たる[二九]女官・[三〇]刀自などに至《いた》るまで、[三一]世に云知ぬまで御祈を申、祈奉る。御乳母達さへ、絹《きぬ》、綾《あや》織物装束共數多《おほ》く重させ給て、衣箱に包《つゝ》ませ給て、様〻の物共添《そ》へさせ給へり。[三二]此御方に召《め》し使《つか》はせ給はぬ人をば、世に辱《かたじけ》なく畏《カシコマリ》をなし、よにすぞろはしく云思へり。たま〳〵召使《つか》はせ給をば、世に

もあり、又主上に対して恥かしくもいらっしゃる。(一条帝は二十歳。) 一五 定子入内は正暦元年正月。帝十一歳。 一六 華やかに愛敬のあるのが当世風に気近い態度であったから。(古体に奥深いの対。) 一七 中宮御所の細殿へ常に心が牽かれ理想的な場所だと思っていた。中宮の細殿は登花殿のそれか。紀略、長徳元年四月十二日条に「中宮参二着登華殿一」とあり、清少納言の局も登花殿にあったらしい。 一八 暗部屋。↓一五

彰子藤壺に入る

八頁注一〇。 一九 敦康・脩子。 二〇 飛香舎の別名。宮中五舎の一。ただしここは里内裏一条院の東北対(権記、長保元年十一月七日条による)。↓補二九九。 二一 御部屋の飾り付けも、たとえば玉も磨きの足りないものはその光も薄いが、この藤壺は。 二二 なまなかの人は女御の御前にお仕えすることができそうには見えず。 二三 襲木(おそいぎ)の略。屛風の縁とする木。 二四 同じように着ている大海模様を摺り出した裳や。 二五 同じ物でもどうしてこんなに立派にできるものかとまで見えた。 二六 ついちょっとお召しになっておられる。 二七 (御寵愛厚く)しばしばお伽に参られた。 二八 近衛府などの下役で警護に任じる。

乳母以下に贈物を賜わる

「陳」は「陣」に同じ。 二九 ニョウカン。御湯殿・台盤所などの用を勤める役。 三〇 トジ。御厨子(みずし)所・御膳宿などの用を勤める。 三一 いうにいわれぬ程女御の幸福を祈願申し上げる。 三二 彰子方でお使いなさらぬ人をば、世間ではなぜ女御に仕えないのかと恐れ多く思ったり恐縮したりし大層面白くないものに噂した。「すぞろはし」は西・富「すすろはし」。

目出度羨《うらやま》しく思ひて、幸人とぞつけたる。」只今[一]内渡はな〳〵と目出度いみじきに、[二]三條大后宮は[三]此一日の日《ひ》うせさせ給にしかば、それを[四]彼宮には、哀に悲しき物に思べし。世の定なさのみぞ、萬に思ひ知られける。」上《うへ》、[五]藤壺に渡らせ給へれば、[六]御しつらひ有様はさもこそあらめ、女御の御有様もてなし、哀に目出度覺し見奉らせ給。「姫宮《脩子》を加様に[七]覺し奉らばや」と覺しめさるべし。[八]他《こと》御方〳〵[九]皆ねび整《とゝのを》らせ給、およずけさせ給へれば、只今此御方をば、我御姫《ひめ》宮をかしづき据《す》ゑ奉らせ給へらむやうにぞ御覽ぜられける。[一〇]年比の御目移《うつ》り、たとしへ無哀にらうたく見奉らせ給べし。[一一]打《うち》橋渡らせ給よりして、此御方の匂ひは、只今ある[一二]そら薫物ならねば、もしは[一三]何くれの香の香《か》にこそあんなれ、[一四]何共かゝへず、何《なに》ともなくしみ薫《かほ》らせ、[一五]渡らせ給ての御移《うつり》香は他《こと》御方〳〵に似《い》ず覺されけり。はかなき[一六]御髮《くし》の箱・硯の筥の内《うち》よりして、をかしうめづらかなる物共の有様に御覽じつかせ給て、[一七]明《あ》けたてばまづ渡らせ給て、御厨子《づし》など御覽《らむ》ずるに、何《いづ》れか御目とゞまらぬ物のあらん。[一八]弘高が[一九]哥繪書たる册子《さうし》に、行成君の哥書たるなど、いみじうをかしう御覽《らむ》ぜらる。「あまり物興《けう》じする程に、むげに政事知らぬ[二〇]白物《〈シレモノ〉》にこそなりぬべかめれ」など仰られつゝぞ、歸らせ給ける。晝間《ひるま》などに大殿籠《おほとのごも》りては、「[二一]あまり稚《おさな》き御有様なれば、參り寄《よ》れば翁と覺えて、

三条大后昌子崩御

一 宮中は女御の入内により大層華やかにめでたいことなのに。二 昌子内親王。朱雀帝皇女、冷泉帝皇后。三「十二月一日庚戌、巳時、太皇太后宮昌子内親王崩…於二権大進橘道貞三条宅一崩給也」(紀略、長保元年)。小右記に御臨終の様が詳しい。↓補三〇〇。四 三条大后の御所では。五 ↓補三〇一。六 御部屋の飾り付けの立派さは当然の事だが。七「覚し」は西・富「おほし」の誤。お育て申し上げようと。八 彰子以外の方々は。

一条天皇と彰子の御仲

中宮定子・承香殿女御元子・弘徽殿女御義子等をいう。九 大人びて形もととのっていらっしゃり。一〇 年来年をとった后・女御を見ておられたのに、若い女御に御目が移ったのだから。一一 ↓九三頁注二四。一二 どこでとも分らぬように くゆらした香。一三 何それというような名も知らぬ名香の薫りなのであろう。一四「何共」は「なども」の誤か。というように際立ってはにおわず。一五 帝が御部屋へ御出なさった時の。一六 櫛箱や硯箱の中に入れたものを始め、趣深く珍しい調度品の有様にお目をとめられ。一七 夜が明けるとすぐ。一八 巨勢氏。金岡の曾孫。(大乗院寺社雑事記、文明四年十二月廿三日の条に系図がある。)一九「歌絵と云ふは、歌の意を常の絵に書て、歌をも常ざまに書き加ふるを云ふ」(真淵、源氏物語新釈)。なお源氏物語事典に詳しい。二〇 痴者。ばか者。「白物」の字は、小右記・東松本大鏡・今昔物語等に多くの例がある。二一 一条帝の御詞。あなた(彰子)の御様子が余り若々しいので、おそばへゆくとこの自分が翁かと感じられて。三二 一口に帝と申しても、

我恥《はつか》しうぞ」などの給はする程も、只今ぞ廿斗におはしますめる。[二三]同御門と申ながらも、いかにぞやかたなりに飽《あ》かぬ所もおはします物を、此上は、いみじう御形より始、清らにあさましきまでぞおはします。[二四]大御酒《みき》などは少きこし召けり。[二五]御笛をえもいはず吹すまさせ給へれば、候人〳〵も目出度見奉る。[二六]うちとけぬ御有様なれば、「是うち向《む》きて見給へ」と申させ給へば、[二七]女御殿、[二八]「笛をば聲をこそ聞《き》け、見るやうやは有」とて、聞せ給はねば、「さればこそ、是や稚《をさな》き人。[二九]七十の翁の云事をかくの給よな。あな恥《はつか》しや」と戯《たはぶ》れ聞えさせ給程も、候人〳〵、「あな目出や。[三〇]此世の目出き事には、只今の我等が交《まじら》いをこそせめ」とぞ、言《い》ひ思ひける。[三一]なにわの事も竝《なら》ばせ給人無御有様におはします。」はかなく年もかへりぬれば、「今年《ことし》は后に立せ給べし」と云事世に申せば、[三二]此御前の御事なるべし。中宮《定子》は、[三三]宮の御事を覺し扱《あつか》ひなどして、参らせ給べきこと只今見えさせ給はず。内には、今宮《敦康》をいまゝで見《み》奉らせ給はぬ事《こと》を、安《やす》からぬ御歎に思食たり。帥殿は[三四]其まゝに[三五]一千日の御時にて、法師恥《はつか》しき御行《おこなひ》にて過《すご》させ給。今は[三六]一宮かくておはしますを、[三七]一天下の燈火《ともし》と頼《たの》み覺さるべし。げに理に見《み》えさせ給。[三八]一宮の御祈を、えもいはず覺しまどふべし。中宮は朝暮、「我参らず共、宮かくておはしませば、[三九]さり共今《いま》は」と心のどかに思食べし。[四〇]女院《東三條院》に

中には不十分で整わず、今少しと思われる点もおありになるものだが。「かたなり」は片成、未成熟。二三 御容姿を始めとして、御立派であきれる程でいらっしゃる。二四 御酒などは少し召し上られた。二五 一条帝が御笛を嗜まれたとは各種文献に見える。↓補三〇二。二六 女御彰子が。二七 一条帝が。二八 笛は声をば聞くものですが、見るなどいうことがありましょうか。二九 七十の老人(帝の戯談)のいう事をこんなにやりこめなさることよ。三〇 この世のめでたい事としては、現在自分らが帝や女御のお仲間入りをさせていただく事を挙げよう。三一 何事も。「数ならでなにはの事もかひなきになどみをつくし思ひそめけむ」(源氏、澪標)、「古になにはの事は変らねど涙のかかる旅はなかりき」(後拾遺、哀傷、源信宗)、「津の国のなにはの事か法ならぬ遊びたはぶれまでとこそ聞け」(同、釈教、遊女宮木)。三二 女御彰子の御事についてであろう。

帝・中宮・伊周・女院の御心々

三三 脩子内親王や敦康親王のお世話をなさったりなどして、宮中へお入りなさる様子は今のところお見えなさらない。三四 配所から帰京するとそのまま。三五 千日間の精進をされて。時は斎。僧と同じ飲食をして身を慎しみ勤行すること。三六 第一皇子敦康親王。三七 世の中の希望の光として。三八 伊周は一の宮立坊の御祈禱を夢中になって行われる。三九 どうあろうと今では帝が自分をお忘れなさることはあるまいと安心していらっしゃるだろう。四〇 女院も、道長が彰子を女院におまかせ申すと始めから言われた事故、彰子を尊く気のおけるものと思い申し上げなさる。それに対して中宮をば、お気の毒に可哀そうに。↓補三〇三。

も、藤壺の御方をば、殿の御前の、院にまかせ奉ると申そめさせ給しかば、いとやむごとなく嚴《いつか》しき物に思ひ聞えさせ給。中宮をば、心苦《ぐる》しういとをしき物にぞ思ひ聞えさせ給ける。」此比藤壺の御方、[一]八重紅梅を織たり。[二]表着《うはぎ》は皆唐《から》綾《あや》也。殿上人などは[三]花折《お》らぬ人無、今《いま》めかしう思ひたり。[四]たゝむ月に藤壺まかでさせ給べくて、[五]土御門殿いみじう拂《はら》ひ、いとゞ[六]修理し加《くわ》へみがゝせ給。かくて二月に成ぬれば、[七]一日比に出させ給。上いと飽《あ》かず[八]さう〴〵敷御氣色なれど、[九]有やう有べしとぞ、世人申める。さて出させ給ぬ。御送の上達部・殿上人、さま〴〵の祿共有て歸《かへ》り給。」かゝる程に、内渡つれ〴〵に覺されて、「此ひまにいかで一宮《敦康》見奉らむ」と思食ど、[一〇]萬つゝましうて、えの給はせぬに、殿、「此比〔こ〕*そ一御子見《み》奉らせ給はめ」と奏せさせ給へば、いと〳〵嬉《うれ》しく覺しめされて、[一一]院にも聞えさせ給へば、中宮參らせ給べき由《よし》度たびあれど、つゝましうのみ思食に、[一二]まめやかに院も申させ給へば、おぼしたゝせ給。[一三]帥殿なども、[一四]「などか。[一五]宮見奉らせ給はむに、いとゞ御心ざしこそまさらせ給はめ。おろかなるべきやうなし」など定させ給て、[一六]そゝきたちて[一七]二月つごもりに參らせ給。[一八]御輿《こし》などもこと〴〵しければ、一宮《敦康》參らせ給御迎《むかへ》にとて、大殿《道長》の[一九]唐《から》の御車をぞ率《い》て參《まい》れる、それに宮も姫宮も[二〇]驪奉れる。さるべき人〳〵皆御迎《むかへ》に[二一]かぞへたてゝ參

一 八重紅梅の文様を織出した着物を着ている。陽・富「織たる」として下へ続けている。二 表着(袿の一番上に着るもの)のその地質は一同綸子(りんず)である。三 衣装を華美にしない人

彰子、土御門殿に退出

は無く。→補三〇四。四 来月女御が里邸へ退出なさるはずなので。五 京極殿ともいう。道長の邸。→補三〇五。六 修理を加え。諸本「し」は無いが、このままならば「為加へ」の意。七「十日戊午、女御彰子蒙下可二立后一之宣旨上、仍出二御内裏一」(紀略、長保二年二月条)。→補三〇六。八 物足らず淋しそうな御様子だが。九 何か仔細があるに違いない。一〇 何事も道長に遠慮されて、お口にされ得なかったが、道長

中宮定子入内

は。一一 御母女院にも。一二 衷心から女院も一の宮を連れて参内するよう申されたので、中宮も御決心なさった。一三 伊周なども。一四 何も遠慮されることはない。一五 帝が若宮にお会いなさるならば、一段と御愛情がまさりこそせよ、疎略がましい事のあろうはずはない。一六 そわそわと仕度も大急ぎにして。「そゝく」は忙しく物事を行う。「たつ」は動詞につけ、ひどく…する意を添える。一七 権記は二月十一日、日本紀略は十二日。→補三〇七。
一八 中宮が輿を用いる事は→九七頁。
一九 唐庇ともいう。上皇・皇后・東宮・准后・親王・摂関等の晴の用に供する牛車。
二〇 ヤガテタテマツレル。そのまま御一緒に。
二一 特に任命して。
二二 御自分の御心はどんななのだろうか。
二三 ほんとに想像さえできぬほど度量の広い道

らせ給。殿の御心様あさましきまで有難《ありがた》くおはしますを、世に目出度事に申べし。」帥殿も、[二二]我御心のいかなればにか、「[二三]いと思はず成ける殿の御心かな。女御《彰子》参り給て後は、[二四]よもとこそ思ひ聞えつるに、一宮の御迎《むかへ》の有様などぞ、誠に有難《ありがた》かりける御心也けり。[二五]我らはしもえかくはあらじかし」とぞ、内〻には聞え給ける。さて参らせ給へれば、ひめ宮《脩子》[二六]うつくしき程にならせ給にけり。又今宮《敦康》のえもいはず[二七]きららかにおはしますに、御門御目拭《のご》はせ給べし。[二八]女一宮も四五斗に在《をは》しませば、物などいとよくの給はす。女院も[二九]よき夜とて、今宮見奉らせ給に、[三〇]上の御兒生《をゐ》にぞ、いとよく似《に》奉らせ給へる。[三一]哀にうつくしう見奉らせ給。猶[三二]有難《がた》うやむごとなく捨《す》て難《がた》き物に思聞えさせ給へるも、理に見えさせ給。」 さて[三三]日比おはしませば、[三四]殿の御前、今宮を見《み》奉らせ給て、抱《いだ》きもちうつくしみ奉らせ給。「[三五]歩《あり》かせ給まで見奉《たてまつ》らせ給はざりけること」ゝ、誰も御子の[三六]かなしさは知《し》らせ給へる事なれば、哀に見奉らせ給。[三七]上《うへ》の御笛を取《と》らせ給へば、[三八]いとゆゝしううつくしう見奉《みたてまつ》らせ給。萬心のどかに、宮に啼み咲み、たゞ御[三九]命を知《し》らせ給はぬ由《よし》を夜る晝語《ひるかた》らひ聞えさせ給へど、[四〇]宮例の御有様におはしまさず、物心細げに哀なる事共をのみぞ申させ給。「此度は參につゝましう覺え侍れど、[四一]今《いま》一度《たび》見奉り、又今宮の御有様後《うしろ》めたくて、かく思立侍つるなり」と、

長の御心よ。

二四 よもや中宮にこれほどの好意を寄せてくれようとは思いもかけなかったのに。

一条天皇、敦康親王と御対面

二五 自分らは到底このような態度はとり得ないだろう。

二六 可愛らしい年ごろに。

二七 光り輝くほど美しくいらっしゃるにつけて。

二八 ヨツイツバカリと読む。長徳二年十二月生、今年五歳。

二九 今夜は吉日だというので。富「よき日」とあるが、権記によれば夜分の入御のようであるから、このままでよかろう。

三〇 主上の御幼少であった時の様子に。

三一 しみじみとお可愛らしく。

三二 帝が敦康親王を尊く格別に捨て置き難いものに思い申し上げておられるのも。

三三 数日宮中に御滞在なさるので。

三四 道長。

道長、敦康親王に御対面

三五 今宮がお歩きなさるまで父帝が対面なさらなかったことよと。→補三〇八。

三六 可愛らしさは御存知のことだから、道長も。

三七 敦康親王が、帝の御笛を手に取られると。

三八 恐しい程にお可愛らしく。「啼み咲み」は「泣きみ笑ひみ」に同じ。

三九 (こうした幸福がいつまで続くことか)寿命の程も知れないということを。

四〇 中宮はいつもの御様子とは違って。抄は「これ後日なくなり給ふ前表也」といっている。

四一 もう一度帝にもお目にかかり、また今宮の御様子も気になって。

まめやかに哀に申させ給を、上、「[一]いなや。いかなればなどかくはの給はするぞ」など聞えさせ給へど、「猶物の心細《ぼそ》くのみ覺え侍」など、[二]常なるまじき御事共をのみあれば、「[三]うたてゆゝしう」と仰らる。「[四]身をばともかくも思ひ給へず。只稚《おさな》き御有樣のうしろめたさに」など、いみじう申させ給けり。」[五]三月に、藤壺后に立せ給べき宣旨下ぬ。中宮と聞えさす。此候はせ給をば皇后宮と聞えさす。軈三月卅日に、[六]大饗せさせ給て、又入《い》らせ給。今年《ことし》ぞ十三にならせ給ける。あはれに若く目出度后にも在《をは》しますかな。皇后宮《定子》今日明日《あす》出させ給南とするを、切《せち》に「[七]猶〳〵」と聞えさせ給。二月に參らせ給へりしに、一日比里にて[八]御月の事有けるに、三月廿日餘《あま》りまでさる事なければ、いと〳〵怪《あや》しくて、[九]いとゞ、いかに〳〵と心細う覺さるべし。上もいかなればにか〔と〕*[一〇]おぼつかなげにの給はするにも、「[一一]それを嬉《うれ》しと思べきにも侍らず。今年〈コトシ〉は人の愼《つゝし》む[一二]べき年にも有、[一三]宿曜などにも心細《ぼそ》くのみ云て侍れば、猶いとこそ[一四]さあらむにつけても心細かるべけれ」などぞうち語《かた》らひ聞えさせ給ける。」[一五]三月卅日に出させ給も、哀に悲しき事多《おほ》く聞《きこ》えさせ給て、御袖も一ならず[一六]あまた濡《ぬ》れさせ給。[一七]返〳〵この月の御事のさもあらずならせ給ぬるを、「[一八]ゐでや、さも心憂《う》かるべきかな」と、哀に物のみ心細く覺し續《つゞ》けらるゝを、「[一九]ゆゝしう、かく思はじ」と覺し返せど、

一「いやいや、どういうわけで心細い事ばかり言われるのか。二 常態とは異なったような事ばかりを言われるので。三 ほんとに縁起でもない事だ。四 自分の身体はどうなろうと何とも思いません、ひとえに稚い一の宮の御行末が気がかりでこのように申し上げるのです。

彰子立后、定子を皇后と称す

五「廿五日癸酉、以二女御従三位藤原朝臣彰子一為二皇后一〈号之中宮〉即任二宮司一以二元中宮職一為二皇后宮職一」(紀略、長保二年二月条)。御堂・権記・略記・大鏡裏書等いずれも同日、本書と異なる。六 里邸で大饗(中宮になられたについての臨時の饗宴)を開かれた上、再び入内された。↓補三〇九。七 やはり今暫くとどまるようにと、皇后に申される。八 月の障りの事があったのに。九 心細い上にまた御懐妊の様子で、一段とどうした事かと。一〇 心配そうな御様子で。一一 懐妊したことを。以下皇后の御詞。一二 謹慎すべき厄年でもあるし。「人の」は添えた語。「厄年〈十三、二十五、卅七、…〉」(拾芥)。皇后は今年二十五歳。一三 スクヨウ。二十八宿と九曜。中国の道教の説で、人の運命や時・日・方角等の吉凶を考える術。一四 懐妊ときまったらそれで死ぬのかと全く心細い事です。一五「廿七

皇后定子御懐妊、里邸に退出

日甲辰、皇后宮出二御散位平生昌朝臣宅一」(紀略、長保二年三月)。一六 板「あまたへ」(幾重もの意)。一七 月の障りが平常通りでなくなってしまわれた事を。一八 いやもう、ほんとに情ない事よと。一九 不吉な事だ、こんなに心細い思いはすまいと。二〇 夜昼涙に身も浮き上るばかりで。二一「たはやすくも参らねば」へ続く。いやいや

いとうたてのみおぼさる。其後露物をきこしめさで、只夜[二〇]る日る涙に浮《う》きてのみおはしませば、帥殿《伊周》も中納言殿《隆家》もいみじき大事に覺し歎たり。只御祈の事をのみぞ急《いそ》がせ給へど、い[二一]さや、世の中に少《すこ》し人に知《し》られ、人[二二]がましき名僧などは、此[二三]わたりに親《した》しきさまなる事は煩《わづらは》しきことに思て、召遣《つかは》せ給へど、萬に障《さはり》をのみ申つゝ、たはやすくも參らねば、さ[二四]りとてむげに人に知れぬ程《ほど》なるは、果報にやあらむ、驗《しるし》なども見《み》えぬわざなれば、御[二五]祈覺す様にもせさせ給はぬを、口惜きさまに覺し歎たり。賀茂祭何やとのゝしるも、萬[二六]よそにのみ覺さるゝも哀也。僧都君《隆圓》・清照阿闍梨など斗ぞ、夜[二七]居《ゐ》に常に候給に。此[二八]宮達の御扱《あつか》ひせさせ給つゝも、か[二九]つは我いつまでとのみ、ま[三〇]づ知《し》る物に覺さるゝもいみじうぞ。」

中宮彰子入内

[三一]中宮《彰子》は四月卅日にぞ入《い》らせ給。其御有様推《を》し量《はか》るべし。御輿《こし》の有様より始、何事も新《あたら》しき御有様にて、御[三二]裳着させ給て、御髮《ぐし》上《あ》げて御輿に奉る程など、猶さるべき御身にこそ在《をは》しましけれ。かく若くおはします程は、ら[三三]うたげにうつくしげにおはしまさんこそ世の常なるべけれ、やむごとなき方《かた》さえ添《そ》はせ給へる、いみじう目出度。此度《たび》は、藤[三四]壺の御しつらひ、大床子立《た》て、御帳の前の狛《こま》犬《いぬ》なども、常の事《こと》ながら目とまりたり。若[三五]人いとめでたしと見る。火[三六]焼《たき》屋、土御門殿の御前に在し、繪に書たるやうなりしを、此[三七]御前にてはた今少《すこ》し異《ことな》る

容易にも参上しないから。二二 名僧知識など言われるような僧は。二三 皇后一族に親しい様子を見せることは、(道長に対して)事めんどうと思い。二四 名僧は来ないからといって、人に知られぬような身分の僧では、年功を積まぬ果報の拙さであろう、効験も現われないわけだから。二五 御祈禱を思うようにもおさせなさらぬのを。二六 万事よそ事とばかり思われるのも気の毒である。この年の賀茂祭は四月十四日辛酉。二七 夜通し加持祈禱するため。二八 脩子内親王や敦康親王の御世話を。二九 一方では自分(皇后)はいつまで生き永らえていることができようかとばかり。三〇 涙がちに思われるのも悲しいことである。「世の中の憂きもつらきも告げなくに先づ知るものは涙なりけり」(古今、雑下、読人知らず)。三一 「七日甲寅…今夜中宮入内」(紀略、長保二年四月)。御堂・権記も同じ。一条院東北対へ入られたのである。三二 御裳を着け、髪上げをされた正装で御輿に乗っておられる様子は、やはりそのようにあるべき天賦のお后であられた。三三 可憐で可愛らしくいらっしゃるのは普通のことであろうが、尊貴な点さえ加わっておられるのは。三四 飛香舎の飾り付けとして、御帳台の前に狛犬(獅子と相向わしめて置き、威儀を整えるための装飾で、魔除けを兼ねる)などの置いてあるのも、当り前の事だが。↓補三一〇。三五 年若い女房たちは。
三六 衛士が庭火を焼いて夜を守る小屋。
三七 藤壺の御前ではまた今少しその様子の異なるような気のするのも、ふと見ただけで馴れぬからだろう。「け」は気色、様子。

心地《ち》するも、うちつけの目なるべし。此度は女房の唐衣なども[一]品《しな》〳〵に分《わか》れて、けぢめけざやかなる程ぞ、いとをしげなる。[二]押竝《をしな》べてありし折は、目とゞまりても見えざりし織物唐衣どもの、今見《いまみ》れば、[三]文けざやかに浮《う》きたるも目出度見え、[四]さしもあらず人がらなどは惡《わろ》からぬも、又心の限《かぎり》したる無文などは、いと口惜南。[五]女官などもないがしろに思ひ振舞たるなども、中〳〵めやすげ也。[六]上渡らせ給て御覽じて、「[七]さき〳〵は心安き遊《あそび》物に思ひ聞えさせしを、此度はいとやむごとなき御有樣《ありさま》なれば、忝《かたじけな》ささえ添《そ》ひて振舞にくゝこそ成にたれ。さても見初《そ》め奉りし比と此頃《ごろ》とは、[八]こよなくこそおよずけさせ給にけれ。[九]はかなきことあらば勘當《かんだう》有ぬべき御氣色にこそ」との給はすれば、候人〳〵もいみじう忍《しの》びやかに言《い》ひつゝ咲べし。」はかなく五月五日に成ぬれば、人〳〵[一〇]菖蒲《さうぶ》・[一一]棟《あふち》などの唐衣《ぎぬ》・表着《うはぎ》なども、をかしう折知《おりし》りたるやうに見ゆるに、[一二]菖蒲《さうぶ》の三重〈ミエガサネ〉の御木丁共薄《うす》物にて立《た》て渡《わた》されたるに、上《かみ》を見れば御簾の緣《へり》もいと青《あを》やかなるに、[一三]軒の菖蒲《あやめ》も隙《ひま》なく葺《ふ》かれて、心ことに目出度をかしきに、[一四]御藥《くす》玉・菖蒲《さうぶ》の御輿《こし》などもて參りたるも珍《めづら》しうて、若人〳〵見興《けう》ず。」内に承香殿《元子 顯光女》を[一五]人知《し》れずおぼつかなく思ひ聞えさせ給て、[一六]わざとの御使には覺しめしかけず、參人もなければ、もとより彼[一七]御心《こゝろ》よせの右近内侍になむ、御文忍《しの》びやかに通《かよ》〔はし給〕*ふ

一 身分によってわかれ、その区別が明瞭であるのは、気の毒な人もある。地質・色目・紋様等に身分上の区別が明瞭に定まっていた。二 女房たちが一様の服装であった際は、格別目にもとまらなかった。三 紋様がはっきり浮き出しているのも。四 織物は着れないが人品などは悪くない女房が、それとは別にできるだけ体裁を整えて着た紋様のない唐衣などは、大層残念な有様に見受けられた。五 身分の低い女官(にょかん)なども人を軽蔑するような態度で振舞っているのも、このような晴の場合にはかえって見苦しくないものに見える。六 天皇が内裏の藤壺へ渡られたのはこの時がはじめて。七 以前は気楽な遊び相手に思い申し上げていたが、今度は中宮という尊い御様子故。八 格段大人らしくなられた。九 とりとめもない事をしたらお叱りを受けそうな御様子です。一〇「表青・裏濃紅梅、四五月着用」(物具装束抄)、「表白・裏紅梅、五月用レ之」(物具装束抄)。一一「面薄色・裏青」(雁衣鈔)。一二 几帳のとばりを青色の濃淡を混ぜた三重の薄物にしたものか(新訳)。一三「三日六府立菖蒲輿瓮苑〈各一荷、花十棒〉南庭(中略)四日夜、主殿寮・内裏・殿舎葺二菖蒲一」(西宮、巻三供菖蒲)。内裏式にも詳しい。一四 →補三一一。一五 密かに恋しく待遠に思われ。「給て」は「通はし給ふ」へ続く。一六 表立った御使を遣わそうとは思われず。一七 帝が好意を寄せておられる。右近内侍は→一七四頁注二。一八 右近は大層恐れ多い事と謹慎して。一九 道長は。二〇 自分に会うのがいやでこんな事をしたのだろう。二一 などと戯

五月五日、藤壺の有様

一条帝、承香殿女御に文を送り給う

といふ事おのづから漏《も》り聞《きこ》ゆれば、殿はともかくもの給はせぬに、[一八]いとかしこき事《こと》に畏申て、内へも参らず。されば、[一九]殿の御前、「右近内侍が参《まい》らぬこそ怪《あや》しけれ。[二〇]己《おのれ》を見じとてかう*したる」などの給はせけるしもぞ、中〳〵「[二一]げになめう覺しめしけり」など、人〳〵思ひける。」皇后宮《定子》には、あさましきまで物のみ覺え給ければ、[二二]御おとゝの四の御方をぞ、いま宮《敦康》の御後見《うしろみ》よく仕《つか》まつらせ給べき様に、うち啼てぞの給はせける。御匣殿も、「[二三]ゆゝしき事《こと》を」と聞えて、うち泣《な》きつゝぞ過《すぐ》させ給ひける。月日もはかなく過もていきて、内には(いとゞ)皇后宮の御有様をゆかしく思ひ聞えさせ給つゝ、[二四]おぼつかなからぬ御消息常《つね》にあり。[二五]宮達のうつくしうおはしますさま限《かぎり》なし。」かくて七月相撲《すまゐ》の節《せち》にも成ぬれば、[二六]わりなき暑《あつ》さをばさる物にて、「今年《ことし》の相撲《すまゐ》は春宮《三條院》も御覽ぜよ」と覺し掟《をき》てさせ給て、その御用意心《こゝろ》ことなるべし。」七月七日に、中宮《彰子》より院《東三條院也》に聞えさせ給、

[二七]暮を待《ま》つ雲井の程もおぼつかな踏《ふ》みゝまほしき鵲《かさゝぎ》の橋《はし》

院より御返、

[二八]鵲《かさゝぎ》の橋の絶間《たえま》は雲居《ゐ》にてゆきあひの空は猶ぞうらやむ。」

[二九]《或本》七月七日の程になりぬれば、[三〇]所〳〵の相撲《すまゐ》ども参り集《あつま》りて、[三一]左右の大将《公季 道綱》などの御許には只是騒《さはぎ》のことをせさせ給。東宮御覽ずべき年なれば、「[三二]何事もいかでか」など覺し騒《さは》

談めかして言われるのは、かえって無礼者と思われてであろうなどと人々は思った。二二 御妹の四の君(御匣殿)に今宮の御世話をよくなさるように。二三 そんな遺言めいた不吉な事を仰せなさると申し上げて。二四 始終御心にかけられた懇ろな御便りが常にあった。二五 脩子内親王や敦康親王。

皇后定子、敦康親王の御後見を託し給う

二六 ひどい暑さになったのはもちろんで。二七 暮を待って牽牛織女の相会う空も気がかりになるので、早く織女星の渡る鵲の橋を踏みたいことよ—お目にかかれませんのでお便りをいただきたいことです。次の返歌と共に続古今、秋上。二八 鵲の橋が絶えてから久しいこと、今宵牽牛織女の行き会う空をやはり羨しく思うことです—お会したいのはこちらも同じことです。

相撲の節

二九 →補三一二。三〇 諸国から集まった相撲取。相撲は相撲人の略。三一 左大将公季、右大将道綱。相撲は兵部省所管。左右近衛府が世話をする。

中宮と東三条女院、七夕贈答の御歌

節会の数日前から左右近衛府は府の内取と称して、各相撲所を開始し互にその方の相撲取をして相撲をさせたりして多忙を極める。「只是騒」はこれを指す。長保二年の相撲は、日本紀略に、七月廿五日(内取)、同廿七日(召合)、同廿八日(抜出)、八月十二日(内裏一条院相撲五番)などとある。↓補三一三。

東宮相撲御覧

三二 万事どうして華やかにやらないことがあろ

うか、大いに華々しくやろうと。なお、この年は東宮が相撲を御覧になる年とあるが、他の書にはそのことは見えない。

ぐもをかしく南。月日過行まゝに、皇后宮はいとゞ物をのみおぼし歎《なげ》くべし。

巻第七　とりべ野

巻名　皇后定子を鳥辺野に埋葬した事と、東三条女院を同所に荼毘し奉った巻中の詞による。

諸本＝とりへ野(陽、西、活)・鳥部野(富)。

所収年代　長保二年(一〇〇〇)八月から、同四年(一〇〇二)八月まで満二年間。

内容　皇后定子は涙に沈む明暮を過されていた。女院からも頻りに御消息があり、帝からは内蔵寮を通じて様々の品物が届けられた。しかし、安産の御祈禱については、代僧程度のものが奉仕するに過ぎない有様で、伊周兄弟だけが御産の準備を進めていた。

長保二年十二月十五日夜、皇女(媄子内親王)御出産、皇后は後産の事がなくて崩御された。二十五歳であった。帝や女院は一段と悲嘆に暮れるのであった。

皇后の残された御手習の和歌が、御帳台の紐に結び付けてあったのを、伊周らは手に取って涙ながらに読んだが、辞世と覚しき中の一首によって土葬にすることに決した。

鳥辺野の南方に殯宮を設けて葬送が行われたが、折しも雪の降る時で、またたく間に棺は雪で覆われた。

年が改まり、女院は媄子内親王を手許に引取られた。

東宮の麗景殿尚侍(兼家女綏子)は、源中将頼定と密通の事があって、東宮との縁も絶えたが、間もなく没したので、さすがに東宮もあわれに思われた。

源相方の家に滞在中の道長は病に罹ったが、かつて綏子の住んでいた土御門の家に転地療養をした結果、病気も恢復した。北の方倫子の妹は右大将道綱の室であったが、この頃男子を出産して没した。

女院の許に養われていた媄子内親王は、帝と対面されたが、帝は女院共々内親王の身の上にあわれを催された。

九月には女院の石山詣が行われ、滅罪生善の護摩や万灯会が行われ、帰京後には、法華八講の催しがあり、さらに十月には、道長の病により延期されていた女院四十賀が土御門殿で盛大に行われ、行幸もあった。

その後、女院は再び帝と御対面になってしみじみ昔話などをされた。やがて、女院は病に罹り、行幸も行われたが、帝は別れを惜しんでいつまでも立ち去ろうとされなかった。

媄子内親王は御姉脩子内親王の許へ戻り、一方女院も転地されたが、それも空しく十二月二十二日崩御された。やはり雪の日同じ鳥辺野で葬送が行われたが、御遺骨は道長が首に懸けて木幡の墓地に納めた。

年が替り、御法事が花山の慈徳寺で行われた。

東宮の宣耀殿女御(娍子)が病気をされたが、間もなく恢復した。弾正宮為尊親王は夜歩きが昂じて没し、北の方は尼になった。

八月下旬、東宮の淑景舎女御(道隆女、皇后定子御妹)が血を吐いて頓死された。この事について宣耀殿側のために毒殺されたという噂がささやかれた。

栄花物語巻第七

とりべ野

[1]かくて[一]八月ばかりになれば、皇后宮《定子》には[二]いと物心細《ものこゝろぼそ》くおぼされて、明暮《あけくれ》は御涙《なみだ》にひぢて、あはれにて過《すぐ》させ給。[三]荻《おぎ》の上《うは》風萩《はぎ》の下露《したつゆ》もいとゞ御耳《みゝ》にとまりて過《すぐ》させ給にも、いとゞ[四]昔《むかし》のみおぼされてながめさせ給《たま》ふ。女院《東三條院》よりは[五]おぼつかなからず御消息《せうそこ》奉《たてまつ》れさせ給。内《うち》よりは[六]たゞにもあらぬ御事《こと》を心苦《こゝろぐる》しうおぼしやらせたまて、[七]内藏寮《くらづかさ》よりさま〴〵物《もの》奉《たてまつ》らせ給。[八]御愼《つゝし》みをも、おぼすさまにもあらず。[九]御修法二壇ばかり、さべき御讀經などぞあれど、僧なども「[一〇]まづさべき所《ところ》のをばかゝず勤《つと》め仕《つか》うまつらん」と思《おも》ふ程《ほど》に、この宮の御讀經などをば、[一一]怪《あや》しの代《かは》りばかりの、[一二]ものはか〴〵しからず何《なに》ともなく寢《い》をのみぬるにつけても、「[一三]さもありぬべかりし折《をり》にかやうの御有様《ありさま》もあらましかば、いかにかひ〴〵しからまし。[一四]なぞや、今《いま》はたゞ念佛を隙《ひま》なく聞《き》かばや」とおぼしながら、[一五]又この僧達《たち》のもてなし有様急《ありさまいそ》がしげさなども、「罪《つみ》をのみこそは作《つく》るべかめれ」などおぼされて、たゞさるべき[一六]宮司《みやづかさ》などの掟《おきて》にまかせられて過《すぐ》させ給。帥殿《伊周》・中

一 長保二年八月。↓補三一四。
二 御懐妊の身の上に、伊周事件はあり。
三 「秋はなほ夕まぐれこそたゞならね荻の上風萩の下露」（義孝集・朗詠、秋興、義孝少将）。
四 昔の事—父関白道隆在世の頃や一条院との御仲などがしきりに思い出されて、物思いにおふけりなさる。

皇后定子の御有様、御産の御祈禱

五 待遠しい思いをおさせなさらずお手紙を差上げなさる。「奉れ」は、「奉り入れ」の意か。
六 皇后御懐妊の事をお気の毒に御推察なさって。「たまて」は「給ひて」と同意。
七 ↓四七頁注二四。
八 御懐妊中の御物忌をも思うようではない。
九 御祈禱の壇も僅か二つばかりを設け。「壇」のことは↓補四五。
一〇 第一に然るべき所—中宮などの御祈禱を闕かさず奉仕しようと思っているので。
一一 変な代役程度の僧が（勤め）。
一二 その結果はきはきと勤めもせず、何ということもなく眠りこけてばかりいるにつけても。
一三 皇后の御心中。世に時めいていた時このように懐妊もしたならば、どれ程そのかいもあった事だろう。
一四 どうして今更懐妊したのだろうか。
一五 この僧達の態度振舞や落着いて読経もせぬ様子なども（腹立たしく）、これではかえって罪障を作るに違いなかろうなどと。
一六 皇后宮付きの役人などの規定するがままになられて日をお過ごしなさる。

納言殿《隆家》などの一参《まい》り給ばかりによろづおぼし慰《なぐさ》むれど、たゞ御涙《なみだ》のみこそこぼれさせ給へば、二うたてゆゝしうおぼされても、ひめ宮《脩子》・一宮《敦康》などの御有様《ありさま》をいかに〳〵とのみおもほし見奉《みたてまつ》らせ給。常《つね》の三御よゐ《夜居》は、僧都《隆圓》の君候《さぶら》ひ給《たま》へり。四「まして、この君達《きんだち》おはせざらましかば、いかにいとゞ言《い》はん方《かた》なからまし」とのみおもほし知《し》る事多《ことおほ》かるべし。」東宮《三條院》には宣耀殿《娍子》の五あまたの宮達《たち》おはしまして、六御仲《なか》らひいと水漏《みづも》るまじげなれば、淑景舎《道隆第二女》参《まい》り給《たま》ふ事難《ことかた》し。」内《うち》わたりには七五節・八臨時《りうじ》の祭《まつり》などうち續《つゞ》き、九今《いま》めかしければ、それにつけても、一〇昔忘《むかしわす》れぬさべき君達《ゝむだち》など参《まい》りつゝ、女房達《たち》ども物語《ものがたり》しつゝ、一一五節《せち》の所《ところ》〳〵の有様《ありさま》など言《い》ひ語《かた》るにつけても、一二清少納言《清原元輔女》など一三出《い》であひて、一四少《せう》〳〵の若《わか》き人などにも勝《まさ》りておかしう誇《ほこ》りかなるけはひを、猶《なを》捨《す》て難《がた》くおぼえて、二三人づゝつれてぞ常《つね》に参《まい》る。」宮はこの月に一五當《あた》らせ給。御心地《こゝち》も悩《なやま》しうおぼされて、清昭法橋《高二位成忠子》常《つね》に参《まい》りて御願立《た》て、戒など受《う》けさせ給て、あはれなる事《こと》のみ多《おほ》かり。又一六さべき白《しろ》き御調度など、帥殿に急《いそ》がせ給にも、「一七今《いま》内より持《も》て参《まい》りなん」などあれど、一八こゝにも設《まう》けであるべきならねば、急《いそ》がせ給。女房にも絹《きぬ》どもたまはせて急《いそ》がせ給を、一九御前《おまへ》一人《ひとり》の御心《こゝろ》には思《おも》ほし紛《まぎ》るゝ事なくて、二〇はかなく御手習《てならひ》などにせさせ給つゝも、あはれなることゞもをのみ書《か》き付《つ》けさせ給。帥殿二一そのまゝの御精進《さうじ》

一 参上される事だけによって。二 ほんとに不吉な事だと思われるにつけても。三 夜居の僧(夜間の護持僧)の役としては。四 まして伊周・隆家・隆円ら兄弟がいらっしゃらなかったら、一段とどれ程言おうようもなくみじめな有様だろうか、(この兄弟たちがおられてまだよかった)と。五 一代要記の逆算によって、それぞれ敦明(長徳元)、敦儀(同三)、敦平(長保元)、師

東宮の女御たち

五節・臨時祭の頃の宮廷と清少納言

明(寛弘二)、當子(長保四)、禔子(寛弘三)の生まれとなる。従って、あまたの宮達というのは、敦明・敦儀・敦平。六 東宮と女御との御交情は水も漏らさぬ程の睦じさであるから。七 新嘗祭・大嘗祭などに行われる女舞。「十一月十六日、己丑(中略)、詣二藤宰相殿一、訪二五節事一、参内、五節儛姫等参入、帳台試也、十七日、庚寅、御前試、名対面、灯炉不レ懸、有レ仰令レ懸□□、五節儛姫等参上、大歌参入、〈待召〉、舞了、内

皇后定子御臨月

侍告之□□御歌大歌名謁出、舞姫等退下、十八日、辛卯、覧二童女一、〈中宮四人〉、藤中納言〈時光〉童中□□□□御覧了」(権記)。八 十一月下の酉の日に行われる賀茂の臨時祭。長保二年は十一月二十四日。九 にぎやかに華々しいので。一〇 昔を忘れぬ皇后ゆかりの君達などが参上しては。枕草子、職の御曹司におはします頃の段以下、殿上人等が皇后御所を遊び所とした話が多く見られる。一一 五節所(五節の舞姫のいる所、常寧殿の中にある)の公卿・国司から献った舞姫の噂話などを語るにつけても。一二 枕草子の

作者。この頃三十五、六歳。一三 君達の応対に出て。一四 並み並みの年若い女官などよりも勝って。一五 御産が。一六 御産の折必要な白一色の御調度品などを。一七 そのうち宮中からも御産用の調度は届けられるであろう。一八 里邸でも用意せずに済まされるものではないから。一九 皇后お一人の御心にとっては気の紛れなさる事もないので。二〇 ついちょっとすさび書きをなさるにつけても、悲しい事ばかりを。二一 帰京以来そのまま精進を続けているので。↓二〇三頁。

媞子内親王御誕生

二二 御安産の事ばかり。二三 自邸へもお帰りにならず、ずっと皇后のおそばに付ききりでおられる。皇后御所は前但馬守平生昌宅。二四 大層お可愛らしくいらっしゃる事によって。二五 自分達の命は明日の日も知らぬが、皇后だけは何が理由で御長命なさらないでよいことがあろうかと心に悟るにつけても。二六 この若君達を大切なものとしてお世話申し上げなさる。二七 御産の時を今日か今日かと。二八 陰陽道で災難があるといって慎むことになっている厄年。二九 伊周・隆家等。三〇 大声で御祈禱したり読経したりした。三一 御物の怪を移された人々が大騒ぎをしているうちに。三二「今日皇后宮定子於㆓前但馬守平生昌朝臣宅㆒、有㆓御産事㆒、皇女媞子」(紀略、長保二年十二月十五日条)。三三 ままよ女であろうと御安産なさったことを無上の事と思って。三四 後産の事。三五 大騒ぎで額づいては仏に祈願し。三六 御誦経の料を取り出して(寺へ使をおやりなさったりし)。三七 御薬湯などお進めするのに。三八 ようやくできる事としてはあわて惑うことよりほかかないうちに。三九 後産もなくて。

なれば、法師に劣《おと》らぬ御有様・行《おこなひ》なるに、たゞ今《いま》は[二二]この事《こと》をのみ申させ給。中納言殿《どの》も里《さと》[二三]に出《い》でさせ給はず、かくてのみ候《さぶら》ひ給。若宮《わか》も姫宮《ひめみや》も御有様《ありさま》のよに[二四]うつくしうおはしますに、何事《なにごと》も思《おも》ほし慰《なぐさ》みて、我《わが》[二五]御命《いのち》どもをこそ知《し》り給《たま》はね、「宮の御有様《ありさま》はなにゝよりてさあらではあるべきぞ」と、おぼしとりたるにつけても、[二六]いみじきものにかしづきゝこえさせ給。げに理《ことはり》かなと見えさせ給。」かゝる程《ほど》に十二月になりぬ。宮の御心地《ちなやま》悩しうおぼされて、今日《けふ》[二七]や〳〵と待《ま》ちおぼさるゝに、今年《ことし》はいみじう愼《つゝし》[二八]ませ給べき御年《とし》にさへあれば、いかに〳〵と悩《なやま》しげに[二九]この殿《との》ばら見奉《みたてまつ》らせ給に、いとゞ苦《くる》しげにおはします。さるべき祓《はらへ》・御誦經など隙《ひま》なし。やむごとなき驗《しるし》ある僧など召《め》し集《あつ》めての[三〇]ゝしりあひたり。[三一]御ものゝけなどいとかしがましういふ程《ほど》に、長保二年十二月(十)五日の夜《よる》になりぬ。内《うち》にも聞《きこ》しめしてければ、いかに〳〵とある御使頻《つかひしきり》なり。かゝるほど[三二]に御子生《むま》れ給《たま》へり。女《媞子内ゝゝ〔親王〕》におはしますを口惜《くちを》しけれど、[三三]さばれ平《たいら》かにおはしますを勝《まさ》ることとなく思《おも》ひて、今《いま》は後《のち》[三四]の御事《こと》になりぬ。額《ぬか》[三五]をつき騷《さは》ぎ、よろづに御誦[三六]經とり出《い》でさせ給に、御湯《ゆ》[三七]など參《まい》らするにきこしめし入るやうにもあらねば、皆人《みな》あはて[三八]惑《まど》ふをかしこき事《こと》にする程《ほど》に、いと[三九]久《ひさ》しうなりぬれば、猶《なを》「いと〳〵おぼつかなし。御殿油近《となぶらちか》う持《も》て來《こ》」とて、帥殿御顔《かほ》を見奉《みたてまつ》り給に、むげに[2]

一「かい探り」。「かい」は接頭語。二すでに冷くなっておられた。「十六日己未、皇后崩給、

皇后崩御、伊周・隆家等の悲しみ

〈年廿五、在位十一年〉」(紀略、長保二年十二月)。権記・百錬抄も同じ。三まあ大変な事だと途方に暮れる間に。四集まった僧達はうろうろ迷い歩き。五悲しむのも道理の事だが、そう嘆いてばかりはおられぬというので。六若宮を皇后のそばから抱き放ち申し上げておいて、皇后をば横におさせ申し上げた。七皇后が見るもの聞くものすべてを。八このような結果になろうとまでは思い申し上げなかった。九(このような目に会い)寿命の長いという事は辛いことであった。一〇別室へお移し申し上げるにつけても。一一かつて伊周・隆家が配流された折に一家の者の涙は尽き果てたはずだが、涙というものは残りの多いものであったと思われる。一二ああ皇后はどんなに物思いをされた事であろう、全

帝の御悲しみと女院の思し召し

くもう生きるに生ききれないというふうに思っておられた御様子であったのに。一三母に別れてどんなに可哀そうな事だろうと、帝は限りなくお嘆きなさる。一四皇子皇女の別なくお手許に引き取ってお育て申そうと、かねがね思し召しておられたから。一五女院に仕えていた女房。初花巻にも見えるが未詳。それを媄子内親王の乳母として差し上げたのである。一六「御装束の料などたまはせて」へ続く。一七命婦は一旦里に退出して、それから女二の宮(媄子)をお迎え申し上げようと思ったが。一八女院の命婦に対する御詞。せめて正月の一日二日だけはここでしてから行って貰うつもりであった。一九どう

なき御けしきなり。あさましくてか[一]ひ探《さぐ》り奉《たてまつ》り給へば、やが[二]て冷《ひ》えさせ給《たま》ひにけり。」あ[三]ないみじと惑《まど》ふ程《ほど》に、僧[四]達《たち》さまよひ、猶《なを》御誦經頻《しきり》にて、内《うち》にも外《と》にもいとゞ額《ぬか》をつきのゝしれど、何《なに》のかひもなくてやませ給ぬれば、帥殿は抱《いだ》き奉《たてまつ》らせ給て、聲《こゑ》も惜《お》しまず泣《な》き給。さ[五]るべきなれど、「さのみ言《い》ひてやは」とて、[六]若宮《わかみや》をば抱《いだ》き放《はな》ちきこえさせて、かき伏《ふ》せ奉《たてまつ》りつ。「日[七]頃物《ひごろもの》をいと心細《ぼそ》しと思《おも》ほしめしたりつる御けしきもいかにと見奉《たてまつ》りつれど、い[八]とかくまでは思《おも》ひきこえさせざりつる。[九]命長《いのちなが》きは憂《う》き事《こと》にこそありけれ」とて、「いかで御供《とも》に参《まい》りなん」とのみ、中納言殿も帥殿も泣《な》き給《たま》ふ。姫《ひめ》宮・若宮《わかみや》など、皆《みな》こ[一〇]と方《かた》に渡《わた》し奉《たてまつ》るにつけても、ゆゝしう心憂《う》し。こ[一一]の殿《との》ばらの御折《をり》に宮の内《うち》の人の涙《なみだ》は盡《つ》き果《は》てにしかど、殘《のこり》おほかる物なりけりと見《み》えたり。」内にも聞《きこ》しめして、「[一二]あはれ、いかに物《もの》をおぼしつらむ。げにあるべくもあらず思《おも》ほしたりし御有《あり》様《さま》を」と、あはれに悲《かな》しうおぼしめさる。宮達《たち》いと稚《おさな》きさまにて、い[一三]かにと盡《つ》きせずおぼし歎《なげ》かせ給。女院にも、あさましう心憂《う》き御事をおぼしめすに、かひなし。「この度生《たびむま》れ給《たま》はん御子は、[一四]男女分《おとこをんなわ》かず取《と》り放《はな》ちきこえさせ給はん」と、かねてよりおぼしめしければ、[一五]中將の命婦とて候《さぶら》ふを奉《たてまつ》らせ給。[一六]御乳母《めのと》*にも、「[一七]里《さと》に出《い》でゝ宮を迎《むか》へ奉《たてまつ》らん」と思《おも》ふに、「[一八]正月のついたちの程《ほど》をだに過《すぐ》さ

か気をつけて真心こめてお仕えするように。二〇 命婦の装束にすべき織物などを下さった上で、乳母として差し上げられた。二一 無邪気でいらっしゃる御様子も。二二 乳母である自分はやはり不吉な涙は流したくないと耐え忍ぶのも苦しいことである。「事忌」は不吉な事を忌み慎むこと。二三 万事にわたって若宮をお世話申し上げる様子も。二四 中宮の方から清涼殿へお出でになるようにと帝の御ことばがあったが、中宮は(遠慮されて)聞き入れずにお過しなさった。二五 御帳台の帷(とばり)の紐に。二六 今度は最後

帝、中宮方へ渡御されず

皇后定子の御遺詠

の気がする。自分の亡き後はかようかようにせよ。「限のたび」に、旅(死出の旅)がかけてある。↓補三一五。二七 大層哀れ深い数々の御すさび書きで、帝の御目にもとまり、又お聞きなさる事もあるだろうとお考えになられたものだろうと思われる。二八 (末は比翼連理などと)終夜お約束なさった事をお忘れなさらぬならば、今亡き私を恋い慕われる帝の御涙の色を知りたいものです。悲痛の極には血の涙が流れるということを踏まえている。後拾遺、哀傷。二九 誰一人知る人もない死出の路に今はこの世の最後として心細くも急ぎ旅立って行くことよ。後拾遺、哀傷。三〇 火葬の煙や雲にならぬ身でよそからはそれと見えぬにしても、やがて草葉の陰に葬られたならば、その上に宿る露を見てわが身をお偲び下さい。三一 この御歌の趣では。三二 通例の火葬の作法にはしないようにと思っておられ

故皇后定子の御葬送

んとてなん。[一九]あなかしこ、よく眞心《まごゝろ》に仕《つか》うまつれ」とて、[二〇]御装束《さうぞく》の料《れう》などたまはせて奉《たてまつ》らせ給つ。宮に参《まい》りたれば、帥殿出《い》であはせ給て、よろづに言《い》ひ續《つゞ》けて泣《な》き給。若宮《わか》抱《いだ》き出《い》で奉《たてまつ》りて、あはれにいみじうおかしげにて、[二一]何《なに》ともおぼしたらぬ御けしきも、いと悲《かな》しくて涙《なみだ》とゞまらねど、[二二]我《われ》は猶事忌《なをこといみ》せまほしうて忍《しの》ぶるも苦《くる》し。さて中將の命婦[二三]よろづに扱《あつか》ひきこえさする程《ほど》も、いみじうあはれなり。」上《うへ》は中宮《彰子》の御方《かた》にも渡《わた》らせ給《たま》はず、「[二四]のぼらせ給へ」とあれど、聞《きこ》しめし入《い》れでなん、過《すぐ》させ給ける。」宮《定子》は御手習《てならひ》をせさせ給て、[二五]御丁の紐《ひも》に結《むす》び付《つ》けさせ給《たま》へりけるを、今《いま》ぞ帥殿・御方《かた》〴〵など取《と》りて見《み》給て、「[二六]この度《たび》は限《かぎり》のたびぞ。其《そ》の後《のち》すべきやう」などかゝせ給《たま》へり。[二七]いみじうあはれなる御手習《てならひ》どもの、「内《うち》わたりの御覧じ聞《きこ》しめすやうなどや」とおぼしけるにやとぞ見ゆる。

[二八]後拾遺 よもす(が)ら契し事《こと》を忘《わす》れずば戀《こ》ひん涙《なみだ》の色ぞゆかしき」又、
[二九]知《し》る人もなき別《わか》れ路《ぢ》に今《いま》はとて心細《こゝろぼそ》くも急《いそ》ぎたつかな」又、
[三〇]煙《けぶり》とも雲《くも》ともならぬ身なりとも草葉の露《つゆ》をそれと眺《なが》めよ」など、あはれなることゞも多《おほ》くかゝせ給へり。「[三一]この御言《こと》のやうにては、[三二]例《れい》の作法《さほう》にてはあらでとおぼしめしけるなめり」とて、帥殿《そちどの》[三三]急《いそ》がせ給《たま》ふ。」[三四]とりべのゝ南《みなみ》の方《かた》に二

丁ばかりさりて、[一]靈屋《たまや》といふものを造《つく》りて、[二]築土《ついひぢ》などつきて、こゝにおはしまさせんとせさせ給。よろづい[三]と所《ところ》せき御装《よそお》しさにおはしませば、ことゞもおのづからなべてにあらずおぼし掟《をき》てさせ給へり。かゝる事《こと》をも[四]宮〳〵の何《なに》ともおぼしたらぬ御有様《ありさま》ども(も)いといみじう悲《かな》しう見奉《みたてまつ》る。[五]宮は今年《ことし》ぞ廿五にならせ給《たま》うける。[六]その夜になりぬれば、[七]黄金作《こがねづく》りの御(いとげの御)車《くるま》にておはしまさせ給。帥殿よりはじめ、さるべき殿《との》ばら皆仕《みなつか》うまつらせ給へり。今宵《こよひ》しも雪いみじう降《ふ》りて、おはしますべき屋《や》も皆降《みなふ》り埋《うづ》みたり。おはしまし着《つ》きて拂《はら》はせ給て、[八]内《うち》の御しつらひあべきことゞもせさせ給。やがて御車《くるま》をかき下《をろ》させ給《たま》ひて、[九]それながらおはしま(さ)す。今《いま》はまかで給《たま》ふとて、殿《との》ばら、明順《あきのぶ》・道順《みちのぶ》などいふ人〳〵も、いみじう泣《な》き惑《まど》ふ。折《をり》しも雪《ゆき》、片時《かたとき》におはし所《どころ》も見《み》えずなりぬれば、そち殿《伊周》、

[一〇]誰《たれ》も皆消《みなき》え殘《のこ》るべき身ならねどゆき隱《かく》れぬる君ぞ悲《かな》しき」中納言《隆家》、

[一一]白雪《しらゆき》の降《ふ》りつむ野邊は跡絶《あとた》えていづくをはかと君を尋《たづ》ねむ」僧都君《隆圓》、

[一二]故里《ふるさと》にゆきも歸《かへ》らで君ともに同《おな》じ野邊《のべ》にてやがて消《き》えなん」などの給も、

いみじう悲《かな》し。今宵《こよひ》のこと繪《ゑ》にかゝせて人にも見《み》せまほしうあはれなり。」[一三]内には、「今宵《こよひ》ぞかし」とおぼしめしやりて、よもすがら御殿籠《とのごも》らずおもほし明《あか》

たのであるらしい。 三三 土葬の準備をなさる。 三四 山城国愛宕郡の南端、東山と賀茂川の間一帯の地。「鳥部山は桓武天皇平安城に遷都の時、此の地を諸人の葬所に定めらる」(八代集抄)。定子皇后を葬った鳥戸野陵は京都市東山区今熊野剣宮町の東にある。

一 葬送の前に暫く遺骸を納めて置く所。玉(霊)殿。殯宮。 二 土塀などを築いて。 三 当代の皇后ゆえ大層重々しく厳かでいらっしゃるから、御葬送の事も自然並々ならず立派にするようお指図なさった。 四 幼い脩子内親王や敦康親王(五歳と三歳)が悲しいとも何とも思っておられない。 五 大鏡裏書・日本紀略・一代要記ともに二十五歳。しかし権記(長保二年十二月十六日条)に「立十一年崩、年廿四」とあり、正暦元年十四歳立后から数えて権記が正しい。 六「今日奉レ葬二皇后宮一、三箇月廃朝」(紀略、十二月二十七日)。 七 糸毛車を霊柩車として金の金具で飾ったもの。 八 霊屋の中の飾り付けについて葬儀に必要な準備をなさる。 九 柩に納めたままで安置おさせする。 一〇 人は皆この世に生き留まる事のできるものではないが、あの世へ行ってしまわれた宮の御上が悲しまれる。続古今、哀傷。 一一 白雪の降り積った野辺は人跡も絶えて、何処を目当に宮の御墓を尋ねようか。 一二 自分も住みなれたわが家へ帰らず宮と共にこの同じ野辺にこのまま消えてしまおう。「ゆき」(雪を掛ける)と「消え」は縁語。

一条天皇の御製

一三 帝におかせられては、皇后の御葬送は今宵行われるのだと。
一四 御袖にとじた涙の氷も場所も狭いばかりに思し召されて。「思ひつゝ寝なくに明くる冬の夜の袖の氷は解けずもあるかな」(後撰、冬歌、読人知らず)。
一五 世間並通りの火葬に付し奉るならば。
一六 火葬の煙で霞む野辺をも。
一七 鳥辺野まで自分の心だけは皇后を送ってゆくのだが、形の見えぬもの故行幸とも気がつかないでいることだろう。後拾遺、哀傷。

東三条女院、媄子内親王を迎え給う

一八 御霊所を。
一九 雪のはげしく降る折に。「かき」は接頭語。
二〇 皇后亡き後の宮の人々は。
二一 あわれと言ってはため息をつく以外の事もない有様で日を過されるのに。
二二 長保三年になり、世間では正月の儀式に往き交う馬や牛車の音も絶え間なく。→補三一六。
二三 前駆の者が大声で人を払う声も何の心配もなさそうであるのが羨しく思われ。
二四 喪の期間も過ぎたので。
二五 東三条院。→補三一七。
二六 四十九日の法事などが終ったら。
二七 脩子内親王・敦康親王。
二八 それでは伊周等は容易にお会いする機会はなくなるであろうから。
二九 帝もお気の毒なことに。
三〇 伊周・隆家等近親はまだ喪中でもある上に、
三一 自分等の身は何事も不吉で憚り多く思われているうちに。三一 →一〇六頁。
三二 女院方の殿上を許された人々大勢で。
三三 皇后方においては。

させ給て、一四御袖《そで》の氷《こほり》もところせくおぼしめされて、一五世《よ》の常《つね》の御有様《ありさま》ならば、一六霞《かす》
まん野邊も眺《なが》めさせ給べきを、「いかにせん」とのみおぼしめされて、
一七野邊までに心《こゝろ》ばかりは通《かよ》へどもわが行幸《みゆき》とも知《し》らずやあるらん」などぞお
ぼしめし明《あか》しける。暁《あかつき》に皆《みな》人〲帰《かへ》り給《たま》ひて、宮には候《さぶら》ふ人〲待《ま》ち迎《むか》へたる
けしき、いと理《ことはり》に見えたり。一八おはしまし所《どころ》、一九雪《ゆき》(の)かきたれ降《ふ》るに、うちかへ
りみつゝこなたざまにおはせし御心地《こゝち》ども、いと悲《かな》しくおぼされたり。」かく
二〇て春《はる》の來《く》る事《こと》も知《し》られ給《たま》はず、二一あはれよりほかの事《こと》なくて過《すぐ》し給に、二二世《よ》の中に
は馬車《むまくるま》の音《おと》しげく、二三前追《さきを》ひのゝしるけはひども思《おも》ふ事《こと》なげなる羨《うらやま》しく、同《おな》じ世《よ》
ともおぼされず。二四御忌《いみ》の程《ほど》も過《す》ぎぬれば、院《東三條院》には、今日明日《けふあす》いまみや《媄子》迎《むか》へ奉《たてまつ》ら
んとて、二五三條院に出《い》でさせ給。「二六ことゞも果《は》てなば、二七姫宮《ひめ》・一宮などは内《うち》にお
はしまさせん」とおぼしたれど、二八帥殿《そち》などはたはやすく見奉《みたてまつ》り給まじければ、
それをぞ内にも二九心苦《ぐる》しくおぼしめされける。女院には、吉日《よき》して若《わか》宮迎《むか》へ奉《たてまつ》ら
せ給。帥殿《そち》・中納言殿など御送《をくり》にとおぼしめせど、三〇まだ忌《いみ》のうちなるうちにも、
よろづ忌《い》ま〲しうつゝましうおぼさるゝ程《ほど》に、御迎《むかへ》に三一藤三位、さるべき女房
など、三二院の殿上人あまたして御迎《むかへ》に參《まい》れば、渡《わた》らせ給。これにつけても、三三宮の
御方《かた》に、あはれに悲《かな》しきこと盡《つき》ずおぼさるべし。率《ゐ》て奉《たてまつ》り給へれば、院待《ま》ち迎《むか》

へ見奉《たてまつ》らせ給まゝに、生《む》れさせ給て卅[一]餘《よ》日にならせ給へれど、[二]いとうつくしうふくよかにおはしまして、[三]かき抱《いだ》き奉《たてまつ》らせ給より、いとうつくしげに思きこえさせ給へり。[四]かゝることゞもの思《おも》ひがけぬ御有様《ありさま》を、[五]あはれにあさましともいふはおろかに悲《かな》し。宮には御法事の事急《こといそ》がせ給にも、帥《そち》殿御涙《なみだ》ひまなし。[六]一宮・姫《ひめ》宮さへ内におはしまさば、いとゞ慰《なぐさ》む方《かた》なからんことを思給べし。」

麗景殿尚侍綏子逝去

かくて[七]麗景殿（綏子 兼家女）の尚侍《ないしのかみ》は東宮（三條院）へ参《まゐ》り給こと[八]有難《ありがた》くて、[6]式部卿の宮（為平）の[7][九]源中將忍《しの》びて通《かよ》ひ給といふ事聞《こときこ》えて、[8][一〇]宮もかき絶《た》え給へりし程《ほど》に[9][一一]なくならせ給にしかば、宮さすがにあはれに聞《きこ》しめしけり。櫻《さくら》の面白《おもしろ》きを眺《なが》め給《たま》ひて、[10][一二]對《たい》の御方《かた》、

[一三]同《おな》じごと匂《にほ》ふぞつらき櫻花《さくらばな》今年《ことし》の春は色變《かは》れかし」などぞの給ける。」

道長の病悩

かゝる程に、[11][一四]大殿は[一五]すけかた（相方歟）の君の家《いゑ》におはしますに、[一六]いみじう惱《なや》ませ給《たま》ふ。たゞ今《いま》の大事《だいじ》にこれを思《おも》ふ。[一七]御ものゝけのいみじきはさる物にて、わが御心地《ち》のもの狂《ぐるを》しきまで、世《よ》にありとあることゞもをし盡《つく》させ給。中宮（彰子）里《さと》に出《い》でさせ給などして、いといみじう物騷《さはが》し。女院にもいみじうおぼし歎《なげ》かせ給。[一八]そこらの御願の驗《しるし》にや、佛神の御驗《しるし》のあらはるべきにや、[一九]所替《か》へさせ給はゞおこたらせ給べき由《よし》、[二〇]陰陽師ども申せば、[二一]さるべき所を合《あは》せて問《と》はせ給《たま》へば、[二二]尚侍《ないしのかみ》の住《す》み給し土御門《つちみかど》をぞ吉方《よきかた》と申せば、渡《わた》らせ給。夏の事《こと》なれば、[二三]さらぬ人だにいと堪《た》

一 娍子内親王は十二月十五日出生であるから、三十余日は実は正月中旬に当り、詮子の東三条院遷御以前のこととなる。この今宮の東三条院に迎えられることは諸書に見えない。二 大層可愛らしくふっくらしておられて。「ふくよか」は、「ふくやか」「ふくらか」等に同じ。三 お抱きなさるかなさらぬうちに。四 母后が亡くなったり、女院の御養育を受けたりなさる事が思いもかけない御有様であるのを。五 可哀そうに余りの事だと言ったところで並一通りなくらいに悲しい事である。六 もしも敦康親王や脩子内親王まで宮中にいらっしゃるならば、一段と慰みようもないだろうという事を。七 東宮妃。→一四〇頁。八 殆んどなくなって。九 為平親王男頼定。母は源高明女。一〇 東宮も綏子との縁が切れてしまわれたうちに。一一 綏子は亡くなられたので。権記・日本紀略・一代要記等によれば長保六年(寛弘元年)二月七日の事で本書と異なる。大鏡、兼家伝に詳しい。一二 綏子の母。兼家側室。藤原国章女。一三 例年と同じように美しい色に咲くことはつれないこと、桜の花よ今年の春は墨染色に咲けよ。一四 左大臣道長。一五 道長室倫子の父雅信の弟六条左大臣重信の子。本朝世紀(正暦五年正月二十八日)に「前備後守源相方朝臣㆓一条宅」とある。一六「左大臣家法華八講、依㆓病悩㆒也、五六月之間東三条院幷左大臣久煩㆓重病㆒」(紀略、長保二年五月二十六日)をいうか、事実は明確でない。→補三一八。一七 物の怪の恐しいことはいうまでもなく、物狂しい御自身の病悩にいたるまで

え難《がた》き頃《ころ》なれば、いかにいかにと見奉《たてまつ》りおぼす程《ほど》に、いと久《ひさ》しう悩《なや》み給て、おこたらせ給ぬ。[二四]いといみじうあさましう思《おも》ひがけぬ事《こと》に、誰《たれ》も嬉《うれ》しうおぼしめす。よにめでたき御事《こと》なり。」[二五]殿の上《うへ》の御はらからの中の御方に、[二六]道綱大将こそは住《す》[二七]み奉《たてまつ》り給に、去年《こぞ》より[二八]たゞにもあらずおはしければ、この頃《ころ》[二九]さべき程《ほど》に當《あた》り給へりけるを、[三〇]一條殿は凶《あ》しかるべし、ほかに渡《わた》らせ給べう陰陽師の申ければ、吉方《よきかた》とて、[三一]中川《なかゞは》に某《なにがし》阿闍梨《あざり》といふ人の[三二]車宿《くるまやど》りに渡《わた》らせ給て、生《むま》れ給にたり。[三三]おのこゞ〈兼經也〉にて物し給へば、嬉《うれ》しうおぼす程《ほど》に、[12]やがて後《のち》[三四]の御事《こと》なくてうせ給ぬ。[三五]大上殘少《おほうへのこりすくな》きに、あはれにおぼし入《い》りたり。[三六]殿《との》も、あはれに心苦《ぐる》しきことにおぼし歎《なげ》かせ給《たま》ふなかにも、[三七]上《うへ》の御はらからの男《おとこ》にてあまたおはするも、疎《うと》くのみぞ。[三八]これは一《ひと》つ御はらからにて、よろづをはぐゝみきこえさせ給《たま》ふ。又、この大将どの〈道綱〉ゝ[三九]御事をも、[四〇]殿《との》・上《うへ》もろ心《こゝろ》に急《いそ》がせ給しに、[四一]敢《あ》えなく心憂《う》き事《こと》におぼし歎《なげ》かせ給。大将殿も[四二]大方《おほかた》のあはれはさるものにて、[四三]御仲《なか》らひなどのいとめでたう、この[四四]北《きた》の方《かた》の(御)ゆかりに世《よ》の覺《おぼ》えもこよなかりつるに、様《さま》〴〵におもほし歎《なげ》くも理《ことはり》に見えたり。大将殿《どの》(は)この兒《ちご》君をつと抱《いだ》きて、[四五]かの代《かは》りとおぼし扱《あつか》ふにも、やがて[四六]その御罪《つみ》の(御)ことおぼすにぞ、「わが罪《つみ》の深《ふか》きなめり。かゝる御ことゞもに、[四七]いかで逃《のが》れて、ひたみちに阿彌陀佛《あみだぼとけ》を念《ねん》じ奉《たてまつ》ら

(治そうとして)あらゆる御祈禱その他の事をし尽くしなさった。一八 多くの願がけをした効験が現われたのか、それとも仏や神の奇特が現われなさろうというのか。一九 転地療養をされるなら治るであろうということを。二〇 陰陽寮に属し占筮・相地の事などを司る人。二一 転地するのに適当な場所を占に合わせてお問いになると。二二 →補三一九。二三 病気でない健康な人でさえ。二四 これ程の大病が平癒するとは呆れるばかり意外な事として、一同は嬉しく思われた。

道綱室御産、逝去

二五 道長の室倫子の同母妹中の君に。二六 摂政兼家の男。母陸奥守藤原倫寧女。二七 夫として通っておられたところ。二八 懐妊しておられたので。二九 臨月に。三〇 もと藤原伊尹の邸であるが、中の君のいる由縁は未詳。「凶し」は凶方の意。三一 →一四七頁注二四。三二 邸うちの門のわきに建ててある車庫。ここは僧侶の控え家の称。→補三二〇。三三 道綱三男。小少将と称し、参議右中将、美作権守に至る。長久四年五月二日薨、四十四歳。長保二年生(逆算)。三四 後産。→補三二一。三五 大北の方に同じ。貴人の母。ここは源雅信室穆子。大上は余世幾ばくもないのに。三六 道長も。三七 北の方倫子の同胞は男兄弟としては大勢おられたが(時中・扶義・時通・時叙・済信等)、親しみが薄くておられた。三八 然るに中の君は倫子と同腹の妹で、万事庇護を加えておられた。三九 中の君との結婚についても。四〇 道長夫妻は心をあわせてその仕度をされたのであったが。四一「あへなく」が正しい。張合いなく。四二 人の死という総じての悲しみはいうまでもないことで。四三 妻との交情も睦じく。四四 北の方が左大臣の妻倫子

んと思《おも》ふものを」とおぼし惑《まど》ふ。さて一とかくなし奉《たてまつ》りて、御忌《いみ》の程《ほど》も、二あはれに思《おも》ほさるゝこの君の御扱《あつか》ひにぞ、おぼし紛《まぎ》るゝ事《こと》もあべかめる。御乳母《めのと》、我《われ》も〳〵と望《のぞ》む人あまたあれど、三弁の君《きみ》とて賤《いや》しからぬ、四故上《こうへ》などもやんごとなき物にていみじうおぼしたりしかば、五その御心の忘《わす》れ難《がた》きに、「六若《も》し平《たいら》かにてあらば、必《かなら》ずこれをいひつけにも」などの給はせし七御かねごとゞも(いと)忘《わす》れ難《がた》くて、やがてその君よろづに知《し》り扱《あつか》ひきこゆれば、殿の上《うへ》おぼすさまにおぼされたり。」かくて八今年《ことし》は、[13]女院の御四十の賀、公《おほやけ》ざまにせさせ給べければ、春《はる》よりその御調度どもせさせ給に、春《はる》とおぼしめしゝかど、九殿の御心地《ち》の例《れい》ならざりしかば、それに障《さは》りて、七月にとおぼし定《さだ》めさせ給けるに、一〇院もまた、八講せさせ給はんとて、これを大事によろづおぼし急《いそ》がせ給。七月にとおぼしめしけれど、一一世の中物騒《なかものさはが》しうおぼされて過《す》ぐさせ給に、一二例《れい》の九月も御石山詣《いしやまうで》なれば、一三よろづさしあひ、物騒《ものさはが》しくおぼされて、石山詣《いしやまうで》の後《のち》にや先《さき》にやと定《さだ》め難《がた》し。」わか宮《媄子》日《ひ》にそへてうつくしうおはしまして、這《は》ひゐざらせ給て、一四御念誦《ねむず》のさまたげにおはしますに、「一五いとわりなきわざかな」と、もて扱《あつか》ひきこえさせ給。一六まことにうつくしういみじと思《おも》ひきこえさせ給て、内に率《ゐ》て奉《たてまつ》らせ給へれば、一七内《うち》もいとうつくしうあはれに思《おも》ひきこえさせ給《たま》ひて、一八抱《いだ》き奉《たてまつ》らせ給つゝ

の妹という縁で、社会的名望も格別だったのに。四五 亡妻の。四六 御産で死ぬ女は罪障が深いという事を。四七 ぜひ遁世して。

一 火葬などに付し奉り。二 ふびんに思われる若君の御世話をする事によって(悲しみを)お忘れなさる事もあるに違いなかろう。三 雅信の弟重信女。安法法師集に「六条大納言殿(重信)の弁の君」とある人。四 その人は故北の方も立派な身分の人として大層目をかけておられたので。五 弁は北の方の御眷顧を忘れる事ができない上に。六 もし平産したならばきっと弁を乳母に命じてやろうと。→補三二二。七 御約束のこと

東三条女院四十の御賀その他の準備

ば。八 長保三年。九 道長の御病気が。ただし道長の病気は長保三年ではなく、また詮子四十賀を七月に定めたことおよび延引のことは他に見えない。疫病のことを誤ったか。一〇 女院におかれても、法華八講会を催されようとして。一一 世間が流行病のため騒がしく思われ。長保二年冬から三年の春夏にかけ疫死する者が多かった(権記・紀略等)。一二 例年通り九月も石山詣をなさる月で。一三 いろいろな事が支障を来たして。一四 (あまり可愛くて)女院の御念誦の妨げとなられるにつけて。一五 大層困った事といわれながらもお世話申し上げなさる。

媄子内親王の御有様

一六 真実とても可愛いと思い申し上げなさって。一七 御父一条天皇も大層可愛くお可哀そうだと思い申し上げなさって。一八 お抱き申し上げられてはぶらぶらなさるのにすっかり馴れこになられて。一九 帝がよそへお出でなさると。

ありかせ給《たま》ふにならはせ給て、[一九]渡《わた》らせ給へば、慕《した》ひきこえさせ給て、泣《な》かせ給程《ほど》も、[二〇]いとうつくしう思《おも》ひきこえさせ給へり。[二一]院の、「[二二]今更《いまさら》にかゝる人をあづけさせ給て、心《こゝろ》とまること」ゝ申させ給《たま》へば、「[二三]さてあしうや侍《はべ》る。つれ〳〵におぼしめすに、かく紛《まぎ》れ侍ば」と[二四]申させ給まゝに、御涙《なみだ》の浮《うか》ばせ給を、院もいとあはれに見奉《みたてまつ》らせ給。」かくて[二五]まかでさせ給て、14[二六]九月は石山詣《いしやまゝうで》(とて)女房達《たち》あまたいそぎのゝしる。院の御前《まへ》は[二七]佛の御帳《みちやう》の帷《かたびら》、石《いし》山の僧《そう》に[二八]法服《ほうぶく》・かづけ物など急《いそ》がせ給ものから、怪《あや》しう心細《ぼそ》うのみおぼさるゝ事多《ことおほ》かり。その御けしきを見奉《みたてまつ》りて、候《さぶら》ふ人〳〵[二九]もうたてゆゝしきまで思歎《なげ》くべし。京出《い》でさせ給て、[三〇]粟田口《あはたぐち》・[三一]關山《せきやま》の程《ほど》、鹿《しか》の聲物《こゑもの》心細《ぼそ》う聞《きこ》ゆ。よろづあはれにおぼしめされて、

15[三二]あまたゝびゆきあふ坂《さか》の關水《せきみづ》に今《いま》は限《かぎり》の影《かげ》ぞ悲《かな》しき」

との給《たま》はすれば、(御)車《くるま》に候《さぶら》ひ給宣旨《せんじ》の君《きみ》、

[三三]年《とし》を經《へ》てゆきあふ坂の驗《しるし》ありて千年《ちとせ》の影《かげ》をせきもとめなん」

とぞ申給。さて參《まい》り着《つ》かせ給て、御堂《みどう》に[三四]參《まい》らせ給(より)よろづあはれに悲《かな》しうおぼしめされて、「年頃參《としごろまい》り馴《な》れつる御前に、これは[三五]限《かぎり》のたびぞかし」とおぼされて、いみじうかなしうおぼしめさる。例《れい》のやうに御祈《いのり》・修法《ずほう》などにもあらで、[三六]滅罪生善のためにとて、[三七]護摩をぞ行《おこな》はせ給。[三八]よろづにあはれなるたびの御祈《いのり》をせさせ給《たま》

二〇 帝はとても可愛いく思い申し上げなさった。 二一 女院が。 二二 今になってこういう可愛い若宮をお預けになるので、この世に執着が残ることよ。 二三 それも悪い事ではございますまい、無聊に思し召される折に、このように気が紛れるのですから。 二四 帝が申されると共に御涙が目に浮かばれるのを。 二五 女院は宮中を退出されて。 二六 権記によれば十月二十七日の事。↓補三二三。

東三条女院石山詣

二七 仏前にかけるとばりに用いる布帛。 二八 法衣や禄の品等を準備されるものの、同時に。 二九 余りに不吉なほどにお案じ申し上げ、困った事よと溜息をつくようである。 三〇 京都市東山区。三条白川橋東から東山の山際までの称(山城名勝志、巻十三)。 三一 関所のある山の称。ここは逢坂山の関所付近。 三二 今まで幾度も行きあったこの逢坂山の関の清水にこれが最後のわが姿がうつるかと思えば悲しい事である。千載、雑中。「宣旨の君」は、皇太后宮詮子の女房ということから、様々の悦の巻の宮の宣旨と同人であろう。 三三 何年も行きあったこの逢坂の関の関という名の効き目によって女院の千年もまします御姿を塞きとめてほしい。 三四 参詣なさると同時に。 三五 最後の参詣なのだ。 三六 現世の滅罪、後世の善根のためにと。 三七 密教の修法。ぬるで(木の名)などを燃し、その火で一切の悪業を焼き滅ぼす法。 三八 来世の極楽往生を願われる祈りばかりをなさるので。「あはれなるたび」は死出の旅。ここは極楽往生の事。

へば、御寺《みてら》の僧ども〻、[一]あるまじき事《こと》に、「[二]いかにおぼえさせ給にか」と怪《あや》しうおぢまうせど、「[三]などてか。これこそ參《まい》りはてのたび、命《いのち》の限《かぎり》と思心ざしたる宮仕《みやづか》ひの限《かぎり》なり」とて、綾織《あやおり》もの〻御帳《みちやう》の帷《かたびら》・銀《しろがね》の鉢《はち》ども、僧どもに、別[四]當よりはじめて、數《かず》を盡《つく》して法服《ほうぶく》ども配《くば》らせ給。同《おな》じく僧供養《そう》[五]せさせ給て、御《み》寺《てら》の封*六など加《くは》へさせ給《たま》ひて、御誦經など心ことにせさせ給へり。又、萬燈會《まんどうゑ》[七]などせさせ給て、まかでさせ給とても、いみじう泣《な》かせ給。候《さぶら》ふ人〳〵もいと悲《かな》しう見奉《たてまつ》る。御寺の僧ども、[八]御萬歳を祈《いの》り奉《たてまつ》る。」出《い》[16]でさせ給て程《ほど》なく御[九]八講始《はじ》めさせ給。すべて年頃《としごろ》の御八講《はかう》には勝《すぐ》れたる程《ほど》推《お》し量《はか》るべし。[一〇]講師達《たち》、此《こ》の世《よ》・後《のち》の世《よ》の御事《こと》めでたう仕《つか》うまつる。[一一]よろづをおぼし急《いそ》がせ給御儀式有様《ぎしきありさま》、[一二]聞《きこ》えさすればおろかなり。[一三]ゆ〻しきまであり。[一四]殿もそのけしきを見奉《みたてまつ》らせ給て、よろづの山《やま》〳〵寺《てら》〴〵の御祈《いのり》せさせ給。」[17]かくて[一五]十月に御賀あり。土御門《つちみかど》殿にてせさせ給。[18]行幸などあり。いといみじうめでたし。[一六]御屛風の哥ども、上手《ず》ども仕《つか》うまつれり。多《おほ》かれど同《おな》じ筋《すぢ》の事《こと》はか〻ず。[一七]八月十五夜に男女《おとこ》物語《がたり》して妻戸《つまど》のもとに居《ゐ》たるに、[19][一八]弁〈モト〉〈スケ〉資忠、

[一九]天《あま》の原宿《はらやど》し近《ちか》くは見《み》えねどもすみ通《かよ》はせる秋の夜《よ》の月」。神樂《かぐら》したる所《ところ》に、[二〇][20]兼澄、

[一]（後世ばかり願われるとは）よろしくない事として。[二]どのように思われなさるのだろうかと、怪しみ恐れ申し上げたが。[三]何の差支えがあろうか。今度の参詣こそ最後のものであり、寿命のある限りはと志していた仏への奉仕の最後なのである。[四]一山の寺務を総理する者。「寺務、検校、別当、座主、長者等依レ寺不レ同」（拾芥、綱所部）。[五]僧に食物を食べさせてもてなす事。[六]封戸（食封）を寺に加増させなさり。[七]「万灯を点じて仏を供養する法会なり。菩薩蔵経に燃十千灯明、懺悔衆罪といへるに基づく」（仏教辞林）。[八]女院の御長寿をお祈り申し上げた。

東三条女院の御八講

[九]「十四日壬午、左大臣奉レ賀二東三条院卌算一、始レ修二法華八講一」（紀略、長保三年九月）。権記も同じで、道長の主催による。このあたり石山詣・御八講・御賀等の順が逆になっている。→補三二四。[一〇]法華八講の論議の時、経文を講義する僧。[一一]いろいろ死後の御用意をなさる。[一二]（その盛儀も）口に申し上げれば並一通りのものになってしまう。[一三]恐しい程の盛儀であった。[一四]道長も。「けしき」は富「御けしき」。

東三条女院四十の御賀

[一五]「九日丙午、於二上東門第一有二東三条院卌御賀一、仍天皇行幸、中宮行啓、令二侍臣奏一レ舞」（紀略、長保三年十月）。[一六]「十月七日、（中略）今日御賀試楽也、依レ召候二御前一、有レ勅、見二右少弁輔尹、伊賀守為義、前越前守為時、蔵人道済等所一レ進御屛風和歌二」（権記、長保三年）。→補三二五。
[一七]以下は屛風の画の様。[一八]権記に輔尹とあるのがよい。輔尹は藤原興方の男、懐忠養子。右

神山《かみやま》にとる榊葉《さかきば》のもと末《すゑ》に群《む》れ居《ゐ》て祈《いの》る君がよろづ代《よ》」などぞありし。舞[二一]ひ給。高松《たか》どのゝ御腹《はら》[二二]《頼宗 九歳》のいわ君は[二三]納蘇利舞《ま》ひ給《たま》ふ。殿の上《うへ》の御腹《はら》のたゞぎみ[二四]《頼通 十歳》も舞《ま》ひ給。高松《たか》どのゝ御腹のいわ君は納蘇利舞ひ給ふ。

人家《いゑ》の子《こ》の君達なり。ことゞもやう〳〵果《は》つる程《ほど》に、とのゝ君達二所《ふたところ》は童《わらは》にて舞《ま》ひ給。[二五]陵王《れうわう》舞《ま》ひ給。[二六]殿の有様目《ありさまめ》も遙《はるか》におもしろし。山《やま》の紅葉《もみぢ》数《かず》[二七]を盡《つく》し、中島《なかしま》[二八]の松に懸《かゝ》れる蔦《つた》の色を見《み》れば、紅《くれなゐ》・蘇芳《すわう》の濃《こ》き薄《うす》き、青《あを》う黄《き》なるなど、[二九]さま〴〵の色のつやめきたる裂帛《さいで》などを作《つく》りたるやうに見《み》ゆるぞ、よにめでたき。池《いけ》の上《うへ》に同《おな》じ色《いろ》〳〵さま〴〵の(もみぢの)錦《にしき》うつりて、[三〇]水のけざやかに見えていみじうめでたきに、色〳〵の[三一]錦《にしき》の中より立《た》ち出《い》でたる[三二]船《ふね》の樂聞《き》くに、そゞろ寒《さむ》くおもしろし。すべて[三三]口《くち》もきかねばえ書《か》きも續《つゞ》けずよろづの事《こと》し盡《つく》させ給へり。中宮《彰子》[三四]西《にし》の對《たい》におはしまして、院は寢殿《しむ》におはしませば、上《うへ》も[三五]東《ひんがし》の南面《みなみおもて》におはします。[三六]とのゝ上《うへ》は東《ひんがし》の對《たい》におはしまして、上達部《かんだちめ》などは[三七]渡殿《わたどの》に着《つ》き給へり。[三八]諸大夫・殿上人などは[三九]幄《あげばり》に着《つ》きたり。[四〇]院の女房寢殿《しん》の西南《にしみなみ》の渡殿《わたどの》に候《さぶら》ふ。[四一]御簾《みす》の際《きは》などいみじうめでたし。ことゞも果《は》てゝ、[四二]行幸還《かへ》らせ給。御[四三]贈物《をくり》、上達部の祿《ろく》・殿上人の[四四]かづけ物など皆《みな》し盡《つ》くさせ給へり。神無《な》月の日(も)はかなく暮《く》れぬれば、皆《みな》ことゞも果《は》てゝ、院は三條院に、[四五]又の日ぞ歸《かへ》らせ給。[四六]さき〴〵の御賀などはいかゞありけん、これはいとめでたし。「[四七]入道殿《兼家》の六十の賀、院の后《きさい》

一九 この家は大空に近いとも見えぬが、男も通い来て住んでいると共に、秋の夜の月も住み通って澄み渡っている。「し」は強意の助詞。二〇 権記・板本等には「兼隆」となっている。→補三二六。二一 →補三二七。二二 →一四〇頁注三。二三 ナッソリ。高麗楽。壱越調の曲で、右方に属し、二人又は一人で舞う。二四 →一三九頁注四三。二五 蘭陵王の略。唐伝来の舞楽。この時の舞の様は小右記(東三条院御賀部類記)・大鏡に詳しい。二六 土御門殿の有様は。二七 残らず紅葉し。二八 池の中島。二九 様々の色あいの光沢ある布切れなどを作りかけたように見えるのは実にすばらしい。三〇 池の水があざやかに見えて。三一 錦と見紛う木立の奥から。三二 船楽。船上で奏する音楽。三三 口もきけず書き続ける事もできない程。三四 主殿(寝殿)の西にある別屋。対は対の屋、主殿に対する屋の意。その間を渡殿で接続する。 三五 寝殿の東廂の南側。上の「上」は一条天皇。「長保三年十月九日、(中略)敷筵道□以㆓西対㆒為㆓御在所㆒、以㆓同対南唐庇㆒為㆓公卿座㆒」(小右、東三条院御賀部類記)。三六 鷹司殿倫子。三七 小右記(東三条院御賀部類記)によれば西の対の南唐廂が公卿座であった。三八 四位五位の人々。三九 揚げ張り。幄の屋。柱を立てて幕を張り、屋上にも布を覆う。四〇 女院付の女房たち。四一 女房たちが御簾の下から袖口や裳の裾を出して出衣《いだしぎぬ》をしている様子は。四二 →補三二八。四三 「有㆓御送物事㆒、醍醐御手跡、〈宇多法皇卌御賀願文、余所㆑奉也〉、笛笙等、左大臣、前大将」(権記、長保三年十月九日)。四四 褒美として与える物。四五 翌日。四六 昔行われた御賀などはどんな有様であったか知らぬが。四七 永延二年三月二十

のみや《東三條院》と聞《きこ》えさせし時せさせ給《たま》ひしも、いとかくはあらざりき」とぞおぼされける。一この君達の御うつくしさを、誰《たれ》も〳〵涙《なみだ》とゞめず見奉《みたてまつ》る人〳〵多《おほ》かり。」

女院内裏に入御、一条帝と御物語

二霜月には五節をばさるものにて、三神事《わざ》ども繁《しげ》かべければ、やがてこの月に四内《うち》へ参《まい》らせ給。上《うへ》いみじう嬉《うれ》しとおぼされて、五いつしかと渡《わた》らせ給へり。六わか宮《媄子》はいみじううつくしうおはしませば、七異事《ことゞ》なくこれをもてあそばせ給へば、戯《たはぶ》れきこえさせ給。御物語《ものがたり》のついでに、「怪《あや》しく物心細《こゝろぼそ》くおぼえ侍れば、八いかなるべきにかとのみ思給ふる。今《いま》は命《いのち》も惜《お》しうも覺《おぼ》え侍《はべ》らねども、九御有様《ありさま》の今少《いますこ》しゆかしう覺《おぼ》えさせ給こそ飽《あ》かぬ事《こと》に侍《はべ》れ」など一〇聞《きこ》えさせ給て、いみじう泣《な》かせ給へば、上《うへ》も塞《せ》きあへ難《がた》くおぼされて、一一「さやうにもおはしまさば、世《よ》にはい一二かでか片時《かたとき》も侍らんとなん思《おも》ふ給ふる。一三圓融院は見奉《みたてまつ》りしますなど侍しうちに一四御前《おまへ》の御有様《ありさま》をも、まだ稚《おさな》う侍し程《ほど》なりしかばこそ、かくていまゝでも侍《はべ》れ。暫《しば》しも見奉《みたてまつ》らでは」と、一五ゆゝしう泣《な》かせ給へば、一六「猶《なを》たゞ今《いま》の事《こと》にはよも侍らじ。怪《あや》しう例《れい》ならず心細《こゝろぼそ》う侍なり」とばかり一七聞《きこ》えさせたまて、一八わか宮《媄子》をもて遊《あそ》ばし奉《たてまつ》らせ給。」

一条帝、中宮の御方に渡御

上《うへ》は御心地《こゝち》にいと物歎《なげ》かしうおぼしめさるれば、やがて中宮《彰子》の御方に渡《わた》らせ給へれば、一九入《い》らせ給《たま》ふより心ことに物忘《ものわす》れせらるゝ御有様《ありさま》、かひありておもほしめされて、心のどかに御物語《ものがたり》などせさせ給て、「院の御方《かた》に

四日。十四年前の事。その頃女院はまだ女御であった。

一 舞をした頼通・頼宗兄弟。二 陰暦十一月には新嘗会の五節舞の行われる事はいうまでもないことで。三 平野・春日・梅宮等諸社の祭など。日本紀略に詳しい。四 女院が。権記・日本紀略等に記述を見ない。五 さっそく女院の御座所へ渡御せられた。六 御母定子皇后崩御後女院に養われていた事は上文に見える。七 他事なく。八 どうなる事かとしきりに思われる。「給ふる」は、謙譲を表わす。九 帝の御様子が今少し見奉りたく思われなさるのが。「させ給」は、帝に対する敬語。一〇 女院が(帝に)申し上げなさって。一一 院に万一の事もあられたならば。

一二 どうして片時なりと生きておれようかと思われます。

一三 御父円融院は見奉ることをし申したとはいっても、その上(院の崩ぜられたのは)私の幼少の頃(十二歳)でしたから、(死ぬ程の悲しみも覚えず)今日までも生きております。「見奉りします」は、「見奉り為(し)申す」か。

一四 しかし女院の御有様は暫くでも見奉らないではおられません。

一五 大層お泣きになられるので。

一六 (心細いとはいうものの)やはり今すぐどうなるという事ではよもやなかろう。

一七 院が帝に申し上げなさって。「たまて」は「給ひて」に同じ。

一八 (帝の御心を紛らせ奉ろうとして)若宮を翫

参《まい》りたりつれば、いと心細《ぼそ》げにの給はせつるこそ、いと物思《ものおも》はしくなり侍ぬれ」など、いと物あはれにの給はすれば、[二〇]よろづ恥《はづか》しうつゝましうおぼさるれど、[二一]院にはとのゝ御前《おまへ》の、この宮の御事を昔《むかし》より心殊《こゝろこと》に聞《きこ》えつけ奉《たてまつ》らせ給へれば、げに「[二二]いかなればにか」と心騒《さはぎ》しておぼさるべし。あはれなることをもをかしき事をも、よろづに聞《きこ》えおかせ給て、「[二三]暮《くれ》には疾《と》く上《のぼ》らせ給へ。明日明後日《あすあさて》物忌《いみ》に侍《はべ》り。[二四]御方《かた》にはえ参《まい》るまじ」とて渡《わた》らせ給《たま》ひぬ。この程を見奉《たてまつ》るに、笑《ゑ》ましうめでたき御仲《なか》らひなり。晦日《つごもり》になりて、院は出《い》でさせ給。上常《うへつね》よりもいみじう惜《お》しみきこえさせ給て、夜更《よふ》くるまでおはしませば、「[二五]はや渡《わた》らせ給ね。夜更《よふ》け侍《はべ》りぬ。[二六]出《い》で侍りなん」と聞《きこ》えさせ給へば、いとしぶ〳〵[二七]にて帰《かへ》らせ給ぬれば、出《い》でさせ給ぬ。霜月になりぬれば、神事《わざ》など繁《しげ》き頃《ころ》にて、世《よ》の中もいと騒《さはが》[二八]しうて過《すぎ》もてゆく。十二月《しはす》にもなりぬれば、[二九]公私《おほやけわたくし》わかぬ世《よ》の急《いそ》ぎにて、所《ところ》わかず營《いとな》みたり。」[21]かゝる程に、女院《東三條院》[三〇]ものね《熱》せさせ給て、悩《なやま》しうおぼしめしたり。殿*御心惑《まど》はしておぼしめし惑《まど》はせ給。[三一]はかなくおぼしめしゝに、日頃《ひごろ》に[三二]なれば、我《わが》御心地《ち》に、「いかなればにか」と、心細《ぼそ》うおぼさる。内にも「例《れい》ならぬさまに思《おも》ほしの給はせし物を、いかゞおはしまさん」とおぼしめすより、[三三]やがて御膳《おもの》なども御覧じ入《い》れさせ給はず、よろづにおぼしゝめりたるを、御

一九 中宮の御方へお入りなさると同時に、格別物思いも忘れてしまわれるほどの中宮の美しい御有様を。
二〇 中宮は。
二一 女院に対しては道長が、中宮の御事を昔から特別にお頼み申し上げておられたから。
二二 中宮は、(御世話になった女院が)どうしてそのように心細い事を仰せられるのかと、胸騒ぎをお感じなさるのだろう。
二三 一条帝の御詞。日暮には(清涼殿の上の御局へ)早くいらっしゃい。
二四 お部屋へはよう行けまい。「十一月二日、己巳、今夜院〔詮子〕俄御二東院一、仍触穢」(権記、長保三年)とあって、十月晦日ではない。
二五 女院の御詞。早くお帰りなさるよう。
二六 自分も退出することにしよう。
二七 いやいやながら還御になられたので、女院も宮中から退出せられた。
二八 諸所で祭などが行われ。
二九 公私の区別なく、世間は来春の仕度で何処も一様に用意を進めていた。
三〇 腫物のため発熱せられて。「長保三年閏十二月十日女院令レ損二腫物一事」(小右目録)。↓補三二九。
三一 かりそめの事と思し召されたのに。
三二 御対面の折気分がふだんと違うようだと仰せられておられたのに、どうおなりなさるかしらと思し召されると同時に。
三三 そのまま御食事などもお目にもとめなさらないで、万事につけてすっかり沈み込んでしまわれたのを。

東三条女院御悩

乳母《めのと》達《たち》もいかゞと見奉《たてまつ》る。中宮若《わか》[一]き御心なれど、[二]この御事を様《さま》〴〵にいみじうおぼさる。殿、[三]「今《いま》は醫師《くすし》[四]に見《み》せさせ給べきなり。いと恐《おそろ》しき事《こと》なり」と度《たび》〴〵聞《きこ》えさせ給《たま》へど、「醫師《くすし》に見《み》すばかりにては、生《い》きてかひあるべきにあらず」と心強《づよ》くの給はせて、見《み》せさせ給はず。御ありさまを醫師《くすし》に語《かた》り聞《き》かすれば、「[五]寸白《すばく》におはしますなり」とて、[六]その方《かた》の療治《れうぢ》どもを仕《つか》うまつれば、勝《まさ》るやうにもおはしまさず。日頃《ひごろ》になりぬればにや、[七]汁《しる》などあえさせ給へれば、誰《たれ》も心のどかに思《おも》ほし見奉《みたてまつ》るに、たゞ御ものゝけどものいと〳〵おどろ〳〵しきに、御修法[八]數《かず》を盡《つく》し、[九]大方世《おほかたよ》にあるかたのことゞもを、[一〇]内方《がた》・殿方《がた》・院方《がた》など三方《みかた》にあかれて、よろづに思《おも》ほし急《いそ》ぎたり。内《うち》には、いかに〳〵と[一一]日ゝに見奉《みたてまつ》らまほしう思《おも》ほしたれど、[一二]日ついでなど選《え》らせ給《たま》ひて、[一三]日頃《ひごろ》はたゞ過《す》ぎに過《す》ぎもていぬ。御ものゝけを四五人に[一四]驅《か》り移《うつ》しつ(つ)、各《をの》〳〵僧どものゝしりあへるに、[22][一五]この三條院の隅《すみ》の神の祟《たゝり》といふ事《こと》さえ出《い》で來《き》て、[一六]そのけしきいみじうあやにくげなり。「[一七]恐《おそろ》しき山には」とい*ふらんやうに、いとゞしきに、かゝる事《こと》さへあれば、[一八]所《ところ》を替《か》へさせ給べきなめりといふ事出《ことい》で來《き》て、[一九]御占《うら》にもあふ所《ところ》は、惟仲の帥中納言の知《し》る所《ところ》に渡《わた》らせ給べきに御定《さだめ》あり。やがてその日行幸あるべし。かく苦《くる》しげにおはしますに、このわかみや《嫄子》はいみじう[二〇]騷《さはが》しうあはてさせ給

一 今年十四歳。二 女院の御病気を。三 道長。四「典薬寮、頭一人、〈掌下諸薬物療二疾病一及薬園事上〉…医師十人〈掌下療二諸疾病一及診候上〉」(職員令)。五 寸白虫によって起される病気(倭名・今昔、巻二十八等)。今の條虫・蛔虫等の寄生虫症の総称。小右記目録によれば腫物を患われたのであるが、このように診断したのである。六 小右記、万寿二年三月十四日条に、林懐僧都が五体腫悩して、寸白の治療をした時、檳榔子を用いた事が見える。七 瘡汁・膿(みう)。「あえ」は血や膿の流れ出ること。八 ありたけ行ない。九 総じて世の中にある方面のいろいろな事を。一〇 宮廷・道長邸・女院御所と三方に手分けをして。↓補三三〇。一一 毎日お見舞申し上げたく。一二 日どり。吉日。一三 幾日かはあっという間に過ぎていった。一四 病人に憑いた霊を寄りまし(寄人)にのり移らすこと。一五 東三条院の角振(すみふり)神と隼(はやぶさ)神。「天皇行二幸摂政〔兼家〕東三条第一…授二角振神・隼神従四位下一」(紀略、永延元年十月十四日)。「東三条ノ戌亥ノ角ニ御スル神」(今昔、巻十九の三十三)。一六 物の怪の上に祟とは、大層生憎な有様である。一七 富「おそろしき山にはといふたとひのやうに」とあり、当時の諺であろう。「恐ろしき山には猛き獣など住むよしにて、恐ろしきが上に恐ろしきたとへにいへるなるべし」(詳解)。「恐シキ山ニハ恐シキモノ住ムといふやうの譬ありしにや」(諺語大辞典)。一八 転地療養をされるのが適当と見える。一九 御占にも合致するよい方角の場所は、惟仲の知行所であったが、そこへ。惟仲は↓一一四頁注二一。長保三年正月廿四日中納言で大宰権帥を兼ねた。↓補三三一。二〇「いみじう騒しうあはてさせ給この若宮は」

も、御懐《ふところ》を離《はな》れさせ給はずむつれ[二一]奉《たてまつ》らせ給を、御乳母《めのと》に、「これ抱《いだ》き奉《たてまつ》れ」ともの給はず、つく〴〵とれうぜられ[二二]奉《たてまつ》らせ給程《ほど》の御心ざし、いみじうあはれに、け近《ちか》き程に候《さぶら》ふ僧なども、涙《なみだ》を流《なが》しつゝ候《さぶら》ふ。年頃《としごろ》あはれにめでたう人〳〵[二三]をはぐゝませ給へる御蔭《かげ》に隠《かく》れ仕《つか》うまつりたる人〳〵、いかに[二四]おはしまさんとよりほかの事《こと》なし。誰《たれ》も大願を立《た》てゝ涙《なみだ》を拭《のご》ひて候《さぶら》ふ。」かゝる程《ほど》に、つごもり[二五]になりぬれば、世《よ》[二六]の中《なか》物騒《さはが》しう営《いとな》む頃《ころ》なるに、かうおこたらせ給はぬを、安《やす》[二七]き空《そら》なく公《おほやけ》私《わたくし》御歎《なげ》きなり。[23]かくて行幸あり。今日《けふ》と聞《きこ》しめして、いつしかと待《ま》ちきこえさせ給程《ほど》に、午時《むま》[二八]ばかりにぞ行幸ある。御輿《みこし》[二九]より降《を》りさせ給程も心《こゝろ》もとなくおぼしめされて、いつしかと見奉《たてまつ》らせ給へば、さばかり苦《くる》しげにおはしますに、若宮《わか》御懐《ふところ》も離《はな》れず出《い》で入《い》りせさせ給を、片時《かた》[三〇]の程《ほど》に心苦《ぐる》しく見《み》奉《たてまつ》らせ給《たま》ひて、中[三一]将の乳母《めのと》を召《め》し出《い》でゝ、「[三二]これ抱《いだ》きゝこえよ」との給はすれば、「いな」[三三]とて御懐《ふところ》に入《い》らせ給ぬ。あさましうあらぬ[三四]人にならせ給《たま》へる御かたち、涙《なみだ》とまらず思《おも》ほしめして、「いまゝで見奉《みたてまつ》らず侍《はべ》りけることのいみじき事」とて、詮方《せんかた》なくいみじう悲《かな》しうおぼしめしたり。院もともかくも申させ給ことなくて、たゞつく〴〵と見奉《みたてまつ》らせ給て、うち泣《な》かせ給へど、御涙《なみだ》[三五]の出《い》でさせ給はぬも、「[三六]これはゆゝしき事にこそあなれ」と見奉《みたてまつ》らせ給にも、いとゞ塞《せ》

の意。若宮がいやいやなど言って騒がれるのである。
二一 女院に対してまつわり申し上げなさるのを。
二二 「れうぜられ」は「捜ぜられ」で、じっと若宮に懐を占領されいじめられ申していらっしゃるの意であろう。「捜」は今昔物語に例が多い。
二三 人々をいつくしみなさったお蔭を身に受けてお仕えした人々は。
二四 どうおなりなさるのだろうかと心配する以外の事はない有様である。

女院の御悩により三条殿へ行幸

二五 →補三三二。
二六 世間は(年の暮れのこととて)何となく騒がしく春の仕度をする頃である上に。
二七 落着いた心地もなく。「公私」の下、富本には「の」がある。
二八 「午剋行幸…自二大宮一於二三条一東行、自二高倉小路一南行」(権記、長保三年閏十二月十六日条)。
二九 帝は御輿からお下り遊ばす間もまだるく思し召されて、早速女院に御対面なさると。
三〇 詳解に「片時の程も」とあるに従うほかはあるまい。僅かの間も。
三一 前に中将の命婦とあった人と同じ。
三二 一条天皇の御詞。
三三 嫌と言って。
三四 別人のようになられた女院の御容貌を。
三五 詳解に、台記(久安三年九月六日条)「入レ夜向二外祖母尼公家一問二疾之病一、余大哭、祖母亦哭、涙不レ落、〈俗人以レ之為二死相一、未レ知レ所レ出〉」を引き、死相のしるしで不吉な事としている。
三六 泣いても涙の出ないのは不吉な事だと聞いている。「なれ」は伝聞・推定の助動詞。

きもあえず泣《な》かせ給。[一]年頃《としごろ》の行幸の作法《さほう》に様《さま》ことにゆゝしうのみおはします御有様《ありさま》聞《きこ》えさせん方《かた》なし。[二]そこらの女房涙《なみだ》に溺《おぼ》れたり。[三]殿《との》も御心地《ち》はさかしうおぼしめせど、よろづに悲《かな》しき事《こと》を、[四]御直衣《なをし》の袖《そで》もしほどけにて出《い》で入《い》り扱《あつか》ひきこえさせ給。[五]やがて今宵《こよひ》ほかへ渡《わた》らせ給べければ、[六]かしこの御装束《さうぞく》の事《こと》などよろづにの給はせても、[七]たゞ一所《ひとところ》うち泣《な》きつゝ出《い》で入《い》りせさせ給。行幸の御供《とも》の上達部・殿上人、そこらの人〲いみじう悲《かな》しう、「いかにおはしまさむ」とのみ歎《なげ》き給。[八]上は更《さら》に御聲《こゑ》も惜《を》しませ給はず、兒《ちご》どものやうに、[九]さくりもよゝと泣《な》かせ給。日もはかなく暮《く》れぬれば、殿、[一〇]「はや歸《かへ》らせ給なん。夜《よ》さりの御渡《わた》り夜更《よふ》け侍なん」と、いたうそ[一一]ゝのかしきこえ給へば、みかど、[一二]「あはれに罪深《つみふか》く心憂《う》きものは、かゝる身にもありけるかな。この御有様《ありさま》を見捨《す》て奉《たてまつ》る事《こと》のいみじきこと。[一三]いふかひなき人だに、かゝる折《をり》かゝるやうはあらじかし。心《こゝろ》憂《う》かりける身《み》なりや。[一四]猶《なを》渡《わた》らせ給はん所《ところ》まで」とおぼしの給はすれど、[一五]「さるべき事《こと》にも候《さぶら》はず」とて、猶《なを》疾《と》く歸《かへ》らせ給べく奏《そう》せさせ給《たま》へば、院《ゐん》ものは宣《のたま》はせねど、飽《あ》かで歸《かへ》らせ給はん事《こと》を悲《かな》しうおぼされたり。[一六]御手《て》をとらへ奉《たてまつ》らせ給《たま》ひて、御顔《かほ》のもとに我《わが》御顔《かほ》を寄《よ》せて泣《な》かせ給御有様《ありさま》、[一七]そこらの内外《うちと》の人どよみたり。[一八]「あなゆゝし。いかでかゝらじ」と、[一九]物騒《ものさはが》しき上達部などは

[一] 年来の朝覲行幸などの儀に比べて様子も異なり不吉な御有様は。[二] 大勢の女房達は。[三] 道長も御気持では気丈に思っておられるが。[四] 御直衣の袖もすっかり涙に濡れて御病室を出入してお世話申し上げなさる。「しほどけ」は「しほどく」(下二)の連用形。びっしょり濡れる、涙に濡れる意。陽「しほとけけにて」。[五] 女院はここからそのまま。ほかへ渡るというのが、十二月十七日の行成第のこと。本書には惟仲第とある。[六] 女院の移られる御所の飾り付けの事など。[七] 道長一人。[八] 一条帝は。[九] しゃくり上げてお声も惜しまずお泣きなさる。[一〇] 早く還御が願いたい。女院の今夜のお移りが夜もふけましょうから。「給」「侍」はそれぞれ「給ひ」「侍り」と読む。[一一] 還御を催促申し上げなさるので。[一二] (女院の御看病も十分できず)しみじみと罪障深く情ないものは、自分のような者の事であった。[一三] いうに足りない卑しい人間でさえ、このような親の病気の場合その傍を離れることはあるまい。[一四] やはりお移りなさる所(惟仲第―実は行成第)までお見送り申し上げよう。[一五] そのような事はなさるべき事ではございません。[一六] 女院が帝の御手を。[一七] 大勢のお部屋の内外に待っている人々は声を上げて泣き騒いだ。[一八] ああ不吉な事だ。そんなに泣くものではあるまい。[一九] 脱文あるか。強いて解すれば、女院のお移りや何やで何かと忙しい公卿達は制止なさりながらの意か。詳解は、「物騒しとおとなしき上達部などは」と、為本を引用して訂している。富「いかてかうしも物さはかしきかむたちめなとせいし給なから」。[二〇] その一面自身も眉をひそめて泣顔をなさる。[二一] 女院が転地なさるについては若宮は何処へ遣られるか。[二二] 脩子内親王・敦康親王。[二三] 御輿を御

制《せい》し給ながら、[二〇]又うちひそみ給《たま》ふ。」 かくて「[二一]この若宮《嫥子》は何處《いづこ》へか」と宣《のたま》はすれば、中將の命婦、「それは[二二]この宮達《たち》のおはします所《ところ》へとなん、殿《との》は申させ給」[二三]と奏《そう》すれば、「げにさてぞよからん」など宣《のたま》はする程に、夜に入《い》りぬれば、御《み》輿《こし》寄せて度《たび》〳〵奏《そう》すれば、[二四]我《われ》にもあらで出《い》でさせ給程《ほど》の御心地《ち》、げに思《おも》ひやりきこえさすべし。[二五]限《かぎり》なき御位《くらゐ》なれど、親子《をやこ》のなかのものがなしさを思《おも》ほし知らぬやうにあらばこそあらめ、よろづ理《ことはり》にいみじき程《ほど》の御有様《ありさま》ぞ悲《かな》しきや。御輿《みこし》に乗《の》らせ給程《ほど》の御けしき、[二六]ゆゝしきまでおぼし入《い》らせ給《たま》へり。御袖《そで》を御顔《かほ》に押《を》し當《あ》てゝおはします程《ほど》、[二七]たゞつく〴〵と流《なが》れ出《い》でさせ給《たま》ふ。[二八]殿この御送仕《をくりつか》うまつらせ給とて、御乳母達《めのとたち》・女房達《ばうたち》、[二九]御前《おまへ》に候《さぶら》ふべきよし仰《おほ》せ置《お》かせ給て、[三〇]參《まい》らせ給空《そら》(も)なく、[三一]今《いま》の程《ほど》いかに〳〵と後《うしろ》めたうおぼつかなくおもほしめす。上《うへ》はやがてそのまゝにものもの給はせで、[三二]夜《よる》の御座《おまし》に入《い》らせ給て、すべて何事《なにごと》もおぼえさせ給はで、[三三]御使《つかひ》のみ頻《しきり》なり。」 さて、[三四]殿歸《かへ》らせ給て後《のち》、若宮《わか》の御[三五]乳母《めのと》、さるべき人〳〵して、姫《ひめ》宮のおはします所に送《おく》りきこえさせ給。院の渡《わた》らせ給をば、[三六]御車《くるま》かき下《おろ》して、[三七]御殿籠《とのごも》りたる御座《おまし》ながら、殿の御前《おまへ》・彈正宮《為尊》など舁《か》き載《の》せ奉《たてまつ》らせ給て、[三八]やがて殿御車《くるま》には候《さぶら》はせ給。[三九]かしこにも御車《くるま》かき下《おろ》して、[四〇]同《おな》じ様《さま》にて下《をろ》し奉《たてまつ》らせ給。[四一]帥宮《敦道》・彈正宮夜晝扱《よるひるあつか》ひきこえさせ給へば、[四二]同《おな》じ

一条帝の還御

殿へ寄せて度々還御の事を奏上するので。「天皇行二幸東三条院一、還御之後、東三条院御出家、依二病悩危急一也」(紀略、長保三年閏十二月十六日)とあって、その夜、還御されたことが明らかである。二四 帝はうわの空で。二五 無上の帝位にはおられるが、親子の間の愛情を御存知なくいらせられればともかく、(人間に変りはないから)別れを惜しむのも至極道理な御有様が悲しい事である。二六 一通りでないと思われる程深く思い込んでおられた。二七 ただじっと物思いにふけり涙が流れ出なさる。二八 道長が帝の還御の。二九 女院の御前に伺候していなければいけないと。三〇 お供を申し上げるのもうわの空で。三一 こうしているたった今の間も御容態は如何であろうかと気がかりに心配に思し召される。三二 清涼殿の夜の御殿(おとど)。天皇の寝所。三三 女院御所への御見舞の勅使。三四 道長が帝の供奉から東三条院へ帰られて後。三五 御乳母や然るべき側近の人々に命じて、若宮を脩子内親王の御所(伊周邸か)にお送り申し上げた。三六 車を牛から離して(近く寄せ)。三七 御臥しになられた御座のまま。

東三条女院他所へ渡御

三八 そのまま道長が女院と同車された。三九 上文によれば平惟仲の家とも考えられるが、行成の家(紀略)が正しい。四〇 御座のまま。四一 両宮とも冷泉院の皇子。御母は兼家女超子であるから、女院の御甥。四二 女院の渡御とともにお移りになって、そのままお仕え申し上げた。

くやがて皆仕《みなつか》うまつらせ給へり。この宮達《たち》は御甥《をひ》ばかりにおはしませど、内《うち》[一]の御有様《ありさま》にさしつぎて扱《あつか》ひきこえさせ給へる御心ざしの程《ほど》を思《おも》ほし知りて仕《つか》うまつらせ給て、涙に溺《おぼ》れさせ給《たま》へり。」所《ところ》など變《か》へさせ給へれば、[二]さりともなど頼《たのも》しうおぼしめす程《ほど》に、渡《わた》らせ給て二三日ありて、[24][三]遂《つゐ》に空《むな》しくならせ給ぬ。殿の御心地《ち》譬《たと》*へきこえさせん方《かた》なし。内にも聞《きこ》しめして、日頃《ひごろ》もあるにもあらぬ御心地《ち》を、総《す》べていとゞおぼし入《い》らせ給て、つゆ御湯《ゆ》をだにきこしめさで、いといみじうておはします。理《ことはり》の御有様《ありさま》なれば、聞《きこ》えさせん方《かた》なし。長保三年十[25][四]二月廿二日の事《こと》なり。[五]程《ほど》などもいと寒《さむ》く、雪《ゆき》などもいと高《たか》く降《ふ》りて、大方《おほかた》の月[六]日さへに殘少《のこりすくな》く、[七]暦《こよみ》の軸《ぢく》あらはになりたるも、[八]あはれをましたる程《ほど》の御ことなり。」[26]かくて三日ばかりありて、[九]鳥邊野《とりべの》にぞ御葬送《さうそう》あるべき。雪《ゆき》のいみじきに、殿よりはじめ奉《たてまつ》りて、よろづの[一〇]殿上人、[一一]いづれかは殘《のこ》り仕《つか》うまつらぬはあらん。[一二]殿の御心に入《い》れ扱《あつか》ひきこえさせ給に、内の御心ざしの限《かぎり》なさあひ添《そ》ひたるほどは疎《をろ》かなるべき事《こと》かは。さて夜《よ》もすがら殿よろづに扱《あつか》ひきこえさせ給て、暁《あかつき》になれば、皆歸《みなかへ》らせ給ぬ。雪《ゆき》のいみじきに、[一三]「常《つね》の御幸《みゆき》にはかくやはありし」と思《おも》ひ出《い》できこえさするにも、袖《そで》[一四]の氷隙《こほりひま》なし。暁《あかつき》には、[27][一五]殿御骨懸《〈コツ〉か》けさせ給て、[一六]木幡《こはた》へ渡《わた》らせ給て、日さし出《い》でゝ

一 女院が一条帝を愛せられたのに次いでお世話申し上げた御芳志を深く弁えて。 二 必ず効き目が現われるだろうと。 三「廿二日己丑、東三条院崩二于行成卿第一〈年四十〉」(紀略、長保三年

東三条女院崩御

閏十二月)。略記も同じ。同日の権記は崩御の場所を書かず。日本紀略によれば行成第で崩御。また、天皇還御の後、女院は出家されたが、本書はこの記事を欠く。 四 勘物並びに富本に閏十二月二十二日とあるのが正しい。 五 時節。 六 富「月日さへ」とあり「に」なし。 七 具注暦のような巻子(かんす)本になっている暦の軸。閏十二月であるから、巻いてある紙も残り少なく、軸が見えるようになっているのも。 八 悲哀の情の増す今日この頃の出来事である。 九 ↓二一七頁注三四。「廿四日、辛卯、凶会日云々、(中略)今夜奉レ葬二鳥部野一」(紀略、長保三年閏十二月)。 一〇 富「上達部殿上人」。

同御葬送

一一 誰が後に残って奉仕しない者があろうか。 一二 道長が真心こめて御世話申し上げる上に、帝の御孝心の限りなさが加わった有様は並一通りの事であるはずがない。 一三 常日頃の行啓にはこんな風ではなかった。 一四 涙で濡れた袖には絶えず一面に氷が張りつめている。「隙なし」は絶えず氷の張るのと、一面に張りつめるのとを掛けた。 一五 大鏡、道長伝も同じ。ただし権記には「辰剋、兵部大輔兼隆懸二御骨於頸一、向二宇治山一、僧正明豪相従、左大臣以下院司・女房等相共帰二本宮一」(閏十二月二十五日条)とある。 一六 藤原氏の墓所のある所。↓四五頁注二二。 一七 鈍色(にびいろ)の喪服に変った。「子剋、天皇令

歸《かへ》らせ給へり。さて程《ほど》もなく[一七]御衣《ぞ》の色《いろ》變《かは》りぬ。内にもあはれにて過《すぐ》させ給《たま》ふ。天下[一八]諒闇《らうあん》になりぬ。」はかなくて年《とし》も暮《く》れぬ。[一九]む月のついたち[二〇]ゆゝしなどいふも事《こと》よろしき折《をり》の事《こと》にこそありけれ、いづくも[二一]この御光《ひかり》にあたりつる限《かぎり》は皆《みな》くれ惑《まど》ひたり。[二二]念佛はさらなり、年頃《としごろ》の不斷の御讀經、[二三]すべてさるべき御事《こと》、[二四]御はてまでと掟《をき》てさせ給。内にはやがて御手《て》づから御經かゝせ給。[二五]正月七日子日に當《あた》りたれば、[二六]船岡《ふなをか》もかひなき春のけしきなるに、[二七]左衛門督公任君、[二八]院の臺盤《だいばん》所にとぞありし、

[二九]誰《た》がための松《まつ》をも引《ひ》かん鶯《うぐひす》の初音《はつね》かひなき今日《けふ》にもあるかな」とあれど、

人〳〵これを御覽《らむ》じて、詠《よ》み給《たま》はずなりぬ。御忌《いみ》の程《ほど》もいみじうあはれなる事《こと》ども多《おほ》かり。」かくて御法事の程《ほど》にもなりぬれば、花山の[28][三〇]慈德寺にてせさせ給。[三一]二月十餘《よ》日にぞ御法事ありける。その程《ほど》の事ども思やるべし。[三二]内の手《て》づからかゝせ給へる御經など添《そ》へて供養《くやう》せさせ給。[29][三三]院源僧都講師仕《つか》うまつりたるほど思やるべし。かやうにあはれにて御忌《いみ》の程過《ほどす》ぎぬ。」[三四]その年《とし》の祭《まつり》いとものゝ榮《はへ》なきことゞも多《おほ》かれど、[30]例《れい》の公事《おほやけごと》なればとまるべきにもあらねば、[三五]近衛司《づかさ》などこそ見所《みどころ》もあれ、それもたゞずなどして、いとさう〳〵しげなり。」かくて五六月ばかりになりぬるに、[三六]宣耀殿の女御、[三七]娍子敦明 小一條院也 一品宮をみ奉《たてまつ》らせ給はでいと久《ひさ》しう

ㇾ着㆓錫紵(しやくぢよ)㆒(浅黒い闕腋の袍)給」(紀略、閏十二月二十四日条)。一八 ↓四五頁注一八。

長保四年、忌中

一九 長保四年正月元日。二〇 涙を流すのは不吉だという事も、一通りのただの悲しみの場合の事であって。↓補三三三。二一 女院のお蔭を蒙っていた人々はすべて途方にくれた。二二 念仏はいうまでもなく。二三 その他すべてなすべき仏事は。二四 四十九日までとおきめなさった。二五 日本紀略によるに七日は癸卯で、子の日(ねのひ)は四日のはずである。子日に関する文献は他にみえない。二六 小松を引く船岡山の遊びも、(女院の喪中に当って行われず)かいのない寂しい春の有様であるのに。二七 公任は長保三年十月三日中納言で左衛門督を兼ねた。二八 清涼殿の台盤所に準じて院の御所におかれた女房の詰所。二九 誰のために小松をも引こうか、お祝い申し上ぐべき女院もましまさず鶯の初音もそのかい

同御法事

のない子の日の今日であることよ。拾遺、雑春、初句「誰により」。三〇 山城国宇治郡山科(京都市東山区)にあった女院の御願寺。↓補三三四。三一 権記・日本紀略によれば、四十九日の法事は長保四年二月十日。↓補三三五。三二 権記(長

賀茂祭

保四年九月十五日・十月三日・同廿二日)によれば、宸筆御経供養はもっと後の事で、本書と

宣耀殿女御の病悩

異なる。三三 僧綱補任に「十月廿六日(中略)被ㇾ任㆓権少僧都㆒」(長保四年)とあり、勘物のよう

なりぬるに、その後限《のちかぎり》[一]／＼と見《み》ゆるまでいみじうわづらはせ給へば、[二]東宮御心地《ち》を惑《まど》はしておぼしたり。いみじうおはしましつれど、昨日今日《きのふけふ》おこたらせ給へり。」弾正宮（爲尊）[三]うちはへ御夜歩《よあり》きの恐《おそろ》しさを、世《よ》の人安《やす》からず[四]あいなきことなりと、さかしらに聞《きこ》えさせつる、今年《ことし》は大方《おほかた》[五]いと騒《さはが》しう、[六]いつぞやの心地《ち》して、道大路《みちおほぢ》の[七]いみじきに、[八]ものどもを見過《すぐ》しつゝあさましかりつる御夜歩《よあり》きのしるしにや、[31]いみじうわづらはせ給て、うせ給ぬ。[九]この程は新中納言・和泉《いづみ》式部などにおぼしつきて、あさましきまでおはしましつる御心ばへを、憂《う》き物におぼしつれど、（伊尹第九女）うへは[一〇]あはれにおぼし歎《なげ》きて、四十九日の程《ほど》に尼《あま》になり給ぬ。[一一]もとよりいみじう道心《だうしん》おはして、二三千部の經を讀《よ》みて過《すぐ》させ給へれば、世《よ》のはかなさもおぼし知られて、[一二]いとゞしき御行《をこなひ》なり。かくて弾正宮うせさせ給ぬといふ事《こと》、[32]冷泉院ほの聞《きこ》しめして、[一三]「よにうせじ。よう求《もと》めばありなんものを」とぞ宣《のたま》はせける。あはれなる親《をや》の御有様《ありさま》になん。東宮（三條院 爲尊兄也）もいみじうおぼし歎《なげ》く。帥宮（敦道 爲尊弟也）もいみじうあはれに口惜《くちを》しき事におぼし歎《なげ》くべし。さるは今年《ことし》ぞ[一四]廿五にならせ給ける。[一五]花山院ぞ、中にもとりわき何事《なにごと》も扱《あつか》ひきこえ給ける。」あはれなる世《よ》にいかゞしけん、八月廿餘《よ》日に聞《き》けば、[33][一六]淑景舎女御（道隆二女）うせ給ぬとのゝしる。「あないみじ。こはいかなる事にか。[一七]さる事《こと》もよにあらじ。日頃《ひごろ》悩《なや》み給とも聞《きこ》

にこの時は律師。経歴は元亨釈書、巻四に詳しい。三四 今年の賀茂祭。長保四年四月二十日。三五 祭に立つ近衛司などは立派で見がいのあるものだが、それも立たなかったりして。ただし権記によれば、近衛府使左少将経通以下の名が見える。三六 東宮女御。藤原済時の女。三七 一宮の誤。三条院第一皇子。御母娍子。

弾正宮為尊親王薨去

一 これが最後と見えるまで重くわずらわれなさったので。女御病悩の事は諸書に見えない。代りに東宮御悩の事が権記・小右記目録・日本紀略等の五月条に見える。二 居貞親王(三条天皇)。三 ずっと続いて御夜歩きをされる事の。四 よくない事だと、さし出口として噂していたが。「つる」は富「つるに」。五 疫病のために。「始レ自二去冬一、至二于今年七月一、天下疫死大盛、道路死骸不レ知二其数一、況於二斂葬之輩一不レ知二幾万人一」(紀略、長保三年条)。六 長徳元年の大疫を指すのであろう。七 死骸が充満して酸鼻を極めているのに。八 それには目もくれず、あきれる程の御夜歩きをなさったためであろう。宮の薨去の事(長保四年六月十三日)は権記(五月六日条)によれば、腫物の悪化から御病状が進み薨去されたようであるから、疫病と関係づけるのはいかが。九 近来宮は新中納言(系譜未詳)や和泉式部に執着して、余りと思われる御心の状態を、北の方は情ない事と思われたが。一〇 宮の薨去を深く悲嘆されて。→補三三六。一一 →一三六頁注二一。一二 一段とはげしい御修行である。一三 決して宮は亡くなったのではある

淑景舎女御の頓死

まい。よく捜し求めたならば何処かにおられるだろうに。一四 権記(長保四年六月十五日条)によれば弾正の宮は二十六歳。一五 宮の異母兄花山院が宮と仲のよかった事は→一三五頁。
一六「三日丙寅…臨レ昏為文朝臣来告、淑景舎君於二東三条東対御曹司一頓滅云々、聞悲無レ極」(権記、長保四年八月)。本書と日付が異なる。
一七 そのように急に亡くなるなどいう事も決してあるまい。一八 いぶかる人々が大勢いたが。
一九 血が流れ出て(毒を盛られたのであろう)。
二〇 あきれたことだ、ひどく悲しい事だなどといっても月並な表現である。
二一「きゝにくきまで申せど」に続く。
二二 重かった御病気はお治りなさり。
二三 宣耀殿女御が淑景舎に対して非常の事をなさったのでこんな結果になられたのだと、しきりに。→補三三七。二四 宣耀殿御自身はとやかくお考えつきなさるはずの事ではない。
二五 宣耀殿の乳母であろうが未詳。「いかゞありけん」は策謀でもしたのであったのだろうの意。
二六 事情はどのようにあったにせよ。
二七 東宮におかれても女御を正妃として深い御愛情をかけておられたのではなかったが。
二八 そのうち思うにまかす事のできる時が来たら(帝位についた時は)、然るべき地位を与え、華やかに扱ってやろうと。「かな(適)う」は「かなふ」が正しい。
二九 女を見る度に淑景舎のそれが思い出されるのだ。→一三八頁一五行。
三〇 以下伊周・隆家等の心中であろう。「御対面」は、東宮と淑景舎との。「夜の御そへぶしなどはまれなれど也」(抄)。
三一 東宮の御愛情は宣耀殿と同じくらいには思っておられたのに。

えざりつるものを」などおぼつかながる[一八]人〲多《おほ》かるに、「まことなりけり。御鼻口《はなくち》より血《ち》[一九]あえさせ給て、たゞ俄《にはか》にうせ給《たま》へるなり」といふ。[二〇]あさましいみじとは世《よ》の常《つね》なり。世中はかなしといふなかにも、珍《めづら》かに心憂《う》き御有様《ありさま》なり。

[二一]これを世《よ》の人も口安《くちやす》からぬものなりければ、宣耀殿《娍子》[二二]いみじかりつる御心地《ち》はおこたり給《たま》ひて、かく思《おも》ひがけぬ御有様《ありさま》をば、「[二三]宣耀殿たゞにもあらずし奉《たてまつ》らせ給へりければ、かくならせ給《たま》ひぬる」とのみきゝにくきまで申せど、「[二四]御みづからはとかくおぼし寄《よ》らせ給べきにもあらず。[二五]少納言の乳母《めのと》などやいかゞありけん」など人〲いふめれど、[二六]とてもかくてもいと若《わか》き御身《み》のかくなり給ぬる事を、帥殿《伊周》も中納言殿《隆家》もよにいみじき事《こと》におぼしなげゝど、[二七]春宮《三条院也》にもわざと深《ふか》き御心ざしにもあらざりつれど、「[二八]いつしか事《こと》も適《かな》う折《おり》しあらば、さやうにもあらせ奉《たてまつ》り、物華《ものはな》やかにあらせ奉《たてまつ》らん」とおぼしめしつるを、あはれに口惜《くちを》しう戀《こひ》しくぞ思《おも》ひきこえ給《たま》ひける。そのうちに(も)「御衣《ぞ》の重《かさな》り・袖口《そでぐち》などは、[二九]人《ひと》見るごとに思《おも》ひ出《い》でらるゝ物を」など、悲《かな》しうおぼし宣《のたま》はせけり。「[三〇]御對面《たいめん》などこそたはやすからざりつれど、[三一]御心ざしは宣耀殿《娍子》の御なずらひに(は)おぼされけるものを」と、返《かへす》〲あはれに口惜《くちを》しくこそとぞ。

巻第八　はつはな

巻名　敦成親王の誕生が、外戚道長にとって栄花の初花であったというところから付けたのであろうが、この語は本巻には見えず、巻十一つぼみ花に、親王の誕生を「殿の御前の御初孫にて、栄花の初花と聞えたるに」と記したところに見られる。*

諸本＝はつはな(陽)・はつ花(西、活)・花山(富)。

＊初花の誤とも、本巻内の花山法皇崩御の記事に拠った命名とも、いずれとも見られる。

所収年代　一条天皇の長保五年(一〇〇三)から、寛弘七年(一〇一〇)まで約八年間。

内容　頼通の元服式が行われて少将に任ぜられ、二月(長保六年)には、春日祭の使を勤めた。

敦康親王は中宮彰子の御子とされ、二人の内親王ともども中宮御所に住んだ。故関白道隆四女は御匣殿であったが、親王の母代となり、天皇の寵愛をも受けた。

伊周の弟隆家はこのころ道長と親しかった。

道長北の方倫子の兄弟源時通の女は、源則理の妻であったが、離婚後は中宮に仕えた。それに道長は愛をかけ、大納言の君と呼ばれた。

御匣殿は懐妊したが、間もなく没し、伊周兄弟は一家の非運を嘆いた。

寛弘二年、頼通は賀茂祭の使に立ったので、道長は倫子とともに見物したが、その年の祭は、帥宮敦道親王が和泉式部を車の後に乗せて歩いたことと、花山院の御車とが特別目をひいた。

伊周は准大臣に任じた上、封戸を賜わり、隆家は中納言で兵部卿を兼ねた。

十一月に内裏が焼亡した。

寛弘三年には、土御門殿において法華三十講が催され、ついで競馬が行われ、花山院の御幸があった。院の中務腹の御子は冷泉院五宮、その女腹の御子は六宮と呼ばれたが、院は鶏合せを催して御子たちにお見せした。

寛弘四年八月に、道長は大和の御嶽に参詣した。

道長の女妍子・威子・嬉子はいずれも美しく成長し、嬉子の戴餅の儀が行われた。中宮彰子も美しく、その後宮は派手好みであった。

中宮懐妊、道長は御嶽の験と、目に涙を浮かべた。二月には花山院が病まれ、その八日に崩御された。

中宮は四月上旬里邸に退出。媄子内親王も大患をされたが、文慶阿闍梨の祈禱によって快復した。

土御門殿の法華三十講の終った頃、媄子内親王が薨去された。中宮の御産の時期が近づくにつれて、邸内は喜びと不安とで大騒ぎであった。(以下御産前後の記事は主として紫式部日記に拠って書いている。)九月十一日皇子誕生(敦成親王、後一条天皇)。御湯殿の儀・産養・行幸等が華々しく行われた。伊周は道長一家の喜びを見て世を悲観したが、出家までは決心できなかった。

寛弘六年十二月、再び中宮が懐妊された。頼通は具平親王女隆姫を北の方とした。伊周が敦成親王呪詛の噂が立ち、明順の計画したこととして道長から責められ、明順は間もなく世を去った。この年十一月二十五日第二皇子(敦良親王、後朱雀天皇)誕生。内裏がまた焼亡したが、枇杷殿にあった東宮には妍子が妃となって参上した。

伊周は臨終の枕もとに、北の方と子供達を並べて遺言した上で没した。宣耀殿女御(娍子)の妹は敦道親王と結婚したが、親王と和泉式部との事件から里へ帰った。花山院の愛妃であった故太政大臣為光女四の君は、その後道長の愛を受けた。敦明親王は承香殿女御(元子)の妹延子と結婚した。伊周の大姫君には頼宗が通った。敦康親王は帥宮と称し、君寵も厚く、一品に叙せられた。

榮花物語巻第八

はつはな

との〻[一]若君《わかぎみ》〔鶴〕〔宇治殿頼通〕たづ君十二ばかりになり給。[二][1]今年《ことし》の冬、枇杷殿にて御かうぶりせさせ給。[三]引入《ひきい》れには閑院内大臣〔公季〕ぞおはしましける。すべて殘《のこ》る人なく參《まい》りこみ給《たま》へりけり。[四]御贈《をくり》物・引出《ひきいで》物など思やるべし。さてその年暮《としく》れぬれば、[五]又の年《とし》になりぬ。[六]司召《つかさめし》に[2][七]少將にならせ給て、[3][八]二月に春日《かすが》の使《つかひ》に立《た》ち給《たま》ふ。[九]殿のはじめたる初事《うゐごと》におぼされて、いといみじう急《いそ》ぎたゝせ給も理《ことはり》なり。よろづにかひ〴〵しき御有様《ありさま》なり。[一〇]何《なに》となくふくらかにてうつくしうおはすれば、限《かぎり》なきものにぞ見奉《たてまつ》らせ給。[一一]春日の御供《とも》には、世《よ》に少《すこ》し[一二]おぼえある四位・五位・六位、殘《のこ》るなく參《まい》らせ給。[一三]殿《との》は〔内〕うちにて御前《まへ》にて見奉《みたてまつ》らせ給ひ、又[一四]道《みち》の程《ほど》御車《くるま》にても見奉《たてまつ》らせ給ほど、あはれに見《み》えさせ給。たゝせ給ぬる[一五]又の日、雪《ゆき》のいみじう降《ふ》りたれば、との〻御前《おまへ》、

[一六]若菜摘《わかなつ》む春日《かすが》の野邊《のべ》に雪降《ふ》れば心《こゝろ》づかひを今日《けふ》さへぞやる」御返《かへ》し、[一七]四條大納言公任、

一 頼通は正暦三年生、長保五年に十二歳。 二「左大臣藤原朝臣一男頼通於二枇杷第一加二元服一、加冠内大臣、理髪大蔵卿正光朝臣」(紀略、長保五年二月二十日条)。前巻の続きからは長保四年冬のはずであるが、実は長保五年春の事。↓補三三八。 三 加冠の役。冠者の髪をとって、

頼通元服、翌年春日祭の使に立つ

冠の中へ引き入れる役。加冠の公季のことは日本紀略・権記・本朝世紀にある。 四 ↓補三三九。 五 長保六年。 六 ↓補一四九。 七 頼通任右少将は長保五年二月二十八日。勘物は誤。 八 春日祭は二月上の申の日。勅使は前日出立。ここは長保六年(七月二十日改元、寛弘元年)の事で、このあたり年紀に誤がある。↓補三四〇。 九 道長は子息を祭の使に立たせる事は初めての事で、仕度に大わらわになられたのももっともである。「たゝせ」は上の動詞の意を強める語。 一〇 頼通の容姿。ふっくらとして可憐でいらっしゃるので。 一一 春日社参向勅使の供廻りとしては。 一二 信望のある。 一三 道長は頼通を、宮廷で帝の御前において。ただし頼通はこの日枇杷第より出立、帝の御前で見たというのはいかが。 一四 道中の有様を牛車の中からも見られたが、その間の有様は、父性愛もさぞかしとお見えなさる。 一五 寛弘元年二月六日。「従レ暁雪下、深七八寸許」(御堂)。↓補三四一。 一六 若菜を摘む春日の野辺に頼通は勅使として赴いたのだが、今日はそこには雪が降っているのだから難儀な事と心配することだ。御堂関白記・後拾遺、雑五。 一七 この時公任はまだ中納言・左衛門督。公任の任権大納言は、寛弘六年。

一身をつみておぼつかなきはゆきやまぬ春日《かすが》の野邊《べ》の若菜《わかな》なりけり」これを聞《きこ》しめして、花山院、

二我すらに思こそやれ春日《かすが》のゝ雪間《ゆきま》をいかで鶴《たづ》の分《わ》くらん」など聞《きこ》えさせ給。三又の日はいつしかとの御設《まう》けいと心ことなり。四舎人《とねり》どもの思かしづき、いつしかととり見*奉《たてまつ》りたるさまに見《み》ゆるも、その方《かた》につけておかしう見《み》ゆ。」

五内《うち》には宮《みや》〳〵のあまたおはしますを、みかどなん、六一宮をば中宮《上東門院彰子》の御子《こ》に聞《きこ》えつけさせ給《たま》うて、この御方がちにもてなしきこえさせ給、女一宮《脩子》・二宮《媄子》《母敦康同》などのいとうつくしうおはしますを、疎《をろか》ならず見奉《みたてまつ》らせ給つゝ、七昔《むかし》をあはれに思《おも》ひ出《い》できこえさせ給はぬ時《とき》なし。」八故關白殿《道隆》の四の御方《かた》は、御匣殿《みくしげ》とこそは聞《きこ》ゆるを、この一宮《敦康》の御事を故宮《定子》よろづに聞《きこ》えつけさせ給しかば、たゞ九この宮の御母代《はゝしろ》によろづ後見《うしろみ》きこえさせ給とて、上《うへ》なども繁《しげ》う渡《わた》らせ給に、一〇自《をのづか》らほの見奉《みたてまつ》りなどせさせ給ける程《ほど》に、その程《ほど》をいかゞありけん、睦《むつま》じげにおはしますなどいふ事《こと》、自《をのづか》ら漏《も》り聞《きこ》えぬ。一一中宮《彰子》はよろづまだ若《わか》うおはしまして、何《なに》事もおぼし入《い》れぬ御有様《ありさま》なれど、*一二〔かの御かたには〕この御事を煩《わづらは》しげにつゝめくめり。帥殿《伊周》も中納言殿《隆家》も、一三「あはれなりける御宿世《すくせ》かな」と覺《おぼ》して、人知《し》れぬ一四御祈《いのり》などせさせ給べし。上《うへ》もいと〳〵あはれにおぼしめしたるべし。御匣殿《みくしげ》もよろづ

一 わが身に比べても心配になるのは、雪の降りやまぬ春日の野辺で果して若菜摘みができるかどうかで、心配される君の御心には十分同情される。御堂関白記・後拾遺、雑五。富本この歌の次に「かの大納言の御子も御ともにまいり給けれはなるへし」とある。二 親ならぬ自分までも思いをはせることだ、春日野の雪間を鶴はどうして踏み分けて行く事かと。「鶴」に「たづ君」を掛けた。御堂関白記所載。三 翌七日(酉の日)は祭の使が帰り、饗宴がある。「いつしかと」は待ちかねての意。↓補三四二。四 舎

敦康親王、中宮の御子となる

人どもは頼通を大切にし、早くもわが主人と仰ぎ見奉っている様子に見えるのも、そうした方面の事としてはほほえまれるような趣である。「舎人」は天皇・皇族などに近く仕え雑事を行

一条帝、道隆四女御匣殿に通じ給う

う者。普通の貴族もかかえる事を許された。五 宮中には皇子皇女が大勢おられるので、帝は。「なん」は「昔をあはれに」以下へ続く。六 第一皇子敦康親王を中宮の御子として御依頼なさって、一の宮を中宮方へなるべくお連れなさるようにされ。七 定子皇后御在世中のことを。八 ↓一三九頁。九 一の宮の母親代りの世話役となって。↓二〇九頁。一〇 自然の成行上御匣殿を瞥見される事もあって、その間どんな経緯があったか知らないが、睦じい御仲になられたなどいう事が。一一 長保元年に十二歳で入内、今年十七歳。一二 御匣殿の方ではこの事を厄介な事が起きたとささやくようだ。「つゝめく」は「さゝめく」に同じ。一三 すばらしい前世からの約束事であったと。一四 帝の御愛情が永く

伊周・隆家の有様

続き懐妊などするようにと。 一五「雁の来る峯の朝霧晴れずのみ思ひ尽きせぬ世の中の憂さ」(古今、雑下、読人知らず)による。物思いも晴れず、憂くつらくの意。 一六「又なく」の誤か。諸本同じ。 一七 敦康親王。 一八 宮廷へ行ってそのまま。 一九 敦康親王と脩子・媄子内親王。

二〇 この間帝がお部屋へお出でなさる折など、然るべき際には内々お話をなさったり、伊周もまた奏上するような事もあるだろう。 二一 また隆家の見えない時は、道長の方から度々(呼び寄せて)そばに置かれて。「まつはし」は板「よひまつはし」。 二二 隆家は憎い心を持った人ではない。伊周の余りに賢い心に引かれて策動もするのだろう。 二三 宣耀殿女御は、多くの宮達をお生みして、東宮のおそばに伺候しておられるにつけても、それは並々ならぬ前世の因縁かと思われる。

道長の女尚侍東宮御参りの風評

二四 妍子が尚侍に任ぜられたのは、寛弘元年十一月二十七日(御堂)。 二五 東宮居貞親王の後宮へ。 二六 以前の殿方がされたように、人を失脚させなさるような。 二七 東宮に差上げる機会もどうしてない事があろうかと考えて。

道長、則理の前北の方に通ず

二八「参らせきこえさせ給はず」の誤か。「とて」以下、富「とそ見えさせ給ふ」。

二九 道長の北の方鷹司殿倫子の同胞で。

三〇 勘解由(かげゆ)の弁。↓補三四三。

三一 思いのほかの事があって夫婦仲が絶えたので。

三二 上文の「中宮には」を受ける。

[一五]峯《みね》の朝霧《あさぎり》に又[一六]かく思《おも》ほし歎《なげ》かるべし。」帥殿も中納言殿も、[一七]宮の内《うち》におはしませば、思のまゝにえ参《まい》り給《たま》はず、夜忍《よるしの》びて参《まい》り給ては、人にも知《し》られ給はで、二三日などぞやがて[一八]候《さぶら》ひ給ける。[一九]宮達《たち》の御有様《ありさま》の様《さま》〴〵うつくしうおはしますに、よろづをおぼし慰《なぐさ》めつゝぞ過《すぐ》し給ける。[二〇]この程《ほど》に上渡《うへわた》らせ給折《おり》など、さべきには忍《しの》びて御物語《ものがたり》など宣《のたま》はせ、奏《そう》し給べし。中納言《隆家》は大殿《道長》に常《つね》に参《まい》り給て、[二一]又見《み》え給《たま》はぬ折《おり》は、度《たび》〴〵まつはしきこえ給つゝ、にくからぬものに思きこえさせ給て、「[二二]この君はにくき心やはある。帥《そち》殿のかしこさの餘《あま》りの心にひかるゝにこそ」などぞ思《おも》ほしめしける。[二三]宣耀殿《娍子》、春宮にはあまたの宮達率《たちひき》ゐて候《さぶら》はせ給にも、おぼろげならぬ御宿世《すくせ》にやと見《み》えたり。」大殿[二四]内侍の督《かん》の殿《妍子》必《かなら》ず[二五]参《まい》らせ給べきさまに、世《よ》の人申すめる。されどとのゝ御心掟《をきて》[二六]のさき〴〵の殿ばらの御やうに、人をなきになし給御心のなければ、「[二七]その折《おり》もなどてか」とて、[二八]参《まい》らせきこえさせ給。」中宮《彰子》には、この頃《ごろ》[二九]殿の上《うへ》の御はらからに、[三〇][6]くわがゆの弁といひし人のむすめいと数多《あまた》ありけるを、中の君、帥殿の北《きた》の方《かた》の御はらからの[7]則理《のりまさ》に聟取《むこと》り給《たま》へりしかども、[三一]いと思《おも》はずにて絶《た》えにしかば、*この頃《ごろ》[三二]中宮に参《まい》り給《たま》へり。かたち有様《ありさま》いとうつくしう、まことにおかしげにものし給へば、[8]とのゝ御前《おまへ》御目《め》とまりければ、物《もの》など宣《のたま》はせける程《ほど》に、御心《こゝろ》ざしありておぼさ

れければ、一まことしうおぼし物《もの》せさせ給けるを、とのゝ上《うへ》は、「他人《こと》二ならねば」とおぼし許《ゆる》してなん、過《すぐ》させ給ける。見《み》る人ごとに、「三則理《のりまさ》の君は、あさましうめをこそ見《み》ざりけれ。これを疎《をろか》に思けるよ」などぞ言《い》ひ思《おも》ひける。四大納言君とぞつけさせ給へりける。」

9 かくてあり五渡《わた》る程《ほど》に、かのみくしげ殿《道隆第四女》六はたゞにもあらずおはして、御心地《こゝち》なども悩《なやま》しう世《よ》七とともにおぼされければ、その御けしきを、八上《うへ》もいみじうあはれにおぼされければ、内にもいかに〳〵とおぼしめしける程《ほど》に、九四五月ばかりになりぬれば、一〇かくと聞《きこ》えありて、一一奏《そう》せさせ給事こそなけれど、煩《わづらは》しうてまかでさせ給。上《うへ》もいみじうあはれと思《おも》ほし宣《のたま》はせける程《ほど》に、いたう悩《なやま》しげにおはするを、いかに〳〵とおぼしめされけり。帥殿などは、「一二たゞならんよりは御子生《みこむま》れ給はんもあしかるべき事かは」と思《おも》ほして、よろづに祈《いの》一三らせ給。里《さと》一四にて宮《みや》〳〵の御おぼつかなさ戀《こひ》しさなどをおぼし亂《みだ》るゝに、御心地《ち》もまことに苦《くる》しうせさせ給て、起臥《おきふし》悩《なやま》せ給。帥《そち》殿わが御許《もと》に迎《むか》へ奉《たてまつ》らせ給て、何《なに》事もよろづに仕《つか》うまつり給けれど、俄《にはか》に御心地《ち》重《おも》りて、10 五六日ありて一五うせ給ぬ。御年《とし》十七八ばかりにやおはしましつらん。御かたち心ざまいみじううつくしうおかしげにおはしまして、故宮《中宮定子也》の御有様《ありさま》にも劣《おと》らず、一六かいひそめおかしうおはしましつるを、又《また》一七かうたゞにもおはせでさへと、さま〲帥殿《伊周》も中

一 ほんとに愛しておられたのを。二 中の君は倫子の姪で他人ではないからと思って。三 則理はあきれる程目の無い男だった(妻を知らなかった意を掛けた)。道長をあれ程動かした女を疎略に思ったことよ。四 中の君の呼名。五 月日の経過するうちに。六 懐妊されて。七 引続きずっと。

道隆女御匣殿の懐妊、同逝去

八 一条帝も大層いとしいものと思われたから。下の「内」は詳解所引為本「御心の内」とあるを引用して解する。九 懐妊されて四、五箇月になられたので。一〇 この事が評判になって。一一 女御などのように懐妊によって退出する由表向の奏上はしなかったが。一二 御寵愛を受けた以上、そのままでいらっしゃるよりは。一三 安産の祈禱をおさせなさった。一四 御匣殿は一の宮の御母代だから。一五「故関白殿四君亡給」(権記、長保四年六月三日)。「その宮の上の御さしつぎの四の君は、御匣殿と申し、御かたちいとうつくしうて、式部卿の宮のはしろにておはしまししもはかなくうせ給ひにき」(大鏡、道隆伝)。一六 物静かで趣味のある方でいらっしゃったのに。「かいひそめ」は「かき(接頭語)ひそめ」の音便形。静かなひっそりした意。一七 出産後亡くなられた御姉定子皇后と同じように、これまたお亡くなりになられた時は普通のお身体でさえなくてと。一八 お嘆きなさることも並一通りであろうか。一九 肉身を失った内輪の悲しさ以上に、外聞を恥かしくつらい事に思いがまんするが。二〇 このように何事も不本意に終ることによって、伊周一家の事を何よりも先に世人は噂をするらしい。二一 帝におかれては内々悲しみに沈んでいらっ

納言殿《隆家》も一八おぼし歎《なげ》く事《こと》も疎《をろか》なりや。あはれに心憂《う》し。一九内《うち》〳〵の悲《かな》しさよりも、よその聞耳《きゝみゝ》を恥《はづか》しう憂《う》き事《こと》に思《おも》ほし忍《しの》ぶれど、二〇かく本意《ほい》なき事を《に》、この殿の御有様《ありさま》をまづ人《ひと》は聞《きこ》えさすめり。二一内《うち》には人知《し》れずうち萎《しほ》れさせ給て、「二二御心《こゝろ》ざしありておぼしめされけり」と見《み》るにつけても、いと口惜《くちお》しう心憂《う》し。はかなく二三後《のち》〳〵の御事どもなどして、二四御忌《いみ》など果《は》てゝぞ、帥殿《伊周》も中納言殿《隆家》も内《うち》に参《まゐ》り給つゝ、宮達《たち》の御有様《ありさま》を盡《つ》きせずおぼし見奉《みたてまつ》らせ給。御匣《みくしげ》どのゝおはせぬ事《こと》を、一宮《敦康》とりわき忍《しの》び戀《こ》ひきこえさせ給も、疎《をろか》ならずあはれに悲《かな》しうのみなん。」

かくいふ程《ほど》に、寛弘二年になりぬ。二五司召《つかさめし》などいひて、二六殿の君達《だち》、二七この御腹《はら》のおとゝ君《教通歟》、二八高松《たかまつ》どのゝ御腹《はら》のいは[11]ぎみ《頼宗》など、皆《みな》二九御かうぶりし給て、程《ほど》〳〵の御官《つかさ》ども、[12]少將・兵衞佐など聞《きこ》ゆるに、三〇春日《かすが》の使《つかひ》の少將《頼通》は中將になり給て、三一今年《ことし》の祭《まつり》の使《つかひ》せさせ給《たま》ふ。三二殿は、一條の御棧敷《さじき》の屋長《やなが》〳〵と造《つく》らせ給て、檜皮葺《ひはだぶき》・高《かう》欄《らん》などいみじうおかしうせさせ給て、この年頃《としごろ》三三御禊《けい》よりはじめ、三四祭《まつり》を殿《との》も上《うへ》も渡《わた》らせ給て御覽《らん》ずるに、今年《ことし》は使《つかひ》の君の御事を、世《よ》の中搖《ゆす》りて急《いそ》がせ給。その日になりぬれば、皆《みな》御棧敷《さじき》に渡《わた》らせ給ぬ。殿《との》は三五使《つかひ》の君の三六御出立《いでたち》の事御覽じ果《は》てゝぞ、御棧敷《さじき》へはおはします。多《おほ》くの殿《との》ばら・殿上人引《ひ》き具《ぐ》しておはします。三七さしもあらぬだに、この使《つかひ》に出《い》で立《た》ち給君達《だち》は、三八これをいみじき事《こと》に親達《おやたち》は急《いそ》

しゃる、それを伊周らは見て。
二二 帝は御匣殿に御愛情を持っておられたのだったと見るにつけても、伊周らは。
二三 葬送・法事など。
二四 喪に籠る期間などが。
二五 司召の除目。在京の諸官を新たに任命する儀式。
二六 道長の子息たち。
二七 倫子所生の。「この」は諸本同じ。為「上の」。
二八 明子所生の。
二九 教通は寛弘三年十二月五日元服、正五位下。任右近少将は同四年十一月二日。頼宗は寛弘元年十二月二十六日元服、従五位上、任右兵衛権佐は同二年六月。いずれも本書と異なる。
三〇 頼通は寛弘三年三月四日叙従三位。この時も「右少将如レ元」とあって中将ではない。

寛弘二年の司召、賀茂祭

三一 御堂関白記・権記・小右記等によれば、蔵人少将源雅通(雅信の孫)で、本書と異なる。
三二 「従二枇杷殿西対一立二使雅通一、上達八人被レ来、事了帥被レ来、同車上達同到二桟屋一見物」(御堂、寛弘二年四月二十日条)。
三三 賀茂斎院がみそぎをされる儀式。↓補三四四。
三四 賀茂祭を道長も北の方倫子も桟敷へ行って。↓補三四五。
三五 頼通の事として書いているが、実は雅通。
三六 祭の使出立の儀。寛弘二年四月二十日の事。御堂関白記・小右記・権記に詳しい。
三七 道長の子息というような大層な身分でない子息でさえ。
三八 祭の使に立つことをすばらしい名誉な事として親たちは仕度されるものであるから。

ぎ給わざなれば、一まいてよろづ理《ことはり》に見《み》えさせ給。御供《とも》の二侍《さぶらひ》・雑色《ざうしき》・小舎人《ことねり》・御馬副《むまぞひ》までし盡《つく》させ給程《ほど》、えぞまねばぬや。」今年《ことし》はこの三使《つかひ》のひゞきにて、帥宮《敦道》・花山院など、四わざと御車《くるま》したてゝ物《もの》を御覧《らん》じ、御桟敷《さじき》の前《まへ》あまた度渡《ゝびわた》らせ給。帥宮の御車《くるま》の後《しり》には、いづみ《和泉式部》を乗《の》せさせ給へり。[13]花山院の御車《くるま》は五きん《琴》の漆《うるし》などいふやうに塗《ぬ》らせ給へり。網代《あじろ》の御車《くるま》をすべてえもいはず造《つく》らせ給へり。「六さばかうもすべかりけり」と見《み》えたり。御供《とも》に七大童子《どうじ》の大《おほ》きやかに年《とし》ねびたる四十人、中童子《どうじ》廿人、八召次《めしつぎ》ばら、九もとの俗ども仕《つか》うまつれり。御車《くるま》の後《しり》に殿上人引《ひ》き連《つ》れて、色《いろ》〳〵様《さま》〴〵にて、赤《あか》き扇《あふぎ》を一〇ひろめかし使《つか》ひて、御桟敷《さじき》の前《まへ》あまた度渡《ゝびわた》り歩《ある》かせ給程《ほど》、一一たゞの年《とし》ならばかゝらでもなど、殿見奉《みたてまつ》らせ給つべけれど、一二使《つかひ》の君の御ものゝ榮《はへ》に思《おも》ほされて、上達部《かんだちめ》うち頬笑《ほをゑ》み、とのゝ御前《おまへ》「一三猶《なを》けしきをはします院なりかしな。この男《おとこ》の使《つかひ》に立《た》つ年《とし》『一四我こそ見《み》はやさめ』と宣《のたま》はすときゝしもしるく、ゆくりかにも出《い》で給へるかな」と、皆興《みなけう》じきこえ給。一五皆《みな》ことゞもなりて、使《つかひ》の君何《なに》となう小《ちひさ》く一六ふくらかにうつくしうて渡《わた》り給。とのゝ御前《おまへ》御涙《なみだ》たゞこぼれにこぼれさせ給《たま》へば、一七こ《子》のかなしさ知《し》り給へる殿《との》ばら皆《みな》同《おな》じさまにおぼし知《し》るべし。世中の宮《みや》・殿《との》ばら・家《いゑ》〳〵の一八女《め》の童《わらは》べを、一九今《いま》の世《よ》のことゝしては、二〇物狂《ものぐるを》しう幾重《いくへ》とも知《し》らぬまで著《き》せたる、十廿人、二三十人押《を》二一

一 まして今度の使は道長の子息頼通故、大騒ぎをするのも道理あることと。二 親王・摂関・

花山院・帥宮賀茂祭御見物

大臣以下の家人。三 祭の使が頼通だということが評判になって。四 本式に御車を立派に造って。五 金の漆。金漆樹(こしあぶらのき)の液で、漆の一種。六 やはりこいわゆる梨子地漆(なしじうるし)に塗った。六 やはりこんなふうにやってもみるものだったと。花山院が工夫の才に富んでいたことは大鏡に詳しい。七 僧家で召し使う童子。上童子の下、中童子の上。八 院の庁で、雑事を勤め、取次に当ったり、時刻を知らせたりした下役。九 もとのままの俗体の者ども。一〇「ひらめかし」に同じ。ひらひらさせながら。一一 頼通が祭の使に出ない普通の年の祭ならばこんなに派手な事はなさらずともと。一二 祭の使が一層ひき立って見えることと。一三 やはり院は風流でいらっしゃることよ。一四 自分(院)こそ見物してひき立たせてやろうとおっしゃったと聞いたとおり、奇想天外な様子でお出かけなさったことよ。一五 すっかり行列もととのって。一六 ふっくらとして可愛い恰好でお通りなさる。一七 子供の可愛さを弁えておられる殿方は。一八 召使の少女たち。一九 当世の風としては。二〇 気違いじみている程幾枚重ねているとも分らぬほど着物を着重ねた者が。二一 一団となって通ると。二二 どこの邸に仕えている者なのか。道長の詞。二三 それ程でない—余り美しくない一団をば。二四「むげに」は「なき」へ続く。伊周が今もってまったく御位もないという事になっておられるのを。「定」はジョウと読む。二五「いとほしき事」。気の毒なこと。二六 大臣に準ずる称号。儀同三司。↓補三四六。二七 ミブ。御封戸(みふ)に同じ。院・

し凝《こ》りて渡《わた》れば、「いづくの人ぞ」と必《かなら》ず召《め》し寄《よ》せて御覧じ問《と》はせ給へば、その宮の、かの殿の、何《なに》の守《かみ》の家《いゑ》など申を、好《よ》きをば見興《みけう》じ、又さしもなきをば笑《わら》ひなどせさせ給も、様《さま》〴〵いとおかしう今《いま》めかしき有様《ありさま》になんあめる。」かゝる程《ほど》に、むげに帥殿の御位《くらひ》もなき定にておはするを、「いといとをしき事《こと》なり」など、殿おぼして、いとおしがりて、准大臣の御位《くらゐ》にて、御封など得《え》させ給。中納言はひとゝせより中納言にて、兵部卿とぞ聞《きこ》ゆめる。世《よ》の人いとめやすき事《こと》に喜《よろこ》びきこえたり。」今年《ことし》の十一月に内焼《や》けぬれば、五節も参《まい》るまじうなりぬ。かく内のしげう焼《や》くるを、みかどいみじき事《こと》におぼし歎《なげ》きて、「いかで猶《なを》さもありぬべくば、疾《と》くおりなん」とのみおぼし急《いそ》ぎたり。寛弘三年になりぬ。今年《ことし》は大殿御嶽《みたけ》精進せさせ給べき御年《とし》にて、正月より御歩《あり》きなど心とけてもなけれど、次《つぎ》〳〵例《れい》の作法《さほう》にて過《す》ぎもてゆく。「今年《ことし》は不用にや」などおぼしめされて、四五月にもなりぬ。」五月には例《れい》の卅講《かう》など、上《かみ》の十五日勤《つと》め行《をこな》はせ給て、下《しも》の十日餘《あま》りには、*「競馬《くらべむま》せさせむ」とて、土御門《つちみかど》殿の馬場屋《や》・埒《らち》などいみじうしたてさせ給。行幸・行啓などおぼしめしつれど、この頃《ごろ》雨《あめ》がちにて、事どもえしあふまじき様《さま》なれば、「さば、たゞならんよりは」とて、花山院をぞ、「かたじけなくともおはしまして、馬《むま》の心地《こゝち》など御覧ぜんに、

宮・親王・諸王・諸臣の位階・官職・勲功に付けて与えた民戸。その民戸からの租の半額、庸・調の全額を所得とする。二八 隆家。「ひとゝせ」は長保四年。公卿補任によれば隆家は同年

伊周准大臣となり、封戸を賜わる

権中納言に任ぜられたが、兵部卿については、元兵部卿となっている。二九 寛弘二年十一月十五日。↓補三四七。三〇「廿一日乙丑、止五節舞姫」(紀略、寛弘二年十一月)。三一 長保元年六月十四日(紀略・世紀・権記)、同三年十一月十八日内裏焼亡(紀略・権記)。三二 依然として内裏が焼けそうならば是非早く譲位したいと。

内裏焼亡

三三 道長。「御嶽精進」は、吉野の金峯山に参拝する人がそれに先だって、五十日から百日間精進し、写経などすること。三四 精進のためうちとけた外出などもされないが。三五 正月であるからしきたり通りの儀式が次々行われて。↓補三四八。三六 事がかなわないこと。だめ。三七 法華三十講。↓補三四九。三八 御堂関白記によれば、寛弘元年五月十九日から法華八講が開始され、同二十七日道長邸の競馬が行われ、花山法

土御門殿の法華三十講と競馬

皇の御幸があり、本書と異なる。元年の誤か。
三九 馬場に面し、競馬を見る建物。「廿六日、己酉、(中略)馬場殿装束初」(御堂、寛弘元年五月)。↓補三五〇。
四〇 馬場の周囲の柵。
四一 御堂関白記によれば、寛弘元年五月条には雨の記事が多いが、三年五月条にはない。
四二 行幸啓もないよりはというので。

いかゞ」など申させ給《たま》へば、いといみじう[一]物《もの》に栄《はへ》ある御心ざまにて、「むげに[二]埋《むも》れたりつる心地《ち》晴《は》れ侍ぬべかめり。さばその日になりて」と聞《きこ》えさせ給《たま》へれば、院のおはしますべき御用意《ようい》どもあり。「かの[三]院の御供《とも》の僧ども、[四]殿上人など祿取《と》らせではいかでか。いとかたじけなからん。又御贈《をくり》物には何《なに》をがな」とおぼし設《まう》けて、[16]その日になりぬれば、[五]今日《けふ》の事《こと》には、院のおはしますをめでたき事《こと》におぼされて、いみじう[六]もてはやしきこえさせ給。院も「いと興《けう》あり」とおぼしめしたり。さて[七]左右の亂聲などの勝負《かちまけ》の程《ほど》もいとき〻苦《ぐる》しうおどろ〲しきまであるも、[八]はしたなげなり。さてそのことゞも果《は》てぬれば、院還《かへ》らせ給。[九]御贈《をくり》物などあるうちにも、よに珍《めづら》しき[一〇]月毛《つきげ》の御馬《むま》にえもいはぬ御鞍《くら》など置《を》かせても、[一一]又いみじき御[一二]車《くるま》牛《うし》添《そ》へて引《ひ》き出《い》で奉《たてまつ》らせ給。院夜《よ》に入《い》りて還《かへ》らせ給へば、殿御送《をくり》におはしますほど、猶《なを》院の御有様《ありさま》、「[一三]棄《す》つれど棄《す》てられぬわざ」と、やむごとなくあはれに見《み》えさせ給。これをはじめて、[一四]殿《との》いと御仲《なか》心よげにおはします。」[一五]院この宮達《たち》の忍《しの》び難《がた》くあはれにおぼえ給へば、[一六]中務《つかさ》が腹《はら》の一の御子《みこ》、[一七]女《むすめ》の腹《はら》の御子《みこ》二《ふた》宮を、殿《との》に申させ給て、「[一八]これ冷泉院の御子《みこ》のうちに入《い》れさせ給《たま》へ」とある御消息度《たび》〲あれば、殿「あはれ、[一九]おぼろげに思《おも》ほせばこそ、かくも宣《のたま》はすらめ。[二〇]院におはしまさんからに、子のかなしさをし

一 物事を見て喜び、見せがいのある御性分で。二 まったく鬱陶しかった気持が晴れ晴れしそうだ、では当日行こう。三 ↓補三五一。四 院の殿上人達に、当座の祝儀を出さぬわけにゆこうか。五 今日の競馬の催しに対しては。六 御歓待申し上げなさる。七 左方右方で笛や太鼓を急テンポに奏すること。応援合戦のようなもの。八 てれくさいほどである。九 御贈物がたくさんあるなかでも。一〇 馬の毛色。鴾(鳥の名)の羽の裏の色のように、赤くて白みを帯びている毛色の馬。「大臣献二御馬三疋一」(紀略、寛弘元年五月二十七日)。一一 「も」は下の「添へて」の下に省略された「も」と並列。一二 車を牽く牛をそれに添えたりして引出物として差上げなさる。一三 法皇となられこの世をお棄てなさったが、なお俗と離れ難く、諺にこの世の束縛は棄てても棄てきれぬものというとおりで。↓補三五二。一四 道長と花山院との御仲は楽しげでいらっしゃる。一五 花山院は例の皇子たちのことが御心に可愛く思われなさるので。一六 花山院の御乳母中務の生んだ一の宮(↓一三六頁注一三)。一七 若狭守平祐忠の女。御子二宮は昭登・清仁。↓補三五三。一八 「此二皇子は、院御出家の後の御子におはしませば、御祖父冷泉院の御子にし奉らんとはかり給ふなり」(詳解)。

花山院の二皇子を、冷泉院御子とし給う

一九 「おぼろげならず」に同じ。一通りならず可愛く思われるからこそ。二〇 法皇であられるからといって、子の可愛さを関知なさらぬならともかく、自分としては御申出は一向差支えないことである。二一 どうして御申出通りにしないでよかろうか。

ろしめすべからずはこそあらめ、われ苦《くる》しからぬ事《こと》なり。など二一かあらざらん」とて、「うけ給はりぬ。今《いま》さらば事《こと》の由奏《よしそう》し候て」など申させ給《たま》ひつ。[17]花山院は、冷泉院の一の御子《みこ》、たゞ今《いま》の二二東宮は二宮、故彈正宮は三の御子、二三今《いま》の帥宮四の御子《みこ》に(ぞ)おはしますかし。されば内《うち》に參《まい》らせ給て、事《こと》の由奏《よしそう》せさせ給て、吉日《よき》して二四宣旨下《くだ》させ給。親腹《おやばら》の御子をば[18]二五五の宮、女腹《むすめばら》の御子をば六宮とて、各《をのく》二六皆《みな》なべての宮達《みやたち》の得給《えたま》ふ程《ほど》の御封ども賜《たまは》らせ給ふ。二七國《くに》〳〵に御封ども分《わか》ち奉《たてまつ》らせ給て、宣旨下《くだ》りぬる由《よし》、殿《との》より院に申《まう》させ給へれば、二八物《もの》に當《あた》らせ給て、御使《つかひ》に二九何《なに》をも〳〵と取《と》り埋《うづ》みかづけさせ給。御使歸《つかひかへ》り參《まい》りたれば、殿《との》おはしまいて、「三〇ものよかりけるまうと《眞人》かな。いみじう多《おほ》く物《もの》を賜《たま》はりたる」とぞ笑《わら》はせ給ける。三一かうやうなる事どもありて過《すぎ》もてゆくに、月(日)もはかなく暮《く》れぬるを、殿《との》「口惜《くちお》しうみたけ《金峯山》精進《しやうじ》を今年《ことし》ははじめずなりぬる事」とおぼしめして、「されど年《とし》だに返《かへ》りなば」と〔ぞ〕*おぼしめされける。」[19]三二三月ばかり、花山院には、五六宮を三三もてはやしきこえさせ給とて、三四鶏合《とりあは》せゝさせ給て見《み》せ奉《たてまつ》らせ給。親腹《おやばら》の五宮をばいみじう愛《あい》しおぼし、女腹《むすめばら》の六宮をば三五殊《こと》の外《ほか》にぞおぼされける。かゝる程《ほど》に、世《よ》の中の京三六童《わらは》べ方分《かたわ》きて、三七とり〴〵のゝしり、人《ひと》の國《くに》までゆきていさかひのゝしりけり。かゝる三八今《いま》めく事どもを、殿聞《きこ》しめして、「三九かいひそめて

二二 居貞親王。弾正宮は為尊親王。
二三 ただ今の帥の宮(敦道親王)は。
二四 「乗二帥宮御車一、参二冷泉院一、華山院奏二宮達二所御名字一、可レ被レ為二院宮一也、即被レ奏レ内下可二親王宣下一由上」(御堂、寛弘元年四月二十五日条)。年紀本書と異なる。
二五 中務腹の御子を冷泉院五宮、女腹の御子を六宮と呼んで。
二六 「凡食封者、一品八百戸、二品六百戸、三品四百戸、四品三百戸、〈内親王減レ半〉」(禄令)。
二七 諸国に命じて御封を分担して差上げるようになさって、その宣旨が下った由を。
二八 物に当らんばかり大層お喜びなさって。
二九 手当り次第に取り上げて身体も埋まるほど被物(かずけもの)としてお与えなさる。
三〇 ほんとにお前はしあわせ者だ。「まうと」は「まひと」の音便形。二人称の敬称。
三一 「かやうなる事ども」に同じ。
三二 下文に「寛弘四年になりぬ」とあるによれば、寛弘三年。
三三 お喜ばせになる思し召しで。
三四 闘鶏。起源は雄略天皇七年(日本書紀)、三月の節物になったのは天慶元年からかという。
三五 問題にならないものに。

花山院の鶏合

三六 都の若者ども(ここは院に出入する童のことであろう)を、五の宮方六の宮方と左右に分けて。
三七 双方とも大騒ぎをし、(鶏の徴発のために)他国までいって奪い合いをして騒いだ。
三八 当世風な派手な事を。
三九 表立たないでひっそりしておられるのがよいことだ。「かい」は「掻き」の音便、接頭語。

おはしますこそよけれ。[一]いでや」とおぼしき丶奉《たてまつ》らせ給程《ほど》に、院の内《うち》の有様《ありさま》、[二]掟《をき》てさせ給事ども、いとおどろ〳〵しういみじ。その日になりぬれば、左右の樂屋造《つく》りて、様《さま》〴〵の樂・舞《まひ》など調《とゝの》へさせ給へり。殿の君達《だち》おはすべう御消息あれば、皆参《みなまい》り給。さるべき殿ばらなども参《まい》り給《たま》[三]ふて、今《いま》[四]はことゞもなりぬる際《きは》に、[五]この鶏《とり》の左のしきりに負《ま》け、右のみ勝《か》つに、むげにもの腹《はら》だゝしう心[六]やましうおぼされければ、[七]たゞむつかりにむつからせ給へば、見きゝ給人〳〵も心のうちにおかしうおぼし見奉《みたてまつ》り給けり。[八]左よろづにおぼしむつかりて、殊《こと》[九]なるもの丶栄《はへ》なくてそれにけり。いとこそおかしかりけれ。」[一〇]かくて内も焼《や》けにしかば、みかどは一條院におはしまし、(東宮は枇杷《びわ》殿にぞおはしまし)ける。かくて宣耀殿[20]《娍子》の、[一一]女御子二所《みこふたところ》、[一二]男宮《おとこ》四所《ところ》にならせ給ぬ。[一三]この頃《ごろ》の齋宮には、式部卿宮《爲平》の御女《むすめ》ぞ、いと稚《おさな》くて居《ゐ》させ給にしまゝにおはしましける。」[一四]世《よ》の中ともすればいと騒《さはが》しう、人死《し》になどす。[一五]さるは、みかどの御心もいとうるはしうおはしまし、との丶御政《まつりごと》も悪《あ》しうもおはしまさねど、[一六]世《よ》の末《すゑ》になりぬればなめり。[一七]年《とし》ごとには世《よ》の中心地起《ちおこ》りて、人《ひと》もなくなり、あはれなる事どものみ多《おほ》かり。」かくて冬《ふゆ》にもなりぬれば、[一八]五節・臨時《りんじ》の祭《まつり》をこそ、冬《ふゆ》の公事《おほやけごと》にすめるも過《すぎ》もてゆきて、[21]寛弘四年になりぬ。はかなう過《すぐ》る月日につけてもあはれにな

一 不承・反撥の語。いやいやそんな派手な事はよくないことだ。
二 計画しとりきめられた事は。
三 「給ひて」の音便形であるから、「給うて」が正しい。
四 いよいよ事が始まることになった時。
五 院の可愛がられた五の宮方の鶏が負け、六の宮方のばかりが勝つので。
六 むしゃくしゃされたので。
七 ただただ立腹なさるから。
八 左方は万事につけて立腹し。「左」は「さ」とも読むことができるが、今このままに解しておく。
九 準備しただけのかいもなく、思いもかけぬ方向へ行ってしまった。

里内裏のこと、その他

一〇 上文の寛弘二年十一月十五日内裏焼亡の事を受ける。「一条院」は↓五五頁注二九。↓補三五四。
一一 当子・禔子内親王。富「女御の女宮ふたところ」。

疫病流行

一二 敦明・敦儀・敦平・師明各親王。
一三 ↓一一九頁注一九。
一四 疫病流行の事か。諸記録に未見。
一五 その実、一条帝は端正な御人格であられるし、道長の政治も悪くもないのだが。
一六 世も末世になったからだと見える。(末世観の表われとして注意される箇所である。)

五節と臨時祭

一七 毎年疫病が流行して。

ん。」 正月も朔日《ついたち》よりよろづ急《いそ》がしうて過《す》ぎぬ。二月になりて、との〻御前御嶽《まへみたけ》精進はじめさせ給はんずるに、「四五月にぞさらば参《まゐ》らせ給べき。猶秋山なん[22][一九]よく侍《はべ》る」など人〲申て、御精進延《の》べさせ給て、よろづ愼《つゝし》ませ給。あふぎの中納言といふ人の家《いゑ》にぞ出《い》でさせ給ける。殿《との》かき籠《こも》らせ給へれば、世《よ》の中いみじうのどかなり。[二〇]さて籠《こも》りおはしませど、世《よ》の政《まつりごと》は猶《なを》知《し》らせ給。[23][二一]八月にぞ参《まゐ》らせ給ける。よろづ仕度《したく》し、おぼし心ざし参《まゐ》らせ給程《ほど》も疎《をろか》ならず。推《を》し量《はか》りて知《し》りぬべし。[二二]さべき僧ども、様《さま》〲の人〲、いと多《おほ》く競《きほ》い仕《つか》うまつる。君達多《だちおほ》う、族廣《ぞうひろ》うおはしませば、「[二三]この程《ほど》いかに」と恐《おそろ》しうおぼしつれど、[二四]いと平《たいら》かに参《まゐ》り着《つ》かせ給ぬ。年頃《としごろ》の御本意《ほい》は[二五]これより外《ほか》の事なくおぼしめさる。これを又世《よ》の公事《おほやけごと》に思《おも》へり。十二月にもなりぬれば、何《なに》事も心あはたゞしげなる人のけしきを、「[二六]いつしかうら〲とならなむ」と誰《たれ》も待《ま》ち思《おも》ふ程《ほど》も、[二七]あながちに生《い》きたらん身の程《ほど》も知《し》らぬ様《さま》に、あはれなり。」[24]寛弘五年になりぬれば、[25][二九]京極殿には、[二八]夜《よ》の程《ほど》に峯《みね》の霞《かすみ》も立《た》ち變《かは》り、よろづ行末遙《ゆくすゑはるか》にのどけき空《そら》のけしきなるに、[三〇]督《かん》の殿と聞《きこ》えさするは、中姫君《なかひめ》におはします、その御方《かた》の女房《ばう》、[三一]小姫《こひめ》君の御方《かた》など、[26]いとさま〲に[三二]今《いま》めかしげなる有様《ありさま》にて候《さぶら》ふ。との〻御前督《おまへかん》の殿《妍子》の御方《かた》におはしまして見奉《みたてまつ》らせ給へば、[三三]十四五ばかり〔に〕*おはしまして、

道長の御嶽詣

一八 五節の舞や賀茂の臨時祭(十一月下の酉の日)。↓補三五五。
一九 左大臣藤原在衡の孫、大弐国光の二男。「今昔、中納言藤原ノ忠輔ト云フ人有ケリ。此ノ人常ニ仰テ空ヲ見ル様ニテノミ有ケレバ、世ノ人此レヲ仰ギ中納言トゾ付タリケル」(今昔、巻二十八)。その家は未詳。御堂関白記(寛弘四年閏五月十七日条)によれば、精進所を室町の源高雅宅とし、籠人として、源俊賢・藤原頼通以下の名を掲げている。
二〇 精進のためひき籠っていらっしゃるが。
二一 御堂関白記、寛弘四年八月二日以下に詳しい。
二二 御堂関白記に、覚運・定澄・扶公・懐寿・明尊・定基・運長等の名が見える。
二三 (京都中重臣たちが留守になって)道長の御嶽参詣の間どんなであろうかと。↓補三五六。
二四 至極平穏に帰参なさった。帰邸は八月十四日。
二五 御嶽詣の事。
二六 早く麗かな春になればよいと。
二七 たって生身の寿命も関知しないといったふうで。「あながちに…知らぬ」と続く。

京極殿の年始の有様

二八 一夜のうちに峰の霞も春霞と変り。
二九 土御門殿に同じ。道長邸。
三〇 内侍の督(尚侍)殿、ここは道長の二女妍子。
三一 道長の三女威子。
三二 当世風なはでな有様でお仕えしている。
三三 妍子は正暦五年の誕生であるから、今年は十五歳。

一いみじううつくしげにしつらひ据《す》へ奉《たてまつ》らせ給へり。二色《いろ》〳〵の御衣《ぞ》どもをぞ奉《たてまつ》りて居《ゐ》させ給へる。御髪《ぐし》の三紅梅《こうばい》の織《をり》もの丶御衣《ぞ》の裾《すそ》(に)か丶らせ給へる程《ほど》、四隙《ひま》なうやうじかけたるやうにて、御丈《たけ》には七八寸ばかりは餘《あま》らせ給へるらんかしと見《み》えさせ給。御顔《かほ》の薫《かほり》めでたくけ高《だか》く、愛敬《あいぎやう》づきておはしますものから、五花《はな》〲と匂《にほ》はせ給へり。六うたてゆ丶しきまで見奉《みたてまつ》り給。御前《まへ》には若《わか》き人〲七八人ばかり候《さぶら》ひて、心地《ち》よげに誇《ほこ》りかなるけしきどもなり。又こ《小》ひめぎみ《威子》は七九《こゝの》つ十ばかりにて、いみじう美《うつく》しう八雛《ひゝな》のやうにて、九こなたかなた紛《まぎ》れ歩《ある》かせ給、うつくし。一〇御衣《ぞ》どもに一一萌黄《もえぎ》の小袿《こうちぎ》を奉《たてまつ》りて、御色合《いろあひ》などの雁《かり》の子《こ》の一二羽立《はだち》のやうにて見《み》えさせ給ものから、それはたゞ白《しろ》くのみこそあれ、一三これは匂《にほひ》さへ添《そ》はせ給て、少納言の乳母《めのと》一四いとうつくしうまもり奉《たてまつ》るにも、一五よその人目《め》に、あな羨《うらや》しと見《み》えたり。一六いとひめ君《嬉子》二《ふた》つ三《み》つばかりにておはしませば、とのゝ御前《おまへ》一七御戴餅《いたゞきもちゐ》せさせ給はんずるに、「一八御装束《さうぞく》まだ奉《たてまつ》らねば、しばし」と宣《のたま》はす。一九この御有様《ありさま》どもに御目移《めうつ》りて、とみにも出《い》でさせ給はず。二〇遅《をそ》く内にも參《まい》らせ給とて、御使《つかひ》頻《しきり》なり。上達部・殿上人二一多《おほ》く參《まい》りて、やがて御供《とも》に二二内《うち》へはとおぼしたり。」出《い》でさせ給まゝに、27二三うるはしき御装《よそひ》にて、いと若《わか》君の御戴餅《いたゞきもちゐ》せさせ奉《たてまつ》らせ給。御乳母《めのと》の小式部の君《小式部》いと若《わか》やかにてかき抱《いだ》き奉《たてまつ》りて參《まい》り向《むか》ふ有様《ありさま》、なべてにはあ

一 室内を子供らしい飾り付けにして。二 いろいろな色の袿(うちぎ)を何枚か重ね着て。三 表紅梅・裏蘇芳。一説に表紅・裏紫。冬から春に用いる。四 すき間もなく瑩貝(ようがい)で磨き光らしたようで。五 上の「け高く」と、下の「花〲と匂はせ」(華やかで魅力的)とを結んでいる。六 余り美しくて不吉と思われるまでに。七 長保元年の生まれであるから、今年十歳。八 紙で小さく造ったおもちゃの人形。九 あちらこちらちょこちょこと歩き廻りなさるのが、可愛らしい。一〇 何枚かの袿の上に。一一 表裏ともに萌黄色。一説、表薄青・裏縹。「小袿」は婦人の通常礼服。唐衣・裳の代りに表着(うわぎ)の上に着用するもの。仕立てはほぼ表着に同じ。一二 羽の生えた様子のことか。一三 小姫君の肌色は白い上に上品な桜色まで加わっていらっしゃり。一四 可愛いといったまなざしでじっと見守り申し上げるにつけても。鳥部野巻に娍子の乳母と思われた人と同じか。一五 よそ目からは、(小姫君の乳母である得意さが)ああ羨しいことよと見受けられた。一六 一番幼い姫君。道長の四女嬉子。寛弘四年正月五日の生まれであるから、今年二歳。一七 正月主として元日に、子供の幸福を願って、餅をその頭に触れて祝った儀式。五歳まで行う。一八 倫子(道長室、姫君たちの母)の詞。晴衣をまだ召していらっしゃらないから、暫く待って下さい。一九 督の殿以下姫君たちの御様子に。二〇 (元日であるから、朝賀その他の儀式のために早く参内すべきを)参内の

道長の四女嬉子の戴餅

仕方が遅いというので。二一 大勢参賀のために道長邸へ参上し、そのまま。二二 宮中へ行こうと。

らぬかたちなり。との〻上《うへ》は、かう君達《だち》[二四]あまた出《い》で給《たま》へれど、たゞ今《いま》の御有様《ありさま》[二五]廿ばかりに見《み》えさせ給。[二六]さ〻やかにおかしげにふくらかに、いみじううつくしき御様姿《さますがた》におはしまして、[二七]御髪《ぐし》の筋《すぢ》こまやかにきよらにて、御袿《うちぎ》の裾《すそ》ばかりにて、末《すゑ》ぞ細《ほそ》らせ給へる。白《しろ》き[二八]御衣《ぞ》どもを数分《かずわ》かぬ程《ほど》に奉《たてまつ》りて、[二九]御脇息《けうそく》に押《を》し懸《か〻》りておはします程《ほど》、いとめでたう見《み》えさせ給。[三〇]中宮の御有様《ありさま》とりどりに見《み》えさせ給。御前《おまへ》に候《さぶら》ふ人〳〵も笑《ゑ》ましう見奉《みたてまつ》るに、紫檀《したん》の御数珠《ずゞ》の[三一]さ〻やかなるを、[三二]わざとならぬ御念誦《ず》に、[三三]おほどけなげにて御脇息《けうそく》に押《を》し懸《か〻》りておはします程《ほど》、いはん方《かた》なく見《み》えさせ給へば、との〻御前《まへ》[三四]若《わか》君抱《いだ》き奉《たてまつ》りたる御乳母《めのと》の君を、「見《み》よ。[三五]かの母《は〻》の御有様《ありさま》は如何《いかゞ》見奉《＊みたてまつ》る。[三六]なか〳〵御女《むすめ》の君達《きんだち》の御様《さま》には劣《おと》らぬ御有様《ありさま》にこそ若《わか》やぎ給《たま》へれ。[三七]猶《なを》御髪《ぐし》の有様《ありさま》よ」と、[三八]いと思《おも》はしげにうち笑《ゑ》み、見遣《みや》りきこえさせ給へるも、おかしう思《おも》ふ。小姫君のいたう[三九]紛《まぎ》れさせ給を、「[四〇]あなあはたゞし」と制《せい》し申させ給。かくてとの〻御前出《おまへい》でさせ給《たま》ふて、「[四一]むげに日高《たか》うこそなりにけれ」とて、急《いそ》がせ給て、[四二]やがてこ〻らの殿《との》ばらの御車牽《くるまひ》き續《つゞ》けて内《うち》に参《まい》らせ給。」宮は[四三]上《うへ》の御局《つぼね》におはします。御手習《てならひ》などせさせ給ふは、哥などにやとぞ。たゞ今《いま》の[四四]御年《とし》廿ばかりにこそおはしませど、いと若《わか》うぞおはします。もとよりいとさ[四五]〻やかにおはしますけなめり。[四六]さらに猶《なを》いと心も

二三 勘物は和泉式部の女としているが誤。道長の乳母子美濃守藤原泰通の妾。嬉子の乳母。↓補三五七。
二四 頼通・教通・彰子・妍子・威子・嬉子。
二五 天喜元年六月十一日、九十歳薨(扶桑略記)から逆算すれば、今年四十五歳。
二六 小柄で美しくふっくらとして。
二七 毛筋が上品に美しく。
二八 袿の類を数も知れぬほどお召しになって。
二九 肘をかけ、からだをもたせて休む道具。
三〇 御女の中宮の御有様をはじめとしてそれぞれ美しくお見えなさる。
三一 小さいのを(手でつまぐられ)。
三二 正式に唱えるのでない御念仏のために。
三三 たいそうおっとりとした様子で。
三四 嬉子をおだき申し上げた小式部の君を。
三五 倫子。
三六 姫君たちの御様子に比べてかえって劣らないほど、若々しくいらっしゃる。
三七 今でも髪が何とすばらしいことよ。
三八 いかにも思うとおりだといわんばかりに。
三九 ちょこちょこ歩き廻られるのを。
四〇 「あわたゞし」に同じ。
四一 ひどく日が高く上ってしまった。
四二 そのまま大勢の殿方の御車を供に。↓補三五八。
四三 清涼殿内の藤壺の上の御局。
四四 永延二年の生まれであるから、今年二十一歳。

中宮彰子の御有様

四五 小柄でいらっしゃるからであろう。「け」は、故、ため等の意。
四六 その上やはりたいそう不安に思われるほど。

となきまで細《さゝ》やがせ給へり。御髪《ぐし》[一]同《おな》じやうなる事《こと》なれど、えもいはずこまやかにめでたくて、御丈《たけ》に二尺ばかり餘《あま》らせ給《たま》へり。御色白《いろしろ》く麗《うるは》しう、[二]酸漿《ほゝづき》などを吹《ふ》きふくらめて据《す》ゑたらんやうにぞ見《み》えさせ給。[三]なべてならぬ紅《くれなゐ》の御衣《ぞ》どもの上《うへ》に、白《しろ》き浮文《うきもん》の御衣《ぞ》をぞ奉《たてまつ》りたる、[四]御手習《てならひ》に添《そ》ひ臥《ふ》させ給《たま》へり。御髪《ぐし》のこぼれかゝらせ給へる程《ほど》ぞ、あさましうめでたう見奉《みたてまつ》らせ給。女房所《ところ》／＼にうち群《む》れつゝ七八人づゝ[五]押《を》し凝《こ》りて候《さぶら》ふ。[六]色聴《いろゆる》されたるはさる物にて、[七]平唐衣《ひらからぎぬ》・[八]無文《むもん》など、さま／＼おかしう見《み》えたり。[九]古《いにしへ》の后《きさき》は、[28]童使《わらはつか》はせ給はざりけれど、今《いま》の世《よ》は御好《このみ》にて、さま／＼使《つか》はせ給。[一〇]やどりぎ・やすらひなどいふが、小《ちゐさ》くはあらぬが、髪長《かみなが》う[一一]様體《やうたい》おかしげにて、[一二]汗衫《かざみ》ばかりをぞ着《き》せさせ給へる。表袴《うへのはかま》は着《き》ず。その姿有様《すがたありさま》繪《ゑ》にかきたるやうにて、なまめかしうおかしげなり。さるべき御物語《ものがたり》などしばしうち[一三]申させ給て、殿上へ参《まい》らせ給ぬ。[一四]例《れい》の作法《さほう》のことゞもありて、いと今《いま》めかしうおかし。[一五]上《うへ》の御局《つぼね》の有様《ありさま》につけても、京極《ごく》殿の御方／＼まづ思《おも》ひ出《い》できこえさせ給。」

[29]中宮《彰子》も怪《あや》しう[一六]御心地《ち》例《れい》にもあらずなどおはしまして、[一七]物《もの》もきこしめさずなどあれど、[一八]おどろ／＼しうもてなし騒《さは》がせ給《たま》はねど、おぼしつゝみて、[一九]十二月《しはす》も過《す》ぎさせ給にけり。正月にも同《おな》じことにおぼされて、[二〇]いと眠《ねぶ》たうなどせさせ給へば、[二一]上《うへ》おはしまして、「去年《こぞ》の十二月《しはす》に[二二]例《れい》の

一 同じ事を繰返すようだが。
二 「兼名苑云、酸漿、一名洛神珠、保々豆岐」(倭名)。〔参考〕「(玉鬘ハ)ほゝづきとかいふめるやうにふくらかにて、髪のかゝれるひま／＼うつくしうおぼゆ」(源氏、野分)。
三 並一通りでない美しい紅の袿の上に、白い浮文の表着をお召しになって。
四 御手習をされるために、物によりそって前かがみになっておられた。
五 一つ所にかたまって。
六 禁色を許された女房(の服装の見事なこと)はいうまでもなく。
七 平絹(平織の絹、羽二重)の唐衣。
八 無地の唐衣。平唐衣と無文は禁色を聴されぬ者の着用。
九 いつ頃を指すか未勘。詳解は見果てぬ夢巻東三条女院長谷詣の条に「わらはべ年頃使はせ給はざりしも」とあるを引き、「この頃よりやさる事もはじまりけむ」といっているが疑問。「童」は女の童。
一〇 女童の名。 一一 なりかたち。
一二 女童の礼服。汗衫を着て表袴を穿かないのは異例とされるが、台記別記(久安六年正月二十一日)にも「童女、尋常祖上着ニ汗衫一(不レ着ニ表袴一、不レ用ニ帯汗衫尻前懸肩一)、従ニ雑役一」とある。 一三 道長と中宮とが。

中宮御懐妊

一四 例年通りの元日の儀。
一五 中宮彰子の御有様を見るにつけても、京極殿にいる中姫君以下の方々をも将来このようにしたいと。 一六 御懐妊のために。
一七 (つわりのため)食事もおとりなさらないが。
一八 仰山に騒ぎ立てるような事もなさらぬが。

事もなかりし、この月も廿日ばかりにもなりぬるは、『心地《ち》も例《れい》ならず』と宣《のたま》はすめり。あれは、知《し》らず、たゞならぬ事《こと》なめり。[二三]おとゞや母《はゝ》などに聞《きこ》えん」と宣《のたま》はすれば、[二四]物狂《ものぐるを》しと恥《は》ぢさせ給に、殿参《まい》らせ給へる折《おり》、[二五]「いなや、物《もの》は知《し》り給はぬか」と申《まう》させ給へば、宮わりなく恥《はづか》しげにおぼしめしたり。「何《なに》事にか候《さぶら》ふらん」と奏《そう》させ給へば、[二六]「この宮は御心地《ち》例《れい》にもあらずとは知《し》り給はぬか。[二七]例《れい》はさらにいなども寝《ね》給《たま》はず、いみじき宿直《とのゐ》びとゝ見《み》え給へるに、この頃《ごろ》は[二八]おぼろげならでなむ驚《おどろ》き給める」と宣《のたま》はすれば、殿の、「怪《あや》しく面痩《おもや》せ給《たま》へりとは見奉《みたてまつ》り侍《はべ》れど、[二九]かくうけ給事も候《さぶら》はざりつるに、[三〇]さばげにたゞならぬ御心地《ち》にや」とて、[三一]大輔命婦に忍《しの》びて召《め》し問《と》はせ給へば、「十二月《しはす》と霜月《しもつき》との中《なか》になん、[三二]例《れい》の事は見《み》えさせ給し。この月はまだ廿日に候《さぶら》へば、今暫《いましば》し心みてこそは、御前《おまへ》にも聞《きこ》えさせめと思《おも》ふ給《たま》へてなん。[三三]すべて物《もの》はしもつゆきこしめさず、かう悩《なやま》しげに例《れい》ならずおはします。[三四]殿《との》に聞《きこ》えさせんと啓《けい》し侍つれば、[三五]『いとおどろ〱しうこそはおぼし騒《さは》がめ、暫《しば》しな聞《きこ》えさせそ。[三六]まことに苦《くる》しからん折《おり》こそ』と仰《おほ》せらるれば」と、聞《きこ》えさすれば、とのゝ御前何《おまへなに》となく御目《め》に涙《なみだ》のうかせ給にも、御心のうちには、[三七]「御嶽《みたけ》の御験《しるし》にや」と、あはれに嬉《うれ》しうおぼさるべし。[三八]司召《つかさめし》などいひて、この月も立《た》ちぬれば、[三九]この御事まことになり果《は》

一九 去年(寛弘四年)の十二月。

二〇 大層よくお眠りになったりなさるので。

二一 一条天皇。

二二 月の障りもなかったのが、そのままで正月も二十日程になったのは、身体の具合がいつもと違うようだとおっしゃっていらっしゃるらしい。私には分らないが、普通の事ではないのだろう。二三 道長や倫子などに。

二四 (中宮は)とんでもないことですと恥ずかしがられるのに。二五 一条帝の御詞。私の言うことはまちがいだろうか、あなたはまだ何も御存知ないのか。二六 一条帝の御詞。

二七 いつもはまったく熟睡などもされないで、忠実な宿直役のようにお見えなさるのに。

二八 並々の事ではお目ざめなさらぬようだ。

二九 富「うけたまはることも」。

三〇 それでは仰せのとおり御懐妊なのでしょう。

三一 系譜未詳。越前守大江景理の妻。もと源雅信家女房。倫子に従い道長家に入り、やがて中宮付となったらしい。後拾遺集作者。

三二 月の障りがおありになりました。

三三 総じてお食事は全然召し上がられず。

三四 道長公に申し上げましょうと中宮様に啓上いたしましたところ。

三五 きっと大層仰々しくお騒ぎなさるだろう。

三六 真実苦しくなった時に伝えてもらおうと。

三七 御嶽詣での効験だろうと。道長御嶽詣の目的の一つに彰子の懐妊祈願があったであろうことは、「子守三所」に詣でていることでも想像される。(御堂、寛弘四年八月十一日)。

三八 「司召の除目(じもく)」の略。在京諸官を新たに任命する年中行事。「廿六日戊子、除目始、(中略)二月一日壬辰、下名」(紀略、寛弘五年正月)。

三九 中宮御懐妊のこと。

てさせ給ぬ。[一]殿の上《うへ》もその日聞《きか》せ給まゝに[二]參《まゐ》らせ給て、[三]いとゞしういたはしうやゝましげに扱《あつか》ひきこえさせ給。」かゝる程《ほど》に[四]二月になりて、[31]花山院いみじうわづらはせ給。いみじうあはれいかにときゝ奉《たてまつ》る程《ほど》に、[五]御瘡《かさ》の[六]熱せさせ給なりけり。あはれに[七]限《かぎり》と見《み》ゆる御心地《ち》を、醫師《くすし》など頼《たの》み少《すくな》く聞《きこ》えさす。この[八]女腹《むすめばら》・親腹《おやばら》に、あまたの御子《みこ》達《たち》おはするに、各《をの〳〵》[九]女宮二人づゝぞおはしける。「[一〇]われ死《し》ぬるものならば、まづこの女宮達《たち》をなん、[一一]忌《いみ》のうちに皆《みな》とり持《も》て行《ゆ》くべき」といふ事をのみ宣《のたま》はすれば、[一二]御匣《みくしげ》殿も女《むすめ》も、さま〴〵に涙《なみだ》流《なが》し給。[一三]親腹《おやばら》の弟宮《おとみや》をば、[一四]その同胞《はらから》の兵部の命婦にぞ生《むま》れ給けるまゝに、「これは汝《をのれ》が子《こ》にせよ。[一五]我《われ》は知《し》らず」と宣《のたま》はせければ、[一六]やがてしか思てぞ養《やしな》ひ奉《たてまつ》りける。[32]かゝる程《ほど》に院の御心地《ち》[一七]不覺《ふかく》になりて、[一八]二月八日うせ給ぬ。御年《とし》四十一にぞおはしましける。年《とし》頃《ごろ》馴《な》れ仕《つか》うまつりつる僧俗、あはれに悲《かな》しう惜《お》しみ奉《たてまつ》る事限《かぎり》なし。殿なども、「さすがに[一九]いたうおはしましつる院を。[二〇]口惜《くちお》しうさう〴〵しきわざかな」とぞ聞《きこ》えさせ給ける。」御葬送《さうそう》の夜《よ》、[二一]恐《おそろ》しげなる物を着《き》るとて、兵部の命婦、

[二二]去年《こぞ》の春《はる》櫻色《さくらいろ》にと急《いそ》ぎしを今年《ことし》は藤《ふぢ》の衣《ころも》をぞ着《き》る

とぞ詠《よ》みける。あはれなる事ども多《おほ》かり。」[33]まことに御忌《いみ》の程《ほど》、この兵部命婦の養《やしな》い宮を[二三]放《はな》ち奉《たてまつ》りて、女宮達《たち》は片端《かたはし》より皆《みな》亡《う》せ給にければ、[二四]よき人の御心はいと恐《おそろ》しき物にぞ思きこ

一 倫子。二 中宮のもとへ。三 一段と中宮を大切そうに、また心をかけ心配げにお世話申し上げなさる。「やゝまし」は、心苦しく悩ましいこと。

花山院御悩・崩御

四 御堂関白記、寛弘五年二月条に、「六日丁酉、参二華山院幷二宮一」とあるのは、花山法皇の御病気見舞のため。また小右記目録に「寛弘五年二月五日、花山院御悩事」とある。五 できもの、腫物。六 発熱なさる。→二二七頁注三〇。七 これが最期かと思われる御病気なので。八 中務と、中務の女の腹に(→補三五三)。九 女宮の御名未詳。系図にみえない。一〇 花山院御詞。一一 中陰(四十九日)の間に、二人ともあの世へ連れてゆくだろう。(将来が心配になられるからである。) 一二 中務のこと(→一三六頁)。→補三五三。一三 中務の生んだ妹娘。一四 中務の同胞である兵部の命婦に、妹娘が生まれると同時に。兵部の命婦は中務の同胞という以外には未詳。一五 自分の関知するところではない。一六 兵部の命婦はそのままその積りで妹娘を。一七 人事不省。一八「九日庚子、挙直申云、此夜半許、華山院崩者」(御堂、寛弘五年二月)。「八日己亥、今夜亥刻、華山法皇崩、〈年四十一〉」(紀略)。一九 院は御立派な方でいらっしゃったのに。

花山院御葬送、兵部の命婦の歌

二〇 残念で心さびしいことよ。二一 素服、藤衣。二二 去年の春は桜色の著物を着ようと仕度をしたのに、今年は院の崩御に会い藤衣を着ることよ。「去年の春めでたかりし事とは、かの養ひ

花山院皇女の早世

えさせける。「兵部命婦のをば『我《われ》知《し》らず』と宣《のたま》はせければ、おぼし放《はな》ちてけるなるべし」とぞいひつゝ泣《な》き歎《なげ》きける。」かゝる程《ほど》に三月にもなりぬれば、[二五]中宮《彰子 上東門院》の御けしき奏《そう》せさせ給べきを、[二六]ついたちには[二七]御燈の[二八](御)清《きよ》まはりなべければ、それ過《すぐ》して奏せさせ給べきなりけり。とのゝ御心地《ち》世《よ》に知《し》らずめでたう嬉《うれ》しうおぼしめさるゝ事も[二九]疎《をろか》なり。今《いま》〔は〕*[三〇]吉日《よき》して山《やま》〳〵寺《てら》〴〵に御祈《いのり》どもいみじ。[三一]里《さと》へ出《い》でさせ給べきに、「[三二]よつきにを」と止《ゝ》め奉《たてまつ》らせ給《たま》へば、その程《ほど》など過《すぐ》させ給。この御事今《いま》は漏《も》り聞《きこ》えぬれば、帥殿《伊周》の[三三]御胸《むね》つぶれておぼさるべし。世《よ》の人も、もし男《おとこ》におはしまさば[三四]疑《うたが》ひなげにこそは申思《おも》ひためれど、[三五]そのほどは定《さだめ》なし。されど、「殿の御幸《さいはひ》の程《ほど》を見奉《みたてまつ》るに、[三六]まさに女におはしまさむや」とぞ、世人騒《さは》ぎためる。」[34]かゝる程《ほど》に、[三七]内《うち》の女二宮《媄子内親王》いみじうわづらはせ給へば、里《さと》に出《い》でさせ給て、よろづの御祈《いのり》、さま〴〵の御修法・御讀經、内《うち》にもよろづに掟《をき》てさせ給に、[三八]さらにいといみじうおはします由《よし》のみ聞《きこ》しめすに靜《しづ》心なく、いかに〳〵とおぼし亂《みだ》れさせ給。」[35]かくて[三九]四月ついたちに、中宮出《い》でさせ給。その程《ほど》の御有様《ありさま》いへば疎《をろか》なり。京極《ごく》殿のいとゞ行末頼《ゆくすゑたのも》しき松《まつ》の木立《こだち》も、めでたうおぼし御覽《ごらん》ず。さま〴〵の御祈數《いのりかず》を盡《つく》したり。御修法今《いま》より三[四〇]壇《だん》をぞ常《つね》の事にせさせ給へるに、又不斷《ふだん》の御讀經どもなどいひやる方《かた》なし。とのゝ御前《おまへ》靜《しづ》心な

奉れる皇女の、御生誕ありしをいへるにや」(詳解)。二三 お除きしては。二四 尊貴な方の一念は。

中宮御懐妊の噂広まる

二五 中宮御懐妊の由を正式に奏上すべきだが。二六 三月一日には。二七 北斗星に灯を捧げる儀式。↓補三五九。二八 精進潔斎。「二季御灯、三・九月三日、近代由祓也、〈自二一日一精進、不レ供二魚味一、僧尼服等同二他神事一、御禊之後供二魚味一、憚人参、已上北辰御精進、子細大略同二神事一〉」(禁秘抄)。
二九 いうまでもない事である。
三〇 吉日を選び。
三一 中宮が里邸へ。「定二中宮御出雑事一」(御堂、寛弘五年三月十二日)。
三二 四月になるまで待つようにと。「よつき」は「四月」の誤か。ただし、懐妊四月目も四月も、この場合は一致。「を」は強意の助詞。
三三 もし皇子がお生まれになれば、一の宮(敦康)の立太子も危ぶまれるので。

一条帝女二の宮御悩

三四 東宮に立つことは。
三五 皇子皇女の別は分からないことだ。
三六 「此夜夢レ在二陣辺一、諸僧宿徳多参入、申二中宮御懐妊之慶一、自問二男女一、答レ男也云々」(権記、寛弘五年三月十九日)。
三七 定子皇后所生の第二皇女、媄子。
三八 御重態でいらっしゃる由を。上の「さらに」は「静心なく」へ続く。

中宮里邸に退去

三九 十三日の誤。↓補三六〇。
四〇 修法の壇を三壇常設された上に。

う、安《やす》きいも大殿籠《おとのごも》らず、御嶽《みたけ》にも、今《いま》は平《たいら》[一]かにとのみ、御祈《いのり》・御願を立《た》てさせ給。」かゝるほどに、女二宮むげに[二]不覚《ふかく》に限《かぎり》にておはしましけるに、岩倉《いはくら》[三]の[36]文慶阿闍梨参《まい》りて御修法仕《つか》まつりけるに、あさましう[四]おはしましける御心地《ち》、[五]かきさまし怠《をこた》らせ給ぬ。いはん方《かた》なく嬉《うれ》しき事に内にもおぼしめして、律師[37][六]になさせ給へれば、「佛《ほとけ》[七]の御験《しるし》はかやうにこそ」と、羨《うらやま》しう思《おも》ふ類《たぐひ》ども多《おほ》かるべし。」かくて四月の祭《まつり》[八][38]とまりつる年《とし》なれば、廿餘《よ》日の程《ほど》より、例《れい》[九]の卅[39]講行《をこな》はせ給。五月五日に[一〇]ぞ五[一一]巻の日に當《あた》りたりければ、ことさらめきおかしうて、捧[一二]物の用意《ようい》かねてより心《こゝろ》ことなるべし。御[一三]堂に宮も渡《わた》りておはしませば、續《つゞ》きたる[一四]廊まで、御簾《みす》いと青《あを》やかに懸《か》け渡《わた》したるに、御[一五]き丁の裾《すそ》ども、河風《かはかぜ》[一六]に涼《すゞ》しさ勝《まさ》りて、波《なみ》[一七]の文《あや》もけざやかに見《み》えたるに、五巻のその折《おり》になりぬれば、さき[一八]〲の年などこそわざとせさせ給しか、今《いま》は常《つね》の事になりたれば、事《こと》[一九]そがせ給へれど、今日《けふ》の御捧物はおかしうおぼえたれば、事好《この》[二〇]ましき人〱は自《をのづか》[二一]ら故《ゆへ》〱しうしたり。それは制《せい》[二二]あるべき事ならねばにこそあらめ。きたなげなき六位・衞府[二三]など、薪《たきゞ》[二四]こり、水《みづ》など持《も》たるおかし。殿《との》ばら・僧俗歩《あゆ》み續《つゞ》きたるは、さま〲おかしうめでたう尊《たうと》くなん見《み》えける。苦[二五]空無我の聲《こゑ》にてありける讃歎の聲《こゑ》にて、遣水《やりみづ》の音《をと》さへ流《なが》れ合《あ》ひて、萬《よろづ》にみな法《のり》を説《と》くと聞《きこ》えなさる。法[二六]花經の説《と》かれ

一 御産が平安に済むようにと。二 全く人事不省に陥り御最期の状態でいらっしゃったが。

女二の宮の御悩一旦平癒

三 山城国愛宕郡岩蔵(京都市左京区)の大雲寺。文慶は藤原佐理の男。四 呆れる程の御重態であった御病気が。五 あとかたもなくなって平癒なさった。日本紀略・御堂関白記・権記、寛弘五年四月二十四日の条に詳しい。六 僧綱補任参照。七 仏の効験はこうもあらたかなものだったと、

土御門殿法華三十講

(難病をも治癒させた事と、律師に任ぜられた事の二つの意味で)羨しく思う僧たちも多いであろう。八 賀茂祭。寛弘五年は四月十九日己酉に行われた。日本紀略に「中宮依二御懐孕一不レ被レ立レ使云々」とあり、「とまりつる」は祭の使の立たなかった意であろう。九 法華三十講。法華経二十八品と開結二経(無量義経と普賢経)の論議を修する法会。↓補三六一。一〇「に」は富本に無い。一一 この日提婆品を講じ、薪の行道が行われる。一二 ホウモチ。造花の枝に種々の供物を結び付けたもの。一三 抄に「此御堂は道長の居宅に有なるべし」というように、土御門邸内の御堂。一四 廊下の部屋。女房達の聴聞所に当てられた。一五 御几帳。その帷(カーテン)の裾。一六 賀茂河の河風によって。一七 几帳の帷に波の模様が描かれているのが。一八 先年はいつでも捧物などを道長は特に用意されたのであったが。寛弘三年、四年等の例が見られる。一九 簡略にされたが。二〇 風流好みの人々は。二一 事の成りゆき上趣深く調製した。二二 禁制を設けるなどという性質のものではないからであろう。道長が過差

についてやかましかった事は御堂関白記に散見する。三三 近衛将監、衛門・兵衛の尉等。三四 薪の行道の事。「法華経を我が得しことは薪こり菜摘み水汲み仕へてぞ得し」(拾遺、哀傷、行基)の歌を唱えながら行道する。三五 →補三六二。三六 僧によって説かれなさるのは、尊い感じで感涙を止め得ない。二七 端々。二八 御簾の下から外へこぼれ出た着物の端。出衣(いだしぎぬ)の事。二九 以下襲の色目で、順次、表青・裏紅梅、表薄色・裏青(一説表紫・裏薄紫)、表紅梅または蘇芳・裏青、表薄紫・裏青。三〇 前から噂に上っていた造花の枝の風情も。三一 未詳。別盤(物を取り分ける盤)か。三二 常々趣がある上に、然るべき儀式などの行われる折は、やはり他所とは違って立派である。三三 摂関・諸大臣家の家司などに召使われた四位・五位の家柄の者。三四 それより一段下の政官(じょうがん)(太政官の三局の官人の総称、主として外記・史・史生など)に至るまで。三五 身分の低い人々が物の譬としていう場合の。三六 時勢に従って華やかな事をするという趣意なのだろうか。三七 鳥の子紙の薄く漉いた物。三八 趣向を凝らした捧物をも隠しもせず、目立つように捧げ持っては。「いらゝがす」は、字類に「苛 イラグ」とある。三九 そんな身分の低い者にまでは誰も目をとめる人はいないことだ。四〇 御堂関白記は定輔。尊卑分脈は筑前守兼清の子定佐(淡路守、従五下)とある。兼清の同胞時姫は道長の母であるから、この使を勤めたか。四一 儀が終ってから御返書をいただいた。「返」は「返り」と読む。補三六一参照。四二 道長の二女妍子。四三 池水にうつった篝火に加え仏前の灯明の光がちらちらと射して一層光りを増している、それを御覧なさっていると。四四 倫子の御部屋での御読経。

給、あはれに涙《なみだ》とゞめ難《がた》し。御簾際《みすぎは》の柱《はしら》もと、[二七]そば〳〵などより、わざとならず出《い》でたる袖口《ぐち》、[二八]こぼれ出《い》でたる衣《きぬ》の端《つま》など、[二九]菖蒲《さうぶ》・楝《あふち》の花・撫子《なでしこ》・藤《ふぢ》などぞ見《み》えたる。上《かみ》には隙《ひま》なく葺《ふ》かれたる菖蒲《あやめ》もこと折《をり》に似《ゝ》ずおかしうけ高《だか》し。[三〇]かねてより聞《きこ》えし枝《えだ》のけしきもまことにおかしう見《み》えたるに、權中納言（隆家）銀《しろがね》の菖蒲《さうぶ》に藥玉《くすだま》付《つ》け給へり。若《わか》き人〳〵は目《め》とゞめたり。大方世《おほかたよ》の常《つね》の[三一]（輪袈裟）わけさ羅などいふもの、由《よし》ある枝《えだ》どもに付《つ》けたるもおかし。殿の内《うち》の有様《ありさま》、[三二]常《つね》のおかしさにも、さるべうもせさせ給折《をり》は、猶《なを》ほかには似《に》ずめでたし。かくて宮の御捧物（輪袈裟事）は、殿上人どもぞ取りたる、皆《みな》わけさらなるべし。[三三]諸大夫、[三四]たち下《くだ》れる際《きは》の上官どもなどまで、[三五]なほ〳〵しき人の譬《たとひ》にいふ[三六]時の花をかざす心《こゝろ》ばへにや、色《いろ》〳〵の[三七]薄《うす》様《やう》に押《お》し包《つゝ》みたる[三八]心《こゝろ》ばへの物《もの》をも持《も》て消《け》たず、捧《さゝ》げいらゝかしつゝ、御簾《(ミス)》の内《うち》を用意したるこそおかしけれ。[三九]それまで目《め》とまる人もなしかし。内の御使《つかひ》には、式部藏人[四〇]さだすけ参《まい》りて、[四一]事果《ことは》てゝ御返たまはる。祿は菖蒲襲《さうぶがさね》の織《をり》物に濃《こ》き袴《はかま》なるべし。夜《よる》になりて、宮また御堂《みだう》におはします。[四二]内侍《ないし》の督《かん》の殿《との》などゝ御物《もの》語《がたり》なるべし。[四三]池《いけ》の篝火《かゞり》に御燈《みあかし》の光《ひかり》ども行《ゆ》き交《か》ひ照《て》り勝《まさ》り、御覽《ごらん》ぜらるゝに、菖《さう》蒲《ぶ》の香《か》も今《いま》めかしうおかしう薫《かほ》りたり。曉《あかつき》に御堂《みだう》より局《つぼね》〳〵にまかづる女房達《たち》、廊《らう》・渡殿《わたどの》・西對の簀子《すのこ》・寢殿《しむでん》など渡《わた》りて、[四四]上《うへ》の御方の御讀經、宮の御方の不斷《ふだん》の御讀經などの前渡《まへわた》りするほども[一]、私《わたくし》[二]に物《もの》へまうで丶、若《わか》[三]き人〲あまたして、[四]人は怖《を》ぢねど、我《わが》[五]心の限《かぎり》は人めかしうもてなして、道拂《みちはら》はせなどして、したり顔《がほ》に沓《くつ》すりありくも、猶物恥《なをものはつか》[六]しうて、遙《はる》[七]〲と渡《わた》りあるく程《ほど》こそ、「あはれなるわざなめれ」と思知《し》る類《たぐひ》どもあめるかし。」かくて過《す》ぎもていきて、講[八]も果《は》てぬれば、心のどかにおぼしめされ、人〲も思《おも》ふに、かくてかの女二宮はいと危《あやう》くおはしまして、いはくら《石藏》のりし《文慶》からうじてやめ[九]奉《たてまつ》りて、佛《ほとけ》の御驗《しるし》嬉《うれ》しげなりしに、この頃俄《ごろにはか》に御心地起《ちおこ》らせ給て、この度《たび》は程《ほど》もなく重《をも》[一〇]らせ給て、
41 [一一]うさせ給にけり。今年《ことし》は九《こゝの》つにぞおはしましける。あはれに悲《かな》しうおぼしめす。大方《おほかた》[一二]の惜《を》しさよりも、こ女院《詮子 東三條院也》のいみじうかなしきものに[一三]思きこえさせ給へりし程《ほど》おぼし續《つゞ》けさせ給にぞ、いみじうおぼしめされける。帥殿[一四]・中納言殿など、[一五]あさましう涙多《なみだおほ》うおはしける身どもかなと見《み》え給。一品宮《脩子》今《いま》は少《すこ》[一六]し物《もの》おぼし知《し》らせ給ほどなれば、あはれに戀《こひ》しき事を返《かへ》す〲おぼし知りたり。猶〲[一七]この御前達《おまへたち》の御ゆかり殘《のこり》なうならせ給につけても、いかなりける御事にかと、返〲傾《かたぶ》き思《おも》ふ人のみ多《おほ》かるべし。[一八]あさましといひてのみやはとて、さべきさまに斂《おさ》め奉《たてまつ》らせ給につけても、あはれに悲《かな》し。[一九]中將命婦、故院《こゐん》[二〇]のえり參《まい》らせさせ給し程《ほど》など、思續《つゞ》け言《い》ひ續《つゞ》け泣《な》く程《ほど》、物《もの》[二一]ふか丶らぬ人も涙とゞめ難《がた》し。」か

一「あはれなるわざなめれと云々」へ続く。二 個人として寺などへ参詣して。三 若い侍女達と大勢でゆくから。四 人を恐れ遠慮をすることもないが。五 自分達の心の中だけでは相当の身分の人らしく振舞って、人払いをさせたりして、得意顔にすり足をして歩くが、この際は。

女二の宮薨去

六 やはり何となく恥かしくて。七 遠い道のりをはるばると歩いてゆくことが、無量の感慨を催すものだと、その気持を悟る女房達もあるようだ。八 御堂関白記、五月二十二日条に詳しい。九 病気をおなおし申し上げて。一〇「廿二日、辛巳、(中略)二宮依二重悩一、入レ夜参入」(御堂、寛弘五年五月)。一一「廿五日甲申、辰剋無品媄子親王薨、年九」(権記、寛弘五年五月条)。日本紀略・小右記目録等同じ。一二 人の死という一般的な惜しさ以上に。一三 可愛いものに思い申し上げておられた頃のことを。一四 伊周や隆家などは。一五(何度か近親の死に会って)呆れる程涙をたくさん流されるお二人だとお見えなさる。一六 長徳二年十二月十六日の生まれで、今年十三歳。従って少しは物心を解されるお年だから。一七 伊周・隆家等の縁故者は。一八 あさましい事だと茫然となってばかりはおられないので、規定通りに埋葬申し上げるにつけても。「廿六日、乙酉、参内、薨奏、御錫紵等供レ之云々、記在レ別、一宮御葬送此夜也」(権記、寛弘五年五月)。一九 媄子内親王の乳母。→二一六頁注一五。二〇 故東三条女院が選抜して乳母として参上させなさった頃の事を。二一 思慮の深くない人も。また深い縁故のない人もとも解される。

中宮の御産近づく

うい ふ程《ほど》に、はかなう七月にもなりぬ。中宮の御けしきも今《いま》はわざと御腹《はら》のけはいなども苦《くる》しげにおはしまし、二二たはやすからぬさまにおぼされたるも、見奉《みたてまつ》る人心苦《ぐる》しう思きこえさす。内《うち》よりは御使《つかひ》のみぞ頻《しきり》に參《まゐ》る。猶ほかよりは、二三承《元子》香殿《顯光女》に御心ざしあるとぞ、自《をのづか》ら聞《きこ》ゆれど、二四すべて何《いつ》れの御方も參《まゐ》らせ給事いと難《かた》し。一品宮《脩子》内《うち》におはしませば、たゞその御方《かた》に渡《わた》らせ給てぞ、御心も慰《なぐさ》めさせ給。二五この二宮《娍子》の御事をぞ返〳〵おぼしめしける。」二六秋《あき》のけしきにいり立《た》つまゝに、二七土御門殿の有様《ありさま》いはん方《かた》なくいとおかし。二八池《いけ》の邊《わた》りの梢《こずゑ》・二九遣水《やりみづ》のほとりの草《くさ》むら三〇各《をの〳〵》色《いろ》づき渡《わた》り、三一大方《おほかた》の空《そら》のけしきのおかしきに、三二不斷《ふだん》の御讀經の聲《こゑ》〳〵三三あはれ勝《まさ》り、三四やう〳〵涼《すゞ》しき風《かぜ》のけはひに、例《れい》の絶《た》えせぬ水《みづ》の音《おと》なひ、夜《よ》もすがらきゝ三五かはさる。三六一日までは法興院《ほこゐん》の御八講とのゝしりし程《ほど》に、三七七夕《たなばた》の日にもあひ別《わか》れにけりとぞ。三八幾十《いくそ》の羊《ひつじ》の歩《あゆ》みを過《すぐ》し來《き》ぬらんとのみこそ覺《おぼ》えけれ。」かくて三九宮の御事は、九月にこそ當《あた》らせ給へるを、四〇八月にとある御祈《いのり》どもあれど、又「それさべきにもあらず。かゝる御事は、四一月日限《かぎり》あるわざなり」など、聞《きこ》え給人〳〵もあれば、げにとおぼしめさる。ほど近《ちか》うならせ給まゝに、御祈《いのり》ども數《かず》をつくしたり。四二五大尊の御修法行《をこな》はせ給。四三さま〳〵その法に随《したが》ひてのなり有様《ありさま》ども、さばかうこそはと見《み》えたり。四四觀音院僧正《勝算》、廿人の四五伴僧、四六とり

二二 立居も容易でないように。二三 他の女御達よりは、承香殿女御に御愛情が深いと、自然の成行き上漏れ聞えたが。二四 総じてどの女御もお伽に参上することはほとんど無い。二五 帝は。二六 秋らしい様子が次第に都一帯をおおうにつれて。以下紫式部日記を主な資料として記す。↓補三六三。二七 京極殿に同じ。二八 泉水のほとりの木立。池は寝殿の南面にあった。現在の仙洞御所にある二つの池のうち北方のものがその遺址かといわれる。二九 庭を流れる小川。適当に落差がつけてある。三〇 めいめい一面に紅葉して。

土御門殿の秋色

三一 空一体の情景、空模様などの意であるが、狭く天空だけでなく、あたり一体の雰囲気をも含めていう。三二 ↓四一頁注二七。三三 一段としみじみした情趣が感じられ。三四 秋になるに及び次第々々に風が涼しく感じられるようになり、そこはかとない風の動きによって。三五 遣水の音と読経の声とが自然と交互に聞えてくる。三六 ↓補三六四。三七 せっかく出会った七夕の日(牽牛星・織女星の相会するのを祭る)にもむなしく別れてしまったということだ。三八 ↓補三六五。三九 中宮御産の事。四〇 八月

中宮御産の御祈り

に御産なさるようにという御祈禱。権記(寛弘五年九月二十八日条)に「八月子俗忌レ之」とあるのは、ヤツキゴは生育しにくいので、これを忌むという意で、八月に関係はない(萩谷朴氏の示教による)。四一 いついつと期限のきまっているもの。四二 七月二十日から数日間の事か。↓補三六六。四三 ↓補三六七。四四 ↓補三六八。四五 導師に随う従僧。四六 分担に応じて。

〳〵にて御加持參《まい》り給。[一]馬場《むまば》の御殿《おとゞ》・[二]文殿などまで皆様《みなさま》〳〵[三]にしゐつゝ、それより參《まい》りちがひ集《あつま》る程《ほど》、[四]御前の唐橋《からはし》などを、老《お》いたる僧の顏《かほ》醜《みにく》きが渡《わた》る程《ほど》も、[五]さすがに目《め》(た)てらるゝものから、猶尊《たうと》し。[六]故《ゆへ》〳〵しき唐橋《からはし》どもを渡《わた》り、木《こ》の間《ま》を分《わ》けつゝ歸《かへ》り入《い》る程《ほど》も、[七]遙《はるか》に見遣《や》らるゝ心地《ち》してあはれなり。[八][42]心譽阿闍梨は、[九]軍陀利の法なるべし。[一〇]赤衣著《あかぎぬき》たり。[一一][43]清禪阿闍梨は[一二]大威德を敬《ゐやま》ひて腰《こし》を屈《かゞ》めたり。[一三][44]仁和寺の僧正（雅慶）は孔雀經の御修法を行《おこな》ひ給ひ、[一四]とく〳〵と參《まい》りかはれば、夜も明《あ》け果《は》てぬ。様《さま》〳〵耳《みゝ》かしがましう、け恐《おそ》しき事ぞ物にも似《に》ざりける。心弱《よは》からん人は[一五]あやまりぬべき心地《ち》して胸《むね》はしる。」かくいふ程《ほど》に、八月廿餘《よ》日の程《ほど》よりは、上達部《かんだちめ》・殿上人、さるべきは皆《みな》宿直《とのゐ》がちにて、[一六]階《はし》の上《うへ》・[一七]對《たい》の簀子《すのこ》・渡殿《わたどの》などにうたゝねをしつゝあかす。[一八]そこはかとなき若君達《わかきんだち》などは、[一九]讀經爭《あらそ》ひ、[二〇]今様歌《いまやううた》ども聲《こゑ》を合《あは》せなどしつゝ、[二一]論じあはて給もおかしう聞《きこ》ゆ。ある折《をり》は宮大夫（齊信）・[45]左の宰相中將（經房）・[46](左兵衛督)（懷平）・[47][二二]美濃少將（濟政）[二三]などして遊《あそ》び給。それはまことにおかしうて、[二四]そらざれの何《なに》となきは、まめだちたるもさすがに心苦《ぐる》し。この頃《ごろ》[二五]薫《たき》物合《あはせ》させ給へる、人〳〵に配《くば》らせ給。御前にて御[二六]火取《ひとり》ども取《と》り出《い》でゝ、さま〳〵のを心みさせ給。」かゝる程《ほど》に九月にもなりぬ。[二七]長《なが》月の九日も昨日《きのふ》暮れて、千代《ちよ》をこめたる籬《まがき》の菊《きく》ども、行末《ゆくすゑ》遙《はるか》に頼《たの》しきけしきなるに、[二八]よべより御心地《ち》惱《なやま》

一 馬見所。競馬を見るため馬場に面して建てられた殿舎。二 フドノ。書庫。三 休息所に当てるため様々に部屋のしつらいを施し僧達はそこに坐っていては。四 庭の遣水に架けられた唐風の橋。五 顔の醜さにおのずから注意が牽かれるものの。六 趣向を凝らした。七 遙かに想見されるような気持がして尊い感じがする。日記によれば紫式部は東の対にいて、よく知った庭を僧が休息所へ戻ってゆく状態を心に描いているということが分る。八 ↓補三六九。九 軍荼(陀)利夜叉明王を本尊として祈禱する法式。軍荼利は甘露水。その水で悪の種子を洗滌する。一〇 赤色の浄衣。↓補三七〇。一一 斎祇阿闍梨(御産部類不知記)。一二 大威徳明王。一三 ↓補三七一。一四 この法が終れば次の法と、大急ぎ交替で勤仕しているうちに。以上九月十一日の未明のこと。一五 気もおかしくなるようで、胸がどぎまぎする。一六 階段の上の間。一七 対の屋の縁側。一八 どこに宿直するというきまりもなく泊っているの意か。一九 読経の競争。経文中の主要な文句を諷誦し合う事。今様歌・雑芸に等しいもの。二〇 神楽・催馬楽等の雅楽に対し当世風新興の俗楽的歌謡。二一 「あはて」は「あわて」(周章する)と見ても意不通。二二 管絃の道に勝れていた(分脈)。美濃は信濃の誤か。二三 など互に相手となって合奏を試みられた。二四 何となくそらとぼけて演奏しているが、御産前の緊張した時であるから、さすがにまじめを装っているのも気の毒な気がする。↓補三七二。二五 薫物の調合を中宮の御命令でされていたが、それ

しげにおはしましゝかば、夜半《よなか》ばかりよりかしがましきまでのゝしる。十日ほのぐとするに、二九白御丁に移《うつ》らせ給ひ、その御しつらひかはる。殿《との》よりはじめ奉《たてまつ》り、君達《だち》、三〇四位・五位立《た》ち騒《さは》ぎて、御き丁の三一帷《かたびら》掛《か》けかへ、御疊《たゝみ》など持《も》て騒《さは》ぎ参《まい》る程《ほど》、いと騒《さは》がし。三二日一日《ひとひ》苦《くる》しげにて暮《く》らさせ給。三三御ものゝけども様《さま》ぐかり移《うつ》し、預《あづかり》ぐに加持しのゝしる。月頃《ごろ》とのゝ内《うち》にそこら候《さぶら》ひつる僧《そう》は更《さら》なり、いはず。山《やま》ぐ寺《てら》ぐの僧の少《すこ》しも験《しるし》三四あり行《をこな》ひすると聞《きこ》しめすをば、殘《のこ》らず尋《たづ》ね召《め》し集《あつ》めたり。三五内にはいとぐおぼつかなく、「三六いかなればか」とおぼしめして、年頃《としごろ》かやうの事もなれ知《し》りたる女房《ばう》ども、一車《ひとくるま》にて参《まい》れり。御ものゝけ、三七各《をのく》屏風をつぼねつゝ、験者《けむざ》ども預《あづかり》ぐに加持しのゝしり叫《さけ》び合《あ》ひたり。その程《ほど》のかしがましさ、物騒《ものさは》がしさ、推《を》し量《はか》るべし。今宵《こよひ》もかくて過《す》ぎぬ。」三八いとあやしき事に恐《おそろ》しうおぼしめして、いとゆゝしきまで、三九とのゝ御前物《おまへもの》おぼし續《つゞ》けさせたまて、四〇ものゝ紛《まぎ》れに御涙《なみだ》をうち拭《のご》ひぐ、つれなくもてなさせ給。少《すこ》しものゝ心知《し》りたる大人達《おとなたち》四一は皆泣《みなな》きあへり。「四二同《おな》じや屋なれど、所《ところ》かへさせ給やうあり」など申《まう》し出《い》でゝ、四三北《きた》の廂《ひさし》に移《うつ》らせ給。年頃《としごろ》四四の大人達《おとなたち》、皆御前近《みなおまへちか》く候《さぶら》ふ。今《いま》はいかにぐと、四五ある限《かぎり》の人心《ひとごゝろ》四六をまどはして、え忍《しの》び敢《あ》えぬ類《たぐひ》多《おほ》かり。四七法性寺の院源僧都御願書四八讀《よ》み、四九法花經この世《よ》に弘《ひろ》まり給し事など、泣《な》くぐ申《まう》

を。二六「薫炉 比度利」(倭名)。香をたく火を入れる道具。二七 九月九日、重陽。観菊御宴が行われる。二八→補三七三。二九 富「白き御帳」。御丁は御帳台。→補三七四。三〇 四位・五位は家司。三一 垂れ布を白いものと。三二 終日。→補三七五。三三 中宮にお憑きした御物の怪を寄りましに駆り移し、一人ずつ分担した僧ごとに加持をし大騒ぎする。三四 効験もあり、修行を積んでいると。三五 帝におかれては大層御心配で。三六 何故いつまでもお生みにならず悩まれているのかと。三七 物の怪の駆り移された寄りましを、一人ずつ屛風で囲いながら、修験者達が、それぞれ担当しては。「つぼね」は名詞「つぼね」(局)の動詞化した語。「預く」に」の「に」は富に無い。三八 いつまでも御産なさらぬ事を大層不審に、また恐しく。三九 不吉と思われるまで。四〇 物に紛らして涙をしきりに拭われては、平気を装っておられる。四一 年配の女房達。四二 同じ邸内でも、場所を替えてみられるという法もある。四三 日記では十一日暁の事。また御産部類不知記によれば、寝殿北母屋の廂を御座所とした。四四 年来御産の事に慣れた年配の

中宮北廂に遷る

女官達。四五 中宮の御前近くにいる人は悉く。四六 とほうに暮れ、心配のための悲しみを堪えることのできぬ人々が。四七 院源は陸奥守平元明男。この頃少僧都、法性寺座主。後に二十六代天台座主になった。→補三七六。四八 安産を祈る祈禱の願文。四九 法華経弘布は道長が与って力あったからには、その功徳で中宮の御産を軽からしめていただきたいという趣旨の願文を。

しつゞけたり。あはれに悲《かな》しきものから、いみじう尊《たうと》くて頼《たのも》し。一陰陽師とて世《よ》にある限召《かぎりめ》し集《あつ》めつゝ、二八百萬《やほよろづ》の神も耳振《みゝふ》り立《た》てぬはあらじと見《み》え聞《きこ》ゆ。三御誦經の使《つかひ》ども立《た》ち騒《さは》ぎ暮《く》らし、四その夜《よ》も明《あ》けぬ。」 さて五御戒受《かいう》けさせ給程《ほど》などぞ、いとゆゝしくおぼし惑《まど》はるゝ。六殿のうちそへて法花經念じ七奉《たてまつ》らせ給、何《なに》事よりも頼《たのも》しくめでたし。」 いたく騒《さは》ぎて、八平《たひら》[48]かにせさせ給つ。そこら廣《ひろ》き殿の内《うち》なる九僧俗、上下、一〇今一《いまひと》つの御事《こと》のまだしきに、額《ぬか》づきたる程《ほど》、はた思《おも》ひやるべし。一一平《たひら》かにせさせ給て、かきふせ奉《たてまつ》りて後《のち》、殿《との》をはじめ奉《たてまつ》りて、そこらの僧俗《そうぞく》あはれに嬉《うれ》しく一二めでたきうちに、一三男《おとこ》に(し)さへおはしませば、そのよろこびなのめなるべきにあらず、めでたしとも疎《をろか》なり。今《いま》は心安《やす》く殿《との》も上《うへ》も一四御方《かた》に渡《わた》らせ給て、御祈《いのり》の人〳〵、陰陽師・僧などに皆《みな》一五禄給はせ、その程《ほど》は御前に一六年《とし》ふり、かゝる筋《すぢ》の人〳〵皆候《みなさぶら》ひて、もの若《わか》き人〳〵は一七け遠《どを》くて所《ところ》〴〵に休《やす》み臥《ふ》したり。一八御湯《ゆ》どのゝ事など、儀式《ぎしき》いみじう事整《とゝの》へさせ給。かくて一九御臍《ほぞ》の緒《を》は、とのゝ上《うへ》、二〇「これは罪得《つみう》る事」と、かねてはおぼしめしゝかど、たゞ今《いま》の嬉《うれ》しさに何事《なにごと》も皆《みな》おぼしめし忘《わす》れさせ給へり。二一御乳附《つけ》には二二有國の宰相の妻、みかどの御乳母《めのと》の橘[49]三位參《まい》り給へり。御湯殿《ゆどの》などにも、年頃《としごろ》むつまじう仕《つか》うまつりなれたる人をせさせ給へり。御湯《ゆ》どのゝ儀式言《ぎしきい》へば疎《をろか》にめでたし。まことに内より二三御剣《はかし》即《すなは》

一 陰陽師といって祓いをする者を。二 あらゆる神々も読み上げる大祓いのことばを耳を振り立てて聞き入れぬ事はあるまいと。「高天原尓耳振立、聞食止、馬牽立氐」(六月晦日大祓祝詞)。

中宮御受戒

三 寺々へ誦経の料を持参する使が出発し、終日騒がしく暮らして。四 十日の夜も明けた。↓

皇子(敦成親王)御誕生

補三七七。五 御受戒。仏門に入るものが戒律を受けること。ここは作法だけで、仏の加護をたのむこと。六 受戒に加えて。七 祈念し申し上げなさる。八 平産なさった。↓補三七八。九 僧侶・俗人は身分の上下を問わず。一〇 後産がまだ済まれないので、神仏に向い額を床につけて礼拝している様子は。一一 後産もまた無事に済まれて。一二 結構な事でもあり、その上に。一三 一条天皇第二皇子敦成親王。後の後一条天皇。「し」は強意の間投助詞。一四 それぞれの居間にお帰りなさって。一五 当座の賞与。衣類・絹布などを給するのが常。↓補三七九。一六 年をとり、御産などの方面に慣れた女房達が伺候し。一七 近寄らないでそれぞれの部屋で休息し横になっていた。一八 産児に湯浴をさせる御儀。七日間朝夕二座ずつ行われる。一九 臍の緒を竹刀で截る儀。「同時御乳付、切二斉結〔臍緒〕一、造御湯殿具初」(御堂、九月十一日条)。臍の緒を切る役は道長の室倫子が勤められた。二〇 この一句日記にはない。未詳。↓補三八〇。二一 産児に初めて乳をふくませる役。二二 はじめ在国、長徳二年正月有国と改名。↓補三八一。二三 御佩刀。皇子誕生の際、天皇から贈られる御剣。二四「従レ内賜二御剣一、左近中将頼定、賜レ禄、依二

ち持《も》て參《まゐ》りたり。御使《つかひ》には[50][二四]頼定の中將なり。[二五]祿など心ことなりつらんを。さる[二六]は伊勢の御幣使《みてぐらづかひ》もまだ歸《かへ》らざりつれば、内《うち》の御使《つかひ》え[二七]ひたゝけて參《まゐ》りゐず。女[二八]房の白裝束《しらさうぞく》どもと見《み》えたり、[二九]包《つゝみ》・袋《ふくろ》・[三〇]唐櫃《からうづ》など持《も》て來騷《きさは》ぐ。」御湯殿《ゆどの》[三一]酉時とぞある。その儀式有様《ぎしきありさま》はえ言《い》ひ續《つゞ》けず。火ともして、[三二]宮《みや》の下部ども、[三三]綠《みどり》の衣《きぬ》の上に[三四]白《しろ》き當色《たうじき》どもにて御湯《みゆ》參《まゐ》る。よろづの物に白《しろ》き覆《おほひ》どもしたり。[三五]宮の侍《さぶらひ》の長《おさ》なかのぶ昇《か》きて、御簾《みす》のもとに參《まゐ》る。[三六]御厨子《みづし》二人《ふたり》[三七]うるはしく裝束《さうぞ》きて、取入《とりい》れつゝ[三八]むめて御瓫《ほとぎ》に入《い》る。十六の御瓫《ほとぎ》なり。女房皆《みな》白《しろ》き裝束《さうぞく》どもなり。御湯《ゆ》どのゝ[三九]湯巻《いまき》など皆《みな》同《おな》じ事《こと》なり。[四〇]御湯殿《ゆどの》は[四一]讃岐《さぬき》の宰相の君、[四二]御むかへ湯《ゆ》は[四三]大納言の君（入道弁時通女）なり。宮は殿抱《とのいだ》き奉《たてまつ》らせ給《たま》ふ。御劍《はかし》[四四]小宰相君、[四五]虎《とら》の頭《かしら》は[四六]宮《みや》の内侍《ないし》とりて御先《さき》に參《まゐ》る。[四七]御弦打《つるうち》五位十人・六位十人。[四八]御文博士には藏人弁廣業、[51]高欄《かうらん》のもとに立《た》ちて[四九]史記の第一の巻をぞ讀《よ》む。[五〇]護身には[52][五一]淨土寺僧都候《さぶら》ひ給。[五二]雅通（入道弁時通男）の少將[五三]撒米《うちまき》をしのゝしりて、僧都にうち掛《か》けて[五四]惚《をぼ》ほれ給ぞおかしき。[五五]白裝束《しらさうぞく》どものさま〴〵なるは、たゞ墨繪《すみゑ》の心地《ち》していとなまめかし。日頃《ごろ》我《われ》も〳〵との[五六]ゝしりつる白裝束《しらさうぞく》どもを見《み》れば、色聽《いろゆる》されたるも、織《をり》物の裳《も》・唐衣《からぎぬ》、同《おな》じう白《しろ》きなれば何《なに》とも見《み》えず。聽《ゆる》されぬ人も少《すこ》し大人《をとな》びたるは、五重《いつへ》の袿《うちぎ》に[五七]織《をり》もの無文《むもん》など白《しろ》う著《き》たるも、[五八]さる方《かた》に見《み》えたり。扇《あふぎ》などもわざとめきて耀《かゞや》かさねど、[五九]よしば

触穢人一也」（御堂、九月十一日条）。二五 勅使に対する当座の賞与など格別念が入れてあっただろうよ。二六 →補三八二。二七 →補三八三。二八 御湯殿に奉仕する女房の装束。二九 包は裏があり、袋は上指（うわざし）があって紐で口を締めるように作った物。三〇 「からびつ」の音便。前後に四本、左右に二本脚の付いた唐風の櫃。三一 午後五時から七時の間。→補三八四。三二 中宮職の下級の職員。三三 六位官人の着る緑色の袍。緑衫（ろうそう・ろくさん）。三四 儀式の時ある役を勤める者に割り当てて賜わる装束。ここは白色の袍を緑衫の上に着用した。三五 →補三八五。三六 御厨子所の女官。三七 端麗な服装をして。三八 湯に水を入れ、加減して御瓫に入れる。→補三八六。三九 →補三八七。四〇 御湯を浴し奉る役。四一 藤原道綱女。讃岐守大江清通の妻豊子。敦成親王の乳母。宰相の君・弁の宰相の君とも。四二 御湯を浴し奉る相手役。四三 →補三八八。四四 小少将の誤か。四五 →補三八九。四六 もと冷泉院に仕え弁の命婦と呼ばれた橘良芸子か。四七 鳴弦。魔除のまじないに弓の弦をはじき鳴らす。四八 読書博士。御湯殿の儀に漢籍のめでたい文章を読む紀伝・明経博士。四九 五帝本紀黄帝の条。五〇 御湯の間護身のため加持すること。護身法。印を結び、陀羅尼を誦する。五一 →補三九〇。五二 従四位下、蔵人、右近衛少将。十月十七日敦成親王家家司となる。五三 魔除のためまき散らす米。五四 僧都が物も覚えず茫然となられるのが。五五 →補三九一。五六 大騒ぎして用意しておいた。五七 紋様のない、すなわち無地の織物。五八 それはそれとして趣のある状態に。五九 ひどく趣ありげに作り。

みかへして[一]心ばへある本文など書《か》きたる、中〳〵いとめやすし。若《わか》き人〳〵は[二]縫《ぬひ》物・螺鈿など、袖口《そでぐち》に[三]置口《をきくち》*を(し)、銀《しろがね》の左右の絲《いと》して[四]伏組《ふせぐみ》し、よろづにし騒《さは》ぎ合《あ》へり。雪深《ゆきふか》き山を月の明《あか》きに見渡《わた》したるやうなり。まねびやるべき方《かた》なし。」

[五]三日にならせ給夜《よ》は、[六]宮司《みやづかさ》、[七]大夫《齊信》よりはじめて、御産養《うぶやしなひ》仕《つか》うまつる。[八]左衛門督《公任》は[九]御前《おまへ》のもの、[一〇]沈の懸盤《かけばん》・銀《しろがね》の御皿《さら》どもなど、[一一]詳《くは》しくは見《み》ず。源中納言《中宮権大夫》俊賢、[一二]藤宰相《有國》、[一三]御衣《ぞ》・御襁褓《むつき》・衣筥《ころもばこ》の折立《をりたて》・入帷子《いれかたびら》・包《つゝみ》・覆《おほひ》したる机《つくゑ》など、おなじ白《しろ》さなれど、[一四]しざま人の心〳〵見《み》えてしつくしたり。[53][一五]五夜はとのゝ御産《うぶ》養《やしなひ》せさせ給。十五夜の月曇《くもり》なく、秋深《ふか》き露《つゆ》の光《ひかり》にめでたき折《おり》なり。上達部・殿上人參《まい》りたり。[一六]東の對に、西向《むき》に北《きた》を上《かみ》にて著《つ》き給《たま》へり。南《みなみ》の廂《ひさし》に[一七]北向《きたむき》に、殿上人の座は西《にし》を上《かみ》なり。[一八]白《しろ》き綾《あや》の御屏風を、母屋《もや》の御簾《みす》に添《そ》へて立《た》て渡《わた》したり。月のさやけきに、池《いけ》の汀《みぎは》も近《ちか》う篝《かゞり》火どもともされたるに、[一九]*勸學院の衆ども、歩《あゆ》みて參《まい》れり。[二〇]見參《けざん》の文ども啓《けい》す。祿ども賜《たま》はす。今宵《こよひ》の有樣《ありさま》、殊《こと》におどろ〳〵しう見《み》ゆ。[二一]ものゝ數《かず》にもあらぬ上達部の御供《とも》の男《をのこ》ども、隨身・宮の下部など、こゝかしこに群《む》れ居《ゐ》つゝうち笑《ゑ》みあへり。あるは[二二]そゝかしげに急《いそ》ぎ渡《わた》るも、[二三]かれが身には何《なに》ばかりの喜《よろこ》びかあらん。されど[二四]あたらしく出《い》で給《たま》へる、光《ひかり》もさやけくて、[二五]御蔭《かげ》に隱《かく》れ奉《たてまつ》るべきなめりと思《おも》ふが、嬉《うれ》しうめでたきなるべし。所《ところ》

一 →補三九二。二 裳や唐衣に刺繡をし、貝細工などを施して装飾とした。三 覆輪(金銀などで細く縁とりをすること)を付け。四 左縫(ヵ)の糸と右縫の糸とを合わせてそれを伏せて縫い付け。五 三日目。十三日。御堂・権記、その他。六 中宮職の職員。七 ダイブ。中宮大夫。中宮職の長官。八 →補三九三。九 中宮へ奉る御供膳。一〇 沈香木で作った食器を載せる膳。→補三九四。一一 日記も同じ。紫式部が委細を見なかった。一二 →補三九五。一三 →補三九六。一四 作り方にはそれを作った各自の個性が現われるように入念にこしらえてあった。一五 五日目(九月十五日)夜。→補三九七。一六 →補三九八。一七 この一句日記には無い。一八 白綾で張った屏風。一九 勧学院の歩みのこと。→補三九九。二〇 参賀の衆の姓名を列記した連名簿。二一「御供の男ども」以下にかかる。二二 あわただしげに。二三 あのような卑賤な者にとっては直接どれ程の喜びがあろうか。二四 新しく皇子がお生まれになられたのは、光もさやけく。二五 将来その輝かしい御庇護に与ることができるにちがいなかろうと思うことが。「御蔭に隠れ」は光の縁語。「筑波ねのこのもかのもに蔭はあれど君がみ蔭にますかげはなし」(古今、東歌)。二六 立てておいて火をともす松明(たいまつ)。二七 道長邸に仕える人々。二八 何程の身分ともいえぬ五位程度の家職の人々。二九 会釈するために腰を屈めたり、思う世の中に出会ったといった顔付で、どこということもなく行ったり来たりするのも感深く見える。三〇 年も若く、こういう場にふさわしい安心のできる程度の—容貌も気立てもよい女房八人。→補四〇〇。三一 御膳を差上げる。三二 一同同じ

三夜・五夜の御産養

〴〵の篝火《かゞ(り)び》・[二六]たちあかし・月の光《ひかり》もいと明《あか》きに、[二七]とのゝ内《うち》の人〴〵は、[二八]何《なに》ばかりの數《かず》にもあらぬ五位なども、[二九]腰《こし》うちかゞめ、世《よ》にあひ顔《がほ》に、そこはかとなく行《ゆ》きちがふもあはれに見《み》ゆ。[三〇]若《わか》うさべき心安《やす》き程《ほど》の女房八人も[三一]の參《まい》る。[三二]同《おな》じ心に髪上《かみあ》げて、皆白《みなしろ》き元結《もとゆひ》したり。[三三]白《しろ》き御盤《ばん》ども取《と》り續《つゞ》きて參《まい》る。今宵《こよひ》の[三四]御まかなひ、[三五]宮の內侍《ないし》、[三六]もの〴〵しうやむごとなきけはひしたり。髪上《かみあ》げたる女房、若《わか》き人〴〵のきたなげなきどもなれば、見《み》るかひありておかしうなん。上達部ども殿《との》をはじめ奉《たてまつ》りて、[三七]だう《攤》ち給に、[三八]かみ《紙》の程《ほど》の論《ろむ》きゝにくゝらうがはし。[三九]謌などあり。されど[四〇]物騒《ものさはが》しさに紛《まぎ》れたる、尋《たづ》ぬれど、しどけなう事《こと》しげゝれば、え書《か》き續《つゞ》け侍らぬ。[四一]「女房 盃《さかづき》」などある程《ほど》に、如何《いかゞ》はなど思やすらはる。

[四二]珍《めづら》しき光《ひかり》さしそふ盃《さかづき》はもちながらこそ千代《ちよ》をめぐらめ」とぞ、[四三]紫《むらさき》[54]さゝめき思《おも》ふに、[55]四條大納言《公任》簾のもとに居《ゐ》給へれば、[四四]歌《うた》よりもいひ出《い》でん(程《ほど》の)聲遣《こはづか》ひ、恥《はづか》しさをぞ思べかめる。かくてことゞもはてゝ、[四五]上達部には女の裝束《さうぞく》、御襁褓《むつき》など添《そ》へたり。[四六]殿上の四位には、[四七]袷《あはせ》の一襲《ひとかさね》・袴《はかま》、五位には袿《うちぎ》一襲《かさね》、六位に[四八]袴《はかま》・ひとへなり。例《れい》の有様《ありさま》どもなるべし。夜更《よふ》くるまで、內《うち》にも外《と》にもさま〴〵めでたうて明《あ》けぬ。十六日には又[四九]明日《あす》はいかにと、[五〇]よべのなりども仕替《しか》ふべき用《よう》意《い》どもありけり。その夜《よ》は物《もの》のどやかにて、[五一]女房達船《たちふね》に乗《の》りて遊《あそ》び、左宰相中《經房 高明公四》

ように髪上げをして。髪上げは、垂髪の頂の上に髻(け)を一つ瘤のように束ね、釵子を插すこと。お給仕の時の髪の様子。三三 銀製の御膳。↓補四〇一。三四 給仕役。三五 ↓二六三頁注四六。
三六 堂々として極めて身分の貴い感じがする。
三七 攤の音はタンまたはダン。物をまき散らす意で、銭を投げてする一種の賭け事。わが国では双六の意に用い、産養の時は恒例として行われた。三八 ↓補四〇二。三九 謌は歌に同じ。↓補四〇三。四〇 あたりの騒がしさにとり紛れてしまった人々の歌は、それを探したが書き方も乱雑で内容もたくさんあるので書き続けることができない。↓補四〇四。四一「女房、盃を」などといわれた時、どのように歌を詠み添えたらよいだろうと思わず躊躇せられる。↓補四〇五。
四二 珍しい光のさし添った月のように御降誕になられた皇子をお祝いする盃は、人々の手から手へ望月が欠ける事なく千代も廻るようにめぐる事であろう。↓補四〇六。
四三 この歌を口にささやき、かつ「詠め」とあらばこれをと思うのに。「紫」は、紫式部のこと。
四四 歌の巧拙よりも、詠み出す時の声づかいや恥ずかしさを。公任は諸事に勝れていた人であるから気がひけるのである。
四五 ↓補四〇七。
四六 四位殿上人。
四七 袿の袷一襲。
四八 袴と単衣。
四九 七夜の産養の行われる明十七日はどんな装束にしたらよかろうと。
五〇 五夜の時の装束を改むべき。
五一 この部分日記には詳しいが、ここは要約して記し、一部は七夜の産養の儀をへだてて後に述べている。

男將、との丶[一]少將君（教通）など、乘《の》りまじりてあり(き)給《たま》ふ。樣《さま》〴〵おかしう心ゆくさまのことゞも多《おほ》かり。」[56][二]又七日の夜はおほやけの御產養《うぶやしなひ》なり。藏人少將道雅（伊周男 母大納言重光女）を御使《つかひ》にて參《まい》り給へり。[三]松君なりけり。[四]もの丶數書《かずか》きたる文《ふみ》、[五]柳筥《やないばこ》に入《い》れて參《まい》れり。[六]やがて啓《けい》し給。[七]勸學院の衆ども步《あゆ》みて參《まい》れる、見參《けざん》の文又啓《けい》し、祿ども給べし。[八]一夜《ひとよ》の事《こと》に勝《まさ》りておどろ〳〵しうの丶しる。[九]內の女房達《たち》皆《みな》參《まい》る。[一〇]藤三位、[一一]命婦・藏人、[一二]二車《ふたくるま》にてぞ參《まい》りたる。[一三]船の人〴〵も皆《みな》おびえて入《い》りぬ。內の女房達《たち》に、殿あはせ給て、よろづ思事なげなる御けしきの、[一四]笑《ゑみ》の眉開《まゆひら》けさせ給へれば、見奉《みたてまつ》る人〴〵、げに〳〵とあはれに見奉《みたてまつ》る。贈物《をくり》ども[一五]品《しな》〴〵に給。[一六]又の日の御有樣《ありさま》、今日《けふ》はいと心殊《こと》に見《み》えさせ給。御丁の內《うち》に、いと[一七]さ丶やかにうち面瘦《おもや》せて臥《ふ》させ給へるも、いとゞ常《つね》よりもあえかに[一八]見《み》えさせ給。大《おほ》かたの事どもは、一夜《ひとよ》の同《おな》じ事也。上達部の祿は、御簾《みす》の內《うち》より出《いだ》させ給へば、[57]左右の頭《とう》二人《ふたり》取《と》り次《つ》ぎて奉《たてまつ》る。例《れい》の女の裝束《さうぞく》に[一九]宮の御衣《ぞ》をぞ添《そ》へたべき。[二〇]殿上人は常《つね》の事と、公方《おほやけがた》のは、[二一]大袿《おほうちぎ》・[二二]衾《ふすま》・[二三]腰差《こしざし》など、例《れい》の[二四]公《おほやけ》ざまなるべし。[二五]御乳付《つけ》の三位には、女の裝束《さうぞく》に織《をり》もの丶[二六]細長《ほそなが》添《そ》へて、銀《しろがね》の衣筥《ころもばこ》にて、包《つゝみ》などもやがて[二七]白《しろ》きに、又包《つゝ》ませ給へる物など添《そ》へさせ給。[二八]八日、人〴〵[二九]色《いろ》〴〵に裝束《さうぞ》きかへたり。」[三〇]九日の夜《よ》は、春宮權大夫（賴通 宇治公也）仕《つか》うまつり給。樣《さま》ことに又し給《たま》へり。今《こ》

一 中将が正しい。教通の任右近中将は寛弘五年正月二十八日。二 九月十七日夜は朝廷からの。

七夜の御産養

↓補四〇八。三 道雅の幼名。四 御下賜品の品目を書いた目録。五 柳の細枝をたわめて編んだ箱。六 そのますぐ中宮のお目にかけなさる。↓補四〇九。七 ↓補四一〇。八 西・板等「こよひのありさまひとよのことにまさりて…」。九 主上付の女房達。一〇 藤原繁子。師輔女。従三位典侍。一一 命婦と女蔵人(命婦に次ぐ下﨟の女房)。日記に名が見える。一二 車二輛に乗って。一三 船遊びをしていた女房達は、馴染の薄い内の女房達が来たので、それに臆して。↓補四一一。一四 破顔一笑しておられるので。一五 身分に応じてそれぞれに。一六 十七日の中宮の御様子は。一七 御身柄も小さく面やつれして。一八 上品に弱々しく。華奢に。一九 若宮の御衣を添えたに違いない。「たべき」は「たるべき」の略。↓補四一二。二〇 殿上人に賜わる禄は常のこととして、朝廷からのは。↓補四一三。二一 禄用のゆき丈を大きく仕立てた袿。二二 寝る時身体をおおう夜具。四角形に縫った物。二三 巻絹。拝領したものは腰に差して退出する。二四 公式の慣例。二五 若宮に乳をくくめ申し上げた橘三位徳子。二六 袿の上に着る婦人の中礼服。二七 そっくりそのまま白地で。二八 御産八日目。九月十八日。二九 色さまざまの衣裳に着換えた。白装束から常の装束に復した。↓補四一四。三〇 九夜の産養は頼通が奉仕された。↓補四一五。三一 頼通献上のお祝品は白木の御厨子一対に載せられてあった。三二 お祝品の飾り付けは。

九夜の御産養

三三 模様に大波・藻・貝の形を打ち、蓬萊山(大亀の上に岩山を描き、花鳥などを添える)を海賦中に配するのも型どおりの趣向だが。「うち」は銀の薄板に模様を彫出し表に打ち付けること。三四 精巧に風流だが、これだけ取出して説明し尽くすことのできそうにも思われぬのは遺憾である。「わろけれ」は、ことばの及ばぬが遺憾だというので、褒めたこと。三五 白い几帳も平生の状態に戻り。日記によれば、帷は朽木形の模様のになった。三六 日記に濃き打物(濃い紅の打衣)とあるのがよい。三七 白装束に見馴れた目には珍しく、優美で。三八 透いて見える薄物の唐衣が。三九 打物の色目も艶々しくずらりと見渡される。艶のある打物の色が薄物の唐衣の下から透いて見える。四〇 産後の御肥立を。四一 御帳台。四二 中宮の御方に。四三 尿。おしっこ。四四 一条天皇の土御門邸行幸。四五 見るにつけ、諸仏神力を拝むことのできるという尊い法華経がここにおありなさるかのようで。↓補四一六。

行幸を迎える土御門殿の準備

四六 融通自在の妙力変により老も遠ざかり、寿命も延びるように不思議にも思われてくる程結構な土御門邸の有様である。四七 帝におかせられても。「天皇御㆓鳳輦㆒行㆔幸中宮御所上東門第㆓、依㆓第二皇子誕生㆒也」(紀略、十月十六日)。四八 以前行われた行幸よりも。四九 早く行幸遊ばすようにとしきりに。五〇 安眠されることもなく。五一 御心に深くしみこんで思われなさる。五二 行幸の日時。事実は十月十六日。↓補四一七。五三 今度の行幸の時に用いる料として。五四 リョウトウゲキス。竜や鷁の実物の姿も想像されて鮮かにもまた異国風な美しさがある。↓補四一八。

宵《よひ》は上達部御簾《みす》の際《きは》に居《ゐ》給へり。[三一]白《しろ》き御厨子《づし》一雙《ひとよろひ》〔に〕*参《まゐ》り据《す》ゑたり。[三二]儀式《ぎしき》いと様《さま》ことに今《いま》めかし。銀《しろがね》の御衣筥《ころもばこ》、[三三]海賦をうちて、蓬萊《ほうらい》なども例《れい》の事なれど、[三四]こまやかにおかしきを、取《と》り放《はな》ちにはまねび盡《つく》すべき方《かた》もおぼえぬこそわろけれ。今宵《こよひ》は[三五]御木丁みな例《れい》のさまにて、人〱[三六]濃《こ》きうちぎをぞ著《き》たる。[三七]珍《めづら》しくなまめきて、[三八]透《す》きたる唐衣《からぎぬ》ども、[三九]つや〱と押《を》しわたして見《み》えたり。かくて日頃《ごろ》經《ふ》れど、[四〇]猶いとつゝましげにおぼしめされて、神無月の十日餘《あま》りまでは、[四一]御丁より出《い》でさせ給はず。殿、夜晝分《よるひるわ》かず[四二]こなたに渡《わた》らせ給つゝ、宮を御乳母《めのと》の懐《ふところ》よりかき抱《いだ》き給て、えもいはずおぼしたるも、げに〱と見《み》え給。[四三]御しとなどに濡《ぬ》れても、嬉《うれ》しげにぞおぼされたる。」かくいふ程《ほど》に、[四四]行幸も近《ちか》うなりぬれば、とのゝ内《うち》をよろづにつくろひみがゝせ給。見所《どころ》あり、[四五]見《み》るに、あやしう法花經のおはすらんやうに、[四六]老《おい》さかり命延《いのちの》ぶらんと覺《おぼ》ゆる殿《との》(の)有様《ありさま》になん。かくて若《わか》宮を、いとおぼつかなうゆかしう[四七]内に思《おも》ひきこえさせ給によるの行幸なれば、[四八]さき〲のよりもとのゝ御前《おまへ》いみじう急《いそ》ぎたち、[四九]いつしかとのみおぼし急《いそ》がせ給に、[五〇]安《やす》きいも御殿籠《おほんとのごも》らず、この事のみ[五一]御心にしみおぼさるゝぞ、げにさもありぬべき御事の有様《ありさま》なるや。[五二]神無《かみな》[58]月のつごもりの事となん。かくて[五三]こたみの料《れう》とて造《つく》らせ給へる船《ふね》ども寄《よ》せて御覧ず。[五四]龍頭鷁首の生《い》ける形《かたち》思《おも》ひ遣《や》られて、あざやかにうるはし。」行幸は寅時[一]とあれば、[二]夜《よる》より安《やす》くもあらず嚴粧《けさう》じ騷《さは》ぐ。上達部の御座は西《にし》の對《たい》なれば、この度《たび》は[三]東《ひがし》の對《たい》の人〳〵、少《すこ》し心のどかに思《おも》ふべし。督《かん》《妍子》の殿の御方の女房は、[四]この御方よりもまさ様《ざま》に急《いそ》ぐと聞《きこ》ゆ。[五]寝殿の御しつらひなど、[六]様《さま》かへしつらひなさせ給て、御帳の西《にし》の方《かた》に[七]御椅子立《た》てさせ給へり。[八]それより東の方《かた》に當《あた》れる際《きは》に、北南《きたみなみ》の端《つま》に御簾《みす》懸《か》け渡《わた》して、女房居《ゐ》たる南《みなみ》のはしのもとに簾《すだれ》あり。少《すこ》し引《ひ》き上《あ》げて内侍二人出《い》づ。[九]髪《かみ》あげ、うるはしき姿《すがた》ども、たゞ[一〇]唐繪《からゑ》か、もしは天人の天降《あまくだ》りたるかと見《み》えたり。[一一]弁内侍・[一二]左衛門内侍などぞ參《まゐ》れる。とり〳〵さま〳〵なるかたちなり。[一三]衣《きぬ》のにほひ、何《いづ》れもすべて[一四]あり難《がた》う美《うつく》しう見《み》えたり。[一五]近衛の司《つかさ》いとつき〳〵しき姿《すがた》して、ことゞも行《おこな》ふ。頭中將頼定君《式部卿爲平男》、[一六]御劍《はかし》とりて内侍に傳《つた》へなどす。御簾《みす》の内《うち》を見渡《みわた》せば、例《れい》の色聽《いろゆる》されたるは、[一七]青色赤色《あをいろあかいろ》の唐衣《からぎぬ》に、[一八]地摺《ずり》の裳《も》、表著《うはぎ》は、[一九]押《を》しわたし(て)[二〇]蘇芳《すわう》の織《をり》物なり。[二一]打《うち》物ども、濃《こ》き薄《うす》き紅葉《もみぢ》をこきまぜたるやうなり。又例《れい》の[二二]青《あを》う黄《き》なるなど交《まじ》りたり。[二三]色聽《いろゆる》されぬは、[二四]無文《むもん》、[二五]平絹《ひらぎぬ》などさま〳〵なり。下著《したぎ》皆同《みなおな》じさまなり。[二六]大海《おほうみ》の摺裳《すりも》、水《みづ》の色《いろ》あざやかになどして、これもいとおかしう見《み》ゆ。内の女房も[二七]宮《みや》にかけたるは、四五人參《まゐ》り集《つど》ひたり。内侍二人、まうぶ《命婦》二人《ふたり》、[二八]御まかなひの人一人《ひとり》。[二九]御饌參《おものまゐ》るとて、[三〇]皆髪上《みなかみあ》げて、[三一]内侍の出《い》でつる御簾際《みすぎは》より出《い》

土御門殿へ一条天皇の行幸

一 午前五時頃。↓補四一九。二 ゆうべのうちから心も落着かず大騒ぎしながら粧をこらした。嚴粧は、美しく飾ったり、粧をこらすこと。後世仮粧と当て字。三 中宮付の女房達。四 中宮の女房達よりも一層勝って準備をしていると。五 中宮のおいでになる寝殿の御装飾などは。六 いつもと趣を変え立派に飾り付けをして。七 ゴイシ。主上の着座されるもの。八 このままではやや解し難い。↓補四二〇。九 髪上げをした端麗な二人の容姿は。一〇 中国の風物や人物を描いた絵。倭絵に対し、題材・様式が中国風の絵。一一 源扶義後妻、藤原義子という説がある。一二 藤原文範後妻、橘隆子かという。一三 衣服から発散する色艶といい。一四 めったに見られぬ程可愛い感じのする美しさであった。一五 近衛府の役人(将監・府生など)が盛儀にふさわしい服装をして儀式の事をとり行う。一六「出御の時、内侍とり伝へて、近衛将路次の間之を奉じ、又内侍につたへて御座をはなち奉らぬことなり」(詳解)。御産部類不知記に詳しい。一七 青色・赤色・綾織物等は禁色。一八 型紙を敷き、染料でその透目に摺って模様を付けた裳。一九 一同同じように。二〇 表蘇芳色・裏赤。二一 砧で打って光沢を出した衣。表着の下袿の上に着る打衣。打衣の紅に濃淡があり紅葉を交ぜたようだというのである。二二 ↓補四二一。二三 禁色の許しを得られぬ女房の服装は。二四 紋様の無い衣。二五 平織にした絹布。羽二重。二六 海賦に同じ。二七 中宮にも兼ねて仕えているものは。二八 御給仕役。二九 帝に御膳を差上げるため。三〇 筑前・左京が(日記)。三一 さき程二人の内侍が出て来た同じ御簾際の所から出入して。

で入《い》り[三二]参《まい》り、御まかない[三三]藤三位、[三四]赤色《あかいろ》の唐衣《からぎぬ》に黄《き》なる唐《から》の綾《あや》の衣《きぬ》、菊《きく》の袿表著《うちぎうはぎ》なり。[三五]筑前・左京なども、さま〴〵皆《みな》したり。[三六]柱隠《はしらがく》れにてまほにも見《み》えず。」殿《との》、若《わか》宮抱《いだ》き奉《たてまつ》らせ給て、御前に率《ゐ》て奉《たてまつ》らせ給。[三七]御聲《こゑ》いと若《わか》し。[三八]弁宰相の君、[三九]御劔《はかし》とりて参《まい》り給。母屋《もや》の中《なか》のと《戸》の西《にし》に、[四〇]との〻上《うへ》のおはします方《かた》にぞ、若宮はおはしまさせ給。上《うへ》の見奉《みたてまつ》らせ給御心地《ち》、思《おも》ひ遣《や》りきこえさすべし。これにつけても、「一のみこ《敦康》の生《むま》れ給へりし折《おり》、[四一]とみにも見《み》ず聞《き》かざりしはや。[四二]猶《なを》ずち《術》なし。[四三]か〻る筋《すぢ》にはたゞ頼《たのも》しう思人のあらんこそ、かひ〴〵しうあるべかめれ。いみじき國王の位《くらゐ》なりとも、[四四]後見《うしろみ》もてはやす人なからんは、わりなかるべきわざかな」と、おぼさる〻よりも、[四五]行末《ゆくすゑ》までの御有様《ありさま》どものおぼし續《つゞ》けられて、[四六]まづ人知《し》れずあはれにおぼしめされけり。」[四七]宮と御物語《ものがたり》など、よろづ心のどかに聞《きこ》えさせ給程《ほど》に、[四八]むげに夜《よ》に入《い》りぬれば、[四九]萬歳樂・大平樂・賀殿など舞《ま》ゐ、さま〴〵に樂の聲《こゑ》おかしきに、笛《ふえ》の音《ね》も鼓《つゞみ》の音《をと》もおもしろきに、[五〇]松風吹《ふ》き澄《す》まして、[五一]池《いけ》の波《なみ》も聲《こゑ》を唱《とな》へたり。[五二]萬歳樂の聲《こゑ》に合《あ》ひて若宮の御聲《こゑ》をき〻て、右大臣顯光もてはやしきこえ給《たま》ふ。左衞門督公任、右衞門督齊《（たゞ）》信、[五三]萬歳千秋などもろ*聲《こゑ》にて誦《ずん》じ給。[五四]あるじの大《おほ》殿、[五五]「さき〴〵の行幸をなどてめでたしと思《おも》ひ侍りけん。か〻る事もありけるものを」と、[五六]うちひそみ給を、[五七]「さらなる事なり」と、

三二 桂・富「まいる」。三三「橘三位」(日記)。↓補四二二。三四 ↓補四二三。三五 日記に「おものまゐるとて筑前・左京のおもとの髪上げて、内侍の出入るすみの柱もとより出づ」とあり、二

一条天皇と若宮（敦成）御対面

人とも命婦で、内裏女房。左京は和泉守藤原脩政の妻か。橘道貞妻という説もある。(赤染衛門集による。) 三六 柱の陰になって十分にも見えない。三七 ↓補四二四。三八 宰相の君、讃岐の宰相の君とも。↓二六三頁注四一。三九 先日帝から新皇子に下された御剣。↓補四二五。四〇 道長室倫子。四一 急にも対面せず様子も聞かなかったことだ。四二 やはりせんすべのない事だ。四三 御子との対面というような筋では、頼みになる外戚のあるのが。四四 後見となりちやほや世話をする人がないならどうしようもない事だと思われると共に。四五 敦康親王と新皇子の御行末の御有様が。四六 何よりも第一に敦康親王の事が。四七 帝は中宮と。四八 すっかり夜になっ

道長の感激

てしまったので。四九 ↓補四二六。五〇 華やかな笛や鼓の音に松風がよい音をたてて吹き合わせたのである。五一 ↓補四二七。五二「万歳楽の声に合ひて聞ゆる若宮の御声を」、または「万歳楽の声に合ひて若宮の御声聞ゆるを」と補足して解する。五三 朗詠(祝)に「嘉辰令月歓無極、万歳千秋楽未央」とあるを諸声に吟誦したのであろう。五四 道長。五五 以前の行幸を何で結構だと思ったのだろう、こんな光栄なこともあったのに。↓補四二八。五六 泣き声になられるのを。五七「いふもさらなる事なり」の略。いうまでもない事。

殿《との》ばら同《おな》じ心に御目拭《めのご》ひ給。」[一]かくて殿《との》は入《い》らせ給ひ、上《うへ》は出《い》でさせ給て、右大臣を御前に召《め》して、筆《ふんで》とりて書《か》き給。[二]宮司《づかさ》・との丶家司《けいし》、[三]さるべき限《かぎり》加階す。頭弁《(ミチ)道方》して[四]案内[五]啓《けい》せさせ給めり。[六]新《あたら》しき御子の御喜《よろこ》びに、[七]氏の上達部引《ひ》き連《つ》れて拝し奉《たてまつ》り給。[八]藤氏ながら門わかれたるは列にも立《た》ち給はず。次《つぎ》に[九]別當になり給へる宮大夫右衛門督《齊信》、権大夫中納言《俊賢》、権亮侍従宰相《實成》など加階し給《たま》ひて、皆《みな》[一〇]舞踏す。[一一]宮《みや》の御方に入《い》らせ給て程《ほど》なきに、夜《よ》いたうふけぬ。[一二]御輿寄《よ》すとの丶しれば、殿《との》も出《い》[一三]でさせ給ぬ。」[一四]又の朝《あした》に[一五]内の御使《つかひ》、朝霧《あさぎり》も晴《は》れぬに参《まい》れり。「若宮の御戀《こひ》しさにこそはあらめ」と推《を》し量《はか》らる。その日ぞ若宮《わかみや》の[一六]御髪《ぐし》はじめてそぎ奉《たてまつ》らせ給。殊更《ことさら》に行幸の後《のち》とてあるなりけり。[59][一七]やがてその日、若宮の家司・[一八]おもと人・別當・職事など定《さだ》めさせ給。日頃《ごろ》の御しつらひの[一九]らうがはしく様《さま》ことなりつるを、[二〇](押《を》し返《かへ》しうるはしうかゞやかし給。との丶上《うへ》、年頃《としごろ》[二一]心もとなうおぼされける御事のなり給へるを、)おぼすさまに嬉《うれ》しうて、明暮《あけくれ》参《まい》り見奉《みたてまつ》らせ給も、あらまほしき御けしきどもなり。」かくいふ程《ほど》に、[60][二二]御五十日、霜《しも》[61]月のついたちの日になりにければ、例《れい》の女房様《さま》〲心《こゝろ》〲にしたて参《まい》り集《つど》ひたる様《さま》、さべき[二三]物合《ものあはせ》の方分《かたわき》にこそ似《に》ためれ。御丁の東の方の御座《おまし》の際《きは》に、北《きた》より南《みなみ》の柱《はしら》まで隙《ひま》もなう御木丁を立《た》てわたして、南面《みなみをもて》には[二四]御前のもの参《まい》り据《すへ》ゑたり。

行幸の賞

一 →補四二九。二 中宮職の役人。三 加階するのが当然な者はすべて位階が昇進した。→補四三〇。四 文案内。加階の草案。五 日記には「奏せさせ」とあるが、奏上の前に中宮の内覧に供したと見ればこのままでよい。六 新皇子親王宣下(この日にあった)の慶賀のため。七 藤原氏の公卿方が連立って拝礼なさる。→補四三一。八 同じ藤原氏でも門流の別な人々は拝礼の列にも加わらなかった。藤原氏は不比等の子四人が南・北・式・京の四門に分かれ、道長は北家の後裔。九 本官以外のある職務に専当するもの。

若宮御髪削ぎと家司始め

ここは右衛門督兼中宮大夫の斉信が新親王に関する諸事を行う長官になったこと。→補四三二。一〇 加階の御礼を表わす拝礼の作法。一一 帝が中宮のお部屋に。一二 帝の還御によって「御輿を寄せました」と人々が騒ぐので。一三 お見送りのためお部屋から。「子刻還御」(紀略、十月十六日条)。一四 十月十七日朝。一五 勅使。一六 産剃(うぶそり)の儀。一七 引続き十七日に。一八 元来は侍従。ここは侍者、お側に仕える人。→補四三三。一九 お産のため乱雑で。二〇 今までとは反対に端麗に磨きをおかけなさる。

若宮御五十日

二一 待遠しく思っていた皇子誕生の事が成就したのを。「との丶上」は「との・上」か。二二 誕生後五十日目の祝儀。ここの文脈は「御五十日は霜月のついたちの日、その日になりにければ」の意。「十一月一日戊午、今宮御五十日也」(御産部類不知記)。二三 物合(花・草・絵等物を合わせて優劣を競う行事)

西《にし》によりては[二五]大宮の御饌《をもの》、例《れい》の[二六]沈《ぢむ》の折敷《をしき》に、[二七]何《なに》くれどもならんかし。若宮の御前の小《ちゐさ》き御臺六、御皿《さら》よりはじめ、よろづうつくしき[二八]御箸《はし》の臺《だい》の洲濱《すはま》など、いとおかし。大宮の[二九]御まかない《ひ》、[三〇]弁宰相君、女房、皆髪《みなかみ》上《あ》げて釵子《さいし》插《さ》したり。若《わか》宮の御まかなひ、[三一]大納言の君なり。東の御簾《みす》少《すこ》し上《あ》げて、[三二]弁内侍・[三三]中務命婦・[三四]大輔命婦・[三五]中將君など、[三六]さるべき限《かぎり》取《と》り續《つゞ》き參《まい》らせ給。[三七]讃岐守《さぬきのかみ》[62]大江きよみち《清通》がめ*、[63][三八]左衛門佐源爲善が妻《め》、日頃《ごろ》參《まい》りたりつる、今宵《こよひ》ぞ色聽《いろゆる》されける。殿の上《うゑ》御《み》丁の内《うち》より御《み》子《こ》抱《いだ》き奉《たてまつ》りてゐざり出《い》でさせ給へり。[三九]赤色《あかいろ》の唐《から》の御衣《ぞ》に、地摺《ぢずり》の御裳《も》[四〇]うるはしく裝束《さうぞ》きておはしますも、あはれにかたじけなし。大宮《おほみや》は葡萄《えび》染《ぞめ》の[四一]五重《いつへ》の御衣《ぞ》、蘇芳《すわう》の御[四二]小袿《こうちぎ》などをぞ奉《たてまつ》りたる。殿、[四三]餅《もちゐ》參《まい》らせ給。上達部簀《すの》子《こ》に參《まい》り給へり。御座は例《れい》の東《ひんがし》の對《たい》なりつれど、近《ちか》う參《まい》りて[四四]醉《ゑ》い亂《みだ》れたり。右のおとゞ《顕光》、内のおとゞ《公季》も皆參《みなまい》り給へり。大殿の御方より[四五]折櫃物《おりびつもの》など、さべきま[四六]うち君達《ぎみたち》取《と》り續《つゞ》き參《まい》る。高欄に續《つゞ》け据《す》ゑ渡《わた》したり。[四七]たちあかしの心もとなければ、四位少將《雅通》やさべき人〳〵など*〔をよびよせて〕、紙燭《しそく》さして御覽《らん》じて、[四八]内の大ばん所に持《も》て參《まい》るべきに、明日《あす》よりは[四九]御物忌《ものいみ》とて、今宵皆《こよひみな》持《も》て參《まい》りぬ。宮の大夫《齊信》御簾《みす》のもとに參《まい》りて、「[五〇]上達部御前に召《め》さん」と啓《けい》し給。[五一]きこしめすとあれば、殿よりはじめ奉《たてまつ》りて皆參《みなまい》り給て、[五二]柱《はしら》の東の間《ま》を上《かみ》にて、東の[五三]妻戸《つまど》の前《まへ》ま

の際の組分け。二四 若宮に供する御食膳。二五 中宮の御食膳。大宮は「若宮に対へて中宮をいへり。常に皇太后または女院などをさしていふとはことなり、まがふべからず」(詳解)とあるに従う。二六 沈香木で作った食器を載せる隅切盆。二七 饗饌の品々は何やかやであっただろう。二八 洲浜を作ってある箸の台。類聚雑要に、銀製の洲浜に鶴の二羽向い合っている翼の上に箸を置くように作り付けた例がある。二九 御陪膳役の女房。三〇 →二六三頁注四一。三一 →二六三頁注四三。三二 →二六八頁注一一。三三 系譜未詳。後に敦良親王の乳母。三四 →二五三頁注三一。三五 日記は「小中将の君」(小少将の君イ)。三六 然るべき女房達だけが次々お膳を取りついで差上げる。三七 二六三頁注四一によれば弁宰相と同人。三八 日記の少輔の乳母に該当するという説がある。三九 赤地の唐衣。四〇 正しくきちんと召していらっしゃるのも、もったいなくも畏れ多い。四一 五枚重ねの袿。四二 唐衣・裳を略した場合の上着。表着の上に着る略式礼服。四三 五十日・百日の祝儀に供する餅。→補四三四。四四 「酔い」は「酔ひ」。酒に酔いどれて座がとり乱れた。四五 →補四三五。四六 天皇の御前に伺候する人の敬称。ここは四位五位を極位とする諸大夫。四七 立明し。地上に立ててともすともしび。そのたい松の光だけではよく見えないから。四八 内の台盤所。折櫃物などのうち一部は内裏の台盤所に持参することになっているが。四九 道長が物忌に籠るからの意か。五〇 公卿達を御前にお召しになって戴きとう存じますと。五一 中宮のお許しがあるというので。五二 柱の東の間を上座として。→補四三六。五三 端戸。寝殿の隅にある出入口。

で居《ゐ》給へり。女房押《を》し凝《こ》りて數《かず》知《し》らず居《ゐ》たり。[一]その間《ま》に當《あた》りて、大納言の君・宰相君・宮の內侍と[二]居《ゐ》給へるに、右大臣《おとゞ》寄《よ》りて、御木丁の[三]綻《ほころび》引《ひ》きたち亂《みだ》れ給を、[四]さしもざれ給はでもありぬべけれど、それしもぞおかしうおはする。[五]扇《あふぎ》をとり、戲《たはぶ》れ事《ごと》のはしたなき多《おほ》かり。大夫[六]かはらけ取《と》りてこなたに出《い》で給へり。[七]三輪《みわ》の山もと歌《うた》ひて、御遊さまかはりたれどいとおもしろし。その次《つぎ》の間《ま》の東の柱《はしら》もとに右大將《實資》寄《よ》りて、[八]衣《きぬ》の褄《つま》・袖口《そでぐち》數《かぞ》へ給《たま》へるけしきなど、人よりことなり。[九]盃《さかづき》のめぐり來《く》るを、大將は怖《を》ぢ給へど、[一〇]例《れい》のことなしびに千年萬代《ちとせよろづよ》にて過《す》ぎぬ。[64]三位の亮《すけ》に「かはらけ取《と》れ」などあ[一一]るに、[一二]侍從宰相《實成》、[一三]內大臣《公季》のおはすれば、[一四]下《しも》より出《い》で給へるを見《み》て、大臣《おとゞ》醉《ゑ》ひ泣《な》きし給。[一五]內《うち》なる人さへあはれに見《み》けり。「[一六]け恐《おそろ》しかべき夜のけはひなめり」と見《み》て、事果《は》つるまゝに、宰相君と[一七]いひ合《あは》せて隱《かく》れなんとするに、東面《をもて》に[一八]とのゝ君達《だち》・[一九]宰相中將《經房》など入《い》りて騷《さはが》しければ、二人御木丁の後《うしろ》にゐ隱《かく》れたるを、[二〇]二人《ふたり》ながら捉《とら》へさせ給へり。「歌一《うたひと》つ仕《つか》うまつれ」と[二一]宣《のたま》はするに、[二二]いとわびしう恐《おそろ》しければ、

[二三]いかにいかゞ數《かぞ》へやるべき八千年《やちとせ》のあまり久《ひさ》しき君が御代《みよ》をば」。「あはれ[二四]仕《つか》うまつれるかな」と、二度《ふたゝび》ばかり誦《ずん》ぜさせ給て、いと疾《ゝ》く宣《のたま》はせたる、

[二五]あしたづの齡《よはひ》しあらば君が代《よ》の千歳《ちとせ》の數《かず》もかぞへとりてん」。「さばかり醉《ゑ》

一 それぞれその間その間に当って。二 という順序で坐っておられる所に。三 垂れ布の縫わずにある部分を引き割いておふざけなさるのだが。四 そんなにおふざけなさらないでもいらっしゃれるだろうが、そんな事がかえってほおえましくていらっしゃる。五 女房の扇をとり上げて、みっともない冗談事などをたくさんなさる。六 素焼の盃。七 ↓補四三七。八 女房達の衣裳の裾や袖口の数を。九 盃の順が廻って来て歌を詠むことを。一〇 例により当りさわりなく「千歳万歳」のご祝儀を並べてお済ませになった。一一 道長が言われるので。一二 三位の亮と同人。従三位参議中宮権亮兼侍従藤原実成。一三 実成の父。一四 前を憚り下座を通って出て来られたのを見て。一五 御簾の内の女房達までしみじみとした気持でこの様を見た。一六「け恐しかるべき」の音便形。人々が酔いどれて何となく恐しい今夜の感じだと見てとり。「見て」の主格は紫式部。日記のままに書いたので主語をおとした。一七 紫式部と宰相君と相談して。一八 頼通・教通等であろう。一九 ↓補四三九。二〇 紫式部と宰相君。二一 道長が。二二 大層困ってしまい、恐しくもあったので。二三 紫式部日記・紫式部集・続古今、賀所載。↓補四四〇。二四 道長の詞。上手に詠んだものだなあ。二五 千年の寿命を保つという鶴の齢さえ私にあるならば、若君の永い御年をも幾千年と数えとることができるであろう。紫式部日記・紫式部集・続拾遺、賀（四句「千歳の数は」）。二六 日頃心にかけて思っておられた筋合の事だから、このように滞りなく詠み続けられたことよと思われた。二七 ↓補四四一。二八 大層しまりのない恰好でよろけながら退出された。二九 中宮をわが女としてお持ちしていることは自分の恥ではない。

三〇「てゝ」(日記)。三一 中宮の御母—妻の倫子も幸福者だ、自分のような立派な夫に連れ添っているのだから。三二 倫子は、傍にいてはらはらするようだとお思いなさって。三三 十一月十七日に中宮内裏(一条院里内裏)に入御(紀略)の予定になっているので。三四 諸々の仕度のために。三五 一時落着いていたのが再びせきたって準備をする。三六 里に退出していた女房達も。三七 女房達の一部は髪上げなどをして端麗な姿

中宮内裏へ還御

である。三八 そわそわとあわただしい状態で還御になられた。三九 車に乗る時相手選びなどして争うこと。四〇「車の次第は例の事にてさだまれり。さればとかくきしろひいふともそは聞き入れぬ事ぞ」(詳解)。四一 道長は聞き入れずうち消された。四二 中宮の御料。四三 車の庇を色糸で飾った牛車。これに宣旨君が陪乗した。貴女の乗用に供する。四四「少輔のめのと」(日記)が正しい。四五 →補四四二。四六 道長から中宮への昨夜の贈物。四七「奉二御櫛筥一双・手筥一双一、各入レ物」(御堂、十七日条)。甲乙一対の櫛箱の中の小道具は見事で見極めようもない。四八 →補四四三。四九 製本した綴じ本の意か。「拾遺」

道長の贈物

は拾遺集。五〇 各集をそれぞれ五帖として作製して。つごう十五帖。五一 僧。大納言源清蔭(陽成天皇皇子)孫、上総介兼房の男。能書。五二 古今集以下各二十巻を冊子一帖に各四巻を宛てて書いた。五三 箱の縁にかけてその箱にはまるように作ったもの。五四 →補四四四。

五節舞姫の参入

はせ給へれど、[二六]おぼす事《こと》の筋《すぢ》なれば、かく續《つゞ》けさせ給へる」と見《み》えたり。かくて[二七]例《れい》の作法《さほう》の祿《ろく》どもなどありて、[二八]いとしどけなげによろぼひまかでさせ給ぬ。殿[65]の御前《おまへ》、「[二九]宮を女《むすめ》にて持《も》ち奉《たてまつ》りたる、麿恥《まろはぢ》ならず。麿《まろ》を[三〇]父《ちゝ》にて持《も》ち給へる、宮わろからず。又[三一]母《はゝ》もいとさいはひあり、よき夫《おとこ》持給《もたま》へり」など、戯《たはぶ》れ宣《のたま》はするを、[三二]上《うへ》はいとかたはらいたしとおぼして、あなたに渡《わた》らせ給ぬ。」[66]かくて[三三]十七日は入《い》らせ給べければ、[三四]その事ども女房[三五]押《を》しかへし急《いそ》ぎたちたり。その夜《よ》になりぬれば、例《れい》の[三六]里《さと》のも皆參《みなまい》り集《つど》ひたり。[三七]かたへは髮上《かみあげ》などして、うるはしき姿《すがた》なり。四十餘人ぞ候《さぶら》ひける。いたう更《ふ》けぬれば、[三八]そゝきたちて入《い》らせ給ぬ。女房の[三九]車軋《くるまきし》ろいもありけれど、「[四〇]例《れい》の事也。きゝ入《い》れぬものなり」と宣《のたま》はせて、[四一]殿は聞《きこ》しめし消《け》ちつ。[四二]御輿《こし》には、宣旨君乘《の》り給。[四三]絲毛《いとげ》の御車《くるま》には、殿の上《うへ》、[四四]少將の乳母、若宮抱《いだ》き奉《たてまつ》りて乘《の》る。次《つぎ》〳〵の事どもあれど、[四五]うるさければかゝずなりぬ。」[四六]よべの御贈物《をくりもの》、今朝《けさ》ぞ心のどかに御覽《ごらん》ずれば、[四七]御櫛《くし》の筥《はこ》一雙《よろひ》が内《うち》のことゞも、見盡《みつく》しやらん方《かた》なし。[四八]御手筥《てばこ》一雙《よろひ》、片《かた》つ方《かた》には白《しろ》き色紙《しきし》、[四九]つくりたる冊子《さうし》ども、古今・後撰・拾遺など[五〇]五まきに作《つく》りつゝ、[67]*侍從中納言と[68][五一]延幹と、[五二]各《をの》〳〵冊子《さうし》一《ひと》つに四卷を當《あ》てつゝかゝせ給へり。[五三]懸子《かけご》の下《した》には、[五四]元輔・能宣やうの古《いにしへ》の哥よみの家《いへ》〳〵の集どもを、書《か》きて入《い》れさせ給へり。」かやうにて日頃《ごろ》

も經《へ》ぬる程《ほど》に、[69]五節廿日參《まい》る。侍從宰相とあるは内大臣（公季）のこ（子）、實成宰相なるべし。舞姫《まひゝめ》の裝束《さうぞく》遣《つかは》[二]す。右[70]宰相中將（兼隆）の、五節に御[三]鬘《かづらまう》申されたるついでに、筥一《はこひと》雙《よろひ》に薫《たき》物入《い》れて遣《つかは》す。[四]心葉《ば》梅《むめ》の枝なり。今《こ》年《とし》[71]の五節いみじう挑《いど》[五]み交《かは》すなど聞《きこ》えあり。東の、御前《おまへ》[六]に向《むか》ひたる立蔀《たてじとみ》に、隙《ひま》もなくうちわたしつゝともしたる火の光《ひかり》に、[七]つれなう歩《あゆ》み參《まい》る樣《さま》どもゝはしたなけれど、その道《みち》にえさらぬ筋《すぢ》どもなればこそと見《み》えたり。[八][72]業遠朝臣のかしづきに「錦《にしき》の唐衣《からぎぬ》著《き》せたり」とのゝしるも、げに樣《さま》ことに、[九]さもありぬべかりけりと聞《きこ》ゆ。[一〇]あまり衣《きぬ》がちにて、「たをやかならぬさまなり」といふもどきはあれど、[一一]それ今《いま》の世《よ》の事《こと》にはあらず。右宰相中將（兼隆）もあるべき限《かぎり》したり。[一二]樋洗《ひすまし》二人《ふたり》、とゝのへたる姿《すがた》ぞさとびたりと、人ほゝゑみたりし。內の大臣《おとゞ》の藤宰相の、はた今少《いますこ》し今《いま》[一三]めかしき方《かた》はまさりて見《み》ゆ。かしづき十人。又[一四]廂《びさし》の御簾《みす》おろして、こぼれ出《い》でたる衣《きぬ》の端《つま》ども、[一五]したて顏《がほ》に思《おも》へる樣《さま》どもよりは見所《みどころ》まさりて、火影《ほかげ》におかしう見《み》えたり。又春宮[一六]大夫（懐平）の五節に、宮より薫物《たきもの》つかはす。大《おほ》きやかなる銀《しろがね》の筥《はこ》に[一七]かたう入《い》れさせ給へり。[一八]尾張守まさひら（匡衡）[73]も出《いだ》したれば、とのゝ上《うへ》ぞ、それは遣《つかは》しける。」その夜《よ》は[一九]御前の試《こゝろみ》なども過《す》ぎて、[二〇]童《わらは》・下仕《しもづかへ》の御覽如何《いかゞ》とゆかしきに、[二一]例《れい》の時《とき》の程《ほど》になれば、皆歩《みなあゆ》み續《つゞ》き參《まい》り出《い》づる程《ほど》、內《うち》にも外《と》にも目《め》をつけ騷《さは》ぎたり。上渡《わた》らせ給て

[一] 五節舞姫が。↓補四四五。[二] 中宮から。[三] 日蔭のかずら(白青の組糸であげまき結びにして髪にかける)。[四] 贈物の箱などに添える飾りの造花。[五] 互に競いあって立派にしたなどという評判がある。[六] 中宮御在所の前庭にある立蔀(板張りの目隠し塀)。そこに隙間もなくずっと続けて灯がともしてある。↓補四四六。[七] 舞姫達が平然とした態度をして参入する有様は見苦しいが、その道中においては他に避けることのできない道筋だから已むを得ないだろうと思われた。[八] ↓補四四七。[九] このようにするのも趣のあることであったと評判した。[一〇] 余り着重ねて身動きもしなやかにゆかぬという非難はあるが。[一一] そんな非難は当世向の事ではない。この評語、日記には無い。[一二] ↓補四四八。[一三] 当世風に華やかな方面。[一四] マタビサシ。廂の間のなお外側に設けた廂。孫廂。五節所をいう。[一五] 得意然として見せているのよりも一段と見ばえがし。陽本傍書によれば「したりかほ」。[一六] 懐平は五節を出していないので、日記に春宮亮(業遠)とあるに拠るのがよい。[一七] 日記「たかう」か。[一八] 「まさひら」は尾張守に付けた注記の本文化したもの。当時の尾張守は藤原中清(為雅男)が正しい。[一九] 寅の日(二十一日)の夜、清涼殿で帝が舞姫を御覧になる儀。[二〇] 卯の日の童女・下仕(介添役)御覧の儀はどのようであろうかと待遠しいのに。[二一] 定刻頃になったので。[二二] 魔除けのために米を撒くこと。

童・下仕御覧

[二三] 染色または襲の色目として青色・麴塵・山鳩色に同じ。青の白橡色(黄橡の色の極めて薄いもの)。[二四] 童女の表着の上に着る礼服。[二五] 赤の白橡。[二六] 日記・富「おしかへし」によ

御覧ず。若宮おはしませば、[二二]撒米《うちまき》しのゝしるけはひす。業遠の童《わらは》に、[二三]青《あを》き白橡《しらつるばみ》の[二四]汗衫《かざみ》を著《き》せたり。おかしと思たるに、藤宰相の童《わらは》には、[二五]赤色《あかいろ》の汗衫《かざみ》を著《き》せ、下仕《しもづかへ》の唐衣《からぎぬ》に、青色《あをいろ》を著《き》せたる程《ほど》、押《を》[二六]しくたしねたげなり。宰相の中將のも、五《いつ》重《へ》の汗衫《かざみ》、尾張は葡萄染《えびぞめ》を三重《みへ》にてぞ著《き》せたる。[二七]衵皆《あこめみな》濃《こ》き薄《うす》き心〳〵なり。侍從の宰相[實成]の[二八]五節の局《つぼね》、宮《みや》の御前たゞ見渡《みわた》すばかりなり。[二九]立蔀《たてじとみ》の上《かみ》より[三〇]簾《すだれ》の端《はし》も見《み》ゆ。人の物いふ聲《こゑ》もほのかに聞《きこ》ゆ。[三一]かの弘徽殿[義子 公季女]の女御の御方の女房なん、[三二]かしづきにてあるといふ事をほのぎゝて、「あはれ、[三三]昔《むかし》ならしけん百敷《もゝしき》を、[三四]ものゝそばに居隠《ゐかく》れて見《み》るらん程《ほど》もあはれに。いざ、いと知《し》らぬ顔《がほ》なるはわろし、言一《ことひと》つ言《い》ひやらん」など定《さだ》めて、「[三五]今宵《こよひ》かひつくろひいづかたなりしぞ」「[三六]それ」など、宰相中將宣《のたま》ふ。源少將[74]も同《おな》じごと語《かた》り給。「猶清《なをきよ》げなりかし」などあれば、御前に扇多《あふぎおほ》く候中に、[三七]蓬萊作《つく》りたるを、筥《はこ》の蓋《ふた》にひろげて、[三八]日《ひ》かげをめぐりてまろめ置《を》きて、その中《なか》に螺鈿《らでん》したる櫛《くし》どもを入《い》れて、[三九]白《しろ》い物などさ[四〇]べいさまに入《い》れなして、[四一]公《おほやけ》ざまに顔知《かをし》らぬ人して、「[四二]中納言君の御局《つぼね》より、左京の君の御《お》前《まへ》に」といはせてさし置《を》かせつれば、「[四三]かれ取《と》り入《い》れよ」などいふは、[四四]かの我《わが》女御殿《どの》より賜《たま》へるなりとお(も)ふなりけり。[四五]又《また》さ思《おも》はせんとたばかりたる事なれば、案にはかられにけり。薫物《たき》を[四六]立文《たてぶみ》にして書《か》きたり、

るべきか。赤青の対照が反対で憎い程気が利いている。
二七 童装束の下着。汗衫の下に着る。
二八 →補四四九。
二九 寝殿東面の庭と、東の対との間に立てられた立塀。
三〇 日記「音に聞く簾のはし」。当時何か評判になっていた事があるか。
三一 実成の姉。その女房は左京の君。もと内裏女房であろう。→補四五〇。
三二 実成の舞姫の介添役になっていると仄聞して。
三三 以前馴染んでいた宮中を。
三四 物蔭に隠れ坐っていて今頃見物しているだろうのも気の毒だ。
三五 今夜の介添はどちらへつかれたか(と女房達がいうと)。
三六 左京はそちらの方におったの意か。
三七 蓬萊山の絵を描いた扇。不老不死の仙境の絵を示し、相手の転変を揶揄するためだという。
三八 日陰の蔓を扇の周囲に廻らしまるめ置いて。
三九 「白き物」の音便。白粉。
四〇 適当に恰好よくして中に並べ。
四一 宮廷方面には余り顔を知られていない召使に命じ。
四二 弘徽殿方の女房の名。
四三 左京の方の人の詞。その贈物をこちらへ戴いて置け。
四四 左京は自分の主君の弘徽殿の女御からの贈物だと思ったのであった。
四五 こちらでもそのように思わせようと計画を廻らした事であるから、うまく謀略にかかったのであった。
四六 立文は正式の書状の形式で、書状を包紙で縦に包み、両端をひねる。ひねり文ともいう。この中に次の歌を書いた。→補四五一。

一 大勢いた豊明節会に奉仕する宮人の中で、とりわけ目立つ日蔭の蔓のあなたを深い感慨を

斎院(選子)、実成の五節の装束御覧

もって拝見しました。「さ(射)し」と「日蔭(影)」は縁語。↓補四五二。
二 新嘗祭・豊明節会などに小忌衣(神事に奉仕するため着る単の服、白布に春草や小鳥の模様を青摺にする)を着る夜。
三 宰相の献じた五節舞姫については、童女の汗衫と、大人の下仕には一同青摺の小忌衣を着せての意か。
四 山藍摺の小忌衣を着せ。
五 小忌衣の右肩に付ける二条の紅色の紐。〔参考〕「山藍もて摺れる衣の赤紐の長くぞ我は神に仕ふ

賀茂臨時祭

る」(新勅撰、神祇、貫之)。
六 装束を。
七 青い紙の端に次の歌を書いて袂に結び付けてお返しになられた。屋代本「端にかきて」は、後拾遺集詞書によったか。
八 神代の昔からある青摺の衣ではあるが、童やかしずきが重ね着ることは珍しい。後拾遺、雑五、選子内親王。この一節日

実成祭の使教通に贈物の事

記には無い。
九 賀茂臨時祭の奉幣使。
一〇 この時従四位下右近権中将、十三歳。
一一 宮中の御物忌の日。↓補四五三。
一二 祭の舞人。
一三 宿直して宮中に籠られ。夜居は夜間部屋に詰めていること。宿直。
一四 宿直の人々があちらこちらで面白い遊びをして当世風な華やかさが見られる。
一五 日記によれば内蔵の命婦(教通の乳母)。
一六 じっと見守り申し上げていた。↓補四五四。
一七 道具として使うようにと用意してあった。
一八 金銀の粉末を膠の液に溶いたもので。
一九 葦手書。水を描きそこに生えた草のように

[一]多《おほ》かりし豐《とよ》の宮人さし分《わ》けてしるき日蔭《かげ》をあはれとぞ見《み》し」。かの局《つぼね》にはいみじう恥《は》ぢけり。宰相もたゞなるよりは、心苦《ぐる》しうおぼしけり。」[二]小忌《をみ》の夜《よ》は、[三]宰相の五節に童《わらは》の汗衫《かざみ》、大人《おとな》のかしづきに皆青摺《みなあをずり》[四]をして、[五]赤紐《あかひも》をなんしたりけるといふ事《こと》を、後《のち》に齋院《選子》に聞《きこ》しめして、おかしうもとおぼしめして、召《め》[六]したりければ、御覧じて、げにいと今《いま》めかしうおぼしめして、[七]青《あお》き紙《かみ》の端《はし》にて袂《たもと》に結《むす》びつけて返《かへ》させ給へり、

[八]神《かみ》よゝり摺《す》れる衣《ころも》といひながらまた重《かさ》ねても珍《めづ》らしきかな。」かくて臨時の祭《まつり》になりぬ。[九]つかひ《臨時祭使教通》にはこのとの[一〇]ゝ權中將《教通》出《い》で給。その日は[一一]内の御物忌《いみ》なれば、殿も上達部も、[一二]舞人《まい》の君達《だち》も、皆《みな》[一三]夜《よ》居《ひ》に籠《こも》り給て、内《うち》わたり[一四]今《いま》めかしげなる所《ところ》〴〵あり。殿の上《うへ》もおはしませば、[一五]御乳母《めのと》の命婦も、おかしき御遊《あそび》に目《め》もつかで、使《つかひ》の君をひとへに[一六]まぼり(た)てまつりたり。」かくて、この臨時《りむじ》の祭《まつり》の日、藤宰相《實成》の御隨身、ありし筥《はこ》の蓋《ふた》をこの君の隨身にさし取《と》らせていにけり。ありし筥《はこ》の蓋《ふた》に銀《しろがね》の鏡《かゞみ》入《い》れて、沈の櫛《くし》・銀《しろがね》の笄《かうがい》を入《い》れて、使の君の鬢《びん》かき給べ[一七]きぐ《具》とおぼしくてしたり。この筥《はこ》の内《うち》に[一八]でい《泥》にて[一九]葦手《あしで》を書《か》きたるは、[二〇]かの返《かへ》しなるべし、

[二一]日かげ草《ぐさ》かゞやく程《ほど》やまがひけんますみの鏡《かゞみ》曇《くも》らぬものを」。しはすにも

なりぬれば、[二二]残《のこり》すくなきあはれ也。[二三]花蝶《はなてふ》といひつる程《ほど》に、年《とし》も暮《く》れぬ。」かくて若宮《わかみや》の[二四]いと物あざやかにめでたう、山《やま》の端《は》よりさし出《い》でたる[二五]望月《もち》などのやうにおはしますを、[75][二六]そち殿《伊周》のわたりには、[二七]胸《むね》つぶれいみじう覚《おぼ》え給て、[二八]人知《し》れぬ年頃《としごろ》の御心の中《うち》のあらまし事どもゝ、[二九]むげに違《たが》ひぬる様《さま》におぼされて、「猶この世《よ》には人[三〇]笑《わら》はれにて止《や》みぬべき身にこそあめれ。あさましうもある哉。[三一]珍《めづら》かなる夢《ゆめ》など見《み》てし後《のち》は、[三二]さりとも頼《たのも》しう、[三三]異《こと》なる事なき人の例《ためし》の果見《はてみ》てなどこそはいふなれば、さりとものみ、そのまゝに[三四]精進《さうじ》・いもゐ《齋》をしつゝあり過《すぐ》し、ひたみちに佛神を頼《たの》み奉《たてまつ》りてこそありつれ。[三五]今《いま》はかうにこそあめれ」と、御心の中《うち》の物歎《なげ》きにおぼされて、「[三六]あいな頼《だの》みにてのみ世《よ》を過《すぐ》さんは、[三七]いとおこがましき事など出《い》で來《き》て、いとゞ生《い》けるかひなき有様《ありさま》にこそあべかめれ。如何《いかゞ》すべき」など、御叔父《をぢ》のあきのぶ《明順 播磨守》・みちのぶ《道順 蔵人》などにうち語《かた》らひ給へば、「[三八]げに世《よ》の有様《ありさま》〔は〕*さのみこそおはしますめれ。[三九]さりとて又如何《いかゞ》はせさせ給はんとする。[四〇]たゞ御命《いのち》だに平《たひら》かにておはしまさばとこそは頼《たの》みきこえさすれ」など、あはれなる事どもをうち泣《な》きつゝ聞《きこ》えさすれば、殿《との》も「かくて[四一]つく〴〵と罪《つみ》をのみ作《つく》り積《つ》むも、いとあぢきなくこそあべけれ。[四二]ものゝ因果知《し》らぬ身にもあらぬものから、[四三]何《なに》事を待《ま》つにかあらんと思に、いとはかなしや。猶今《なをいま》は出家して、

草仮名で細く歌を乱れ書きしたもの。 二〇 左京への歌の返歌。 二一 あの夜は日蔭草が輝き渡っていたので人違いしてかしずきの女に物を贈られたのでしょう、そのお返しにはこの鏡を誤なく使の君に差上げるのです。後拾遺、雑五、藤原長能、二句「かゞやくかげや」。↓補四五五。 二二 暦の軸も残りの少ないのが。 二三 〔参考〕「もゝとせの花に宿りて過ぐしてきこの世は蝶の夢にぞありける」(詞花、雑下、匡房)。 二四 目に立って美しく御立派で。 二五 十五夜の月。 二六 伊周一家一統の人々は。 二七 胸もつぶれるばかりどきっと思われなさって。 二八 人知れず年来懐いてきた予想事—敦康親王を東宮にお立てしようとする事なども。 二九 全く当てがはずれてしまったように。 三〇 人から嘲笑されて終ってしまわなければならぬ運命であるらしい。 三一 やがて敦康親王が東宮に立たれるという驚くべき夢などを。 三二 いくら何でもそうした夢まで見たからには実現するだろうと。 三三 ↓補四五六。 三四 精進(肉食しないという戒行)をしたり、物忌み斎戒をしたりして。 三五 今はこれまでの運命であるらしい。 三六 当てにもならぬ頼みをかけてばかり生きてゆくことは。 三七 みっともない事なども起って来て。 三八 正に世の有様はあなたの仰せのようです。 三九 だからといって他にどうする事がおできなさろうか。 四〇 あなたの御命さえ御無事でいらっしゃるならばと、ひたすらそれを頼みにしている次第です。 四一 じっとしていて罪障ばかりを作り積むのも、始末に悪い困った事に相違なかろう。 四二 因果応報の道理を弁えない身でもないものの、それと同時に。 四三 自分は何事を期待しているのだろう

[一]暫《しば》し行《をこな》ひて、後《のち》の世《よ》の頼《たの》みをだにやと思《おも》ふに、[二]ひたみちに起《おこ》したる道心にもあらずなどして、山林《はやし》に居《ゐ》て經讀《よ》み行《をこな》ひをすとも、[三]この世《よ》のことゞもを思忘《わす》るべきやうもなし。さてよろづに[四]攀縁しつゝせん念誦・讀經はかひはあらんとすらんやはと思に、まだえ思《おも》ひたゝぬなり」などいひ續《つゞ》けさせ給《たま》ふ。いみじうあはれなる事《こと》なりかし。中納言（隆家）・僧都（隆圓 道隆男）の君なども、[五]世《よ》を同《おな》じうおぼしながら、[六]あさはかに中〳〵心安《やす》げに見《み》え給。この殿《との》ぞ[七]よろづに世《よ》と共《とも》におぼし亂《みだ》れたる世《よ》の憂《う》さなめれば、いとゞ心苦《ぐる》しうなん。」

[76]かゝる程《ほど》に年《とし》かへりぬ。寛弘六年になりぬ。[八]世《よ》の有様常《ありさまつね》のやうなり。若《わか》宮[九]いみじううつくしう生《お》ひ出《い》でさせ給を、上《うへ》[一〇]、[一一]昔内《むかしうち》に宮《みや》の御中《なか》に率《ゐ》て遊《あそ》ばせ奉《たてまつ》らせ給ては、みかどの宣《のたま》はする、「猶思へど、昔内にて稚《おさな》き子どもをあらせずして、[一二]宮達《たち》のかくうつくしうなどあらんを、[一三]いつゝ七《なゝ》つなどにて御對面《たいめん》とてのゝしりけんこそ、今《いま》の世《よ》によろづの事の中《なか》にいと堪《た》へ難《がた》かりける事《こと》はありけれ。かう見《み》[一四]ても〳〵飽《あ》かぬものを、思《おも》ひ遣《や》りつゝあらせんは侘《わび》しかべい事なりや。この一宮（敦康）をこそいと久《ひさ》しう見《み》ざりしか、有様《ありさま》を人づてにきゝて、[一五]けしからぬまでゆかしかりしこと」など、うち語《かた》らひきこえさせ給もいとめでたし。」

かゝる程《ほど》に正月も暮《く》れぬ。宮、[一六]そのまゝに[一七]この月頃《ごろ》せさせ給事なかりしに、十二月廿日の程《ほど》にぞたゞしるしばかり御覽《らん》じたりけるまゝに、

かと思うと。

一 当分の間修行して、後世安楽を願うことなりとしようかと思うにつけても。「や」の下、「かけむ」を補う。 二 一途に起した道心でもなかったりして。 三 この俗世の雑事を忘れてしまえそうもない。 四 俗縁にひっかかりながらするような念仏や読経は、何のかいのあるものだろうか。「攀縁」は俗縁にひっかかること。 五 伊周と同じように世の中をはかなく思われながら。 六 深くは考えず、かえって世の中を気楽に思っている様子である。 七 万事につけて終始心の休まる暇もない御不運のように見えるので、

一条天皇の御述懐

一段とお気の毒である。 八「元日四方拝より、小朝拝、節会等の儀、常の如くなるをいふ」(詳解)。 九 大層お可愛らしく。 一〇 帝と中宮との。 一一 昔は宮中に稚い子どもをおらせないで。 一二 昔は皇子・皇女が五、六歳に及ぶまで御対面のなかった事は、一四一頁参照。 一三 御子達はこんなに可愛かろうのに。 一三 漸く五歳や七歳になって御対面といって大騒ぎしたことは、当節ならばあらゆる事の中でこれ程我慢でき難い事はなかろう。 一四 繰返しどんなに見ても満足できないのに、それを心配しながら離れている事は悲しいにきまっている事だ。 一五 怪しいほどに対面したかった事よ。 一六 敦成親王をお生みになられたまま。 一七 月の障り。 一八 御産後の名残で月の障りがないのだろうか

中宮再び御懐妊

と、(新しい御懐妊とは)思いも寄られなかったのに。

77 今年《ことし》かう今《いま》までせさせ給はねば、「猶[一八]かの折《おり》の御名殘《なごり》にや」とおぼしもよらぬに、去年《こぞ》のこの頃《ごろ》の御心地《ち》ぞせさせ給ける。「いかなりけるにか」とおぼしめす程《ほど》に、候《さぶら》ふ人〳〵も「[一九]又事《こと》のおはしますべきにこそ」と、さゝめき聞《きこ》えさすれば、[二〇]かたへは「[二一]いつの程《ほど》にかさおはしまさん」といふもあり。又あるは「[二二]さやうのものぞ。又さし續《つゞ》き、[二三]同《おな》じ様《さま》にて出《い》で給へる事は、さこそはあれ、あり〳〵ていかにめでたからん」など申思《おも》へり。[二四]殿も上も皆聞《みなきこ》しめして、[二五]けしきだちおぼしめしたり。かくいふ程《ほど》に三月にもなりぬれば、[二六]まことにさやうの御けしきになりはてさせ給ぬ。殿の御有様《ありさま》えもいはぬ様《さま》なり。かくいふ程《ほど》に、自《をのづか》ら[二七]世《よ》にも漏《も》り聞《きこ》えぬ。[二八]年頃《としごろ》の女御達《たち》たゞなるよりは物恥《ものはづか》しうおぼし知《し》るべし。[二九]右のおとゞ《顯光公》、内のおとゞ《公季公》、「こはかゝるべきことかは、我等《われら》も[三〇]同《おな》じ筋《すぢ》にはあらずや。かうことの外《ほか》なる恥《はづか》しき[三一]宿世《すくせ》なり」とおぼさるべし。三月つごもりに[三二]出《い》でさせ給なんとあれど、みかどいとあるまじき御事に聞《きこ》えさせ給へば、[三三]暫《しば》しは過《すぐ》させ給。」かゝる程《ほど》にとの[三四]三位殿《宇治殿頼通》、左衛門督にならせ給にけり。中宮の御祈《いのり》は猶里《さと》にて(と)おぼし急《いそ》がせ給て、[三五]四月十餘《よ》日の程《ほど》に出《い》でさせ給《たま》ふ。内には[三六]いかにおぼつかなう、この度《たび》は[三七]若宮《わかみや》の御戀《こひ》しさゝへ添《そ》ひて、[三八]いぶせうおぼし亂《みだ》れさせ給。さて[三九]京極《ごく》殿に出《い》でさせ給へれば、[四〇]内侍の督《かん》の殿、若宮をいつしかと待《ま》

一九 再度御懐妊の事があられるに相違ない。
二〇 一部の人々は。
二一 宮中へ帰られて何程もたたないのに、どうしてそんな事がおありになろうか。
二二 懐妊とはこのように引続いてあるものです。
二三 前と同じような有様でお生まれになったら、さぞまあこんなに長くお待ちしていて結構な事でしょう。二四 道長も倫子も。
二五 ようすを顔色に出して嬉しく思われた。
二六 御懐妊のことが確実になられた事。
二七 中宮御懐妊の事が。
二八 長年伺候して来た女御達は、(御懐妊の事を聞いて)何でもないよりは恥しさを自覚されたであろう。
二九 右大臣は女御元子の父、内大臣は女御義子の父。以下その心中。
三〇 同じ藤原氏。三一 前世からの因縁。
三二 里邸へ退出なさるだろうということだが。
三三 そのまま宮中で。
三四 頼通は寛弘五年十月十六日従二位昇叙。同六年三月四日任左衛門督。非参議から権中納言に昇任と同時に兼任した。三位は誤。
三五 御堂関白記、六月十九日条に「中宮従レ内御出」とあるものの誤か。日本紀略(六月十九日)にも「今夜子剋中宮行ニ啓上東門院第一」とある。
三六 どんなにか御心配で。

頼通左衛門督兼任、中宮里邸に退出

三七 敦成親王。
三八 気もふさぎ。
三九 土御門殿、また注三五の日本紀略に上東門第とあるのも同じ。
四〇 督の殿(妍子)は若宮を早速お迎えになって御対面になられた。

ち迎《むか》へ、見奉《みたてまつ》らせ給。その後《のち》、御乳母達《めのとたち》はたゞ御乳参《ちまい》る程《ほど》ばかりにて、たゞ督《かん》の殿抱《いだ》きうつくしみ奉《たてまつ》らせ給へば、御乳母達《めのとたち》もいと嬉《うれ》しき事に思きこえさせたり。中宮の御祈《いのり》ども前《さき》の如《ごと》し。よろづし殘《のこ》させ給事なし。「[一]何《いづ》れの節《ふし》かは」とおぼし出《い》づる御有様《ありさま》なりしかば、[二]さき〴〵の僧《そう》ども、同《おな》じ様《さま》の御祈《いのり》に掟《をき》てさせ給へば、[三]そのまゝに違《たが》はぬ事どもを仕《つか》うまつる。[四]こたみは男《おとこ》女の御有様《ありさま》あながちなるまじけれど、猶さし竝《なら》ばせ給はん程《ほど》の威《たけ》さはこよなかるべければ、同《おな》じ様《さま》をおぼし心ざすべし。」（かの）[五]花山院の四の御方《かた》は、院うせさせ給にしかば、[六]鷹司殿に渡《わた》り給にければ、殿聞《きこ》しめして、「[七]彼《かれ》をもがな」とはおぼしめしけれど、おぼしもたゝぬ程《ほど》に、[八]殿の上《うへ》ぞ常《つね》に音《をと》なひきこえさせ給けれども、[九]いかなるべい事《こと》にか、おぼしたち難《がた》かりけり。」かゝる程《ほど》に、との〻左衞門督《頼通》を、さるべき人〴〵[一〇]いみじうけしきだちきこえ給所《ところ》〴〵あれども、まだともかうもおぼしめし定《さだ》めぬ程《ほど》に、[78]六條の中つかさの宮《具平》と聞《きこ》えさするは、[一一]故村上の先帝の御七宮におはします。麗景殿《庄子 代明親王女》の女御の御*腹《はら》の宮なり。北《きた》の方《かた》はやがて村上の四の宮《みや》爲平の式部卿の宮の御中姫君なり。母上《はゝうへ》は故源帥のおとゞ《高明》の御女《むすめ》の腹《はら》なり。かゝる御仲《なか》より出《い》で給《たま》へる[一二]女宮三所《みやみところ》、男宮二所《おとこみやふたところ》ぞおはします。その[一三]姫宮《ひめ》、えならずかしづききこえさせ給。[一四]いさゝかかたほなる事《こと》もなく、[一五]物清《ものきよ》き御仲《なか》らひなり。

一 （前回は）どんな事も思い出の種でないものはないと思い出されるような御有様であったから。
二 前回奉仕した僧達を。
三 仰せのまま前と少しも違わぬ数々の御祈禱を奉仕した。
四 今度は皇子でも皇女でも、無理に望む必要もあるまいが、やはり皇子二人がお並びなさる心強さは格別であろうから、皇子御誕生を祈願されるだろう。
五 花山院に寵愛された四の御方（為光四女）（↓一五六頁）。

花山院四の御方と道長

六 鷹司殿は↓一五六頁。
七 四の御方を情人にしたいと思われたが、決心もつかぬうちに。
八 道長北の方倫子が四の御方に便りをされたが。

具平親王女隆姫、頼通と結婚

九 どういう事情があったのか、道長はまだ決心をつけかねていた。
一〇 婿にしようと。
一一

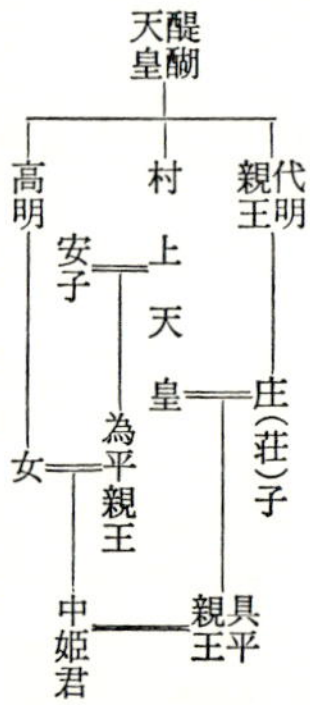

一二 師房・頼成・隆姫・敦康親王室・嫥子。
一三 隆姫。

中務《つかさ》の宮の御心用《もち》ゐなど、世《よ》の常《つね》になべてにおはしまさず、いみじう御才賢《ざえかしこ》うおはする餘《あま》りに、[一六]陰陽道も[一七]醫師の方《かた》も、よろづにあさましきまで足《た》らはせ給へり。[一八]作文・和哥などの方、世《よ》にすぐれめでたうおはします。[一九]心にくゝはづかしき事限《かぎり》なくおはします。その宮、この左衛門督殿を[二〇]心《こゝろ》ざしきこえさせ給へば、大殿聞《きこ》しめして、「いとかたじけなき事なり」と、畏《かしこ》まりきこえさせ給て、「[二一]男《をのこ》は妻《め》がらなり。[二二]いとやむごとなきあたりに參《まゐ》りぬべきなめり」と聞《きこ》え給程《ほど》に、[二三]内《うち》〳〵におぼし設《まう》けたりければ、今日明日《けふあす》になりぬ。[二四]さるは内《うち》などにおぼし心《こゝろ》ざし給へる御事なれど、[二五]御宿世《すくせ》にや、[79]おぼし立《た》ちて[二六]聟取《むこど》り奉《たてまつ》らせ給。御有様《ありさま》いと今《いま》めかし。女房廿人、童《わらは》・下仕《しもづかへ》四人づゝ、よろづいといみじう奥深《おくぶか》く心にくき御有様《ありさま》なり。今《いま》の世《よ》に見《み》え聞《きこ》ゆるかう《香》にはあらで、「げにこれをや古《いにしへ》の[二七]薫衣《くのえ》香《かう》などいひて、世《よ》にめでたきものにいひけんは、この薫《かほり》にや」とまで、押《を》しかへし珍《めづ》しうおぼさる。姫宮の御年《とし》十五六ばかりの程《ほど》にて、[二八]御髪《ぐし》など督《かん》のとのゝ御有様《ありさま》にいとよう似《に》させ給へる心地《ち》せさせ給に、めでたき御かたちと推《を》し量《はか》りきこえさせ給べし。中務《つかさ》の宮、いみじう[二九]御けしき疎《をろか》ならずあはれに見《み》えさせ給。かくて日頃《ごろ》ありて[三〇]御露顯《ところあらはし》なれば、御供《とも》に參《まゐ》るべき人〳〵、皆《みな》とのゝ御前《まへ》選《え》り定《さだ》めさせ給へり。その夜《よ》の有様《ありさま》、[三一]いさゝか心もとなき事《こと》なくしつくさせ給へり。

一四 些かも不完全な事なく。
一五 立派な御血統同士である。
一六 天文・暦数・占筮・相地等の道を修める学問。
一七 医師はクスシ。医術の方面も。
一八 サクモン。漢詩。
一九 奥ゆかしく御立派な事は。
二〇 聟にと。
二一 道長の詞。男子は妻次第で価値の定まるものだ。
二二 尊い宮家に聟どられてゆくのがよさそうに思われる。
二三 内々準備を進めていたので。
二四 実をいうと、具平親王は御女を内裏に奉り女御・后にもと心ざされた事であったが。
二五 こうなるのも前世からの宿縁であろうか。
二六 頼通を。結婚に関する記事は本書だけ。
二七 薫物の一種。甲香・丁子香・白膠香(びやくこう)・沈香・蘇合香・甘松・麝香・白檀・薫陸香(くんろく)を煉り合わせて作ったもの(類聚雑要・河海抄、巻一二)。
二八 「督の殿と聞えさするは(中略)、御髪の紅梅の織ものゝ御衣の裾にかゝらせ給へる程、隙なうやうじかけたるやうにて」(二四九頁〜二五〇頁)。
二九 御機嫌も並々ならず御喜びのように見受けられる。
三〇 結婚披露宴。江次第、聟執の条に詳しく儀式の順序が書かれている。また、源氏物語にも紫上と源氏の君の結婚式の模様が詳しく書かれている。
三一 些かもじれったく思うような事もなく。

[一]男君《おとこ》の御心《こゝろ》ざしの程《ほど》・有様《ありさま》のめでたさ、御品《しな》・程《ほど》によるわざにもあらずのみこそはあめれ、されどこの[二]御仲《なか》らひいとめでたし。宮いと[三]かひありておぼし見《み》奉《たてまつ》らせ給。[四]六條に明暮《あけくれ》の御歩《あり》きも、「路《みち》の程《ほど》などに、[五]夜行の夜《よ》なども自《をのづか》らありあふらん。いとうしろめたき事《こと》なり」とおぼして、「[六]上《かみ》つ方《かた》にさべき御様《さま》に」と掟《をき》てきこえさせ給。中務《つかさ》の宮[七]今《いま》は心安《やす》くなりぬるを、「[八]今《いま》だにいかで本意《ほい》遂《と》げなん」とおぼしならせ給。[九]事《こと》に觸《ふ》れてやむごとなき御有様《ありさま》*を、さべき折節《おりふし》、珍《めづ》しき節會などには、(いと)出《いだ》し奉《たてまつ》らまほしうのみ、おほやけにおぼしめさるゝ[一〇]事《こと》こたびのみにあらねど、[一一]すべてさやうにおぼしかけさせ給はず。世《よ》に口惜《くちお》しきことになん。」　かくてかんの殿《妍子 道長二女》、東宮に參《まい》らせ給はん事もいと近《ちか》うなりて、急《いそ》ぎたゝせ給にたり。かく參《まい》り給べしとある事を、宣耀殿《娍子》には[一二]あべい事のいまゝでかゝるとしおぼしめせば、ともかくもおぼし宣《のたま》はせぬに、「[一三]いと怪《あや》しうもおぼし入《い》れぬかな」と、候《さぶら》ふ人〳〵聞《きこ》えさすれど、「[一四]今《いま》はたゞ宮達《みやたち》の御扱《あつか》ひをし、その隙《ひま》には[一五]行《をこな》ひをとこそ思《おも》へ、宮の御爲《ため》にいとおしきことにこそあれ。[一六]さやうならん事こそよかべかめれ」など、[一七]いと疎《をろか》に猶《なを》思忍《しの》び給へど、[一八]それに障《さは》らせ給べき事にもあらぬものから、たゞ、「[一九]あやしき人だに如何《いかゞ》は物《もの》はいふ」と、有難《ありがた》う見《み》えさせ給。」　かくて[二〇]中宮の御事のかくおはしませば、靜心《しづ》なくとのゝ

一 頼通の御愛情の程合や結構な御様子は、全く相手の階級や家柄によるものだというわけのものではなかろうが。二 夫婦仲は。三 壻に迎えがいがあると。四 具平親王の六条の御邸(六条坊門南・西洞院東、千種殿—拾芥)に明暮お通いなさる途中などで。五 百鬼夜行の略。種々の妖怪が列をなして夜行すること。「百鬼夜行節分夜也」(下学集)。「百鬼夜行日、不ㇾ可ㇾ夜行(下略)」(拾芥)。九条師輔が百鬼夜行に出会った事が大鏡・宝物集等に、また小野篁・藤原高藤が朱雀門前で出会った事が江談抄、巻三に伝えられており、当時の迷信の一つ。ここに夜行の事を書いた典拠未詳。六 上京(一条通以北)に新邸を適当に設けようと御計画申し上げなさる。高倉殿のことであろう。七 頼通を壻に迎え心配もなくなったので。八 せめてこの際出家の本意を遂げたいと。九 ちょっとした場合にお示しなさる重々しい御様子を。「いと出し奉らまほしう」へ続く。一〇 (親王が出家を覚悟された)今度だけではないが。一一 親王は全然そのように心におかけなさらない。一二 当然あるべき事が今まで行われずにいたとお思いになるので、今更とやかくもおっしゃらないのに。宣耀殿は東宮妃。一三 大層不思議なことに督の殿の御参りを心配なさらぬ事よ。一四 以下宣耀殿の詞。宮達の世話をしたり。一五 仏道修行をしようと思っているのは、東宮のためにお気の毒な事です。一六 早く督の殿をお納れなさるのがよいに違いない。一七 大して気にされず我慢なさるが。一八 我慢されたからといって宣耀殿の気持に支

督の殿(妍子)、東宮御参り近づく

督の殿、東宮御参りの事延期

御前《おまへ》おぼしめす程《ほど》に、はかなく秋《あき》にもなりぬ。二月よりさおはしませば、十一月にはとおぼしめしたれば、いと物騒《ものさはが》しうて、督《かん》のとのゝ御参《まい》り冬《ふゆ》になりぬべうおぼしめしけり。」[80]かゝる程《ほど》に[二一]帥殿の邊《わた》りより、若宮を[二二]うたて申思《おも》ひ給へるさまの事《こと》、この頃《ころ》出《い》で來《き》て、いときゝにくき事多《ことおほ》かるべし。まことにしもあらざらめど、それにつけても[二三]けしからぬ事ども出《い》で來《き》て、帥殿いとゞ世中すゞろはしうおぼし歎《なげ》きけり。[二四][81]「明順《あきのぶ》が知《し》る事なり」など、大殿にも[二五]召《め》して仰《おほ》せられて、「かくあるまじき心な持《も》たりそ。[二六]かく稚《おさな》うおはしますとも、[二七]さべうて生《むま》れ給《たま》へらば、[二八]四天王守《まも》り奉《たてまつ》り給らん。[二九]たゞのわれらだに、人の惡《あ》しうするにはもはら死《し》なぬわざなり。況《いはん》や[三〇]おぼろげの御果報にてこそ、人の言《い》ひ思《おも》はん事《こと》によらせ給はめ、[三一]眞人達《まうとたち》は、かくては天の責《せめ》を蒙《かぶ》りなん。我《われ》ともかくもいふべき事《こと》ならず」とばかり、御前《おまへ》に召《め》して宣《のたま》はせけるに、いといみじう恐《おそろ》しうかたじけなしと、畏《かしこ》まりて、ともかくもえ述《の》べ申《まう》さでまかでにけり。その後《のち》やがて心地《ち》惡《あ》しうなりて、五六日ばかりありて死《し》にけり。」これにつけても、帥殿世《よ》をつゝましきものにおぼしまさる。[三二]同《おな》じ死《しに》といへども、明順《あきのぶ》も折《おり》心憂《う》くなりぬる事を、世《よ》の人口《くち》安《やす》からずいひ思《おも》ひけるに、帥殿、[三三]いかにか世《よ》をありにくゝ、憂《う》きものになんおぼし亂《みだ》れければにや、御心地《ち》例《れい》にもあらずのみおぼされて、[三四]御臺《だい》など

障のあるものでもないが、それと同時に。

一九 身分の賤しい女でも身の程を忘れて物言いがおとなしくないのに、この方は感心に嫉妬のことばも言われない。

伊周の周辺敦成親王を呪詛

二〇 →補四五七。

二一 伊周の周辺から。 二二 呪詛なさるというような事態が。→補四五八。

二三 この時伊周参朝の事が停止された。「二月廿日宣旨、不㆑可㆑令㆓朝参㆒依㆓呪詛事㆒也」(補任)。

二四 明順(伊周の母方の叔父)が計った事だ。

二五 明順を。以下の記述は源氏、若菜下の源氏対柏木の関係に似ている。

二六 若宮は。

二七 然るべき因縁があってこの世に生まれていらっしゃったというならば。

二八 帝釈天の臣で、須弥山の中腹を居所としている。

二九 平凡な自分らごとき者でさえ、人が呪詛したりしても全く死ぬなどいうことはない事だ。

三〇 いい加減な果報ならば、人の呪詛によって左右されるだろうが、(若君はそんなことになるはずはなく)却って。

三一 「まひと」の音便。相手を尊んでいう第二人称。

伊周籠居

三二 同じ死んだといっても、明順の死は天譴を蒙るだろうといわれたあいにくな時に死んだ事を。

三三 なんぼか生きながらえにくく。

三四 御食事なども召し上らないのではなく。御台は食物を載せる台、転じて食事。

敦良親王御誕生

も参《まゐ》らぬにはあらで、[一]なか〳〵常《つね》よりも物を急《いそ》がしう参《まゐ》りなどせさせ給けるに、例《れい》ならぬ御有様《ありさま》を、[二]上《うへ》も[三]殿《との》も恐《おそろ》しき事《こと》におぼし歎《なげ》きけり。この年頃《としごろ》[四]御ありきなかりつる程《ほど》に、古今・後撰・拾遺などをぞ、皆《みな》[五]まうけ給《たま》へりける。それにつけても猶[六]人よりけに、ことに[七]御才《ざえ》の限《かぎり》なければなりけり。」かゝる程《ほど》に、中宮の[八]御事、御修法・御讀經、よろづの御祈《いのり》、[九]はかなき事《こと》も、[一〇]さきの例《れい》をおぼし掟《をき》てさせ給に、十一月廿五日の程《ほど》に御けしきありて、悩《なやま》しげにおぼしめしたり。例《れい》のきゝにくきまで[一一]鳴《な》り満《み》ちたり。されど御もののけなど音《おと》なし。[一二]その方《かた》の心のどかにおはしますも、限《かぎり》なき御祈《いのり》の験《しるし》なるべし。いみじく平《たひら》かに、程《ほど》なく[一三]御子《みこ》生《むま》れ給ぬ。よろづよりも又[一四]後《のち》の御事とのゝしらせ給も、[一五]程《ほど》なくてものせさせ給つ。いとめでたき事をおぼしめし喜《よろこ》びたるに、[82]さきに劣《おと》らぬ[一六]男御子《おとこみこ》[一七]生《むま》れさせ給《たま》へるものか。殿の御前《まへ》をはじめ奉《たてまつ》り、[一八]いとかゝる事《こと》には餘《あま》りあさましう、空言《そらごと》かとまでぞおぼしめされける。内にも聞《きこ》しめして、[一九]いつしかと御剣《はかし》あり。總《すべ》て何《なに》事も、たゞ[二〇]はじめの例《れい》を一《ひと》つ違《たが》へず引《ひ》かせ給。女房の[二一]白衣《しろぎぬ》など、この度《たび》は冬《ふゆ》にて、浮文《うきもん》・固文《かたもん》・織《をり》物・唐綾《からあや》など、すべていはんかたなし。この度《たび》は[二二]袴《はかま》をさへ白《しろ》うしたれば、[二三]かくもありぬべかりけりと、[二四]白妙《しろたへ》の鶴《つる》の毛衣《けごろも》めでたう、[二五]千年《ちとせ》の程《ほど》推《を》し量《はか》られたり。[二六]御湯《ゆ》どのゝ有様《ありさま》など、はじめのにて知《し》りぬべければ、書《か》

一 却ってふだんよりも忙しく召し上りなどされたので。二 北の方。三「殿はたれにか、中納言〔隆家〕の脱文歟」(抄)。四 出歩きもなさらなかった間に。五 構え作る。ここは書写する意。六 人よりは勝って。七 御学才が限りなくおありなさったからだ。八 御懐妊の事について。九 ちょっとした事にいたるまで。一〇 前年若宮誕生の時の例を考えて御指図なさるうちに。一一 修法・読経の声や人々の騒ぐ声が。一二 物の怪に関する事が。一三「寅立二白御帳等一、此間有二悩気一頗重、入二御帳一給後、辰三刻、男皇子降誕給」(御堂、寛弘六年十一月二十五日)。日本紀略・御産部類不知記(左経記)・権記等同じ。一四 後産。一五 間もなく無事にお済みになられた。一六 敦良親王。後の後朱雀天皇。一七 お生まれになられたではないか。「ものか」は感動を表わす語。一八 引続き皇子御誕生とは余りにも驚きあきれるばかりの事で。一九 さっそく御剣をお贈りになられた。「巳時従レ内給二御剣一」(御堂、寛弘六年十一月二十五日裏書)。二〇 敦成親王の時の例を一つとして相違させずにそれに従っておやりなさった。二一 白装束。二二「袴は常に紅にて、御産の時も大かたはしかあるを、こたびはそれも白きをもちひたりとなり」(詳解)。二三 こうするのも趣のあることであったと思われ。二四 ちょうど鶴の毛衣(鶴の羽毛で作った衣)のように結構で。二五 若宮の行末遠い御寿命の程も。「千年」は鶴の縁語。二六 →補四五九。二七 かえって敦成親王の時よりも盛大なように思われた。二八 行事にも馴れて、事を省略されるようなことはない。二九 飲水病の事であろう(→七一頁注二)。三〇 御食事などもどうした事

き續《つゞ》けず。御文の博士《はかせ》もおなじ人《廣業弁》参《まい》りたり。すべて世《よ》にいみじうめでたき御有《あり》様《さま》に、申《ま》し遣《や》らん方《かた》なし。[83]三日・五日・七日夜などの御作法《さほう》、[二七]中〳〵まさ様《ざま》にこそ見《み》ゆれ。この度《たび》は[二八]事馴《な》れ、そがせ給事なし。」[84]帥殿は日頃《ごろ》[二九]水《みづ》がちに、[三〇]御臺《だい》などもいかなる事にかとまできこしめせど、[三一]怪《あや》し(う)ありし人にもあらず、細《ほそ》り給にけり。御心地《ち》もいと苦《くる》しう悩《なやま》しうおぼさる。[三二]うちはへ御齋《とき》にて過《すぐ》させ給し時は、いみじうこそ肥《ふと》り給へりしか、今《いま》は[三三]例《れい》の人の有様《ありさま》にて過《すぐ》させ給へど、[三四]かゝる御事をいかなる事にかと、心細《ぼそ》しとおぼさるゝまゝに、[三五]松《まつ》君の少将《道雅》何《なに》事にも人より勝《まさ》りておぼさるゝも、[三六]「如何《いかゞ》はならんとすらん」と、あはれに心苦《ぐる》しうおぼし歎《なげ》くも、理《ことはり》にいみじう、[三七]あらぬ世《よ》をあはれにのみおぼさるゝも、げにとのみ見《み》え聞《きこ》ゆ。[三八]*内《中宮》には、[三九]若《わか》宮の御戀《こひ》しさも、いまの御ゆかしさも、[四〇]「猶《なを》疾《と》く入《い》らせ給へ」とのみ聞《きこ》えさせ給。」[85][四一]内も焼《や》けにしかば、みかどは[四二]今《いま》内裏にはおはします。[四三]東宮は枇杷殿におはします。[86][四四]しはすになりぬれば、督《かん》のとのゝ御参《まい》りなり。日頃《ごろ》おぼし心《こゝろ》ざしつる事《こと》なれば、[四五]おぼろげならで参《まい》らせ給。[四六]いとあさましうなりぬる世《よ》にこそあめれ。[四七]年頃《としごろ》の人の妻子《めこ》なども、皆参《みなまい》り集《あつま》りて、大人《おとな》四十人・童《わらは》六人・下仕《しもづかへ》四人。督《かん》のとのゝ御有様聞《ありさまきこ》え續《つゞ》くるも、[四八]例《れい》の事めきて同《おな》じ事なれども、[四九]又如何《いかゞ》は少《すこ》しにてもほの聞《きこ》えさせぬやうはあらんな。[五〇]御年《とし》十六に

かと思われる程たくさん召し上がられるが。三一 ふしぎと以前の人のようにもなく。三二 ずっと引続き僧家の食事(精進料理)と同様にして過しておられた時は。三三 俗人と同じ食事で。三四 身体の痩せた事を。三五 道雅の事が何事につけても他の人以上に心配されるにつけ。三六 自分が死んだら道雅はどのようになることだろうか。三七 昔とすっかり変った世の中を。三八 帝におかせられては。三九 里におられる敦成親王を恋しく思われるにつけても、また新しくお生まれの敦良親王を御覧なさりたく思われるにつけ。四〇 やはり両宮を連れて早く宮中へ来られるようにとしきりに。上の「いま」は新生児。四一 「時寅、一条院焼亡」(御堂、寛弘六年十月五日)。日本紀略・権記・百錬抄・扶桑略記も同じ。四二 「子時行幸、不日造作雖レ未レ了、九重作様頗写得二」(御堂、十月十九日条)によれば道長の枇杷殿が今内裏とされた。↓補四六〇。四三 従来枇杷殿におられた東宮は、枇杷殿が今内裏となる関係上、頼通第を経て源雅信の一条の宅に移られた。本書は誤。↓補四六一。四四 御堂関白記(寛弘七年二月二十日)にも「参二尚侍東宮一」とあり、本書の誤。四五 並々ならず立派にして。四六 驚き呆れる程になり果てた世の中ではある。四七 年来道長家に仕える人の妻や子も。↓補四六二。四八 ありふれた事のように見え。四九 多少でもほのかになりと申し上げない訳がどうしてあろうか。五〇 妍子は正暦五年生まれ、寛弘六年は十六歳。

伊周病悩

督の殿、東宮に参り給う

督の殿の調度品

ぞおはしましける。この御前達《おまへたち》、何《いづ》れも御髪《ぐし》めでたくおはしますなかにも、この御前《まへ》すぐれ、いとこちたきまでおはしますめり。東宮いとかひありて、いみじうもてなしきこえさせ給へり。[一]内邊《うちわた》りいとゞ今《いま》めかしさ添《そ》ひぬべし。[二]はかなき御具《ぐ》どもゝ、[三]中宮の參《まゐ》らせ給し折《をり》こそ、耀《かゞや》く藤壺《ふぢつぼ》と世《よ》の人申けれ、[四]この御參《まゐ》りまねぶべき方《かた》なし。その折《をり》よりこなた十年ばかり(に)なりぬれば、[五]いくその事どもかい變《かは》りたる。その程《ほど》推《を》し量《はか》るべし。」かくて參《まゐ》らせ給へれば、春宮[六]むげにねびはてさせ給へれば、[七]いと恥《はづか》しうもやむごとなくも、樣《さま》〲御心遣《づか》ひ疎《をろか》ならず。年頃《としごろ》宣耀殿《娍子》をまたなきものにおぼし見奉《みたてまつ》らせ給つるに、[八]あさましうこよなき程《ほど》の御齢《よはひ》なれば、[九]たゞわが御姫宮達《ひめみやたち》をかしづき据《す》へ奉《たてまつ》らせ給へらんやうにぞおぼされける。日頃《ごろ》にならせ給まゝに、やう〲馴《な》れおはします御けしきも、いとゞえもいはず[一〇]うつくしう思きこえさせ給。夜《よ》ごとの[一一]御殿ゐはた更《さら》にもいはず、今《いま》はたゞこの御方《かた》にのみおはします。[一二]御具《ぐ》どもを片端《かたはし》よりあけ擴《ひろ》げて、御目《め》とゞめて御覽《らん》じ渡《わた》すに、[一三]これは〲と見所あり、めでたう御覽《らん》ぜらる。御櫛《くし》の筥《はこ》の内《うち》の[一四]しつらひ、[一五]小筥《こばこ》どものいり物どもは更《さら》なり、[一六]殿の上《うへ》、君達《きんだち》などの我《われ》も〲と[一七]挑《いど》みし給へるどもなれば、いみじう興《けう》ありて御覽《らん》ず。中宮の御參《まゐ》り[一八]のもかやうにこそはおぼし掟《をき》てさせ給めりしか。[一九]宣耀殿《娍子》に、[二〇]故村上の帝の、か

一 今内裏は枇杷殿。従って、妍子は枇杷殿に参った。 二 ちょっとした調度類も。「この御参り」以下に続く。 三 中宮が入内なさった時は耀く藤壺と中宮の事を世人も申し上げたように目も耀くばかりではあったが、しかし。↓二〇一頁。 四 今度の御参りの立派さは言いようもない。 五 どのくらい多くの事が変ったことか。「かい」は「かき」の音便。接頭語。 六 大層ふけておられるから。天延四年正月三日御誕生、寛弘六年に三十四歳。 七 妍子の方で恥かしくも、もったいなくも思われる程、様々払われる御配慮は並一通りではない。 八 妍子は呆れる程格段とお若い年齢だから。 九 東宮にとって妍子は御自分の姫君達を据え置き奉ったかのように思われた。 一〇 妍子を可愛いものと。

一一 妍子がお相手を勤めることは。 一二 妍子の持参された調度類を。 一三 これは大したものだと、どれもこれも見る価値があり。 一四 細工は。 一五 いろいろな小箱の中に入っている物はいうまでもなく。 一六 道長北の方倫子。 一七 風流華奢を競って作られたものであるから。 一八 …の調度もこのようにお指図なさってお作りなさったようであった。 一九 「宣耀殿に」は「伝りて」へ続く。 二〇 故村上帝が、昔の宣耀殿(娍子の叔母)のために調度を調進された時のものにおいては、その中で。↓一三一頁。 二一 妍子の持参された調度品に。 二二 昔風。古風。 二三 実をいうと。 二四 御自分の口でいわれたり、絵に描いてお示しになられたりされて。

の昔《むかし》の宣耀殿《芳子師尹女》の女御にし奉《たてまつ》らせ給へりけるには、蒔繪《まきゑ》の御櫛《くし》の筥《はこ》一雙《よろひ》は傳《つたは》りて、今《いま》の宣耀殿の女御の御方《かた》にぞ候《さぶら》ふを、その中《うち》をいみじう御覧《らん》じ興《けう》ぜさせ給しを、[二一]これに御覧《らん》じ合《あは》するに、かれは事のほかに[二二]古體《こたい》なりけり。[二三]さるは村上の先帝の様《さま》〳〵の御心掟《をきて》、この世《よ》のみかどの御心よりも勝《すぐ》れさせ給へりけるも、[二四]我《わが》御口《くち》・筆《ふで》に仰《おほ》せ給て、[二五]造物所《つくもどころ》のものども御覧《らん》じては、[二六]直《なを》しせさせ給へるを、[二七]これは猶いとこよなう御覧ぜらるゝに、「[二八]時世《ときよ》に従《したが》ふ目移《めうつ》りにや」と、御心ながらおぼしめせど、猶[二九]これはいとめでたければ、「とのゝ御心様《ざま》の、[三〇]あさましきまで何事にもいかでかく」とぞおぼしめしける。[三一]その御具《ぐ》どもの、屛風どもは、[三二]爲氏《ためうぢ》・[三三]常則《つねのり》などが書《か》きて、[三四]道風こそは[三五]色紙形《しきしがた》は書《か》きたれ。いみじうめでたしかし。[三六]その上《かみ》の物《もの》なれど、たゞ今《いま》のやうに塵《ちり》ばまず、鮮《あざや》かに用《もち》ゐさせ給へりしに、[三七]これは[三八]ひろたかゞ書《か》きたる屛風どもに、侍従中納言《行成》の[三九]書《か》き給へるにこそはあめれ。「何處《いづこ》かはこれに劣《おと》り優《まさ》りのあるべき」など、[四〇]御心の中《うち》におぼしめし餘《あま》りては、殿《との》や左衛門督《頼通》などの参《まい》り給《たま》へると宣《のたま》ひ定《さだ》めさせ給へるにつけても、御年《とし》などもねびさせ給にたれば、何《なに》事も見知《みし》り、[四一]ものゝ榮《はえ》おはしますにこそ、[四二]いと恥《はづか》しう、いとゞ何《なに》事につけても、[四三]その御用意《ようい》殊《こと》なり。」[四四]そこらの女房えもいはぬなり装束《さうぞく》にて、えならぬ織《をり》ものゝ唐衣《からぎぬ》を著《き》、おどろ〳〵しき[四五]大海《おほうみ》の摺裳《すりも》どもを[四六]引《ひ》

二五 蔵人所に属し、宮中の調度類を調製した所。
二六 作り直しを。
二七 妍子の調度品はやはり格段とすばらしいものに。
二八 時世の好みにひかれ、新規な物に目移りのするせいかと。
二九 妍子の調度品は。
三〇 万事呆れる程どうしてこんなに勝れているのかと。
三一 宣耀殿女御の調度類の。
三二 系譜未詳。詳解は為仁(二中〈名人歴〉)の誤かとしている。
三三 源氏物語(須磨)にも見える。「応和四年四月九日御記云、召二左衛門志飛鳥部常則一、図二画西廂南壁白沢王像一」(河海抄)。
三四 小野道風。佐理・行成と共に三蹟と称せられる書の名手。
三五 色紙の形を屛風に描いて色をつけなどし、それに詩・歌を書いたもの。
三六 昔の物。
三七 妍子の屛風は。
三八 巨勢弘高。金岡の曾孫。↓二〇二頁注一八。
三九 文字を。
四〇 東宮は御自分だけでは思案に余られた時は、参上された道長や頼通とお話になって優劣をお定めなさるにつけても。
四一 仕度のしがいもあるので。
四二 東宮に対し。
四三 特別の御配慮をなさった。
四四 大勢の妍子付きの女房達はいうにいわれぬみなりや衣装で。

督の殿の女房の服装

四五 ↓二六七頁注三三。
四六 腰にまとって。

き掛《か》け渡《わた》して、扇《あふぎ》どもを插《さ》し隠《かく》し、うち群《む》れ〳〵居《ゐ》ては、何事《なにごと》にかあらん、うち言《い》ひつゝさゝめき笑《わら》ふも、[一]恥《はづか》しきまで思《おも》ほされて、この御方《かた》に渡《わた》らせ給折《をり》は、心[二]懸想《けさう》せさせ給けり。[三]はかなう奉《たてまつ》りたる御衣《ぞ》の匂《にほひ》・薫《かほり》なども、[四]宣耀殿よりめでたうしたてゝ奉《たてまつ》らせ給けり。帝《みかど》、東宮と申は、[五]若《わか》くいはけなうおはしますだに、[六]心殊《こと》にいみじきものに人思きこえさするに、まいて[七]このお前《まへ》は御年《とし》も大人《おとな》びさせ給ひ、御有様《ありさま》などもなべてならず、いとおかしう[八]らう〳〵じうおはしませば、[九]いと恥《はづ》しげなる事なん多《おほ》くおはしますに、督《かん》の殿も、[一〇]他《こと》御方《かた》〳〵よりも、[一一]はかなう奉《たてまつ》りたる御衣《ぞ》の袖口《ぐち》・重《かさな》りなどの、いみじうめでたうおはしませば、とのゝ御前《おまへ》も、[一二]いとゞめでたうのみ重《かさ》ねきこえさせ給めり。」宣耀殿には、[一三]他人《よそ》も近《ちか》きも、「[一四]いかにおぼしめすらん。安《やす》くは大殿籠《おほとのごも》るらんや」など聞《きこ》ゆれば、「[一五]年《とし》頃《ごろ》かゝべい事《こと》のかゝらざりつれば、宮の御爲《ため》にいと心苦《ぐる》しく見奉《みたてまつ》れば、[一六]今《いま》なん、心やすく見奉《みたてまつ》る」など宣《のたま》はせて、御装束《さうぞく》を明暮《あけくれ》めでたう[一七]したてさせ給《たま》ひ、御薫《たき》物《もの》など常《つね》に[一八]合《あは》せつゝ奉《たてまつ》らせ給ける。[一九]宮《みや》はたゞ母后《はゝぎさき》などぞ思きこえさせ給へるも、げにとのみ見《み》えさせ給。[二〇]とのゝ上《うへ》は、中宮とこの[二一]女御殿とを、[二二]おぼつかなからず渡《わた》り参《まい》らせ給程《ほど》も、いとあらまほしうなん。」[87]年も返《かへ》りぬ。寛弘七年とぞいふめる。よろづ例《れい》の有様《ありさま》にて過《す》ぎもて行《い》くに、[88]帥殿は今年《ことし》となりては、いとゞ

一 東宮は。二 心の用意を整えること。緊張すること。三 ちょっとお召しになられた東宮のお着物の色合いや香のかおりなども。四 宣耀殿女御の方から結構に仕立てて差上げなさった。五 年若く子供っぽくいらせられてさえ。六 格別すばらしいものに。七 東宮は。八 労々じう。巧者で。九 東宮の御前へ出るとこちらが恥かしさを覚えるような事が。一〇 他の女御方以上に。一一 ちょっとお召しになられた。一二 一段と気を入れ立派に衣装を重ねてお着せ申し上げるようである。一三 関わりのない人も、近侍の人も。一四 どんなお気持がなさるだろう、気楽におやすみになれるだろうか。一五 娍子の詞。年来当然こうあるべき事が実現しなかったのだから。
「かゝべい事」は、「かゝるべき事」の意。
一六 督の殿の参られた今、いかにも気楽に。
一七 お仕立てなさり。

宣耀殿女御の心遣い

一八 調合されては。
一九 東宮は宣耀殿を母后などのように思い申し上げられるのも。年齢からは娍子は東宮の三歳の年長。
二〇 倫子。
二一 妍子。東宮女御の意か。
二二 御無沙汰することなく。
二三 今日にも臨終かと。
二四 手を尽くすだけの事は何事もこの数月来してしまわれたので。
二五 「歎く」か。

伊周病重くなり、遺言の事

二六 →一三五頁注三一。「凡食封、（中略）太政大臣三千戸、左右大臣二千戸、大納言八百戸、（若

御心地《ち》重《をも》りて、[二三]今日《けふ》や〳〵と見《み》えさせ給。[二四]何《なに》事も月頃《ごろ》しつくさせ給へれば、今《いま》は如何《いかゞ》すべきとおぼし[二五]歎《なげ》き、[89]さるは一昨年《をとゝし》よりは、[二六]御封なども例《れい》の大臣の定に得《え》させ給《たま》へど、[二七]國《くに》〴〵の守《かみ》も、はか〴〵しくすがやかに奉《たてまつ》らばこそあらめ、いと〳〵おしげなり。[90][二八]御心地《ち》いみじうならせ給《たま》へば、この[二九]姫《ひめ》君二所《ふたところ》、藏人少將《道雅》とを竝《な》め据《す》へ*て、[三〇]北《きた》の方《かた》に聞《きこ》え給。「己《をのれ》なくなりなば、いかなるふるまいどもをかし給はんずらん。世《よ》の中に侍つる限《かぎり》は、[三一]とありともかゝりとも、女御、后《きさき》と見奉《みたてまつ》らぬやうはあるべきにあらずと思《おも》ひとりて、かしづき奉《たてまつ》りつるに、[三二]命《いのち》堪《た》えずなりぬれば、如何《いかゞ》し給はんとする。今《いま》の世《よ》の事とて、[三三]いみじきみかどの御女《むすめ》や、太政大臣の女《むすめ》といへど、みな宮仕《みやづかへ》に出《い》で立《た》ちぬめり。[三四]この君達《だち》をいかにほしと思《おも》ふ人多《おほ》からんとすらんな。[三五]それはたゞ異事《ことぐ》ならず、己《をの》がための末《すゑ》の世《よ》の恥《はぢ》ならんと思《おも》ひて。[三六]男《おとこ》にまれ、何《なに》の宮、かの御方《かた》よりとて、こともよう語《かた》らひよせては、[三七]故《こ》とのゝ何《なに》とありしかばかゝるぞかし、と心を遣《つか》ひしかばなどこそは、世《よ》にも言《い》ひ思《おも》はめ。[三八]母とておはする人、はたこの君達《だち》の有様《ありさま》を[三九]はか〴〵しう後見《うしろみ》もてなし給べきにあらず。[四〇]などて世《よ》にありつる折《おり》、神佛にも、『[四一]己《をの》がある折《おり》、先《さき》にたて給へ』と、祈《いの》り請《こ》はざりつらんと思《おも》ふが悔《くや》しき事《こと》。さりとて尼《あま》になし奉《たてまつ》らんとすれば、[四二]人ぎゝ物狂《ものぐるお》しきものから、[四三]あやしの法師《ほうし》の具《ぐ》どもになり

以レ理解官、及致仕者、減半〉」(禄令)。
二七 所領地の年貢を取次ぐ国守達もはきはきと滞りなく奉るならばともかく、そうではないから、大層お気の毒な様子である。
二八 御病気が重くなられたので。
二九 頼宗室と中宮彰子の女房。
三〇 大納言源重光女。「源大納言重光卿の御女の腹に、女君二所、男君三所おはせしが」(大鏡、道隆伝)。
三一 どうあろうとこうあろうと、女御や后におさせ申さぬ事はあるはずのものではないと決心して、大切にし申し上げていたが。
三二 生きながらえる事もできなくなってしまったから。
三三 「いみじき」は「御女」へかかる。
三四 この姫君達を、これからどんなに欲しいと思う人が多くなることだろうな。
三五 というわけは全く別事ではない、自分にとって後代の恥になるだろうと考えていうのだ。
三六 夫として姫を迎えるにせよ、何某の宮、何某の御方でお望みだからといったりして、甘言を以て手許に迎えたりして。
三七 故殿(伊周)がこうこう言われたからこうこうしたのですとか、…と心配せられたからこうしたのですなどといって。
三八 それに母としていらっしゃる人―北の方も。
三九 はきはきとお世話なされそうにはない。
四〇 どうして自分の存命中に。
四一 自分の命のある中に、姫君達の命を取って戴きたいと。
四二 狂気じみていると世間からも言われるだろうものの、それと同時に。
四三 二人とも変な法師の連れそいにでもなってしまわれるだろうよ。

給はんずかし。あはれに悲《かな》しきわざかな。麿《まろ》[一]が死《し》なん後《のち》、[二]人笑《わら》はれに人の思《おも》ふばかりのふるまひ有様掟《ありさまをきて》て給はゞ、必《かなら》ず恨《うら》みきこえんとす。[三]ゆめ〳〵麿《まろ》がなからん世《よ》の面伏《おもてぶせ》、麿《まろ》を人にいひ笑《わら》はせ給なよ」など、泣《な》く〳〵申給へば、大ひめ《頼宗》上君・小姫《こひめ》君、[四]涙《なみだ》を流《なが》し給も疎《をろか》なり。[五]たゞあきれておはす。北《きた》の方も答《いら》へ給はん方《かた》もなく、たゞよゝと泣《な》き給。松君の少将《道雅》などを、「取《と》り分《わ》きいみじきものにいひ思しかど、[六]位《くらゐ》もかばかりなるを見置《みを》きて死《し》ぬる事《こと》。われに後《をく》れて如何《いかゞ》せむとする。[七]魂《たましゐ》あればさりともとは思《おも》へども、いかにせんとすらんな。いでや、世《よ》[八]にあり煩《わづら》ひ、[九]「官位《つかさくらゐ》人よりは短《みじか》し。人と等《ひと》しくならん」など思て、世《よ》に従《したが》ひ、[一〇]物覚《ものおぼ》えぬ追従《ついせう》をなし、名簿[一一]《〈ぶ〉》うちしなどせば、世《よ》に片時《かた》[一二]あり廻《めぐ》らせじとす。[一三]その定ならば、たゞ出家して山林《はやし》に入《い》りぬべきぞ」など、泣《な》く〳〵言《い》ひ續《つゞ》け給を、いみじう悲《かな》しと思惑《まど》ひ給。げに理《ことはり》に悲《かな》しとも疎《をろか》なり。中納言殿《隆家》あはれにきゝ惑《まど》ひ給て、「何《なん》かかくはおぼし續《つゞ》くる。[一四]げに皆《みな》さることゞもには侍《はべ》れど、[一五]などてかいと事の外《ほか》には誰《たれ》もおはせん」など、いみじう泣《な》き給へば、[一六]「君をこそは年頃子《としごろこ》のやうに思きこえ侍べりつれど、かく我《われ》[一七]も人もはか〴〵しからでやみぬる事の、あはれに口惜《くちを》しき事《こと》。道雅を猶《なを》よく言《い》ひ敎《をし》へ給へ」など、よろづにいひ續《つゞ》け泣《な》き給。[一八]一品宮《脩子》・一宮《敦康》も、[一九]この御心地《ち》をいかに〳〵とおぼし歎《なげ》く程《ほど》に、

一 やがて自分の死後に。
二 物笑いになるような事だと人が考えるような挙動をおさせになるならば。
三 絶対に自分の死後世間に対して面目をつぶすような事をせず、私を人から笑わせるようにして下さるな。
四 涙をお流しなさるのもいうまでもないことである。
五 ひたすら茫然としていらっしゃる。
六 位も少将程度に過ぎないのを後に残して死ぬことよ。
七 しっかりした思慮を持っているから、いくら何でもこのままで終るとは思われないが。
八 生活しづらくなって。
九 官位が他人と比べて低い、だから同等になりたいなどと。
一〇 思いもよらぬ諂いをしたり。
一一 ミョウブ。名札を送って臣礼をとったりしたら。「うち」は接頭語。
一二 生きのびることをさせぬだろう。
一三 どうせそうなると決めているならば。
一四 いわれる事は正にすべて道理ある事ではあるが。
一五 どうして誰も思いもかけないようなことになられようか。
一六 伊周の詞。「君」は弟隆家を指す。「侍べり」は「はンべり」と読むのであろう。
一七 自分(伊周)もあなた(隆家)も薄運のままで終ってしまう事が。
一八 いずれも伊周の妹定子皇后の所生。
一九 伊周の御病気を。

伊周一家の人々の容姿と伊周の容貌、才学

正月二十日餘《はつかあまり》になれば、世《よ》には[二〇]司召《つかさめし》とて、[二一]馬車《むまくるま》の音《おと》も繁《しげ》く、殿《との》ばらの内に参《まい》り給なども聞《きこ》ゆれば、あはれにいみじ。」大姫《ひめ》君はたゞ今《いま》十七八ばかりにて、[二二]御髪《くし》細《こま》かにいみじう美《うつく》しげにて、丈《たけ》に四五寸ばかり餘《あま》り給へり。御かたち有様《ありさま》、愛敬《あいぎやう》づきけ近《ちか》うらうたげに、色合《いろあひ》などいみじううつくしうて、白《しろ》き[二三]御衣《ぞ》どもの上《うへ》に[二四]紅梅《こうばい》の固文《かたもん》の織物《をりもの》を著《き》給《たま》うて、濃《こ》き袴《はかま》を著《き》給《たま》へる、あはれにいみじう美《うつく》しげなり。中姫《ひめ》君十五六ばかりにて、大姫《ひめ》君よりは少《すこ》し大《おほ》きやかにて、いと[二五]宿徳《しうとく》にもの〳〵しう、[二六]あな清《きよ》げの人やと見《み》え給て、御髪《ぐし》は丈《たけ》に三寸ばかり足《た》らぬ程《ほど》にて、いみじうふさやかに[二七]頼《たのも》しげに見《み》えたり。[二八]色《いろ》〳〵の御衣《ぞ》のなよゝかに皆《みな》重《かさな》りたる、[二九]ついたちの御装束《さうぞく》どものなえたるほどゝ見《み》えたり。いみじうあはれにうつくしげなる[三〇]御かたちどもに、母《はゝ》北《きた》の方[三一]さゝやかに、おほどかなるさまにて、たゞ今《いま》廿餘《よ》ばかりにぞ見《み》え給。それも又いと清《きよ》げにておはす。藏人の少将《松君》いと色合《いろあひ》美《うつく》しう、顔《かほ》つき清《きよ》げに、[三二]あべき限《かぎり》、繪《ゑ》に書《か》きたる男《おとこ》の様《さま》して、[三三]香《かう》にうすものゝ青《あを》き襲《かさ》ねたる襖《あを》に、[三四]濃紫《こむらさき》の固文《かたもむ》の指貫《さしぬき》著《ゝ》て、紅《くれなゐ》の[三五]打衣《うちぎぬ》などぞ著《き》給《たま》へる。[三六]色《いろ》あはひ何《なに》となく匂《には》い給《たま》へるに、ましていたう泣《な》き給へれば、面《おもて》赤《あか》み給へり。帥殿もかたち・[三七]身の才《〈ザイ〉》、世《よ》の上達部《かんだちめ》に餘《あま》り給へりとまでいはれ給《たま》ひつるが、[三八]年頃《としごろ》の御物《もの》思に、肥《ふと》りこちたうおはしましつるをこの月頃《ごろ》悩《なや》み給て、やゝうち細《ほそ》り

二〇 正月の除目。司召の除目。在京の諸官を任命する儀式。この年は二月十四日から十六日にかけて行われた(権記)。

二一 参内する人々の。

二二 毛筋が上品に。

二三 袿の上に。

二四 表紅梅・裏蘇芳で、糸を固く織り模様の浮き出ない表着をお召しになられ、濃い紅の袴をつけておられる様子は。

二五 落ちついて重々しくどっしりしていて。

二六 何と品のある綺麗な人よと。

二七 今に見事になるだろうと思われる。

二八 色々の色をした袿で、柔らかに重なっているのは。

二九 元日の晴着が柔らかになったのだろうと思われた。

三〇 姫君達の御容姿に比べて。

三一 身なりが小さく、おっとりした様子で。源重光の女。

三二 理想的な美男子で。

三三 香色(薄赤く黄ばんだ色)に薄物(紗・羅の類)の青い裏を付けた狩衣を着て。

三四 濃い紫の紋様の浮き出ない指貫の袴をはき。

三五 砧で打ち光沢を出した衵(あこめ)を着ておられる。

三六 もともと肌の色合が何となく魅力的でいられるのに。

三七 身に具わった学才。ザイは、才の呉音。「ざえ」というのはその音転。

三八 「やゝうち細り給へるが」へ続く。

給へるが、[一]色合《いろあひ》などの更《さら》に變《かは》り給はぬをぞ、人〳〵恐《おそろ》しき事《こと》に聞《きこ》ゆる。この姫《ひめ》君達《たち》のおはすれば、かたじけながりて、[二]御烏帽子《えぼうし》引《ひ》き入《い》れて臥《ふ》し給へり。若《わか》やかなる女房四五人ばかり、[三]薄色《うすいろ》のしびら《褶也》ども、[四]かごとばかり引《ひ》き結《ゆ》ひ付《つ》けたり。[五]何事《なにごと》もしめり、あはれにおかし。」[六]遂《つゐ》[91]に正月廿九日にうせ給ぬ。御年《とし》卅七にぞおはしける。この姫《ひめ》君達《たち》、[七]少将など、[八]さりともとおぼしけるに、あさましういみじう、物《もの》も覺《おぼ》え給《たま》はず。たゞ後《をく》れじ〳〵と泣《な》き惑《まど》ひ給へど、[九]かひある事《こと》ならばこそあらめ、いといみじう[一〇]あはれとも疎《をろか》なり。たゞ今《いま》いとか[一一]くしもおはしますまじき程《ほど》に、かくはかなき樣《さま》になり給ぬるは、[一二]年頃《としごろ》さりともの御頼《たの》みに、よろづ心のどかにおぼし渡《わた》りけるを、[一三]中宮の若《わか》宮、今《いま》宮、[一四]さし續《つゞ》きて月日の如《ごと》くにて光《ひか》り出《い》で給へるに、[一五]すべてず*ちなう、「今《いま》はかうにこそ」とおぼしつるに御病《やまひ》もつき、[一六]御命《いのち》も縮《つゞ》めてけるにや。このとのゝ君達《だち》をば更《さら》なり、中納言《隆家》や、頼親の内藏頭《くらのかみ》、周頼の中務《つかさ》の大輔などいふは、[一七]この御はらからども、あはれに思歎《なげ》き給へり。[一八]一品宮・一宮などの御けしきも、[一九]疎《をろか》なべきにもあらず。思やるべし。「あはれにいみじき世中なり。[二〇]いとゞいふかひなくては」などぞ、人も聞《きこ》えける。中納言《隆家》、[二一]いとゞ世中を憂《う》きものにおぼしたるにつけても、僧都の君《隆圓》とうち語《かた》らひ給《たま》うつゝ、猶《なを》世《よ》を捨《す》てまほしうのみおぼし語《かた》らひきこえ給。憂《う》き

一 顔色などが(健康時と)全然変られなさらぬのを。二 御烏帽子をかぶって。髻(もとどり)を見せないのが礼儀とされていた。三 淡紅色の褶(衣服の上から腰に巻きつける膝までの衣)。四 ほんの申訳程度に。五 万事にしんみりした気分が現われていて、しみじみとして趣が見られた。

伊周の薨去、家族の悲嘆

六「前大宰帥正二位藤原朝臣伊周薨〈卅七〉」(権記、寛弘七年正月二十九日)。七 伊周の男道雅。八 いくら何でも御病気の恢復されることもあろうと。九 泣いてもそのかいのある事ならばともかくだが。一〇 気の毒だなどといっても形容が不十分である。一一 亡くなられるような御年配でもないのに。一二 年来どんな事があろうと敦康親王がおられればと、それを頼みとして。一三 中宮御所生の敦成親王や敦良親王。一四 続いて天に並ぶ日月のように立派な皇子としてお生まれなさったので。一五 万事手段も尽き、今はこれまでの運命なのだと思われたことによって病気にもなり。一六 御寿命もちぢめてしまったのだろうか。一七 伊周の兄弟達で。「道隆―伊周・隆家〈中納言〉・周頼〈木工頭〉・頼親〈内蔵頭〉」(分脈)。この他になお隆円その他の男がある。一八 脩子内親王と敦康親王。一九 並一通りのものであるはずはない。「なべき」は「なンべき」と読むのであろう。二〇 不運な上にもろくも亡くなられてしまわれて…。二一 兄伊周が死んで一段と。二二 自分の事を考えなければならないような気がしきりにするので。二三 出家しようか、どうしようかと。二四 浦〳〵の別に伊予守兼資とあった人(↓一八七頁注二七)。遠資は兼資の初の名。小右記(正暦四年二月二十二日)に

世《よ》の中《なか》に、今《いま》はたゞ、[二二]身《み》づからの事《こと》になりぬる心地《ち》のみすれば、[二三]いかにせましとおぼすに、[二四]〈トヲヨリ〉[92]遠資が女《むすめ》の腹《はら》の女君達《たち》のあはれさに、よろづをえ捨《す》て給はぬ、あはれなり。」[93][二五]小一條の中の君と聞《きこ》ゆるは、[二六]宣耀殿の御弟《をとうと》の君、[二七]殿も上《うへ》も、[二八]ともかうもなさでうせ給にしかば、いかで女御殿に劣《おと》らぬ様《さま》の事《こと》をなどおぼし構《かま》へて、[二九]東宮の御弟《をとうと》の帥宮（敦道）に聞《きこ》えつげ給《たま》へりしかば、[三〇]南院に迎《むか》へ給《たま》へりしかど、年月に添《そ》へて御心ざし淺《あさ》うなりもて行《い》きて、[94]和泉守《いづみのかみ》（和泉式部是也）みちさだがめをおぼし騷《さは》ぎて、[三一]この君をば事の外《ほか》におぼしたりしかば、居煩《ゐわづら》ひて、[三二]小一條のおば（祖母也）北《きた》の方《かた》の御許《もと》に歸《かへ》り給にしぞかし。されば東宮も、宣耀殿も、「この事《こと》を[三三]我口《わがくち》入《い》れたらましかばいかにきゝにくからまし。知《し》らぬ事なれば、心安《やす》し」とぞおぼし宣《のたま》はせける。[三四]御幸《さいはひ》同《おな》じ御はらからと見《み》え給《たま》はず。和泉《いづみ》をば、[三五]故彈正宮もいみじきものに思《おも》ほしたりしかば、かく帥宮も[三六]うけとりおぼすなりけり。[三七]故關白殿（道隆）の三の君帥宮の上《うへ》も、一條わたりに心得《え》ぬ御樣《さま》にてぞおはする。また（又）小一條の中君も、如何《いかゞ》とぞ人推《を》し量《はか》りきこゆめる。」[95]かゝる程《ほど》に、六條の宮も[三八]うせ給にしかば、左衞門督殿（頼通）ぞ、萬《よろづ》おぼし扱《あつか》ひきこえ給も本意《ほい》あり、あはれなる御事なり。」まこと[三九]花山院かくれさせ給にしかば、[四〇]一條殿の四君は、[四一]鷹司殿《たかつかさどの》に渡《わた》り給にしを、との〻上《うへ》の御消息度《たび》〳〵ありて、迎《むか》へ奉《たてまつ》り給て、姫君の御[四二]具になしきこえ給に

「伊予守遠資来」とあるも同人。むすめ腹（隆家女）の女君は、敦儀親王室。二五 小一条大将済時。二六 宣耀殿女御娍子の御妹で。二七 済時も済時室も。二八 何とも中の君の始末をつけないで亡くなられたので。済時の薨去は長徳元年。

帥宮敦道親王と和泉式部

二九「いま一所の女君は、ちゝ殿〈済時〉うせ給にしのち、御心わざに、冷泉院の四親王帥宮と申御うへにて二三年ばかりおはせしほどに、宮、和泉式部におぼしうつりにしかば、ほいなくて、小一条にかへらせ給にしのち、このごろきけば、心えぬ有さまのことのほかなるにてこそおはすなれ」（大鏡、師尹伝）。三〇 御堂関白記（寛弘三年正月三日）に「東宮〈居貞〉御在所南院」とある所か。同記、長和元年十月二十四日条によれば、冷泉院御領であったらしい。三一 中の君を問題外に思われたので。三二 祖父師尹の北の方。↓一三一頁。三三 自分が口を出して媒などした事だったら。三四 幸福という点では娍子と中の君とは御同胞とも見えぬ程距りがある。三五 帥宮の御兄為尊親王。和泉式部のはじめの恋人。長保四年六月十三日薨去。↓二三四頁。三六 兄宮薨去の後を受けてお愛しなさるのであった。「うけとり」は西「うけはり」（うけばり。思う存分に）とある。三七 ↓補四六三。三八「子時許中

具平親王薨去

務卿親王〈具平〉薨云々」（御堂、寛弘六年七月二十九日）。親王の女は頼通室。三九 寛弘五年二月

道長、為光女四の君を寵愛す

八日（↓二五四頁）。四〇 花山上皇の情人（↓一五六頁）。四一 ↓一五六頁。四二 御相手役。

しかば、殿《との》[一]よろづにおぼし掟《をき》てきこえ給《たま》ふし程《ほど》に、[二]御心《こゝろ》ざしいとまめやかに思《おも》ひきこえ給。[三]家司《けいし》なども皆定《みなさだ》め、[四]まことしうもてなしきこえ給へば、いとあべい様《さま》に、あるべかしうて過《す》ぎさせ給めれば、[五]院の御時こそ、[六]御はらから達《たち》も知《し》[七]りきこえ給《た(ま)》はざりしか、[八]この度《たび》はいとめでたくもてなしきこえ給へりけり。」

96 中宮の若宮《わかみや》、いみじういとうつくしうて走《はし》りありかせ給。今年《ことし》は三《み》[九]つにならせ給。[一〇]四月には、殿、一條の御棧敷《さじき》にて若《わか》宮に物《もの》御覽《らん》ぜさせ給。いみじうふくらかに白《しろ》う愛敬《あいぎやう》づき、うつくしうおはしますを、[一一]齋院の渡《わた》らせ給折《おり》、[一二]大殿《との》「これは如何《いかゞ》」とて、若《わか》宮を抱《いだ》き奉《たてまつ》り給て、[一三]御簾《みす》をかゝげさせ給へれば、齋院の御輿《こし》の帷《かたびら》より、御扇《あふぎ》をさし出《い》でさせ給へるは、見奉《みたてまつ》らせ給なるべし。かくて暮《く》れぬれば、[一四]又日、齋院より、

97 [一五]光《ひかり》いづる葵《あふひ》のかげを見《み》てしかば年經《としへ》にけるも嬉《うれ》しかりけり」御返し、とのゝ御前《まへ》、

98 [一六]もろかづら二葉《ふたば》ながらも君にかくあふひや神《かみ》のしるしなるらん」とぞ聞《きこ》えさせ給ける。[一七]若《わか》宮・今《いま》宮、うち續《つゞ》き走《はし》りありかせ給も、[一八]おぼろげの御功徳《くどく》の御身と見《み》えさせ給。中宮を、殿はいみじうやむごとなきものに思きこえさせ給へるも、理《ことはり》にこそ。」かくて東宮の一宮をば99[一九]式部卿の宮とぞ聞《きこ》えさするを、廣幡《ひろはた》

一 色々指図して御世話申し上げているうちに。「給ふ」は「給う」が正しい。

二 四の君に対し真実の愛情をおかけになられた。三 四の君付きの家令。四 本格的にお世話なさったので、大層理想的で望み通りの有様で暮していられるようなので。五 花山院が四の君に思いをかけられた時は(→一五六頁)。六 四の君の兄斉信・公信等。七 関り知らぬ顔をしておられたが。八 道長の情

敦成親王賀茂祭御覧

人となった今度は。九 寛弘五年九月十六日御誕生、今年(寛弘七年)三歳。一〇 四月賀茂祭の際に。→補四六四。一一 選子内親王。一二 道長。以下の話は大鏡(師輔伝)にも見える。一三 桟敷の簾。一四 マタノヒ。翌日。一五 ゆくゆく帝位におつきなさって光を放たれる二葉葵のような御姿をお見上げしたので、自分の年をとったことも嬉しく感じられたことでした。後拾遺、雑五・古本説話集。大鏡は三句「みてしより」、四句「年つみけるも」。一六 桂の葉に葵の葉をかざす賀茂祭の日に、御幼少ながら斎院であるあなたにお会いできたのは、賀茂明神の冥助によるものでございましょう。大鏡(師輔伝)・後拾遺、雑五・古本説話集。一七 敦成親王と敦良親王とが。一八 格別の。「おぼろげならぬ」の意。一九 敦明親王の任式部卿は寛弘八年十二月。三条天皇践祚の後で、本書と異なる。二〇 顕光の任右大臣は長徳二年七月二十日。二一 一条天皇女御元子(顕光女)、妹は延子。二二 不承・反撥の語。いやもう、古風な婚儀だと親王は思われたが。二三 若い時から特別な人望などはおありにならな

顕光女延子、敦明親王と結婚

の中納言は今《いま》[二〇]は右のおとゞ《顕光》ぞかし。[二一][100]承香殿の女御の御弟《をとゝ》の中姫《ひめ》君に、この宮壻《みやむこ》取《と》り奉《たてまつ》り給へり。「[二二]いでや、古體《こたい》にこそ」など思《おも》ひきこえさせ給に、それさしもあらず、いと目安《めやす》き程《ほど》の御有様《ありさま》なり。殿も殊《こと》に*[二三]わかくより覺《おぼ》えこそおはせざりしかど、[二四]めでたうのゝしり給し閑院の大將《朝光》は、[二五]大納言にてこそはうせ給にしか、この殿《との》はかく[二六]命長《いのちなが》くて、大臣までなり給へれば、いとめでたし。式部卿宮《敦明》、[二七]さばかりにやと思きこえ給しかども、いと思《おも》ひの外《ほか》に女君《ぎみ》も[二八]清《きよ》げにようおはし、御《おほん》心様《ざま》などもあらまほしう、何《なに》事も目安《めやす》くおはしましければ、[二九]御仲《なか》らひの心《こゝろ》ざしいとかひある様《さま》なれば、[三〇]たゞ今《いま》は、[三一]女御を又なきものに思きこえさせ給し父《ちゝ》大臣《おとゞ》、[三二]この宮の上《うへ》をいみじきものに思きこえ給へり。宮も[三三]いみじう御心の本體たはれ給《たま》うけれど、この女君を、たゞ今《いま》はいみじう思きこえ給へれば、いと[三四]思《おも》はずなる事にぞ、人〳〵聞《きこ》えける。」[101]かの帥殿の大姫《おほひめ》君にはたゞ今《いま》の大《おほ》とのゝ高松殿腹《たかまつどのばら》の[三五]三位中將《頼宗》通《かよ》ひきこえ給とぞいふと、世《よ》に聞《きこ》えたり。惡《あ》しからぬ事なれど、[三六]殿のおぼし掟《をき》てしには違《たが》ひたり。中將いみじう[三七]色《いろ》めかしうて、[三八]よろづの人たゞに過《すぐ》し給はずなどして、[三九]御方《かた》〲の女房に物宣《ものゝたま》ひ、子《こ》をさへ生《う》ませ給けるに、[四〇]この御あたりにおはし初《そ》めて後《のち》は、[四一]こよなき御心用《もち》ゐなれど、猶折《おり》〳〵のものゝ[四二]紛《まぎ》れぞ、いと心づきなうおはしける。[四三]あはれに心《こゝろ》ざしのあるまゝによ

なかったが。
二四 結構な方だと騒がれなさった顕光の弟朝光は。朝光は閑院大将と号した。
二五 長徳元年三月二十日薨。
二六 寛弘七年に六十七歳。
二七 延子を大したことはあるまいと思い申し上げたが。「女君」は延子。
二八 綺麗で立派でいらっしゃり。
二九 御夫婦の愛情は参りがいのある有様であったから。
三〇 「この宮の上を」以下へ続く。
三一 今まで姉の女御を無類に愛していた父顕光も。
三二 敦明親王室延子を。
三三 大層御本性は色好みでいらっしゃったが。「たはる」は淫らな行為をすること。↓三〇頁注一。
三四 思いがけない事に。
三五 頼宗は寛弘六年三月任右近衛権中将、同八年八月十一日従三位。後宮で書いたのであろう。
三六 「殿」は伊周。↓二八九頁。
三七 色好みで。

頼宗、伊周大姫君に通ず

三八 多くの女性をそのままでは見過ごされず、情人にされたりして。
三九 宮々に仕える女房。
四〇 伊周大姫君のもとへ。
四一 以前とは格別異なった御心がけではあったが。
四二 密通なさるのは、気にくわない面白くないことでいらっしゃった。
四三 深い御愛情を持たれていたから、万事(財政上の事まで)お世話申し上げなさったので。

ろづに扱《あつか》ひきこえ給へば、仕《つか》まつる人もうち泣《な》き、女君も恥《はづか》しきまでおぼしけり。[一]母北《はゝきた》の方、もとより中の君をぞいみじく思きこえ給へりければ、よろづに[二]この御爲《ため》には疎《をろか》なる樣《さま》に見《み》え給ける。」中君をば中宮《彰子》よりぞ[三]度《たび》〳〵御消息聞《せうそこきこ》え給へど、[四]昔《むかし》の御遺言《ゆいごん》の片端《かたはし》より破《やぶ》れんいみじさに、たゞ今《いま》おぼしもかけざめれど、[五]目安《めやす》き程《ほど》の御ふるまひならばさやうにやと、心苦《ぐる》しうぞ見《み》え給ける。あはれなる世《よ》の中は、[六]寢《ぬ》るが中《うち》の夢《ゆめ》に劣《おと》らぬ樣《さま》なり。」あさましき事は、帥宮の思もかけざりつる程《ほど》に、[102]はかなうわづらはせ給て[七]うせ給にしこそ、猶〳〵あはれにいみじけれ。」[103]内の一宮《敦康》[八]御元服せさせ給て、式部卿にとおぼせど、それは東宮の一宮さておはします。[九]中務《つかさ》にても二宮おはすれば、[一〇]たゞ今《いま》あきたるまゝに、[一一]今上の一宮をば帥宮とぞ聞《きこ》えける。[104]御才深《ざいふか》う、心深《ふか》くおはしますにつけても、上《うへ》はあはれに[一二]人知《し》れぬ私物《わたくしもの》に思《おも》ひきこえさせたまて、よろづに、「[一三]飽《あ》かずあはれなるわざかな。かうやは思《おも》ひし」とのみぞ、うちまもりきこえさせ給へる。御心《こゝろ》ざしのあるまゝにとて、[一四]一品にぞなし奉《たてまつ》らせ給ける。[一五][105]よろづを次第《しだい》のまゝにおぼし*めしながら、[一六]はか〴〵しき御後見《うしろみ》もなければ、[一七]その方《かた》にもむげにおぼし絶《た》えはてぬるにつけても、返〳〵「口惜《くちお》しき御宿世《すくせ》にもありけるかな」とのみぞ悲《かな》しうおぼしめしける。中宮は御[一八]けしきを見奉《みたてまつ》らせ給て、「[一九]ともかくも世《よ》に

一 伊周未亡人、重光女。
二 壻の頼宗に対しては疎略なようすに見受けられた。
三 女房としてお使いになられようとして度々

—— 中宮、伊周の中姫君を召さる ——

御案内を差上げられたが。
四 伊周の御遺言（→二八九頁）。
五 見苦しくない程度の御取扱いをされるならば侍女にしてもよいと、（北の方の思案される有様は）お気の毒に見受けられた。

—— 敦道親王薨去 ——

六「ぬるがうちに見るをのみやは夢といはんはかなき世をもうつつとは見ず」（古今、哀傷、壬生

—— 敦康親王御元服 ——

忠岑）。
七「前大宰帥三品敦道親王薨、年廿七」（権記、寛弘四年十月二日）。御堂関白記も同じ。ここに書いてあるのと年紀が合わない。
八 寛弘七年七月十七日（御堂・権記・紀略・御遊抄）。敦明は、この時、式部卿ではない。
九 中務卿としても二の宮（敦儀親王）が任ぜられていらっしゃるから。一代要記によれば、敦儀親王の任中務卿は長和二年六月二十二日で本書と異なる。
一〇 目下大宰帥が闕員だからそれに任じて。
一一 敦康親王。
一二 人には内密の大切なものに。
一三 不満足な気の毒な事だ、こんな事になると予期した事だったろうか。
一四 日本紀略・御遊抄等は三品。
一五 すべての事を順序次第どおりにしたいと思

おはしまさん折《おり》は、猶《なを》いかでかこの宮の御事を二〇さもあらせ奉《たてまつ》らばや」とのみぞ、二一心苦《こゝろぐる》しうおぼしめしける。」この頃《ごろ》となりては、「いかで〳〵疾《と》くおりなばや」とおぼし宣《のたま》はすれば、中宮物《もの》を心細《こゝろぼそ》うおぼしたり。されど二二うつくしくさし續《つゞ》かせ給へる御有様《ありさま》をぞ、頼《たのも》しうめでたき事に世《よ》の人申ける。

し召しながら。
一六 しっかりした確かな御後見役。

一条天皇御譲位の思し召し

一七 皇太子にすることをも全然断念してしまわれたにつけても。
一八 帝の御心中をお察しになられて。
一九 将来の事はともかくとして、帝の御在位中は。
二〇 帝の御心に添って皇太子になられるようにして差上げたいと。
二一 帝に対してお気の毒に。
二二 お可愛らしい有様で一の宮二の宮と引き続いていらっしゃるのを。

巻第九　いはかげ

巻名　岩蔭において、一条天皇の御遺骸を荼毘に付した記事により、「七月七日、明日は御葬送とて（中略）、かくて八日の夕、いはかげといふ所へおはします」という巻中の詞および弁の資業の歌「岩蔭の煙を霧に分きかねてその夕ぐれの心地せしかな」等からとった。

諸本＝岩かけ（陽）・石蔭（西、活）・第九石景（富）。

所収年代　寛弘八年（一〇一一）六月から十月まで、五カ月間。

内容　一条天皇は御譲位の思し召しを表明されたが、道長の賛意を得られないでいるうちに御病気になられた。

内裏焼亡後の里内裏一条院へ東宮の行啓があり、帝から、次の東宮には敦成親王を立てるというお考えが伝えられた。その後中宮は、敦康親王に対する同情から、親王を東宮にするよう道長に訴えたが、聞かれなかった。

六月十三日の譲位翌日から急に重態になられ、院源僧都を召されて落飾された。二十二日に院は崩御され、中宮ははじめて人生の悲哀を知り、深い悲しみを覚えられた。

岩蔭で葬送が行われたが、御遺骨は大蔵正光朝臣が首に懸けて帰った。引続き御法事がしめやかに営まれ、追憶の和歌の数々が詠まれた。

伊周大姫君は、頼宗と結婚していたが、この頃女子を生んだ。道長は未来の后にもなるべきものとして大切に育くんだ。

道長の女妍子は女御として新帝のもとに入内した。また宣耀殿女御（娍子）所生の第一皇女当子内親王が斎宮に卜定され、野の宮に入られた。

十月になり、世の中では御禊などが行われて賑わったが、中宮（彰子）は悲しみのうちに日を送られた。

一条院の女御達（暗部屋・弘徽殿・承香殿）は喪に服したが、それぞれ道長の手によって行われた御遺産の処分にあずかった。

左衛門督の北の方と、一条院女御弘徽殿（義子）との間に長歌の贈答が行われた。

榮花物語巻第九

いはかげ

[1]かくてみかど、「[一]いかでおりさせ給なむ」とのみおぼし宣《のたま》はすれど、との〻御前許《まへゆる》しきこえさせ給はぬ程《ほど》に、[2][二]例《れい》ならず悩《なやま》しうおはしまして、「いかなる事にか」とおぼして、御慎《つゝし》みあり。中宮《彰子 上東門院》もしづ心なく歎《なげ》かせ給《たま》ふ程《ほど》に、[三]まめやかに苦《くる》しうおぼしめさるれば、「[四]これより重《おも》らせ給《たま》ふやうもこそあれ」と、「[五]何事《なに》もおぼしわかる〻程に、いかでともかくも」と、おぼしめさる。御もの〻けなど、様《さま》〴〵繁《しげ》き様《さま》なり。この頃《ごろ》[六]一條の院にぞおはします。夏《なつ》の事なれば、[七]さらぬ人《ひと》だに安《やす》くもあらぬに、いみじう苦《くる》しげにおはしますも、見奉《みたてまつ》り仕《つか》うまつる人安《やす》くもあらず歎《なげ》く。六月七八九日の程《ほど》なり。」「[八]今《いま》はかくて下《を》りゐなむとおぼすを、さるべき様《さま》に掟《おき》て給《たま》へ」と仰《おほ》せらるれば、[九]殿《との》うけ給はらせ給て、「[一〇]春宮《三條院》に御對面《たいめむ》こそは例《れい》の事なれ」とて、おぼし掟《をき》てさせ給程《ほど》(も)、「[一一]春宮には一宮をとこそおぼしめすらめ」と、中宮の御心《こゝろ》の中《うち》にもおぼし掟《おき》てさせ給《たま》へるに、上《うへ》在《をは》しまして、[一二]春宮の御對面急《おほんたいめいそ》がせ給に、世人《よ》「[一三]いかなべいことにか」と、ゆかし

一 早く譲位したいとしきりに。敬語の使用は作者が敬意を籠めた表現。以下同様。
二 御不例のようすでいらっしゃって。
三 帝は真実苦しく思し召されたので。
四 これ以上に病気の重くなることもあろうかも知れぬと。
五 万事御分別のつくうちに、ともかく譲位の事をと。「おぼしめさる」は「と…と」を受ける。この頃の事は御堂関白記(寛弘八年五月二十三—二十六日)・権記(同年五月二十二、二十五、二十七日)等に詳しい。

――一条天皇御悩、御譲位の思し召し――

六 「一条南・大宮東、二町、謙徳公(伊尹)家、又為㆓法住寺大臣為光家㆒也」(拾芥)。「天皇従㆓枇杷第㆒遷㆓御新造一条院㆒」(紀略、寛弘七年十一月二十八日)。
七 病気でない壮健な者でさえ暑さに堪え難いのに。
八 今は譲位したいと思うから、適当な処置を取計らうように。↓補四六五。
九 道長が。

――東宮、一条院行啓の準備――

一〇 御譲位なさるについては、東宮に御対面なさるのが先例です。ここの東宮は居貞親王。
一一 次の東宮には第一皇子敦康親王をお立てになりたいと思し召すであろうと、(帝はもちろん)中宮も内心おきめなさっておられるのに。
一二 東宮との御対面の御仕度をなさるにつけて。
一三 次の東宮の事はどのように落着くのかと、早く知りたいことと噂するにつけ。

う申思《おも》ふに、一宮《敦康》の御方《かた》ざまの人〳〵、「[一]若宮《わかみや》かくて頼《たのも》しくいみじき御仲《なか》より光《ひか》り出《い》でさせ給へる、いとわづらはしく、さやうにこそは」と思《おも》ひきこえさせたり。又あるいは、「[二]いでや」など、推《を》し量《はか》りきこえさせたり。」[3]春宮行啓あり。[三]十一日に渡《わた》らせ給程《ほど》、いみじうめでたし。[四]一條院には、いかにおはしまさんとすらんとより外《ほか》の歎《なげ》きなきに、[五]春宮方《がた》の殿上人など、思《おも》ふ事なげなるも常《つね》の事ながら、[六]世《よ》のあはれなる事《こと》、たゞ時《とき》の間《ま》にぞ變《かは》りける。さて[七]渡《わた》らせ給《たま》へれば、御簾越《みすごし》に御對面《たいめ》ありて、[八]あるべきことゞも申させ給《たま》ふ。世《よ》には[九]をどろ〳〵しう聞《きこ》えさせつれど、[一〇]いとさはやかによろづの事聞《きこ》えさせ給《たま》へば、「世《よ》の人の[一一]そら事をもしけるかな」と、宮はおぼさるべし。「[4]位《くらゐ》も譲《ゆづ》りきこえさせ侍《はべ》りぬれば、[一二]春宮《後一條院》にはわかみや《敦成(ヒラ)》をなんものすべう侍《はべ》る。[一三]道理《だうり》のまゝならば、[5]帥《そち》の宮をこそはと思《おも》ひ侍《はべ》れど、はか〴〵しき後見《うしろみ》なども侍《はべ》らねばなん。[一四]おほかたの御まつり事にも、年頃親《としごろした》しくなど侍《はべ》りつる男《をのこ》どもに、御用意《ようい》あるべきものなり。[一五]みだり心地《こゝち》おこたるまでも、本意《ほい》遂《と》げ侍りなんとし侍り。[一六]又さらぬまでもあるべき心地《こゝち》もし侍《はべ》らず」など、さま〴〵あはれに申させ給。春宮も御目拭《めのご》はせ給べし。さて歸《かへ》らせ給《たま》ひぬ。」中宮は[一七]若宮《わかみや》の御事の定《さだま》りぬるを、[一八]例《れい》の人におはしまさば、ぜひ《是非》なく嬉《うれ》しうこそはおぼしめすべきを、「[一九]上《うへ》は道理《だうり》のまゝにとこそは

[一]若宮(敦成)がこのように左大臣(道長)を祖父とし、中宮を御母とする行末も頼もしいすばらしい御仲から光り輝くようにお生まれになられたのだから、まことに気のおかれることで、

東宮行啓、帝と御対面

必ず次の東宮に立たれるだろうと。[二]不承・反撥の語。いやさような事はあるまい(一の宮こそ順序通り東宮に立たれるだろう)。[三]東宮との御対面は、御堂関白記・権記には二日とある。[四]一条院御所に仕える人々。[五]東宮御所の殿上を許された人々。[六]世の中の感慨無量なことは、またたく間に転変するものであった。↓補四六六。[七]東宮が渡御せられたので、帝は御簾を隔てて御対面になられ。[八]御譲位について必要な事どもを。[九]帝の御悩を大げさに申し上げていたが。[一〇]帝は何事をも大層気持よくお話しなさるので。[一一]事実無根の事。[一二]次の東宮には敦成親王を立てようと思う。[一三]長幼の次第によるという道理に従えば、一の宮敦康を必ず東宮にと思うが、しっかりした後見役もないので(断念した)。[一四]総じての政治についても年来親しくしていた元老達に(意見を聞かれるよう)、そのお積りになさるがよい。↓補四六八。[一五]自分はたとえ病気の治ることがあっても、出家の本意を遂げようと考えている。[一六]出家しないとしても生きておれそうな気持もしない。[一七]敦成親王が東宮に決定したことを。[一八]ふつうの人でいらっしゃるならば、

中宮、敦康親王の不遇を嘆き、道長と談合

夢中になって嬉しく思し召されるに違いないが。[一九]帝は道理に従って一の宮を東宮に

おぼしつらめ。かの宮も、さりともさやうにこそはあらめとおぼしつらんに、かく二〇世《よ》の響《ひゞき》により、引《ひ》き違《たが》へおぼし掟《をき》つるにこそあらめ。二一さりともと御心《こゝろ》の中《うち》の歎《なげ》かしう安《やす》からぬ事には、これをこそおぼしめすらんに、いみじう心苦《こゝろぐる》しういとをしう。若宮《わかみや》はまだいと稚《をさな》く在《をは》しませば、二二自《をのづか》ら御宿世《すくせ》に任《まか》せてありなんものを」など、おぼしめいて、殿の御前《まへ》にも、「二三猶《なを》この事いかでさらでありにしがなとなん思侍《はべ》る。二四かの御心の中《うち》には、二五年頃《としごろ》おぼしめしつらん事の違《たが》ふをなん、いと心苦《こゝろぐる》しうわりなき」など、二六泣《な》く〳〵といふばかりに申させ給《たま》へば、殿の御前《まへ》、「二七げにいと有難《ありがた》き事《こと》にもおはしますかな。又二八さるべき事《こと》なれば、げにと思給てなん掟《おき》て仕《つか》うまつるべきを、二九上在《うへをは》しまして、あべい事どもをつぶ〳〵と仰《おほ》せらるゝに、三〇『いな、猶悪《なをあ》しう仰《おほ》せらるゝ事なり。三一次第《しだい》にこそ』と奏《そう》し返《かへ》すべき事にも侍《はべ》らず。世中いとはかなう侍れば、かくて世《よ》に侍る折《おり》、さやうならん御有様《ありさま》も見奉《みたてまつ》り侍りなば、三二後《のち》の世《よ》も思《おも》ひなく心安《こゝろやす》くてこそ侍らめとなん思給ふる」と申させ給《たま》へば、又これも理《ことはり》の御事《こと》なれば、返《かへ》し聞《きこ》えさせ給《たま》はず。」上《うへ》は御心地《こゝち》の苦《くる》しう覚《おぼ》えさせ給まゝにも、宮の御前をまつ三三はしきこえさせ給へば、片時《かたとき》立《た》ち去《さ》りきこえ給はず。いと苦《くる》しげに在《をは》します。[6]三四御譲位六月十三日なり。十四日より三五御心地《こゝち》重《をも》らせ給。[7]若宮《わかみや》春宮にたゝせ給ぬ。三六世《よ》の人驚《おどろ》くべくもあらず、

と思し召されたであろう。また敦康親王御自身も結局は東宮になるだろうと思し召されたろうに。二〇 世間の評判のため、様子を変えて二の宮を東宮にとお決めなさったのだろう。二一 敦康親王も、事情は種々あろうと結局は東宮になるだろうと、御心中の嘆かしく不幸な事としてはこの事を思っておられるだろうに、大層お気の毒なことよ。二二 自然御運のままになさればよいに。若宮(敦成)は今年四歳。二三 今度の東宮の件は何とかしてこんなでないようにと思う。二四 敦康親王の御心中には。二五 年来東宮に立ちたいと思し召されていた事のくい違うのがお気の毒でどうにも仕方がない。二六 →補四六九。二七 御言葉のように敦康親王の御身の上を御配慮なさることとは。→補四七〇。二八 御言葉は当然の事ゆえ、その通りと思ってお取計らい申し上ぐべきですが。「思給て」は「思ひ(または思う)給へて」と読む。二九 帝がお出になって、御譲位の事についてとるべき事をこまごまと仰せられるので。三〇 いいえ、やはり仰せは間違った事です、東宮には順序に従って一の宮をすべきです。三一 自分が執政でいる際、二の宮が東宮に立たれるという事をも。三二 来世も何の心配なく。三三 お側に付きそわせなさるので。三四「一条院天皇逃二位於新皇(三条)一、春秋卅二、又立二第二敦成親王一為二皇太子一」(紀略、寛弘八年六月十三日)。御堂関白記・権記に詳しい。

一条天皇御譲位

三五 御病気が。→補四七一。三六 世人は一の宮をさしおいて二の宮が東宮に立たれたことを驚くはずもなく、当然の事と誰も思っていたが。

あべい事と皆思《みなおも》ひたりつれど、御悩《なやみ》の程《ほど》、[8][一]一宮の、御前立《おまへた》ち去《さ》らず扱《あつか》ひきこえさせ給も、御心《こゝろ》の中推《うちを》し量《はか》られ、心苦《ぐる》しうて、中宮も[二]あいなう御面赤《おもてあか》む心地《ち》せさせ給。[9][三]一品宮もよろづ[四]おぼし亂《みだ》れたるうちにも、[五]一の宮《敦康》の御事のかゝるをそへ歎《なげ》かせ給べし。[六]東宮の御事《こと》など、すべて宮は何《なに》とも覚《おぼ》えさせ給はねば、[七]たゞ殿《との》かた〴〵に御暇《いとま》なく、内・東宮・院など参《まい》り定《さだ》めさせ給程《ほど》、えもいはずあさましきまで見《み》えさせ給御幸《さいはひ》かなと、めでたく見《み》えさせ給。」かくて院の御悩《なやみ》いと重《をも》ければ、御髪下《ぐしをろ》させ給《たま》はんとて、[八]法性寺座主院源僧都召《め》して仰《おほ》せらるゝことゞも、[九]いみじう悲《かな》しともおろかなり。中宮我《われ》にもあらず涙《なみだ》に沈《しづ》みておはします。一宮《敦康》・一品宮《脩子》など、[一〇]いみじうおぼしめしたり。東宮の御乳母達《めのとたち》の思《おも》ひたるけしき、[一一]そはしもいとめでたし。[10]かくて御髪《ぐし》[一二]六月十九日辰《たつ》の刻《とき》に下《をろ》しはてさせ給て、[一三]あらぬさまにて在《をは》します。中宮《彰子》[一四]え堰《せ》き敢《あ》えさせ給はず。思《おも》ひやりきこへさすべし。」[一五]さてだに平《たいら》かにおはしまさば、いとめでたき御有様《ありさま》なるべきに、[一六]いみじき一院にこそはおはしますべきを、[一七]すべておはしますべうも見《み》へさせ給《たま》はぬこそいみじけれ。この修法など、今《いま》は止《とゞ》めさせ給て、[一八]「念佛などを聞《き》かばや」と宣《のたま》はすれど、[一九]たゞ今《いま》は同《をな》じ定《ちやう》に、平《たいら》かに在《をは》しますべき御祈《いのり》のみぞある。[二〇]さりともいとかばかりの御有様《ありさま》を背《そむ》かせ給《たま》ひぬれば、[二一]さりともと頼《たのも》しうのみ誰《たれ》

一 一の宮(敦康)が帝の御前を立ち去らず御看病申し上げなさるのも。二 具合悪く御顔も赤くなるような御気持がなさる。前項とともに本書のみに見える記述。三 脩子内親王。敦康親王の御姉、故皇后定子所生。四 御父院の御悩について色々御心配なさっていらっしゃるし、その上。五 一の宮が東宮に立たれなかった事を加えてお嘆きなさるであろう。六 敦成親王を東宮にお立てなさる事などは総じて中宮は何とも思われなさらず、(敦康親王のことを御心配なさる程であるから)。権記、五月二十七日条(補四六九)参照。

一条院御出家

七 道長一人だけがあちらの方こちらの方という具合に御暇もなく、帝・東宮・上皇などへ参上して事を定める有様は。↓補四七二。八 院源が法性寺の座主であったのは、長徳四年から長和元年三月まで。↓補四七三。九 大層悲しいなどいったところで十分な表現ではない。一〇 大層悲しく思し召した。一一 「そ」は「今」の草体の誤と見られる。詳解所引真澄本・屋代本は「今」とある。一二 「辰刻、太上皇落髪入道」(紀略、寛弘八年六月十九日)。↓補四七四。

一条院御治世の有様、崩御

一三 今までとはうって変った御法体。一四 御涙を堰き止めることもできなさらない。一五 御出家なさってさえも御病気が治って御無事でいらっしゃるならば、大層結構な御有様であるに違いない上。一六 すばらしい上皇でいらっしゃるに相違ないのに。一七 総じて生きていらっしゃれそうな御様子もお見えなさらないのは実に悲しいことである。一八 後世を願う念仏。一九 今は従来と同じとりきめ通り。二〇 いくら御病気が重

もおぼしめしたるに、[二二]四《よ》つにて春宮にたゝせ給、七にて御位《くらゐ》に即《つ》かせ給て後《のち》、二十(五)年にぞならせ給にければ、[二三]今《いま》の世《よ》のみかどのかばかりのどかに保《たも》たせ給《たま》ふやうなし。村上の御事こそは、世《よ》にめでたきたとひにて、[二四]廿一年在《をは》しましけれ。圓融院の上《うへ》、[二五]世《よ》にめでたき御心掟《こゝろおきて》、類《たぐひ》なき聖《ひじり》のみかどゝ申けるに、[二六]十五年ぞ在《をは》しましけるに、かう久《ひさ》しうおはしましつれば、いみじき事《こと》に世人申思《おも》へれど、御心地《こゝち》の猶《なを》いみじく重《をも》らせ給《たま》ひて、[二七]寛弘八年六月廿二日の晝《ひる》つ方《かた》、あさましうならせ給ぬ。そこらの殿上人・上達部《かんだちめ》・殿《との》ばら・宮《みや》の御前《まへ》・一宮《敦康》・一品宮《脩子》、すべて聞《きこ》へん方《かた》なし。殿の御前〈マヘ〉も、*[二八]えもいはずいみじき御心地《こゝち》せさせ給ともおろかなり。[二九]そこらの御修法の壇《だん》ども毀《こぼ》ち、僧どもの[三〇]物運《ものはこ》びのゝしる程《ほど》、いともの騒《さわ》がしう、様《さま》〲にあはれなる事どもも多《おほ》かり。[三一]内方《がた》はめでたき事《こと》を、日のさし出《い》でたる心地《ち》したり。[三二]この院には、よろづたゞ今《いま》はかき曇《くも》り、いみじき御有様《ありさま》どもなるに、[三三]東宮のいと若《わか》う行末遙《ゆくすゑはるか》なる御程思《おほんほどおも》ひ参《まい》らする、いとめでたし。今年《ことし》は[三四]四《よ》つに(ならせ給、三宮《後朱雀院》は三《み》つに)おはします。[三五]何《なに》ともなう紛《まぎ》れさせ給《たま》ふも、いみじうあはれなり。[三六]「いみじき御有様《ありさま》の、又限《かぎり》なき」と聞《きこ》へさすれど、道異《みちこと》にならせ給《たま》ひぬれば、[三七]暫《しば》しこそあれ、さてのみやはとて、中宮《彰子》も[三八]御方《かた》に渡《わた》らせ給ぬ。[三九]御しつらひ様《さま》ことにしなして、御殿油近《となぶらちか》う参《まい》りて、[四〇]さべき人

くとも、上皇というこれ程結構な御境涯を背いて出家されたのだから。二一 いくら何でも御恢復なさらぬことがあろうかと。ここの文脈やや無理であるが下の「御心地の猶いみじく」へ続くものと見る。二二 日本紀略、天元三年六月一日条に「女御藤原詮子産二第一皇子一〈名懐仁〉」とあり、永観二年五月二十七日立太子の時は五歳。「寛和二年丙戌、六月廿三日庚申、践祚、同七月廿二日戊子、於二大極殿一即位、七歳云々、御宇廿五年〈自二永延元年丁亥一、至二寛弘八年辛亥二〉」(編年記)。二三 近代の帝で一条院ほど長く御代を保たれた帝はない。二四「巳刻天皇崩二于清涼殿一、春秋卅二、在位廿一年」(紀略、康保四年五月廿五日)。二五 御気だてもまことに御立派で。二六「円融天皇、御宇十五年〈自二天禄元年庚午一、至二永観二年甲申一〉」(編年記)。二七 権記、同日に詳しい。二八 いうにいわれず悲しい御心地がされるなどといっても形容が十分でない。二九 数々の御祈禱の壇をとり壊し。三〇 御祈禱に用いた道具類を大騒ぎして運び出す間。三一 新帝(三条院)の方は。三二(それに反し)一条院では何事も今のところ空も曇ったように悲しい事ばかりであるが。三三 東宮のまだ若く行末も遙かに豊かな御年の程を思い申し上げると。三四 後一条院は寛弘五年、後朱雀院は同六年誕生。三五 無心で、悲しみもほかの事に気をとられて知らないでおられるのも。三六(故院と中宮との御仲は)大層睦じく、また限りない御仲だと噂申し上げたが、(院の崩御により)幽明境を異にするにいたったので。三七 暫くは御遺骸をお守り申し上げておられたが、そういつまでもお付きしていることもできないというので。三八 御自身の御殿。三九 →補四七五。四〇 然るべき縁故の深い人々は(通夜のために)。

〱は遠《とを》く退《の》きて候程《ほど》などこそは、世《よ》に類《たぐひ》[一]なくゆゝしきわざなりけれ。中宮《彰子》[二]も参《まい》[三]らせ給し程《ほど》、いみじう若《わか》くおはしましゝに、かくての後《のち》十二三年にならせ給ぬるのゝあはれも何時《いつ》かは知《し》らせ給はん、これこそはじめにおぼしめすらめ。に、又竝《なら》[四]びきこへさする人《ひと》なくて、明暮《あけくれ》よろづになれきこへさせ給けるに、俄《にわか》[五]なるやうなる御有様《ありさま》を、いかでかは疎《をろか》[六]にはおぼしめされん。よろづに理《ことはり》(と)見《み》えさせ給。」一品宮《脩子》は、[七]十四五ばかりにぞ[*]在《をは》しませば、[八]よろづ今《いま》はおぼし知《し》りはてゝ、あはれにおぼし(めし)歎《なげ》く。帥宮《敦康》は、[九]まだいと若《わか》うおはしませど、[一〇]大方《おほかた》のどやかに心恥《こゝろはづか》しう、よろづおぼし知りたる御有様《ありさま》なれば、いたう沈《しづ》みおぼし歎《なげ》く様《さま》、理《ことはり》なりと見《み》へたり。[一一]一方《ひとかた》のみならず、[一二]自《をのづか》らおぼし結《むす》ぼをるゝ事なきにしもあらじかしと、様《さま》〲心苦《こゝろぐる》しうなん。」かくて[一三]日頃《ひごろ》の御讀經の聲《こゑ》、あはれにて過《すぐ》させ給程《ほど》に、[一四]御葬送《さうそう》は七月八日と定《さだ》めさせ給へり。いみじう暑《あつ》き程《ほど》に、[一五]心より外《ほか》に程經《ほどへ》させ給《たま》ふを、中宮いみじうおぼしめしたり。[一六]かくておはします事こそはめでたき事ながら、自《をのづか》ら限《かぎり》あるわざなれば、あはれにのみなん。

七月七日、明日《あす》は御葬送《さうそう》とて、[一七]按察大納言殿より、

　[一八]七夕《たなばた》を過《す》ぎにし君と思《おも》ひせば今日《けふ》は嬉《うれ》しき秋《あき》にぞあらまし」[一九]右京命婦、御返《かへ》し、

一 たとえようもない程忌まわしいことであった。二 中宮は人生の悲哀をこれまでいつ御存知なさったことがあろうか、院の崩御こそ初めての経験と思し召されることであろう。三 長保元年十一月一日、十二歳で入内(耀く藤壺巻参照)。四 肩を並べ申す程の女御もない日常の御生活に馴れてお過しなされたのに。五 急な院の崩御を。六 並一通りの事に。七 長徳二年御誕生、今年十六歳。八 何事をも今はよく御承知になられて。九 長徳四年御誕生、今年十四歳。一〇 総じて御性質がのんびりしていて何となく気おくれを覚える程立派で。一一 父帝にお別れした事だけでなく、東宮の位を二の宮に越えられた事もあり。一二 事の成り行き上思いの晴れ晴れとなさらぬ事がないでもなかろうよと、あれやこれやお気の毒である。一三 一条院では毎日毎日の院の菩提を弔う御読経の声が。一四 →補四七六。

一品の宮・帥の宮の御有様

一五 思いのほかに御遺骸のままで日を過しなさるのを。一六 御遺骸のままでもこうしてここにいらっしゃることは結構だが、事の成り行きからいっても際限のある事だから。一七 この贈答歌は、大弐高遠集所載。贈歌の詞書は「一条院の御いみにこもりさふらふ女房のもとに、七月七日にやる」とあり、歌句は同じ。按察大納言は実資。斉敏の子、高遠の弟。作者に異同のある点については未考。一八 今宵は牽牛織女の相会う七夕の夜、その棚機をわが君と思い申すことができるならば、今宵は君に巡り会うことのできる秋であろうのに。一九 伝未詳。高遠集によれば一条院の女房。

御葬送七月八日に定まる

[二〇]侘《わ》びつゝもありつるものを七夕《たなばた》のたゞ思《おも》ひやれ明日《あす》いかにせん。」 [13]かくて八日の夕《ゆふべ》、[二一]いはかげ（石陰）といふ所《ところ》へおはします。儀式有様珍《ぎしきありさまめづら》かなるまで裝《よそ》ほしきに、「[二二]さばこれこそは際《きは》の御有様《ありさま》なりけれ」と、見物《みもの》に人思《おも》へり。殿の御前をはじめ奉《たてまつ》りて、いづれの上達部《かんだちめ》・殿上人かは殘《のこ》り仕《つか》うまつらぬはあらん。おはしまし著《つ》きては、[二三]いみじき御有様《ありさま》と申つれど、[二四]はかなき雲霧《きり》とならせ給《たま》ひぬるは、如何《いかゞ》あはれならぬ。長《なが》き夜といへど、はかなう明《あ》けぬれば、あか月方《がた》には御骨など、帥《そち》の宮《みや》・殿《との》など取《と》らせ給て、事《こと》はてぬれば、[14][二五]大藏卿正光（兼通六男）朝臣負《お》ひ奉《たてまつ》りて歸《かへ》らせ給程《ほど》など、いみじう悲《かな》し。歸《かへ》らせ給道《みち》[二六]のそらもなし。皆《みな》[二七]一條院に夜深《よぶか》く入《い》らせ給ぬ。たか松の中將（頼宗 道長三男）、

[二八]いづこにか君をば置《お》きてかへりけんそこはかとだに思《おも》ほえぬかな」公信の内藏頭（爲光六男）、

[二九]かへりても同《をな》じ山路《やまぢ》を尋《たづ》ねつゝ似《に》たる煙《けぶり》や立《た》つとこそ見《み》め」。あはれに、はかなきつきせぬ御事どもなり。」 [三〇]日頃《ひごろ》は、さても在《をは》します御方の儀式有様《ぎしきありさま》、御調度《てうど》よりはじめ、[三一]例《れい》ざまにもてなしきこゑ《え》させ給へれば、さてのみありつるを、今日《けふ》よりは在《をは》しまし丶所《ところ》を、[三二]御念佛の佛在《ほとけをは》しまさせ、[三三]僧などの慣《な》れ姿《すがた》もいみじう忝《かたじけ》なう、よろづに悲《かな》し。念佛の聲《こゑ》の、日の暮《く》るゝ程《ほど》、[三四]後夜などのいみじ

一条院御葬送と御収骨

二〇 今日までは御遺骸と共にいたことゆえ過ごして来られたが、明日わが君を野辺にお送りした後は、棚機の気持と同じく明日以後の悲しみを思いやって下さい。高遠集、三句「たなはたも」、五句「あふ（傍書す）をいかにせむ」。二一 岩蔭とも。葛野郡衣笠村大字大北山（京都市北区衣笠鏡石町）。左大文字山の東麓、一条院の御茶毘所。御陵は円融寺北陵と称し、竜安寺の背後朱山にある。↓補四七七。二二 それではこれが院の最後の御有様であったのだと、拝観しなければならないものに人々は思った。二三 一天万乗の君とは申したが。二四 一片の茶毘の煙となってしまわれたのは。二五「法帝御骨大蔵卿〈正光〉懸レ之」（御堂、寛弘八年七月九日）。「大蔵卿相公係ニ之頸一、与ニ前僧都院源一、奉レ移ニ円成寺一」（権記、同日条）。権記の相公は正光。二六 道中も上の空だ。二七「巳剋帰院、〈中途小禊〉次帰家」（権記、寛弘八年七月九日）。二八 どこにわが君を置き奉って帰って来たことだったか、心も茫然としてそこがどこということさえはっきり分らないことよ。新千載、哀傷、初句「いづくにか」。二九 茶毘所から一旦帰っても、同じ山路を尋ね尋ねして、あの茶毘の煙に似た煙が立つかも知れぬと見たいものだ。三〇 この幾日

一条院御念仏

かそのままにしておかれた御座所の。三一 平常と変らぬようにして置かれたので、まったく御在世のような気がしたが。三二 御念仏のための仏を安置し奉り。三三 僧達が馴れ馴れしく出入する姿も。三四 夜半から朝までの間。後夜の勤行が行われる。

うあはれに、さま〴〵悲《かな》しき事多《おほ》くて過《すぐ》させ給に、御前の撫子《なでしこ》を人の折《を》りて持《も》て參《まい》りたるを、宮の御前《まへ》の[一]御硯瓶《すゞりがめ》にさゝせ給へるを、東宮取《と》り散《ち》らさせ給へば、宮の御前《上東門院》、

[二]見《み》るまゝに露ぞこぼるゝ後《をく》れにし心《こゝろ》も知《し》らぬ撫子《なでしこ》の花《はな》」。月のいみじう明《あか》きに、在《をは》しまし(し)所《ところ》の、[三]けざやかに見《み》ゆれば、宮の御前《上東門院》、

[四]影《かげ》だにもとまらざりける雲の上《うへ》を玉《たま》の臺《うてな》と誰《たれ》か言《い》ひけん。」はかなう[五]御忌《いみ》も過《す》ぎて、御法事一條院にてせさせ給。[六]その程《ほど》の御有様《ありさま》、[七]さらなる事なれば書《か》き續《つゞ》けず。宮ゝの御有様《ありさま》いみじうあはれなり。御忌果《いみは》てゝ、[八]宮には枇杷殿《びはどの》へ渡《わた》らせ給折《をり》、藤式部《紫式部》、

[九]ありし世《よ》は夢に見《み》なして涙《なみだ》さへとまらぬ宿《やど》ぞ悲《かな》しかりける」。一品宮は[一〇]三條院に渡《わた》らせ給ぬ。一宮《敦康》は[一一]べち《別納》なうにおはします。中宮《彰子 上東門院》より宮〴〵に、おぼつかなからず訪《をとづ》れきこえさせ給。」九月ばかりに[一二]弁《資業 有國七男》すけなり、[一三]一品宮に參《まい》りて、山寺《やまでら》に一日まかりたりしに、岩蔭《いはかげ》の在《をは》しまし所《どころ》見參《みまい》らせしかば、あはれに思給《たま》へられて、

[一四]岩蔭《いはかげ》の煙《けぶり》を霧《きり》に分《わ》きかねてその夕《ゆふ》ぐれの心地《こゝち》せしかな」。[一五]一條院の御念佛・御讀經、はてまであるべし。御忌《いみ》の程《ほど》、同《おな》じごと候《さぶら》はせ給しに、故關白殿《道隆》の僧

一 硯に注ぐための水入れ。二 院におくれ奉った心をもあずかり知らぬ若君を見るにつけ涙の流れることよ。撫子に若君を掛けた。後拾遺、哀傷・今鏡、望月。三 ありありと見えるので。四 院の御姿さえもとどまらぬ宮中を玉の台(帝のおられる所)と誰が言ったのだろうか。漢書郊祀歌応劭注に「玉台上帝之所ㇾ居」とある。五 四十九日。「十一日、壬子、修二前一条院七々正日御法会一」(紀略、寛弘八年八月)。六 権記・小右記・御堂関白記にもみえる。七 いうまでもない事だから。八 中宮彰子。枇杷殿(→六三頁注三一)はもと仲平の邸、後に大納言延光伝領。当時は道長の所領。→補四七八。

一条院御法事、宮々の御動静

九 一条院御在世の時代は今は夢と見做して跡形もなくなり、涙もとまらぬばかりか、この御殿をも引移って名残さえとどめることのできぬのは悲しいことよ。続古今、哀傷、初句「ありし世を」。一〇「三条堀川、廉義公宅」(拾芥)。→補四七九。一一 母屋の他に物などを納めて置くために建てた家屋。ここは河海抄(巻二)に「別に建てたる屋也、別納にて大饗行はれたる事多し、小寝殿也」とあるのが相当するか。下文(三一一頁)によれば一条院の別納。小右記、八月十一日条に「但男一品宮〈敦康〉不二遷給一云々」とあり、一条院の別納にいたことが明らか。

弁の資業らの和歌

一二 母は橘三位徳子。一三 以下資業自身の立場から書いた文。資業の歌集などからそのまま採ったか。山寺は円成寺か。一四 岩蔭の人家に立ち登る煙とあたりの霧と見分がつきかねて、茶毘し奉ったあの夕暮のような気持がしたことであ

った。玉葉、雑四。一五 小右記、七月十九日条の他、二十二日・二十五日・三十日、八月六日・十日にも詳しく、その御念仏が一周忌まで続くということ。一六 藤原義懐男尋円。飯室は、補一三〇参照。一七 幾度繰り返しても悲しいものはわが君のましまさぬ御殿の御留守をして御読経申し上げるわが身であった。一八 わが君はましまさずともその御名儀の御殿に住んでいるあなた以上に、よそにいて偲び奉る私の袂は涙の乾く時もない。

三条天皇の後宮と御子達

一九 御心配まで加わり、(お会いできず)気のふさがる事がたくさんあった。二〇 宣耀殿以外に誰も女御として祇候しておられる方もない。二一 →補四八〇。二二 東宮の御後見役もまたいうまでもなく道長がされた。二三 一条天皇以来、三条天皇・東宮と引続き御後見をした珍しい道長の有様を。二四 三条天皇の宣耀殿所生の宮達は。二五 敦明・敦儀・敦平の三親王。「爵」は元服すること。ただし敦明親王元服は寛弘三年十一月五日、敦儀・敦平両親王は長和二年三月二十三日で本書と異なる。二六 →補四八一。二七 世間では大騒ぎした。二八 大嘗会・御禊の儀が行われる時、行幸の供奉をさせる女御または大臣・納言の女。二九 伊周の大い君。→二九〇頁。三〇 頼宗の叙従二位は長和二年九月十六日(補任)。ここは後官で書いた。三一 夫として通っておられたから。

頼宗の姫君誕生

「頼宗―女子〈小一条女御、式部卿敦賢親王参議基平母〉」(分脈)。三二 大層可愛い姫君であったから。この姫君は後に小一条女御、院の上と称す。三三 道長は。后がねは、未来の后。

都《隆円》君はまかで給《たま》ひて、一六[16]飯室《いひむろ》はやがてそのまゝに候給《たま》へば、僧都《そうづ》の君の御許《もと》に遣《や》りし、

一七くりかへし悲《かな》しきものは君《きみ》まさぬ宿《やど》の宿守《やども》る身(に)こそありけれ」僧都《そうづ》の君の御返《かへ》し、

一八君まさぬ宿《やど》に住《す》むらん人よりもよその袂《たもと》は乾《かは》くよもなし。」春宮《後一条院》は今《いま》は内に在《をは》しませば、中宮《彰子》のよろづにおぼし亂《みだ》れさせ給に、東宮の御有様《ありさま》の一九おぼつかなさゝへ添《そ》ひて、いぶせくおぼしめさるゝ事多《おほ》かり。内には、まだ二〇誰《たれ》も〳〵候《さぶら》はせ給はず。かん《妍子 道長二女》の殿をぞ「参《まい》らせ給へ」とある御消息度《せうそこたび》〳〵になりぬれど、殿の御前《おまへ》すが〳〵しうもおぼしたゝせ給はず。二一内の御後見《うしろみ》も、殿仕《つか》うまつらせ給。二二東宮の御はたさらなり。二三猶珍《なをめづら》かなる御有様《ありさま》を、同《をな》じ事《こと》のやうなれど、盡《つ》きせず世人申思へり。二四[17]内《うち》の宣耀殿の宮達《たち》は、二五三所《みところ》は御爵《かうぶり》せさせ給へり。四宮《師明》ぞまだ童《わらは》におはします。二六女一宮《常子 母娍子》、齋宮《さい》に居《ゐ》させ給べき御定《さだめ》になりぬ。御即位《そくゐ》・御禊・大嘗會など様《さま》〳〵世の二七ゝしる。二八女御代には督《かん》の殿出《い》で給べきやうにぞ、世《よ》人申める。されどそれはまだ定《さだめ》もなし。」かくいふ程に、故帥殿《伊周》の二九姫君《ひめぎみ》には、高松《たかまつ》殿の三〇二位中將《頼宗》三一住《す》み給ければ、[18]この頃《ごろ》ぞ御子《こ》生み奉《たてまつ》り給へれば、三二いみじううつくしき女君に在《をは》すれば、三三殿は后《きさき》がねと抱《いだ》き持《も》ちて、うつくしみ奉《たてまつ》り給。七日

が程《ほど》の御有様限《ありさまかぎり》なく御方《かた》〴〵よりも[一]御とぶらひどもあり。[二]とのゝ御前《まへ》はたさらなり、よろづに知《し》り扱《あつか》ひきこへさせ給。あはれ、帥殿《伊周》の[三]いみじきものにかしづき給《たま》ひしをおぼし出《い》づるにも、[四]「これ悪《わろ》き振舞《ふるまひ》にはあらねど、[五]世《よ》に限《かぎり》なき御有様《ありさま》におぼし掟《おき》てしものを」と、まづ思出《い》できこゆる人〴〵多《おほ》かり。詳《くは》しき御事も、[六]世の騒《さはが》しきいとなみなれば、え書《か》き盡《つく》さずなりぬ。推《を》し量《はか》るべし。[七]この君生《むま》れ給《たま》ひて後《のち》は、[八]内・殿《との》などに参《まい》り給も、暇惜《いとまを》しうおぼされてなん。」督《かん》の殿、[九]内《うち》に参《まい》らせ給。この度《たび》はいと心ことなり。みかどの御心いとをかしう、[一〇]今《いま》めかしうらう〳〵じう在《をは》します。[一一]何《なに》事もものゝはえある様《さま》に在《をは》しませば、よろづ(もて)はやしおぼしめしたり。御禊《けい》など[一二]いみじかべう言《い》ひのゝしるめる。」この頃《ごろ》ぞ、齋宮《常子》も野[一三]の宮に在《をは》します程《ほど》、いとめでたながら、[一四]宣耀殿の明暮《あけくれ》の御仲《なか》らひの、俄《にはか》にひき離《はな》れさせ給も、御涙《なみだ》こぼれさせ給《たま》へど、[一五]いま〳〵しければ忍《しの》びさせ給べし。殿《との》は[一六]御服疾《ぶくと》うぬがせ給て、御禊《けい》など、事ども執《と》り行《おこな》はせ給。[一七]東宮の宮司《づかさ》などまだ定《さだ》まらず。[一八]御忌《いみ》の程《ほど》などは、いとゆゝしくおぼされ給。又[一九]日次《ついで》など選《え》らせ給程《ほど》に、事《こと》しも又[二〇]一定なれば、この頃《ごろ》ぞ脱《ぬ》がせ給。」はかなくて[二一]十月にもなりぬれば、中宮の[二二]御袖《そで》の時雨《しぐれ》もながめがちにて過《すぐ》させ給。[二三]御行《をこな》ひのみぞ隙《ひま》なき。庭《には》も紅深《くれなゐふか》く御覧じ遣《や》られてあはれなり。[二四]兒宮《ちご》のいみじうあは

一 数々の御祝い。二 道長もまた御祝いを贈られたことはもちろんで、万事にお世話申し上げなさった。三 すばらしい姫君として大切にされていたことを思い出すにつけて。四 大姫君が頼宗と結婚された事は。五 伊周がこの世における最上の地位―后の御位にも上せようときめておられたのにと。六 世を挙げて大騒ぎしてなさる事であったから。七 頼宗の姫君が。八 頼宗は内裏や父殿(道長)の所へ参上されるのも、暇が惜しく思われたことであった。九 「八月廿三日、甲子、(中略)召㆓右大弁道方㆒、下㆓女御二人宣旨㆒、

尚侍妍子入内

一人尚侍従二位藤原妍子、左大臣二女、一人無位藤原娍子、故大納言済時卿女」(紀略、寛弘八年)。御堂関白記・小右記・権記に詳しい。一〇 当世風で、物馴れていらっしゃった。一一 この帝は万事仕えがいのあるようになさるお方でいらせられるから、尚侍をも何かにつけておと

斎宮当子野の宮に入る

りもち申し上げた。一二 (女御代は娍子であったから)すばらしいに違いないとやかましく噂をするらしい。一三 斎宮に立つ時、潔斎のため籠る宮殿で、嵯峨に置かれた。↓補四八二。一四 御母女御の常日頃の御愛撫から急にお離れになられたのも。一五 (神聖な場所だから)不吉の事としてこらえなさるであろう。一六 故一条

中宮彰子の御有様

院に対する喪服。一七 東宮職員の補任も。一八 それは故院の喪中は不吉だと思われたからだ。一九 御禊の日取。二〇 御喪の期間も決まっていることだから、この頃喪服を脱がれたのだ。以上

てさせ給程《ほど》のうつくしきにも、[二五]東宮のいといみじうをよずけさせ給程《ほど》を人傳《づて》に聞《きこ》しめしても、[二六]飽《あ》かぬさまにおぼしめさる。[二七]おほかたの御有様《ありさま》こそのどかにもおぼしめせど、猶行末盡《なをゆくすゑつき》すまじき御頼《たの》もしさをぞ、「[二八]こゝらの御中に女宮の交《まじら》せ給《たま》へらましかば、いかにめでたき御かしづきぐさならまし」と、おはしまさぬを口惜《くちを》しき事に見奉《みたてまつ》りおぼしめすも、[二九]餘《あま》りなるまである御心なりかし。[三〇]承香（元子 顕光一女）殿・弘徽殿（義子 公季一女）などの、[三一]女宮をだに持《も》ち奉《たてまつ》らせ給《たま》はましかばと、あはれなり。」世中には御[三二]け（禊）いなど、今《いま》[三三]めかしき事ども様《さま》〲ゆすれど、中宮はたゞあはれ盡《つき》せずおぼしめされて、さるべき折《おり》〲は、一品宮（脩子）に御消息聞《せうそこきこ》えさせ給《たま》ひ、[三四]なに事も心ざしきこえさせ給。一品の宮（脩子）も月日の過《すぐ》るをあはれに悲《かな》しき事におぼしめしては、[三五]帥の宮（敦康）だに一所《ひとところ》に在《をは》しまさぬ事をぞ、口惜《くちを》しくおぼしめす。[三六]何處《いづこ》にもたゞ御行《をこな》ひをぞたゆませ給はぬ。一條の院には、御讀經・御念佛など絶《た》えずして、[三七]僧どもの、あはれに心細《ぼそ》く廣《ひろ》き所《ところ》に人少《ずく》なに覺《おぼ》ゆるまゝに、「[三八]世《よ》はかうこそはありけれ」と、在《をは》しましゝ世の御有様《ありさま》を語《かた》りつゝも、思《おも》ひ出《い》できこえさせぬ折《をり》なし。[三九]帥の宮（敦康）は、故院の一條の院におはしましゝ折《をり》にこそ、別納《べちなう》の御住居《すまゐ》も[四〇]つき〲しかりしか、[四一]今《いま》は何《なに》事も隔《へだ》て多《おほ》かる御心地《ち》せさせ給へば、いかにとおぼし亂《みだ》るゝに、殿《との》おはしまして、[四二]南《みなみ》の院を奉《たてまつ》らせ給て、別納《べちなう》をば三宮（後朱雀院）の御らう（領）

すべて道長に係る事。二一 この「十月」、寛弘八年か九年か明らかでない。本巻の書きぶりから八年と解すべきだが、この前後年月の乱れが多い。二二 袖に降る時雨。袖をぬらす涙。二三 仏道のお勤め。二四 幼い敦良親王が大層駈けずって戯れなさる御様子が可愛いにつけても。「澆アハツ」(名義)、「澆 アハツ」「驚遽 アハツ」(字類)。二五 東宮の大層御成人なさった御様子を。二六 (御面会できたらと)不満足に思し召される。二七 (中宮は)総じての有様についてはのんきにお考えになっておられたが。二八 多くの

一品の宮・帥の宮の御有様

御子の中に姫宮が交っておられたら、どんなに結構な御養育がいのあるものだろうと、姫君のおられぬのを。二九 余りに御慾深過ぎる御心ですね。三〇 一条天皇の女御達。三一 せめて姫宮なりとお持ち申しておられたならば(どんなによかったろうかと)、お気の毒である。三二 →補四八三。三三 当世風な賑やかな行事で様々大騒ぎをするが。三四 万事につけ御心をおかけなさる。三五 御弟の帥の宮さえ御一緒におられぬことを。三六 中宮・一品の宮・帥の宮などどこにおいても、故院御追福のお勤めを怠りなさらない。一条院御念仏、小右記・権記、寛弘八年十二月十五日の条に詳しい。三七「僧どもの…人少なに覚ゆるまゝに…語りつゝも…」と続く文脈。三八 世間というものはこのように全く無常のものであったのだと、院御在世中の御有様を。三九 →三〇八頁。四〇 似合わしかったが。四一 今では(庇護される院もおられず)万事一条院の御生活も隔ての多い心地がなさるので。四二「南院、六条北(南イ)・烏丸西、小一条院御領云々」(拾芥)。→補四八四。

[一] 帥の宮は道長のするようにしようと。[二] 院の御一周忌まではこのままでいようと。[三] 年来

先帝（一条）の女房達離散

一条院に仕えていた女房達は。[四] 敦成親王・彰子・脩子内親王・敦康親王の所に一同分かれ分かれにお仕えすることになった。[五] 女房達は故院の思し召しのように結構な事は今の宮中にはあるまいと考えて、誰も皆ひたすら故院の御血筋を尋ねて東宮等へ参ったのであろう。[六] いず

先帝の女御達服喪及び御遺財処分

れも故一条院の女御。[七] どうして服喪しないことがあろうか。[八] 先帝の御形見として着る喪服は誰彼の隔てなく着るのであった。[九] その中で元子は真実院を思い申し上げていたのだったから、どうして関知しない様子でいるわけがあろうかと見受けられた。[一〇] 遺産の御処分。↓補四八五。[一一] 代行なさった。[一二] 一条院において。[一三] 配分に当っての道長の配慮は万事一通りのものではなかった。[一四] 行届いた道長の配慮を、誰も皆世の中はこうあってこそと満足には思っても。[一五] 惜しむべき結構な故院の御有様を一

先帝御剃髪の時の和歌

段と恋しく思った。[一六] 中宮彰子。[一七] 露のような身が仮りに宿っているはかない現世にあなた一人を残しておいて出家するのは悲しいことだ。↓補四八六。[一八] 悲しさに分別もおつきにならなかった時のことで御返歌も申し上げずに終っ

左衛門督北の方の長歌

たとか。「程にて」の下、「聞え給はずなり給ひにける」を補う。[一九] ↓補四八七。次の長歌の

にとおぼしめしたり。惡《あ》しかるまじき事なれば、[一]さやうにおぼしめしたれど、猶《なを》[二]御はてまではかうてやとぞおぼしめしける。」[三]年頃《としごろ》の女房達《たち》、内《うち》に参《まい》るは少《すくな》うて、[四]東宮・中宮・一品の宮・帥の宮《みや》にぞ、皆《みな》分《あ》かれ〳〵参《まい》りける。[五]故院の御心掟《こゝろおきて》のやうには、誰《たれ》も〳〵在《をは》しまさじとて、たゞその御筋《すぢ》を尋《たづ》ね参《まい》るなるべし。あはれに盡《つき》せずめでたう在《をは》しましつるみかどゝ、惜《を》しみ申さぬ人なし。」[六]かのくらべや（尊子 道兼女也）・弘徽殿・承香殿は、皆《みな》御服《ぶく》あるべし。[七]いかでかはさあらざらん。あはれなる[八]御形見《かたみ》の衣《ころも》は所分《ところわ》かずなん。[九]そが中《うち》に、承香殿はまめやかに思きこえ給へりしものを、いかでかおぼし知《し》らぬやうはと見《み》えたり。一條院の[一〇]御處分無《な》くてうせさせ給にしかば、後《のち》にとのゝ御前《おまへ》ぞ[一一]せさせ給ける。かの弘徽殿・承香殿など皆《みな》[一二]この内《うち》にて分《わか》ち奉《たてまつ》らせ給《たま》へり。[一三]その程《ほど》の御心、よろづなべてならずなん。[一四]あはれなる御心むけを、何《いづ》れも世《よ》はかうこそはと申ながらも、[一五]あたらしうめでたき御有様《ありさま》をいとゞしうのみなん。」一條院御髮下《ぐしをろ》させ給はんとて、[一六]宮に聞《きこ》えさせ給ける、

[一七]露《つゆ》の身《み》の假《かり》の宿《やど》りに君を置きて家《いゑ》を出《い》でぬることぞ悲《かな》しき」とこそは聞《きこ》えしか。[一八]御返《かへ》し、何事《なにごと》もおぼし分《わ》かざりける程《ほど》にてとぞ。」19[一九]左衞門督（頼通）の北《きた》の方、内《うち》の大《おほ》いどのゝ（義子 公季女也）女御に、

(1)数《かず》ならぬ 二〇道芝《みちしば》とのみ 歎《なげ》きつゝ はかなく露の 起《お》き伏《ふ》しに 二一(2)あけくれ竹《たけ》の 生《を》ひ行《ゆ》かん 二二この世《よ》の末《すゑ》に なりてだに 嬉《うれ》しきふしや 二三見《み》ゆるとて いつしかとこそ 二四松《まつ》山の (3)高《たか》き梢《こずゑ》に 巣籠《すごも》れる まだ木傳《こづた》はぬ 鶯《うぐひす》を 梅《むめ》の匂《にほひ》に 誘《さそ》はせて 二五東風《こちかぜ》早《はや》く 吹《ふ》きぬれば (4)谷《たに》の氷《こほり》も うちとけて 二六霞《かすみ》の衣《ころも》 立《た》ちゐつゝ (5)下枝《しづえ》までにも 二七うち靡《なび》き 岸《きし》の藤波《ふぢなみ》 淺《あさ》からぬ にほひに通《かよ》ふ 紫《むらさき》の 雲《くも》のたなびく 朝夕《あさゆふ》に 今《いま》も緑《みどり》の 松《まつ》にのみ 二八心をかけて 過《すぐ》す間《ま》に (6)夏來《なつき》ぬべしと 聞《きこ》ゆなる 山郭公《ほとゝぎす》 さ夜深《よふか》く 語《かた》らひ渡《わた》る 聲聞《こゑき》けば 何《なに》の心《こゝろ》を 思《おも》ふとも 二九いひやらぬまの 菖蒲草《あやめぐさ》 三〇長《なが》きためしに ひきなして 三一屋端《やづま》にかゝる ものとのみ (7)三二よもぎの宿《やど》を うちはらひ 玉《たま》の臺《うてな》と 思《おも》ひつゝ 三三うつせみの世《よ》の はかなさも 忘《わす》れはてゝは 千歳經《ちとせへ》む 君が三四禊《みそぎ》を 祈《いの》りてぞ (8)三五かきながしやる 川瀬《かはせ》にも 三六かたへ涼《すゞ》しき 風《かぜ》の音《おと》に 驚《をどろ》かれても 色《いろ》〳〵の 三七花《はな》の袂《たもと》の ゆかしさを 秋深《ふか》くのみ 頼《たの》まれて (9)三八紅葉《もみぢ》の錦《にしき》 霧《きり》たゝず 三九夜を長月《ながつき》と いひをける 久《ひさ》しき事《こと》を 四〇菊《きく》の花《はな》 (10)にほひをそむる 時雨《しぐれ》にも 四一雨のしたふる かひやあると はかなく過《すぐ》す 月日にも 心《こゝろ》もとなく 思《おも》ふまに (11)四二頭《かしら》の霜《しも》の 置《を》けるをも 打拂《うちはら》ひつゝ あり經《へ》んと 思空《むな》しく なさじとぞ 衣《ころも》の裾《すそ》に はぐゝみ

大意は、補四八八参照。洋数字を付して対照の便に供した。二〇 路傍の芝。道芝とのみの「み」は身の掛詞。露は芝の縁語。二一 明暮。「くれ」は暮と呉の掛詞。二二「この」は「此の」と「子の」の掛詞。二三 竹の縁語。二四 松は「待つ」の掛詞。二五 春風。二六 霞のたなびいた状態を衣に見立てた。「立ち」は「裁ち」の掛詞で、衣の縁語。二七 藤の花の撓うこと。「藤波」はその藤の房が風に揺れて波のように見えることから藤の花のこと。
二八 松に藤が懸かることと待つことに心をかけて月日を過ごす意とを掛けた。
二九「いひやらぬま(間)」に沼を掛けて、菖蒲草へ続けた。
三〇 菖蒲の根の長いことから、長きためし(例)へ続け、また「ひき」は菖蒲の縁語。
三一 軒のこと。
三二 蓬のはえ茂って荒廃した家。
三三「うつせみの」は世の枕詞。
三四 六月祓のこと。河辺でみそぎをする。
三五 穢れをうつした人形を川瀬に流すこと。
三六「夏と秋とゆきかふ空の通ひ路はかたへ涼しき風や吹くらむ」(古今、夏、躬恒)、「秋来ぬと目にはさやかに見えねども風の音にぞ驚かれぬる」(同、秋上、敏行)等による。
三七 秋草を染め出した美しい着物。
三八 錦のように美しい紅葉。
三九「秋深み恋する人のあかしかね夜を長月といふにやあるらむ」(拾遺、雑下、躬恒)。夜に世を掛け、「久しき事」へ続く。
四〇 菊は「聞く」の掛詞。
四一「雨のした(下)」は「天の下」の、「ふる(降る)」は「経る」の掛詞。
四二 霜のような白髪。

て　塵《ちり》も据《す》ゑじと　磨《みが》きつる　[一]玉《たま》の光《ひかり》の　思《おも》はずに　[二]消《き》へ《え》にしよりは　か(12)きくらす　心《こゝろ》の闇《やみ》に　まどはれて　あくべきかたも　[三]涙《なみだ》のみ　つきせぬものと　流《なが》れつゝ　戀《こひ》しき影《かげ》も　とゞまらず　[四]袖《そで》のしがらみ　せきかねて　瀧《たき》の聲《こゑ》だに　惜《を》しまれず　まど(13)ひ入《い》りては　尋《たづ》ぬれど　[五]死出《しで》の山《やま》なる　別《わか》れ路《ぢ》は　[六]いきて見《み》るべき　かたもなし　あ(14)はれ忘《わす》れぬ　名殘《なごり》には　日數《かず》ばかりを　數《かぞ》ふとて　なき渡《わた》るめる　[七]呼子鳥《よぶこどり》　ほのかに君が　歎*くなる　聲《こゑ》ばかりにて　山城《やましろ》(15)の　*[八]とはに磐瀬《いはせ》の　森《もり》過《す》ぎて　我《われ》ばかりのみ　[九]住《すみ》の江《え》の　[一〇]まつゆき方《がた》も　波《なみ》かくる　岸《きし》のまに〱　[一一]忘《わす》れ草　生《を》ひやしげらんと　思《おも》ふにも　軒《のき》(16)にかゝれる　[一二]さゝがにの　[一三]みながら絶《た》えぬ　たよりだに　結《むす》ばざりけん　絲弱《いとよは》み　心細《こゝろぼそ》さぞ　つきもせぬ　[一四](17)むなしき空《そら》を　思《おも》ひ侘《わ》び　雁《かり》の群《む》れゐし　跡見《あとみ》れば　ひとり[一五]とこよに　(18)起《お》き伏《ふ》しも　枕《まくら》の下《した》に　[一六]いけらじと　憂《う》き身《み》を　[一七]歎《なげ》く　をしどりの　つがい離《はな》れて　夜《よ》もすがら　[一八]上毛《うはげ》の　霜《しも》を　拂《はら》ひ侘《わ》び　氷《こほ》る[一九]つらゝに　閉《と》ぢられて　來《き》し方知《かたし》らず　(19)なく聲《こゑ》は　夢《ゆめ》かとのみぞ　驚《をどろ》きて　消《き》へ《え》かへりぬる　魂《たましひ》は　行方《ゆくゑ》も知《し》らず　[二〇]こがれつゝ　釣《つり》に年經《としふ》る　あま人も　[二一]船流《ふねなが》したる　年《とし》月も　[二二]かひなき方《かた》は　まさるとも　苅《か》る藻《も》かきやり　もとむるも　[二三]みるめなぎさに　うつ波《なみ》の　あとだ

一 若君を譬える。
二 玉の光の消え失せるようにお亡くなりになられて以来は。
三 無しを掛ける。
四 袖の柵(しがらみ)も涙を塞きかね。
五 死後に越えて行くという山路。冥途。
六 「生きて」と「往きて」の掛詞。
七 かっこう鳥の異名。子を呼ぶ意を掛けた。
八 鳥羽に常磐(永久の意)をかねた。磐瀬は、大和国(奈良県)生駒郡竜田川の付近にある森。
九 摂津国住吉に、住むを掛けた。
一〇 住吉の松を掛ける。波は「無み」の掛詞。
一一 萱草の古名。住吉に多い。「すみよしとあまは告ぐともながゐすな人忘れ草生ふといふなり」(古今、雑上、忠岑)。「道知らば摘みにも行かんすみの江の岸に生ふてふ恋忘れ草」(古今六帖、第六忘れ草、貫之・古今、墨滅歌)。
一二 ささがに(小蟹)の蜘蛛の略。「糸弱み」へ続く。
一三 皆ながら。すっかり。
一四 虚空。
一五 常世と床を掛けた。
一六 生きてはおるまいと。「いけ」に池を掛けた。
一七 投げを掛ける。
一八 鴛鴦の上毛に置く霜。
一九 氷のこと。
二〇 漕がれを掛ける。
二一 「沖つ波あれのみまさる宮のうちは年へて住みし伊勢の蜑も船流したる心地してよらむ方なく悲しきに…」(古今、雑体、伊勢)。
二二 貝なき潟を掛ける。
二三 見ることもないの意に、海松藻・渚を掛けた。

に見《み》えず　消《き》えなんと　(20)思《おも》ひのほかに　津《つ》の國《くに》の　しばしばかりも　[二四]なが
らへば　[二五]なにはのことも　今《いま》はたゞ　あまた[二六]かきつむ　[二七]もしほ草　[二八]鹽《しほ》の誰《たれ》
をか　頼《たの》むべき　(21)煙《けぶり》絶《た》えせぬ　薫《たき》ものゝ　[二九]このかたみなる　[三〇]思《おも》ひあらば
[三一]ひとり殘《のこ》さず　うちはぶき　衣《ころも》のすそに　はぐゝめと　身の程《ほど》知《し》らず　頼《たの》
むめるかな

[三二]水莖《みづぐき》に思《おも》ふ心《こゝろ》を何事《なにごと》もえも書《か》きあへぬ涙《なみだ》なりけり」　[同女御返哥]内大臣殿の女御の御
返し、

[三三](1)水莖《みづぐき》の跡《あと》を見《み》るにもいとゞしく流《なが》るゝものは涙《なみだ》なりけり」。

いにしへを　思《おも》ひ出《い》づれば　雪《ゆき》消《ゞ》えの　垣根《かきね》の草《くさ》は　二葉《ふたば》にて　生《お》ひ出《い》で
ん事ぞ　難《かた》かりし　[三四](2)つのぐむ　蘆《あし》の　[三五]はかなくて　枯《か》[三六]れ渡《わた》りたる　水際《ぎは》に
番《つが》はぬ鴛鴦《をし》は　寂《さび》しくて　[三七](3)ふたりの羽《はね》の　下《した》にだに　せばくつどひし　鳥《とり》
の子の　[三八]雲《くも》の中《なか》にぞ　たゞよひし　(4)晝《ひる》はをの〳〵　飛《と》び別《わか》れ　夜《よる》は古巣《ふるす》に
歸《かへ》りつゝ　翼《つばさ》を戀《こ》ひて　なき侘《わ》びし　あまたの聲《こゑ》と　聞《き》くばかり　悲《かな》しき
事《こと》は　[三九](5)廣澤《ひろさは》の　[四〇]いけるかひなき　身《み》なれども　[四一]波《なみ》のたちゐに　つけつゝ
も　かたみにこそは　頼《たの》みしか　(6)誰《たれ》もわが世《よ》[四二]の　若《わか》ければ　行末《ゆくすゑ》遠《とを》き　[四三]小《こ》
松原《ばら》　こ高《だか》くならん　枝《えだ》もあらば　そのかげにこそ　かくれめと　思《おも》ふ心《こゝろ》

二四　長柄(摂津国)を掛けた。
二五　何事もの意と難波とを掛けた。
二六　掻き集める。
二七　藻塩(海藻から採る塩)を採る材料とする海藻。
二八　潮の垂れを掛けた。
二九　籠の筺(かた)に子の形見を掛けた。
三〇　火を掛け、薫物の縁語。
三一　火取(薫炉)を掛けた。
三二　水茎は水茎の筆とも。筆のこと。この筆では思う仔細を何事も到底書き得ない程の涙が流れることです。
三三　↓補四八九。
三四　芽ぐむこと。
三五　葉を掛けた。
三六　離(か)れを掛ける。誠信妻の生母も女御の生母も共に死んだの意をいうか。
三七　両親の庇護。
三八　宮廷に仕えたこと。
三九　「広沢の」は、「悲しき事は」と「いけ」の上下へ懸る。広沢池は山城国葛野郡(京都市右京区)にある池の名。
四〇　池を掛けた。
四一　波・たちは共に池の縁語。「たちゐ」は起居の意。
四二　年齢。
四三　小松に子を掛けた。

は　深緑《ふかみどり》[一]　いくしほとだに　思《おも》ほえず　思《おも》[二]ひ初《そ》めてし　衣手《ころもで》[三]の　色《いろ》も變《かは》ら
で　年經《としふ》れば[(7)]　生《お》[四]ひ出《い》づる竹の　己《をの》がよゝ　嬉《うれ》しきふしを　見《み》るごとに
いかなる世《よ》にか　かれせんと[五]　思《おも》ひけるこそ　はかなけれ　朝《あした》[(8)]の露《つゆ》を
玉《たま》[六]と見《み》て　磨《みが》きし程《ほど》に　消《き》えにけり　夕《ゆふべ》の松《まつ》の　風《かぜ》の音《おと》に　悲《かな》しきことを[七]
しらべつゝ　ねをのみぞなく　群鳥《むらどり》[(9)]の　群《む》れたる中《なか》に　たゞひとり　いか
なるかたに　飛《と》び行《ゆ》きて　知《し》る人もなく　まどふらん　とまる[(10)]たぐひは
おほくして　戀《こひ》し悲《かな》しと　思《おも》へども　今《いま》はむなしき　大空《おほぞら》の　雲《くも》ばかりを
ぞ　かたみには　明暮《あけくれ》に見《み》る　月かげ[(11)]の　木《こ》の下闇《したやみ》に　まどふめる　歎《なげ》[八]き
の森《もり》の　しげさをぞ　拂《はら》はんかたも　思《おも》ほえす《ぬ》　見《み》[(12)]る人ごとに　ことはり
の　涙《なみだ》[九]の川《かは》を　流《なが》すかな　ましてや[(12)]そこの　邊《わた》りには　いかばかりかは
たゞふらん　淵瀬《ふちせ》[一〇]も知《し》らず　歎《なげ》くなる　心《こゝろ》の程《ほど》を　思やる　人の上《うへ》さへ
歎《なげ》かるゝかな」とて、又かくなん、
君《きみ》[一一]もさば昔《むかし》の人と思《おも》はなん我もかたみに頼《たの》むべきかな」。

一 松の縁語。思う心が深く。
二 「初め」は染めの掛詞で、「いくしほ」の縁語。
三 袖。
四 よゝ(世々)・ふし等をいうための語。
五 離れ離れになろうかと。
六 玉・磨き・消えは露の縁語。
七 事と琴の掛詞。
八 大隅国(鹿児島県)にある名所。
九 涙を川に譬えた。
一〇 川の縁語。
一一 あなたもそれでは私を亡き御子の思い出につながる忘れ難い人と思って下さい、私もあなたを御子の形見と思い、互に頼りにいたしましょう。

巻第十　ひかげのかづら

巻名　三条天皇の大嘗会の折、悠紀方参入音声楽の急の歌に、「ゆふしでの日蔭の蔓よりかけて豊の明のおもしろきかな」とある歌詞による。

諸本＝日かけのかつら(陽、西、活)・第十日蔭のかつら(富)。

所収年代　寛弘八年十月から、長和二年四月まで一年六カ月間。

内容　新帝(三条天皇)御即位の儀が、寛弘八年十月十六日に行われた。道長はどの天皇に比べても劣らない立派な人ではあるが、真実のところ新帝が行列の輿に乗って捧げられている有様は、この上ない十善の帝王と思われた。

この頃冷泉上皇が御病気だというので、世間では大騒ぎであった。御狂気であらせられたことはお気の毒な次第であるが、そのため行幸も取り止めになった。十月二十四日遂に院は崩御され、世の中は諒闇になった。

長和元年正月はしめやかな有様であったが、妍子のお部屋では、女房達の交々語る昔の御代の歌物語に興じられた。

正月十五日には、一条院の御念仏がおこなわれたが、いつまでも院を回想する情は去らなかった。

二月十四日妍子は中宮になり、その儀が厳かにおこなわれた。一方御子を大勢お持ちの宣耀殿女御(娍子)も、そのままではおかれないというので、女御の父故大将済時に太政大臣を追贈した上、四月二十八日に皇后になった。皇后宮大夫には隆家が任命された。

冬になり大嘗会・御禊がおこなわれたが、女御代には道長の三女威子が立った。その時の行列の車は未曾有の美々しさであった。

この頃中宮(妍子)の御懐妊が明らかになり、年を越して正月に、東三条院へ退下され、多くの安産祈願の御修法がおこなわれた。

馬頭顕信が急に出家を思い立ち、皮聖(かわひじり)の許で僧になった。道長は驚いて叡山に登り、顕信を訪ねて出家の理由を尋ねたりした。

皇后(娍子)は里邸に退下していたが、帝から度々うながされた末、道長の好意によって、姫宮(禔子内親王)や皇子達を伴って参内された。

左衛門督教通は公任女の壻となり、婚儀が四条宮の西の対でおこなわれた。

榮花物語巻第十

ひかげのかづら

寛弘八年六月十三日御讓位[一]、十[二]月十六日御即位なり。さき〴〵[三]は見《み》ねば知《し》らず。こたみはいみじうめでたし。みかどもいみじうねびとゝ[四]のほり、雄《お》ゝしうめでたくおはします。おほとの《道長》などを、なべてならずいみじうおはしますと見奉《みたてまつ》り思《おも》ふに、事限《ことかぎり》[五]ありければ、御輿《こし》[六]のしりに歩《あゆ》ませ給たるこそ、あぢきなき事《こと》なりけれ。さるは[七]、御有様《ありさま》などは、「なぞ[八]のみかどにか。かばかりめでたき御有様《ありさま》にこそ」と見奉《みたてまつ》り思《おも》ふに、口惜《くちを》しうこそ。まめ[九]やかには、そこらの上達部《かんだちめ》・殿上人御送仕《おくりつか》うまつり給《たま》ひて、御輿《こし》の捧《さゝ》げられ給《たま》へるほど(こ)そ、猶限《なをかぎり》なき十善の王におはしますめれ。」かくて今《いま》は御禊・大嘗會など、公[一〇]私《おほやけわたくし》の大《おほ》きなる事《こと》におぼし騒《さは》ぐに、折《をり》[一一]しもあれ、この頃《ごろ》[一二]冷泉院悩《なや》ませ給《たま》ふといふ事《こと》こそ出《い》で來《き》たれば、世《よ》にいみじきことなり。常《つね》[一三]の御有様《ありさま》なれば、「さりともけしうはおはしまさじ」など、おぼしたゆめど、猶《なを》[一四]おぼつかなしとて、殿[一五]の御前參《まへまい》らせ給て、見奉《みたてまつ》らせ給《たま》へば、いみじう苦《くる》しげなる御けしきにおはしますを、いかに〳〵

一「一条院天皇逃ニ位於新皇一、春秋卅二」(紀略、寛弘八年六月十三日)。二「天皇即ニ位於大極殿一」(紀略、寛弘八年十月十六日)。権記に詳しい。三 前々に行われた御即位の儀は。四 御成長なさり立派になられて、男らしく立派でいらっしゃる。五 物事には限度のあるものであったから。六 帝の御輿の後に扈従して歩かれたのは、やむをえないことであった。

三条天皇御即位

七 実をいうと、道長公の御有様は。
八 どの帝に比べて劣っておられようか。(道長公は天性)こんなにも立派な御有様でいらっしゃるのだと。
九 真実をいうと、大勢の公卿・殿上人が御供を申し上げて、御輿が捧げられていらっしゃる有様は、やはりこの上なく尊い十善の王でいらっしゃる。十善の王は、前世に十戒をよく保った報いで生まれたという仏家の説から天皇の異称。
一〇 朝野の大事として。
一一 あいにくと。
一二「九日戊申、参内、亦院、詣ニ左府一、左府命云、冷泉院上皇自ニ去月朔一、煩ニ赤痢一給、入ニ此月一後沈臥、無ニ供御膳一、甚危急也、亦月来御顔頬殊甚、而此一両日御面手足腫給云々」(権記、寛弘八年十月)。

御禊・大嘗会の準備、冷泉院御悩

一三 御悩は通例の事なので、いくら何でも大したことはおわしますまいと油断をされていたが。
一四 やはり気がかりな事だというので。
一五「事了参ニ冷泉院一、御悩甚重、雖レ然日来有ニ労事一退出、依レ有ニ内召一、相扶愁参入」(御堂、寛弘八年十月十九日)。

と見奉《みたてまつ》らせ給程《ほど》に、[一]歌《うた》をぞ放《はな》ちあげて謡《うた》はせ給。珍《めづら》しき事《こと》ならねど、「あないみじのわざや」と見《み》えさせ給《たま》ふは、[二]猶《なを》御けしきなども例《れい》の御有様《ありさま》には變《かは》らせ給と、ことに見《み》えさせ給へば、[三]いとうたて覺《おぼ》えさせ給に、[四]さすがに見知《みし》り奉《たてまつ》らせ給《たま》へるも恐《おそろ》しうて、急《いそ》ぎ出《い》でさせ給ぬ。[五]内に參《まい》らせ給《たま》て、おはしましつることゞもを申させ給て、「[六]猶如何《なをいかゞ》とこそ見奉《みたてまつ》り侍《はべ》りつれ。[七]折《おり》しもいみじかべき事《こと》かな。天下の大事《だいじ》にこそ侍《はべ》らめ」と申させ給へば、[八]とまれかうまれ參《まい》りて見奉《みたてまつ》らであべき事にもあらず、吉日《よきひ》して、今日明日《けふあす》の程《ほど》に行幸あるべき由《よし》を仰《おほ》せらるれば、大殿《おほとの》「[九]それげに候《さぶら》ふべき事《こと》なれど、すべて行幸はおぼしかけ給《たま》ふべきにあらず。御ものゝけいと〳〵恐《おそろ》し。[一〇]見奉《みたてまつ》らせ給《たま》ふとも、御心の例《れい》におはしまさばこそあらめ」など申させ給につけても、[一一]あはれにおぼしめされてうち泣《な》かせ給も、[一二]いみじき理《ことはり》の御有様《ありさま》なり。[一三]かゝりとて御禊の事どもおぼしたゆまず急《いそ》がせ給。[一四]御禊の女御代には、娍子 大將濟時女 宣耀殿の出《い》でさせ給べき御定《さだめ》ありて急《いそ》がせ給。」かゝる程《ほど》に、[2]十月廿四日、[一五]冷泉院うせさせ給ぬ。あはれに悲《かな》しなど聞《きこ》えさするもおろかなり。内にいみじくおぼし歎《なげ》かせ給。[一六]さべき宮達《たち》も皆《みな》うせはてさせ給て、[一七]たゞこのみかどのみこそはおはしますぞ。[一八]いみじうおはせん宮たちをばなにゝかはせん。[一九]年頃《としごろ》もこそおはしましつれ、[二〇]かく御位《くらひ》に即《つ》かせ給て後《のち》しもかうおは

一 院は歌を大声を張り上げてお謡いになられた。院は御脳に異常があり、突然歌を謡われたことは大鏡(伊尹伝)にも記事がある。二 いつもの御不例とは様子が違うと、殊に御重態に拝されたので。三 これは大変なことと道長も思われたが。四 御狂気の中にも院はさすがに道長をお見分けなさるのも恐しい気がして。五 帝(三条)のところへ参上なさって、院の御容態をいろいろと。六 御全快の程もおぼつかないように拝しました。七 御禊・大嘗会をひかえた折も折あいにく大変な事です。八 何はともあれ御見舞申し上げないでおられる事でもない。九 御心配はまったく御尤もと申すべき事ですが。一〇 お会いあそばすとしても、院の御心が普通でいらっしゃるならばともかくとして…。一一 御父院の事を痛ましく思し召されて。一二 至極道理の御様子である。一三 院の御悩は重くあられたが。↓補四九〇。一四「良道朝臣伝㆓宣耀殿女御々消息㆒云、可ㇾ奉㆓仕女御代㆒」(小右、寛弘八年九月九日)。前巻には道長女妍子が女御代に予定されているという世評が記されていた。一五「戌刻、冷泉院太上皇崩㆓于南院㆒、春秋六十二」(紀略、寛弘八年十月二十四日)。一六 ↓補四九一。一七 この辺り

冷泉院崩御、三条帝の御哀悼

難解。ただこの三条帝だけが御健在であらせられる。一八 たとえ何人のすばらしい宮達がおいでになられても仕方のないことであるの意か。一九 院は年来御物の怪に悩まれてはおられたが。二〇 かように御子三条帝が即位されて後、折も折崩御の事があられたので。二一 延期になることはそれはそれとして。二二 崩御された院の御葬儀も盛大であろうし。富「御さかりもいみしう」によれば、最もよい時にな

しませば、御禊・大嘗會の[二一]おこたる方《かた》こそあれ、[二二]うせさせ給ぬる院の御かゝ(ざ*)りもいみじ、[二三]當代の御ためにもいとさま〴〵あはれに見《み》えさせ給。さるは年頃《としごろ》は司召《つかさめし》に、まづ[二四]あやしき國《くに》をも院分と選《え》り奉《たてまつ》らせ給へれば、[二五]我御代《よ》にだに、いかでよきをとこそ思《おも》ひつれ、口惜《くちを》しくあはれにおぼしめさる。[二六]この大事《だいじ》ども明年にこそはあらめ、まづ[二七]御葬送《さうそう》の事《こと》など、[二八]よろづに大《おほ》殿のみぞ*掟《をき》て仕《つか》うまつらせ給。内には我《わが》御代《かは》りとおぼしめして、[二九]宮〳〵に御送《をくり》せさせ給べう掟《おき》て申させ給も、いみじうあはれにめでたし。[三〇]後《のち》〳〵の御事どもゝ、あはれにめでたくせさせ給べし。世《よ》の中皆《なかみな》[三一]諒闇になりぬ。殿上人の[三二]椽《つるばみ》の袍《うへのきぬ》の有様《ありさま》なども、烏《からす》などのやうに見《み》えてあはれなり。よろづものゝ榮《はへ》なく、口惜《くちを》しともおろかなり。一天下の者《もの》歎《なげ》きにしたり。[三三]よろづをしつくして今《いま》はになる際《きは》に、かゝる事の出《い》で來《き》たるを、いとゞいみじき[三四]世間の大事なり。」はかなく月日も過《す》ぎて、年號替《かは》りて、明《あ》くる年《とし》長和元年といふ。[三五]元三日の有様《ありさま》、[三六]たゞならましかば、いかにめでたからまし。[三七]たれ籠《こ》めて殿上にも出《い》でさせ給はずなどして、いと口惜《くちを》し。かむの殿《妍子》は、[三八]上《うへ》の御局《つぼね》におはしませど、[三九]晝《ひる》はいま〳〵しくおぼしめされて渡《わた》らせ給《たま》はず。[四〇]宮達《たち》も參《まい》らせ給へる御有様《ありさま》いと〳〵めでたし。[四一]上《うへ》の女房達《ねうばうたち》、[四二]さま〴〵の世《よ》の例《ためし》に引《ひ》きいで聞《きこ》えさせて、「[四三]中頃《なかごろ》となりては、かやうに宮達《みやたち》おはします

くなられたの意か。二三 当代三条帝にとっても御子としての孝養も十分できたりして。二四 貧弱な下国をも院の御所得として。二五 せめて御自身の代になりと、ぜひとも豊饒な上国を差上げたいと思っていたのに、残念なことよと。直接話法と間接話法を混じて書いた。二六 御禊・大嘗会。二七 御葬送は十一月十六日。「十六日、乙酉、冷泉院御葬送、参院行二雑事一、従レ内依レ有レ召参入、可レ候レ内者(下略)」(御堂関白記)。二八 御堂関白記、寛弘八年十一月十三日条の他、度々院へ参上した由が見える。二九 敦明・敦儀・敦平諸親王。三〇 初七日以下の御法事。御堂関白記・小右記・日本記略・権記等に詳しい。三一 天皇が父母の喪に服す期間。「無二節会一、依二諒闇一也、有二平座一、見参一」(紀略、長和元年正月一日)。三二 濃い鼠色の袍(喪服)。三三 御禊・大嘗会のために用意をすっかり整え、これからという間際に、院の崩御という事が起きたのを。三四「大事としたり」とあれば穏やか。抄は上文の「を」について、「を文字あまりてきこゆ」とする。三五 →補一〇四。この日の様子は、注三一に引く日本紀略参照。三六 旧年中に不幸などがなかったとしたら。

長和元年、尚侍妍子の御有様

三七 御簾・御帳も垂れたままその中に籠って帝の出御もなく。三八 清涼殿の北廂にある后・女御などが参上の時休息される局。弘徽殿の上の御局と藤壺の上の御局とがある。三九 昼間は喪中ゆえ不吉に思われて帝は渡御なさらない。四〇 娍子所生の宮達。四一 主上付の女房達。四二 (当代の宮達が大勢おられて参内する有様を、妍子御相手に)いろいろ世間話に引いてはお話申し上げて。四三 中昔以来このように大勢の宮達がいらっしゃることもなか

った。三条帝より御子の少ないのは、朱雀・冷泉・円融・一条天皇。

一 村上天皇は皇子九人、皇女十人。二 宇多天皇。皇子皇女各十一人。三 陽成天皇は皇子七人、皇女二人。四 大層風流で趣のある方々で。「おはしまさひ」は「おはしまし」の複数形。五→補四九二。六 夕暮は恋人の来るのを頼みとする心のために侘しさも慰めることができるが、後朝の別れは心も消えてしまいそうなことよ。七 本院の侍従の返歌が、多くの歌の中でも特に。本院の侍従は、後撰集時代の女流歌人。村上天皇の后安子・斎宮女御などに仕えたが系譜未詳。八 多くの皇子方の中で。九 敦儀親王は長和二年六月二十二日に、敦平親王は同日兵部卿の宮に任ぜられた。これより一年後のこと。一〇 お可愛くいらっしゃる。一一 正月は平素よりも人目もたくさんあるような気持がして、いつものようにもおしゃべりもできないようである。一二 春霞が野辺に立つようにあなたが立后なさることだろうとは思うが、しばらくお目にかからないで過したことです。新千載、恋四、三句「思ふにも」。日本紀略、寛弘九年正月三日の条に「女御藤原娍子蒙下可ニ立后ニ之由宣旨上、仍左大臣以下参ニ弓場殿一、被レ申ニ慶賀一」とあって、事実は既に正月三日に娍子

立后の噂

立后の宣旨が下っていた。一三 霞んでいる空の風情は春ですが、我が身一つは御寵愛も昔のようではないことです。〔参考〕「鶯の鳴くなる声は昔にてわが身一つのあらずもあるかな」(後撰、

三条帝と宣耀殿女御の贈答歌

やうもなし。一村上の先帝こそ、宮達《たち》多《おほ》くおはしましなどして、おかしう、女房《ばう》も明暮《あけくれ》用意《ようい》したりけれ。二寛平の御時なども、猶《なを》をかしき事どもありけり。まづは三陽成院の御子達《みこたち》、四いみじうすきおかしうおはしまさひて、かく、

五來《く》や〱と待《ま》つ夕暮《ゆふぐれ》と今《いま》はとてかへる朝《あした》といづれまされり

といふ歌《うた》を、知《し》り通《かよ》ひ給《たま》ひける所《ところ》〲に遣《つかは》したりければ、本院の侍從といふ人、かくぞ聞《きこ》えたりける、

六夕暮《ゆふぐれ》は頼《たの》む心《こゝろ》になぐさめつ歸《かへ》る朝《あした》は消《け》ぬべきものを

とか。七これぞあるが中《なか》におかしくおぼされける」など、昔事《むかしごと》をいひ出《い》でつゝ、宮《みや》〲の御有様《ありさま》を聞《きこ》えあへり。「八猶《なを》この御中に、式部卿の宮《敦明》は、心ことにおはしますかし」など聞《きこ》ゆれば、「さて九中務の宮《敦儀》はわろくやおはします」「兵部卿の宮《敦平》は一〇うつくしうおはします」など、各《おの〱》思《おも》ひ〱に聞《きこ》えさするもおかし。督《かん》の殿の女房、一一常《つね》よりも人目繁《めしげ》き心地《こゝち》して、例《れい》のやうにもえ聞《きこ》えさせずぞあめる。」さて世《よ》の中《なか》には、「今日明日《けふあす》、后《きさき》にたゝせ給べし」とのみ言《い》ふは、督《かん》の殿にや、又宣耀殿にやとも申めり。」かゝる程《ほど》に、宣耀殿に、内より、

一二春霞《はるがすみ》野邊《のべ》に立《た》つらんと思《おも》へどもおぼつかなさを隔《へだ》てつるかな

と聞《きこ》えさせ給へれば、御返《かへ》し、

一三霞《かす》むめる空《そら》のけしきはそれながら我身一《わがみひと》つのあらずもあるかな」と聞《きこ》えさせ給へれば、あはれとおぼしめさる。」中宮《彰子》には、一四年《とし》さへ隔《へだゝ》りぬるを、盡《つき》せずあはれにおぼしめされて、たゞ御行《おこない》にて過《すぐ》させ給。一五正月十五日、一條院の御念佛に、殿《との》ばら皆参《みなまい》らせ給へり。月のいみじう澄《す》み昇《のぼ》りてめでたきに、事果《は》てゝ出《い》でさせ給とて、とのゝ御前《(マヽ)》、

一六君《きみ》まさぬ宿《やど》には月ぞひとりすむ古《ふる》き宮人立《た》ちもとまらで」と宣《のたま》はすれば、

一七侍從中納言《行成》、

一八去年《こぞ》の今日今宵《けふこよひ》の月を見《み》し折《おり》にかゝらむものと思《おも》ひかけきや。」はかなく(て)一九司召《つかさめし》の程《ほど》にもなりぬれば、世《よ》には司召《つかさめし》とのゝしるにも、中宮世《よ》の中《なか》をおぼし出《い》づる御けしきなれば、二〇藤式部、

二一雲《くも》の上《うへ》を雲《くも》のよそにて思《おも》ひやる月は變《かは》らず天《あめ》の下《した》にて」。あはれにつきせぬ御事《おほん》どもなりや。」宮の御前返《かへ》すぐ\おぼし歎《なげ》かせ給て、大殿籠《おほとのごも》りたる曉方《あかつきがた》の夢《ゆめ》に、院《一條院》のほのかに見《み》えさせ給ければ、

二二逢《あ》ふことを今《いま》は泣《な》き寝《ね》の夢《ゆめ》ならでいつかは君《きみ》をまたは見《み》るべき」とて、いとゞ御涙《なみだ》せき敢《あ》えさせ給はず。」内には、かんのとの《妍子 道一〔長〕第二女》ゝ后《きさき》に居《ゐ》させ給べき御事を、殿に度《たび》く\聞《きこ》えさせ給へれど、「二三年頃《としごろ》にもならせ給ぬ。宮達《たち》(も)あまたお

春下、藤原顕忠母)。「昔見し春は昔の春ながらわが身一つのあらずもあるかな」(新古今、雑上、清原深養父)。一四 一条天皇の崩御後。一五「参二一条院一、依二御念仏一、如レ常」(御堂、寛弘九年正月十五日)。

中宮御行いに専念、一条院御念仏

一六 道長の歌。天皇崩御後の一条院には元仕えていた宮人も誰も留まる者はなく、ただ月だけが照している。新千載、哀傷。一七 行成の当時の官は権中納言、太皇太后宮権大夫兼侍従。一八 去年の今日正月十五夜の月を見た時にはこのようになろうと思ったことであろうか。新千載、哀傷。一九 司召の除目。「廿五日癸巳、除目始、廿六日甲午、同、廿七日乙未、同」(紀略、寛弘九年正月)。二〇 紫式部。二一 宮中をその外から想像することであるが、一条帝は崩御せられ御代は変ったが、月だけは昔のまま同じ天の下にあって変らず耀いている。

司召の除目

二二 故院にお逢い申し上げることは今は泣き寝をした時の夢以外にはいつできようか。新古今、哀傷、初句「逢ふことも」。二三 東宮の頃参られてから何年かにおなりなさった。宣耀殿は正暦二年十一月東宮に参り、長和元年まで二十一年になる。

中宮故院を夢見給う

尚侍姸子立后

はします宣耀殿こそ、[一]まづさやうにはおはしまさめ。内侍のかみの御事は、[二]おのづから心のどかに」など奏《そう》せさせ給へば、「いと興《けう》なき御心なり。[三]この世《よ》をふさはしからず思《おも》ひ給《たま》へるなり」など、怨《ゑ》じ宣《のたま》はすれば、「[四]さば吉日《よき》してこそは宣旨も下《くだ》させ給べかなれ」と奏して出《い》でさせ給て、俄《にはか》に[五]この御事どもの御用《よう》意《い》あり。何事《なにごと》も[六]それに障《さは》り、日など延《の》べさせ給べき御世《よ》の有様《ありさま》ならねば、[七]二月十四日にきさき《妍子》に居《ゐ》させ給て、中宮と聞《きこ》えさす。急《いそ》ぎたゝせ給ぬ。」その日《ひ》になりぬれば、[八]常《つね》の事ながらも、いみじくやむごとなくめでたし。[九]年頃《としごろ》の女房達《たち》上中下の程《ほど》などの、[一〇]わきがたう思《おも》ひ〳〵なりつる程《ほど》、[一一]妬《ねた》がりつる人〳〵など、今日《けふ》のきざみに恥《はづか》しげなることゞも多《おほ》かり。[一二]何事《なにごと》も心苦《ぐる》しげに、うち〳〵なづましげなりつる人も、こと限《かぎ》りければ、織《をり》物の唐衣《からぎぬ》を著《き》、年頃《としごろ》めでたう[一三]したり顔《がほ》なりつる人も、俄《にはか》に[一四]平絹《ひらぎぬ》などにて、いと[一五]心《こゝろ》やましげに思《おも》ひたるもおかしきに、さはいへど、[一六]大《おほ》宰相の君などいふ人、[一七]おばおとゞなど言《い》ひつけ給《たま》ひ、指《をよび》をさし言《い》ひつれど、[一八]いとけざやかにえもいはぬ[一九]葡萄染《えびぞめ》の織《おり》ものゝ唐衣《からぎぬ》などを著《き》て候《さぶら》ふに、[二〇]何《なに》くれの人《ひと》も心《こゝろ》にくゝ思《おも》はれ、[二一]我《われ》はと思《おも》ひたりつるも、さしもあらずなど、[二二]品《しな》〴〵わき給《たま》へる程《ほど》など、げに[二三]公《おほやけ》(と)ならせ給ぬるは、ことなるわざなりけり。心には誰《たれ》も安《やす》からずいひ思《おも》へど、[二四]ともかくも啓《けい》せで、[二五]心《こゝろ》の中《うち》にのみ

一 最初に后になるのが当然でしょう。二 成り行きにまかせ後でゆっくりに致します。三 私(三条)と尚侍との仲を似合いでないと。四 それでは吉日を選んで尚侍に立后の宣旨をお下し下さい。実際は正月三日に立后の宣旨は下っている。五 尚侍立后の用意。六 立后の支障となり。七「十四日壬子、宣命、尊㆓皇太后〔遵子〕㆒為㆓太皇太后㆒、中宮〔彰子〕為㆓皇太后㆒、女御正二位藤原朝臣妍子為㆓中宮㆒」(紀略、寛弘九年二月)。八 同じ立后の儀ではあるが。九 長年奉仕している上中下の身分の女房達が。一〇 区別でき難いほど思い思い着飾っていた間。一一 それをにくらしく思っていた人々は、立后という今日の場合に(身分に応じた服装をするので)、こちらが恥ずかしくなるような事もたくさんある。一二 万事にお気の毒で、内証に不如意であった人も、規則というものがあったから。一三 得意そうな顔をしていた女房も。一四 平織にした絹布。織物よりも下の階級が着る。一五 心がむしゃくしゃするように。一六 系譜未詳。一七 人々が「おばおとど」(おばあちゃん)などと命名なさり、指をさしては蔭口をいったが。一八 大層晴れがましく。一九 表蘇芳・裏縹。二〇 何がしくれがしというような人(大宰相のような人)も今度は自然奥ゆかしい人と思われ。二一 今まで自分こそはと思っていた人も大した事はないと。二二 階級や身分・家柄を区別なさった有様は。二三 女御の時と違い后の地位につかれてからは格別の事であった。二四 何ともかとも中宮に申し上げる事もできず。二五 心の中でだけ誰も咽び泣きをしている有様も。二六 中宮の女房としてふさわしい五位の人の女で見苦しくない容貌

中宮妍子女房の有様

むせわたる程《ほど》も苦《くる》しげなり。又[26]さべき五位の女《むすめ》などの恥《はぢ》なき程《ほど》なりつるを、藏[27]人などにて、[28]おもの參《まい》らするまかなひ・取次《とりつぎ》などして、うたてゆゝしきことゞもをいひ思《おも》へど、[29]つれなくもてなしたるもいとおしげなり。」宮の御前白《しろ》き御装《よそひ》にて、[30]大床子に御髪《ぐし》あげておはしまし、[31]御丁の側《そば》の獅子《しゝ》・狛犬《こまいぬ》の顏付《かほつき》も恐《おそろ》しげなり。[32]御前《まへ》の御髪《ぐし》あげさせ給へる程《ほど》はいとゞぞめでたうおはしましける。もとより御面様《おもやう》のふくらかにおかしげにおはしますものから、世《よ》にめでたくぞおはしましける。「猶《なを》[33]さるべうおはしますなりけり」とこそは見奉《みたてまつ》りけれ。[34]御年十九ばかりにぞおはしましける。「參《まい》らせ給て三四年ばかり(に)ぞならせ給ぬ覧かし」と推《*お》し量《はか》り申《まう》す人〳〵あり。[35]大宮《みや》は十二にて參《まい》らせ給て、十三にてこそ后《きさき》に居《ゐ》させ給けれ。されどこの御前は、少《すこ》し大人《おとな》びさせ給にけり。[36]御前に火焚屋《ひたきや》据《す》ゑ、陣屋造《やつく》り、[37]吉上の[38]こと〴〵しげにいひ思《おも》ひたる顏《かほ》けしきより事起《ことをこ》りて、[39]侍《さぶらひ》の長〈オサ〉どもなさせ給《たま》ひ、様《さま》〴〵こと〴〵しげに見《み》えたり。やがて[40]大饗いと疾うせさせ給べし。[41]大夫には[42]大殿の御はらからのよろづの兄《あに》君の大納言《道綱》なり給。おほかた[43]宮司《みやづかさ》など皆選《みなえ》りなさせ給。かくて、いとめでたう[44]二所《ふたところ》さし續《つゞ》きておはしますを、(世《よ》の例《ためし》に、珍《めづら》かなることに聞《きこ》えさす)。」内には今《いま》は、宣耀殿の女御の御事《こと》を[45]いかでとおぼしめせど、[46]すがやかに殿には申《まう》させ給はぬ程《ほど》に、

の者を。二七 女蔵人。二八 后に御膳を奉る御供膳役や取次役などをして、ほんとに言うのも不吉なような事を言ったり思ったりしているが。
二九 それを気にもとめない風を装っているのも気の毒のようだ。三〇 御膳を載せる机とも御着座用の台ともいう。↓補四九三。三一 御帳台。獅子・狛犬は威儀を整えるための装飾で、魔除けを兼ねる。三二 中宮の結髪しておられる有様は。三三 やはり后にそなわりなさるのが当然の方でいらっしゃったのだと。

中宮の御有様、宮司定まる

三四「寛弘九年二月十四日立二従二位藤妍子一為二中宮一、〈年十九〉」(中右、大治五年二月二十一日)。皇代記には十八とあるが、十九が正確。
三五 皇太后(彰子)は。↓一九九頁。三六 警固のため衛士が篝火を焚く屋舎。中宮御所は東三条院。
三七 六衛府の下役。番長・近衛等から選抜して、禁中・宮門を守らせる。
三八 ものものしい様子で物を言ったり考えたりしている顔の様子を始めとして。
三九 中宮職の下役。それを任命されたりして。
四〇 立后の時行われる大饗宴。
四一 ダイブまたはカミ。中宮大夫。
四二 道長の御兄弟で長兄の大納言道綱が任命された(八月十四日)。道綱を長兄とすることは、↓一二三頁注四二。実は道隆の弟。
四三 中宮職の役人。
四四 彰子・妍子が引続き宮としていらっしゃることを。

宣耀殿女御の御心

四五 どうかして后にしたいと。
四六 きっぱりと道長に対して。

宣耀殿には何《なに》ともおぼしめしたらぬに、[一]おほかたの女房の縁《えん》〳〵に付《つ》きて、[二]里《さと》人の思《おも》ひのまゝにものをいひ思《おも》ふは、「[三]いかに〳〵御前《おまへ》におぼしおはします覽。[四]あさましき世《よ》の中《なか》に侍《はべ》りや。これはさべきことかは」など、[五]いとさかし顔《がほ》にとぶらひ参《まゐ》らする人《ひと》〳〵などあるを、[六]この文《ふみ》をも又、「かうなん、それかれは申つる」など語《かた》り申す人を、女御殿は「[七]などかかうむつかしう言《い》ふらん。たとひ言《い》ふ人ありとも語《かた》らでもあれかし。[八]こゝにはよろづ思《をも》ひ絶《た》えて、今《いま》はたゞ、後《のち》の世《よ》の有様《ありさま》のみこそ、わりなけれ」など、[九]物《もの》まめやかに仰《おほ》せらるれば、「[一〇]さこそあれ、御心のひがませ給へれば、ものゝあはれ・有様《ありさま》をも知《し》らせ給はぬ」と、さかしう聞《きこ》えさせける。」かゝる程《ほど》に、大殿の御心、何《なに》事もあさましきまで人の心の中《うち》を[一一]くませ給により、内《うち》にしば〳〵参《まゐ》らせ給て、「[一二]こゝらの宮達《たち》のおはしますに、宣耀殿の[一三]かくておはします、いとふびんなることに侍《はべ》り。[一四]早《はや》うこの御事《こと》をこそせさせ給はめ」と奏せさせ給へば、上《うへ》「こゝにもさは思《おも》ふを、この殿上の男《おのこ》どもの、昔物語《むかしものがたり》など各《おの》〳〵言《い》ふを聞《き》けば、『[一五]内舎人《うどねり》などの女《むすめ》も昔《むかし》は后《きさき》に居《ゐ》けり。今《いま》も中頃《なかごろ》も、[一六]納言の女《むすめ》の后《きさき》に居《ゐ》たるなんなき』などいふをば、如何《いかゞ》はすべからんとこそ聞《き》け」と宣《のたま》はすれば、「[一七]それは僻《ひが》事(に候)なり。いかでか。さらば、故大将《済時》[一八]をこそは、[一九]贈大臣の宣旨を下《くだ》させ給《たま》はめ」と奏せさせ給へば、

一 深くもない女房の縁故をたどっては。二 里(宮廷以外の所)にいる人々が。三 尚侍娍子に后の位を引き越されて、宣耀殿におかれてはどんなに悲しまれていることでしょう。四 あきれた世の中ですね、これは至当な事とは申せません。五 大層利口ぶってお見舞申し上げる。六 そうした手紙についてもまた、このように誰それは申しましたなどという女房のいるのを。七 人は何故かようにうるさく言うのだろう、たとえとやかく言う人がいても私には話さないでおいて下さい。八 私は立后の事は万事断念して、今は専心後世の安楽だけを願うことに熱中しているのですの意か。九 真面目なようすで仰しゃるので。一〇 それはそうですが、女御様の御心が僻んでいらっしゃるから、人情も世間の有様も御存知ないのです。一一 斟酌なさるので。一二 大勢の皇子皇女がおありなのに。一三 いつまでも女御でおられるのは、大層宜しくない事でございます。

道長、宣耀殿立后の事奏聞

一四 女御立后の事。一五 中務省に所属する職で、帯刀して宮中に宿直し、雑役に従い、行幸の時供奉警衛する。延喜以前は大臣納言の子息も任ぜられる事があった。一六 中納言長良の女高子が清和天皇の皇后になった例がある。一七 それは誤です、どうしてそのような事がありましょう。一八「にこそは」とありたい所。一九 長良はその女が元慶元年正月立后と共に左大臣正一位を贈られた。今はその例によろうというのである。二〇 太政官に対して。二一 然るべき神事の行われる日を避けて。二二 公卿補任によれば長和元年四月贈右大臣とあり、本書と異なる。大鏡も本書と同じ贈太政大臣。二三 太政官の左右弁官、各大中少がある。詔勅を草する役。富「弁

「さらばさべきやうに行《おこな》ひ給べし」と宣《のたま》はすれば、うけ給はらせ給て、官に仰《おほせ》[二〇]事《こと》給はす。「さ[二一]べき神事《こと》あらん日《ひ》を放《はな》ちて、よろしき日《ひ》して、小一條の大將某《それがし》の朝臣、贈[二二]大政大臣になして、かの墓《はか》に宣命讀《よ》むべし」と宣《のたま》はすれば、弁[二三]うけ給ぬ。」四月にさ[二四]べき所〻の祭《まつり》はてゝ、吉日《よき》して、かの大將の御墓《はか》に勅使下《くだ》りて、やがて修[二五]理大夫(通任)そひてものすべくあれば、か[二六]の君も出《い》で立《た》ち參《まい》り給。よき御子《こ》持《も》給て、故大將のかく榮《さか》ゆき給をぞ、世《よ》の人めでたきことに申ける。か[二七]の(御)妹《いもうと》の宣耀殿の女御、村上の先帝の、いみじきものに思《おも》ひきこえさせ給ければ、女御にて止《や》み給《たま》ひにき、男宮一人《おとこみやひとり》生《う》み給《たま》へりしかども、そ[二八]の宮《みや》かしこき御仲《なか》より出《い》で給《たま》へるとも見《み》え給はず、いみじき痴者《しれもの》にてやませ給《たま》ひにけり、そ[二九]の小一條の大臣《おとゞ》の御孫《むまご》にて、この宮《みや》のか[三〇]うおはします事《こと》、世《よ》にめでたきことに申思《おも》へり。」さて四[三一]月廿八日后《きさき》に居《ゐ》させ給《たま》ひぬ。皇后宮(娍子)[6]と聞《きこ》えさす。大[三二]夫などには望《のぞ》む人も殊《こと》になきにや、さやうのけしきや聞《きこ》しめしけん、故關白殿の出雲《いづも》の中納言(隆家)なり給《たま》ひぬ。宮[三三]司《みやづかさ》など競《きを》ひ望《のぞ》む人なく、物[三四]華《ものはな》やかになどこそなけれ、よろづたゞ同《おな》じ事《こと》なり。これにつけても「あなめでたや、女の御幸《さいはひ》の例《ためし》には、この宮をこそし奉《たてまつ》らめ」など、きゝにくきまで世《よ》には申す。まづは大[三五]殿も「まことにいみじかりける人の御有樣《ありさま》なり。女《をんな》の幸[三六]《さいはひ》の本には、この宮をなんし奉《たてまつ》る

うけたまはりぬ」。二四 大神・稲荷・山科・平野・松尾・社本・当麻・当宗・梅宮・広瀬・竜田・日吉・賀茂・吉田の各社の祭礼は四月。
二五 済時男、寛弘八年十月五日任修理大夫。
二六 通任。
二七 済時の妹宣耀殿女御芳子は。
二八 その永平親王は尊い帝と女御との間にお生

故小一条大将済時に贈官位

まれになったとも思われなさらず、大変な痴者で終ってしまわれた。月の宴巻によれば、昌平・永平両親王と二人であった。
二九 師尹。
三〇 后宮となられることは。
三一 「此(日)以二女御娍(子)一為二皇后一」(御堂、長和元年四月二十七日)。小右記・日本紀略も二十七日。
三二 皇后大夫。↓補四九四。
三三 皇后付きの役など競って望む者もなく。
三四 物華やかに行われることはないが、立后の儀なども万事普通と同じように行われた。

宣耀殿女御(娍子)立后

三五 道長。実は娍子立后を快く思わなかった事が次のように記録に見える。「此(日)以二女御娍(子)一為二皇后一、右大臣(顕光)・内大臣(公季)申二障由一不参、仍召二右大将(実資)一被レ行二宣命一…参入上達部実資・隆家・懐平・通任等四人云々」(御堂、長和元年四月二十七日)。「内記進二宣命草一、無二事誤一、見了奉二左相府(道長)一、時剋多移、不二帰参一、若是無二申通之人一歟、頭弁弁敦頼朝臣、同成二此疑一、相府立后事、頻有二妨遏一之故也、万人致二怖畏一」(小右、同日条)。
三六 幸福の手本。

べき。親《おや》[一]などにも後《おく》れ給《たま》ひて、我御身一《ひと》つにて、年頃《としごろ》になり給《たま》ひぬるに、又け[二]しからずびんなき事《こと》し出《い》で給はず。まづはこゝ[三]ら多《おほ》くおはする宮達《みやたち》の御中《なか》に、痴《しれ》ものゝまじらぬにてきはめつかし。[四]いみじき村上の先帝と申《まう》しゝかど、かの大將の妹《いもうと》の宣耀殿の女御の生《う》み給《たま》へりし八宮《永平》こそは、世《よ》の痴《しれ》ものゝいみじき例《ためし》よ。[五]それにこの宮達《みやたち》[六]五六人おはするに、すべて痴《し》[七]れかたくなしきがなきなり」などこそは申《まう》させ給に、[八]まいて世《よ》の人はきゝにくきまでぞ申《まう》しける。今《いま》[九]は小一條いかで造《つく》りたてんとおぼしめす。みかども今《いま》[一〇]ぞ御本意《ほい》遂《と》げたる御心地《こゝち》せさせ給らんかし。」かくよろづにめでたき御有様《ありさま》なれども、皇后宮には、たゞおぼ[一一]つかなさをのみこそは、盡《つき》せぬ事《こと》におぼしめすらめ。同《おな》じ御心《こゝろ》にやおぼしめしけむ、内より、

[一二]うちはへておぼつかなさを世《よ》と共《とも》におぼめく身ともなりぬべきかな」とある御返しに、

[一三]露《つゆ》ばかりあはれを知《し》らん人もがなおぼつかなさをさてもいかにと」。よろづの中《なか》にも、[一四]姫宮《ひめみや》の御ゆかしさをぞおぼしめしける。」大宮《彰子》には院[一五]の御服なども果《は》てにたれば、盡《つき》せずのみおぼし歎《なげ》かせ給。東宮の[一六]うつくしうおよずけさせ給を、明暮見奉《あけくれみたてまつ》らせ給《たま》はぬも、あはれにくち惜《を》しうおぼさるゝに、三の宮《後朱雀院》のい

一 済時は長徳元年四月二十三日薨。二 感心できないふつごうな事。三 大勢いらっしゃる皇子皇女の中に、愚か者の交っていないことで幸福を極めたことになる。四 先帝村上帝はすばらしい帝だと申し上げたが。五 それなのに。六 敦明・敦儀・敦平・師明・当子・禔子等。七 痴愚・頑愚な者はいない。八 (道長さえこのように言われる程だから)まして世人は聞きにくいまで評判した。九 済時の邸。近衛南・東洞院西。一〇 娍子立后の事が済んで。一一 将来に対する不安ばかりを(道長の専横のため御子が天位につかれることも確かでない不安を抱いていた)。一二 引続き一生涯将来に対する不安を気がかりに思う身となってしまうことだ。

三条帝と皇后(娍子)の贈答歌

一三 皇后御歌。露ほどの物のあわれをわきまえた人を欲しいものです、心中の不安をさても如何にと問うてくれるために。一四 当子内親王の行末に対して御期待をお持ちになられた(皇子の将来には望みを失われたため)。一五 一条院の御一周忌(六月二十二日、小右記)。一六 可愛らしく御成長なさったのを。一七 可愛らしくちょこちょこお歩きなさるのに。一八 殿中の新しい装飾のためあざやかで。小右記目録に詳しい。

大宮(彰子)の御有様

一九 月日の移り変る様子も知られて。二〇 大嘗会のための御禊は閏十月二十七日に行われた。二一 故冷泉院に対する御喪服。

みじう[一七]愛《うつく》しう紛《まぎ》れ歩《あり》かせ給にぞ、少《すこ》しおぼし慰《なぐさ》めける。」　はかなく秋《あき》は過《す》ぎて冬《ふゆ》にもなりぬれば、内邊《うちわた》りは中宮《妍子》の御方《かた》の更衣《ころもがへ》などの有様《ありさま》も[一八]ものけざやかに、[一九]月日の行《ゆ》きかふ程《ほど》も知《し》られ、めでたかりける。」　たゝむ月の[二〇]大嘗會御禊など、いみじう世《よ》に急《いそ》ぎたち(に)たり。内にも、[二一]御服立《た》[二二]ちぬる月に脱《ぬ》がせ給て、冷泉院の御[二三]はてもせさせ給て、今《いま》は[二四]この事《こと》をいみじき事《こと》にのゝしらせ給。[二五]女御代には、大殿の内侍のかんのとの《威子 道長三女》の出《い》でさせ給。[二六]女御代の御車《くるま》廿兩ぞあるを、まづ大宮《おほみや》より三《み》つ、中宮より三《み》つ、車《くるま》よりはじめて、いといみじうのゝしらせ給《たま》ふ。「[二七]こたみの物見《ものみ》には、この宮《みや》〳〵の御車《くるま》なんあべき」とのゝしれば、[二八]いつしかと人待《ま》ち思《おも》へるに、今《いま》[7]はその日になりて、女御代の[二九]御車《くるま》のしざまよりはじめ、あさましきまでせさせ給へり。その車《くるま》の有様《ありさま》言《い》[三〇]へばおろかなり。あるは家形《やかた》を造《つく》りて、檜皮《ひはだ》を葺《ふ》き、あるは唐土《もろこし》の船《ふね》の形《かた》を造《つく》りて、[三一]乗《のり》人の袖《そで》なりよりはじめて、それにやがて合《あは》せたり。[三二]袖《そで》には[三三]置口《おきぐち》にて蒔繪《まきゑ》をしたり。[三四]山《やま》を疊《たゝ》み、海《うみ》を湛《たゝ》へ、[三五]筋《すぢ》をやり、すべておほかた引《ひ》き渡《わた》して行《い》く程《ほど》、目《め》も耀《かゞや》きてえも見分《みわ》かずなりにしか。[三六]車一《くるまひと》つが衣《きぬ》の數《かず》、すべて十五ぞ著《き》たる。あるは[三七]唐錦《からにしき》などをぞ著《き》せさせ給へる。この世界《せかい》のことゝも見《み》えず、照《て》り滿《み》ちて渡《わた》る程《ほど》の有様《ありさま》、推《を》し量《はか》るべし。殿原・君達の馬《むま》・車《くるま》、弓《ゆみ》・胡籙《やなぐひ》までの有様《ありさま》こそ、世《よ》に珍《めづら》かに、まだ見聞《みきこ》え

中宮(妍子)御衣がえ

二二 長和元年十月。この年は閏十月があった。

二三 御一周忌も済まされ。「於二妙覚寺一、奉下為二前冷泉院一、周忌御斎会上」(紀略、十月六日条)。御堂関白記にも詳しい。

大嘗会御禊の準備、出車の有様

二四 大嘗会御禊の事。

二五 「閏十月廿七日、辛卯、従二早朝一起、催二行女御代雑事一」(御堂、長和元年条)

二六 「廿両」は二十輌。→補四九五。

二七 今度の物見事としては。

二八 早くその日になればよいと。

二九 車の行装。女御代の車をはじめ、その他の車などの、いかにも華美であることが御堂関白記に詳しい。

三〇 なかなか言い尽くせない。三一 乗車した女房の袖の恰好を始めとして、唐風の屋形に適合するようにこしらえた(唐装束をしたのであろう)。

三二 車の左右の両側にある袖。

三三 縁に金銀などでへりを取ること。「置口にて」は穏かな言い方ではないが、陽本も同じ。富「にて」無し。

三四 車の立板に山の畳み重なった有様や海を湛えた様子を描き。

三五 「象眼などのやうに金銀の筋など箝めこみたるをいふにや」(詳解)。本文の末尾「しか」は諸本同じであるが、穏かでない。

三六 車一輌に乗った女房達は誰も衣服を十五枚重ねて着ていた。

三七 唐織の錦。「件両宮車女房装束唐錦・綾織物等也、其上以二金銀瑠璃一飾レ之、甚以希有也」(御堂、長和元年閏十月二十七日)。

長和元年の大嘗会と悠紀・主基和歌

ぬことゞもなりけれ。過《す》ぎにし方《かた》は言《い》はじ、今行末《いまゆくすゑ》[一]もいかでかゝる事《こと》はと見《み》えたり。」冬の日《ひ》もはかなく暮《く》れて、大嘗會[二]の急《いそ》ぎせさせ給。されどその日《ひ》[三]はたゞ麗《うるは》しうぞある。〔歌*ども〕、悠紀[四]の方は、大[五]中臣能宣が子の祭主[六]輔親仕《つか》うまつる。主[七]基の方は、前[八]加賀守源兼澄なり。この人〳〵、輔親は能宣《よしのぶ》が子《こ》なればとおぼしめしたり。兼澄《かねずみ》は公忠[九]の弁の筋《すぢ》[一〇]なりなどおぼしめして、歌《うた》の方《かた》にさもあ[一一]るべき人どもをあてさせ給へるなるべし。悠紀の方《かた》の稲舂歌《いねつきうた》[一二]、坂田《さかた》[一三]の郡《こほり》、輔親、

山《やま》のごと坂田《さかた》の稲《いね》を抜《ぬ》き積《つ》みて君《きみ》[一四]が千歳《ちとせ》の初穂《はつほ》にぞ舂《つ》く

[一五]御神樂の哥、同《おな》じ人、

[一六]大八洲國《おほやしまくに》しろしめすはじめより八百萬代《やほよろづよ》の神ぞ護《まも》れる

[一七]まいり《参入》音聲、高御座《たかみくら》[一八]山、

萬代《よろづよ》は高御座山動《たかみくらやまうご》きなきときはかき[一九]はに仰《あふ》ぐべきかな

[二〇]樂の破の(詞)、しきち[二一]、

[二二]大宮《おほみや》のしきちぞいとゞ榮《さか》えぬる八重《やへ》のくみがき造《つく》り重《かさ》ねて

[二三]樂の急の歌《うた》、かな山《やま》[二四]、

かな山《やま》にかたく根《ね》ざせる常盤《ときは》木の數《かず》[二五]に生《お》い増《ま》す國《くに》の富草《とみぐさ》

[二六]まかで《退出》音聲、野州川《やすかは》[二七]、

一 これから将来も。二「依大嘗会、天皇行幸八省院、〈悠紀近江国・主基丹波国〉」(紀略、長和元年十一月二十二日)。三 当日の儀式はひたすら端麗であった。四 大嘗会の時新穀を奉る都より東に当る国。ここはその斎場。五 祭主頼基男。後撰集撰者。正暦二年卒、七十一歳。六 伊勢大神宮の神職の長、中臣氏の世職。輔親は十一月十六日大嘗会の功により従四位上に叙せられた。長暦二年卒。七 大嘗会で西方の斎場。八「従五上哥人、加賀守、拾遺以下作者」(分脈、巻十一)。兼澄が加賀守であることは、尊卑分脈により明らかである。九 大蔵卿国紀二男、右大弁兼近江守。一〇 歌人の血筋だからと。一一 堪能な人々。一二 大嘗会に神に供える稲を舂く時舂女のうたう歌。一三 滋賀県北東部。長浜・米原を中心とする地方。一四 わが君が千年までも栄えなさるべき初穂として舂く。一五 巳の日に清暑堂で行われる神宴の御遊にうたう歌。一六 日本の国を統治された始めから。一七 節会などの日、伶人が音楽を奏しつつ庭にはいって着席する時に奏する音楽。「音声」はオンジョウ。一八 所在未詳。〔参考〕「動きなき高御座山祈りおきつをさめむ御代は神のまにまに」(夫木、二十、大嘗会御屛風巳日退出音声、俊成卿)。一九 常磐堅磐に。永久不変のものとして。二〇 雅楽の曲で中間の部分。二一 所在未詳。二二 竹や木を組み合わせて編んで作った組垣を幾重にも造り廻らせて、悠紀の御殿の敷地(地名を掛けた)はいよいよ栄えることだ。二三 雅楽の曲の終りの部分。二四 所在未詳。二五 国の富草(稲)はいよいよ数多く生い増さることだ。二六 参入音声に対し、楽が終って退席する時奏する音楽。

二八すべらぎの御代《みよ》をまちでゝ水澄《みつす》める野州《やす》の川波《かはなみ》のどけかるらし
又二九次《つぎ》の日の参入音聲、三〇長等《ながら》の山《やま》、
天地《あめつち》の共《とも》に久《ひさ》しき名《な》によりて三一長等《ながら》の山《やま》の長《なが》き御代《みよ》かな
樂の破の哥、三二吉水《よしみつ》、
三三吉水のよき事多《ことおほ》く積《つ》めるかなおほくら山《やま》の程遙《ほどはるか》にて
樂の急の歌《うた》、
三四ゆふしでの日蔭《ひかげ》の蔓《かづら》よりかけて豐《とよ》の明《あかり》のおもしろきかな
退出《まかで》音聲、三五安良《やすら》の里《さと》、
諸人《もろびと》の願《ねが》ふ心《こゝろ》の近江《あふみ》なる安良《やすら》の里《さと》の安《やす》らけくして
主基の方稲舂歌《いなつきうた》、三六おほくら山《やま》、兼澄、
三七二葉《ふたば》よりおほくら山《やま》に運《はこ》ぶ稲年《いねとし》は積《つ》むとも盡《つ》くる世《よ》もあらじ
御神樂歌、三八ながむら山《やま》、
三九君《きみ》が御代《みよ》ながむら山《やま》の榊葉《さかきば》を八十氏《やそうぢ》人のかざしにはせん
四〇辰《たつ》の日の樂の破の哥、四一玉松山《たままつやま》、
天《あま》つ空朝《そらあした》に晴《は》るゝはじめには玉松山《たままつやま》の影《かげ》さへぞ添《そ》ふ
同《おな》じ日の樂《がく》の急の哥、四二いなふさ山《やま》、

二七 近江国野州郡にある川。甲賀郡鮎川村に発し、琵琶湖に注ぐ。
二八 聖代に際会して。
二九 辰の日、十一月二十三日。
三〇 近江国滋賀郡。「長等山、三井寺の西方に聳ゆ、南は逢坂に至り、北は滋賀の山嶺より比叡の大嶽に連接し、西は如意嶽に続く」(大日本地名辞書)。
三一 「長等の山の」は長きの序。
三二 「今の野洲郡吉見の地なるべし」(古風土記逸文考証)。守山町の大字。
三三 「吉水の」はよきの序。「おほくら山」は多くを掛けた。夫木抄、巻二十によれば近江国にある山。三四 大嘗祭・新嘗祭の時、冠の笄(こうがい)の左右に結んで垂れた青色または白色の木綿の組糸。豊の明は、豊明節会。辰の日に悠紀主基両国司や群臣を豊楽殿に会して宴を賜う儀。
三五 近江国栗田郡。「山槐記、元暦元年近江名所の一に栗太郡安良郷と注したり」(大日本地名辞書)。
三六 未詳。
三七 二葉の時からおおくら山に運ぶ稲は、たとえ年長く経っても尽きる時はあるまい。
三八 次の歌は続後拾遺、賀に、長和元年大嘗会主基方神楽歌、長村山、源兼澄とあり、丹波国の地名であるはずだが未詳。
三九 御代の長久という名を持った長村山。「八十氏人」は多くの氏人。「かざし」は、髪や冠に插す草木の花や枝。
四〇 十一月二十三日。
四一 夫木、巻二十に「たまゝつ(玉松、近江又丹波　山」とある。
四二 未詳。夫木、巻二十には「いなふさ山(近江又備中)」とあって丹波ではない。

一年《とし》つくり樂《たの》しかるべき御代《みよ》なればいなぶさ二山《やま》の豊《ゆたか》なりける

同《おな》じ日參入《まいり》音聲、三小石山《さゞれいしやま》、

數知《かずし》らぬ小石山《さゞれいしやま》今年《ことし》より巖《いはほ》とならん程《ほど》は幾世《いくよ》ぞ

同《おな》じ日の(退出《まかで》)音聲、四千歳《とせ》山、

動《うご》きなき千歳《ちとせ》の山《やま》にいとゞしく五萬代《よろづよ》そふる聲《こゑ》のするかな

巳《み》の日の樂《がく》の破《は》、六とみつき山《やま》、

君《きみ》が代《よ》はとみつき山《やま》の次《つぎ》〳〵に榮《さか》へぞまさん萬代《よろづよ》までに

同《おな》じ日の樂《がく》の急《きふ》の哥、ながむら山《やま》、

七萬代《よろづよ》をながむら山《やま》のながらへて盡《つ》きず運《はこ》ばん貢物《みつぎもの》かな

同《おな》じ日の參入《まいり》音聲、八とみのお川《がは》、

九天《あめ》の下《した》とみのお川《がは》の末《すゑ》なればいづれの秋《あき》か潤《うる》はざるべき

同《おな》じ日の退出《まかで》音聲、一〇ちゞ川《かは》、

一一濁《にご》りなく見《み》え渡《わた》るかなちゞ川《かは》のはじめて澄《す》める豊《とよ》の明《あかり》に」。この同《おな》じ折《おり》の一二(御)屛風の歌《うた》などあれど、同《おな》じ筋《すぢ》の事なればかゝず。」去年《こぞ》よりして、いみじくのゝしりつる一三ことゞもはてゝ、内には心のどかにおぼしめさるゝにも、一四「麗景《道隆第》殿《二女》・一五淑景舍などの一六おはせましかば」とおぼし出《い》でさせ給。」かくて中宮《妍子》いかな

一 稲を作り植えて。 二 稲房山という名のように豊かな御代である。夫木、巻二十(兼隆)には「つくり田のかるべき君が御代なればいなふさ山の豊なりけり」となっている。 三「沙石(佐々礼、近江・丹波)」(夫木、巻二十)。 四 丹波国桑田郡千歳村にある山(大日本地名辞書)。夫木、巻二十に「ちとせの山(千年、近江又丹波・筑波)」。 五「山の万歳をよばふよしにて、漢武帝の時、嵩山万歳とよばひしといへる故事によれるなるべし」(詳解)。 六 夫木、巻二十に「君が代はとみつき山のさき〴〵に栄えぞまさる万代までも」(兼澄)となっており、国歌大系本の頭注に丹波としている。 七 夫木、巻二十、山、源兼隆(澄イ)として所載、初句「万代は」。近江としているのは誤であろう。「万代をながむら山の」は序。 八 夫木、巻二十には「富緒川(丹波又大和・河内)」とあり、詳解は「嘉永元年の大嘗会に注進せる主基所風土記には、丹波国何鹿郡なるよし見えたり」としている。 九 富の小川の下流であるから、この田は何時の秋も豊熟しない時はないはずである。「天」に雨を、「とみ」に富を掛けた。 一〇 所在未詳。 一一 このめでたい豊明節会にはちぢ川の川水も始めて濁りなく澄んで見渡されることだ。「黄河の千年に一度澄むといふに思ひよせたるなるべし」(詳解)。 一二「大嘗会御屛風大事也、悠紀主基とて左右あり、五尺(六帖)四尺(六帖)づつ左右にあるなり、五尺には本文を書、四尺にはかなを書」(夜鶴庭訓抄)。 一三 御禊・大嘗会等が。 一四 実は兼家女綏子のこと。寛弘元年薨。↓二

三条帝、故女御達を偲び給う

中宮妍子御懐妊

るにか、例《れい》[一七]ならず悩《なやま》しうおぼされけり。殿の御前《おまへ》おぼし歎《なげ》かせ給に、例《れい》[一八]せさせ給事《こと》、立《た》[一九]ちぬる月、この月、さもあらで過《す》ぎぬ。「いかなるにか」と、人〳〵おぼつかなくのみ聞《きこ》えさするに、「物などつゆきこしめさぬは、たゞ[二〇]ならぬ御心地《こゝち》にや」とおぼしめすに、御乳母《めのと》[二一]の典侍《ないしのすけ》、「怪《あや》[二二]しう、立《た》ちぬる月おぼつかなくて止《や》ませ給にし、事《こと》などのおはしますにや」と申給に、まことにたゞならぬ御けしきにおはします。殿[二三]の御前《まへ》にも、内《うち》にも、いと嬉《うれ》しき事《こと》におぼしめして、吉《よき》殿の御前《まへ》「何《なに》[二四]か。物《もの》きこしめさずともおはしましぬべき御心地なり」とて、日して様《さま》[二五]〳〵の御祈《いのり》どもはじめさせ給。十二月《しはす》にもなりぬ。世中心《こゝろ》あはたゞしう、内よりはじめ、宮《みや》〳〵の御佛名[二六]にも、例《れい》の佛名經[二七]など誦ずる聲《こゑ》もおかしきに、「降《ふ》[二八]る白雪《しらゆき》と共《とも》に消《き》えななん」などもあはれなり。」[9]はかなく暮《く》れぬれば、ついたちには元[二九]日の朝拝よりはじめ、様《さま》〳〵にめでたし。殿上の方《かた》には、[三〇]しんど《後取》りといひて、いとまさ[三一]なうこちたきけはひども聞《きこ》えたり。ついたちよりはじめ、ことゞ[三二]もいみじうしげゝれば、様《さま》〳〵祝《いはひ》ごとゞもにて暮《く》れぬべし。」

正月にぞ宮[三三]の御前出《い》でさせ給べき。その日、女房のなり[三四]など、あざやかにせさせ給。さてその夜になりぬれば、儀式有様《ぎしきありさま》など思《おも》ひ遣《や》るべし。常《つね》[三五]の行啓《けい》せさせ給、めでたしとありつれど、かうやは見《み》えさせ給つる。御輿《こし》の帷《かたびら》よりはじめて、

二〇頁。一五 道隆女原子。長保四年薨。→二三五頁。一六「いかにうれしからまし」を補って解す。一七「八日、壬寅、中宮悩気御座由示来、即参入、候宿、主上両三度渡御、感悦不㆑少。九日、癸卯、従㆑内退出、中宮御心地無㆓殊事㆒」(御堂、長和元年十月)。一八 月の障り。一九 先月も今月もいつもと異なってされずに。二〇 御懐妊なのだろうか。「おぼしめす」主格は道長。

二一 藤原登任の妻。下巻巻一六〈もとのしづく〉五四頁注一八参照。二二 妙な事に、先月月の障りがよく事情も分からないうちにおとまりなさったのは、御懐妊の事などがおありなさるのでしょうか。二三 道長にとっても、帝にとっても。二四 何の心配することがあろうか、たとえ御食事を摂られないでも差支えのない御病気

御仏名

(つわり)である。二五 安産を祈願する。二六 ゴブツミョウ(→補一七一)。「廿二日乙酉、(中略)入㆑夜参㆓皇太后宮御仏名㆒。廿四日丁亥、内裏

長和二年正月

御仏名。廿七日庚寅、(中略)今夜中宮・春宮御仏名」(御堂、長和元年十二月)。二七 三千仏名経の略。仏名会に誦唱する経。二八「年の内に積れる罪はかきくらし降る白雪と共に消えなむ」(拾遺、冬、延喜の御時の御屏風に、貫之)。「ななん」は、西・富「なん」。二九 元日辰の刻天

中宮東三条院に退出、御産の御祈り

皇が大極殿に出御されて行う儀。正暦以後絶え、ここは小朝拝のこと。「一日癸巳、未時許家拝礼、(中略)事〔了〕参㆓皇太后幷大内㆒、供御薬幷小朝拝等如㆑常」(御堂、長和二年正月)。三〇 新年

よろづいみじうさやかにめでたし。一京極殿は方塞《かたふた》二がれば、(え)おはしまさで、三東三条院に出《い》でさせ給ぬれば、内にも、四御心《こゝろ》ざしいとあやにくなるまでおぼつかなくぞ思《おも》ひきこえさせ給。宮には殿《との》おはしまして、吉日《よき》して、大般若・観音經・薬師經・壽命經などの御讀經、各《おのおの》五不斷《ふだん》にはじめさせ給。法花經は初《はじめ》よりせさせ給へばなりけり。年頃《としごろ》山に籠《こも》りて、六里《さと》へも出《い》でぬ僧《そう》ども尋《たづ》ね召《め》し出《い》でゝ、この御讀經に候《さぶら》はせ給。公《おほやけ》よりは、七長日の御修法はじめさせ給。様《さま》〴〵の御祈《いのり》どもいみじ。」

10かゝる程《ほど》に、八殿の高松殿の二郎君《顕信》、右馬頭《むまのかみ》にておはしつる、九十七八ばかりにやとぞ、いかにおぼしけるにか、夜中《よなか》ばかりに、一〇*皮《かは》の聖《ひじり》の許《もと》におはして、「われ法師になし給へ。年頃《としごろ》の本意《ほい》なり」との給ければ、聖《ひじり》、「一一大《おほ》とのゝいと貴《たうと》きものにせさせ給に、必《かなら》ず一二勘當《かんだう》侍なん」と申して聞《き》かざりければ、「一三いと心《こゝろ》ぎたなき聖《ひじり》の心なりけり。一四殿びんなしと宣《のたま》はせんにも、かばかりの身にては苦《くる》しうや覺《おぼ》えん。一五悪《わろ》くもありけるかな。一六こゝになさずとも、かばかり思《おも》ひ立《た》ちてとまるべきならず」と宣《のたま》はせければ、「理《ことはり》なり」とうち泣《な》きて、一七なし奉《たてまつ》りにけり。聖《ひじり》の衣《ころも》取り著《き》させ給て、直衣《なをし》・指貫《さしぬき》・さるべき御衣《ぞ》など、皆《みな》聖《ひじり》に脱《ぬ》ぎ賜《たま》はせて、一八綿《わた》の御衣《ぞ》一《ひと》つばかり奉《たてまつ》りて、一九山《やま》に無動寺といふ所《ところ》に、夜《よ》のうちにおはしにけり。二〇皮《かは》の聖《ひじり》、二一あやしき法師一人《ひとり》をぞそへ奉《たてまつ》りける。それを御

の歯固めに奉仕し酒の余りを戴いて飲むこと。三一 始末におえない仰山なようすがうかがわれた。三二 新年の儀の数々が大層頻繁だから。三三「亥剋中宮可レ出二御東三条院一〈懐妊出給云々〉、仍諸卿参二飛香舎一〈中宮御在所〉」(小右、長和二年正月十日)。「中宮行二啓東三条第一、依二御懐妊三月一也」(紀略、同日条)。三四 衣装。三五 ふだん行啓なさるのは立派な事だと評判したが、今度のように立派にお見えなさったろうか。

一 土御門殿(→補三〇五)に同じ。二 宮中から方角が悪かったので渡御なさることができず。

右馬頭顕信出家

三 →七四頁注二。四 天皇におかれても、中宮に対する御愛情がわれながら憎くなるほど離れていがたく。五 昼夜間断なく。六 人里。七 日限を定めずいつまでも行う御修法。→四一頁注二五。八 道長室高松殿明子腹の二男。九 顕信は正暦五年生、長和元年に十九歳。一〇 大鏡(道長伝)に「かは堂にて御ぐしおろさせ給て」とあり、皮(革)堂の僧皮聖人(行円上人)のこと。一一 道長公が。一二 お叱りがございますでしょう。一三 叱責を恐れるとは聖にも似合わぬ汚い心であった。一四 たとえ父がふつごうな事だと言われようと、世を捨てているはずの身だから苦しく思うことがあろうか。「や」は反語。一五 それをとめるとは僧の身としてなっていない奴だ。一六 あなたがして下さらないでも、これ程決心した以上は断念できるものではない。一七 この辺り年紀の明瞭でない書き方をしているが、顕信出家は長和元年正月十六日晩のこと。本書は長和二年の所に長和元年のことを記している。→補四九六。一八 大鏡(道長伝)の插話参照。「奉

供《とも》にて登《のぼ》り給ぬ。[二二]この大徳などや言《い》ひ散《ち》らしけん、日の出《い》づる程《ほど》に、[二三]この殿うせ給へりとて、大殿より多《おほ》[二四]くの人をあかちてもとめ奉《たてまつ》らせ給に、皮《かは》の聖《ひじり》の許《もと》にて出家し給へると言《い》ふ事《こと》を聞《きこ》しめして、いみじと[二五]おぼしめして、皮《かは》の聖《ひじり》を召《め》しに遣《つかは》したるに、[二六]かしこまりて、とみにも参《まゐ》らず。「いとあるまじき事《こと》なり。参《まゐ》れ〳〵」と度《たび》〳〵召《め》されて、参《まゐ》りたれば、殿の御前《おまへ》泣《な》く〳〵有様《ありさま》問《と》はせ給へば、聖《ひじり》の申しゝやう、「[二七]の給はせしさま、かう〳〵。[二八]いとふびんなる事《こと》を仕《つか》まつりて、かしこまり申侍」と申《まう》せば、「[二九]などてかともかくも思《おも》はん。[三〇]聖《ひじり》なさずとも、さばかり思《おも》ひ立《た》ちては止《とま》るべき事《こと》ならず。いと若《わか》き心地《こゝち》に、[三一]こゝらの中《なか》を捨《す》てゝ、人知《ひとし》れず思《おも》ひ立《た》ちける、あはれなりける事《こと》なりや。[三二]我心《こゝろ》にも勝《まさ》りてありけるかな」とて、山[11]へ急《いそ》ぎ登《のぼ》らせ給。高松《たかまつ》殿の上《うへ》は、[三三]すべて物《もの》も覚《おぼ》え給はず。」

[三四]殿《との》おはしませば、[三五]幾《いく》その人〳〵か競《きほ》ひ登《のぼ》り給《たま》ふ。いつしかおはしまし著《つ》きて、見奉《みたてまつ》らせ給へば、[三六]例《れい》の僧達《そうたち》は、額《ひたひ》の程《ほど》けぢめ見《み》えでこそあれ、[三七]これはさもなくて、あはれにうつくしう尊《たうと》げにておはす。猶見奉《なをみたてまつ》り給に、御涙《なみだ》とゞめさせ給《たま》はず。[三八]そこらの殿ばら、いみじうあはれに見奉《みたてまつ》らせ給。殿の御前《おまへ》「さてもいかに思《おも》ひ立《た》ちし事ぞ。何《なに》事の憂《う》かりしぞ。[三九]我をつらしと思《おも》ふ事《こと》やありし。[四〇]官爵《つかさかうぶり》の心《こゝろ》もとなく覺《おぼ》えしか。又[四一]いかでかと思《おも》ひかけたりし女《おんな》の事《こと》やありし。[四二]異事《こと〴〵》は知《し》

り」はお召しになられて。一九 比叡山無動寺谷にある寺。二〇 絵「横川の聖」とあるのは誤。二一 賤しげな僧。二二「皮の聖の許にて」へ続く。大徳は御堂関白記の慶命僧都に相当か。二三 顕信が行方不明になられたと。二四 大勢の人々に手分けをして探させなさったところ。二五 西「あはれにかなしういみしと」。二六 恐縮して急にも道長の所へ参上しない。二七 顕信殿出家の時申されたことはかようかようです。二八 大層ふつごうな事をしでかして、恐れ慎んでいる次第です。二九 どうしてとやかくとがめだてするような事を思おうか。三〇 貴僧が出家させなさらずとも。三一 大勢の親兄弟を捨てて。三二 →補四九七。三三 (悲しみのため)総じて前後不覚でいらっしゃる。「母〔明子〕・乳母不覚、付レ見心神不覚也」(御堂、長和元年正月十六日)。三四 顕信の出家した時山に訪れたのは頼通。道長の登山は四月五日の事で出家直後ではない。三五 どれくらい多くの人か分からぬ程多くの人々が(供をして)競うようにして登山された。「か」は疑問の助詞、感動を兼ねるが、

道長、比叡山に赴き顕信に対面

富本には無い。三六 並々の僧達は額際のあたりを見ても誰彼の区別が判然としないが。三七 顕信はそのような事はなく、実に可愛らしく尊い様子をしていらっしゃる。三八 多くの殿方も。三九 この自分を薄情だと。四〇 官爵の昇進がじれったく思われたか。四一 どうしても結婚したいと執心した女の事でもあったのか。→補四九八。四二 何があったかは知らぬが、自分が執柄職にいる限りは、どんな事でも見捨てておくような事はすまいと思うのに、なさけないことだ。

らず、世《よ》にあらん限《かぎり》は、何事《なにごと》をか見捨《みす》てゝはあらんと思《おも》ふに、心憂《こゝろう》く。かく母《はゝ》をも我をも思《おも》はで、かゝる事」と宣《のたま》ひ續《つゞ》けて泣《な》かせ給へば、いと一心慌《こゝろあはただ》しげにおぼして、我もうち泣《な》き給て、二「さらに何事《なにごと》をか思《おも》ふ給《たま》へむ。たゞ稚《おさな》く侍し折《おり》より、三いかでと思《おも》ひ侍《はべ》りしに、四さやうにもおぼしめしかけぬ事《こと》を、五かくと申《まう》さんもいと恥《はづか》しう侍《はべ》りし程《ほど》に、六かうまでしなさせ給《たま》ひにしかば、我《あれ》にもあらでありき侍《はべ》りしなり。七誰《たれ》にも〳〵、中〳〵かくてこそ、仕《つか》うまつる心《こゝろ》ざしも侍《はべ》らめ」と申給。さてやがて八そこにおはしますべき御心掟《こゝろおきて》・あるべきことゞもの給はす。九宮〳〵の御使《つかひ》など、すべていと物騒《ものさはが》し。一〇とのゝ御前《おまへ》泣《な》く〳〵おりさせ給ぬ。一一御装束急《さうぞくいそ》ぎして奉《たてまつ》らせ、様《さま》〳〵の物ども奉《たてまつ》らせ給。一二まつどのゝ上《うへ》泣《な》く〳〵御衣《ぞ》の事急《ことい そ》がせ給。「殿《との》ばら・一三宮〳〵の奉《たてまつ》らせ給《たま》へるはきよらなり」とて、皆《みな》一四天台の僧どもに配《くば》らせ給。高松《たかまつ》殿より奉《たてまつ》らせ給へる御衣《ぞ》をぞ、一五御料《れう》にはせさせ給ける。「一六いでや、今《いま》は一七布《ぬの》をこそ」とまでぞおぼしめしける。殿よりも宮よりも、皆《みな》一八御具《ぐ》掟《おき》て奉《たてまつ》らせ給《たま》ふ。一九あはれにいみじうありがたき御出家《すけ》になん。」かゝる程《ほど》に、二〇「皇后宮《娍子》参《まい》らせ給へ」とあれば、如何《いかゞ》とおぼしつゝませ給に、二一御心《こゝろ》の程《ほど》をや《を》*推し量《はか》りきこえさせ給けむ、殿の御前《おまへ》、「など皇后宮《娍子》は参《まい》らせ給《たま》はぬにか。二二諸共《もろとも》に候《さぶら》はせ給はんこそ、よき事《こと》なるべければ、二三一所《ひとゝころ》おはしまさんは悪《あ》

一 顕信も(父からかきくどかれて)気ぜわしく思われ。二 全く何事を不満に思いましょうか。「思ふ」は「思ひ」の音便形「思う」と同表記。「給へ」は謙譲の補助動詞。三 ぜひ出家したいと。四 父上が出家せよとも考えておられぬ事を。五 出家したいとお願いするのも。六 右馬頭にまで進めて下さいましたから、不本意ながら人づきあいをしていたのです。七 父母をはじめ、誰に対してもかえって出家してこそ真に孝養もできることでしょう。八 そのまま無動寺に住まれるについての道長のお考えや指図などを仰せられた。「相府今〈命の誤か〉近江守知章、無動寺中忩令㆑造㆓馬頭住房㆒、令㆑充㆓其供御料㆒云々」(小右、長和元年四月六日)。九 顕信の姉妹皇太后彰子・中宮妍子などの。一〇 →補四九九。一一 →補五〇〇。一二 高松殿の上明子。富甲「たか松とのゝ北政所」。一三「うるはしき法服宮ゝよりも奉らせ給ふ」(大鏡、道長伝)。一四 延暦寺の僧たち。一五 着用にお宛てなさった。一六 華麗な衣装はいらない。一七 麻や葛などの繊維で織った布。一八 僧房に置く道具を指図してお贈り申し上げなさった。一九 実に珍しい尊い御出家である。二〇 (中宮が御懐妊のため東三条院に退出中)皇后に宮中へ参上するようにと帝からお詞があったので。二一 道長は帝の御心中を推測申し上げたのであろう。二二 中宮と御二

皇后娍子、内裏へ入る

方が侍していらっしゃるのが最良のことに違いないから。二三 中宮だけがいらっしゃるような形は。二四 三条帝御詞。やはり早く決心せよ、道長もかようにいうではないか。二五 小右記、長和二年三月二十日条に詳しい。→補五〇一。二六 先夜中宮御退出の際に比べると違うが。↓

しき事《こと》なり」と奏《そう》せさせ給《たま》へば、それにつけて、「[二四]猶疾《なをと》くおぼし立《た》て。大臣《おとゞ》もかやうに」など、常《つね》に聞《きこ》えさせ給へば、[二五]おぼしめし立《た》ちて参《まい》らせ給。御輿《こし》など新《あたら》しくせさせ給て、いとあるべき限《かぎり》うるはしく仕立《した》てゝ参《まい》り給程《ほど》も、[二六]一夜《ひと》の御まかでにこそ似《に》ねど、儀式有様《ぎしきありさま》は同《おな》じ事《こと》なり。[二七]姫宮《ひめみや》は[二八]絲毛《いとげ》の御車《くるま》にぞ奉《たてまつ》りける。御輿《こし》には[二九]致仕の大納言の御女《むすめ》、大納言の君仕《きみつか》うまつり給《たま》へり。女房もとより候《さぶら》ひしに、[三〇]又参《まい》りて、いと目安《めやす》く心にくき御有様《ありさま》なり。[三一]男宮達《おとこみやたち》三所《ところ》引《ひ》き連《つ》れさせ給へるに、四のみや《師明》は、御髪《ぐし》は[三二]膕過《よをろす》ぎて[三三]脛《はぎ》ばかりなり。御顔付《かほつき》など、「[三四]かばかりの童《わらは》もがな」と見《み》えさせ給。[三五]それも御直衣奉《なをしたてまつ》りたる御有様《ありさま》など、さはいへど、いみじき殿《との》ばらの君達《だち》には似《に》させ給《たま》はず。[三六]おはしましぬれば、[三七]年頃珍《としごろめづら》しき御物語《ものがたり》ども推《お》し量《はか》るべし。御前《おまへ》に[三八]火焚屋《たきや》かき据《す》へて、大床子などの程《ほど》のけはひ、[三九]上《うへ》の御前《おまへ》に御覧ずるも、「[四〇]かうてこそは見奉《みたてまつ》らむと思《おも》ひしか。[四一]みづからよりはかうては思《おも》ふごとしたるこそ嬉《うれ》しけれ」など、あはれに語《かた》らひきこえさせ給《たま》ふ。[四二]姫宮《ひめみや》の十二三ばかりにていとうつく(し)うおはしますを、[四三]明暮見奉《あけくれみたてまつ》らぬ事《こと》を口《くち》惜《を》しうおぼしめしたり。」[12]かゝる程《ほど》に、大殿の左衛門督《教通》を、女《むすめ》おはする殿《との》ばら[四四]けしきだち給《たま》へど、[四五]おぼし定《さだ》めぬ程《ほど》に、四條の大納言《公任》の御女二所《むすめふたところ》を、[四六]中姫君《なかひめぎみ》は四條宮《遵子 頼忠女》に、生《うま》れ給《たま》ひけるよりとり放《はな》ちきこえ給て、姫《ひめ》宮とてかしづききこえ給。

三三頁。二七 女二宮禔子内親王。「女二宮〈禔子〉従二上東門一参入給、〈左府車〉、乗二手輦一、入二朔平門一、雲上侍臣十余人有レ勅候二御共一」(小右、長和二年三月二十日)。二八 →四四頁注一二。二九 源重光女。大納言の君は、この他に時通女・源扶義女等がある。三〇 元々仕えていた女房の上に更に新しい女房が加わり。三一 敦明・敦平・師明の三親王。「廿日、辛亥、(中略)式部卿親王〈敦明〉并三親王〈二宮〈敦儀〉有レ所レ悩不参給、四宮合二乗女二宮〈禔子〉車一、於二朔平門陣下一、自レ車師長朝臣奉レ抱〉」(小右、長和二年三月二十日)。三二 よぼろ。ひかがみ。膝のうしろの窪み。→六四頁注一〇。三三 すね。膝より下、くるぶしより上の部分。三四 これ程の少年をほしいものだと思われる程可愛らしくお見えなさる。三五 その四の宮も御直衣を召された有様などは、何といっても皇胤だけあって、すばらしい殿方の子息達以上である。三六 皇后が参内されてみると。三七 年来積った珍しい数々のお話をなさったが、その事は適当に想像してほしい。三八 警固のための火焚屋が設けられ、大床子が御帳の前に供えられたその感じは。→二〇七頁注三六。三九 帝が御覧なさるにつけても。四〇 このようにしてお見申し上げたいと思ったことだ。四一 自分の幸福よりも、このようにして思う通りにしたことが嬉しい。四二 当子内親王。長和二年に十二歳。四三 斎宮として御一緒にいらっしゃらないので。「長和元年十二月四日、丁卯、斎宮卜定、第一当子内親王卜食」(紀略)。四四 壻にしようとそぶりに出されたが。四五 富「殿の御前の北政所の御前おもほしさためぬほとに」。四六 妹君の方は生まれると同時に生母から別に

教通、公任女と結婚

して四条の宮に迎え、(臣下の女ながら)姫宮といって大切に養育申し上げた。四条の宮は公任の同胞、円融天皇の皇后。

一 姉君の方を。 二 姉妹の母は、故村上帝第九皇子昭平親王が藤原高光女の腹に生ませた女宮で、大層立派な方だといわれた方であったが、その人を。↓一四二頁。 三 養女にして。

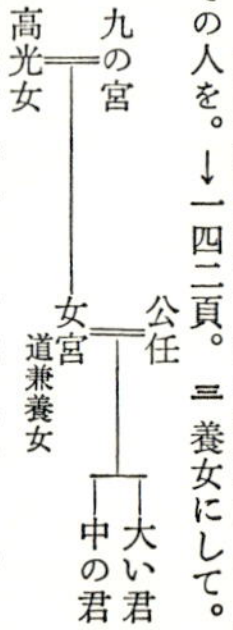

四 上文の母上と同じ人。 五 やもめ。ここは独身の男。 六 他の女に心を寄せるようなこともないから。 七 壻にしようと。 八 それとなく申し上げたところ。 九 教通も心よく承引した様子であったから。 一〇 このような大切に養育された女が参られるのは普通の事だが。

一一 とやかく人が申して競争できるようなお方ではいらっしゃらないから、女を帝にさしあげようもない。

一二 帝と東宮とを別にしては。

一三 それではどうしたらよかろうか。

一四 道長の子息達だけは世間の人がすばらしい事と思っているようだと。

一五 上文の「内・東宮などにこそは」のあたりから公任の心中を写したと見られるが、半ば地の文のようにも書いている。

一六 「あるべきこと」の音便。立派な壻取の儀を万端調えて。

一七 四条南・西洞院東。公任邸であるが、当時円融院后遵子がおられたので宮という。

一八 「今朝依二四条大納言消息一、資平詣三向太皇太后宮〔遵子〕一、於二件宮西対一、去夜行二婚礼一へ女

大《おほ》[一]い君をぞ大納言世《よ》になき物とかしづきゝこえ給。母上《はゝうへ》[二]は、村上の先帝の九宮《昭平》、まちおさの入道少將《童名マチヲサ君也》たかみつの御女《むすめ》の御腹《はら》に、女宮のいみじうめでたしといはれ給《たま》ひしを、あはたどの《道兼》と[三]取り奉《たてまつ》りて、この大納言を壻《むこ》どり奉《たてまつ》り給《たま》へりしなりければ、母上《はゝうへ》[四]さばかり物清《ものきよ》くおはします。されど年頃《としごろ》尼《あま》にておはしませば、大納言殿は[五]やまめのやう*にておはすれど、[六]ほか心《ごゝろ》もおはせねば、たゞこの姫君《ひめぎみ》をいみじきものに思《おも》ひきこえさせ給へるに、この左衞門督の君を[七]と思《おも》ひきこえさせ給て、[八]ほのめかしきこえ給《たま》ひけるに、[九]心《こゝろ》よげなる御けしきなれば、おぼし立《た》ちて急《いそ》がせ給。内・東宮などにこそは、[一〇]かゝる人の御かしづき女《むすめ》は參《まい》り給《たま》ふ、例《れい》のことなれど、内には皇后宮《娍子》、年頃《としごろ》宮〳〵の御母《はゝ》にておはします。又中宮《妍子》はた[一一]ともかくも人の申べきにあらねば、ずちなし。東宮はた、三四ばかりにおはしまして、御遊《あそび》をのみしつゝありかせ給に、「[一二]内・東宮放《はな》ちては、[一三]さば如何《いかゞ》。[一四]この殿の君達《きみたち》の事《こと》のみこそは、人のいみじき事《こと》には思《おも》ひためれ」と[一五]おぼし立《た》つ。[一六]あべいことゞもしたてさせ給て、[一七]四條の宮《みや》の西《にし》の對《たい》にて、[一八]む(こ)どり奉《たてまつ》らせ給。寢殿《しんでん》にてとおぼせど、宮の御前などおはしましつきたれば、今更《いまさら》になどおぼしめすなるべし。[一九]宮《みや》もろともに〔し〕*たて奉《まつ》らせ給て、壻《むこ》どり奉《たてまつ》りたまつ。姫君《ひめぎみ》十三四ばかりにて、御髪《くし》いとふさやかにて、御丈《たけ》に足《た》らぬ程《ほど》に

て、裾《すそ》[二〇]などいとめでたし。御顔付《かほつき》など、いみじううつくしげにおはすれば、男《おとこ》君《ぎみ》思《おも》ふさまにいと嬉《うれ》しうおぼさる。よろづの事、奥深《おくぶか》[二一]く心《こゝろ》にくき御あたりの有《あり》様《さま》なれば、思《おも》ひ遣《や》るべし。さて日頃《ひごろ》ありて、御露顕《ところあらはし》[二二]など、心《こゝろ》[二三]もとなからずせさせ給《たま》へり。宮[二四]もとよりいみじう物《もの》きよらかにおはしますに、この[二五]頃《ころ》の有様《ありさま》、することゞもを聞《きこ》しめし合《あは》せて、殿も宮も聞《きこ》え合《あは》せ給つゝせさせ給《たま》へる事ども、いとなべてにあらず。大殿も「いと目《め》やすきわざなめり。かの大納言《公任》は、いと[二六]恥《はつか》しうもの給人なり。思《おも》[二七]ひのまゝに振舞《ふるま》ひては、いとおしからん」など、常《つね》に諫《いさ》[二八]めきこえさせ給べし。日頃《ひごろ》ありて、御乳母《めのと》の内蔵《くら》[二九]の命婦の許《もと》に、御衣《ぞ》[三〇]のおろしなど、よろづあるべき事どもなど添《そ》へさせ給へり。四條の宮は、「いかで我《わが》[三一]ある時《とき》、この姫君《ひめぎみ》の事《こと》をともかうも」とぞ、おぼされける。」月日過《す》ぎもて行《い》きて、東三條殿には中宮《妍子》[三二]の御事まことになりはてゝ御心地《こゝち》なども苦《くる》しうおぼされて、内《うち》の御使《つかひ》日に二度《ふたゝび》[三三]など参《まい》り、はかなう明暮《あけく》るゝにつけても、いつし[三四]かとのみ、いみじう[三五]おろかならぬ御祈《いのり》どもなり。

十三)」(小右、長和元年四月二十八日)。ここで再び長和元年のことにもどる。
一九 太皇太后も公任と一緒になって姫君のため立派に御仕度を調えられて。「たまつ」は、西「給つ」。
二〇 髪のすそ。
二一 趣味の深い奥ゆかしいお邸での有様であったから。
二二 結婚披露。小右記、四月二十九日条参照。「今日大納言始羞ニ聟饌一、亦行ニ彼共一上下人禄之日也」(小右、長和元年五月三日)。
二三 盛大に。
二四 太皇太后は元来大層華麗を好まれるお方でいらっしゃる上に。
二五 婿取の儀について、公任のすることをお耳にされて、お二人が相談なさってはされる数々の事は、一通りの事ではない。
二六 気のおける程(才学を具えた)立派な方だ。
二七 深い考えもなく行動したら―心を使わなければ、公任に対して気の毒であろう。

中宮妍子の御有様

二八 教通を教えいさめなさる。
二九 伊勢斎主輔親の妾。教通の乳母。
三〇 四条の宮から数々の御召物のおさがりと、それにいろいろ適当なものを加えて下さった。
三一 自分の存命中に、中姫君の事をぜひ適当な人と結婚させたいと。
三二 懐妊の事が確実となって。
三三 富「二たひ三たひなと」。
三四 早くその時が来ればよいと。
三五 並々ならぬ安産の御祈禱を数々なさった。

巻第十一　つぼみ花

巻名　三条天皇皇女禎子内親王御誕生の所に、「されど東宮〔敦成〕の生れ給へりしを、殿の御前の御初孫にて、栄花の初花と聞えたるに、この御事をば蕾み花とぞ聞えさすべかめる。それはたゞ今こそ心もとなけれど、時至りて開けさせ給はん程めでたし」という巻中の詞による。

諸本＝つほみはな(陽、富)・つほみ花(西、活)。

所収年代　年次の明瞭な記事を基とすれば、長和二年(一〇一三)四月から、同三年三月まで一年間。ただし巻頭と巻末に年次の明確でない記事があって正確な期間は明らかでなく、ほぼ長和のはじめ頃から、同三年四月頃にいたる一年半から二年くらいの間となる。

内容　一条院の崩御後、院に仕えた女御・更衣達はさまざまの噂を生んだ。承香殿女御(元子)には、源頼定が通っていたことを、女御の父右大臣顕光が聞き、噂が真実であったことを知って立腹し、みずから手を下して女御の髪の毛を切って尼にしてしまった。それでもなお頼定が通って来たので、顕光は女御を邸から追い出し、実誓僧都の家へ遣ってしまった。そのうち女御の髪も元どおりになった。また暗部屋女御(道兼女、尊子)は、修理大夫通任と結婚した。

中宮(妍子)は懐妊されて、土御門邸で皇女(禎子内親王)をお生みになった。帝からは、皇女としては初例の御剣が贈られた。さきに一条天皇の中宮彰子の御腹に敦成親王が生まれた時は、道長の初孫として、栄花の初花ともいうべきであったが、今度は蕾み花と申すべきである。

若宮(禎子内親王)の五十日の祝いは土御門殿で盛大におこなわれたが、その世話は道長が奉仕した。九月には若宮と御対面の行幸があった。その折、帝は中宮にも会われ、御話を交された。

十一月に、中宮は入内された。この際若宮の御乳母が増員された。

長和三年、殿上では後取(しんどり)の儀がおこなわれたが、帝は中宮の御部屋へゆかれ、中宮と若宮とに御対面になり、餅鏡の儀もおこなわれた。

教通と結婚した公任女は、旧年懐妊したので、さまざまの祈禱がおこなわれた。

その頃内裏が焼亡したが、さっそく新内裏造営の事が議せられ、諸役の人々が任命された。

三月二十日過には石清水の臨時祭があった。

一条の尼上(穆子)の希望で、若宮が対面された。

榮花物語巻第十一

つぼみ花

[1][一]一條院うせさせ給《たま》ひて後《のち》、[二]女御・更衣の御有様《ありさま》ども、[三]さま〴〵に聞《きこ》ゆるに、承（元子）香殿（右大臣顕光一女）の女御に、[2]故式部卿宮の[3][四]源宰相頼定の君忍《しの》びつゝ通《かよ》ひきこえ給程《ほど》に、右のおとゞ（顕光）きゝ給て、[五]まことそらごとあらはしきこえんとおぼしける程《ほど》に、御目《め》にまことなりけりと見給《みたま》ふてければ、[六]いみじうむつからせ給て、さばかり美《うつく》しき御髪《ぐし》を、[七]手《て》づから尼になし奉《たてまつ》り給に、憂《う》き事数《ことかず》知らず見《み》えたり。あさましう怪《あや》しき事《こと》に、世《よ》人も殿の内《うち》にも言《い》ひ騒《さは》ぐ程《ほど》に、その後《のち》も[八]猶忍《なをしの》びつゝ通《かよ》ひ(給)ければ、その度《たび》は、「[九]いづちも〳〵おはしね」とあれば、[一〇]女御の御乳母《めのと》(と)あるは、[4][一一]實誓僧都といふ人の車宿《くるまやど》りなり、その家《いゑ》に渡《わた》り給ぬ。宰相も「[一二]さるべきにこそ」と思《おも》ひつゝ、[一三]疎《をろか》ならず通《かよ》ひきこえ給程《ほど》に、自《をのづか》ら御髪《ぐし》なども[一四]目安《めやす》くなりもていく。[一五]怪《あや》しう僻《ひが》〳〵しき事《こと》に世《よ》の人も思きこえたり。同《おな》じき若君達《わかきんだち》といへども、これは村上《むらかみ》の四宮（為平）、源帥殿（高明）の御女《むすめ》の腹《はら》なれば、[一六]いと物清《ものきよ》くものし給を、[一七]あやにくにこの殿宣《のたま》ふをぞ、返《かへす》〳〵怪《あや》しき事に人聞《きこ》ゆめる。」又、[一八]くらべや（尊子 道兼一女）の女御と聞《きこ》え

一 寛弘八年六月二十二日に崩御されて後。二 一条院にお仕えした。三 いろいろの噂を生んだが。四 為平親王男、母源高明女。寛弘六年三月二十日任参議。五 虚実を明白にしようと思われているうちに。「そらごと」は「まこと」(事実)に対して事実無根のでたらめ。六 右大臣は大層立腹されて。七 右大臣みずから切りとって。「同年(寛弘九)閏十月十一日、右大臣女御自切ㇾ髪為ㇾ尼事、同十五日、女御請二慶円僧正一令二授戒一事、同年十一月十二日、右大臣女御夜逃事」(小右目録)。これによれば、女御自ら髪を切ったように思われ、本書と異なる。八 依然として頼定は人目を忍んでは女御のもとへ通っておられたから。九 何処へでも構わぬから行ってしまわれるがよいということであったから。一〇 元子の御乳母であった人は、実誓僧都という人の休息所(実は情人の意、補三二〇参照)であったが、その乳母の家に元子はお移りになられた。一一 「実誓〈天台宗、延暦寺〉、長和元年四月廿七日任権律師、年四十臘、延暦寺座主前僧正覚慶入室弟子、又院源弟子、寛仁三年十月廿日任権少僧都、治安三年十二月廿九日転少僧都」(別本僧綱補任)。従って僧都は後官で書いた。御堂関白記によれば律師・慈徳寺別当。一二 こうなるのも前世の因縁であった。一三 熱心に。一四 醜くないまでに延びていった。一五 奇怪なひねくれた事と。一六 家柄の上でも大層立派でいらっしゃるのに。一七 右大臣が意地悪く言われるのを。一八↓一五八頁注一〇。

源頼定、承香殿女御に密通

藤原通任、暗部屋女御と結婚

一 →一〇六頁注一。 二 今の皇后宮の御兄修理大夫通任を(母藤三位が世話して)夫としてお迎えしたようである。「今夜参議通任婚二子代女御二」(小右、長和四年十月三日)。大鏡、道兼伝に詳しい。 三 懐妊せられたので。 四 宮中を退出されて。 五 日本紀略に郁芳門第とあるに同じ。藤原斉信は権大納言で中宮大夫を兼ねていたが、寛弘八年六月十三日兼春宮大夫に替った。 六「の」は西・富に無い。 七 還御の贈物に何を御進物に差上げたらよかろうかとその準備を進められた。 八 この御移転もはじめは。 九 東三条院焼亡のため。「こち」はこちらへ。ここは斉信邸への意。→補五〇二。 一〇 なまじっかの当世風の物は却って贈らぬがましというので。 一一 村上天皇の宸記ではなく、村上天皇の御代のことを日記風に冊子に書いた絵巻物。 一二「其日、前参議正三位兵部卿藤原朝臣佐理薨〈年五十五〉」(紀略、長徳四年七月)。「敦敏―佐理―女子〈中納言懐平室母〉」(分脈)。 一三 陽成天皇皇子源清蔭孫、上総介兼房男。「能書、上総介」(分脈)。 一四 造紙筥(類聚雑要、巻四)。草子筥。 一五 贈物としてふさわしい墨帖を日記を納れた筥に添えて。贈物の事は、御堂関白記(長和二年四月十三日)に詳しいが、斉信の贈物は「所献春宮大夫物三種」としか見えない。 一六 檜の材で作ったわりご(仕切りのある折り箱)。 一七 おしろい。 一八 合せ香・練り香。 一九 土御門殿で。 二〇 皇太后彰子が敦成・敦良親王をお生みになった時に行われたと同じ御祈禱をすべて。 二一 富「あつさ」とあるを参照すれ

中宮御産の準備

しには、[一]母の藤三位《繁子》、[二]今《いま》の宣耀殿《娍子 濟時女》の御はらからのすりのかみ《修理 通任》をぞあはせきこえためる。」かくて中宮《妍子 御堂御女》も[三]たゞにおはしまさねば、[四]出《い》でさせ給て、[五]齊信《タヾノブ》大納言の大炊御門の家におはしまいて、月頃《ごろ》にならせ給ぬれば、「そこにて御子《みこ》生《む》まれ給べきにや」など思程《ほど》に、この頃《ごろ》[六]の土御門《つちみかど》に渡《わた》らせ給ぬべければ、いへあるじ《家主 齊信》卿の、[七]「何《なに》わざを」[5]とおぼし急《いそ》がせ給。[八]それも東三條院に出《い》でさせ給《たま》へりしを、[九]そこの焼《や》けにしかば、こちも渡《わた》らせ給《たま》へるなりけり。[6]さて土御門《つちみかど》殿には渡《わた》らせ給に、「宮《みや》の御贈《をくり》物に何《なに》わざをして参《まい》らせん」とおぼしけるに、何事《なにごと》も珍《めづら》しげなき世《よ》の御有様《ありさま》となりにためれば、[一〇]中〳〵なりとて、[一一]村上《むらかみ》の御時《とき》の日記を、大《おほ》きなる冊子《さうし》四《よ》つに繪《ゑ》にかゝせ給て、ことばゝ[一二]佐理《サリ》の兵部卿のむすめの君《中納言懐平卿室》と、[一三]延《エン》乾《カン》君とにかゝせ給て、麗《うるは》しき筥《はこ》[一四]一雙《ひとよろい》に入《い》れさせ給て、[一五]さべき御手本など具《ぐ》して奉《たてまつ》り給《たま》ひければ、宮《みや》はよろづの物《もの》に勝《まさ》りて嬉《うれ》しくおぼしめされけり。女房の中《なか》には大《おほ》いなる[一六]檜破子《ひわりご》をして、[一七]白《しろ》い物・[一八]薫物《たきもの》などをぞ入《い》れて出《いだ》し給へりける。かくて渡《わた》らせ給《たま》ひて、[一九]そこにて御祈《いのり》どもを、[二〇]大宮の御折《をり》のことゞも皆《みな》せさせ給。いとわりなき程《ほど》の[二一]ありさまにて、いと恐《をそろ》しく、いかに〳〵とおぼし騒《さは》がせ給。まことや、[二二]かの大納言《齊信》の御許《もと》にさるべき家司《いゑづかさ》なり、[二三]殿位《とのくらひ》などまさらせ給《たま》ひけり。いと面目《めいぼく》ある御様《さま》なり。」かくて、いかに〳〵と御心を盡《つく》し、念《ねん》じきこえさせ

禎子内親王御誕生

給程《ほど》に、[7][二四]長和二年七月六日の夕方《ゆふがた》より、御けしきある様《さま》におはしませば、御祈《いのり》の僧ども聲《こゑ》を合《あは》せてのゝしり加持参《まゐ》り、[二五]撒米《うちまき》し騒《さは》ぐ。内にも聞《きこ》しめして、[二六]御使《つかひ》頻《しきり》に参《まゐ》る。御祓《はらへ》の程《ほど》、いみじく[二七]なりあひたり。月ごろいみじかりつる御祈《いのり》の験《しるし》にや、[二八]戌《いぬ》の時ばかりに、いと平《たひら》かに[8]御子《みこ》生《むま》れ給ぬ。今《いま》ひとしきりの[二九]どよみの程《ほど》、あさましきまでおどろ〳〵しきに、[三〇](それも)僧《そう》などいと苦《くる》しからぬ程《ほど》に、ならせ給ぬ。世《よ》になくめでたき事《こと》なるに、たゞ[三一]御子《みこ》何《なに》かといふ事《こと》聞《きこ》え給はぬは、女《をんな》におはしますにやと見《み》えたり。殿の御前《おまへ》いと口惜《くちを》しくおぼしめせど、[三二]「さばれ、これをはじめたる御事《こと》ならばこそあらめ、又も自《をのづか》ら」とおぼしめすに、これも悪《わろ》からずおぼしめされて、[三三]今宵《こよひ》のうちに御湯殿《ゆどの》あるべくのゝしりたつ。」 内《うち》には、[三四]けざやかに奏せさせ給はねど、自《をのづか》ら聞《きこ》しめしつ。[三五]御剣《はかし》いつしかと持《も》て参《まゐ》れり。[9]例《れい》は女におはしますには御剣《はかし》はなきを、何事《なにごと》も今《いま》の世《よ》の有様《ありさま》は、[三六]さま〳〵《さき〴〵》の例《れい》を引《ひ》かせ給べきにあらねば、ことのほかに[三七]めでたければ、これをはじめたる例《ためし》になりぬべし。[三八]御使《つかひ》の祿《ろく》、夜目《よめ》にもけざやかに見《み》ゆる[三九]鶴《つる》の毛衣《けごろも》の程《ほど》も心《こゝろ》ことなり。御乳付《ちつけ》には、東宮の御乳母《めのと》の[四〇]近江《あふみ》の内侍を召《め》したり。それは御乳母達《めのとたち》あまた候《さぶら》ふ中《なか》にも、これは殿の上《うへ》の御乳母子《めのとこ》のあまたの中《なか》のその一人《ひとり》なり。[四一]大宮の内侍《ないし》なり(けり)。[四二]さて日頃《ひごろ》候べきに。」 宮《みや》の御湯《ゆ》どのゝ儀式有様《ぎしきありさま》思《おも》ひ遣《や》り

ば、何ともやりきれなく暑い頃での意か。二二 →補五〇三。二三 →補五〇四。二四「戌時許、従二中宮御方一女方〔倫子〕来云、悩気御座云々、驚参入、有二其気色一、仍召二可レ然僧等一、又召二陰陽師一令レ申レ卜、(中略)子時平安降二誕女皇子〔禎子〕一給」(御堂、長和二年七月六日)。二五 魔除のため米をまき散らす事。二六 →補五〇五。二七 どよめき合った。二八 →補五〇六。二九 やかましく御祈禱を上げたりお祓いをする間。三〇 後産の無事を祈るためである。後産も僧たちが御祈禱のため余り苦しい思いをしないうちに無事に済まれた。三一 皇子か皇女かという事が人の口に上らないのは。三二 ままよ、皇女の生まれた事が一家にとってはじめての御産ならばともかく、またそのうち皇子の生まれることもあるだろう。「少選資平帰来云、相府〔道長〕已不レ見レ給卿相宮殿人等一不悦気色甚露、依レ令レ産レ女給一歟、

皇女に御剣を賜う

天之所レ為、人事何為」(小右、長和二年七月七日)。三三「八日、戊戌、酉時供二御湯一」(御堂、長和二年七月)。→補五〇七。三四 皇女であったからはっきりとは奏上なさらないが。三五 御守刀をさっそく持参せられた。「従二大内一以二朝経朝臣一給二御剣一」(御堂、長和二年七月八日条)。三六 先例に拠るべきではないから。三七 富「めでたうて」。三八 →補五〇八。三九 白い女装束の形容。「東渡殿敷レ座、余相会給二女装束白具一」(御堂、七月八日条)。四〇 藤原惟憲の妻、美子か。四一 はじめ皇太后彰子に仕えた内侍であった。四二 →補五〇九。

皇女御湯殿の儀

きこゆべし。五位・六位御弦打《つるうち》に廿人召《め》したり。五位は藏人[一]五位を選《え》らせ給《たま》へり。女におはしませば、内にも今少《いますこ》し心《こゝろ》[二]ことに掟《をき》てきこえさせ給。たゞ同《おな》[三]じくはと、誰《たれ》もおぼさるべし。されど東宮〔後一條院〕の生《む》まれ給《たま》へりしを、殿の御前《おまへ》の御初孫《はつむまご》にて、榮[10]花の初花《はつはな》と聞《きこ》えたるに、この御事《こと》をば蕾《つぼ》み花《はな》とぞ聞《きこ》えさすべかめる。それはた[四]ゞ今《いま》こそ心《こゝろ》もとなけれど、時至《いた》りて開《ひら》けさせ給はん程《ほど》めでたし。白《しろ》い御調度《てうど》など、大宮〔上東門院也〕の御例《れい》なり。」御乳母《めのと》に人〳〵いみじく參《まい》らまほしう案内《あむない》申べし。宮《みや》[五]の内《うち》の女房達《たち》、さるべき君達《だち》の御子生《う》みたるなど、[六]ありものに頼《たの》み申たりけれど、いかにも〳〵たゞよそ[七]人の新《あたら》しからんをとぞ、宮《みや》の御前《おまへ》おぼし心《こゝろ》ざしためる。女房の白《しろ》き衣《きぬ》ども、さばかり暑《あつ》き程《ほど》なれど、[八]萬《よろづ》をしつくし、「いかで珍《めづら》しき様《さま》にせん」と思《おも》ひたる様《さま》ども、[九]心《こゝろ》〴〵にをかしうなむ。御產養《うぶやしなひ》、[一〇]三日夜《よ》は殿せさせ給。[11]五日夜《よ》は宮司《みやづかさ》、七日は公《おほやけ》より、九日は大宮よりぞせさせ給べかめる。この頃《ごろ》殿ばら・殿上人の參《まい》る有樣《ありさま》、三位よりはじめて六位まで、たゞ大宮〔上東門院〕の御時の有樣《ありさま》なるべし。」[一一]東宮又《まだ》御乳《ち》きこしめす程《ほど》なれば、[一二]内侍疾《と》う參《まい》るべき御消息頻《しきり》なり。「[一三]御乳母《めのと》に參《まい》らん」など申人〳〵あまたあるを、心《こゝろ》もとなくおぼしめす程《ほど》に、故關白殿〔道隆〕の御子といはるゝ[一四]中務大輔ちかより〔周頼〕の君の妻《め》[一五]のおとうと、[12]俊遠が妻《め》なり、[一六]御乳母《めのと》は伊勢の守《かみ》の女《むすめ》ぞ參《まい》りたるは、やがて夜《よ》の中《うち》に御[一七]

一 六位の蔵人が勤続六年の後五位に叙せられ、しかも定員のない場合、蔵人を辞して殿上を退く、その人。二 弦打ちの人選に美男を選ぶというような特別なお指図をなさる(新訳)。三 同じことなら皇子であられたらと。四 目下は将来の事も分らず待遠しいが、やがて時来って蕾の開く時がめでたい。後に後朱雀帝の皇后となり、後三条帝をお生みになった事を下に含めた書き方と見る説がある。五 中宮に仕える女房達で。六 もとから仕えて来た女房として。七 中宮以外に仕える人で新規な者をと。八 さまざまの好みを凝らし。九 思い思いで。一〇「八日、戊戌、(中略)今夜庁官奉二仕御生養事一。十日、庚子、家奉二御生養一。十二日、壬寅、従二大内一有二御生養事一如レ常」「十四日、甲辰、従二皇太后宮一有二御養産事一、作法如二前々一」(御堂)。従って三日夜と五日夜とが錯誤している。一一 敦成親王は今年五歳。一二 禎子内親王の御乳付に参上していた近江内侍。それに東宮の許へ帰参するよう消息が頻りにあったのである。一三 禎子内親王の御乳母に。一四 周頼は道隆の男。↓二九二頁。一五 本文によれば周頼妻の妹で、俊遠の妻が乳母に参上したの意であろうが、御堂関白記に「今日宮御乳母兼澄朝臣女子参、是周頼朝臣妾也」(長和二年七月二十二日)と異見が見られる。↓補五一〇。一六 御乳母としてはその周頼妻(又は妹)、即ち伊勢守の女が参上したが、彼女は。一七 姫君にお乳をさし上げて。一八 乳付というだけでなく、そのまま姫君の御乳母の一人にお数えなさった。一九 頭上から両方へかき分けて。

御産養の儀

乳母の任命

乳《ち》きこしめさせて、内侍は内《うち》へ参《まい》りぬ。さべき贈《をくり》物など、いとおどろ〳〵しうおぼし掟《をき》てさせ給て、[一八]御乳付《ちつけ》にしもあらず、やがて御乳母《めのと》の中《うち》に入《い》れさせ給《たま》ひつ。若宮《わかみや》の御髪《くし》あさましく長《なが》く、[一九]振分《ふりわけ》に生《お》ひさせ給《たま》へり。[二〇]やがてかくておほしきこえさせんと定《さだめ》あり。何《なに》事もいとめでたし。いみじううつくしげにおはしますを、[二一]内にも聞《きこ》しめして、[二二]いつしかとゆかしく思きこえさせ給へり。[二三]この頃《ごろ》は少《すこ》し(心)のどかげにて、[二四]殿の御前よる夜中分《わ》かず、若宮《わかみや》の御扱《あつか》ひに渡《わた》らせ給に、誰《たれ》も[二五]侘《わび》しく暑《あつ》き程《ほど》に、[二六]うちとけたるいねども、いとかたはらいたし。[二七]今参《いまゝい》りたる御乳母《めのと》も、いとゞもの恥《はつか》しげなり。」[二八]内《うち》にいとゆかしげに思きこえさせ給へれば、「九月ばかりに[二九]行幸あらせん」と、殿の御前《まへ》おぼし心《こゝろ》ざしたり。[三〇]宮《みや》の御前《まへ》その後悩《のちなやま》しげにのみおはしませば、[三一]とみにも参《まい》らせ給まじ。[三二]行幸の事を、この頃《ごろ》は殿の内急《うちいそ》ぎ磨《みが》き、よろづゝくろはせ給。[13][三三]御五十日を、[三四]帝《みかど》は内にてなどおぼし宣《のたま》はすれど、[三五]宮《みや》のえ参《まい》らせ給はねば、[三六]里《さと》にてきこしめす。殿(より)よろづにし盡《つく》させ給て、[三七]内、殿上・大盤所など、よろづに大宮《おほみや》までもて参《まい》り騒《さは》ぐ。様《さま》〳〵の[三八]折櫃《おりびつ》物・[三九]こ《籠》ものなど、數《かず》を盡《つく》してせさせ給へり。又内より[四〇]いかでかおぼし掟《をき》てさせ給けんと見《み》ゆるまで、よろづこまかにめでたくせさせ給《たま》へり。[四一]八月廿餘《よ》日の程《ほど》なれば、女房の[四二]なりどもいみじうしたるに、又[四三]たゝむ月の行幸の事

二〇 このままでお伸ばし申し上げることに定められた。二一 三条帝におかせられても。二二 早く対面したいと待遠しく思い申し上げられた。二三 御産も無事に済み、七月の事とて朝儀も少なく。二四 道長は。二五 堪え難く暑い頃で。二六 うち解けた恰好で寝ているのが、大層はたから見てもはらはらする。二七 新参の乳母も。二八 帝におかせられては姫君との御対面を熱望なさっておられるので。二九 土御門殿への行幸を実現させようと。「召㆓陰陽師等㆒、問㆓行幸㆒、来九月十六七日吉申㆑之」(御堂、長和二年七月二十二日)。三〇 中宮妍子。三一 急には宮中へ還御もなさるまい。三二 行幸の準備について。三三 五十日の祝の略。生後五十日目に餅などを作って祝う事。村上天皇頃から文献にみえる。

皇女御五十日の儀

三四 宮中においてなさりたく。三五 中宮が。三六 中宮の里邸土御門殿。三七 宮中の清涼殿の殿上の間・台盤所等の調度や、皇太后宮の調度までも五十日の料として大騒ぎして土御門殿へ運ぶ。三八 檜の薄板を折り曲げて作った箱に入れた物。肴や菓子などを入れる。三九 籠に入れた果物。木の枝などに付けて用いる。「折櫃物五十合、〈尽㆑善、尽㆑美〉」(小右、長和二年八月二十七日)。四〇 どうして思い廻らしておきめなさったかと思われる程。四一「酉時許参㆓中宮㆒〈左府土御門家〉、今日皇女五十日也」(小右、長和二年八月二十七日)。御堂関白記にも詳しい。四二 衣装。四三 来月の行幸の準備にとりかかられた。

を急《いそ》ぎたゝせ給。[一]御産屋《うぶや》の折《をり》も、御五十日《いか》にも、[二]内の女房のさるべき限《かぎり》みな参《まい》りたり。帝《みかど》の御乳母《めのと》の[三]きの三位の女《むすめ》、[四]源内侍のすけをはじめ、[五]盛《さかり》[14]少将などや、さるべき人〳〵は[六]皆宮《みなみや》の御簡《みふだ》に付《つ》きたるども、[七]おぼつかなからず参《まい》りまかづめり。」

九月にもなりぬれば、行幸の事今日明日《けふあす》の程《ほど》にと急《いそ》がせ給事いみじ。宮《みや》の女房の[八](なり)いみじきに、[九][15]督《かん》の殿の御方《かた》・[一〇]殿の上《うへ》の御方《かた》、我《われ》も〳〵とのゝしる事《こと》いみじ。[一一]船《ふね》の樂《がく》などいみじく調《とゝの》へさせ給へり。[16][一二]行幸の有様《ありさま》、皆例《みなれい》の作法《さほう》なれば書《か》き續《つゞ》く(ま)じ。[一三]大宮《上東門院》の東宮《後一條》の生《むま》れさせ給《たま》へりし後《のち》(の)行幸、[17]ただそのまゝの有様《ありさま》なり。[一四]殿の有様《ありさま》いみじくおもしろし。中島《なかしま》の松の蔦《つた》の紅葉《もみぢ》など、常《つね》の年《とし》は[一五]いとかう(し)もあらねど、[一六]世《よ》のけしき(にしたがふにや)、いみじく盛《さかり》に、色《いろ》〳〵めでたく見《み》ゆるに、[一七]笑《ゑ》ましうそゞろ寒《さむ》し。[一八]上《うへ》の御覧ずるに、御目《め》も及《をよ》ばずめでたうおぼしめさるゝに、[一九]船《ふね》の樂《がく》(ども)の舞《ま》ひ出《い》でたるなど、おほかた[二〇]こゝのことゝはおぼしめされず、いみじく御覧ぜらる。[二一]松の風琴《きん》を調《しら》ぶるに聞《きこ》え、よろづおもしろく吹《ふ》き合《あは》せたり。[二二]御簾際《みすぎは》の女房のなり、言《い》へばえならぬ匂《にほひ》どもなり。」

[二三]入《い》らせ給ていつしかと、若宮《わかみや》を「[二四]いづらは」(と)申させ給へば、[二五]殿の御前《まへ》抱《いだ》き奉《たてまつ》らせ給て候はせ給へれば、抱《いだ》き(取《と》り)奉《たてまつ》らせ給て、見奉《みたてまつ》らせ給へば、[二六]ふくよかにうつくしうおはしまして、御髪振分《ぐしふりわけ》におはしますを、御覧《らん》じ驚《おどろ》かせ

一 御産屋におられた間も。二 主上付の女房で然るべき女房は全部。三「き」は橘の音という説があり、それによれば橘三位清子。四 源典侍。名は明子(権記、長保三年四月二十日)。藤原説孝の妻という説もあるが、決定は出来ない。五 蔵人式部丞藤原貞孝女。後拾遺歌人。六 清涼殿の台盤所にある女房の簡に準じ、中宮御所にも置かれた物。中宮御所にも籍のある女房達での意。七 御無沙汰することなく始終出入していた。八 衣装がすばらしいにつけ。九 尚侍威子、道長三女。一〇 道長の北の方鷹司殿倫子。

三条天皇土御門殿行幸

一一 泉水に浮べた船中で奏する音楽。「従二馬場東一経二池辺一参向、楽人等乗二竜頭鷁首一、従二岸頭一来」(御堂、長和二年九月十六日)。一二 日本紀略、九月十六日条・御堂関白記等に詳しい。一三 寛弘五年十月十六日に行われた土御門殿への行幸。→二六八頁。一四 土御門殿。一五 これ程見事でもあるまいが。一六 時世に順応するというわけか。一七 自然とほほえまれ、何となくぞっとするような気持がする。一八 三条帝。一九 船の中で舞を始めながら出て来た有様などは。二〇 日本の事。二一 松風の音は琴(七絃)を奏するかと聞え。〔参考〕「ことの音に峰の松風通ふらしいづれのをより調べそめけん」(拾遺、雑上、斎宮女御)。この日の管絃の事は小右記に詳しい。二二 御簾際で見物する女房達の衣装(袖口や裾など)はいうにいわれぬ魅力をそなえている。出衣(いだしぎぬ)の状態。

皇女・中宮と御対面

二三 お部屋へお入りになってさっそく。二四 どこにいらっしゃるのか。「いづら」は所在を尋ねる語。「は」は感動助詞。

給て、[二七]「いかに」など聞《きこ》えさせ給へば、[二八]御物語《がたり》を聲高《こゑだか》にせさせ給て、うち笑《ゑ》み〱せさせ給へば、[二九]「あなうつくし。知《ゝ》り給へるにこそあめれ。まだ[三〇]かゝる人をこそ見《み》ざりつれ。[三一]うたて餘《あま》りゆゝしき御髪《かみ》かな。今年過《ことしす》ぎば[三二]居丈《ゐだけ》にもなりぬべかめり」など仰《おほ》せられて、いみじくうつくしげに聞《きこ》えさせ給。宮《みや》の御前《まへ》[三三]も見《み》奉《たてまつ》らせ給へば、唐《から》の綾《あや》を[三四]白菊《しらぎく》にて押《を》し重《かさ》ねて奉《たてまつ》りたる。されば[三五]白《しろ》き御よそひと見《み》えてめでたきに、[三六]「いかにぞ、暑《あつ》き程《ほど》の御事《こと》は。[三七]御髪《ぐし》のためこそいみじけれ」とて、見奉《みたてまつ》らせ給へば、御裾《すそ》にたまりたる程《ほど》[三八]、[三九]こよなくところせげに見《み》えさせ給へば、[四〇]「怪《あや》しく見苦《みぐる》しき子持《こもち》の御髪《ぐし》かな。[四一]古子持《ふるこもち》などは、髪《かみ》のすそ細《ほそ》う、[四二]色青《いろあを》びれなどしたればこそ、心苦《こゝろぐる》しけれ。[四三]いと物狂《ものぐるほ》しき御有様《ありさま》かな。この兒《ちご》宮も母《はゝ》の御有様《ありさま》に似《ゝ》たるにこそあめれ」など聞《きこ》え給て、[四四]「いづら、乳母《めのと》は」と問《ゝ》はせ給へば、殿の御前《まへ》、「御乳母《めのと》はいたく[四五]里《さと》び、物恥《ものはぢ》してえ参《まい》り侍《はべ》らざめり」(とて)、又抱《いだ》き率《ゐ》て奉《たてまつ》らせ給ぬ。[四六]御帳の中《うち》に入《い》らせ給て、月頃《ごろ》の御物語《がたり》など心《こゝろ》のどかに聞《きこ》え給。[四七]「かくうつくしき人をいまゝで見《み》ざりつること。[四八]猶《なを》めでたき事《こと》なれど、この身の有様《ありさま》こそまろは身くるしけれ。[四九]いみじく思人のともかくもおはせんを、とみにも見ぬ事《こと》いみじく口惜《くちを》しかし」など、よろづに聞《きこ》えさせ給て、「いざ兒迎《ちごむか》へて、中《なか》に臥《ふ》せて見《み》む。いみじくうつくしきものかな。[五〇]この宮達《みやたち》の

二五 →補五一一。二六 ふっくらとして可愛らしくいらっしゃり。二七 呼びかけの語。二八 幼児がかたことをいうこと。二九 まあ可愛いこと、私をよく知っていらっしゃるらしい。三〇 こんな可愛い子。三一 まあ余りにもたくさんな髪の毛だこと。三二 坐っている時の身長。三三「もはをの誤か」(抄)。富無し。三四「表白・裏蘇芳、十月十一月晴ノ時用ユ」(装束抄)。袿として何枚か重ねていらっしゃる。三五 お産の時召される白装束のように見えて。三六 つらいことだろう、暑い時のお産は。三七 豊かな髪の毛のため一層苦しいことだろう。三八 御髪の有様が。三九 比較するものもないくらいたくさんにお見えなさるから。四〇 産婦の髪としては少なくもならず変に見苦しい程たくさんな御髪よ。四一 子供を幾人も生んだ婦人。四二 青味を帯びたりしているからほんとに気の毒だ。四三 それなのにこんなに髪の毛が豊かなのは。四四 どこにいるか、乳母は。四五 田舎じみて。四六 御帳台。四七 こんなに可愛い姫宮に今まで会えなかったことよ。四八 姫君の御成長は結構な事だが、自分の有様はといえばまことに苦しい次第だ。「まろ(麿)は身」は西本にない。「道長の、姫宮を要して御門に行幸せさせ奉りし事を憤り給へる意をふくめのたまへるなるべし」(詳解)。四九 自分の熱愛する中宮がどのようでいらっしゃるか、急にも会えない事はひどく残念だ。「こも御悩におはしますといひて、道長の中宮を留めて参内せしめ奉らざりしを恨み給へりしにて、かしは感嘆の詞なり」(詳解)。五〇 あの皇后娍子御所生の皇女達(当子・禔子)が幼児であったのを、可愛いと思って見たが。

兒《ちご》なりしをこそ、うつくし(う)見《み》しかど、猶《なを》それは例《れい》[一]の有様《ありさま》なり。[二]これは殊《こと》の外《ほか》にをかしく見《み》ゆるも、髮《かみ》の長《なが》ければなめり。猶《なを》〳〵疾《と》[三]く〳〵入《い》らせ給へ。内《うち》にては乳母《めのと》いるまじ。麿乳母《まろめのと》にて侍覽《はべ》」など、聞《きこ》えさせ給へば、物狂《ものぐるほ》しとて、少《すこ》し忍《しの》びやかに笑《わら》はせ給。」かゝる程《ほど》に日《ひ》も暮《く》れぬれば、上達部《かんだちめ》の御遊《あそび》[四]になりぬるが、いみじくなつかしくおもしろきに、中島《なかしま》[五]のものゝ音《ね》など、もの遙《はるか》に聞《きこ》ゆるに、波《なみ》[六]の聲《こゑ》・松風などもさま〴〵にいみじや。とみに[七]出《い》でさせ給まじき御けしきなれば、殿入《い》らせ給て、「夜《よ》に入《い》り侍《はべ》りぬ。かばかりおもしろき遊《あそび》ども御覽[八]ぜん」と申させ給へば、「いとおもしろしときゝ侍《はべ》り。樂《がく》の聲《こゑ》は聞《き》くこそおもしろけれ、見《み》るはをかしうやはある。さま〴〵の舞《まひ》どもは皆《みな》見侍りぬ」と、いとのどかに宣《のたま》はすれば、すげ[九]なくて出《い》でさせ給ぬ。むげに[一〇]夜《よ》に入《い》りぬれば、そゝの[一一]かし申させ給へば、しぶ〳〵[一二]に起《を》きさせ給とて、「猶疾《なをと》く入《い》らせ給へ。今日明日《けふあす》の程《ほど》に」と返〻聞《きこ》[一三]えさせ給て、出《い》でさせ給ぬ。」かくて、左大將[18]召《め》して、この[一四][19]家《いゑ》の子《こ》の君達《きんだち》の位增《くらひま》し、殿の家司どもの加階せさせ、又この若宮《わかみや》の御乳母《めのと》のかう[一五]ぶりゆべき事《こと》など書《か》[一六]き出《いだ》させ給て、宮の御前《まへ》に啓《けい》せさせ給。殿はやがて御前にて舞踏[一七]し給《たま》ふ。若宮《わかみや》の御乳母《めのと》かうぶり給《たま》はり、近江《あふみ》[一八]の内侍は加《か》階《かい》をぞせさせ給へる。かくて御贈《をくり》物、上達部《かんだちめ》・殿上人などの贈《をくり》物、例《れい》のこと

一 普通の有様である。 二 姫君(禎子)は。 三 早く宮中へお入りなさい、宮中では乳母は必要あるまい、自分が乳母の役をしよう。 四 管絃の御遊。 五 池の中島で奏する管絃の音。 六 波の音や松風も交って聞え、色々すばらしいことだ。「上達部・殿上人奏二数曲一間、伶人等乗レ舟吹レ管

行幸の夜の管絃楽

参入、殿上水上物声相合、(中略)雲収天晴、月色清澄、(中略)水面清晴、沙岸滝声和二管絃一」(御堂、九月十六日)。 七 御帳台から急にお出になられそうもない御様子だから。↓補五一二。 八 御覧なさるがよろしいでしょう。 九 とりつくしまもなくて。 一〇 すっかり夜になったので。 一一 お勧め申し上げなさると。 一二 帝はいやいやな御様子で。 一三 中宮に。 一四 道長の子息達。 一五 五位に叙すこと。「ゆ」は「許る」(許される)の略。 一六 (叙位すべき人々の名を)帝がお書き出しなさって。「召二右大臣(顕光)一有二叙位一、従二位左衛門督(教通)・左宰相中将(経房)・右三位中将(頼宗)、是家子、正三位左兵衛督(実成)、是事無レ由、(中略)正四位下惟憲、家司、従四位上惟風・能信、宮亮、従四位下佐光、大進、従五位

行幸の賞

上頼任、大進、正四位下済政、是家女(倫子)譲、従二位尚侍〈威子〉、従三位東宮御匣殿〈提〉、従四位下嬉子・隆子〈女子等〉、高子〈中宮御乳母〉、従五位上美子〈姫宮御乳母〉、従五位下光子〈御匣殿〉、憲子〈姫宮御乳母〉」(御堂、九月十六日)。 一七 拝礼の仕方。 一八 ↓補五一三。 一九 あやかりもの。 二〇 形勝の地。 二一 題名の出所の一つと考えられている。 二二 身分の卑しい者どもで最下限のもの。「し」は強意の助詞。「ゝ」は陽も同

皇女の御乳母と女房

ゞも思やるべし。よろづあさましくめでたき殿の有様《ありさま》なり。この土御門殿《つちみかどどの》に幾《いく》度《たび》行幸あり、あまたの后《きさき》出《い》で入《い》らせ給ぬらんと、世《よ》のあえ物[一九]に聞《きこ》えつべき殿なり。「これを勝地[二〇]といふなりけり、これを榮花[二一]とはいふにこそあめれ」と、[二二]あやしの者《もの》どもの下《しも》を限《かぎ》れるしなどもゝ、喜《よろこ》[二三]び笑《ゑ》み榮《さか》えたり。げにこそよき事《こと》を見聞《き》くは、我身《わがみ》の事《こと》ならねど嬉《うれ》しうめでたう、あしき事《こと》を見《み》聞《き》くは、せん方《かた》なくいとを[二四]しきわざなれば、この殿《との》ばら・宮《みや》〲の御有様《ありさま》を、いづれの民《たみ》も愛《め》で喜《よろこ》びきこえたり。」帝帰《みかどかへ》らせ給て後《のち》は、若宮《わかみや》を御心[二五]につき戀《こひ》しう思きこえさせ給て、「たゞ[二六]疾《と》く〱」とのみ御使《つかひ》頻《しきり》に参《まい》れども、猶例《なをれい》[二七]ならずのみおぼされて、のどか(げ)なる御けしきなり。されど内よりきゝにくきまで申させ給へば、[20][二八]十一月十日の程《ほど》にぞ参《まい》らせ給べき。五節[二九]・臨時祭などうちしきれば、女房のなりなど、[三〇]あまた襲《かさね》の御用意《ようい》あるべし。月頃久《ごろひさ》[三一]しくなりにける御里居《さとゐ》、若《わか》[三二]き人〲猶心《なをこゝろ》ことに今《いま》めくめり。若宮《わかみや》[三三]の御乳母《めのと》今《いま》二人参《まい》り添《そ》ひたり。一人《ひとり》は[三四][21]阿波守《あはのかみ》順《まさ》時の朝臣《あそむ》の女《むすめ》、弁[三五]のめのと《哥人》といふ。今一人《いまひとり》は伊勢[三六]前司たかゝたの朝臣の女《むすめ》、[三七]中務のめのとゝいふ。月頃《ごろ》さま〲参《まい》り集《あつま》りたる女房の數《かず》など多《おほ》かるべし。こたみは法[三八]住寺の大臣《おとゞ》の五の君《きみ》、やがて五の御方《かた》とて候《さぶら》ひ給。故[三九]關白殿の御女《むすめ》、對《たい》の御方《かた》の腹《はら》の君《きみ》、この帝《みかど》の東宮におはしましゝ時の御匣殿《みくしげどの》にて候給しは、麗[四〇]

じ。誤であろう。 二三 喜んでにこにこ笑う。

二四 「いとほしき」。気の毒な。「次還宮、時丑剋」(御堂、長和二年九月十六日)。 二五 御心から離れる事なく恋しく思い申し上げなさって。

二六 何はさておいて早く参内するようにと。

二七 中宮は御身体がまだすっかりは恢復されぬように思われて、(入内の事も考えず)落着いていらっしゃるような御様子である。 二八 「召二陰陽師等一…問下中宮参二大内一給日上、申云、十一月十一日宜」(御堂、長和二年七月二十二日)。

二九 この年の五節は、十三日が舞姫参入、帳台試、十四日が御前試、十五日は童女御覧となっている。「十五日癸卯、新嘗祭」「廿一日己酉、賀茂臨時祭、右近少将源雅通為レ使」(紀略、十一月)。 三〇 たくさん重ねて着る衣装(袿の類)。

三一 中宮は正月に里邸へ帰られてから十一カ月になる。 三二 宮中へ入られることになり若い女達はやはり特別当世風に華やぐようである。

三三 禎子内親王。 三四 左大臣在衡の孫、国光男。尊卑分脈(巻五)には従五(位)下、加賀守。

三五 「陽明門院御乳母、加賀守藤原順時女、母肥後守紀敦経女」(大鏡裏書)。 三六 系譜未詳。

三七 御裳着の巻・大鏡等によれば、一品の宮の乳母は、大輔乳母・弁乳母・中将乳母の三人。よって富「中将のめのと」が正しい。御堂関白記、寛仁元年十二月八日の「中宮御乳母中務」と同人か。

三八 前太政大臣藤原為光の五女。

三九 道隆女。「(兼家女綏子ノ)おとうとの女君は、このとの〻中納言殿(道隆)の御女とあれば、宮の御匣殿になさせ給ひつ」(さま〲のよろこび巻、一〇四頁)。 四〇 兼家女綏子。

景殿の内侍のかみの御はらからなるべし。又正光[一]の大藏卿《忠義公六男》の女《むすめ》、源帥[二]の御中《なか》の君腹《ばら》も參《まい》り給へり。それも御匣殿《みくしげどの》[三]になさせ給へり。この外《ほか》のさべき人の女《むすめ》など數《かず》いと多《おほ》う參《まい》り給へり。すべてこの頃《ごろ》の事《こと》には、「[四]さべき人の妻子《めこ》皆宮仕《みなみやづかへ》に出《い》ではてぬ。籠《こも》り居《ゐ》たるは、[五]おぼろげの疵《きず》、片端《かたわ》づきたらん」と(ぞ)いふめる。さてもあさましき世《よ》なりや。太政大臣の御女《むすめ》もかく[六]出《い》で交《まじ》ひ給、いみじき事《こと》なり。「今暫《しば》しあらば、[七]何《なに》の院などの御後《のち》も出《い》で給ぬべかめり」などぞ、人申める。」

[八]かくて參《まい》らせ給ぬれば、若宮を、[九]上の御前《まへ》御乳母《めのと》のわづらひなく、明《あけ》暮抱《くれいだ》きもてあつかはせ給《たま》ふ。餘《あま》りかたはらいたし。今《いま》より[一〇]はかなき御具《ぐ》ども、[一一]何事《なにごと》をし殘《のこ》さんとおぼじめしたり。」[22]はかなく年《とし》も返《かへ》りて、長和三年になりぬ。

正月一日よりはじめて、新《あたら》しく珍《めづら》しき御有樣《ありさま》なり。[一二]あらたまの年《とし》立《た》ち返《かへ》りぬれば、[一三]雲の上《うへ》も晴《はれ》〳〵しう見《み》えて空《そら》を仰《あふ》がれ、夜の程《ほど》に立《た》ち替《かは》りたる春の霞《かすみ》も紫《むらさき》に薄《うす》く濃《こ》くたなびき、日のけしき麗《うらゝ》かに光《ひかり》さやけく見《み》え、[一四]百千鳥《もゝちどり》も囀《さへづ》りまさり、よろづ皆心《みなこゝろ》あるさまに見《み》え、[一五]枝もなかりつる花《はな》もいつしかと紐《ひも》をとき、垣根《かきね》の草《くさ》も青《あを》み渡《わた》り、[一六]朝《あした》の原《はら》も[一七]荻《をぎ》の燒原《やけはら》かき拂《はら》ひ、[一八]春日《かすが》のゝ飛火《とぶひ》の野守《もり》も、萬代《よろづよ》の春《はる》のはじめの若菜《わかな》を摘《つ》み、[一九]氷解《こほりと》く風《かぜ》もゆるく吹《ふ》きて枝《えだ》を鳴《な》らさず、[二〇]谷《たに》の鶯《うぐひす》も行末《ゆくすゑ》遙《はるか》なる聲《こゑ》に聞《きこ》えて耳《みゝ》とまり、船岡《ふなをか》の子《ね》の日《ひ》の松も、いつしかと[二一]君に引《ひ》かれて萬《よろづ》

一 兼通六男、長徳四年十月大蔵卿。 二 大宰権帥源高明二女所生の女。御堂関白記(前掲三五〇頁注一六)に「光子(御匣殿)」とある人か。 三 御匣殿別当。上臈女房の称。 四 相当な身分ある人の妻や娘。 五 並々でない欠点があるか、または不具者であろう。 六 宮仕えに出て。 七 某上皇の御女も宮仕えに出られそうな状勢である。 八 御堂関白記、七月二十二日条によれば、陰陽師等の勘申により、十一月十一日がよいとのことになっていたから、五節・新嘗祭(十三・十五日)が終り、その後、まもなく内裏に参入したのであろう。 九 帝は御乳母がお世話する苦労もなく。 一〇 ちょっとした手廻りの御道具類。

中宮内裏に入る

一一 すべてを用意しておこうと。 一二 荒玉の砥から、「と」という音を持つ「年」にかかる枕詞。

内裏の新年の有様

一三 宮中。「晴〳〵しう」は「雲の上」の縁語。 一四 「百千鳥囀る春は物ごとに改れども我ぞふりゆく」(古今、春上、読人知らず)。 一五 「枝にも」の意であろう。枝にもなかった花もいつの間にか開け初めるようになり。 一六 「霧たちて雁ぞ鳴くなる片岡の朝の原はもみぢしぬらむ」(古今、秋下、読人知らず)。片岡は大和国葛下郡。 一七 「今日よりは荻の焼原かき分けて若菜摘みにと誰をさそはむ」(後撰、春上、兼盛王)。 一八 「春日野の飛火の野守出でて見よ今いくかありて若菜摘みてむ」(古今、春上、読人知らず)。「春日野に若菜摘みつつ万代を祝ふ心は神ぞ知るらむ」(古今、賀、素性法師)。 一九 「袖ひぢてむすびし水の氷れるを春立つ今日の風やとくらむ」(古今、春上、貫之)。 二〇 「鶯の谷より出づる声なくば春

代《よ》を經《へ》んと思て、常磐堅磐《ときはかきは》の緑色《みどりいろ》深《ふか》く見《み》え、[二二]甕《もたひ》のほとりの竹葉《ちくえう》も末《すゑ》の世遙《よはるか》に見《み》え、階《はし》の下《もと》の薔薇《さうび》も夏《なつ》を待《ま》ち顔《がほ》になどして、さま〴〵めでたきに、[二三]朝拝《てうはい》よりはじめてよろづにをかしきに、宮御方の女房のなりども[二四]常《つね》だにあるに、まいてもの鮮《あざやか》に、薫深《かほりふか》きも理《ことはり》と見《み》えたり。殿上[23]には[二五]後取《しんどり》といひて、こちたく醉《ゑ》いのゝしりて、[二六]うたてくらうがはしきことゞもさし交《まじ》るべし。」さるべき[二七]公《おほやけ》の(御)まつりごとをもおぼし紛《まぎ》れず、上《うへ》中宮の御方《かた》に渡《わた》らせ給へり。えもいはずめでたき御直衣《なをし》に、なべてならず耀《かゞや》くばかりなる御衣《おほんぞ》どもを重《かさ》ねさせ給へり。御かたち有様《ありさま》、[二八]をゝしうらう〴〵じう恥《はづか》しげにおはします。宮《みや》の御前《まへ》は[二九]萌黄《もえぎ》の御木丁に[三〇]半隠《はたかく》れておはします。[三一]紅梅《こうばい》の御衣《ぞ》をぞ、八重《やへ》にも過《す》ぎて幾《いく》つともなく奉《たてまつ》りたる上《うへ》に、[三二]*浮文《うきもん》の色濃《いろこま》やかなるを奉《たてまつ》りたるに、同《おな》じ色《いろ》の御扇《あふぎ》[三三]のかたそばの方《かた》に、大《おほ》きなる山書《やまか》きたるを、わざとならずさし隠《かく》させ給へる御有様《ありさま》、なべてならず恥《はづか》しげにけ高《だかう》くおはします。御髪《ぐし》の[三四]あさましう長《なが》く、[三五]ところせげにおはします程《ほど》、[三六]いかでかくと見奉《みたてまつ》らせ給。「[三七]織物《をりもの》に髪亂《かみゝだ》る」といふ事《こと》は、[三八]髪《かみ》のかるびれ少《すく》なき時の事《こと》なりけり。[三九]やがてうるはしくすがりて、隙《ひま》もなくめでたくおはします。」上《うへ》、「[四〇]いづらは、若宮《わかみや》は」と宣《のたま》はすれば、[24]命婦の乳母《めのと》抱《いだ》き奉《たてまつ》りて参《まい》る。[四一]御劍《はかし》弁の乳母《めのと》持て参《まい》る。[四二]御髪《ぐし》をそがせ給へれば、「[四三]押《を》し返《かへ》し今《いま》こそ兒《ちご》なりけれ」とて、

来ることを誰か知らまし」(古今、春上、大江千里)。二一「千歳まで限れる松も今日よりは君にひかれて万代やへん」(拾遺、春、大中臣能宣)。二二「甕頭竹葉経ㇾ春熟、階底薔薇入ㇾ夏開」(和漢朗詠、首夏)。二三 元旦天皇が大極殿に出て、百官から賀辞を受ける儀。→補五一四。二四 ふだんでさえ美しいのに。二五 →三三三頁注三〇。二六 感心できないみだりがわしい事も。二七 正月の儀式ばかりに御心をとられることもなく、

中宮の御様

帝は中宮の御部屋にお出かけなさった。ただし日本紀略、長和三年正月二日条に「中宮依ㇾ不ㇾ御二内裏一、無二饗事一」とあり、さらに「十九日丙午、中宮還二御内裏一」とあってこの頃中宮は宮中に御不在。

二八「をゝし」(雄々し)は男らしい。「らう〲じ」は上品で美しいこと。二九 萌黄色の帷を垂れた几帳。三〇 半分ほど隠れていらっしゃる。三一 表紅梅・裏紅の袿を八枚以上も。三二 浮き織りにした模様。三三 片端。三四 あきれる程長く。三五 どうしてこんなに御髪が豊かなのかと。三六 立派な織物の上では髪筋も乱れると世間でいうことは。三七 髪が量も足らず少ない時の事であった。「かる(軽)びれ」は上一段活用の動詞か。三九 (中宮のは)端麗に伸びていったままますそへいって細くなり。四〇 どこにいらっしゃるか、若宮は。四一 姫宮の御守刀。四二 髪の末を切り落とされたので。四三 (御髪が長くて幼児のようでもなかったが)削ぎ落した今は、元に戻り幼児であることがはっきりした。

禎子内親王の御戴餅

それにつけても、あなうつくしと見奉《みたてまつ》らせ給て、抱《いだ》き取《と》り奉《たてまつ》らせ給て、[一]餅鏡《もちゐかゞみ》見[25]せ奉《たてまつ》らせ給《たま》ふとて、[二]きゝにくきまで祈《いの》り祝《いは》ひ續《つゞ》けさせ給ことゞもを、御前《おまへ》に候人〱は[三]え念《ねん》ぜず、自《をのづか》らうちさゝめき、「[四]卯杖《うづゑ》ほがひ(な)どいふ心地《ち》こそすれ」とて、忍《しの》びやかに笑《わら》ふを、「いかに〱」など仰《おほ》せらるゝ程《ほど》も、[五]すゞろにめでたく覺《おぼ》えさせ給。御乳母《めのと》達《たち》、我《われ》も〱と[六]花を折りて仕《つか》うまつる程《ほど》もあらまほしげなり。[七]宮と御物語《ものがたり》せさせ給て、うち笑《わら》はせ給なども聞《きこ》ゆ。[八]若《わか》き人〱押《を》し凝《こ》りたる御几帳の際《きは》など、繪《ゑ》にかゝまほし。[九]大納言殿（頼通）参《まゐ》らせ給へれば、暫《しば》し御物《もの》語《がたり》などありて、やがて御供《とも》に仕《つか》うまつらせ給ぬ。[一〇]四宮（師明）の御髪長《ぐしなが》うて、御直衣姿《なをしすがた》、[一一]女《をんな》を造《つく》りたてたらんやうに見《み》えさせ給。」[一二]ことゞもやう〱果《は》てゝ、心《こゝろ》のどかになりもていきて、[一三]上《うへ》より松に〔雪の〕*氷《こほ》りたるを、

[一四]春《はる》來《く》れど過《す》ぎにし方《かた》の氷《こほり》こそ松に久《ひさ》しくとゞこほりけれ

とあれば、宮《みや》の御返《かへ》し、

[一五]千代《ちよ》經《ふ》べき松《まつ》の氷《こほり》は春《はる》來《く》れどうち解《と》けがたきものにぞありける。」

[一六]つごもりになりぬれば、[一七]司召《つかさめし》とて、嬉《うれ》しきもさらぬもあり。かの四條大納言（公任）の御ひめぎみ（教通室也）は、去年《こぞ》より[一八]たゞならぬ御けしきなりければ、大納言も[一九]尼上《あまうへ》もいみじうおぼして、さま〲の御祈《いのり》どももいみじ。男君《おとこぎみ》[二〇]はいみじう思《おも》ひきこえ給へれど、

一 鏡餅。戴餅とは別。 **二** 鏡餅を見せる時祝詞を聞きづらい程お続けになる。 **三** おかしさを我慢できず。 **四** 正月上の卯の日に卯杖を奉る時奏する寿詞。 **五** 何ということもなく。 **六** 美しく着飾って。 **七** 帝は中宮妍子と。 **八** 年若い女達が一団となっている。 **九** 今年(長和三年)二十三歳、権大納言で春宮権大夫を兼ねていた。 **一〇** 皇后娍子御所生。 **一一** 女をめかしたてたようにお見えなさる。「にはかに此宮の事いひ出たるやうなれど、みかど、妍子のもとよりかへらせ給ふよしありて、さて四の宮の御事を、別に草子地よりいひ出したるにも有べし」(抄)。「さてこの句、前後の文に関係なく、こゝにあるべくもあらねば、或は他よりまぎれいりたるならんか」(詳解)。 **一二** 正月の公事の数々。 **一三** 三条帝から。 **一四** 「とゞこほり」に氷を掛けた。前掲日本紀略の記事によれば、春になっても中宮の参内のなかった事を託された御歌であろう。

三条帝と中宮の贈答歌

一五 千年の齢を保つはずの松に宿った氷は、春が来ても松の齢に引かれて解け難いものでした。「うち解け」は中宮の御気持が帝に対して釈然としないの意。 **一六** 正月下旬。 **一七** 日本紀略・小右記に正月二十四日。公卿補任に具体的に明らか。 **一八** 御懐妊の様子なので。 **一九** 公任北の方。昭平親王女。

司召。教通北の方懐妊

二〇 大層深く姫君を愛されていたが。 **二一** 忍び歩きに同じ。 **二二** 子供っぽい気持がして。教通はこの年十九歳。 **二三** 「今夜亥剋、火起ㇾ登華殿一、殿舎多皆以為ㇾ灰燼一、天皇幷中宮春宮御ㇾ大極殿一、(中略)渡ㇾ御太政官朝所一、仍御ㇾ此所一、中宮同御坐、東宮御ㇾ弁曹司一」(紀略、長和三年

猶《なを》いと心《こゝろ》づきなく、ともすれば御[二一]隠《かく》れ遊《あそび》の程《ほど》も[二二]童《わらは》げたる心地《こゝち》して、それを飽《あ》かぬ事《こと》にぞおぼされたる。」[26]かくて内《うち》(わたり)めでたくて過《すご》させ給程《ほど》に、[27][二三]火出《い》で來《き》て焼《や》けぬ。帝《みかど》も宮も、[二四]松本といふ所《ところ》に渡《わた》らせ給ぬ。いづれの御時もかゝる事《こと》はあれど、[二五]心《こゝろ》のどかにしもおぼ(しめ)されぬに、かゝる事《こと》をいと〳〵口惜《くちを》しくおぼさるべし。[二六]三日ありて、やがて内裏造《つく》るべき事おぼし掟《をき》てさせ給。その折《おり》の修理の大夫《かみ》には、皇后宮《娍子》の御兄《せうと》の通任《みちたう》[28]の君《きみ》、[二七]南殿造《つく》るべく仰《おほ》せらる。木工頭《もくのかみ》には、[二八]この宮の御乳母《めのと》の夫《おとこ》[29]中務大輔ちかより《周頼》とありし君を、この司召《つかさめし》になさせ給《たま》へりしかば、清涼殿《せいらう》をばそれ造《つく》る。[二九]こと殿をば、(たゞ)受領各《をの〳〵》皆仕《みなつか》うまつるべき宣旨下《くだ》りて、[三〇]官ノ使部原〈シブバラ〉國〳〵《くに》[三一](に)あかれぬ。この四月御生《みあれ》[三二]の日より手斧《てをの》[三三]始《はじめ》(し)て、來年の二月以前に造《つく》り出《いだ》さゞ覧をば、官《つかさ》をとり國《くに》[三四]を召《め》し返《かへ》しなどせさせ給ひ、その程《ほど》に造《つく》りをへたらんあらば、任《にん》[三五]を延《の》べ位《くらゐ》をまさせ給べき由《よし》の宣旨下《くだ》りぬ。かく嚴《きび》しく仰《おほ》せられしかば、「[三六]まづ近《ちか》き國《くに》〳〵、南殿・清涼殿などは、皆《みな》四月棟上《むねあ》げんとす。公事《おほやけごと》はことなるものなりけり〳〵」と見あさみ[三七]思《おも》ふべし。」かゝる程《ほど》に、三月廿餘日に石清水《いはしみづ》[三八]の臨時祭《りうじのまつり》に、若宮《わかみや》の御乳母《めのと》、内《うち》[三九]にえ候まじき事《こと》やありけん、俄《にはか》に出《いだ》[四〇]し奉《たてまつ》らせ給。殿[四一]の上添《うへそ》ひて率《ゐ》て奉《たてまつ》らせ給。御乳母達《めのとたち》、さるべき女房五六人ぞ仕《つか》うまつれる。出《い》でさせ給て又の日、内《うち》[四二]より、

二月九日）。二四「天皇自二朝所一、遷二御松本曹司一」（紀略、二月二十日条）。松本は太政官の中にあり、円融院御在所。このあたり小右記に詳しい。

内裏焼亡、造営の事を定む

二五 詳解に御即位後僅に四年でまだ政務にとり紛れていたからとしているが、（道長の圧迫などのため）落着いても御在位になれないのにと解すべきであろう。二六「今日造宮定日也、（中略）十二月二日立柱、明年三月以前可二造畢一者」（小右、長和三年五月二十四日）。内々の取り決めについて書いたか。二七 紫宸殿の異称。二八 禎子内親王。二九 紫宸殿・清涼殿以外の殿舎は、国司達に造営の事を奉仕するようにと。「諸卿相共定二宛殿舎門廊等一、依二国之興亡一定役之軽重、左大弁執筆」（小右、長和三年五月二十四日）。三〇 太政官内の雑務を掌る。六位以下八位以上の嫡子の年二十一以上の者を選び、上中下三等に分けて下等を使部とする。三一 諸国に分遣して皇居造営の事を令達せしめた。三二 上賀茂神社で陰暦四月の中の午の日に行われた祭。三三 造営の仕事始。日本紀略には「十月十一日甲子、造宮事始」とある。三四 任国を召し上げること。三五 任期を延ばし。三六 近国の国司の受持や紫宸殿・清涼殿などは、皆四月に棟上げをしようとしている。朝廷の仕事は格別なものであった。↓補五一五。三七 様子を見て驚きあきれることだろう。三八 三月中の午の日に行われる。

石清水臨時祭、姫宮土御門殿に退出

「今日石清水臨時祭、中午者廿一日也、依二国忌一、〈仁明天皇〉延而及二今日一、固物忌、不二参入一」（小右、長和三年三月二十七日）。「長和三年三月廿一日中午国忌、仍廿七日被二延引一」（小野宮年

中行事)。三九 触穢(月の障り)のことか。
四〇 姫宮を土御門殿に。四一 鷹司殿倫子。
四二 宮中に残られた中宮妍子の御方から姫宮に消息をお送りなさった。

一 風が騒がしく吹きすさんだからであろう。

姫宮、一条尼上に御対面

二 続古今、春下。三 道長。四 中宮と姫宮と共々。
五 源雅信室穆子。道長の室倫子の母。六 皇太后彰子所生の敦成・敦良親王の御目にかかった事により。七 せめて中宮の姫宮になりとお目にかかったならば思い残すことはあるまい。八 適当な機会を考えておられたので。九 しかじかのわけがあって。一〇 土御門殿。一一 急いで準備をととのえなさる。一二 御乳母たちに対しては倫子はお会いなさることはないから。
一三 倫子っ御車に姫宮をお乗せ申し上げなさり。
一四 御乳母達やその他の姫宮付の女房が車一輛を飾って乗り。
一五 並の女房達は普通の車三輛ばかりに乗って。
一六 立派に部屋の飾り付けをして。
一七 尼上自身も大層お待兼ねの様子で。
一八 気がおかれて…。
一九 倫子詞。どうしてそんなことがありましょう。二〇 倫子詞。お祖母様の方へいらっしゃい。
二一 ひたすらよりかかりなさるので。
二二 尼上詞。二三 大層お可愛がりなさる。「うつくしみ」は「いつくしみ」に同じ。
二四 尼上詞。やはり寿命は長いのがよいものらしい。二五 この姫宮はこんなに私に抱かれなさるもの…。
二六 子供が抱かれるのを嫌がるのは世間で嫌うと聞いている。

中宮の御方《かた》より聞《きこ》えさせ給へる。[一]風心《かぜごゝろ》あわた(だし)かりければなるべし。

[二]もろともに眺《なが》むる折《をり》のはなゝらば散《ち》らす風《かぜ》をも怨《うら》みざらまし」。これを御覧じて、[三]殿の御返《かへ》し、

心《こゝろ》して暫《しば》しな吹《ふ》きそ春風《はるかぜ》は[四]ともに見《み》るべき花《はな》も散《ち》らさで」とぞ。」かゝる程《ほど》に、[30][五]一條殿の尼上《あまうへ》、[六]「大宮の宮達見奉《たちみたてまつ》りしに、我命《わがいのち》はこよなう延《の》びにたり。今《いま》は[七]中宮《妍子》のひめ宮《禎子》をだに見奉《みたてまつ》りてば」となん宣《のたま》はすればとて、*殿の上《うへ》の御前《まへ》、[八]さるべきひまをおぼしめしければ、[31][九]「かう〳〵この宮《みや》なん、この頃《ごろ》[一〇]こゝに出《い》でさせ給へる。よき折《をり》なり、率《ゐ》て奉《たてまつ》らん」と、一條殿に聞《きこ》えさせ給へれば、「いと嬉《うれ》しき事《こと》なり」とて、俄《にはか》に御[一一]まうけし、急《いそ》がせ給。姫宮《ひめみや》の御[一二]めのとゞもには、上《うへ》の御前《おまへ》見《み》えさせ給はねば、[一三]上《うへ》の御車《くるま》に宮《みや》をば乗《の》せ奉《たてまつ》らせ給て、[一四]御乳母達《めのとたち》・こと女房車《くるま》一輛《りやう》して、[一五]たゞの人〳〵大方《おほかた》の車《くるま》三《み》つばかりにて渡《わた》らせ給。尼上《あまうへ》、[一六]いみじうしつらひて、[一七]我《われ》もいみじく心懸想《こゝろげさう》せさせ給て、待《ま》ちきこえさせ給程《ほど》に、渡《わた》らせ給へり。上《うへ》の御前《おまへ》抱《いだ》き奉《たてまつ》らせ給へり。見奉《みたてまつ》らせ給へば、いみじううつくしげにて、たゞ笑《わら》ひに笑《わら》はせ給を、「あなうつくし。これを抱《いだ》き奉《たてまつ》らばやと思《おも》へど、泣《な》きやせさせ給《たま》はんと、[一八]わづらはしくて」と宣《のたま》はすれば、[一九]「などてか。よも泣《な》かせ給はじ」とて、[二〇]「おはしませ」と申させ給へば、[二一]たゞかゝりにかゝ

らせ給へば、[二二]「あな嬉《うれ》しや」とて抱《いだ》き奉《たてまつ》らせ給て、[二三]いみじううつくしみ奉《たてまつ》らせ給《たま》ふ。[二四]「猶命《なをいのち》は長《なが》く侍べきにこそあめれ。[二五]この宮《みや》のかく抱《いだ》かれ給《たま》ふ。[二六]兒《ちご》の抱《いだ》かれぬは忌《い》むとこそきゝ侍《はべ》れ。[二七]いかで、この御方《かた》〴〵の皆《みな》かゝるわざし給はんを、見奉《みたてまつ》りてとこそは思給《たま》ふれば」と宣《のたま》はするを、[二八]上《うへ》いとあはれと見奉《みたてまつ》らせ給。さて[二九]御乳母達《めのとたち》いみじくいたはらせ給。[三〇]上《うへ》の御前《おまへ》も心《こゝろ》のどかに御物語聞《ものがたりきこ》えさせ給て、又の日ぞ歸《かへ》らせ給。[三一]御贈《をくり》物に、この年頃誰《としごろたれ》にも知《し》らせ給はで持《も》たせ給へりける[三二]香壺《かうこ》の筥一雙《はこひとよろひ》に、[三三]古《いにしへ》のえもいはぬ香《かう》どもの今《いま》はなを《名》だにも聞《きこ》えぬや、[三四]その折《をり》の薫《たき》物などのいみじきどもの數《かず》を盡《つく》させ給へり。又[三五]道風《みちかぜ》が本など、いみじき物どもの銀《しろがね》・黄金《こがね》の筥《はこ》に入《い》りたるなどをぞ奉《たてまつ》らせ給へる。[三六]「かゝる女宮《をんなみや》もや出《い》でおはしますとて置《を》きて侍りつるなり」とて、[三七]探《さが》し奉《たてまつ》らせ給。御乳母達《めのとたち》には、皆《みな》[三八]さべき様《さま》の裝束《さうぞく》ども、又絹《きぬ》など添《そ》へて賜《たま》はせ給。[三九]たゞの女房達《たち》にも、様《さま》〴〵いみじくせさせ給へり。[四〇]「飽《あ》かず、(いかに)戀《こひ》しく」と聞《きこ》えさせ給。かくて歸《かへ》らせ給ぬれば、[四一]ひとり笑《ゑ》みして、戀《こひ》しう覺《おぼ》えさせ給まゝには、[四二]「あひなき事、少將やこなたにや」(と)、[四三]いとゞうつくしうおぼしめしますも、[四四]痴《おこ》がましうぞ見《み》えさせ給《たま》ひけるとぞ侍《はべ》[四五]りし。

二七 どうか彰子・妍子、その御妹の威子・嬉子も同じように御子を生み奉り、その御子達が抱っこなさるのをお見申し上げたいものと思っているから(長命をしたいもの)。
二八 倫子は。
二九 御乳母達をも十分ねぎらわれた。
三〇 倫子。 三一 尼上から姫宮への。
三二 薫物を容れる壺を納めた箱一双。各四箇の壺を納めた箱一双から成る。
三三 昔のいうにいわれぬ名香で、今では何というのか名称さえ世間に知れないものや。
三四 当節の薫物ですばらしいものを悉くお入れなさった。 三五 小野道風の書いた手本。
三六 このような姫宮もお生まれになられようかと思って。
三七 探し出して贈物として献上された。
三八 相応した装束の数々。
三九 普通の女房達。
四〇 尼上詞。名残も惜しく、お別れしたらどんなに恋しいことだろうと。
四一 尼上は独り思い出し笑いをされて。
四二 どうも具合の悪いことよ、少将がこちらにいるか知らと。「道綱男兼経、此比少将也、雅信公の女〈倫子の兄弟也〉道綱に嫁して兼経をうむ、今此あま君、禎子のなごりをしきにより、孫の兼経をいみじうおもふを、他人よりしては、をこにみゆるよし也」(抄)。富「中将」によれば、丹波中将源雅通(時通男、穆子孫)か。
四三 尼上は一段と姫宮をお可愛らしく思いまわされるのも。
四四 はたから見るとみっともないくらいにお見えなさったと。
四五 「侍り」を地の文に用いているのは穏当でないが、本書に十数箇所例がある。

巻第十二　たまのむらぎく

巻名　長和五年十一月の大嘗会の条に、「御屏風を、資忠、玉の村菊といふ所を、うちはへて庭おもしろき初霜に同じ色なる玉の村菊」とある巻中の詞および歌詞による。

諸本＝玉のむらきく（陽）・玉村菊（西、活、富）。

刊本大鏡所載「世継名」に「たまのむらさき」とあるのは誤であろう。

所収年代　長和三年八月から、寛仁元年六月まで、およそ三年間。三条・後一条の両代に跨る。

内容　東宮（敦成親王）読書始の儀がおこなわれ、学士を大江挙周《たかちか》が勤仕した。

左衛門督教通の上（公任女）は、女児を出産。産養がおこなわれ、その後、四条宮（遵子）は若君と対面された。

中納言隆家は眼病を患っていたが、折も折大宰大弐が辞任したので、その代りを申請して直ちに任命された。筑前は唐人の往来もあり、その中には眼の治療をよくするものもいるというのが、赴任を希望した理由であった。

道長の北の方倫子は宇治に遊び、中宮（妍子）と贈答歌があった。

長和四年四月には、禎子内親王の御袴着がおこなわれるというので、その準備がおこなわれた。

隆家の同胞隆円が没したので、隆家は大弐を辞退しようかと思ったが、賀茂祭の翌日任地へ向けて出発した。

左大将頼通には、三条天皇皇女禔子内親王御降嫁の事が図られた。道長に御内意が漏らされたので、その由を頼通に伝えると、北の方隆姫（具平親王女）を愛する頼通の目に涙が浮かんだ。帝と皇后（娍子）の間で御降嫁の準備が進められているうちに、頼通は病気になった。物の怪が出現して、道長を呼び寄せ、御降嫁の事を思いとどまるようにと要請した。その霊は具平親王であった。道長は断念する由を告げると、頼通は正気にかえった。

頼通の愛人山の井永頼の四の君が出産したが、母子ともに死んでしまった。

内裏造営が竣功して、十月に帝が入御された。しかし、皇后が移られて間もなく、御湯殿から失火して再度内裏は焼亡した。帝は新内裏の完成とともに譲位を考えておられたので、残念に思われた。

帝は御病気になられ、長和五年正月十九日御譲位。東宮に式部卿宮敦明親王が立たれた。後一条天皇の御代になり、道長は外戚として一段と栄えた。

新式部卿宮敦康親王は、隆姫の妹と結婚し、またその妹（嫥子女王）は斎宮に卜定された。

一条尼上も病気になったが、祈禱のかいもなく没したので、道長夫妻は嘆き悲しんだ。

七月二十日過ぎ、土御門殿も焼亡した。法興院までも焼けた大火であった。直ちに造作が開始され、明年四月以前に新築するよう国司達に下命があった。今年は火事が多く、枇杷殿も焼けた。

三条院の新築が成り、院も中宮も移られた。庭の木立の見事な邸であった。

御禊がおこなわれ、女御代には、道長女寛子が立った。続いて十一月には大嘗会がおこなわれた。

前斎宮（当子内親王）が帰京されたが、伊周男道雅が密かに通うという噂が立った。乳母のしわざによるものとして、乳母は帝から永の暇を賜わった。

道長は左大臣を辞し、顕光が代って任命され、右大臣に公季、内大臣に頼通がなった。道長はさらに摂政をも頼通に譲った。道長・倫子夫妻は准三宮となった。四条皇太后（遵子）が崩御された。

榮花物語巻第十二

たまのむらぎく

今年《ことし》[一][1]東宮七[2][二]にならせ給。長和三年といふに、御書始《ふみはじめ》[3][三]の事あり。學士[四]には、大江[五]匡衡が子の一條院の御時の藏人仕《つか》うまつりし擧周《タカチカ》[六]をぞなさせ給《たま》へる。その頃《ころ》[七]大殿は左大臣にておはします。堀河《ほりかは》のをば右大臣《顯光》と聞《きこ》ゆ。閑院のをば内大臣《公季》と聞《きこ》ゆ。殿の君達《きみたち》、〔太郎は〕*大納言《頼通》にておはします。二郎は左衞門督[八]《教通》にて非違の別[二]當《條》と聞《きこ》ゆ。高松殿《たかまつ》の〔は〕*[4][九]二位中將《頼宗》と聞《きこ》ゆ。餘《よ》の上達部《かむだちめ》さま〳〵おはすれど記《しる》さず。」かやうにて過《す》ぎもて行《い》くに、左衞門督[一〇]殿の上《うへ》、月頃《ごろ》[一一]たゞにもあらずものせさせ給けるを、七八月[一二]に當《あた》らせ給たりければ、四條[一三]の宮にて凶《あ》[一四]しかるべしとて、殿人《との》[一五]の三條に家持《も》たるが許《もと》にぞ渡《わた》らせ給ひける。さて八月[一六]十餘日、いと平《たひら》かにいみじううつくしき女《をんな》[一七][5]君生《うま》れ給《たま》へり。大殿よりも宮[一八]よりも、喜《よろこ》びの御消《せう》息餘《そこあま》りなるまで頻《しきり》に聞《きこ》えさせ給。大納言殿《公任》・尼上《あまうへ》[一九]などの御けしき思やりて知《し》りきこえつべし。御産屋《うぶや》[二〇]の程《ほど》の有様《ありさま》、さらなれば書《か》き續《つゞ》けず。三[二一]日の夜は本家にせさせ給《たま》ふ。五日夜は大殿、七日夜は大宮《上東門院 道長一女》よりとぞ。中宮《姸子 二女》・かんの殿《威子 三女》よりは兒《ちご》

一 長和三年。二 寛弘五年誕生、今年七歳。三 御読書始の儀。「諱敦成、(中略)長和三年十一月廿八日、庚戌、初読ニ御注孝経於学士大江挙周ニ」(紀略)。小右記参照。四 侍講。「掌ニ執レ経奉レ説ニ」(東宮職員令)。五 文章博士。既に故人。六 母は赤染衛門の夫。長和元年七月十六日没。赤染衛門。この時従五位東宮学士。蔵人に補せられたのは一条天皇の寛弘三年三月四日(御堂)。七 道長。道長は長徳二年左大臣、顕光は同年右大臣、公季は長徳三年内大臣でいずれも十八、九年以来のこと。八 検非違使別当。長和二年十二月十九日補、翌三年十一月辞任。九 近衛中将は従四位下相当、位だけ二位に昇ったものを二位の中将という。寛弘六年三月右近衛権中将、長和二年九月十六日従二位。一〇 公任女。

東宮(敦成)御読書始

一一 懐妊しておられたが。↓三五四頁。一二 出産は七、八月の頃に。「両卿〈左金吾〈教通〉・新中納言〈頼宗〉〉称レ有ニ懐任(妊)妻ニ帰去ニ」(小右、長和三年四月二十七日)。一三 公任邸。↓補二三三。一四 皇太后遵子の御在所故産穢を憚ったか。一五 公任に仕える家人で三条に家を持っている人の許に。下文に三条から四条の宮へ帰った時、登任に物を賜ったことが見える。殿人は登任か。これらの事実は本書のみ。一六 ↓補五一六。一七 生子。一八 四条の宮。円融天皇の皇后。今皇太后で、教通北の方の叔母に当る。一九 公任室(昭平親王女)。教通北の方の母。二〇 産屋におられる間の有様は、いうまでもないことだから省略する。二一 三日の産養。本家

教通室懐妊、三条の家に移り女児出産

の御衣《ぞ》などぞありける。中宮よりぞ、「御衣《ぞ》に添《そ》へて」と書《か》き來《ゝ》し、

一雛鶴《ひなづる》の白妙衣《しろたへごろも》今日《けふ》よりは千年《ちとせ》の秋《あき》にたちや重《かさ》ねん」などぞほのきゝ侍りし。」

かくて二日頃《ごろ》あるべき限《かぎり》の御有様《ありさま》にて、四條の宮に歸《かへ》らせ給ぬ。なりたう《6登任》にさま〴〵の物被《かづ》けさせ給をばさる物にて、大殿、三かく平《たひら》かにせさせ給へることゝて、四加階をさへせさせ給。かくて五四條の宮に、いつしかと待《ま》ち迎《むか》へ、六やがて吉日《よき》とて見奉《みたてまつ》らせ給に、えもいはずうつくしくおはしませば、七始《はじ》めたる事にこそとて、八年頃《としごろ》のさべき物《もの》どもの中《なか》に、九昔《むかし》の手本どもなどを御贈《をくり》物にせさせ給《たま》ふ。たゞ今《いま》は限《かぎり》なくかしづきゝこえさせ給も事はりなり。一〇大納言殿《頼通 宇治》には、一一羨《うらやま》しく聞《きこ》しめすべし。」はかなく月日も過《す》ぎもて行《ゆ》きて、この隆家中納言は、月頃《ごろ》《目*》めをいみじう煩《わづら》ひ給《たま》ひて、一二よろづ治し盡《つく》させ給けれど、猶《なを》いと一三見苦《みぐる》しくて、今《いま》はことに御交《まじら》ひなどもし給《たま》はず、一四あさましくて籠《こも》り居《ゐ》給ぬ。一五さるは大殿なども、明暮《あけくれ》の一六御碁《ご》・雙六《すぐろく》がたきにおぼし、一七憎《にく》*からぬ様《さま》にもてなしきこえさせ給に、いみじく心苦《こゝろぐる》しくいとほしき事《こと》におぼされけり。口惜《くちを》しくあたらしき事限《かぎり》なし。」かゝる程《ほど》に、一八大貳《7平親信》辭書《ジショ》といふ物、公《おほやけ》に奉《たてまつ》りたりければ、我《われ》も〳〵と望《のぞ》みのゝしりけるに、この中納言、一九「さばれ、これや申てなりなまし」とおぼし立《た》ちて、二〇さるべき人〳〵にいひ合《あは》せなどし給へるに、「たう《唐》の人は二一いみじう目《め》を

は四条の宮。ただし、誕生と産養のさまは他の文献に見えない。

教通室、産後四条の宮へ帰る

一 お贈りした雛鶴(小児を譬えた)の白妙の衣は、今日着始めるとともに、鶴の寿命である千年の齢を重ねなさることでしょう。千年の秋に秋の宮(皇后)の意を籠めて祝福したのであろう。新千載、賀。ただし「小野皇后宮(歓子、教通三女)生れ給ひける七夜に」としている。二 姫君の誕生祝を盛大にされて、三条の家から四条の宮へお帰りになられた。三 かように無事に出産なさったことよ—それは登任の働きによることだとして。四 登任の位階を進める事さえなさった。これらのことも本書のみ。五 四条の宮におかれては、ようやく帰って来たかとばかり歓迎申し上げ。六 帰られた日が吉日だというので、姫君を四条の宮が。七 教通の子としてはほんとに始めての事である。八 年来用意されていた贈物としてふさわしい数々の物の中から。九 古い墨帖。一〇 道理である。一一 兄ながらまだ子供もないので。

隆家目を病む

一二 万策を講じて治療されたが。小右記、長和三年正月二十日、二月九日等に隆家が目を患ったことが詳しい。一三 物を見ることが容易でなく。一四 お気の毒のような状態で籠居しておられた。一五 実をいうと。一六 碁や双六の相手。一七 親切に応待しておられたので。

隆家、大宰大弐に任ぜらる

一八 大宰大弐が辞表を朝廷に差出したので。御堂関白記(長和四年三月二十九日)によれば、親

なんつくろひ侍。[二二]さておはしましてつくろはせ給《たま》へ」と、さるべき人〳〵も聞《きこ》えさせければ、[二三]内《うち》にも奏《そう》せさせ給《たま》ひ、中宮にも申させ給ければ、いと心苦《ぐる》しき事《こと》にみかどもおぼされけるに、大殿も、[二四]まことにおぼされば、[8]こと人にあるべき事《こと》ならずとてなり給《たま》ひぬ。[二五]十一月の事なれば、[二六]さはなり給《たま》へれど、今年《ことし》などは[二七]おぼし立《た》つべきにもあらず。いみじうあはれなる事《こと》に世《よ》人も聞《きこ》ゆ。」この九月、[二八]との丶[9][二九]上《うへ》宇治殿におはしましたりけるに、それよりいみじき紅葉《もみぢ》につけて[三〇]聞《きこ》えさせ給へりし、

[三一]見れど猶《なを》飽《あ》かぬ紅葉《もみぢ》の散《ち》らぬ間《ま》はこの里《さと》人になりぬべきかな」と聞《きこ》えさせ給へりければ、中宮《妍子》より御返事、

[三二]こゝにだに淺《あさ》くは見《み》えぬ紅葉葉《もみぢば》の深《ふか》き山邊《やまべ》を思こそやれ」とこそ聞《きこ》えさせ給《たま》へりけれ。」[10]月日過《す》ぎて年《とし》も返《かへ》りぬ。正二月[三三]例《れい》の世《よ》の有様《ありさま》にて過《す》ぎもて行《ゆ》く。今年《ことし》は[三四]姫宮《ひめみや》の御年《とし》三《み》つにならせ給《たま》へば、四月に[三五]御袴着《はかまぎ》の事《こと》あるべし。今《いま》より[三六]造物所《ツクモドコロ》などに、[三七]小《ちひさ》き御具《ぐ》どもいみじうせさせ給《たま》ふ。みかど[11][三八]枇杷殿におはしませば、やがてその殿にてあるべし。[三九]内《うち》などにてあらぬを口惜《くちを》しくおぼしめさるれど、御乳母《めのと》より始《はじ》め、宮の女房〔達*〕いみじう急《いそ》ぎたり。」かくいふ程《ほど》に、あはれにあさましき事は、[四〇]帥中納言のはらからの[12][四一]僧都の君こそ、はかなく煩《わづら》ひてう

信は六十九歳であった。↓補五一七。一九（都にいても仕方ない）ええままよ、この大弐を申請してなってみようかと決心して。二〇 近しい人々に相談なさったところ。二一 大層目を上手に治療します。二二 大弐となって筑紫へ行かれ。二三 三条天皇。二四 真実大弐を希望されるならば、他人が任ぜられてよいことではない。二五「還御後於レ陣有二除目一、中納言隆家任二大宰帥一、大弐親信辞退替」（小右、長和三年十一月七日）。この

道長の室倫子、宇治に遊ぶ

あたり大鏡、道隆伝参照。二六 望んでなるにはなられたが。二七 赴任を。二八 道長室鷹司殿倫子。二九 道長の別荘。もと源雅信（倫子の父）の所領、長徳四年十月頃道長が買いとったという。↓補五一八。三〇 中宮妍子へ。三一 続後撰、秋下。三二 この都でさえ浅くは見えない―深い色の紅葉が一層色濃い宇治山のあたりに思いを馳せることです。三三 例年どおりの公事などが行われて。三四 禎子内親王。長和二年誕生。三五 男女の別なく三、四歳から六、七歳頃初めて袴を着ける儀式。三六 ↓三八頁注四。三七 儀式の時用いる

禎子内親王袴着の準備

子供用の調度品。三八「今日幸二枇杷第一、中宮同移給一」（小右、長和三年四月九日）。三九 内裏。焼亡後造営中であったから。四〇 隆家。四一 隆円。長和四年二月四日卒、年三十七〔六八〕（僧綱補任）。御堂関白記・日本紀略にもある。

僧都隆円卒去

長和元年大僧都に任じた。実因の弟子で、普賢院僧都・小松僧都等と号した。

せ給ぬといふめれ。今《いま》はこの中納言とこの君《きみ》とこそは殘《のこ》り給へりつれ。[一]心憂《う》くゆゝしき事《こと》を世《よ》の人も聞《きこ》ゆ。一品宮《脩子》・帥の宮《敦康》なども、いみじうおぼし歎《なげ》くべし。[13]あさましう心憂《う》かりける殿[二]の御有様《ありさま》をぞ、「[三]いでや、殿方《とのがた》はよにさもおはしまさじ。母北《はゝきた》の御方《かた》やいかに」などあれど、「されど、[14]山の井の大納言《道頼》、頼親《よりちか》の内藏頭などは、[四]皆腹《みなはら》〳〵の君達《きむだち》ぞかし。それはさばいかなるぞ」とあるに、「[五]げに」と聞《きこ》えたり。さるは故關白殿《道隆》の御心ばへなど、いと[六]あてにおほどかにて、「かく御末《すゑ》などなからんとも見《み》えさせ給はざりし物を」と心憂《う》くぞ。帥中納言、[七]僧都の君の御事に世《よ》の中《なか》心憂《う》くおぼされて、「またいかにせん」とおぼし亂《みだ》れけれど、[八]又辭せんも物狂《ぐるを》しければ、よろづおぼし亂《みだ》れけり。[15][九]さのみいひてやはとて下《くだ》れば、[一〇]賀茂《かも》の祭《まつり》の又《また》の日とおぼして、いみじく急《いそ》がせ給ふ。」[16]内には[一一]四月朔日《ついたち》ひめ宮《陽明門院》の御袴着《はかまぎ》なり。[一二]大殿《おほとの》もいみじく御心に入《い》れて急《いそ》がせ給に、内はた「何事《なにごと》をも」とおぼしめして、えもいはずめでたくて奉《たてまつ》りつ。[一三]三日の程《ほど》よろづいとめでたし。」[一四]上《うへ》はともすれば[一五]御心あやまりがちに、[一六]御物ゝけさま〳〵に起《おこ》らせ給へば、靜《しづ》心なくおぼしめされて、内裏を夜晝《よるひる》に急《いそ》がせ給《たま》ふは、[一七]下りゐさせ給《たま》はんの御心にて、内《うち》を造《つく》り出《い》でざらんがいと口惜《くちを》しくおぼしめさるゝなるべし。」かくて帥中納言、[一八]祭《まつり》の又《また》の日下《くだ》り給べければ、さるべき所《ところ》〳〵より、

一（残った一人僧都の君が亡くなり、中の関白家の人々の短命が）情なく縁起でもないことを。二 中の関白家の御有様を。三 いや道隆の一族の殿方は絶対心憂いというようでもありますまい、母北の方（貴子）の方はひどいのではありませんか。四 それぞれ母が異なっていずれも貴子の所生ではない、それではどういうわけでしょう。道頼（↓一〇五頁注三二）の母は山城守仁王の女、頼親の母は伊予守奉孝の女。ただし、道頼は長徳元年六月薨去。また、頼親は、権記・御堂関白記の寛弘七年十一月九日条に卒すとあり、ここの長和四年にはいない筈。五 なる程その方々も大したことはありませんね。六 上品でおっとりしており。七 弟の隆円僧都が亡くなったことにより。八 そうかといってせっかくなった大弐を辞退するのも気狂いじみているから。九 そんな事ばかりいっていても仕方がないというので下ることになり。一〇 賀茂祭の翌日を下向の日と決めて。この年の賀茂祭は二十四日。

禎子内親王御袴着

一一「此日姫宮御着袴」（御堂、長和四年四月七日）。「今日中宮女親王〈三歳〉着袴…戌刻主上令レ結ニ袴腰ニ」（小右、同日条）。以下両書に儀が詳しい。朔日は上旬の意か。一二 道長。一三 ↓補五一九。

三条天皇御譲位の思し召し

一四 三条天皇。一五 御病気勝ちで。御堂関白記・小右記等長和四年二月以降御眼病について記すことが多い。一六「主上御目冷泉院御邪気所レ為云々、託ニ女房ニ顕露、多レ所レ申之事云々、移レ人之間御目明云々」（小右、五月四日）、「仰云、

隆家大宰府に赴く

故冷泉院御気出来」（御堂、六月二十九日条）。一七 御譲位なさろうとの御考えで。↓補五二〇。一八 小右記、長和四年四月二十四日の条に「和歌一首贈二帥納言一、其返太憐、落涙難レ禁、使二随身近衛扶明被一レ物〈単衣袴等〉」とあって、実際に出発したのは、本書の言うように二十四日とみてよかろう。一九 餞別の。二〇 隆家に好意をお寄せなさっておられたので。二一 ↓補五二一。二二 今鏡、藤波・新古今、離別。生の松原は↓一八七頁注三〇。二三 隆家自身は陸路をとり、北の方をば船で下向させなさった。二四 一品の宮から隆家を大層お気の毒に思い申し上げなさっているのに、このように遠く筑紫へ下向しようと決心したのだから。一品の宮は隆家の姪に当るが、隆家は後見していたとみえる。二五 一品の宮は。

女二の宮、頼通に降嫁の議

二六 経房に万事一品の宮の事をお願い申しておいて隆家は下向した。経房は宮の御母故皇后定子に心からお仕えしていたからであろう。二七 隆家一家が筑紫へ行かれる有様は。二八 出雲へ流された前々の有様に比べると格段の違いだと。二九（都を離れるのがよい事でもないのに）こんな事をいってお褒め申し上げるのさえも。三〇 長和四年十月二十七日兼近衛大将。御堂関白記、同日条参照。三一 寛弘八年九月十二日斎宮に立たれた。三二 幼少の頃から格別お可愛がり申し上げておられたから。三三 天皇御自身さえ心安らかにいらっしゃるならば。三四 どのようにでもなさることのできる御有様だが。三五 近々のうちに御譲位なさろうとしきりに。三六 何とかして禔子内親王のために適当な処置をとりたいと。三七 現在適当に御心におかけなさることのできるような事もないから。三八 大将頼通

[一九]御馬のはなむけの御装束《さうぞく》どもある中に、中宮《妍子》もとより[二〇]御心寄《よ》せ思きこえさせ給《たま》へりければ、[二一]（さべき）御装束《さうぞく》せさせ給て、御扇《あふぎ》に、

[二二]涼《すゞ》しさは生《いき》の松原《まつばら》まさるとも添《そ》ふる扇《あふぎ》の風《かぜ》な忘《わす》れそ」。かくて[二三]我《われ》はかちより、北《きた》の方《かた》をば船《ふね》より下《くだ》し給。[二四]一品宮《脩子》よりよに心苦《ぐる》しう思《おも》ひきこえさせ給ながら、かう遙《はるか》におぼし立《た》ちぬれば、[二五]宮いみじうあはれにおぼさるべし。[二六]源中納言《經房 高明公四男》(に)よろづ宮《みや》の御事聞《きこ》えつけて下《くだ》り給ぬ。あさましうあはれなる世《よ》の有様《ありさま》なりかし。[二七]おはする程《ほど》など、[二八]「さき〴〵よりはこよなし」など、[二九]人褒《ほ》めきこゆるさへあはれなり。」

殿[17]の大納言殿《宇治殿 頼通》をば、[三〇]今《いま》は左大将と聞《きこ》ゆ。みかどの御もの〻けともすれば起《おこ》らせ給も、いと恐《をそろ》しくおぼすに、皇后宮《娍子》の御女一宮《常子》は、[三一]齋宮にておはしましにき。女二宮《禔子 大二條殿上也》兒《ちご》[三二]よりとり分《わ》きていみじうかなしうし奉《たてまつ》らせ給に、[三三]我《わが》御身だに心のどかに在《をは》しまさば、[三四]いかにも〳〵あるべき御有様《ありさま》なれど、ともすれば[三五]今日《けふ》か明日《あす》かとのみ心細《こゝろぼそ》くおぼしめしたれば、[三六]「いかでこの御爲《ため》にさるべき様《さま》に」とおぼしめすに、[三七]たゞ今《いま》さべくおぼしめしかけさせ給《たま》ふべき事《こと》のなければ、[18][三八]「この大との〻大將殿などにや預《あづ》けてまし。[三九]御妻《め》は中務《なかつかさ》の宮《具平》の女《むすめ》ぞかし。それはいかばかりかあらん。さりともこの宮にえや勝《まさ》らざらむ。[四〇]又我《われ》かくてあれば、えおろかにあらじ」とおぼしとりて、大殿参《とのまい》らせ給へるに、この事《こと》を[四一]け

などに降嫁せしめようか。三九 頼通の妻は具平親王女隆姫である、しかしそれはどれ程のことがあろうか。四〇 自分が天位にあるのだから、頼通も疎略にすることはできまい。四一 それと顔付きにお出しになってお話なさると。→補五二二。

一 とやかく異議を申し上ぐべき事ではございません。二 御降嫁の日時を仰せになられた時、宮の許へ参上すればよいのだ。三 どうでもよいようにお計らい下さい。四 北の方隆姫を熱愛していらっしゃるのに。五 御降嫁の事もまた。六 大層悲しいことと。七 男子たるものが妻を一人だけ持っていてよいものか、お前は馬鹿正直者だ。八 いずれにせよ内親王を迎えるのは子を生むためと思うがよかろう。九 この内親王は恐らく子供を生んで下さるだろう。一〇 北の方隆姫。

頼通北の方隆姫の有様

一一 御帳台。一二 几帳。一三 到底内親王は隆姫の比ではあり得なさらないだろう。一四 隆姫のうち解けない御返事を、それはいつもの事ではあるが。一五 御降嫁の事がそれとなく耳に入ったのだろうか。一六 良心の苛責から。一七 頼通の雄々しからぬ御心であるよ。一八 それというのも隆姫に対する御愛情が限りなく深いからなのであろう。一九 しみじみともまた面白くもいろいろと世間話をなさっていると。「何とも」は「あはれにもをかしうも」を総括的に提示したものと見る。富「何事をも」。二〇 源師房の童名。隆姫の弟で頼通の猶子。二一 直衣を着た姿も可愛らしい恰好で部屋をちょこちょこ出入されるのを。二二 実子同然に。二三 禔子内親王の御母。二四 世間に漏れて噂にならないことがあ

しきだちき(こえ)させ給《たま》へば、殿《との》「[一]ともかくも(奏)すべき事《こと》にも候《さぶら》はず」と、いみじう畏《かしこ》まりて、まかでたまて、大將殿を呼《よ》び奉《たてまつ》らせ給て、「かう〳〵の事をこそ仰《おほ》せられつれば、ともかうも申さで畏《かしこ》まりてまかでぬ。はやさるべき用《よう》意《い》して、[二]そのほどゝ仰事《おほせごと》あらん折《をり》、參《まい》るばかりぞかし」と宣《のたま》はすれば、大將殿「[三]ともかうも」と宣《のたま》ひて、たゞ御目《め》に涙《なみだ》ぞ浮《うか》びにたるは、[四]上《うへ》をいみじう思きこえ給へるに、[五]この事はた逃《のが》るべき事《こと》にもあらぬが、[六]いみじうおぼさるゝなるべし。殿《との》その御けしき御覽じて、「[七]男《をのこ》は妻《め》は一人《ひとり》のみやは持《も》たる、痴《しれ》の様《さま》や。いまゝで子《こ》もなかめれば、[八]とてもかうてもたゞ子《こ》を設《まう》けんとこそ思はめ。[九]この邊《わたり》は＊さや〔う〕にはおはしましなん」と宣《のたま》はすれば、畏《かしこ》まりてたゝせ給《たま》ひぬ。」大將殿《どの》我《わが》御許《もと》に歸《かへ》らせ給て、[一〇]上《うへ》を見奉《みたてまつ》らせ給《たま》へば、いみじうめでたうしつらひたる[一一]御丁の前《まへ》に、短《みじか》き[一二]木丁引《ひ》き寄《よ》せて在《をは》します。(御)衣《ぞ》の裾《すそ》に御髪《ぐし》の溜《たま》りたる、御き丁の側《そば》より見ゆる程《ほど》、たゞ繪《ゑ》に書《か》きたるやうなり。「二の宮《禔子》の御髪《ぐし》の有様《ありさま》は知《し》らず、(けだかう)恥《はづか》しげにやむ事なからん方《かた》は、[一三]えしもや勝《まさ》らせ給《たま》はざらん」と、御心の中《うち》におぼされて、常《つね》よりも心よう御物語《がたり》聞《きこ》え給《たま》ふに、[一四]心《こゝろ》とけたらぬ御答《いらへ》を、例《れい》の事《こと》ながら、「[一五]ありつる事《こと》ほの聞《きこ》えたるにや」と、[一六]御心のおにゝ苦《くる》しくおぼさるゝに、人知《し》れず御胸騒《むねさは》がせ給も、怪《あや》しう雄《お》ゝ[一七]しからぬ御心

なりや。[一八]それも御心《こゝろ》ざしの限《かぎり》なきなるべし。[一九]何《なに》とも世《よ》の御物語《がたり》あはれにもをかしうも聞《きこ》え給に、[二〇]萬壽宮《師房》[19]の[二一]御直衣姿《なをしすがた》もおかしうて出《い》で入《い》りまぎれ給《たま》ふを、殿たゞ[二二]我《わが》御子のやうにうつくしみ奉《たてまつ》らせ給ふ。」内には人知《し》れぬ御用意《ようい》などもありて、造物所《つくもどころ》の御調度《てうど》の事《こと》、心殊《こと》に召《め》し仰《おほ》せらる。[二三]皇后宮《娍子》にも、内《うち》〱いみじうおぼしめし急《いそ》が給《たま》ふを、この事《こと》いかでか[二四]漏《も》り聞《きこ》えざらん。[二五]上聞《うへき》かせ給て、たゞともかくも思《おも》ほし宣《のたま》はせで、御心の中《うち》にこそおぼすらめ。上《うへ》の御乳母《めのと》は[二六]とし《橘俊遠》とをが妻《め》なり。これをきゝていとあさましと思《おも》ふ。[二七]例《れい》の人よりは、[二八]心ざまはか〲しうらう〱じう、賢《かしこ》くもある人にて、[二九]え忍《しの》びあへず、時《とき》〲くねく〱しき事《こと》などうちいふを、上《うへ》いとかたはらいたしとおぼす。[三〇]「さばれ、かくいはであれかし」など、[三一]制《せい》し宣《のたま》はする程《ほど》なども、[三二]なべてならぬ御心なりかし。」さて皇后宮と内より、[三三]頻《しきり》に御消息通《せうそこかよ》ひ、[三四]宮達《みやたち》など急《いそが》しう出《い》で入《い》らせ給。[20]かゝる程《ほど》に、如何《いかゞ》しけん、[三五]大将殿日頃《ひごろ》御心地《ち》いと悩《なやま》しうおぼさる。[三六]御風などにやとて、[三七]御湯《ゆ》茹《ゝ》でさせ給《たま》ひ、[三八]朴《ほゝ》きこしめし、「御讀經の僧ども[三九]番かゝず仕《つか》まつるべく」など宣《のたま》はせ、[四〇]明尊[21]阿闍梨[四一]夜居《よゐ》ごとに夜居仕《つか》うまつりなどするに、[四二]御心地《ち》さらにおこたらせ給さまならず、いとゞ重《をも》らせ給《たま》ふ。光榮《みつよし》[22]・吉平《よしひら》[23]など召《め》して、[四三]物問《ものと》はせ給《たま》ふ。御物のけや、又[四四]畏《かしこ》き神《かみ》の氣《け》や、人の呪詛《ずそ》など様《さま》〲に申せば、[四五]「神《かみ》の氣《け》と

ろうか。二五 隆姫が。二六 →補五二三。二七 普通の乳母などに比べると。二八 性質がはきはきとして勝気で。二九 (この話を聞いて)我慢できず、時々ひねくれた事などを口にするのを。三〇 ままよ、已むを得ない事なのだからそんな風にいわないでいてほしい。→補五二四。

女二の宮御降嫁の準備

三一 口止めをなさる様子なども。
三二 隆姫という方は並々ならぬ御心の方である。
三三 頼通の所へ。
三四 三条帝の皇子達も。
三五 「守隆朝臣云、左大将従二去八日一頭打身熱悩苦、就中昨・一昨重悩、今日不レ聞二軽重一、依レ有二時行疑一、行二不断読経一者」(小右、長和四年十二月十二日)。御堂関白記にも頼通病悩のことが見える。
三六 中枢性・末梢性神経系疾患。→補四〇。
三七 湯治。→補四〇。
三八 「ほほかしは」(厚朴柏)の木の皮、風病の薬。

頼通病に罹る

三九 順番を欠くことなく読経を奉仕するよう。→補二四一。
四〇 「大僧正明尊〈号志賀僧正〉、内蔵頭小野道風孫、兵庫頭挙時男、師主余慶、慶祚阿闍梨弟子」(天台座主記)。
四一 終夜読経護持すること。
四二 病気は一向治りそうな様子でなく。
四三 「邪気出来、吉平占云、時行邪気相交者」(小右、長和四年十二月十二日)。
四四 恐しい神の祟り。
四五 神の祟りならば、仏に祈禱などするのは門違いのことである。

あらば、御修法などあるべきにあらず。[一]又御物ゝけなどあるに、まかせたらんもいと恐《をそろ》し」など、様《さま》〳〵おぼし亂《みだ》る(る)程《ほど》に、たゞ御祭《まつり》・祓《はらへ》などぞ頻《しきり》なる。」大殿《との》靜心《しづごゝろ》なう急《いそが》しう歩《あり》かせ給《たま》ふ。[二]上《うへ》の御前《まへ》も安《やす》きそらもなうおぼされて、渡《わた》らせ給はんとのみあれど、殿の御前《まへ》、「[三]己《おの》があるこそ同《おな》じ事《こと》なれ」など申させ給程《ほど》に、[24]猶この殿は、小《ちゐさ》うよりいみじう風重《おも》くおはしますとて、[四]風の治どもをせさせ給《たま》ふ。日頃過《ひごろすぐ》る(に)その驗《しるし》なし。さらに御心地怠《ちをこた》らせ給はねば、[五]今《いま》はずちなしとて[六]御修法五壇始《はじ》めさせ給《たま》ふ。[七]廿日ばかりに、[八]その驗《しるし》けざやかならず、御もの〻けども出《い》で來《き》ての〻しる。[九]大殿にも出《い》で來《く》る例《れい》の御もの〻けとぞいふなる。「[一〇]それかうしも惱《なやま》し奉《たてまつ》るべき」「[一一]もの〻けはさぞいふ」など申て、例《れい》の驗《しるし》ある[25]心誉僧都・[26]叡效〈エイキウ〉律師さばかりまめに加持《かぢ》し奉《たてまつ》るに、さらにこの[一二]御物〻けまこと〻覺《おぼ》ゆる事なし。驗見《しるしみ》えず。」かくて一七日過《す》ぎぬ。今《いま》七日延《の》べさせ給へるに、こたびぞいとけ恐《をそろ》しげなる聲《こゑ》したるもの〻け出《い》で來《き》たる。これぞこの日頃《ごろ》惱《なやま》し奉《たてまつ》りつる物のけなめりとて、[一三]鳴《な》りかゝりて加持《かぢ》しのゝしりて、[一四](かり)移《うつ》したるけはひ、いとうたてあり。「いかに〳〵」とおぼす程《ほど》に、はや[一五]貴船《きふね》の現《あらは》れ給へるなりけり。「こはなどかゝるべき。この殿《との》[一六]あだなるわざせさせ給《たま》ふ事《こと》もなかりけり」とよく尋《たづ》ぬれば、[一七]この内わたりより聞《きこ》ゆる事《こと》により、この上《うゑ》の

一　モノノケ。物の怪も憑いているというのだから、祓ばかりに任せておくのも大層恐しい。↓補五二五。

病気平癒の祈禱

二　道長室倫子。
三　道長詞。自分が行っていれば同じことだ。
四　風病を治す療治。
五　こうなっては療治は処置なしだというので。
六　↓補三六。
七　飛鳥井雅章筆本「いつかはかりに」。「廿日」(はつか)は「五日」(いつか)の誤か。
八　御修法の効験もはっきりせず。
九　聞くところによれば、道長の病気の時も現われるいつもの物の怪だという。
一〇　例の物の怪がどうしてこのように頼通を悩まし奉ることがあろうか。
一一　しかし物の怪はそのように言っている。
一二　正体を現わしたと思われる事がない。頼通の病は、八日から起り、十四日に平復(御堂・小右)、本書は五日に始まり、一週間後にまだ回復しないように書いている。

貴船の神出現

一三　物の怪に対し声を高くたてて呼びかけ。
一四　病人から物の怪を駆り出して寄りましに移した様子は大層気味が悪い。
一五　貴船の神の祟りが法力によって現われたこと。「山城国愛宕郡鞍馬村貴布禰神社、水神罔象女神也」(延喜神祇式)。この事実は本書のみ。
一六　うわきな事を。富「この殿色ゝしくおはしましなからそのことゝなくあたなる事せさせ給事もなかりけり」。
一七　帝から頼通に申された皇女降嫁の事がもと

で、頼通の北の方隆姫の乳母などが心配して、その事を貴船の神に訴え申した間に神の御心にもあわれと思って、おのずから、このように苦しめなさるということである。一八 まことに始末に悪いことだ。一九 ひたすら気を失ってしまわれるので。二〇 たくさんな御祈禱・御読経・御修法をしたり。二一 なに坊だかに坊だという ような御祈禱僧が集って加持をおこなったり。二二 道長室倫子は前後不覚の体で、急いで頼通の許へおいでなさった。「相府並北方被ㇾ住㆓将

具平親王の霊現われ給う

軍家㆒」(小右、長和四年十二月十三日)。二三 重態にお見えなさるので。二四 長年の間奉仕申し上げて来た法華経よお助け下さい。二五 この人間世界に法華経が行われ仏道をお弘めなさっているということも、その功績の大半は自分がしてさし上げたことです。二六 せめてこのような折になりと、法華経の効験をお見申し上げないで終り、御恩を戴かないのでは、何時の時を期待できましょうか。二七 法華経巻六、如来寿量品第十六。二八 身動きをされて、高笑いをなさった。二九 平素は物の怪などののり移ったことのない女房に。「左将軍猶有㆓煩悩㆒、霊気移ㇾ人、被㆓調伏㆒」(小右、長和四年十二月十三日)。三〇 その女房にのり移った物の怪が。三一 ひっそり静まって。三二 御薬湯などを差し上げなさって。三三 物の怪の詞。自分は在世中、大層ぼけたなどとは人から思われないでいた。

一 軽率に物の怪となって現われ。二 大層女々しく未練がましい事のようだが。三 子供が可愛いということは、自然の成り行きで大臣も御承知の事だから(多分自分の心をも推量して下さ

御乳母《めのと》などの、祈《いのり》を申《まう》させたる程《ほど》に、自《をのづか》ら神の御心《こゝろ》はかく煩《わづらは》しきこえ給《たま》ふなりけり。上《うへ》いときゝ苦《ぐる》しくおぼしめさるれど、いかゞはせさせ給はん。大殿《との》[一八]「いとあぢき(なき)事《こと》かな」とおぼし聞《き》かせ給て、「いかゞすべき」などおぼす程《ほど》に、大將殿たゞ[一九]消《き》えに消《き》え入《い》らせ給へば、[二〇]そこらの御祈《いのり》・御讀經《どきやう》・御修法《ずほう》、何《なに》[二一]くれの御祈《いのり》の僧《そう》ども集《あつま》り加持參《まい》り、よろづにのゝしれど、あさましくておはしませば、[二二]とのゝ上物《うへもの》も覺《おぼ》えさせ給はず、急《いそ》ぎ渡《わた》らせ給へり。」いと〳〵[二三]ゆゝしう見《み》え給へば、たゞ御顔《かほ》に顔《かほ》を當《あ》てゝ、涙《なみだ》を流《なが》しておはしますに、27とのゝ御前《まへ》、[二四]「こゝらの年頃《としごろ》仕《つか》うまつりつる法花經助《たす》けさせ給へ。[二五]この世界に道弘《みちひろ》めさせ給《たま》ふ事《こと》、多《おほ》くは某《なにがし》が仕《つか》うまつれる事《こと》なり。[二六]この折《をり》だに驗《しるし》をえ見奉《たてまつ》らずなり、御恩を蒙《かぶ》らでは、何時《いつ》をか期《ご》せん」との給ひ續《つゞ》けさせ給て、泣《な》く〳〵[二七]壽量品を讀《よ》ませ給に、大將殿[二八]うちみじろき給て、うちあざ笑《わら》はせ給《たま》ふ。殿《との》いよ〳〵涙《なみだ》を流《なが》して讀《よ》み入《い》りておはします。御前近《まへちか》く候女房の、[二九]日頃《ごろ》かゝる事《こと》もなかりつるにぞ、御物ゝけ移《うつ》りぬる。[三〇]いとけ高《だか》くやむごとなき御有様《ありさま》にて、いみじく泣《な》く。僧達《たち》皆《みな》[三一]しめりてきゝ候に、大將殿に御[三二]湯《ゆ》など參《まい》らせ給て、上《うへ》の御前《まへ》たゞ兒《ちご》のやうに抱《いだ》き奉《たてまつ》らせ給て、いみじとおぼしめしたる事限《ことかぎり》なし。御物ゝけ、とのゝ御前《まへ》を「近《ちか》く寄《よ》り給へ」と申せば、寄《よ》らせ給へれば、「[三三]己《おのれ》は世《よ》に侍《はべ》りし折《をり》、いと痴《し》

れたりなどは人におぼえずなん侍し。又[一]あは〳〵しく出《い》で來《き》て、人中《なか》にかやうに物《もの》など聞《きこ》ゆる、[二]いとめゝしくなどある事《こと》なれど、[三]子《こ》のかなしさはおのづから大臣《おとゞ》も知《し》り給へればなん。この大将を、[四]世《よ》に侍りしに、[五]心ざしありて「いかで」など思きこえしかども、[六]命《いのち》絶《た》えてかく侍《はべ》るばかりにこそあれ」と、[七]「[八]天翔《あまがけ》りてもこの邊《わた》りを片時《かたとき》去《さ》り侍《はべ》らず、[九]いと罪深《つみふか》からぬ身《み》なれば、何事《なにごと》も皆《みな》見きゝてなん侍を。[一〇]この大将をやむごとなき方《かた》に召《め》し入《い》れぬべくおぼし構《かま》ふめるを、日頃《ひごろ》安《やす》からぬ事《こと》に思きこえ侍れど、「[一一]さばれ、たゞ任《まか》せきこへて見《み》む」と思侍に、いと安《やす》からぬ事《こと》におぼえて、[一二]みづから聞《きこ》えんとばかり思しに、いとをしうこの君《きみ》のかく[一三]おどろ〳〵しう物し給へば、いと心苦《ぐる》しさになん[一四]かくも聞《きこ》ゆる」との給はするに、「[一五]故中務《つかさ》の宮（具平）の御けはひなりけり」と心得《え》させ給て、殿畏《かしこ》まり申給て、「すべてかへす〳〵理《ことはり》に侍れば、[一六]畏《かしこ》まり申侍り。[一七]更《さら》にこれはかの男《をのこ》の怠《をこた》りにも侍らず、又身づからの[一八]とがにも侍らず、おのづから侍る事《こと》なり」と申給へば、「いかに、[一九]さば子《こ》はかなしうおぼすや〳〵」と、度《たび》〳〵申給ふは、[二〇]この事《こと》を長《なが》くおぼし絶《た》えねとなるべし。とのゝ御前《まへ》、「[二一]よし御覧《らん》ぜよ。[二二]げにさ侍《はべ》る事《こと》なり」と、理《ことはり》度《たび》〳〵申させ給へば、「さらば今《いま》は心安《やす》くまかり歸《かへ》りなん。[二三]さりとも虚言《そらごと》は大臣《をとゞ》の給はじとなん思侍《はべ》る。もしさらば怨《うら》み申ばかり」とて、[二四]さりぬ

るだろうと思ってしたことだ)。四 自分の在世中。五 頼通を壻にしようとする志があって是非と思い申し上げたのだが。六 自分の死後ようやく頼通を壻にできたという次第である。(この物の怪は隆姫の父具平親王の霊、親王は寛弘七年七月二十八日、年四十六で薨じたが、それ以前頼通は隆姫と結婚している。) 七 と言われ、重ねてまた。八 空を駈けりながらも頼通夫妻の近辺を片時も立ち去らないで。九 自分はそれ程罪障の深くない身であるから何事をもすべて見たり聞いたりしているのだ。一〇 しかるにこの大将を高貴のあたりに壻としてお迎えしようと考えておられるらしいのを。女二の宮との結婚の事を指す。一一 ままよ、どうなるものとも成り行きにお任せして見ようと思ってはいたが。一二 自分自身お話申し上げようと思っているうちに。一三 いかにも恐ろしい様子でいらっしゃるから。一四 (女房にのり移って)このように申し上げる次第である。一五 小右記、十二月十三日の条によれば伊周の霊。→三六九頁注二九。一六 恐縮の意を申し上げる次第です。一七 さらさらこれは頼通の起した過失というわけでもございません。一八 失策。罪となるべき行為。一九 それでは子供を可愛いと思われるか。二〇 皇女降嫁の事を永久に断念せよといわれるのであろう。二一 ままよ(帝の御申出はお断りしますから)御覧になっていて下さいませ。二二 正におっしゃるとおりです。二三 いくら何でも大臣は嘘はおっしゃるまいと思う。二四 然るべき法文(経・論・釈の類)の中の尊い箇所などを声に出してお読みなさる。二五 真実親王の霊の言われたことに間違いなく。二六 頼通は。「ぬ」は「給」の誤か。二七 病気の状態も残らず御気持も爽快になられたので。「十四日、庚寅、大将心地今日

べき法文の尊《たうと》き所《ところ》などうち誦《ずむ》じ給。[二五]眞《まこと》に違《たが》ふ所《ところ》なくて、[二六]暫《しば》しうち寢《ね》て、さめぬ。」[二七]名殘《なごり》もなく御心地《ち》爽《さはや》かにならせ給ぬれば、との〻御前《まへ》・上《うへ》など嬉《うれ》しくおぼしめされたり。[二八]この御もの〻けども、この御もの〻けを豪家《がうけ》にて様《さま》〴〵あるにこそありけれ、この御もの〻け去《さ》りぬれば、[二九]かきさまし音《をと》するものなし。御愼《つゝし》み様《さま》〴〵猶《なを》いみじくせさせ給。[三〇]「さてもあさましかりつる御心地《ち》にもありつるかな。[三一]かねてか〻る事《こと》のあるは、いと嬉《うれ》しき事なり。[三二]さて後《のち》かやうの事《こと》あらましかば、[三三]誰《た》が御爲《ため》も便《び》なからまし」と宣《のたま》はするものから、いと口惜《くちを》しくなんおぼされける。」かくて御門御心地《ち》苦《くる》しう、[三四]「猶久《なをひさ》しく保《たも》つまじきなめり」とおぼしめして、[三五]内《うち》のえ出《い》で來《く》まじき事《こと》を、よに口惜《くちを》しき事《こと》におぼし歎《なげ》かせ給《たま》ふ。」かの大將殿《どの》は、[三六]「さてもいかなりしことゞもにか」とおぼされて、[三七]たゞならましよりはいみじう口惜《くちを》しうおぼさるべし。それも[三八]男《をとこ》の御心の憎《にく》きなるべし。[三九]上《うへ》はいと物恥《はつか》しくおぼさる。[四〇]御乳母《めのと》にては、「などかさもあらざらむ」と、憎《にく》からぬ事《こと》なり。[四一]猶《なを》心賢《かしこ》からん乳母《めのと》は、人の御爲《ため》の大事の物にぞありける。[四二]さて後《のち》にはいみじき事《こと》ありとも、かひあらましや。」又大宮《上東門院》に、[四三]山井の四の君《道頼女》といふ人參《まい》りたりしを、この大將物など時《とき》〴〵宣《のたま》はせける。[四四]たゞならぬさまになりにければ、[四五]「いかにも〳〵さだにもあらばいかに嬉《うれ》しく」などおぼされけるに、

無二殊事一」(御堂、長和四年十二月)。「資平来云、左将軍〔頼通〕病已平復」(小右、同日条)。

頼通の病気平癒

二八 頼通についた幾つかの物の怪は、具平親王の霊の威をかさにきて様々とりついていたのであったが。豪家は権勢ある家、転じて他の権勢を借りて威張ること。 二九 あたりが静かになって何の物音もしない。 三〇 道長詞。さてさてあきれるような御病気であった。 三一 御降嫁以前にあらかじめ。 三二 御降嫁の後このような事がもし起ったなら。 三三 帝や皇女にとりふつごうな事であったろう。 三四 帝位を。 三五 内裏の新造が完成しないのではなかろうかという事を。 三六 降嫁の事が沙汰やみになったのを一体どういうこ

三条帝内裏の未完を嘆き給う

となのであったかと。 三七 何も話の起らなかった以上に。このこと、他の文献にみえない。

頼通、降嫁の沙汰やみを残念に思う

三八 男のうわ気な心の憎い通有性なのであろう。 三九 隆姫は。 四〇 乳母たる者としては、どうしてそうした事をしないでおられようかと、この乳母の行為は悪くない事である。 四一 やはり気の利いた乳母は、その主人のためには大切な者であった。 四二 一旦御降嫁の後は神に祈って大騒ぎをしようとも、何のかいがあろうか。 四三 永

頼通、山の井永頼女に通じ、男子出生、ついで早世

頼(武智麿系、伊文男、号山井三位)の女四の君が女房として仕えていたが、その女に。傍注道頼女は永頼女の誤。 四四 懐妊したので。 四五 い

今《いま》は[一]その程《ほど》になりて、出《い》で[二]居《ゐ》ていみじく祈《いのり》などし、殿《との》[三]も物《もの》など遣《つかは》して、いとよき事《こと》におぼし掟《をき》てさせ給に、[四]そのけしきありて、よろづ騒《さは》ぎける程《ほど》に、「兒《ちご》[五]は生《むま》れ給て、母《はゝ》はうせぬ」とのゝしる。[28]「あはれなる事《こと》かな」とおぼし宣《のたま》はせける程《ほど》に、君は、男《おとこ》[六]に在《をは》しければ、「嬉《うれ》しくも」などおぼしける程《ほど》に、三日ばかりありて、それもうせにけり。母《はゝ》[七]いみじう老《を》いて、多《おほ》[八]く子生《こう》み失《うしな》ふ中に、この度《たび》の事《こと》を「いみじう、増《ま》すことなし」と思けり。「大将どのゝ御有様《ありさま》、かやうにて、御子《こ》の在《をは》しますまじきにや」とぞ、人ゝ聞《きこ》えさすめる。[29][九]かくて内裏造《つく》り出《い》づれば、十月に入《い》らせ給ふ。その程《ほど》の有様例《ありさまれい》の如《ごと》し。「中宮入《い》らせ給へ〳〵」とあれど、[一〇]頓《とみ》に入《い》らせ給《たま》はぬ程《ほど》に、[一一]皇后宮《娍子 濟時一女》いらせ給ぬ。女二宮《禔子》戀《こひ》しくおはしませば、ゆかしく思きこえさせ給《たま》ふなるべし。さて入《い》らせ給て、日頃《ごろ》おはしまし渡《わた》る程《ほど》に、内の御物忌《いみ》なりける日《ひ》、皇后宮の御湯殿仕《ゆどのつか》うまつりけるに、いかゞしけん、[30][一二]火出《い》で來《き》て内燒《や》けぬ。かゝる事《こと》はさても夜《よる》などこそあれ、晝《ひる》[一三]なればいといみじうかたはらいたく、あはたゞしき事多《ことおほ》かり。[一四]東宮も入《い》らせ給へりしかば、[31][一五]それはやがて一條院に渡《わた》らせ給ぬ。夜晝嚴《よるひるきび》しう仰《おほ》せられて、急《いそ》ぎ造《つく》り磨《みが》きたりけるに、入《い》らせ給て[一六]一月だになくてかゝる事はある物か。これにつけて(も)、みかど世中心憂《う》くおぼさるゝ事限《かぎり》なし。皇后宮あり〳〵[一七]て入《い》らせ給てか

かにもいうとおり懐妊さえしたのだったら。

一 出産する頃になって。 二 里へ帰り盛んに安産の祈禱などをし。 三 道長も。 四 産気づいて。 五「十七日癸亥、故山井三位四娘、産間今暁死去、児全存、左大将子云々、女事誠有㆑実者、太可㆑奇也」(小右、長和四年十一月)。 六 生まれた子が。 七 永頼未亡人。 八 今まで大勢子供を生んでこれを死なせた中で。 九 内裏が竣功したので。「天皇自㆓左大臣枇杷第㆒、入㆓御於新造内裏㆒」(紀略、長和四年九月二十日)。小右記・百錬抄も同じ。本書十月というは誤か。 一〇 事実は道長がとめた。「十五日辛酉、資平云、今日相府密語云、御譲位事、明年二月由奉㆑仰、仍中宮今月廿八日可㆑被㆑参之事、可㆑無㆓便宜㆒、彼間営出給、不㆑可㆓心閑㆒」(小右、長和四年十一月)。 一一「出車奉㆓皇后宮㆒、入㆓給内裏㆒」(小右、十一月九日)。→補五二六。

三条天皇・皇后新造内裏に還御、再度焼亡

一二「戌刻内裏焼亡、火起㆑自㆓主殿寮㆒、内侍所・天皇・后宮・東宮御㆓桂芳坊㆒、次遷㆓御太政官松本曹司㆒、東宮御㆓朝所㆒、皇后御㆓伊予守為任三条第㆒、為任彼宮亮也」(紀略、長和四年十一月十七日)。 一三 日本紀略に戌刻とあり、小右記にも「亥刻許夜行随身元武申云、乾方見㆑火者、乍㆑驚出見、当㆓内裏㆒」とあり、時刻が異なる。 一四 敦成親王。 一五「天皇自㆓太政官㆒還㆓幸枇杷第㆒、東宮自㆓朝所㆒渡㆓坐左大臣上東門第㆒」(紀略、十一月十九日条)。「十一月十七日、(中略)内裏焼亡、(中略)東宮御㆓朝所㆒」(紀略)とあって、東宮はまず朝所に御し、つづいて上東門第に渡られたことが、次の事実によって知られる。一条院行啓の事は諸書に見えない。

ゝる事《こと》のあるを、いみじうおぼし歎《なげ》かせ給べし。上《うへ》は下《を》りさせ給はんとて、かく夜《よる》を晝《ひる》に急《いそ》がせ給しかども、すべて心憂《う》く。[一八]かゝる事《こと》のあるを、「[一九](内の)焼《や》くる事度《ことたび》〳〵になりぬ。一條院の御時《とき》など度《たび》〳〵ありしかど、[二〇]この度《たび》のやうにあへなき度《たび》なし」〔と〕*、とのゝ御前《まへ》などもいみじうおぼし歎《なげ》かせ給ふ。」みかどは[二一]枇杷《びは》殿に渡《わた》らせ給《たま》ひぬ。さても中宮《妍子》の入《い》らせ給《たま》はずなりにしを、返〳〵めでたき事に世《よ》の人も申思へり。中宮は[二二]京極《ごく》殿におはします。返ゝ珍《めづら》かなる事《こと》を、[二三]上《うへ》はよろづの事《こと》の中《なか》にいみじくおぼしめさるべし。[二四]下《を》りさせ給はむにも、「内《うち》などよく造《つく》りて、[二五]例《れい》の作法《さほう》にて」とおぼしめしつるに、返ゝ口惜《くちを》しく、さりとて又造《またつく》り出《い》でんを待《ま》たせ給《たま》ふべきならずと、心憂《う》き世《よ》の歎《なげ》きなり。末《すゑ》の世《よ》の例《ためし》にもなりぬべき事《こと》をおぼしめすも事[二六]はりにのみなん。」かゝる程《ほど》に、[二七]御心地《こゝち》例《れい》ならずのみおはしますうちにも、[二八]物のさとしなどもうたてあるやうなれば、御物忌《ものいみ》がちなり。[二九]御ものゝけもなべてならぬわたりにしおはしませば、宮《みや》の御前《まへ》も、「物恐《をそろ》し」などおぼされて、心《こゝろ》よからぬ御有様《ありさま》にのみおはしませば、[三〇]殿の御前《まへ》も上《うへ》も、これを盡《つ》きせず歎《なげ》かせ給ふ程《ほど》に、[三一]年今幾《としいまいく》ばくにもあらねば、心慌《あはたゞ》しきやうなるに、いと悩《なやま》しうのみおぼしめさるゝにぞ、「[三二]いかにせまし」とおぼしやすらはせ給《たま》ふ。しはすの十餘《よ》日の月いみじう明《あか》きに、[三三]上《うへ》の御局《つぼね》にて、[三四]宮

一六 新造内裏還御は九月二十日であるから、十一月十七日まで二月足らず。一七 今まで待っていて宮中へ入られたのに。一八 こうした事(内裏焼亡)のあるのを。一九 長保元年六月十四日夜・同三年十一月十八日夜・寛弘二年十一月十五日・同六年十月五日等が記録に見える。二〇 今度のようにあっけない事はなかった。二一 ↓六三頁注三一。

三条天皇枇杷殿遷御

天皇は、内裏焼亡により、太政官庁に移御(十七日)、また、太政官庁より枇杷邸に遷御(十九日)のことが、御堂関白記・小右記等に見える。二二 土御門殿に同じ。道長邸。
二三 三条帝は。
二四 御譲位なさる際にも。二五 しきたりどおりの作法に従って譲位しようと。
二六 全く道理の事である。
二七「資平云、主上日来悩気御座」(小右、長和四年十二月七日)、「資平従レ内示送云、有二御悩気一、左相国(道長)者(去カ)夕破二物忌一参入祇候」

三条天皇御悩、御歌を中宮に賜う

(同、八日)、「資平従レ内罷出云、主上今日御心地宜御、似二御風病一、亦御面赤、若御邪気歟」(同、九日)。
二八 物の前兆も気味が悪いようだから。↓補五二七。
二九 帝の御身辺は御物の怪も並一通りでなくいらっしゃるから。
三〇 道長も北の方倫子も。
三一 今年もあと幾日もないので。
三二 どうしたらよかろうかとためらわれなさる。
三三 清涼殿内の藤壺の上の御局。
三四 中宮妍子。

の御前《まへ》に申させ給、

[一]心《こゝろ》にもあらでうき世《よ》に長《なが》らへば戀《こひ》しかるべき夜半《よ》の月かな」[32][二]中宮の御返《かへ》し。」

[33][三]長和五年正月十九日御讓位、春宮には式部卿宮（敦明 小一條院）たゝせ給ぬ。二月七日御即位なりける。[四]みかどは九《こゝの》つにならせ給ひ、東宮は廿三にぞおはしける。[五]こよなき程《ほど》の御をよずけなり。[六]おりゐの帝《みかど》をば、[七]三條院と聞《きこ》えさす。おりさせ給《たま》ひても、内の燒《や》けにしかば、猶枇杷《なをびは》殿におはしましつれば、そのまゝに在《をは》します。式部卿の宮は、かく東宮にたゝせ給べしといふ事ありければ、年頃《としごろ》、[八]女（顯光大臣女）御の御許《もと》に、[九]堀河《ほりかは》の院におはしましけるを、皇后宮おはしまして、我住《わがす》ませ給《たま》ふ[一〇]しもとの宮の東《ひんがし》の對《たい》に、俄《にはか》に渡《わた》し奉《たてまつ》らせ給てしかば、堀河《ほりかは》の大臣《おとゞ》も女御も、[一一]「[一二]いかなべい事《こと》にか」とおぼして、中[一三]〳〵「嬉《うれ》[一四]しき事にも」といふらんやうに、事《こと》[一五]の始《はじめ》にむつかしくおぼし亂《みだ》るべし。かやうの事を宮《みや》には聞《きこ》しめして、物心《もの》[一六]づきなうおぼしめすべし。[一七]式部卿の宮とは、一條院の帥《そち》の宮（敦康）をぞ聞《きこ》えさすめる。「[一八]もしこの度《たび》もや」などおぼしけん事音《をと》なくてやませ給《たま》ひぬ。[一九]東宮も理《ことはり》に世《よ》の人も申《は》思たれど、[二〇]この宮には「あさましう殊《こと》の外《ほか》にもありける身《み》かな」と、うち返《かへ》し〳〵我《わが》御身一《ひと》つを怨《うら》みさせ給へど、かひなかりけり。」

[34]御卽位《そくゐ》に大極殿《ごくでん》[二一]にみかど出《い》でさせ給へるに、[二二]御角髮《びづら》結《ゆ》はせ給へる程《ほど》、いみじうゝつくしくめで

一 心にもなくこのいやな世の中に生きながらえているならば、(その時)きっと恋しく思うに違いないこの美しい夜半の月であることよ。後拾遺、雑一・袋草紙・古来風躰抄。二 →補五二

三条天皇御譲位

三 日本紀略・扶桑略記等は廿九日。東宮は略記に廿二、大鏡裏書に廿四とあるが、廿三が正しい。四 後一条天皇。五 (帝に比べると)格段と御年長である。六 譲位された帝。七「太上天皇称二三条院一、即補二院司等一」(紀略、五年正月二十九日条)。八 東宮女御延子。九 二条南・堀河東、南北二町。当時顕光邸、その女延子もここにいた。一〇「給ぅし」の表記が正しい。一一 内裏焼亡前に皇后のおられた経任の家。「出車奉二皇后宮(娍子)一、入二給内裏一、(中略)依二家賞一以二経任一可レ叙二四位一之由、早旦有二消息一、経任年十六云々」(小右、長和四年十一月九日)。一二「いかなるべき事にか」(どのようなわけなのか)。一三 東宮に立たれる準備かと喜ぶべきをかえって。一四 当時の諺か。→補五二九。一五 めでたい事の始めに当り気づまりな事のように。一六 何となく気にくわぬ事に。一七 新式部卿宮とは。一八 (御譲位により)あるいは今度は東宮に立つのではないかと思われた事も音沙汰なくて終ってしまわれた。この間の事情は大鏡、師尹伝参照。一九 敦康親王。二〇 敦明親王の立太子をも道理の事と。二一「天皇即二位大極殿一」(紀略、長和五年二月七日)。二二 少年の髪の結い方。頂の髪を左右に分け、各両耳のあたりに垂れてたばねる。

後一条天皇御即位

二三 ああ、済時(皇后の父)が在世でいられたならば。二四 涙を流すことは不吉だから我

たうおはします。東宮の御有様《ありさま》のやむごとなうめでたうおはしますにつけても、皇后宮《娍子》は、「[二三]あはれ、大將殿《濟時》おはしまさましかば、いかにめでたき御後見《うしろみ》ならまし」とのみ御心におぼし續《つゞ》けさせ給て、[二四]ゆゝしければ忍《しの》びさせ給ふ。」[二五]大殿《との》は、世《よ》は變《かは》らせ給《たま》へど、御身はいとゞ榮《さか》へさせ給ふやうにて、「[二六]河《かは》ぞひ柳風《やなぎかぜ》吹《ふ》けば動《うご》くとすれど根《ね》は靜《しづ》かなり」といふ古歌《ふるうた》のやうに、動《うご》きなくておはしますも、えもいはずめでたき御有様《ありさま》なりしに、猶又《なをまた》この度《たび》は[二七]今一入《いまひとしほ》の色《いろ》も心殊《こと》に見《み》えさせ給ふぞ、いとゞいみじうおはしますめる。[二八]院《三條院》、東宮の御事《こと》をさへ申つけさせ給へば、[二九]姫宮《ひめみや》の御事を思《おも》ひきこえさせ給へば、御暇《いとま》もおはしまさねど、よろづ扱《あつか》ひきこえさせ給《たま》ふ。」[三〇][35]堀河《ほりかは》の院には、[三一]音《をと》に聞《き》く御有様《ありさま》を本意《ほい》なげにおぼさるれど、[36][三二]承香殿《元子》の、[三三]今《いま》はさい將《頼定》のかく物《もの》し給《たま》ふを口惜《くちを》しう見奉《たてまつ》り給へど、今《いま》はこ[三四]の女御の御有様《ありさま》にぞ、よろづおぼし慰《なぐさ》めける。[三五]宰相の御子どもなども出《い》で來《き》給へれば、[三六]かの水《みづ》の折《をり》おぼし合《あは》せられて心憂《う》し。」式部卿宮《敦康》も、同《おな》じき宮達《たち》と聞《きこ》えさすれど、[三七]御心も御かたちもいみじうきよらに、御才《さへ》なども深《ふか》くて、やむごとなうめでたうおはしませば、[三八]御宿世《すくせ》の惡《わろ》くおはしましけるを、世《よ》に口惜《くちを》しき事《こと》に申思へり。大とのゝ大將殿《宇治殿》、この宮の御事をいとふさはしき[三九]物に思きこえさせ給て、常《つね》に參《まい》り通《かよ》はせ給と見《み》し程《ほど》に、[四〇]大將殿上《うへ》の[四一]御弟《をとうと》の中の宮に、[37]この

慢なさる。二五 摂政左大臣藤原道長。二六 このままの古歌は見当らない。〔参考〕「いなむしろ河ぞひ柳水行けば靡きおき立ちその根は失せず」(顕宗紀)、「いなむしろ河ぞひ柳水行けばおき伏しすれどその根絶えせず」(古今六帖、六、柳)。二七「常盤なる松の緑も春来れば今一入の色勝りけり」(古今、春上、源宗于)。二八 三条院は、東宮の御事までも道長に御依託なさったので。

御代替りと道長

二九 (道長は以前から)禎子内親王の御事を心におかけ申し上げていたので、暇もなく忙しくいらっしゃったが、東宮の事を万事お世話申し上げなさる。三〇 東宮女御延子と、その父顕光の邸。三一 噂に聞く東宮の御様子を不本意にお思いなさったが。「今はこの女御の云々」へ続く。(東宮は堀河院を去り、御母皇后宮の御所へ移られた。)

堀河院の有様

三二 延子の姉承香殿(一条院の女御であった)の所に。三三「さい将」は宰相(参議の唐名)の当字。三四 延子が東宮の寵の厚いことにより。三五 承香殿は頼定の子をお生みになられたから。三六 太秦に参籠して水を生んだ時の事が。→一九二頁。

式部卿宮(敦康)、頼通室の妹と結婚

三七 御心も御容姿も華美で。三八 (御弟敦成親王に先を越された上、東宮にも立たれず)前世の宿縁が拙くていらっしゃった事を。三九 心に適ったものと。四〇 このままでも「大将殿の上」と読むのであろう。西・富には「の」がある。四一 具平親王の中の君。隆姫の妹。「帥宮御方、故中務卿宮女子参」(御堂、長和二年十二月十日)。

宮を聟《むこ》取《と》り奉《たてまつ》らんとおぼし心ざしたりけるなりけり。さて聟《むこ》取《と》り奉《たてまつ》らせ給。[一]我《わが》御女のやうに、よろづをおぼしそゝきたゝせさせ給程《ほど》、[二]上一所《うへひとところ》を思きこえさせ給へばにこ(そ)と見《み》えさせ給。[三]あるが中のおと宮《みや》は、三條院の[四]入道の一品宮《脩子 資子歟》の御子にし奉《たてまつ》らせ給し、まだ十ばかりやおはしますらん、[38]こたみの齋《さい》宮にゐさせ給ぬ。その御扱《あつか》ひも、たゞこの大将殿よろづせさせ給。」式部卿の宮《敦康》[五]いとかひありてもてなしきこえさせ給けり。

[六]一品にておはしましゝかば、御有様《ありさま》などいとめでたきに、今《いま》はいとゞ大将殿御後見《うしろみ》せさせ給へば、御封《みぶ》[七]などいづれの國《くに》の司《つかさ》などか疎《をろか》に申思はんと見《み》えて、[八]いとゞしき御有様《ありさま》なるに、大宮《上東門院》よりも常《つね》に何《なに》事につけても聞《きこ》えさせ給。[九]大将殿の御心ざしの、[一〇]院などのおはしまさましにも、[一一]かばかりの事をこそはせさせ給はましかと見《み》えさせ給。程《ほど》[一二]なくたゞにもあらずならせ給にけり。いとあはれになん。」東宮《敦明 小一條院》には、「堀河《ほりかは》の女御《顯光女》参《まい》らせ給へ〳〵」とのみあれど、[一三]「さき〳〵のやうに、思のまゝにてはいかが」とおぼしやすらふめるに、[一四]大とのゝ御聟《むこ》にならせ給べしとある事の世《よ》に聞《きこ》ゆるにも、堀河《ほりかは》の院には、かやうの事により、[一五]押《を》し返《かへ》し物をおぼすべし。」院《三條院》には、猶《なを》[一六]御悩《なやみ》いと苦《くる》しくのみおぼしめされて、物心《こゝろ》細《ぼそ》くおぼさる。今年《ことし》は御禊《けい》・大嘗會《じやうゑ》などのあるべき年《とし》なれば、「[一七]今年《ことし》ともかく

一 (頼通は)中の宮を自分の娘であるかのように、万事忙しくお世話なさる様は。「そゝく」はそわそわと急いで事をする。二 隆姫お一人を愛し申し上げておられるからなのだと。三 姉妹中一番下の妹宮。嫥子女王。↓補五三〇。四 村上天皇第九皇女資子内親王。出家は寛和二年正月十三日(紀略)。三条院は下文によれば資子内親王御所。五 中の宮と結婚しがいがあったように御寵愛申し上げなさった。六 敦康親王は今まで。七 親王の御食封などに、どこの国司もどうして疎略に思い申し上げる者があろうかと見える有様で。一品の食封は禄令に「凡食封者、一品八百戸、二品六百戸云々」とあり、後には、一品も六百戸となった。八 以前に比べ一段勝った有様である上に。九 頼通の親王に対する御志は。一〇 親王の御父一条帝がたとえ御在世であっても。一一 これ程の親切をなさったであろうかと。頼道が後見したことは、本書のみ。一二 敦康親王室は間もなく御懐妊なさった。一三 東宮に立たれる以前のように、気随に出入することもどうであろうかと躊躇しておられるうちに。一四 東宮が道長の御婿になられるであろうという噂が世間に立つにつけても。道長の末女寛子が小一条院の女御となることをほのめかしている。一五 世間とは反対に。一六 ↓補五三一。一七 重大な儀式の行われる本年は、万一の事がないようにありたいものだと。この一文、院の御心と見る。「おはしまさず」は作者が敬

式部卿宮と頼通の後見

小一条院、道長に壻取られる噂

三条院御悩、三条殿御造営

もおはしまさずもがな」とおぼしけり。とのゝ御前《まへ》、[一八]公事《おほやけごと》のさま〲繁《しげ》きにもおぼし紛《まぎ》れず、[一九]院《三條院》の御事《こと》をおぼし扱《あつか》はせ給。[二〇]枇杷殿《びはどの》におはしませば、[二一]宗像《むなかた》の御祟《たゝり》も[二二]むつかしければ、[二三]三條院を夜晝《よるひる》に急《いそ》ぎ造《つく》らせ給とあるは、入道一品の宮のおはしましゝ所《ところ》也けり。」はかなく五月五日になりにければ、大宮《上東門院》より「[二四]姫宮《ひめみや》に」とて、薬玉《くすだま》奉《たてまつ》らせ給へり。それに、

[二五]底深《そこふか》く引《ひ》けど絶《た》えせぬ菖蒲《あやめ》草千年《ちとせ》を松《まつ》の根《ね》にやくらべん

御返《かへ》し、中宮《妍子》より、

[二六]年毎《としごと》の菖蒲《あやめ》の根《ね》にも引《ひ》きかへてこはたぐひなの長《なが》きためしや。

」今年《ことし》は大事どもあべき年《とし》なれば、今《いま》より若君達《わかきんだち》、はかなき壺胡簶《つぼやなぐひ》の飾《かざり》や、[二七]のり馬の数《かず》までの事《こと》をおぼし急《いそ》ぎけるもをかしくて、六月もたちぬ。」七月のついたちには、[二八]ほこ院《法興》の[二九]御八講など急《いそ》がせ給《たま》ふ。」かゝる程《ほど》に、[三〇]一條殿のあまうへ《左大臣雅信室》、日頃《ひごろ》[三一]御心地《ち》の例《れい》ならずおぼさるれば、とのゝ[三二]上渡《うへわた》らせ給て見奉《みたてまつ》らせ給《たま》ふに、この御事例《れい》の御悩《なやみ》には似《に》させ給《たま》はず、物心細《ぼそ》きさまにおぼし宣《のたま》はせ、はかなきことゞも宣《のたま》はせおぼしたるも、理《ことはり》の御事なれど、「いとあはれに、いかに〲」と靜心《しづ》なくおぼし歎《なげ》きて、様《さま》〲の御祈《いのり》ども数《かず》知《し》らずせさせ給。[三三]殿もあからさまにおはして、「猶《なを》〲今年平《ことしたいら》かに過《すぐ》させ給べき御祈《いのり》を、よくせさせ給へ。いみじき大

意を添えた表現。ただし、このあたり、院とすれば敬語が不足。一八 種々繁多なのにも心がお移りなさらず。一九 →補五三二。二〇 三条天皇は、御譲位後もそのまま枇杷殿におられた。二一 宗像明神。小一条院の坤（ひつじさる）(西南)角に祭ってあった。枇杷殿はその近隣。二二 気味が悪いから。二三 →補五三三。二四 禎子内親王。二五 池の

大宮と中宮の贈答歌

底深く引いても絶えることのないこの菖蒲の根の長さは、千年の寿を保つという松の根に比べることができようが、これであなたの末長いお栄えを祈ります。新千載、慶賀。(贈った相手は枇杷皇太后妍子としている。) 二六 毎年五月五日に引く菖蒲の根とは変り、これは無類に長く、

御禊・大嘗会に対する若君達の準備

仰せのとおり姫宮の末長いお栄えの例と思われます。二七 乗用の馬。前駆のこと。二八 →補一九三。二九 小右記は長和五年六月二十八日を法興

法興院御八講の準備

院御八講の開始、三十日を五巻の日としている。

一条尼上（穆子）の病気

三〇 道長北の方倫子母。三一 「前大威儀師延暦来談、次云、皇后宮祖母日来老病、似レ可レ難レ存、春秋八十六」(小右、長和五年三月五日)。三二 「此暁女方〈倫子〉渡二一条殿一、彼上〈穆子〉有二悩気一者」(御堂、長和五年六月二十八日)。三三 道長も暇々にはちょっと来られては。「暁従レ内行二小南一、女方同出二一条一、依二上重悩給一、渡給」(御堂、七月二日)、「辰時許渡二一条一…老者御心地尚重」(同四日)。

事あべき(年《とし》)なれば、[一]いとこそ恐《おそろ》しけれ」など、様《さま》〳〵聞《きこ》えさせ給[二]をばさる物にて、かく心細《ぼそ》く頼《たの》み少《すくな》き御けしきを悲《かな》しくのみおぼしめして、[三]壽命經のふた（不斷）の御讀《みど》經などせさせ給《たま》ふ。御修《ず》法・御讀《みど》經數《かず》を盡《つく》したり。[四]權少將（兼經外孫也）・[五]たばの中將（丹波雅通孫也）など御前去《まへさ》らず、些《いさゝか》も立《た》ち離《はな》るれば、「[六]いづら〳〵」と求《もと》めさせ給御心ざしのいみじき」と、[七]上《うへ》いと心苦《ぐる》しく覺《おぼ》えさせ給。御念佛・[八]懺法《せ(ん)ぼう》など聞《きこ》しめさまほしうせさせ給へば、さるべき僧《そう》どもして、聲絶《こゑた》えず行《をこな》はせ給《たま》ふ。いみじう尊《たうと》し。さらぬだにかゝる事《こと》は尊《たうと》きを、まいて年老《としお》い頼《たのも》しげなき御有樣《ありさま》なるに、あはれに尊《たうと》き事どもに、いとゞ[九]上《うへ》の御前涙《まへなみだ》を流《なが》させ給ふ。[一〇]法性寺（院源座主）のざす日ゝに御戒授《かいさつ》け奉《たてまつ》らせ給。その程《ほど》の説經[一一]いみじうかなし。[39][一二]大原《はら》の入道の君《きみ》も、年頃里《としごろさと》に出《い》でさせ給はざりつる、[一三]こたみさへはい(か)でかときゝ過《すぐ》し難《がた》くて參《まい》り給て、たゞ御枕上《まくらがみ》にて念佛をし聞《き》かせ奉《たてまつ》り給《たま》ふ。[一四]〔傅〕*殿も常《つね》に參《まい》り給つゝ、明暮《あけくれ》候はぬよしをぞ歎《なげ》かせ給。」[一五][40]遂《つゐ》に空《むな》しくならせ給ぬれば、[一六]扱《あつか》ひきこえ給つるかひなく、悲《かな》しうおぼし惑《まど》はせ給。大殿聞《きこ》しめして、急《いそ》ぎおはしまして、「上《うへ》の御前《をまへ》は立《た》[一七]ちのかせ給へ」と聞《きこ》えさせ給へど、物も覺《おぼ》えさせ給はねば、聞《きこ》[一八]え煩《わづら》はせ給。とかく聞《きこ》えさせて、上《うへ》の御前出《まへい》でさせ給へれば、殿[一九]は土《つち》に立《た》ゝせ給て、「一家にとりては、げにあはれに悲《かな》しき事なり。されど世間《せけん》を見《み》思には、[二〇]もともこれあ

一 万一の事が。 二 一応そのとおりであるが、それはともかくとして。 三 仏説一切如来金剛寿命陀羅尼経。 四 道綱三男、母は源雅信女。穆子の外孫。寛弘九年正月二十七日左権少将。 五 雅信男時通の男。穆子孫。「正(従ィ)四下、丹波守、中宮亮、後拾遺作者」(分脈、巻十一)。 六 何処へ行った何処へ行ったといってお探しなさる穆子の御愛情の深さよ。 七 倫子。 八 六根の罪障を懺悔するために行う法要。法華懺法のこと。 九 倫子。 一〇 →三〇四頁注八。この当時の座主は慶円であるが、院源を前職で言ったのであろう。 一一 身にしみて尊い。 一二 雅信男時叙。「右少将従五下、出家、勝林院本願上人皇慶弟子」(分脈、宇多源氏)。 一三 母の病篤い今度だけはどうして見舞に行かないでおられようかと。 一四 道綱。寛弘八年まで東宮傅であった呼称による。 一五 「午時許行任朝臣来云㆓彼消息㆒、只今大上(穆子)卒了者、実雖㆓年高㆒、臨㆓此期㆒悲哉々々、有為法如㆑此、生年八十六、(卯年云々)、依㆓遺言㆒夜半入棺」(御堂、長和五年七月二十六日)。 一六 看病申し上げたかいもなく。 一七 (触穢を憚るため)亡き母の側から立ち退くようにと。 一八 慰めあぐみなさる。 一九 道長は

一条尼上入滅、道長・倫子の悲嘆

(触穢を忌み)庭上に立ったままで。 二〇 尤も(まったく)死というものは当然の事である。前掲御堂関白記の「有為法如㆑此」に相当する。 二一 当然な事の中において、死というものはいつ死ぬのも同じ事ではあるが。 二二 自分の死後に、もし尼上が亡くなったのであったら。 二三 現在のように一族の誰もが無事でいらっしゃる間に亡くなったのは。 二四 時節柄あいにくだというのは、全く余りな言い分である。

べき事《こと》なり。[二一]そが中《うち》に、いつも同《おな》じことゝはいひながら、[二二]己《をの》がなからん世《よ》などに、いと口惜《くちを》しからまし。[二三]かく平《たひら》かに誰《たれ》もおはします程《ほど》にかくなり給ぬる、いとめでたき事也。[二四]たゞ折《おり》ふしなどいふ事《こと》は、あまりの事也。かの[二五]おほかたの事逃《のが》るべきにもあらず。たゞ本意《ほい》なき事は、[二六]己《おの》が御忌《いみ》に籠《こも》らずなどあるこそあれ。[二七]それもよそ〳〵にてさべく聞《きこ》え掟《おき》てむ、たゞ同《おな》じ事《こと》なり。[二八]いかにぞこの中將[41 雅通]・少將[42 兼経]の事《こと》は」と聞《きこ》えさせ給へば、「[二九]隙《ひま》なく求《もと》め惑《まど》はし給《たま》ひつるは、[三〇]猶《なを》御心ざしのいみじきなりと見つるなん、あはれなる。[三一]年頃《としごろ》もあはれに見奉《みたてまつ》り、[三二]そひ奉《たてまつ》らざりつれど、[三三]おはすと思つればこそあ(れ)、[三四]限《かぎり》の對面《たいめん》と見奉《たてまつ》るが、いみじう悲《かな》しき」とて、塞《せ》きもとゞめさせ給はねば、とのゝ御前《をまへ》も、「[三五]あはれに古體《こたい》なりつる御心こそ戀《こひ》しかべけれ」など、うち泣《な》かせ給。「[三六]夏冬《なつふゆ》の衣《ころも》がへの折《をり》の御心《こゝろ》ざしの程《ほど》、まづ思出《い》でられんとすらん」とて、しほたれさせ給。それは昔《むかし》より今《いま》に、御衣《ころも》がへの折《おり》の[三七]夜晝《よるひる》の御装束二領《さうぞくふたくだり》を、必《かなら》ずして[三八]奉《たてまつ》らせ給事のありつれば、「[三九]更《さら》に〳〵。かゝる事《こと》は今《いま》は止《とゞ》めさせ給へ」と聞《きこ》えさせ給へるを、「[四〇]さば何《なに》をか心ざしとは見《み》え奉《たてまつ》らんとする」とて、せさせ給つるなりけり。傅〈フ〉の との[道綱]の、今《いま》は[四一]頼光がいゐ《へ》におはしませど、[四二]それも同《おな》じ事《こと》にし(て)奉《たてまつ》らせ給ひけり。」かくて掟《おき》てさせ給《たま》ふ事《こと》[四三]は、かの尼上《あまうへ》の宣《のたま》はせける、「[四四]あがみかどの御事始《ことはじめ》に、かく

二五 誰にもある死ということは。二六 自分が尼上の喪に籠っておられないということである。二七 その服喪のこともよそながら適当にお服しするようにすれば、全く同じ事である。二八 雅通・兼経の事は心配しておられなかったろうか。二九 倫子詞。絶えず二人を大層探していらっしゃったのは。三〇 やはり二人に対する御愛情が大層深かったのだと。三一 私は年来母を深く思い申し上げており。三二 一緒にいることはしなかったが。三三 この世にいらっしゃるのだと思っていたからこそ、ともかくこうして来られたが。三四 最後の対面としてお目にかかる事が。三五 ほんとうに昔風でいらっしゃった母の御気風が。三六 道長詞。四月一日・十月一日の更衣の折に示された御愛情というものが。三七 昼(ひ)の装束(束帯)と、宿直(とのゐ)装束(直衣・衣冠)。三八 調製して道長に。三九 道長詞。このような御心配は今後は絶対におやめ下さい。四〇 穆子詞。もしやめたら何を志としてお見せすることができようか。四一 頼光の女を愛人としてその家におられるが。頼光は多田(源)満仲の男。御堂関白記、長和五年一月十七日条には、内蔵頭、同八月二日条には美濃守とある。その家は一条。「大納言道綱家〈一条頼光家〉」(小右、長和五年二月十日)。四二 (道綱も穆子の壻であるから)道長と同じように装束を調製して贈られた。四三 「さやうにぞ云々」へ続く。

一条尼上の遺言

四四 親愛な今上陛下の御即位の当初に、死ぬなどということは。

なりなむ事《こと》の、折《をり》しも口惜《くちを》しき事《こと》。一さはれ、さるべきやうにて暫《しば》しは山寺《でら》に納《をさ》二め置《を》かせ給《たま》へれ。雲煙《けぶり》三とも、この世《よ》四の大事の後《のち》に、心安《やす》くせさせ給へ」と聞《きこ》えさせ置《を》かせ給《たま》へれば、「げにあはれによくもの給はせけるかな」とて、さやう五にぞおぼし掟《をき》て給ける。九月ばかりにぞさやうにおはしますべかりける。その六程《ほど》は入棺《にくわん》といふ事にておはしまさせ給ける。」明暮《あけくれ》七の物参《まい》り、御手水《てうづ》など、昔《むかし》八の様《さま》の事ども、いみじく悲《かな》しうおぼしめさるゝ程《ほど》に、七月廿[43]餘《よ》日火出《い》で來《き》て、

九土御門殿《つちみかどどの》焼《や》けぬ。おほかたそのあたりの人〳〵のいゑ殘《へのこり》なく四五一〇丁《〈チヤウ〉》が程《ほど》焼《や》けぬれば、一一さしすぎ法興院《ほこゐん》も焼《や》けぬ。上《うへ》一三の御前《まへ》は、かゝる御思にて一條殿におはしまし、大宮《おほみや》も殿の御前《まへ》も内《うち》に在《をは》しましける夜《よ》しも焼《や》けぬれば、つゆ一四取《と》り出《い》でさせ給《たま》ふ物なく、年頃《としごろ》一五の御傳《つたは》り物ども、數知《かずし》らず塗籠《ぬりごめ》にて焼《や》けぬ。「猶《なを》一六さべきな(め)りけり」とおぼし歎《なげ》かせ給《たま》ふに、このとのゝ山一七・中島《しま》などの大木《をゝ》ども、松《まつ》一八の蔦懸《つたかゝ》りていみじかりつるなど、おほかた一木《ひときのこ》殘らずなりぬ。あさましう、一九ことさらにすとも、いとかくこそは焼《や》けめと、二〇いみじうありがたげなり。いみ二一じき家《や》といふとも造《つく》り出《い》でゝむ。銀《しろがね》・黄金《こがね》の御寶物《たからもの》はおのづから出《い》で來《き》、設《まう》けさせ給てん。二二この木《き》どもの有様《ありさま》・大《おほ》きさどもをぞ、世《よ》に口惜《くちを》しき事《こと》におぼし歎《なげ》かせ給《たま》ふ。二三大宮の御領《りやう》の宮なれば、二四その御具《ぐ》ども、二五さべき物ども、たゞこの殿《との》

一 しかし、喪を秘すような適当な処置を講じて。二 遺骸を。三 火葬の儀なり何なり。四 御禊・大嘗会の済んだ後に。五 遺言どおり取りはからわれる手筈に定められた。六 山寺へ納めるまでは入棺(死骸を棺に納めること)という事にして。「依二遺言一夜半入棺」(御堂、七月二十六日)。七 日々の食膳を奉ったり、お手水を供えるなど。八 何事も生前どおりにされるのも。

土御門殿焼亡

九 →補五三四。一〇 一丁(町)は長さとすれば約四十丈。方一町の意ならば一条の内に六十四町ある。一一 ひき続き。一二 →補一九三。一三 倫子は母尼上の服喪中で。ただし焼亡は穆子逝去の六日前のことで事実と異なる。一四 「先令ㇾ取二出大饗朱器一、次文殿文等」(御堂、長和五年七月二十一日)とあって、多少は取出している。一五 年来の伝来物の数々。一六 こうした前世の宿縁だったと見える。一七 築山や池の中島。一八 蔦の這いかかったすばらしい松の木など。一九 わざと火を付けて焼いても。二〇 「焼けざらめ」の誤。二一 どんなにすばらしい家でも再建できるだろう。二二 焼けた数々の樹木の有様や。二三 土御門殿は皇太后(彰子)所領の御殿であるから。二四 皇太后御使用の御道具。二五 然るべき大切な器物の数々を。二六 (それらが灰燼となったのだから)総じて珍事だなどといったところで月並な表現である。二七 小二条殿(二条南・東洞院東)の誤。御堂関白記、八月二日条に「行二一条一(穆子遺骸に)対面、後至二二条一、見三為義朝臣調進障子二」とある二条のこと。二八 造作の開始。「土御門四面垣上置ㇾ板、令二掃除一、行事惟憲・斉等也、材木等仰二所々一」(御堂、八月七日)。「土御門造作初、巳時行向、

にこそは置《お》かせ給《たま》へりけれ。[二六]すべて珍《めづら》(か)なりとも疎《をろか》なり。殿《との》は[二七]小一《二イ》條殿に渡《わた》らせ給。」[44]この殿《との》は、やがて八月より[二八]手斧《てをの》はじめせさせ給て、來年《らいねん》の四月以前《いぜん》に造《つく》り出《い》づべきよし仰《おほ》せ給《たま》ひて、國《くに》〲の[二九]守《かみ》一人《ひと》づゝ當《あた》りて、夜《よる》を晝《ひる》に急《いそ》ぎのゝしる。」[45]かくて九月にぞ、尼上《あまうへ》[三〇]觀音《くわんをん》寺といふ所《ところ》におはしまさせ給。上《うへ》の御前《まへ》も御送《をくり》におはします。さてそこにさべきさまにて納《をさ》め奉《たてまつ》らせ給。御[三一]はてまで御念佛仕《つか》うまつるべく、[三二]そこらの僧《そう》どもによろづを掟《をき》てさせ給。[三三]いみじく嚴《きび》しきやうに忌《い》ませ給《たま》へど、[三四]上《うへ》の御前《をまへ》おはしませば、大將殿《宇治殿》を始《はじ》め、さるべき殿《との》ばら皆仕《みなつか》うまつらせ給へば、すべて[三五]え(忌《い》)みあへぬさまに、[三六]おどろ〲しき御よそい・心《こゝろ》ざしの程《ほど》推《を》し量《はか》るべし。「[三七]古體《こたい》の事《こと》なれど、いみじかりける上《うへ》の御幸《さいはい》かな」と申思はぬ人なし。[三八]後《のち》〲の(御)事《こと》などは、推《を》し量《はか》りて知《し》りぬべし。御はてまでは、[三九]山の僧《そう》どもの山籠《ごもり》したるして、[四〇]そむ《尊》せう《勝》の護摩・阿彌陀《あみだ》の護摩《ごま》など仕《つか》まつらせ給《たま》ふ。たば《丹波》の[四一]中將《兼經》などはさる物にて、[四二]傅《フ》殿の少將いみじう思給《たま》へれば、上《うへ》の御前《をまへ》よろづにはぐゝみ宣《のたま》はす。[四三]かの寺より、[四四]又の日歸《かへ》らせ給《たま》ふそらなし。あはれに悲《かな》しう、涙《なみだ》を流《なが》させ給《たま》へり。[四五]かしこに在《をは》しましつる程《ほど》、[四六]宮〲の御使《つかひ》・さべき御使《つかひ》ども、數知《かずし》らず多《おほ》く頻《しき》り參《まい》りつるもめでたくぞ。さて歸《かへ》らせ給ぬ。又の日、中宮《妍子》に聞《きこ》えさせ給へり。[四七]一條殿より、

依二件事一、為二土公等一初金光明経講、三僧従二此夜一初修善」(御堂、八月十九日)。

―― 土御門殿手斧始 ――

二九 屋一棟あて造営を担当して、昼夜兼行で。

三〇「今日一条尼上渡二観音寺一、是存生作置舎所也」(御堂、長和五年八月一日)。九月は誤。観音

―― 一条尼葬送 ――

寺は東山にあった。穆子が生前、無常所を作り、法事を修した所。御堂関白記、寛弘七年八月七日・九月二十九日等参照。

三一 四十九日まで。

三二 大勢の僧達に万事をお指図なさる。

三三 (御禊・大嘗会の前であるから、穢れに触れたり仏事に携らないように)大層厳重に慎しみなさるが。

三四 倫子がいらっしゃるのだから。

三五 仏事を忌み避けきれぬ有様で。

三六 仰山な仏前の飾りや御厚志の程は。

三七 古風な事だが。

三八 法事などについては。

三九 比叡山の僧達で山寺に籠って修行している僧に命じて。

四〇 尊勝王や阿弥陀如来を本体として修する護摩。

四一 傍書「兼経」は朱書、雅通が正しい。

四二 傅の殿(道綱)の男兼経は大層尼上を慕っておられたから。兼経は今年十七歳。

四三 観音寺から。富「観音寺」。

四四 その翌日お帰りなさる気持も起きない。

四五 観音寺に倫子が滞在していた間。

四六 皇太后彰子・中宮妍子。

四七 倫子。

[一]嵐《あらしふ》吹く深山《みやま》の里《さと》に君を置《お》きて心《こゝろ》もそらに今日《けふ》はしぐれぬ」。御衣《ぞ》の色《いろ》もゆ[二]ゝしければ、猶世《なをよ》[三]の御急《いそ》ぎまではとて、小[四]一[二イ]條殿に渡《わた》らせ給はず。殿の御前《まへ》、[五]おぼつかなからず一條殿に渡《わた》らせ給つゝぞ、よろづ聞《きこ》えさせ給ける。」怪《あや》しう、今年《ことし》猶世《なをよ》の中[六]火騒《さわが》しくて、又所《ところ》〳〵焼《や》けぬ。人の口安《くちやす》からぬ世《よ》にて、「[七]一條殿と枇杷殿《びはどの》と焼《や》くべし」といひのゝしれば、[八]うたておぼされて、御愼《つゝし》みなどありけれど、[46][九]十月二日枇杷殿《びはどの》焼《や》くるものか。あさましういみじともおろかなり。[一〇]さるべくものゝいはするなりけりとも、今《いま》ぞ見《み》ゆる。[一一]宮の御前《をまへ》も、[一二]この枇杷殿《びはどの》いと近《ちか》き所《ところ》に、東宮の亮《すけ》[業遠]なりとをといひし人のいゑ《へ》、大將殿に奉《たてまつ》りたりしにぞ、まづ渡《わた》らせ給ぬる。院[一三]・宮、「いとあさましき事《こと》なりや。萬今《よろづいま》はか[一四]ゝるべき事《こと》かは。[一五]おぼろげの位《くらゐ》をも去《さ》り離《はな》れたるに、かゝるべきにあらず。人の思らん事も恥《はつか》し」とおぼしめしけり。」三條院も今《いま》は出《い》で來《き》ぬれば、うるはしき儀式《よしき》にもなくて、夜《よる》を晝《ひる》に急《いそ》ぎ渡《わた》[一六]らせ給ぬ。宮[一七]はその院近《ちか》き程《ほど》に、[一八]讃岐守《さぬきのかみ》[47][濟政]なりまさの朝臣の家《いへ》に渡《わた》らせ給《たま》ひぬ。枇杷《びは》どのゝ焼《や》けし折《をり》のまゝに、[一九]命婦の乳母《めのと》、里《さと》より菊《きく》に插《さ》して參《まい》らせたり、

[二〇]古《いにしへ》ぞいとゞ戀《こひ》しきよそ〳〵に移《うつ》ろふ色《いろ》を菊《きく》につけても」とあれば、弁《べん》の乳母《めのと》、返《かへ》し、

一 嵐の吹く山深い里―観音寺に尼上の遺骸を置いて来たので、悲しみのため心も上の空となって今日は涙の時雨が降ることです。玉葉、雑四、五句「かへりぬ」。二 喪服の色で不吉だか

枇杷殿焼亡

ら。三 御禊・大嘗会の終るまではと。四 小二条殿が正しい。五 御無沙汰することなく。六 御堂関白記によれば、八月以降の火事として、八日・二十八日・九月二日・二十四日(二回)に記事があり、九月二十四日条には「連々如レ此有ニ放火一」と記している。七 一条院里内裏であろう。御堂関白記(長和五年六月二日)に、土御門殿から新造の一条院に遷幸された記事がある。八 気味悪く思われて。九 →補五三五。一〇 目に見えぬ霊が、枇杷殿などが焼けるだろうと、噂などとしていわせたのだった。一一 中宮妍子。一二 左経記、長和五年四月十五日の条に「今夜中宮従ニ枇杷殿東対一遷ニ御西対一」とあるにより、このとき、中宮も三条院と同じく枇杷第に居った。一三 →補五三六。一三 三条院も中宮妍子も。

三条院、新造三条殿遷御

一四 こんな災禍が起ってよい事か。一五 並々ならぬ天子の位をも。一六「太上皇自ニ高倉第一遷ニ御新造三条院一。中宮猶御ニ坐高倉第一」(紀略、長和五年十月二十日)。一七 中宮妍子。一八 源雅信の孫、時中の男。その家は三条(御堂、寛仁元年四月二日)。一九 弁の乳母と共に禎子内親王御乳母。→補五一〇。二〇 中宮様があちらこちらお移りなさるのを聞くにつけても宮中におられた昔が一段と恋しく思われる。菊に聞くを掛ける。二一 菊花の色の移るように枇杷殿の焼亡によってあちらこちら居所をお移りなさる

[二一]菊《きく》の花《はな》思のほかに移《うつ》ろへばいとゞ昔《むかし》の秋《あき》ぞ戀《こひ》しき。」 さて程《ほど》もなく、[二二]宮の御前《をまへ》も三條院に渡《わた》らせ給ぬ。院の様《さま》わざと池《いけ》・遣《やり》水なけれど、大木《き》ども多《おほ》くて、木立《こだち》をかしうけ高《だか》く、なべてならぬ様《さま》したり。[二三]こたみはいと心殊《こゝろこと》に造《つく》らせ給へり。[二四]入道一品宮《脩子 資子》の年頃《としごろ》住《す》ませ給ひし所《ところ》なれば、理《ことはり》にぞ。[二五]昔《むかし》とこそは今《いま》はいはめ、[二六]かの宮のおはしましゝ時、四條大納言《公任》の[二七]權中將など聞《きこ》えし折《をり》、月夜に參《まゐ》りたまて、誰《たれ》ともなくて人《ひと》を呼《よ》び寄《よ》せたまて、「女房の御中にかく聞《きこ》えさせよ、[二八]松が浦島《うらしま》來《き》て見《み》れば」といひかけてぞおはしにける程《ほど》など思《おも》ひ出《い》でられておかし。」

48 [二九]かくて御禊《ごけい》になりぬれば、いみじう常《つね》にも似《に》ず、これは[三〇]なにはの事《こと》も改《あらた》めさせ給へり。殿《との》ばら・君達《きんだち》の馬・鞍《くら》・弓《ゆみ》・胡籙《やなぐひ》の飾《かざり》までいといみじ。[三一]女御代には、高松《たかまつ》どのゝ姫君《ひめぎみ》出《い》でさせ給へり。その車《くるま》の[三二]袖口《そでぐち》數知《かずし》らず多《おほ》く重《かさな》り耀《かゞや》けり。[三三]みかど童《わらは》におはしませば、[三四]大宮の御輿《こし》に奉《たてまつ》りたれば、その程《ほど》まねびやらん方《かた》なくめでたし。[三五]大將殿《宇治殿》の御有様《ありさま》など、聞《きこ》えさせんにも古體《こたい》なり。[三六]度《たび》〳〵年《とし》〳〵の御けしきにこよなうたち勝《まさ》らせ給へり。[三七]思なしにやとまでなん。たゞ今《いま》の左大將には、とのゝ太《た》郎ぎみ《宇治殿》こそはおはすれ。右大將には、小野《をのゝ》宮のさねすけ《實資》の殿《との》おはす。[三八]左大將御若《わか》さ、いときびわにおかしきに、[三九]小野《をのゝ》宮のはねび給へれど、[四〇]それいみじくなべてならぬ顔《かほ》つきに、[四一]うち頬笑《ほをゑ》み給へる口《くち》つきこそ、「[四二]猶古《なをふ》りがた

中宮、三条殿遷御

ので、宮中におられた昔の秋が一段と恋しいことです。秋に秋の宮(皇后の宮殿)を掛ける。 二二「参二中宮一、依レ遷二御三条院一亥時御出」(御堂、長和五年十二月二十日)。日本紀略には二十二日の条に「今日中宮行二啓三条殿一」とある。 二三 この度は。 二四 資子内親王。↓六二頁注六。傍注「脩子」は誤。 二五 今ではこの話も昔話となったが。 二六 資子内親王。 二七 公任が左近衛権中将であったのは、永観元年十二月十三日から正暦三年八月二十八日まで。十八歳―二十七歳。 二八「音に聞く松が浦島今日ぞ見るむべも心あるあまは住みけり」

後一条天皇大嘗会御禊

(後撰、雑歌一、素性法師)。「あま」は蜑と尼の掛詞。 二九 長和五年十月二十三日。 三〇 何事も。 三一 道長女寛子(高松殿明子末娘)。「長和五年八月十七日、定二御禊女御代(寛子)一事」(御堂)。「行二近衛御門(高松殿)一、相二語昨日女御代事一」(御堂、十月二十四日)。 三二 出衣(いだしぎぬ)の袖口。 三三 後一条天皇、この時九歳。 三四 皇太后彰子が輿に同乗されたので。 三五 西・富「大殿」とある方がよい。道長。 三六 これまで度々年々の大儀に列せられた御様子に比べ格別。 三七 そう思って見るせいかと思われる程御立派である。 三八 頼通はその若さが、若々しく美しいのに比べ。今年二十五歳。 三九 実資は六十歳。ふけておられるが。 四〇 その点が大層御立派な顔つきで。 四一 微笑を浮かべておられる口許の様子は。「こそ」は「めできこえしか」へ続く。 四二 やはりいつまでも若く、棄て難い風情を持っているようにお見えなさる。

く事籠《ことこも》りて見《み》え給」と、[一]物見車《みぐるま》・棧敷《さじき》など、昔《むかし》の事覺《ことおぼ》ゆれば、めできこえしか。左衛門督《教通》・[二]右衛門督《頼定》にては、皆《みな》との〻君達《きんだち》おはします。[三]御衛府姿《ゑぶすがた》ども華《はな》やかに、折《をり》にあひたる御有樣《ありさま》ども〻、[四]時《とき》の花の心地《ち》していとめでたし。[五]宮の女房の車《くるま》、[六]内方《がた》のなど、女御代《だい》の御供《とも》のなど、えもいはぬ車《くるま》四五十ばかり引續《ひきつゞ》きて[七]押《お》し凝《こ》りたり。左大臣にては[八]殿《との》おはします。右大臣にては[九]堀河《ほりかは》の殿、内大臣にては[一〇]閑院《かん》の大臣《おとゞ》在《をは》します。[一一]何《いづ》れの殿《との》ばらも皆馬《みなむま》にて仕《つか》うまつらせ給へれど、[一二]大殿《との》はよろづ果《は》てゝ渡《わた》らせ給ぬる際《きは》に、又更《またさら》に[一三]御前など選《え》りすぐり、[一四]疵《きず》なくきらゝかなる限《かぎり》を選《え》らせ給て、三四十人ばかり[一五]仕《つか》うまつりたるに、[一六]御隨身《みずいじん》十二人に、[一七]内舍人《うどねり》の御隨身《みずいじむ》なども馬《むま》に乘《の》りて、[一八]御先《さき》えもいはず參《まい》りのゝしりて、[一九]我《われ》は唐《から》の御車《くるま》に奉《たてまつ》りておはします程《ほど》、すべてまねびきこえさすべきやうなし。又さばかりめでたき事《こと》や(は)ありける。いみじき見物《みもの》も過《す》ぎぬ。」しも月《大嘗會》になりぬれば、[二〇]大嘗會《じやうゑ》とて、又《また》人〳〵ひゞきのゝしる。[二一]五節も、今年《ことし》は今《いま》めかしさ勝《まさ》り、おかし。[二二]ゆき《悠紀》・すき《主基》の方《かた》の歌《うた》ども、例《れい》の事《こと》なれど、片端《かたはし》をだにとて記《しる》せり。

[二三]49 悠紀〈ユウキ〉方　[二四]備中いねつき哥　50[二五]内藏權頭慶滋爲政

[二六]年《とし》えたる[二七]玉田《たまだ》の稻《いね》をかけ積《つ》みて千代《ちよ》の例《ためし》に舂《つ》きぞはじむる

[二八]主基〈スキ〉方　[二九]大内記藤《菅》原資忠朝臣

一 物見車や桟敷の人々は、昔の有様が思い出されるので。
二 傍書「頼定」は、頼宗の誤。
三 衛府の役人として武官の服装をしたお二人のかっこうは華やかで。
四 時節に出会った花を見るような感じで。
五 皇太后彰子。
六 禁中の女房の車。
七 一団となって続いて行った。
八 道長。
九 顕光。
一〇 公季。
一一 顕光・公季・頼通・実資等。
一二 道長は、行列がすべて通り終ってから。
一三 前駆の者を選びに選んで。
一四 欠点なくきらめくばかりの者だけを。
一五 お供を。
一六 「随身員数、摂政・関白十人、府生二人、番長二人〈已上騎馬〉・近衛六人」(拾芥)。
一七 中務省に属し、帯刀供奉し、前後の守衛の任に当る。
一八 先払いをいうにいわれず大声で触れ。
一九 道長自身は唐車に乗って。
二〇 「十一月十五日己卯、大嘗会、悠紀近江国甲賀郡、主基備中国下道郡、御屏風行成卿書レ之」(編年、長和五年)。
二一 →一〇八頁注四。
二二 →三三〇頁注四・七。
二三 この下和歌脱落あるか。→補五三七。
二四 これは主基方の歌。「いねつき哥」は稲舂歌。大嘗会に用いられる稲を舂きしらげる時にうたう歌。

大嘗会悠紀・主基の和歌

二五 賀茂忠行の孫、文章博士慶滋保章の男。従四位上、式部少輔、文章博士、内蔵権頭、外記、姓慶滋(分脈、賀茂氏)。為政の下、西・富「たまたのこほり」とある。
二六 「大嘗会悠紀主基詠歌」によれば、主基風俗、稲舂歌。「年えたる」は豊かにみのったの意。
二七 川上郡玉村、もと下道郡(備中名勝考)。
二八 「備中いねつき哥」の上にあるべき語。
二九 資忠(右中弁、文章博士)は永延元年五月二十一日に卒去しているから誤(小右、大日本史料、二の九等)。西・富「ふちはらののりたゝ」が正しい。御堂関白記によれば、三〇いはかきの橋《はし》踏《ふ》み鳴《な》らし運《はこ》ぶなりそともの道《みち》の御雪《みゆき》たゆたに」。悠紀《ゆき》・主基《すき》の哥ども、同《おな》じ様《さま》にかやうなり。(御屏風を)、爲政《ためまさ》、三一はや野《の》といふ所《ところ》を、

三二秋風に靡《なび》くはやの丶花薄《はなすゝき》穂《ほ》に出《い》でゝ見《み》ゆる君が萬代《よろづよ》

御屏風を、三三資忠、三四玉《たま》の村菊《むらぎく》といふ所《ところ》を、

三五うちはへて庭《には》おもしろき初霜《はつしも》に同《おな》じ色《いろ》なる玉《たま》の村菊《むらぎく》

三六新田《にゐた》の池《いけ》、爲政、

三七底清《そこきよ》き新田《にゐた》の池《いけ》の水《みづ》の面《おも》は曇《くも》りなき世《よ》の鏡《かゞみ》とぞ見《み》る」。かやうに同《おな》じ心なれば止《とゞ》めつ。三八豐《とよ》の明《あかり》の夜《よ》、三九荒《あ》れたる宿《やど》に月の漏《も》りたりければ、里人《さと》、誰《たれ》と知《し》らず、

珍《めづら》しき豐《とよ》の明《あかり》の光《ひかり》には荒《あ》れたる宿《やど》の内《うち》さへぞ照《て》る」。この度《たび》の御卽位《そくゐ》・御禊《けい》・大嘗會などの程《ほど》のことゞも、すべて數知《かずし》らず珍《めづら》し。やむごとなくて四〇年中行事の御障子《さうじ》にも書《か》き添《そ》へられたる事《こと》ども、いと多《おほ》くなむあなる。」[51] かゝる程《ほど》に、四一前齋宮上《のぼ》らせ給て、四二皇后宮のおはします宮は狹《せば》しとて、又四三知《し》らせ給ふ所《ところ》にぞおはしまさせ給ける。四四年頃《としごろ》にいと大人《おとな》びさせ給へる御有様《ありさま》も、いみじく四五疎《をろか》ならずおぼし見奉《みたてまつ》らせ給へれど、外《ほか》に暫《しば》しとておはしまさせ給ける程《ほど》に、[52] 四六帥《そち》どのゝ松《まつ》

主基方屏風歌の作者は為政と藤原義忠(→補五三七)。
三〇 富「いはくさ」(いはくまの誤)。石隈橋であろう。→補五三八。三一「ちや野」の誤。阿賀郡実村の内千屋野(備中名勝考)。「大嘗会悠紀主基詠歌」「備中名勝考」共に二句「靡くちやの丶」。三二 上三句は「穂に」の序。わが君の万々歳なることは、花薄の穂に出たごとくはっきりと見えているの意。三三 義忠の誤。三四 →補五三九。三五 前からずっと。詳解は、信友本・平田本・袖中抄等により、「うつろはで…同じころなる…」と改めている。三六 備中国小田郡入田村。→補五四〇。三七「大嘗会悠紀主基詠歌」「備中名勝考」によれば、歌の第五句「鏡なりけり」。三八 豊明の節会。新嘗祭の翌日、陰暦十一月中の辰の日天皇が新穀を食し、群臣にも賜わる儀式。五節舞もこの日に行われる。→補五四一。三九 荒廃した家。
四〇 年中の恒例の公事を記した衝立障子。清涼殿の弘廂に立てる。→補五四二。四一 前斎宮当子内親王。長和五年九月五日入京(御堂)。
四二 長和四年十一月十七日内裏焼亡後皇后御所となった伊予守為任の三条の家であろう。
四三 日本紀略(長和五年十二月十日)に「修理大夫通任卿家焼亡〈皇后宮御領也、大炊御門南・東洞院西也〉」とある所であろう。

前斎宮帰京、三位中将道雅密通

四四 伊勢に行かれていた間に大層大人らしくなられた。
四五 皇后は並々ならずいとしく(傍にお置きになりたいと)お見申し上げられたが。
四六 伊周の男で幼名を松君といった今の三位中将道雅が。

君《ぎみ》の三位中將《道雅》、いかゞしけん、[一]參《まい》り通《かよ》ふといふ事世《よ》に聞《きこ》えて、さゝめき騷《さは》げば、宮いみじくおぼし歎《なげ》かせ給《たま》ふ程《ほど》に、[二]院にも聞《きこ》しめしてけり。[三]異事《こと〲》ならず、齋《さい》宮の御乳母《めのと》、やがてかの宮の内侍《ないし》になさせ給へりし中將の乳母《めのと》の仕業《しわざ》なるべしとて、院いみじくむつからせ給て、やがて[四]永《なが》くまかでさせ給つ。院には、[五]いとゞしき御心地《ち》に、[六]これを聞《きこ》しめしゝより、いとゞまさらせ給やうにおぼされて、宮達《たち》を隙《ひま》なう御使《つかひ》にて、[七]皇后宮《娍子》と内との程《ほど》の御消息《せうそく》いみじう頻《しきり》なり。齋宮我《われ》にもあらずいみじうおぼさる。中將の内侍は、[八]やがて逐《お》はせ給《たま》ひしまゝに、かの道雅《みちまさ》の君迎《きみむか》へとりて、我《わが》御許《もと》にいみじういたはりて置《を》きたりと聞《きこ》しめす。[九]さて院には、[一〇]皇后宮めざましうおぼしめされて、人知《し》れずいみじうおぼし歎《なげ》かせ給へど、まこと空《そら》事知《し》り難《がた》き御事なれど、[一一]世《よ》にかく漏《も》り聞《きこ》えたるに、[一二]院の御氣色《しき》のいといみじきなり。かの[一三]在《ざい》五中將の、[一四]「心《こゝろ》の闇《やみ》に惑《まど》ひにき夢現《ゆめうつゝ》とは世《よ》人定《さだ》めよ」など詠《よ》みたりしも、かやうの事《こと》ぞかし。[一五]それはまだまことのさ(い)宮にて在《をは》せし折《おり》の事《こと》なり。されど、これは《ぞ》前《さき》の齋《さい》宮と聞《きこ》えさすれば、[一六]あながちに恐《おそろ》しかるべき事《こと》にもあらねど、院のい[一七]、ときはだけくおぼしの給はするが、いとかたはらいたきになん。皇后宮《娍子》いといみじうおぼし亂《みだ》れたるに、[一八]宮《みや》〳〵の御けしきもいといみじきに、[一九]東宮もいみじく心やましげにおぼし亂《みだ》るべし。」する事な

一 当子内親王の許へ。この事は後に寛仁元年のこととして記しており、長和五年の記事の中に記すのは混乱がある。二 三条院。三 道雅の密通は他事ではなく、もと斎宮の御乳母で、そのまま皇后宮に仕えて内侍に任命された中将の乳母の仕業であろうと。中将の乳母は系譜未詳。→補五四三。四 永のお暇を賜わった。五 そうでなくても御病気であった上に。六 密通の事を。七 内は、上文からの続きでは院の御所の意であろう。三条院は皇子達を御使として皇后宮と御所との間に御手紙の往復が頻繁にあった。西「皇后宮院に御ふみしきりなり」。八 三条院が追放なさるとすぐそのまま。九「院の御気色の」以下へ続くのであろう。西本無し。一〇 皇后は心外な事に。一一 (それはともかく)世間にこのように漏れて評判になったにつけては。一二 三条院の御怒りもはげしいのである。一三 在原業平が。一四 初句「かきくらす」。伊勢物語・古今、恋三。一五 業平の場合は、相手の女性が。一六 たって恐しいというべき事でもないが。一七 大層気強く考えもしおっしゃりもなさるのが、はたにいてはらはらするのである。一八 御兄弟の宮方(敦儀・敦平等)も御心配な様子なので。一九 長兄の東宮(敦明)も大層不愉快そうに思い悩まれるに違いない。二〇 御即位・御禊・大嘗会など。二一 除目の時、式部・兵部二省に賜わった召名の中に誤がある時、後日大臣が陣に着いて改め直させる儀式。源氏物語、宿木には二月上旬に行われた例が、また狭衣物語、巻一には九月上旬に行われた例が見える。

除目の直物、道長以下の移動

き年《とし》だにはかなく明《あ》け暮《く》るゝに、ま(い)て[二〇]いみじき大事どもありつれば、年《とし》も返《かへ》りぬ。今年《ことし》[53]をば寛仁元年丁巳《ひのとのみ》の年《とし》とぞいふ。正二月は例《れい》の有様《ありさま》にて過《す》ぎもて行《い》くに、三月には例《れい》の直物《なをしもの》[二一]などいふことあればにや、[54]三月四日司召《つかさめし》あり。[二二]大殿《道長》左大臣を辭《じ》せさせ給へば、堀河《ほりかは》[二三]の右をとゞ《顕光》左になり給ぬ。右には閑院内大臣《公季》なり給ぬ。内大臣にはとのゝ大將《頼通》ならせ給ぬ。」かやうにことゞも變《かは》りぬと見《み》る程《ほど》に、同《おな》じ月の十七日に、[55][二四]大殿、攝政を内大臣どの《頼通》に讓《ゆづ》りきこえさせ給。内の大《おほ》い殿《どの》、御年今年《としことし》廿六にぞ在《をは》しましける。「いと若《わか》うおはしますに」と、恐《おそろ》しくおぼしながら、「我在《わがをは》[二五]しませば、何事《なにごと》もおのづから」とおぼしめすなるべし。」我《われ》[二六]はたゞ今《いま》は御官《つかさ》[二七]もなき定にておはしますやうなれど、御位《くらゐ》は、殿《との》も上《うへ》の御前《をまへ》も皆《みな》准[二八]三后にておはしませば、世《よ》にめでたき御有様《ありさま》どもなり。とのゝ御前《をまへ》の御幸《さいわひ》は更《さら》にも聞《きこ》えさせぬに、上《うへ》の御前《まへ》のかく后《きさき》と等《ひと》しき御位《くらゐ》にて、よろづの官《つかさ》爵《かうぶり》得《え》させ給などして、年頃《としごろ》の女房も皆《みな》爵《かうぶり》[二九]を得《え》、あるは四位になさせ給もあり、さまぐいとめでたくおはします。」[56]かくて、[三〇]四條の皇太后宮悩《なや》ませ給て、祭《まつり》など果《は》てゝ後《のち》に、[三一]うせさせ給ぬといふ。[三二]あかるゝ方《かた》なく、四條大納言《公任》扱《あつか》ひきこえさせ給。いとあはれなる世中也。」三條院、[三三]御心地猶《なを》おどろくしう在《をは》しますを、殿《との》も上《うへ》もいみじくおぼし歎《なげ》かせ給ふとぞ。

二二「今日摂政左大臣上表請レ罷二大臣一、勅二許之二」(紀略、長和五年十一月七日)。
二三「四日癸卯、宣命、以二右大臣藤原顕光朝臣一為二左大臣一、以二内大臣同公季朝臣一為二右大臣一、以二権大納言頼通朝臣一為二内大臣一、大納言参議等各任」(紀略、寛仁元年三月)。
二四「十六日乙卯、摂政叙二従一位一、是日也、譲二摂政於内大臣一有二宣命二」(紀略、同年三月)。御堂関白記も同日、本書の誤。

道長、摂政を頼通に譲る

二五 自分(道長)が後に控えているから、万事自然と事ははこぶであろう。「在しませば」は作者の敬意を移した表現。
二六 道長。
二七 何の官職もないということになって。「定」はジョウ。

道長夫妻准三后

二八 ジュサンゴウ。諸王・女御・摂政関白などを賞するために、太皇太后宮・皇太后宮・皇后宮の三后になぞらえた称。三后の年給に等しい年官の掾一人・目一人・内官一人と、年爵の五位一人を給与された。↓補五四四。
二九 五位に叙せられたり。
三〇 円融院皇后遵子。頼忠女、公任の同胞。

四条皇太后崩御

三一「今朝太皇太后宮崩」(御堂、寛仁元年六月一日)。

三条院御悩重し

三二 傍から離れることなく。
三三 御病気がやはり御重態でいらっしゃるのを。

巻第十三　ゆふしで

巻名　藤原道雅が前斎宮に贈った「榊葉のゆふしでかげのそのかみに押し返しても似たる頃かな」とある歌詞による。
諸本＝ゆふして(陽、富)・木綿四手(西、活)。

所収年代　寛仁元年(一〇一七)四月から、同二年正月まで、九カ月間。

内容　前斎宮当子内親王は、道雅との事件が噂に上ったことを嘆かれたが、道雅からは度々消息が届けられた。結局内親王は、みずから尼になってしまった。

三条院は御悩が重り、院源僧都の手によって剃髪されたが、中宮をはじめ、皇后や道長の嘆きはひとしおであった。寛仁元年五月九日五月雨の頃崩御。十二日に岩蔭で葬送がおこなわれた。御遺産の処分も、一条院の時と同じように道長がおこなった。中宮は一条院に移られた。

三条院の四の宮(師明親王)は、まだ童であったが、出家を志し、人にとめられた。

一条院においては、中宮は姫宮(禎子内親王)が故父院を慕われるさまをあわれと御覧になられた。

東宮(敦明親王)は、どういう御所存か、退下を思われて皇后に相談された。皇后から意見を求められた道長は東宮に会い、話を交わされたが、出家まで決心しているという固い覚悟を知って、御退位に決した。この事を道長は上東門院に報告すると、女院は、敦康親王を新東宮にといわれたが、道長は親王に後見人のいないことを楯に承知しなかった。

かくて新東宮には敦良親王が立ち、前東宮は上皇に準じて小一条院と申し上げた。この頃、道長の高松殿腹の姫君寛子が、院と結婚するという噂が立った。

源雅信の養子中将雅通が十月頃に没した。

中宮は一条院の追憶に耽っておられたが、この年の賀茂祭行幸を、北の築地を壊して御覧になった。

小一条院と寛子の婚儀と露顕(ところあらわし)(結婚披露宴)がおこなわれた。院の女御(延子)と、その父左大臣顕光は悲しみにうちひしがれたが、院が堀川殿へ行くと、そこには女御の悲しみの歌が書かれてあった。

寛仁二年正月は、三条院崩御の翌年であったから物淋しかったが、後一条天皇の元服がおこなわれた。

二十日過ぎには摂政頼通の大饗があり、祝いの歌が数々詠まれた。

堀川殿の有様は、上陽白髪人の詩のとおりで、悲しみのうちに明け暮れた。顕光の老耄した姿もひとしおのあわれをそそった。

榮花物語卷第十三

ゆふしで

[1]かくて[2]前齋宮いと若《わか》き御心地《こゝち》に、[一]この事《こと》いと聞《き》きにくゝおぼさるれば、「いかにせん」と人知《し》れずおぼし歎《なげ》かれて、[二]御覽《らん》ぜし伊勢《いせ》の千尋《ちひろ》の底《そこ》の空《うつ》せ貝戀《がひこひ》しくのみおぼされて、[三]しほたれわたらせ給《たま》ふに、[四]げにわりなき御濡衣《ぬれぎぬ》も心苦《こゝろぐる》しきに[3]三位中將《道雅》は跡絶《あとた》えて、わりなくのみ思《おも》ひ亂《みだ》れて、[五]風につけたりけるにや、かくて參《まい》らせたりける、

[六]榊葉《さかき》のゆふしでかげのそのかみに押《を》し返《かへ》しても似《に》たる頃《ころ》かな」。人知《し》れぬ事も多《おほ》かめれど、世《よ》に聞《きこ》えねばまねびがたし。又高欄《かうらん》に結《むす》び付《つ》け給《たま》へりける、

[七]陸奥《みちのく》の緒絶《をだ》えの橋《はし》やこれならん踏《ふ》みゝ踏《ふ》まずみ心惑《こゝろまど》はす」。宮「[八]ふるの社《やしろ》の」などおぼされて、あはれなる夕暮《ゆふぐれ》に、[九]御手《て》づから尼《あま》にならせ給《たま》ひぬ。又あはれに昔《むかし》の物語《ものがたり》に似《に》たる御ことゞもなり。皇后宮《娍子前齋宮母也》きゝにくかりつれど、いみじう悲《かな》しうおぼさるゝ事も疎《をろか》なり。[一〇]院は聞《きこ》しめして、をゝしき御心《こゝろ》は、[二]ひたみちに「[一二]あえなん、めざましかりつるよりは」とおぼされけり。」[4][一三]御《三條院をも》なやみ重らせ

前斎宮の許へ道雅歌を贈る、前斎宮出家

一 前斎宮の許へ道雅が通う噂の立った事。↓三八六頁。二 斎宮として御覧になられた伊勢の海の千尋の海底にいる空せ貝(肉のない貝殻)のようにうつろな気持で道雅を恋しく思われて。「伊勢の海の千尋の浜に拾ふとも今はなにてふかひかあるべき」(後撰、恋五、敦忠朝臣。古今六帖、巻五・大和物語は下句「今はかひなく思ほゆるかな」)。詳解所引真澄本・信友本は「伊勢の」の下「海の」を補う。三 毎日のように涙に泣き濡れておられるが。「しほたれ」は海の縁語。四 全く筋道のたたない無実の罪も前斎宮に対してお気の毒故、道雅は訪れる事も絶えて。五 風の便りにことづてたのであろうか。六 榊葉につけた木綿で作った四手の蔭であなたが神に仕えていた当時に戻ってしまったような今日此頃であることよ。後拾遺、恋三、二句「ゆふしでかけし」、五句「わたるころかな」。富は「今はたゞおもひたえなんとはかりを人つてならていふよしもかな」(後拾遺、恋三)を併記。七 奥州にある緒絶の橋というのがこれなのだろう、踏み渡ったり渡らなかったり(文を見たり見なかったり)、途方に暮れさせることです。後拾遺、恋三。八「皆人の背き果てにし世の中にふるの社の身をいかにせん」(斎宮女御集)。「ふるの社」は、大和国山辺郡石上坐布留御魂神社(延喜、神名帳)。九「師通朝臣云、前斎宮依レ病為レ尼、〈此親王、故院〔三条院〕御在生時、為二三位中将道雅一被二密通一、其後母后不レ出二宮中一之間、今依二重病一出家、故院令レ勘二当道雅一之

三条院御落飾、御危篤

三条院崩御

給て、院源僧都召《め》して御髪下《ぐしおろ》させ給《たま》ふ程《ほど》は、宮〻・中宮《妍子》を始《はじ》め奉《たてまつ》りていみじう世《よ》になう悲《かな》しき事《こと》におぼしめして、涙《なみだ》に沈《しづ》ませ給《たま》へり。皇后宮は、[一]よそに聞《き》かせ給《たま》ふおぼつかなさを添《そ》へて、いみじうおぼし惑《まど》はせ給《たま》ふ。[二]殿の御前《おまへ》もいみじう歎《なげ》かせ給《たま》ふ。[三]一院とておはしまさんに堪《た》へたる御心掟《こゝろをきて》を、口惜《くちを》しく心憂《こゝろう》く返〻おぼしめせどかひなし。「同《おな》じ院と申なかにも、心《こゝろ》うるはしく物清《きよ》くおはします。[四]あべいことなれど、いとものゝ榮《はへ》おはしましつる物を。[五]姫《ひめ》宮などの大人《おとな》びさせ給はんほどの御心掟《こゝろをきて》などもゆかしかりつるものを」など、返〻おぼし續《つゞ》けさせ給《たま》ふ。「[六]さばかくても平《たいら》かにだにおはしまさば」などぞ、見奉《たてまつ》らせ給。御ものゝけどもいと[七]心慌《こゝろあはたゞ》しげなれば、御祈《いのり》のかたは、さりともとおぼさるゝに、[八]うちつけにや、少《すこ》し輕《かる》ませ給《たま》ふやうなれば、[九]うちたゆみて、誰《たれ》も心《こゝろ》のどかにおぼさるゝも理《ことはり》におぼさる。かくて宮〻、いとあはれに夜晝《よるひる》[一〇]まどはれ仕《つか》うまつらせ給《たま》ふぞ、いとめでたき。」敦明小一條院也東宮には、[一一]いとゆかしき御有様《ありさま》を音《をと》に聞《き》かせ給《たま》ふにつけても、御胸塞《むねふた》がり、悲《かな》しうおぼしめさる。かくて日頃《ひごろ》[一二]心のどかなるにうちたゆませ給《たま》へるに、[一三]寛仁元年五月九日晝《ひる》つかた、あさましうならせ給《たま》ひぬ。[一四]たちゐどよみてのゝしるとも疎《をろか》なりや。宮〻聲《こゑ》も惜《おし》ませ給《たま》はぬに、中宮《妍子》はた「御衣《ぞ》引《ひ》き被《かつ》きて、物《もの》も覺《おぼ》えさせ給《たま》はず」とぞ、[一五]橘三位言《い》ひ續《つゞ》け泣《な》く〳〵

程崩給〉」(小右、寛仁元年十一月三十日)。一〇 三条院。一一 ひたすら。「おぼされけり」へ続く。一二 尼になった事はよかろう、あの密通などという心外な事に比べれば。宮の御出家は院崩御後の事で本書と異なる。一三 →補五四五。

一 院は三条院に、皇后は小一条殿におられたから。二 道長。三 上皇としておいでなさることにも十分なお気立であられるから。四 当然の事ながら、(院がおいでになられたため)すべての物が輝いてお見えしたのに…。五 禎子内親王の御成長なさってゆく将来に対する院の御配慮も見たかったのに。六 それでは御出家なさっても、せめて御健在でなりといらせられたならば。七 周囲の人の心もあわてる程であるから、御祈禱の方は、いくら何でも油断あるまいと思っておられるうちに。八 「うちつけ目にや」(ふと見たせいか)の誤か。九 油断して。一〇 途方に暮れながら。一一 大層お会い申し上げたい院の御出家姿を噂に。一二 御病気が小康を得ていたために油断しておられたところ。一三 「丑時許、従レ院頼清来云、御重者、乍レ驚参入奉レ見、不覚御座、問二案内一、従二昨日未時一如レ此、辰時崩給了」(御堂、寛仁元年五月九日)。一四 立ったり坐ったり大騒ぎするなどといっても形容が不十分だ。西「院の中とよみて」。一五 三四八頁注三の「きの三位」であろう。典侍橘清子。三条天皇の御乳母。一六 長年院にお仕えして来た。一七 院の殿上人。一八 悲しいなどといったところで不十分である。一九 長和二年七月六日御誕生、寛仁元年に五歳。二〇 泣き騒い消《き》えいりて臥《ふ》し給へるも、いみじく珍《めづら》かなる悲《かな》しさなり。[一六]年頃《としごろ》の女房達《たち》・[一七]殿上人[一八]いへば疎《をろか》なり。姫《ひめ》みや《禎子 陽明門院也》の御まへ[一九]五にぞおはします。御髪《ぐし》は居丈《ゐだけ》ばかりにおはします。[二〇]世《よ》をいとあやしげにおぼしめして、[二一]ものゝかくれによりて、御涙《なみだ》押《を》し拭《のご》ひておはしますを、見奉《みたてまつ》るを人〳〵・御乳母《めのと》など、いと詮方《せんかた》なく悲《かな》し。[二二]たゞの人《ひと》などは何《なに》とも知《し》らぬ程《ほど》を、[二三]いかにおぼし分《わか》たせ給《たま》ふにかと、疎《をろか》ならずなん。大人《おとな》の泣《な》き騒《さは》ぐに、[二四]かつは心慌《こゝろあはたゞ》しくおぼさるゝなるべし、とのゝ御前《まへ》いみじくおぼし歎《なげ》かせ給《たま》ひて、[二五]御忌《いみ》にも籠《こも》り仕《つか》うまつらせ給《たま》はぬ事《こと》をおぼしめす。[二六]攝政にて世《よ》をまつりごち行《をこな》はせ給へば、[二七]いかでかは。よろづの大事どものさしあひたれば、いと本意《ほい》なうおぼしめせど、よそながらに[二八]よろづを知《し》らせ給も同《おな》じ事《こと》なり。」[6][二九]十二日の夜ぞ御葬送《さうそう》せさせ給《たま》ふ。一條の院《ゐん》のおはしましゝ[三〇][岩]いはかげ《蔭》にぞおはしましける。[三一]五月雨《さみだれ》もいみじき頃《ころ》にて[三二]むつかしけれど、[三三]げにそれにさはるべき事《こと》ならねば、せさせ給。[三四]宮達《たち》の三所《ところ》歩《あゆ》み續《つゞ》かせ給《たま》へるぞ、いみじうあはれに悲《かな》しき。[三五]東宮はよろづもの覺《おぼ》えさせ給はず。皇后宮《娍子》も[三六]こゝらの年《とし》頃《ごろ》の御中らいなれば、聞《きこ》えさするも疎《をろか》なり。猶《なを》心憂《う》さは、[三七]やむごとなけれど、よそ〳〵におはします御身《み》どもになん。[三八]限《かぎり》なき御身《み》なれど、[三九]同《おな》じ煙《けぶり》とならせ給もいみじう悲《かな》し。ある人思《おも》ひやりきこえさせて、獨《ひと》りごちけれど、[四〇]その人知《し》ら

でいる人々の様子を。二一 姫宮は几帳か何かの物蔭の方へ行って。二二 普通の人などは何事とも弁えのない年齢なのに。二三 どう御分別になってお泣きになられるのかと、並々ならぬ御様子である。二四 悲しい一方心落ち着かず思われてお泣きになられるのだろう。二五 喪に服することもおできなさらぬ事を(遺憾に)。↓補五四六。二六「玉村菊に、頼通に摂政をゆづり給ふ事みえたるに、今かくいふはいかに。おもふに、頼通にゆづられて後も、なほまつりごち給ふより、こゝにはしかいふにもあらんか」(抄)。

二七 どうしてなおざりな事をなさろうか。

二八 万事お世話なさるのも。二九「依レ有レ労不レ候二御共一、是除〔目〕後不レ能二行歩一、又病後無力無極、仍不二奉仕一、非レ無レ志、不レ任レ身」(御堂、寛仁元年五月十二日)。道長は病後のため葬儀に不参。三〇 →補五四七。三一「従二丑時許一雨降、従二御葬所一人々還来」(御堂、五月十三日)。

三二 不快な季節であるが。

三条院御葬送

三三 五月雨などで支障を起すべき事ではないから葬送を行われた。

三四 敦儀・敦平・師明三親王。

三五 敦明親王。敦儀・敦平・師明・敦明親王等の行動は本書のみ。

三六 長年来の御夫婦の御関係であるから、そのお悲しみは。

三七 御身分は高貴でいらっしゃるが、御葬送のお伴もできず別々においでなさるお二人の御身の上ということである。

三八 上皇という貴い御身ではあるが。

三九 常人と同じ火葬の煙となられるのも。

四〇 読み人が分らない。

ず、

日《ひ》[一]の本《もと》を照《てら》しし君が岩蔭《いはかげ》の夜半《よは》の煙《けぶり》となるぞ悲《かな》しき」。かくて事果《ことは》てゝ帰《かへ》らせ給《たま》ひぬ。[二]この後《のち》は御念佛などの僧、さるべき限《かぎり》候《さぶら》ひ、おはしましつる所《ところ》取《と》り拂《はら》ひて佛《ほとけ》かけ奉《たてまつ》り、さべき僧《そう》などの慣《な》れ仕《つか》うまつる程《ほど》もいと忝《かたじけな》し。さべき所《ところ》〴〵の板《いた》ども放《はな》ちて、宮ゝ[三]土殿《つちどの》におはしまし、[四]東宮もさやうにておはします程《ほど》、あさましう悲《かな》しとも疎《をろか》なり。御衣《ぞ》の色《いろ》など皆《みな》濃《こ》[五]く奉《たてまつ》りわたしたるに、[六]あさましき物《もの》などを、宮ゝの奉《たてまつ》りつゝ、[七]七日〳〵の御齋《とき》をせさせ給ひなど、いみじうあはれに悲《かな》し。さべき殿《との》ばら・殿上人など皆《みな》あはれなるまゝに、歌《うた》ども詠《よ》みたれど書《か》きも留《とゞ》めず。[八]道命（大納言道綱男）あざりのばかりは人書《か》き留《とゞ》めたりける、

[九]あしひきの山郭公《ほとゝぎす》この頃《ごろ》は我《わが》鳴《な》く音《ね》をや鳴《な》き渡《わた》るらん」とぞありける。」

この院《ゐん》も、御[一〇]そぶん《處分》もなくてうせさせ給《たま》ひにけり。冷泉院の御領所《ところ》〴〵候《さぶら》ひしも、[一一]この院《ゐん》に選《え》りすぐりて知《し》らせ給《たま》ひけり。又[一二]大入道殿の、[一三]御孫《むまご》の宮《みや》〳〵の御中《なか》に、この院《ゐん》をいみじう又無《な》き物に思《おも》ひきこえさせ給《たま》ひければ、[一四]昔《むかし》も、猶《なを》知《し》らせ給《たま》ひし程《ほど》の事《こと》も、勝《すぐ》れたる所《ところ》〴〵をば、たゞこの院《ゐん》に奉《たてまつ》らせ給《たま》へれば、さき〴〵の院《ゐん》よりも、この院《ゐん》はいみじうやむごとなきもの多《おほ》くぞ候《さぶら》ひける。されば[一五]この頃《ごろ》ぞ、との[一五]御前《まへ》せさせ給《たま》ひける。おはしましゝ折《をり》も、ひめみや（禎子 陽明門院）[一六]をいかで

一天皇として日本の国を治めておられたわが君が、岩蔭において夜半の火葬の煙となられるのは悲しいことだ。二仏の画像。三喪に籠るための粗末な仮屋。板を剝がして土間にしてある。

三条院御法事

四西「中宮」。〔参考〕「天晴、中宮今夜戌刻御二土殿一、一日母ゝ依二御忌日一延引也」（御堂、寛仁元年五月二十七日）。ここは東宮でよかろう。五黒色の喪服を一同召されている上に。六藤衣のこと。七六月十三日が五七日御法事、六月二十七日が七七日御法事と、御堂関白記に詳しい。斎は僧家の食事。八天台座主慈恵大僧正の弟子で法輪寺に住んだが、後天王寺別当となる。法華経誦唱の声がよく、和泉式部との関係も有名。道命阿闍梨集一巻がある。九山郭公もこの頃は私の悲しんで泣く音を真似て毎日のように鳴いていることだろう。新拾遺、哀傷。一〇遺産の御処分。一一三条院におかれては、よい所を選びとって治めておられた。一二兼家は。一三御孫に当る宮々（一条・三条・為尊・敦道）の中で

三条院の御処分

も、特に三条院を。一四昔の伝領関係の事も、また摂政として治めておられた間の事についても。詳解「むかしのも、又世をしらせ給ひしほどの所をも」は、陽「むかしのも又ょをしらせたまひしほとの事も」に近い。一五道長が院に代って御処分をされた。「此日院定二院御法事僧名一、幷有二御処分事一」（御堂、寛仁元年六月二十四日）。一六ぜひお引立てなさりたいと。一七「禎子内親王叙二一品一、女房三人叙位」（小右、治安三年四月二日）と異なる。詳解は、日本紀略（長和四年十二月二十七日）に「勅、禎子内親王、年

と思《おも》ひきこえさせたまて、かくいと幼《おさな》くおはしますを、[8]一七一品になし奉《たてまつ》らせ給《たま》ひしも、いとあはれに思《おも》ひきこえさせ給《たま》ひて、中宮《姸子》のひめみや《禎子 陽明門院》・東宮《小一條院》・皇后宮《娍子》・[9]今《いま》三所の宮《みや》、さるべきさまに前《さき》のさい宮《當子》・ひめみや《禔子》など、いみじく数《かぞ》へ立《た》てゝ、様《さま》〲分《わか》ち奉《たてまつ》らせ給御用意《ようい》のありがたくおはしますと、人聞《きこ》えさす。一八かのおはしましゝ折《おり》の御思《おも》ひの程《ほど》をおぼししりつゝぞ、分《わか》ち奉《たてまつ》らせ給《たま》ひける。そ一九が中にも、二〇大入道殿より渡《わた》りたりし所《ところ》〲をぞ、外《ほか》ざまにはせさせ給はずなりにける、それもさるべき事《こと》に人申けり。この三條の院は、一品の(宮の)御領《らう》にぞ、その二一折《おり》より宣《のたま》はせければ、せさせ給けれど、「そこにはおはしますまじ。二二寝殿《しんでむ》は寺《てら》になさせ給《たま》ひければ、御忌《いみ》の程過《ほどす》ぎなば、毀《こぼ》たせ給《たま》ふべし」とぞおぼしける。」

さて中宮《姸子》は、「御忌《いみ》の果《は》てんまでは」などおぼしめしながら、この院《ゐん》のものゝけなどもいと恐《おそろ》しければ、「二三あいなし。いづくにてもをろかなるべき事《こと》かは」とて、[10]暫《しば》しありて一二四條(殿)に渡《わた》し奉《たてまつ》らせ給《たま》ひてけり。二五御法事やがてこの院《ゐん》にて、六月廿五日にせさせ給《たま》ふ。二六その程《ほど》のことゞもいといかめしうこそとあるも、さらなる御事《こと》なり。」

四宮《師明》二七まだ童《わらは》にて、「二八かゝる折《おり》にや」などおぼしめす事《こと》もありけれど、おほかたいとのどかにおと二九なしき御心《こゝろ》にて、「この折《おり》ならずとも、三〇自《をのづか》ら。心慌《こゝろあはたゞ》しきやうなり」などおぼしのどむるを、「三一おはしまさましかば、

官年爵准三宮、本封之外加㆓千戸㆒」とあるものの誤かとする。一八 院御在世中の御愛情の程合を道長は十分弁えながら。一九 底本「ろ」。「の」とも読めるが、小字で書いてある。西「の」。二〇 兼家から三条院へ奉っておいた所々は、他の宮達への御処分にはせず、中宮や一品宮の御領にせられた計らいは道理に適った事と人が噂した。二一 御在世中から。この事、大鏡、三条天皇紀参照。→補五四八。二二 三条院の寝殿。この事他に所見がない。二三 この上、富「とのゝ御まへ」とあるによれば、ここの主格は道長。道長は、ここにおられるのは具合の悪いこと、どこへお移りになられても疎略になるはずはあるまいというわけで。二四「今日中宮従㆓讃岐守済政朝臣宅㆒、遷㆓御前左大臣一条第㆒」(紀略、寛仁元年八月二日)。御法事よりも後のこと。二五「雨降、三条院七々日御法事、有㆓本院㆒」(御堂、六月二十七日)。本書と異なる。二六 その間の法事の諸行事が荘厳を極めたということだが、それもいうまでもない事である。

中宮、一条殿に遷御

二七「寛仁二年八月廿九日出家〈十四〉」(釈家官班記)によれば、今年十三歳。出家後は性信と号した。→補五四九。二八 このような際に出家もしよう。二九 大人びて落着いた。三〇 自然の成り行きで機会もあるだろう、今は

四の宮、御出家の下心

何となくあわただしいようだと、のんきに考えられたが。三一 院が御在世ならば、こんなふうに出家しようとさえ思い立とうか。

禎子内親王、故三条院を慕い給う

一　お召しになられないで。
二　絹を袙(童女服)に仕立て、薄紫色のをお召しになられただけで。西・富「たゝのきぬを御あこめにて」に従って解すべきか。
三　女童と同じようでいらっしゃるのも。
四　故院は宮をお可愛いものと思い申し上げていらっしゃったのに。
五　飛鳥井雅章筆本「御めのとたち、かけたてまつらぬ」の誤であろう。心におかけしない折なく。
六　高貴な方。ここは故三条院。
七　もしできるなら郭公にこの文を託そうかしら。「なき人の宿に通はば郭公かけてねにのみなくと告げなむ」(古今、哀傷、読人知らず)、「死出の山越えて来つらむ郭公恋しき人の上語らなむ」(拾遺、哀傷、伊勢)。
八　父上は私を。
九　中宮妍子。
一〇　皇后娍子所生の宮達。敦儀・敦平親王達。
一一　御無沙汰することなくこちらの御殿へおいでになって姫宮にお会いなさり。
一二　中宮もお淋しくいらっしゃるだろう。
一三　守護奉仕のためにお泊りなさる。
一四　頼通以下道長の子息達。
一五　三条院のいらっしゃらないことだけが、以前に比べてお変りになったが。

東宮、御退位の御意

一六　道長。
一七　院御在世中の院の殿上人や、院に心を寄せていた殿方などは。
一八　東宮はどういうお考えがきざされたものか。

かうだにおぼしかけましや」(と)、人知《し》れずおぼさるべし。」中宮《妍子》は一條殿にたゞ明暮《あけくれ》御行《をこなひ》にて過《すぐ》させ給《たま》ふ。月日の過《す》ぐるにつけても、ひめみや《禎子》のあはて歩《あり》かせ給に、綾《あや》・薄《うす》物なんども[一]奉《たてまつ》らで、[二]たゞ絹《きぬ》を御袙《あこめ》、薄色《うすいろ》などにて歩《あり》かせ給。御髪《ぐしなが》長にて、小《ちゐさ》き[三]童《わらは》べなどのやうにておはしますも、[四]「あはれにいみじう思《おも》ひきこえさせ給《たま》ひしものを」と、[五]御乳母《めのと》もちかけ奉《たてまつ》らぬ折《おり》なく戀《こ》ひ奉《たてまつ》る。姫宮《ひめみや》、蚯蚓《みゝず》書《がき》にせさせ給《たま》へる、「これいかで[六]あての許《もと》に奉《たてまつ》らん」と宣《のたま》はするにつけても、「[七]郭公《ほとゝぎす》にやつけまし」など、あはれに御覽《らん》ぜられけり。「[八]あては麿《まろ》をば戀《こひ》しとは思《おも》ひ給《たま》はぬか。などいと久《ひさ》しく渡《わた》らせ給《たま》はぬ」など、書《か》き續《つゞ》けさせ給も、涙《なみだ》止《とゞ》めがたく[九]御前《おまへ》もおぼしめし、候《さぶら》ふ人〳〵も思《おも》へり。[一〇]宮達《たち》なども、[一一]おぼつかなからず渡《わた》り見奉《みたてまつ》らせ給ひ、東宮よりもはかなき御遊物《あそびもの》ども奉《たてまつ》らせ給。とのゝ御前《まへ》、「[一二]一條殿の御つれ〴〵におはしますらん」とて、我《われ》も[一三]御宿直《とのゐ》せさせ給《たま》ふ。[一四]その殿《との》ばらも、常《つね》に參《まい》らせ給べく申《まう》させ給。[一五]院のおはしまさぬばかりこそ、ありしに變《かは》らせ給へれ、おほかたの御有様《ありさま》は、[一六]殿おはしませば同《おな》じ事《こと》にのみなん。[一七]その折《おり》の殿上人、心《こゝろ》よせの殿《との》ばらなどは、常《つね》に參《まい》り給《たま》ふ。」[11]かゝる程《ほど》に、[一八]春宮、[一九]かくて限《かぎり》なき御身を何《なに》ともおぼされず、などの御心《こゝろ》の催《もよを》しにかおはしますらん、昔《むかし》の御忍《しの》び歩《あり》きのみ戀しくおぼされて、時《とき》〳〵につけての花《はな》も紅葉も、御心《こゝろ》にまかせて御覧《らん》ぜしのみ戀《こひ》しく、[二〇]「いかでさやうにてもありにしがな」とのみおぼしめさるゝ御心《こゝろ》、夜晝《よるひる》急《きふ》におぼさるゝもわりなくて、皇后宮《娍子》に「一生は幾何《いくばく》に侍《はべ》らぬに、猶《なを》[二一]かくて侍こそいといぶせく侍《はべ》れ。[二二]さるべきにや侍《はべ》らん、古《いにしへ》の有《あり》様《さま》に心安《こゝろやす》くてこそあらまほしく侍れ」など、折《おり》〳〵に聞《きこ》え給《たま》へば、宮は、「いと心憂《こゝろう》き御心《こゝろ》なり。御物のけの思《おも》はせ奉《たてまつ》るならん。[二三]故院のあるべきさまにし据《す》へ奉《たてまつ》らせ給し御事をも、いかにおぼしめして、[二四]やがて御跡《あと》をも繼《つ》がず、世《よ》の例《ためし》にもならむとおぼしめすぞ。いと心憂《こゝろう》き事《こと》なり」など、常《つね》には諫《いさ》め申させ給《たま》ひて、「御物のけのかく思《おも》はせ奉《たてまつ》るぞ」とて、所《ところ》〳〵に御祈《いのり》をせさせ給《たま》ふ。[二五]おぼし餘《あま》りて、「[二六]若《わか》やかなる殿上人申あくがらすならん」とて、[二七]いみじう召《め》し仰《おほ》せなどせさせ給。されど殿《との》の御前《まへ》に、[二八]さるべき人して「かやうになん」とまねび申《まう》(さ)せ給。とのゝ御前《まへ》「いとあるまじき御事《こと》なり。さば、故院の御繼《つぎ》なくてやませ給べきか。[二九]いみじかりし世《よ》の御ものゝけなれば、それがさ思《おも》はせ奉《たてまつ》るならむ」と宣《のたま》はせて、きゝ入《い》れさせ給はぬを、[三〇]「いかで對面《たいめ》せん」と度《たび》〳〵聞《きこ》えさせ給へば、殿參《まゐ》らせ給へり。[三一]おぼつかなき世《よ》の御物語《ものがたり》など聞《きこ》えさせ給ひて、次《つぎ》に[三二]「猶身《なをみ》の宿世《すくせ》の惡《わろ》きにや侍《はべ》らん、かくうるはしき有様《ありさま》こそいとむつかしけれ。[三三]いかでおり侍なん。おり侍《はべ》りて、[三四]一院といはれて侍《はべ》らん」と聞《きこ》えさせ給《たま》へば、

一九 東宮としての尊い御身を。
二〇 ぜひ昔のような自由の身の上になりたいもの。
二一 窮屈な東宮としていることは大層気の晴れ晴れしないことです。
二二 これも前世の因縁なのでしょうか、昔のような有様で気楽にしていたいものです。
二三 当然の事としてお据え申し上げた東宮の御地位をも。
二四 そのまま院の御跡をも継がれないで、(自ら東宮を退くような)前例にもなろうとお考えになられるのですか。
二五 皇后は思いがつのってがまんできず。
二六 年の若い殿上人などが東宮をそそのかして心の落着きを失わさせるのだろう。
二七 東宮の殿上人を呼び寄せきつくお小言をおっしゃりなさる。
二八 然るべき人に命じて。→補五五〇。
二九 勢の強かった(三条院にお憑きした)御物の怪であるから、それがそのようなお考えを起させ申すのであろう。
三〇 ぜひ道長に対面したい。→補五五一。
三一 東宮は、心細い世間話などを。
三二 (東宮の位を退きたく思うのも)やはり前世の因縁が拙いせいなのだろうか、このようなきちんとした地位はまことに煩わしいものだ。
三三 ぜひ東宮を退きたいものだ。「侍なん」は「侍らなん」と読む。
三四 上皇と呼ばれていたい。

「さらにあるまじき御心掟《こころおきて》におはします。故院のよろづに御後見仕《うしろみつか》うまつるべき[一]由仰《よしおほ》せられしかば、[二]皆《みな》さ思《おも》ふ給《たま》へながら、えさらぬ事《こと》の多《おほ》く侍れば。[三]内にも當代いと稚《をさな》くおはしませば、[四]よろづ暇《いとま》なく候てなん。[五]中《なか》に就《つ》いて、この一品《禎子》のみや《陽明門院》の御爲《ため》を思《おも》ふ給《たま》ふれば、[六]心《こころ》のどかに世《よ》をもおぼし保《たも》たせ給ておはしまさんこそ、頼《たのも》しう嬉《うれ》しう候べけれ。たゞこれは、[七]こと事ならじ、御物のけのおぼさるゝなめり」と申させ給へば、[八]「なでう物のけにかあらん。たゞ[九]もとより遊《あそび》の心《こころ》のみありならひにければ、[一〇]かくてあるがいとむつかしうおぼえて、心《こころ》にまかせてあらむと思《おも》ひ侍《はべ》るなり。[一一]それに猶《なを》えあるまじくおぼされば、[一二]本意《ほい》あり、さるべき様《さま》にとなん思《おも》ふ」と申させ給へば、[一三]「いとふびんなる事《こと》なり。出家《すけ》とまでおぼしめされば、いと殊《こと》の外《ほか》に侍り。[一四]さらばさるべき様《さま》に仕《つか》うまつるべきにこそは候なれ。[一五]一院にておはしまさんも、御身はいとめでたき事《こと》におはします。世《よ》にめでたき事は、太上天皇にこそおはしますめれ」など、よく御心《こころ》のどかに聞《きこ》えさせ給《たま》ひて、まかで給ぬ。」そのまゝにやがて大宮《彰子》に参《まい》らせ給て、[一六]「かう〳〵の事《こと》をなん、東宮度《たび》〳〵宣《のたま》はすれど、さらにうけひき申さぬに、[一七]召《め》して仰《おほ》せられつるやう」など、こまやかに申させ給《たま》ふに、[一八]攝政殿《宇治殿》もおはします。[一九]「人のこれをとかく思《おも》ひきこえさする事《こと》ならばこそあらめ、[二〇]わがたはやすくな

一 この道長に。二 すべて御趣旨に副うようにと存じながら、已むを得ない事がたくさんございますから。三 宮廷におかれても御当代(後一条天皇)は御幼少でいらっしゃるから。四 万事につけて暇がございません。五 その中でも特に。六 御気長に帝位を保つようお考えなさっていらっしゃることが、宮のために。七 余の儀ではありますまい、ひとえに、御自身ではなくお憑きした御物の怪が。八 どうして物の怪のせいであろうか。九 元来遊び心ばかりに慣れて来たので。一〇 東宮の位にあることが大層煩わしく思われて。一一 それでもやはりふつごうだとお考えになられるなら。一二 自分には本来の志があるのだから、然るべき適当な態度をとろう(出家しよう)と思う。一三 大層困ったことです。一四 然るべく思し召しを達するようお仕え申す他はございません。一五 上皇の御身となられることも。一六 御退位の御意志を。↓補五五二。一七 東宮は私を召されて仰せられたことは、かようかようでした。一八 ちょうどその場に摂政頼通もおられた。一九 道長詞。他人が御退位の事をとやかく思い申し上げるならばともかく。二〇 御自身容易に御決心なさった事なのだから。「ならせ」は西・富「ならはせ」とあるによれば、御自身安易にお慣れなさった御心ゆえの意。

道長、次の東宮につき大宮と相談

二一 東宮を退き一院として自由になられたいと思し召されるのも、それは好ましい事である。二二 次の東宮になられることが。二三 敦康親王の事は沙汰やみになった。(親王は定子皇后の所生、皇后の御父道隆の没後、一条帝は後見のない事を慮り、彰子中宮腹の敦成親

王を東宮に立てた。しかし敦康親王は中宮の許で養育されたので、彰子は親王に同情を持っていた。）
二四 敦康親王。
二五 敦良親王は前世の宿縁に任せ、運のあるものならば東宮にも立たれるだろうと。
二六 余の儀ではなく。
二七 敦康親王は賢明でいらっしゃるが。
二八 東宮の御位というようなものは、全く御後見の良否によるものである。
二九 御叔父中納言隆家さえ大宰帥となって都にいないのがふつごうである。
三〇「暁参内、女方同参、以㆓三宮（敦良親王）㆒立㆓皇太弟㆒、宣命申時、右大臣行㆑之」（御堂、寛仁元年八月九日）。→補五五三。
三一 お望みどおりでつつましくも嬉しく思われて。
三二 御堂関白記・小右記・左経記・日本紀略等、いずれも五人。廿人というのは、本書のみ。

一条帝三の宮東宮となり、前東宮を小一条院と称す

三三 善美をお尽くしなさり。
三四 三条院の。
三五 張合いなく思っていたのに。
三六 院付としてふさわしい随身達は全部小一条院にお仕えすることになった。
三七 故院の殿上人で使い慣れておられた人々は、小一条院に仕えてすばらしいことと思った。
三八 太上天皇に准じて。
三九「つかさかうぶり」（→補二一七）の御収入はあるし。
四〇 蔵人や判官代（共に院御所の役人）以下役々を定められたにつけては。

らせ給へる御心《こゝろ》なれば、[二一]一院とて心《こゝろ》にまかせてとおぼしたるも、いとあらまほしき事《こと》なり。さても東宮には、三宮《敦良 後朱雀院》こそは居《ゐ》させ給はめ」と申《まう》させ給。大宮「それはさる事《こと》に侍《はべ》れど、式部卿宮《敦康》などのさて[二二]おはせんこそよく侍らめ。それこそみかどにも据《す》へ奉《たてまつ》らまほしかりしか、故院《一條院也》のせさせ給し事《こと》なれば、[二三]さてやみにき。この度《たび》[二四]はこの宮の居給《ゐたま》はん、故院《一條院也》の御心《こゝろ》の中《うち》におぼしけん本意《ほい》もあり、宮の御爲《ため》もよくなむあるべき。若宮《わか》[二五]は御宿世《すくせ》に任《まか》せてもあらばやとなん思《おも》ひ侍《はんべ》る」と聞《きこ》えさせ給へば、大殿「げにいとありがたくあはれにおぼさるゝ事《こと》なれど、故院も、[二六]こと事ならず、たゞ御後見《うしろみ》なきにより、〔おぼ*したえにし事なり〕」。賢《かしこ》[二七]うおはすれど、[二八]かやうの御有様《ありさま》はたゞ御後見《うしろみ》がらなり。帥《そち》[二九]の中納言《隆家》だに京になきこそ」など、猶《なを》あるまじき事《こと》におぼし定《さだ》めつ。」かくて八月九日、[三〇][12]東宮《後朱雀院也》たゝせ給ひぬ。はじめの東宮をば、[13]小一條院と聞《きこ》えさす。院《ゐん》[14][三一]いとおぼしめすさまにやさしくおぼしめされて、[三二]廿人の御随身選《え》り調《とゝの》へさせ給。乗《の》るべき馬鞍《むまくら》まで[三三]きよらをせさせ給ひ、[三四]故院の御随身ども、世中をいと[三五]あへなく思《おも》ひいつるに、[三六]さべう美《び》ゞしきなどは皆参《みなまい》り集《あつま》りぬ。[三七]殿上人のさべう使《つか》ひつけさせ給へる人〳〵など、いみじう思《おも》へり。皇后宮いと飽《あ》かぬことに口惜《くちを》しうおぼせど、又[三八]一院とて、[三九]年官年爵得《え》させ給、[四〇]藏人・（判官代）、何《なに》くれの定《さだめ》あるにつけても、惡《あ》しうもおはしまさず、[一]今《いま》めかしく御心をやり、あらまほしげなる方《かた》は、月頃《ごろ》の御心に勝《まさ》らせ給へり。「[二]さば故院の御繼《つぎ》は、かくて止《や》ませ給ぬるにや」と、おぼす程《ほど》ぞいと悲《かな》しき。」[三]東宮の御乳母達《めのとたち》、[四]遂《つゐ》の御事ながら、忽《たちまち》のことゝは思《おも》ひかけざりつるに、あさましう嬉《うれ》しきに詮方《せんかた》なし。[五]東宮の大夫には、大殿の[六]高松《たかまつ》腹《ばら》の中納言《頼宗》なり給ぬ。權大夫には、[七]法住寺の大《おほ》い殿の兵衛督《公信》なり給ぬ。[八]傅には、閑院右大臣殿《公季》なり(給)ぬ。[九]宮司・帯刀などは、我《われ》も〳〵と望《のぞ》み申せど、大殿選《えら》びなさせ給《たま》ひつ。よろづあなめでたと見《み》えさせ給。帯刀《たちはき》ども、[一〇]いと物清《ものきよ》き人の子《こ》どもをなさせ給《たま》ひつ。猶《なを》大宮の御幸《さいはい》めでたくおはします。」式部卿の宮《敦康》、[一一]この方《かた》にはむげにおぼしめし絶《た》えにしかど、[一二]この度《たび》の隙《ひま》には必《かなら》ず立《た》ち出《い》でさせ給べかりつるを、[一三]御宿世《すくせ》をば知《し》らせ給はずとも、猶怪《あや》しくとはいかでかおぼしめさゞらん。[一四]世《よ》と共《とも》にはれ〴〵しからぬ御けしきにも、心苦《こゝろぐる》しうなむ。」前《さき》の東宮の帯刀《たちはき》ども、「[一五]手《て》に据《す》ゑたる鷹《たか》を逸《そら》したる」などいふやうに思《おも》ふべし。[一六]今《いま》の東宮《敦良》のを望《のぞ》み申す類《たぐひ》どもあべかめれど、殊《こと》の外《ほか》の事《こと》にて聞《きこ》しめしいれず。それも理《ことはり》なり。げに[一七]いま〳〵しうおぼされぬべき事《こと》なり。前《さき》の東宮《敦明》は、御年《とし》廿四にならせ給にけり。今《いま》の東宮は、九にぞおはしましける。帝《みかど》も東宮も、[一八]御行末《ゆくすゑ》遙《はるか》におはします御有様《ありさま》につけても、いとめでたし。かくて[一九]高松殿の姫君《ひめぎみ》の御事《こと》

一 当世風に華やかに御心晴らしをしたり、御気ままな点からいうと。二 それでは三条院の御子様が皇位を継がれることは。三 敦良親王の乳母達。藤原泰通妻源隆子・式部の命婦(筑後守

坊官補任

藤原信君女)・故兼貞後家前典侍等。四 結局は親王が東宮になることながら。五 →補五五四。六 教通の誤であろう。七 為光男公信。八 皇太子補導役。九 東宮御所の役人や警固の武士等は。一〇 大層家柄・身分などの立派な人の子息を。一一 立坊については全く絶望されていたが。一二 敦明親王御退位による間隙には。一三 東宮に立ち得ない宿命のあることを御存知なくとも、(今度も東宮に立ち得ず)不思議なことどうし

一条帝一の宮の御有様

て思われぬことがあろうか。一四 日々晴々としない御様子につけてもお気の毒である。一五 諺であろう。大鏡、道隆伝にも同じ語がある。一六 現東宮帯刀を。一七 不吉

前東宮帯刀の落胆

な事と。(前東宮は中途で退位されたから。)一八 後一条天皇十歳、東宮九歳であるから。一九 道長が小一条院を高松殿明子腹の寛子のために婿取る事。二〇「又」は、西「さてその比」、富「かくてこのころ」。とのゝ上は道長室倫子。二一 石清水八幡宮。「廿二日、丁巳、天晴、参二石清水一、(中略)女方又同」(御堂、寛仁元年九月)。小右記・左経記にも詳しい。→補五五五。二二 傍注の竄入かも知れない。二三 雅通は左大臣源雅信養子、実は倫子の同母兄時通男。「今夜中将雅通卒去」(小右、寛仁元年

道長夫妻石清水参詣

七月十日)。「候内、下人云、丹波中将去夕死去者、遣二使者一令二案内一、已実云々」(左経、七月十一日)。十月は本書の誤。

二四 雅信室。倫子の母。↓三七九頁注二九。

中将雅通卒去

二五 小少将は三七八頁には権少将とある。倫子妹が道綱に嫁して生んだ子。

二六 特に二倍にも愛さなければならぬようだと倫子は。二七 前斎宮は大層美しい尼になって修行しておられるので。↓三九一頁。

二八 中将の乳母(三八六頁)は道雅の許に引取られていると宮はお聞きなさったが。

三条院皇子皇女の御有様

二九 道雅の許にはいないということだから。

三〇 気の毒に、ぜひぜひ自分の所へ引取りたいと。

三一 自分こそ前斎宮のように尼になるべき世の中なのに。

三二 (その上自分まで出家したらどんなに心細いことだろうかと)とても決心できないことよと。

三三 敦儀・敦平の両親王。

三四 独身の男として。

三五 ちょうどよいと思われる然るべき所へ結婚を申し入れなさると、冷い扱いを受け。

三六 (先方から言って来るものに対して)さあどんなものかと、気も進まず思し召しているうちに。

三七 墨染の喪服を一段とたくさん重ねることになり。

中宮妍子の御有様

あるべしとぞ、世《よ》にはいふめる。」[15]又[二〇]との丶上《うへ》、八幡《やはた》[二一]に詣《まう》でさせ給へれば、中宮《妍子》(より)聞《きこ》えさせ給、

いろ〳〵の紅葉《もみ(ぢ)》に心《こゝろ》うつるとも都《みやこ》のほかに長居《ながゐ》すな君《きみ》」。御返りありけんかし。[二二]これに脱《お》ちたるべし。」[16][二三]かくて十月ばかりに、[17]雅通の中將、日頃《ひごろ》煩《わづら》ひてうせぬとの丶しる。との丶上《うへ》あはれに聞《きこ》しめし、「故上《こうへ》[二四]のいみじきものにおぼいたりしものを」と、おぼしめすなりけり。「今《いま》は[二五](小)少將《兼經 道綱男》をこそは、[二六]とりわきかさね思《おも》ふべかめれ」とぞ宣《のたま》はせける。世中のはかなき様《さま》もあはれにのみなん。」皇后宮には、前[二七]さいぐう《常子》いとおかしげなる尼《あま》にて行《をこな》はせ給へば、持佛など様《さま》〳〵にて奉《たてまつ》らせ給。[二八]中將の乳母《めのと》はかの三位中將《道雅》の御許《もと》にと聞《きこ》しめし丶かど、今《いま》は[二九]そこにもなかなれば、「[三〇]あはれに、いかでか〳〵」と、齋宮《常子》は人知《し》れずおぼされけり。皇后宮《娍子》には、[三一]我《われ》こそかやうにあるべき世《よ》に、この宮《みや》の世中をいと心細《こゝろぼそ》げにおぼいたるが心苦《こゝろぐる》しさに、[三二]えおぼしたゝぬ事と、わりなくおぼさる。[三三]二・三の宮[三四]もやもめにて宮(に)さし集《あつま》らせ給へり。[三五]さべき邊《わた》りに宣《のたま》はするは、つれなく、又「[三六]いでや」などおぼしめすに、自《をのづか》ら月日過《す》ぐるなるべし。御衣《ぞ》の色《いろ》も、冬《ふゆ》になるまゝに[三七]いとゞさし重《かさな》り、色濃《いろこ》きさまに様《さま》〳〵おはしますを、「この御様《さま》を繪《ゑ》にかゝばや」と、あはれに見《み》えさせ給《たま》ふ。」一條の宮《みや》には、のどかにお

ぼしめさるゝまゝに、[一]御行《をこな》ひも繁《しげ》うて、[二]後夜《ごや》の鐘《かね》の音《をと》もおどろ〳〵しう聞《きこ》しめされければ、御格子《かうし》押《を》し上《あ》げさせ給て御覽《らん》じて、

[三]皆人《みな》の飽《あ》かずのみ見《み》るもみぢ葉《ば》を誘《さそ》ひに誘《さそ》ふ木枯《こがらし》の風《かぜ》」とぞ宣《のたま》ひける。」

かゝる程《ほど》に、[四]五節や何《なに》やとのゝしるなれど、[五]この御邊《わた》りには、[六]ありし昔《むかし》をおぼし出《い》でゝ、萬《よろづ》おぼしやるに、さるべき殿上人など參《まい》りたるついでに、[七]若《わか》き人〳〵出《い》で會《あ》ひて物語《ものがたり》するもおかしきに、[八]又とのゝ君達《きんだち》などぞ、今少《いますこ》し[九]ものこまやかなることゞもは語《かた》らせ給《たま》ふめる。」[18][一〇]廿五日は賀茂《かも》の行幸まだなかりければ、あるべき事とのゝしれば、この[一一]一條殿の北《きた》の御門《みかど》より渡《わた》らせ給《たま》ふべかなれば、(宮の御前《まへ》に)候《さぶら》ふ人〳〵も[一二]ゆかしがり思《おも》へど、物華《ものはな》やかならんも人目《め》つゝましうおぼしめされて、たゞ[一三]御門《みかど》の許《もと》よりは幾《いく》らばかりかは御覽《らん》ぜられんなど、[一四]いと心《こゝろ》もとなかるを、日頃《ひごろ》人〳〵いときゝにくゝ申思《おも》へる程《ほど》に、[一五]殿參《とのまい》らせ給て、「いかにぞ、行幸は御覽《らん》ぜんとすや。この北《きた》の御門《みかど》よりこそは渡《わた》らせ給べけれ」と申し給へば、[一六]「いさや、さやうにこの人〳〵はいふめれど、いかでかは」とあれば、「あやしのことや。[一七]桟敷《さじき》を造《つく》り色《いろ》めかせ給《たま》はゞこそは人の誹《そしり》もあらめ、[一八]御前《おまへ》より渡《わた》らせ給《たま》はんを、御目《め》を塞《ふた》がせ給《たま》ふべき事《こと》かは」など申《まう》させ給《たま》ひて、たゞさりげなく北《きた》の築土《ついひぢ》を崩《くづ》させて御覽《らん》ずべき由《よし》を申置《を》かせ給《たま》ひて出《い》でさせ給《たま》

一 仏道のお勤めを頻繁に行われて。二 後夜の勤行の鐘の音。三 院の御喪に籠り紅葉も御覧にならずにいる間に、木枯の風が吹きそめて紅葉を散らしてしまうという御感慨を詠まれた。続古今、冬。四 五節の舞だとかその他何やかやの行事だとかいって大騒ぎするようだが。寛仁元年の五節参入は十一月十九日。

中宮御所の有様

五 喪中の中宮御所では。六 三条院御在世の当時を。七 年若い女官たちが応対して。八 道長の子息達。九 情愛のこもった話の数々をば。一〇「十一月廿五日己未、天皇行二幸賀茂社一、皇太后〈彰子〉同輿」(紀略、寛仁元年)。

賀茂行幸

一一「母后同輿(注略)、出レ従二西門一(注略)、経二大宮、一条大路幷出雲道等一(注略)、午剋着二給下御社一」(小右、十一月二十五日)。一条殿は、一条南・大宮東で、行幸順路に当る。↓補五五六。一二 行列を見たく思ったが。一三 御門の所からではどれ程行列を御覧なさることができましょうかなどと。一四 大層心もとない有様を日頃若人達は聞きづらい程口にしたり思ったりしているうちに。一五 道長。一六 妍子御詞。いいえ、そのように若人達はいうようですが、どうして見物などしてよいでしょうか。一七 桟敷を設けたりして華々しい事をなさるならば、非難も受けようが。「皇〈太〉后〈彰子〉同輿、女方渡二挾食〈敷〉一見物」(御堂、寛仁元年十一月二十五日)によれば桟敷を設けた。一八 せっかく御邸の前をお通りになられるのを。一九 皇太后彰子も帝と御同輿され。「母后同輿、〈南殿格子悉下、只上二階間一、依二母后同輿一也、無二警蹕・鈴奏等一、又不レ仰二御綱事一〉、出レ従二西門一」(小

ひぬれば、若《わか》き人〳〵喜《よろこ》びきこえさす。」 さて御覧《らん》ずるにいみじうめでたし。一九大宮も御輿《こし》に奉《たてまつ》りて、二〇女房車《ぐるま》えならずして渡《わた》らせ給《たま》う程《ほど》など、えもいはずめでたく御覧《らん》ぜらる。よろづ果《は》てゝ後《のち》に、二一大殿渡《とのわた》らせ給。あないみじやと見《み》えさせ給《たま》ふ。又の日《ひ》この宮(妍子)より大宮(上東門院)に聞《きこ》えさせ給、

二二[19]行幸《みゆき》せし賀茂《かも》の河波《かはなみ》かへるさにたちやとまると待《ま》ち明《あか》しつる」大宮の御返《かへ》し、

二三たちかへり賀茂《かも》の河波《かはなみ》よそにても見《み》しや行幸《みゆき》のしるしなるらん」とぞ。」

[20]二四さて院(小一條院)の御事今日明日《ことけふあす》との〻しるは、まことにやあらん。二五堀河《ほりかは》の女御、この事によりて胸塞《むねふた》がりておぼし歎《なげ》くべし。さて十二月《しはす》二六にぞ聟《むこ》どり奉《たてまつ》り給《たま》ふべき。この頃《ごろ》その御用意《ようい》なきにしもあらざりければ、いみじう心《こゝろ》ことなり。二七この御前《まへ》をば、月頃御匣殿《ごろみくしげ》二八とぞ聞《きこ》えさせける。御かたち有様《ありさま》あべい限《かぎり》おはします。御心《こゝろ》ざまなど、「いとめでたし」とぞ人は申める。二九さるべき人〳〵選《え》り調《とゝの》へさせ給。「三〇宮〳〵などに参《まい》りこみてや」とおぼしめしけれど、三一さるべく恥《はぢ》なき人〳〵多《おほ》く参《まい》り集《つど》ひたり。まづは故院《こ》三二に候《さぶら》ひ給《たま》ひし(橘)三三三位の腹《はら》に、三四山の井の大納言の女《むすめ》といはれ給へる、大納言の君とて候《さぶら》ひ給《たま》ふめり。三五なにくれの宮《みや》、かの殿《との》ばらの御女《むすめ》など名乗《なの》り給人〳〵多《おほ》かめり。すべて三六調《とゝの》へたる限《かぎり》廿人、童《わらは》・下仕《しもづかへ》四人あり。

中宮、賀茂行幸御見物

右、寛仁元年十一月二十五日)。二〇 御供の女房達の乗った車をいうにいわれず立派にしてお通りなさる有様を。↓補五五七。二一「巳剋有二賀茂行幸一、(中略)摂政殿(頼通)乗レ馬令レ候二輿後一給、又大殿(道長)於二御車一、同令レ候二御後一給云々」(左経、十一月二十五日)。二二 賀茂行幸の御帰りには私の方へお寄り下さるかと、昨夜は寝ずにお待ち申し上げました。河波は「かへる」の序。後拾遺、雑五。↓補五五八。二三 たとえよそながらも昔に返りお目にかかったのは、行幸のお蔭というものでしょう。二四 小一条院と高松殿の姫君寛子の御婚儀。それが今明日の中に行われるだろうと大騒ぎするのは。

道長女御匣殿、聟取の準備

二五 顕光女延子、小一条院の女御。
二六 御堂関白記・小右記等は十一月二十二日、本書の誤であろう。↓補五五九。
二七 道長女寛子。
二八 御匣殿別当の略。東宮の侍妾。
二九 侍女としてふさわしい人々。
三〇 (よい侍女は)もう各宮家にお仕えしていて、いないのではないかと思われたが。
三一 然るべき適当な、恥かしくないような侍女達が。
三二 故三条院。
三三 橘典侍のこと。↓三九二頁注一五。「橘三位の腹に、(中略)山の井の御子もあり」(みはてぬゆめ巻、一四〇頁)参照。
三四 大納言藤原道頼女。
三五 何某宮。だれそれという宮様。
三六 選抜した勝れた女房ばかり。

一御しつらひよりはじめ、あたらしう磨《みが》きたてさせ給へれば、耀《かゞや》きてぞ見《み》ゆる。」

御匣殿、小一条院と結婚

その夜《よ》になりて二院渡《わた》らせ給。三御前などさるべう四心《こゝろ》ばせある殿上人を選《え》らせ給《たま》へり。五まだなかりつる御仲《なか》らひの有様《ありさま》の程《ほど》、世《よ》にあらまほしきことの例《ためし》になりぬべし。殿上人のけしきなどもいへば疎《をろか》なり。盛《さかり》ならん櫻《さくら》などの心地《こゝち》したり。御車の後《しり》に、六大藏卿《朝經 大納言朝光男》つかうまつり給へり。さておはしましたれば、七この御腹《はら》の左衞門督《頼宗》・二位中將《能信》など、八紙燭《しそく》さしていれ奉《たてまつ》り給。九殿おはしますなれど、忍《しの》びて内《うち》のかたにぞおはしますべき。一〇殿《との》の御前《ぜん》どもは、一一側《そば》の方《かた》に忍《しの》びやかにうち群《む》れてあるに、院の御供《とも》の人〳〵忍《しの》びさせ給へど、いと多《おほ》くぞ候《さぶら》ふ。御隨身《みずいじむ》どものけしき、えもいはず一二やさしく思《おも》へり。一三入《い》らせ給へれば、御殿油《となぶら》あるかなきかにほのめきわたれど、一四にほひ有樣《ありさま》、夜目《よめ》にも著《しる》し。東宮におはしまし〻折參《おりまい》らせ給たりとも、例《れい》の作法《さほう》にこそはあらましか、一五これは一六今《いま》めかしうけぢかうおかしきものから、又いとやむごとなし。女君十九ばかりにやおはしますらんと覺《おぼ》えたる御けはひ有樣《ありさま》、いとかひありておぼさるべし。それにつけても一七堀河《ほりかは》の女御《顯光女》思《おも》ひ出《い》でられ給《たま》ふも心苦《こゝろぐる》し。かの女御も御かたちよく、心《こゝろ》ばせおはすれば、年《とし》頃《ごろ》いみじう思《おも》ひきこえさせ給へれど、たゞ今《いま》は一八あたらしき御有樣《ありさま》、今少《いますこ》し一九いたはしうおぼしめさるゝも、二〇我《われ》ながら理《ことはり》知《し》るさまにおぼさる。冬《ふゆ》の夜《よ》なれど、

一 お部屋の飾り付けを始めとして。二 小一条院が。「此夜小一条院御二近衛御門一、東対東面倚二御車一、左大将（教通）・左衛門督（頼宗）採二脂燭一、入二従寝殿東妻戸一、時戌（下略）」（御堂、寛仁元年十一月二十二日）。小右記にも詳しい。三 御先駆の人々。四 気のきいている。五 今までなかった程の立派な御縁組の有様は。六 故大納言朝光男。寛仁元年に参議、右大弁・大蔵卿を兼任。七 高松明子腹の。前掲御堂関白記によれば、紙燭の役は、左大将（教通）と左衛門督（頼宗）。能信は寛仁元年八月三十日、参議（従二位）に任ぜられ、右中将を去った。それ故前官で書いたことになるが、あるいは伝聞の誤か。八「脂燭一人留二戸外一、一人親二本家一之人、取二合両脂燭一到二帳前一、火移二付燈楼一（三日不レ消）」（江次第、巻二十、執聟事）を指すか。九 物音によれば道長公がいらっしゃるらしいが。
一〇 道長の御前駈の者は。一一 端の方に。
一二 恥かしそうに。
一三 小一条院が寛子の寝所に。
一四 小一条院の美しい御様子は。
一五 今度の場合の婚儀の仕方は。
一六 当世風に華やかで親しみがあり趣深いものの、同時にまた重々しいお取扱いでもある。
一七 院には堀河女御の事が自然と思い出されなさるのが、女御に対してお気の毒である。
一八 御匣殿の新しい御様子が。
一九 大切な可愛いものに思し召されるというのも。
二〇 院は御自身、新しいものを好むのが人情だという道理を弁えていたとお思いなさる。
二一 東宮でいて、たとえ天位におつきなさろう

とも、(院となって道長に壻どられた今の方が)。
二二 御到着になってすぐ出されたのかと思われる頃に。
二三 後朝の文を持った使がやって来た。
二四 (院の御使の)応対をされて勧盃の儀があり。
二五 盃を勧める女房の袖口などが。
二六 待遠しい有様で御匣殿の許へ。
二七 結婚披露式。通例結婚後第三夜に行われる。「此夜供レ餅、左衛門督調レ之、左衛門督供二御帳中一、後供二御膳一、女方陪膳、著給後、我献二御酒盞一、御供人等給レ禄、(下略)」(御堂、寛仁元年十一月二十四日)。
二八 (露顕の行われる)今夜は。

露顕の儀

二九 長家とすれば、三位中将に任ぜられたのは、治安二年正月七日であるから後官で書いたことになる。寛仁元年に長家は従五位上右少将。
三〇 恥かしくてじっとしておられない上に。
三一 露顕の夜、帳中の新郎新婦に祝の餅を供する儀。「みかのもちひ」という。
三二 道長公もおいでなさることになっていると。
三三 いうにいわれぬ名香をたきしめなさる。
三四 並一通りでない宮の有様であるから。
三五 無骨で見苦しいものは。
三六 じっとしておられないように思し召されて。
三七 饗饌の設け物。懸盤は食器を載せる道具で、四脚の台の上に折敷(おしき)を載せたもの。
三八 院司の随身の伺候所に奉仕する人々。
三九 院中の召次(雑事を勤め時を奏し、取次などをする役)の詰所に奉仕する人々。
四〇 饗饌の設け物で、食卓に載せる飲食物。
四一 いかにも頼みがいのある様子にしておもてなしした様は。

はかなく明《あ》けぬれば、出《い》でさせ給もいと飽《あ》かぬ様《さま》におぼさる。御供《とも》の御随身《みずいじん》・御車副《くるまぞひ》・舎人《とねり》まで、[二一]たゞ今《いま》そのまゝにて位《くらゐ》につかせ給《たま》へらましよりもめでたしと思《おも》ひたり。院よりはやがて、[二二]おはしましけるまゝにやと覺《おぼ》ゆる程《ほど》に、[二三]御使《つかひ》あり。二位中將《能信》など出《い》[二四]であひて、えもいはず醉《ゑ》はし給《たま》ふに、[二五]女房のかはらけさし出《い》づる袖口《そでぐち》などこそ目《め》もあやなれ。御返賜《たま》はりて、女の裝束《さうぞく》(に)葡萄染《えびぞめ》の織《をり》もの〻袿添《うちぎそ》へて賜《たま》はりて參《まゐ》りぬ。さて日暮《ひく》る〻も[二六]心《こゝろ》もとなくておはしましぬ。」

四五日ありてぞ御[二七]露顕《ところあらはし》ありける。院《小一條院》、皇后宮《娍子》に參《まゐ》り給て「[二八]よさりいかに恥《はづか》しう侍《はべ》らんずらむ。かしこにまかれば、二位中將《能信》・[二九]三位の中將《長家》など待《ま》ち迎《むか》ふるが、[三〇]いとすゞろはしきに、今宵《こよひ》は[三一]餅《もちゐ》の夜《よ》とかき〻侍《はべ》る、[三二]大臣《おとゞ》も物《もの》せらるべき様《さま》にこそき〻侍《はべ》りしか」と、聞《きこ》えさせ給《たま》へば、「げに、いかに」とおぼしめして、御裝束《さうぞく》どもに[三三]えならぬ香《か》どもしめさせ給。さやうの方《かた》には、[三四]なべてならぬ宮の有様《ありさま》に、心殊《こゝろこと》に恥《はづか》しうおぼしめして、仕立《した》てさせ給《たま》ふ程《ほど》推《を》し量《はか》るべし。かくて御供《とも》に參《まゐ》る人〴〵随身など、少《すこ》しも[三五]頑《かたくな》しきは選《え》り捨《す》てさせ給。おはしまして入《い》らせ給へば、左衞門督《頼宗》や例《れい》の君達《きみたち》など參《まゐ》り給《たま》へれば、[三六]すゞろはしうおぼしめされて入《い》らせ給《たま》ふ。殿上人の座《さ》には、[三七]懸盤《かけばん》のものども、いみじうし据《す》へたり。[三八]御随身《ずいじむ》所《どころ》・[三九]召次所《めしつぎどころ》など[四〇]机《つくゑ》の物ども數知《かずし》らずもて續《つゞ》き据《す》へたり。[四一]たよりある様《さま》にしなし

一 富「かをりたり」とあるを援用して解すべきか。一杯香をたきしめた扇を。 二 仰山なものの同時にこちらで気おくれを覚える程立派である。 三 小一条院の御気持としては、年来堀河殿の質素な有様が、高松殿の華美な有様への御目移りによって何よりもまず思い出されることであろう。 四 食事をおとりなさる御給仕は。御堂関白記、十一月二十四日に「供御膳、女房陪膳」とある。 五 御膳の取次役は。 六 御膳を供した頃に。 七 道長。御堂関白記、十一月二十四日に「着給後、我献二御酒盞二」とある。
八 (御父三条院の服喪中であるから、華やかでない)下着や直衣などの色を。↓補五六〇。
九 大層恥かしくいたたまれなく思われるが。
一〇 このような喪服のことは。
一一 何とも思いもし口にもせられない事であるから。
一二 院はどうかと思われるような地味な服装を恥かしく思し召されるが。
一三 かえって地味な服装の方が。
一四 夜の光で見ると色合いが一層美しく、はっきりと趣深くお見えなさるのも。
一五 わざわざこういう服装にしてもよいはずの事であったよというふうにお見えなさる。
一六 御容姿から受ける感じといい、魅力といい強くしみついていらっしゃる御有様は。
一七 生いはじめたような様子は。
一八 「御供人等給レ禄、修理大夫女装束、四位袿・袴、五位袿、六位袴、御随身二疋、召継長二疋、自余一疋、事了退出」(御堂、十一月二十四日)。
一九 規定通りの作法にもう一段加増なさった。
二〇 筥の盞に露顕の餅であろうか、それを入れて御帳の中へさりげない風情で差入れて。御堂関白記(十一月廿四日)に「左衛門督供二御帳

もてなしたる様《さま》、笑《ゑ》ましうさすがに見ゆ。入《い》らせ給へば、大殿油《おほとなぶら》畫《ひる》のやうに明《あか》きに、女房三四人、五六人づゝうち群《む》れて、えもいはぬ有様《ありさま》どもにて、[一]こほりふたがりたる扇《あふぎ》どもをさし隠《かく》して竝《な》み候程《ほど》、いみじう[二]おどろ〱しきものから、恥《はづか》しげなり。御しつらひ有様《ありさま》耀《かゞや》くと見ゆ。[三]院の御心地《こゝち》、年頃《としごろ》堀河《ほりかは》の邊《わた》りの有様《ありさま》、御目移《めうつ》りにまづおぼし出《い》でらるべし。かくて[四]物参《まい》らせ給《たま》ふ御まかなひは、左衛門督《頼宗》仕《つか》うまつり給《たま》ふ。[五]取次《とりつ》ぎ給《たま》ふ事《こと》は、二位中将《能信》・[21]三位中将《長家》などせさせ給《たま》ふ。[六]御臺参《だいまい》りての程《ほど》に、[七]大殿出《い》でさせ給《たま》ひて、うるはしき御装《よそひ》にて、御かはらけ参《まい》らせ給ほどなど、いへば疎《をろか》にめでたし。院は、[八]御衣《ぞ》ども直衣《なをし》などの色《いろ》をい[九]とつゝましうかたはらいたくおぼせど、[一〇]かやうの事《こと》は[一一]それを何《なに》ともおぼし宣《のたま》はせぬ事《こと》なれば、[一二]いかにぞややつれたる様《さま》を恥《はづか》しうはおぼしめせど、[一三]中〱それしも、[一四]夜目《よめ》には御色《いろ》のあはひもてはやされて、けざやかにおかしう見《み》えさせ給《たま》ふも、[一五]ことさらめきてもありぬべき事《こと》なりけりとぞ見《み》えさせ給。[一六]御けはひ・にほひなどぞしみかへらせ給へる御かたちは、けぢかう愛敬《あいぎやう》づきおかしうおはしませば、今宵《こよひ》の御有様《ありさま》必《かなら》ず繪《ゑ》にかくべし。御年《とし》廿三四ばかりにおはしませば、盛《さかり》にめでたう、髭《ひげ》なども少《すこ》し[一七]けはひづかせ給《たま》へる、「あなあらまほし、めでたや」とぞ見《み》ゆる御有様《ありさま》なめるかし。かくて[一八]御供《とも》の人《ひと》〲の祿《ろく》ども、[一九]例《れい》の作法《さほう》に

いま少《すこ》し増《ま》させ給へり。御隨身所・召次所《めしつぎどころ》・御車副《くるまぞひ》・舍人《とねり》ども、さま〴〵いとおどろ〳〵しうおぼし掟《をき》てたり。大殿《との》はかくて歸《かへ》らせ給ひぬ。二〇餅《もちゐ》[22]にや、筥《はこ》の蓋《ふた》御《み》丁の内《うち》にさりげなくさし入《い》れておはしましぬる程《ほど》に、二一物忌《ものいみ》すまじうあはれに見《み》えさせ給《たま》ふ。」かくてかの堀河《ほりかは》[23]の女御二二そのまゝに胸塞《むねふた》がりて、露《つゆ》ばかり二三御湯《ゆ》をだに參《まい》らで臥《ふ》し給へり。二四おとゞ顯光も消《き》え入《い》りぬばかりにて臥《ふ》し給《たま》へるに、二五一宮敦貞年四歳歟おはしまして、「大臣《おとゞ》、二六やゝ起《お》きよ〳〵。馬にせん」と起《おこ》し奉《たてまつ》らせ給へば、二七あるかにもあらで起《お》きあがり給て、二八高這《たかばひ》して馬《むま》になりて乘《の》せ奉《たてまつ》りたまて、這《は》ひ歩《あり》かせ給へば、一宮「二九例《れい》よりも動《うご》かぬ馬悲《むまかな》し」とて、扇《あふぎ》してし三〇と〳〵と打《う》ち奉《たてまつ》らせ給を、女御見《み》やり奉《たてまつ》らせ給《たま》ふて、いとゞ目《め》三一くるゝ心地《こゝち》せさせ給へば、いとゞ三二御心《こゝろ》のやみもまさらせ給て、御衣《ぞ》を引《ひ》き被《かづ》きて臥《ふ》させ給へり。いみじうあはれなる御有様《ありさま》なるに、「女御は若《わか》うおはすればいとよしや。とのゝ御年《とし》は三三さばかりなるに、三四いかに罪得《つみえ》させ給《たま》ふらん」と、見奉《みたてまつ》る人も、あはれに悲《かな》しく心憂《こゝろう》しと見《み》る。」三五日頃《ひごろ》[24]ありて、院、三六堀河《ほりかは》の院におはしまして御覽《らん》ずれば、三七わざと道見《みちみ》えぬまで荒《あ》れたり。あはれと御覽《らん》じて入《い》らせ給へれば、女御殿は三八御丁の前《まへ》にぞ、三九御硯《すゞり》の筥《はこ》を枕《まくら》にて臥《ふ》させ給へる。御前《まへ》に女房二三人ばかり候《さぶら》ひつれど、四〇おはしましつれば皆入《みない》りにけり。四一かやすき人〳〵の候《さぶら》ひしかども、このごろ皆出《みない》でゝ、

中こ」とあるのが餅を指す。
二一 縁起が悪いなどといって涙を流すのを止めることもできない程。
二二 院が高松殿へおいでなさって以来。
二三 御薬湯をさえ召し上がらないで。
二四 顕光の嘆きの様子は、小右記、寛仁元年十一月十二日の条に詳しく、十九日の条には、女延子の髪を切り幣を捧げて呪詛したことが明らかである。

堀河殿の有様

二五 長和三年誕生であるから、今年四歳。
二六 呼びかけの語。もしもし。
二七 正体もない様子で。
二八 尻を高くして這い、馬のかっこうをして一の宮をお乗せ申し上げなさって。二九 普通よりもよく動かないこの馬は面白くない。
三〇 静かに打つ様子。
三一 目のくらむような。
三二 心の中も一層暗くなられて。
三三 あんなにも多いのに。寛仁元年に七十四歳。
三四 (年をとって悲しい目に会われ)、どんなにか罪障が深くなられることだろうか。
三五 以下世継物語第一所載。
三六 小一条院。
三七 特別に。「荒れたり」へ続く。

小一条院、堀河殿を訪れ給う

三八 御帳台。三九 硯筥を枕として。〔参考〕「硯の筥に枕して臥し給へる」(紫式部日記)。
四〇 小一条院がおいでなさったので、女房達は皆奥の方へ入ってしまった。
四一 手軽な女房達が伺候していたが、最近それらは皆暇をとって帰ってしまい。

[一]えさらぬ人《ひと》〴〵ぞ候《さぶら》ひける。[二]見奉《たてまつ》らせ給へば、[三]白《しろ》き御衣《ぞ》ども五六ばかり奉《たてまつ》りて、御腰《こし》のほどに[四]御衾《ふすま》を引《ひ》きかけてぞ大殿籠《おほとのごも》りたる。御髪《ぐし》は[五]いとうるはしうて、裾細《すそほそ》くて、丈《たけ》に一尺ばかり餘《あま》らせ給へる程《ほど》にて、御かたちいと[六]清《きよ》げにて、たゞ今《いま》ぞ卅ばかり〔に〕*おはしますらんかし。[七]いみじう若《わか》う清《きよ》げに見《み》えさせ給《たま》ふ。[八]「猶ふりがたき御かたちなりかし」と御覧《らん》じて、[九]「やゝ」と驚《おどろ》かし奉《たてまつ》らせ給へば、[一〇]何心《なにごゝろ》もなく見上《みあ》げさせ給へるに、院のおはしませば、[一一]あさましうて御顔《かほ》を引《ひ》き入《い》れ給《たま》へば、御傍《かたはら》に添《そ》ひ臥《ふ》させ給て、[一二]よろづに泣《な》きみ笑《わら》ひみ慰《なぐさ》めきこえさせ給《たま》へど、それにつけても[一三]胸塞《むねふた》がりて、御涙《なみだ》のみ流《なが》れ落《お》つれば、院はよろづに聞《きこ》えさせ給へどかひなし。[一四]「いづら、一宮は」(と)聞《きこ》えさせ給《たま》へば、[一五]おはしまして、[一六]うち恥《はぢ》しらひておはしませば、[一七]「この宮も皆腹立《みなはらだ》ちにけるものをば」とて、御涙《なみだ》を押《を》し拭《のご》はせ給も、いみじうあはれなり。女御の御衣《ぞ》の袖《そで》のかたに、[一八]畳紙《たゝうがみ》のやうなるものゝあるを、取《と》りて御覧《らん》ずれば、[一九]「おぼしけることゞもを書《か》き給《たま》へる」と御覧《らん》ず、

[二〇]過《す》ぎにける年《とし》月なにを思《おも》ひけん今《いま》しもものゝ歎《なげ》かしきかな

[二一]うちとけて誰《たれ》もまだ寝《ね》ぬ夢《ゆめ》の世《よ》に人のつらさを見るぞ悲《かな》しき

[二二]千年經《ちとせへ》んほどをば知《し》らず來《こ》ぬ人を待《ま》つはなをこそ久《ひさ》しかりけれ

一 よんどころない女房達だけが。 二 院が女御を。 三 白い袿を五、六枚ばかりお召しになって。
四 夜着。 五 端麗で。
六 美しくて。
七 西「されといみしう」。
八 やはりいつまでも若くていらっしゃる。
九 もしもしといって眠りをおさませなさると。
一〇 何げなく。
一一 驚きあきれて御顔を衾の中へ。
一二 泣いたり笑ったりしていろいろとお慰め申し上げなさるが。
一三 女御の。
一四 どこにいらっしゃるの、一の宮は。
一五 一の宮が。
一六 はにかんでいらっしゃるので。
一七 一の宮もすっかり立腹してしまっているのだなあ。
一八 折り畳んで懐に入れておき、鼻紙または歌の詠草などに用いた紙。
一九 女御が。
二〇 過ぎ去った幾年月の間は何の物思いをしたのであったろうか、今始めて真の物思いを知ったことよ。続古今、恋五。
二一 二人ともまだうち解けて寝たこともない夢のようなはかない仲なのに、つれないお心に会うことは悲しいことよ。
二二 千年もさきのことは知らないが、さし当って訪れて来ない人を待つのはやはり時の久しく感ぜられるものよ。
二三 恋しいという事も薄情だという事も一緒に知らせてくれた院をどうして憎いと思わぬことがあろうか。
二四 解ける様子さえも見えないことよ、冬の夜の独り寝の袖に結んだこの氷は。

二三戀《こひ》しさもつらさも共《とも》に知《し》らせつる人をば憂《う》しといかゞ思《おも》はぬ
二四解《と》くとだに見えずもあるかな冬《ふゆ》の夜《よ》のかたしく袖《そで》に結《むす》ぶ氷《こほり》の」などかゝせ給《たま》へる。いみじうあはれに、「二五物《もの》を思《おも》はせ奉《たてまつ》る事《こと》。などかは時《とき》〳〵はこゝにも泊《とま》らざらむ。されど人の二六いみじうもてなしおぼいたる事《こと》の煩《わづら》はしければ、いかでかは。二七今暫《いましば》しもありてこそは」などおぼすも、いとあはれなり。「二八結《むす》ぶ氷《こほり》の」と書《か》き給《たま》へる傍《かたはら》に書《か》き給《たま》ふ、

二九逢《あ》ふ事《こと》のとゞこほりつゝ程《ほど》ふればとくれど解《と》くるけしきだになし」。萬《よろづ》にたゞ我《わが》三〇御命《いのち》知《し》らぬ事《こと》をのみ、えもいはず聞《きこ》え給《たま》ひて、出《い》でさせ給《たま》ふに、宮達《たち》のたち騒《さは》ぎ見送《みをく》り奉《たてまつ》らせ給《たま》ふに、御涙《なみだ》もこぼるれば、つい三一居《ゐ》させ給て、よろづに慰《なぐさ》め奉《たてまつ》らせ給て、御乳母《めのと》ども召《め》して、抱《いだ》かせ奉《たてまつ》らせ給て、との三二ゝ御方《かた》にはおはしまさせてぞ、少《すこ》し心安《こゝろやす》く出《い》でさせ給。三三道《みち》のそらもなくいみじうおぼさるべし。御供《とも》の人〳〵も、「三四泊《とま》らせ給はゞいかにかひなからん」と思《おも》ひけるに、出《い》でさせ給へば、嬉《うれ》しう思《おも》ひたるもいと心憂《こゝろう》し。」高松《たかまつ》殿におはしましたれば、三五たとしへなきことゞも多《おほ》かり。三六こたみの絶間《たえま》いとこよなし。女御今《いま》はたゞ(この歎《なげ》きは)、「三七我身《わがみ》のな(か)らんのみぞ絶《た》ゆべき」と、御心一《こゝろひと》つに三八となしかうなし、三九「いつまで草《ぐさ》の」とのみおぼし亂《みだ》る。四〇粟田殿のきたのかた《大蔵卿遠量女》は、年頃《としごろ》四一この殿の北《きた》

二三 女御に心配をおかけすることよ。
二四 高松方で大層気にかけ懇ろにしてくれることがけむたいから、どうしてここに泊れようか。
二五 もう暫くたってから時々通って来よう。
二六 女御の和歌の五首目の句。
二七 逢う瀬が滞ったままで時がたったので、私は昔のように打解けるのだが、あなたの方ではそんな様子さえお見せなさらない。
二八 寿命もいつまであるか分らないという事ばかりを。三一 つとお坐りになられて。
二九 父顕光の方へ連れて行かせ。
三〇 道中も上の空で。
三一 院が堀河殿にお泊りになられるならば、どんなにお供のしがいのない事だろうかと思っていたのに。
三二 堀河殿の有様に比べて比較にならない事が。
三三 女御の許への今度の絶え間は格段と長かった。
三四 自分の身体がなくなってしまう時だけに無くなることだろう。「のみ」は陽イ本「のち」。
三五 あれこれと。
三六 いつまでもの意か。引歌未詳。いつまで草は壁生草、「いつまで草は、またはかなくあはれなり」(枕草子、草は)。
三七 道兼北の方。
三八 道兼の死後顕光の後妻でいらっしゃったか

堀河女御の嘆き

ら。「粟田殿の北の方、この殿(顕光)の北の方にておはす」(浦〳〵の別)、「その殿(道兼)ゝ御北方、粟田殿の御後は、この堀川殿(兼通)の御子の左大臣の北方にてこそは、年頃おはすときゝ奉りしか。その北の方、九条殿(師輔)の御子の大蔵卿の君のむすめぞかし」(大鏡、道兼)。

の方《かた》にておはすれば、この頃《ころ》は上《うへ》[一]などの聞《きこ》え給事も、殿はきゝ入《い》れさせ給はず、[二]いみじとのみ物《もの》をおぼしたるがいとあはれになん。」[三]晦日《つごもり》になりぬれば、高松《たかまつ》殿にはやがて[四]それにぞ、院の御乳母達《めのとたち》に[五]さべき事《こと》どもせさせ給《たま》ふ。装束一領《さうぞくひとくだり》、織《をり》物の袿《うちぎ》ども添《そ》へ、[六]又たゞの衣《きぬ》など添《そ》へさせ給へるに、[七]院の御衣《ぞ》ども下《おろ》し添《そ》へさせ給へるに、又ある物あるべし。」[八]一條宮には、[九]御のさき《荷前》御覧《らん》ずるにつけても、[一〇]夢《ゆめ》とのみおぼしめさる。」夜《よ》の程《ほど》にかはりぬる空《そら》[一一]のけしきも、いと晴《はれ》〴〵しく心《こゝろ》のどかにて、[一二](うら〳〵)ゆかしげなり。[一三]よろづものゝ榮《はへ》なくおはします年《とし》なれば、[一四]例参《れいまい》[26]り給《たま》ふ上達部《かんだちめ》など、[一五]臨時客《りうじかく》など常《つね》の如《ごと》し。されど女房などの出《い》で入《い》りもなく、[一六]ひきいりたる御有様《ありさま》は口惜《くちを》しくぞ。高松《たかまつ》殿には、女房のこと[一七]もあらため心地《こゝち》よげなれど、院の[一八]御衣《ぞ》の色異《いろこと》なれば、えものゝ榮《はへ》なきことゞもなり。」萬《よろづ》よりも、帝《みかど》今年《ことし》十一にならせ給へば、[27][一九]正月三日御元服の事《こと》あり。その程《ほど》の有様思《ありさまおも》ひやるべし。」この二十日餘《はつかあま》りの程《ほど》は、[二〇]攝政殿《頼通》の[28]大饗《きやう》あべければ、その御屏風どもせさせ給《たま》へるに、さべき人〳〵に皆歌《みなうた》くばり賜《たま》はするに、大殿《との》、「我《われ》も詠《よ》まん」と仰《おほ》せられて、[二一]世《よ》の急《いそ》ぎに御暇《いとまも》のおはしまさねど、ともすれば[二二]端近《はしぢか》にうちながめて呻《うめ》かせ給程《ほど》、さま〴〵めでたく、[二三]人の御身《み》の幸《さいはひ》、御心《こゝろ》ざまも常《つね》の事《こと》ながら、かばかり急《いそ》がしき御心《こゝろ》におぼし忘《わす》れさせ給はぬ御心の程《ほど》も、

一 北の方がお慰めなさる事をも顕光は。二 何事をも悲しい事だと。三 寛仁元年十二月。四 年

高松殿の歳暮

の暮ということで。五 年末の仕着せなど。六 平絹《ひらぎぬ》(平織にした絹布)で製した着物。七 院のお召しになった御衣をも戴いて加えた、又その上に。八 娍子。九 年末に諸国からの貢物の初穂

一条殿の御荷前

寛仁二年正月

を、十陵と外戚八墓に献じた儀。「廿六日、庚寅、此夜荷前」(御堂、寛仁元年十二月)。一〇 三条院御在世中の一年前の事が。一一 寛仁二年正月の空の風情も。一二 陽「うら〳〵(と)おかしけ也」。一三 (三条院崩御後一年にもならず)万事ぱっとしない年であるから。一四 例年のように参賀に来られる。→補五六一。一五 正月の初め、摂関家で大臣以下を招いてもてなすこと。一六 引籠っている。一七 「ころも」の誤か。装束

後一条天皇御元服

摂政頼通、大饗の屏風歌

を改め。一八 鈍色の喪服のため他の人々と異なっているから。一九 →補五六二。二〇 →補五六三。二一 世を挙げての大饗の準備のため。二二 端近の所で歌を案じ苦吟なさる有様は。二三 道長の御身の幸いといい、御心用いといい、勝れていることは当然だが。二四 入選したものだけでさえ。二五 →補五六四。二六 正月上の卯の日、六衛府から朝廷に奉った杖。椿や桃の木に色糸を巻く。持統天皇の時に

始まる。この時は大学寮から献じた。
二七 常盤山(山城国)に並び生えている美しい椿をわが君がいよいよ栄えてゆく杖にするためきりとることである。玉椿は椿の美称。延喜左兵衛式、卯杖の項に「椿木六束」とあるのも杖の料。
二八 道長。
二九 尊者たるあなたの許へと遣った掌客使が帰って来たらしい。→補五六五。
三〇 大饗用の雉も鷹飼が持って来たことであろう。大饗の儀式中に、鷹飼が雉を持参することがある。
三一 和泉式部。当時藤原保昌の妻。
三二 着たりの意を兼ね、三笠の縁語。
三三 マロウド。客人。
三四 伊勢大神宮の神職の長。大中臣能宣の男。
三五 この家に自分(客)を泊めてほしい、沢水のために心も深く澄み渡るように。「すみ」は澄と住の掛詞。
三六 五月五日の節会。→補五六六。
三七 西「くらふへきこまもあやめのくさもみな」によるべきか。五月六日天皇が武徳殿で競馬御覧の事がある。
三八 山城国(八雲御抄)。
三九 →補五六七。
四〇 陽「から国も」・西イ「からくにも」。
四一 藤原公任。
四二 春の花秋の紅葉は色々に色づくが一度には見られない、しかし桜だけは一度に咲き揃う。「はみれ」は西イ「にみれ」。
四三 せっかく人を訪ねて来たのに紅葉を見るために来たかと誤解もされるから、すっかり散ってから訪れるべきであった。後拾遺、秋下、二句「見にとや」。
聞《きこ》えさせん方《かた》なくおはします。すべて和哥八十(首)ぞ出《い》で來《き》たりつれど、[二四]入《い》りたる限《かぎり》をだに盡《つく》しかゝず。[29][二五]やまとのかみすけたゞの朝臣《あそん》、[二六]うづえ《卯杖》を、
[二七]常盤山《ときはやま》生《お》ひ連《つらな》れる玉椿《たまつばき》君《きみ》がさかゆく杖《つえ》にとぞきる」大饗《きやう》したる所に、[二八]とのゝ御前《まへ》、
[二九]君がりとやりつる使《つかひ》來《き》にけらし野邊《のべ》[三〇]の雉子《きゞす》はとりやしつらん」春日《かすが》の使《つかひ》たつ所《ところ》に、[三一]和泉《いづみ》、
春日野《かすがの》に年《とし》も經《へ》ぬべし神《かみ》のます三笠《みかさ》の山《やま》に來《き》[三二]たりと思《おも》へば」山里《やまざと》に水《みづ》ある所《ところ》に、[三三]まら人來《き》たり、[三四]祭主輔親、
[三五]この宿《やど》に我《われ》をとめなん澤水《さはみづ》に深《ふか》き心《こゝろ》のすみわたるべく」[三六]五月節、輔尹《すけたゞ》、
[三七]競《くら》ぶべき草《くさ》も菖蒲《あやめ》の駒《こま》もみな美豆《みづ》[三八]の御牧《みまき》にひけるなりけり」[三九]九月九日、とのゝ御前《まへ》、
[四〇]かくのみもきくをぞ人はしのびける籬《まがき》に籠《こ》めて千代《ちよ》を匂《にほ》へば」。[四一]四條の大納言別《べち》に二首奉《たてまつ》らせ給へり。櫻《さくら》の花《はな》見る女車《ぐるま》ある所《ところ》、
[四二]春の花《はな》秋の紅葉《もみぢ》もいろ〳〵に櫻《さくら》のみこそひと時《ゝき》は見《み》れ」又紅葉《もみぢ》ある山里《やまざと》に男《おとこ》來《き》たり、
[四三]山里《やまざと》の紅葉《もみぢ》見《み》るとや思《おも》ふらん散《ち》り果《は》てゝこそ訪《と》ふべかりけれ」。いと多《おほ》か

摂政家大饗、頼通敦康親王女を養う

一 大饗の際第一の客として上座に坐る人。「廿三日丁巳、摂政内大臣家大饗、右大臣公季為二尊者一」(紀略、寛仁二年正月)。 二 頼通北の方隆姫。 三 誕生(誕生は、長和五年七月十九日、御堂)当初から親の手許から引取って養女とせられたから。「敦康親王御女、嫄子女王〈宇治殿為レ子、後朱雀中宮、長暦三・八・廿八崩、廿四〉」(紹運)。

堀河女御の憂愁

四 「まことなりけりとおぼし知らる」まで、世継物語第一所載。 五 上陽宮(洛陽宮の西南隅にあった宮殿)の官女。唐の玄宗皇帝の時、楊貴妃が寵を専らにし、美色ある者は別所に置かれた。上陽人はその一人。 六 「春往秋来不レ記レ年」(白氏文集、新楽府、上陽白髪人)。 七 「夜長無レ寐天不レ明、耿々残燈背レ壁影」(上陽白髪人)。神田本・三宝院本白氏文集等には、背壁を壁ニ背ケタルと訓じている。 八 「花の色は移りにけりな徒にわが身世に経るながめせし間に」(古今、春下、小野小町)。 九 物思いにふけられた。 一〇 夫の訪れ来ることも絶えてしまったわが家の。 一一 「宮鶯百囀愁厭レ聞」(上陽白髪人)。 一二 引続き三条院の喪中で万事相変らぬ御有様であったが。 一三 (喪服の色を改め)鮮かになさり。 一四 小一条院の御指図があるから。 一五 元日の御膳。→補五六八。 一六 ここで句とする。 一七 顕光。 一八 西「小袴」。小脛と当て、袴をちょっと上に上げた状態と解する説もあるが(田中重太郎氏「枕冊子研究」)、底本こ・は・き共に平声の点を加えている。また、下文の「小

経房、故三条院の御笛を中宮に奉る

れど盡《つく》しかゝず。」大饗《きやう》は正月廿三日なり。有様《ありさま》いふも疎《をろか》にめでたし。一尊者には、閑院の右大臣殿《公季》ぞおはしましける。二上《うへ》の有様《ありさま》など、いとあらまほしうめでたき殿《との》なり。30式部卿宮《敦康》の姫宮《嫄子》三生《むま》れ給《たま》ひしより、やがてとり放《はな》ちて養《やしな》ひ奉《たてまつ》らせ給へれば、いとうつくしげにぞおはします。」四かの堀河院には、五上陽人の、「六春《はる》31往《ゆ》き秋來《あきき》たれども年《とし》を知《し》らず」といふやうに、明《あ》け暮《く》るゝも知《し》らせ給はず、あさましうおぼし歎《なげ》きて寢覺《ねざ》めつゝ、七安《やす》くも大殿籠《おほとのごも》らねば、殘《のこり》の燈火《ともしび》の壁《かべ》に背《そむ》ける影《かげ》も心細《こゝろぼそ》うおぼさるゝに、御前《まへ》の梅《むめ》の心よく開《ひら》けにけるも、「これを今《いま》まで知《し》らざりけるよ。『八我身世《わがみよ》に經《ふ》る』など、九ながめさせ給ける、

何處《いづこ》より春來《はるき》たりけん見《み》一〇し人も絶《た》えにし宿《やど》の梅《むめ》ぞ匂《にほ》へる」。

「『一一鶯《うぐひす》のもの若《わか》き初音《はつね》愁《うれへ》あれば聞《き》くを厭《いと》ふ』などありけんも、まことなりけり」とおぼし知《し》らる。一二よろづ變《かは》らぬ御有様《ありさま》なるに、宮達《たち》の御衣《ぞ》ばかりをぞ、一三あざやげさせ給て、一四院の御掟《をきて》のあれば、宮達《たち》に一五御節供參《まい》れり。よろづあはれなる一六世《よ》をぞ。一七殿はこ《木》一八はき《掃》にて、あしだ《足駄》はきて、杖《つゑ》をつきて、道《みち》のまゝに歩《あり》かせ給て、御前《おまへ》の小木《こ》どもの小《ちゐさ》き繕《つくろ》はせ給へば、一・二宮《一宮敦貞　二宮敦昌》は人に抱《いだ》かれさせ給て續《つゞ》き歩《あり》かせ給《たま》ふ程《ほど》も、一九あはれにすごげなり。「高松殿の有樣《ありさま》を、二〇院いかに御覽《らん》ずらむ」と、二一御目移《めうつ》りの程《ほど》も、恥《はづか》しうすゞろ二二はしうおぼさるゝ二三御心《こゝろ》の中《うち》も理《ことはり》ながら、又二四あながちなり。」

[32]二五枇杷殿のみや妍子には、故《こ》院の御笛《ふえ》を、二六宮の権大夫とあるは、[33]源中納言經房に、「二七これが違《たが》ひたる所繕《ところつくろ》ひて」とて、預《あづ》けさせ給へりけるを、物の中より取《と》り出《い》でゝ、「二八かう〳〵侍《はべ》りしを、忘《わす》れていまゝで参《まゐ》らせず侍《はべ》りける」とて、御前《おまへ》に参《まゐ》らせ給とて、やがて少《すこ》しうち吹《ふ》き鳴《な》らし給《たま》うをきゝて、二九命婦の乳母《めのと》、

、三〇笛竹《ふえたけ》のこの世《よ》を長《なが》く別《わか》れにし君《きみ》がゝたみの聲《こゑ》ぞ戀《こひ》しき」。

木」は、「こ」に上声の点、「木」に上声の濁点を加う。一九 お気の毒に物淋しい感じがする。二〇 こちらと比べて小一条院は。二一 高松殿の方へ御目移りのされた事に対しても。二二 じっとしていられないように。二三 顕光の。二四 ひとりよがりのことである。二五 →補五六九。二六 中宮権大夫といっている人は、源中納言の事であるが、その中納言に。二七 音律の違ったところを。二八 笛の不調を直すようにとの仰せであったが。二九 →補五七〇。三〇 現世では二度とお会いすることもできず永別されたわが君の形見の御笛の音を聞くと御声が恋しくしのばれることです。玉葉、雑四、枇杷皇太后宮御匣。

巻第十四　あさみどり

巻名　藤原長家が行成女と結婚した時に、女君が「浅緑空ものどけき春の日は暮るゝ久しきものとこそ聞け」と詠んだ歌詞による。
諸本＝あさみとり(陽)・朝緑(西、活)・十四あさみとり(富)。

所収年代　寛仁二年(一〇一八)二月から、同三年二月まで、一年間。

内容　二月に尚侍威子が後一条天皇の後宮として入内の儀が華々しくとりおこなわれた。衾覆(ふすまおおい)の儀は、道長の北の方で威子の母倫子が勤めた。お二人の御仲も睦じくあられた。

故粟田殿道兼の女に、尚侍から宮仕えを求めて来た。女の母(今は左大臣顕光の後妻)と、道兼の二男宰相兼隆が相談して、意向に従うことになった。姫君を愛していた道兼の霊が物の怪となって現われたりしたが、姫君は二条殿の御方と呼ばれて大切に扱われた。

一条院と三条院とでは、それぞれ往時が追想された。

三位中将長家は倫子の養子となったが、侍従中納言行成女の壻となった。まだ年齢の若い夫妻は雛遊びのように可愛いかった。この年の賀茂祭に、長家が近衛府使を勤仕した。

行成の先妻は、長家室の母の姉であったが、その腹の大い君は、平凡な結婚はさせないという行成の意向から未だに独身でいたが、故北の方が物の怪に現われて、長家室をおびやかした。

京極殿(土御門殿)が落成し、道長と尚侍(威子)が移った。伊予守頼光は調度品をはじめ、一切の奉仕を独力で果たし、道長を驚かした。屋丈の低い古体(昔風)な造りであった旧邸と変り、道長の意のままに造った新邸は見事なものであった。

寛仁二年十月十六日、威子立后、中宮と称した。元の中宮(妍子)は皇太后を称し、新尚侍に道長の四女嬉子が任ぜられた。太皇太后彰子と併せて一家から三后の立ったことは未曾有の事であった。

教通の大い君(生子)は五歳、小姫君(真子)が三歳になったので、袴着の儀が京極殿で行われ、腰結は道長の手によってなされた。

小一条院女御寛子は男児を生んだが、七夜の湯あみの後、物の怪のために死んだ。

この頃道長は、法華八講を盛大に営んだ。明日は五巻という前日の夕方、敦康親王が薨じた。一品宮脩子内親王や上東門院は深くこれを嘆かれた。

道長は出家の本懐を遂げたく思うにつけて、嬉子を東宮に参らせることを急いだ。

敦康親王の法事は、法興院でおこなわれた。

顕光の後妻は尼となり、二条殿の御方の世話に専念したので、顕光は堀川邸に一人心細く住んでいた。同じ邸内に女の元子(もと一条天皇女御)も住んでいたので、頼定が出入したが、顕光と頼定とは仲が悪かったので、対面することもなかった。堀川邸焼亡後の新殿は初め元子に譲られたものであったが、頼定の件が起って後は、改めて元子の妹小一条院女御延子に譲られた。延子は、しかし、院の愛が薄れ、淋しい日を送っていた。

三条院の四の宮師明親王は、小一条院の養子になったが、養父に失望する事があって、仁和寺で出家した。

榮花物語巻第十四

あさみどり

かくて二月[1][一]になりぬれば、大[2][二]との丶内侍の督《かむ》の殿内へ参《まい》らせ給。よろづ調《(と)との》へさせ給へり。大人《おとな》[三]四十人・童《わらは》六人・下仕《しもづかへ》同《おな》じ數《かず》なり。はじめの宮ゝ[四]・攝政殿などに、皆人《みな》[五]〳〵こみ参《まい》りて、今《いま》は「えしもや[六]」とおぼしめしつれど、何《いづ》れも恥《はぢ》なき人〳〵多《おほ》く参《まい》りこみたり。わらは丶その夜《よ》の御車寄《よ》[七]するまで、選《え》り調《とゝの》へさせ給へる程《ほど》推《を》し量《はか》るべし。二《ふた》[八]宮の御参《まい》りの折《おり》〳〵の事をぞ、世語《よがたり》[九]に人〳〵聞《きこ》えさすめるを、これは今少《いますこ》し勝《まさ》りたり。世《よ》の中の人の御心掟《をきて》[一〇]、昨日《きのふ》に今日《けふ》は勝《まさ》りてのみあるわざなれば、よろづそれに從《したが》[一一]ひてめでたし。」みかど[一二]の御有様《ありさま》よりは、督《かん》[一三]のとの丶こよなく大人《おとな》びさせ給へり。御かたちいみじくおかしげに愛敬《あいぎやう》づき、色《いろ》[一四]あはひよりはじめ、なべてならず見《み》えさせ給。御髮《ぐし》いみじうこまやかにめでたくて、御丈《たけ》に少《すこ》し餘《あま》らせ給へる。上《うへ》[一五]の御前《まへ》の御髮《ぐし》よりはじめ、二《ふた》[一六]宮の御髮《ぐし》、世《よ》に類《たぐひ》なく長《なが》うめでたうおはしますに、この[一七]御前《まへ》のをぞ、心もとなげにおぼしめしたるに、これ[一八]はいと美《うつく》しげにおはしますや。八重紅梅《やへこうばい》を露《つゆ》[一九]かゝりながら押《を》

一「以二酉時一入内、戌時人々被レ来…寝殿南階倚二糸毛車一、西対南面女方乗レ車、従二東(洞)院大路一上レ北」(御堂、寛仁二年三月七日)。二月は誤。

二 道長三女尚侍威子。

三 女房。

四 大宮彰子・皇太后妍子の御殿や摂政頼通の許へ。

尚侍威子入内

五 女房達は全部お仕えして。

六 到底よい女房は得られまいと。

七 御乗車を階の所へ寄せる間際まで。

八 長保元年十一月に彰子が入内された時と、寛弘七年二月妍子が東宮へ参られた時の事を。

九 世間話として。

一〇 心の考え方というものは。

一一 日進月歩の考え方に。

一二 若い帝の御様子に比べ。後一条帝は今年十一歳。

尚侍の御容姿

一三 威子は今年十九歳。「寛仁二年三月七日入内〈年十九〉」(大鏡裏書)。四月二十八日、女御。

一四 御肌の色を始めとして、並々ならず美しく。

一五 道長室倫子。

一六 大宮彰子・皇太后妍子。↓二五〇頁・二五一頁。

一七 威子の御髮を気づかわしげに思し召して来たが。

一八 この御髮は大層美しい風情でいらっしゃることよ。

一九 露に濡れたまま。

し折《お》りたるやうなる御[一]匂《にほひ》なり。[二]何《いづ》れの物語《ものがたり》にかは、人の御むすめ・女御・后《きさき》を、世《よ》にわろしとは聞《きこ》えさせたる。[三]そが中《なか》にもこの御前達《おまへたち》は、[四]御かたちこそさもおはしまさめ、[五]御心掟《をきて》・有様《ありさま》などは、いかでかく古[六]體《こたい》ならず今《いま》めかしう、[七]さりとて端近《はしちか》にやはおはします。「いかでかう様《さま》〳〵めでたくおはしますにか」と見えさせ給。まいておはしまし集《あつま》らせ給へる折《おり》は、繪《ゑ》に書《か》きたるも[八]頑《かたくな》しきも交《まじ》りたり、これは聞《きこ》えさすべき方《かた》なくおはしませば、殿[九]も上《うへ》も御目他《めほか》へやらせ給はず、[一〇]守《まぼ》り奉《たてまつ》らせ給。」かくて參《まい》らせ給《たま》へれば、御[一一]しつらひ有様《ありさま》など、例《れい》のおどろ〳〵しう玉《たま》を磨《みが》きたてさせ給へり。「[一二]みかどいと若《わか》うおはしまいて、如何《いかゞ》」と世《よ》の人申思《おも》へり。[一三]さき〳〵もおぼつかなからず見奉《みたてまつ》り交《かは》させ給へる御仲《なか》なれど、督《かむ》の殿は、さし竝《なら》び奉《たてまつ》らせ給《たま》へる事《こと》を、[一四]かたはらいたうおぼしめす。みかどは[一五]ひた道《みち》に耻《はづか》しうおぼしめし交《かは》したるに、[一六]澁《しぶ》〳〵に上《のぼ》らせ給へれば、夜《よる》の大殿《おとゞ》に入《い》らせ給程《ほど》、[一七]いみじうつゝましうわりなくおぼしめされて、[一八]やがて動《うご》かで居《ゐ》させ給へれば、[一九]近江《あふみ》の三位參《まい》りて、「あな物狂《ぐるを》し。などかくては」とて御[二〇]丁のもとにおはしまさすれば、[二一]上起《うへお》き居《ゐ》させ給て、御袖《そで》を引《ひ》かせ給程《ほど》、督《かん》の殿、[二二]むげに知《し》らせ給はざらん御中よりも、[二三]はゆく耻《はづか》しうおぼしめさるべし。さて入《い》[二四]らせ給ぬれば、[二五]殿の上《うへ》おはしまして、[二六]御衾《ふすま》參《まい》らせ給程《ほど》、[二七]げにめでたき御あへ

一 魅力的な美しさである。二 どんな物語に、作中人物の御女・女御・后などを醜い方だと書いておろうか、皆ほめて書いてある。三 そうした中でも特に、彰子・妍子・威子達は。四 御容姿の美しいことは当然の事であるが。五 御気だて。六 古風でなく当世風で。七 そうかといってどうして浅薄軽佻でいらっしゃろうか。八 見にくいものも交っているものだが。九 道長も倫子も。一〇 じっと見守っていらっしゃる。一一 室内の飾り付け。「大殿御共参内、為㆑覧㆓尚侍御方御装束㆒也、〈御帳・几帳等帷織物也、自余物等甚華美也〉」(左経、寛仁二年三月七日)。一二 帝が余りにお若くていらっしゃるからいかがなものだろうか。

入内当夜の帝と尚侍

一三 前々も始終お互に御覧なさっておられる御仲ではあるが。(威子は帝の御叔母に当る上に、尚侍として奉仕していた。)一四 (年齢も違うし)いたたまれぬ程恥しく。一五 一途に。一六 気の進まぬ態度で入内されたので。一七 (尚侍は)大層恥しくどうしようもなく思し召されて。一八 そのまま動かず坐ったままでいらっしゃるから。一九 後一条天皇御乳母。前に近江内侍とあった人。↓補五一三。二〇 御帳台のそばへお進め申し上げると。二一 帝は。二二 全然御存知のない御仲に比べて。二三 きまり悪く恥しく。二四 御帳台の中へ。二五 倫子。二六 御衾覆の役を勤められたが、その間の有様は。衾覆は、新郎新婦が帳中に入り、形式的に衾をかける儀。「両三献後、余入内、摂政又立参㆓御前㆒、有㆓御使㆒〈内侍〉、給㆑禄、女装束、加㆓綾褂㆒、即参上、母ょ供㆓御衾㆒」(御堂、寛仁二年三月七日)。二七 (幸福な殿の上が衾覆の役を勤めるのは)結構な御あやかりもので。

ものにて、理《ことはり》に見《み》えさせ給。入《い》らせ給て後《のち》の事は知《し》り難《がた》し。御乳母達《めのとたち》・御丁の邊《あた》りに候《さぶら》ふ。とのゝ御前《まへ》、よろづにおぼし續《つゞ》くるに、ゆゝしうて御目拭《めのご》はせ給。あか月には下《お》りさせ給。」さて夜頃上《よごろのぼ》らせ給て、吉夜《よき》してあべい事どもなどものせさせ給。御乳母達《めのとたち》の贈物《をくり》、上《うへ》の女房達《たち》・女官まで物賜《ものたま》はすれば、喜《よろこ》び畏《かしこま》りて、祈《いの》りまし續《つゞ》くるもおかしくなむ。遲《をそ》く上《のぼ》らせ給折《おり》は、夜更《よふ》くるまでおはしまして、待《ま》ちつけ奉《たてまつ》らせ給程《ほど》などこそ、猶《なを》心殊《こと》におはしますわざなめれ。御方《かた》に渡《わた》らせ給へれば、竝《なら》びきこえさせ給へる程《ほど》、殊《こと》の外《ほか》に、いかにと見奉《みたてまつ》り、世人も申しを、督《かん》の殿《との》もとよりさゝやかに、おかしげにおはしませば、なずらひうつくしう見《み》えさせ給。上《うへ》あさましうおよずけさせ給へり。おはしましては、御髮《ぐし》の筥《はこ》*のうちよりはじめ、よろづを探《さが》し御覽《らむ》ずるに、いとおかしう見所《どころ》ありて、御覽《らん》じ興《けう》ぜさせ給。御調度共《てうどども》のめでたうおかしきをぞ、明暮《あけくれ》の御遊《あそび》に御覽《らん》じける。かんの殿《との》は、猶《なを》いと恥《はづか》しう人目《め》をおぼしたれど、上《うへ》はいと心よく睦《むつ》びきこえさせ給程《ほど》もおかしくなむ。」かゝる程《ほど》に、かの粟田《あはた》の姫君《ひめぎみ》大人《おとな》になり果《は》て給にたれば、北《きた》の方《かた》、「いかで我《わが》ある折《おり》に、賴《たのも》しうさべき樣《さま》に見置《みを》き奉《たてまつ》らん」とおぼし宣《のたま》へど、さべき事のめやすくおぼさるべきもなし。さりとてなべての事《こと》をおぼすべきにもあらず。いかにとおぼし煩《わづら》ふ程《ほど》に、この督《かん》の殿《との》より、せち

二八 道長は女を三人まで后にお据えしたことを。二九 幸福もすぎて不吉に思われる程で。三〇 夜明には威子は曹司へ引き退りなさる。三一 数夜このかた威子はお伽に上られ。「摂政〈頼通〉・大

尚侍と後一条帝の御仲

将〈教通〉・左衛門督〈頼宗〉・新中納言〈能信〉等連夜上下間送迎」(御堂、寛仁二年三月十日)。三二 吉日の夜をトしてあるべき事ども―露顕の儀などを行わせられた。三三 道長から御乳母達へ贈物があったほかに。三四 主上付の女官。三五 ニョウカン。御湯殿・台盤所・殿司(とのもりづかさ)などで御用を勤める下級女官。三六 主上や尚侍の上に栄光あれと祈り申し続けるのも。「まし」は「申し」に同じ。三七 尚侍の参上が遅れるような場合には。三八 主上は夜更けまで待っておられて。三九 特別の御愛情をお持ちになっておられることと見える。四〇 主上が尚侍の御部屋へ。四一 主上に尚侍がお並び申し上げた有様は。四二 年齢も余りに相違していて、どんなものかとお見申し上げたり、世人もとやかく噂したのであったが。四三 尚侍威子はもともと小柄で。四四 よくお似合いで可愛くお見えなさる。四五 主上は年齢の割に驚く程成人しておられた。四六 道兼女。長徳元年生、今年二十四歳。↓一五三頁。西「故粟田殿の」。四七 遠量女。今は顕

道兼の姫君出仕

光北の方。四八 自分の健在のうちに。四九 頼もしく相応な有様に、姫君の身のおさまりをお付け申し上げておきたい。五〇 姫君にふさわしい事で無難に思われるようなものもない。五一 並々の事―世間並の男と結婚させるような事を。五二 どうしようかと思い悩んでおられるうちに。

に御消息《せうそこ》聞《きこ》えさせ給。「[一]なにかとおぼすべきにあらず、つれ〴〵の慰《なぐさ》めに語《かた》らひきこえさせん」などぞあるとの[二]ゝ上《うへ》の御消息《せうそこ》など聞《きこ》えさせ給を、この北《きた》の方《かた》いかにせましとおぼし亂《みだ》れて、姫君《ひめぎみ》に「己《をの》が行末《ゆくすゑ》も殘少《のこりすくな》ければ、[三]いかにも〳〵して、いかで後《うしろ》やすくと思《おも》ひきこゆるに、[四]この宮邊《わた》りにかくせちに宣《のたま》はするを、いかゞおぼす」と聞《きこ》え給へば、姫君《ひめぎみ》ともかくも聞《きこ》え給はで、[五]うちそばみて居《ゐ》給へるを、見奉《みたてまつ》り給へば御涙《なみだ》の溢《こぼ》るゝなりけり。北方いとゞ塞《せ》きもあへ給《たま》はず、「[六]あが君や、これをよき事《こと》にはあらず、人のせちに宣《のたま》う事《こと》なれば。[七]故《こ》殿の歌物語《うたがたり》を書《か》き設《まう》けて、御調度《てうど》をし設《まう》けて待《ま》ち奉《たてまつ》り給しかど、[八]御顔《かほ》をだに見給《みたま》はずなりにしこと」ゝ、言《い》ひ續《つゞ》け泣《な》き給へば、御前《おまへ》なる人〴〵も[九]ゆゝしきまで泣《な》きあへる程《ほど》に、[一〇]二位の宰相參《まい》り給へり。北《きた》の方《かた》この事どもを聞《きこ》え給へば、宰相うち泣《な》き給ひて、「かゝる事なんいと苦《くる》しく侍《はべ》る。『[一一]いたうとれば』といふらんやうに、故《こ》殿の御[一二]心掟《をきて》のやうにては、すべておぼしかくべき事《こと》にもあらねど、[一三]今《いま》の世《よ》の事《こと》のいと樣異《さまこと》になりにて侍《はべ》れば、[一四]かくせちに申させ給を、否《いな》とも侍《はべ》らば、[一五]なにがしなどがためにこそ便なく侍《はべ》らめ。[一六]この御有樣《ありさま》の盡《つ》くべき世《よ》も見《み》え侍《はべ》らねば。人のため[一七]善《よ》き事《こと》は難《かた》く、惡《あ》しき事《こと》は易《やす》くなん侍」と聞《きこ》え給へば、母《はゝ》北《きた》の方《かた》「さるへき事《こと》なり」とおぼしたちて、[一八]さるべきことゞもせさせ給に、宰

三三 たって宮仕えをするようにと。

一 宮仕えなどと思案なさるようなものではなく、徒然の慰め相手としてお誘い申し上げましょうと書いた。 二 道長室倫子。 三 どのようにもして是非心配のない身の上にして上げたいと。
四 尚侍の許からこのようにたっておっしゃって来るのを。 五 横を向いて坐っておられるのを。
六 姫よ、これをよい事と思って勧めるのではなく、先方が余り熱心にいわれる事なのでね。
七 道兼が(姫君の将来の料に)絵物語を写して準備され。↓一二〇頁。
八 あなたの御顔さえも御覧にならないで死んでしまわれたことよ。
九 不吉なまで。
一〇 兼隆。道兼二男。長和五年以来参議従二位。
一一 ↓補五七一。
一二 女御・后にもと思っていた御計画のようでは。 一三 現今の世情はすっかり当時とは異なってしまっているから。
一四 このようにしきりに御所望なさるのに、嫌ですとでも御返事申すならば。
一五 自分などのためにはまことにふつごうな事になるであろう。
一六 道長の権威は尽きるはずの世もあろうとは見えないから…。
一七 善事は難く、悪事は易い事です―姫君にとって女御・后に参るような善い事は実現し難く、宮仕のような事は容易な事で、そうした時勢である。
一八 宮仕に当然必要な仕度。
一九 下仕も二人と、こんなところで十分だろう。
二〇 伊周女(中姫君)が大宮彰子にお仕えした時、そんな様子だったと聞きました。↓二九六頁。

相「大人《おとな》十人・童《わらは》二人、[一九]下仕《しもづかへ》さやうにてあへ侍《はべ》りなん。[二〇]帥殿《伊周》の御方、大宮に参《まい》り給ひし、さやうになんきゝ給へし」と申給て、[二一]靡《なび》きゝこえたてまつり給ふ由《よし》の御返聞《きこ》え給つ。姫君《ひめぎみ》を見《み》やり奉《たてまつ》り給へば、いと小《ちゐさ》やかになまめかしう、[二二]枝垂《しだり》柳《やなぎ》だちて居《ゐ》給へり。「[二三]御調度共《てうども》は、こ殿《道兼》のさま〲し設《まう》けさせ給へりしあめり。銀《しろがね》の御櫛《くし》の筥《はこ》さへあるこそ」とて、[二四]又泣《な》き給、「[二五]世《よ》に限《かぎり》なき御身とこそ思《おも》ひきこえ給けめ」とても、又泣《またな》き給。よろづ物語《がたり》めき、いとあはれなることゞもなり。かくて宰相出《い》で給ぬ。」[二六]大殿《おほとの》には、かの御返を御覧《らん》じてければ、喜《よろこ》びながら[二七]人の御身にいるべきもの、様《さま》〲おどろ〱しきまで奉《たてまつ》らせ給へり。「[二八]さばかうにこそは」と、[二九]急《いそ》ぎたゝせ給につけて(も)、又北《きた》の方《かた》ともすればい[三〇]やめなる子供《こども》のやうに[三一]うちひそまり給。[三二]堀河《ほりかは》のおとゞ《顕光》に、「かゝる事なんある」と聞《きこ》え給へれば、「[三三]すべて麿《まろ》に物《もの》な宣《のたま》ひそ。[三四]何事《なにごと》も覺《おぼ》へ侍《はべ》らず」と、かひなき御答《いらへ》なり。かくて[三五]故《こ》殿度《たび》〲夢《ゆめ》に見《み》えさせ給、[三六]物のけに出《い》で給なむどすれど、さりとておぼしとまるべき事にもあらぬを、(姫《ひめ》君)「[三七]いでや、尼《あま》にやなりなまし」と、人知《し》れずおぼし亂《みだ》るれど、「[三八]まめやかなる御心などのあめるに、又今更《いまさら》に[三九]けしからぬやうにやは」などおぼすも、あはれになん。」[四〇]その夜《よ》になりて、二《兼隆》位宰相《道兼公息》、[四一]藤中將《兼綱 道兼二男》など參《まい》り集《あつま》り給。また昔《むかし》より[四二]心ざしありて、親《した》しうおぼされし

二一 言うことに従いなさる由の御返事を。
二二 枝垂柳といった風情で坐っておられた。
二三 北の方詞。
二四 この一句下文と重複、衍か。
二五 最高位の地位につくようにときっと故殿はお思い申し上げなさったでしょう。
二六 道長は、宮仕を承知したという御返事を。
二七 姫君のために入用な物を。
二八 北の方心中。それではこうした運命なのだ。
二九 大いに仕度されるにつけても。
三〇 泣き顔をした。
三一 べそをおかきなさる。
三二 北の方の今の夫。

堀河一家の悲嘆

三三 何事も自分に物をおっしゃるな。
三四 何事をも考える力はない。(顕光女たる堀河女御延子の事について苦悩している折だから。↓四一二頁。)
三五 故道兼が度々北の方の夢枕にお立ちなさる。
三六 物の怪となって出現したりなさるが。「なむど」は「など」の撥音便。
三七 ああ嫌になってしまう、なれるなら尼にでもなってしまおうか。
三八 道長や尚侍の方に親切な御心があるようだから。
三九 失礼な行動などできようか。
四〇 尚侍の御方へ参上する夜。
四一 兼隆同母弟。尊卑分脈によれば、「紀伊守、右中将、正四下、哥人」とあり、道兼の二男となっているが、正確には三男である。

道兼女、尚侍の許へ参る

四二 道兼に対して。

[1]これかれなんども仕《つか》まつれり。御迎《むかへ》には[2]大殿の御車をぞ率《ゐ》て参《まい》れる、それに乗《の》り給。[3]これを御急《いそ》ぎとおぼし急《いそ》ぐにつけても、世《よ》の中のあはれぞまづ知《し》られける。さて参《まい》らせ給つ《へ》れば、[4]二條殿御方とて、いみじうかしづき据《す》へ奉《たてまつ》らせ給て、[5]たはやすくとの〻公達参《まい》りより給はず、いとやん事なき様《さま》にもてなしきこえ給。[6]この御参《まい》りをばさる物にて、帥殿の姫君《ひめぎみ》の御参《まい》り、あはれなる事《こと》ぞかし。すべて[7]このとの〻御末《すゑ》〴〵、露《つゆ》か〻り給はぬ人なくなり果《は》て給ぬ。「[8]昨日《きのふ》の淵《ふち》今日《けふ》の瀬《せ》になる」といふ事、まことに見えたり。」[9]一條の宮には、御前《おまへ》の櫻《さくら》の遅《をそ》き事《こと》を、御前《おまへ》よりはじめ奉《たてまつ》り、心《こゝろ》もとながり宣《のたま》はすれば、[10]土御門《つちみかど》の御くしげ殿（大藏卿正光女）、

[11]咲《さ》き咲《さ》かずおぼつかなしや櫻花《さくらばな》ほかの見《み》たらん人に問《と》はゞや」

[12]弁の乳母《めのと》、

[13]大方《おほかた》の櫻《さくら》も知《し》らずこれをたゞ待《ま》つよりほかの事《こと》しなければ。」

弁の乳母《めのと》その[14]頃里《ころさと》にまかづるに、[15]三條の院の前《まへ》を渡《わた》れば、木高《こだか》かりし松の梢《こずゑ》も少《すこ》し[16]色變《いろかは》りて心地《こゝち》よげなるに、築地《ついひぢ》には[17]何《なに》となきもの〻繁《しげ》く這《は》ひか〻りたれば、いみじうあはれにて、昔思《むかしおも》ひ出《い》でられて、[18]小侍從の君《きみ》[19]さとにあるにいひにやる。車止《くるまとゞ》めたる程《ほど》もすき〴〵しうおかし、

[20]昔見《むかしみ》し松《まつ》の梢《こずゑ》はそれながら葎《むぐら》は門《かど》をさしてけるかな」返事、小侍從君、

君なくて荒《あ》れまさりつ〻葎《むぐら》のみさすべきかどゝ思《おも》ひかけきや」あはれな

一 誰彼などもお送りを奉仕した。二 道長所有の御車を。三 宮仕に出ることを晴のお仕度として準備なさるにつけても。四「道兼、二条殿ともいへれば、その姫君をしか名づけて、大方の女房とはわけられしなり。猶伊周の姫君を、帥殿の御方といへるたぐひなり」(詳解)。西「二条殿ゝ御方」。五 道長の子息達でも容易に近寄れないようにし。六 今度の宮仕はいうまでもない事で。七 伊周の姫君達は道長の恵みの露をいただかぬ人はなくなってしまった。八「世の中は何か常なる飛鳥川昨日の淵ぞ今日は瀬になる」(古今、雑下、読人しらず)。九 皇太后妍子の御所。一〇 正光女。正光は顕光の弟。→三五二頁。

土御門御匣殿・弁の乳母の歌

一一 世間の桜の花は咲いたのか咲かないのか気がかりなことだ。一二 →三五一頁注三五。一三 このお邸の桜の花の咲くのを待つ以外の事はないから、世間一般の桜の事は関知しません。

弁の乳母・小侍従の歌

姫君の御成長をひたすらお待ち申し上げているの意を籠めた。一四 実家に退出した時。一五 故三条院の御所。→補五三三。一六 若葉の色が加わって。一七 蔦や蔓草などが。一八 未詳。千載集は江侍従。一九「そこにあるに」の誤か(詳解)。二〇 千載、雑中「三条院かくれさせ給うて後、かの院の前を過ぎけるに、松の梢は同じさまにて、ついがき所々壊れたるに葎の茂りたるを見て、そのうちに江侍従が侍りけるに遣しける」、四句「葎の」。二一 道綱の男。慈恵の弟子となり、特に法華経を受持し、読誦の声が微妙であった。和泉式部との関係について多くの伝説がある。

り。」三月廿日の程《ほど》に、一條の宮《みや》に櫻《さくら》を参《まい》らせて、[二一]道命阿闍梨〔道綱男也〕、

[二二]いかならん聞《き》かばや死出《しで》の山櫻《やまざくら》思《おも》ひこそやれ君《きみ》がゆかりに

」とあれば、中將の乳母《めのと》御返し、

[二三]君《きみ》ゆへに悲《かな》しき今朝《けさ》の匂《にほひ》かないかなる春《はる》か花《はな》を折《お》りけん。

」[7]かくて[二四]殿の三位中將〔*長家〕、[二五]この頃《ころ》十五ばかりにおはするに、御かたちなどうつくしう、年頃《としごろ》[二六]殿の上《うへ》の御子《こ》にし奉《たてまつ》らせ給。御覺《おぼえ》なども心殊《こと》なるを、[二七]たゞ今《いま》いみじき人の御壻《むこ》のほどにおはすれば、[二八]さやうに思きこえ給わたり多《おほ》かるべけれど、[二九]えさもあらぬ(に)、[8]侍従の中納言〔行成〕の御[三〇]むかひ腹《ばら》の姫君《ひめぎみ》十二ばかりなるを、またなう思《おも》ひかしづき給、生《むま》れ給けるより、[三一]心殊《こゝろこと》におぼしわきてありけるを、この中將の君を、[三二]「さてもあらせ奉《たてまつ》らばや」とおぼしなりて、[三三]さべき方《かた》より便《たより》して、[三四]殿の御けしき給《たま》はらせ給へば、「雛遊《ひゐなあそび》のやうにて、おかしからん」など宣《のたま》はせて、[三五]にくからぬ御けしきを傳《つた》へきこえ給て、俄《にはか》に急《いそ》ぎたち給。[三六]年頃稚《としごろおさな》きをかしづきぐさ(に)おぼいたれば、[三七]さべき御調度《てうど》共《ども》はあれば、たゞ[三八]鮮《あざや》かにみよく御木丁の帷《かたびら》ばかりを急《いそ》がせ給。[三九]さべき若《わか》き人〳〵など選《え》り調《とゝの》へて、[四〇]三月廿餘《よ》日のほどゝおぼし定《さだ》めたるに、[四一]その日石清水《いはしみづ》の臨時《りむじ》の祭《まつり》の使《つかひ》に、この君在《きみをは》すべかりければ、[四二]殿の御前《まへ》他人《こと》をさしかへさせ給程《ほど》の御心掟《をきて》を、中納言〔行成〕は疎《をろか》ならずおぼし喜《よろこ》びたり。よ

道命阿闍梨と中将の乳母の歌

二二 死出の山の桜はどんなでしょうか、わが君の縁につけてもお聞きしたく思いをはせることです。 二三 あなたから贈られた美しい桜故に今朝は悲しみを感じます、故院共々桜狩りをした

長家倫子の養子となり、行成女と結婚

あの春はどんなに幸福だったでしょう。 二四 後官で書いた。 二五 御堂関白記、寛弘二年八月二十日条に「堀河辺有﹅産事﹅、男子﹅」とあるを長家出生の事とすれば、今年十四歳。 二六 「道長公六男、母同﹅頼宗﹅、但継母倫子為﹅養子﹅」(補任、治安二年条)。 二七 今ちょうどすばらしい壻として適齢でいらっしゃるから。 二八 壻にしたいと。 二九 壻にすることもできないでいるうちに。 三〇 本妻の生んだ姫君が。 三一 格別区別をつけて育てていたが。 三二 壻としてお迎え申し上げたいものと。 三三 然るべき適当な所から消息を差し上げて。 三四 道長の御内意をうかがわせていただいたところ。 三五 壻取る事は悪い事ではないというような御様子を伝え聞かれて。 三六 年来幼い姫君を秘蔵っ子として愛して来られたから。 三七 必要な調度品は調っていたから。 三八 几帳の垂れ布だけ目もさめるような立派なのを仕度された。「みよく」は陽に無く、西は「御帳」。 三九 それ相当な年若い侍女達を。 四〇 結婚式は三月二十日過ぎの頃と。→補五七二。 四一 結婚式の当日長家は祭の使に立つ予定であったから。「臨時祭如﹅常、使知光朝臣」(御堂、寛仁二年三月十三日)。 四二 道長は祭の使を長家と他の人(知光)とを交替させなさる程の御配慮を。この記述、本書のみ。

ろづの事調《ことゝの》へさせ給て、晝《ひる》つ方《かた》一中將殿より、

二夕暮《ゆふぐれ》は待遠《まらどを》にのみ思《おも》ほえていかで心《こゝろ》のまづはゆくらん」。かうて暮《く》るゝや遲《をそ》きとおはしたれば、三民部大輔君《實經》・尾張權守《良經》など、四紙燭《しそく》さして入《い》れ奉《たてまつ》る。さてその夜《よ》、殿も北《きた》の方《かた》も「五何事《なに(ご)と》かあらん」と、六け近《ちか》き程《ほど》にいも寢《ね》られで明《あか》させ給、あはれにおぼし續《つゞ》けらる。」さてあか月に七出《い》で給てすなはち、御文《ふみ》あり、

八今朝《けさ》はなどやがて寢暮《ねくら》し起《お》きずして起《お》きては寢《ね》たく暮《く》るゝまを待《ま》つ」とあり。九殿の御前《まへ》の御口《くち》つきと著《しる》くおぼさる。一〇家業《いへなり》ぞ御使《つかひ》なる。大輔君《實經》出《い》であひて一一もてはやし給べきに、一二女房のかはらけ度《たび》〳〵になりければ、いと堪《た》へ難《がた》げなり。一三女房の裝束《さうぞく》に、一四櫻《さくら》の織《をり》物の袿《うちぎ》添《そ》へ給。

一五淺緑空《あさみどりそら》ものどけき春《はる》の日《ひ》は暮《く》るゝ一六久《ひさ》しきものとこそ聞《き》け」。姫君《ひめぎみ》いと恥《はづか》しとおぼしたれど、猶《なを》一七御手《て》づからとおぼいて、北《きた》の方《かた》せちにそゝのかしきこへ給ければ、一八わりなけれど書《か》き給へるを、大殿御覽《らん》ずるに、いとゞ一九中納言の御手《て》を若《わか》う書《か》きなし給へると見《み》えて、えもいはずあはれに御覽《らん》ぜらる。」その後《のち》おはし通《かよ》はせ給に、二〇萬《よろづ》に作《つく》り合《あは》せたるやうなる御仲《なか》らひなり。女君いと稚《おさな》くおはすれど、御髪《ぐし》二一脛《はぎ》ばかりにて、かたちいとうつくしうおはす。男《おとこ》君の、二二御仲《なか》いとよく、おかしうおぼしつゝみたる物から、二三あはれに心《こゝろ》ざし深《ふか》げに思《おも》ひ交《かは》しきこへ

一 長家が聟取りの儀に先立ち姫君に消息を送ったのである。二 この夕暮がしきりに待遠に思われ、どうして身体に先立ち心がまずそちらへ行くのだろうか。「いかで」は陽本に「いそく心はまつそイ」と傍書がある。三 良経と共に行成の男。姫君の異母兄。四 夫の家から紙燭につけて持参した火を、女の家の火に取り合わせる慣例。「脂燭一人留二戸外一、一人親二本家一之人、取二合両脂燭一到二帳前一、火移二付燈楼一、〈三日不レ消〉」(江次第、執聟事)。

長家の後朝の文

五 何事か起るといけないからと心配して。六 寝所に近い所で熟睡も出来ずに。七 長家は帰るとすぐに、後朝の文を送られた。八 今朝はなぜそのまま寝暮らして起きたくもなく、またこうして起きては早く寝たく夕暮時が待たれるのだろうか。九 道長の詠みぶり—代作だということがはっきりお分りになった。一〇 小右記、治安三年八月五日条によれば右衛門権佐。家業が後朝の文の使であった。家業の使のことは本書のみ。一一 接待された折に。一二 女房の勧める盃が度重ったので。一三 使に対する贈物としては。一四 桜襲(表白・裏濃蘇芳)の袿。一五 薄青色の。一六 暮れ難いものと聞いています。姫君の詠。一七 手づから書くべきものと考えて、北の方はたって姫君に書くようお勧めになったので。

長家夫妻の仲

一八 姫君は困却されたが。一九 書の名手である行成の御筆蹟をわざと若々しく書いたもののように思われ。二〇 何事も作り合わせたような緊密な夫婦仲である。二一 膝より下、くるぶしより上の部分。二二 姫君との御仲が大層よく、品よく遠慮されているものの。

給へり。されど、まだこれも稚《おさな》くおはすれば、男君《おとこぎみ》はやがて[二四]侍《さぶらひ》にうたゝ寝《ね》に臥《ふ》し給、女君は、[二五]やがて手習《てならひ》し給まゝに、筆《ふで》とりながら寝入《ねい》りなどし給などして、[二六]内《うち》にも外《と》にも人ぞ抱《いだ》きて、[二七]御丁の内《うち》に入《い》れ奉《たてまつ》りける。」その年《とし》の[二八]祭《まつり》の使《つかひ》に、中将殿《長家》出《い》で給へば、大殿にもこの殿にもさらなり、[二九]攝政殿までおぼし急《いそ》がせ給。したて奉《たてまつ》らせ給て、*[三〇]姑《しうとめ》のきたのかた《左京大夫泰清女》見奉《みたてまつ》りに出《い》で給て、何《なに》ともなくたゞ[三一]かひをつくり給へば、候《さぶら》ふ人〳〵、「[三二]おこがまし」など笑《わら》ひきこゆるもおかしうなん。[三三]この殿たゞこの[三四]君《きみ》の御扱《あつか》ひより外《ほか》の事《こと》なきも、理《ことはり》に見《み》えたり。」この大姫君《おほひめぎみ》・[三五]男君達《をとこきむだち》などの御母《はゝ》、この今《いま》の北《きた》の方《かた》の姉《あね》にものし給《たま》ひしを、[三六]女君二人、男君《おとこぎみ》は民部大輔實經《さねつね》・尾張權守良經《よしつね》の[三七]君なん。中《なか》の君は今《いま》は[10][三八]近江守つねより《經頼》の北《きた》の方《かた》。[三九]大姫君《おほひめぎみ》はさやうにほのめかしきこゆる人〳〵あれど、[四〇]中納言「[四一]これは思《おも》ふ心《こゝろ》ある君《きみ》」と惜《お》しみきこえ給程《ほど》に、いたう盛過《さかりす》ぎゆくに、[四二]この兒《ちご》のやうにおはする君《きみ》の[四三]御事《こと》をもて騒《さは》げば、[四四]故北《こきた》の方《かた》の御もの〻け出《い》で來《き》て、[四五]この姫君《ひめぎみ》をあらせ奉《たてまつ》るべくもあらず、[四六]ゆゝしく常《つね》に言《い》ひ威《をど》すめれば、静《しづ》心なうおぼされける。」

[11][四七]一條の宮には、[四八]四月晦日《つごもり》に御服脱《ぶくぬ》がせ給てしかば、よろづも改《あらた》まり華《はな》やかなり。されど猶鮮《なをあざや》[四九]かなる色《いろ》はまだ奉《たてまつ》らずぞ。」五月五日[五〇]院より[五一]姫《ひめ》宮の御方にとて、藥《くす》玉奉《だまたてまつ》らせ給へり、

二三 衷心から愛情深げに睦み合っておられた。二四 侍の詰所。二五 すさび書きをなさっていらっしゃったそのままに。二六 男君の方も女君の方も。二七 御帳台。

長家、賀茂祭の使に立つ

二八「長家奉㆓仕近衛府使㆒、二条西対出立如㆑常、無童、雑(色)廿七人、長二人有㆑中」(御堂、寛仁二年四月二十二日)。二九 頼通。三〇 行成北の方。三一 口をへの字形にして泣き顔をなさるので。三二 みっともないことなどと言って。三三 行成。→補五七三。三四 婿君長家のお世話。三五 実経・良経。その母については→補五七四。

行成女の事

三六 今の北の方の姉たる先妻の生んだのは、女君二人(大姫君・中の君)と男君二人(実経・良経)とであった。三七「君になん」の誤であろう。三八 左経記の筆者。寛仁二年正月二十七日左少弁で近江守を兼ねた。三九 大姫君については、縁談をそれとなく申し込む人々もあったが。→補五七五。四〇 行成は。四一 この姫君については思う仔細がある—ただの結婚はさせないと。四二 長家室。四三 結婚の事で大騒ぎをしているので。四四 大姫君の母。四五 長家室を生き長らえさせそうもなく。四六 常に恐しく言い威すようだから。

一条宮(妍子)除服

四七 中宮妍子の御所。四八 四月(実は閏四月)下旬に喪服をぬがれたから。「此日中宮除㆓御服㆒、可㆑然僧等給㆓御屏風等㆒」(御堂、閏四月二十二日)。

小一条院と中宮(妍子)の贈答歌

四九 一周忌も済まぬゆえ鮮明な色の着物は。五〇 小一条院。五一 禎子内親王。

[一]この頃《ごろ》を思《おも》ひ出《い》づれば菖蒲草《あやめぐさ》ながるゝ同《おな》じねにやとも見《み》き」御返[二]し、いにしへをかくる袂《たもと》を見《み》るからにいとゞ菖蒲《あやめ》の根《ね》こそしげゝれ。」九日は[12]御正[四]日にて、御覧《らん》ずるもいとあはれなり。」はかなう六月にもなりぬ。京極殿[13]は一昨年《をととし》の七月に焼《や》けにしを、その八月より夜《よる》を晝《ひる》にて造《つく》らせ給へ(れ)ば、出《い》で來《き》て、今日明日《[五]けふあす》渡《わた》らせ給。大[六]宮、内におはしませば、殿の御前《まへ》・督《[七]かん》の殿渡《わた》らせ給。伊豫守《[八]いよのかみ》頼光よりみつぞ、す[九]べてとのゝ内の事さながら仕《つか》うまつりたる。殿の御前《まへ》の御調度共《てうどども》、上の[一〇]御具《ぐ》、督《かん》の殿《との》ゝ御方《かた》も、すべて殘《のこ》る物なう仕《つか》うまつれり。女房の曹司《ざうし》〳〵の物の具《ぐ》ども、御簾《みす》・疊《たゝみ》・半插《[一一]はんざう》・盥《たらひ》、何《なに》くれの物の具《ぐ》、すべて侍《さぶらひ》・藏人所《くらどころ》・隨身所《ずいじんどころ》[一二]などの、殿の内《[一三]うち》に「この物《もの》こそなけれ」と、おぼし宣《のたま》はすべきやうなし。「いかでかく思《おも》ひ寄《よ》りけむ」とまで御覧《らん》ぜらるゝぞ、めでたかりける。御丁・御屛風のしざま、唐櫃《[一四]からうづ》のしざま、蒔繪《まきゑ》・置口《[一五]をきぐち》まで珍《めづら》かに仕《つか》うまつれり。「いかでかうしけむ」と、殿も仰《おほ》せられ、殿ばらもいみじう感《[一六]かん》じ給。[一七]三日(の)程《ほど》よろづの殿ばら參《まい》り給て、う[一八]ちあげ遊《あそ》び給。前《まへ》に絹屋《[一九]きぬや》造《つく》りて、黄牛《[二〇]あめうし》飼《か》はせ給。例《れい》の事《こと》ながらも、めでたし。[二一]殿の造《つく》り様《ざま》、はじめは古體《こたい》の昔造《むかしづくり》なりしかば、屋《や》の丈《たけ》いと短《みじか》くうちあはぬ事多《おほ》かりしを、この度《たび》は[二二]殿の御心のうち合《あ》ふ限造《かぎりつく》らせ給へば、世《よ》にいみじき見物なり。山の大木《おほき》など失《う》せにしこそ口惜《くちを》し

一 院の亡くなった去年のこの頃の事を思い出すと、あなたの方も私と同じ音をたてて泣いていらっしゃることだろうと思って菖蒲草を見ました。流るる―泣かるる、根―音は掛詞。二 富本この下に「中宮」とある。三 去年の事を心にかけて涙を注いだ袂を見ると共に菖蒲の今日この頃一段と泣かれる次第です。四 故三条院の御一周忌の忌日で。この下詳解所引屋代本「御経仏の事」とある。「三条院周忌御法事」(御堂、寛仁二年五月九日)。五「今夜大殿移二給上東門第一云々、春宮亮惟憲宅、在二大殿西隣一新造、今夜同時移徙、万人所レ寄」(小右、寛仁二年六月二十七日)。六 彰子。四月二十八日に天皇とともに一条院から新造内裏に遷御(御堂・小右)。七 尚侍威子。八 源満仲の男。九 →補五七六。一〇 倫子。一一 湯や水を注ぐのに用いる器。柄が半分器の内に差し込まれている。盥は半插に付属する水受け。一二 などの物の具どもの意。一三 邸内においてはこんな物がないと思いようも言いようもない程である。一四 中国風の唐びつ。一五 箱などの縁に金銀などでへりをとること。一六 お褒めなさる。一七 →補五七七。一八 声を高く張り上げて。宴会のさま。一九 絹の幕を四方に張り、また上にも屋根のように張ったもの。二〇「黄牛〈阿米宇之〉」(倭名)。移転の時は黄牛を牽くのが例。〔参考〕「就レ中牽二黄牛一、是厭二土公一之意、尤可レ備二礼儀一云々」(左経、長元五年四月四日)。四月二十八日新造内裏へ遷幸のときも、黄牛の例がみえる。二一 →補五七八。二二 道長の気にいる最大限を尽くして。

三条院御一周忌

京極殿新築移転

二三 末頼もしい若枝らしく感じられて。二四 造作始の事は、御堂関白記、長和五年十一月二日条に、「午時初枇杷殿造作、行事頼任」と見え、寛仁三年二月二日条に「又初㆓枇杷殿造作㆒」以下数箇所に造作の記事がある。二五 後拾遺、雑三、五句「しみぬる」。世継物語第一所載。「しみけるは、しみ〳〵と身に感ずる意に、色の染むをそへたるにて、緑の色の縁語なり」(詳解)。二六 御堂関白記、寛仁二年十二月八日条に、「初雪降」とある以外に所見がない。二七 一段と面白いので。二八 頼宗は寛仁二年に従二位権中納言。能信の誤か。能信も同じく従二位権中納言。二九 妍子。三〇 昔に変らず降った今朝の初雪を見興ずる人をもあらせたいものです。三一 加賀守兼澄の女。→補五一〇。三二 魂も消えんばかり珍しいと思って見る雪のことですから、いくら降っても古くさくない感じがします。三三 尚侍威子。三四 どうして同じ大臣の御女がそんなにしきりに后に立たれることがあろうか。三五 さあ一体どんな事になるのだろうか。三六 人心動揺して首を傾け思案する人々が。三七 吉日をトして、立后だといって大騒ぎするではないか。三八「十六日乙巳、宣命、以㆓皇后藤原妍子㆒為㆓皇太后㆒、以㆓女御従一位藤原威子㆒為㆓皇后㆒、即日任㆓宮司㆒、号㆓中宮㆒」(紀略、寛仁二年十月)。儀式は御堂関白記・小右記・左経記等に詳しい。三九 日本紀略によれば従一位の誤。今年四月二十八日女御になった。

堀河女御の和歌

初雪降る

尚侍威子中宮、嬉子尚侍となる

き事《こと》なれど、今《いま》ひき植《う》へさせ給へる小木《こ》などは、末遙《すゑはるか》に生先《おひさき》ありて、[二三]頼《たのも》しき若《わか》枝《えだ》覺《おぼ》えて、見所勝《みどころまさ》りてなむありける。殿はこれにつけても、[二四]枇杷どのゝ遲《をそ》げなる事をおぼしめすべし。今《いま》はかしこを急《いそ》がせ給。」はかなく秋《あき》になりぬれば、風の音《をと》もあはれに心細《こゝろぼそ》きに、堀河の女御《顯光女 小一條院舊室》、松風《まつかぜ》の音《をと》を聞《きこ》しめして、

[二五]松風は色《いろ》や緑《みどり》に吹《ふ》きつらんもの思《おも》ふ人の身《み》にぞしみける」と仰《おほ》せられけり。」かやうにて過《す》ぎ(もて)ゆきて、神無《な》月にもなりぬ。[二六]いつしかと初雪《はつゆき》降《ふ》りたれば、例《れい》にも似《に》ず[二七]いとゞしきを、人〳〵興《けう》じ思《おも》ほすに、[二八]二位中納言殿《頼宗》より[二九]一條宮に、

[三〇]ふりがたく降《ふ》りたる今朝《けさ》の初雪《はつゆき》を見消《みけ》たぬ人もあらせてしがな」とあれば、[三一]命婦の乳母《めのと》、

消《き》[三二]えかへり珍《めづら》しと見《み》る雪《ゆき》なればふりてもふりぬ心地《こゝち》こそすれ。」かくて督《かん》[三三]の殿は、この二月にこそ參《まい》り給しか、この頃后《ごろきさき》にたゝせ給べき由《よし》、のゝしりたり。世《よ》の人「[三四]いかでかさのみはあらん。同《おな》じ大臣の御女《むすめ》、后《きさき》にて二所《ふたところ》ながら竝《なら》ばせ給へる、例《ためし》なくて、この頃《ごろ》も申めるに、[三五]いさ、いかなる事にかあべからん」と、[三六]うち搖《ゆる》ぎ傾《かたぶ》き思《おも》ふ人〳〵世《よ》にあるべし。さ言《い》ひしかど、[三七]吉日《よき》してのゝしる物か。[14][三八]寛仁二年十月十六日、[三九]從三位藤原威子を中宮と聞《きこ》えさす。居《ゐ》させ給程《ほど》の

儀式有様《ぎしきありさま》、一さき〴〵の同《おな》じ事也。元《もと》の中宮をば、皇太后宮《妍子》と聞《きこ》えさす。内侍の二督《かみ》には弟《おと》ひめぎみ《嬉子》ならせ給ぬ。中宮の三大夫には法住寺の大《おほ》きおとゞ《爲光公》の御子《こ》の＊大納言のきみ《齊信》なり給ぬ。權大夫《四》には＊權中納言のきみ《能信 道長四男》なり給ぬ。次《つぎ》〳〵の宮司《みやづかさ》、さき〴〵のやうに競《きほ》ひ望《のぞ》む人多《おほ》かるべし、今《いま》五は古體《こたい》の事なれど。」かくて后《きさき》六三人おはします事を、世《よ》に珍《めづら》しき事にて、殿の御幸《さいはひ》、この世《よ》はことに見《み》えさせ給。

15七この御前達《おまへたち》のおはしまし集《あつま》らせ給へる折《をり》は、「たゞ今《いま》八物見知《みし》り、古《いにしへ》の事覺《おぼ》えたらん人に、物の狹間《はざま》よりかひばませ奉《たてまつ》らばや」とまでぞおぼされける。」かくて霜月《しも》になりぬ。左大將殿《教通(ノリ)》の大姫君はいつゝ、小姫君《こひめぎみ》は三《み》つにならせ給にければ、九御袴着《はかまき》せ奉《たてまつ》らせ給。京極《ごく》殿に渡《わた》らせ給て、西《にし》の對《たい》にいみじうしつらひ居《ゐ》させ給へり。一〇とのゝ御前腰《まへこし》は結《ゆ》ひ奉《たてまつ》らせ給。時一一なりて殿渡《わた》らせ給へり。大姫君《おほひめぎみ》を見奉《みたてまつ》らせ給へば、御髮背中《ぐしせなか》一二なかばかりにて、いみじくけだかくうつくしくおはします。小姫君《こひめぎみ》は御髮振分《ぐしふりわけ》にて、御顏《かを》つきらうたげに、うつくしう見奉《みたてまつ》らせ給。大姫君《おほひめぎみ》は、「父《てゝ》も母《はゝ》も、誰《たれ》も〳〵我《われ》をのみこそ思《おも》ふ給《たま》へれ、小姫君《こひめぎみ》をば思《おも》ひ給《たま》はぬぞかし」と聞《きこ》え給へば、「一三などさはあるにか、ゝばかりうつくしき人を」とぞおぼし宣《のたま》はせける。さて殿一四の御贈物《をくり》よりはじめ、殿の内《うち》の男女《おとこおんな》、皆《みな》あるべき樣《さま》〳〵に隨《したが》ひてせ一五させ給ひて、いみじくめでたし。一六そこに二日はおはして、

一 前々の儀式と同様である。二「十五日癸酉、以二藤原嬉子一為二尚侍一、前太政大臣女也」(紀略、寛仁二年十一月)。三 権大納言斉信、十月十六日中宮大夫を兼任。四 権中納言能信、同日兼中宮権大夫。五 当節ではすでに古風な事ではあるが。この一句倒置法。六「十六日、乙巳、今日以二女御藤原威子一立二皇后一之日也、〈前太政大臣第三娘、一家立二三后一、未二曾有一〉」(小右、寛仁二年十月)。七 ここより土御門第に行幸の場面となる。「此日土御門行幸、(中略)東泉渡殿三后有二御対面一、見者感悦多端、姫宮同御、母々

三后並立

〈倫子〉・女三位〈嬉子〉同参候、我心地不覚有生〔マヽ〕者也、難レ尽二言語一未曾有事也」(御堂、寛仁二年十月二十二日)。八 物の趣を弁えたり、昔の事を思い出すような人に、御簾や格子の間からのぞき見をさせてお見せ申し上げたいものだとまで。九「此日左大将女子二人〈生子・真子〉着袴」(御堂、寛仁二年十一月九日)。「今日左大将太娘〈五〉、二娘〈三〉於二大殿一着袴」(小右、同日条)。一〇「戌時着袴、大納言〈公任〉来、相二示時成由一、即立レ座入レ従二西面簾一、結二姉袴腰一、又摂政入来、結二弟腰一、而着座」(御堂、十一月九日)。一一 時刻になって道長が。一二 背中に半分達するくらいで。一三 どうしてそうなのだろう、こんなに可愛い人なのに。一四 教通から道長への贈物。「奉二贈物於両殿一〈大殿、笛・箏・和琴、参議兼隆・道方・右三位中将兼経執レ之、摂政、手本納レ筥、参議資平執レ之、両殿無二御禄一〉」(小右、十一月九日)。一五 贈物をなさって。一六 京極殿に、教通は姫君達を連れて二日滞在され。

左大将教通女袴着

夜《よ》さり帰《かへ》らせ給。この度飽《たびあ》かぬ事は、[一七]大上《おほうへ》の尼《あま》におはしませば、添《そ》ひて渡《わた》らせ給はずなりにしをぞ、口惜《くちを》しくおぼされたる。[一八]君達《きんだち》の御乳母達《めのとたち》、[一九]いみじうしたてたりけり。」 かくて[二〇]高松《たかまつ》殿には、この頃《ごろ》[二一]御産屋《うぶや》の事おぼし急《いそ》ぎて、[二二]御祈《いのり》などいみじうあればにや、いと平《たいら》かにえもいはぬ[二三]男御子《おとこみこ》生《む》まれさせ給へり。院の御心地《ち》にも、[二四]殿もめでたく嬉《うれ》しうおぼされ、かひありて。[二五]七日の程《ほど》の御有様《ありさま》、[二六]帝《みかど》がねといみじうかしづききこえさせ給。よろづめでたき御事ども推《を》し量《はか》るべし。宮ゝよりも、關白殿よりも、皆《みな》あるべき事どもせさせ(給)。女房の[二七]なりども、いみじかりつ。」 かくて七日も過《す》ぎぬ。心《こゝろ》のどかにおぼさるゝに、この[二八]今《いま》宮御湯《ゆ》より上《あが》らせ給て、[二九][16]俄《にわか》にたゞ消《き》えに消《き》え入《い》らせ給へば、「御ものゝけにや」とて、加持《かぢ》し揺《ゆす》り騒《さは》ぐに、よろづの物を[三〇](御)誦經にし騒《さは》がせ給に、驗《しるし》なし。殿の御前《まへ》も急《いそ》ぎ渡《わた》らせ給へれども、すべてあさましう、[三一]露《つゆ》にて消《き》え果《は》てさせ給ぬ。[三二]院の内《うち》、あさましく心憂《こゝろう》き事をおぼし歎《なげ》かせ給へどかひなし。[三三]こゝろうくいみしき事をおほしめし、「[三四]まだかく子《こ》の中《なか》にあへなき事《こと》なかりつ」と、おぼし歎《なげ》かせ給。院もいと憂《う》しとおぼしめして御歩《あり》きも絶《た》えて籠《こも》りおはしませば、[三五]堀河邊《ほりかはわた》りいとゞ疎《うと》くならせ給も、女御はかゝる事を、[三六]たゞなるよりは苦《くる》しう聞《き》かせ給べし。」 [17]殿にはこの頃《ごろ》[三七]御八講せさせ給はんとて、「よろづこの度《たび》は我寶《わがたから》ふるひて

一七 大上(姫君達の外祖母)が尼でいらっしゃったので。一八 姫君達の。一九 大層美しく着飾っていた。二〇 小一条院女御寛子。二一 産屋の準備をされ。二二 安産の御祈禱。

小一条院女御(寛子)男子出産

二三 御堂関白記(寛仁二年十二月九日)に「以㆓未時㆒降㆓誕女子㆒」とあり、この時生まれたのは儇子女王。本書の誤か。二四 道長も。「殿」以下、西「さま〱いとうれしうおほされたりかひありてめてたし」。二五 産養の行われる。「産養事、三日夜院庁、五日夜摂政、七日夜太閤者」(小右、十二月九日)。「太閤、摂政及諸卿、戌終許参院、院御息所産七夜也。(中略)次自㆓宮々㆒被㆑奉㆑遣㆓児衣㆒、使々被物云々」(同、十五日)。二六 将来帝になられる方として。二七 衣装。二八 今度お生まれになった若宮。

寛子所生の御子早世

二九 急に息が絶えられたので。この事諸書に所見がない。三〇 御誦経の料(布施)として。三一 僅かな寿命ではかなく亡くなってしまわれた。三二 小一条院の邸内では。三三 西・富には見せ消ちになっていない。ただし本文は「心うくいみしき事をおほしめして」。三四 今までこのように子供の中で早死するような事はなかった。「おぼし歎かせ給」の主格は道長であろう。三五 堀河女御の許へは一段疎遠になられるにつけても。三六 何も事がなかった以上に。三七「十四日壬寅、降雨、始㆑自㆓今日㆒有㆓大殿御八講㆒〈五箇日〉、…堂荘厳甚以美麗也〈寝殿也〉、金泥法華経二部〈御筆也〉、木仏等被㆓供養㆒也…」(左経、寛仁二年十二月)。

道長法華八講、自筆経供養

む」と宣《のたま》はせて、いみじき事どもせさせ給。[一]院の御子の御事あれど、これはさやうの事におぼし障《さは》るべきにあらねば、急《いそ》がせ給。[二]我も七寶《ほう》を盡《つ》くさせ給。[三]御捧《ほう》物、宮ゝ・殿ばらいといみじうかねてよりせさせ給。かくてはじめさせ給て、[四]常《つね》のかゝる御事どもの中《なか》にも、[五]いみじく響《ひゞ》かせ給。[18][六]永昭いみじくめでたく[七]仕《つか》うまつれり。御經は[八]手《て》づからかゝせ給へればにや、いみじく珍《めづら》かなる事ども[九]言《い》ひ續《つゞ》けたり。殿ばらなどいみじう[一〇]聞《きこ》しめしはやし給。[一一]「瑠璃の經卷は[一二]靈鷲山の曉《あかつき》の空《そら》よりも緑《みどり》なり。[19][一三]黄金の文字は([一四]上茅《バウ》城の)春《はる》の林《はやし》よりも黄なり」など、いみじくしもてゆけば、殿の御前《まへ》御劍《はかし》を御手《て》づから[一五]給はする程《ほど》、[一六]覺《おぼ》え有様《ありさま》言《い》はん方《たか》なくめでたし。「永昭の幸《さいはひ》のいみじき」と、これにつけても人〳〵宣《のたま》ひける。」[一七]五巻の日は御遊《あそび》あるべう、船《ふね》の樂《がく》などよろづその御用意《ようい》かねてよりあるに、明《あ》[一八]日《す》とての夜《よ》さり聞《きこ》しめせば、[一九]式部卿宮《敦康》[20]うせ給ぬとのゝしる。「あなあさまし、こはいかなる事ぞ。[二〇]日頃《ひごろ》惱《なや》ませ給などいふ事もなかりつるを」とて、殿の御前《まへ》まづ走《はし》り參《まゐ》らせ給へれども、[二一]げに「限《かぎり》になり果《は》てさせ給ぬ」とあれば、あさましくいみじうて歸《かへ》らせ給ぬ。[二二]明日《あす》の御遊止《あそびとゞま》りぬ。口惜《くちを》しながら、日頃《ひごろ》ありて、[二三]御八講《はかう》も果《は》てぬ。返〳〵「いかなりつる日頃《ひごろ》の御有様《ありさま》にか」と、[二四]おぼし宣《のたま》はすれどかひなし。「あさましう心憂《こゝろう》かりける御宿世《すくせ》かな」と、[二五]よろづを數《かぞ》へつ

一 小一条院の若宮誕生で産穢に触れる事があったが。 二 道長。 三 ささげ物。→二五六頁注一二。→補五七九。 四 ふだんこうした御講や仏事を数々なさる中でも特に。 五 今度の御八講については大層評判をお起しなさった。 六 説経の上手で「永昭説経口懸河」(御堂、寛仁二年正月三十日)などとある。文献により永照とも書く。「請僧卅四口、(中略)〈当講永昭〉」(小右、寛仁二年十二月十四日)。 七 講師を。 八 道長が。 九 永昭が。 一〇 賞めはやしなさる。 一一 永昭の読んだ呪願文の一節。瑠璃は、紺紙経巻の形容。 一二 インド摩掲陀(まがだ)国王舎城の東北にある山、釈迦が説法した所。山頂が鷲の形に似ているという。 一三 金泥で書いた経巻の文字は。 一四 摩掲陀国の古都。 一五 永昭に。結願の日の事。「事了永昭講レ経之間、殊尽二弁才一、大殿不レ堪二感懐一、忽解二着剣一、自進二座下一授レ之、弥髄喜詞敬給之」(左経、十二月十八日)。「宰相来云、昨日講演了、及二亥剋一結願、講師永昭釈経無比、僧俗随喜、大閤解レ剣、進二高座下一、与二永昭一、其詞云、是故殿御剣也者」(小右、同十九日条)。 一六 永昭の道長からの恩寵の有様は。

式部卿宮(敦康)薨去

一七 法華経巻五提婆品を講ずる日。 一八 明日は五巻という前日の夜。小右記によれば、五巻の日は、十六日である。 一九「伝聞、未刻式部卿宮令レ薨給云々」(左経、十二月十七日)。本書と異なる。 二〇 左経記に「十七日、早旦参二式部卿宮一〈日来御悩、昨今殊重、仍今暁御出家〉」とある。 二一「給ひぬとあればとは、門外などにて、薨去のよしをきゝて、触穢せざるために帰りたるなるべし」(詳解)。 二二 小右記、十六日の条に「皆有二船楽儲一、縁二式部卿親王重悩給一俄停止」と

あって、十七日に薨去の親王に対して、明日の遊びとはならない。二三「十八日、(中略)今日不レ可レ参之由、御八講結願也、十九日、(中略)昨日講演了、及二亥剋一結願」(小右、寛仁二年十二月)。二四 道長は。二五 皇太子にも立たれなかった事や、僅か二十歳で薨ぜられた事や、あれこれ指折り数え数えして。二六 大層御立派な方であったとしきりに。二七 道長詞。親王の御叔父たる隆家(中納言兼大宰権帥)までも筑前のような遠国にいらっしゃる時で。二八 誰が懇ろに後の御事を奉仕することだろう。二九 源高明の四男。経房が隆家に一品宮の御世話を依頼された(↓三六五頁)。三〇 親王邸へ出向くことはなかったが。

一品宮を始め、人々の悲嘆

三一 敦康親王北の方は関白頼通室隆姫の妹で、共に具平親王女。三二 頼通は。三三 (立ちいって)不吉と思われる程。小右記、寛仁二年十二月廿四日の条に「年来同家、朝夕相親」とある。三四 御弟式部卿宮と。三五 敦康親王薨去の事を。三六 御自身も生きている事が保証できそうもない程。三七 敦康親王北の方。↓三七五頁注四一。三八 嫄子女王。↓四一二頁。三九 頼通邸に。四〇 ほんとにここに留めておいてよかったと。「かく」の下、「とこそ」脱か。西「よくそやりたてまつらさりけるとそおほしの給はせける」。四一 後一条天皇。四二 敦明親王が東宮を退かれた次の東宮に敦康親王がなられたのだったらと、一方では大層お気の毒な事と。四三 他事ではなく故一条院が敦康親王を並々ならず思い申し上げておられたから。四四 親王を秘蔵っ子と思い申し上げていらっしゃったのに。

ゝ、[二六]いみじく恥《はづか》しげにのみ世《よ》の人申思《おも》へり。「[二七]帥中納言《隆家》さへ遙《はるか》におはする折《をり》、心憂《こゝろう》く」とおぼし宣《のたま》はす。「[二八]誰細《たれこま》やかに何事《なにごと》も仕《つか》うまつるらん」と、あはれに思《おも》ひきこえさする人〳〵多《おほ》かり。[二九]源中納言《經房》(ぞ)一品宮《脩子》の御事も仕《つか》うまつり給へば、[三〇]よそながらもさるべき様《さま》に掟《をき》て仕《つか》うまつり給。又關白殿ぞ[三一]上《うへ》の御方のゆかりに、よろづ扱《あつか》ひきこえ給《たま》ふ。[三二]若《わか》くおはしつれど、御心《こゝろ》のいと有難《ありがた》くめでたくおはしつる有様《ありさま》に、かく上《うへ》の御方《かた》のゆかりとはいひながらも、[三三]ゆゝしきまでおぼし扱《あつか》はせ給になん。」一品宮《脩子》も明暮《あけくれ》の[三四]御對面《たいめん》こそなかりつれど、よろづに賴《たのも》しきものに思《おも》ひきこえさせ給つるに、心憂《う》く[三五]あさましき事をおぼし惑《まど》はせ給て、[三六]我《わが》御身《み》もありと賴《たの》ませ給べうもあらず御涙《なみだ》のみ隙《ひま》なうおぼし歎《なげ》かせ給。[三七]南《みなみ》の院の上《うへ》、いみじうおぼし歎《なげ》かせ給。[三八]姫宮《ひめみや》は、もとより關白殿御子《こ》にし奉《たてまつ》らせ給て、日頃《ひごろ》も[三九]かの殿におはしましければ、[四〇]よくこそは(かく)おぼし宣《のたま》はせけれ。[四一]内にも若《わか》き御心なれど、あはれとき ゝ奉《たてまつ》らせ給。大宮《上東門院》は、た、いみじうあはれにおぼし歎《なげ》かせ給。様《さま》〳〵物《もの》いと多《をほ》く奉《たてまつ》らせ給へり。かうおはしますにつけても、大宮は「[四二]この度《たび》の東宮の事あらましかば」と、かついと心苦《こゝろぐる》しう思《おも》ひきこえさせ給て歎《なげ》かせ給も、[四三]異事《ことごと》ならず故院《一條院也》の御事をおろかならず思《おも》ひきこえさせ給により、この宮〳〵の御事《こと》をもかくおぼさるゝなるべし。「故院の[四四]私物《わたくしもの》に思《おも》ひきこえさせ給へりしものを、あはれ」と思《おも》ひ出《い》できこえさせ給も、一猶有難《なゝありがた》き御心《こゝろ》の奥《おく》の深《ふか》さをのみ。」世《よ》のはかなさにつけても、殿は二猶《なを》「いかで三本意《ほい》遂《と》げなん」と、「二一督《かん》の殿（嬉子）四東宮に参《まゐ》らする事をせばや」と、「五世《よ》を危《あやう》く思《おも》ふ」などおぼし〔め*す。」六宮の上はやがてこの御忌の程に「尼になりなん」と」の給へば、七關白殿の上も、「八たゞ今《いま》さらでもありなん」と、制《せい》し申させ給。（具平親王室）尼上もあるまじき事《こと》におぼされたれば、口惜《くちを》しくおぼさる。一品宮（脩子）いかに物心細《ものこゝろぼそ》くおぼさるらんとて、内よりも大宮よりも、常《つね》に御消息聞《せうそくきこ》えさせ給つゝ、「今《いま》は内に九おはしまさせん」とぞおぼし宣《のたま》はせける。」はかなく年《とし》も暮《く》れぬれば、一〇宮の御事を上《うへ》一一は盡《つ》きせずおぼしたり。一二二月朔日頃《ついたちごろ》にぞ、御法事《ほうじ》あるべかりける。法興院に故關白殿（道隆）、別にたて奉《まつ》らせ給へりし一三御堂も焼《や》けにしを、後造《のちつく》らせ給はねば、たゞ一四法興院《ほこゐ》にてぞせさせ給ける。一五何《なに》事も大宮、心《こゝろ》もとなからず推《お》し量《はか》りきこえさせ給《たま》へり。」一六粟田《あはた》殿のきたのかた（大藏卿遠量女）尼《あま》にならせ給て、今《いま》は一七中宮の姫君《ひめぎみ》に、一八さべき所奉《ところたてまつ》らせ給へれば、そこに渡《わた》り給て、姫君《ひめぎみ》の一九御扱《あつか》ひをのみぞし給ける。堀河《ほりかは》の大臣《おとゞ》は二〇獨住《ひとりずみ》にて、世中のあはれに心細《こゝろぼそ》き事をおぼし過《すぐ》すべし。二一（元子）女御も渡《わた》り給て住《す》ませ給へば、二二源宰相（頼定 爲平親王二男）のいで入《い》りし給こそは、頼《たの》もしき御有様《ありさま》なれど、二三もとより御仲宜《なかよろ》しからざりしかば、二四御對面《たいめん》だにたはやすからず、おぼつかなげになむ。この堀河《ほりかは》の

一 やはり珍しい程の大宮の御心の奥の深さをしきりに(人々もおほめ申し上げた)。「のみ」の下「人々もめでたきことに申したり」などの意を補って解する。西「のみそ」。 二 道長。

道長出家の志

三 出家の本懐。 四 敦良親王。 五 それまで寿命が保てそうもない等と。 六 敦康親王室。 七 頼通室隆姫。 八 今すぐ尼にならないでもよかろう。 九 一品宮脩子内親王を。 一〇 式部卿宮敦康親王の亡くなられた事を。 一一 敦康親王室。 一二 寛仁三年。御堂関白記によれば、正月二十四日。「此日故式部卿宮御法事、於二法性寺一行レ之云々」。 一三 積善寺の事か。その焼亡は→三八〇頁。 一四 御堂関白記によれば法性寺。 一五 御法事については万端大宮が十分に推量せられて費用などを御支出になられた。→補五八〇。 一六 今は顕光の後妻。 一七 中宮威子に仕えている北の方の姫君。二条殿の御方。→四二二頁。

式部卿宮北の方、出家の志

式部卿宮御法事

一八 適当な家屋敷。 一九 御世話。 二〇 後妻は尼になり別居しているので。 二一 (もと一条院女御で、承香殿女御といわれた)元子も父邸へ移られて。 二二 →三七五頁。 二三 顕光と頼定とは。「右大臣年来間、彼宰相姦女御有二勘当一不二相合一、此嫁二宰相一後已数年」(御堂、長和五年四月二十一日)。 二四 ろくに顔を合わせる事もない有様である。 二五 頼定は参議正三位。二位は誤。西「二位の」無し、陽「此」。頼定密通事件の起きた後は。

顕光源頼定と不和、堀河院領地争い

院《小一條院》をば、はじめはこの女御に奉《たてまつ》り給へりけれど、[二五]二位の宰相の事の後《のち》は、院の女御に[二六]奉《たてまつ》り給へ(りけ)れば、この[二七]寝殿《しんでん》は、[二八]小一條院しろしめして造《つく》らせ給へりし所《ところ》なり。されど院の女御は知《し》り給《たま》はじ。[二九]さやうにぞ大宮など心寄《こゝろよ》せきこえさせ給《たま》ふやうにぞきゝ侍《はべ》りしかば、世《よ》の人、大宮の御心寄《よせ》をぞ、煩《わづらは》しげに申《まう》すめりし。源宰相《頼定》をも、[三〇]いと事の外《ほか》に思《おも》ひきこえさせ給べき人かは。故式部卿の宮《爲平》、[三一]いみじき物におぼしたりしうちにも、[22]たゞ今《いま》の[三二]關白殿の尼上《あまうへ》も御妹《いもうと》におはしませば、[三三]いと覺《おぼえ》ありてこそはおはすめれ。[三四]なのめにてもありぬべかりし御ことゞもの、[三五]餘《あま》りけざやかにてありし程《ほど》に、[三六]かくこの御中もあるなめり。[三七]院の御有様《ありさま》も殊《こと》の外《ほか》にならせ給へるを、[三八]たゞなるよりは嬉《うれ》しうおぼしめさるべかめるも、「[三九]人の御はらからこそ心憂《こゝろう》き物はあれ」とぞ、世《よ》人聞《きこ》ゆめりし。」[四〇]南《みなみ》の院《ゐん》には御法事など過《す》ぎにしかば、いとあはれに心細《ぼそ》く、[四一]おぼし殘《のこ》す事なし。かくつれ〴〵に物《もの》せさせ給へば、か《こ》の式部卿の大上《おほうへ》も[四二]對《たい》*とこなたとを通《かよ》ひておはします。」堀河《ほりかは》の女御殿《どの》は、たゞ[四三]「いつまで草《ぐさ》の」とのみ、あはれに物をおぼして明《あか》し暮《くら》し給。院も[四四]疎《をろか》ならずおぼしきこえさせ給事も、暫《しば》しこそあれ、男《おとこ》の御心、やう〳〵月日頃《ひごろ》隔《へだゝ》り行《ゆ》くまゝには、疎《うと》くこそなり勝《まさ》らせ給へ、[四五]今《いま》は如何《いかゞ》とのみ見《み》えさせ給を、左大臣殿《顯光》もたゞいみじき事《こと》におぼし入《い》りたるのみぞ、[四六]こ

二六 邸の券を。院の女御は小一条院女御延子。元子の妹。二七 焼亡後の堀河殿の寝殿は。寝殿は新殿とも解される。二八「小」は「故」の誤と思われる。(西に無く、富に三条院とあるは、一条院の誤であろう。) 故一条院がお指図して造営された所である。二九 …というように大宮は元子に好意をお見せなさるように聞いたから。三〇 問題外の人と思い申し上ぐべき人ではない。三一 頼定は父為平親王が可愛い者に思っておられたし、また。三二 関白頼通の姑である尼上—具平親王室も頼定の御妹(為平親王女)だから。三三 世間の声望もお持ちの方である。三四 穏やかにして置こうと思えば置けたいろいろな事が。三五 余りにもはっきりした処置をしたので。三六 元子と延子の御仲も悪いものらしい。三七 小一条院の御有様も延子から高松殿へ愛が移るというような意外な事になられたのを。三八 何事もない場合よりは元子はこの事を嬉しく思われているらしいのも。

故式部卿宮室の有様

三九 同胞(ここは元子と延子)というものは実に情ないものだと。四〇 敦康親王北の方の所では。四一 あらゆる物思いをし尽くしなさる。四二 →補五八一。四三 いつまでもの意か。→四〇九頁注三九。

堀河女御の有様

四四 並々ならず女御を御愛し申し上げなさったのもほんの暫くの間で。四五 今ではお二人の間柄はどんなか—愛情もないのではないかと。四六 現世はもちろんのことで、来世でも幸せは得られまいとお気の毒で。

一　自分(延子)故に、左大臣が身を無駄にせられることは、大層お気の毒に。
二　皇子敦貞・敦昌と皇女一所が次第に成人してゆかれるにつれて。
三　一同ふさぎ込んでおられる御様子を延子は。
四　元服しない子供。小一条院の子となること

三条院四宮(師明)出家

本書のみ。
五　「敦儀親王、長和二年六月廿二日任二中務卿一」(要記)。小一条院の御弟、四宮の御兄。
六　院が無情な仕打をお見せなさる事が起きて。事情未詳。
七　中務宮が。
八　(同胞に対する院の御配慮は)この程度でいらっしゃったのだと。
九　内々(出家の御覚悟で)。
一〇　源雅信男、仁和寺大僧正。
一一　西「給けれは」、富「給へは」。
一二　とやかく異見を申し上げることもできないというわけで出家おさせ申し上げます。
一三　ふつごうな事と。
一四　そんな事は少しも気にかけられる事ではない。
一五　自分はひたすら早く出家したいと思っています。
一六　まだ若い御心なのにこのようにおっしゃることよ。師明は当時十四歳(仁和寺御伝)。
一七　小右記、寛仁三年三月二十五日条には、「去年八月廿九日戊午、四宮出家」とあり、小右記目録十六には「同〔寛仁〕二年八月廿七日、三条院童親王為二出家一入二給仁和寺一事」とある。日本紀略は寛仁三年三月末尾に載せ「某日師明親王於二仁和寺一出家〈于レ時童稚也〉」としている。

の世《よ》はさるものにて、後《のち》の世《よ》の御有様《ありさま》も心苦《こゝろぐる》しう、我《われ》[一]により身《み》を徒《いたづら》になさせ給は、いみじくいとをしくおぼさる。宮達《たち》[二]をよずけもておはしますまゝに、院《小一條院》の近《ちか》くおはしまさぬを、いみじうおぼし屈《く》[三]したる御けしきども、悲《かな》しくおぼし見《み》奉《たてまつ》らせ給。」　かくて三條院の四宮《師明》は、まだ童《わらは》[四]にておはしませば、院《小一條院》ぞ御子《こ》にし奉《たてまつ》らせ給て、御元服などおぼしめし掟《をき》てさせ給程《ほど》に、[23][五]中務宮の御ために、院[六]の御情《なさけ》なく見《み》えさせ給事ありて、いみじう恨《うら》[七]みきこえさせ給ければ、これを御覧《らん》じて、[24]四宮《師明》「いみじく頼《たの》み奉《たてまつ》りたる院《小一條院》の御心掟《こゝろをきて》[八]さばかりにこそおはしましけれ」と、心憂《こゝろう》くおぼされて、忍《しの》[九]びて仁和寺《にわじ》におはしましにけり。[25][一〇]僧正濟信の御許《もと》におはしまして、「年頃《としごろ》出家の本意深《ほいふか》く侍《はべ》るを、なさせ給へ」と聞《きこ》えさせ[一一]給べければ、僧正「[一二]ともかくも聞《きこ》えさすべきにもあらずとて、なし奉《たてまつ》る。院《小一條院》や宮《娍子皇后》などや、[一三]びん《便》なうおぼしめさん」と聞《きこ》え給へば、「[一四]それ苦《くる》しくおぼしめさるべき事ならず。[一五]たゞ疾《と》くいかでなりなんとなむ、思《おも》ひ侍《はべ》る」と宣《のたま》はすれば、「[一六]若《わか》き御心《こゝろ》にかく宣《のたま》はする事」と、いみじく泣《な》き給ひて、我《わが》御衣《ぞ》どものまだ着《き》給《たま》はざりけるを、とり出《い》でゝ奉《たてまつ》り給ひて、[一七]なし奉《たてまつ》り給ひてけり。このことゞも聞《きこ》えて、宮〳〵・さるべき殿《との》ばら、皆《みな》おはして見奉《たてまつ》り給。院もおはしまして、いみじく泣《な》かせ給。皇后宮《母后娍子》には、「[一八]さてもいかにおぼしとらせ給(にけるぞ」と)*

悲《かな》しくいみじくて、泣《な》く〱御装束《さうぞく》して奉《たてまつ》らせ給。いみじうあはれなる御事どもなり。皇太后宮《妍子》よりも、一九御装束《さうぞく》して奉《たてまつ》らせ給。僧正《済信》いみじき物に思《おも》ひきこえさせ給へり。「二〇猶《なを》この寺《てら》に、さるべきやむごとなき人の絶《たえ》へさせ給まじき」と、嬉《うれ》しうおぼされけり。美《うつく》しかりし御髪《ぐし》を剃《そ》がせ給てしこそ、口惜《くちを》しかりしかとぞ。

一八 それにしてもどのように思い定められたのであったかと。仁和寺御伝・御室相承記・三外往生伝・後拾遺往生伝等によると、三条院最愛の皇子であったから、院の崩御後追慕の情に堪えず出家されたと伝えている。
一九 法衣や袈裟などを調製して差上げられた。
二〇 やはりこの仁和寺は、然るべき高貴な方があとを絶つことなく入室されることになっているのだと。仁和寺は光孝天皇の創建。

巻第十五　うたがひ

巻名　道長の仏事善業の多いことを述べて、「年頃し集めさせ給つることゞもを聞えさする程に、涌出品の疑ぞ出で来ぬべき」「されども、御代の始よりし集めさせ給へることゞもを記す程に、かゝる疑もありぬべし」等とある巻中の詞による。

諸本＝うたがひ(陽)・疑(西、活)・第十五あさの衣に立かふる(富)。

異本系統本の巻名について、詳解は、「道長出家して、麻の衣にたちかへしによれるなり」といっているが、それならば巻の内容によったことになる。しかし、巻中にこのままの語は見られない。ただし、道長出家後、更衣の時に、上東門院に贈った歌に、「唐衣花の袂に脱ぎ替へよ我こそ春の色はたちつれ」とあり、女院の御返歌に、「唐衣たち替りぬる春の世にいかでか花の色も見るべき」、また和泉式部の歌に、「脱ぎ替へんことぞ悲しき春の色を君がたちける衣と思へば」、大宮の宣旨の歌に、「たち替るうき世の中は夏衣袖に涙もとまらざりけり」等とある。

所収年代　後一条天皇の寛仁三年(一〇一九)三月から、同年十月まで、八カ月間。

内容　道長が執政者となって以来、帝は三代、二十余年を経た。摂政・関白に歴任したが、この頃は、摂政をも頼通に譲り、また太政大臣をも辞そうとしたが、勅許がないのでそのままになっている。

そのうち道長は病気に罹り、これが最後かと心細く思われた。御祈禱も数々おこなわれたが、物の怪なども数限りなく現われるようなこともあった。

道長年来の本意としては、京極殿の東に御堂を建てて、そこに住むということであったから、今度病気が治ったら、その事を実現したいと念願した。

頼通はじめ、各所で、読経が数を尽くしておこなわれたが、道長は早く出家の本懐を遂げたいと念願した。

道長は、今年五十四歳になるが、今死んでも何の恥と思うことはないが、ただ尚侍(嬉子)を東宮に参らせることと、一品宮禎子内親王の御有様だけが心残りになると述懐した。

寛仁三年三月二十一日、院源僧都の手によって剃髪した。倫子も共にと思ったが、尚侍東宮御参りの後にということで延期した。

出家の後、道長の病もうすらいだ。三月下旬には、宮々の更衣《ころもがえ》が行われ、和歌の贈答があった。

今は専心御堂造営の計画を廻らした。その計画に従って工事が開始され、日々に進捗した。道長の現在の有様を見ると、弘法大師が仏法興隆のために生れ替ったとも、聖徳太子の再来とも思われる。

出家した年の十月、奈良で受戒したが、道長は法華経流布に力があったから、功徳の程も思いやられる。法華経の他に多くの経を弘めたり、仏教の学問奨励にも勤めた。

木幡に浄妙寺を造り、その御堂供養をした。この他、正月から十二月まで一年中の仏事に関係しないこともない有様であった。

天王寺に参詣して、聖徳太子を偲んだこともあり、高野山に参拝して、弘法大師入定の様を見たこともある。また、六波羅蜜寺・雲林院の菩提講にも関係したし、仏像の造立にいたっては数限りもない。

道長が長年の間おこなって来た仏事善業を数え上げると、涌出品の疑と同じ疑が生じそうだ。人生は無常であるが、ただ道長の栄華だけは、永久のものと思われた。

(本巻は道長の信仰生活を総括的に描いて特異な一巻となっているが、そのために浄妙寺造営・天王寺参拝・日吉社の八講・六観音、七仏薬師造立等、前年および遙か後年にかかる記事まで書かれる結果となった。)

榮花物語巻第十五

うたがひ

[1]との〻御前《まへ》、世《よ》を知《し》り初《そ》めさせ給《たま》ひて後《のち》、みかどは三代[一]にならせ給《たま》ふ。我《わが》御世《よ》は[二]廿餘年ばかりにならせ給《たま》ふに、みかど若《わか》うおはします程《ほど》は、攝政[三]と申、大人《おとな》びさせ給《たま》ふ折《をり》は、關白[四]と申《まう》しておはしますに、この頃《ごろ》は攝政をも[五]去年《こぞ》より我《わが》御一男、[六]たゞ今《いま》の内大臣殿《宇治殿》に讓《ゆづ》り奉《たてまつ》らせ給《たま》ひて、我《わが》御身は[2][七]太政大臣にておはしますを、常《つね》におほやけに返し奉《たてまつ》らせ給《たま》ひ、じせ《辭》させ給《たま》へど、おほやけ[八]更《さら》に聞《きこ》しめし入《い》れぬに、度《たび》〱わりなくて過《すぐ》させ給《たま》ふ。御心にすさまじくおぼさる〻事は限《かぎり》なし。」[3]か〻る程《ほど》に、御[九]心地《こゝち》例《れい》ならずおぼされ、人〱も[一〇]夢騒《ゆめさはが》しく聞《きこ》ゆるに、我《わが》御心地《ち》もよろしからずおぼしめさるれば、「この度《たび》こそは限《かぎり》なめれ」とおぼさる〻にも、物《もの》心細《ぼそ》くおぼさる。殿[一一]ばら・宮《みや》〱などにも、いと恐《おそろ》しうおぼし歎《なげ》くに、いとおどろ〱しき御心地《ち》の様《さま》なり。か〻ればよろづにいみじき御祈《いのり》ども様《さま》〱なり。されどたゞ今《いま》は驗《しるし》も見《み》えず、いと苦《くる》しくせさせ給。様《さま》[一二]〱の御もの〻け數《かず》知《し》らずの〻しる中《なか》に、げに[一三]さもやと聞《きこ》ゆるもあり、又《また》[一四]こ

一 一条・三条・後一条。 二 長徳元年五月十一日内覧宣旨を蒙って以来、寛仁元年摂政を頼通に譲るまで二十三年。底本はじめ「廿三四年」とし、「三四」を見せ消ちにして、「廿余年」とする。 三 道長の任摂政は、後一条天皇長和五年正月二十九日から翌寛仁元年三月十六日まで。この時後一条天皇は、九歳。四 道長は関白に任じたことはなく、一条天皇長徳元年と三条天皇

道長、太政大臣を辞す

寛弘八年八月二十三日とに内覧宣旨及び牛車宣旨を蒙っただけであるが、俗に関白と呼ばれる。 五 寛仁元年。ただしここは寛仁二年として書いている。 六 頼通の任内大臣は、寛仁元年三月四日。同十六日に道長は摂政を頼通に譲った。 七 寛仁元年十二月四日太政大臣、従一位。 八 主上は一向お許しになられないので、度々已むを得ない事としてお過しなさった。事実は、寛仁二年二月九日に太政大臣及び内舎人随身を辞した。しかし後文によると作者は寛仁三年になお道長が太政大臣の地位にあったこととして書いている。 九 「宰相来云、大殿煩㆓胸病㆒給之

道長、病気に罹る

由、有㆓章信朝臣告㆒、仍参入者」(小右、寛仁三年三月十八日)。→補五八二。 一〇 悪い夢を見たと。 一一 道長の男頼通以下および大宮彰子・皇太后妍子等におかれても。 一二 「宰相午刻許、従㆑殿罷出云、自㆓丑刻許㆒、御胸大発給不覚、只今聊有㆑隙、邪気駈㆓移人々㆒、称㆓貴布禰・稲荷等神明㆒云々」(小右、寛仁三年三月十八日)。 一三 成程もっともな事だと。 一四 その外とんでもない事や、思いも寄らぬ名乗を物の怪がしたり、奇怪な事を言ったりする。

（と）の外《ほか》にあるまじきことゞも、覺《おぼ》えぬ名告《なのり》をし、怪《あや》しきことゞもをも申。」さても心のどかに世《よ》を保《たも》たせ給、竝《なら》びなき御有様《ありさま》にて數多《あまた》の年《とし》を過《すぐ》させ給へばに、世《よ》の人も[一]いと恐《おそろ》しき事《こと》に申思《おも》へり。我《わが》御心地《ち》にも[二]あるべきやうにもおぼしめされず、心細《ぼそ》くおぼさる。[三]我《わが》御世《よ》のはじめ六七年ばかりありてぞ、すべていみじかりし御悩《なやみ》ありて、かくいまゝでおはしますべくも見《み》えさせ給はざりしかども、いみじき御祈《いのり》の驗《しるし》、類《たぐひ》なき御願の驗《しるし》にかくておはしませば、「この度《たび》も怠《おこた》らせ給ひなん」と、とのゝ人〳〵は思《おも》ひ言《い》ふことゞもあり。その度《たび》の御悩《なやみ》には、よき驗者《げんざ》どものありしかばこそ、いと頼《たのも》しかりしか。[四]長谷《ながたに》の觀修僧正（號長谷僧正）・[五]くわん（餘）を（慶號観音院僧正）ん院の僧正などは、なべてならざりし人〳〵なり。觀修僧正は、やがてとのゝ内《うち》に候《さぶら》ひ給《たま》ひしに、[六]僧都《そうづ》なりしを、「この御悩怠《なやみおこた》らせ給たり」とてこそは、[七]一條院、僧正になさせ給へりしか。[八]御みやうじどもは、[九]晴明〈セイメイ〉・[一〇]光榮〈クワウエイ〉などはいと[一一]神《かみ》さびたりし者《もの》どもにて、驗《しるし》ことなりし人〳〵なり。[一二]所替《ところか》えさせ給てよかるべき由《よし》申ければ、[一三]故麗景殿の内侍（綏子 兼家女）のかみの家《いへ》、土御門《つちみかど》にこそは渡《わた》らせ給て[一四]怠《おこた》らせ給ひにしか（ば）、その例《れい》を引《ひ》きて、「外《ほか》へ渡《わた》らせ給へ」など、さるべき殿《との》ばら申給へど、すべて更《さら》に、「[一五]行《い》かんとも思《おも》ひ侍《はべ》らばこそは」とて、聞《きこ》しめし入《い》れず、たゞ佛《ほとけ》を頼《たの》み奉《たてまつ》らせ給《たま》へり。」[一六]年頃《としごろ》の御本意《ほい》、たゞ出家せさせ給て、この[一七]京極《きやうごく》

一　薨去されることもあろうかと。

前回の病に鑑み人々転地を勧むるも聞かず

二　到底生きられそうにも。
三　「左大臣病重、可二出家一之由被レ奏レ之、勅不レ許レ之、給二度者八十人一」（紀略、長徳四年三月四日）。この時の事は鳥辺野巻参照。道長が内覧宣旨を蒙ったのは長徳元年五月故、三、四年が正しい。
四　姓は紀氏。長保二年八月二十九日任大僧正。長谷は長谷寺。「時之得人也…有験之僧則観修・勝算・深覚」（続本朝往生伝、一条天皇条）。
五　勝算が正しい。
六　その時は僧都であったが。
七　一条天皇が観修を僧正になさった。長徳四年十二月二十九日任権僧正（異本僧綱補任）。
八　陰陽師。
九　安倍益材の男。当時有名な陰陽師、天文博士。
一〇　天文博士加茂保憲の男。「陰陽則賀茂光栄・安倍晴明」（続本朝往生伝、一条天皇条）。晴明と共に御堂関白記にしばしば名が見える。
一一　神々しい人々で、霊験もあらたかであった。
一二　転地療養をされるならば病気によいに違いないという事を。同じ思想は→二二〇頁注一九。
一三　→補三一九。
一四　その時は病気がお治りなさったので。
一五　行こうとでも思っているのならともかく、思いもよらぬことだ。
一六　道長年来の本意としては。
一七　土御門殿に同じ。道長の邸。

道長出家・御堂建立の本意

どの丶東《ひんがし》に御堂《みだう》建《た》て丶、[一八]そこにおはしまさんとのみおぼさる丶に、[一九]「この度《たび》怠《おこた》らせ給へらば、限《かぎり》なき御有様《ありさま》にてこそは過《すぐ》させ給はめ。さればいかゞ」とのみ、親《した》しき疎《うと》き、[二〇]や丶ましげに思《おも》ひ申たるも理《ことはり》に見《み》えさせ給ふ。宮《みや》〳〵など皆《みな》おはしまし集《あつま》らせ給て、さし並《なら》びよろづに扱《あつか》ひきこえさせ給ふ。この世《よ》の御有様《ありさま》なべてならずめでたくおはします。」殿《との》にも[二一]御修法《ずほう》三壇《だん》行《おこな》はせ給ふ。様《さま》〳〵の御《み》讀《ど》經數《かず》を盡《つく》させ給《たま》へり。[二二]内・東宮よりも、太宮《上東門院》・皇太后宮《妍子》・中宮《威子》・小一條院、又攝政殿《頼通》・左大將殿《教通》など、皆《みな》御修法《ずほう》せさせ給《たま》ふ程《ほど》の御有様《ありさま》思《おも》ひやるべし。との丶内《うち》は更《さら》にもいはず、その邊《わた》りの家《いへ》〳〵大《おほ》きなる小《ちゐさ》き分《わ》かず、皆《みな》[二三]こ丶らの僧《そう》ども入《い》り居《ゐ》たり。[二四]「か丶らんにはいかでか」と見《み》えさせ給ふ。御祭《まつり》・祓《はらへ》などいはん方《かた》なし。との丶御前《まへ》、「いかで今《いま》は、たゞ祈《いの》りはせで、[二五]滅罪生善の法《ほう》どもを行《おこな》はせ、念佛の聲《こゑ》を絶《た》えず聞《き》かばや」と宣《のたま》はすれど、それは[二六]露《つゆ》この殿《との》ばら聞《きこ》しめし入《い》れず。「いかで疾《と》く本意《ほい》遂《と》げなん」と宣《のたま》はするを、大宮《上東門院》聞《きこ》しめして、[二七]猶今《いま》暫《しば》し、春宮《後朱雀院》の御代《よ》にあはせ給《たま》ふべく聞《きこ》えさせ給《たま》ふを、[二八]「心憂《う》く、あひおぼさぬなり」と、恨《うら》み申させ給へば、いかに〳〵とのみおぼし歎《なげ》かせ給ふ。御もの丶けども、いとおどろ〳〵しうゆゆしくいふも例《れい》の事《こと》なれど、猶「いかに」と、[二九]公私《おほやけわたくし》たゞ今《いま》の大事、これより外《ほか》に何事《なにごと》かはと見《み》えたり。[三〇]仁和寺の僧正《濟信》など

一八 直接話法としては「そこに住まん」。

一九 今度病気がお治りなさったならば、この上もなく尊い御有様でお過しなさるに相違なかろう、それ故何とかしてお治りなされればと。

二〇 心苦しげに。

道長の病気平癒のための御祈禱

二一 三方に壇を設けて病気平癒の修法をすること。→補三六。

二二 後一条天皇と敦良親王。

二三 大勢の僧。

二四 これ程手を尽くして祈禱する以上どうして平癒しないことがあろうかと。

二五 観仏・誦呪・懺悔・念仏などにより現世の罪障を消滅し、善報のもとを作ること。

二六 全然。

二七 やはり今暫く出家を延ばされ、東宮が天位に即かれる御代までお待ちなさるようにと。

二八 道長詞。情ないことよ、同情を寄せて下さらないのだ。

二九 公私共々目下の一大事は道長の病気以外に何事があろうかと。

三〇 源雅信男。寛仁三年十月二十日任大僧正。→四三四頁注一〇。

道長の述懐

も皆《みな》おはす。」との丶御前《まへ》、「更《さら》に命《いのち》惜《を》しくも侍らず。一さき〳〵世《よ》を知《し》りまつりごち給へる人〳〵多《おほ》かる中《なか》に、己《おのれ》ばかりすべきことゞもしたる例《ためし》はなくなんある。内《後一條院》・東宮《後朱雀院》おはします、二三所《みところ》の后《きさい》、院の女御おはす。三左大臣にて攝政仕《つか》うまつる。次《つぎ》は四内大臣にて左大將かけたり。又五大納言、あるは左衞門督にて別當《べたう》かけたり。六この男《おとこ》の位《くらゐ》ぞまだいと淺《あさ》けれど、三位の中將にて侍《はべ》り。皆《みな》これ次《つぎ》〳〵のおほやけの御後見《うしろみ》仕《つか》うまつるべし。七自《みづか》ら太政大臣准三宮の位《くらゐ》にて侍《はべ》り。この廿餘《よ》年の程《ほど》竝《なら》ぶ人なくて、身《み》一《ひと》つして、數多《あまた》のみかどの御後見《うしろみ》を仕《つか》うまつるに、異《こと》なる難《なん》なくて過《す》ぎ侍《はべ》りぬ。己《おの》が先祖《せんぞ》の八貞信公、いみじうおはしたる人、九我《われ》太政大臣にて、小野宮《おのゝみや》の大臣《おとゞ》《太郎實頼》左大臣、次郎九條右大臣《師輔》、四郎《師氏》・五郎《師尹》など大納言にてさし竝《なら》び給へりけれど、后《きさき》立《た》ち給はずなりにけり。近《ちか》くは九條の大臣《おとゞ》、我《わが》御身は右大臣にて止《や》み給《たま》ひにけれど、一〇大《おほ》きさきの《安子》御腹《はら》の冷泉・圓融院おはしまし、一一十一人の男子《おのこゞ》の中《なか》に、一二五人太政大臣になり給へり。今《いまに》はいみじき御幸《さいはひ》なりかし。一三されど后三所《きさきみところ》かく立《た》ち給《たま》ひたる例《ためし》は、このくに丶はまだなきなり」など、世《よ》にめでたき御有樣《ありさま》を、言《い》ひ續《つゞ》けさせ給《たま》ふ。「一四今年《ことし》五十四なり。死《し》ぬとも更《さら》に恥《はぢ》あらじ。一五今行末《いまゆくすゑ》もかばかりの事《こと》はありがたくや(あ)らん。たゞ飽《あ》かぬ事《こと》は、一六内侍のかみ《嬉子》を東宮《後朱雀院》に奉《たてまつ》り、皇太后宮《妍子》の一品の宮《陽明門院禎子》の御有樣《ありさま》、この二事《ふたこと》をせずなり

一 以前摂政関白となって世の政治をとられた人々は大勢いる中で特に。二 太皇太后彰子・皇太后妍子・中宮威子と、小一条院女御寛子。三 寛仁三年に、頼通は摂政内大臣、教通は権中納言・左大将、頼宗は権中納言・左衛門督・使別当・太皇太后宮権大夫。頼通が関白・左大臣、教通が内大臣・左大将、頼宗が権大納言・太皇太后宮権大夫になったのは治安元年七月二十五日。従ってこのあたり官職の混乱がある。↓補五八三。四 教通。五 大納言・左衛門督兼検非違使と三役を兼任した頼宗と見るべきであろう。しかしこの時は、まだ中納言。六 判然としない書き方であるが長家のことであろう。ただし長家は、寛仁二年正月二十七日権中将、同三年正月七日正四位下。従三位に叙せられたのは治安二年正月七日のこと。七 道長はすでに寛仁二年二月九日太政大臣を辞した。また長和五年六月十日准三宮年官年爵封戸を賜わり、寛仁三年五月八日重ねて准三宮封戸を賜わった。八 藤原忠平。九 忠平自身は。一〇 藤原安子。師輔女、村上天皇中宮。冷泉天皇・円融天皇御母。枕草子・大鏡等では、安子のことを中后(なかぎさき)と呼んでいる。一一 伊尹・兼通・兼家・遠量・忠君・遠度・高光・為光・公季・尋禅・深覚。一二 伊尹・兼通・兼家・為光・公季。ただし、公季はこの頃右大臣。任太政大臣は寛仁五年七月二十五日。一三「姉妹三人同時列二於后位一、是希代之例也」(略記、寛仁二年十月十六日)。一四 寛仁三年(一〇一九)。道長は康保三年(九六六)の出生。一五 今後も。一六 尚侍嬉子の東宮御参りは本の雫の巻、禎子内親王の東宮御参りは若水の巻に見える。一七 いらっしゃるから。

ぬるぞあれど、大宮おはしまし、攝政の大臣《おとゞ》[一七]いますがれば、さりともし給《たま》ふ事《こと》ありなん」と、言《い》ひ續《つゞ》けさせ給《たま》ふに、宮《みや》〲・殿《との》ばら泣《な》かせ給。僧俗《そうぞく》も涙止《なみだとゞ》め難《がた》し。上《うへ》[一八]は更《さら》にも言《い》はず、聞《きこ》えさせん方《かた》なし。」かくて今《いま》はとて院源[一九]僧都召《め》して、御髪《ぐし》おろさせ給ふつ。[二〇]上も年頃《としごろ》の御本意《ほい》なれば、「やがて」とおぼしの給はすれど、「かんのとのゝ御事《こと》の後《のち》に」と申させ給へば、いと口惜《くちを》しとおぼし惑《まど》ふもいといみじ。僧都《そうづ》の、御髪《ぐし》おろし給《たま》ふとて、「年頃《としごろ》の間《あひだ》、世《よ》[二一]の固《かた》め、[二二]一切衆生の父《ちゝ》としてよろづの人を育《はぐゝ》み、[二三]正法をもて國《くに》を治《おさ》め、非道《ひだう》のまつりごとなくて過《すぐ》させ給ふに、[二四]限《かぎり》なき位《くらゐ》を去《さ》り、めでたき御家を捨《す》てゝ、出家入道させ給ふを、[二五]三世諸佛達喜《たちよろこ》び、現世《げんぜ》は御壽命延《の》び、後生は[二六]極樂の上品上生に上《のぼ》らせ給べきなり。[二七]三歸五戒を受《う》くる人すら、[二八]卅六天の神祇、[二九]十億恒河沙の鬼神護《まも》るものなり。況《いは》んや、まことの出家をや」など、あはれに尊《たうと》くかなしき事限《ことかぎり》なし。宮《みや》〲・殿《との》ばら惜《お》しみ悲《かな》しびきこえ給ふ、理《ことはり》にいみじう悲《かな》し。内・東宮より御使隙《つかひひま》なし。」かくて後《のち》、[三〇]さりともと頼《たの》もしき方添《かたそ》はせ給ぬ。御ものゝけども口《くち》惜《を》しがり、悔《く》ゐ妬《ねた》む事限《ことかぎり》なし。それをぞ頼《たの》もしく聞《きこ》しめす。さて日頃《ひごろ》にならせ給まゝに、御ものゝけの聲《こゑ》どもやう〲少《すこ》し薄《うす》らぎもてゆ《い》きて、御心地《ち》もこよな[三一]げにて、御果子《くだもの》などきこしめす。「いかでか佛《ほとけ》の御驗《しるしみ》見えぬやうは」と、いよ

一八 道長室倫子。倫子が涙を流したことはいうまでもないことで。
一九 「宰相来云、大殿出家了、法印院源為二戒師一」(小右、寛仁三年三月二十一日)、「廿一日戊寅、

道長出家

前太政大臣従一位藤原朝臣道長落餝入道〈五十四、法名行観、後改二行覚一〉、依二胸病一也、戒師法印院源、剃御頭律師定基」(紀略)。
二〇 倫子も、出家は年来の希望だからそのまま一緒にといわれたが、尚侍嬉子の東宮御参りの後にするよう道長がいわれるので。
二一 内覧宣旨や摂政として天下の柱石となり。
二二 すべての人間の父として万民を撫育し。
二三 仏法。
二四 最高の地位を去り。
二五 前世・現世・来世にわたってまします無量無数の仏。
二六 阿弥陀仏の浄土。上品上生・上品中生・上品下生、中品上生・中品中生・中品下生、下品上生・下品中生・下品下生の九階に分れている。
二七 仏道に入るものの最初に受ける戒。三帰は仏・法・僧の三宝に帰依すること、五戒は不殺生・不偸盗・不邪淫・不妄語・不飲酒。
二八 三十六部の善神、三帰五戒を受ける人々を守護する。

道長の病悩平癒

二九 無数の。恒河沙は恒河(ガンジス河)の沙のことで無数の意。
三〇 どんなに病気が重くても治らぬことはあるまいと頼もしく快方に向う様子が加わられた。
三一 格段と良くなった様子で。

〳〵御心地《ち》ども嬉《うれ》しくおぼさる。萬《よろづ》よりも、[一]かくならせ給《たま》ふとて、年頃《としごろ》の御隨《みずい》身《じん》ども召《め》し出《い》でゝ、祿賜《ろくたま》はせて歸《かへ》し參《まゐ》らせさせ給ひしに、御隨身《みずいじん》ども涙《なみだ》を流《なが》して庭《には》に伏《ふ》し轉《まろ》びせしこそ悲《かな》しかりしか。御祈《いのり》の僧達《そうたち》、いよ〳〵心を盡《つく》し、驗《しるし》ありと思《おも》へり。この御惱《なやみ》は、寛仁三年三月十七日より惱《なや》ませ給て、同廿一日に出家せさせ給へれば（御歳五十四）、[二]日長《なが》におぼさるゝまゝに、さるべき僧達《そうたち》・殿《との》ばらなどゝ(御)物語《ものがたり》せさせ給て、[三]御心地《ち》こよなくおはします。今《いま》はたゞ[四]「いつしかこの東《ひんがし》に御堂《みだう》建《た》てゝ、[五]さゝしう住《す》むわざせん。となん造《つく》るべき、かうなん建《た》つべき」といふ御心企《だくみ》いみじ。」かくて日頃《ひごろ》になるまゝに、御心地《ち》[六]さはやぎ、少《すこ》し心のどかにならせ給ふて、昨日今日《きのふけふ》ぞ[七]宮《みや》〳〵の御方《かた》〴〵におはします。「今《いま》は[八]怠《おこた》りにて侍《はべ》り。大宮（彰子）・中宮（威子）疾《と》く内に入《い》らせ給《たま》へ。[九]さうざうしくおはしますらん」と、そゝのかしきこえさせ給《たま》へど、[一〇]大宮は「猶暫《なをしば》し」と心のどかにおぼされたり。中宮ぞ疾《と》く入《い》らせ給ふ。殿《との》は、[一一]御堂《みだう》いつしかとのみおぼしめす。この世《よ》の事《こと》は、今《いま》はたゞかの御堂《みだう》の事《こと》をのみおぼしめさるれば、[一二]皇大后宮（妍子）は一條殿《どの》にぞ歸《かへ》らせ給ふ。[一三]攝政殿《どの》もいみじう御心に入《い》れて、掟《おき》て申させ給ふ。[一四]かくと見《み》置《を》き奉《たてまつ》らせ給て、各《おの〳〵》歸《かへ》らせ給《たま》ふ御心地《ち》ども、聞《きこ》えん方《かた》なく嬉《うれ》しくおぼしめす。この度《たび》の御惱《なやみ》かく怠《おこた》らせ給はん物と、誰《たれ》もおぼしかけざりつる事ぞかし。世《よ》のめでたき

一　出家なさるというので。
二　(折から春のことで)日長に思われるので。
三　御病気が格段良く。↓補五八四。
四　早く土御門(京極)邸の東に。
五　未詳。西「すゝしく」、陽「しつかにて」、富「さて」。
六　さわやかになり。
七　大宮や中宮はそれぞれの御部屋にいらっしゃる。日本紀略、三月二十一日条に「入レ夜小一条院幷太皇大后宮・皇大后・中宮渡御」とあり、すでに長く滞在されているように書いている本書と異なる。
八　すっかり治ってしまいました。
九　帝もお一人で寂しくいらっしゃるでしょう。
一〇　日本紀略、四月十一日条に「太皇大后宮幷中宮入二内裏一」とある。

―大宮・中宮、土御門殿より還御―

一一　御堂を早く建てたいものとしきりに思し召される。
一二　記録に未見。　一三　頼通。
一四　このように心配のない状態を見定めなさっておいて。
一五　恒例の大宮始め宮々の御更衣の料を道長から奉りなさることは、病気の今だからといって怠りなさってよい事ではなく。「たてまつれ」は、奉り入れの意。　一六　唐衣。日本紀略、寛仁三年四月一日に旬平座見参とあるが、更衣は本書のみ。　一七　道長の歌。お贈りするこの唐衣の華やかな着物と脱ぎ替えて下さい、私は出家の身の上ですから春の色の衣は断って着ませんが。世継物語、第四十所載。
一八　出家されて今までとはすっかり変ってしま

事《こと》の例《ためし》に申思べし。」 かくて三月晦日《つごもり》に、一五例《れい》[9]の宮〻の御更衣《ころもがへ》のものどもたてまつらせ《れさ》給《たま》ふ事《こと》、今《いま》しも怠《おこた》らせ給《たま》ふべき事ならず、皆分《みなわか》ち奉《たてまつ》らせ給とて、大宮に一六、唐《から》の御衣《ぞ》に添《そ》へさせ給へる、

一七唐衣花《からころもはな》の袂《たもと》に脱《ぬ》ぎ替《か》へよ我《われ》こそ春《はる》の色《いろ》はたちつれ」大宮御覽《らん》じて、いみじう泣《な》かせ給て、御返し、

一八唐衣《からころも》たち替《かは》りぬる春《はる》の世《よ》にいかでか花《はな》の色《いろ》も見《み》るべき」。との〻御歌《うた》をき〻て、[10]和泉式部《いづみしきぶ》が大宮に參《まゐ》らせたる、

一九脱《ぬ》ぎ替《か》へんことぞ悲《かな》しき春《はる》の色を君《きみ》がたちける衣《ころも》と思《おも》へば」 二〇大宮の宣旨《せんじ》、返《かへ》し、

二一たち替《かは》るうき世《よ》の中《なか》は夏衣袖《なつごろもそで》に涙《なみだ》もとまらざりけり」。同《おな》じ頃《ころ》、との〻泉《いづみ》を見《み》て、讀《よ》み人知《し》らず、

二二水《みづ》の面《おも》に浮《うか》べる影《かげ》はかくながら千代《ちよ》まで澄《す》まぬものにやはあらぬ」。御前《おまへ》の瀧《たき》の音《おと》をき〻て、二三馬《むま》の中將、

二四袖《そで》のみぞ乾《かは》く世《よ》もなき水の音《おと》の心細《ぼそ》きに我《われ》も泣《な》かれて。」 かくて世《よ》を背《そむ》かせ給へれども、二五御急《いそ》ぎは「二六浦吹《うらふ》く風《かぜ》」にや、[11]御心地《こゝち》今《いま》は二七例《れい》ざまになり果《は》てさせ給ぬれば、御堂《みだう》の事《こと》おぼし急《いそ》がせ給。二八攝政(殿)國《くに》〴〵までさるべき公事《おほやけごと》をばさ

道長、宮々に御衣を奉る

った春の世ですから、どうして華やかな着物を着ることができましょうか。
一九 わが君が断たれてお召しにならぬ着物かと思えば、春の色の着物を脱ぎ捨てて夏衣になることが悲しく思われます。
二〇 彰子立后の時、宣旨をとり伝えた女房。源伊陟の女(御堂、寛弘九年閏十月二十七日条大嘗会の際その名が見える)。
二一 今までと変ったこの憂き世の悲しさは、薄い夏衣に着替えた今、袖に涙もとまらぬことであるよ。 二二 水面に浮んだ出家したお姿はこのまま千年の末まで清澄でないことがどうしてあろうか。澄むと住むの掛詞。 二三 左馬頭相尹の女(春記、長久元年五月二十四日)。角田文衛氏に済時中の君を宛てる新説がある(古代文化、十一巻一号)。
二四 滝の音を聞くにつけても殿の出家された心細さに思わず涙が流れて袖はまったく乾く時もない。
二五 御堂建立の御準備は。
二六 絶え間なく思い続けられたからか。「我も思ふ人も忘るなありそ海の浦吹く風のやむ時もなく」(後撰、雑四、題知らず、均子内親王)。
二七 すっかり常態に回復されたので。
二八 小右記、寛仁三年七月十七日条には「入道殿忽発願、被レ奉レ造丈六金色阿弥陀仏十躰・四天王一、彼殿東地〈京極東辺〉造二十一間堂一可レ被二安置一、以二受領一人一充二一間一可レ被レ造云々、従二昨日一始二木作一、摂政不二甘心一云々」と、本書と異なる一面を伝えている。

道長、法成寺造営の計画

るものにて、先《ま》[12]づこの御堂《みだう》の事《こと》を先《さき》に仕《つか》ふまつるべき仰言給《おほせごとたま》ひ、とのゝ御前《おまへ》も、「この度生《たびい》きたるは[一]異事《ことぐ》ならず、我《わが》願の叶《かな》ふべきなり」と宣《のたま》はせて、異事なくたゞ御堂《みだう》におはします。[二]方四丁を廻《めぐ》りて[三]大垣《おほがき》して、瓦葺《かはらふ》きたり。様《さま》〴〵におぼし掟《おき》て急《いそ》がせ給《たま》へば、夜《よ》の明《あ》くるも心もとなく、日の暮《く》るるも口惜《くちを》しくおぼされて、よもすがらは、[四]山《やま》を疊《たゝ》むべきやう、池《いけ》を掘《ほ》るべきさま、植木《うゑき》を植《う》ゑ竝《な》めさせ、さるべき御堂《みだう》〳〵様《さま》〴〵[五]方《かた》〴〵造《つく》り續《つゞ》け、[六]佛はなべての様《さま》にやはおはします、[七]丈六金色の佛を數《かず》も知《し》らず造《つく》り竝《な》め、そなたをば[八]北南《きたみなみ》と馬道《めだう》をあけ、道《みち》を調《とゝの》へ[九]造《つく》らせ給ひて、廊《らう》・渡殿數多《わたどのかずおほ》く造《つく》らせ給ふに、鷄《とり》の鳴《な》くも久《ひさ》しく、宵《よひ》あか月の御行《おこなひ》も怠《おこた》らず、[一〇]安《やす》き寢《い》も御殿籠《おんとのごも》らず、たゞこの御堂《みだう》の事《こと》のみ深《ふか》く御心に知《し》らせ給へり。」ひゞ《日ゝ》に多《おほ》くの人〳〵參《まい》りまかで立《た》ち込《こ》む。さるべき殿《との》ばらを始《はじ》め奉《たてまつ》りて、宮〳〵の[一一]御封・[一二]御庄どもより、一日に五六百人、千人の[一三]夫どもを奉《たてまつ》るにも、人の數多《かずおほ》かる事をば[一四]かしこき事《こと》に思《おも》ひおぼしたり。國〳〵の守《かみ》どもも、[一五]地子・[一六]官物は遲《おそ》なはれども、たゞ今《いま》はこの御堂《みだう》の夫役、材木・檜皮《ひはだ》・瓦《かはら》多《おほ》く參《まい》らする業《わざ》を、我《われ》も〳〵と競《きを》ひ仕《つか》まつる。大方近《おほかたちか》きも遠《とを》きも參《まい》り込《こ》みて、[一七]品《しな》〴〵方《かた》〴〵邊《あた》り〳〵に仕《つか》うまつる。ある所《ところ》を見《み》れば、御佛仕《ほとけつか》うまつるとて、[一八]巧匠《〈かうしやう〉〈ケウ〉》多《おほ》く佛師百人ばかり率《ひき》ゐて仕《つか》うまつる。[一九]同《おな》じくはこれこそめでたけれと見《み》ゆ。

一 別事ではなく自分の願の実現するために相違ない。二 方四町に同じ。町四つを併せた大きさ。方一町は四十丈平方の地域で、約四五〇〇坪。三 惣囲いの垣根。四 築山をどのように築くかということ。この箇所以下「廊渡殿数多く造らせ給ふ」までは、道長の胸中に計画した事を書いた。→補五八五。五 あれやこれや。六 仏像を造るとしたら尋常一様のありふれた有様にしようか。七 立像で一丈六尺の仏像。坐像の時は約五分の三、九尺余の高さ。八 東面の阿弥陀堂のことを言っているのであろう。一列に九体の阿弥陀仏が安置され、その須弥壇前に設けられた南北貫通の馬道(建物を縦貫する通路)。九 次の「造らせ給ふ」と共に、「造らせんとおぼしめし(めすに)」とあるべき所。一〇 安眠もなさらず。一一 ミブ。封は封戸(ふこ)の略。位官勲功に付けて賜わった戸口。
一二 貴顕の私有地で、荘号のある土地。荘園。
一三 ブ。夫役の人夫。徴発された人夫。

法成寺造営工事の有様

一四 働きのある事と。
一五 ジシ。諸国の公田の余りを国司から人に貸して耕作させ、秋になって納めさせた租税。小作の年貢。
一六 カンモツ。諸国から奉る貢物(官有物)は遅延するが。
一七 いろいろの身分の人が各自の身分職務に応じて、場所場所を受持って奉仕した。
一八 熟練した細工人。
一九 同じ仕事をするならば、この仏像を造る仕事が一番結構だと思われる。
二〇 工匠らが。字鏡集によれば、工匠をタクミと訓じている。二一 やっさもっさと。

堂《だう》の上《うゑ》を見上《みあ》ぐれば、[二〇]たくみども二三百人登《のぼ》り居《ゐ》て、大《おほ》きなる木《き》どもには太《ふと》き綱《つな》をつけて、聲《こゑ》を合《あは》せて、[二一]「えさまさ」と引《ひ》き上《あ》げ騒《さは》ぐ。御堂《みだう》の内《うち》を見《み》れば、佛の御座造《ざつく》り耀《かゞや》かす。板敷《いたじき》を見《み》れば、[二二]木賊《とくさ》・[二三]椋葉《むくのは》・桃《もも》の核《さね》などして、四五十人が手《て》ごとに居《ゐ》竝《な》みて磨《みが》き拭《のご》ふ。[二四]檜皮葺《ひはだふき》・壁塗《かべぬり》・瓦作《かはらつくり》なども數《かず》を盡《つく》したり。又年《とし》老たる法師《ほうし》・翁《おきな》などの、[二五]三尺ばかりの石《いし》を心にまかせて切《き》り調《とゝの》ふるもあり。池《いけ》を掘《ほ》るとて四五百人下《を》りたち、又山を疊《たた》むとて五六百人登《のぼ》りたち、又大路《おほぢ》の方《かた》を見《み》れば、[二六]力車《ちからぐるま》にえもいはぬ大木《おほき》どもを綱《つな》つけて叫《さけ》びのゝしり引《ひ》きもて上《のぼ》る。賀茂河《かもがは》の方《かた》を見《み》れば、筏《いかだ》といふものに[二七]榑《くれ》・材木《ざいもく》を入《い》れて、棹《さを》さして、心地《ち》よげに謡《うた》ひのゝしりてもて上《のぼ》るめり。[二八]*大津《おほつ》・[二九]梅津《むめづ》の心地《ち》するも、[三〇]「西《にし》は東《ひんがし》」といふはこれなりけりと見《み》ゆ。[三一]磐石といふばかりの石《いし》を、[三二]はかなき筏《いかだ》に載《の》せて率《い》て來《く》れど沈《しづ》まず。すべて色《いろ》〳〵様《さま》〳〵言《い》ひ盡《つく》すべき方《かた》なし。かの[三三]須達長者の[三四]祇薗精舎造《つく》りけんもかくやありけんと見《み》ゆるを、[三五]冬《ふゆ》の室《むろ》、夏《なつ》の風《かぜ》、各《おの〳〵》事ごとなり。」かゝる御勢《いきほい》に添《そ》へて、入道《にふだう》せさせ給て後《のち》は、いとゞ勝《まさ》らせ給へりと見《み》えさせ給にも、猶《なを》なべてならざりける御有様《ありさま》と、近《ちか》う見奉《みたてまつ》る人は尊《たうと》び、遠《とを》う見奉《みたてまつ》る人は遥《はるか》に拜《おが》み參《まい》らす。今《いま》はこの御堂《みだう》の邊《あた》りの木草《きくさ》ともならんと思《おも》へる人多《おほ》かり。[三六]そなたざまに趣《おもぶ》けば、[三七]海《うみ》の浪《なみ》も柔《やはら》かに立《た》ちて、この御堂《みだう》の物を運《はこ》ばせ、河《かは》も水《みづ》

二二 多年生常緑羊歯類。茎は硅酸を含み、堅いので物を磨くに用いる。「木賊 度久佐」(倭名)。
二三 にれ科の落葉喬木。葉は長卵形、葉面が粗く物を磨くに用いる。「椋葉 無久乃波」(倭名)。
二四 屋根に檜皮を葺く職人。以下左官、瓦職人。
二五 三尺—四五百人—五六百人は漸層法の技巧。
二六 大八車の類。荷車。
二七 皮のついたままの木。丸太。
二八 今の大津市。材木の集散地であった。「凡近江大津雑材、自二同津一至二宇治津一」(延喜、木工式)。
二九 京都市右京区、四条通の西端。桂川の東岸にあり、同じく材木の集散地。
三〇 当時の諺であろう。↓補五八六。
三一 バンジャク。大きな岩。
三二 小さな頼りない筏。
三三 シュダツ・スダツ。梵語 Sudatta 須達多。インド憍薩羅(きようさう)国舎衛城の長者。波斯匿(はしのく)王の大臣。孤独者を憐み、衣食を給したので給孤独(ぎっこどく)と称せられた。釈迦に帰依し、祇園精舎を献じた。
三四 祇園精舎。四十里四方の祇樹給孤独園に建てた寺院。
三五 浄飯王が悉多(しっだ)太子のために造った三時殿のように、冬向の暖かい御殿、夏向の涼しい

道長は弘法大師・聖徳太子の生まれ替り

御殿というように、それぞれ別々に建てるといった有様である。事ごとは異事、別々、まちまちの意。↓補五八七。
三六 御堂の方へ向って漕いで行くと。
三七 琵琶湖あたりから材木などを運ぶさまを想像したか。

澄《す》みて心清《きよ》く浮《うか》べて参《まい》ると見《み》ゆ。猶《なを》なべてこの世《よ》のことゝは見《み》えさせ給はず。先《まづ》は先年に[一]長谷寺にある僧《そう》の、御祈《いのり》をいみじうして寝《ね》たりける夢《ゆめ》に、大《おほき》に嚴《いかめ》しき男《おとこ》の出《い》で來《き》て、「[二]何《なに》しにかとの、御事《こと》をばともかくも申給《たま》ふ。[13]弘法《こうぼう》大師《し》の佛法興隆《ぼうこうりう》のために生《うま》れ給《たま》へる」とこそ見《み》えさせ給けれ。又[三]天王寺の[四]正徳太子の御《おほん》日記に、「皇城より東《ひんがし》に佛法弘《ひろ》めん人を[五]我《われ》と知《し》れ」とこそは記し置《お》かせ給なれ。[六]いづかたにてもおろかならぬ御有様《ありさま》なり。」 御出家《すけ》の年《とし》の[七]十月に、奈良《なら》にて御[14]受戒あり。[八]おはします程《ほど》に、[九]よろづを削《そ》がせ給《たま》ふとおぼせど、[一〇]上達部《かんだちめ》・殿《との》ばら、あるは位淺《くらゐあさ》き上達部《かんだちめ》・君達《きんだち》は、馬《むま》にて仕《つか》うまつり給。あるは直衣《なをし》、あるは狩衣《かりぎぬ》にておはす。殿上の君達樣《きんだちさま》〲の[一一]襖《あを》ども、指貫《さしぬき》、心の限《かぎり》したり。さるべき僧綱《〈ソウガウ〉》・凡《〈ボン〉》僧選《え》り出《だ》して仕《つか》うまつれり。をかしげなる人の子どもなど御供《とも》に候《さぶら》ふ。世《よ》の人見物《みもの》にて車《くるま》・棧敷《さじき》などしたり。京出《い》でさせ給より、内[一二]・東宮・宮《みや》〲の御使《つかひ》續《つゞ》きたちたり。[一三]山階寺《やましなでら》の御まうけ、國《くに》の守《かみ》などの仕《つか》うまつりたる程《ほど》など推《を》し量《はか》るべし。[一四]御誦《ず》經東大寺《とうだいじ》にてせさせ給ふ。奈良《なら》の都《みやこ》は、[一五]その上《かみ》だにかゝる事《こと》はあらめやと見《み》えたり。心のどかに[一六]三日おはしまして、御堂《みだう》〲[一七]倉《くら》など開《ひら》かせて御覽《らん》ずるに、目《め》も及《およ》ばせ給はぬことゞも多《おほ》かり。「我《わが》御堂もかやうにせん」とおぼしめす。かくて[一八]歸《かへ》らせ給、寺《てら》の僧《そう》どもに[一九]品《しな》〲につけてよろこび給はす。た

一 長谷寺に住んでいる僧が。 二 何のために道長公のことをくどくど並べ立てて御祈りなどされるのか。 三 摂津国(大阪市天王寺区)四天王寺。聖徳太子の建立。 四 聖徳太子。→補五八八。 五 自分の生まれ替りと心得よ。「皇城より東」は法成寺に当るから、道長は聖徳太子の生まれ替りだという意。 六 弘法大師の生まれ替りにせよ、聖徳太子の生まれ替りにせよ、どちらにしても並一通りならぬ尊い御有様である。 七「今日、入道前大相国於㆓東大寺㆒受戒也」(紀略、寛仁三年九月二十九日)。小右記・左経記・扶桑略記等も九月二十九日。

道長、東大寺にて受戒

八 奈良へ行かれる間。 九 万事簡略になさろうと思われたが。「十一日、(中略)山階寺権別当僧都来云、入道殿御受戒、被㆑□倹㆒約御供㆒、僧俗其数太少」(小右、寛仁三年九月)。 一〇 富「上達部殿はらさるへきかきりのこりなしあるは御車位あさき上達部たちはみな馬にてつかうまつり給」とある方が分り易い。小右記・左経記に詳しい。→補五八九。 一一 狩襖の略。狩衣。 一二「宰相来、入㆑夜重来云、(中略)内御使右近中将公成、太皇大后御使亮兼綱〈左中将〉、皇太后宮使蔵人侍従定良、中宮御使亮兼房、東宮御使大進惟任」(小右、寛仁三年九月廿八日)。 一三 興福寺における御もてなしや、大和守(まさもとの朝臣—本の雫)などが奉仕申し上げた有様は。 一四 受戒後大仏殿において読経をさせた。「辰刻登㆑壇受戒…次於㆓大仏殿㆒有㆓御誦経事㆒」(左経、九月二十九日)。「今日入道大相国於㆓東大寺㆒受戒也」(紀略、寛仁三年九月二十九日)。「御受戒」の誤か。 一五 昔も。 一六 二十八・二十九・三十の三日間。 一七 勅封御倉(正倉院)のこと。左経記に詳しい。

ゞ今《いま》はたゞ法皇《ほうわう》の[二〇]御幸《みゆき》にも、かくこそと見ゆ。山階寺《やましなでら》の僧《そう》ども、[二一]堂童子まで被《かづけ》物など賜《たま》はす。「[二二]山《やま》には來年《らい》ぞ、御受戒あるべし」とおぼしめす。大方《おほかた》おぼし掟《おき》てたる御有様《ありさま》、ゝねび盡《つく》すべきに[二三]あらねば。」我《わが》御世《よ》の始《はじめ》より、法花經の不《ふ》斷經《だんきやう》を讀《よ》ませ給つゝ、内・東宮・宮《みや》〳〵に、皆《みな》この事《こと》を同《をな》じく勤《つと》め行《おこな》はせ給《たま》ふ。次《つぎ》〳〵の殿《との》ばら、攝政殿《どの》をはじめ奉《たてまつ》りて、皆行《みなおこな》はせ給ふ。その驗《しるし》あらはにめでたし。これを見給《みたま》ふて、[二四]この御一類の外《ほか》の殿《との》ばら皆《みな》、あるひは不斷《ふだん》經、あるひは朝夕《あさゆふ》に勤《つと》めさせ給《たま》ふ。時《とき》の[二五]受領ども(も)皆《みな》このまねをしつゝ、[二六]國《くに》の内《うち》にても不斷經讀《よ》ませぬなし。かゝる程《ほど》に、この*法《のり》を弘《ひろ》めさせ給《たま》ふになりぬれば、御功《く》德《どく》の程《ほど》思《おも》ひやるに限《かぎり》なし。」この經をかく讀《よ》ませ給《たま》ふのみにあらず、[二七]世《よ》の始《はじめ》よりして、[二八]年《とし》ごとの五月には、やがてその月の朔日《ついたち》より始《はじ》めて晦日《つごもり》までに、[二九]無量義經より始《はじ》めて、[三〇]普賢經に至《いた》るまで、法花經廿八品を、一日に一品を當《あ》てさせ給て、[三一]論義《ろむぎ》にせさせ給。[三二]南北二京の[三三]僧綱《そうがう》・凡僧《ぼんそう》・[三四]學生數《がくしやうかず》を盡《つく》したり。[三五]やむごとなくおとなゝる(は)僧正、あるは[三六]聽衆廿人、講師卅人召《め》し集《あつ》めて、法服配《ほうふくくば》らせ給《たま》ふ。[三七]論義《ろむぎ》の程《ほど》などいとはしたなげなりや。こゝらの上達部《かんだちめ》・殿上人・僧《そう》どもの聞《き》くに、山にも奈良《なら》にも、[三八]學問《がくもん》にかたどれるをば、老《お》いたる若《わか》き分《わ》かず召《め》し集《あつ》むれば、たゞ今《いま》はこれを[三九]公私《おほやけわたくし》の交《まじら》ひの始《はじめ》と思《おも》ひ、召《め》さるゝをば面目《めいぼく》にし、

一八「卅日癸未、被㆓帰京㆒」(紀略)。「給」は西「給とて」。
一九 階級に応じて御礼を下さった。二〇 御幸においても、必ずこのようだろうと思われる。

道長の法華経信仰

二一 寺院に仕えるしもべ。「南都ノ諸寺ニハ堂童子ト云フ、下部侍也」(塵添壒嚢抄)。
二二 比叡山延暦寺。左経記、寛仁四年十二月十三日条参照。
二三 以下省筆するの意。
二四 道長の一族でない藤原氏の殿方も皆。
二五 諸国司の長官。国守。
二六 任国内においても。
二七 執政の当初から。
二八 法華三十講のこと。五月に行うのが例。
二九 法華経のための開経。

道長の学問奨励

三〇 仏説観普賢菩薩行法経の略。法華経のための結経。法華三十講の末日に講ずる。
三一 経文の要義を議論する儀式。
三二 奈良と京都。奈良では東大寺・興福寺以下、京都では延暦寺その他。
三三 僧正・僧都・律師または法印・法眼・法橋の総称。
三四 修学中の僧侶。
三五 未詳。詳解「貴くおとなびたるにて、導師なるべし」とあるはいかが。
三六 講説を聞く僧。
三七 論義をする間、学識の深浅があって不体裁なことよ。
三八 学問の方面にのみ心を向けている者を。
三九 公私いずれにつけても出世の始めと考え。

一さらぬをば口惜《くちを》しきものに思《おも》ひて、學問《がくもん》をし、二心ある(は)燈火《ともしび》をかゝげて經論を習《なら》ひ、あるは月の光《ひかり》に出《い》でゝ法花經を讀《よ》み、あるは暗《くら》きには三空《そら》に浮《うか》べ誦《ずん》じ、四ひねもすによもすがらに營《いとな》み習《なら》ひて參《まい》り集《あつま》りたるに、經を誦《ずん》じ論義《ろむぎ》をするに、劣《おと》り勝《まさ》りの程《ほど》を聞《きこ》しめし知《し》り、五この人〳〵の僧《そう》だち勝負《かちまけ》を定《さだ》め、六この方《かた》知《し》り給へる殿《との》ばら、さし出《い》でゝ宣《のたま》ひなどして、あるはうち笑《わら》ひなどし給へる程《ほど》、めでたうも七恥《はづか》しげにも。八月の夜《よ》、花《はな》の朝《あした》には、物の音《ね》を吹《ふ》き合《あは》せ調《しら》べ、殿ばら僧《そう》だち、經の中《うち》の心を歌《うた》に詠《よ》み、文《ふみ》に作《つく》らせ給ふ。あるは「九百千萬劫の菩提《ぼだい》の種《たね》、八十三年の功德《くどく》の林《はやし》」、又《また》、「一〇願《ねが》はくは今生世俗文字《こんじやうせぞくもんじ》の業《ごう》、狂言綺語《きやうげんきぎよ》の誤《あやまり》をもて、かへして當來世《たうらいせ》ゝ讚佛乘の因《いん》、轉法輪《てんぼうりん》の緣《えん》とせん」など、一一誦《ず》し給《たま》ふも尊《たうと》く面白《おもしろ》し。まいて御戒受《かいうけ》あまた度《たび》になりぬれば、一二御衣《ころも》の袖《そで》に一乘《じよう》の珠《たま》をかけて、御けしきども明《あきら》かになりまさる。皆《みな》一三經の心を詠《よ》ませ給ふに、四條大納言《公任》の御歌《うた》の、一四中《なか》に世《よ》に傳《つたは》り興《けう》を留《とゞ》めたり。一五壽量品の常在靈鷲山を、

一六出《い》で入《い》ると人は見《み》れども世《よ》と共《とも》に鷲《わし》の峯《みね》なる月はのどけし」又、一七普門品、

一八世《よ》を救《すく》ふ中《うち》には誰《たれ》か入《い》らざらん普《あまね》き門《かど》を人しさゝねば」。これを集《あつま》りて誦《ず》し給も、げにと聞《きこ》えたり。さても同《おな》じ心一筋《ひとすぢ》なればかゝず。あるは一九倶舎經《くしやきやう》の御《み》讀《ど》經とて、二〇眞言の心ばへありと聞《きこ》しめすをば、世《よ》に出《い》でたるをも、山《やま》に籠《こも》り寺

一 召されないのを残念なものに。二 心ある者は灯火をともして。三 暗誦したりし。四 終日終夜。五 本文のまま解すれば、この人々が僧侶のように振舞って勝負を判定したりの意。西「このきく人〳〵僧達勝まけをさため」によれば分り易い。六 この道を弁えておられる殿がたは、進んで問答したりなどして。七 富(甲)「はつかしけにもみゆ」。見ゆはなくてもよい。八 秋九月十五夜、春三月十五日には。勧学会の定日。↓補五九〇。九 未来永劫の成仏の種子を蒔き、その八十三年間に積んだ功徳は無量で林をなしている。如満大師の徳を称えた。白氏文集、巻二十七・和漢朗詠集、仏事。一〇 今生において世俗の詩文を作り、狂言綺語を弄した罪をもって、願わくはこれを転じて、後世永遠に仏法を讃嘆し、説法するものとなるべき因縁としたい。白氏文集、巻七十、香山寺白氏洛中集記・和漢朗詠集、仏事。一一 ズンジと読むのが正しい。一二 御衣の袖に一乗実相の宝珠をかけたように(法華経の功徳により)解脱して、ますます御気色も明らかになってゆかれた。衣の珠は衣の中に隠された珠(法華経、五百弟子授記品による)。↓補五九一。一三 法華経の趣意を和歌に。一四 この際の多くの和歌の中で特に。一五 法華経、如来寿量品第十六。一六 山から出て山に入ると人は見るが、常に鷲のみ山の月はのどかに照らしている—釈尊も人の目には入滅したように見えるが、常に霊鷲山(↓四三〇頁注一一)に住み衆生を済度されている。釈尊を月に譬えた。玉葉、釈教。一七 法華経、観世音菩薩普門品第二十五。一八 観世音菩薩が世の人を救い給う中に漏れる人は誰があろうか、皆に普く開かれた慈門を誰も閉さないのだから。後拾遺、雑六。一九 倶舎経というものはない。西「供養法」、富「くやうほう」に

よるべきか。御経供養その他種々の供養をする法式。御堂関白記にも「供養法」という語はしばしばみえる。二〇 真言について造詣が深いと。二一 真言は陀羅尼のこと。神呪・密呪とも。二二 真言の道を専門とする人々は。二三 仏在世の時の比丘が鉢の油を傾けることなく戒律を守ったように守り。↓補五九二。二三 瓶の水を一滴残らず別の瓶に移すようによく真言を守り。二四 仕込んだ上。二五 その方面に真実造詣が深く、天台・真言二宗ともに明快に通じている者については。二六 本人は気が進まないでも。二七 (師僧から)阿闍梨に推挙する推薦状を出させなさる。二八 仏教を盛ならしめ、仏法の命脈を継続なさる結果になる「給ふ」は「給ひ」の誤であろう。二九 闇から闇に迷い入った衆生も。↓補五九三。三〇 以下道長が木幡に浄妙寺(木幡寺)を建てたことを述べた。三一「昭宣公なり」まで挿入句。三二 その基経の大臣が。忠平という注記はここに関係がない。↓補五九四。三三 点定する。場所をトして(墓所と)決める。↓補五九五。三四 道長が十三歳の時に。故殿は兼家。↓補五九六。三五 親疎の区別をつけないで。↓補五九六。三六 今や自分が出家した際(寛仁三年)に果そうと。しかし浄妙寺を建てたのは実際は一条天皇の寛弘二年で、出家以前十五年の事。すべての仏事善業を本巻に集成しようとしてこのような書き方になった。三七 先祖代々の人々の死んだ日。三八 真実の遺骸を埋葬したこの木幡の墓所では。↓補五九七。三九 ほんの標識だけの石製の卒塔婆。〔参考〕「御墓上立㆓石卒都婆㆒、蔵㆓陀羅尼㆒、其廻立㆓釘貫㆒」(類聚雑例、長元九年五月十九日)。

木幡浄妙寺の創建、同供養

に籠《こも》り居《ゐ》たるをも召《め》し出《い》づれば、二一この方《かた》を立《た》つる人人は、いとど戒律《かいりち》を守《まも》りて、二二鉢《はち》の油《あぶら》を傾《かたぶ》け(ず)、眞言を磨《みが》きて二三瓶《かめ》の水を移《うつ》し、よろづに二四仕《し》立《た》てゝ召《め》し入《い》れられては、眞言の趣深《おもぶきふか》さあさゝの程《ほど》を聞《きこ》しめして、かの僧達《そうたち》どもに定《さだ》め宣《のたま》はせて、二五その方《かた》にまことに深《ふか》くしみ、顯密ともに朗《ほが》らかなるをば、二六かれ進《すゝ》まねども、二七阿闍梨《あざり》の解文《げもん》を放《はな》たせ給ふ。公私《おほやけわたくし》の御師となさせ給ふ。あるいは宮《みや》〳〵の御讀《ど》經・御祈《いのり》の事申つけさせ給へば、かゝる御世《よ》に逢《あ》ひて、空《むな》しく過《すぐ》すべからずとみえて、劣《おと》らじ負《ま》けじとその方《かた》を勤《つと》め行《おこな》ふ。かゝる程《ほど》に二八法《のり》の燈火《ともしび》を掲《かゝ》げ、佛法の命《いのち》を繼《つ》がせ給《たま》ふになりぬれば、嬉《うれ》しく明《あきら》かなる御世《よ》に逢《あ》ひて、二九暗《くら》きより暗《くら》きに入《い》れる衆生も、この御光《ひかり》に照《てら》されて喜《よろこ》びをなす。」17三〇又木幡《こはた》といふ所《ところ》は、三一太政大臣基經《もとつね》基經諡昭宣公のおとゞ、後《のち》の御諡《いみなせうせんこう》昭宣公なり、三二忠平 貞信公そのおとゞの三三點《てん》じ置《お》かせ給へりし所《ところ》なり。藤氏《とうし》の御墓《はか》と仰《おほ》せ掟《おき》てたりける所《ところ》に、三四とのゝ御前若《まへわか》くおはしましける時《とき》に、故とのゝ御供《とも》などにおはしましておぼしけるやう、「我《わが》先祖より始《はじ》め、三五親《した》しき疎《うと》き分《わ》かず、いかでこれを佛となし奉《たてまつ》らん」とおぼしける御心《こゝろ》ざし年《とし》月經《へ》けるを、三六「この折《おり》にこそ」とおぼしめしけり。「いづれの人も、あるは先《せん》祖《ぞ》の建《た》て給《たま》へる堂《だう》にてこそ、三七忌日にも説《せ》經・説法《せほう》もし給めれ。三八眞實(の)御身《み》を斂《おさ》められ給《たま》へるこの山《やま》には、たゞ三九標《しるし》ばかりの石《いし》の卒都婆《そとば》一本ばかり立《た》てれば、

一 前の「この山」と同じく汎称木幡山。実際は御蔵山。↓補五九八。二 敷地として面積の足らない所には土盛りをなさったりして。三 三昧(心を正し妄念を離れること)を修する堂。↓補五九九。四 僧の宿舎。三昧堂の左右に僧房を配置した。五 僧坊の中央に馬道(建物を縦貫する通路)を設け廊下とし。一坊を中央廊下で左右に分け、各三部屋を設けて六人の僧を住ませたのであろう。六 寺の長官。ここは前大僧正観修。七 僧の職名。上座・寺主・都維那の称。↓補六〇〇。八 ころもや袈裟のこと。九 寺付近の村落を木幡と併せて一つ里となさり。「こは里とあれども荘園として寄付せるなるべし」(詳解)とあるように、一村併せて寺領として寄進したのであろう。一〇 その荘園の中は木幡川の流れも清らかに澄んだ景勝の地で、そこに住む人々は炊煙も絶えることなく豊かに生活するという有様で。一一 そのように便宜を賜わって庇護し目をかけられたので、万民この噂を次々聞いて荘園内に居住した。一二 寛弘二年の誤。一三 ↓補六〇一。一四 ↓補六〇二。一五 ↓補六〇三。一六 説法に参加するために。一七 道長以前の摂政関白。一八 法華三昧堂の常夜灯の火。一九 以下院源僧都をして言わしめた語。「我この大願の力によりて」は「菩提仏果を証し…叶ひぬべくは」へ続く。↓補六〇四。二〇 悟を開き。二一 現世安穏・後生善所という現当二世にわたる願。二二 ↓補六〇五。二三「正四下、文章博士、式部大夫、尾張守、長和元・七卒」(大江氏系図)。当代代表的な儒者の一人で、赤染衛門の夫。二四 万葉仮名の草体であろう。↓補六〇六。二五 この下、富に「所をあけてはへりよからん本にてまんなにかきうつすへし」とある。願文は、本朝文粋巻十三・政事要略巻廿九・栄花物

又参《まい》り寄《よ》る人もなし。これいと本意《ほい》なき事《こと》なり」とおぼして、[一]この山《やま》の頂《いたゞき》を平《たいら》げさせ給て、高《たか》き石《いし》をば削《けづ》り、[二]短《みじか》き所《ところ》をば埋《む》めさせ給《たま》ひなどして、やがて[三]三昧堂を建《た》てさせ給ふ。[四]僧坊《そうばう》を左右に建《た》てさせ給《たま》ひ、中《なか》に[五]馬道《めだう》をあけて、十二人の僧《そう》を住《す》ませ給ふ。[六]別當・[七]所司を定《さだ》めさせ給(て)、夏冬《なつふゆ》の[八]法服《ほうふく》を賜《たま》ひ、やがて[九]その邊《わた》りの村《むら》、一《ひと》つさとゝなさせ給て、[一〇]水清《みづきよ》う澄《す》み、煙《けぶり》絶《た》えずして、[一一]事《こと》の便《たより》を賜《たま》はせてはぐゝみかへりみさせ給ふ程《ほど》に、よろづの人きゝつぎ棲《す》み住《ぢう》す。[18]御堂《みだう》の供養《くやう》[一二]寛仁三年十月十九日より。[一三]法花經百部が中に、我御手《て》づから書《か》きて、一部讀《よ》ませ給へり。[一四]七僧《そう》・百僧《そう》などせさせ給《たま》ひて、法服《ほうふく》うるはしく配《くば》らせ給《たま》ふ。その日[一五]藤氏の殿《との》ばら、且《かつ》は[一六]隨喜《ずいき》のため、聽聞《ちやうもん》のゆへに殘《のこ》りなく集《つど》ひ給《たま》へり。[一七]さき〴〵の一の人など、かくおぼし寄《よ》らざりけんと見《み》えわたり。とのゝ御前《まへ》佛の御前《まへ》にて、[19][一八]三昧《まい》の火《ひ》を打《う》たせ給。「[一九]我《わが》この大願《ぐわん》の力《ちから》によりて、この山《やま》に骨《ほね》を埋《うづ》み、屍《かばね》を隠《かく》し給《たま》はん人、我先祖《わがせんぞ》より始《はじ》め奉《たてまつ》り、親《した》しき疎《うと》き分《わ》かず、(す)ぎにし方《かた》より今行末《いまゆくすゑ》に至《いた》るまで、[二〇]菩提佛果(を)證し、且《かつ》は自《みづか》らの[二一]二世《せ》の願《ぐわん》叶《かな》ひぬべくは、この火一度《ひとたび》に(出《い》でゝ)、今日《けふ》より後《のち》消《き》えずして、我末《わがすゑ》の世《よ》の人〴〵同《おな》じく勤《つと》め、三昧《まい》の燈火《ともしび》を消《け》たず掲《かゝ》げ繼《つ》ぐべくは、この火一度《いちど》に疾《と》く出《い》づべし」と祈《いの》りて打《う》たせ給(し)に、この火一度《いちど》に出《い》でゝこの[二二]廿餘年今《よねんいま》に消《き》えず。その日の御願文《ぐわんもむ》、

式部大輔[二三]大江匡衡朝臣《えのまさひらのあそん》仕《つか》うまつれり。多《おほ》く書《か》き續《つゞ》けたれど、けしきばかりを記《しる》す。はじめの有様《ありさま》(も)聞《き》かまほしう、よく願文のことばども、[二四]假名《かんな》の心得《こゝろえ》ぬ事ども交《まじ》りてあれば、[二五]これにてえ寫《うつ》しとらず。[二六]この折《おり》は左大臣にてぞおはします。[二七]この寺《てら》の名を淨妙寺とつけたり。ことゞも果《は》てゝ、とのゝ御前《おまへ》を始《はじ》め奉《たてまつ》りて、藤氏の上達部皆《みな》[二八]誦經せさせ給。僧《そう》(ど)も祿賜《ろくたまは》りてまかり出《い》でぬ。」大方《おほかた》この事《こと》のみならず、[二九]年《とし》月心しづめさせ給《たま》ふ事《こと》、數知《かずし》らず多《おほ》かり。[20][三〇]正月より十二月まで、年《とし》のうちのことゞもに、一事《ひとこと》はづれさせ給《たま》ふ事なし。[三一]この折節《をりふし》急《いそ》ぎあたりたるさるべき僧綱達《そうがうたち》・寺《てら》〲の別當・所司を始《はじ》めて、限《かぎり》なくよろこび、祈《いの》り申す。[三二]正月の御齋會の講師仕《つか》うまつるとて八[三三]省《〈シヤウ〉》にある講師をとぶらひあへり。[三四]山《やま》には四季《しき》のせほう《懺法》に參《まい》り給て、[三五]佛供・御燈《みあかし》までの事《こと》をせさせ給《たま》ふ。二月には、山《やま》階寺《しなでら》の[三六]涅槃會《ねはんゑ》に參《まい》らせ給て、よろづのことゞもを殘《のこり》なく知《し》り行《おこな》はせ給《たま》ふ。樂人の祿《ろく》など、すべて一《〈ヒトツ〉》缺《か》くる事なし。[三七]かの熱田《あつた》の明神の宣《のたま》ひけん事《こと》も、あはれにおぼさる。[21][三八]三月、志賀の彌勒會に參《まい》らせ給ふ。これは[三九]天智天皇の御寺《みてら》なり。天平勝寶八年、[四〇]兵部卿正四位下橘朝臣仲麿《〈ムラ〉》が行《おこな》ひ始《はじ》めたるなり。いとあはれにおぼされて、萬《よろづ》の事《こと》急《いそ》がせ給《たま》ふ。[22][四一]四月、比叡《ひゑ》の舍利會は、[四二]慈覺大師の唐《もろこし》よりもて渡《わた》し給《たま》ひて、[四三]承和三年より始《はじ》め行《おこ(な)》ひ給へり。これにつけても、この[四四]香姓婆羅

語古活字本、明暦刊板本、絵入九巻本、詳解等所載。二六 寛弘二年に道長はすでに左大臣。

二七 前大僧正観修の命名。↓補六〇七。

二八 諷経に同じ。料物を贈り読経させること。↓補六〇三。

二九 長年月の間仏事に心を沈潜させなさる事が。

三〇 一年中に行われる仏事関係の行事に一事として関係されない事がない。↓補六〇八。

三一 そうした行事の折招かれて事に当った。

三二 御斎会(ごさいえ)の講師を勤めるため朝

道長の仏事善業

堂院に集って来る講師の僧達を訪れて贈物をされた。御斎会は、毎年正月八日から十四日まで大極殿で、金光明最勝王経を講義して、国家の安寧・五穀豊作を祈願した法会。↓補六〇九。

三三 八省院(朝堂院)の略。その正殿が大極殿。

三四 比叡山延暦寺で行われる四季の法華懺法。一・四・七・十月に行われる。三五 仏への供物や仏前の灯明。三六 陰暦二月十五日に釈迦の入滅を追悼する法会。三七 このことは三宝絵詞に見える。↓補六〇八。三八 崇福寺(近江国志賀郡)の伝法会のこと。弥勒菩薩を本尊とし、三月・九月の四日に行われた。

三九 天智天皇の御願寺。

四〇 奈良麿が正しい。諸兄の男、贈太政大臣正一位。

四一 延暦寺惣持院で仏舎利を供養する法会。四月に行われるが、日は一定していない。

四二 円仁の諡号。承和五年六月入唐、同十四年帰朝、第三代天台座主となり、貞観六年遷化。

四三 貞観二年の誤。

四四 香姓は婆羅門の名。釈迦の死後、その舎利を諸国の王が入手しようとして争った時、平等に分配して争いを止めた。

門がとゞめ置《お》きけん程《ほど》いとあはれにおぼされて、例《れい》の殘《のこ》る事《こと》なくせさせ給。長[23]谷寺の菩薩戒[一]に參《まゐ》らせ給て、御丁[二]より始《はじ》め、よろづの佛具めでたうせさせ給ひて、別當・法師によろこびをせさせ給ふ。様《さま》〳〵品《しな》〳〵かづけ物《もの》を賜《たま》はせて、かの沙彌得道、「禮拜威力自然成佛」の額《ぬか》[三]も、あはれにおぼしめす。六月會[四]に山に登《のぼ》らせ給《たま》ひては、[24]傳敎大師の御忌日を勤《つと》め行《おこな》はせ給《たま》ふ。七月は、[25][五]奈良《なら》の文殊會に參《まゐ》らせ給《たま》ふ。八月、[26][六]山の念佛は、慈覺大師の始《はじ》め行《おこな》ひ給《たま》へるなり。中の秋《あき》の風涼《かぜすゞ》しく、月明《あきら》かなる程《ほど》なり。八月十一日より十七日まで七ケ日が程《ほど》、公《おほやけ》のまつりごと・私《わたくし》の御いとなみを除《のぞ》きて籠《こも》り在《をは》しまして、やがて御修《みず》法行《おこな》はせ給。九月[27]には、東寺の灌頂[七]に參《まゐ》らせ給て、道俗加持[八]の香水をもちて法身[九]の頂《いたゞき》に注《そゝ》がるとおぼしめす。十月[28]、山階寺《やましなでら》の維摩會[一〇]に參《まゐ》らせ給ては、よろづせさせ給ふ。それがうちに、もとよりこれは藤氏の御はじめ不比等[一一]の大臣《おとゞ》の御建立《こんりう》なれば、代《だい》〳〵の一《いち》[一二]の人知《し》り行《おこな》ひ給中にも、この殿《との》[一三]いみじうおぼし至《いた》らぬ事《こと》なうせさせ給。これは世《よ》の例《ためし》と(し)置《お》かせ給《たま》ふことゞも多《おほ》かり。維摩居士[一四]の衆生の罪《つみ》をおぼし惱《なや》みけん程《ほど》も、いつとなくあはれにおぼさる。十一月、山《やま》[一五]の霜《しも》月會《ゑ》の[一六]内論義《うちろんぎ》にあはせ給《たま》ひては、法師《ほうし》ばらの論義《ろむぎ》の劣《おと》り勝《まさ》りの程《ほど》を定《さだ》めさせ給《たま》ひて、勝《まさ》るには物《もの》[一七]をかづけ、御衣《ぞ》[一八]をぬがせ給、劣《おと》るには、「今度參《いまたびまゐ》りてせんとす。よ

一 大乗の菩薩(多くの民衆を救おうとする誓願に生きるもの)が受けたもつべき戒律。二 仏前の垂帳。三 礼拝。四 伝教大師の忌日に行う報恩会は六月四日に行われる。五 文殊菩薩を供養する法会は毎年七月八日(小野宮年中行事)。六 延暦寺の不断念仏会。貞観七年に始まる。七 カンジョウ。真言密教の法式、初めて受戒・結縁の時、修道者が一定地位に登る時などに香水を頭頂に注ぐ。八 僧侶俗人のため法を修し神力を加えた香入りの水。九 僧侶の身。道長は入道していたからこのように称した。

一〇 陰暦十月十日から同十六日(藤原鎌足の忌日)まで興福寺で行う維摩経を講ずる法会。

一一 鎌足の子、贈正一位太政大臣。藤原氏四家の祖。一二 摂政関白。一三 道長。一四 維摩詰。毘耶離(びゃり)城の長者。在家のまま菩薩道を行じたという。一五 延暦寺の法華大会。十一月二十四日唐の天台大師入滅の日を期して行う。一六 元来は正月十四日御斎会結願の日に、内裏で経文の意味を討論したこと。ここはそれに準じて道長の前で僧に論義させた。一七 被け物(褒美)を与えたり。一八 着ている着物をぬいで与えられたりし。一九 仏道に導くための仮りの手段。

二〇 清涼殿で毎年十二月十九日から二十一日まで三日間行われた法事、導師が罪障消滅のため三世御仏の名を唱える。二一 比叡山の日吉社で行う法華八講。万寿二年三月十二日に始まるという(御礼拝講之記)。二二 道長の天王寺並に高野山参詣は治安三年十月十七日から十一月一日にわたる。天王寺は摂津の四天王寺、参詣は二十八日。二三 聖徳太子。

二四 小野妹子が隋から将来された御経(聖徳太子がその前身唐の衡山で所有した法華経)。

二五 法隆寺東院の金堂で、八角円堂。天平十一

く學問《がくもん》をすべし」といひ勵《はげ》まさせ給《たま》ふ程《ほど》も、佛《ほとけ》の[一九]御方便《はうべん》に似《に》させ給へり。[29]十二月、公私《おほやけわたくし》の[二〇]御佛名・御讀經《ど》のいとなみおろかならず。この隙《ひま》〳〵には、[二一]日吉《ひえ》の御社《みやしろ》の八講《はかう》行《おこな》はせ給。又[二二]天王寺に參《まい》らせ給ては、[二三]太子の御有様《ありさま》あはれにおぼさる。[二四]いもこ《妹子》の大臣のゐて奉《たてまつ》り給《たま》ひける御經は、[二五]夢殿〈ユメドノ〉に、[二六]閼伽机《あかつくゑ》の上《うへ》に置《お》かせ給《たま》へり。[二七]我取《と》りにおはしましたりけるは、うせ給ひける日、やがて先《さき》だち給にけり。[二八]龜井《かめゐ》の水《みづ》に御手をすまして拜《おが》み奉《たてまつ》らせ給ふ。[30]高野《かうや》に參《まい》らせ給《たま》ひては、[二九]大師の御入定の様《さま》を覗《のぞ》き見奉《みたてまつ》らせ給《たま》へば、御髪《ぐし》青《あを》やかにて、奉《たてまつ》りたる御衣《ぞ》いさゝか塵《ちり》ばみ煤《すゝ》けず、鮮《あざや》かに見《み》えたり。御色《いろ》のあはひなどぞ、珍《めづら》かなるや。たゞ眠《ねぶ》り給へると見《み》ゆ。あはれに[三〇]彌勒の出世龍花三會の朝《あした》にこそは驚《おどろ》かせ給《たま》はめと見《み》えさせ給。[31]大師、[三一]承和二年三月廿一日仁明天皇の御時《とき》の程《ほど》、百八十餘《よ》年にやならせ給ぬらん。[32]かくおぼし至《いた》らぬ隈《くま》なく、あはれにめでたき御心の程《ほど》、世《よ》の例《ためし》になりぬべし。[三二]六波羅蜜寺・[三三]雲林院の[三四]菩提講《ぼだいかう》などの折節《をりふし》の[三五]迎講《むかへかう》などにもおぼし急《いそ》がせ給《たま》ふ。大方《おほかた》この事《こと》のみかは、我《わが》御寺《てら》・我《わが》御とのゝ内《うち》にせさせ給ことゞもまねび盡《つく》すべき方《かた》なし。ある時《とき》は[三六]六觀音《くわんをん》を造《つく》らせ給ひ、ある折《をり》は七佛藥師《やくし》を造《つく》らせ給、(ある時《とき》は)[三七]八相成道《さうじやうだう》をかゝせ給。ある時《とき》は[三八]九體《たい》の阿彌陀佛《あみだほとけ》を造《つく》らせ給ふ。又は[三九]十齋の佛を等身に造《つく》らせ給、ある時には[四〇]百體《たい》の釋迦《しやか》を造《つく》り、ある時は

年行信僧都の建立。本尊観世音菩薩。

二六 仏に供える水を載せる机。

二七 聖徳太子伝暦に詳しい。↓補六一〇。

二八 廻廊の外、太鼓楼の右にある。石亀の水盤があり、亀の口から霊水を出す。

二九 弘法大師入定(入滅)の様子を。↓補六一一。

三〇 弥勒菩薩が兜率天の内院からこの土に出世し、華林園中の竜華樹の下に成道して仏となり、衆生のため三回にわたってする説法の会座。この時弘法大師もまた眠りからさめて弥勒仏の所へ赴くという。↓補六一二。

三一 弘法大師入滅の日。治安三年まで百八十九年。

三二 京都市東山区松原大和大路にある寺。天暦年中空也の創建。

三三 山城国愛宕郡(京都市北区)紫野にあった寺で、元慶八年元慶寺の別院となった。

三四 極楽往生を求めるために法華経を講説する法会で、雲林院の菩提講は毎年五月に行われた。↓補六一三。

三五 念仏行者の臨終に阿弥陀仏が菩薩聖衆を伴い、行者を来迎する様を演ずる講式。↓補六一四。

三六 法成寺薬師堂の丈六の六観音と七仏薬師。治安四年六月二十六日供養が行われた。

三七 釈迦が衆生済度のためこの世で示現した八つの変相。法成寺金堂の扉に描かれた。

三八 法成寺無量寿院の本尊。寛仁四年二月廿七日(左経)。

三九 毎月斎日十日に念ずる仏像十体。法成寺十斎堂に安置した仏か。供養は寛仁四年閏十二月二十七日(左経)。

四〇 法成寺金堂に安置した三丈二尺の金色大日如来の台座蓮華葉に刻んだもの。供養は治安二年七月十四日(略記)。

千手観音を造《つく》り、ある時《とき》は一萬體の不動《ふどう》を造《つく》り、[83]ある時は金泥《こんでい》の一切經を書《か》き、供養《くやう》ぜさせ給ふ。ある時《とき》は同《おな》じく[一]大威德《だいゐとく》を書《か》き、供養《くやう》ぜさせ給ふ。又、八萬部の法華經を申上《あ》げさせ給ふ。これら皆《みな》、[二]滅罪生善のためとおぼしめす。これに添《そ》へて、[三]懺法のいとなみ怠《おこた》らず。御堂の勤《つと》め、[四]ひねもすよもすがら怠《おこた》らせ給はず。年《とし》月を經《へ》て、し盡《つく》させ給事《こと》、佛の御事《こと》にあらずといふ事《こと》なし。」世中[五]像法《ザウ》の末《すゑ》になりて、[六]天竺《ちく》は佛の現《あらは》れ給《たま》ひし界《さかひ》なれども、今《いま》は[七]鷄足《けいそく》山の古《ふる》き道《みち》には、竹繁《たけしげ》りて人の跡《あと》も見《み》えず。[八]孤獨園《ギッコヲン》の昔《むかし》[34](の)庭《には》、[九]薄《バ》加梵うせて人住《す》まずなり、[一〇]鷲《わし》の峯《みね》には思現《あらは》れ、[一一]鶴《つる》の林《はやし》には聲絶《こゑた》えて、[一二]かせう《迦葉》は鐘《かね》の聲《こゑ》に傳《つた》へ、[35][一三]憍梵婆提は四偈を唱《とな》へて水《みづ》と流《なが》れなどして、あはれなる末《すゑ》の世《よ》にて、佛《ほとけ》を造《つく》り堂《だう》を建《た》て、僧《そう》をとぶらひ、力《ちから》を傾《かたぶ》けさせ給《たま》ふ。佛法の燈火《ともしび》を揭《かゝ》げ、人を喜《よろこ》ばしめ給《たま》ひて、世《よ》の親《おや》とおはします事。[一四]かの我《わが》御身一《みひと》つにて、[一五]三代のみかどの御後見《うしろみ》をせさせ給《たま》ふに、[一六]六十餘國《よこく》の殺生を[一七]六齋の日とゞめさせ給、善《よ》き事《こと》をば勸《すゝ》め、惡《あ》しき事《こと》をばとゞめさせ給《たま》ふ。かゝる程《ほど》に、[一八]衆生界盡《つ》き、[一九]盡虚空界盡《つ》きん世《よ》にや、この御世《よ》も盡《つ》きさせ給《たま》はんと見《み》ゆ。年頃《としごろ》し集《あつ》めさせ給つることゞもを聞《きこ》えさする程《ほど》に、[36][二〇]涌出品の疑《うたがひ》ぞ出《い》で來《き》ぬべき。その故《ゆゑ》は、とのゝ御出家《すけ》の間《あひだ》未《いま》だ久《ひさ》しからで、し集《あつ》めさせ給《たま》へる佛事、數知《かずし》らず多《おほ》かるは、かの品に、成佛を得《え》てよりこの方《かた》、

一 五大尊の一。↓補三六六。
二 ↓四四一頁注二五。
三 諸経の説によって罪を懺悔する儀式。
四 終日終夜。
五 釈迦の滅後を正法・像法・末法の三時に分ったその一。正法千年・像法千年、釈迦入滅年次を壬申(BC九四九年)とする説によれば、寛仁三年は入滅以来一九六九年で、像法の末に相当する。

道長の善根

六 インドの古称、後漢書西域伝に初見。↓補六一五。
七 インド伽耶城の東南の山。迦葉尊者が入定し、弥勒仏の出世を待ったという。
八 ↓四四七頁注三四。
九 梵語 bhagavat 薄伽梵。世尊。仏の尊号。底本「薄」に濁点の声点を加えている。
一〇 霊鷲山。↓四三〇頁注一一。
一一 釈迦が涅槃に入った娑羅双樹の林。その時樹の色が鶴の羽毛のように白く変色した。
一二 仏十大弟子の一人の摩訶迦葉。釈迦入滅後、首唱して仏典を結集しようとした。
一三 舎利弗の弟子。摩訶迦葉から仏典結集のため呼ばれた時、使から釈迦や舎利弗の入滅を聞き、身中から水を出して摩訶迦葉の所へいき、偈を唱えた。「憍梵ハ水トナガレテシヅマリ、迦葉ハ山ニカクレニシカバ、声聞ノ僧ハアトヲトヾムルナシ」(三宝絵詞、巻下序)。↓一二五頁注三二。
一四 ことよの意。富「ことたくひなけなり」。
一五 一条・三条・後一条。
一六 日本全国の。
一七 毎月八・一四・一五・二三・二九・三〇日

四十餘《よ》年に[二一]化度し給へるところの涌出の井は[二二]かりもなし、「[87]父若《ちゝわか》うして子老《こお》いたり、世擧《こぞ》りて信《しん》ぜず」といふ事《こと》の譬《たとひ》のやうなり。されども、御代の始《はじめ》よりし集《あつ》めさせ給《たま》へることゞもを記《しる》す程《ほど》に、かゝる疑《うたがひ》もありぬべし。世《よ》の中《なか》にある人、高《たか》きも卑《いや》しきも、ことゝ心と相違《あひたが》ふ物なり。[二三]植木《うゑき》静《しづか》ならんと思《おも》へども、風《かぜ》やまず。子孝せんと思へども、親待《おやま》たず。[二四]一切世間《いさいせけん》に生《しやう》ある物は皆《みな》滅す。(壽)命無《ずみやうむ》量《りやう》なりといへども、必《かなら》ず盡《つ》くる期《ご》あり。盛《さかり》あるものは、必《かなら》ず衰《おとろ》う。會《あ》ふものは、離別あり。[二五]果報として常《つね》なる事《こと》なし。あるひは昨日《きのふ》榮《さか》へて、今日《けふ》衰《おとろ》へぬ。春《はる》の花、秋《あき》の紅葉《もみぢ》といへども、春《はる》の霞《かすみ》たなびき、秋《あき》の霧《きり》立《た》ち籠《こ》めつれば、こぼれて匂《にほひ》も見《み》えず。たゞ一渡《ひとわた》りの風《かぜ》に[二六]散《ち》りぬれば、庭《には》の塵《ちり》・水《みづ》の泡《あは》とこそはなるめれ。たゞこの[二七]とのゝ御前《まへ》の(御)榮花のみこそ、開《ひら》けそめにし後《のち》、千年《ゝとせ》の春霞《はるがすみ》・秋《あき》の霧《きり》にも立《た》ち隠《かく》されず、風も動《うご》きなくして、枝《えだ》を鳴《な》らさねば、薫勝《かほりまさ》り、世《よ》にありがたくめでたきこと、[二八]優曇花の如《ごと》く、[二九]水に生《お》ひたる花《はな》は、[三〇]青《あを》き蓮《はちす》世《よ》に勝《すぐ》れて、香匂《かにほ》ひたる花《はな》は竝《ならび》なきが如《ごと》し。

の称。四天王等が国政を見、悪鬼が勢を得て人を窺う日として事を慎しみ、斎戒する。六斎日は敏達天皇二月(聖徳太子伝暦)に初見。

一八 衆生(一切の生物)の生存する世界。

一九 広大な虚空界。

二〇 「世挙りて信ぜず」まで法華経従地涌出品第十五に拠る。↓補六一六。

二一 衆生を教化済度するために現われなさった菩薩は。

二二 計りきれない程である。

二三 韓詩外伝・孔子家語等に見える語。ここは往生要集(大文第二の六)に「人之在レ世、所レ求不レ如レ意、樹欲レ静而風不レ停、子欲レ養而親不レ待」とあるに拠る。

二四 「一切世間生者皆帰レ死、寿命雖ニ無量一、要必有ニ終尽一、夫盛有ニ必衰一、合会有ニ別離一」(往生要集、大文第一の五)。

二五 因果応報として定まることがない。

二六 西「ちりぬるときは水のあはみきはのちりとこそはなりぬめれ」。

二七 道長。

二八 梵語 uḍumbara 優曇鉢羅。霊瑞・瑞応と訳す。三千年に一度花を開き、その花の開く時金輪明王が出現するという。世に稀なことの譬とする。

二九 水中に成育する植物の花としては。

三〇 青蓮華。梵語 utpala 優鉢羅。蓮華の一種、葉は長く広く青白分明。

勘物

勘物には目次的性質を有するもの（標目）と、注的のもの（傍書）とがあるが、ここには底本の順序に従い一括して収録し、ローマ数字を付して検索の便に供した。ただし、単に人名の注記であるようなものはこれを底本のまま本文の該当箇所に収めたので、ここには再録してない。また、細注は活字の大いさを変える代りに、〈 〉を付し、補入は（ ）を付して区別した。なお校注者の私考として〔 〕を付して解説を加えたところもある。また底本異体字は凡例の方針に従い、二、三の例外の他は、これを通行の文字に改めた。

巻第一　月の宴

1 母贈皇太后藤原胤子、内大臣高藤女。
2 基経、寛平三年正月十三日薨、年五十六。
3 冬嗣、贈太政大臣歟。
4 時平、延喜九年四月四日薨、贈太政大臣正一位、号本院大臣。
5 仲平、天慶八年五月一日出家、五日薨、年七十一、号枇杷大臣。〔九月一日出家、五日薨。〕
6 澂子女王、文彦太子（保明）一女、母左大臣時平女。
7 太后昌子是也、冷泉院后也。
8 天慶四年五月五日卒。〔天暦四年の誤。〕
9 九条殿〈師―〉一男伊尹・二兼通・三兼家・四遠量・五忠君・六遠基・七遠度・八高光・九為光・十尋禅・十一深覚・十二公季。
10 実頼一男敦敏少将・二頼忠・三斉敏〈已上母時平女〉・四実資〈斉敏子〉。〔ただし実資は実頼の養子、分脈参照。〕
11 貞時、従五位上侍従、左中将実方朝臣父。〔分脈には定時とある。〕

済《ナリ》時、小一条左大将。
12 安子也、冷泉・円融二代母、為平同。
13 徽子女王、母貞信公女、斎宮女御是也。
14 代明〈普通ヨシ〉、仙洞御本。
15 庄子女王、具平母也、母右大臣定方女。〔庄子は荘子とも。〕
16 芳子、母右大臣定方女、昌平・永平両親王母。永平白物也。
17 源計子、庶明中納言女也、理子内親王御母。
18 広平兵部卿母也、第一親王也。更衣藤祐姫〈元方女也〉。
19 承子内親王、天暦五年七月廿五日薨〈年四〉。
20 貞信公薨事。
21 冷泉院降誕事、〈辛酉寅剋〉。
22 依冷泉院生給、元方病付薨事。
23 立太子〈冷泉院也〉事、〈天暦四年〉。
24 広平親王母女御死事。
25 徽子斎宮女御〈重明女也〉。
26 七輔子〈斎宮〉・九資子〈准后〉・十選子〈大斎院〉。
27 村上男親王九人、広平・憲平・致平・為平・守平・昌平・具平・永平・昭《アキ》平。女親王十人、承子・理子・保子・規子・盛子・楽子・輔子・絹子・資子・選子。
28 広幡更衣有情事。
29 村上聖帝済時ニ令授教箏給事。
30 小野宮殿令好和哥事。
31 九条殿寛仁御心事。
32 師尹心操掲焉事。
33 安子立后、中后是也。
34 高明大納言、康保二年五月兼左大将、同三年正月任右大臣、大将如元、年五十三、同四年左大臣、安和二年三月左遷権帥。
35 後撰作者、述子、村上女御、〈号四条御息所、無御子〉。
36 敦敏、左少将従五位上、天暦元年十一月十七日卒、蔵人右少弁、年三十。〔分脈に三十六とある。〕
37 小野宮殿恋敦敏少将和哥。
38 村上令好和哥給事。
39 代ゝ集事。
40 村上撰後撰（給）事。

41 斉敏、天延元年二月十四日薨〈年四十六、実頼三男〉、頼忠、永祚元年六月廿六日薨〈年六十六、実頼二男〉。
42 実資事。
43 登花殿尚侍是也、後村上密通。
44 元方為冷泉院怨霊事、天暦三・七・廿一日、年六十六薨。〔天暦七年三月廿一日の誤。〕
45 冷泉院容貞美麗事。
46 昌子大后是也、母女御凞子、文彦太子一女。
47 師輔女、重明北方、安子皇后同胞弟也。
48 村上令密通重明北方給事。
49 村上令愛申為平親王給事。
50 大納言兼左近衛大将、康保二年五月一日任、中宮大夫如元。
51 村上御時(於禁中)高明女参嫁為平親王事。
52 重明、天暦八年九月十四日薨、年四十九。
53 母武蔵(守)経邦女。
54 九条殿出家薨逝事。
55 任大臣事。
56 左大臣、号本院大臣。
57 時平二男、母大納言源昇女。〔分脈は長男。〕
58 昌子太后、朱雀院御女。
59 村上欲避位給事。
60 為平依不可即帝位、円融院超即位事。
61 具平事。
62 致平・昭平親王、保子内親王是也。
63 安子病悩事。
64 安子依病退出事。
65 康保元年四月廿九日安子崩給事〈御年三十八〉。

66 同御葬礼事。
67 村上又令艶故重明北方給事。
68 同人寵愛事、故式部卿重明宮北方〈師輔公女〉。
69 在衡外孫保子内親王調筝給間奇恠事。件内親王配大入道殿、無(愛)薨逝人也。
70 師輔八男高光少将応和元年十二月五日出家。
71 康保三年八月十五夜月宴事。
72 村上御悩事。
73 為平四宮、母故中宮安子。
74 円融院越為平立太子給事。
75 重明宮旧室、師輔女。
76 村上〈御年四十二〉、康保四年五月廿五日崩給事。
77 冷泉院受禅事。
78 同御葬礼事。〔同は村上を受ける。〕
79 立太子事。
80 為平、高明御聟。
81 立太子、円融院。
82 康保四年。
83 円融院守平也、為平雖同胞兄不令立給、且先帝仰也。
84 昌子内親王立后。
85 朱雀院一女、当帝女御也、安和二年十一月十一日。〔安和二年は康保四年の誤。〕
86 参議従三位藤朝成、右衛門督兼中宮大夫、別当。
87 任大臣事。
88 改元安和。
89 伊尹一女、母代明親王女、贈后懐子也。

90 懐子〈伊尹女〉入内事。
91 伊尹女懐子女御生花山院給事。
92 皇子降誕花山院、安和元年十月廿六日也。
93 村上御時為平親王子日逍遙事。
94 天禄元年八月五日任右大弁兼式部大輔。
95 天子宝位長短相交事。
96 為平□立東宮給事也。
97 高明一男忠賢〈母九条三女、左兵衛佐従五位上〉・二惟賢〈少将〉・三俊賢〈大納言〉・四経房〈中納言〉今年被妊〈已上母同〉。
98 盛明大蔵卿正四位下、康保四年七月改為親王、四品上野大守、寛和三年五月八日薨。〔寛和三年は二年の誤。〕
99 御譲位事。
100 左大臣師尹薨、安和二年。
101 舎弟服一月中。
102 在衡任左大臣事〈天禄元年正月廿七日〉。
103 左大臣在衡薨事〈如公卿補任幷皇代記者、天禄元年十月十日也、如何〉。
104 実頼病悩事。
105 頼忠、権大納言兼左大将、天禄元年。
106 清慎公、天禄元年五月十八日薨給事、御年七十一。
107 師氏薨〈御年五十五〉。
108 伊尹為摂政事。
109 兼明任左大臣、母更衣従四位上淑姫也、参議藤原菅根女也。
110 頼忠任右大臣、天禄二年十一月二日、大将如元。

111 天皇元服事。
112 媓子入内、媓子皇后也。
113 資子内親王、村上御子、天禄三年十一月授一品。〔天禄三年十一月一日は三月廿五日の誤。〕
114 選子内親王也、天延三年六月為斎院。
115 三条院母后超子并東三条院是也。
116 超子参冷泉院。
117 一品宗子、康保元年〈甲子〉月日誕生、安和元年八月四日内親王叙二品、寛和二年〈丙戌〉七月廿一日薨、〈年廿三〉。
二宮尊子、康保三年〈丙寅〉月日誕生、四年九月四日為親王、五年七月一日為斎院、天延二年四月二日退斎院、依母女御卒也〔天延二年は三年の誤〕、天安元年三月日入内〔天安元年三月は天元三年十月廿日の誤〕、寛和元年五月五日薨〈年二十〉。〔五月五日は二日の誤。〕
118 村上八宮兵部卿四品永平親王嗚呼事、永延六年十一月十三日薨、年。〔永延六年は二年の誤。〕
119 昌子、朱雀院皇女、母女御凞子女王、文彦太子一女也。
120 永平親王為昌子皇后養子表嗚呼事。
121 天禄三年。

巻第二　花山たづぬる中納言

1 天禄三年。
2 義孝少将詠和哥事。
3 伊尹薨〈四十九〉。
4 参議従三位修理大夫源惟正、右大弁従四位下内蔵頭相職三男、母従五位上源当平女。
5 兼通摂政事。
6 改元事。
7 兼通一女、母兵部卿有明親王女。
8 花山院彼外孫也。
9 立后事。
10 朱雀院皇女昌子内親王是也。
11 今上同胞資子内親王是也。
12 兼通一男顕光〈母元平親王女〉・二時光〈中納言、母維時女〉・三朝光〈大将、母有明親王女〉・四遠光〈右京大夫〉・五親光〈五位、母同朝光、出家法名念祥、後為阿闍梨〉・六正光〈参議、母左馬頭有年女〉・七用光〈兵衛佐、母同〉。
13 東三条院御事也。
14 兼通兼家御中不和事。
15 天延二年。
16 皰瘡事。
17 一条摂政御子挙賢義孝同日卒去事、天延二年九月十六日。
18 貞元々年。
19 三条院誕生事。
20 内裏焼亡事、天延四年五月十一日。
21 兼通以関白欲譲頼忠事。
22 任大臣事。
23 敦実親王御子。
24 兼通病悩事。
25 兼通遏絶兼家停大将大納言給事。
26 兼通薨〈貞元二年十一月八日〉。
27 頼忠為関白事。
28 天元々年。
29 任大臣事。
30 東三条殿依頼忠挙任右大臣給事。
31 東三条院参内給事、〈号梅壷(女御)詮子也〉、母摂津守中正朝臣女也。
32 道隆・道兼・道長等。
33 一宮〈居貞三条院〉・二宮〈為尊弾正尹〉・三宮〈敦通帥宮〉。〔敦通は敦道の誤。〕
34 中宮媓子崩給事〈兼通女也、后年三十三、帝御年廿一二許歟〉。
35 頼忠一女、母中務卿代明三女也、四条宮是也。
36 東三条院御懐妊事。
37 皇子降誕〈一条院也〉。
38 居貞・為尊・敦通親王等也。〔敦通は敦道の誤。〕
39 天元三年十一月廿二日(又)内裏焼亡事。
40 天元四年。
41 賀茂平野行幸事。
42 前斎院尊子内親王歟、冷泉院第二皇女、母女御懐子、伊尹女也、天元三年月日入内。
43 円融院以遵子女御可立后之由被仰廉義公事。
44 冷泉院女御超子庚申間頓滅事〈三条院母后也、天元五年正月廿八日〉。
45 遵子為皇后。
46 遵子皇后異名事。
47 依遵子立后東三条殿怨望事。
48 東三条殿無北方愛物給事。
49 二宮三条天皇・三宮為尊親王・四宮敦通親王、以上超子腹。〔敦通は敦道の誤。〕
50 一条院於内裏御著袴事。
51 改元事。

52円融院欲遜位給事。

53御譲位間事〈永観二年八月廿七日〉。

54花山院受禅事。

55立太子事〈一条院、五歳〉。

56花山院御時女御多被参事。

57頼忠四女、母代明親王女也、永観二年十二月入内、廿五日為女御。

58姫子、永観二年十二月廿五日為女御。〔廿五日は五日の誤。〕

59朝光大将令通延光旧室事、年歯如母云々。

60朝経、正三位中納言、登朝、左馬頭従四上。

61永観三年今年為寛和元年。

62朝光大将女御退出間事。

63伊尹五男〈母代明親王女也〉。

64怟子入内事〈為光第二女、母左少将敦敏女也〉、永観三年十月日。〔二年十月十八日の誤。〕

65為光女女御有寵事。

66同女御懐孕退出事。

67御使参弘徽殿女御事。

68為光女御弘徽殿〈怟子〉懐妊卒給事、寛和元年七月十八日。

69或記云、正月一品内親王出家、三月従三位藤暁子出家、又馬助藤邦明出家、又侍従藤相中出家〈朝光大納言男也〉。

70依弘徽殿女御事花山院御道心事。

71厳久〈山〉、号花(山)大僧都、〈寛弘元年五月廿四日上表権大僧都譲官、以源信任少僧都〉。

72大集経云　妻子珍宝及王位　臨命終時不随者　唯戒及施不放逸　今世後世為伴侶。


73惟成弁〈右少弁雅材子〉。

74六月廿二日天皇密以左近少将藤道綱被奉璽剣於東宮御所凝花舎、俄於東山花山御出家、召権僧正尋禅出家入道、御名入覚、夜半右大臣参内、令固諸門、即右大臣摂政照耀日光無有比、可推量矣。

75義懐中納言惟成弁尋参花山出家事。

76一条院〈懐仁〉受禅事〈七歳〉。

77三条院〈居貞〉立太子事〈十一歳〉。

巻第三　さま〴〵のよろこび

1寛和二年六月廿三日一条院受禅、三条院立太子事。

2居貞、寛和二年七月十三日立太子、同日元服、年十一。

3立后事。

4道隆・道兼・道長等也。

5御堂、天元二年正月七日従五位下〈十五〉、同五年正月十日昇殿、同六年正月廿七日侍従、永観二年二月(一日)右兵衛(権)佐、四月十四日禁色、(同年)八月廿八日院東宮昇殿、〔八月は四月の誤。〕寛和二年二月八日又昇殿、六月廿三日新帝昇殿、七月廿二日従五位上補蔵人、廿七日正五位下、八月十三日(兼)少納言、十月十五日左少将、十一月(十八日)従四位下、永延元年正月七日従四位上、同廿七日兼讃岐権守、同年七月十一日改□、兼備前権守、九月四日兼左京大夫、同廿日従三位、同廿六日停少将、同二年正月廿九日権中納言、今年寛和二年也、未叙三位(此度)不歴中将、如何。

6東宮如系図者立太子日加元服而十月元服可尋之。〔元服は寛和二年七月十六日。〕

7第三女也、永延元年九月廿六日任尚侍、年十四、母皇大后宮権大夫藤原国章女也。

8国章、〈大宰大弐兼皇大后宮権大夫従三位也、致仕参議宮内卿正四位元名四男也〉。

9道隆令通高内侍給事。

10高内侍書漢字事。

11従三位貴子、高二位成忠女也。

12道頼、道隆一男、為兼家六男、母従四位下藤原守仁女。

13道頼大納言童名幷為東三条殿子事。

14帥殿童名事。

15御堂御事。

16東三条院御堂ヲ為子給事。

17一条院大嘗会御禊宮々於東三条御桟敷見給事。

18母后東三条院同輿事。

19敦道親王、年六、冷泉院第四宮也、母超子、兼家一女。

20閑院太政大臣童名事。

21行幸東三条事。

22改元事。

23道長、永延元年九月廿日従三位、于時左京大夫、右少将、即止少将、不歴中将。〔寛和二年十月十五日左少将となる。右少将は誤。〕

24御堂令渡鷹司殿間事。

25雅信男、時通弁〈七男也、母中納言朝忠女〉、永延元年四月出家、于時蔵人権左少弁正五位下、

年廿三。〔この勘物重出、一方を抹消してある。〕
時叙少将〈八男也、母同上〉、寛和二年十月日出家、于時右少将従五下、大原入道少将是歟。〔分脈巻十一によれば、時中（母左大弁源公忠女）・扶義（母大納言光房女、一本元方女）・時通（母中納言朝忠女）・通義（母民部卿元方女）・時叙（母同上）・時方・済時（この二名母記載なし）・済信（母公忠女）のは名を掲げ、女子は倫子のみを挙げている。〕
26 延光大納言旧妻、権中納言敦忠女也。
27 左大臣雅信執聟道長事。
28 花山院御受戒修行事。
29 義懐中納言述懐哥。
30 惟成坐禅事。
31 道頼渡山井事。
32 時中〈母右大弁公忠女〉・扶義〈母大納言元方女〉。
33 冷泉円融花山三院御事等。
34 冷泉院水駅事。
35 一条院幼稚令好笛給事。
36 冷泉院事。
37 上東門院生給事〈永延二年〉。
38 同御養産等事。
39 御堂又令艶申高松殿給事。
40 摂政家六十賀事。
41 於東三条有兼家御賀事。
42 有国惟仲事。有国〈左中弁、今年十月十四日従四位下、前豊前守輔通一男〉・惟仲〈同日右中弁正五位上、贈従三位珍材一男〉。
43 兼澄、永延二年正月遷式部丞、仍元年臨時祭也、前鎮守府将軍従五位上信孝男。
44 臨時祭還立宴事。
45 兼澄舞人間献和哥事。
46 仏名事。
47 追儺事。
48 改元事、永祚元年。
49 円融院、寛和元年八月廿九日御出家、御名金剛法、年廿七。〔「廿九日辛丑、後太上天皇依病落髪、法名金剛法」（紀略、寛和元年八月）。〕
50 大入道殿令作二条院給事。
51 法興院本名二条院也、盛明親王領事。
52 忯子、師輔六女、冷泉院女御、天元五年七月任尚侍、同十月叙従三位、永延元年九月日出家。
53 御堂御事。
54 万人参御堂事。
55 頼忠薨事。永延三年六月廿六日、年六十六。
56 任大臣事。
57 庄子女王、代明親王女。
58 実資寡居事。
59 冷泉院為尊敦道等親王也。
60 一条院御元服事。
61 法興院大饗事。
62 定子皇后参内事。道隆一女、母前掌侍高階貴子、従二位成忠女、正暦元年二月十一日為女御、年十四、叙従四位下。
63 道兼粟田事。
64 道兼子〈フクタリ君〉事。
65 東三条殿寡居事。
66 同人愛物事。
67 在衡外孫、保子内親王、永延元年八月廿一日薨、卅九。
68 東三条殿御悩事。
69 法興院有霊事。
70 女三宮、〈保子〉村上御子。
71 東三条殿辞職出家給事。
72 法名如実、年六十二。
73 定子可立后給事。
74 立后定子事。
75 御堂任定子皇后大夫給事。
76 東三条殿薨逝事。
77 有国参粟田殿事。
78 以二条院為寺号法興院事。
79 正暦二年。
80 円融院御悩事。
81 円融院崩御事、御年卅三。
82 寛朝、式部卿敦実三男。

巻第四　みはてぬゆめ

1 正暦二年二月、円融院御葬送事。
2 成房、入道中納言義懐三男、母備中守為雅女、今年非少将、長徳四年始任少将歟、可尋之。
3 左馬頭歟、正暦二年九月初任右中将、此哥春哥也。
4 花山院所〻御修行間哥等事。
5 恵子女王、代明親王女、挙賢・義孝等母。
6 円融院御法事。

7三条院坊時小一条皇后被参事。
8兼家三女、母国章女。
9娍子入太子宮事。
10大納言済時一女、母大納言延光一女。
11村上箏令教芳子・済時給事。
12松君、道雅童名也。
13正暦三年。
14円融院周忌御法事。
15道長、大納言兼中宮大夫。
16鷹司殿・高松殿同時懐妊事。
17積善寺事。
18為光薨、年五十一。
19大斎院被訪為光哥。
20九御方、一条摂政女、弾正尹為尊親王室。
21花山院漸令媱世間給事。
22為尊名言事。
23母后宮病悩事、東三条院也。
24母后詮子、正暦二年九月一日依病出家、卅一、
号東三条院。〔九月一日は十六日の誤。〕
25東三条院長谷寺詣事。
26正暦三年八月伊周超兄道頼任大納言事。
27正暦元年道兼任右大将、済時転左大将事。
28道隆改摂政為関白事。
29同人女参東宮事。
30敦道、冷泉院四宮、母超子。
31六条右大臣聟取隆家事。
32従四下備前守景斉、大弐国章卿二男、母伊賀守
能守女。
33宇治殿幷頼宗同生事。

34被両人童名事。
35綏子長徳之比密通弾正大弼源頼定事。
36伊周内大臣、超上臈大納言三人朝光・済時・道
長等也、正暦五年八月廿八日、年廿一。
37土御門左大臣〈雅信〉正暦四年七月廿六日出家入
道、同廿九日薨去。年。
38世間不静事。
39姸子、正暦五年三月誕生、寛弘九年二月十四日
為中宮、〈年十九〉。
40小一条院敦明誕生事。
41昭平、〈永観二年月日出家〉。
42致平、天元四年五月十一日出家。
43道兼執聟公任、昭平親王女也。
44伊周容良才学事。
45正暦五年十一月五日任権少僧都、不歴律師。
46長徳元年、世間猶騒事。
47伊周給随身事。
48道隆病間参内申伊周内覧事。
49済時薨、五十五。
50父内蔵頭助信、母和泉守俊連女。
51助信、権中納言敦忠一男、母参議源等女。
52道兼為関白事。
53道兼・重信・保光等同日薨事。
54兵部丞澄明子、後江相公朝綱孫。〔朝綱の子。
澄明の弟。〕
55道兼、一男兼隆中納言、母大蔵卿遠量女、二男
兼綱伊与守。〔伊与守のこと、他書に見えな
い。〕
56道長為関白事。〔関白は誤。内覧宣旨。〕

57為頼朝臣、中納言兼輔孫、刑部少輔従五位下雅
正男、母右大臣定方女。
58実資配合花山院女御事。
59参議大宰大弐在国卿、長徳二年月日改在為有
事。〔長徳二年は元年の誤。〕
60長徳元・十一・十七日任大弐、参議俊賢卿辞大
弐。〔十月十八日の誤。大弐を辞したのは、俊
賢ではなく佐理。〕
61有国、長徳元年十一月十八日任大弐事。〔十一
月は十月の誤。〕
62従三位懐子、故従四位上播磨守橘仲遠女、次業
母是也。〔懐子は徳子の誤。〕
63公季侍従宰相、寛和二年七月廿日任権中納言。
64三品兵部卿有明親王女。
65正二位中納言実成、従四上兵部大輔親資。
66長徳二年十月十四日藤原元子入内、右大臣顕光
一女、母盛子内親王。〔十月は十一月の誤。〕
67義子、長徳二年七月廿日入内、内大臣公季一
女、母兵部卿有明親王女。
68隆家卿奉射花山院事。
69伊周私修太元法事。
70前典侍従三位藤原敦子也、九条殿師輔女也。
〔敦子は繁子の誤。〕
71尊子入内、道兼女。
72尊子入内。
73倉部屋《クラベヤ》女御事。

巻第五　浦〳〵の別

1長徳二年。

2従四位下満仲一男、母近江守源俊経女。〔母は俊女。〕
3従三位貴子、従二位高階成忠女。
4平生昌、正暦六正但馬、元安木〔芸〕守、中宮権大進。
5高二位成忠、正暦三・十・九出家、法名道親、依出家後号新発。〔紀略・公卿補任は正暦三年十月十一日、法名道観。〕
6伊周倫入京事、長徳二・十・七。
7伊与守従四位下真材男也。
8親信五男也、信濃守正四位下藤原高助・親清父是也。〔分脈には見えない。〕
9此外右衛門平倫範叙従五位下、已上両人依告権帥入京由賞也。
10脩子内親王、長徳二・十二誕生。〔十二月十六日誕生。〕
11長徳三。
12従三位遠度、九条殿十男、母常陸介藤原公葛女。
13高二位成忠、去正暦三・十一・十一出家、法名道親、長徳四・七—入滅、年七十三。〔法名は道観。〕
14中宮定子出家後参内。
15重家、長徳〈保歟〉三・三・三出家。〔三月三日は長保三年二月四日の誤。〕
16第一皇子敦康生給事。
17長保三・三・三出家。〔三月三日は二月四日の誤。〕
18道隆第二女、東宮女御也。同第三女、帥宮敦道旧室也。

19元子女御生水子事。

20成忠入道煩赤瘡入滅事。

21伊周入京事。

22重光、代明親王一男、母右大臣定方女。

23道雅、三位也、今年七歳。

巻第六　かゞやく藤壺

1天皇御年廿。
2太皇大后宮昌子内親王、朱雀院御女、長保元・三・十二、一、年五十。〔元年十二月一日崩。〕
3長保二。

巻第七　とりべ野

1長保二年。

2定子皇后依御産事崩給事、生媄子内ゝゝ〔親王〕、年廿五。

3同皇后宮最後哥等三首。

4同御葬送鳥部野奉納玉屋也、不火葬事。

5依同事天皇御哥、一条院。

6頼定密通綏子事。

7頼定、参議正三位左兵衛督。

8尚侍綏子亡卒事。

9綏子、長保六年二月七日薨、年卅一。

10綏子之母也、皇后宮権大夫国章女。

11関白病悩事。〔道長は、栄花・大鏡等によれば、関白となっているが、実際は摂政のみで関白にはなっていない。〕

12道綱室生兼経亡卒事、鷹司殿同胞弟也。

13女院御賀沙汰事。


14東三条院石山詣事。

15同述懐御哥。

16東三条院御八講事。

17東三条院四十御賀事、長保三年十月九日〈丙午〉有此事。

18有行幸事。

19菅丞相曾孫、従四位上因幡守雅規子、母因幡守安倍安春女、右中弁従四下、天延三年五月卒、五十四。〔この場合は、資忠ではなく輔尹を採る。〕

20右大弁源公忠孫、従五位上讃岐守信孝《サネ》男、蔵人式部丞加賀守正五下。

21東三条院御悩事。

22東三条角振隼明神歟。

23依東三条院御悩行幸事。

24東三条院依御熱物崩給事、御年四十一、長保三年閏十二月廿二日。〔紀略・権記は四十。〕

25外記云閏十二月廿二日。

26同御葬送事、同廿四日也。

27左大臣道長懸御骨之由、見大鏡第五、可尋之。〔実際は兼隆。道長ではない。〕

28同御法事、於慈徳寺被修之。

29律師歟、今年十一月廿六日任権少僧都、〔十一月は十月の誤。〕陸奥守従四下平元平三男、従四位下宮内大輔陸奥守平元平者、小松天皇御後、正五下内膳正忠望孫、従四下山城守偕《トモ》行男。

30雖諒闇年被立賀茂祭近衛使歟、可尋之。

31為尊親王薨事、長保四年六月日。

32為尊親王薨間冷泉院狂言事。

33東宮女御淑景舎頓滅事。

巻第八　はつはな

1宇治殿元服、長保五年二月廿日。記録与物語相違、但公卿補任同前頭事。

2長保六年八月任右少将。〔六年八月は五年二月廿八日の誤。〕

3同人春日祭使事、長保七年歟。〔七年は六年の誤。〕

4敦康親王為上東門院御子事。敦康、母皇后宮定子。

5天皇密通故道隆四御方給事、故皇后定子妹也。

6権左中弁正五下源時通、雅信五男。〔尊卑分脈は四男。〕母中納言朝忠女、永長元年四月日出家、年卅三、或廿三。〔永長元年は永延元年の誤。〕

7正四下但馬守源則理、前大納言重光三男、母行明親王女。

8入道殿御愛物事。

9天皇密通故道隆御女御匣殿給事。

10御匣殿卒事、道隆女。

11高松腹頼宗〈右大臣〉、顕信〈右馬頭〉出家、能信〈春宮大夫〉、長家〈民部卿〉。

12頼通〈宇治殿賀茂祭使事〉。

13花山院御見物賀茂祭事。

14伊周朝参事、寛弘二年二月廿五日宣旨列大臣下大納言上。

15内裏焼亡、寛弘二年十一月十五日。

16関白京極第競馬、依雨湿無行幸、令迎花山院給事。

17花山院皇子等為冷泉院親王事。

18昭登〈五宮〉・清仁〈六宮〉、已上二人長保六年五月八日為冷泉院親王。

19花山院闘鶏事。

20三条院皇子等〈娍子腹〉・敦明〈小一条院〉・敦儀〈式部卿〉・師明〈仁和寺宮〉・敦平〈兵部卿〉・当子〈斎宮、配道雅〉・禔子〈配教通公〉。

21寛弘四年。

22中納言忠輔、左大臣在衡孫、大弐国光二男、母右馬頭有好女、長和二年六月四日卒、七十二。〔尊卑分脈は国光の長男、紀略・補任は七十。〕

23寛弘四年左大臣金峯山詣、権中納言源俊賢相従也。

24寛弘五年。

25京極殿〈土御門南・京極西〉。

26御堂女君達御事等。

27小式部、上東門院女房、前陸奥守橘道貞女、母和泉式部、故号小式部。〔和泉式部は誤。〕

28上古后宮童女不候事。

29上東門院御懐孕事。

30大輔命婦、左大臣雅信家女房、〈即号大臣女〉、母同家女房、〈号小輔命婦〉、伝為中宮女房。

31花山院御悩、依腫物崩御事。

32花山院崩御事。

33花山院皇女二人依御遺言夭亡給事。

34媄子内親王病事、母定子。

35上東門院依御懐妊出御事。

36寺、法印権大僧都、御持僧、長谷僧正観修入室。

37寛弘五年四月廿四日任権律師。

38同年四月賀茂祭止事。

39左大臣卅講。御堂於京極殿毎年卅講事。

40藤原定輔従五位下、筑前守兼清三男。

41媄子寛弘五年五月廿五日薨事。

42右大臣顕忠孫、右衛門佐重輔三男、寺号実相房僧正穆算入室、随観修僧正入壇。

43山、清禅、覚忍北山僧都弟子。

44雅慶法務大僧正、〈東寺別当〉、敦実親王子。

45左宰相中将経房、西宮左大臣高明子、母九条右大臣師輔女。

46左兵衛督懐平、父別当参議右衛門督斉敏、母播磨守尹文女。

47美濃少将済政、左大臣雅信孫、按察大納言時中子、母参議藤安親女。

48寛弘五年九月十一日皇子降誕、後一条院、中宮上東門院。

49播磨守橘仲遠女、従二位徳子。

50式部卿為平二男、母高明女、長徳四年十月任右中将、長保三年八月転左中将。

51有国三男、母周防守従五位下清友女。〔分脈は母越前守斯成女、補任は義友女。〕江匡衡第放勘立今度読歟、御堂給別禄云々。

52浄土寺僧都誰人哉、今年僧都権大僧都定澄、大ゝゝ〈僧都〉慶円穆算、権大ゝゝ　済信〈東寺仁和寺法務〉、権少僧都明肇深覚〈東寺別当〉、院源〈山座主〉、隆円〈道澄子〉等也。〔この勘物の意味は明らかでない。〕

53五夜行成卿作和哥序云、寛弘五年秋九月十五日三公九卿侍長秋宮之志多焉云々、事多不載之。
54 紫式部、従一位倫子家女房、越後守為時女、母常陸介藤原為信女、作源氏物語中紫巻、仍号紫云々。
55 補任云、公任卿、寛弘六年三月四日任権大納言、其時者中納言左衛門督也、如何。
56 七夜俊賢作小序云、長月十七夕千年第七日也云々。
57 頭中将源頼定、頭弁源通方。
58 寛弘五年十一月十六日〈癸卯〉依皇子降誕行幸、後一条院是日被下親王宣旨。
59 若宮家司始事。
60 御五十日公任卿作和哥序云、今署我親王降誕之後五十日也、計其仙算九千九百九十九年三百日也云々。
61 皇子御五十日間三公以下遊宴事。
御百日事不見、御入内之後歟、伊周彼作和哥序我君又胤子多〔判読〕是也、於禁中有此事之由見彼序。
62 兵部丞澄明子、播磨守正四位下。
63 従四位下播磨守国盛子。
64 実成、寛弘五年七月廿八日任参議、中将中宮権亮如元、同日兼侍従、十月十六日叙従三位。〔寛弘五年七月は正月の誤。〕
65 御堂淵酔後御興言自讃事。
66 若宮中宮入内事。
67 行成、如公卿補任者寛弘六年三月四日任権中納言、寛弘五年者為参議、如何。
68 延幹、大納言清蔭孫、上総守兼房子、法隆寺別当。
69 献五節事。
70 粟田関白道兼息、母大蔵卿遠量女。
71 五節上達部三人受領二人之条可尋、除大嘗会之時外四人歟。
72 業遠朝臣五節着錦事。
橘業遠、宮内卿良臣孫、右衛門権佐敏忠子、母越前守紀文相女、丹波守去年正月任之。〔橘は高階の誤。〕
73 江匡衡、去年得替藤原中清、此間守也云々。〔当時の尾張守は仲清が正しい。〕
江匡衡、中納言維時卿孫、左馬大夫重光男。
74 済政、大納言時中男、母参議安親女。
75 依皇子後一条院御事述懐事。
76 寛弘六年。
77 中宮上東門院又御懐妊事。
78 宇治殿令参中務宮給事。
79 中務宮具平執聟宇治殿事。
80 伊周奉呪咀若宮〈後一条院〉之由有聞事。
81 依同事御堂召誡明順事、依此事明順即卒去、于時播磨守也、件人今年三月卒歟。
82 皇子降誕〈後朱雀院〉、寛弘六年十一月廿五日。
83 後朱雀院第五日斉信卿作和哥序云、寛弘第六年仲冬十一月廿有五日云々、事多不載之。
第七夜有国作序云、今日者皇子降誕之第七夜也云々。九夜行成卿同序云、昔光仁皇帝之降誕歳在己酉、今第三皇子之所生同彼甲子、事多不載之。〔紀略に七夜の序は斉信とある。十一月廿五日は丙子。甲子ではない。〕
84 帥殿時食事。
85 一条院焼亡、寛弘六年十月十五日。
86 尚侍妍子入太子宮、系図云、寛弘七年二月廿日庚子入東宮。
87 寛弘七年。
88 帥殿病悩増事。
89 帥殿増御封事。
90 同人遺言上并君達事。
91 帥殿薨〈伊周年卅七也〉、寛弘七年正月廿九日。
92 源遠資、後改兼資、参議惟正男、伊与守、右馬権頭、正四位下。
93 隆家卿女一人〈帥宮敦道室〉、一人〈参議兼経上、道綱大将男〉。〔隆家は済時の誤。〕
94 和泉式部、〈上東門院女房、越前守大江雅致女、母越後守平保衡女、和泉守藤道貞為妻、仍号和泉、太皇太后宮昌子内親王乳母〉〈号介内侍〉。
〔藤は橘の誤。〕
95 具平親王薨事、〈寛弘六年七月十八日、年四十六〉。〔十八日は廿八日の誤。〕
96 若宮御覧賀茂祭事、〈後一条院〉。
97 大斎院奉見若宮感哥事。
98 依同事御堂御返哥事。
99 敦明、寛弘八年十二月日任式部卿。
100 顕光執聟小一条院。
101 帥殿姫君奉合頼宗給事。
102 帥宮敦道、寛弘七年十月二日薨、〈年廿七〉。〔七年は四年の誤。〕
103 敦康親王元服、寛弘七年七月十七日〈甲午〉元服、即叙三品、同八年六月二日叙一品、〔紀略同

じ、一代要記六月六日。〕本封外〔判読〕加千戸、
准三宮。
104 同親王才智事。
105 一条院依次第以件親王可立坊之由思食事、依無
方人遅ゝ。

巻第九　いはかげ

1 寛弘八年。
2 一条院漸御不予事。
3 東宮〈三条院〉御対面事。
4 超敦康後一条可立太子給事。
5 敦康、母皇后宮定子、道隆女。
6 御譲位〈三条院受禅〉事。寛弘八年。
7 立太子、後一条院。
8 敦康、六月一日叙一品、年十三。〔一日は誤。〕
9 脩子内親王、敦康一腹也。
10 一条院御出家、御年三十二。
11 一条院崩御事。
12 実資、清慎公孫、斉敏卿男。
13 同御葬送。〔同は一条院を受ける。〕
14 御骨事、正光奉懸之。
15 脩子、母橘三位懐子、播磨守仲遠女也。〔母以下
誤。母は道隆の女定子。〕
16 山、尋禅僧正、九条右大臣子、号飯室。〔尋禅僧
正、九条右大臣子は、藤原義懐男尋円の誤。〕
17 娍子、故大納言済時女、母大納言延光女也。
18 頼宗家産事。
19 宇治殿思一条院御事、詠長哥送義子女御。

巻第十　ひかげのかづら

1 寛弘八年、三条院受禅後也。
2 冷泉院崩御、六十二、寛弘八年十月廿四日。天
下諒闇大嘗会延引。
3 長和元年。
4 上東門院夢奉見先帝給御哥〈一条院〉。
5 立后事。
6 立后事〈娍子〉。
7 大嘗会御禊。
8 公忠孫、讃岐介信《サネ》孝男也。
9 長和二年。
10 顕信出家事、寛弘九年正月十九日于時従四位上
左馬頭年十九。〔出家は十六日。〕
11 依馬入道事御堂登山事、左大臣。
12 公任執聟事、教通。

巻第十一　つぼみ花

1 長和二年。
2 為平、〈村上第四皇子、母同冷泉院〉。
3 密通女御元子、件頼定卿又往年密通東宮三条院
女御尚侍綏子、兼家三女。
4 山、実誓僧都、元律師、寛仁三年任僧都、座主
院源弟子。
5 斉信献送物於中宮事。
6 或記云、正月十日中宮出御東三条院、依御懐妊
也、同十六日行啓春宮大夫斉信卿家、四月廿三
日自彼家行啓土御門殿。〔廿三日は十三日の
誤。〕

7 或記云、七月六日中宮産皇女、九月十六日天皇
行幸左大臣上東門院第、依皇女降誕也。
8 禎子、〈三条院第三女、母中宮姸子〉、陽明門院
是也、後三条院母后是也。
9 皇女被奉御剣事。
10 はつ花・つぼみ花事。
11 五夜行成作和哥序、七夜公任作同序、九日夜行
成又作同序。
12 橘俊遠、讃岐守従四下、越中守俊済男。〔越中守
は分脈に大和守とある。〕
13 皇女五十日事。
14 蔵人式部丞藤原貞孝女。
15 尚侍威子、御堂御女。
16 皇女降誕有行幸、長和二年九月十六日。
17 同日賞従二位教通〈左大臣息〉・従二位源経房
〈中宮権大夫〉・正三位実成〈参議左大臣譲〉。
或記云十月廿二日被下内親王宣旨。
18 于時公季公内大臣左大将。
19 行幸賞従三位教通左大臣息、従二位源経房〈中
宮大夫〉・正三位実成左大臣譲左兵衛督。〔教通
は正三位。〕
20 中宮皇女入内。
21 藤順《マサ》時、大弐国光《テル》子。
22 長和三年。
23 殿上人後取事。
24 命婦乳母、〈加賀守兼隆女、母出雲守相如女〉。
25 皇女餅鏡事。往古無戴餅事。或記云、正月二日
東宮大饗也、中宮依不入御内裏無此事、同十九
日中宮入御内裏、諸衛給禄云ゝ。

26 内裏焼亡。
27 或記云、長和三年二月九日内裏焼亡、四月九日天皇自松本遷御枇杷殿、中宮春宮同行啓、五月廿三日左大臣以下参入、被定造内裏、〈八月十一日入杣、十月十一日始木作〉、造明年三月以前、又有国充事、十二月二日同上棟也。
28 通任、〈大将済時息、後中納言〉。
29 故道隆三男。
30 故左大臣雅信室也、朝忠卿女也。
31 皇女〈陽明門院〉渡外曾祖母家云々。

巻第十二　たまのむらぎく

1 長和三年。
2 後一条院、十一月廿八日、〈七歳〉。
3 東宮御書始事。尚復蔵人玄蕃助源為善。
4 長和二年九月十六日叙従二位、元正三位中将。
5 教通室産女子。
6 登任、〈備前守師長子、大和守〉。
7 平親信、〈従四位上伊勢守真材男、前参議従二位〉。
8 隆家任帥事、〈長和三年十一月七日兼大宰権帥、年卅六〉。
9 殿下室渡宇治事。或記云、長和三年十月廿五日左大臣渡宇治別業給云々。〔十月廿五日は敦康親王の誤。〕
10 長和四年。
11 枇杷殿、近衛北・東洞院西、昭宣公宅、仲平大臣伝領、法興院殿〈兼家〉伝領之。〔兼家の伝領のことは不明。〕
12 僧都隆円卒、長和三年二月日年卅六、〈道隆七男、母従二位高階成忠女〉。〔分脈は八男。〕
13 帥殿党〔判読〕短命事。
14 道隆二男、母従二位藤原守仁女。
15 隆家赴任事。
16 禎子内親王著袴事。
17 三条院在位時欲犁宇治殿給事。
18 主上取犁左大将事。
19 土御門右府御童名也。
20 左大将宇治殿病悩。
21 道風孫、兵庫頭挙時子。
22 賀茂光栄、〈保憲子〉。
23 安倍吉平、〈晴明子〉。
24 宇治殿自幼少御風病事。
25 寺　心誉、号実相房僧正、右大臣顕忠孫、右兵衛督重輔息。
26 山　叡効、播磨国人、寛仁元年十二月廿六日叙法橋、同二年八月廿九日任律師、依東宮御瘧病加持賞也。〔律師に任ぜられたのは八月十九日。〕
27 宇治殿御悩依御堂御祈念中務宮御霊顕給事。
28 宇治殿御愛物母子共夭亡事。
29 長和四年九月廿日丁卯自枇杷殿第遷宮。十月節自席足〔判読〕日本家有賞。
30 長和四年十一月十七日新造内裏又焼亡。
31 或記云、長和四年十一月十七日戌剋内裏焼亡〈火起出主殿内侍〉、天皇東宮先御桂芳坊、次御下司、同十九日行幸枇杷殿、東宮行啓左大臣上東門院第。〔東宮の桂芳坊に御すことは疑わしい。〕
32 諸本無御返哥。
33 後一条院受禅事。
34 御即位事、長和五年二月七日。
35 二条南・堀河東。
36 一条院女御、顕光女。
37 一条院式部卿宮敦康令配合故具平親王御女給事、宇治殿御沙汰。
38 嫥子女王、具平女、長和五年十一月十九日卜定。〔十一月十九日は二月十九日の誤。〕
39 大原入道少将時叙、〈雅信公子、母朝忠卿女、法名寂源〉。
40 故左大臣雅信室従四位下藤穆子卒、〈年八十六、大宮幷宮々左大将外祖母也、大臣薨後為尼〉、于時長和五年七月廿六日、彼穆子中納言藤朝忠卿女也。
41 雅通、雅信公孫、左中弁時通男。
42 兼経、道綱卿男、母雅信公女、参議正三位右中将。
43 土御門殿幷法興院焼亡事、長和五年七月廿日寅初云々。
44 土御門殿造作事。
45 鷹司殿御母上殯斂事。
46 或記云、長和五年九月廿三日夜太上天皇御在所枇杷殿焼亡、上皇中宮同車遷御摂政高倉第、十月廿日辛卯太上天皇自彼所遷御新造三条院、依有未造畢事等中宮入御高倉殿、十二月廿日庚寅中宮行啓三条院云々、枇杷殿焼亡十月二日如何。

47済政〈笛上手〉、正四位下贈従三位、雅信公孫、大納言時中子。

48大嘗会御禊事。

49或記云、悠紀近江国甲可郡、主基備中国下道郡也云々。

50為政、従四位上行文章博士、〈内蔵権頭也、不経蔵人、大学外記也〉。〔大学外記の意味は明らかではない。或は文章博士のことをこのようによんだか。〕

51斎宮寛弘九年十二月定、長和五年八月十七日退之、同六年四月密通、其後為尼、治安三年月薨。

52道雅三位密通前斎宮〈当子〉事、〈三条院一女、母皇后娍子〉。

53寛仁元年。

54任大臣事。

55宇治殿為摂政、御堂御譲。

56大后遵子崩、〈頼忠女、年六十一、寛仁元年六月一日、同六日殯般若寺北〉。

巻第十三　ゆふしで

1寛仁元年。

2当子、三条院第一皇女。

3道雅三位密通前斎宮事。

4三条院御出家事。

5三条院崩給事、〈年四十二〉。

6三条院御葬送事。

7三条院御遺物処分事、御堂御沙汰。

8去治安三年四月一日叙一品。

9敦儀・敦平・師明〈仁和寺宮性信也〉。

10一条殿渡御事。

11小一条院欲避東宮事。

12寛仁元年小一条院退太子後朱雀院立其替給事。

13或記同廿五日有院号事。

14ミエシオモヒノホカニモアルカナトハ彼堀川女御コノホトニヨマレケルニヤ、見後拾遺。

15左大臣室八幡詣。

或記云、寛仁元年九月廿二日、丁巳、前摂政幷北方秋参詣石清水宮、依宿願也。

16雅通卒事、寛仁元年十月日。〔十月は七月の誤。〕

17入道権左中弁時通男、雅信大臣孫子也。

18寛仁元年十一月賀茂行幸事。

19後拾遺云〈第十九雑哥也〉、此哥選子内親王イツキトマウシケルトキカノ行幸後朝ニ大宮ニキコエサセタマヒケルトモ。

20前摂政執聟小一条院事。

或記云、寛仁元年十二月四日前摂政左大臣任太政大臣。

21三位中将長家可尋之、今年少将也、今年三位中将道雅也、不(可)然歟。

22三日夜餅事。

23小一条院堀川女御依院御事病付給事。

24小一条院白地令向堀川女御許間仰事等有和歌等事。

25マツカセハイロヤミトリニフキヌラムモノオモフ人ノミニソシミケル、コレモ彼女御哥也、在次巻。

26臨時客事。

27寛仁二年。

或記云、寛仁二年正月三日、丁酉、於一条院元服、加冠太政大臣〈前摂政〉、理髪摂政内大臣、父子例事。

28或記云、正月廿三日摂政内大臣家大饗也。

29大和守菅原資忠《モトタダ》。

30敦康姫宮宇治殿奉収養給事。

31文集云、春往秋来不記年、唯向深宮望明月云々。

32経房進故院御笛於中宮妍子事。

33高明四男、母師輔女。

巻第十四　あさみどり

1寛仁二年。
2尚侍威子入内、年廿、天皇御年十一。
3故大蔵卿遠量女、〈遠量者師輔公御子〉。
4通兼姫君参尚侍御許事。〔通兼は道兼の誤。〕
5兼隆、〈前中納言二位道兼公息〉。
6陽明門院乳母、前加賀守藤原順時女、母越後守敦経女。
7長家為鷹司殿子事。
8行成卿執聟長家事。
9家業、少納言、丹波守貞順子、有国卿孫。
10経頼、参議従三位、雅信公孫、参議扶義子、行成卿聟也。
11寛仁二年。
或記云、四月廿八日辛卯、天皇入御新造内裏、太后同輿。
12三条院御周忌法事。
13土御門殿御渡頼光造進之。

14立后事。今日為中宮。

15教通姫君二人着袴事。

或記云、寛仁二年十月廿二日天皇行幸前太政大臣新造上東門院第〈火事後新造〉、東宮幷太后同行啓、有擬文章生試幷種々御遊等。

16小一条院今宮高松腹誕生経七日夭亡事。

17前大相国家八講。

或記云、寛仁二年十二月十四日前太政大臣於京極第八講事、皇太后宮行啓、同十七日式部卿敦康親王薨、同十八日八講、々師永昭給累代宝剣、是大相国不堪説法之感云々。

18永昭説法事。

永昭、権大僧都、興福寺権別当、住喜多院、阿波守藤喜時孫、〔尊卑分脈は嘉時。〕大蔵丞基業子、随斉信大僧正入壇、真言法相兼宗人。

19西域記云、上茅城之樹木ハ春天ニ皆黄也。

20敦康親王薨、寛仁二年十一月日、年廿九。〔十一月は十二月の誤。年廿九は廿の誤。〕

21尚侍嬉子可参東宮給事。

22尼上関白ノシウトメナリ、為平女、頼定妹。

23敦儀、小一条院弟師明兄也。

24師明親王出家間事。三条院四宮也。

25済信、左大臣雅信六男。

巻第十五　うたがひ

1寛仁三年。

2或記云、寛仁二年十二月任太政大臣、同三年二月五日上表辞定。〔二年十二月は元年の誤。三年二月五日は二年二月九日の誤。〕

3入道殿御悩。

4頼通、寛仁元年三月四日任内大臣、同十六日為摂政、同三年十二月廿二日為関白内大臣、治安元年七月廿五日任左大臣関白如元。

5教通、寛仁元年四月二日任権中納言左大将、八月九日兼春宮大夫、同三年十二月廿一日任権大納言、治安元年七月廿五日任内大臣大将如元。

6頼宗、寛仁元年四月二日任権中納言、八月卅日兼皇后宮権大夫、左衛門督別当、〔別当は長和五年七月十七日。〕同四年四月辞別当、治安元年七月廿七日任権大納言、〔七月廿七日は廿五日の誤。〕八月廿九日兼春宮大夫。

道綱、此人不可入歟。

能信、寛仁元年八月卅日任権中納言、同二年十月十六日任中宮権大夫、同四年九月十九日兼左兵衛督、治安元年七月廿五日任権大納言。〔廿五日は廿八日の誤。〕

7ヲトコノ位マタアサキ三位中将者長家歟、公卿補任ノ伝ニ無之、可考之。

入道殿、寛仁三年三月廿一日御出家、此時宇治殿摂政内大臣、二条殿中納言左大将、堀川大臣権中納言左衛〔門〕督別当、閑院春宮大夫中納言民部卿右近中将、〔閑院以下十六字、明らかでない。〕此詞御出家之後歟、能信尤可被入之、道綱不可入歟〈御本注〉。

8御堂御出家寛仁三年三月廿一日、年五十四、法名行観、六月十九日上表改観為覚。

院源非僧都、去寛弘八年辞僧都、以弟子実誓任権律師、長和六年三月為法印、仍今年法印也。


或記云、寛仁三年三月廿一日前大相国自去十七日依胸病危急令遁世給、法印院源為戒師、律師定基剃御頭、小一条院幷三后渡御、同廿五日皇后宮〈娍子歟〉落飾為尼、僧正済信為戒師、御乳母並近仕女房等同出家云々、五月八日入道前太政大臣年官年爵封戸准三宮之由、被下宣旨〈御本注如此〉。

9入道殿被献夏衣於宮々事。

10和泉式部、越前守正四位下大江雅致女、或説云、中納言懐平女、母越中守平保衡女、和泉守橘道貞為妻、仍号云々、童名御許火。

11或記云、寛仁三年八月廿八日壬子皇太弟元服、摂政以下参入、右大臣加冠、権中納言経房卿理髪云々。

12法成寺造営事。

13入道殿為弘法大師化身事、夢告或聖徳太子。

14入道殿御受戒、寛仁三年九月廿九日於東大寺有此事、十月之由可尋之。

又或記云、寛仁四年十二月廿一日入道前大相国自山令帰給、去十三日為受戒登山給、七ケ日間被修七仏薬師法。

15百千万劫菩提種、八十三年功徳林〈白居易〉。

16詩語ィ、誑言ィ、願以今生世俗文字之業、狂言議語之過、翻為当来世々讃仏乗之因、転法〔輪〕之縁云々。

17木幡事、古老伝云、件所者橘広相之領也、昭宣公伝領給、点定子孫之墓所給云々。

18浄妙寺供養事。

19御堂自打火令誓願給事。

20入道殿所〻修行事。
21志賀(寺)弥勒会事。
22叡山舎利会事。
23長谷寺菩薩戒事。
24伝教大師、弘仁十三年六月四日入滅、(年五十
六)、叡山六月会毎年有之、為彼報恩也。
25奈良文殊会事、七月。
26山念仏事、八月。
27東寺灌頂事、九月。
28興福寺維摩会事、十月。
29十二月御仏名事。

30御堂奉見(高野)大師御入定躰給事。
31仁明天皇御時ヨリ今年マテ百七十余年許歟、御
本。
32入道殿種〻御修善等事。
33金泥一切経事。
34御本ニハ目連のむかしの庭とあり。
35釈尊滅度之後、憍梵婆提不逢其期、作偈云、憍
梵婆提稽首礼云〻、乃任流泉而去。
36疑事。
37父少而子老、挙世所不信。

補注

巻第一　月の宴

一　**世始りて後**　大鏡（序）に「このよはじまりてのちみかどはまづ神の世七代をおきたてまつりて、神武天皇をはじめたてまつりて、当代まで六十八代にぞならせ給ひにける」とあるに同じ用法と考えられる。〔参考〕「世始りて後、この行幸こそはためしに候ふめれ」（鶴の林）、「世はじまりて後、大臣みなおはしけり…よはじまりてのち、今にいたるまで左大臣卅人」（大鏡、後一条紀）、「よはじまりてのち、東宮の御位とりさげられ給へることは、九代ばかりにやなりぬらむ」（同、師尹伝）。

二　**こちよりての事**　〔参考〕「こちよりては大納言の女にて后に立ったためしなかりければ」（大鏡、師尹伝）。冒頭以下ここまでは緒言ともいうべきもので、神武天皇以来当代まで六十余代を継承し来ったが、その間の事は書き尽すことはできないから、主として近代の事を記すであろうの意。編年体の歴史としても、やはり作者の主眼は近代のことに詳しくあろうとする意図を示していると見られる。次の「世の中に」以下本文にはいり、御歴代に従って宮廷貴族社会の種々相を記す。ここに御世御世の事を継々に書こうとする「世継」的性格がうかがわれる。

三　**宇多のみかど丶申みかど**　『栄花物語標註』の著者佐野久成は本書の主要な記事は村上天皇から始まると見る立場に立ち、それまでの記事を序のように見ているが、今この立場をとらない。

「巻の名は村上天皇康保三年□（虫蝕）涼殿に於□八月十五夜の月の宴行はるゝ事あるに依る。年代は村上天皇より冷泉天皇□御世を云はてゝ円融天皇天禄三年正月迄の事を記す。此年数三十六年なり」（同書）。

「うたのみかと　一代要記云、宇多天皇、諱定省、号㆓亭子㆒、仁和三年丁未、十一月十七日、丙戌、即㆓位于大極殿㆒、年廿一云々、承平元年七月十九日崩㆓於仁和寺㆒、年六十五云々、さて爰は村上天皇の御代を云に付て、先宇多天皇の御事より云出て、御系統を語るなり」（同書）。

四　**御子達あまた**　紹運録によれば、宇多天皇の御子として、順次、醍醐天皇・斉中親王・斉世親王・敦慶親王・雅明親王・敦固親王・斉邦親王・載明親王・敦実親王・行中親王・均子内親王・柔子内親王・君子内親王・孚子内親王・若子・依子内親王・成子内親王・誨子内親王・季子内親王・源順子・源臣子・行明親王の二十一人を掲げている。

五　**一の御子敦仁の親王**　「醍醐天皇、諱敦仁。亭子天皇第一之子也。母前女御従四位下藤原朝臣胤子。中納言高藤之女也。天皇、元慶九年、乙巳、正月十八日、甲戌、誕生。寛平元年十二月廿八日、詔為㆓親王㆒〈年五、名維城〉。二年十二月十七日改㆓本名維城㆒、為㆓敦仁㆒」（紀略、後篇一）。

六　**ましけるぞ**　「まし」という表記は本書の底本たる三条西家旧蔵本や東松本大鏡など、古写本に多く見られるほかに、青蓮院旧蔵紙背文書仮名消息（応徳ごろ）によっても日常の消息文などにも普通使用されていたことがわかる。最古の文献としては、讃岐国司解円珍戸籍帳に「官尓末した末波む」とある。下文の「まして」も同じ。一般に「まして」「申して」は併用されている。

七　**醍醐の聖帝**　「十月十日、庚子、奉㆑葬大行皇帝於㆓山城国宇治郡山科陵㆒、醍醐寺北、笠取山西、小野寺下、依㆓遺詔㆒、従㆓倹約㆒」（紀略、延長八年条）。聖帝の字は古事記（仁徳天皇条）「称㆓其御世㆒、謂㆓聖帝世㆒也」、日本書紀（仁徳紀）「故於㆑今称㆓聖帝㆒也」等とあり、音読してよかろう。醍醐天皇を聖帝と見ることは「延喜聖代、定国〈大将〉為㆑越㆓国経㆒通明〈大将〉、不㆓越昇㆒、（中略）定国者延喜聖主外舅」（小右、長徳三年六月二十五日）、「延喜聖主以㆓定国㆒〈大将、外舅〉、不㆑被㆑越㆓国経㆒、（中略）延喜聖代、以㆓貞信公〈忠平〉㆒被㆓抽任㆒也」（同、長徳三年七月五日）等の例がある。

八　**卅三年**　「醍醐天皇〈諱敦仁、本名維城、治三十三年、母贈皇太后胤子〉、内大臣高藤公女〉、仁和元・正・十八降誕、寛平元・十二・廿八為₂親王₁、同五・四・三立太子、〈九〉、同九・七・三元服、同日受禅、〈十三〉、同十三日即位、同年十一・廿三大嘗会、延長八・九・廿二遜位、同廿九日出家、〈四十六〉」(紹運録)。

九　**多くの女御達**　「〈醍醐天皇後宮〉　中宮藤穏子〈延喜二十年□月為₂女御₁、延長元年四月二十六日、癸酉、為₂皇后₁、年三十九、従二位昭宣公女〉・妃為子内親王〈光孝天皇女、宇多同産、寛平九年七月三日、太子元服受禅、其夕新帝納為₂皇后₁、同廿五日叙₂三品₁為ㇾ妃、同二年三月十四日薨、二十一日贈一品〉・女御正三位藤和子〈光孝源氏〉・正三位藤(仁悦)善子〈右大臣定方女〉・正五位下藤能子〈延喜十四年十月八日補ㇾ之、元更衣、右衛門督定方女〉・正五位下藤和香子〈延喜三年十二月補ㇾ之、承平五年十一月卒、左大将定国女〉・更衣源封子・更衣満子女王・更衣藤子・更衣藤淑姫・更衣源固(周)子・更衣源疋子・更衣滋野幸子・更衣源柔子・更衣源泼子・更衣平光子・更衣源清子・更衣源暖子・更衣藤桑子・尚侍従一位藤淑子〈延喜六年五月二十八日薨、年六十九、贈正一位〉・尚侍従二位藤満子〈内大臣高藤女、延喜七年□月□日叙₂従三位₁、同十四年十月十四日正三位十七年従二位〉」(一代要記)。

一〇　**男御子十六人**　紹運録に、醍醐天皇の御子として、克明親王・保明親王・代明親王・重明親王・常明親王・式明親王・有明親王・時明親王・長明親王・雅明親王・朱雀天皇・行明親王・章明親王・村上天皇・盛明親王・兼明親王・勧子内親王・宣子内親王・恭子内親王・慶子内親王・勤子内親王・都子内親王・婉子内親王・修子内親王・敏子内親王・雅子内親王・普子内親王・靖子内親王・韶子内親王・康子内親王・斉子内親王・英子内親王・源高明・源自明・源允明・源為明・源兼子・源厳子・童子を掲げている。

一一　**うせ給にけり**　「癸亥、太政大臣従一位藤原朝臣基経薨₂于堀河第₁、年五十六、天子哀悼、輟朝三日」(紀略、寛平三年正月十三日)。

一二　**七十一にてうせ給にけり**　尊卑分脈には、時平・兼平・仲平・忠平とあって、仲平、兼平の一男・二男の関係が本書とは逆になっている。兼平は承平五年七月二十八日に六十一歳で薨去、仲平は天慶八年九月五日七十一歳で薨去(分脈)、逆算するといずれも貞観十三年生となり、母は異なるが兄弟の順分り難く、直ちには決定しかねる。

また兼平の経歴は次の通り。

「兼平　母二品式部卿忠良親王女、皇太后宮権大夫、宮内卿従三位、承平五年七月廿八日薨、六十一、琵琶上手、号₂比巴宮内卿₁」(分脈)。

一三　**朱雀院のみかど**　「太上皇出₂禁中₁、遷₂朱雀院₁」(紀略、天慶九年七月十日)。「朱雀院、累代之後院、或号₂四条後院₁」(拾芥)。

一四　**成明親王**　「天慶九年四月二十日、村上天皇諱成明、醍醐天皇第十四之子也、母同₂朱雀院₁、延長四年六月二日、丁亥、降₂誕於桂芳坊₁、十一月廿二日為₂親王₁〈御年一歳〉、(中略)(天慶)七年四月廿二日甲子、立為₂皇太子₁〈御年十九〉、九年四月十三日、庚辰、受禅〈御年廿一〉、廿八日即位」(紀略)。

一五　**御子みつにて**　底本勘物によれば、煕子女王は天暦(慶に誤る)四年五月五日(一代要記)に薨ぜられたから(玉葉に天暦四年三月十五日薨とあるのも誤であろう)、底本のように「みつ」(絵入九巻抄出本は「三」)ではあり得ない。「見ず」の誤かとも見られるが、それならば「見ずて」とあるべきであるから、やはり作者の誤と見ておく。また昌子内親王は、権記・要記・略記等に長保元年五十歳とあることにより、逆算して天暦四年に誕生したこと、および類聚符宣抄第四の太政官符によって、この年、一歳であることなどが明らかであることからみても、「みつ」は誤。

一六　**例なき事**　抄に「天子の姫君の皇后になり給ふ例なしと也。しかれども此時、古今にあたりて例あるを、いかなればかくいへるにか。朱雀の御心に、村上に奉らんとか、冷泉に奉らんとか、いづれにても叔父にあたれば、例なしとおぼしたるにか。後に冷泉の后となり給ふ也。叔父の妻となるも、をばをつまとしたるも例有也」とあり、標註(佐野)は、「叔□(姪)相配するを例なしと云ふ也、是は此近代の例を云るにて、古くは欽明天皇の皇后石姫皇女同婦人倉稚綾姫山下日影皇女の如き、天武天皇の皇后菟野皇女(持統)婦人大田皇女新田部皇女大江皇女、光仁天皇の妃尾張女王、淳和天皇の皇后正子内親王の如き御例あり」と言い、詳解も、「内親王を皇后に冊立したる例なき意にや。そは近き代にさる例はきこえざれど、皇后は皇族の中よりえらばれし事、日本紀・続日本紀に見えて、歴朝詔詞解に考説あり。平安朝にても淳和天皇は嵯峨天皇の皇女内親王を皇后とせられし例あれど、其後絶えたればかくいへるにや」と疑問を存している。これに対して、新訳では、「院はどうかして姫宮を今上の皇后に立てたいと云ふ思召しなのであるが、御幼年の姫君なのであるから、さう云ふ名目だけのお后のある例もないので、御希望は通りさうでなかった」という訳をして異説を出している。昌子内親王は応和三年(九六三)東宮(冷泉)の妃となられるのであるから、やはり新訳のように、内親王が御幼少であったから立后しても名目だけの后にとどまり、そういう例はないという意であろう。

一七 **御物忌**　神を祭る前、不吉な夢を見た折、凶兆変事のあった時、穢れに触れた場合、陰陽道でいう天一神《なかがみ》・太白神《ひとよめぐり》の塞がりを犯すを忌み、その日の過ぎるまで等の場合、幾日かの間身心を清浄にして慎しみ籠居すること。

一八 **碁・雙六・へんつぎ・いしなどり**　碁　中国渡来の遊戯。懐風藻に、大宝年中僧弁正が唐に遊び、囲碁をしたことがその起源とされている。

雙六　倭名抄に兼名苑を引いて、一名六采、俗に須久呂久というとしている。スゴロクはその転音。やはり中国渡来の遊戯であるが、渡来の初は未詳。持統紀、三年条に「十二月己酉朔、丙辰、禁二断雙六一」とあるから相当古い。

へんつぎ　詩句の中にある一字の偏を隠し、旁のみにして偏を継がせて当てる遊びとも、旁を隠し、偏のみにして旁を継がせる遊びとも、種々の説がある。文字も偏継・偏付・偏突等を当てるが、偏継《へんつぎ》と読むのがよさそうである。詳しくは嬉遊笑覧巻三・難波江巻二(百家説林続下の一)等参照。〔参考〕「長押のしもに火近くとりよせて、さしつどひてへんをぞつぐ」(枕草子、頭中将のすゞろなるそら言を聞きての段)、「たゞこなたにて碁打ち、へんつぎなどし給ひつゝ日を暮し給ふに」(源氏、葵)、「碁打ち、へんつぎなど、はかなき遊びわざ」(同、橋姫)。

いしなどり　小石をもってするお手玉。ただし、大百科事典によれば、若干の小石を撒き、その中一箇を空に投げて落ちないうちに、先に撒いた石二、三箇と共にす早くこれをつかみ取り、その余をも次第にこのようにして拾い尽くすのを勝とするのだと説明している。これによればお手玉とも少し異なるようである。〔参考〕「東宮のいしなどりの石召しければ、三十一を包みてひとつに一文字を書きて参らせける、読人知らず、苔むさば拾ひもかへむさゞれ石のかずをみなとる齢いくよぞ」(拾遺、雑賀)、「女院(上東門院)の姫君と聞えさせし頃、石などりの石召すを参らすとて、すべらぎのしりへの庭の石ぞこは拾ふ心ありあゆがさで取れ」(赤染衛門集)、「いしなごのたまのおちくるほどなさにすぐる月日はかはりやはする」(山家集)。

一九 **吹風も枝を鳴さずなどあればにや**　吹く風も枝を鳴らさぬ程の泰平な状態であるからであろうか。「吹風も枝を鳴さず」の原典は、西京雑記(巻五)「太平之世、則風不レ鳴レ条」、塩鉄論(巻六)「天下太平、国無二夭傷一、歳無二荒年一、当二此之時一、雨不レ破レ塊、風不レ鳴レ条」等であろうが、兼盛集、巻頭歌の詞書に「風は枝を鳴らさず、雨はつちくれをやぶらず、世の中も楽しければ」とあり、続古今(巻二十、賀)の花山院御歌(上東門院入内の御屛風歌)にも、「吹く風の枝も鳴らさぬこのごろは花も静かに匂ふなるべし」などとあって、人口に膾炙した言い方になっていたのであろう。

二〇 **小一条**　近衛南・東洞院西、師尹公の家、一に云、山吹殿ともいう(拾芥)。二中歴に異説があり、詳細は大日本史料第一編之九、四一八頁参照。

二一 **一所は宮腹のぐ**　ぐ(具)は、ともなう意で、はじめ他に嫁して生れた御子をともなって実頼に嫁せるという風に詳解は解し、長女の慶子かとしている。しかし、慶子の宮腹のつれ子という証拠はみえない。又、慶子・述子の他、実頼の女子で源高明の妻となった人がある。これは、日本紀略に「天暦元年七月八日、於二極楽寺一、修二右衛門督室(源高明妻)家卌九日態一」とあることによって、同年五月二十一日に薨じたことが明らかである(大日本史料第一編之八、九五〇頁)。しかし、これを当てることも不可能である(たとい具を配偶者と解しても高明妻を宮腹とすることはできない)。その他に女子は見当らず、また、本書の文から察しても「一所は宮腹のぐ」というその女子は、慶子のことを指しているように思われるが、いずれも根拠がない。

二二 **重明の式部卿の宮の御むすめ女御にておはす**　「女御従四位上徽子女王、中務卿重明親王女、母太政大臣忠平女、承平六年九月為二斎宮一、年八歳、天暦二年二月入内、年二十歳、同三年四月七日為二女御一」(要記)。

二三 **大いどのも**　忠平は天暦三年八月十四日薨。皇子誕生は天暦四年五月二十四日、懐妊は前年八月頃、然らば忠平が喜んだというのも全く否定はできないが、時日的に無理である。従って作者の思い違いとみるか、あるいは大い殿は実頼と考える説もあるが、それも従えない。あるいは承子内親王の誕生のことをあやまったのかもしれない。

二四 **御服にて**　天皇・父母・夫・本主には服一年、祖父母・養父母には服五月、曾祖父母・外祖父母・伯叔父母及び妻・兄弟・姉妹・夫の父母・嫡子には服三月、高祖父母・舅・姨・嫡母・継母及び継父・同居異父兄弟姉妹・嫡孫には服一月、衆孫・従兄弟姉妹・兄弟子には服七日(喪葬令)。

二五　**貞信公**　「己丑、戌時、葬㆓太政大臣於法性寺外艮地㆒、詔贈㆓正一位㆒、諡㆓貞信公㆒」(紀略、天暦三年八月十八日)。

二六　**一くるしき二**　一の人(摂政関白)苦しき二の人の意。源氏、澪標の「やむごとなき人苦しげなるを」(高貴の人も恥じ入るほどの意)と同じような用法と思われる。抄に、「一の人とおなじ御いきほひをいふ也。くるしきは、にこやかなるをいふ也。くるしきは、にこやかなるを愛くるしとおなじ詞にて、一の人になしてもあまりある御人徳ぞと、人々申奉る也」とあるのは付会の嫌がある。標註(佐野)では、「二の人の人望才覚勝るによりて、一の人の苦き歟、或は一の人かたくるしくて二の人困難するか、二儀の中なるべし」と決し兼ねているが、『標註栄花物語抄』(小中村・関根)に、「一の人たる者其位に居りくるしき程にすぐれたる二の人といふこと也。一の人とは執柄の大臣をいふ」とあるように、一の人も恥じ入る程の右大臣の有様であると世人も思い申し上げているようであるの意。詳解には、「師輔よりは学材も劣り人望もなければ九条殿を二に置きて、実頼の一にあるは、心苦しきさまなりと人々に評判をたてられた」と解し、新訳には、「師輔は第二の人であるが、第一の人に気を置かすだけの重味がこの人にあるやうであつた」と訳している。「九条殿をそ」の五字は、陽・西・富等の諸本には無い。上文と重複するから無い方がよいが、本文のままでもさしつかえはない。「二に」は西・富等に「二とそ」とあり、これもいずれでも通じる。

二七　**おとこみこ生み奉り給つ**　「寅剋男皇子誕育、自㆓去夜子剋㆒有㆓産気色㆒、(中略)卯剋以㆓書状㆒付㆓少納言乳母命婦㆒、令㆑奏㆓男皇子平安産之由㆒、返報云、主上尤有㆓和悦安慰之気㆒、即仰云、自今以後、殊能令㆑成㆓祈願㆒、兼以㆓験僧㆒令㆓守護㆒者、降誕之後、即□(野)剣一柄・犀角一株・虎首一頭、置㆓枕上㆒為㆑護、自今以後、懐任皇子、豫先可㆑儲㆓件等物㆒、臨㆓其時㆒雖㆑求、忽難㆑具」(九暦、天暦四年五月廿四日)。

二八　**御子達いとあまた出で来集り**　男三宮—致平親王。「長久二年二月廿日薨〈九十一〉」(紹運録)、天暦五年誕生(逆算)。女三宮—保子内親王。「今日保子内親王薨〈村上第三、年卅九〉」(紀略、永延元年八月二十一日条)、天暦三年誕生(逆算)。男四・五宮—為平・守平両親王。「村上天皇第四皇子…同(寛弘七年)十一月七日薨〈年五十九〉」(紀略)、天暦六年誕生(逆算)。「天徳三年二月二日降誕云々」(紹運録)。男六・八宮—昌平・永平両親王。「廿三日甲寅、無品昌平親王薨〈年六、今上第六子〉」(紀略、応和元年八月条)、天暦十年誕生(逆算)。「十三日丙寅、兵部卿四品永平親王薨」(紀略、永延二年十月条)。男七宮—具平親王。「十九日癸亥、女御庄子於㆓民部大輔保光坊城宅㆒、有㆘産㆓男子㆒事㆖、具平親王也」(紀略、康保元年六月条)。女六宮—楽子内親王。「十六日壬申、前斎宮楽子内親王薨〈年四十七、村上第六女〉」(紀略、長徳四年九月条)、天暦六年誕生(逆算)。女四宮—規子内親王。「十五日壬午、前斎宮規子内親王薨〈村上皇女、年卅八〉」(紀略、寛和二年五月条)、天暦三年誕生(逆算)。女五宮—盛子内親王。「配㆓左大臣顕光公㆒、女御元子母、長徳四年七月廿日薨、母同理子」(紹運録)。男九宮—昭平親王。「廿八日戊子、入道無品昭平親王薨㆓于石蔵㆒〈年六十〉」(紀略、長和二年六月条)、天暦八年誕生(逆算)。以上各親王の誕生を逆算すると、三宮致平親王—天暦五(九五一)・四宮為平親王—天暦六(九五二)・五宮守平親王—天徳三(九五九)・六宮昌平親王—天暦十(九五六)・七宮具平親王—康保元(九六四)・九宮昭平親王—天暦八(九五四)となり、いずれにか記録の誤がありそうに思われる。また女七・九・十宮については、「今日前斎宮二品輔子内親王薨〈村上天皇第六女、年四十〉」(紀略、正暦三年三月三日)、天暦七年誕生(逆算)。「廿六日乙亥、一品資子内親王薨〈先是落飾〉」(紀略、長和四年四月)、小右記(同年条)に「春秋六十一」とあるにより逆算すると、天暦九年誕生。「廿四日己巳、中宮産㆓皇女選子㆒」(紀略、応和四年四月廿四日条)。

二九　**高明の親王**　高明に親王宣下のあった事は、諸書に見えない。「大納言正三位源高明、天徳二年十月廿七日兼㆓中宮大夫㆒〈四十五〉」(補任)。

皇子賜姓

太政官符　民部省〈承知下㆓中務式部大蔵宮内等省㆒〉

源朝臣高明〈年八〉(中略)

右右大臣宣、奉勅、件七人是皇子也、而依㆓去年十二月廿八日勅書㆒、賜㆑姓貫㆓左京一条一坊㆒、宜㆘以㆓高明㆒為㆗戸主㆖者、省宜㆓承知㆒、依㆑宣行㆑之、苻到㆓奉行㆒

左大弁　源悦　左大史　丈部有沢

延喜廿一年二月五日

(符宜抄第四、皇子賜姓)

三〇 **左大臣橘卿**　敏達帝―難波親王―大俣王―美好〈奴欺〉王―諸兄〈左大臣正一位葛城王、母、犬養東人女、天平勝宝九・正・六薨七十四〉(橘氏系図)。

三一 **万葉集を撰ばせ給**　万葉集註釈巻一(仙覚)にも「天平勝宝五年左大臣橘諸兄撰万葉集云々」という奥書のある万葉集のある由が見える。本書のこの記事について、顕昭は古今集序註下に、「又世継云、昔高野女帝御代、天平勝宝五年ニハ左大臣橘卿ノ東家ニテ、諸卿大夫等アツマリテ、万葉集ヲ撰セリトカケリ、(中略)又世継証本ニハ、昔奈良帝ノ御時ニモ、万葉集エラバセ給云々、然者普通本ニ、万葉五巻抄序ヲアシク心エテ、万葉撰ト存シテ、和纔ニ書也、尤可付証本歟、件本ハ土御門右大臣家本也」と言い、栄花物語のいわゆる普通本は、万葉五巻抄序を誤解して、このような記事を書いたもので、証本なるものには見えないとしている。万葉五巻抄は今散逸して存しないが、袖中抄によって見ると、「天平勝宝五年春三月、於左大臣橘卿之東家、宴飲諸卿大夫等、于時主人左大臣問曰、古哥云、アサモヨヒ如前、アカモヘルキミ、其情如何者…」とあり、万葉集を撰んだ事は述べておらず、顕昭の説の如く考えられる。本書の作者が誤解してこの記事を書いたか否か、従って諸兄勅撰説の最古のものか否か、俄かに断ずることはできないが、万葉集の成立に関する文献としては重要なものであろう。なお、金沢文庫蔵今鏡断簡裏書に、「栄華物語第一云、昔高野女帝御代天平勝宝五年左大臣橘卿諸卿大夫等撰二万葉集一云々」とある。本書とほぼ同文のものを漢文体に書改めたものであろう。

三二 **三郎右衛門督までなり給へりつるもうせ給にければ**　斉敏の死は天延元年のこと。天延は円融天皇の御代。天徳二年より十六年後になる。ここに斉敏の死のことを書くのは、小野宮の一族の事績について書くためのものであろうが、この書のモットーとする編年性という点からみると甚だ不正確な書き方である。

また、「今は」以下頼忠に関する解釈は甚だ困難。頼忠は、斉敏の薨じた時、天延には已に正二位、右大臣兼左大将であったから位は低くなかった。従ってまた、ここの叙述は天延元年とは考えられず、この書の編年の順序にしたがい、古い事実を、ふと入れて書いたとみるべきであろう。

三三 **かくてやみ給ひにしかば**　斉敏は、実頼にさき立って失せたように書いているが、実頼は天禄元年五月十八日薨去。斉敏の死より四年前に既に亡くなっている。本書、実頼の子の二郎(頼忠)・三郎(斉敏)の内、三郎の死の際に、二郎頼忠の位が低く、父実頼は三郎斉敏の早い出世にこりて、二郎の位を上げなかったというのは、二重に誤っている。即ち、斉敏の死に先立つこと四年、父実頼は亡くなっており、又、頼忠の斉敏より位が低いということは事実でないからである。「今は二郎頼忠…上げ奉り給はで」まで、恐らく誤解があるであろう。このままでは解釈がつかない。

三四 **女君二人生みて**　尊卑分脈に「重明親王―徽子〈斎宮、村上女御、号斎宮女御〉・女子」とあるこの女子(朝光室)を指す。また、紹運録には、「重明親王―徽子女王〈歌人、配二村上一、号二承香殿一、又斎宮女御、母貞信公女〉・旅子女王〈斎宮〉」とあり、この旅子を指すように思われるが、旅子女王という名は明らかでなく、或は紹運録の誤かと思われる。いずれにしても、この他にもう一人不明の女子がいることとなる。

三五 **一の宮も女御もうち続きうせ給にし**　「大納言正三位藤元方、天暦七年三月廿一日薨、六十六」(補任)とあって、天暦七年の事実と合うのだが、広平親王は天禄二年薨去、祐姫は康保四年出家、広平親王と祐姫が続いて亡くなったということはできない上に、天暦七年から康保四年までは十五年も距っているから、本書は何か誤っているのであろう。

三六 **御修法あまた壇にて**　壇を設け本尊を安置し、経文を誦唱し護摩を焚いて仏に祈る法。目的に従って、息災・増益・敬愛・調伏法等があり、一壇法(大壇兼護摩壇を荘厳して修する法)を小法、二壇法(大壇・護摩壇)・三壇法(大壇・護摩壇・十二天壇)を中法、五壇法(大壇・息災護摩壇・増益護摩壇・聖天壇・十二天壇)・七壇法(金剛界曼荼羅壇・胎蔵界曼荼羅壇・息災護摩壇・増益護摩壇・聖天壇・十二天壇・神供壇)及びそれ以上を大法という。「あまた壇」は大法をいうのであろう。

三七 **御元服の程も**　元服は初冠(ういこうぶり)ともいい、はじめて大人の服を着け、冠をかぶる儀。元は始め、服はきものの意。年齢は十一歳より十五歳までが普通。

三八 **帝も宮も**　中宮安子は康保元年四月二十九日崩御(紀略)。為平親王の御元服は、康保二年八月二十七日(紀略)。中宮安子に、為平親王の元服と同時に高明女を親王妃にしてもよいという御気色があったというのである。

は誤。

三九　**やがてその夜参り給**　「康保三年十一月廿五日御記云、此夜上野大守親王〔為平〕、於二昭陽舎宿廬一、娶二右大臣〔高明〕息女一、於二禁中一行二婚礼一、頗雖レ無レ便、予〔村上〕在藩之時、天慶年中、於二飛香舎一、納二故中納言女一、依レ有二蹤跡一、殊許レ之」(撰集秘記〈二十七、臨時七、親王於禁中行嫁礼事〉)とあり、婚礼は、一年後のこと。その夜は誤。

四〇　**御風・御湯茹**　風に関する記事は本書に十三ヵ所あり、罹患者に実頼・道兼・頼通・小一条院女御延子・道長・公信・三条院中宮妍子・行成・師房がいる。症状は「御心ちもうきあつうもおぼされて」「心ちも例ならずおぼえ」「御面赤み苦しうて御足たゝかせて起き臥させ給」というくらいで詳しいことは分らないが、これらからは発熱倦怠感を主徴とする今日の風邪と同じもののようにも見られる。しかし本書の例では大部分死亡の転帰をとっているのであるから、これが単なる風邪ならば、他病を併発したか、または転症して死亡したとしか解されない。しかし頼通の例に「猶この殿は小くよりいみじう風重くおはしますとて風の治どもをせさせ給」とあり、大鏡にも三条天皇が「もとより御風重くおはしま」したというように、慢性的なものが多いようであるから、単なる風邪や腹痛ではあるまい。服部敏良博士は、風病は風の病で、現在の風邪の意味とは異なり、四時の気が人に当って生ずる疾病であるとし、千金方に「風気蔵二於皮膚之間一、内不レ得レ通、外不レ得レ泄、風者善行而数変…風中二五臓六府之兪一、亦為二蔵府之風一、各入二其門戸一、所レ中則為二偏風一…」とあるを引き、肺中風・肝中風・腎中風・胃中風等があり、諸種疾患の総称で、主として神経系の疾患であるとされている(服部敏良著『奈良時代医学の研究』および『平安時代医学の研究』)。治療法には、㈠誦経によるもののけ退散の法、㈡服薬、㈢湯ゆで、㈣温泉療法、㈤灌水法等があり、薬効には厚朴を用いる。なお風病のことは、医心方の他、湖月鈔別記(橘守部全集第八巻、源氏物語帚木巻の「ふうびやう」の箇所)・島津久基著『源氏物語講話』巻一等に研究がある。

湯茹は、湯治。簡便な保温療法で、その延長が温泉療法。日本文学全書本栄花物語の頭注に「この詞、この物語の中数多所見えたり、意は湯もて身をあたゝむる事なり、風ひかんとするとき今もしかする事世のならはしなりかし、風の事にいへるは野府記八巻に風病之所レ致者、先服二朴皮一、云々、又加二湯治一云々と見ゆ云々」(これは小右記、万寿四年十月廿八日条を指す)とあり、小山田与清『松屋筆記』(巻十三、風を治るに湯治すること)に、「字鏡に煠、以レ菜入レ湯、奈由弖(でゅ)ともありて、由弖は湯に入ることなり」とある。

四一　**男君達**　天徳四年のこの人々の年齢・官位は、伊尹三十七歳、参議〔八月二十二日任〕、任左近権中将は天暦九年七月二十七日。兼通三十六歳、正月七日叙従四位下、左兵衛佐〔天暦二年五月二十九日任〕、兼家三十二歳、天暦二年正月七日叙従五位下、同三年四月十二日昇殿、四年五月二十一日任侍従。

四二　**みかどなどにはいかゞと見奉らせ給ふこと**　「この后の御はらには式部卿の宮こそは、冷泉院の御つぎにまづ東宮にも立ち給ふべきに、西宮殿の御壻にておはしますによりて、御弟の次の宮に引きこされさせ給へる程などの事ども、いといみじく侍り。その故は式部卿の宮御門にゐさせ給ひなば、西宮殿の御ぞうに世の中うつりて源氏の御栄へになりぬべければ、御をぢたちの魂ふかく、非道に御弟をばひきこし申させ奉らせ給へるぞかし。世の中にも宮の中にも殿ばらのおぼし構へけるをば、いかでは知らむ、次第のまゝにこそはと式部卿の宮の御事を思ひ申したりしに、俄に若宮の御ぐしかいけづり給へなど、御乳母達におほせられて、大入道殿御車にうち乗せ奉りて、北の陣よりなむ、おはしましけるなどこそ、伝へうけ給はりしか」(大鏡、師輔伝)とあって、為平親王が源高明の娘の御壻という理由によって、源氏の一族に世の中の移るのを恐れ、為平親王の叔父である伊尹・兼通・兼家らが協力して守平親王を東宮に立てたという。しかし、その主動力は、師尹・実頼にあったとみるべきである(山中裕「栄花物語・大鏡に現われた安和の変」日本歴史昭和三十七年六月号参照)。「みかどなどにはいかゞと見奉らせ給ふことぞ」とあるところは、安和の変の結果もこの中に含まれているように思われ、次師輔の死の天徳四年、安子の死の応和四年の間に入る記事としては、次の具平親王の記事(康保元年六月十九日誕生)と共に、編纂状態が混乱しているとみなければならない。

○――村上帝
　　　＝中宮安子
　　　　├二の宮憲平親王(冷泉帝)
　　　　├四の宮為平親王＝女
　　　　└五の宮守平親王(円融帝)
源　高明(中宮大夫)――女

四三　**宮さへ在しまさねば**　先に規子内親王を生んだことが書かれているにつき、同一の巻に矛盾があることとなる。この記事を誤とみるべきであろう。規子内親王の誕生は、河海抄に「斎宮女御徽子承平六年為二斎宮一、帰京之後、天暦二年十二月入内、同三年四月為二女御一、生二規子女王一」とあり、寛和二年三十八歳で薨去(紀略)。

四四　**なまめかしう**　上品な優雅な美を意味する用語として源氏物語などに多いが、本書では僅かに二十一語を数えるに過ぎない。内訳は、女性の風姿に関するもの十二例、男性の風姿に関するもの五例(内一例は風姿と心とを併せ形容する)の他、文字のさま、行啓の有様、前栽・紫のすそ濃の御帳の形容等に用いたもの各一例であり、十四例はその上下に別の形容詞の類を伴っている。すなわち、あてに—(一例)、あてやかに—(一例)、—をかしげ(五例)、をかしう(く)—(三例)、ちひさやかに—(一例)、うつくしう—(二例)、あはれに—(一例)となっている。

四五　**七壇の御修法**　「御修法事〈付七高山御修法〉応和四年二月廿三日、自二去十七日一、中宮重悩、仍於二弘徽殿一修法、限二四个日一竟、以二神事一斎也」(延喜天暦御記抄〈柳原家記録百三十一所収〉)。

四六　**いか〳〵と**　今昔、巻二十七の四十三にも「児(チゴ)ノ音(コエ)ニテイカ〳〵ト哭ナリ」という例がある。『全国方言辞典』に「いが〳〵　副、擬声語、子供がむりを言うさま(徳島県美馬郡)」とあるのは同系統の語であろう。吉田金彦氏によれば、新撰字鏡に「佷　違也、不測也、顔也、恨也、暴也。世女久、又伊加留、又加太久奈、又(加)万ゝ志」とある「伊加留」(方言では「いがる」〈叫ぶ、泣き叫ぶ〈中国四国〉、むつがる、だだをこねる〈淡路島、愛媛県松山〉〉)の語根を重ねた語で、発音はイガイガかとされている(「方言語彙と新撰字鏡の和訓」言語と文芸、昭和三十五年七月)。

四七　**やとのゝしる程に**　「や」は驚きの発語。〔参考〕「いかにあはれに悲しう心細く、誰かは、や(あ、これは)、ともいはむとすらむ」(浦〳〵の別)、「まだおどろい給はじな、いで御目さまし聞えむ、かゝる朝霧を知らでいぬるものかとて、入り給へば、や(あら、困ります)ともえ聞えず」(源氏、若紫)。

なお村上御記応和四年四月二十九日条に中宮崩御の事と、それに関する悲痛な御感慨が詳細に記されていて参考になるが、長文であるからここには省略する(東松本大鏡裏書参照)。

四八　**応和四年四月廿九日**　「廿四日、己巳、中宮産二皇女選子一。廿九日、甲戌、中宮藤原安子崩二于主殿寮一〈年三十八、皇太子母也〉産生之後有二此事一」(紀略、応和四年四月)。

四九　**薄鈍をぞ著たる**　「卅日、丙申、頭中将顕基来、伝レ勅語云、(注略)主上可レ著三給御心喪御衣二歟、(中略)余申云、(中略)但応和中宮崩時、御心喪月〈三ケ月〉、巻レ纓、令レ著二薄鈍色一給由、見二故殿彼年六月十九日御記一、是官奏御装束也、(中略)頭中将帰来云、執柄御返事云、承レ之、応和例、或書云、著三給懐(誤)色一者、今示三著薄鈍色由一、事已分明。(中略)余答云、邑上聖主中宮御心喪間、著三給鈍色一、此御服間二三月一也、御心喪月人々著二薄鈍色一給歟」(小右、万寿四年十二月)。

五〇　**木幡**　「中宇治　中后〈冷泉・円融母后、中后安子〉」(江次第、巻十一)。太政官符(治部省)に、「皇后山陵壱処　今上嫡女子皇后右大臣藤原朝臣師輔之女也、右山陵奉レ置二山城国宇治郡小栗栖郷木幡村一者、従二位行大納言源朝臣高明宣、奉レ勅、宜三依レ例下二知所司一者、省宜下承知依レ件行上レ之、符到奉行、左少弁紀朝臣、左少史井原、康保元年十二月四日」とある(政事要略、巻二十九)。

五一　**御服だになきを**　御幼少故喪服もお着にならないが、そうした感慨無量の御有様も、世間あたりまえの事と何等変ることなく過ぎて行く中にも、特に万事につけて仰々しくものものしい法事などの有様は特別である。七歳未満は喪服を着ないことは、『法曹至要抄』に「一、七歳以下人不レ著二服一事、仮寧令云、無服之殤、注云、生三月至二七歳一者、義解云、謂未レ成レ人死、曰レ殤也、案レ之七歳以下者無服之殤也、仍父母以下有レ服之等親、雖レ令二死去一不レ可レ有二服仮一矣」とある。ここの文脈、富本は「…御ありさまなり、のちの事もよのつねの事どもにて過ゆく中にも…」となっていて解し易い。

五二　**御法事六月十七日**　「辛酉、於二法性寺一、被レ修二前皇后卌九日法事一、不〔衍〕准二御斎会一、親王以下参向」(紀略、康保元年六月十七日)。

五三　**小弐命婦**　小右記、天元五年三月十二日条に「小弐・兵衛命婦等候レ之」とあると同人か。歌人。後撰・拾遺(別、恋四)・続後撰・天暦十年八月坊城右大臣師輔前栽合・天徳四年内裡歌合・村上天皇御集・九条右大臣集・朝忠卿集等に見える。拾遺、別に、命婦が豊前に下ったことがあるをもって、天暦元年の橘仲遠、天暦二年の藤原為輔、又は天徳四年以後豊前守となった何人かの妻か等と推定されている(『平安朝歌合大成』巻二)。しかし、なお研究の余地がある。

五四　**佐命婦**　介の命婦とも。天暦十年八月坊城右大臣師輔前栽合・天徳四年内裡歌合・康保三年内裡前栽合等に見える。系譜未詳。(『平安朝歌合大成』巻二・『栄華物語詳解補註』参照。)

五五　**登花殿にぞ御局したる**　大鏡、師輔伝・大鏡裏書・分脈等いずれも貞観殿尚侍としている。蜻蛉日記の作者は登子と親交があったらしいが、「貞観殿御方」と書いているから、やはり貞観殿をもって正しいとすべきであろう。富(甲本)も貞観殿としている。ただし、尚侍になったのは「安和二年十月十日、甲申、以二従五位上藤原登子一、為二尚侍一」(紀略)とあって、村上天皇崩御後のこととなる。従って、登子が村上天皇と恋仲になり、本書の登花殿を誤とし、貞観殿に住むのを認めたとしても、尚侍になったことはもっと後のこととしなければならない。また、村上天皇と登子の恋仲のことは、他の史料にみえない。

五六　**これは物語に作りて**　現存の多武峯少将物語とは内容が違うようである。本書によれば、高光は中宮安子の崩御をはかなんで出家した事になっているが、中宮の崩御は応和四年四月二十九日(紀略)であるから、高光出家後の事である。大鏡は師輔及び中宮死後の出家とし、多武峯少将物語では師輔の死によって発心したとしている。高光集の詞書には、「村上の御門かくれさせ給ひての頃、月を見て」とあり、拾遺、雑上の詞書には、「法師にならむと思ひ立ち侍りける頃、月を見侍りて」等とあるが、出家の動機についてはこれらの文献は明記していない。新勅撰、雑上に、

少将高光、横川に登りて出家し侍る時、衾を調じて賜はりける御歌、天暦中宮、

露じもの宵暁におくなれば床にや君がふすまなからむ

とあるのを参考しても、中宮の崩御が出家の動機となったというのは誤であろう。高光出家の由来するところは相当深いようであるが、直接の動機をなしたものは父師輔の死か。なお『多武峯略記』(建久八年閏六月静胤撰録、群書類従和歌部)に高光の略歴を次のように記している。

如覚禅師者、九条右大臣藤原師輔八男、母延喜帝皇女前斎宮雅子内親王也、如覚俗曰二従五位右少将藤原高光一、巧詠二和歌一、多入二撰集一、一旦悟二世虚偽一、応和元年十二月五日詣二叡山横川一、礼二増賀上人一、出家受戒、同二年八月登二多武峯一、修二常行三昧一(下略)。

五七　**皆方分ちて前栽植へさせ給ふ**　この前栽合の本文・成立・内容・史的評価等については『平安朝歌合大成』第二巻に詳しい。

康保三年閏八月十五日、丙子、朝干飯御座前両壺分レ方、有二前栽合一(紀略)。

康保三年八月十五日、被レ仰二絵所・作物所一、施二風流於御前両壺一、尽二精妙一、右大将〔藤原師尹〕、参議雅信朝臣以下参上、有二倭歌・絃歌興一、賜レ禄(西宮記〈臨時八、内教坊舞〉)。

康保三年閏八月十五日、作物所、画所相分って、殿の西の小庭に前栽をうへられけり。右大将藤原朝臣〔師尹〕、治部卿源朝臣〔雅信〕、朝成朝臣、中渡殿に候。侍臣等後涼殿の東のすのこにこうず。つぎに両所酒饌をもて男女房にたまふ。夜に入て侍臣唱歌し管絃を奏す。又高光、永頼に花の枝にゆひつくるところの和歌をとりてよませられけり。公卿侍臣に仰てうたを奉らせけり。右大〔中〕将延光朝臣ぞ題をば奉りける。十五夜翫二後庭秋花一とぞ侍ける。深更に及びて、侍臣和歌を奉る。保光朝臣をしてよませられけり。さらに又管絃の興ありて、そのゝち公卿に禄を給はせけり(古今著聞集、十九草木)。

五八　**あまた壇行はせ給ふ**　「御記云、康保四年五月十四日、始レ従二今日一、於二真言院・東寺・雲林院・蓮台寺・実相寺一、講二仁王経一、限二二十箇日一竟レ之、為二息災一也」(河海抄五)。

五九　**司召ありて**　「天平以後、毎レ有二大喪一、必置二装束司、山作司、養役夫司〈又曰二養民司一〉、治路〈又作二路司一〉、御前後次第司、長官次官各一人、主典各二人一」(大日本史、職官志)。

六〇　**女御も后に**　「九月四日、己丑、以二三品昌子一為二皇后一、故朱雀院皇女」(紀略、康保四年)。扶桑略記・本朝世紀・大鏡裏書も同じ。

六一　**小野宮のおとゞ太政大臣になり給ぬ**　「関白左大臣藤原実頼朝臣任二太政大臣一〈年六十八〉、同日、右大臣源朝臣高明任二左大臣一〈年五十四〉、同日、大納言藤原朝臣師尹任二右大臣一〈年四十八〉貞信公五男也」(略記、康保四年十二月十三日)。日本紀略・公卿補任も同じ。

六二　**中宮内に入らせ給へり**　中宮昌子内親王は、康保四年九月四日立后。本書によれば、懐子は翌安和元年女御となって入内、それがため昌子内親王は里邸へ退出。入内した懐子は懐妊三ケ月で、里邸へ退出された。冷泉帝は淋しく思われたので、再び里邸におられた昌子内親王が内裏へ入られたということになるが、懐子の女御となったのは、安和元年では

なく康保四年九月四日で、昌子内親王が中宮になられたのと同日のことである。それ故、昌子内親王が女御懐子の入内のために里邸へ退出ということは考えられない。又、懐子の里邸退出と入れ替りに昌子内親王が内裏に入るということも、明らかでない。

六三　**勧学院**　藤原氏出身の大学寮学生のための大学寮別曹。衆は学生。藤原氏に立后・任大臣等の慶事のある際、別当が学生を率いて氏の長者邸に参賀する。これを勧学院参賀または歩みという。

六四　**式部卿の宮の**　「壬子、今日第四為平親王自二禁中一出二北野一、有二子日之興一、中納言師氏以下多以陪従、供二鷹犬等一」(紀略、康保元年二月五日)。「佐忠私記云、応和四年正月五日、壬子、(中略)今日第四親王出二城北野一、有二子日之遊一」(西宮記〈八臨時行幸〉)。大鏡・大鏡裏書にも詳しい。
子日《ねのひ》は、正月の初子《はつね》の日に丘に登り、四方を望むと陰陽の静気を得て煩悩を除くというところから、野外に出て、小松を引き、若菜をつむ風習が、この日にあった。国史に見える起源は天平十五年(続日本紀)。しかし初めは朝廷で宴を行ったのみであったが、宇多天皇の寛平年間から、北野・雲林院・紫野などに野遊びに出るようになった。

六五　**みかどを傾け奉らんとおぼし構ふといふ事**　源高明が、為平親王を思うあまり、冷泉天皇の譲位を願ったという噂が世に拡がったというが、すぐその後に「いでやよにさるけしからぬ事あらじ」など世の人申し思ふほどに…」として否定している。これは、源高明を中心とする源家の勢力の高まるのを恐れた実頼を中心とする藤原氏の陰謀によって作られた風聞である。高明は娘が為平親王の室になっており、ここに為平親王が東宮ともなれば、源家の勢力が高まり、小野宮流が摂関となるということも不可能になる。それを恐れた実頼は、師尹とともに高明に無実の罪をきせて、配流の原因を作ったのである。これを安和の変という。詳しくは、山中裕「栄花物語・大鏡に現われた安和の変」(日本歴史昭和三十七年六月号)参照。

六六　**三月廿六日に**　「以二左大臣兼左近衛大将源高明一為二大宰員外帥一、(中略)左馬助源満仲、前武蔵介藤原善時等密告二中務少輔源連・橘繁延等謀反由一、仍右大臣以下諸卿忽以参入、被レ行二諸陣三寮警固々関等事一、令下二参議文範一遣中密告文於太政大臣職曹司上、諸門禁二出入一、検非違使捕二進繁延僧蓮茂等一、仍参議文範、保光〈両大弁也〉、於二左衛門府一勘二問之一、無レ所レ避、伏二其罪一、又検非違使源満季捕二進前相摸介藤原千晴男久頼及随兵等一禁獄、又召二内記一有二勅符木契等事一、禁中、騒動殆如二天慶之大乱一」(紀略、安和二年三月二十五日)。扶桑略記・百錬抄・公卿補任・大鏡も同じ。

六七　**安和二年八月十三日なり**　「冷泉院天皇逃レ位譲二於天皇一、于レ時新帝年十一、新主於二襲芳舎一受禅、(中略)又立二先帝第一皇子師貞親王一為二皇太子一〈年二〉、在二一条第一」(紀略、安和二年八月十三日)。大鏡・大鏡裏書・扶桑略記・一代要記にもある。

六八　**一月の御服とぞあらめ**　実頼・師尹は異母兄弟であるから、異父に准じて一月の服にかかる(→補二四)。しかし、大嘗会は安和二年ではなく、天禄元年に行われたのであるから、これも誤。

六九　**つごもりの追儺**　文武天皇の慶雲三年を起源とする、悪鬼を追いはらう行事。天皇南殿に出御、公卿参入、中務省に属する大舎人の長が方相氏《ほうそうし》となり、黄金の仮面をつけ、右手に戈、左手に楯を持ち、侲子(童子)を二十人つれて庭に参入。童子がふり鼓をもって、方相氏にしたがう。陰陽師が呪文を読む。方相氏は儺声と言って大声を発し、群臣とともに桃の弓を射て鬼を追いはらう。後には、方相氏の姿が恐しいために、鬼と誤解されて、長橋内で王卿が方相氏を射るということが始まった。

七〇　**道風**　醍醐・朱雀・村上三朝に歴事、康保三年卒、年七十一。藤原佐理・同行成と共に三蹟と称せられた(大日本史料、第一編之十一参照)。

七一　**右大臣には**　「天禄二年　右大臣正三位頼忠〈四十八〉十一月二日任、同日正三位、同八日左大将如レ元」(補任)。日本紀略にも詳しい。

七二　**天禄二年になりにけり**　日本紀略・扶桑略記ともに天皇の元服は天禄三年正月三日の事とする。「天禄二年になりにけり」とあるは、天禄三年とあるべきところ。

七三　**その御姫君**　「廿九日、甲寅、内大臣女藤原媓子入内」(紀略、天禄四年二月)。「四月七日為二女御一」(親信卿記)。

巻第二　花山たづぬる中納言

七四　**内に参らせ給ふ事なども絶えぬ**　「十日、摂政太政大臣依レ病上表辞職、廿三日、己酉、止二摂政一、余官如レ元」(紀略、天禄三年十月)。病のことは平記(親信卿記)に詳しい。

七五　**法花経を明暮読み奉り給て**　「右近衛少将藤原義孝、太政大臣贈正

一位謙徳公第四子也、深帰二仏法一、終断二葷腥一、勤王之間、誦二法華経一云々」(日本往生極楽記)。

七六 **桃その**　桃園は、二中歴に「一条大宮園池以東、並北、保光卿家、或抄云、師氏大納言之家」とみえる。又、保光が代明親王の御子であること及び行成が義孝と保光女を父母とすることは、尊卑分脈の醍醐源氏の系図、大鏡裏書等によっても明らかである。

七七 **修理大夫惟正**　文徳源氏、近院大臣能有の曾孫、右大弁相職の子。従三位参議右中将、修理大夫。母は源当年女。天元三年四月二十九日、五十二歳で没した(分脈)。蔵人頭源惟正、従四位下、東宮亮、天禄元年八月六日補、年四十三、同九月兼右中将、従四位上、同三年兼修理大夫(要記)。義孝と惟正との関係は未詳。

七八 **後の諡を謙徳公と聞ゆ**　「奏下故太政大臣薨之由上、詔贈二故太政大臣藤原朝臣正一位一、封二参河国一、諡曰二謙徳公一、食封資人、並同二平生一、又固二三関一」(紀略、天禄三年十一月十日)。

七九 **かくて摂政には…内大臣兼通の大臣なり給ぬ**　「以二権中納言藤原朝臣兼通一任二内大臣一」(紀略、天禄三年十一月二十七日)。「中納言藤原朝臣兼通、蒙二関白宣旨一、即日任二内大臣一、不レ経二大納言一、年四十八、右大臣師輔二男也云々」(略記、天禄三年十一月二十六日)。兼通は関白であって、摂政にはならない。摂政とするは、本書だけ。

八〇 **その年の七月一日**　「七月一日、壬子、詔以二皇后昌子内親王一為二皇太后一。以二女御藤原媓子一為二皇后一」(紀略、天延元年条)。

八一 **一品の宮**　資子内親王が一品の宮になったことは、日本紀略に「天禄三年三月二十五日、甲申、資子内親王於二昭陽舎一、有二藤花宴一、天皇臨御、宴訖、内親王叙二一品一」とある。

八二 **関白殿太政大臣に**　「詔以二内大臣従二位藤原朝臣兼通一為二太政大臣一、叙二正二位一。又聴下乗レ輦参上レ宮」(紀略、天延二年二月二十八日)。

八三 **同じ日うち続き**　天延二年九月十六日朝前少将挙賢が死し、後少将義孝は夕に死んだので(親信卿記)、時人は朝少将夕少将と称した(編年記)。なお大鏡、伊尹伝参照。

八四 **内も焼けぬれば**　「子剋、内裏有レ火。火出レ自二仁寿殿西面一、(中略)天皇出レ自二玄輝門一御二桂芳坊一。依二火気熾一、天皇遷二御職曹司一」(紀略、貞元元年五月十一日)。

八五 **今内裏といひて**　主として、摂関・太政大臣等の貴族の邸がこれに充てられる。この場合の兼通は、女媓子が円融院の后となっており、従って、円融院がここに遷御されることは、兼通にとっては自家の発展のためには好都合であった。このようにして今内裏に天皇の遷御がしばしば行われたことは摂関時代、いわゆる外戚の発展の一つのあらわれとなっているのである。「よにめでたうのゝしりたり」とは、兼通一家の発展を、世間がめでたく騒ぎたてたことを言うのであって、その外戚としての発展の第一歩がここに築かれたことがしのばれるところである。なおこの時堀河院を一年間仮皇居とし、里内裏の称がここに始まった。

八六 **もとの親王になし奉らせ給ひつ**　「左大臣源兼明被レ停二大臣職一改為二親王一、叙二一品一、任二中務卿一、年六十二」(略記、貞元二年四月二十四日)。「貞元二年四月廿四日、甲寅、任大臣宣命、右大臣藤原朝臣頼忠為二左大臣一、叙二正二位一。大納言源朝臣雅信為二右大臣一」(紀略、貞元二年四月二十四日)。

八七 **左大臣には小野宮の頼忠の大臣**　前項(補注八六)参照。この叙位と堀河院への行幸とを、本書は三月にしたため、他の記録と月日が前後する。

八八 **貞元二年十月十一日**　「戊辰、早旦太政大臣自二桂芳坊一参二御在所一。巳刻還二著同坊一午時左大臣頼忠参入、次権中納言藤原済時参入著二桂芳坊一。(中略)於二桂芳坊一有二除目一。右近大将藤原兼家任二治部卿一」(紀略、貞元二年十月十一日)。「貞元二年大納言正三位藤原兼家右大将按察使、十一月十一日坐レ事停二右大将一、遷二治部卿一」(補任)。

八九 **十月二日除目ありて**　「天皇出二御南殿一任二大臣一。太政大臣頼忠・左大臣雅信・右大臣兼家・大中納言同被レ任。太政大臣右大臣家有二饗禄一」(紀略、天元元年十月二日)。

九〇 **大とのゝ姫君をこそまづとおぼしつれど**　頼忠の女遵子は天元元年四月十日入内(紀略)。兼家の女詮子は、同八月十七日入内(紀略)であるから、遵子に先立って詮子の入内が書かれているのは本書だけである。七九頁注二〇参照。そこの部分の記事によれば、遵子の入内を天元二年冬としており、先に入っている詮子に比較して、遵子はやゝ劣るように書いている。遵子の入内を天元二年冬としたことにより、すべて他書と異なる記事が多くなってくる。あるいは、本書は詮子を重んじたため、そのような書き方をしたのかもしれない。

九一 **御はらからの君達**　兼家は右大臣に任ぜられ、姉詮子は女御に参っているにつけ、世を憚ることもなく、人にまじわるの意。

九二 **相撲** 起源は垂仁天皇の七年七月七日野見宿禰と当麻蹶速(けはや)が力を争った時という。七月七日に行うのを恒例としていたが、平城天皇の国忌を避けて、一時七月十六日に改められ、陽成天皇の頃から二十五日となり、以後ずっと二十五日が恒例となったが、平安中期には、大の月は七月二十八、九日、小の月は二十七、八両日におこなわれるのが恒例となった。

九三 **又ことし内裏焼けぬ** 「賀茂臨時祭。奏二宣命一之間、従二主殿寮人等候所一火焔忽起。天皇御二中院一、女御遵子移二左近府少将曹司一。一品資子内親王移二縫殿寮一。前斎院尊子移二本家一。此間諸殿舎皆悉焼亡。所レ残采女町、御書所、桂芳坊等也。戌時天皇移二職曹司一」(紀略、天元三年十一月二十二日)。これより先、貞元元年五月内裏焼亡し、同二年新造内裏に遷幸。ここに三年後再び焼亡したのを、「ことし云々」という。

九四 **みかど閑院にわたらせ給** 「天元四年七月七日、壬寅、天皇遷二御四条後院一、太政大臣四条坊門大宮第也。九月十三日天皇従二後院一遷二御職曹司一十月廿七日、辛卯、天皇遷二御新造内裏一」(紀略)とあって、閑院に遷幸はみえない。

九五 **しそしておぼすべかめれど** 「そす」は動詞の下に付け、その動作を度を過してする、物事を果す意等に用いる。〔参考〕「われらがしいでたるこそめでたけれと、心をやりてしたり顔にしそしたり」(御裳着)。

九六 **後〱の御事ども** 超子の崩御のことは小右記に簡単にみえるが、その詳しいさまは栄花物語独得の記事で、他の書に見えない。

九七 **女御どのとわかみやとはほかに渡し奉らせ給て** 小右記のこの日の条に「梅壺今夜退出」とあることによって、梅壺(東三条院詮子)はこのとき内裏におられたことが明らかである。

九八 **この殿は上もおはせねば** 小右記目録に「天元三年正月十五日依二母氏〔時姫〕薨一、女御〔藤原詮子〕御退出事」とあることは、御堂関白記に度々みえる正月廿一日の忌日の誤であると考えられる。御堂関白記には、二つの忌日、即ち父母(兼家と時姫)の忌日が書かれており、このうち正月二十一日は道長の母の忌日としている。なお日本紀略に「天元三年三月九日、壬午、右大臣於二法性寺一、修二室家七々法事一」とあることによっても、時姫の忌日は正月二十一日であることが明らかである。『国民生活史』(生活と道徳習俗)の「忌日考」(桃裕行氏)に詳しい。

なお、兼家の今までの通いつづけた女は、時姫、藤原道綱の母、町の小路の女、源兼忠女、近江、保子内親王等である。そのうち、正妻と見られるのは時姫で、道綱の母がこれに次ぐ扱いを受けている。このときは時姫の死後まもなくである。

九九 **少輔の乳母・民部の乳母・衛門の乳母** 少輔の乳母 実方朝臣集に「女院〔東三条詮子〕の御乳母子の少輔の内侍」、皇太后詮子瞿麦合に「左頭、少輔内侍、山の井の中将大千代…」とある少輔の内侍と同人かとも、また富(乙本)に「少将のめのと」となっているに拠って、小右記(天元五年三月十一日)「〔遵子立后〕少将乳母〈良峯美子〉」とある良峯美子かという岩野氏説もあるが、なお未詳。

民部の乳母 御産部類記、天暦四年五月二十五日条に「民部大輔橘好古朝臣息女為二副乳母一、元是奉レ仕故殿〔忠平〕一者也」(大日本古記録九暦、一八七頁収録)とあり、また同書、天暦四年八月五日条に「〔東宮憲平親王御百日〕乳母橘等子〈民部〉為二陪膳一」(九暦、二〇六頁)とある民部大輔橘好古女等子かという(岩野氏説)。

衛門の乳母 拾遺、別に見える右衛門(源兼澄女)かという(岩野氏説)。

一〇〇 **我一の人にておはしませば** ただし小右記、永観二年十月二十九日に「大納言女〔為光女忯子〕去夜徒歩参入云々」、十二月五日条に「将軍女〔朝光女姫子〕着裳之後、今夜入内、以二麗景殿一為二曹司一」等とある。「永観二年十月十八日、甲午、大納言藤原朝臣為光卿女忯子入二掖庭一」(紀略)、「永観二年十二月五日、庚辰、大納言朝光卿第一女子姚〔姫〕子初参内。以二麗景殿一為二休所一」(紀略)とあり、小右記の例と併せ考えて、諟子の入内より先に既に忯子、姫子が入内していることとなる。しかし、栄花物語は、諟子入内の十二月を十月と誤っているのであるから、本書の書きぶりの上では、諟子が最初に入内したこととなっている。また、小右記、十二月二十五日の条に「伝聞、今日被レ下二女御二人宣旨一、承香殿〔諟子〕・麗景殿〔姫子〕等也」とある。

一〇一 **(式部卿の宮の姫君)急ぎたち参らせ給ふ** 「五日、甲辰、式部卿為平親王息女婉子入二掖庭一、為二女御一」(紀略、寛和元年十二月)。

一〇二 **朝光の大将のひめ君**

底本傍書 姫子

東松本大鏡傍書 姫子(要記、十三代要略も同じ)

同 裏書 姫子(姚イ)(系図51) 姫子(系図45)

尊卑分脈　姫子
日本紀略　姚子
姫・は人名、姓。姫《シン》は慎也、つつしむ、姫《キ》は姓。又、貴人のむすめ、ひめ。姚《エウ》はみめよい。「エウ」の音は窕に同じ、軽也、かるがるしい。姫・姫・姫は相通じて用いたものとして、姫に統一する。
姫子は永観二年十二月五日入内(補注一〇〇参照)。女御となったのは同二十五日。本書では頼忠の娘諟子が最初の入内、つづいて婉子・姫子・忯子の順になっているが、実際は忯子・姫子・諟子・婉子の順で入内している。

一〇三　**男君達二人**　底本勘物も朝経・登朝の二人を挙げているだけであるが、大鏡、兼通伝(東松本)には「おとこぎみ三人」とあり、その傍書に、朝経・登朝・相経を挙げているが、本文にも「その御一腹のおとゝ君三所、太郎君は、いまの藤中納言朝経の卿におはすめり。人にをもくおもはれ給へるめり。次郎・三郎君は、馬頭〔登朝〕・少将〔相経〕などにてみな出家しつゝうせ給にき。この馬入道の御男子なり、いまの右京大夫〔師経〕」とある。尊卑分脈は、朝光の男子五名を挙げているが、母を重明親王女とするのは、朝経・相任・登朝の三名で、相中・相経は共に母の下の名は書かれていない。

一〇四　**元三日**　「〔元三ハ、三始(サンシ)ト同義、年、月、日ノ元(ハジメ)ノ義、名目抄、元三(グワンザン)、後生以三三ノ字一可レ令レ清(スマ)歟、故注レ之〕(一)元日(グワンニチ)ノ異名。略シテ、元三。三始(サンシ)。一月一日。…(二)又、正月初ノ三箇日(サンガニチ)。…」(大言海)。「元三日〈年の始、月の始、日の始は正月朔也、謂二之元三日一也〉」(運歩色葉集)。「朝廷ノ年始ノ祝ニハ三ケ日ノ間朝夕ノ御祝アリ」(古事類苑、歳時部)。上のように正月元日という説と、正月三カ日という説と両説ある。

一〇五　**世の例にもしつべし**　大鏡、兼通伝にも「〔姫子は〕花山院の御時参らせ給ひて、一月ばかりいみじう時めかせ給しを、いかにしけることにかありけん、まうのぼり給ふ事もとゞまり、みかども渡らせ給こと絶えて、御文だにみえきこえずなりにしかば、一二月候ひわびてこそは、出でさせ給にしか。またさあさましかりしことやはありし。御かたちなどの世の常ならずおかしげにて、おぼしなげくも、見奉り給ふ父大納言・御せうとの君達、いかゞはおぼしけん」と、全く同じような記述がある。

一〇六　**なにをかきみ**　朝光卿集にも「なにをかきみ」とある。朝光の男登朝の童名であろうか。為親本・小杉本(史籍集覧本に校合)に「なりともきみ」とあるのはこれに依るか。富「なるをかきみ」。

一〇七　**母もおはせぬ姫君**　この姫君は忯子。底本勘物・傍書、東松本大鏡傍書・同裏書等いずれも「忯子」と表記しているが、忯《テイ/タイ》は悶也、もだえる、忯・は敬也、愛也、和適也、つつしむ、いつくしむ、やわらぎかなう等の意。忯が正しいものと思われる。

一〇八　**みかどの御をぢ義懐中納言**　義懐は、花山天皇の御母懐子(冷泉院女御)の兄であるから伯父にあたる。寛和元年十二月二十七日任権中納言、二十九歳。「一条摂政殿〔伊尹〕の御男子、花山院の御時、みかどの御舅にて、義懐の中納言と聞えし…その御時はいみじう華やぎ給ひしに…その中納言、文盲にこそおはせしかど、御心だましひいとかしこく、有識におはしまして、花山院の御時のまつりごとは、たゞこの殿と惟成の弁として行ひ給ひければ、いといみじかりしぞかし」(大鏡、伊尹伝)。ここ永観二年のことを記す中に、寛和元年の官職で義懐中納言とよんでいるのは誤。

一〇九　**妊ませ給て**　「午時許弘徽殿女御卒云々〈藤大納言為光朝臣女〉、此女御懐仁〔妊〕及二七箇月一云々」(小右、寛和元年七月十八日)、「十八日、辛酉、未剋、女御藤原忯子卒、大納言為光卿女也、懐孕之間、日来病悩、天下哀レ之、件喪家、前播磨守藤原共政室町西・春日北宅」(紀略)。

一一〇　**御仏経の急ぎにつけても**　日本紀略、寛和元年閏八月二日条に「大納言為光卿為二故女御一於二法性寺一修二法事一、遣二右近少将源惟賢一、被レ修二諷誦一」とあり、また本朝文粋(巻十四)に「為二大納言藤原卿息女女御四十九日一願文〔慶保胤作〕」の中に「及二于忌辰一、奉レ図二絵法華曼荼羅一幀一、奉レ書二写金字妙法蓮華経一部八巻、開結阿弥陀般若心経等各一巻一、便於二法性寺一、敬以奉二供養一」とある。

一一一　**御涙乾るまなし**　寛和元年八月十日内裏歌合(『平安朝歌合大成』巻二)の花山院御製、

秋の夜の月に心はあくがれて雲居に物を思ふころかな
荻の葉における白露珠かとて袖につゝめどとまらざりけり
秋来れば虫もやものを思ふらむ声も惜しまず音をも鳴くかな

や、新千載集(哀傷)所載の御製、

弘徽殿の女御かくれ侍りにける秋、雁の鳴くを聞かせ給ひて、
なべて世の人より物を思へばや雁の涙の袖につゆけき

等は、いずれも院の、弘徽殿女御の死を悼む悲傷の情から発したものと見られると、今井源衛氏はいわれている(「花山院研究」九州大学文学研究57・58輯)。

一二　**正月より心のどかならず**　世の中が落着かない様子で、怪しく神仏のお告げなどが度々起り、帝も御謹慎に過される日が多い。源氏、薄雲(薄雲女院崩御のところ)に、「その年、おほかた世の中騒しくて、おほやけざまに物のさとし繁く、のどかならで」などとあるのと同趣の表現であるが、史実を検しても、寛和二年春には怪異の記録が多い。

今日官正庁戸内虹見、有レ占(紀略、二月十六日条)

今日未点㤿立、官正庁東第二間庇内有レ虵也、天文博士正五位下安倍朝臣晴明占云、非二盗兵事一、就二官事一有二遠行者一歟、期㤿日以後卅日内、及来四月七月明年四月節中並庚辛日也(本朝世紀、同日条)

今日未二剋、鵠入二正庁母屋内一、集二右大臣倚子前机前一、指レ西歩行、飛ニ去従二同屋第二戸一(同、二月二十七日条)

申時鳴二宜陽殿一(同、三月十九日条)

一三　**世の中の人いみじく道心起して**　「寛和二年正月十三日、一品資子内親王落餝為レ尼」(紀略、寛和二年正月)、「三月十四日、従三位藤原暁子於二浄土寺一為レ尼」(以上、紀略)、「三月廿一日、左馬寮権頭助藤原邦明於二石蔵寺一出家」(世紀)、「三月廿五日、大納言朝光男侍従藤原相中於二天台山一出家」「四月二十二日大内記慶滋保胤出家」「四月二十八日、四品盛明親王出家」(以上、紀略)等、一、二カ月の間にこのように多数の出家者のあるのは珍しく、このような事を指していったのであろう。底本勘物にも同趣の事を引いている。

一四　**花山**　京都市東山区山科字北花山の元慶寺。花山にあったから別名花山寺とも称するものと思われる。陽成天皇御誕生の時、僧正遍昭が発願草創したこと、自後堂宇が次第に整ったこと、天皇の勅により定額寺とされたこと等が、扶桑略記、元慶元年十二月九日条に見える。山城名勝志、巻十七に、「元慶寺　今北花山村、従レ道北小堂残れり、号二元慶寺一、本尊薬師仏、遍昭僧正像等見在、古地海道北山際、有下呼二寺内一田上、至二于今一所々残二礎石一、土人云、此村氏社六所明神、元慶寺鎮守云々」とあり、拾芥抄に二十一寺の中に入れているが、応仁の乱に烏有に帰し、今日は僅にその名を残すのみである。現在の本堂は、安永八年妙法院門跡教仁親王が建てたものという。華頂山と号し、天台宗の寺で、遍昭作と称する本尊薬師如来を安置する。

一五　**厳久阿闍梨**　底本勘物参照。僧綱補任、長徳元年十月二十七日条に五十二歳とあり、天慶九年出生となる。寛和二年に四十三歳。小右記・権記・本朝世紀等によれば、東三条女院の愛顧を受けたことが知られ、兼家・道兼・詮子(一条天皇御母)の線を考えれば、詳解に「(厳久が)兼家の委託によりて、御門をそゝのかし奉りしにはあらじか」というとおりであろう。新儀式に「阿闍梨　天台十二人、元慶寺三人、法性寺四人、法琳寺一人」とあり、百錬抄(寛和二年六月条)に「廿二日、夜天皇偸二出宮中一、向二華山寺一出家(年十九、法名入覚)、僧厳久、蔵人左少弁道兼扈従(下略)」とある。なお大鏡(花山天皇条)参照。

一六　**妻子珍宝及王位**　大方等大集経(第十四虚空蔵菩薩所問品)の句、「妻子珍宝及王位、臨二命終時一無二随者一、唯戒及施不放逸、今世後世為二伴侶一」(大正新脩大蔵経、第十三巻一〇九頁)、妻子も珍宝も王位も、命終の時に臨んでは、一として随い来るものはない。ただ受戒と布施と不放逸の功徳は、現世も来世も伴侶となって身につき随うの意。古今著聞集(巻十三、哀傷)に、「法住寺相国の御女弘徽殿の女御とてさぶらはせ給けるが、限りなく御志深かりけるに、をくれさせ給ひて御嘆き浅からず、世の中心細くおぼし乱れたりける頃、粟田関白いまだ殿上人にて、蔵人弁と申しけるが、扇に、妻子珍宝及王位、臨命終時不随者と云ふ文を書きてもたれたりけるを御覧ぜられけるよりこそ、いとど御心起りにけれ」という話を伝えている(十訓抄、第六も同じ)。なお源豊宗氏によれば、今日すでにその跡は消えているが、平等院鳳凰堂の仏後壁画に書かれていた色紙形の題銘は、大集経のこの句であったであろう、それは阿弥陀如来が王位を捨てて、世自在王仏の許に出家したという画図の讃として適切なのみか、花山院が御口癖にせられたこの句は、また藤原時代貴族の多くにもあてはまる言葉で、頼通が宇治の別業を仏閣としたことも、臨命終時不随者の思いに駆られての一仏事であったと考えられるからであるといわれている(仏教美術、一八号)。

一七　**惟成の弁**　「惟成」は後文に「これしけ」と仮名書きになっており、東松本大鏡にも「コレシケ」と振仮名があるので、その訓は明らかである。大鏡裏書「正五位上権左中弁藤原惟成事」に、「左少弁雅材一男、母摂津守中正朝臣女」とあり、藤原魚名の子孫。花山院の東宮時代からの寵臣。弁は太政官の役人。左右に分れ、各大中少があり、定員六名(後、中少弁の間に権官一を設け、七名となる)。諸官省・諸国から申し出る庶務を弁理し、宣旨・官符・官牒を書き、太政官内の文書を掌る役。

一二八 **俄に失せさせ給ぬ**　「寛和二年六月廿三日、庚申、今暁夜丑刻許、天皇密々出二清涼殿一。忽以二縫殿陣有一レ車、左少弁藤原朝臣道兼与竊相共同車、御二東山花山寺一出家入道」(本朝世紀)。「六月廿二日、己未、夜半、天皇生年十九、出二鳳闕宮一、向二花山寺一、落飾入道。法号入覚。蔵人左少弁藤原道兼、僧厳久、二人陪従出二縫殿陣一、参二元慶寺一。即時、令下左近少将藤原道綱持二神璽宝剣一献中東宮御在所凝華舎上、件三人外他人不二敢知一レ之。禁省事秘故也。即夜、右大臣藤原兼家参二入内裡一令レ固二禁門一。中納言義懐幷左中弁惟成追参二華山一。同以出家。惟成法名寂空」(略記)。

一二九 **あやしの衛士・仕丁**　衛士は全国から徴発された兵士の中から選抜して、衛門府・衛士府に配当され、三年交替で奉仕したが、後世軍団の制が廃れた。左右衛士各四人があり、公事の雑役や、神社奉幣時に、幣を持ったり神馬を曳いたりし、また庭火を焚き、御殿の清掃等に従事した者をいう。仕丁は、主殿寮に属し、禁中を掃除し、あるいは庭火を焚く事を役とする者。

一三〇 **関〳〵固めのゝしる**　関は軍防令に、「三関者、謂二伊勢鈴鹿・美濃不破・越前愛発等一是也」とあり、後世愛発を除き逢坂関を加えたが、桓武天皇が三関を廃された後も、関守だけは残され、天下に非常の事がある時(天皇の受禅・践祚・即位、天皇皇后崩御、皇族重臣の薨去の場合等)は、名目鈔に「固関(コゲ)〈有二天下吉凶之事一之時、固二三関〈会坂・不破・鈴鹿〉一之〉」とあるとおり、固関の事が行われ、固関使を遣わされた。この固関の事は、古事談に、「右大臣〈法興院殿〉〈兼家〉参二春宮一、固二諸陣一、禁二出入一」とあるように、必ず近衛府の宮城警固を伴っていた。本文の場合はこれらの事を籠めていっているのであろう。

一三一 **守宮神・賢所**　この両者は同一の神であるとする説もあり、たとえば安斎随筆(巻十四)には、「按、守宮神は、みやもりの神とよむべし、賢所をさして云なるべし、たゞに賢所といひてあるべきを、守宮神賢所とつゞけていひたるは、その時宮中を尋ねさがし奉る時なれば、守宮神の三字を賢所の上にかゞふらせしならん。賢所は、広く天下を守り給ふなれば、宮中におはしますからに、宮中を守り給はん事は、いふにや及ぶ、守宮神と賢所を二つになすはよろしからぬ歟」というのがそれである。詳解においてはこの説を紹介した後に、「又按ずるに、守宮神を賢所とならべあげたるは、いとあやしきこゝちすれば、或は、榊原本に、すべ神とあるぞ正しくて、皇祖神を祭れる賢所の御前にての意にはあらじか。さるは、すべのべを縦ざまにかきあやまりて、すく神とよめるを、たま〳〵守宮神といふがあるをもて、其神の事としたるならむか。なほ後の考を俟つになむ」として、守宮神と賢所とを別にすることに、幾分疑をもっているようであるが、これはやはりこのまま別々に見てさしつかえあるまい。ことに、すべ神の誤かというのは、富(乙本)も「すへ神」となってはいるが、文字の上からも、意味の上からも不自然と考えられる。佐野久成の標註では、「安斎漫録には、賢所は全国を守る神なる故に、禁中を守る勿論なれば守宮神と云しとの説なれど、此説もうけ難き事あり。久米氏本頭書に、守宮神は禍を告る神にて、此頃は賢所の傍に祭られしと云り、此説極めて古説と聞えたり。仍て案ふに、続古事談に典薬頭雅忠の家の焼んとする廿日程前に、守宮神の告給ひし事あり、禍を告ると云るに大方合たれば、此説の如くなるべし。爰はか様の禍を告げざるをうらみて云と聞えたり」といっているが、穏当な説であろう。

一三二 **あからめせさせ給へるぞや**　「あからめ」は「あからさま」(にわか、たちまちの意)から出た語で、ふと目を外へ移すこと、よそみする等の意味。今昔物語集の「白地目(アカダメ)ヲ仕リ」(巻二十七の十二)、「白地目モセズ守レバ」(巻二十七の三十一)等はこの用法であるが、ここでは俄に見失う意に用いている。

一三三 **目もつゞらかなる**　新撰字鏡に「盱〈憂也、張目之皃、目豆々良加尓須〉」とあり、日本霊異記の訓釈にも「漂青〈ツヽ良可尓〉」とある。意味は小泉道氏が「黒目が定まらずきょろきょろと驚き見張る意」(「真福寺本霊異記訓釈考証」訓点語と訓点資料第十二輯所収)とされたのがよい。

一三四 **いかで花山まで**　大鏡花山天皇条・大鏡短観抄等によると、花山院は藤壺の上の御局の小戸(沙石集は貞観殿の高妻戸)―偉鑒門―一条通―大宮通―土御門通―晴明が家の前(土御門・町口)―賀茂川堤という道筋をとって花山寺に到着されたことになる。京を離れてからが分明でないが、粟田口から山科へ抜けたか、または渋谷越(小松谷から清閑路を経て北花山に出る旧東海道)をされたかであろう。ただし古事談によれば、「厳久候二御車側一、厳久車也、道兼騎馬」とあり、車を用いられた。詳解にこの部分を解して「花山までの道を、いかにして知り給ひけむ。

案内者なくては、えおはしまさじと、わざと疑をいれて、暗に、粟田の道兼、其父兼家と謀をあはせて、そゝのかし出し奉れるよしを、下にこめたるなり。そは、大鏡、愚管抄、十訓抄、著聞集などに見えたり」と注しているが、作者はそこまで意を用いて書いているとは思われない。

花山院出家事件は、百錬抄に、「僧厳久、蔵人左少弁道兼扈従、以二左少将道綱一献二剣璽於東宮一、道兼之謀也、権中納言義懐・左中弁惟成、追参二華山寺一、同以出家」とあり、大鏡、花山天皇条・同、道兼伝・古事談等によれば、東宮懐仁《やすひと》親王を擁立する右大臣兼家の指令によって道兼が院を「すかしおろし奉」ったことは明らかである。即ち、兼家の女詮子は円融院の后で、東宮懐仁親王(一条天皇)の御母であり、兼家は一日も早く東宮の御即位を望んだところからの陰謀である。大鏡は、院が宮中を出られる刹那の劇的場面をはじめ、花山寺に到る道中、道兼の背徳行為等を活写して、陰謀をあばいているのであるが、本書はこのような裏面にわたる事に対しては往々にして筆を尽くさず、「あさましうかなしうあはれにゆゝしくなん」というように感傷的な表現で終っている場合が多い。これは主として作者の主情的、表面的にとどまる性格によるものと思われ、必ずしも道兼等の陰謀を隠蔽しようとしての省筆や曲筆とは思われない。大鏡(師尹伝)において、小一条院東宮御退位事件を述べた件りで、最初の世継翁の発言に見られるような裏面にまで及ばない態度が概して本書の作者の態度に近いものであり、作り物語的な感傷場面を設定する余り、史実を無視することはあるが、少なくとも作者の態度としては、世間の噂どおりを書きつけるところにあり、原因を追及するところまでは目を向けないという表面的なものが根本となっているということはいえるであろう。

一三五 **東宮位につかせ給ぬ** 「六月二十三日、花山天皇偸二出禁中一。奉二剣璽於新皇一〈年七〉、外祖右大臣〈兼家〉参入、令下固二禁内一警備上、(中略)七月十六日、壬午、冷泉院第二居貞親王於二外祖摂政南院第一加二元服一〈年十一〉。今日立二親王一為二皇太子一」(紀略、寛和二年)。「廿二日、庚申、生年七歳、受禅、同廿三日、辛酉、有二太子授位宣命一、同日太政大臣頼忠被レ罷二関白一蟄居、年六十三」(略記、寛和二年六月)。

一三六 **三界の火宅** 法華経譬喩品第三に「三界無安、猶如火宅」とあるにより、略して三界の火宅ともいう。三界は、迷いの世界たる地獄・餓鬼・畜生・阿修羅・人間・天上の六道を分って、欲界・色界・無色界の三段階とし、これを通称して三界といい、迷いの世界の意に用いる。火宅は火に包まれた家で、不安な現世に譬える。沙石集(広本、巻十)花山院御出家の条では、覚鑁上人のことばとして、「三界無安、猶如火宅、王宮モ猶、火宅ノ中ナリ、常有生老病死憂患、玉体モ又無常ノ形ナリ」と申されたとしている。

一三七 **四衢道のなかの露地** 諦は実を審かにすることで、四諦は一切の世事を観察して、仏道修行に資するための見方、四の真相・真理の意。事物の真相は苦であり、苦の生じるのは渇愛(愛着)があるためで、渇愛は苦の原因即ち苦集である。故に渇愛が滅すれば、一切の苦楽が滅し人生の苦を免れる。この滅に至るのが道である。要するに、苦集は世の中の真相であり、滅道に修行の理想を説いたものと見られる。本文の意味は、悟りの道を開く仏道修行の世界に足をふみ入れなさったであろうがの意。その御足の裏にはといって、下文に続く。以上は法華経譬喩品における火宅の喩の箇所「爾時諸子、聞二父所説、珍玩之物一、適二其願一故、心各勇鋭、互相推排、競共馳走、争出二火宅一、是時長者、見下諸子等、安穏得レ出、皆於二四衢道中、露地一御坐、无二礙障一、其心泰然上、歓喜踊躍」(大正新脩大蔵経、第九巻一二頁)とあるによったもの。

一三八 **御足の裏には千輻輪の文おはしまして** 千輻輪の文は仏三十二相の一、仏の足の底にある網形の紋で、多くの輻輪の形をしており、一切を駕御する法王の相を表わすもの。蓮も同じく、仏の足の裏にある模様。「おほむ足」は、大御足、「大御」は美称。仏説観仏三昧海経(観四威儀品)に「仏挙足時、足下千輻輪相、一一輪相、皆雨八万四千衆宝蓮華」(大正新脩大蔵経、第十五巻六七五頁)とあるものなどによって書いたものであろう。

一三九 **上品上生** 極楽世界における最上級の蓮華座。極楽往生には九品即ち九階級がある。まず上品・中品・下品の三等に分れ、各品ごとに更に上生・中生・下生の三等に分たれ、現世における行業の優劣によって往生する階級を異にする。

一四〇 **飯室** 比叡山横川六渓の一、別所谷のこと。大日本地名辞書に「安楽律院、不動堂、慈忍堂以下数字あり」とあるが、現在は不動堂一字を残すだけ。義懐が飯室に住んだことは、さまぐ\のよろこびの巻にも見える。

一四一 **あさましき事どもつぎぐ\の巻にあるべし** 新訳に「花山院に就いてこれぎり書くことが無いならどんなに好からう、いろいろなことを遊ばしたので、これからのことは書くに忍びない気がする」といっているが、必ずしも花山院に関することだけについていっているのではなく、めでたい事、かなしい事併せて、甚だしく耳目を驚かすような数々の出来事が、次々の巻に述べられるであろうの意に解する。「つぎ／＼の巻にあるべし」は、物語における一種の常套的表現で、落窪物語巻一の終りに「二の巻にぞこと／＼もあべかめる」、堤中納言物語（虫めづる姫君）の終りに、「二の巻にあるべし」等とある。

巻第三　さまぐ〵のよろこび

一三二　**六月廿三日に摂政宣旨かぶらせ給**　「花山天皇偸二出禁中一、奉二剣璽於新皇一〈年七〉、外祖右大臣〈兼家〉参入、令下固二禁内一警備上、翌日行二先帝譲位之礼一、右大臣藤原朝臣摂二行万機一、如二忠仁公故事一」（紀略、寛和二年六月二十三日）。「一条天皇〈諱懐仁〉廿五年。円融院第一子、母東三条院、太政太臣兼家女、寛和二年六月廿三日践祚〈七歳〉。以二右大臣兼家一為二摂政一」（百錬）。「摂政正二位藤兼家〈五十八〉、六月廿三日外孫皇太子践祚、廿四日摂政、同日為二氏長者一、廿八日賜二随身内舎人二人、左右近衛府生各一人、番長二人、近衛各四人一」（補任）。

一三三　**准三宮にて…御随身仕うまつる**　「（六月廿八日、乙丑）勅賜二摂政右大臣内舎人二人、左右近衛各四人一、為二随身一」（紀略、寛和二年）。「摂政従一位藤兼家、八月廿五日、勅准二三宮一、賜二年官年爵一、并賜二左右近衛各二人一」（補任）。

一三四　**梅つぼの女御后にたゝせ給**　「五日、辛未、詔以二皇太后宮一為二太皇太后一、以二母儀女御藤原詮子一為二皇太后一」（紀略、寛和二年七月）。

一三五　**中納言になり給ひて**

道隆　寛和二年七月五日任権中納言〈元三位中将〉右中将如レ元。同日皇太后宮大夫。

道兼　寛和二年六月廿三日蔵人頭〈譲位日〉。七月廿日任参議。元蔵人頭右中将。中将如レ元。（補任）。

一三六　**三郎君は**　道長は兼家の五男であるが、ここは詮子と同腹（母は摂津守藤原中正女）の兄弟のみを数えたのであろう。下文には「五郎君」とある。底本勘物にも「今年寛和二年也、未叙三位、官不歴中将、如何」とあり、道長の参議に任ぜられたのは翌三年九月二十日のこと。この年二十一歳。また、中将にもなったことはない。

一三七　**東宮には**　「九条殿の…やがて一つはらからの内侍のすけ違になりて」は、藤典侍の出身を説明した插入文。東宮には、九条殿（師輔）の御女といわれた方で、先帝（冷泉）が東宮でおられた時、御息所（忯子）でおられた方と同母妹（忯子の母は正一位盛子）の藤典侍という人が、橘典侍と相並ぶ典侍になって、尊いお取扱いを受けてお仕えしておられたの意。また「権大納言といひける人の御女なるべし」は、橘典侍の説明。

藤典侍は、師輔女。繁子。道兼の妾となり尊子を生んだ。居貞親王が東宮になられた時典侍となり、皇太后詮子にも仕えた。後に一条天皇の御乳母となり、藤三位と呼ばれた。寛弘八年八月二日出家（権記、寛弘八年八月二日条「藤原繁子朝臣〈前典侍従三位也、世号二藤三位一、出家為二比丘一、住二好明寺一〉」）。

橘典侍は、名は清子。大納言橘好古女という説があるが、なお研究を要する（岩野祐吉氏「橘典侍考」国語と国文学、昭和三十年二月）。藤典侍と同じく居貞親王が東宮になられた時典侍となった。御堂関白記の傍注においても、本文の橘徳子を橘清子に改めている箇所がある（大日本古記録御堂関白記、中巻一一八頁）。

一三八　**内侍のかみになし奉り給て**　「尚侍正二位藤綏子、摂政兼家三女、母故皇太后宮権大夫従三位国章女也。永延元年九月廿六日初入二東宮一」（要記）とあって、綏子が尚侍となったのは一年後のこと。

一三九　**宮の御匣殿**　なお道隆の四女で敦康親王の母代となり、一条天皇の御匣殿となっている人がある。初花の巻に一条天皇の皇子を生んで薨去（権記、長保四年六月三日）となっているが、あるいはこの御匣殿と同人かもしれない。ここでは三条天皇東宮時代の御匣殿ということになっているが、本書ではここ一箇所のみで他には見えず、また系図その他にもこの御匣殿は明らかでない。

一四〇　**国ぐ〵治めたりけるが**　成忠が諸国の受領に歴任したことは明らかでない。ただ、大鏡、道隆伝に「大和守高階成忠」とあって、大和守を経たことは明らかである。

一四一　**女なれど**　「それ（高内侍）はまことしき文者にて、御前の作文には文奉られしはとよ。少ゝの男には勝りてこそ聞え侍しか」（大鏡、道隆伝）。高内侍とは、高階家であるためにいう。また、真名は、男手、すなわち万葉仮名の楷・行書体をいうが、ここは一般に漢字のことを指していったと見てよいであろう。

一四二 **摂政殿とりはなち**　尊卑分脈には、「為㆓兼家公子㆒用㆓六男㆒」とあり、大鏡、道隆伝にも「おほぢおとゞ〔兼家〕の御子にし奉りて、道頼六郎君とこそは申ししが、大納言までなり給へりき」とある。なお、道頼の中将となったのは、公卿補任に「藤道頼　永延二年二月廿七日右中将、同三年三月四日任㆓左中将㆒」(正暦元年条)とある。

一四三 **男君たちあまたおはするに**　大鏡には長男福たり〔足〕君(永祚元年八月十一日死去、小右記)、二男兼隆、三男兼綱等とみえるが、尊卑分脈には、福たり君を載せず、兼綱の弟に兼信がある。

一四四 **院の女御**　超子は兼家女であるから、その男御子三所(居貞・為尊・敦道各親王)は皆兼家の外孫。超子は庚申の夜頓死したので、兼家は皇子達を引取って養育したのである。→八三頁。

一四五 **女御代の御事など**　大嘗会の御禊行幸の時、女御または大臣大納言の女を出して供奉せしめる事。この時の女御代は兼家女尚侍綏子(大嘗会御禊部類)。北山抄(大嘗会御禊事御禊行幸裏書)に「寛和、皇后同輿、又有㆓女御代㆒、仍尋㆓旧例㆒、貞観、元慶、皇后不㆑御、又無㆓女御代㆒、(中略)女御代供奉、今案、皇后同輿時、又不㆑可㆑有㆓女御代㆒、然而承平、皇后同輿、又尚侍供奉、寛和依㆓此例㆒也、彼時后宮蔵人以下騎馬供奉、無㆓従車㆒、女房両三、暁更参㆓頓宮㆒云々」とあって、皇后同輿の時、女御代はないのを原則とするが、寛和のこの場合も、承平の先例により特別の場合とする。

一四六 **かくて御禊になりぬれば**　「〔九月〕十七日、壬午、大嘗会御禊事始。〔十月〕廿三日、戊午、天皇禊㆓于東河㆒。依㆓大嘗会㆒也。廿九日、甲子、大祓、依㆓大嘗会㆒也」(紀略、寛和二年条)。

一四七 **東三条の北面のついひぢ崩して**　「叶㆓法皇叡慮㆒、彼御記可㆓勘給㆒者。注㆓寛和二年例㆒了、十月廿三日御禊也、壊㆓東三条北築垣㆒、宮達見物給云々」(山槐記、元暦元年九月九日)。

一四八 **后の宮東三条の院におはしませば**　永延元年正月二日后宮詮子が「東三条におはします」ということは、このまま解釈すれば、このとき、詮子は兼家の東三条第に居られたこととなる。しかし、前年寛和二年七月九日の条によれば、詮子は兼家の東三条第より内裏に参入している(紀略)。その後、永延元年正月までに詮子は再び東三条第に入っていることは見えない。詮子の再び内裏より東三条第への遷御は、永延元年八月二十日の条(紀略)に見える。従って、他の史料によれば、永延元年正月は内裏に居られたと解釈し得る。しかし、栄花物語のこの記事を信ずれば、他の史料には見えぬが、この間に詮子は、内裏より東三条第に遷御し、再び正月以後、内裏に参入、更に再び八月二十日に内裏より東三条第に遷御したと考えねばならない。つづいて次の「つごもりになりぬれば、司召に中納言殿(道隆)は大納言殿に…宰相殿(道兼)は中納言になり給ひぬ」とあるにより、この事実は、補注一四九に挙げたように一年前のことである。従って、或いはこの朝覲行幸も一年前の寛和二年の正月の朝覲行幸のことかもしれない。寛和二年正月には、先に挙げた日本紀略により、詮子は東三条第にいたことが明らかであるからである。

一四九 **司召に**　普通春の除目《じもく》を県召《あがためし》、秋の除目を司召と称しているが、このように劃然と区別して呼ぶことは比較的後世のことで、春の除目にも京官の任免がまじって行われることがある。ただし道隆の任権大納言は寛和二年七月二十日、道兼の任権中納言は同年十月十五日で、並びに前年の事である(補任)。

一五〇 **二月は例の神事どもしきりて**　「二日、乙未、奉㆓遣春日祭使㆒、三日、丙申、春日祭、四日、丁酉、祈年祭…八日、辛丑、園・韓神祭」(紀略、永延元年二月条)。

一五一 **石清水の行幸あるべければ**　三月の石清水の行幸とあるのは、十一月八日が正確であるが、小右記目録に、寛和三年三月十八日石清水臨時祭試楽事とある。これは行幸の記事はみえぬが、あるいは本書はこれを指しているのかもしれない。

一五二 **女君達もおはすべし**　雅信の女子は、倫子のほかは尊卑分脈にもみえない。しかし「女君達もおはすべし」というのは、倫子の母穆子以外の母から生れた女子があるようにも感ぜられる。

一五三 **弁や少将など**　左少弁時通、永延元年五月二十二日出家(小右)。右少将時叙、寛和二年十月出家(勘物)。

少将時叙は、尊卑分脈には、雅信の子であって、右少将、従五位下、出家、牢〔寂〕源、勝林院本願上人、皇慶弟子とある。同じく尊卑分脈に時方も「号大原少将」とあるが、国史大系本尊卑分脈の注に「号㆓大原少将㆒、恐当㆘拠㆓拾遺往生伝㆒移㆗時叙項㆖」とある。時叙は、拾遺往生伝に「天元年中生年十九、捨世出家〈法名寂源〉、住㆓于大原㆒、俗呼云㆓大原入道㆒」とあって、時叙が出家して大原入道とよばれたことは明らかである。従って時叙を大原入道と考えた勘物は、これを正しいとするが、ただ、寛和二年十月に出家ということは、明らかでない。拾遺往生伝によれば、天元年中とあり、出家の年については、いずれを正しいとみるか明らかでない。しかし、大原少将入道を尊卑分脈の時方とみるのは誤である。この当時時方という人物は少納言である。この頃、出家を憧れるような様子は、他の記録(小右記、その他)にみえない。

一五四　**又おはするも**　詳解は、「これやがて時方なるべし。はらから三人のうち、二人は既に出家し、いまだ家におはする時方も、世の中を無常なるものに観じて、事にふれ、ふとしては、家を離れいでて、世を遁るべきさまなれば、おや君たちいたく不安心におもはれたりとなり」と解している。しかし、時方が穆子の子であるか否か明らかでないし、また他に該当する子もない。時方は、分脈に左少将、号大原少将とあるが、補注一五三で考えたように誤である。

一五五　**この三位殿を…婿どり給ひつ**　本文によれば、道長と鷹司殿倫子の結婚は永延元年(九八七)で、結婚の方が左京大夫に任ぜられたよりも先に書いてある。両者の結婚年次を証拠づける資料は当代の記録にはなく、ただ台記別記(久安四年七月三日)に、永延元年十二月十六日甲辰としているものがあるだけである。道長の任左京大夫は、永延元年九月四日で、左近少将の兼任であった(補任)。従ってこの二つの文献が正しければ、本書の記述は誤になる。結婚問題の直前に書かれている石清水行幸の記事も、三月の事として記述されているようであるが、日本紀略によれば十一月が正しく、また寛和三年の朝覲行幸も果して同年かどうか疑わしく(補注一四八参照)、年次の記述が明確さを欠いている。

本書に述べる結婚までの経緯―道長が倫子に結婚の申込みをし、容易に父親の許しが得られなかったが、漸く母親のとりなしで通うようになったという次第は、通うことになったという事を除いては、台記にいう十二月以前のこととして通用する。結局問題は、通うようになったのが任左京大夫以前か以後かということになるが、本書のように通っている間に左京大夫に任じられ、やがて十二月に正式に結婚の事が発表になったと解することもできると思われる。

一五六　**かの花山院は…山にて御受戒せさせ給て**　「十月日、法皇於二天台山戒壇院一、受二廻心戒一」(紀略、寛和二年条)。百錬抄は九月十六日としている。「山」は比叡山延暦寺。ここはその戒壇院。「受戒」は仏教に制定されている厳重な戒律を授けられ、必ず守ることを誓う儀式。

「熊野に詣らせ給ひて、まだ帰らせ給はざんなり」とは、熊野に御幸、まだ還御せずということになる。歴代皇記、一条天皇の条に、「花山院入道後、熊野、金峯山、天台山所々霊験仙窟、皆以御修行」とあり、又次の見果てぬ夢の巻には、熊野の道でよまれた御歌を載せている。花山院の熊野の御幸の時期について、今井源衛氏は「花山院研究」(九州大学文学研究58輯)に「正暦三年」としており、その滞在期間を小右記により、同三年八月三日より同四年四月一日までの間と推定している。

一五七　**大殿の大納言殿**　道隆は「寛和二年七月廿日任権大納言」(補任)とあって、大納言に任ぜられたことは明らかでない。

一五八　**国〴〵あまた知りたる人の**　藤原永頼は、美作・尾張・伊勢・讃岐・大和・丹後・近江七カ国の受領を歴任。寛弘二年十月出家。同七年卒。山井三位と号した。山井殿は、「三条坊門北・京極西」(拾芥・二中)。道頼が永頼の女婿であったことは、尊卑分脈の道隆系図に、

道頼―忠経
　　母従三位永頼女

とあることによっても明らかである。

一五九　**外腹の男君達**　庶腹の男君たち(時中・扶義・通義等)はかえってそれぞれ出世して官位も昇進しておられた。時中はこの年「参議正三位源時中、大蔵卿、皇太后宮権大夫、七月十一日兼二左兵衛督一」(補任)とあり、扶義はこの年「散位従五位下源扶義、永延元七七補」(職事補任)とある。

一六〇　**宮もおはしませば**　詮子はこの時、昨年の九月二十日より兼家第に居られる。また、この正月三日の一条帝の円融院への行幸の記事は、果して永延二年か否か疑わしい。正暦元年の朝覲行幸の内容と類似しているので、あるいは、正暦元年の記事がここに入ったのかもしれない。

一六一　**御笛をぞ御心に入れさせ給へれば**　〔参考〕「一条院、円融寺へ御幸ありけるに…御遊の時、主上御笛吹き給ふに、その音めでたく妙なりければ、院感じて、御笛の師左衛門督高遠朝臣を召して、三位を許されければ、高遠舞踏して、上達部の座に加はり付きけり。内裏より院の御送り物には、瑠璃の香筥、金の御硯箱、銀の紅梅の枝に鶯の居たるに付けられたりけり。院よりのおくり物は、御手本・御帯・御笛也」(続古事談、第一)。これは、高遠が従三位に叙せられた正暦元年のことと思われ、

正暦元年の朝覲行幸の事実と合致するところが少なくない。「正月十一日、幸二円融寺一、朝二覲法皇一、主上令レ吹二御笛一給、御笛師右兵衛督高遠叙二三位一、被レ賞二其妙曲一也」(百錬、正暦元年条)とあるように、笛のことについても合致するところが少なくない。

一六二　**故村上の先帝の御はらからの十五の宮**　醍醐天皇―克明親王・保明親王・代明親王・重明親王・常明親王・式明親王・有明親王・時明親王・長明親王・雅明親王・朱雀院・行明親王・章明親王・村上天皇・盛明親王(紹運録)。

一六三　**宮の御方とて**　「西宮殿〈高明〉も十五の宮もかくれさせ給にしのちに、故女院〈詮子〉のきさきにおはしましゝおり、このひめぎみをむかへたてまつらせ給て、東三条殿のひむがしのたいに帳をたてゝ、壁代をひき、我御しつらひにいさゝかおとさせ給はず、しすゑきこえさせ給、女房・侍・家司・下人まで別にあかちあてさせ給て、ひめみやなどのおはしまさせしごとくに、かぎりなくおもひかしづききこえさせたまひしかば」(大鏡、道長伝)。

一六四　**おろかならずおぼされつゝありわたり給**　高明女高松殿明子と道長の結婚も、鷹司殿倫子のそれと接近した時日の事のようであるが、両者の関係はよく分らない。明子と道長の事は、道長と倫子とが結婚して長女彰子が生まれた記事の直後、永延二年条に書かれているが、この記述によるならば、道長はまず倫子と結婚し、ほぼ一年たって両者の間に彰子が生まれた頃に、道長は更に高松上と結婚したことになる。又、後の記事を参照すると、倫子は第一の正室、高松上は一段下の扱いを受けているから(小右記、長和元年六月二十九日条によると、高松上は左府妾妻と記されているし、また子供達の昇進状態をみても、明子の子の方が倫子の子より一段と低い扱いを受けている)、順序としてはこれで穏当であるともいえる。杉崎重遠氏は『勅撰集歌人伝の研究』において、道長の左京大夫時代(永延元年九月四日―永延二年正月二十九日)に明子と結婚したことを示すために、特に左京大夫と断って書いたものとするならばと仮定し、その上に立って考えると両者の結婚は、永延元年九月から翌年正月二十九日までの五カ月間のことでなければならないし、又、史実によれば、道長と倫子の結婚は永延元年十二月故、道長と明子の結婚の下限は、永延元年九月頃(晩秋初冬の候)であろうとされた。倫子・明子のいずれが結婚年次として先行するか、なお後考に俟たなければならないが、本書の記述による限り、倫子の懐妊中に道長は明子の方へ通いはじめたと解されるのではなかろうか。

一六五　**東三条の院にて御賀あり**　日本紀略に「永延二年三月十六日、癸酉、摂政、於二法性寺一賀二六十算一」「三月廿四日、辛巳、(中略)是日也、賀二摂政六十算一、修二諷誦於六十箇寺一、以二諸大夫一為レ使、法皇、皇太后宮施二銭千二百文一、廿五日、壬午、聴二摂政乗レ輦出二入宮門一、今日天皇於二常寧殿一、賀二摂政六十算一、左右大臣以下候、摂政児二人奏舞、廿八日、乙酉、摂政東三条第、有二賀算之後宴一」「四月二十六日、壬子、於二官東庁一奉レ遣二六十社幣使一、為レ賀二摂政算一也」とあり、小右記にも、三月十六日と二十四日の記事がある。扶桑略記・百錬抄も大体同じで、大鏡裏書にも同じことがみられ、「家の子の君達、皆舞人にて」という事実もみられる。従って十月というのは、本書の誤とみなければならない。ただし、永延元年十月十四日の条に「天皇行二幸摂政東三条第一」と扶桑略記にみえる十月というのは、これを誤ったのではなかろうか。又、永延二年十一月七日には、道隆が兼家の六十算を賀す祝が行われたことが、小右記の同日の条にみえ、あるいはこの日のことも混入したのではないかとも考え得る。

一六六　**四条の宮**　遵子を四条宮と呼んだ初見の文献は扶桑略記で、「長保二年二月二十五日、癸酉、皇后宮藤原遵子為二皇太后一、世謂二之四条宮一、同日、中宮定子改為二皇后宮一、同日彰子立二中宮一〈十三〉」とある。

一六七　**時仲の君**　時中は公卿補任により、寛和三年七月十一日に左兵衛督となっているにつけ、このとおりであるが、この日の五節姫を果して時中が提供しているかどうか疑問である。すなわち、この日の五節の儀は、小右記に、「亥終五節参上〈皇太后宮〈遵子〉・左京大夫泰清・修理権大夫安親、侍従宰相誠信〉」(永延二年十一月十九日)とあって、時中が五節姫を出している様子はみえない。

一六八　**試楽**　「祭ニ先ツ三日、更ニ清涼殿ノ東庭ニ於テ歌舞ヲ試練ス、之ヲ試楽ト云フ、試楽ニハ天皇出御シ、使以下参入シ、竹枝ヲ以テ插頭ト為シ、駿河舞・求子等ヲ舞フ」(古事類苑、神祇部)。

一六九　**還遊**　還立ともいう。御堂関白記・小右記等、公家の日記には還饗とある。祭の当日社頭において舞楽を奏し、終って使・舞人皆宮中に還り、更に清涼殿の前庭において奏楽することをいう。

一七〇　**蔵人の左衛門尉**　兼澄は光孝天皇の後裔、源公忠の孫、鎮守府将軍信孝の男、加賀守、従五位上、歌人(分脈)。兼澄集一巻がある。源兼澄の蔵人左衛門尉上の判官ということについては、「藤原佐理自筆消息」に「左衛門尉兼澄」とある他は見当らない。

一七一 **御仏名** 永延二年の御仏名が、内裏だけでなく諸院や宮などで行われたという証拠は、他にみえない。ただし、元年には、小右記目録に「十二月十八日御仏名次第定事、同廿二日御仏名事、永延元年十二月廿七日院御仏名事、永延元年十二月廿八日中宮御仏名」などとあって、あるいは、一年前の事実と混同したのかもしれない。また一年後の永祚元年にも、同じく小右記目録によれば、「十二月二十一日御仏名事、十二月二十二日東宮御仏名事、十二月二十八日中宮御仏名事」などとあって、「次〳〵の宮などのも」という事実と合致する。

一七二 **正月には院に行幸あり** 小右記に「永祚元年二月十六日、丁卯、早朝参内、是日有二円融寺行幸一、(中略)臨時行幸也、非二朝賀行幸一者、仍無二拝礼一、直参三給昼御座二」とあり、また日本紀略には、「廿六日、丁丑、天皇幸二円融寺一、拝三覲太上法皇二」とあるが、これは小右記の記事に従うべきであろう。日本紀略・栄花物語は誤とみなければならない。また、小右記のこの日の条のごとく、この時の朝覲行幸は、臨時のものであったのであるから、栄花物語の「例の作法の事どもにて、院づかさなど、よろこびさまざまにて過ぎもてゆく」とあるのも理解し難い。栄花物語の中の或る年中行事は、特にその時その時の史料によって大まかな点は書くが、細部にあたっては、他の巻に書いた年中行事の記事に従って書いている場合も多く、この巻の朝覲行幸の記事も、同じ巻の前に書いた朝覲行幸によっている点が少なくない。

一七三 **例の作法の事どもにて** 「早朝参内、是日有二円融寺行幸一、巳時於二南殿一奉三仕返閇一(晴明)、有二鈴奏一、皇后同輿、経二月華・宜秋・藻壁等門一、自二西大宮御道一登レ北、自二殷富門大路一西折、於二円融寺大門一、先以レ余被レ奏二事由一、早被レ申下可二入御一之由上、又被レ奏二拝礼之状一、仰云、更不レ可レ然也、臨時行幸也、非二朝賀行幸一者、仍無二拝礼一、直参三給昼御座一、小選帰三御直盧一、又着三給御直衣・御指貫一、参三給例御在所一、依レ有二御消息一、頃之還御、法皇又出三御昼御坐方一、又主上令二参上一(着二□御装束一)、即召二公卿一有二御酒事等一、法皇及主上御前供二御高六本一(於二別御座一有二御対面一之間有二此事一)、有二管絃興一、主上給三御盃於二摂政及左府一云々、此間事慥不レ見(下略)」(小右、永祚元年二月十六日)。

一七四 **二条院** 拾芥抄に「二条北・堀川東、天暦母后御領」とある二条院を考えたくなるが、下文を綜合して考えると、ここは日本紀略永延二年九月十六日条に、「摂政新造二条京極第」といっているものと同じ。本号東二条院。二条北・京極東。現在の中京区河原町通二条上ル東側清水町、法雲寺のあたり。池水の址といわれる清泉が残っている。後に寺に改造して法興院と号した。

一七五 **九条殿の御男君達十一人、女君達六所** 師輔―伊尹・兼通・兼家・遠量・忠君・遠度・遠基・高光・為光・尋禅・深覚・公季・安子・登子・女子・繁子・女子・怤子・女子(大日本古記録本九暦の付録、藤原師輔略系の系図による)。これによると、尊卑分脈と多少相違がある。特に女子の順序については、かなりの相違があるが、大日本古記録の系図は、生年を逆算などによって推定し得る限り推定したものであって、その結果女子の場合など、かなりの異同を生じたのである。また、大日本古記録本の九暦の系図は新訂増補国史大系本栄花物語藤家系図と大体一致する。

一七六 **御忌** 小右記、永祚元年八月一日に五七忌の法事、同十一日の条に七七忌法事の行われた記事が詳しく、七月四日にも、その雑事定の記事がみえる。日本紀略、八月十一日の条にも「故太政大臣卅九日法会也、於二法性寺東法院一修レ之」とある。

一七七 **臨時に除目ありて** 兼家―永祚元年十二月廿日任太政大臣、道隆―同年二月廿三日任内大臣、道兼―同日任権大納言、道長―三月四日任右衛門督(補任)。

一七八 **三・四の宮の御元服一度にせさせ給** 為尊親王の元服は、日本紀略に「永祚元年十一月廿一日、戊戌、冷泉院上皇第三為尊親王、於二摂政二条第一加二元服一」とあり、敦道親王の元服は、正暦四年二月二十二日(小右・権記)とある。

「弾正の宮」は弾正台(非違をただす役所)の尹(長官)たる親王。為尊親王の弾正宮となることは明らかでないが、正暦五年二月廿日の条に弾正尹為尊親王とある(紀略)。このとき永祚元年に弾正尹であることは疑わしい。「帥の宮」は大宰府を統率する大宰帥たる親王。帥は名だけで、府政は権帥又は大弐が総管した。帥宮となった年月は明らかでない。

為平親王の式部卿なることは天元元年十一月廿八日にみえる(紀略)。兵部卿永平親王がこのとき健在のように本書には書かれているが、親王は永延二年十月十日薨去。

一七九　**この頃の斎宮にては**　「今日卜二定伊勢斎王一、式部卿為平親王女恭子女王〈年三〉、卜食、但賀茂斎院不レ改」(紀略、寛和二年八月八日)。「永延元年九月十三日、癸酉、伊勢斎王、自二宮内省一禊二于東河一、入二野宮一」(紀略)。
斎院には、天延三年六月二十五日卜定の選子内親王がそのまままいる。

一八〇　**摂政殿、二条院にて大饗せさせ給**　本書によれば、このときの大饗の尊者は、為光である。為光とすると、永祚元年十二月二十日の任大臣大饗になり、正暦元年正月の尊者が左大臣源雅信であったことは、「任太政大臣内弁尊者事」によって明らかであり、そのことからして、ここに矛盾が生ずるが、この大饗はやはり永祚元年十二月二十日の任大臣大饗(小右記)ではなく、正暦元年正月の年中行事である摂政殿兼家第の大饗であったとみるべきであろう。また、永祚元年の正月の条に、二条院の造作に一段と力を入れ、「明年正月に大饗あるべうおぼし宣はせて急がせ給也けり」とあること、また、正暦元年の年の暮に「この春の大饗の折の云々」とみえることによっても、おそらく正月の大饗を指しているといえよう。

一八一　**宮〳〵いとうつくしきに**　「宮〳〵」は兼家に養育されている冷泉院三の宮(為尊)・四の宮(敦道)両親王。「うつくしきに」は「こ」を補入した時、「に」を消し忘れたか。富(甲本)は「宮たちいとうつくしきこおとこともにておはします」。「こおとこ」(小男)は若者、少年の意。(参考)「かしらおろし侍りて後、前中納言雅頼まだこをとこに侍りける時、始めて昇殿申させ侍りけるを許されて侍りければ」(千載、雑歌中)。

一八二　**やがてその夜の内に**　「正暦元年正月廿五日入内、同二月十一日為二女御一〈年十四、従四位下〉」(大鏡裏書)。「正月廿五日、壬寅、内大臣藤原朝臣女定子入二掖庭一」(紀略、正暦元年)。「十一日以二藤原定子一為二女御一」(紀略、二月条)。入内の夜は女御となっていない。

一八三　**ふくたり君**　「太郎君は福足(フクタリ)君と申しを」(東松本大鏡)、「福垂」(小右)。「一昨年の八月云々」(永延二年のこととなる)は、小右記、永祚元年八月条に「権大納言息子福垂去十一日煩二腫物一、今日死去云々」とあって本書と一年の相違がある。大鏡、道兼伝によれば、蛇をいじめた祟りで頭にできた腫物が原因で死んだのであるという。「いみじうさがなくて云々」は、大層やんちゃな性質で、世間の人によくもいわれなかったから早世したのであろうかと、人も噂を申し上げたの意。「さがなし」は、凶甚(さがなし)しで、凶なること甚しの意。手に負えない、やんちゃな。「太郎君は福足君と申しを、おさなき人はさのみこそはとおもへど、いとあさましうまさなうあしくぞおはせし」(大鏡、道兼伝)。

一八四　**内大臣殿の嫡妻腹の三郎君**　大鏡によれば、貴子(高内侍)所生は、「おとこぎみ三所、女ぎみ四所」とあり、男君三人は、伊周・隆家・隆円。正暦元年に、伊周十七歳、隆家十二歳、隆円十一歳(大鏡裏書・初例抄等による)。「たゞ今四位少将」とあるが、隆家が左少将になったのは正暦三年八月二十八日のことであるから誤であろう。「永延三・正・七従五下〈冷泉院御給〉、同日昇殿、永祚二・正・廿九任二侍従一、七月十(日)任二右兵衛権佐一、正暦二・正・七従五上〈中宮御給〉…同三・八・廿八任二左近衛少将一」(補任、正暦五年条)。

一八五　**四郎君はまだ小くおはすれど**　大鏡、道隆伝に「皇后宮(定子)とひとつばらのおとこぎみ、法師にて、十あまりのほどに僧都になしたてまつりたまへりし、それも卅六にてうせたまひにき」とある人。初例抄(摂政関白息任僧綱例)に「隆円　号二小松僧都一、号二普賢院僧都一、正暦五年任二少僧都一〈直任十五〉　寛弘八年四月廿一日転二任大僧都一〈三十二(三十一カ)〉　長和四(年)二月四日入滅〈三十六〉　実因僧都弟子、関白内大臣道隆公男、母同二伊周公一、従二位高階成忠卿女也」とあり、僧綱補任に「隆円、天台宗、延暦寺、正暦五年十一月五日任二権少僧都一〈年十五、臈、一身阿闍梨、関白内大臣男、伊周同母、大僧都実因弟子、貞元二年十月廿二日得度受戒〉、寛弘八年四月廿七日任二権大僧都一、長和元年任二大僧都一、四年二月四日卒〈三十七〉、号二普賢院僧都一、又号二小松僧都一」とある。

一八六　**小松の僧都**　「老耄時レ臻、身病自発、観二世無常一移二住小松寺一、心凝二観行一」(本朝法華験記)、「釈実因、少年離レ家、為二叡山弘延弟子一、性聡慧、誦憶少レ双、儀容挺特、志気強健、…毎レ逢二講説一、聞者垂レ涕而感喜、又禀二密教一行二供修一、晩移二小松寺一」(元亨釈書第四)。「長保二年八月十二日卒、五十六、号二具房僧都一、又小松僧都一」(徳川本僧綱補任)。「今ハ昔比叡山ノ西塔ニ実因僧都ト云フ人有リケリ、小松ノ僧都トゾ云ヒケル」(今昔、巻二十三)。僧都は僧綱(僧官と僧位の総称)の一で、僧正に次ぐ官。大・権大・少・権少僧都の四段階がある。俗人の従五位に相当する。

一八七　**とことのほかにて絶え奉らせ給ひにしかば**　「月宴に、帝の御前にて琴ひき給ふ事あり、心づきなくおぼしめしたる姫君なれば、兼家もあきれてやみ給ふなるべし」(抄)。

一八八　**失せ給にけり**　「村上天皇皇女保子、永延元年八月二十一日薨、年三十九、配二入道太政大臣一、其後出家」(要記)。「世の御はじめ頃」を文面どおりに解すると、女三の宮との結婚生活は一年ぐらいの僅かな間である。日本紀略も同じ。

一八九　**中将の御息所**　藤原元方の男懐忠女か。懐忠が中将であったのは、円融天皇天禄三年のこと(補任、永延三年条)。標註(佐野)に、「此御息所の事前後に無く、他書に所見なし、按に保子を誤りて二人とせしとおぼゆ、此事別記に委しく云べし」とあるが、別記を見ることができないので委細は分らない。ただしあまり参考になる意見ではないようである。他書に所見なしとあるが、岩野祐吉氏が『栄華物語詳解補注』において指摘された所によると、「中将の御息所のもとに萩につけて遣しける　広平親王　秋萩の下葉をみずに忘らるゝひとの心をいかでしらまし」(拾遺、恋三)、「中将の御息所に賜はせける　円融院御製　思ひあまる煙や立ちておのづから心の空の雲となるらむ」(新拾遺、恋一)等に名が見える。この懐忠女は円融院に仕えて中将の御息所といわれた方で、後に兼家の許へ参って侍妾にもなったがの意。元方の子で中将は懐忠だけであるから、懐忠の女子と言ってよかろう。

一九〇　**東三条院に渡らせ給ひぬ**　大鏡(兼家伝)には「この殿(兼家)法興院におはしますことをぞ、心よからぬところと、人はうけ申さゞりしかど、いみじう興ぜさせ給て、きゝもいれで、わたらせたまひて、ほどなくうせさせおはしましにき」とある。法興院は兼家が病気平癒祈願のため二条院を寺としたもので、その称号によっていったのであるが、大鏡ではそこへ移って間もなく薨じたように書いてあり、本書と異なる。東三条院へ渡るということは、他の史料にもみえず明らかでない。

一九一　**五月八日出家せさせ給**　「八日返二関白一、依レ病入道、法名如実」(補任)。「正暦元年五月八日、関白太政大臣従一位藤原朝臣兼家落飾入道(年六十二)、法名如実」(紀略)。なお神皇正統記に「執政の人出家の始」とある。栄花物語のとおりに解釈すれば、兼家の出家は、東三条第において行われたこととなる。日本紀略、その他の史料にも出家の場所は書かれていないため明らかでない。

一九二　**この日摂政の宣旨内大臣殿蒙らせ給**　公卿補任によれば、道隆は五月八日関白の詔を令され、摂政を令されたのは二十六日だとある。日本紀略も「同日(八日)、詔令下内大臣藤原朝臣道隆一関中白万機上」。「五月廿六日、詔以二関白内大臣一改二関白一、摂二行政事一」とある。これによれば、関白と摂政は同じ意味のように当時考えられていたのであるが、この場合、正確には関白は五月八日、摂政は五月二十六日とみるべきである。

一九三　**二条院をばやがて寺になさせ給つ**　小右記(正暦元年条)に「八月十二日…故入道殿七々御法事、於二法興寺一行云々(以二二条院一号二法興寺一)」、一代要記に「右大臣藤原兼家入道去十日以二二条京極家地一、永為二仏寺一、号二法興院一」、拾芥抄(諸寺部)に「法興院(二条北、京極東一町、大入道殿第、後為レ堂)」等とあり、一方日本紀略には「(五月)十日、太政大臣以二二条京極第一、永為二仏寺一、号二積善寺一」、百錬抄には「十日、入道太政大臣以二二条京極第一為二仏閣一、号二積善寺一(法興院同所歟)」等とあって、二条第を寺として法興院と名づけたという説と、積善寺と号したというのと二説に分れる。大日本史料は、栄花物語・小右記・一代要記等によっているが(第二編之一、五六三―五六五頁)、それが正しい。一代見果てぬ夢の巻に、「かくて摂政殿(道隆)の、法興院の内に別に御堂建てさせ給て、積善寺と名付けさせ給て、その御堂供養いみじかべう急がせ給」とあって、積善寺は、法興院の内に別に後から建てた堂。関根正直氏『枕草子集註』によれば、始め兼家が洛東吉田に積善寺を創立したが、落成しないうちに二条第を改造して法興院と号し、積善寺は等閑になっていたのを道隆が法興院境内に移建したのだという。その時期は見果てぬ夢の巻の記事は正暦三年条に書いてあるが、枕草子に「関白殿、二月廿一日に法興院の積善寺といふ御堂にて一切経供養ぜさせ給ふに」とある段を参照すると正暦五年とすべきであろうか。又、一代要記・門葉記所載願文等によれば、二条院を寺として法興院と号したのは兼家で、それが正しいが、その法域へ積善寺を移建したのは道隆である。関根氏の拠り所は『門葉記』(大正新脩大蔵経、図像部第十一巻)第百三十四、寺院四所収、関白正二位道隆名義、大江匡衡作の願文であると思われるが、同書には又正暦五年二月二十日付道隆名義、藤原有国作の願文もあり、積善寺供養の事が詳しい。

一九四　**おほかたいとあまたあり**　尊卑分脈高階氏系図によれば、成忠の男には、助順(内蔵頭、正四下)・信順(東宮学士、右権佐、左中弁、従四上)・明順(播磨守、左中弁、正四下)・道順(右兵佐、木工権頭)・積善

（弾正少弼、左少弁、正四下、金葉作者）・法橋静昭等がある。なお浦〳〵の別の巻によれば、明順・信順に、アキノフ・サネノフと振仮名が施してある。

一九五 **宣旨には** 浦〳〵の別の巻に、「母北方の御はらからの津のかみためもとゝいひし人のめをぞとのゝせんじとてありし」（富本による）とある。為基は大江氏、参議斉光の男、文章博士、歌人（大江氏系図）。

一九六 **六月一日后にたゝせ給ぬ** 「十月五日、丁未、改二中宮一為二皇后一、以二女御従四位下藤原定子一、冊為二中宮一」（紀略）。「十月五日、丁未、以二太政大臣頼忠之女中宮遵子一、改為二皇后宮職一、同日摂政内大臣道隆一女女御定子立二中宮一〈母前尚侍貴子也〉」（略記）。小右記・本朝世紀・大鏡裏書同じ。権記は冬といい、また、大鏡、道隆伝のみは六月一日立后としている。女御定子の立后が正暦元年十月五日であった事は、小右記その他の文献により疑うことはできない。又、本書の書き方から見ると、このあたり、五月・六月・七月と日付の順を追って書いているので、「六月」が「十月」の誤だということもできない。しかし作者としては何か拠り所があったのか、それとも故意の変改なのか、又は思い違いなのか明らかでない。

一九七 **世の人いとかゝる折を過させ給はぬをぞ申める** 「世の人かゝる折を過させ給はぬ（事）をぞ、いと（よからず）申める」の意。「かゝる折」は、父兼家が病気である折。八巻本系大鏡（道隆伝）に「東三条殿の御悩のさかりもすぐさせ給はで奉らせ給ひしをぞ、世の人いかにぞや申し侍りし」とあるに同じであるが、八巻本系大鏡は本書の記事によって更にこれを敷衍増補したものであろう。

一九八 **とはなぞ、あなすさまじ** 立后そのものに対する不興感から、ひいてはその大夫（長官）に任ぜられたのを不快に思うのである。外戚が政権を左右した時代において、中宮大夫は中宮職を統率するだけでなく、衆望を中宮に集め、君寵を中宮につなぐべき重要な地位であったが、その任に道隆は、已に好意を寄せない道長を命じたのであるから、人事としても人情の機微を考えない拙策であったし、道長としては当然不快な役柄であった。

一九九 **次〳〵の御事どもあべいかぎりせさせ給** 「九日、壬午、今夜入道殿御葬送云々」（小右、正暦元年七月）、「七月（以下十三字空白）摂政太政大臣葬送也、葬官無レ被レ補、□鳥部野北辺也、七大寺幷諸寺等各唱二念仏一、依レ例弁少納言外記史、率二史生左右史生官掌召使等一、参二彼葬送之山辺一、献二厨家酒肴一、是故実也」（世紀）。

二〇〇 **もとより心よせおぼし** この間の事情は、古事談巻二に「大入道殿、被レ議下以二関白一可レ譲二何子一哉之由上、有国申云、町尻殿〈道兼〉可レ宜〈為レ思二花山院御出家之事一令レ申歟〉、惟仲申云、任二次第一中関白〈道隆〉可レ宜云々、国平申云、何捨レ兄用レ弟哉云々、就二両人之計一、遂被レ譲二中関白一、々々云、我以二長嫡一当二此任一、是理運之事也、何足二真悦一、只以レ可レ対二有国之怨一為レ悦耳云々、仍無二幾程一及二除名一、父子被レ奪二官職一云々」とあるによってよくわかる。

二〇一 **きめられ奉りぬるにや** 「きめられ」は詰られる。叱責される。富本は「すさめられ」（嫌い棄てられる）となっている。

二〇二 **八月十餘日御法事** 「故入道殿七ゝ御法事於二法興寺一被レ行云々〈以二二条院一号二法興寺一〉七僧〈但堂達二人、仍八人云々〉、外百僧云々、被レ供二養千部法華経一云々」（小右、正暦元年八月十二日条）。詳解は紀略を引用し、「七月二日よりこの日までは四十日なるを、四十九日法事といへるは期をはやめて修せられたるにて、当時故ありしなるべし」といっている。

二〇三 **東の対の端の紅梅のえんの盛りなりしも** 「えんの」は富（乙本）に「えんに」となっているのによって解する。二条院の東の対の屋の端にある紅梅が優艶で真盛りであったのも。

二〇四 **よろづの兄君** 大鏡（兼家伝）には「この父大臣の御太郎君、女院の御一腹の道隆のおとゞ、内大臣にて関白せさせ給き。二郎君、陸奥守倫寧のぬしの女の腹におはせし君也、道綱と聞えし、大納言までなりて、右大将かけたまへりき」とあり、大鏡裏書（東松本）にも「右近大将道綱卿事　東三条入道摂政二男　母陸奥守藤原倫寧朝臣女」、「中関白前内大臣〈道隆公〉事　東三条入道摂政太政大臣一男　母贈正一位藤原時姫　摂津守中正朝臣女」とある。補任によるも道隆を長男、道綱を次男とし、道隆は二歳の兄となっている（公卿補任・大鏡裏書等によると、正暦元年に道隆三十八歳、道綱三十六歳）。
道綱は寛和二年十月十五日右中将に、永延元年十一月二十七日従三位に叙せられ、今年正暦元年正月七日に正三位となり、非参議右中将であった（補任）。宰相は参議の異称。兼家の生前、道綱は非参議で現任の参議ではなかった。

二〇五　**年老ひたる人**　成忠は公卿補任に、長徳四年七月、七十三(二イ)歳で入滅したとあるによれば、正暦二年は六十六(五)歳。但し日本紀略・一代要記には、長徳四年七月二十五日七十六歳で薨とあり、正暦二年は六十九歳となり、この方が「年老ひたる人」というにふさわしい。

二〇六　**さべき国〳〵の守どもに**　信順は伊豆権守・丹波守・周防権守、明順は但馬守・伊予守、道順は淡路権守等を経たことが明らかである。

二〇七　**円融院の御悩ありて**　「正暦元年十二月廿六日、円融院御悩事、正暦二年二月五日、依二院御薬一、被レ授二戒百人一事、正暦二年二月五日、被レ立二山陵使一事、正暦二年二月八日、円融院御薬殊重事、正暦二年正月廿六日、依二円融院御薬一、被レ申二行幸由一事、同年同月廿七日、依二円融院御薬一、重被レ申二行幸由一事、同年同月卅日、度者、大炊寮米等、被レ奉レ院事」(小右目録)。

二〇八　**仁和寺の僧正**　「釈寛朝　吏部尚書敦実王第二子、寛平上皇(宇多)孫也、従二寛空闍梨一禀二密旨一、永祚二年天禄上皇(円融)礼レ朝受二密灌一、朝粋二密学一居二遍昭寺一啓二密肆一、世称二広沢密派一、(中略)寛和二年為二大僧正一、長徳四年六月十二日化、(下略)」(元亨釈書、巻四)。「権律師寛朝　貞元二年六月十六日、任、真言宗、東大寺、法皇(宇多)御弟子、式部卿敦実親王二郎(下略)」(興福寺本僧綱補任)。

二〇九　**水になりて流れけん心地する人いと多かり**　憍梵波提は釈尊の入滅を聞き、みずからも天上において入滅しようとし、種々の神変を現じ、身中から水を出して、摩訶迦葉の処に至った。水中に声があり、「憍梵波提頭面礼、妙衆端厳第一僧、象王既去象子随、大師入滅我亦滅」という偈を説いたという(「憍梵鉢提言、失二離欲大師一、於二是尸利沙樹園中一住、亦何所レ為、我和上大師皆已滅度、我今不レ能三復下二閻浮提一、住レ此般涅槃説二是言一、已入二禅定中一、踊二在虚空一、身放二光明一、又出二水火一、手摩二日月一、現二種々神変一、自レ心出レ火焼レ身、身中出レ水、四道流下、至二大迦葉所一、水中有レ声、説二此偈一言、憍梵鉢提稽首礼、妙衆第一大徳僧、聞二仏滅度一我随去、如二大象去象随一」(大智度論巻二、大正新脩大蔵経、第二十五巻二六九頁)。ただし、上記解説に引いた偈は『仏教大辞彙』の引用するところに拠った。なお「釈尊入滅の心地して」は富本には「釈尊の御入滅御覧して」とあり、下文と同じ憍梵波提が主格となっているが、本文のままでもよい。

巻第四　みはてぬゆめ

二一〇　**熊野の道に**　熊野は紀伊国(和歌山県)牟婁郡にあり、本宮・新宮・那智の三社に分れている。本地垂跡説により、本宮は阿弥陀如来、新宮は観世音菩薩、那智は勢至菩薩であると称した。また、上文の所々というのは熊野の前に叡山や播磨国の書写山にも旅行していることをさす。

二一一　**円城寺**　東山椿峯西麓にあった寺。拾芥抄、下に「寛平法皇、灌頂師益信僧正」とある。藤原長良女尚侍淑子建立。富本に「三井寺」となっているのは、園城寺と混同したか。ただし源平盛衰記、巻三に、後白河法皇が熊野で修行される所に、法皇を三井の流れの修験の人といっているのを参考にすれば、園城寺の誤とみるべきか。

二一二　**九の御方…東の院に住ませ給て**　花山院は、後に九の御方と恋仲になるが、九の御方は、本書のいう如く伊尹の子で東の院に住んでいる。東の院は、東一条家とも称し、貞保親王の家であったものを忠平が伝領、その子師輔を経て、孫伊尹の伝領するものとなったのである。師輔の右大臣に任ぜられたときは、ここに任大臣大饗がおこなわれている(貞信公記、天暦元年四月二十六日)。そして、伊尹から花山院へと伝領されたものと思われる。拾芥抄にいう花山院は、この東院を指しているにつけ、花山院は、ここに住まわれ、後に花山院の家となったのであろう。

二一三　**粟田殿は内大臣にならせ給ぬ**　内大臣道兼、権大納言道長、権中納言道頼、同伊周はいずれも正暦二年九月七日任(補任)。

二一四　**今少しおよずけ給はぬを**　「摂政二(原子)・三四娘著裳、南院云々」(小右、正暦四年二月二十二日)によってこのころの原子以下五の君までの年齢が察せられる。

二一五　**御堂供養**　「廿日、壬寅、関白供三養積善寺一、中宮行啓、東三条院同以御幸、弾正尹為尊親王・四品敦道親王・右大臣以下諸卿参入、先レ之、去十七日、関白申下請以二件寺一為中御願寺上、勅許レ之」(紀略、正暦五年二月)。本朝世紀・扶桑略記・百錬抄・本朝文粋・枕草子等参照。

二一六　**法住寺**　藤原為光の建てた寺。「法性寺北、太政大臣為光建立」(拾芥)。「故老云、旧跡今為二田畠一、蓮華王院巽一町許、有二名水一、号二桐井一」(山城名勝志、巻十五)。扶桑略記、永延二年三月二十六日条によれば、五間の堂に金色丈六釈迦如来像その他を安置したこと、他に法華三昧堂・

常行三昧堂等のあったことが分る。位置は三十三間堂の東側に当り、現在も同名の寺を存している。

二七　**つかさかうぶり**　年官年爵。上皇・東宮・三宮等の御所得とするための一種の売官制度。年官は毎年一定数の受領(国司)を推薦する権利を給主に与え、その推挙により受領になった者の受くべき収入を、任料として給主の所得とすること。年爵は毎年従五位下一人を推薦する権利を給主に与え、その叙料を受けさせることで、併せて年給という。ここは上に「受領までこそ得させ給はざらめ」とあるのであるから、年爵だけをお与えしようというのであろう。

二八　**后のみや悩ませ給**　日本紀略、正暦二年条に「九月一日、丁酉、皇太后宮自二内裏一出二御職曹司一、依二病悩一也」とあるを指す。左経記・扶桑略記等の諸記録によれば、いずれも正暦二年のこと。ただし後文に「かくて今年は、二三月ばかりに、住吉へとおぼしめしける」とあるによれば、皇太后の御悩・御出家・長谷寺参詣の事等について作者は一年年紀を誤って書いたのではなく、紛らわしい書方をしていると見るべきであろう。

二九　**さき〴〵の御物のけのけしきなど**　「十六日、壬子、天皇行二幸職曹司一、依二皇太后宮御悩一也」(紀略、正暦二年九月)。「外記記、正暦二年九月十六日、壬子、摂政左大臣以下諸卿参二著仗座一、巳刻天皇行二幸式御曹司一、是皇太后宮日来於二彼所一御悩之故也、(下略)後小記、正暦二年九月十六日、壬子、辰刻参内、午時幸二職曹司一、母后御二件曹司一、今日出家給、仍有二行幸一、其儀如レ例」(院号定部類記)。

三〇　**女院と聞えさす**　「東三条院、藤詮子、(中略)正暦二・九・十六、為レ尼〈年卅一、今年二月十二日円融有二御事一〉同日院号、年官年爵・封戸如二太上天皇一〈或九一、丁酉院号、同五日入道云々〉」(女院小伝)。后宮院号の始。

三一　**今年は…住吉へとおぼしめしける**　「今年」は、正暦三年か四年か明らかでない。東三条院長谷詣は二年のこと、そのところに三年のことを記しているから、ここで今年というのも正暦三年のことであろう。住吉御幸のことは他の書にみえない。石山御幸は計画だけで行われなかったのかもしれない。

三二　**正の亮今は皆三位になりて**　ここの本文の異同は次のとおり。
おはしまし丶おり正の亮いまはみな三位になりて　陽
おはしまし丶おり正の亮いまはみな三位に成て　西
おはしまし丶おり弾正の亮いまはみな三位に成て　活
おはしまし丶おりの正亮いまはみな三位になりて　富(甲)
おはしまし丶おりの〔弾イ〕正ノ亮《スケ》いまはみな三位になりて　富(乙)
詳解は、「正の亮」を為親本によったとして、「内侍のすけ」(典侍)と訂しているので解釈の参考にならない。「弾正の亮」は、大弼・少弼で、それぞれ従四位下、正五位下相当。それが三位に叙せられたとすれば、大弼であろうが、后の宮との関係未詳。皇太后詮子が院号を受けられる前に大量に典侍が三位に叙せられたことと関係あるかという説もあるが、やはり典侍説によるもので、なお考慮の余地がある。結局「正の亮」は未勘。

三三　**裳著せさせ奉らんと**　裳着の式(女子の成人式。始めて裳を着る儀式、普通十二、三歳でおこなう)をおこなおうとして。一代要記に「長徳四年二月十一日為二御匣殿別当一入内〈年十五〉」とあって、逆算するとこの年九歳。

三四　**関白殿と聞えさす**　「摂政正二位藤道隆〈卅一〉、四月日上表辞職、同月廿二日辞二摂政一、勅令レ関二白万機一、除目官奏、於二御前一行レ之」(補任、正暦四年条)。日本紀略・百錬抄・小右記も同じ。

三五　**宮の御心ざし**　このところ本文に疑問があるが、抄に「此姫君人なみにあらぬよしの批判もあれば、かた〴〵もてはやし給ふこともなしと也」とあるを援用して解釈した。なお三の君の性格については、大鏡、道隆伝参照。

三六　**南の院**　冷泉院の南の院の事であろう。御堂関白記、寛弘三年正月三日によれば、東宮(居貞親王)の御在所(同、長和元年十月二十四日では冷泉院が居られたらしい)。系図に示すような関係で東三条院の南の院を考えて、次のように、「元来、南院は兼家の領にて、はつ花には、敦道親王の住まれたることあり。これは、敦道の母は、兼家の女にて、冷泉院の女御超子なればなり。其後、敦康の住みたる也。敦康の母は、道隆の女、中宮定子にて、其道隆は兼家の長男なれば、かやうにも伝来すべき事也」(抄、浅緑)とする説は誤。

二二七　**橘三位の腹に**　道隆の子が好親であることは、尊卑分脈によって明らかであるが、岩野祐吉氏の指摘されたように、果して橘清子の子であったかどうかはなお疑問がある。清子が道頼の子を生んだことも明らかでない。

二二八　**有国を皆官位もとらせ給て**　兼家死去の正暦元年七月二日から七カ月後の事。「除三名従三位勘解由長官藤原朝臣在国一、大膳属秦有時被二殺害一之間、依レ有二造意之聞一也」(紀略、正暦二年二月二日)。

二二九　**今年世中騒しう**　「正暦五年四月廿四日、乙巳、被レ下二宣旨一云、京中路頭病人甚多、宜レ令レ安三置之一」(紀略)。「四月廿四日、乙巳、(中略)午後天陰小雨降、今日左右看督長等被二宣旨一、京中路頭、構二借屋一、覆二莚薦一、出三置病人一、或乗二空車一、或令三人運二送薬王寺一云々、然而死亡者多満二路頭一、往還過客掩レ鼻過レ之、烏犬飽レ食、骸骨塞レ巷」(世紀)。「五月三日、甲寅、京中堀水溢、検非違使等召三仰看督長等一、掻三流京中死人一、然而河水定也」(世紀)。「正暦五年自二正月一至二十二月一、天下疫死者尤盛、起レ自二鎮西一及二京師一、四五六七月之間殊盛、死者過レ半、五位已上六十余人也、道路置二死骸一」(百錬)。

二三〇　**左の大いどの丶外腹**　雅信の室は、穆子の他に公忠の女、元方の女等が尊卑分脈にみえるが、成信・永円の母(雅信女)はこの三人以外の女子である。

二三一　**少将と聞えし…今一所**　成信のことは、浦〳〵の別の巻に詳しい説明がある。権記、長保三年二月四日の条に「従四位上行右近衛権中将兼備中守源朝臣成信、入道兵部卿致平親王第二子、母入道左大臣源雅信之女也、左丞相猶子也」とある。ただし、少将であったことは他の書にみえない。

「今一所」は永円。永円は、僧綱補任裏書に「長久元年前大僧正永円五月廿日入滅〈六十五〉、村上帝孫、致平親王子、一身阿闍梨、内供、平等院大僧正」とある。

二三二　**権中将せちに聞え給ふ**　公卿補任によれば、公任は正暦三年八月二十八日参議に任じ、中将は停止されている。正暦五年に二十四歳。公任と高光の孫との結婚のことについては、大鏡、頼忠伝に次のようにある。「又おとこ君一人ぞおはする、左大弁定頼の君、わか殿上人の中に、心あり、哥なども上手にておはすめり。母北の方、いとあてにおはすかし。村上の九宮の御女、多武峯の入道少将まちおさ君の御女の腹なり。」尊卑分脈にも定頼の所に、「母入道昭平親王女、寛徳二・正・十八薨」とある。

二三三　**四条の宮**　「四条南・西洞院東」(拾芥)。公任の同胞遵子(円融后)を四条の宮と号するので、里邸もこれにより宮と称するのであろう。

二三四　**山の井は**　道頼については、彼を愛していた亡父兼家の意図を道隆は思い出して、大納言に昇進させなさったの意。「正暦五年八月二十八日任二権大納言一」(補任)。

二三五　**今は上にあがりぬべし**　長徳元年はいわゆる「大疫癘の年」(大鏡、道隆伝)で、日本紀略、長徳元年七月二十三日条によれば、「今年自二四月一至二五月一疾疫殊盛、至二七月一頗散、納言以上薨者二人、四位七人、五位五十四人、六位以下・僧侶等不レ可二勝計一、但不レ及二下人一」とあり、本書の記述と少しく異なるところもある。

二三六　**三月八日の宣旨に**　「権大納言道頼卿仰二外記一云、太政官幷殿上奏下文書等、関白病間暫触二内大臣一奏下者」(紀略、長徳元年三月九日条)。一日違う事情については、大日本史料、第二編之二に、公卿補任・百錬抄・小右記等を挙げている中の小右記の記事によって明らかなところである。すなわち、八日の官奏によって、伊周の内覧は大体決定したところ、その言葉の中に不快な部分を見付けた伊周が、これを抗議し、十日に伊周の内覧は正式に決定した。しかし伊周の関白は許されなかった。従って、日本紀略・公卿補任の九日にするのは、その理由が明らかでなく、正確には、十日とせねばならない。しかし、八日にも一応、大体の決定はあったのであるから、本書のように八日とするのは、九日とするよりはよしとみるべきである。

「殿上及び百官施行」はいわゆる内覧の宣旨。宣旨によって非公式の関白になったこと。底本「執」を見せ消ちとして「施」に改めている。陽「執」。

二三七　**三月廿日うせ給ひぬ**　「大納言正二位藤朝光　同〔正暦〕六年三月廿日薨二于枇杷第一、在官十九年、五月廿五日薨奏、号二閑院大将一」(補任)。

二三八　**さるは内大臣殿**　「五日、辛巳、内大臣随身、番長各一人、近衛各三人可二差進一者」(紀略、長徳元年四月)。随身の宣旨も内大臣自ら奏請したことで、その事情は小右記に詳しい。

二三九　**中宮大夫殿…左大将になり給ひぬ**　「〔道長〕四月廿七〔日〕兼二左近大将一〈済時卿薨奏以前任レ之、先例一両日有二宣旨一後任レ之、而関白可

レ辞二大将一事近々也、大将一日不レ可二闕如一、仍俄任レ之云々〉」(補任、長徳元年条)。「四月廿七日、癸卯、(中略)太政官巨細雑事、宜レ触二右大臣一者、又有二関白万機之詔一、除目、大納言道長卿任二左大将一」(紀略)。

二四〇　**中河**　中川。東京極大路の東端を、賀茂川に近接して流れていた川。京極川ともいい、その一条・二条あたりを中川と称した。「京極川号二中川一」(拾芥)。「旧記曰、京極川、二条以レ北号二中川一云々」(河海抄、帚木)。「中川　今寺町川是也、斯源出レ自二今出川辺一、在下京極殿与二御堂〔法成寺〕一之間上、故有二斯号一」(雍州府志、巻八)。

二四一　**ほを**　「ほゝ」が正しい。風病の薬。熱帯産の朴の樹皮の乾燥したものを煎じて服用する。中風・傷寒・頭痛等を治す。〔参考〕「風病之所レ致者、服二朴皮一」(小右、万寿四年十月廿八日条)。「足引の病やむてふ朴の皮吹きよる風もあらじとぞ思ふ」(賀茂保憲女集)。

二四二　**六条の左大臣……亡せぬ**　「六条左大臣殿、粟田右大臣殿、桃園源中納言保光卿、この三人は五月八日一度にうせ給ふ」(大鏡、道長伝)。「八日、癸丑、左大臣正二位源朝臣重信薨〈年七十四〉、(中略)法興院上座権少僧都清胤卒。従二位中納言源朝臣保光薨〈年七十二、或説云、九日薨〉」(紀略、長徳元年五月)。

二四三　**残なく皆人のなるべきにや**　「四五月之間、疾疫殊盛、納言已上薨者八人、関白道隆・道兼、左大臣重信、大納言済時・朝光・道頼、中納言保光・伊陟等也、又四位五位侍臣幷六十余人、至二于七月一漸散」(百錬、長徳元年条)。

二四四　**六月十九日に右大臣にならせ給ひぬ**　日本紀略・御堂関白記・小右記にもあり、御堂関白記には、朱器・台盤等を持参とある。また、小右記には、右大臣に任ずるための宣命のことをはじめ、南殿の御装束をととのえたこと、道長の奏慶のこと、廂饗のおこなわれたこと、禄などのことなどが詳しく書かれている。

二四五　**年頃法花経の御読経あるに**　「廿二日、癸巳、東三条院〔詮子〕臨時法花講、十四箇日」(紀略、長徳二年二月)。「三月二日、壬寅、参内、(中略)依レ当二五巻日一、有二捧物事一」(小右、長徳二年)。「三月十日、庚戌、参内、(中略)廿八講了」(小右)。

二四六　**女蔵人小大君**　小大君は宣長によれば「こだいの君」と読んでいる(玉かつま、巻四)。又、「こおほぎみ」「こおほいぎみ」とも。女蔵人として東宮時代の三条院に仕え、拾遺集の署名には東宮女蔵人左近となっている。三十六歌仙の一人。勅撰集には拾遺三首、後拾遺五首、千載一首、新古今以下十一首が入集。家集小大君集がある。

女蔵人(にょくろうど)は御匣殿の御装束・裁縫のことその他種々の御用を勤める下臈の女房で、命婦の下位。皇后宮・東宮等にも置かれるが、ここは東宮の女蔵人。「あるはなく」の歌の意は、生きている人はやがて亡くなり、亡き人はその数の加わるはかない世の中に、ああいつまで生き永らえることができようか。新古今、哀傷、小町、下句「あはれいづれの日まで歎かむ」。続詞花、雑下、小大君、五句「いはんとすらん」。

二四七　**花山院の女御に通ひ給**　実資が、式部卿宮の御女で、花山院女御であった方に通われたという文脈。実資の婉子女王に通いはじめたことは、公任卿集に二人の贈答歌がみえることによって明らかであり、正暦五年頃に始まったと思われる。また、長保元年七月三日、禅林寺において実資が室婉子女王の周忌法会をおこなっていることが小右記に詳しい。

二四八　**我も懸想じきこえけるにや**　長徳元年の事実の位置に、正暦五年の事実を書いているのは誤。その理由について杉崎重遠氏が、「婉子女王(一)」(国文学研究、四十二号)に詳しく説かれている。

二四九　**この頃宰相までなさせ給へれば**　公卿補任・権記・朝野群載等に詳しく、前二者は、長保三年十月三日参議に任ぜられたことを、また、朝野群載には、長保元年六月二十四日付の申文がある。この事実は七年も後のことである。あるいは、正暦三年八月に非参議から本位に復したことを指すのかとも考えられるが、これもまた三年以前のことであって、いずれにしても、ここの記事は不合理である。

二五〇　**大弐辞書奉りたれば**　「十八日、停二大宰大弐佐理一、以二藤原有国一任レ之、依二宇佐宮訴一」(百錬、長徳元年十月)。「十月十八日、被レ定二大弐一事、右大臣参二御前一、有二小除目事一、大宰大弐在国」(権記)。

有国の参議に任ぜられたことが本書著作の事情の下において不合理であること、および有国が大宰大弐に任ぜられたことは長徳元年の中において合理的であること等については、杉崎重遠氏が、「婉子女王(一)」(国文学研究、四十二号)に詳しく述べておられる。

二五一　**さて広幡の姫君参り給て**　「十四日、庚戌、右大臣顕光女元子、初参内〈承香殿〉、仰二牛車一、母氏天暦〔村上〕盛子内親王、同車被レ参、仍仰レ之」(紀略、長徳二年十一月)。

元子女御となるは十二月二日。

元子・義子の入内はいずれも長徳二年のことで、長徳元年の中に書いているのは、編年書としては穏当でない。元子・義子の入内は、伊周・隆家配流事件(長徳二年四月二十四日)の後の事実で、その事件によって、天皇の中宮定子に対する愛情が弱まった隙に乗じて入内がおこなわれたとみるべきであろう。本書の元子入内のところ(一五四頁)に「この絶間にこそはとおぼし立ちてこの姫君内に参らせ奉り給」とあるのは、その事実と関連させて納得の行くところである。

二三二 **人見る折ぞ**　このあたり富「うちには、人を見るおりにといふやうに、いまめかしきなに事につけても、中宮をつねにこひしう思ひきこえ給へり」とあり、従来の諸注はこの本文によって解しているらしい。抄は「帝の御心には、新しき女御をみたまふ折ごとに、定子にまさるはなしとおぼす也」と解しているが、「といふやうに」が無視されている。詳解は、「人見るをりぞは、歌の句か、又は当時の諺なるべし。されど出所詳ならず」と注記しながら、解釈としては「人目しげきをりは、承香殿の方など、今めかしうもてなし給ふやうにはし給へど、猶人しれぬ御心のうちには、中宮定子の御事を、恋しう思召し給ふとなり」として、やはり「といふやうに」を無視している。新訳も「陛下は新女御達の中に享楽の日を送っておいでになるやうではあるが、何ごとにつけても中宮を恋しく思召された」と大意を書いているに過ぎず、問題点に触れていない。「といふやうに」から見るとその上は歌句又は諺の類であろうが、富本の「人を見るおりに」ではそのいずれとしても形からいってふさわしくない。これに対して「人見る折ぞ」は歌句としてはよいが、諺としては幾分難があるかもしれない。意味は、誰か人に会う折は、かえってその人でないあらぬ人が心の中に慕われる、まことにあいにくなものだというような意であろうか。

二三三 **一条殿をば今は女御こそは知らせ給へ**　「女御」(傍注娍子)は、一三九頁を参照すれば「女院」(東三条院)の誤であろう。陽本・西本・流布系統本等は「女院」。一条殿は故為光の邸。「此夜遷ニ御一条院一〈依三家主姫君沽ニ却公行朝臣ニ所ニ買進一也〉」(権記、長徳四年十月廿九日)。「かのとのゝ女君達」は為光女(三の君・四の君・五の君)。鷹司は、詳解に「拾芥抄に、鷹司殿、土御門南、万里小路東、従一位倫子家、或富小路とあり。これとは異なるか。又は後に倫子の住み給へるによりて、しか記せるか」とあるが、道長室倫子の鷹司殿は、前巻以来土御門殿(源雅信第)という呼称で記されている。それと同所か。

二三四 **御衣の袖より矢は通りにけり**　この事件について小右記の記すところは、

…帰家之後、右府消息云、花山法皇・内大臣・中納言隆家相ニ遇故一条太政大臣家一、有ニ闘乱之事一、御童子二人殺害取レ首持去云々(長徳二年正月十六日条、ただし法皇以下は、三条西家重書古文書一所収九条殿記裏書野略抄によって補う)

とあるだけで、院と伊周・隆家等との間に為光邸において闘乱殺人の事があった事は確実であるが、その原因については記すところがない。また小右記、同年四月二十四日条に「召ニ大内記斉名朝臣一、仰ニ配流宣命事一〈射ニ花山法皇一事、呪ニ咀女院一事、私行ニ大元法一事等也〉」とあり、日本紀略、正月十六日の条にも「今夜花山法皇密幸ニ故太政大臣恒徳公〈為光〉家ニ之間、内大臣幷中納言隆家従人等奉レ射ニ法皇御在所一」とあって、院を射奉ったことも事実であり、殊に日本紀略の記述によれば、密行の語は、院日常の御動静から見ても栄花物語に伝えるようなことが事実に近いのではないかを思わせる。愚管抄(第三)に、

長徳二年四月ニ伊周内大臣ト、ヲト丶ノ隆家トハ左遷セラレテ、内大臣ハ大宰権帥、中納言タカイヱハ出雲権守ニナリテ、ヲノヲノナガサレニケルコトハ、花山院ヲ射マイラセタリケルナリケリ。ソノ事ノヲコリハ、法住寺太政大臣為光ハ恒徳公トゾ申。コノ人ニ三人ムスメアリケリ。一女ハ花山院御道心ヲコサセマイラスル人ニテ、ウセ給テノチ道心サメサセ給テ、ソノ中ノムスメニカヨハセ給ケルニ、又三ノムスメヲ伊周大臣ハカヨイケルヲ、コノ院ノヤガテコノ三ノムスメノ方ヘモヲハシマスト、人ノ云ケルヲヤスカラズ思テ、弟ノ隆家帥ハ十六ニテアリケルニ、イカヾセンズル、ヤスカラズト云ケル程ニ、隆家ノワカクイカラキヤウナル人ニテ、ウカヾイテ箭ヲモチテ射マイラセタリケレバ、御衣ノ袖ヲツイヂニイツケタリケリ。アヤウナガラニゲサセ給テ、コノ事ヲバヒシトカクシテアリケルヲ、ヤウ〳〵披露シテ、サホドノコトイカデカサテアルベキトテ、沙汰ドモアリテコノ事ハアリケリトイヒ伝ヘタリ。サレド小野宮ノ記ニハ、ヤガテソノ夜ヨリキコヘテ正月十三日除目ニ内大臣ノ円座トラレタリケリ。尤可レ然ト時ノ人云ケリ。コマカニソノ日記ニハ侍レバソレヲミルベキナリ。

とあることは、本書と少しく内容は異なるが、参考とすることができる

であろう。古事談第二にも見られるが、それは小右記を抄出したものであり、「被レ奉レ射二花山院一之根元者」とした部分は栄花物語によって記述したものと見られる。

二五五　**くらべやの女御**　大鏡裏書・権記(長保二年八月二十日条、この日女御になった)には暗戸屋と書いている。十五歳で入内してから女御になるまでは御匣殿別当(一代要記)。「尊子の女御と成りしは長保二年にて、其の前年に内裏焼け、仮皇居中にての事なりしかば、一時暗き曹司に入り居たりけむ、さてこそかゝる渾号を呼びたるならめ」(大鏡新註、道兼伝)。

巻第五　浦〱の別

二五六　**世中にいひさゞめきつる事共の**　「十一日、壬午、(中略)右大臣〔道長〕、大納言公季、中納言時中、参議安親、俊賢在レ陣、内大臣、中納言隆家罪名可レ勘之由、頭中将出レ陣仰二右大臣一、満座傾嗟」(小右、長徳二年二月条)。

二五七　**陸奥の国の前守維叙**　維叙が陸奥守であったことは、北山抄(三条家本)の「吏途指南」に前司藤原国用と交替したことが書かれていることによって明らかである。ただし陸奥守に任ぜられた年月は明らかでない。

二五八　**関を固めなどして**　「廿四日、甲午、或下人云、今暁閇二諸陣一、(中略)幷固関勅符事〈先レ是令レ警二固諸陣一〉、(中略)固関等事右大将行レ之」(小右、長徳二年四月条)。

二五九　**世中にある検非違使の限**　「□尉致光及兄弟等宅、有二隠居精兵之聴一、遣二延尉一可レ令二捜撿一、雖レ云二五位以上宅一、不レ奏二事由一直以可二捜撿一、又自余疑二所々一可二捜撿一者、件事似レ有二事□〔疑カ〕一〔菅原〕董宣朝臣者内大臣〔伊周〕家司也、致光又在二彼宅□一也、内府多養レ兵云々、承レ仰退出、詣二右府一、即帰□仰二権佐〔源〕孝道及検非違使等一、入レ夜延尉等帰来云、捜二撿董定〔宣〕宅一、董定〔宣〕朝臣向二故入道三位〈清延〉葬送所一、但捜二撿彼宅一、有二八人一者〈弓・箭二腰〉、則捕得者、参内可レ令二奏聞一之由仰了、又捜二撿致光一、無二致光一、隣保云、々〔衍〕召使未レ来之前、七八人兵逃在〔去〕已了者、件所々佐以下皆悉馳向、事頗可レ驚、多是依二京内不レ静所レ被レ行歟、京内及山々日々可二捜撿一之由、仰二官人等一了」(小右、長徳二年二月五日)とあって、検非違使が伊周の家司の家を捜撿したことは明らかであるが、伊周の宅を囲んだという事実はない。

二六〇　**此宮のうち**　「〔三月〕二日、(中略)頭中将伝二綸旨一云、明日中宮出二御里第一者」「〔三月〕四日、甲辰、参内、今夜中宮出二御二条北宮一」(小右、長徳二年)。

二六一　**南面にたゞ参りに参て**　「允亮朝臣向二権帥家一〈中宮御在所也、謂二二条北宮一〉、使等入レ自二東門一〈無レ陣門也〉、経二寝殿北一就二西対一〈帥住居也〉」(小右、長徳二年四月二十四日)とあって、南面ではない。

二六二　**宣命と云物**　「召二大内記斉名朝臣一、仰二配流宣命事一〈射二花山法皇一事、咒二咀女院一事、私二行大元帥法一事等也〉、幷固関勅符事〈先レ是分二警固諸陣一〉、召二左衛門権佐允亮〔惟宗〕朝臣一、仰下可レ追二下権帥一之由上、允亮朝臣申請、左衛門府生西志〔茜忠〕宗、延尉相共向二彼家一」(小右、長徳二年四月二十四日)。「宣命以二内大臣藤原伊周朝臣一、為二太宰権帥一、以二権中納言同隆家朝臣一、為二出雲権守一、去正月依下奉レ射二危花山院法皇一、又奉レ咒二咀東三条院一之聞上也、又縁坐左遷之者、有二其数一」(紀略、長徳二年四月二十四日)。

二六三　**木幡に参らせ給へるに**　小右記、五月二日の条に「今朝允亮〔惟宗〕朝臣以二〔茜〕忠宗一令レ申云、信順・明順・明理・方理等朝臣令二召候一之処、申云、左京進藤頼行権帥近習者也、以二件頼行一可レ令レ申二在所一者、即問其、〔脱アラン〕申云、権帥去晦日夜前、自二中宮一、道順朝臣相共向二愛太子山一、至二頼行一自二山脚一罷帰了、又其乗馬等放二彼山辺一者」とあって、伊周は木幡へ行っていない。栄華物語詳解は、このことを説明して、「伊周の木幡及び北野にまうでし事なきは、頼行わざとかくして、かく愛宕山にむかひしなど詐りいへるにや。また、日本紀略には五月四日癸卯、権帥自春日社帰京とありて、春日社は大和奈良にあれば、愛宕山とは方角甚しくへだたれり。小右記などは、ただ世評によりて記したるにて、これは本書のかたや正しからむ」とあるが、なお考慮を要する。

ここに、この記事に関する栄花物語と小右記の相違をまとめてみる。栄花物語では、二十二日夜中、木幡へ逃亡、二十三日、木幡より北野に参詣、同夜、木幡より帰る。二十四日、伊周出京ということになる。しかし、小右記では、二十五日伊周は中宮御所に候し、配所に赴かず、二十八日中宮と伊周は手をとりかわして離れず、五月一日伊周逃亡、二日愛太子山へ行き、四日、伊周帰宅、出家とあって、それより配所へ出発という順序になっている。

出発後は、隆家の丹波境で馬に乗ったこと、大江山で中宮定子に文を書いたこと。又、伊周のその日(二十四日か二十六日)のうちに山崎関戸の院まで行って泊ったこと等は、栄花物語のみにみえるものである。小右記には、五月四日の条に伊周が山崎の離宮に向い、淳和院辺で留められていること、五月五日には、伊周、石作寺より離宮に送られ、ここで母と別れ、十二日には、離宮より某寺に移り、惟宗允亮が領送使に伊周を引渡している事が見えており、伊周の山崎に行ったことは確かな事実である。又、同じく小右記、五月十二日の条に隆家が病により丹後に留っていることが見えている。そして配所には、それぞれ五月十五日に到着している。

二六四　**今日とく〳〵と宣旨頻也**　日本紀略には、木幡にも北野にも伊周の行った事は書かれていないので、この宣旨も不審。小右記では、伊周は四月二十五日に中宮の二条第に居り、五月一日逃亡とある。

二六五　**中納言はあるけはひし侍**　日本紀略に「(五月)一日、出雲権守隆家卿進発、赴二任所一、(中略)大宰権帥逃脱不レ赴、仍令二尋求之一」とある。補注二六七参照。

二六六　**宮去りおはしませ**　小右記に「四月廿八日、戊戌、(中略)中宮与二権帥一相携不二離給一、仍不レ能二追下一之由、再三令レ奏レ之、京内上下挙首、乱二入后宮中一」とあって、二十八日のこと。また同、五月一日の条にも、「撤二破夜大殿戸一」とある。

二六七　**しえたる気色どもぞあさましういみじ**　このあたり小右記に次のようにある。

「一日、庚子、参内、出雲権守隆家今朝於二中宮一、捕得、遣二配所一、令レ乗二編代車一、依レ称レ病也云々、但随身可レ騎之馬云々、見者如レ雲云々、権帥(伊周)・出雲権守共候二中宮御所一、不レ可レ出云々、仍降二宣旨一、撤二破夜大殿戸一、仍不レ堪二其責一、隆家出来云々、権帥伊周逃隠、令三宮司捜二於御在所及所々一、已無二其身一者」(小右、長徳二年五月)。

二六八　**かの光源氏もかくや有けむ**　抄に「此物語より源氏物語のかたふるし。初花巻には、紫式部の事もみえたり」といっている。その通りであるが、長徳年間の人の心中に思わせる言い方ではない。しかしここはやはり源氏物語中の光源氏に似せたのである。〔参考〕「(光源氏ハ)いはむかたなき盛りの御かたちなり。いたうそびやぎ給へりしが、少しなりあふ程になり給ひにけり。御姿などかくてこそ物々しかりけれと、御指貫の裾までなまめかしう愛敬のこぼれ出づるぞ…」(源氏、松風)。

二六九　**左衛門尉延安と云人は**　陳泰は藤原氏であること、また、観修が紀氏であることは、園城寺伝法血脈に「観修〈寛弘(和歟)二-三-三勢祐入室、受法従千勧(観歟)三部印信、釈迦堂五禅師、総持院阿闍梨、師奏〈卅五、廿五〉、左京人、志紀氏、文範卿家人子〉」とあり、また、元亨釈書(慧解三)に「園城寺勧修、姓紀氏」とある事によって明らかである。しかし、本書にいう「左衛門尉延安と云人は、長谷僧都のはらからの検非違使也」ということは明らかでない。あるいは義兄弟の関係か。または本書の誤か。

二七〇　**上奉らせ給**　「五日、甲辰、倫範云、権帥去夜宿二石作寺一〈在二長岡一〉、左衛門権佐允亮、府生茜忠宗、今朝送二離宮一、母氏不レ可二相副一之由、宣旨了」(小右、長徳二年五月)。

二七一　**国の守**　詳解に「これを平生昌としたる説あれど、小右記に、長徳三年十月、伊周上洛の条に、生昌は中宮大進にて、中宮の御所に在りし由見えたれば、誤れり。長徳二年の大間(書)に、但馬国、権守、従五位下平朝臣行義とありて、守の名を載せざれば、この時平行義在国せるなるべし」とあるが、権記、正暦四年正月二十八日条に「但馬守明順」、同書長徳四年十二月二十九日「但馬守生昌」、長保元年八月九日条に「前但馬守生昌」とあるに拠れば、勘物の通りでよさそうである。生昌は枕草子に大進生昌とある人、美作介平珍材二男。惟仲の弟(分脈、桓武平氏条)。

二七二　**この西の京に西院と云所に**　小右記、長徳二年十月条に、「八日、乙巳、(中略)権帥密々京上、隠二居中宮一云々、自二夜部一有二其聞一云々」とあり、西院に居たということは見えない。西院は平安初期に、淳和天皇の離宮淳和院のあった所。淳和院を一に西院といったところから地名になったといわれるが、その他諸説がある。拾芥抄に「四条北・西大宮東、橘大后家」とあり、また山城名勝志(葛野郡)に、「西院、今西院東傍、四条北・西大宮東有二其旧跡一、仮山猶残、土人謂二飯山一」とあるのは、淳和院の遺址について述べたもの。小右記、五月四日条に、「権帥乗レ車馳二向離宮一、為信差(著)二藁履一、於二涼(淳)和院辺一退(追)留」とあるが、ここは秋のこと。小右記、十月八日条によれば、西院にいたことは明らかでない。

二七三　**帥殿上り給へりと云事出来て**　「八日、乙巳、(中略)権帥密々京上、隠居中宮云々、自二夜部一有二其聞一云々、且差二右衛門権佐孝道一被レ申二事由於后宮一、已被レ奏二無実之趣一、孝道朝臣以下使官人等候二彼后宮一、差二左衛門尉季雅・志為信一遣二播磨一、被レ実二撿権帥之有無一、又帥京上告言既有二其人一、播万(磨)使未二帰来一之間、使官人等可レ護二后宮一云々」(小右、長徳二年十月)。中宮御所に伊周が居たこと、これによっても明らかである。

二七四　**あまた検非違使ども送り奉るべき宣旨**　「十一日、戊申、大外記致時朝臣告送云、昨日被レ行二雑事一、外帥被レ下三送大宰府一〈使左衛門尉平維時官符請了〉信順・道順等追二遣任所一〈使先日使〉、勘解由次官弓削以言任二飛驒権守一〈使仰二左兵衛尉一令二差進一了、未レ被レ成二任符一〉、積悪家被二天譴一歟、後人可レ怖乎」(小右、長徳二年十月)。

二七五　**越後前守平の親信と云人の子**　小右記・日本紀略(長徳二年十一月十一日)に孝義は、密告者の叙位を賜っているにつき、本書のこの記事は確かな事実である。すなわち、孝義は親信の子であることは、尊卑分脈にみえなくとも、逆に栄花物語によって証明し得ることになる。

二七六　**よしなり**　詳解は、古事談第二に「雖レ然有国長徳以レ拝二大宰大弐一、経二廻鎮西一之時、帥内大臣下向之間、使二広業於事表一、丁寧供二進種々物等一云々」とあるに拠って、広業の誤かとし、抄は資業(よしなり)かとしている。しかし資業は延久二年八十三歳で没しているから(分脈、巻四)、逆算すると長徳二年は九歳で、合わない。

二七七　**桜をと云所**　桜本は京都市左京区鹿谷町。神楽岡の東北、吉田山の東麓一帯の古名。冷泉天皇桜本陵・後一条天皇中宮威子火葬塚などがある。また、百錬抄(長暦元年条)に「上東門院供二養菩提樹院一〈後一条院御墓所号二桜下一〉」などとある。

二七八　**御湯殿**　御産の当日及び、三夜・五夜・七夜と行う儀式で、当日はまず吉方の水を汲み、僧侶の加持が行われた後、読書・鳴弦の儀が行われる。女房等が白色の装束を着して、おのおのその行事の雑事を奉仕する。三夜・五夜・七夜もこれが繰返される。九暦・西宮記・紫式部日記などに詳しい。

二七九　**二条の北南と造り続けさせ給しは**　「正月九日、丙辰、(中略)内府〈伊周〉住家之南家〈関白家新造所〉、(中略)〈払地焼亡〉」(小右、長徳元年条)とあって、道隆・伊周の第、二条第は、南家、北家とあって、南家は道隆の新造のものであった。ところがこれは同日焼亡。その際、二条宮の北家は焼け残り、そこに中宮もおられたこと(「四日、甲辰、(中略)今夜中宮出二御二条北宮一」小右、長徳二年三月)が明らかである。しかし、これもまた長徳二年六月九日に焼失、その後、中宮は高階明順第に移ったことは、小右記に「九日、戊寅、今暁中宮焼亡、(中略)或説云、后宮〈定子〉不二同車一、被レ抱二付(侍カ)男等一、先度二給二位法師〈高階成忠〉宅一、自二彼宅一乗車、移二給明順朝臣宅一」(長徳二年条)とあって明らかなところである。然らば、現存の文献の上からのみいうと、脩子内親王の誕生は、高階明順第か、平惟仲第ということになろう。詳解では、「其後、明順の第より、二条宮にかへり給ひて、一方は焼けたれば、一方に住ませ給ひしが(すなわち、二条北宮であろう)、第内せまく、若宮生れ給ふべきによりて、平惟仲の領せる家にうつらせ給へりとなり」とあるが、明順第から二条第に移るということは考えられない。二条第の一方に住んでいたのは、長徳二年三月四日から同六月九日までのことで、事実は詳解のいうところとは逆で、二条第から高階明順第へ移ったのである。従って、現在の文献だけからいうと、脩子内親王の誕生は明順第で行われることとなり、その後そこから惟仲第に移ったと見るべきである。故に誕生は明順第か惟仲第かいずれかで行われたこととなるが、惟仲第へ移ったことは他書には見えないから、やはり明順第にみておくべきだと思う。また現在の文献以外のものに明順第以外の場所に移ったことも考えられるから、これはあくまで現在の文献による解釈である。

二八〇　**平中納言惟仲**　「平惟仲　正暦四年十一月叙二従三位一、長徳二年七月二十日任二権中納言一、四年正月二十五日為レ正」(要記)とあって、惟仲がこのとき中納言であったことは明らかである。

二八一　**北野の三位とて物し給し人の御女**　枕草子「淑景舎、東宮にまゐり給ふほどのことなど、いかがめでたからぬことなし」の条に「北野の宰相の女宰相の君などぞ近うはある」というのと同人。紫式部日記にも、「宰相の君は北野の三位のよ」とあって、これは、御堂関白記、寛弘六年十一月二十五日皇子敦良親王御誕生の条に見える「供御湯宰相乳母〈豊子〉〈傅女子〉、向(迎)湯宰相〈三位遠度女子〉」、二人の宰相の君の中の後者である。御堂関白記の注にもあるように、これが藤原遠度の女子であることは確実である。そして、父親遠度のことを北野三位と称したことも小右記、永祚元年三月十三日の条に「今夜北野三位遠度出家」とあることによっても明らかであるが、もう一人、父親を北野三位とする女に菅原輔正の女がある。輔正を北野三位と称することは、やはり尊卑分脈などによって明らかな所であるが、尊卑分脈には、女子はいない。従って、宰相の君は、やはり遠度女とすべきであろうが、もう一説存することを注して置く。ここの場合は、「九条殿の御子といはれ給し人也」とあるから、藤原師輔の子遠度の女である。

二八二　**弁乳母**　つぼみ花の巻に「若宮(禎子)の御乳母、今二人参り添ひたり。一人は阿波の守順時の朝臣の女、弁の乳母といふ」とあって、これは、大鏡裏書に「弁乳母事〈陽明門院御乳母〉加賀守藤原順時女、母肥後守紀敦経女」とあるのと同人。

二八三　**但馬にはかゝる事どもを聞給て**　隆家赦免については、長徳三年四月五日召返す旨の宣旨が下り、同二十二日入京(小右)となっている。中宮の職曹司に参り給うたのは、六月二十二日。中宮の入内・懐妊等のことは後のことで、本書のこの箇所は事実とは逆である。

二八四　**せちに聞えさせ給て出でさせ給ぬ**　中宮が懐妊のため退出というのは、敦康親王の誕生のためである。しかし敦康親王の誕生は、実際には長保元年十一月七日のことである。本書では、これを長徳四年としているから、ここに中宮の里邸への退出を記すのも当然なのであるが、この記事は本書以外には見えない。

二八五　**伊与守兼資**　源兼資の伊予守であることは、本朝世紀、長保元年三月二十九日の条に「伊予守源朝臣兼資」とみえることによっても明らかであるが、長保元年以前の文献には見えず、本書のここの部分(長徳三年)が初見。兼資の女と隆家が恋仲になったことは経輔が生まれていること(分脈)および「此夜帥子若来、其母入京云々」(御堂、寛仁二年八月十五日条)によっても明らかな事実である。

二八六　**常に院にも語らひ申させ給**　伊周・隆家は、中宮の入内以前に東三条女院の御悩によって恩免されているので(小右記、その他)、これも事実に合わない。

二八七　**但馬守ぞ万頼しう仕うまつる**　御産のために平生昌第に移ったのは、長保元年八月九日。小右記の他、日本紀略に「中宮自ニ職曹司一、移ニ御前但馬守平生昌宅一」とあるのを始として、権記および枕草子に詳しい。

二八八　**望めど望まれず、逃るれど逃れず**　抄では「女御たちの、男宮うまんとのぞみても、その願もかなはず、定子の遁世されても、のがれえぬをいふ」と注しているだけであるが、詳解に「人の幸福は、かくあれかしと求むれど、望むまゝにならず、はた遁れ避けむとすれど、遁るゝこと能はずの意にて、幸福は、自然に来るものなるよしを、当時の諺にいへるなるべく、事のもとは、仏経などより出でたるならむ。尚考ふべし」とある考え方がよい。

二八九　**いつしか筑紫に聞せ奉らばや**　この皇子誕生のことは、伊周・隆家召還の後のことである。先にも記したように、皇子誕生を長保元年とせず、長徳四年の事実としたことにより、本書は事実に矛盾が起った。

二九〇　**皆大殿にぞ掟て参らせ給へる**　「中宮亮清通朝臣云、宮御消息昨付ニ成信一分レ奏、読書博士幷弦打人等事而未レ承ニ仰事一、可レ浴時刻已成、随レ仰可ニ左右奏一、仰云、読書之事、今朝令ニ〔源〕道方申ニ案内一了、自ニ本宮一可レ召也、但弦打事不ニ聞食一者、此夜宿侍」(権記、長保元年十一月八日)とあるが、道長がきめて差上げたという事実は見当らない。

二九一　**今は召返す由の宣旨下りける**　「前帥出雲権守等、可ニ召返一之由宣下、去月廿五日、依ニ東三条院御悩一、非常赦、可レ潤ニ恩詔一哉否、令ニ諸卿一定申上、遂有ニ恩免一也」(百錬、長徳三年四月五日)。本書では、伊周等の召還を皇子敦康親王の誕生のためとしているが、実際は東三条院女院の御悩によるものであって、長徳四年のことに書いているのは、年にも一年の相違がある。しかし、前にも記したように(補注二八九参照)、皇子誕生は、実際には長保元年であるから、いずれにしても本書長徳四年の所にこの事実を書いているのは誤である。

二九二　**賀茂祭**　四年にも賀茂祭は行われているが、伊周等の赦免の頃の賀茂祭と言えば、これは、長徳三年の賀茂祭ということになる。

二九三　**姫宮・若宮、様〳〵にぞうつくしうおはします**　隆家入京は長徳三年五月のこと。若宮(敦康親王)は、まだ誕生(長保元年十一月七日)前。

二九四　**例の人の腹よりもむげにならせ給ぬ**　「前一条院御時、承香殿女御(中略)依ニ懐妊一退去、産レ水、時人為ニ奇異一」(台記、仁平三年九月十四日条)。「懐妊に非ずして一種の病なりし也、されど水を出すは不審也」(佐野「標註」)。とある是等の病症なりしにや、倭名抄疾病部㿗(波良不久流)倭名抄にはなお、「㿗、腹満也」ともあり、服部敏良博士は、これを「今日俗に腸満と言う病気で、滲出性腹膜炎或は腹水病等の如く、腹水の貯溜する疾病をいうのである」と解説されている(平安時代医学の研究)。

二九五　**昔にあらず哀に荒れはてにけり**　詞花、雑上に、「筑紫より帰りまうで来て、もとすみける所の、ありしにもあらず荒れたりけるに、月の

いとあかく侍りければ詠める、帥前内大臣」として、
つくづくと荒れたる宿をながむれば月ばかりこそ昔なりけれ
とある歌はこの折の詠であろう。

巻第六　かゞやく藤壺

二九六　**哥は読せ給**　玉蘂に「建暦元年三月四日、丙辰、天晴、閑窓燈下、聊拾小右記之処、上東門院御著裳日儀、見付之、(中略)〈長保元年二月九日儀如此〉、(中略)以行成卿令書屛風色形云々、(中略)次□公卿献和歌於左大臣、大臣和之、行成卿書序題」と、小右記を引いている。「昨於左府撰定和哥、是入内女御料屛風歌、華山法皇・右衛門督公任・左兵衛督高遠・宰相中将斉信・源宰相俊賢皆有和哥、上達部依左府命献和哥、往古不聞事也、何況於法皇御製哉、又有主人和哥云々、今夕有被催和哥之御消息、令申不堪由、定有不快之色歟」(小右、長保元年十月二十八日)とあって、華山法皇・公任・道長等の歌を詠むことが書かれている。また同じく小右記、長保元年十月三十日の条には、「右大弁行成書屛風色帋形、華山法皇・主人相府・右大将・右衛門督・宰相中将・源宰相和哥、書色紙形皆書名、後代已失面目、但法皇御製不知読人、左府者書左大臣、件事奇恠事也、主人責余和哥」とあって、これらの人々が屛風に和歌を書いたことも明らかである。

二九七　**長保元年十二月十一日従三位**　彰子の入内は十一月一日のことで、御堂関白記(長保元年十一月一日条)に「以酉時以〔衍〕入内、上達部・殿上人等多来、家人十八九参、右中弁道方朝臣御書持来、参着了内豎車宣旨蔵人泰通仰、上達部共多、道方朝臣有被物」とあり、小右記も同日。彰子の叙従三位は二月十一日(御堂)。板本を参照すると、「十二月十一日従三位、入内十余日」は傍注の竄入であろう。すなわち本文は、「長保元年十一月一日の事也」とあるべきであるが、もと「長保元年十一月十余日の事也」とあったのかも知れない。

二九八　**其折の人の衣少に**　延喜式(弾正)に「凡婦人給裳不論貴賤、一裳之外、不得重著、単裳不在制限」とあって、延喜頃は、女房の服装にもこのような制限のあったことが明らかである。

二九九　**此御方藤壺におはしますに**　彰子は長保元年十一月七日に女御の宣旨が下った(御堂・小右)。この日は中宮定子が前但馬守生昌の三条宅において敦康親王をお生みした日でもあり、また一条帝が初めて女御の直廬に渡御された日でもあった。これよりさき内裏は長保元年六月十四日亥刻に焼亡し、天皇は一条大宮院(一条院)に渡御(七月八日)されて、翌二年十月十一日新造内裏に還御されるまで、ここを里内裏とされた。彰子は同日亥四刻(紀略)初めて本来の内裏藤壺に入られた。従って、ここでいう藤壺は、一条院(里内裏)の藤壺とも考えられるが(里内裏では、殿舎に本内裏に準じた名を付して呼ぶ場合がある)、本書は誤って一年後の新造内裏の藤壺に入られたことを、既に初めから彰子が内裏の藤壺に入られたように書いたのであろう。

三〇〇　**一日の日うせさせ**　その他、権記・扶桑略記等にも見られ、崩御の年は五十。月の宴の巻に母漑子崩御の時、三歳であったように書いているのが誤であることは、これによっても明らかである(漑子崩御の年、三歳とすれば、五十二歳)。

三〇一　**藤壺に渡らせ給へれば**　小右記、長保元年十一月に「七日(中略)左府使輔公朝臣被示送云、今日女御宣旨下、(中略)伝聞、主上今日初渡給女御直廬、有左府気色、上達部詣女御直廬」とあって、天皇が女御彰子の直廬に渡られたのは、彰子に女御の宣旨が下った日である。本書には、女御宣旨の日は書かれていない。本書によれば彰子は入内して藤壺に入り(十一月一日)、天皇は六日後、十一月七日に始めて彰子の直廬に渡ったのであり、「上藤壺に渡らせ給へれば」ということの書きぶりは、小右記の右に挙げた記事と同じ事実である。然らば、女御直廬とは、藤壺の女御直廬というふうに考えられるが、この場合は、藤壺ではなく、一条院の直廬である。本書の彰子が藤壺にいたように書いているのは誤であろう。

三〇二　**御笛をえもいはず吹すまさせ給へれば**　「一条天皇者…才学文章、詞花過人、糸竹絃歌、音曲絶倫、年始十一、幸円融院、自吹竜笛以備宸遊」(続本朝往生伝)。

三〇三　**女院にも**　権記、長保二年正月二十八日条に「丙午、早旦参内、此日蔵人頭正光朝臣、奉勅、詣女御御曹司伝之、左大臣〔道長〕立后宣命日、可令択申之由、先日内々以此気色、可告大臣之由、蒙勅命、然而申自院〔詮子〕被伝仰可有便宜之由、(中略)上諾之」とあるのを始めとして、彰子立后のために詮子が道長と共に積極的に援助し

ていることは、この前後の数日間、多くの書に明らかに見られる。

三〇四 **花折らぬ人無** 「花を折ると云ふ詞は、人の衣装などの体、其の外、出立のありさまをはなやかににぎ〳〵敷する事をいふなり」(貞丈雑記、巻十五)。

三〇五 **土御門殿** 「京極殿、土御門南・京極西、南北二町、其南一町被レ入レ之、道長公家、或大入道殿家〈上東門院是也〉、後一条・後朱雀・後冷泉三代帝於二此所一誕生」(拾芥)。

三〇六 **一日比に出させ給** 権記も次のように二月十日のこととしているが、退出先は二条。御堂関白記にも、「二月十日、戊午、女御出給」とあり、権記にも、「女御此夜戌刻出給、二条〈奉職朝臣宅、大臣月来住レ此給也〉、大蔵卿奉二勅命一、催二殿上十人一、令二前行一、此外卿相以下有二其数一、蔵人仰二輦車宣旨一、東対南廂、儲二上達部殿上人座一、一両巡後、有二纏頭一〈殿上人〉」(長保二年)とあって、彰子の二条へ出られたことが詳しく見られる。

三〇七 **二月つごもり** 「十二日、庚申、中宮入内、今日一宮敦康親王蒙下駕二牛車一可三出二入禁中一之宣旨上」(紀略、長保二年二月)。「十一日、己未、(中略)又中宮参内給、神事日如何、事与毎相違」(御堂、長保二年二月)。「九日、丁巳、依レ勅遣二召平中納言〈惟仲〉一、仰下来十一日中宮可二入御一、供奉諸衛所司等催行之由上、十一日、己未、(中略)中宮入二御内裏一」(権記、長保二年二月)。

三〇八 **歩かせ給まで見奉らせ給はざりけること** 敦康親王は前巻浦〳〵の別には長徳四年生とあり、長保二年は三歳になるが、日本紀略によれば長保元年十一月六日生であるから、長保二年二月には漸く百日余で、「歩かせ給まで」というのに適わない。

三〇九 **大饗せさせ給て** 「廿五日、癸酉、(中略)詣二左相府〈道長〉上東門第一、此日立后、(中略)中宮御二寝殿一、東対南放出四間、母屋南北行東西対座、鋪二高麗端土敷一、上鋪二円座一、為二参議以上座一(中略)南廂鋪二両面端畳一、為二四位侍従座一、南廊鋪二紫端畳一、為二五位侍従座一、皆豫備二俎上饌一、東孫廂儲二殿上人座一(中略)、頃之諸卿被レ参二西中門一、令三亮正光朝臣啓二事由一〈拝賀侍従相従〉、訖次第着座、次弾正尹〈為尊〉・大宰帥〈敦道〉両親王着座、事了召二於御前一、又砌下召二管絃者一、于時鸎吻頻飛、鳳管数鳴、万春之楽未レ央、一夜之漏将レ曙、事了賜禄有レ差」(権記、長保二年二月)。

饗宴の行われたことは明らかであるが、三月卅日ではなく、また饗宴の後入内されるとは、何日のことか明らかでない。

三一〇 **藤壺の御しつらひ** 権記、長保二年二月二十五日条に「癸酉、詣二左相府上東門第一、此日立后、丞相〈道長〉命云、(中略)亦大床子・師子形等、宣命了、即可レ給者」とあり、次の火焼屋と共に、これらは土御門第で用意したものである。

三一一 **御薬玉・菖蒲の御輿** 薬玉は麝香・沈香・丁字などを網の玉に入れ、しょうぶ・よもぎなどの造花を結び付け、長さ三メートルぐらいの五色の糸を垂れたもので、端午の節句に用い、邪気を避けるために柱などに掛けたもの。

菖蒲の輿は、宮殿を葺いたり、薬玉などに用いるための菖蒲を載せた小屋形の長い四脚のついた輿。このあたり、枕草子「三条宮におはします頃」の段と同じ時の事。西宮記巻三に「供二菖蒲一 五月五日早旦、書司供二菖蒲二瓶一、(中略)糸所献二薬玉二流一〈又差二内豎一送二諸寺一〉、蔵人取レ之、結二付昼御座母屋南北柱一」とあって、本書のこの書きぶりは、五月五日の儀の順序を正確に伝えているといえよう。しかし、長保二年のこの儀の記は、本書以外には文献に見えない。

三一二 **或夲** 西・陽には七月十余日又富本には七月十日となっている。このような異本を、或本として引用しようとしたのを、或本とだけ記して、異文の書入れをしなかったものか。

三一三 **左右の大将などの御許には** 権記、長保二年七月二十六日に「詣二内府〈公季〉一覧二相撲一〈依二左大将〈公季〉召方相撲一也〉、密々五番」などとあって、左大将公季が、この年の相撲の諸事万端に多忙であったことは、この他、いくつかの例も見られるが、右大将道綱も同じようにこの相撲節会に活躍した史料は、他に見えない。また、同じく権記、七月二十七日の条には、「左右近奏付二内侍一〈内大臣以二左大将一奏二左奏一、右衛門督〈公任〉奏二右奏一〉」とあって、右大将、すなわち道綱は参列しなかったらしい。同年七月二日、道綱の室の卒していることから考えると、この相撲節会に道綱は参列しなかったとみるのが穏当であろうと思われる。これも、本書の作者が儀式の順序を慣習的に書いた結果「左右の大将などの御許には只是騒ぎの事をせさせ給」などとそのときの事実でないことを書いてしまったのであろうか。

巻第七　とりべ野

三一四　**八月ばかりになれば皇后宮には**　皇后は、日本紀略・権記の八月八日及び五日の条により、平生昌第より、八日に内裏に入御されている。そして同二十七日には、再び本宮に還御とあるが、本書のここの所に「内よりは、たゞにもあらぬ御事を心苦しうおぼしやらせたまて、内蔵寮より、さまぐ〳〵の物奉らせ給」とあるのにより、内裏に皇后は居られなかったことは明らかである。そして十二月媄子の御産は生昌第で行われ、崩御になるのであるから、おそらく本書のこの描写も、生昌第に居られる皇后を指しているのであろう。八月八日内裏に一度入られた皇后は、まもなく元の生昌第へ帰られたのであろうと解釈し得る。

三一五　**この度は限のたびぞ**　このあたり富本は、

…み給へは、このたひはかきりのたひ、そのゝち又御まくらに御てならひせさせ給へりける、

なき床に枕とまらはたれか見てつもらんちりをうちもはらはん

へきやうなれとかゝせ給へり…

となっているが、文意疎通を欠いている。恐らく「御まくらに…うちもはらはん」までは後に補入した時その位置を誤ったものであろう。「なき床に」の歌は典拠未詳であるが、続古今、哀傷にも「なやみ給けるころ、まくらのつゝみかみに書つけられける、一条院皇后宮」という詞書を付して採られている。

三一六　**世の中には馬車の音しけく**　長保三年元日は諒闇により、元日節会も停止、平座見参である。従って正月の儀式といっても、内裏の儀ではなく、東三条院の拝礼、および道長第で私に行う拝礼等のことを指しているのであろう。

三一七　**三条院に出でさせ給**　「〈長保三年正月〉十三日、乙酉、詣二左府一、被レ定下東三条院遷二御三条宮一雑事上〈来月十日〉」(権記)とあって、一条院より三条宮に遷御のことが明らかであるが、「二月十日、壬子、(中略)参院、(中略)亦参院、今夜遷二御三条院一」(権記)とあって、実際の遷御は、二月十日のことである。

三一八　**いみじう悩ませ給ふ**　詳解には、「道長の大病は長徳四年三月なれば、浦々の別の巻にあぐべきをここに載せたるは、順序違へり」とある。しかし、長保二年も五、六月に暫くの期間、道長は患っているから、ここはその病悩と解すべきであろう。しかし、それにしても、この部分は記述の上からみると、長保三年の所であるから、一年の相違がある。また、長徳三年、長保二年の両例をとり挙げてみても、本書のこの場面と内容上から合致する部分は殆どない。

三一九　**尚侍の住み給し土御門**　権記、長徳三年十二月十三日条にも、「土御門尚侍家」とある。拾芥抄、諸名所部京極殿の項に、「道長〈公〉家、或大入道殿家〈上東門院是也〉」とあり、京極殿は土御門殿ともいい、道長の邸。或説が信ぜられるとすれば、兼家の邸であったから、その女綏子が、ここを里邸とすることもあり得る。道長の土御門第は雅信・倫子より伝領のものであるから、これとは別のものと考え得る。京極殿の伝領については明確でない。

三二〇　**車宿り**　権記、長保二年四月十四日条に、「僧車宿已有レ制所レ禁也」、同五月十四日条に、「僧侶車宿事、先加二制止一」等とあり、巷間に設けられた僧侶の控え家には風紀上問題があったようである。

三二一　**後の御事なくてうせ給ぬ**　「三日、戊寅、詣二左府一右〈道長〉、大将殿〈道綱〉北方昨日亡、産後有レ病云々、此夜可二葬送一云々、故入道左大臣〈雅信〉第四娘〈中君〉也」(権記、長保二年七月)。

三二二　**いひつけにも**　詳解は村上真澄校本により「ちつけにも」と訂し、「和訓栞に、乳着の義とありて、児にはじめて乳をふくむる乳母をいふ」と解していて分り易いが、この校訂の方法には疑義があって俄に信頼し難い。「いひつけ」は「いひつく」という動詞の名詞形と見て頭注のように解した。富「いひつけんもの」。

三二三　**九月は石山詣**　「廿七日、甲子、東三条院〈詮子〉参二給石山寺一、依レ之令レ奉二出車一、余祗二候御供一、左大臣〈道長〉・春宮大夫〈道綱〉・宰相中将〈源俊賢〉・修理大夫〈平親信〉被レ候、黄昏到レ寺、秉燭之後大臣帰給、余、持〈匠〉作弁候二御供一」(権記、長保三年十月)。

三二四　**御八講始めさせ給**　本書では、石山詣(十月)、御八講(九月)、賀(十月)の順序に書かれているが、実際は、御八講(九月十四日―紀略・権記)、賀(十月九日―紀略・小右・権記)、石山詣(十月二十七日―権記)の順序が正しい。

三二五　**御屛風の哥ども**　「八日…参二左府一、被レ奉二歌和歌二首一、又祭主輔親所レ進和歌十二首、同付レ余被レ奏、余参内、於二弓場殿一、招二出蔵人道済一、

令レ奏二事由一、於二弘徽殿東庇一、書二御屛風四帖、和歌十二首一〈左大臣三首、輔尹一首、兼隆三首、輔親一首、為時一首、為義一首、道隆一首〉、令二奏覧一」(権記、長保三年十月八日)。

三一六　**兼澄**　兼澄の歌は勅撰集や勅撰作者部類に兼隆となっている時があるが、すべて兼澄の誤と見られている。ここも底本の兼澄を正しいと見てよいかも知れないが、流布本系統(群書類従本)の兼澄集にも、異本系統本(桂宮本)にもこの歌は見えない。権記には兼隆とあり、また、公卿補任に「非参議従三位藤兼隆〈十八〉、〔長保三年〕十月十日従四上〈東三条院御賀之時叙レ之〉」とあるのは道兼の男。

三一七　**舞人家の子の君達なり**　権記、長保三年十月七日の条に「鶴、巌〈竜王、納曾利〉」と定められたことがあり、同九日にそれらの舞のさまが詳しく書かれている。また、小右記(東三条院御賀部類記所収)十月七日の条には「日漸□殊有二時議一、召二竜王・納蘇利一、左大臣息童〈歳十〉、被レ召二上殿上一」とあり、同じく九日には「日迫二西山一、仍有レ勅、令レ奏二竜王・納蘇利一、々々々極優妙、主上有二令レ感給之気一、上下感嘆、拭レ涙者衆」などとある。

三一八　**行幸還らせ給**　「長保三年十月九日、(中略)亥剋還宮、有二鈴奏一不〔名カ〕謁、其儀如レ常、今夜自二昨日一、俄有下可レ令二一宿一之儀上、世以不二甘心一、(中略)催二還宮事一、還以普」(小右、東三条院御賀部類記)。「九日、(中略)還御、此日事尋可レ記」(権記、長保三年十月)。「十日、(中略)次供三奉院還二御三条院一」(権記、長保三年十月)。

三一九　**ものねせさせ給て**　「ねす」は傍書にも「熱す」とあり、また初花の巻に「花山院いみじうわづらはせ給…御瘡のねせさせ給なりけり」とあるのも同じで、発熱すること。「もの」は接頭語とも見られるが、「又ものさへねして悩み給へば」(本の雫の巻)とあるように、腫物で発熱する意に解しておく。

日本紀略に「閏十二月五日、壬申、今日東三条院有二御不予気一」(長保三年)とあり、又権記にも閏十二月九日、十二日共に御悩とある。

三二〇　**内方・殿方・院方など**　「閏十二月十四日、辛巳、終日雨、入レ夜参院、御悩重、〔源〕忠隆為二御使一参レ院之次、示二有レ召之由一、即参入、承レ仰、子刻許罷出、参院、亦帰宅、今日依二院御悩一、被レ勘二免未断囚人一云々」(権記、長保三年)。「閏十二月十五日壬午、依二東三条院御不予一、大二赦天下一」(紀略、長保三年)。「閏十二月廿二日、己丑、早朝参院、奉レ謁二左府一、被レ示云、此度詔書指二刻限一、是則有二不論之事一、非常時之例也云々、而指之如何事乎、余申云、皆如レ之、非レ可レ為レ難」(権記、長保三年)。これらにより、内方・殿方・院方ですべてのことをおこなったことが明らかである。

三二一　**惟仲の帥中納言の知る所に**　「閏十二月十七日、甲申、参院、亦可二渡御一云々、亦依二晴明〔安倍〕・光栄〔賀茂〕・奉平等占申一、不レ可レ御云々。十八日、乙酉、夜半時院還二御三条一」(権記、長保三年)。「東三条院渡二御右大弁藤原朝臣行成卿東院第一」(紀略、長保三年閏十二月十七日)とあって、占により行成第に渡御されたことが明らかで、惟仲第ではない。しかし、権記には、直ちに三条第に還御のように書かれているが、崩御は行成第(紀略・略記、閏十二月二十二日)とすべきであるから、やはり閏十二月十七日に行成第に渡御とみてよい。

三二二　**つごもりになりぬれば**　「かくて行幸あり」というのは、閏十二月十六日のこと。「つごもりになりぬれば…」はこれと合わない。実際は、行幸が閏十二月十五日、行成第への渡御は同十二月十七日のことである。

三二三　**ゆゝしなどいふも**　「長保三年閏十二月廿九日、丙申、被レ下二明年正月節会停止之宣旨一、又明年正月二日、依レ当二二七箇日一、今日所レ被レ定也、年首有レ憚之故也、四年正月一日、丁酉、無二節会一、依二諒闇一也」(紀略)。

三二四　**花山の慈徳寺にて**　「七日、癸酉、於二慈徳寺一、修二東三条院御斎会一、中陰也」(紀略、長保四年二月)。「(同二月)七日、癸酉、与左衛門督〔公任〕同車、詣二慈徳寺一御斎会也、於二金堂一被レ行、左大臣〔道長〕以下院司等居処〔マヽ〕御堂之西。九日、乙亥、参院、明日御法事料御経奉レ書二外題一」(権記)。

「慈徳寺　当寺在二山階元慶寺向辺一、四品弾正尹人康親王〈仁明第四御子、号二山階宮一〉旧跡也、遍昭僧正住所、覚恵律師伝領、妙業房是也、所レ載二于慈覚大師御伝之唐本一如意輪像安置之所也、大師御伝領之後、建二立伽藍一、是慈徳寺也」(門葉記、巻一三四)。

三二五　**二月十余日にぞ**　「十日、丙子、修二卌九日御法事一」(紀略、長保四年二月)。「同十日、丙子、有二御法事一、以二寝殿一為二御堂一」(権記)。

三二六　**四十九日の程に**　四十九日は八月二日に当るが、権記、八月一日の条に「故弾正宮御法事、於二法興院一被レ行、御経事」とあって、この日に行われたことが明らかである。つづいて「戌刻北方請二法橋覚運一為二戒師㆒、為㆑尼〈年廿二〉」（権記）とあって、北の方の尼となったのもこの日である。又、大鏡、伊尹伝によっても、弾正宮の亡くなられた後、尼となったことが明らかである。

三三七　**宣耀殿たゞにもあらずし奉らせ**　この箇所の解については諸説がある。標註（佐野）では、「娍子の呪咀など為しならんと世人の疑ひ言ふとなり」とし、少納言の乳母を宣耀殿の乳母であろうとしている。詳解も同説で、「たゞにもあらず」を、「鴆毒などすゝめ奉りて、うしなひ給へるとやうに申せりとなり」と解している。これらに対して、与謝野晶子（新訳）は、少納言の乳母を淑景舎の乳母と解し、それらが何か謀るところがあって宣耀殿を呪詛したところ、却って淑景舎の方がその罰に当って死んだと、反対の解釈を下している。しかし、本文の文脈のままならば、頭注のように考えられ、少納言の乳母も宣耀殿女御の乳母とするのが稍当であろう。また、なぜ宣耀殿は淑景舎に対して非常手段を講じたかについて、詳解は、両女御が年来互いに寵を競って拮抗したところに原因を求め、文中から例を挙げて、淑景舎の方が東宮の覚えが華やかで、宣耀殿は万事につけて圧倒されていたというが、「春宮には淑景舎・内侍のかみ〔綏子〕候ひ給ふ、宣耀殿には太一宮〔敦明〕の御母女御にて、又なき御思ひなれば」（巻四）などともあり、むしろ宣耀殿の方が寵が厚かったとも見られる記事がある。ただし、巻五においては、東宮は淑景舎を深く愛しておられたが、伊周等の花山院に対する不敬事件の勃発から、その愛情を表面に出されることを慎まれ、僅かに御消息を通わされたとも記している。しかしまた、長保二年の事を書いた箇所（二一四頁）には、巻四の記述と呼応するところがある。以上を通じて見る時、東宮対淑景舎の記述は一貫性を欠くともいい得ようが、巻五の記述はむしろ特異なものと見るべく、本巻に、「春宮にもわざと深き御心ざしにもあらざりつれど」というのが、総じての東宮の淑景舎に対する態度ではなかったかと考えられる。（淑景舎に対する記述は巻四と巻七とでは一貫しているが、巻五にはやや異なった記述の見られることは、本書の成立の問題とも関連するものとして注意して置く必要があろう。）しかし、東宮は、淑景舎が故関白の姫君であるというところから、「いつしか事も適う折しあらば、さやうにもあらせ奉り、物華かにあらせ奉らん」とも考えておられたであろう。そしてこのような東宮の胸中が宣耀殿側に伝わった時、多くの御子達を持たれていただけに、一種の不安をも禁じ得なかったであろう。かくて宣耀殿の意を推察したであろう一女房の浅慮から、毒殺事件が起されたものと考えられる。少納言の乳母は系譜未詳であるが、諸注の多くが想像しているように、やはり宣耀殿の乳母であろうが、その策略により、淑景舎付の女房が直接には下手人となって、毒殺が遂行されたものであろう。

巻第八　はつはな

三三八　**枇杷殿**　枇杷殿は、「左大臣仲平公宅、昭宣公〔基経〕家、近衛南・室町東、或鷹司南・東洞院西一町」（拾芥）。仲平より延光に移り、この当時は道長の領有ということになったが、延光から道長に移る径路は明らかでない。あるいは、枇杷殿に二つの家が考えられ、延光の家と道長の家とは、同じ枇杷殿でも、全然別系統のものとも考えられるが明らかでない。

三三九　**御贈物・引出物など**　「廿日、庚辰…此日、左大臣於㆓枇杷殿㆒有㆘息子御元服并着㆓姫君御裳㆒等事㆖、因㆑之諸卿参㆓入彼殿㆒、又少納言・弁・外記・史同以参入、是間内大臣加冠、大蔵卿藤原正光朝臣奉㆓仕理髪役㆒、其後加冠大臣、女装束一襲、曳出物御馬二疋、鷹一聯、御理髪正光朝臣給㆓同装束一襲㆒、又諸卿女装束一襲、少納言・弁・五位外記・史䋣各一領、六位疋絹、但件息子加㆓元服㆒之後、叙㆓正五位下㆒、御名頼通」（世紀、長保五年二月）。

三四〇　**二月に春日の使に立ち給ふ**　御堂関白記、寛弘元年二月五日条に「祭使頼通従㆓枇杷殿寝殿㆒立」とあり、以下出立の儀や参列した人々の事が詳しく記されている。

三四一　**たゝせ給ぬる又の日**　御堂関白記、寛弘元年二月六日条裏書に、六日、雪深、朝早左衛門督〔公任〕許かくいひやる、わかなつむかすがのはらにゆきふればこゝろづかひをけふさへぞやる、かへり、みをつみておぼつ□〔か〕なきはゆきやまぬかすがのはらのわ〔か〕なゝりけり、従華山院賜仰、以女方、われすらにおもひこそやれかすがのゝをちのゆきまをいかでわくらん、御返、三かさ山雪やつむらんとおもふまにそらにこゝろのか〔よ〕ひけるかな

とある。また道長と公任の贈答歌だけは、後拾遺集、巻十九雑五に載っている。和歌の異同等については、「栄花物語の和歌に関する諸問題」（松

村博司 日本学士院紀要、第十六巻一号)参照。

三四二 **又の日はいつしかと** 「使戌時許還来、従二酉時一諸卿着座、数度巡行、此間殿上人等遊、済政朝臣笛、使等着座、殿上人番飲一」(御堂、寛弘元年二月七日条)。

三四三 **くわがゆの弁** 源時通のこと。西・板等に「蔵人の弁」となっているのも同人。「右少弁従五位下源時通」(職事補任)。勘解由の弁は、弁官で、諸国司交替の時その書類を審査する役を兼ねた人。このあたりの文意、次の系図参照。

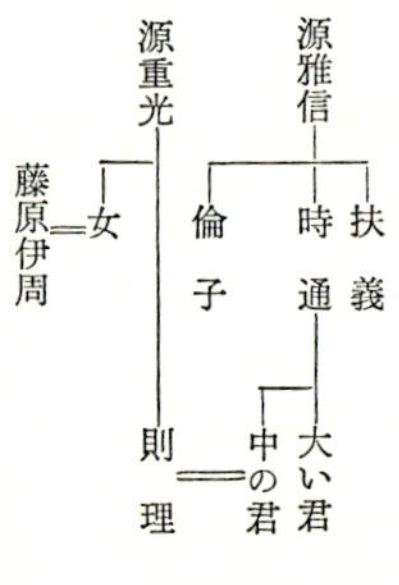

ただし以上の解釈は、本文を蔵人の弁時通と解し、女の一人である中の君が則理と通じたとする。しかし尊卑分脈には、時通の子に女子はなく、ここにもう一つの解釈が成立つ。それは、蔵人の弁を源扶義とする。扶義は、蔵人(貞元二年)及び右少弁(永延元)・左少弁(同二)・左中弁(永祚二)・右大弁(正暦五)を兼ねており、扶義に女子のあったことは、尊卑分脈にも明らかである。しかし、やはりいずれの女子も則理と通じたという事実は明らかでない。なお扶義の女は大納言の君とよばれている源簾子。紫式部日記の後一条天皇御誕生の条に「御むかへ湯は大納言の君〈源簾子〉」とある人。御産部類記不知記、寛弘五年九月十一日条に「以二源簾子一〈左大弁扶義朝臣女子也〉奉レ仕御迎湯二」とあって、蔵人の弁の女ということから言えば、扶義の女でもよいこととなる。

源雅信—扶義—女子〈大納言の君〉

しかし、時通も蔵人の弁であったことも明らかであるから、ここには、時通女と扶義女と二人挙げ、決定は避けたい。萩谷朴氏は、「小少将の君と大納言の君」(国文学、八の十五)に従来の説をまとめ紹介し、大納言の君は扶義女、小少将の君は時通女とされたが、大納言の君の時通女説を否定し去ることは、なお疑問がのこる。

三四四 **御禊** 「十七日、甲午、賀茂斎院〔選子内親王〕御禊」(紀略、寛弘二年四月)。「四月十七日、甲午、物忌、御禊、御前兵衛佐出立」(権記)。

三四五 **祭を…御覧ずるに** 「十七日、甲午、午剋許参二斎院一、(中略)依三所前駈一人不二参給一御禊事何有二遅留一乎、即起レ座進二御前一、申剋寄二御車一、余幷勘解由長官、於二堀河辺以西一見レ物、左府於二此処一見物」(小右、寛弘二年四月)。御禊よりはじめ祭を見物とあるように、御禊の見物(十七日)、使の出立を見物、そして祭の見物という順になる。また、小右記には「二十日、使々於二清涼殿一御覧云々」とある。祭の見物は、「廿一日、戊戌、出見レ物間、(中略)同車見物」(御堂)。

三四六 **准大臣の御位にて** 御堂関白記に「前帥藤原朝臣座次可レ列二大臣下大納言上一由、仰二外記行利一」(寛弘二年二月二十五日条)とあり、また小右記に、「左府仰云、帥可レ預二参朝議一之由、可レ書二下宣旨一者、未レ有二前例一事者」(寛弘二年十一月十四日条)とあって、この時は座次を定めただけであり、准大臣及び封戸下賜は寛弘五年のこと。

三四七 **今年の十一月に内焼けぬれば** 「十五日、己未、(中略)子時宮中火、殿上皆焼亡」(紀略、寛弘二年十一月)。「十一月十五日、(中略)一寝後、人申云、西方有レ火。赴見、内裏と見馳参」(以下火事の模様詳し)(御堂)。「十一月十五日、(中略)子剋許随身番長若倭部高〔亮〕範自二兄第一〔マヽ〕来云、内裏焼亡者」(以下火事の模様詳し)(小右)。「同日、(中略)今夜半許西方有レ火、或者云内也。仍馳参、(下略)」(権記)。

三四八 **次〳〵例の作法にて** 元日節会(紀略・御堂・権記)、二宮大饗(御堂・権記)、白馬節会(紀略・御堂・権記)、踏歌節会(紀略・御堂・権記)、射礼(紀略・御堂・権記)等、例年通りの年中行事が行われてゆく。

三四九 **例の卅講など** 御堂関白記によれば寛弘三年五月二日三十講開始、同二十五日結願。また権記には「十四日、乙卯、詣二左府一、三十講捧物之日也」とある。ただし寛弘元年の法華三十講は七月、同二年は五月に行われてはいるが十五日の結願のことは、いずれの年にも当らない。

三五〇 **馬場屋・埒** 「五月廿七日、天陰、従二華山院一、以二中清朝臣一可レ奉二御車一者、即参入、巳時渡御、従二馬場末門一御入、従二埒門一寄二御車一」(御堂、寛弘元年)。

三五一 **院の御供の僧ども** 花山院は出家の身であるため、御供に僧が付添う。「庚戌、(中略)此王卿・僧綱・殿上・僧幷俗有二禄物一、親王・大臣

女装束、納言綾褂袴、僧綱参議綾褂、僧白単重。殿上人疋見」(御堂、寛弘元年五月二十七日)。

三五二 **棄つれど棄てられぬわざ** 抄では、「のぞめどのぞまれず、のがれどのがれず」というのと「おなじやうなる諺にこそ」といっている。本文の解釈としては、「花山院かやうにいつかれ給ふ故に、よをすてんとおぼしても、えすてはてられぬよし也」としており、詳解も同趣旨。またはじめから諺として見、「諺に、この世のほだしは、棄つれどもすてられぬ事と、いへる如くにて」として、この世の束縛は棄てても棄てきれないの意に解しているが、仏教的な時代相から見て穏当な考えというべきであろう。

三五三 **御子二宮** 「五月四日、丁亥、以二冷泉院皇子昭登・清仁一為二親王一、実花山院御出家之後産出也」(紀略、寛弘元年)とあって、二親王を冷泉院の御子としたことは確実である。そして本書では、中務の子(昭登親王)が五宮、娘ばら平祐忠の女の子が六宮(清仁親王)ということになる。これは日本紀略と一致するのであるが、紹運録では、清仁が中務の子、昭登が中務の女の子となって、逆である。しかし、日本紀略・栄花物語の言うところを正しいとすべきである。

権記、寛弘八年九月十日の条には「左宰相中将同被レ参、相二遇御匣殿一〈〻〻是中務也、六親王〔清仁〕母、於二五親王〔昭登〕一祖母、又継母也〉」とあるが、五親王の母、六親王の祖母とあるべきである。また、むすめというのは平子のことで、六親王〔清仁〕の母である。これは、五親王〔昭登〕の母、中務の生んだ娘である。

三五四 **みかどは一条院におはしまし** 「四日、丙午、天皇自二東三条一遷二御一条院一、中宮同行啓、(中略)東宮出二御左大臣枇杷第一」(紀略、寛弘三年三月)。御堂関白記・権記等に詳しい。

寛弘二年十一月十五日に内裏焼亡後、天皇は東三条院に遷御(十一月十七日—御堂・小右・権記)。その後同三年三月四日に一条院に遷御ということになる。本書には、この間の事情は書かれていないこととなる。

三五五 **五節・臨時の祭** 「十四日、癸丑、五節、参二一条院一、以二東対一為二舞殿一、東西対為二五節宿所一」(御堂、寛弘三年十一月)。「廿一日、庚申、賀茂臨時祭試楽」(紀略、寛弘三年十一月)。「同日、臨時祭試楽。廿二日臨時祭如レ常」(御堂)。

三五六 **この程いかに** 大鏡、道隆伝に、「入道殿の御嶽に参らせ給へりし道にて、帥殿の方より、便なきことあるべしと聞えて、常よりも世を恐れさせ給ひて、平かに帰らせ給へるに」とあるによれば、道中不穏な企てがありはしないかと恐れたことになるが、本文のままならば留守中の京都において何か事が起りはしないかと心配した意になる。

三五七 **小式部の君** 本の雫の巻に、「〔嬉子ノ〕御乳母〔式部〕の君…泰通も美濃守なれば」とある式部は、陽・西等に「小式部の君」とあって同一人。御堂関白記(寛仁二年三月十四日)に「美濃守泰通妾小式部下二向国一」とある。紫式部日記にも「いと姫君の小式部のめのと」とある。

三五八 **とゝらの殿ばらの御車牽き続けて** 「寛弘五年正月一日、癸亥、暁四方拝如レ例、三位〔兼隆〕中将被レ過、同車参二左府〔道長〕一立二拝礼一、権中納言〔隆家〕・源中納言〔俊賢〕・勘解〔有国〕・匠作〔親信〕・大蔵〔正光〕・中将〔経房〕・権大夫〔頼通〕・三位中将・左京権大夫等同立」(権記)。行成は大勢の殿ばらと共に参内したことが明らかである。

三五九 **御燈** 「三日御燈、三日、大裏潔斎、宮主奉二御卜一、申二不浄由一、不レ可レ被レ奉二御燈一、御禊如レ常、無二不浄一時、内蔵寮奉二御燈於霊厳寺一、仁和以往、被レ奉二円成寺一、官人申二事由一供二魚味一、三日無二官奏一、天暦諒闇無二御禊一、有二殿上酒肴一、大嘗会年無二御卜一、無二御燈一有二御禊一時、宮主退出、天皇遙拝三度」(西宮記、第三)。

三六〇 **四月ついたちに** 「十三日、癸卯、雨下。辰時晴、中宮御二出従二一条院東北門一、(中略)着二土御門一」(御堂、寛弘五年四月)。「子刻、中宮自二一条院一、遷二御上東門第一、御懐孕五月也、依下為二神事一之間上所二出御一也」(紀略)。また「不断の御読経」については、御堂関白記(寛弘五年五月)に、「廿三日、壬午、中宮修善、明救僧都奉仕、又初二仁王経不絶御読経・最勝経一」とある。

三六一 **例の卅講** 「五日、甲子、講二行二座一、是今日為二俸〔捧〕物一也。(中略)講初間、有二御使定輔一、捧物後、賜二御返事一」(御堂、寛弘五年五月)。この時の三十講は四月二十三日に始まり、五月二十二日に終っている。すなわち御堂関白記に「〔四月〕廿三日、癸丑、初三十講」「〔五月〕廿二日、辛巳、(中略)卅講結願如レ常、此間日々上達部被レ座、少時六七人、多時十三四人、自二例年一今年陪〔倍〕」とある。

三六二 **苦空無我** 苦・空・無常・無我の略。一切世間の生死は苦であることを明らかにする、苦諦の境を観ずる四種の行相。一同の詠う『薪こり』の歌の讃嘆の声は、一切世間の空なることを歌うかと聞かれの意。

「み法を説く」は、元来苦空無我の声は、仏説無量寿経に、「波揚無量、自然妙声、随其所応、莫不聞者、或聞仏声、或聞法声、或聞僧声、或寂静声、空無我声、大慈悲声」とあるように、極楽世界の八功徳池の波の声をもいうのであるから、自然と仏法仏経を聴聞するように聞えるの意。

三六三 **秋のけしきにいり立つまゝに**　「けしきに」は「けしき」の誤か。「秋のけはひの立つまゝに」(紫式部日記)が参考になる。「けはひの」は「けはひ入」の誤と見られ、現に島原文庫本には「いりたつ」とある。〔参考〕「都にはまだ入りたゝぬ秋のけしきを、音羽の山近く、風の音もいと冷やかに」(源氏、椎本)。この部分から紫式部日記(以下日記と略称)を典拠としているが、すでに寛弘五年四月中宮が里邸に退出されたというあたりから日記と同趣のように感ぜられる部分が散見する。従って現存紫式部日記は首闕で、その闕けた部分によって書いているのではないかという疑も一応持たれるが、またそれらの部分には京極殿という語が用いられており、この部分以下土御門殿という語を用いているのと一致しない。従って日記を典拠とするという考については、なお一考の余地がある。

また前出「池の篝火に」(二五七頁)のあたりは、紫式部集「篝火のかげも騒がぬ池水に幾千代すまむのりの光ぞ」という歌の詞書に、「その夜池の篝火に、みあかしの光ありて、昼よりも底までさやかなるに、菖蒲の香今めかしう匂ひ来れば」とあるのとよく似ており、両者の間に全然関係がないと断言し難いものがある。従って本書の作者は紫式部の日記の他、同歌集またはその基となった式部の歌を参照したものであろうか。

三六四 **一日までは法興院の御八講と**　この時の法興院の御八講の事は記録が欠けているので、「七月一日」なのか、それとも「先日」の意なのか判別できないが、法興院八講会の結願は七月二日が多い。以下この一節は日記には無い。

法興院の法華八講会は御堂関白記によって検するに、次のように毎年六月二十七日又は二十八日に始まり、七月二日結願となっている。

寛弘元年　六月廿七日　初
　　　　　　　廿九日　五巻日
　　　　　七月　二日　結願
同　二年　六月廿八日　初
　　　　　　　三十日　五巻日
　　　　　七月　二日　結願
同　六年　六月廿八日　初
　　　　　七月　二日　結願
同　七年　六月廿八日　初
長和二年　六月廿八日　初
　　　　　　　三十日　五巻日
　　　　　七月　二日　結願
同　四年　六月廿七日　初
　　　　　　　廿九日　五巻日
　　　　　七月　二日　結願
同　五年　六月三十日　五巻日
　　　　　七月　二日　結願
寛仁元年　六月廿七日　初
　　　　　七月　二日　結願
同　二年　七月　二日　結願

(以上御堂関白記による)

三六五 **幾十の羊の歩み**　法華八講会だとか、七夕だとかうかうかと過ごして来たが、よく考えてみるとどれもこれもいわゆる屠所の羊の歩みだったのかも知れぬと、この頃は誰も皆人生無常の思いに堪えないのだった。この所富本は「たなはたもあひわかれにけるこそいかにそや羊のあゆみもすくしきぬらんとのみおほえけれ」となっている。「いくそ(幾十)」(本書に用例が多い)は「羊の歩み」を修飾する。「羊の歩み」は、人間の此の世にあるのは恰も牛羊の牽かれて屠所に到るように、一日一歩を進むごとに死期に近づくことの譬え。〔参考〕「如囚趣市歩々近死、如牽牛羊詣於屠所」(涅槃経三八)、「我此身命能得箴時、是日已過命随減少、猶如牽羊詣彼屠所、漸々近死無所逃避」(大乗本生心地観経五)、「偈云、譬如旃陀羅(屠手)駆牛就屠所、歩々近死地、人命疾於是」(摩訶摩耶経)、「俚語有之、人在世間、日失一日、如牽牛羊以詣屠所、毎進一歩而去死転近、此譬雖醜而実理也」(抱朴子、内篇勧求篇)、「今日もまた午の貝こそふきつなれ羊の歩み近づきぬらん」(千載集、雑歌下、赤染衛門、詞書山寺に詣でたりけるとき貝吹きけるを聞きてよめる)、「明けたてば、河の方を見やりつつ、羊の歩みよりも程なき心地す」(源氏、浮舟)、「常よりもいと悩ましく暮れゆくを、羊の歩みの心地して、さすがに物心細くおぼさるるを」（狭衣、巻二の上）、「いたづらにあかしくらす春秋は、ただ羊の歩みなる心地して」（中務内侍日記）。

栄花物語評釈（池谷一孝著）に「また突然此処に斯様なる事を言へるは皆人の上にも言へるなれど、主としては中宮の一日毎に臨月に迫る故に其の臨産のをりを想ひやりて容易からぬ事とて危みおもふ意を含めたるなり」といっているが、前文から引続き読んで来ると、三条院女二の宮禔子内親王薨去の事と、彰子中宮御産の事とが交互に書かれてあり、「皆人の上にも言へるなれど」を主と見たい。「秋のけしき」以下紫式部日記によるが、本書では季節の推移を写すことを主にして借りた。

三六六　**五大尊の御修法**　以下再び日記に拠る。五大尊（五大明王とも。中央―不動明王、東方―降三世明王、南方―軍荼利夜叉明王、西方―大威徳明王、北方―金剛夜叉明王）を本尊として各壇に据えて行う修法。怨霊降伏を目的とし、皇后御産・東宮立坊等の厳儀に修せられる秘法。五大尊の配置は坂口玄章氏によれば必ずしも一定はしていないという（『仏教文学序説』）。御産部類不知記に「寛弘五年九月十一日、今度被レ行ニ御祈ニ之内、五大尊法、就ニ或記ニ注出之、不動尊、観音院権僧正勝算、降三世、法性寺座主大僧都慶円、軍荼利、実相房僧都心誉、大威徳、修学院僧都斎祇、金剛夜叉、浄土寺僧都明救」とあるが、御堂関白記によれば七月二十日ごろから中宮御修善の事がしばしば見える。栄花物語・紫式部日記と共に相対比して示すと次のようである。

	御産部類	紫式部日記	栄花物語
不動尊	観音院権僧正勝算	観音院の僧正	観音院の僧正
降三世	法性寺座主大僧都慶円	法ぢうじの座主	ナシ
軍荼利	実相房僧都心誉	ナシ	心誉阿闍梨
大威徳	修学院僧都斎祇	さいさあざり	清禅阿闍梨
金剛夜叉	浄土寺僧都明救	へんちじの僧都	ナシ

（注）法性寺は法住寺の誤。法住寺の座主は慶円。播磨守藤原尹文男。後に第四十二代天台座主となる。この時六十五歳。

「さいさ」は斎祇の誤と見られる。斎祇は藤原道綱男、母は播磨守藤原季孝女。この時二十六歳。清禅は「さいさ」と音の近い漢字を当てたものか。そうすると日記は早くから「さいさ」と仮名書されていたことになる。

へんちじは浄土寺の草体を誤って遍知寺と誤書し、それを仮名書にしたものであろう。明救は醍醐天皇の皇子有明親王男、母は左大臣仲平女。後に第二十五代天台座主となった。この時六十三歳。浄土寺は明救の創始にかかり、山城国愛宕郡、今の銀閣寺の地にあった寺。

三六七　**さま〴〵その法に随ひての**　本尊毎に異なった法を行う僧の容姿・振舞などは、なるほどこのように行うべきものだと見られた。このあたりに相当する日記の文は、「五壇の御修法、時はじめつ。われもわれもとうちあげたる伴僧の声々遠く近く聞きわたされたる程おどろ〳〵しくたふとし」とある。

三六八　**観音院僧正**　勝算（底本勘物・御産部類不知記、後者によれば不動尊の受持）。観音院は山城国愛宕郡岩倉（京都市左京区）の大雲寺にあった。勝算の伝記は元亨釈書（巻十一）に「釈勝算、姓滋野氏、洛城人、十四出家学台教、一日宮中与横川源信対論、算辭滞渋、返睿山、白其師曰、願捨顕入密、師諾之、修練精苦、早得霊応、（中略）正暦三年補園城寺長吏、寛弘八年十月二十九日滅、年七十三、病中賜号智観」とある。日本紀略によれば長保四年七月二十六日権僧正となった。僧正は最上位の僧官、僧侶の濫行不正を正す職。大僧正・僧正・権僧正の三等に分れる。

三六九　**心誉阿闍梨**　「心誉権僧正〈園城寺長吏〉、左馬頭藤原重輔男、右大臣顕忠公孫、穆算之資、（中略）長元二補ニ園城寺長吏ニ、同年八月十二日寂、八十九歳」（諸門跡譜、実相院条）。

三七〇　**赤衣**　「拾芥抄に五壇法を修する時に青黒色の衣を用ふることを記せるは、これ降伏の法なるが故なり。黒は五大に配すれば風を象徴する色なり、風に摧破の力あり、黒に余色を滅する色あれば降伏相応の色とするなり。而して又、青は空の色なり、空と風と相合して摧破の作用完きを得るを以て青黒色を用ふるが如し。然るに五壇法には必ず青黒色を用ふとは限らず。降伏の法には一般に赤衣を用ふること密教綱要に示せるが如し。即ち赤は火なり、日輪南中して炎熱なるの相なり、火炎万物を焼滅せしむるに譬へたるなり」（『仏教文学序説』）。「心誉阿闍梨」以下「赤衣着たり」まで日記には無い。

三七一　**仁和寺の僧正**　諸門跡譜（勧修寺条）に「雅慶大僧正〈東寺長者、東大別当〉、敦実親王男、宇多帝御孫、長和元・十・廿五寂、八十一歳」とある。以下日記に無い。孔雀経の御修法は、孔雀明王経の法。孔雀明王を本尊として修する秘法で、天変・祈雨・止雨等の外、出産・病悩時に息災のために行う。仏母大孔雀明王経(巻下)に「此仏母大孔雀明王繊憶念者、能除恐怖怨敵一切厄難、何況具足読誦受持、必獲安楽」と説くに基づく。

三七二 **そらざれの何となきは**　「そらざれ」は新猿楽記に「京童之虚左礼」とある「虚左礼」のことであろう(詳解の指摘による)。大辞典によれば、「たはむるさまをよそふこと」とあり、「戯る」(ざる)の連用名詞形に「そら」の付いた語と解される。

このあたり本文異同は、

論じあはて—論し(西)○宮の大夫…美濃の少将—ひたりのさい相中将経房宮の大夫斉信よことにまいるみのゝ少将右衛門督中将(富)○なにとなきは—なにとなきよは(富)、なにとなきか(桂イ本)

また本節、日記の本文は次のとおり。

八月廿日あまりのほどよりは、上達部・殿上人ども、さるべきはみなとのゐがちにて、橋の上、対の簀子などに、みなうたた寝をしつつ、はかなうあそびあかす。琴・笛の音などにはたどたどしき若人たちの、とねあらそひ、今様歌どもも、所につけてはをかしかりけり。宮の大夫斉信・左の宰相の中将経房・兵衛の督・美濃の少将済政などしてあそび給ふ夜もあり。わざとの御あそびは、殿おぼすやうやあらむ、せさせ給はず。年ごろ里居したる人々の、中絶えを思ひおこしつつ、まゐりつどふけはひさわがしうて、その頃はしめやかなることなし。廿六日、御薫物あはせはてて、人々にもくばらせ給ふ。まろがしゐたる人々あまたつどひゐたり。

本書に「そこはかとなき若君達などは」「論じあはて給ふも」「そらざれの何となきは」等とある部分は日記の方が解し易い。本書の方で書き改めたり、書き加えたりした部分には概して難解な所が多くなっている。

三七三 **よべより御心地悩しげに**　「夜半許、中宮御産気色云々、即参、有㆓気色㆒」(権記、寛弘五年九月九日条)。「子時許、従㆓宮御方〔彰子〕㆒女方来云、有㆓悩御気㆒者、参入、有㆓御気色㆒」(御堂、寛弘五年九月十日条)。

三七四 **白御丁**　「白」(白き)は骨(四囲の柱)も胡粉を塗ったものを用い、また垂れ衣も白綾を使用したもの。「白木」に限定しないで解する。「丑刻、立㆓白木御帳㆒鋪㆑設、依㆓軽服㆒有㆑事㆑憚、未明退出」(権記、九月九日条)。「御しつらひかはる」は、衣裳・調度類が御産所の設備に変ったの意。御産には白一色のものを用いるのが例。「従㆓内裏㆒被㆑奉㆓中宮御産雑具等㆒、白木御帳一基〈綾帷等骨、以㆓五〔胡〕粉㆒塗㆑之〉、五尺御屏風三雙、四尺御屏風三雙、〈以㆓白綾㆒張㆑之、裏以上綾張㆑之、縁高麗金物等如㆓尋常時㆒〉、御几帳、四尺三雙、三尺二雙〈帷等綾〉、御畳十三枚〈御帳料、以㆓白綾㆒為㆑縁、自余以㆑綾為㆑縁〉、御表代一枚〈縁織物〉、件物等、納㆓黒漆中〔長〕持㆒云々、櫃等」「件御几帳・畳等、兼日蔵人頭左中弁道方朝臣、蔵人主殿助藤原定輔等、奉㆑勅所㆑奉㆑調也。去八月日、蔵人主殿助定輔為㆓勅使㆒特参。有㆓給㆑禄事㆒、定輔給㆓装束一襲㆒、出納多治比時正褂一重、御蔵小舎人一人白絹一疋、召㆓舎人二人㆒、各赤絹一疋」(御産部類不知記、寛弘五年九月十一日条)。

三七五 **日一日苦しげにて**　「子時許、従㆓宮御方㆒女方来云、有㆓悩御気㆒者、参入、有㆓御気色㆒、仍東宮傅〔道綱〕・大夫〔斉信〕・権大夫〔俊賢〕遣㆓消息㆒云、参来、他人々多参、終日悩暗給」(御堂、寛弘五年九月十日条)。

三七六 **法性寺**　太政大臣藤原忠平の創立にかかる寺(九暦、天暦二年四月二十三日条「法性寺、是殿下〔忠平〕建立道場也」)。山城国紀伊郡、賀茂川の東、九条の南にあった寺で、今の東福寺のあたり(拾芥抄「法性寺、九条河原、貞信公」)。現在京都市東山区本町十六丁目に同名の小寺を存する。忠平創立の法性寺は後世廃滅したが、その諸尊の一つである木造二十七面千手観音を本尊として現在の法性寺が建てられたという。

三七七 **その夜も明けぬ**　「左府以㆓馬八疋㆒奉㆓諸社㆒〈石清水・賀茂上下・春日・大原野・吉田・梅宮・北野〉、石清水・大原野奉剣云々、於㆓宮所㆒被㆑給㆑之、善事無㆑隙、修法七壇、不断読経三種在㆑之、神社仏寺祈願、不㆑可㆓敢記㆒、仏天霊験可㆑謂㆓掲焉㆒歟」(御産部類不知記、九月十一日条)。

「北の廂に移らせ給ふ」というのは、日記によれば九月十一日暁の事である。また前節に「今宵もかくて過ぎぬ」といっているから、本節は当然十一日の記事でなければならない。しかし次節に御産の事があり、それは日記その他の文献によれば十一日であるから、本節の「その夜も明けぬ」は、十日の夜が明けた意に解するほかはない。結局日記を書き改めた際、「陰陽師とて云々」という日記十日条の記事と、北廂へ御座を移されたことや願文の事等の十一日の記事を顚倒して書きながら、「その夜も明けぬ」ということばだけは日記どおりに書いたため、日付が曖昧になってしまった。

日記は、前節に引用した本文の後、女房に関する記述があり、さらにその後十一日の記事になって次のようになっている。

十一日の暁に、北の御障子二間(ま)はなちて、廂にうつらせ給ふ。御簾などもえかけあへねば、御几帳をおしかさねておはします。僧正・きやうてふ僧都・法務僧都などさぶらひて加持まゐり、院源僧都、きのふかかせ給ひし御願書に、いみじきことどもかき加へて、読みあげつづけたる言の葉の、あはれにたふとく頼もしげなることかぎりなきに、殿のうちそへて仏念じきこえ給ふほどの頼もしく、さりともとは思ひながら、いみじうかなしきに、人々涙をえほしあへず、「ゆゆしう。かう」など、かたみにいひながらぞ、えせきあへざりける。

三七八　**平かにせさせ給つ**　「午時、平安男子産給、候僧・陰陽師等賜レ禄、各有レ差」(御堂、九月十一日条)。「巳剋、参二左府(道長)一、午剋、中宮誕二男皇子一、仏法之霊験也」(権記、同日条)。「午刻許示送云、只今御産遂給、男、乍レ驚参入、謁二左府一、被レ談云、自二昨日一有二其気一、就レ中自二亥刻許一重悩給、及二今日一已以不覚、心神無レ措、適依二仏神冥助一、平安遂、御喜悦之心無レ方レ可レ喩、気色不レ可レ放云(々)」(御産部類記、同日条)。「天晴、於二上東門院一有二御産事一(寝殿北母屋庇為二御座所一)、先レ是自二十日暁一更有二御気色一、仍彼日寅刻撤二尋常御帳一、立二白木帳一(有二蟬翼帷、薄物紐等一)、白綾面御屛風十二帖、同御几帳(薄物帷紐)、幷白端差二御座一供レ之」(御産部類不知記、同日条)。

三七九　**禄給はせ**　「十一日、戊辰、午時平安男子産給。候僧・陰陽師等賜レ禄、各有レ差」(御堂、寛弘五年九月)。

三八〇　**罪得る事**　「此頃の俗なるべし。何のゆゑとも知りがたし」(標註栄花物語抄)。「臍帯をきるが罪障となる事は仏説にあるにや、いまだ徴証をえず。猶よく考ふべし」(詳解)。「この一句甚だ漠然として如何なる事を指せるにか分明ならねども、当時の風習として臍の緒を切ることは罪得る事としたりきと云へば、此処は殿の上の悦喜のあまりに、予て斯くとは知りながら、一時忘れて其を為せしといふなるべし」(栄花物語評釈)。

三八一　**有国の宰相の妻**　有国は、故大宰大弐藤原輔道四男。正暦元年非参議、長保三年十月三日参議に任じた(宰相は参議の唐名)。その妻は橘三位。橘三位は典侍従三位徳子(紫式部日記の諸本に「つな子」とあるは徳の草体を綱に誤り、それを仮名書にしたもの)。播磨守橘仲遠の女。一条天皇御乳母。「即時従三位橘朝臣徳子奉レ仕御哺乳一(以二内裏御乳母一、奉レ仕件役一、即給レ禄、女装束一襲)」(御産部類不知記、九月十一日条)。

三八二　**伊勢の御幣使**　毎年九月十一日に遣わされる伊勢奉幣使。「凡九月十一日、行レ幸八省院一、奉レ幣於伊勢太神宮一其使者、太政官預点二五位以上王四人一卜定(用二卜食者一人一)、大臣奏聞、宣命授二使王一、共二神祇官中臣忌部一発遣(事見儀式)」(延喜式、巻十一太政官)。「九月十一日、奉二伊勢太神宮幣儀一、即日使等従二神祇官一発向、廿日使等就二内侍一復命」(貞観儀式)。「まだ帰らざりつれば」は、九月十一日に発向する定めであるからこの記述は誤。ここの本文に誤がなく、また作者の不用意でないならば、作者はこういう風習を知らなかったということになる。しかし伊勢例幣使のことを知らないはずはないから、本文の混乱、または不用意な引用が考えられなければなるまい。

三八三　**えひたゝけて参りゐず**　産所の触穢を憚り、みだりがわしく着座することもできないの意か。「ひたたく」は名義抄に、「浪、ヒタタク、ウカル、ミダリガハシ」とあり、叨く、滔く、混く等の字を当てる。うかれている、みだりがわしい、締りがない、あらわである等の意。このあたり、紫式部日記に「けふ伊勢の奉幣(みてぐら)使、かへるほど、のぼるまじければ、立ちながらぞ、たひらかにおはします御有様奏せさせ給ふ」とあるのを参照すれば、伊勢奉幣使もまだ帰らなかったから(実は、本日発向の奉幣使が帰参するまではとあるべき所)、物忌を保たなければならない勅使は、産所の触穢を憚ってみだりがわしく着座することもできないという意で書いているのであろう。抄は、清水光房の「此月は伊勢の大神宮へ例幣使有て、その内は、禁中僧尼重軽服等の者は参内を得ざれば、中宮のおはします土御門殿は、御産穢有に依て、御使立ながら、上堂せられざるを、えひたゝけてまゐらずといふ也、ひたものすぐ〳〵と、はばかりなく内へ入たゝぬ意也」という説を引いて、「光房の説よし」としている。

三八四　**御湯殿酉時**　「戌刻有二御湯殿事一、寝殿東母屋廂為二御湯殿所一、先敷二地敷一、(中略)其上立二御槽一、瓮台幷床子等、次供二御湯一、属二人(中略)史生二人(中略)庁蔵人二人、(中略)各位袍之表、着二当色袍一(従二寝殿艮角小階一供レ之、侍長二人伝舁、伝二女房一)」(御産部類不知記、九月十一日)。御湯殿の儀式の順序のまず御湯を供する所について、本書の正確さは、これによっても明らかである。また、十六の御缶に御湯をわけて入れることも、同書、同日の条に「同刻初令レ造二御湯殿雑具等一(庁勤二仕之一)、御槽一雙(在レ台)、瓮十六口(在レ台、二脚、脚別八口)、以二白絹一各為

㆑覆、床子二脚〈在㆓小帖、中一取一脚㆒〉、桶六口〈大二口、小四口、以㆓白絹㆒各為㆑覆〉、匏六柄〈大二、小四〉とある。

三八五 **なかのぶ** 「宮の侍の長」は、中宮の雑事に仕える侍の長。「なかのぶ」は、「仲宣、大江氏にや、未詳。日記には…傍註に源仲信とあり」(抄)。しかし、この根拠は見当らない。「六人部仲信か。中宮侍長」(日本古典文学大系本紫式部日記)。御堂関白記、寛弘元年二月五日の条、頼通が枇杷殿より春日祭使となって出立の所の記事に「大将(頼通)着座後、依㆑仰着座。大将取㆑盃間、一座六人部仲信立座、大将進後、依㆑召従㆓南簀子㆒至㆑階間、賜㆓着座㆒後、中将公信召㆓仲信㆒、仰㆘任㆓府生㆒由㆖、公信大将取㆑瓶、其次承㆑之、仲信出㆓庭中㆒拝」とある。この仲信かと思われる。

三八六 **むめて御瓮に入る** 「むめて」は和訓栞に「湯に水をさすをいふ。熟るの意成るべし。本草にいふ、陰陽水をうめゆと訓ず」とある。これによれば湯を適温にするほか、陰陽を和する作法ということになる。瓮(口の小さい胴の太い土器、倭名抄「爾雅云、瓮謂之缶、音不、訓保度岐」)は十六箇用いるのが御湯殿の儀の例という。「十六は定まれる数なるべし…九と七と陽の数をとるならむ」(紫式部日記精解)。なお瓮十六口については補注三八四に引く御産部類不知記参照。

三八七 **湯巻** 湯殿に奉仕する者が着る服で、白い生絹(すず)を用いる。湯のかかるのを防ぐ。〔参考〕「今木(イマキ)、奉㆓仕御湯殿㆒人之所㆑着衣也、生白絹」(侍中群要)。「凡禁中着㆓湯巻㆒、上臈一人、典侍一人也、是候㆓御湯殿㆒故也」(禁秘抄)。「湯巻といふもの…湯のかゝりて濡るゝをいとひて、袿の上に湯巻といふ物したるなり、今世卑しき女の前垂とて腰に巻く物のさまに似たり」(藤井高尚「松の落葉」)。

三八八 **大納言の君** 源扶義女。廉子(紫式部日記諸本に遍子とするは誤)。ただし、底本傍書の源時通女とする説(補注三四三参照)、又、扶義養女とする説などがある。但馬守源則理に嫁して別れ、中宮彰子に出仕して、道長の召人として寵愛を受けたのは時通女であろう。「以㆓命婦従五位下藤原朝臣□子㆒令㆑〔奉〕㆓仕御湯殿㆒、以㆓源廉子㆒〈左大弁扶義朝臣女子也〉、奉㆓仕御迎湯㆒」(御産部類不知記、九月十一日条)。「御湯殿奉仕、清通朝臣妻、名弁宰相、迎湯大納言君」(御産部類不知記、九月十一日条)。

三八九 **虎の頭** 造り物。魔除のためこれを湯に写して浴し奉る。〔参考〕「皇子令㆑渡㆓御浴殿㆒給云々、御匣殿持㆓犀角虎頭㆒」(御産部類源礼記、元永二年条)。「虎骨主㆑治、頭骨作㆑枕辟㆓悪夢㆒、置㆓戸上㆒辟㆓魔鬼㆒、初生㆓小児㆒煎湯㆓浴之㆒、辟㆓悪鬼㆒」(本草綱目、第五十一)。「若宮御誕生有りて御産湯をひかせ申時〈ひかせ申すとは、御湯めさせ申なり〉、虎の頭のかげを御湯にうつしてひかせ申事あり、虎は猛き獣にて、諸の獣の恐るゝ物にて、邪気を退くる故、其の影をうつして御湯をひかせ申也」(貞丈雑記、巻一)。

三九〇 **浄土寺僧都** 浄土寺座主明救僧都。有明親王(醍醐天皇皇子)男、母左大臣仲平女。浄土寺は明救の創始にかかり、山城国愛宕郡、今の銀閣寺の地にあった。紫式部日記に「へんちじの僧都」とあるのは浄土寺の僧都と同人(補注三六六参照)。御産部類不知記によると、浄土寺僧都明救が五大尊法を修する中に来ており、本書の著者は、紫式部日記の「へんちじ」という誤を、明救であることに気付いて、正しく訂正したものか。御産部類記によると御湯殿の護身に侍したのは観音院僧正勝算だというから紫式部の記憶の誤であろうが、本書は日記のまま踏襲した。なお本節に関係ある御堂関白記以下の文献を左に引用しておく。

「酉時右少弁広業読書、教経〔孝経〕、朝夕同、…御湯鳴弦五位十人、六位十人」(御堂、九月十一日条)。

「読書伊勢守致時朝臣、右少弁広業、挙周朝臣等也云々」(権記、同日条)。「読書三人、伊勢守中原致時(注略)、右少弁広業、(注略)大江挙周云々」(御産部類記引用の小右記、同日条)。

「戌刻御湯、属二人、史生四人、著㆓浄衣㆒舁㆓御湯船并雑具等㆒、慶〔度〕㆑自㆓東橋㆒持㆓参御前㆒、次博士左少弁広業持㆓五帝本紀㆒、率㆓鳴弦廿人㆒〈五位十人・六位十人〉、自㆓同道㆒参入、西上北面立、広業朝臣開㆑之読㆑之了、各退出了、御湯、入㆑夜供㆑之、博士伊勢守致時朝臣参仕〈孝経〉挙周又勤㆓仕之㆒」(御産部類不知記、同日条)。

「又被㆑定㆓読書博士三人㆒〈伊勢守従四位上中原朝臣致時、明経、右少弁正五位下兼行東宮学士藤原朝臣広業、散位従五位下大江朝臣挙周、以上紀伝〉、鳴弦廿人、五位十人(注略)六位十人(注略)、……次読書、蔵人右少弁広業〈御注孝経、紀伝為㆑先也〉、引㆓率鳴弦人㆒列㆓立南庭㆒、(注略)事畢各退出、…子刻夕御湯殿、其儀如㆑先、読書広業、御湯殿之間、左府以下候㆓東渡殿㆒、々上侍臣弁・諸大夫候㆓東対簀子敷㆒、庁儲㆓粥等㆒、給㆓所々㆒〈従㆓今夜㆒、七箇夜間可㆑給㆑之〉」(御産部類不知記、同日条)。

読書博士のことについて右の記録を整理すると、敦成親王御誕生に際して御湯殿読書博士を任命されたのは、明経が中原致時、紀伝が藤原広業・大江挙周の三人で、御堂関白記・御産部類不知記一本によれば、十一日朝時(酉の刻のを朝時分とした)・夕時(子の刻、実際には浴湯はなく形だけであったろう)は共に広業が読書を奉仕した。ただし、日記・本書および御産部類不知記第二ともに史記の一の巻を読んだとあるが、御堂関白記・御産部類不知記一本に御註孝経とある。これが一応正しいようであるが、御堂関白記自筆本によると、この記事は後に書入れたものであることが分り、道長の思いちがいと考えられる所が少なくない。そこでこれはやはり、史記の第一の巻五帝本紀とすべきである。なお翌十二日の読書は、朝時を致時が礼記第十六中庸篇を、夕時を挙周が史記五帝本紀を奉仕したとする。

三九一 **白装束どものさまぐなるは**　御産所に奉仕する女房どもが様々白装束を身につけている様子は、全く白描画を見るような感じで、たいそう優美である。ここは、日記に「よろづの物のくもりなく白き御前に、人のやうたい、色あひなどさへけちえんにあらはれたるを見わたすに、よき墨絵に髪どもをおほいたるやうに見ゆ」とあるを節略して書いた。墨絵は、墨で輪郭だけを描いた絵、白描画のこと。嬉遊笑覧では、「土佐家の絵に着色なきを白絵といふとぞ、漢土に白描といへるに似たり、栄花初花にある墨絵、件のしら絵におなじと見えたり」といっている。恐らく彩色を施さない前の下絵の事を言っているのだろうが、やや後世の遺品である大和文華館所蔵古写本源氏物語の挿画(浮舟の巻、徳川美術館所蔵源氏物語小屛風はこれと組になるべきものと見られる)や枕草子絵巻等はそれだけで完成した白描画である。「いとなまめかし」(富本「いとゝなまめかしくあてはかなり」)は本書の筆者が与えた形容詞で、日記にはない。

三九二 **心ばへある本文**　「本文」はふつう中国古典にある文句のことをいうが、ここは婦人用の扇に書いたものであるから漢詩文の句ではなく、古歌を言うのであろう。益田勝実氏によれば藤原公任の新撰髄脳に「古歌を本文にしてよめる事あり、それはいふべからず」という用法があり、古歌に規範性を持たせて尊重したことは古いにしても、それを本文と呼んだのは公任あたりからであろうし、また紫式部の性格から見ても漢籍の本文を「心ばへある」(雅致のある)とはいわないであろうという(「紫式部日記の新展望」上)。「本文」は九条本に「ほんもん」と振仮名がある。

三九三 **左衛門督**　このままならば藤原公任であるが、日記には右衛門の督となっており、当時の中宮大夫藤原斉信の官であるから、左は右の誤。

三九四 **沈の懸盤**　「庁官奉二仕御産養一、大夫御前物、深〔沈〕懸大般〔盤〕六却〔脚〕・筥、馬頭弁自余器、皆銀」(御堂、九月十三日条)。御産部類不知記によれば、亥刻に御膳が供された。

三九五 **藤宰相**　底本勘物に有国とあるが、藤原実成がよい。公季男、母は有明親王女。参議、右近衛中将で侍従、中宮権亮を兼ねた。三十四歳。

三九六 **御衣・御襁褓**　中宮のお召物や御襁褓。これ以下は中宮権大夫と中宮権亮とが分担した産養の品である。襁褓については、大百科事典の石村貞吉氏の解説が詳しい。即ち「産衣の事。倭名抄に襁褓、和名無豆岐、小児被也とある。広韻、説文等に、襁褓、負児衣とあって、被は被ふ衣のことである。谷川士清は、神代記に纏綿をむつきかと訓してあるから、むつきは纏綿衣の意であらうといってゐる。貞丈雑記に、被を衾の類と解したのは蓋し誤であらう。然るに、その状細長いものであったので、帯の如く思はれたと見え、新撰字鏡に、襁、負児帯也、須支とある。御産部類記に、一合納二綾襁褓二帳、平絹襁褓一帳一〈二幅、長五尺有入帷〉とあるのは、その細長い状をなしたものを指してゐるのである。恐らく初産の児をぐるぐる巻いた細長い布を襁褓といったのが、いつしかむつき、おしめなどといふものに変ったのであらう」。なお類聚名義抄にも「襁褓ムツキ、タスキ、チゴノキヌ」とあり、御衣・御襁褓と続けた例は、源氏物語(宿木)に「ちごの御衣五重がさねにて、御襁褓などぞことごとしからず」とある。

衣筥は衣類を納れる筥。折立は筥の四隅に織物の裏張りをしたものを折り立てて飾りにしたもの。入帷子は衣類を筥に納れる時、それを包む布帛。

「包覆したる机」は、本文のままならば包(衣類を包んだもの)と、覆のしてある机(衣筥をのせる机)の意であろうが、日記では「包覆下机」となっている。恐らく「したる机」は「下机」の誤であろう。

三九七 **五夜はとのゝ御産養**　「参内、参二中宮一、五夜、内府被二参入一、大臣以下被物有レ差、左大臣被レ奉二仕御産養一」(権記、九月十五日条)。

三九八 **東の対に**　「東の対に」から「立て渡したり」までは、日記によれば三日夜の有様。「東の対に西向に北を上にて着き給へり」は、日記に

「ひんがしの対の、西の廂は上達部の座、北を上にて二つらに」とあって、上達部の座の様子である。「西向に」とあるが、下に引く御産部類記によれば、二列に対座したのであるから、西向の人々だけではない。「十五日、壬申、酉刻許参㆓中宮㆒、今日御産後第五日也。東対西面有㆓卿相饗㆒。南面殿上人饗〈上達部・殿上人座、白綾屏風不ㇾ可ㇾ然事歟〉」（御産部類記引用の小右記）。なお、十三日の条にも「東対西廂立㆓白綾四尺屏風㆒、為㆓上〔公〕卿座㆒〈北上対座〉、南廂立㆓同屏風㆒、為㆓殿上人座㆒〈西上対座〉、東廂為㆓諸大夫座㆒〈各有㆓饗用机㆒〉」（御産部類不知記）。本書のこの記事は、十三日、十五日が交り合ったように思われる。

三九九 **勧学院の衆ども** 藤原氏の氏の長者の家に立后、中宮御産等の慶事のある時、勧学院の学生一同が、別当に引卒されて参賀したこと。なお十七日条勧学院の歩参照。この日、勧学院衆の参賀のことは、御産部類引用の不知記に「五日事、（中略）今日勧学院有㆓官別当・学生等参入㆒、令ㇾ啓ㇾ賀由、別当〔説孝〕右大弁加ㇾ列拝礼、即給ㇾ禄」とある。

四〇〇 **若うさべき心安き程の女房八人** 日記によれば、この八人は「かたちなどをかしき若人の限り」で、源式部・小左衛門・小兵衛・大輔（伊勢大輔）・大馬・小馬・小兵部・小木工という呼び名の女房であった。

四〇一 **白き御盤** 行事の様は御産部類不知記（十五日条）に詳しいが、その一部に「亥刻供膳」とあり、その注記に「浅香御台盤六脚、在㆓白織物敷物㆒、伏組幷同打敷、御箸盤四種、馬頭盤等、皆悉用ㇾ銀之」とある。「今夜左府被ㇾ儲㆓御膳㆒、幷威儀御膳饗、衝重屯食五十具舁㆔立南庭㆒。亥刻供膳。（注略）（補注三九四参照）。四位大夫等舁ㇾ之、付㆓采女㆒供ㇾ之。次供㆓威儀御膳㆒〈先ㇾ是以㆓白木三階御厨子二脚㆒、立㆓東妻戸内㆒〉。菓子干物六十杯、（注略）五位大夫等舁ㇾ之、付㆓采女㆒供ㇾ之〈女蔵人伝取ㇾ之置㆓白木御厨子㆒〉」（御産部類不知記、十五日）。

四〇二 **かみの程の論** 紙は攤の勝負に供する賭物の紙。攤紙・碁手紙等とも言われるものであろう。その紙を置く作法の議論など、聞きづらく、みだりがわしい。攤の打ち方や紙を置く作法等は詳解に引用する「公茂公記」（乾元二年昭訓門院御産三夜条）に詳しく、参考になる。「右〔左〕衛門督公任有㆓擲采之戯㆒」（御産部類不知記引用の小右記、十五日条）。「左衛門督公任卿執ㇾ盃献㆓和歌㆒。（中略）次碁〔碁〕手紙、殿上人・諸大夫同有㆓碁〔碁〕手㆒」（御産部類不知記、十五日）。

四〇三 **誦などあり** 御産部類不知記（十五日条）に「左衛門督公任卿執ㇾ盃献㆓和歌㆒、召㆓紙筆㆒、賜㆓左大弁行成卿㆒書ㇾ之、公卿一々読了」とあり、日本紀略にも「十五日、壬申、皇子降誕之後五夜也、公卿以下詠㆓和歌㆒、令㆘参議左大弁行成卿㆒作㆖序」とあり、この時の行成の和歌序は本朝続文粋に載っている。

四〇四 **物騒しさに** この一文日記にはなく、作者の書き加えたもので、そうした関係から「侍らぬ」というような対話敬語が地の文に出てしまったのであろう。

四〇五 **女房盃など** このあたり作者がこの場に臨んでいる気持で書いているので「思ひやすらは」れる主格は作者（他の女房をも籠めて）となる。

四〇六 **珍しき光さしそふ** 「盃」に「栄月」、「もち」に「望」をかける。「光」「さしそふ」「めぐる」は月の縁語。後拾遺集、賀に、「後一条院生れさせ給ひて、七夜に人々参りあひて、女房盃いだせと侍りければ、紫式部」としてこの歌を載せている。日記および後拾遺集共に五句「千代も」。

紫は紫式部。「越後守為時女、名紫式部有㆓二説㆒、一者作源氏物語之時所載件紫之巻甚深作之、故得此名、一者一条院御乳母子也、而上東門院令奉給トテ、吾ユカリノ者也、アハレト思食ト令申給之故、彼此名武蔵野ノ義也云々」（中古歌仙三十六人伝）。

四〇七 **上達部には女の装束** 公卿には禄として女装束を賜わったが、それには御襁褓が添えてあったの意。日記にも、「禄ども、上達部には、女の装束に、御衣・御襁褓やそひたらむ」とあり、西本に「御襁褓」が「おほうちき」となっているのは書き改めたものであろうが却ってよくない。御襁褓は若宮のを用いたのである。

四〇八 **七日の夜はおほやけの御産養** 「九月十七日、甲戌、参内。参㆓中宮㆒、七夜、公家御産養㆒（権記）。「十七日、甲戌、（中略）蔵人右少将道雅為㆓勅使㆒、御膳幷禄物等随身参入。別有㆓書注文㆒。以㆓件文㆒付㆓宮司㆒」（御産部類不知記引用の小右記）。

四〇九 **やがて啓し給** ただし日記は「やがてかへし給ふ」（目録を受理し、すぐ返却なさる）。この下、西本・活本・九巻抄本等には「くし給へる出納小舎人にいたるまでろくとも給はせてそかへり給ける」という一文があり、九本には傍書となっている。出納・小舎人は共に蔵人所に属し、納殿の御物を出納する役。

四〇 勧学院の衆ども歩みて参れる　勧学院の歩は権記・御産部類不知記等によれば十三日、また不知記の一によれば十五日にも行われた。日記には十三日・十五日のことは見えず、この十七日の所にだけ見える。次に挙げる記録類を併せ見ると、この時行われた勧学院の歩は三回にわたり行われたことになる。

(1)「勧学院衆歩、右大弁有官無官別当以下同献二見参一、立二東対南庭一西面北上拝礼、大弁立事未レ知二前例一、可レ尋」(権記、九月十三日条)。

(2)「勧学院率二別当弁〈右大弁説孝朝臣〉以下幷学生等一参入、権大進橘為義取二見参一、先覧二大夫一次令レ啓レ之、聞食之由仰了後、別当弁以下学生等列二立南庭一再拝退出、次給レ録有レ差」(御産部類不知記(A)、十三日条)。

(3)「十四日、辛未、資平云、昨日勧学院有官別当学生等参二中宮一列二立東庭対前庭一…」(同不知記(B)引用小右記)。

(4)「五日事、左相府被レ奉二御前物一…今日勧学院有官別当学生等参入、令レ啓二賀由一、別当右大弁加レ列拝礼即給レ禄」(同不知記(C)、十五日条)。

以上を表示すると、

	権記	不知記(A)	同(B)	同(C)	栄花	日記
十三日	○	○	○			
十五日				○	○	
十七日					○	○

となり、十三日に行われたことはほとんど疑がないが、本書・日記は何故かこれを記録しておらず、かえって記録としては僅かに一例にとどまる十五日のものを本書は採り、また十七日のものは日記だけに見えるものであるが、これをも採っている。十五日にも行われたならば、本書は右に挙げた不知記の如きものによって補ったのであろうが、十三日のものを書かなかった理由は明らかでない。益田勝実氏は不知記(C)に「氏后産時勧学院等参入例不レ見、若権儀歟、依二長者被一慶賀一」とあるを引き、この時のものは破格の初例である事から言って、三回も行われたというのは多すぎるし、二回ならば、十三日と十五日、一回とするならば十三日と見るのが正しいのではなかろうかとされた(「紫式部日記の新展望」上)。益田氏も言われるように右の資料に拠る限りなお断定は下し難い。

四一 船の人〳〵　女房達が舟遊びをしたのは十六日夜の事。日記に拠れば内の女房達が慶賀に来たのも十六日夜の事。本書の書き方では舟遊びの事が、十六日夜と十七日とに二度あったように見えるが、七日の産養の事を途中に挟んで書いたためにこのようになった。「内の女房達皆参る」以下、十六日の事に戻って書いている。

四二 宮の御衣をぞ添へたべき　御産部類不知記(十七日条)に「其後中宮給二公卿以下禄一、上達部女装束、被レ加二皇子御衣一、或被レ加二襁褓一、不レ能二具記一、殿上人於〈物カ〉有レ差〈四位袿袴、五位褂、六位袴、四位已上加二皇子夜襁褓等一、或御衣或襁褓云々〉」とある。

四三 殿上人は常の事と　「大臣大褂、本宮相二加女装束幷児御服一、大納言以下宰相以上大褂、相二加綾褂一重・児御服等一、侍臣諸大夫疋絹」(御産部類不知記、九月十七日)。

四四 九日の夜は　「十九日、丙子、参内。参二中宮一。春宮権大夫〈頼通〉奉二仕御産養一」(権記)。

四五 白き御厨子一双に　「今日春宮権大夫被レ儲二御膳幷威儀御膳饗一、屯食、突重、碁手等、御膳作法皆同二前日一、但威儀御膳六十坏、皆用二銀盤一、又御厨子二脚用二白木大螺鈿一…」(御産部類不知記、九月十九日条)。

四六 見るにあやしう　「あやしう」は「覚ゆる」へ続く。「法花経のはすらんやうに」は、抄では「此処誤字有べし」としているが、このまま訳せば口訳に示したような意味であろう。「らん」は、同時に他所で行われていることを推量する場合のそれではなく、一般的に疑問のあるものを推量するという用法。「老さかり」は、老も遠ざかりの意で、「さかり」は四段活用の動詞「さかる」(離る)の連用形。はなれる、遠ざかるの意。このあたり日記は、「世におもしろき菊の根をたづねつつ掘りてまゐる。色々うつろひたるも、黄なるが見どころあるも、さまざまに植ゑたてたるも、朝霧のたえまに見わたしたるは、げに老もしぞきぬべき心地するに、なぞや」となっており、本書の作者によってまったく書き替えられている。法花経云々を持ち出したことは、作者の宗教に関心の深い一端の現われと見るべきか。なお日記には、この後紫式部の述懐や、小少将との贈答の事が書かれているが、本書ではそうした個人的にわたるものは省略している。

四七 神無月のつごもりの事となん　あるいは行幸の予定がはじめ十月下旬と定められたというのかとも考えられるが、御堂関白記、九月二十八日条に「召二光栄・吉平等一問二行幸日一、来月十三・十六・十七日等申二吉日由一、以二左中弁一奏二此由一、十三日可レ有二行幸一定二」とあり、十月四日条にも「可レ有二来十六日幸〔マ、〕行召仰一」とあり、そうした形跡はない。これも、日記になく本書独特の記事である。

四一八　**竜頭鷁首**　竜頭鷁首の船は、二艘で一対とし、一隻の船首には竜の形、他の一隻には鷁(水鳥)の形の彫り物を付ける。楽人の乗る船で、竜頭の船には唐楽、鷁首の船には高麗楽が乗る。「竜はもと水を心にまかするものなり、鷁は風をうけてよく行くものなればなり」(源氏物語細流抄)。この一節はほとんど日記に同じ。御産部類不知記にも詳しい。

四一九　**行幸は寅時とあれば**　「十月十六日、癸卯、行二幸上東門院一。此即中宮以二去九月十一日一産二男子一、仍為レ令レ奉レ見給一有二此幸一」(御産部類不知記)。日記は「行幸は辰の時(午前九時頃)と」。事実は「午一点幸着」(御堂)。

「上達部の御座は西の対なれば」は、御堂関白記に「上卿着二西対南廂座一、殿上人同卯酉廊着座」とある。

四二〇　**それより東の方に当れる際に**　日記と対照するに、(底本本文の右傍に日記の本文を校合した形で示した。)

ひとまへたてゝひんかし・・・

それより・・・・・・東・・・のかたにあたれるきはにきたみなみ

を　へ　てゝ　の　ら　より

のつまにみす・かけわたして女房・ゐたるみなみのはし・のもとに・

を・

すたれありすこしひきあけて内侍二人いつ

となり、「それより東のかた」というのは、御椅子の立ててある南廂東の間から一間距てた東の方の意。次は、その部屋の境に、北と南の端に御簾をかけ渡して女房達がいた、その南の柱のそばから簾を少し引き上げて…とあるべきで、「はしのもとにすたれあり」は「はしらもとよりすたれを」の誤と見なければならない。御産部類不知記、十月十六日条に「内侍二人出レ自二東妻簾中一、執二剣璽一」とあり、内侍は、「内侍のじょう」(掌侍)の略。内侍司の三等女官。

四二一　**青う黄なるなど交りたり**　日記の「なかなる衣ども、例のくちなしの濃き薄き、紫苑色、うら青き菊を、もしは三重など、心々なり」に相当するものであろうから、袿の色を言っているものと見られる。

四二二　**藤三位**　「陪膳三位徳子」(御堂)、「大臣退出之後、供二朝干飯膳一〈乳母従三位橘朝臣徳子、勅陪膳、供奉内侍以下取二御盤一役レ之〉」(御産部類不知記)等の資料により、橘三位の誤と判定される。橘仲遠の女、典侍正三位徳子。一条天皇の御乳母、藤原有国の妻。

四二三　**赤色の唐衣に**　このあたり、底本本文の右傍に日記の本文を対照して示すと、

を　・・・・　・　・・きなる　そ

あかいろのからきぬにきなるからのあやのきぬ・・・きくのうちき・

める

うはきなり・

となり、日記に拠れば、青色の唐衣に、唐綾の黄菊の袿が表着なのであろうの意になるが、本書では、赤色の唐衣に、黄唐綾の袿を重ね、菊の袿が表着であるの意に解するほかはないようである。恐らく「きなるからのあやのきぬきくの」という部分に混乱があるであろう。袿は何枚も重ねて着るものであり、一番上に着る袿を表着という。唐の綾は綸子の類をいう。菊は表白裏青であるが、ここは黄菊であろうから表黄。

四二四　**御声いと若し**　これだけでも分らないことはないが、富本に「率て奉らせ給ふ」と「御声いと若し」の間に、「うへはいたきうつし奉らせ給にいさゝかなかせ給」とあるに拠るべきである。三条西本系では元来無かったものかも知れないが、それならば富本系は改修した時、日記を再参照して補ったものと見られる。日記の本文は「うへいだきうつし奉らせ給ふほどいさゝか泣かせ給ふ御声いとわかし」となっている。「参二御前一、奉レ見二若宮一給、余奉レ抱、上又奉レ抱給」(御堂、寛弘五年十月十六日)。

四二五　**御剣とりて**　「内侍二人出レ自二東妻簾中一、執二剣璽一〈左近中将藤原朝臣取レ之、授二内侍一〉」(御産部類不知記、寛弘五年十月十六日)。

四二六　**万歳楽・大平楽・賀殿**　万歳楽は、平調に属する舞楽。隋の煬帝が大楽令白明達に命じて作らしめた曲という。大〔太〕平楽は、鴻門の会に楚の項荘が抜剣して高祖を撃とうとした状を模した舞楽。賀殿は、仁明天皇の時遣唐使藤原貞敏が琵琶を用いて習い伝えたという楽。

四二七　**池の波も声を唱へたり**　日記に「いとよくはらはれたる遣水の、心地ゆきたるけしきして、池の水波たちさわぎ、そぞろ寒きに」を書き替えたものと見られるが、「声を唱へたり」という表現は、初花の巻五月五日法華三十講の段に、「苦空無我の声にてありける讃歎の声にて、

遣水の音さへ流れ合ひて」とあるのと同趣のものであろう。従って、池の波も苦空無我の声を唱えているの意に解しておく。

四二八　さきぐ〵の行幸を　日記には、「故院のおはしましし時、この殿の行幸はいと度々ありしことなり。そのをり、かのをり」とあって、この故院は、東三条院詮子および円融院という説もある。

四二九　殿は入らせ給ひ　日記では「殿はあなたにいでさせ給ふ。うへは入らせ給ひて…」と記述が反対になっている。しかし今は本文のままに解する。殿は(以下の行事の行われる部屋に)お入りなさり、主上も(中宮のお部屋から同じこの部屋へ)出御なさって、右大臣を御前にお召しになり、(勅命によって)右大臣は筆を執って(加階の名簿を)お書きなさるの意。「書き給」は右大臣の行為。主上を主格としていえば「(右大臣に)書かせ給ふ」の意。「奏名還入了御入、上卿著二対座一、道方朝臣召二右大臣一、候二御前一、書二叙位一」(御堂、寛弘五年十月十六日条裏書)。

岩野氏も指摘されたように、この箇所とよく似た書き方をした例がつぼみ花の巻の三条帝土御門殿行幸の段に見られる。即ち、

〔帝ハ〕御帳の中に入らせ給て、〔中宮姸子ト〕月頃の御物語など心のどかに聞え給。(中略)むげに夜に入りぬれば、〔道長ガ帝ヲ〕そゝのかし申させ給へば、しぶ〳〵に起きさせ給とて、「猶〔宮中へ〕疾く入らせ給へ。今日明日の程に」返ゝ〔中宮ニ〕聞えさせ給て、〔中宮ノ御部屋カラ〕出でさせ給ぬ。かくて左大将〔公季〕召して、この家の子の君達の位増し、殿の家司どもの加階せさせ、又この若宮〔禎子内親王〕の御乳母のかうぶりゆべき事など、書き出させ給て、宮の御前に啓せさせ給。殿〔道長〕はやがて御前にて舞踏し給ふ。

とあり、本例を参照すれば、本書の作者は日記を自己流に書き改めたと見られるので、本文のままに解するのがよかろう。

四三〇　さるべき限加階す　「宸儀入御、公卿復座、又有二盃行一、更令二道方朝臣一召二右大臣一〈以二左大臣為二家重一歟〉。大臣参上。候二御簾前一(注略)、被レ仰下宮司并子息可レ叙二一階一之由上、有二叙位事一〈大臣即召二紙筆一、道方朝臣進レ之〉」(御産部類不知記、寛弘五年十月十六日)。

四三一　氏の上達部引き連れて　「而召二道方朝臣一被レ仰下可レ為二親王一宣旨上、即仰二道方一、公卿別当右衛門督〔斉信〕、次氏公卿・大夫等奏二慶賀由一、南庭北上東面拝無〔舞〕」(御堂、寛弘五年十月十六日条裏書)。

四三二　別当になり給へる　「叙位了着二右〔府〕座一。正二位藤原朝臣斉信、従二位源朝臣俊賢・藤原朝臣頼通、従四位下〔上〕教通、従四位下季随、以二道方一奏云、実成朝臣上達部亮、彼給二一階一如何、仰云、書落也、早可レ入者、右大臣承レ之、従三位実成書加」(御堂、寛弘五年十月十六日条裏書)。

四三三　おもと人・別当・職事　おもと人としては、藤原定輔・源為善・藤原隆佐・藤原国経等が宛てられた。「別当」は本官以外の職務に当ること。源道方・藤原教通・藤原兼綱が蔵人所別当に宛てられた。また「職事」は蔵人のこと。源頼国・藤原章信・橘義通・源行任等がこれに任ぜられた。以上御堂関白記(十七日条裏書)に詳しい。日記には「宮の家司別当おもと人など職事定まりけり」とあり、この書き方によれば「職事定まりけり」は、御堂関白記(十七日条)に「戌時若宮所々定二職事一」とあるのと同じ用法で、職事は職務ある官の総称。即ち、家司、別当、侍者など、職官が定まったの意。

四三四　餅参らせ給　「御五十日、(中略)戌二点余供レ餅、其後又就レ座数献、後籠物五奉、折櫃五十合奉二御前一」(御堂、寛弘五年十一月一日)。折櫃物などのことは御産部類不知記にも詳しい。

「寛弘五年十一月一日、戊午、(中略)今日皇子五十日(注略)、左右内三府〔道長・顕光・公季〕(中略)等参入。於二東対一有二卿相并殿上人饗一、如二御産時一、戌刻皇子初聞二食餅一云々、(中略)卿相酩酊」(御産部類不知記)。

四三五　折櫃物など　檜の薄板を四角または六角に折り曲げて作った箱で、蓋がある。御馳走をいれる。それを欄干にそって並べて続けた。「十一月一日、戊午、今宮御五十日也、籠物、殿上四位五位奉仕、風流不レ可二云尽一、折櫃物四十合、大和守頼親朝臣奉仕、曲節無極云々」(御産部類不知記)。また紙燭は脂燭とも書き、長さおよそ四十五糎、太さ一糎ぐらいに松の木を削り、先の方を炙って焦がし、その上に油を塗って点火する。握る所を紙屋紙で左巻きにする。室内用のたい松。

四三六　柱の東の間　柱の東の間を上座としてと解するほかないが、「柱の東の間」は明瞭でない。日記はこれ以下「はしのひんがしの妻戸の前でゐ給へり」となっている。「はし」は階隠の間の意。即ち正面階段の東の間を上座としての意でよく通じるが、本書の「柱」は恐らく「はし」の誤であろう。

四三七　三輪の山もと　「わが庵は三輪の山もと恋ひしくばとぶらひ来ませ

杉立てる門」(古今、雑下、読人知らず)。ただし紫式部日記・富本は「みの山」。それによれば催馬楽、簑山「簑山にしじに生ひたる玉柏豊の明りにあふが楽しさやあふが楽しさや」。
「御遊びさまかはりたれど」は、「三輪の山もと」を歌ったりしたことが例の管絃の遊びとは様が変っているがの意に解されるが、日記には「御遊びさまばかりなれど」とあり、管絃の遊びはほんの形ばかりだがの意。

四三八 **千年万代にて過ぎぬ**　「千年万代」は神楽歌、千歳の法の歌のことであろう。「千歳〳〵千歳や〳〵千年の千歳や　万歳〳〵万歳や〳〵万世の万歳や　なほ千歳　なほ万歳　千歳〳〵千歳や　千歳の千歳や　万歳〳〵　万歳や　万世の万歳や」。

四三九 **宰相中将**　紫式部日記精解に「兼隆、故関白道兼二男」とあり、公卿補任によれば参議兼右中将であるが、底本勘物には経房とあり、決し難い。経房は源高明男、参議兼左近権〔一本無し〕中将。兼隆・経房共に右、左の宰相中将である。

四四〇 **いかにいかゞ数へやるべき**　若君の御年は千年も何千年も余りに永く続くものであるから、今日の五十日の御祝儀に際して、どうしてどのように数え尽すことができましょうか。初句に「五十日(かい)」が詠みこんである。

四四一 **例の作法の禄どもなどありて**　「召二公卿御前一、女方近二女方簾下一、数巡後、〔殿〕上人御遊数曲、後賜レ禄、大臣女装束、加二織物褂一、大納言織物褂・袴、中納言綾褂・袴、宰相綾褂、殿上人疋見、立明主殿寮者疋見、事了大臣二人引出馬、右府〔顕光〕・内府〔公季〕留有二和哥事一」(御堂、寛弘五年十一月一日)。

四四二 **うるさければかゝずなりぬ**　中宮還御の記事は、日記の「入らせ給ふべきことも近うなりぬれど…馬の中将の君をさきにたてたれば、ゆくへもしらずたどたどしきさまこそ、わがうしろを見る人はづかしくも思ひ知らるれ」に相当する部分のうち、紫式部の述懐等私的にわたる部分を全部省略した上、還御の部分も略記したものである。なおこのあたり御堂関白記、十一月十七日条に「参二中宮太内一給、御輿、若宮金造御車、別当以下四位五四〔位〕挙燭、奉レ抱二候御車母と〔倫子〕并御乳母一…」とあるのが参照される。

四四三 **御手筥一双**　類聚雑要抄、巻四に「手筥一合〈長一尺二寸五分、弘八寸、高六寸四分半(下略)〉三懸子」として、第一懸子に櫛鏡・べに盤・歯黒女盤・同壺・筆等を、第二懸子に造紙四帖〔二帖は万葉集抄、後撰集抄、他の二帖は古今上下抄〕、硯筥等を、第三懸子に薄様五帖、檀紙一帖を、身に熨斗筥・火取等を納めた図を載せているのが参考になる。

四四四 **元輔・能宣**　元輔は清原氏。深養父の孫、清少納言の父。梨壺五人の一人として後撰集の撰進に参加した。三十六歌仙の一人で家集がある。
能宣は大中臣氏。頼基男、輔親の父。伊勢斎主。同じく梨壺五人の一人で、後撰集の撰者。三十六歌仙の一人で家集がある。
「家〳〵の集」は私家集のことで、ここは元輔集・能宣集など。

四四五 **五節廿日参る**　五節舞姫は、新嘗祭・大嘗祭に行われた少女舞の舞姫。新嘗祭には四人、大嘗祭には五人。あらかじめ公卿・諸国司等に命じて舞姫を献ぜしめ、十一月中の丑の日には天皇が常寧殿へ出御されて舞姫御覧の儀(五節の帳台の試み)があり、寅の日には御前の試みといって、舞姫を清涼殿に召して舞を御覧になる。また卯の日には童女御覧があり、清涼殿に舞姫の介添の童女、下仕を召し、天皇は簾中から御覧になる。引続き辰の日には新嘗祭・豊明節会が行われる。本文は、五節の舞姫は二十日(丑の日)に御所に参入するの意。「廿日、丁丑、依二尾張守中清朝臣一借二送車一、舞姫参入料云々、殿上五節中清・業遠・右宰相中将・侍従宰相」(権記)。

四四六 **御前に向ひたる立蔀に**　このあたりすべて一条院里内裏の事であるから、清涼殿とあるのも実は一条院の中殿を指し、五節所も常寧殿ではなく、同じく一条院の東の対の事である。「東の」(東の方にある)も「立蔀」を修飾する語ではあるが、中宮の御座所が寝殿の東面、即ち東の母屋から廂にかけてあったと解され、全体は東の方の、中宮御座所に面した庭にある立蔀ということになる。一条院里内裏については池田亀鑑博士・阿部秋生博士に考証がある。

四四七 **業遠朝臣のかしづきに**　業遠は高階氏。従五位上左衛門佐敏忠の男。春宮権亮、丹波守。十月十七日敦成親王家家司となった。その業遠から献じた舞姫の介添に。「錦の唐衣着せたり」とある部分、日記は「業遠の朝臣のかしづき、錦の唐衣、やみの夜にもものにまぎれず珍しう見ゆ」となっている。

四四八 **樋洗二人とゝのへたる姿**　厠掃除を役とする介添の女二人が身な

りを整えている姿がかえって鄙びていると、人々は微笑していた。日記に「樋洗のふとりとゝのひたるさまぞ、さとびたりと、人ほゝゑむなりし」とあるを参照すると、「ふたり」は「ふとり」の誤とも見られる。また「とゝのへたる」は上のように訳したが、むしろ「とゝのひたる」の誤と見たい。

四四九　**五節の局**　五節の舞姫の御部屋(五節所)は、中宮の御座所からすぐ見渡すほどの近い所である。五節所は宮中ならば常寧殿の西角にあるが、ここは一条院里内裏内の東の対と考えられる。また、中宮御座所は寝殿の東面。それ故向い合ってもいるし近い距離にある。

四五〇　**弘徽殿の女御の御方の女房**　後拾遺集詞書に、「中納言実成、宰相にて五節奉りけるに、いもうとの弘徽殿の女御の御もとに侍ける人、かしづきに出たりけるを、中宮の御方の女房、ほのかにきゝて云々」とあって、実成と兄弟であるから、その女房を五節の傅に出したということになる。その女房の名は、日記に「かの女御の御方に、左京馬といふ人なん、いと馴れてまじりたれど」とあることから左京であることは明らかである。

四五一　**薫物を立文にして**　日記に「黒方をおしまろがして、ふつつかにしりさき切りて、白き紙一かさねに立文にしたり。大輔のおもとして書きつけさす」となっているものと、後掲後拾遺集の詞書とを参照すると、詳解に「立文に薫物をまきこめたるなり」とあるように解されるが、分りにくい書き方である。

四五二　**多かりし豊の宮人**　日記・後拾遺、雑五、読人知らず。詞書は「中納言実成宰相にて五節奉りけるに、妹の弘徽殿の女御の御もとに侍りける人、かしづきに出でたりけるを、中宮の御かたの人々ほのかに聞きて、見ならしけむ百敷をかしづきにて見るらん程もあはれと思ふらんといひて、箱の蓋にしろがねの扇に蓬萊の山つくりなどして、さし櫛に日蔭のかづらを結びつけて、たき物を立文にこめて、かの女御の御方に侍りける人のもとよりとおぼしくて、左京の君のもとにと言はせて、果の日さしおかせける」。

「たゞなるよりは」は、左京を介添にしたことを中宮方に知られるような事がなかった場合以上に左京の君に対して気の毒に思ったの意。本節の話も日記の文をかなり書き替えており、後拾遺集の詞書に似ているところから見ると、同集が材料としたものと同じようなものをも参照しているのであろう。

四五三　**内の御物忌なれば**　「廿八日、乙酉、賀茂臨時祭、依二物忌一都不参、宿二内御物忌一、使殿中将〔教通〕云々」(権記、寛弘五年十一月)。

四五四　**まぼりたてまつりたり**　臨時祭以下の記事は、日記の「臨時の祭の使は、殿の権の中将の君なり。その日は御物忌なれば、殿、御とのゐせさせ給へり。上達部も舞人の君達もこもりて、夜ひと夜、細殿わたりいともの騒しきけはひしたり」とある部分と、その翌朝祭の使発遣の儀の箇所「殿の上もまうのぼりて物御覧ず。使の君の藤かざして、いとものものしく大人び給へるを、内蔵の命婦は、舞人には目も見やらず、うちまもりうちまもりぞ泣きける」とあるを併せ書いた。そのため全部が臨時前夜の事になってしまった。

なお、藤宰相(実成)の御随身、この君(教通)の随身は、日記によれば、「内のおほいどの(内大臣公季)の御随身」、「この殿(教道)の御随身」とある。

四五五　**日かげ草かゞやく程や**　以上で本書と紫式部日記との関係は終っている。「かの弘徽殿の女御の御方の女房なん」以下三節は日記と無関係ではないが、日記以外の他の資料をも参照していると見られる。殊に「小忌の夜」の節はこの事が明らかである。一方後拾遺集第五には長文の詞書を伴った三首の歌が並んでいる。

多かりし豊の宮人さし分けてしるき日影をあはれとぞ見し　読人知らず

日蔭草かゞやく影やまがひけんますみの鏡くもらぬものを　藤原長能

神代よりすれる衣といひながらまたかさねても珍しきかな　選子内親王

がこれである。本書の順序は「多かりし」「神代より」「日蔭草」であるが、それらの詞書は本書に類似したものがある。ただし、「多かりし」の歌の詞書についていえば、栄花物語→後拾遺は可能であろうが、その反対は考え難い。また「神代より」の歌の詞書も両者の直接関係は考えられない。更にまた、「日蔭草」の詞書は栄花・日記・後拾遺の三者に類似したものを見出すが、歌の作者名「藤原長能」は、栄花と日記とには見られない。従って栄花→後拾遺は考えられない。同様に日記→後拾遺も考えられず、且つ日記においては、この歌は天和本にしか見出されず、問題がある。以上を綜合して考えると、本書は日記の他に、後拾遺集の資料となったと同じようなものを参照したということになる。「秋のけしきにいり立つまゝに」以下、本巻の主要な材料は紫式部日記であったが、専ら日記だけに拠って書いたのではなく、所々に他の資料をも参照している。また日記の順序を変えたところもあり、引用の適切を欠いたところも少なくないが、又、他の記録により誤の事実を訂正した箇所もあり、本巻の研究においても、日記の研究においても、互に参照しあうことは欠くべからざることといわなければならない。

四五六　**異なる事なき人の**　平凡な人間は最後を見届けて始めて分かると世間ではいうようだからの意。詳解は「異なる事なき人のためしのはて見ではなどこそはいふなれば」という本文に拠り、「夢占の合する詞なり。ことなる事なき人は、夢占の、大かたにいへるなれば、その人とさしたるにはあらねど、こゝは一宮敦康親王にあてゝ意得べし。ためしのはては、世のためしなる人の行末をいふ。さて、敦康親王の立坊し給はむ行末を見ずして、死するやうの事はあらじとこそは、夢占もいふなればとなり」と解している。「異なる事なき人」は詳解にいうように敦康親王を指すと見るのは無理であろう。新訳に「自分はどうしても薄命な人間なのである、夢占ひをさせたりした時、ものの結果を見てから初めて喜ぶか悲しむかせよと云はれたので」とあるのを参考にして、伊周自身の事と解する。また「見て」も清音に読んで解することができる。詳解や新訳は夢占いの詞としており、それも一解であるが、抄に諺だといっているように、ここはむしろ世間の人々のいうことばであろう。結局世間でいうように、自分のような平凡な人間は、「例のはて」(究極)を見てはじめて事の次第が分かるのだからという意になる。

四五七　**中宮の御事のかくおはしませば**　「五月十五日、己巳、資平自レ内退出云、頭弁云、皇后懐妊、宇佐使被レ立乎否、可レ問二前例一之由、有二仰事一、是密々事也、可レ伝二案内一者、皇后自二去二月一懐妊給云々」(御産部類記・続水心記、寛弘六年)。

四五八　**若宮をうたて申思ひ給へるさまの事**　「(正月)卅日、丙戌、奉レ呪二咀中宮幷第二親王一厭物出来」(紀略、寛弘六年)。この他同書二月五日条にも詳しい記事がある。

四五九　**御湯どのゝ有様など**　「廿五日、(中略)同時初造二御湯殿具一。酉時共・〈供〉二御湯一、鳴弦者五位十人、六位十人、読書右少弁広業朝臣、御注孝経天子章」(御堂、寛弘六年十一月二十五日裏書)。「廿六日、丁丑、御湯如二昨日一、読書東宮学〈士脱〉菅原宣義、後漢書章帝紀、夕広業、史記五帝本紀黄帝篇」(御堂、同年十一月二十六日)。「廿四日、乙亥、詣二左府一、暁更中宮御産有二気色一之由、惟孝・実周等申、仍参」(権記、同年十一月二十四日)。また、三夜、五夜、七夜のさまは十一月二十七日、二十九日、十二月二日と日本紀略・御堂関白記・御産部類引用の左経記等に詳しい。

四六〇　**今内裏におはします**　一条院の焼亡により、天皇は織部司庁(紀略・御堂・百錬・略記)に移御(十月五日)、数日後(十月十九日)、道長の枇杷第に遷幸された(紀略・権記)。

四六一　**東宮は枇杷殿におはします**

「十四日、乙未、寅時、東宮渡二左衛門督〈頼通〉家一」　御堂、寛弘六年十月

「廿二日、戊刻、東宮自二丹波守高階業遠朝臣宅一、遷二御故左大臣雅信宅一」　紀略、同年十月

「廿二日、東宮渡二一条一給」　御堂、同年十月

右により経過が明らかである。玉の村菊の巻に、「東宮の亮業遠といひし人の家、大将殿〈頼通〉に奉りたりしにぞ、まづ渡らせ給ぬる」とあって(三八二頁)、業遠朝臣宅は頼通第のこと。左経記、長和五年三月二十三日条にも、「故業遠朝臣出御内宅〈土御門宅〉、件宅彼後家転二左府一已畢」とあり、業遠の後家が道長あるいは頼通に譲ったものであろう。

四六二　**年頃の人の妻子なども**　「参二尚侍東宮一、時亥、上達部十余人被レ来、従二中宮一女方二車八人、従レ本廿人、童女四人、下仕又同」(御堂、寛弘七年二月二十日)。

四六三　**故関白殿の三の君**　「三の御方は、冷泉院の四のみこ師宮と申ししをこそは、ちゝ殿むこどりたてまつらせたまへりしも、のちにはやがて御なかたえにしかば、すゑのよは、一条わたりに、いとあやしくておはするとぞ、きこえ給し」(大鏡、道隆伝)。

四六四　**四月には**　「廿五日、甲戌、見二祭還一、若宮〈敦成親王〉出給、(中略)若宮・左衛門督在〈所脱カ〉渡二小南一給」(御堂、寛弘七年四月)。

巻第九　いはかげ

四六五　**今はかくて下りゐなむと**　御堂関白記、寛弘八年五月二十七日の条

に「以レ余被レ聞下可レ有二東宮御対面一由上、是御譲位事歟」とあるのによれば、天皇が譲位の由を道長に仰せられたことになり、本書と一致する。また、権記、五月二十七日の条によると、道長が東宮に御譲位の案内を啓している様子も詳しく書かれている。

四六六 **世のあはれなる事** 「未レ参二御前一之間、於二大盤所辺一、女房等有二悲泣之声一、驚問二兵衛典侍一云、御悩雖レ非二殊重一、忽可レ有二時代之変一云々」(権記、寛弘八年五月二十七日)。

四六七 **御簾越に御対面ありて** 「東宮参二内裏一給、有二御対面一、(中略)暫御二休所一〈南殿東面懸二御簾一〉」(権記、六月二日)。

四六八 **おほかたの御まつり事にも** 天皇譲位のことについて、道長に相談をかけられ、その結果、敦康親王には、別封と年官年爵を賜うことに決したことは、御堂関白記、寛弘八年六月二日の条に詳しく書かれている。

「今左大臣者、亦当今重臣、外戚其人也、以二外孫第二皇子一、定応レ欲レ為二儲宮一、尤可レ然也、今聖上雖レ欲二以レ嫡為一レ儲、丞相未二必早承引一」(権記、寛弘八年五月二十七日)とあるように、第一皇子をやめて第二皇子を東宮にする理由について、本書と権記の行成の言葉と一致する。又、すべて、これらの問題について、道長がとりおこなっていることが、権記の同日の条によって明らかになる所である。又、これらのことは、春宮行啓の日以前にすべて決められていたことも、明らかな所である。

四六九 **泣く〳〵といふばかりに** 「廿七日、庚子、(中略)後聞、后宮奉レ怨二丞相〈道長〉一給云々」(権記、寛弘八年五月)。

四七〇 **げにいと有難き事にも** 本書によれば、道長は内心、敦康親王を東宮にと思ったが、天皇が敦成親王にするように言われたから、仕方なくそのようにしたという風に書かれているが、権記、寛弘八年五月二十七日の条(補注四六八)のように、道長の、第二皇子敦成(道長の孫)を東宮にし奉らんとする意志の強かったことはこれによっても明らかである。

四七一 **御心地重らせ給** 「太上皇御悩甚重」(紀略、寛弘八年六月十四日)。「一条院天皇逃二位於新皇一、春秋三十二、又第二敦成親王為二皇太子一」(紀略、同年六月十三日)。

敦成親王の立太子の儀式は、権記に詳しい。

四七二 **殿かた〴〵に御暇なく** 寛弘八年六月十三日、道長は御譲位の一条天皇の御悩重きにより、天皇に代って多くのことを行い、また東宮(居貞親王)の雑事も行い、蔵人頭や東宮坊官を任ずることなどに関しても御堂関白記に詳しく記しているにつけ、この日の道長の行動は本書にある通りであったと察せられる。

四七三 **法性寺座主院源僧都** 「十九日、辛酉、辰時有二御出家一、戒師慶円僧正、阿闍梨院源僧都」(御堂、寛弘八年六月)。

四七四 **六月十九日辰の刻** 「十九日、辛酉、辰時有二御出家一、(中略)奉レ剃二御頭一尋光・隆円・尋円等」(御堂、寛弘八年六月)。「十九日、辛酉、辰刻云々、権大僧都隆円・権少僧都尋光剃二御髪一云々」(権記、寛弘八年六月)。

四七五 **御しつらひ様ことにしなして** 御遺骸を安置した御部屋の飾り付けは普通と様子を変えて。「定二御入棺事・山作事・御法事等事一、御入棺子時、造初事巳時、御沐事子時、御棺作所行事広業朝臣・惟任等也、(中略)入レ夜於レ殿奉〔マヽ〕可レ然人々留二少々一退出、奉仕人々蔵人義通・知信等取二脂燭一」(御堂、寛弘八年六月二十五日)。

四七六 **御葬送は七月八日** 権記、寛弘八年六月二十五日条に、賀茂光栄をして御葬送雑事の日時を勘申せしめ、七月八日と旧記の先例により定めたことが詳しい。

四七七 **いはかげといふ所へ** 「廿五日、(中略)御喪所巌陰前方有二吉所一」(御堂、寛弘八年六月)とあり、その他、「七月八日、己卯、今日御葬送也」(権記)、「九日、(中略)昨日亥四点出御、(中略)御葬送所〈巌陰、長坂坂〔衍〕東云々〉」(小右)。

四七八 **枇杷殿へ渡らせ給** 中宮枇杷殿還御の事は、日本紀略(寛弘八年十月十六日)に、「今夜…中宮遷二御枇杷殿一」とある以前記録未見。「十六日、(中略)丑刻、中宮自二同院〔一条院〕東別納一、〈十五日夜、為二違方一、遷二御此処一〉遷二御枇杷殿一」(権記、寛弘八年十月)。御堂関白記も同じ。

四七九 **三条院に渡らせ給ぬ** 「八月十一日、(中略)今夜一品親王〈脩子内親王〉従レ院渡二給中納言隆家一云々」(小右)とあって、三条院ではない。権記も小右記に同じ。

四八〇 **内の御後見も** 道長は、寛弘八年八月二十三日に内覧宣旨、及び牛車の宣旨を受けており、また、天皇は道長に関白就任のことを度々仰せられている。しかし道長は、関白は受けておらぬが、これらの事実により、後見ばかりでなく、万機の政をもとりおこなっているのである。

四八一 **女一宮斎宮に居させ給べき** 「長和元年十二月四日、丁卯、斎宮卜定、第一当子内親王卜食」(紀略)とあって、これも後のことである。

四八二 **野の宮に在します程** 「廿七日、丙辰、伊勢斎宮〈当子内親王〉禊二東河㆒、入㆓野宮㆒」(紀略、長和二年九月)。斎宮の野宮入りは二年後のことである。

四八三　**御けいなど**　寛弘八年の御禊については、九月十五日に御禊装束司、前後次第使等のことについて議定が行われたことが、御堂関白記・小右記・権記等に明らかである。しかし、この年は冷泉上皇の崩御により大嘗会が停止になったことが、同年十月二十八日の条(紀略)によって明らかである。

四八四　**南の院を奉らせ給て**　「十一日、壬子、(中略)今朝左府以㆓二条第㆒、被㆑奉㆓院一宮㆒、為㆓使藤中納言㆒、有㆓御書㆒云々。廿三日、甲子、(中略)次向㆓二条㆒、件家左丞相、被㆑奉㆓一宮㆒、依㆓丞相去夕命㆒、依以㆓吉日㆒加㆓実検㆒、(下略)」(権記、寛弘八年八月)。本書にいう南の院は二条第の中にあった。

四八五　**一条院の御処分**　「十二日、壬午、(中略)御処分事初。十三日、癸未、為㆓御処分㆒事」(御堂、寛弘八年九月)。「三日、庚子、通夜雨降、巳時許天晴、参㆓一条院㆒、御処分雑物御田等、奉㆓所々分㆒、入㆑夜退出」(御堂、寛弘九年四月)。「左中弁(朝経)談云、昨日有㆓故院御処分㆒云々、中宮・東宮勅旨田各百町、男女一品宮八十町、御乳母等廿町、若有㆓等差㆒歟、略説也、女御達蘇芳云々、又宮々田外有㆓宝物等㆒云々、或説女御達五十町云々」(小右、長和元年四月四日)。

四八六　**露の身の**　この御歌について御堂関白記に次のようにある。

此夜御悩甚重興居給、中宮御と依几帳下給、被仰、つゆのみのくさのやどりにきみをおきてちりをいでぬることをこそおもへ、とおほせられて臥給後、不覚御座、奉見人と流泣如雨。(寛弘八年六月二十一日条)

この事はまた古事談(第三)にも見え、

去夜有㆓御和歌㆒、

露の身の風の宿りに君を置きて遠く出でぬる事をしぞ思ふ

是令㆑聞㆓中宮㆒給云々。

となっている。さらにまた新古今、哀傷では、

例ならぬ事重くなりて御ぐしおろし給ひける日上東門院中宮と申しける時遣しける　一条院御歌

秋風の露の宿りに君を置きて塵を出でぬることぞ悲しき

となっていて、伝承の相違がある。

四八七　**左衛門督の北の方**　左衛門督に対して、底本は頼通と注記しており、土肥経平の「栄花物語目録年立」、岡本保孝の「栄花物語抄」等においても、また頼通と注して疑うところがない。本巻の年代は寛弘八年であるから、この年単に左衛門督と呼び得る官の人は、権中納言で左衛門督・東宮権大夫を兼ねていた頼通だとすることは一応その通りである。従ってその北の方は具平親王女隆姫となるが、長歌自体を通読すると、その内容・措辞等から受ける印象として、特にその贈歌は、隆姫のような高貴な地位にある女性と見ることも、また隆姫の年齢の上から言っても妥当とは言い得ない。それ故詳解は、「この歌、一条院の御乳母などのよめるにかとおもはるる事おほし。頭の霜のおけるをも云々、衣の袖にはぐくみて云々など、隆姫のよめらむにはふさはしからぬここちするは、いかにかあらん。猶よく考ふべきにこそ」とか、「さて、作者の事、上にもいへれど、又按ふに、一条院の御乳母などの事を、隆姫そのゆかりなどにて、かはりて弘徽殿の女御にうれへ聞えたるなどにやあらんとも思へど、猶後の考を俟つになん」と注して、疑を存し、また日本古典全集本「栄華物語」上巻解題は、「二篇の長歌は其内容に由ると一人の老女の作のやうで、平安朝期の歌体であるが、偶ま誰かが此巻の末の空白へ心覚えに記るして置いたものが本文のやうに誤り伝へられたのであらう、…栄華物語の為めに斯かる竄入のあるのは迷惑至極の事であり、全く省き去つて然るべきものである」としてこの二長歌を竄入と断じ、除去すべきことを強調した。しかし今白紙に戻って、改めて左衛門督の何人であるかを考えてみるに、まず頼通の前後における左衛門督を一覧表に示すと、

藤原誠信　長徳三年正月廿八日—長保三年九月三日、左衛門督在任。九月三日三十八歳にて薨去の時、参議従三位、東宮権大夫・左衛門督・近江権守に兼任。

藤原公任　長保三年十月三日—寛弘六年、左衛門督在任。以後権大納言に任ず。

藤原頼通　寛弘六年三月四日—長和二年、左衛門督在任。以後権大納言に任ず。

藤原教通　長和二年六月二十三日—寛仁二年、左衛門督在任。以後頼宗が代って左衛門督となる。

右の官位移動表による時は、寛弘八年現在、左衛門督と呼び得るもの

は、頼通の他には、長保三年九月三日左衛門督を極官として薨じた藤原誠信しかいない。従ってここの左衛門督は誠信とするのが妥当であろう。誠信は故太政大臣藤原為光の太郎で、弟斉信のために官位を超されたことを遺恨に思い、憤死した事が大鏡(為光伝)に見える。大鏡裏書によれば「北の方は兼通女尚侍婉子という。誠信がもし存生したならば、寛弘八年には四十八歳になる故、その北の方を五十歳ぐらいと見れば、歌の内容から察せられる年齢としても適当であろう。しかし弘徽殿女御との関係を想定し、また歌の内容をも斟酌する時は、この年齢は少しく引下げなければならないかもしれない。今、この贈答歌の内容から推測せられるところによって、左衛門督の北の方について想像される事を列挙すると、誠信に今一人の妻があったとして、その条件としては、

一、弘徽殿女御とは相当密接な関係のあるべき事。

二、弘徽殿女御が一条帝の皇子を生んだについて乳母として奉仕した事。

三、夫の亡き後、女手一つで自分の生んだ子供を養育し来り、漸く乳母となり得たのも束の間、新皇子は一年に満たない中に亡くなったので、遂に尼となって摂津国住吉の辺りに住み、縁故深い弘徽殿女御に将来の庇護を願っている事。

四、弘徽殿女御の方でも、幼い頃からの深い関係を思い出せば、末長く互に頼りにしてゆこうと答えている事。

等が考えられるので、臆測するところによれば、この北の方は義子の異腹の姉、即ち劣り腹—公季妾—の姉ではなかったか。尊卑分脈(巻六)には公季の子として実成・親賢・信覚・如源・義子の五人を挙げている。この中実成・如源(三昧僧都)・義子の三人は有明親王女の所生、親賢・信覚の二人については母の記載がない。多分実成等の母とは異腹の所生であろうが、親賢・信覚等の母とはどうであったか明証を持たない。仮りに親賢等と同母であったとするも、女子は系図の記載から漏れることがあるし、必ずしも同母でなく、妾腹でかつ系図から漏れることもあり得るであろう。公卿補任によって実成の年齢を算出すると天延三年(九七五)の生まれであるから、公季十九歳の時の子息となる。もし劣り腹の女が公季にとって最初の女子であるならば、十六、七歳の時の子となり、これも十分あり得る。もし義子・実成・如源の順で生まれたとするならば、公季二十二歳頃までの子女達であり、母有明親王女は多分早く亡くなったのであろう。大鏡(公季伝)にも「みこの御女をぞ北の方にてはおはしましし」とあり、万寿二年には既に故人であった書き振りをしている。更に臆測するならば、劣り腹の女の生母も早く死んだのであろう。長歌(返歌)の中に、「つのぐむ芦のはかなくて枯れ渡りたる水際につがはぬをしは淋しくて」とあるのは公季の鰥夫となった状態を言っているものと解される。劣り腹の女は、子煩悩と想像される公季の許に引取られて養育されたのであろう。従って義子は異腹ながらも姉として頼みをかけ、劣り腹の女も姉ながら身分を弁えて義子を力とし「かたみにこそは頼みしか」という状態であったと思われる。義子の入内以後の消息を中心として、関係記事を表示すると、

長徳二	九九六	藤原義子入内(七月二十日)、八月九日女御となり、弘徽殿に住す。父公季はこの時正三位大納言で東宮大夫を兼ね、四十一歳。公卿補任(寛弘五年(一〇〇八))の年齢によって数えると実成二十二歳。また如源は僧綱補任に治安元年四月十八日卒四十五とあるによって逆算すると二十歳、このとき義子は二十三歳(一代要記により逆算)。
同　三	九九七	義子素腹(不生女)の由、浦〱の別の巻に見ゆ。
長保元	九九九	義子子なき由、耀く藤壺の巻に見ゆ。
同　三	一〇〇一	藤原誠信薨(九月三日、三十八歳)。
寛弘五	一〇〇八	初花の巻に「承香殿(顕光女、元子)に御志あるとぞおのづから聞ゆれど、すべて何れの御方も参らせ給ふ事いとかたし」という記事、中宮彰子方の女房達が弘徽殿女御方の女房に悪戯をした事(紫式部日記に原拠あり)等見ゆ。
同　六	一〇〇九	初花の巻に、何れの女御方も懐妊せず恥かしく思ったという記事あり。
同　八	一〇一一	六月二十二日一条院崩御(宝算三十二歳)。この時公季五十五歳。義子三十八歳。岩蔭の巻に「承香殿・弘徽殿などの、女宮をだにもち奉らせ給はましかばとあはれなり」とあり。

右の年表によれば、劣り腹の女を長徳二年に二十四、五歳と見ても、寛弘

八年には四十歳前後となるので、贈歌の中に「頭の霜のおけるをも」とある表現は修辞的誇張があるとしても妥当である。また長歌によれば、弘徽殿女御が皇子を生んだことになるが、そのような事実は諸文献に所見がないのみならず、本書では、右の年表に示したように、承香殿の女御と共に御子のない由を繰返し述べている。しかし、入内後十数年間に一度は懐妊して皇子を生んだこともあったが、皇子は間もなく亡くなったので、広く世間にも伝わらず、本書の記者もまたこれを逸したということもあり得ないことではない。そしてこの事が寛弘四、五年頃とすると、贈歌の中に「釣に年経るあま人も船流したる年月も云々」という条件に最も合致すると考えられる。

四八　数ならぬ道芝とのみ　(1)人数にも入らぬ道傍の芝草同然の我が身と一途に嘆きながら、はかなく露命をつなぐ朝夕を迎えるにつけて、(2)明けても暮れても(夫に先立たれた今はただ)、すくすくと呉竹のように育ってゆく我が子が将来世に出た暁になりと、せめて嬉しい目に会えるかも知れぬと期待をかけ、早くその時が来ればよいと首を長くして待っていた私にとって、(希望のめあてである大内山を)高い松山と仰ぎ見るうち(嬉しいことに、御身分高い貴女が御懐妊あそばしたと承り、御奉公に参じたのでした)。(3)その松の高い梢に巣籠ったまま、まだ木伝わぬ鶯(お腹に宿られたお子様)が(早く御誕生ましませとばかり)、あの春風が梅の香を送ってお誘い申し上げ、春めくとすぐ吹き出しますと、(4)そのかいあって谷の水も解けると共に、(お産の紐も無事お解きあそばされ)　めでたや春霞の立つ折から、(新調の御襁褓にくくみ参らせ、私共もいそいそとお世話申し上げ、)(5)その余慶は松の下枝(私ども下々の者)にまで及び、池の岸に咲く藤の花の色とゆかり浅からぬ色の紫雲たなびく宮中に、朝夕今も変らぬ常緑の松にただただ希望をかけて(御奉公して)いるうち、(6)やがて夏が来ると告げるかに聞える山ほととぎすが夜深く親しげに鳴いて頭上を飛んでゆく声を聞くと、ほととぎすが私に語りたいのは何事とも深くは思わず、不覚にも何も問い尋ねる事もしないうちに、早くも沼のあやめの長い根を引き取って来て長寿の例として軒端に葺く端午の節が来るので、(若君御長生の恵みが、)あやめと共に我が一家に幸福をもたらすものとばかり思いこんで、(7)(夫のいない)荒れ果てた我が家を掃き清め、そのむさ苦しい藁屋も、考えようでは玉の楼台と思い、世の中のはかなさも、老少不定という事もすっかり忘れて、(うかうかと六月にもなり、)夏越の祓にも長寿であられるようにと、我が君のお身の上を安かれとお祈りした事でございます。(8)そしてその際(君の身の)穢れを人形にのせて流しやる川瀬に、やがて訪れる涼しい秋風の音に驚かされはしても、(なお秋風落莫—無常を知らせる風の音とは気づかず、ただ秋のおとずれを知らせる風の音とのみ受けとって)　秋が来たら秋草を染め出した美しい着物が着られることと、深みゆく秋を待ち望んだ事です。(9)やがてその秋も晩れ方となり、紅葉の錦に霧が絶えぬ如く、夜長の月の長月は、また世の長い月と昔の人も言い置いたことですから、(やはり若君のお倖せの絶えぬ)御世の長さのしるしと受け取って聞いておりました。(10)十月、菊の花に色を染める時雨につけても、花の命の永い菊の花にそそぐ慈雨—まことこの天下に生きているかいもありそうだと思ってうかうか過ごす月日につけても、御成長を待遠しく思っていましたのに(ああ何としたことでしょう)。(11)霜月に入ると、頭髪にもそろそろ霜のような白髪が混って来た私ですが、そんな事は気にせずいつまでも若い気でお仕えしようと、又かねての念願も空しくすまいと考え、畏くも衣の裾にお包み申し上げて、塵も据えまいと大切にお育てした若君は、思いもよらず玉の光の消え失せるようにお亡くなりになられたことでした。(若君は陽春か晩春の頃出生、十一月か十二月頃死亡か。)

(12)それからというものは、かきくらす心の闇に迷い、無明長夜の闇にとざされて、涙ばかりが長く尽きせぬものとして流れ出ては、恋しい御子の影までも流しやって、俤すらも留まらぬ悲しさに、袖の柵も涙を塞きかね、滝のような泣き声さえ惜しまれぬあいたさ、見たさ。(13)愁傷の余り山路に迷い入っては、(若君の)御行方を探し尋ねてみましたが、死出の山の別れ路は、幽明界を距てては行ってみよう術もないのでございます。(14)ああ忘れえぬ若君の名残としては、今はただ死後の日数を数えようとして呼子鳥のように毎日泣き暮らされる御生母貴女様のお声がほのかに聞えるばかり。(15)(宮仕えを退いた私は)山城の磐瀬の杜を過ぎた摂津の国住吉に隠栖の身となりましたが、若君よ、とわにいませと祝ったのも今はすでに夢、自分だけこの世に生き残って、これから先どうしてよいやら、あてもなくなり、住吉の岸べにあるというあの人忘れ草のようにこのまま忘れられてしまうのではないかと思うにつけても、(16)(我が家に及ぶ恩恵が)これきりすっかり絶えてしまわないように、せめて縁を今少しつけておけばよかったのに、これという関係のないため、心細さの方とは縁が切れません。(17)さて、(若君の御行方を)たずねあぐねて、宮中の常世の国に雁のように多くの女御様のお仕えしておられた跡に今しも目を転ずると(院は既に御崩御)。そして貴女は、今は独り寝のやもめ鳥の御有様。(18)御日常はと見れば、貴女の枕の下は涙の池となり、その涙の池に浮き沈み、もう生きてはおれぬと憂き身を嘆く貴女の有様は、おし鳥が番いを離れて終夜上毛の霜を払いあぐねて、氷るつらに閉じられたまま、何もかもわからず、ただ悲しさに啼いているかのよう。(19)その泣声に(私は)夢かとばかり驚き、すっかり顚倒した魂は、どこへ行ったか行方も分からぬ程。住吉の岸べの海人―尼となり、あてもなく波にただよいながら、(若君を)探し求める釣に年月を送って来た私も、今まで過ごして来たかいなき年月のかいなさが一段とまさるばかりか、いくら探し求めても、若君のお顔は二度とお見上げすることができない悲しさに、いっその事、打寄せる波の名残なく消えてしまうように、死んでもしまいたいと思っておりますのに、(20)命は思うにまかせぬもので、今だにこうして死なずに摂津の国の浜辺で、今暫くの命ながら、生き永らえている現状ですから、万事今は誰を頼みにすればよいのでしょう、ただ昔のよしみで貴女だけが頼りなのです。(21)もしこの私を亡き貴女のお子様の形見だと思う御気持がおありでしたら、私ども一族の者を一人残さずあわれんで、面倒を見て下さいと、身の程も顧みず、お願い申し上げる次第です。

四八九　**いにしへを思ひ出づれば**　(1)昔を思い出してみれば、(貴女と私とは)雪消えの垣根の草のようなまだ双葉の頃、成長するのもむつかしいひ弱な幼少時代を過ごしました。(2)急に今まで春めいていた家庭の状況が悪くなって、父は独り身になってしょんぼりと寂しい有様となり、(3)以前両親揃って、その大きな翼の庇護の下にあった時でさえ、窮屈に集まっていた子供達は、銘々早く家庭を出て宮廷に仕えて憂世の辛酸を嘗める身となりました。(4)昼間は別れ別れの生活をし、夜は里に帰っては、母を恋しがって泣いたのでしたが、その声を、みんな母のない不運を嘆いているのだと思って聞く、そんな悲しい事はありませんでした。(5)そんなに悲しみの多い、生きているかいのない身ではありましたが、日々の生活につけても互に助け合って行こうと頼りにした貴女と私とでした。(6)その頃は貴女も私もまだ年齢が若かったので、お互に将来出世するような子供でも生まれたならば、そのお蔭を蒙ろうとその時を待ち願う心は実に深く、いくしお染めたとも思われない程のものでした。そうした思いを抱き初めて始終変らず、そのうち年がたち、(7)お互に子供が生まれ、嬉しい目に会う度毎に、何時になろうとも互に離れ離れになる事があろうかと思ったことは、神ならぬ身の愚かしさ、まことにはかない次第でした。(8)やがて朝露のようにはかなく世を去らせ給う薄命のお方とも知らずお生まれあそばした御子を玉とお見上げして大切にお育てしている中に、御子ははかなく御早世なさってしまわれました。夕の松吹く風の音に合わせて琴を弾き、その調べに悲しみを託しては、ただしくしくと泣くばかりの、それからの私でした。(9)他の方々の御子達は大勢いらっしゃる中に、(私がお腹を痛めた)御子だけが、唯お一人どちらかの方へ飛んで行ってしまわれ、知った顔もない中にまじってどうしたらよいかとさぞかし苦しんでおいであそばすことでしょう。(10)後に残るゆかりの人々は大勢いて、(亡き御子を)恋し悲しと思うけれども、今は空しい大空の雲だけを形見として明暮見るのみです。(11)その大空の月影も及ばぬ木下闇同然、私には子故に迷う深い嘆きの払いのけようも考えつきません。そしてお会いする人ごとに流すのも当然な涙を流すことです。(12)まして(亡き御子の乳母たる)貴女は私以上どんなにか深い涙を湛えておられることでしょう。貴女の淵瀬も知らず嘆いておられる声が聞えるようですが、その貴女の悲しみを察している貴女の周囲の人の身の上までがお気の毒になって来ることです。

巻第十　ひかげのかづら

四九〇　**御禊の事ども**　「暫之左大臣於㆓殿上㆒被㆑示、御悩綿惙、若今明非常御坐歟、縦㆑云㆓延引㆒、過㆓御禊㆒亦大嘗会以前非常御坐可㆑無㆓便宜㆒、又縦云可㆘令㆓平復㆒給㆖、今一両日如㆑此御坐、被㆑行㆓御禊㆒如何、明日有㆓僉議㆒被㆓一定㆒可㆑宜、申㆓仰旨可㆑然之由㆒、即令㆘頭弁〔道方〕㆓奏㆗此由㆖」(権記、寛弘八年十月二十四日)。

四九一　**さべき宮達も皆うせはてさせ給て**　花山院は寛弘五年二月八日崩御、為尊親王は長保四年六月十三日薨去、敦道親王は寛弘四年十月二日薨去。

四九二　**来や〳〵と**　今来るか今来るかと恋人を心待ちにしている夕暮と、

逢った夜の暁、今はこれまでと帰ってゆく後朝の別れと、その侘しさはどちらがまさっているだろうか。この歌の作者は陽成天皇第一皇子元良親王。この贈答歌、元良親王集には、

陽成院の一の宮元良親王いみじき色好みにおはしましければ、世にある女のよしと聞ゆるには、逢ふにも逢はぬにも、文遣り、歌詠みつゝ遣り給ふ、源の命婦のもとより帰り給ひて

来や来やと待つ夕暮と今はとて帰るあしたといづれまされり

とて出で給へば、日かへて、女

今はとて別るるよりも高砂の松はまさりて苦してふなり

いとをかしとおぼして、人々にこの返しせよとのたまへば、

夕暮は頼む心に慰めつ帰るあしたぞわびしかるべき

又かくも

今はとて別るるよりも夕暮はおぼつかなくて待ちこそはせめ

これをなんをかしとのたまひける。

とあり、後撰集、恋一は「返し」として、

夕暮はまつにもかかる白露のおくるあしたや消えははつらむ　藤原かつみ

という別の一首だけを載せている。この他古本説話集は、「今は昔、元良親王とて、いみじうをかしき人おはしけり。通ひ給ふ所々に、(来や来やとの歌略)同じやうに書かせ給ひて、あまた所へ遣したりける。本院の侍従の君のぞ、あるが中にをかしうおぼされける」という詞書で、本書および後撰集と同じ返歌二首を載せている。

四九三　**大床子に御髪あげておはしまし**　「参二諸(詣)本宮一、(中略)又従二蔵人所一被レ渡二大床子・師子形・御草鞋等一、此等皆立了、理二御髪一、着二草鞋一、着二倚子御座一、御装束白二」(御堂、長和元年二月十四日条裏書)。

四九四　**大夫などには望む人も殊になきにや**　御堂関白記、長和元年四月二十七日の条に「参入上達部実資・隆家・懐平・通任等四人云々」とあり、小右記にも、「相府立后事頻有二防遏一之故也、万人致二怖畏一、按察中納言(隆家)右衛門督(懐平)修理大夫(通任)等参入、自余卿相候二中宮一」とあって、この日道長の二女妍子(二月十四日立后)が、ちょうど、内裏に入ることとなっており、折悪しくも、娍子の立后と重なったため、人々は時の権力者である道長の女の方に、付き従ってしまったのである。従って、娍子立后に参加する人々は少く、その情勢が、本書に「宮司など競ひ望む人なく」というところとなったのであろう。小右記のこの日の条によれば、道長はかなり娍子立后に冷淡な振舞をしていることは否定し難い事実である。

四九五　**女御代の御車廿両**　「廿七日、辛卯、(中略)唐車三両、是皇太后宮女房乗レ之、奉レ車人々、大夫・左衛門督・権大夫、三車中宮女方乗レ之、皇后宮大夫・左右宰相中将等也、件六車其様雖レ似二例車一、甚以奇怪、風流非下以レ詞可上云、所レ未レ見也、目耀心迷、非レ可二書記一、今九車所二家儲一也、皆是檳榔毛、此中二車童女車也、金造五車、口居二螺鈿薫鑪一、自余十五車、簷懸二香嚢一、是等皆家儲也」(御堂、長和元年閏十月)。

四九六　**なし奉りにけり**　「十六日、甲申、(中略)巳時許慶命僧都来云、山侍間、此暁馬頭(顕信)出家、来二給無動寺一坐、為二之如何一者、命云、有二本意一所為にこそあらめ、今無二云益一、早返上、可レ然事等おきて可二置給一者也、左衛門督など登山、人々多来問、渡二近衛御門一、母(明子)・乳母不覚、付レ見心神不覚也」(御堂、長和元年正月)。

四九七　**我心にも勝りてありけるかな**　「時料少物送レ山、雖レ有二自本意事一、未レ遂、於二思難一、依レ可レ為二罪業一、無レ所レ思、然非二寝食例二」(御堂、長和元年正月十七日)。

四九八　**思ひかけたりし女の事やありし**　「御堂の大殿の二郎の御子、高松殿の馬頭顕信と申人いまそかりける、内外の才智ほがらかにして、人にとりて英雄ひいでゝいまそかりけり、御堂の御子にておはしませば、御もてなしもさこそ侍りけめ、然あるに但馬守高雅と云人、大殿に夙夜して忠勤人にことなりければ、殿さりがたく思し召し侍りけるまゝに御子の馬頭を聟になり給へと仰られ侍りけるを、我身いやしと申ながら、忝き御子のすへはとまかりなりて、心にはひそかに氏の長者にあがらん事を思ひ侍り」(撰集抄、巻九)。

四九九　**とのゝ御前泣く〳〵おりさせ給ぬ**　「従二八灘地一乗馬登、従二禅師坂一歩行還」(御堂、長和元年四月五日)。「夜中従二西坂一退下云々」(小右、長和元年四月六日)。

五〇〇　**御装束急ぎして奉らせ**　「壬寅、登山、会二新発無動寺一、慶命僧都儲二食物一、非レ可レ儲昨日相示、破子少々随身、而尚儲レ之、入道装束・小物等志」(御堂、長和元年四月五日)。

五〇一　**おぼしめし立ちて参らせ給**　「辛亥、今夕皇后宮入二給内裏一、依二前日令旨一奉二出車一、丑剋許資平自レ内罷出云、亥剋皇后入内、乗輿入レ自二陽

明門并朔平等門一、寄二御輿於后町廊一、但壊二宣耀殿南又庇東隔一為二御輿路一、以二承香殿一為二御在所一、於二本宮一上達部・侍従・諸衛等有二饗禄一」(小右、長和二年三月二十日)。

巻第十一　つぼみ花

五〇二　**そこの焼けにしかば**　中宮が御懐妊のため東三条第に行啓された事(長和二年正月十日)は前巻に見えたが、同十六日払暁東三条第焼亡、中宮は同日夕斉信第へ移御された。

去夜丑刻、東三条院焼亡、中宮遷二御南院一、次御二右衛門佐藤原輔公宅一、今夕行二啓春宮大夫斉信卿郁芳門第一。(紀略、長和二年正月十六日)。

また土御門第へ還御された事は、日本紀略、四月十三日条に「中宮自二春宮大夫家一還二御上東門第一」とあり、御堂関白記に詳しい。

五〇三　**かの大納言の御許に**　本文のまま解すれば、中宮御所に当てられたことで、そうあるのが当然な家司が任命され、斉信も位が昇進なさったとなるが、斉信加階の事実も見えないので、富(乙本)に「かの大納言の御もとにさるへき家つかさのくらゐなとまさせ給けり」を参照すれば、「いゑつかさなりとの」は「いゑつかさなとの」の誤か。

五〇四　**殿位などまさらせ給ひけり**　「朝経朝臣来仰云、可レ有レ賞二本家人一、誰人歟可レ給者、問二家主案内一、申云、似二則光朝臣家司一也、給レ之如何、以二此由一奏聞、又来、依レ請叙二一階一、太皇太后宮大夫承レ之、則光賀啓」(御堂、長和二年四月十三日)。

五〇五　**御使頻に参る**　「丙申、戌時許、従二中宮(彰子)御方一女方来云、悩気御座云々、驚参入、有二其気色一、仍召二可レ然僧等一、又召二陰陽師一令二卜申一、子時、亥時許立二白御調度御北廂一、子時平安降二誕女皇子一給、此間従レ内度々有二御使一」(御堂、長和二年七月六日)。

五〇六　**戌の時ばかりに**　御堂関白記には、子時降誕とあり、小右記にも、「明救僧都云、御産子終許也者、(中略)四条大納言消息云、去夕亥終参二中宮一、子二剋平産」(長和二年七月七日)とあって、戌の時ではない。

五〇七　**今宵のうちに御湯殿あるべく**　「今宵のうち」という六日の夜に御湯殿の儀の行われた様子は他の史料にはみえない。「陽明門院長和二年七月六日御誕生、同七日、丁酉、依二九坎日一無二其沙汰一、八日、戊戌、有二御湯殿事一、世俗云、七月八日不二沐浴一云々、而有二時議一、被レ用レ之、可レ為二吉例一歟」(陰陽博士安倍孝重勘進記)とあって、六日夜に御湯殿の儀が常ならば行われるべきであるが、日次が悪いため、八日に行われることとなったのであろう。また帝王編年記にも、「七月六日、妍子女御〈道長公第二女〉有二御産事一、降二誕皇女一〈陽明門院〉、可レ有二御浴殿事一、而七日不レ宜、陰陽師吉平勘二申八日一、左大臣〈道長〉被レ仰云、世俗此日不レ浴如何、吉平云、此事無二所見一、七月八日沐浴之由、見二于尚書一、仍有二御浴殿事一」とある。

五〇八　**御使の禄**　「頭弁書状云、今日被レ奉二御剣於中宮一、頭中将(公信)朝臣不レ可レ為二勅使一、依レ有レ所レ憚、〈服云々〉、仍有レ被レ定二御使一非二近衛府可レ無レ便歟、給レ禄之後、可レ有レ拝哉否、奏二返事一之間、置二禄於御所近辺一云々、此間案内欲レ承二指示一者、予答云、至二于勅使一、可レ在二叡慮一歟、給レ禄拝近例存、〈謂近例皇后宮(娍子)御産時、勅使給レ禄時拝耳〉、奏二返事一之間、置二禄便処一之例也、(中略)蔵人頭右大弁朝経為二御剣勅使一、給レ禄帰参内」(小右、長和二年七月八日)。

五〇九　**さて日頃候べきに**　御湯殿の儀式は、三夜(七月八日)、五夜(同十日)、七夜(同十二日)とあった。御堂関白記には、「酉時供二御湯一、卯時作二初雑具一、弦鳴、五位十人、六位十人、今夜庁官奉二仕御生養事一」(七月八日)とある。

五一〇　**中務大輔ちかよりの君の妻のおとうと**　本文によれば、伊勢守の女二人のうち、姉は周頼の妻、妹は橘俊遠の妻で、それが乳母として参上したというらしいが、御堂関白記では周頼の妾が乳母になったという。恐らく本文には錯乱があると思われ、下文に「この宮(禎子)の御乳母の夫中務大輔周頼とありし君」とあるによれば、「のおとうと俊遠が妻なり」は傍注の錯入で、御堂関白記の記述が正しいであろう。伊勢守は詳解に「加賀守の誤にや、下文に、今一人は伊勢の前司隆方の朝臣の女、中務乳母といふとあるにふと思ひ紛れて誤れるならむ」といっているように源兼澄を指すのであろう。ただし小右記、長和二年三月二十九日条によって前加賀守というのが正しい。その女は尊卑分脈(巻十一)に、「陽明門院御乳母、母出雲守相如女、哥人、号二命婦乳母一」等とあり、周頼の男慶増の項にも、「母加賀守源兼澄女、陽明門院御乳母」とあり、和歌作者部類にも、「命婦乳母、加賀守兼澄女」とある。詳解所引屋代本・大鏡、道長伝等に大輔の乳母という呼称になっているのは、夫周頼の官名によるものであろう。俊遠は橘奈良麻呂後裔、大和守俊済の男、従四位下讃岐守。以上はその大綱が詳解に説かれているが、岩野氏にも詳しい考証がある。

五一一 **殿の御前抱き奉らせ給て**　「巳時渡著給、即奉レ見二姫宮一給」(御堂、長和二年九月十六日)とあって、この日の行幸の第一目的は、姫宮を見奉るためのものであったことは明らかだが、対面の具体的な様子の描写は本書以外には見えない。

五一二 **とみに出でさせ給まじき**　小右記、長和二年九月十六日条に、公卿達の夜の管絃の遊びが行われた後に、「主上入二御簾中一」とあって、このまましばらく天皇は御簾の中に入っておられたのであろう。

五一三 **近江の内侍**　御堂関白記、長和二年九月十六日の条によると、この日、叙位、および女叙位がおこなわれており、それによれば、「従五位上美子、姫宮御乳母」とあり、近江内侍とは、この美子をさすのではないかという説がある。また、小右記、寛仁元年十二月十五日の条には、「今夜八十島使典侍入京〈近江守惟憲妻〉」とあることにより、美子は惟憲妻であることが明らかであるが、なお、近江内侍が美子であるということについては、決定は出来ない。

五一四 **朝拝よりはじめて**　小右記、長和三年正月二日条に、「昨日節会案内問、達二右衛門督〈懐平〉一、報云、昨日々入之間、有二小朝拝一」とあって、正しくは小朝拝である。

五一五 **近き国〳〵**　「国々」の下、詳解所引屋代本「の守は」とある。「今日寅時、内裏殿舎門廊立柱上棟」(小右、長和三年十二月二日)。本書は四月賀茂祭の日に手斧始、また、近き国司も四月に南殿の棟上げをするとあるが、造宮事始は十月十一日、棟上げは十二月二日である。しかし、本書のこの書きぶりは、予定が書かれているとも解釈し得る。また、小右記、長和三年六月十八日の条には、「備後守師長来、致二賀礼一云、若有二吉日一、早可二着任一、依レ有二造宮事等一」とあって、備後守が内裏造営のために赴任を急いでいたことが分かる。抑造畢期明年三月以前者、左府伝レ勅也、不レ及二諸卿定一、又賞罰文可レ載二官符一、又立用作料之国司不レ可二勧賞一、不レ立用之国司可二勧賞一之文、同可レ載也、此事者卿相所二定申一、先年造宮旧定也」(小右、長和三年五月二十四日)。

巻第十二　たまのむらぎく

五一六 **八月十余日**　「大納言〈公任〉示送云、左大将〈教通〉女子一人〈生子〉五歳、(中略)産衣焼亡、注置書同焼失煩、令レ勘二宿曜一無レ術、若注付暦乎、報二今日申日一、明日可二注奉一之由、引二見暦一、長和三年八月十七日、庚午、寅時」(小右、寛仁二年四月九日)。また、小右記、十月七日の条に五十日のことが見えることからして、誕生は八月十七日であることが明らかである。

五一七 **大弐辞書といふ物**　この辺の事情は、小右記の次の条などによって明らかになり得る。「大弐〈平親信〉辞書送二侍従中納言之許一、即覧二左府〈道長〉一取返云々、納言有二所望一云々、先随二案内一可二奏達一云々、仍取レ返歟云々、縦横」(小右、長和三年二月十四日)、「夜深、按察使納言〈隆家〉着二布衣一来、談下参二熊野一之事上、亦目頗雖レ減、不レ可二出仕一、都督望尤深、此間所レ陳甚多、天気好、相府〈道長〉妨等事也、可レ辞二本官一哉否、是遂可レ難者事也、不レ能レ追レ記」(小右、同三月六日)、「入レ夜、按察納言来談、多是鎮西事也、天気無動、但左府猶有二遏継一者」(小右、同五月七日)。

五一八 **宇治殿**　花鳥余情、椎本の巻「六条の院より伝はりて、右のおほい殿知り給ふ所」(夕霧が源氏から伝領した宇治の別邸)に注して、「河原左大臣融公の別業、宇治郷にあり。陽成天皇しばらくこの所におはしましけり。宇治院といふ所なり。宇多天皇朱雀院と申すも、領じ給へる所なり。承平のみかど〈朱雀〉、ここにて御遊猟ありけること、李部王記に見えたり。其後、六条左大臣雅信公の所領たりしを、長徳四年十月の比、御堂関白此院を買ひとりて、おなじき五年、人々宇治の家にむかひ遊びなどありき。宇治関白の代になりて、永承七年に寺になされて法華三昧を修せられ、平等院となづけ侍り。治暦三年に行幸ありき。いまは藤氏の長者のしる所なり。六条左大臣より御堂関白につたはりたるを、六条院よりつたはりて、とはかきなし侍るなり」といっている所によって宇治殿の大体の歴史が分かる。九月の倫子宇治行は本書のみ。

五一九 **三日の程よろづいとめでたし**　しかし、三日間にわたって行われた根拠はみえない。御堂関白記には、前日は、道長が敦明親王の参入を促しており、儀と宴の行われた七日の翌八日は、中宮妍子が敦明親王を簾中に召して、著袴の内親王を見せ奉っている。強いて言えば、八日もその儀の中に数えることが出来るかもしれぬが、やはり、この儀は七日一日のみ、盛大に行われたとみるべきである。

五三〇 **下りゐさせ給はんの御心にて** 「又被㆑仰云、大納言公任・中納言俊賢為㆑吾多㆓不善事㆒、催㆓左大臣㆒、令㆑責㆓吾禅位㆒此事不㆑安」（小右、長和四年十月二日）とあるのをはじめ、天皇が道長のすすめによって、譲位せざるを得なくなるような結果に達する記事が、この前後の小右記に多い。

五三一 **さべき御装束せさせ給て** 立派な御装束をお贈りなさり、それに添えた御扇に。餞別には、また会う意を託して扇を贈るのが例。「帥中納言罷申参㆓大内㆒云々、（中略）参㆓中宮御方㆒云々、給㆓女装束㆒、来㆑家（道長）上達部十許人来、五六巡後和歌、馬三疋、一疋置㆑鞍、白装束、銀水角、々々入㆓砂金五十両㆒又参㆓東宮（敦成親王）・皇太后宮（彰子）㆒、東宮大褂、皇太后宮御衣・扇等賜㆑之云々」（御堂、長和四年四月二十一日）。「廿二日、辛未、資平（中略）今朝来云、（中略）又云、去夕、帥中納言隆家令㆑奏㆓赴任之由㆒、殿上聊設㆓酒肴㆒、主上出㆓御昼御座㆒、（中略）給㆓御馬㆒、（中略）於㆓中宮御方㆒有㆑饌、次帥参㆓左府㆒、又有㆓餞事㆒」（小右、長和四年四月）。

五三二 **この事をけしきだちきこえさせ給へば** 「天皇道長に譲位をせまられ給ひしかば、道長の歓心を得て、在位の久しからむ事を望み給ふなり。本書のさまいさゝか異なれども、暗に其よしを推知せしめんために、わざと事実をおほひしならん」（詳解）。ただし果して詳解のいうように、わざと事実を覆ったかどうか疑わしい。小右記（長和四年十月十五日）には次のようにある。

右金吾云、主上以㆓女二宮㆒、可㆑合㆓権大納言頼通㆒之由、被㆑仰㆓左相府（道長）㆒、但有㆑妻如何、相府申云、至㆑有㆓仰事㆒、不㆑可㆑申㆓左右㆒者、御恙間、深依㆑貪㆓給宝位㆒思食事恐、偏有㆓御好㆒歟、可㆑悲々々、可㆓弾指㆒々々、臣下弥何為、無㆑方㆑措㆑身。

五三三 **としとをが妻なり** 俊遠の妻は、蒼み花の巻に「中務大輔ちかより君のめのおとうと、俊遠が妻なり」とあったが、詳解の説に従って、「のおとうと俊遠が妻」の九字は、衍と見て、周頼の妻は源兼澄の女子で、橘俊遠の妻は誤であるとみたのである。しかし、栄花物語系図には、俊遠の女子に「後一条乳母、大輔乳母、母周頼室」とあることにより、俊遠の妻は、また周頼の妻であったということを認めなければならない。

このことは、岩野祐吉氏も、俊遠の男俊経が禎子内親王の乳母子（小右、万寿四年四月四日条）であったことから、周頼の妻となる以前に俊遠の妻であったと言われている（栄花物語雑攷、七六頁）が、禎子内親王の乳母子というのみでは、やや根拠の薄弱な点もなくはないが、ここに系図の根拠と相俟って、周頼の妻と俊遠の妻は同一人とみてよかろうと思う。従って、蒼み花の巻の「ちかより君のめのおとうと」という「のおとうと」は、やはり誤と見なければならない。

五三四 **さばれかくいはであれかし** 「資平云、今日相府密語云、（中略）左大将（頼通）可㆑被㆑合㆓女二宮㆒之事、更不㆑可㆑知、雖㆑有㆓仰事㆒、不㆑申㆓左右㆒」（小右、長和四年十一月十五日）。

五三五 **御物ゝけなどあるに** 「十二月十二日、大将日来有㆓悩気㆒、而今日極重者、是時行欲㆑愈歟、彼家物忌、仍到㆓門外㆒問㆓案内㆒、示㆓重由㆒、仍西門帥宮（敦康親王）御方門開、仍彼方到、依㆑有㆓尚重由㆒、以㆓馬五疋㆒、八幡・賀茂上下・祇薗・北野等令㆓諷誦㆒、宿㆓大将家㆒」（御堂、長和四年）。「臨夜資平来云、左将軍（頼通）猶有㆓悩煩㆒、霊気移㆑人、被㆓調伏㆒、故帥霊顕露」（小右、長和四年十二月十三日）。

五三六 **皇后宮いらせ給ぬ** 女二宮は、この時内裏におはすとあるが、如何であろうか。女二宮は、十月十五日には頼通との結婚の準備が忙しく、十一月十五日には、これに関して道長の勧めるさまなど明らかである（小右）が、本書のそれらの記事の中（月日不明）に、頼通の病のために結婚をとり消したことが書かれている。然らば、女二宮は、この頃内裏にいたと解釈するのは、他にこれに関する文献が存せぬため、何とも言い難いが、やや困難のように思われる。

五三七 **物のさとしなども** 「申時歳星経㆑天、十日、上二箇変異奏云々、但歳星経㆑天不聞之変云々、天文云、宋書志云、晋安帝隆安元年六月、歳星経㆑天、占曰、国受殃、其月有㆑兵為㆑乱、晋書志云、晋恵帝永寧元年正月、歳星経㆑天、占曰、歳星昼見、更王、其年更王」（小右、長和四年十二月八日）。

五三八 **中宮の御返し** 底本はこの次すぐに「長和五年…」へ続けて書いている。桂本は符箋に「哥アルベキ所也一行落タル歟」と朱書。もともと返歌を後から補うべく空白にしておいたものがそのままになり、底本のように次の記事を続けて書いてしまうようなものも出来たのであろう。

五三九 **嬉しき事にも** 抄は「うれはしき」という一本を採り、「こゝはうれしき事の時に、中々あしき事の交りて有といふ諺の有しならむ」と解し、詳解は「嬉しきことにも」という本文であるが、同様に「嬉しき事の中にも、心うき事はありけりとの意にて、当時のことわざなるべけれど、何に見えたるにか詳ならず」としている。

三三〇 **あるが中のおと宮は** 「卜㆓定伊勢斎王㆒、中務卿具平親王女嫥子女王卜食」(紀略、長和五年二月十九日)。御堂関白記・小右記・左経記に詳しい。また、嫥子女王の年齢について、本書玉の村菊の巻に「十ばかりやおはすらん」とあることの正確なこと及びこの年十二歳であったこと等については杉崎重遠氏の考証に詳しい(「嫥子女王」国文学研究、三九号)。また、本書では具平親王の三女となるが、御堂関白記にも同じく三女とある。資子内親王の養女となったこと、頼通が後見したこと等については、本書のみ。

三三一 **御悩いと苦しくのみ** 御堂関白記の長和五年九月十二日条に「従㆓去五日㆒少有㆓御悩気㆒、而依㆓神事㆒不㆑召㆑僧、今日依㆓御悩重㆒召㆓僧等㆒」とあるのをはじめとして、この前後の数日にわたり、御悩に関する記事が詳しい。

三三二 **院の御事を** 「此日御衰日也、然而依㆓御悩重㆒、初㆓御修善・御読経等㆒」(御堂、長和五年九月十四日)をはじめ多くのことを道長は三条院のためにおこなっている。

三三三 **三条院** 二中歴には、「三条南・大宮東、頼忠公家」とあるが、権記、長保二年八月十七日の条に「招㆓前讃岐介奉職朝臣㆒、令㆑申㆓一品宮三条宮残直事㆒依㆓左京大夫(源泰清)後家之旨㆒也」とあることにより、この三条第は、源泰清の後家より買得したものであることが明らかである。

三三四 **土御門殿焼けぬ** 「廿一日、癸亥、丑終許東方有㆑火、見㆑之相㆓当土御門方㆒、仍馳行、従㆓惟憲朝臣宅㆒火出遷付、馳付□風吹、如㆑払㆓二町同(間カ)㆒、数屋一時成㆑灰、先令㆑取㆓出大饗朱器㆒、次文殿文等、後還㆓一条㆒間、申㆓法興院火付㆒、即行向、不㆑遺㆓一屋㆒焼亡、凡従㆓土御門大路㆒至㆓二条北㆒五百余家焼亡」(御堂、長和五年七月)。

三三五 **十月二日枇杷殿焼くるものか** 九月二十四日が正しい。「焼くるものか」は、驚いたことに焼けたではないかの意。「廿四日、乙丑、参院、退出後、戌時許東方有㆑火、驚見㆑之、当㆓枇杷殿㆒、仍馳参、西対遺間、参付、院(三条院)・宮(妍子)同車給御㆓南大路㆒、仍奉㆑渡㆓高倉家㆒、此間雨下、人々参、女方参、丑時許与㆓女方㆒退出、明日依㆑固㆓物忌㆒也、有㆑不㆑宜思人㆒歟、連々如㆑此有㆓放火㆒、又仁和寺辺焼亡、小家(宅)五家㆒(御堂、長和五年九月二十四日)。

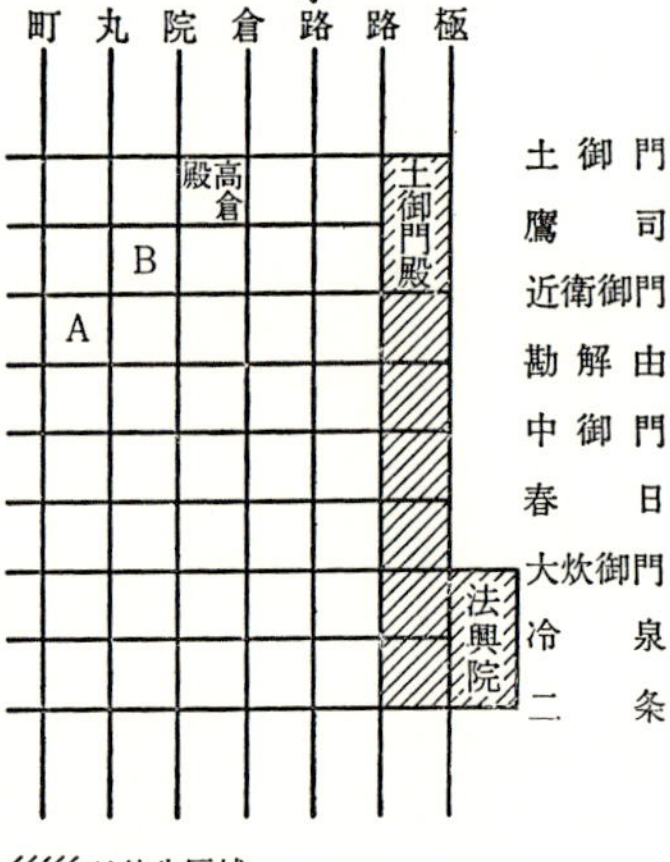

▨は焼失区域
A　枇杷殿　近衛南・室町東（拾芥）
B　枇杷殿　鷹司南・東洞院西（拾芥或説）

三三六 **枇杷殿いと近き所に** 枇杷殿の近所に―それは高階業遠が頼通に献上した家であった、それへ何はともあれ渡御なさった。「東宮の亮なりとをといひし人の家」は、高倉殿のこと、左経記(長和五年五月一日)に、「参㆓摂政殿㆒〈遷㆓御故業遠朝臣高倉宅㆒〉」とあるによれば、道長も一時住したのであろう。位置は「土御門南・高倉西、一町」(拾芥)。

三三七 **悠紀方** 「悠紀方、備中…」と続けて読むことの誤であることは、御歴代の悠紀がほとんど近江に定まっていたことから見ても(八雲御抄に「延喜以後偏以㆓近江㆒為㆓悠紀㆒、以㆓丹波・備中㆒替々為㆓主基㆒也」とある)、また帝王編年記、後一条院条に、「長和五年十一月十五日、己卯、大嘗会、悠紀近江国甲賀郡、主基備中国下道郡」と明記されていることに照らしても明らかである。

次に歌に詠まれている地名「たまだ」「いはかき」「はや野」「たまのむらぎく」「にゐだの池」等は、諸本により異同もあり、地名辞書にもほとんど所見がないが、備中国の名所と見てよさそうであり、従ってそれらを含む五首共主基方の和歌になる。

さらにまた、悠紀主基歌に関するものとして、宮内庁書陵部に「大嘗

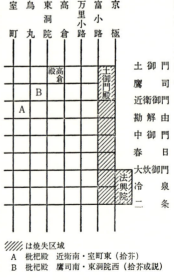

会悠紀主基詠歌〈自承和至寛延〉」(禁裏本、一冊、江戸中期写)、「大嘗会和歌部類〈自白鳳至文正〉」(鷹司本、一冊、江戸中期写)、「大嘗会和歌」(柳原本、二冊、江戸末期柳原紀光写)の三部が所蔵されているが、禁裏本に拠る時は、

後一条院　長和五年十一月二日

悠紀　近江──

稲春哥　輔親

君が御代なかひこの稲しめぬくは　万代の秋つかむためしそ

神楽哥

天津神国津社は八百万　一君をそ共にまもれる

以下、「辰日参入音声　ひくえのさと」の歌等計十首の和歌が列挙され、さらにその後へ「御屏風哥六帖」の和歌十七首が列ねられているが、それによって見る時は、玉の村菊の巻中、備中稲春歌「年えたる云々」、御屏風歌「秋風に云々」「底清き云々」の三首が「大嘗会悠紀主基詠歌」所載の和歌と合致しており(ただし歌詞には異同がある)、すべて慶滋為政の詠じたものである。

以上によって、玉の村菊の巻では主基方の和歌について、稲春歌や、御屏風歌の一部を抜き出して掲げたものであることが分かるが、その記述は元来次のようであったであろう。

悠紀方

近江　祭主輔親

和歌……………………………(脱)

主基方

備中　稲つき哥　内蔵権頭慶滋為政

年えたる………

大内記藤原義忠朝臣

いはかきの…………

ゆきすきの哥ども、おなじさまにかやうなり。

御屏風を、ためまさ、ちやのといふところを、

秋風に…………

(下略)

即ち、悠紀方の次に、その作者名や和歌何首かを脱したもので、元来栄花物語の作者が後に記入するつもりで空白にしておいたものが、書写を重ねるうちに、主基方の「備中いねつき哥…」が悠紀方の下に続けて書かれてしまい、従って、主基方という語は次の「大内記藤原義忠朝臣」の上に移ってしまったものと考えられる。

作者の一人藤原義忠は、本書の底本梅沢本に菅原資忠となっているのは誤と考えられる。即ち御堂関白記、長和五年十一月十日条に「選下定為政与義忠読二大嘗会一主基方御屏風和歌上」とあり、また同十二日条に「悠紀御屏風和歌輔親奉仕、仰二可レ書由為義一、有二悩事一不レ能二奉仕一者、仍一人下」とあるによれば、

悠紀方─輔親、(為義)

主基方─為政、義忠

となるからである。また、同じく御堂関白記による時は、藤原義忠は、左衛門尉・検非違使・大内記・式部少輔を歴任した事が分かり、弁官補任(寛仁三年条)は、「右少弁従五位上藤義忠、十二月廿一日任、式部少輔、東宮学士、同四年十一月廿九日任二左少弁一、治安元年十一月三日正五位下」とあり(御裳着の巻、治安三年の土御門殿歌合に、右少弁として歌が載せられているが、右は左の誤であろう)、尊卑分脈、巻三(宇合系)では「義(リ)忠　左大弁・権左中弁・大和守・東〔宮〕学士・侍読・正四下・哥人　長久二・十・十一於吉野川没死　三十八　贈参議従三位侍読〈労〉也」としている。義忠が、後朱雀院の時の大嘗会にも主基方の作者として奉仕している事は、千載集・続古今集、賀・袋草紙・八雲御抄等によっても知られるが、尊卑分脈に記載するように、長久二年十月十一日吉野川で没死した時三十八歳であったとすると、二十五年前の長和五年に和歌を奉仕したことは年齢上穏当ではない。帝王編年記・扶桑略記にも義忠薨去の事は見えているが、年齢の記載はなく、ただ「系図纂要」が尊卑分脈と同じく三十八歳としているのみである。而して尊卑分脈に義忠の父大和守為文を長保三年五月廿日卒としているのが信ぜられるとすれば、長久二年に三十八歳ということはあり得ることではない。よって尊卑分脈の誤と見るべきであろうが、この事と、御堂関白記の記述とを併せ見る時は、大内記藤原義忠を長和五年大嘗会における主基方の作者とすることは認められるであろう。ただし「大嘗会悠紀主基詠歌」等に義忠の作歌を全く掲げていないのは、正式に採用せられた歌ではなく、恐らく控えとして詠進したものであったからであろう。本書は、その非公

式のものから選んでこれを書いたものと考えられる。(松村博司「栄花物語の和歌に関する諸問題」日本学士院紀要、第十六巻第一号)。

五三八　いはかきの橋　頭注に示したように石隈橋の誤であろう。「賀陽郡石妻村に有し橋なるべし。○おのれ石妻村にゆきて見つるに、その産ノ社の鳥井の左右に、長さ凡五尺ばかりなる石たてり。東なるを雄岩、西なるを雌岩とて、これには小石そひたり。是を夫婦岩とよべり。これ村名のおこれることのもとなりといへり。されど今思ふに、夫婦かたみにツマとはいへど、夫婦をすべて他よりツマといふことなし。これもとは、イハグマといひしを、イハヅマと誤しを、後に又イシツマとよこ〔み〕なまれるなるべし。そも〳〵此所は宮田より東南一里ばかり、岩多く、せばき谷あひを登行隈路にて、よそよりはいづかたよりも見えざる山ぶところの村なり。石隈の名よくかなへり。しかるを、かの夫婦岩によりていへるは、よきほどに引合せたるものにはあらずや」(備中名勝考)。

五三九　玉の村菊といふ所　袖中抄、巻三「たまのむらきく」の項に、「うちはへて」の歌を引き(ただし、初句うつろはてとなっている)、「顕昭云、此歌は大嘗会主基方玉村と云所を義忠朝臣詠る也。されば玉村と云所の菊を玉のむらきくとは読る也、うちまかせては玉むらの菊とぞよむべき、この大嘗会の歌ども書たる世継の第十二巻をたまのむら菊のまきと名付たり、是をかくは心得ずして玉はほむる詞なり、むら菊はむらすきなどのやうに心得て近来の人よみあはれたり、ひが事と申つべし」といっている。

五四〇　新田の池　「新田池、小田郡入田村に有。○新田をいま入田とかけるは、文字のたやすきにしたがへるなり。新田をニフタと訓る例は、和名鈔に、上野国の郡名、但馬国城崎郡の郷名、備前国和気郡の郷名、みな新田(尒布多)とあるに同じ。しからばニフも古言なれば、歌にもニフとよむべきにこそといふ人もあるべけれど、歌には大むね詞を正しくみやびやかによめるものなり。ニフといふは、音便にて正しからず。このゆゑにたゞしくみやびやかにニヒタとよめるなり。此例は、越中国新川を、万葉集立山賦に、尒比可波能曾能多知夜麻尒云々とよめり。これも彼国の郡名にて、和名鈔に、新川(尒布加波)とあり。是ニフも古言なれども、俗にして、ニヒは雅言なるゆゑにあらずや」(備中名勝考)。

五四一　豊の明の夜　新嘗祭の起源は、景行天皇の十一月と「年中行事秘抄」に引用の高橋氏文にみえるが、日本書紀の景行天皇の条には見えない。また、日本書紀には、仁徳天皇条に「四十年是歳当㆓新嘗之月㆒、以㆓宴会日㆒、賜㆓酒於内外命婦等㆒」とみえ、この頃、一応十一月に行われていたとみ得る。古くは、新嘗祭と大嘗祭の区別はなかったようであるが、類聚国史に「天武天皇六年十一月、己卯〔廿一日〕、新嘗、乙酉〔廿七日〕、侍㆓奉新嘗㆒、神官及国司等賜㆑禄」とあって、天武天皇の頃に一代に一度行うものを大嘗、十一月に行うものを新嘗と定められた。令の規定には、「仲冬下卯大嘗祭〈謂、若有㆓三卯㆒者、以㆓中卯㆒為㆓祭日㆒、不㆔更待㆓下卯㆒也〉」とみえ、この儀の明確な意味での起源は、この頃とすべきである。

五四二　年中行事の御障子　年中行事秘抄に「殿上年中行事障子事、仁和元年三月廿五日、太政大臣昭宣公〔基経〕献㆓年中行事障子㆒、今案彼年始被㆑立㆓年中行事障子㆒歟、見㆓小野宮記㆒云々」とあって、光孝天皇の時に、これが作成されたことが明らかである。正月に四十八カ条、元日だけでも十四カ条の項目がみられ、公の儀式として、年中行事が整ったことを示すと共に嵯峨天皇以後、このころまでに公事の年中行事が多く生まれ、完成したことを物語るものである。

五四三　斎宮の御乳母　「相〔マ、〕或物示云、道雅中将依㆑嫁㆓先斎宮㆒、中務親王〔敦儀〕迎取参㆓皇后宮㆒云、其乳母至㆓道雅㆒云々」(御堂、寛仁元年四月十日)。「参㆓大内㆒、又参㆑院、被㆑仰云、先斎宮為㆓道雅㆒被㆑婚云々、召㆓通任㆒遣、令㆑問㆓案内㆒、暫候可㆑聞㆓案内㆒者、候、通任還参、所㆑申事甚以異様、無㆓尻口㆒、相公〔通任〕従㆑本不覚中、件甚奇事実歟」(御堂、四月十一日)。

五四四　准三后　「三更蔵人頭資平来云、今日左大将頼通候㆓母后簾前㆒、召㆓資平㆒伝㆓令旨㆒云、摂政准㆓三后㆒、可㆑給㆓年官年爵幷三千戸封㆒、忠仁公例、又以㆓左右兵衛舎人各六人㆒為㆓随身㆒事、亦摂政北方、可㆑賜㆓年官年爵幷本封外別給三百戸㆒、恵子女王例也〈恵子者、華山法皇外祖母〉」(小右、長和五年六月十日)。「依㆓皇太后仰㆒、余准三宮、賜㆓年爵幷内外三分㆒、又賜㆓封三千戸㆒、勅書下㆓給中務㆒、又以㆓倫子㆒同賜㆓年爵年官勅書㆒」(御堂、長和五年六月十日)。

巻第十三　ゆふしで

五四五　御なやみ重らせ給て　本書には書かれていないが、次の御堂関白記に現われた道長の態度には興味の深いものがある。「寅時許、従㆑院蔵

人章経来云、御悩只今極重者、乍レ驚参奉レ見、雖レ重、似レ無二殊事一、明後退出、又辰時許参、猶同御坐、午時許退出、申時許、永信来云、為二受戒一召二院源法印一、可レ賜二布施物一有レ召、絹十疋袋絹奉レ之」(御堂、寛仁元年四月二十八日)。

「亥時許、従レ院人来、即参入、御悩重、余奏云、前々仰二侍御出家事一如何、被レ仰、我も佐曾思、早可レ剃者也者、召二院源一為二戒師一、懐寿唄、頼寿奉レ剃二御頭一、各給二布施一、参二大内一退出」(同、寛仁元年四月二十九日)。

五四六　**御忌にも籠り仕うまつらせ給はぬ事を**　御堂関白記、寛仁元年五月十二日条、御葬送の記事に、「依レ有レ労不レ候二御共一、是除目後不レ能二行歩一、又病後無力無極、仍不二奉仕一、非レ無レ志、不レ任レ身」とあることにより、病悩のためであることが明らかである。

五四七　**いはかげ**　いはかげ(岩蔭)については、三〇七頁注二一に記したが、三条院の御陵は北山陵と号し、山城国葛野郡衣笠村大字北山にあると陵墓一覧にみえる。御堂関白記、寛仁元年五月十二日条には、「舟岳東(西カ)北方」とある。また、扶桑略記には「葬二於舟岳北野一」、歴代編年集成には、「船岡西辺」とある。大日本史料、二編之十一、二四六—二五〇頁に詳しい。

五四八　**その折より**　「参院(三条上皇)、(中略)院被レ仰云、此三条院可レ奉二禎子一処、汝(道長)入心可二修造一、是御二枇杷殿一間、有不意、仍所レ思也云、可レ示二中宮(妍子)・源中納言(俊賢)等一者」(御堂、寛仁元年正月二十五日)。「源中納言来云、一日参院、被レ仰云、件三条院可レ奉二姫宮(禎子)一所也、件(事)可レ知者、是前日如レ仰」(御堂、寛仁元年正月二十九日)。このことは、三条院御在世中から、道長との間にとり決められていたことである。

五四九　**四宮まだ童にて**　「三条院童親王為二出家一入二給仁和寺一事」(小右目録、寛仁二年八月二十七日)。また、小右記には、「(二年)十一月十三日、(中略)故三条院四親王(師明)、今日於二東大寺一受戒云々、三年三月廿五日、壬午、(中略)皇后宮(娍子)令二出家一云々、(中略)復日御出家如何、去年八月廿九日、戊午、四宮出家、彼日復日、最可レ被二忌避一歟」とある。

五五〇　**さるべき人して**　御堂関白記、寛仁元年八月四日条に、「二位中将(能信)来云、東宮蔵人内記行任来云、宮被レ仰様、我此東宮何止之哉、以レ誰令レ聞、若参哉、我云、有レ召早参聞二案内一可レ来、依レ有レ召参入、返来示二此由一、又我可レ参者」とあり、小右記(前田家本)、同六日条にも「資業密語云、大殿(道長)参二於青宮(敦明親王)一、依レ被レ辞二皇太子一者、奇也恠也、希有々々、摂政及家子相引被レ参云々」とある。本書では、まず皇后宮娍子に出家の意図をほのめかし、その後道長にその旨を伝えたように書かれているが、御堂関白記・小右記等では、敦明親王が、出家の心を娍子に伝えたという根拠はみえない。立坊部類記引用の権記、同八日の条には、娍子は、敦明親王が御遜位のことを告げなかったことを咎めている様子が書かれている。

五五一　**いかで対面せん**　本書では、以下二人の長い対話が続く。それによれば道長は、親王の出家に反対していた。しかし、親王の確固たる意志によって遂に同意したようにみえる。これについて、御堂関白記には「六日、以二能信一従二東宮一、有二今日可レ来消息一、仍詣二彼宮一、摂政(頼通)・大将(教通)・左衛門督(頼宗)・二位中将(能信)相従、以二雅康一令レ啓二参入由一、即参二御前一、被レ命云、為レ申レ停二春宮事一聞二消息一、立寄事慶申者、余申須レ申二承由一、而能思定可レ被レ仰者也、皇后宮・左大臣被二何申一者、命給様、宮不快、左大臣任レ心者、日来間思定所レ聞也、早停二此春宮号一、可レ然相定可レ宣者」とあり、小右記(前田家本)には七日条に、親王が能信を介して、辞意を道長に伝え、面談を求められたことが明らかであり、出家の理由は、道長の言う所によれば親王を輔佐する人もなく、三条院崩御後は、どうすることもできない立場にあられるということであったという。

五五二　**かう〳〵の事を**　御堂関白記、八月六日条に「参内、啓二皇太后宮此由一、其気色非レ可レ云」とあり、小右記(前田家本)、七日条にも、「余只申二希代由一退出、参内、先参二皇太后宮御方一」とみえる。この彰子との対話によっても、道長は、敦良親王の立太子を望んでいたことが明瞭である。

五五三　**東宮たゝせ給ひぬ**　「前春宮(敦明親王)号二(小脱)一条院一、置二判官代・主典代一、充二御封一、〈本数〉、左右近衛各五人為二随身一宣旨下了」(御堂、寛仁元年八月二十五日)、「以二前皇太子一、為二小一条院一、准二太上天皇一、賜二年爵・年官・受領吏等一、停二進・属一為二制官代・主典代一、又以二左右近衛各五人一、為二御随身一、御封等如レ旧奉レ充レ之」(紀略、寛仁元年八月二十五日)等とあって、小右記・左経記等も同じであるが、随身の数などは、相違がある。

五五四　**東宮の大夫**　「宣命畢、於二摂政御宿所一、有二坊官除目事一云々、傅

右大臣〈公季〉・大夫左大将〈教通〉・権大夫藤宰相〈公信〉・亮惟憲朝臣〈兼近江守・右馬頭等〉・権亮公成朝臣〈兼二右近少将一〉」(左経、寛仁元年八月九日)。公卿補任にも教通が権中納言で東宮大夫を兼ねたとある。

五五五　**とのゝ上、八幡に詣でさせ給へれば**　「廿三日、内裏有二御消息一〈勅使左近中将朝任朝臣、有二被物女房装束一、下地拝之〉、次皇太后宮幷中宮御消息等有レ之、各有二被物等一、皆女装束一襲一」(左経、寛仁元年九月条)。小右記、二十四日の条にも、昨日のこととして「皇大后宮御書使大進敦親・中宮御使大進佐光、皆有レ禄」(小右、寛仁元年九月二十四日)。

五五六　**一条殿の北の御門より**　なお小右記、十一月二十八日条には、「抑参二社頭一之道、自二一条大路一東行、更折レ北、自二高倉小道〈路〉一北行、中宮坐二一条一、避二北門前一云々、行幸路用二彼門前一」とあり、行幸道は、一条殿の北門前を通るのが常道であったらしい。

五五七　**女房車えならずして**　「今日皇太后宮女房等、乗車先参、而未二下車一之間、臨幸已訖、仍不レ能レ下車一、依二陣内一、秉燭後、寄二御輿一」(小右、十一月二十五日)。

五五八　**行幸せし**　「後一条院御時、賀茂行幸侍りけるに、上東門院御輿に乗らせ給ひて、紫野より帰らせ給ひける又のあした聞えさせ給ひける、選子内親王」(後拾遺、雑五)とあって、その方がよさそうに思われる。また「たちかへり」の返歌は、続後撰、神祇に「後一条院位におはしましける時、賀茂の社に行幸ありける又の日のあした、選子内親王の御返事のついでに、上東門院に」とあって、後拾遺集と相呼応する。

五五九　**十二月にぞ瞥どり奉り給ふべき**　「不レ参内一、此夜小一条院〈敦明親王〉御二近衛御門一、東対東面倚二御車一、左大将〈教通〉・左衛門督〈頼宗〉採二脂燭一、入レ従二寝殿東妻戸一、時戌、中宮大夫・修理大夫等候、殿上人十八人、従二母々〈明子〉許一装束幷衾等送給、皇太后給二装束一」(御堂、寛仁元年十一月二十二日)。「院今夜可レ坐二高松一云々、以二大殿高松〈明子〉腹太娘〈寛子〉一被レ奉レ合云々、左大将教通・左衛門督頼宗脂燭」(前田家本小右記、寛仁元年十一月二十二日)。

五六〇　**御衣ども**　小右記、寛仁元年十一月二十二日の条に、「已坐二重喪一、令〈今〉有二婚礼一、疋夫豈然乎、嗟々可二弾指一、或云、院御方過〈違〉所常命二管絃一云々、自吹レ笛給云々」とあって、重喪をば何とも思わぬ院のつつしみのない様子をほのめかしている意。

五六一　**例参り給ふ上達部など**　「天晴、従二摂政家〈頼通〉一上達部相引来、右府被二来会一、有レ礼、不レ立二摂政一、着座後、摂政着二外円座一、五六献後引出物」(御堂、寛仁二年正月二日)。「早旦参内、次参二摂政殿〈頼通〉一、有二臨時客一、先主客於二南庭一拝礼、次被二著座一了、大納言四所有二引出物一〈馬各一疋〉、次摂政殿率二群卿一令レ参二大殿〈道長〉一給、有二臨時客事一、拝礼之間、摂政殿幷他家子君達不レ立二給列一、主客着座後、自レ腋追令二著座一給、事了有二引出物一」(左経、寛仁二年正月二日)。太政大臣道長及び摂政頼通第共に臨時客がおこなわれたことが、これによって明らかである。

五六二　**正月三日御元服の事あり**　「此日御元服、暁女方与相共参内、天晴、無二風雨気一、申一剋御二南殿北廂一、二剋召二蔵人右中弁定頼朝臣一令レ奉レ仕理髪一、着二御幘一、不レ着レ巾、此間摂政与相共行二陣方一、着レ靴、此間御出、即経二陣前一皆〈階〉西砌、軒廊二間出二庭中一再拝〈内弁立所北面〉、摂政余立二辰巳一、還三入軒廊前二」(御堂、寛仁二年正月三日)。以下加冠・理髪等の記事が詳しい。その他、左経記・日本紀略等にも詳しい。

五六三　**摂政殿の大饗**　「摂政大饗料屏風詩幷和歌等被二持来一、被レ来与二上達部一相定、按察大納言〈斉信〉・四条大納言〈公任〉各詩五首、是皆上、仍入、広業・為政・義忠・為時法師等詩相定各両三入、不二心吉一有レ数、和歌輔親・輔尹・江式部等各相定入レ之、多無二心吉一、我少々入レ之、大納言〈公任〉一首随有」(御堂、寛仁二年正月二十一日)。「此日摂政家大饗、前従レ内出次向二彼家一、行置雑事退出、新屏風従二侍従中納言許一書持来、少々、此日終日雪降無二晴時一、尊者及公卿従二西廊上一着座、弁以下従レ砌渡レ東着座云々、史生拝礼者失也、立楽間雪止云々」(御堂、寛仁二年正月二十三日)。「摂政新調大饗料四尺倭絵屏風十二帖被二持参一也、画工織部佐親助、色紙形有二詩幷和歌一、今日各献レ之、詩者大納言斉信・公任・式部大輔広業・内蔵権頭為政・大内記義忠・為時法師作、和歌者、斎主輔親・前大和守輔尹・左馬頭保昌妻式部〈和泉式部〉読レ之、大納言公任卿遅参不レ出レ詩、太相府〈道長〉頻以被レ催、頗有二興委之気一、愁立退、以二右中弁定頼一令二書出一、卿相数多会、令二侍従中納言行成一可レ書、拾遺云、不レ可レ書二出明後日大饗一云々、両納言詩不レ可二評定一、自余可レ撰、被二相定一間、下臈上達部各々分散、□〈斎〉主和歌明日可レ定云々、非二儒者一上臈公卿依二下官命一作二屏風詩一如何、不レ異二凡人一、就中公任卿、故宮〈遵子〉侯二周忌内一、有二此興一、如何」(小右、寛仁二年正月二十一日)。「按察大納言・四条大納言於二大殿一、摂政殿大饗料御屏風詩幷歌等択定、令下二侍従中納言一書上給〈詩作者按察・四条両亜相、式部大輔広業、内蔵権頭為

政、大内記義忠、歌作者大殿、四条大納言・輔親・尹・式部女等也〉」(左経、寛仁二年正月二十一日)。左経記、二十三日にも詳しい記事があるが、略す。

五六四 **やまとのかみすけたゞ**　尾張守興方の男、民部卿懐忠の養子。木工頭、従四位下、権右中弁、大和守(分脈、巻三)。

五六五 **君がりとやりつる使**　「終日降雪、参内、次参㆓摂政殿㆒〈今日大饗也〉、上達部多被㆓参会㆒、西対遣㆓請客使等㆒〈左府〔頼光〕・頼基朝臣・□〔右府〕・兼房〉、入㆑夜尊者参㆓著門外㆒」(左経、寛仁二年正月二十三日)とあって、大饗の行事に請客使(尊者を招くために使に行く役)は、必ず出るものであるが、この時も請客使が出たことは、左経記に明らかである。

五六六 **五月節**　国史・日記等には端午節会という語として多く出る。五月節というよび方は、九暦に多い。「天慶七年二月廿七日、蔵人仲陳仰云、木工寮中㆓西方諸修理料、支度物可㆓下給㆒、但縁㆓五月節諸司支度雑物㆒、先奉㆓惣目録㆒之後、相定可㆑給者」(九条殿御記(大日本古記録九暦)四九頁)とあるように、九暦では、五月五日の節会を五月節とよんでいる。

五月五日の節会の儀の主な行事は、菖蒲を献ずることと、競馬で、内裏式・西宮記等に詳しい。

五六七 **九月九日**　重陽の節会、又は宴という。菊花宴がこの日行われるのが特徴である。天皇が南殿に出御、節会が行われ、群臣に菊酒を賜わる。また、前夜、菊の花に綿を覆い、この日にその露で肌をぬぐうと長寿するということから、菊のきせ綿ということが、貴族社会の女房の間で多く行われた。内裏式には「菊花宴式」、西宮記には「九日宴」とある。菊のきせ綿は、紫式部日記に詳しい。

五六八 **御節供**　年中行事抄、正月元日の条に、「同日内膳司供㆓御節供㆒事〈迄乎三日〉、節会有㆓出御㆒之時、於㆓南院㆒供㆑之、無㆓出御㆒之時、付㆓女房㆒供㆑之」とあって、節日に供する酒饌をいう。正月元日だけに限らず、青馬・踏歌・端午・相撲・重陽・豊明等の折ふしの節会に群臣を召し集めて宴を賜う。大節には群臣悉く召し、小節には五位以上の人を召す。

五六九 **枇杷殿のみや**　「さきには中宮一条殿におはしましゝを、こゝにゆくりなく枇杷殿とあるはいかにぞや。枇杷殿は、長和五年焼亡の後、今も造作中なるよし、浅緑の巻、京極殿移徙の条下に見えたり」(詳解)。御堂関白記にも長和五年正月二十四日焼失の後、寛仁三年二月二日に「初㆓枇杷殿造作㆒」、同二十六日には「立㆓枇杷殿西対・東廊等㆒」とあって、ここの寛仁三年正月には枇杷殿は、まだ完成していない。あるいは後の記事を誤ってここに入れたか、または一条殿と呼ぶべき妍子を誤って枇杷殿と呼んだかのいずれかであろう。

五七〇 **命婦の乳母**　抄・詳解ともに為親本により御匣殿を司としている。御匣殿は大蔵卿正光の女光子。御堂関白記の、長和二年九月十六日禎子内親王御誕生により、三条天皇土御門殿に行幸叙位の条に「従五位下光子　御匣殿」とある。為親本と同系統の富本・玉葉集等は御匣殿であるが、玉葉集は富本系統の栄花物語を典拠として採歌したようであるから、作者を改める傍証となり得ない。命婦の乳母は源兼澄女で、禎子内親王御乳母。中宮の側近にも侍し、中宮に代って歌を作っているので、作者として不可ではない。富本系は改修時に、この歌の作者を御匣殿とする資料によって改めたのであろうが、命婦の乳母とするも、御匣殿とするも、今日では拠るべき資料はない。

巻第十四　あさみどり

五七一 **いたうとれば**　抄では「痛取也。この事を甚しくその趣意を取也。父君のおぼしゝには、みかど東宮にもと有しを、つよくおもへば、今いひおこせたることにしたがふは、故とのゝおぼしゝにはあらじと也」と注しているが、無理な解釈である上に、諺として解すべきものと考えられるので従えない。詳解は、「いたうとればは、この頃の諺なるべけれど、意つまびらかならず。或はいたうおとればの、おの字を脱せるならんといへる説あれど、ことのもと詳ならねば、いかがあらん」といって注を保留しているが、やはり名案もない。新訳では、「非常なつまらない結婚をするよりは宮仕へがいいと云ふ諺のやうに」と訳しているが、どこからそういう解釈が出て来るのか分らない。あるいは本文を「いたうおとれば」と考えたのかも知れないが、日本古典全集本栄華物語では「いたう取れば」と漢字を当てている。ただしこれはずっと後のことで、新訳を著わした時もそのように考えていたかどうかは明らかでない。

五七二 **三月廿余日のほど**　「今夜侍従中納言〔行成〕殿中将君〔長家〕取㆓因縁㆒入□〔聟〕、司〔因カ〕聊調㆓盃飯㆒、装束馬二疋・鞍等送之」(左経、寛仁二年三月十三日)。

五七三 **この殿たゞこの君の御扱ひより外の事なきも**　「近衛府使中将長家

神館宿所、上達部訪来云々、近代間有二此事一、卿相作法不レ異二凡人一、会合卿相侍従中納言行成・中宮権大夫経房・新中納言能信・二位宰相兼隆・右大弁朝経及殿上人・諸大夫等云々」(小右、寛仁二年四月二十三日)とあって、行成をはじめ、大勢の人々が長家の祭の使のために一生懸命になっていたことが明らかである。

五七四　**男君達などの御母**　この先妻は、尊卑分脈によれば、源泰清女。男君二人の他、行経を、また、女子も大姫君・中君の他に、もう一人生んでいることとなる。また、今の北の方は、橘為政女、本書のいう先妻が今の北の方の姉であったという根拠は見当らない。

五七五　**大姫君はさやうに**　尊卑分脈によれば、行成の女には長家室・経頼室(中の君)の他に女子が二人ある。一人は源顕基室、一人は扶義室(尊卑分脈の誤か)とあるが、大姫君は、この二人のうちのいずれかであったかと思われるが、直ちに決定しかねる。

五七六　**とのゝ内の事さながら仕うまつりたる**　「土御門殿寝殿以二一間一(中略)配二諸受領一(中略)令レ営云々、未レ聞之事也、造作過差、万二倍往跡一、又伊予守頼光家中雑具皆悉献レ之、厨子・屏風・唐櫛笥具・韓櫃・銀器鋪設・管絃具・剣、其外物不レ可二記尽一、厨子納二種々物一、辛櫃等納二夏冬御装束一、件唐櫛笥等具皆有二二具一、又有二枕筥等一、屏風二十帖・几帳二十基云々(中略)当時大閤〔道長〕徳如二帝王一、世之興亡只在二我心一、与二呉王一其志相同、頼光所レ献雑物色目、人々写書、宛如二除書一彼日写書注付而已、献二万石数千疋一了者、多有二其輩一、未レ聞二如レ此事一、因二希有一所二注付一也、御帳一具〈帷懸角四〉、鏡二面、御枕、御剣一腰、二階一脚、唐匣一口、御鏡并筥、鏡台、御泔坏、并台、御硯筥一具、火取一具〈銀籠薫炉、箸〉、唾壺并筥、御脇息一本、御厨子五双、〈四尺二双、野水、納上紙一双、連子、納二檀紙等一〉、二階厨子一双、番絵〈納二薄様一〉、小厨子一双、〈蒔絵、納二色紙一〉、是置物棚厨子一雙、中持御辛櫃二合、〈納〉、御衣櫃二懸、〈納〉、御冠筥四合、(中略)御筥二合、〈納〉、搔挙筥一合、香辛櫃一双、番絵、〈納琴絃・足津絃等〉、御衣筥一合、巾筥一合并台、御衣柯一本、〈塗竿一具〉、御琴二張〈笙・和〔琴〕〉、御鞍一具、御屏風廿帖〈四尺十二帖、五尺八帖〉、御几帳廿本〈三尺二、四尺十八〉、御器一具〈加銚子〉、御台十四本〈大十、小四〉、御盤十枚〈大・中・小〉、朱高坏六十、懸盤三十、御手洗十四〈大・小〉、御椋廿口〈大・小〉、打敷・貫簀等、炭取一合、燈炉五、〈加綱〉、御大壺一双、御桶一具、尾箒二枚」(小右、寛仁二年六月二十日)。

五七七　**三日の程よろづの殿ばら参り給て**　「廿七日、今夜大殿移二給上東門第一云々、春宮亮惟憲宅在二大殿西隣一、新造、今夜同時移徙、万人所レ寄(中略)。

廿八日、早朝宰相来云、昨日、(中略)日没事了、行成已下参二大殿一、依二御移徙事一、両大納言先参二上東門第一、侍候移給云々、戌剋移給也、於二西門外一整二移徙雑具一、反閇等事如レ恒、家子次第列、以二摂政一為二上首一、左衛門督頼宗不二参入一、人々疑云、依レ可二家子次第違濫一歟、或卿不二甘心一者、於二西対一有二諸卿・雲上人饗一、又有二擲采之戯一、参入諸卿、摂政・大納言道綱・斉信・俊賢・中納言行成・教通・経房・能信・実成・参議兼隆・道方・頼定・公信・通任・資平、頼光進二献御調度一、以二件物等一皆為二新殿之用一、悦気殊甚云々、従二頼光宅一持連進献、観者如レ堵、道路以目云々、酉剋許参二大殿一〈此間小雨〉、□卿両三参入、以二二位宰相〈兼隆〉一、被レ命云、只今装束可二相対一、少時摂政被二参入一、主人出居西対西面、摂政以下座列、令レ居二上達部・殿上人饗一〈西対南庇為二上達部座一、唐庇為二雲上人座一〉、秉燭後、主人著二彼座一、次摂政及諸卿次第着座、其後居二主人御前物一〈朱漆折敷、作付高坏四本、摂政前相同、以二次三本一、殿上人懸盤、皆是頼光朝臣所レ献、高坏・懸盤云々、被レ立二四尺屏風一、是又頼光朝臣所レ献云々〉、一巡後、居二汁物一、下箸、次二巡了有二擲采之遊一、以二薄様紙・上紙等一為二賭物一、了時剋推移、各々分散、参入諸卿、摂政・大納言道綱・斉信・俊賢・中納言行成・教通・経房・能信・実成・参議兼隆・道方・公信・通任・朝経・資平、々々乗二余車尻一退出、今日巡行、主人、次余、次摂政、次大納言道綱、余著二外座一、摂政・道綱卿在二奥座一、仍主人先擬二下官一。

廿九日、参内(中略)酉終、上達部相共参二大殿一、(中略)臨二秉燭一之間、参二著大殿一、先レ是卿相多参、其後摂政被レ参、頃之主人出二客亭一、摂政及諸卿著二饗座一、殿上人同著如レ昨、巡行又如レ昨、三献了、打レ攤、更闌各々分散、(中略)参二大殿一卿相、摂政・大納言道綱・斉信・俊賢・中納言行成・教通・頼宗・経房・能信・実成・参議兼隆・道方・頼定・公信・道任・朝経・資平」(小右、寛仁二年六月)。

五七八　**殿の造り様**　土御門第造営、作庭等については次の記録参照。「二日、(中略)卯時立二土御門寝殿・西対・東対代・北対・西北対・馬場殿・堂等一」(御堂、長和五年十一月)。

五七九　**御捧物宮ゝ・殿ばら**　「諸卿祗候、見㆓給太皇太后宮・皇太后宮・中宮御捧物等㆒、無㆑不㆓金銀㆒、山形、孔雀、象形、又其外微妙也、不㆑可㆓記尽㆒、北方幷高松殿等有㆓捧物㆒、皆用㆑銀、太閤已下著㆓堂前座㆒了、（中略）大閤及摂政已下、取㆓捧物㆒二廻、（中略）公家御捧物、経通取㆑之立㆓第一㆒、宮々次々如㆑此」（小右、寛仁二年十二月十六日）。

五八〇　**何事も大宮心もとなからず**　「此日故式部卿宮（敦康）御法事、於㆓法性寺㆒行㆑之云々、従㆓大宮（彰子）㆒七僧布施幷六十僧給㆑絹、各有㆑差、従㆑家修㆓諷誦㆒、二百端」（御堂、寛仁三年正月二十四日）。

五八一　**対とこなたとを**　このあたり底本の本文は、

かくつれ〳〵にものせさせ給へはか（傍書こ）の式部卿のおほうへも大とことをかよひておはします

とあって解し難い。富本の本文は、

あまうへのかくつれ〳〵にものせさせ給へはこの式部卿宮の御うへもたいとこなたとをかよひてそおはします

とあるが、尼上は具平親王室、式部卿宮の大上は為平親王北の方、「たいとこなたとを」は、対と此方とをの意。対は大上の起居していた建物で、「こなた」は底本に従えば南の院の上（敦康室）の居室。綜合していえば、大上・尼上・敦康親王室の三人の女性が南院に住んでたことになり、その邸は、紹運録に「一品式部卿（為平）、号㆓染殿式部卿㆒」とあるによれば、染殿か。（杉崎重遠氏「具平親王室」国文学研究、四十号に詳しい考証がある。）

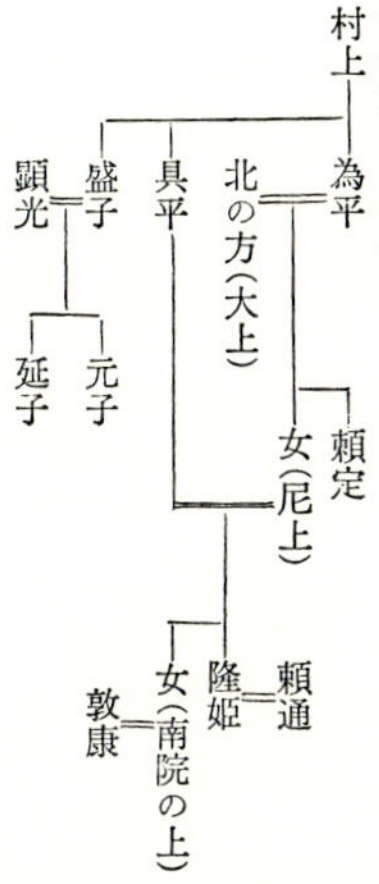

巻第十五　うたがひ

五八二　**御心地例ならずおぼされ**　寛仁二年閏四月十六日に、道長は病気のため法性寺五大堂に参籠したことが、御堂関白記・小右記・左経記等に見え、六月二十三日には病によって金峯山検校金照をして祈禱させた事が小右記にあり、さらに十一月六日には眼病を患い、安倍吉平に祓をさせた事および十一月二十四日心誉をして仏眼法を修せしめた事が、共に御堂関白記に記されており、この頃から出家の志を篤くするようになった。あさみどりの巻に、「世のはかなさにつけても、殿は猶いかで本意遂げなんと…世を危く思ふなどおぼしめす」というのはこれを指した。越えて寛仁三年は、御堂関白記に、

正月十日、戊辰、…従㆓辰巳時㆒例胸発動、前後不覚。

十七日、乙亥、従㆓巳時許㆒、胸病発動、辛苦終日。

二月三日、…亥時辰巳方有㆑火、従㆓其後㆒心神不覚、如㆓霍乱㆒、不㆑知㆓前後㆒。

四日、壬辰、有㆓悩気㆒、及㆓昼間㆒、食㆓麦粥㆒。

六日、甲午、心神如㆑常、而目尚不㆑見、二三尺相去人顔不㆑見、只手取物許見㆑之、何況庭前事哉。

三月十四日、辛未、…依㆓所労㆒膝難㆑堪。


等、しばしば所労の記事が見られ、三月十七日条に「甲戌、未時許従㆑内罷出、従㆓此間㆒雨下、深雨」と記したのを最後として日記は中絶している。

五八三　**左大臣にて摂政仕うまつる**　このあたり寛仁三年現在として年代の合わない事柄は次の通りである。

(1)道長の詞中に、「㈠左大臣にて摂政仕うまつる。㈡次に内大臣にて左大将かけたり。㈢又大納言、あるは左衛門督にて別当かけたり。㈣この男の位ぞまだいと浅けれど、三位の中将にて侍り」とある箇所を、上から順に頼通・教通・頼宗・長家の事とすると、寛仁三年（ただし十二月二十二日以前、この部分の詞が寛仁三年であることは、道長自ら五十四歳といっていることでも分かる）に、頼通は摂政・内大臣、教通は権中納言・左大将、頼宗は権中納言・左衛門督・使別当・太皇太后宮権大夫であり、頼通が左大臣、教通が内大臣、頼宗が権大納言に昇進したのは、いずれも寛仁五（治安元）年七月二十五日（別表参照）。また長家を三位中将と呼び得るのは治安二年正月七日以後のこととなる。(2)公季が太政大臣に任じたのは寛仁五年七月二十五日。

（別表）頼通・教通に対する呼称一覧

	栄花物語	史実
寛仁元年四月—同二年正月（巻十三ゆふしで）	頼通を摂政殿と呼ぶ	頼通、寛仁元・三・四任内大臣、同十六日為摂政 教通、この当時権中納言・左大将
寛仁二年二月—同三年二月（巻十四浅緑）	頼通を摂政殿と呼ぶ 高松殿寛子産男子産養の所（寛仁二年十二月）より頼通を関白殿と呼ぶ	
寛仁三年三月—同年十月（巻十五　疑）	頼通をたゞ今の内大臣殿・摂政殿等と呼ぶ。道長の詞中では「左大臣にて摂政」と呼び、矛盾 教通を左大将殿と呼ぶ。道長の詞中では「内大臣にて左大将」を兼ねているという	頼通、寛仁三・一二・二二停摂政、同日為関白。同二十八日摂政に准じ官奏除目を行わしむ 教通、寛仁三・一二・二一任権大納言
寛仁三年四月—治安二年七月（巻十六本の雫）	頼通を今の摂政のおとどと呼ぶ 教通を内のおとどと呼ぶ 治安元年二月条、頼通を関白殿と呼ぶ 治安元年七月条、臨時司召により、関白内大臣頼通が関白左大臣に左大将教通が内大臣に昇進したことを記す	寛仁五（治安元）年七月二十五日、頼通任左大臣、教通任内大臣

五八四　**御心地とよなくおはします**　「廿四日、辛巳、（中略）宰相来、廼参二入道殿一、入レ暗来云、入道殿宜坐云々、被レ謁二大納言達一、廿五日、壬午、宰相来、頃之退去、臨昏又来云、参二入道殿一彼是云、已被レ復二尋常一」（前田家本小右記、寛仁三年三月）。

五八五　**山を畳むべきやう**　道長の胸中には、後に法成寺となった各御堂の建設計画ができ上っていた事は叙述によって知られるが、これは同時に、法成寺が大体でき上ったのを見ている作者の考えから遡って、道長の胸中を想像して写したことでもある。九条家本小右記目録、寛仁四年正月十二日条には、卿相をして池を掘らしめた由の記事があり、左経記には、「入道殿中宮（河）御堂築レ壇穿レ池築レ垣等、是可レ然上達部已下受領諸大夫、量分□為レ勤二此事一、催二人夫一、早旦臨□上達部・僧綱・諸大夫・予自持レ土□」（十四日条）、「今日以二寅剋一辰（衍カ）中□（河）御堂礎（可レ然人々各設二人夫一令レ居）」（十五日条）、「卯二剋中河御堂柱、以二午二剋一上棟、有二乱声一云々、又大工以下給レ禄云々」（十九日条）、また、同書二月十二日条には、「参二関白殿一、即御共参二中河御堂一、入道殿自レ兼御座、諸僧綱、各催二人夫一、除二平御寺中地一、是兼日被レ宛云々、於池者諸上達部、諸大夫、皆可レ被レ掘也、同兼日被レ破（衍カ）レ宛也」等とあるが、三月二十二日には阿弥陀堂（中河御堂、無量寿院）落慶供養が行われており、余りにも工事の進捗が早いので、恐らく本巻に書かれている通り、寛仁三年内から建設工事が始められていたと見てよかろう。

五八六　**西は東**　岡本保孝は「奔走して御堂建立すること、東西をわかぬこと」（抄）だと解釈し、佐野久成は「此諺考へ難し、試に云はゞ、大津梅津の此処へ移りたるを云なれば、西は東になるとの事に変遷を云るにもあらん歟」（標註）といっているが、当っているようにも思われたい（詳解は、「西は東といふ事は、当時の諺なるべけれど、意詳ならず。尚考ふべし」として未詳のままにしている）。橘純一氏の説では、東の賀茂川も西の桂川も、平素は水上の眺めを異にするが、必要に応じては材木を運ぶという同じ働きをするように、外観上異なるものも本質は近似する—両極は一致するの意だろうかという（国語解釈、昭和十一年八月）。橘氏の解釈はその経過に無理があるが、結局は「両極は一致する」という意になるのではなかろうか。

五八七　**冬の室夏の風**　「爾時太子漸向二長成一、至二年十九一時、浄飯王為二於太子一造二三時殿一、一者暖殿、以擬二隆冬一、第二涼殿、擬二夏暑一、其第三殿用レ擬二春秋二時寝息一」(仏本行集経、十二梢術争婚品)。

五八八 **正徳太子の御日記** 聖徳太子の日記が果して実在したかどうか明らかでないが、歴代皇紀、巻二に、「天喜八年九月廿日聖徳太子御廟為レ建二立多宝塔一、曳レ地掘二於(出カ)石箱一、中有二起請文一云、吾滅後及二千四百余歳一此起請文出現、于レ時国王大臣起二寺塔一願二求仏法一耳云々」とあり、また帝王編年記、巻十八、後冷泉天皇条、天喜五年九月廿一日条にも、同じく「聖徳太子御廟為レ建二立多宝塔一、引レ地掘二出石箱一、有二起請文一云、吾滅後及二千四百余歳一此記文可二出現一、于レ時国王大臣起二寺塔一願二求仏法一耳云々」とあって記文が河内の廟所に発掘されたことを伝えている。聖徳太子に関しては早くから説話的なものが広く流布されていたらしく、その中には予言の類もあったであろう。たとえば「上宮聖徳太子伝補闕記」に、太子が山城国楓野に遊猟された時、平安遷都を予言したことを記しているが、天喜年間の起請文も実はかなり早くから存した説で、ある時ある人がこれを書いて石箱の中に納めておいたものと考えられるから、天喜年間に始めてこの話が知られたというのではあるまい。また同趣旨の話は「聖徳太子本願縁起」(四天王寺御手印記)にも見える。ただし同書の成立年代については確実なことが分からないので旁証とし難いが、問題の箇所は「聖徳太子伝暦」に引用されている。伝暦は正暦三年(九九二)平氏撰とあるが、実は延喜十七年(九一七)に藤原兼輔が、難波百済寺の老僧所伝の古書、すなわち「古老録伝太子行事奇蹤之書」三巻を基として編集したものであるといわれる。しかしながら同書には古本と流布本とがあり、石箱から起請文の発見されたという記事は流布本のみにある記事で後世の増補だとされている。仮りに天喜よりも古い時代の増補ならばともかく、それよりも新しければやはり旁証とはし難い。しかしいずれにせよ、この伝説そのものはかなり古い時代の発生だと考えてよさそうである。(〔参考文献〕和田英松「聖徳太子未来記の研究」史学雑誌、大正十年三月)

五八九 **上達部・殿ばら** 「入道殿御受戒、令レ下二向南京一、御共人々、僧十人〈僧綱四人、凡僧六人〉、俗十三人〈四位五人、五位六人、六位二人、此外侍医忠明〉、源大納言(俊賢)被レ候二御車後一、左大将(教通)・中宮権大夫(能信)乗レ馬被レ候、〈大将幷次将等随身着二狩胡籙一〉、摂政殿(頼通)乗レ車令レ候給、弁・少納言・史・外記各一人、官掌二人、召仕四人供奉、此外御前六人〈四位一人、五位四人、六位一人〉、検非違使二人候二御後一、今夜令レ留二宇治殿一給」(左経、寛仁三年九月二十七日)。なお小右記によれば、僧綱四人は、前大僧都心誉・少僧都永円・律師懐寿・定基であり、教通・能信は直衣を着して乗馬、四、五、六位十余人は狩衣を着ていた。

五九〇 **月の夜花の朝には** このあたり勧学会のことについて記し、三宝絵詞によって書いている。

十四日ノタニ僧ハ山ヨリオリテフモトニアツマリ、俗ハ月ニ乗テ寺ニユク。道ノ間ニ声ヲ同クシテ居易ノツクレル百千万劫ノ菩提ノ種、八十三年ノ功徳ノ林トイフ偈ヲ誦ジテアユミユクニ、ヤウヤク寺ニキヌルホドニ、僧又声ヲ同クシテ法華経ノ中ノ志求仏道者無量千万億咸以恭敬心皆来至仏所ト云偈ヲ誦ジテマチムカフ。十五日ノ朝ニハ法華経ヲ講ジ、タニハ弥陀ヲ念ジテ、ソノノチニハ暁ニイタルマデ仏ヲホメ、法ヲホメタテマツリテ、ソノ詩ハ寺ニヲク。又居易ノミヅカラツクレル詩ヲアツメテ香山寺ニオサメシ時ニ、願ハコノ世ノ世俗文字ノ業狂言綺語ノアヤマリヲモテ、カヘシテ当来世々讃仏乗ノ因転法輪ノ縁トセム、トイヘル願ノ偈誦ジ、又此身何足愛万劫煩悩ノ根、此身何足厭一聚虚空ノ塵、トイヘル詩ナドヲ誦ズル。(三宝絵詞、巻下比叡坂本勧学会)

従って「月の夜、花の朝」は勧学会の定日とされた毎年春三月十五日と、秋九月十五日を意味し、「殿ばら僧達経のうちの心を歌に詠み、文に作らせ給ふ」は、勧学会において、十五日の朝僧侶が法華経を講じ、夕方一同弥陀を念じた後、文人僧侶共に讃仏・讃法の和歌や漢詩を徹宵して作ったことを意味する。また、公任の法華経二十八品和歌も勧学会の席上で作られたものであろう。

勧学会の事は桃裕行氏『上代学制の研究』に詳しく、それによれば、勧学会には第一期・第二期・第三期とあり、第一期は康保元年から寛和二年頃までで、紀伝道の学生らの発案によって起され、慶滋保胤・高階積善・紀斉名・大江以言等中下層貴族の名が見え、源信の浄土信仰と相互に影響し合っていた。その状況は前掲三宝絵詞に詳しく、その少し前の部分に、「クレノ春スヱノ秋ノ望ノ日」を定日として法華経を講じ、仏を念じたことが記されている。また第二期は寛弘元年前後に道長の保護によって法興院に再興されたが、本朝麗藻、巻下所収、「七言、暮秋勧学会、於二法興院一聴レ講二法花経一、同賦二世尊大恩詩一」(高階積善)と藤原有国作詞句とがその資料とされている(積善の詩序にも勧学会の定日を暮春暮秋十五日としている）。これらと本書の記事を併せ見る時、道長によって再興された勧学会は、道長出家の年というような特定の年だけでなく、すでに幾年かにわたって行われたものであろうという（山田昭全氏「勧学会と文学」豊山学報、昭和二十九年二月による）。

五九一　**御衣の袖に一乗の珠をかけて**　御衣の袖に一乗実相の宝珠をかけたように（法華経の功徳により）解脱して、ますます御気色も明らかになってゆかれたの意。衣の珠は衣の中に隠された珠（法華経、五百弟子授記品による）。「或ハ大乗ヲ誦ジテアマネク衣ノウラニ玉ヲカケ」（三宝絵詞、巻下序）。「世尊譬如有人、至親友家、酔酒而臥、是時親友、官事当行、以無価宝珠、繫其衣裹、与之而去、其人酔臥、都不覚知、起已遊行、到於他国、為衣食故、勤力求索、甚大艱難、若少有所得、便以為足、於後親友、会遇見之、而作是言、咄哉丈夫、何為衣食、乃至如是、我昔欲令、汝得安楽、五欲自恣、於某年日月、以無価宝珠、繫汝衣裏、今故現在、而汝不知、勤苦憂悩、以求自活、甚為癡也、汝今可以此宝、貿易所須、常可如意、無所乏短、仏亦如是、為菩薩時、教化我等、令発一切智心云々」（法華経、五百弟子授記品）。

五九二　**鉢の油を傾けず**　「或ハ経論ヲ説テナガクノリノ燈ヲカヽゲ、或ハ戒律ヲマモリテ鉢ノ油ヲカタブケズ、或ハ身ヲ根（真言―或本）ヲサダメテマタクカメノ水ヲウツシ」（三宝絵詞、巻下序）。付法蔵因縁伝、巻三に、「時有二一老比丘尼一、年百二十、曾見二如来一、憂婆毱多知レ彼見レ仏、欲レ至二其所一、尋遣二使者一、告二比丘尼一、尊者毱多欲二来相見一、時、比丘尼即以二一鉢一盛二満中油一、置二戸扇後一、憂婆毱多到二其所止一、当三入レ房時一、棄二油数渧一、共相慰問、然後就レ坐問言大姉、世尊在時諸比丘輩、威儀進止其事云レ何、比丘尼言、昔仏在世、六群比丘最為二麤暴一、雖レ入二此房一、未三曾遺二我一渧之水一、大徳今者智恵高勝、世人号為二無相好仏一、然入二吾房一棄二油数渧一、以レ之観レ之、仏在時人定為二奇妙一、憂婆毱多聞二此語一、已甚自悔責極懐二慚愧一」とある。憂婆毱多尊者は釈迦入滅後百年の人。

五九三　**暗きより暗きに入れる衆生**　「アハレ、仏モマシマサズ、ヒジリモイマサヾルアヒダニ、クラキヨリクラキニ入テ心ノマドヒサカリニフカク」（三宝絵詞、巻下序）。「従レ冥入レ冥永不レ聞二仏名一」（法華経、化城喩品）。「悪人行レ悪従レ苦入レ苦従レ冥入レ冥」（無量寿経）。「暗きより暗き道にぞ入りぬべき遙に照らせ山の端の月」（拾遺、哀傷、雅致女式部）。

五九四　**そのおとゞの点じ置かせ給へりし所**　「元慶太政大臣昭宣公、相二地之宜一、永為二一門埋骨之処一」（木幡寺鐘銘並序、大江匡衡、政事要略所収）。「昭宣公点二木幡墓所一」（為三左大臣供二養浄妙寺一願文、大江匡衡、本朝文粋、巻一三。政事要略、巻二十九にも、木幡寺被レ始二法花三昧一願文として所収）。以上の他底本勘物をも参照すれば、古くから基経の所領地であったことが分かる。

五九五　**との〻御前若くおはしましける時に**　「弟子自二竹馬鳩車一、至二而立強仁一、不レ好二独善一、企二兼済一、不レ忘三敬始願二善終一、昔弱冠著緋之時、従二先考太相国〔兼家〕一、屢指二木幡墓所一、仰二三重一、瞻二四碱二」（浄妙寺願文）。「浄妙寺は東三条のおとゞ〔兼家〕の、大臣になり給て、御慶に木幡に参り給へりし御供に、入道殿具し奉らせ給て御覧ずるに…」（大鏡、藤氏物語）。兼家の任右大臣は貞元三年で、この年道長は十三歳。

五九六　**親しき疎き分かず**　道長が浄妙寺創建を決意するに到った理由は、藤原氏の先亡諸霊を祭慰することによって、数流に分流した家系を統一し、氏族全体の将来の隆盛を道長およびその家流の双肩に荷負しようとしたところに認められるという（林屋辰三郎氏『古代国家の解体』）。

五九七　**真実の御身を斂められ給へるこの山**　真実の御身は、基経および先祖の人々を指すのであろうが、基経の埋葬されたのは古今、哀傷歌によれば深草山。日本紀略（寛平三年正月十五日）には「是日葬二於山城国宇治郡一」とあり、西宮記所引左大臣藤原時平の談によれば、「昭宣公薨時柩先至二小野墓所一」とある。小野は山科と醍醐の中間にあって、倭名抄によれば宇治郡に属している。深草も古の宇治郡であるから、古今集にいうように深草山でもよいわけである。しかし、深草山と、ここにいう「この山」とは距りがあるようである。延喜式（諸陵寮）では、「次宇治墓（在二山城国宇治郡一）」と称しており、実際の位置はよく分からない。今日いわゆる木幡の墓所は宇治陵と称せられ、十七陵三墓があるが、この中浄妙寺創建以前の陵墓は六陵一墓（宇多天皇妃温子・醍醐天皇中宮穏子・村上天皇中宮安子・冷泉天皇女御懐子・同超子・円融天皇中宮媓子以上六陵、宇多天皇皇子敦実親王墓）とされているが、この他に兼家・同室・道隆等も木幡に埋葬された。

五九八　**この山の頂を平げさせ給て**　浄妙寺は御蔵山丘陵の中腹にあり、石田から木幡に通ずる古道に面して西門を開き、登から日野に至る道（御蔵山宝寿寺参道）に面して南門を開いていたと推定され、現在の正覚院墓地（木幡小字正中）は、土地の住民からジョウメンジバカと称され、浄妙寺遺址の有力な候補地とされている(林屋辰三郎氏による)。なお藤岡了一氏により、御蔵山西南麓通称金草原の茶畑から越州窯青瓷水注の出土したことが報告されている(美術史第一号、昭和二十五年六月)。御堂関白記、寛弘元年二月条、道長が寺地を点定した時の記事に、「十九日、癸酉、木幡三昧堂可レ立所為レ定、到二彼山辺一、従二鳥居北方一河出、其北方有二平所一、道東、晴明朝臣・光栄朝臣等定也、還来」とあり、ここに平所とあるも、本書に「この山の頂を平げさせ給て」とあるも同じことで、林屋氏によれば、御蔵山腹の「若干地ならしを要する程度の傾斜面」を指すものと見られる。(林屋氏は、鳥居は式内木幡社のそれを指し、北方の河とは、平尾山中腹の地に源を発し、木幡池に流入する無名の細流のことで、拾遺、恋二、読人しらず「木幡川こは誰がいひしことのはぞなき名すゝがむ滝つ瀬もなし」とある木幡川がこれに比定されるという。)

五九九　三昧堂を建てさせ給ふ　「爾時不レ覚涙下、竊作二斯念一、我若向後至二大位一、心事相諧者、争於二茲山脚一、造二一堂一、修二三昧一、福二助過去一、恢二弘方来一、思以レ渉レ歳、不二敢語一レ人」(浄妙寺願文)、「爰皇朝親舅左丞相、准下曩祖墓域、多武峯側建二立妙楽寺一、修二常行三昧一之例、茲山下創二建道場一、修中法花三昧上、額曰二木幡寺一矣」(木幡寺鐘銘並序)等により、常行三昧堂もしくは法華三昧堂の意で、木幡山に眠る先祖諸霊の供養三昧に当てるための堂。

六〇〇　別当・所司を定めさせ給て　「別当前大僧正観修、三綱随二彼定一、別当・堂僧等送二房具一、寺名観修付也」(御堂、寛弘二年十月十九日)。

六〇一　法花経百部　「供二養三昧経一、件経毎巻初只手自書、此外法花経一百部、心経百供養」(御堂、寛弘二年十月十九日)、「今日殊供二養法花経一部一、即相府自筆、是三昧斯経云々、又供二養百部法花経一」(小右、同日)。

六〇二　七僧・百僧　七僧は講師・読師・呪願師・三礼師・唄師・散花師・堂達。法要の時の僧の職名。百僧は七僧と、それに随従する伴僧を加え総勢百人。ただし小右記には「講師〔乗〕輿〈講師前大僧正勧修・読師大僧正定証〔澄〕、則是呪願也〉、十口僧外、堂達二人、用二凡僧一〈巳講林懐・阿闍梨〔庄脱〕命也〉、殊加二請天台座主覚慶証誠一云々、百僧納〔衲〕衆〈僧綱相交〉、讃衆、梵音衆、錫杖衆等也」とあり、七僧という語は見えない。

六〇三　藤氏の殿ばら　「十九日、甲午、浄妙寺供養、天晴、以二時寅一出立、巳時、吉時打レ鐘、々声如レ思、此間上達部十人許先来、午時人々来具、未時入レ堂、大会儀如レ常、無楽、式部弾正着二南大門内東西幄座一、次諸僧入レ堂、外記行事、証者覚慶前大僧正、導師前大僧正観修、呪願大僧〔都〕定証〔澄〕、唄大僧都済信、前大僧〔都〕厳久、散花少僧都院源、律師明肇、引頭慶命、尋光等律師、堂達林懐、庄命等也、在法眼、納〔衲〕衆卅人、此中〔僧〕綱八人、讃衆廿人、梵音衆廿、錫杖衆廿人、威儀二人、定者二人也、会指図在レ別、入礼上達部、右府〔顕光〕・内府〔公季〕・前帥〔伊周〕・春宮大夫〔道綱〕・右衛門督〔斉信〕・左衛門督〔公任〕・中宮権大夫〔源俊賢〕・権中納言〔隆家〕・藤中納言〔忠輔〕・勘解由長官〔有国〕・左兵衛督〔懐平〕・左大弁〔行成〕・大蔵卿〔正光〕・修理大夫〔平親信〕・三位中将〔兼隆〕・宰相中将〔源経房〕等也、不レ来人、尹中納言〔時光〕・式部大輔〔菅原輔正〕也、内蔵寮・冷泉院・花山院・皇太后宮・中宮・一品宮、有二御諷誦一、一門男女可レ然所有二此事一、使々有二禄物一、酉時事了、人々還出」(御堂、寛弘二年十月十九日)。

六〇四　我この大願の力によりて　「後始二三昧一、以二院源僧都一、令レ申二事由一、此前打レ火可レ付レ香者、余取二火打一、白レ仏言、此願非レ為二現世栄耀・寿命福禄一、只座二此山一先孝〔考〕・先妣及奉レ始二昭宣公諸亡霊一、為二無上菩提一、従レ今後、来々一門人々、為レ引二導極楽一也、心中清浄願、釈迦大師・普賢菩薩自証明給、打レ火是為レ用二清浄火一也、早付為レ悦、晩付不レ為レ恨、祈下願打レ火不上及二二度一、一度得レ火、感涙数行、見聞道俗流レ涙如レ雨」(御堂、寛弘二年十月十九日。補注六〇三の続き)。道長のこの行為には前例がある。すなわち、九暦(天暦八年十月十八日)に「戌刻初行二法花三昧一、未レ作レ堂、仍構二立借屋一所レ行也、予打レ火、一度打着、見聞者感嘆」とあり、また元亨釈書(第四、延暦寺良源)に、「天慶九年、藤僕射師輔於二楞厳院一営二法華三昧堂一、集レ衆撃二火燧一而誓曰、若因二三昧力一光二栄家族一、所レ撃之火不レ過レ三、便撃レ之、応レ手火星迸出、不レ至二于再一、僕射手以二此火一点二長明燈一、于レ今不レ滅、乃以二此宇一属二源之法葉一矣、爾来藤葉益昌」とある。

六〇五　この廿余年　和田英松博士は、寛弘二年から二十余年後、すなわち長元二年から同六年まで五年間と考え、栄花物語正篇の成立年代とされた(万寿三年から長元六年まで九年間であるが、この中万寿五年までは正篇に記事があるので除く。―「栄華物語の研究」国史説苑所収)。浄妙寺の建立は寛弘二年(一〇〇五)で、その供養の行われたのは同年十月十九日で、栄花物語が編年体の記述を厳守するならば、巻八初花に書くべき事であるが、作者は巻十五に道長の仏事関係の事業を総括して記そうとする意図を持ったので、寛仁三年条に書き込んだ。諸本いずれも寛仁三年で、寛弘二年の誤記とは思われない(詳解は、為親本・信友本・御堂関白記・日本紀略等を根拠として寛弘二年に改めたが、為本・信本は意改と見られ信用し難い)。結局作者は寛仁三年の事として書いたが、実は寛弘二年から本書の執筆時までを数えて廿余年としたものであろう。従って廿余年は和田説の如く寛弘二年から数えてよいことになる(松村『栄花物語の研究　続篇』参照)。

六〇六　**仮名の心得ぬ事ども交りてあれば**　詳解に「仮名は、今のかななれば、こゝは真名の誤りなるべし、さて願文に、漢文にて、しらぬ事どもかきまぜたれば、この仮名文にては、其まゝを写しとるを得ずとなり」といっているが、原文に即した解ではない。抄は「撰者のみられたる願文は、真字を仮字に直したる本なれば、仮名にて心得ぬふしぶしあり、さればうつしとらず、たゞ白紙をのこしおき、善本を得て、真字にて写さんとなり」とあって、この方がよいと思われる。また標註(佐野)は、「まなのまじりにてあれば」という流布本の本文によって、「此詞は、此願文を写すべきなれど、仮名に書んに心得難き事多くとにて、真名の交りとは、真名と仮名と交りたる宣命体の文を云なるべし、然るに此願文は全く漢文にて、交りに非ず、按ふに作者此願文は見ずして、太秦の牛祭の如き願文と推量してかくは書くなるべし」といっている。作者の見たのは本朝文粋所載の願文のように漢文のものではなく、実際に読んだ仮名書のものであったろうが、それが万葉仮名の草体で書かれていたので、読みにくい所があって書きとれないというのであろう。

六〇七　**浄妙寺とつけたり**　→補注五九八。「依二左府命一書二浄妙寺額二枚一〈南真、西草〉」(権記、寛弘二年十月十八日)。「参二着寺一之間、見二額銘一、書二浄妙寺一」(小右、同月十九日)。

六〇八　**正月より十二月まで**　以下主要な仏事の年中行事を列記した所は三宝絵詞を用いて構文した。しかしこれらの行事には、実際に道長も参加していると思われることは幾つかこれを実証することができる。ただし「正月より十二月まで、年のうちの事どもに一事はづれさせ給事なし」として、毎年すべての行事に参加したように見せて書いたところに、作者の仏教的道長観の一部を覗うことができる。

栄花物語	三宝絵詞	史実
	此巻ニハ正月ヨリハジメテ、十二月マデ、月ごとにシケル所ゞ乃ワザヲシルセル也	
正月　御斎会　山の四季の懺法	正月　正月オコナフヨシ、御斎会、ヒエノ山ノ四季ノ懺法、温室ノ功徳、布薩	「入夜参二大内一、候二御斎会結願一、御論議、禄等如レ常、事了罷出」(御堂、長和元・正・十四)
二月　山階寺の涅槃会	二月　二月オコナフヨシ、西院阿難悔過、山階寺ノ涅槃会、石塔	
三月　志賀の弥勒会(勧学会)	三月　志賀ノ大法会、薬師寺最勝会、高雄ノ法花会、法花寺ノ花厳会、比叡坂下勧学会、薬師寺ノ万燈会	
四月　比叡の舎利会	四月　比叡ノ舎利会、大安寺大般若会、御前ノ灌仏、ヒエノ山ノ受戒	「丑時登レ山、八瀬路渡二東塔一、供二養舎利会一」(御堂、寛弘六・五・十七)「永円律師明日舎利会料絹・紙送レ之」(御堂、長和二・四・二十八)
長谷寺の菩薩戒	五月　長谷寺菩薩戒、施米	
六月　山の六月会	六月　東大寺千花会	
七月　奈良の文殊会	七月　文殊会、盂蘭	

八月　山の念仏
九月　東寺の灌頂
十月　山階寺の維摩会
十一月　山の霜月会の内論議
十二月　御仏名
御読経

盆
八月　ヒエノ山ノ不断念仏、八幡放生会
九月　比叡山ノ灌頂
十月　山階寺ノ維摩会
十一月　熊野八講、比叡山ノ霜月会
十二月　御仏名
是等ノハジメオハリノアリサマヲシルセルナリ

「早朝登レ山、為レ会ニ不断念仏一也、至ニ院源僧都房一、午時許入堂」(御堂、寛弘元・八・十七)
「左大臣参ニ興福寺維摩会一」(紀略、長保五・十・十五)
「十一月廿二日、入道大相国登レ山被レ行ニ内論議一」(異本天台座主記、治安二年条)

〔以上は項目のみの対照、次に括弧を付したものは他の箇所に見えるもの〕

(山階寺涅槃会条)
かの熱田の明神の宣ひけん事もあはれにおぼさる。

〔尾張国寿広和上が山階寺において涅槃会の儀式を作り改めて、盛大に行った翌日、熱田明神が小童子に託してこの法会を聴聞したい由を告げられた〕アクル日ニ尾張国ノ熱田ノ大神、小キ童ニツキテ泣く〳〵ノ給ハク、寿広和上モトハ我国ノ人也、尊キ会ヲ行フト聞ヽテ、古キ心アラムト頼ミテ、昨日此国ニ来シヲ、堺ノ中ニ尽クニ諸仏ノ境界ニナリテ、奈良坂ロニハ皆梵王帝釈守シカバ、ワガ近付キヨル事アタハズシテ、悲シビ思フ事限ナシ。イカデコノ会見奉ラムトイフ。…

(志賀弥勒会条)
これは天智天皇の御寺なり。天平勝宝八年、兵部卿正四位下橘朝臣仲麿が行ひ始めたるなり。

(志賀伝法会)
参議兼兵部卿正四位下橘朝臣奈良麿天平勝宝八年三月五日始メテ伝法会ヲ此寺ニ行フ。

(比叡舎利会)
慈覚大師の唐よりもて渡し給ひて、承和三年より始め行ひ給へり。これにつけても、この香姓婆羅門がとゞめおきけん程、いとあはれにおぼされて…

舎利会ハ慈覚大師ノ始メ行ヘル也…承和五年ニ唐ニ渡ヌ。天台山ニユキ、五台山ニノボリ、多クノ年ヲ経テ法ヲ求メ、数多ノ仏ニ会ヒテ道ヲ習ヘリ。唐ノ人ノ云ク、我国ノ仏法ハ皆和上ニ従ヒテ東ニ去ヌトイヒキ。承和十四年ニ此国ニ帰来テ、多ノ仏舎利ヲモテ渡レリ。貞観二年ニ此会ヲ始行ヒテ聡持院ニ伝ヘヲケリ、…心直ク正シキ香性波羅門ヲエラビテ、等シク分チクバラシムルニ…

(長谷寺菩薩戒条)
かの沙弥得道「礼拝威力自然成仏」の額もあはれにおぼしめす。

〔推古天皇九年、近江国高島郡三尾崎に漂着した流木で、大和国の人出雲の大みつという者が十一面観音を造ろうとしたが果さず、長谷川の中に放棄して置いたものを、沙弥得道が養老四年長谷寺の峯に移して、彫刻しようとして力及ばず、七八年の間〕此木ニ向テ礼拝威力自然成仏トイヒテ額ヲツ〔き、神亀四年に功が終った〕。

(山の念仏条)
慈覚大師の始め行ひ給へるなり。中の秋の風涼しく、月明かなる程なり。八月十一日より十

(比叡不断念仏)
念仏ハ慈覚大師ノ唐ヨリ伝テ、貞観七年ヨリ始行ヘルナリ…仲秋ノ風涼シキ時、中旬ノ月明ナ

七日まで七カ日が程、公の政・私の御営みを除きて籠りおはしまして、やがて御修法行はせ給ふ。	ル程、十一日ノ暁ヨリ十七日ノ夜ニイタルマデ不断ニ令行也。
(東寺灌頂条) 東寺の灌頂に参らせ給ひて、道俗加持の香水をもちて、法身の頂に注がるとおぼしめす。	(比叡灌頂) …四人門前ニシテイルベキ人ノ頂ニ水ヲ注グ、道俗加持トイフ。
(山階寺維摩会条) …維摩居士の衆生の罪をおぼし悩みけん程も、いつとなくあはれにおぼさるる。	(山階寺の縁起を記し、維摩経問疾品の文殊と維摩の問答を引いた所に)摩詰答テ云、衆生病スレバ我モ病ス、衆生病イユレバ我又イエヌ。 〔三宝絵詞は東寺観智院本により、適宜仮名に漢字を当てた。〕

六〇九 **御斎会** 公事根源に、「是れは大極殿にて、八日より十四日まで七カ日の間、最勝王経を講ぜられて、朝家を祈り申し侍るなり。此の経とりわけ国家を護持する功能あるによりて、あら玉の年の始にはまづ講ぜらるゝにや、天平元年十月に、大極殿にて講ぜらる、又天武天皇九年五月に始めて金光明経を宮中並に諸司にて講ぜらる、是れなんどをも始とは申すべきか、桓武の御宇延暦廿一年正月より、かやうに年々の事にはなりぬるなるべし」とある。大鏡(藤氏物語)にも「正月八日より十四日まで、八省にて、奈良方の僧を講師とて、御斎会行はしむ、公家より始め、藤氏の殿ばら皆加供し給」とある。

六一〇 **我取りにおはしましたりけるは** 「又太子小野妹子ヲ使トシテサキノ身ニモロコシノ衡山ニアリテタモテリシ経ヲトリニツカハス、ヲシヘテノ給ハク、赤県ノ南ニ衡山ト云山アリ、山ノ中ニ般若寺アリ、我昔ノ同法ハミナシニケム、只三人ゾアラム、我使トナノリテソコニスミシトキタモチタテマツリシ法花経ノアハセテ一巻ニセルイマス、コヒテモテキタレトノ給、妹子仰ノゴトクニワタリテヲシヘニシタガヒテイタリヌ、門ニ一人ノ沙弥アリテ即見テ入テ云、ネム禅師ノ使キタレリト告ナレバ、老僧三人杖ヲツキテイデアヒテ、喜ビヱミテ使ニヲシヘテ経ヲトラシム、即カヘリテモテキタレリ、太子斑鳩ノ宮ノ寝殿ノカタハラニ屋ヲツクレリ、夢殿トナヅク、一月ニ三度沐浴シテイル、アクル朝ニイデ給テハ閻浮提ノ事ヲカタル、又此内ニ入テ諸ノ経疏ヲツクリ給、或度ハ七日七夜出給ハズシテ戸ヲトヂテオトモシ給ハズ、高麗ノ恵師法師ノ云、太子三昧定ニ入給ヘリ、オドロカシタテマツルコトナカレト云、八日トイフニイデ給ヘリ、玉ノ机ノ上ニ一巻ノ経アリ、恵師法師ヲメシテカタラヒ給ハク、我サキノ身ニ衡山ニアリシ時タモテリシ実ノ経ハ是也、サリニシ年妹子ガモテキタレリシ経ハ我弟子ノ経也、三人ノ老僧ノヲサメタル所ヲシラズシテ、コト経ヲトリテヲクリシカバ我タマシヒヲヤリテトラセル也トノ給、コゾノ経ト見合スルニ、カレニハナキ字一アリ、此度ノ経モ一巻ニカケリ、黄紙ニ玉ノ軸ヲイレタリ」(三宝絵詞、中巻、上宮太子)。この他、今昔物語集、巻十一・上宮太子御記等にも見える。

六一一 **大師の御入定の様を覗き見奉らせ給へば** 古事談、第五に「入道殿被レ詣二高野奥院一之時、大師開二御戸一令レ差三出御袖一給云々、依レ之被レ寄二進五箇荘一云々」とあるが、「御髪青やかにて云々」の記事は典拠未詳。〔参考〕「或伝曰、然則従二大寺艮角一、入二三十六町一、卜二入定処一、従兼レ日営修之、其後兼二十日一、四時行法、其間弟子等、共唱二弥勒宝号一、至二時刻一止二言語一、結跏趺坐、住二大日定印一、奄然入定、時年承和二年乙卯三月廿一日丙寅寅時也、雖レ閉レ目自余宛如二生身一、及二七七御忌一、弟子等皆以拝見、顔色不変、鬢髪更生、因レ之加二剃除一、整二衣裳一、畳二石壇一、覆二其上一、立二卒都婆一、入二種々梵本陀羅尼一、更其上亦立二宝塔一、安二置仏舎利一」(弘法大師伝行状集記)。

六一二 **弥勒の出世竜花三会の朝** 「大師告二示御弟子一曰、有レ書曰、吾入定之後、必往二兜率他天一、可レ待二弥勒慈尊出世一、五十六億余之後、必慈尊下生之時、出定祗候、可レ問二吾先跡一、亦且未レ下之間、見二微雲管一、可レ察二弟子信否一、是時有レ勤之時得レ祐、不信之者不幸、努力努力勿レ為二後疎一…」(弘法大師伝行状集記)。「弘法大師唐渡給、真言宗恵果阿闍梨ニ習給テ得給タリケル五古ヲ唐岸ニ立給テ日本方ニ向テ、我定ニ入テ弥勒ノ御世ニテ有ヘキ所ニ此五古落ト云テ投給」(打聞集)。「三会の暁待つ人は、所を占めてぞおはします、鶏足山には摩訶迦葉や、高野の山には大師とか」(梁塵秘抄)。「暁を高野の山に待つ程や苔の下にも在明の月」(千載、釈教、寂蓮)。この他、今昔物語集、巻十一・高野山奥院興廃記・元亨釈書等にも見える。

六一三 **菩提講** 「此講筵者、故源信僧都為二結縁一所レ被二始行一也」(中右、承徳二年五月一日)。

六二四　迎講　念仏行者の臨終に阿弥陀仏が菩薩や聖衆を伴い、行者を来迎する様を演ずる講式。極楽堂から五色の糸を引いた来迎橋を、仏が二十五菩薩を従えて娑婆堂に向い、往生した行者を蓮台に乗せて、再び極楽堂に帰る式。五色の糸の端は極楽堂本尊の左手に結んである。「構二弥陀迎接之相一、顕二極楽荘厳之儀一〈世云二迎講一〉」(法華験記、源信伝)。「迎講者、恵心僧都始給事也、三寸小仏ヲ脇足ノ上ニ立テ、脇足ノ足ニ緒ヲ付ケテ、引寄〳〵シテ涕泣シ給ケリ、寛印〔観忍イ〕供奉ソレヲ見テ智発シテ、丹後迎講ヲバ始行云々」(古事談、第三)。「此恵心ノ先徳ノ願求浄土ノ志懇ナル余リ、聖衆ノ来迎ヲ无二心本一事ニ思ヒ給ヒ、迎講ノ儀式ヲ華台院ニテ被二執行一ケル」(壒添壒嚢抄、巻二十)。

六二五　天竺は仏の現れ給ひし界なれども　三宝絵詞、中巻序に「鷲ノミネニオモヒアラハレ、鶴ノ林ニ声タエニシヨリコノカタ迦葉ガ詞ヲ鐘ノ音ニツタヘ…抑天竺ハ仏ノアラハレテ説給シ境、震旦ハ法ノ伝テヒロマレル国也、コノ二所ヲ聞ニ仏ノ法漸アハテニタルベシ、モロコシノ貞観三年ニ玄奘三蔵ノ天竺ニユキメグリシ時ニ鶏足山ノフルキ室ニハ竹シゲリテ人モカヨハズ、孤独苑ノ昔ノ庭ニハ室ウセテ僧モスマザリケリ」とあるのを前後して用いた。

鶏足山　迦葉尊者入定の山。中天竺摩掲陀国にある。

古き道　東寺観智院本三宝絵詞は道を室に誤る。前田本「古道」、東大寺切「ふるみち」、上宮太子御記「フルキミチ」。

竹繁りて　「竹林園西南行五六里南山之陰、大竹林中有二大石室一、是尊者摩訶迦葉在レ此、与二九百九十大阿羅漢一、如来涅槃後、結二集三蔵一、前有二故基一」(西域記、巻九)。

孤独園　給孤独園が正しい。略して祇園。祇園精舎の在った所。「城南五六里有二逝多林一是給孤独園云々、昔為二伽藍一今已荒廃云々、室宇傾圮唯余二故基一甎室一巋然独存、中有二仏像一」(西域記、六、室羅伐悉底国)。「迦葉尊者のふるみちに、竹の林ぞ生いにける、功徳願の園見れば、昔の庵ぞあはれなる」(梁塵秘抄)。

六二六　涌出品の疑　「爾時、弥勒菩薩・摩訶菩薩、及無数諸菩薩等、心生二疑惑一、怪レ未二曾有一、而作二是念一云、何世尊於二少時間一、教二化如レ是無量無辺阿僧祇諸大菩薩一、令レ住二阿耨多羅三藐三菩提一、即白レ仏言、世尊如来、為二太子一時、出二於釈宮一、去二伽耶城一不レ遠、坐二於道場一、得レ成二阿耨多羅三藐三菩提一、従レ是已来、始過二四十余年一、世尊云、何於二此少時一、大作二仏事一以二仏勢力一以二仏功徳一、教二化如レ是無量大菩薩衆一、当レ成二阿耨多羅三藐三菩提一、世尊此大菩薩衆、仮使レ有レ人、於二千万億劫一数、不レ能レ尽、不レ得二其辺一、斯等久遠已来、於二無量無辺諸仏所一、植二諸善根一成二就菩薩道一、常修二梵行一、世尊如レ此之事、世所レ難レ信、譬如下有レ人、色美髪黒、年二十五、指二百歳人一、言二是我子一、其百歳人、亦指二年少一言二是我父一、生二育我等一、是事難レ信」(法華経、従地涌出品第十五)。

校訂

底本に加えた校訂についてすべての説明をここに掲げ、照合のため底本当該箇所に＊印を付した。

三二頁　と—富ニヨリ補ッタ。
三四頁　給まゝに—底本「給」ノ次「ける」ヲ補入シ、サラニソレヲ見セ消チニシテイル。
三五頁　の—富ニヨリ補ッタ。
三六頁　貫之—コノ補入二字ハ元来ハ傍注カモ知レナイ。シカシ諸本本行ニナッテイル。
三九頁　る—底本「給けり」、陽モ「給けり」トアリ、「り」ヲ見セ消チニシテ「る」ト訂正、ソノ訂正ニヨッタ。
四二頁　たえ—板ニヨリ補ッタ。
四五頁　も—詳解ニヨリ補ッタ。
四六頁　う—富ニヨリ補ッタ。
五一頁　かたはらにうたは書き—モト「なかにうたはこめ」トアリ、コレヲ見セ消チトシテ「かたはらにうたはかき」ト訂ス。
五五頁　三つき—モト「三月」トアリ、「月」ヲ見セ消チトシテ「つき」ト訂ス。
　の—富ニヨリ補ッタ。
五六頁　すぎ—富ニヨリ補ッタ。
　に—モト「と」トアリ、コレヲ見セ消チトシテ「に」ト訂ス。
六〇頁　の事—富ニヨリ補ッタ。
六三頁　う—西・富ニヨリ補ッタ。
六五頁　と—富ニヨリ補ッタ。
一〇〇頁　は—富ニヨリ補ッタ。
　まし—富ニヨリ補ッタ。
一一二頁　仕うまつれり—底本「つかうまつれるに」トアリ、「るに」ノ二字ヲ見セ消チトシ、「り」ト傍書。
一二〇頁　おかしく—底本「おかしきにくちをしう」トアッテ、き以下七字ヲ見セ消チトシテ「く」ト訂シテイル。
一二一頁　の—西・富ニヨリ補ッタ。
　は—底本補入ノ場所ヲ誤リ、「いりましらせ。は給も」トシテイルノヲ訂シタ。
一二四頁　は—富ニヨリ補ッタ。
一三九頁　ぞ—富ニヨリ補ッタ。

一四〇頁　とりわき—「わき」ハ詳解ニヨリ補ッタ。
　殿—富ニヨリ補ッタ。
一四三頁　御はらから—「から」ハ詳解ニヨリ補ッタ。
一四五頁　あすは—底本「あはれ」、陽ニヨリ改メタ。
一五五頁　いでき—西ニヨリ「き」ヲ補ッタ。
一六四頁　ところ—底本「ころ」、詳解ニヨッテ改メタ。
一六八頁　ずちなくて—底本「すちすちなくて」、西・富ニヨッテ改メタ。
一七八頁　中宮—底本「春宮」、「中歟」ト傍書ニアルニ従ッテ改メタ。
一八三頁　御—西・富ニヨッテ補ッタ。
一八六頁　に—西ニヨッテ補ッタ。
一八九頁　すぐさせ給に—富ニヨリ補ッタ。
一九一頁　源中将—底本「中納言」トアリ、「納言」ヲ見セケチトシテ、「将」ト訂シテイル。
二〇四頁　こそ—「こ」ハ富ニヨリ補ッタ。
二〇六頁　と—陽・富ニヨリ補ッタ。
二〇八頁　はし給—陽・板等ニヨリ補ッタ。
二〇九頁　かうしたる—底本「かうしゝたる」、「ゝ」ハ誤トミテ除イタ。陽・板等「かうしたるなめり」。
二一六頁　にも—底本「又」ヲ見セ消チニシテ「にも」ト傍書。
二二四頁　封—底本「御封」トアリ、「御」ヲ見セ消チニシテアル。
二二五頁　そゞろ—底本「すゝろ」ヲ見セ消チニシテ「そゝろ」ト傍書。
二二七頁　殿—底本「殿の」トアリ、「の」ヲ見セ消チニシテアル。
二二八頁　いふらん—底本「いふらんたとへの」トアリ、「たとへの」ヲ見セ消チニシテアル。
二三二頁　たとへ—底本「たとえ」トアリ、「え」ヲ見セ消チニシテ「へ」ト傍書。
二四〇頁　見奉りたる—「見」ハ底本「え」、活ニヨリ改メタ。
　かの御かたには—陽・西等ニヨリ補ッタ。
二四一頁　この頃—底本「このころの」トアルガ、陽・西等ニヨリ「の」ヲ削ッタ。
二四五頁　十日余り—底本コノ下「の日」トアッテ二字見セ消チニシテイル。
二四七頁　ぞ—陽ニヨリ補ッタ。
二四九頁　に—史籍集覧本ニヨリ補ッタ。
二五一頁　見奉る—底本「みたてまつると」トアリ、「と」ヲ見セ消チニシテイル。

二五五頁　は—富ニヨリ補ッタ。

二六四頁　をき口を(し)—底本「をきて口を(し)」、「て」ハ衍字ト見、西ニヨリ除イタ。

勧学院—底本「大学院」、西ニヨリ改メタ。

二六七頁　に—富(甲)・紫式部日記ニヨリ補ッタ。

二六九頁　もろ声—底本「そのこゑ」、紫式部日記ニヨリ改メタ。

二七一頁　め—底本「むすめ」、意改。

をよびよせて—富ニヨリ補ッタ。

二七三頁　侍従中納言—底本「侍従中納言行成」トアリ、「行成」ヲ見セ消チニシテイル。

二七七頁　は—西ニヨリ補ッタ。

二八〇頁　御腹の宮—底本「はらから」、西ニヨリ改メタ。

二八二頁　御有様を—「を」ノ下、底本「たに」ノ二字ガアルガ、富ニヨッテ削ッタ。

二八五頁　内—底本「中宮」、西ニ「中宮」ヲ見セ消チトシ、「内イ」トアルニヨリ改メタ。

二八九頁　据へて—底本「すえて」ノ「え」ヲ見セ消チトシ、「へ」ト傍書シテイルノニヨッタ。

二九二頁　ずちなう—底本「すつなう」、西イ・富ヲ参考シテ改メタ。

二九五頁　わかくより—底本「わかゝミより」、詳解所引真本・信本ニヨッテ改メタ。

二九六頁　めしながら—底本「なけき」、陽ニヨッテ改メタ。

三〇五頁　えもいはず—「えも」ハ西・富ニヨリ補ッタ。

三〇六頁　にぞ—「に」ハ詳解ニヨリ補ッタ。

三一四頁　歎くなる—底本「こゑかはり」、富ニヨリ改メタ。

とはに—底本「とたに」、活ニヨリ改メタ。

三二一頁　御か(ざ)り—底本「御さか(さ)り」、「御さ」ノ「さ」ヲ見セ消チニシテイル。陽「御かさり」。

のみぞ—底本「のみこそ」、「こ」ヲ見セ消チニシテイル。

三二五頁　と推し量り申す—底本「とそおしはかりまうする」、「そ」「る」ノ二字ヲ見セ消チニシテイル。

三三〇頁　歌ども—富ニヨリ補ッタ。

三三四頁　皮—底本「よかは」、富ニヨリ改メタ。

三三六頁　推し量り—底本「おほしはゝかり」、西・富ニヨリ改メタ。

三三八頁　やうにて—底本「やうにて」、意改。

したて〳〵まつらせ—「し」ハ富ニヨリ補ツタ。

三五三頁　浮文—底「うすもん」、陽「うきもむ」トアルニヨリ改メ、漢字ヲ当テタ。

三五四頁　雪の—西ニヨリ補ッタ。

三五六頁　宜はすればとて—コノ次底本「かう〳〵」トアリ、見セ消チニシテイル。

三六一頁　太郎は—陽ニヨッテ補ッタ。

は—桂ニヨッテ補ッタ。

三六二頁　を—底本「に」(陽同ジ)、西・富ニヨッテ改メタ。

憎からぬ—底本「にくうからぬ」、陽・富ニヨッテ改メタ。

三六三頁　達—西ニヨッテ補ッタ。

三六六頁　さやう—「う」ハ富ニヨッテ補ッタ。

三七三頁　と—富ニヨッテ補ッタ。

三七八頁　傅—西ニヨッテ補ッタ。

三九九頁　おぼしたえにし事なり—富ニヨリ補ッタ。

四〇八頁　に—板ニヨリ補ッタ。

四一九頁　うちよりはじめ—底本「うちよりははしめ」、「は」一字衍ト見テ削除シタ。

四二三頁　長家—底本「三位長家。中将」トナッテイルガ、長家ハ注記ト見テ、〇印ヲ無視シタ。

四二五頁　給て—底本コノ次「左京大夫泰清女」トアリ、コレヲ見セ消チニシテイル。

四二八頁　大納言—底本「大納言斉信」トアリ、「斉信」ヲ見セ消チニシテイル。

権中納言—底本「権中納言能信」トアリ、「能信」ヲ見セ消チニシテイル。

四三二頁　めす…尼になりなんと—西ニヨリ補ッタ。

四三三頁　対とこなた—底本「大とこ」、富ニヨッテ改メタ。

四四七頁　大津—底本「おほん」、「ん」ヲ見セ消チニシ、「つ」ト傍書。

四四九頁　この法—底本「このゝこり」、西ニヨッテ改メタ。

系図

藤原氏系図及び帝王・源氏系図に収めた人物は、巻第十五までに栄花物語本文に現われる人物に限った。従って、系図の上からは、重要な人物であっても栄花物語本文に現われない人物は原則として省略したが、特に重要なものは、小字を以って挙げておく。

藤原氏系図

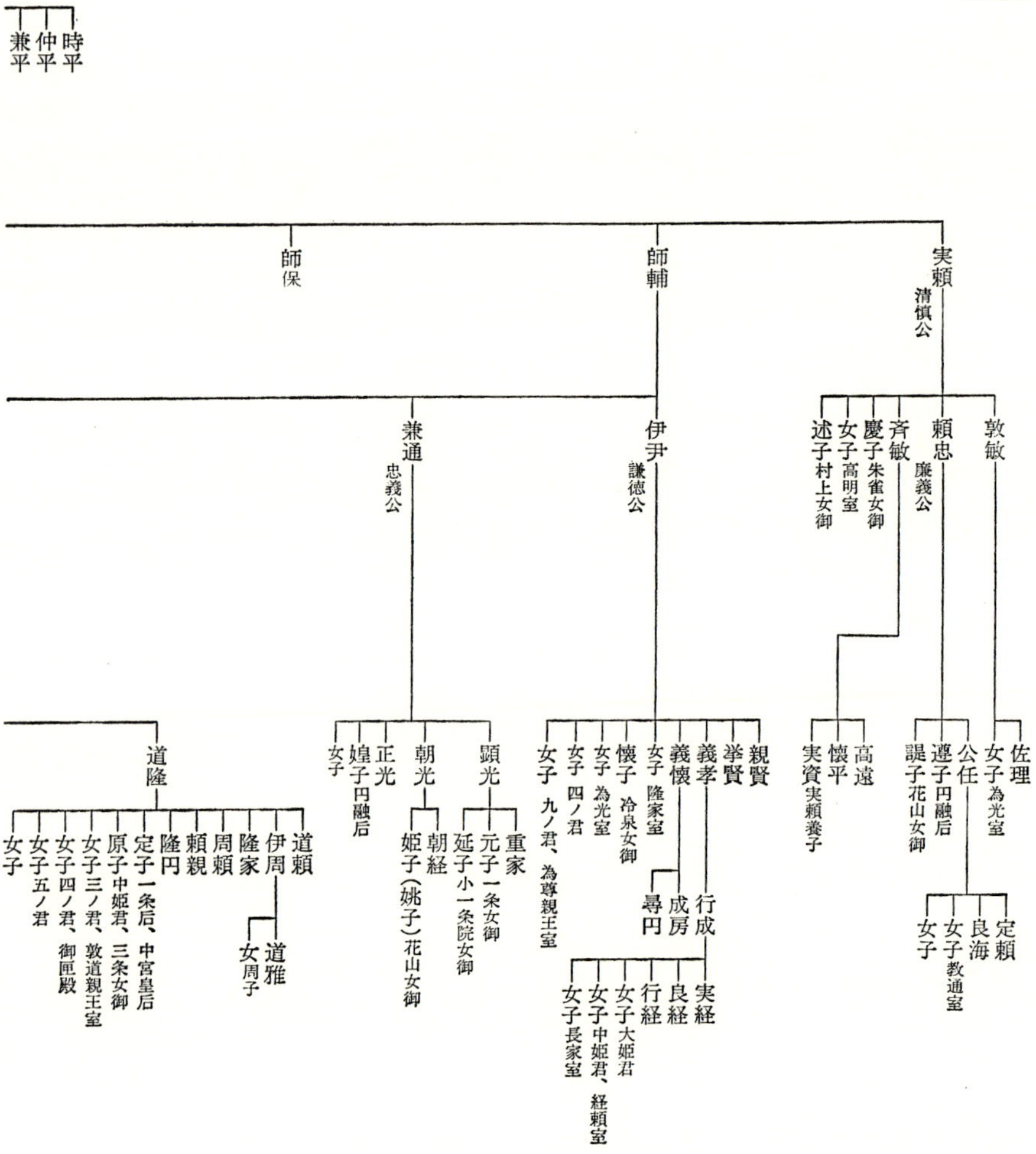
時平
仲平
兼平
実頼 清慎公
師輔
師保
敦敏
頼忠 廉義公
斉敏
慶子 朱雀女御
女子 高明室
述子 村上女御
伊尹 謙徳公
兼通 忠義公
佐理
女子 為光室
公任
遵子 円融后
諟子 花山女御
定頼
良海
女子 教通室
女子
高遠
懐平
実資 実頼養子
親賢
挙賢
義孝
義懐
女子 隆家室
懐子 冷泉女御
女子 為光室
女子 四ノ君
女子 九ノ君、為尊親王室
行成
成房
尋円
実経
良経
行経
女子 大姫君
女子 中姫君、経頼室
女子 長家室
顕光
朝光
正光
媓子 円融后
女子
重家
元子 一条女御
延子 小一条院女御
朝経
姫子（姚子）花山女御
道隆
道頼
伊周
隆家
周頼
頼親
隆円
定子 一条后、中宮皇后
原子 中姫君、三条女御
女子 三ノ君、敦道親王室
女子 四ノ君、御匣殿
女子 五ノ君
女子
道雅
女 周子

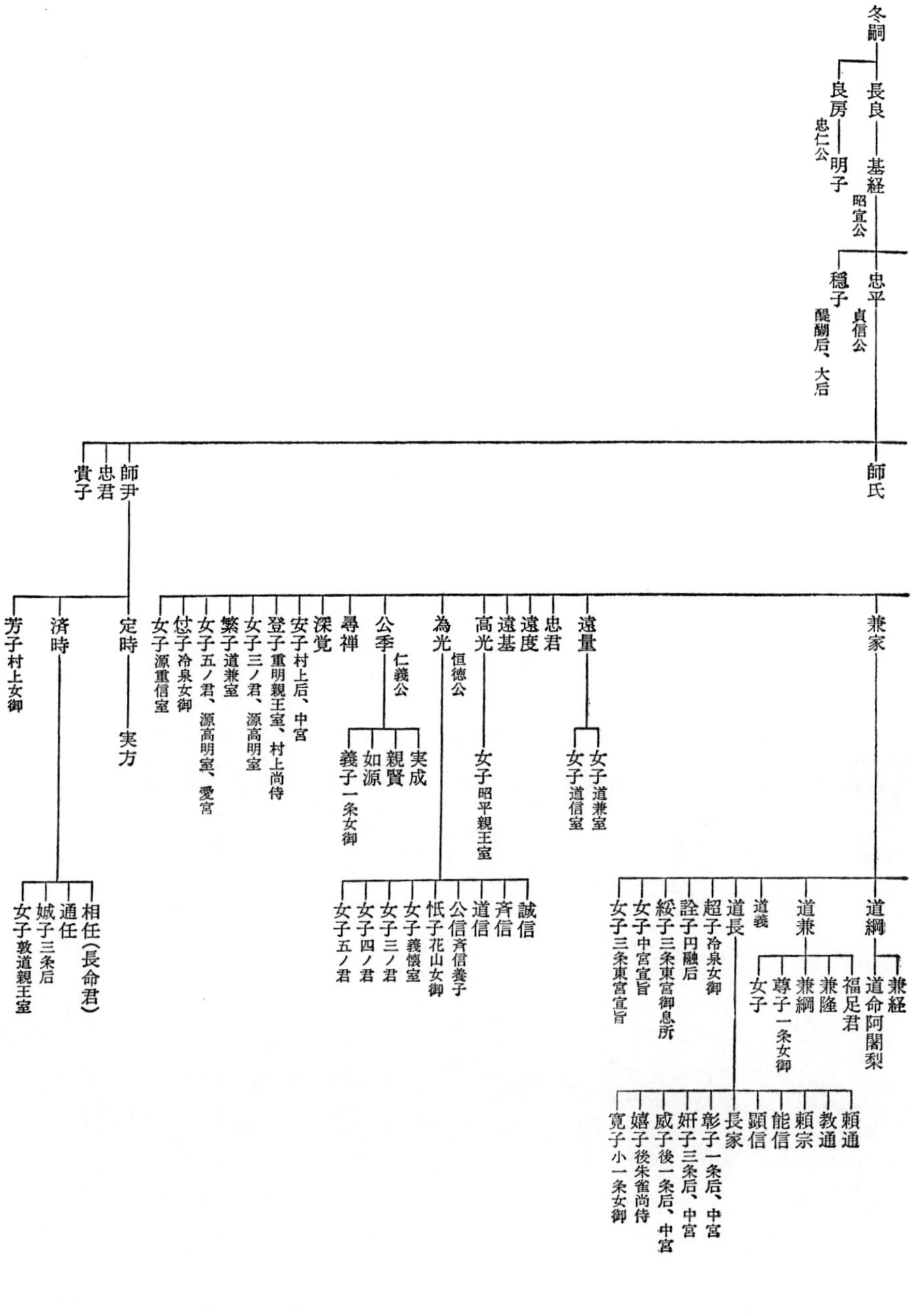
冬嗣
長良
良房 忠仁公
明子
基経 昭宣公
忠平 貞信公
穏子 醍醐后、大后
師氏
師尹
忠君
貴子
兼家
遠量
忠君
遠度
遠基
高光
為光 恒徳公
公季 仁義公
尋禅
深覚
安子 村上后、中宮
登子 重明親王室、村上尚侍
女子 三ノ君、源高明室
繁子 道兼室
女子 五ノ君、源高明室、愛宮
怤子 冷泉女御
女子 源重信室
定時
済時
芳子 村上女御
実方
女子 道兼室
女子 道信室
女子 昭平親王室
実成
親賢
如源
義子 一条女御
相任(長命君)
通任
娍子 三条后
女子 敦道親王室
誠信
斉信
道信
公信 斉信養子
忯子 花山女御
女子 義懐室
女子 三ノ君
女子 四ノ君
女子 五ノ君
道綱
兼経
道命 阿闍梨
道兼
福足君
兼隆
兼綱
尊子 一条女御
女子
道義
道長
超子 冷泉女御
詮子 円融后
綏子 三条東宮御息所
女子 中宮宣旨
女子 三条東宮宣旨
頼通
教通
頼宗
能信
顕信
長家
彰子 一条后、中宮
妍子 三条后、中宮
威子 後一条后、中宮
嬉子 後朱雀尚侍
寛子 小一条女御

帝王・源氏系図

- 宇多天皇[59] 定省
  - 醍醐天皇[60] 敦仁
    - 保明親王
      - 慶頼王
      - 熙子女王 朱雀女御
    - 代明親王
      - 保光
        - 女子 義孝室
      - 重光
        - 長経
        - 則理
        - 女子 伊周室
        - 女子
      - 延光
        - 女王 済時室
      - 庄(荘)子女王 村上女御、具平親王室
      - 恵子女王 伊尹室
    - 重明親王
      - 徽子女王 村上女御
      - 女子 朝光室
    - 有明親王
      - 明救 浄土寺僧都
      - 女子 公季室
    - 朱雀天皇[61] 寛明
      - 昌子内親王 冷泉后
    - 村上天皇[62] 成明
      - 広平親王
      - 冷泉天皇[63] 憲平
        - 花山天皇[65] 師貞
          - 昭登親王
          - 清仁親王
          - 女 母中務
          - 女 母平子
        - 三条天皇[67] 居貞
          - 敦明親王 小一条院
          - 敦儀親王
          - 敦平親王
          - 師明親王
          - 当子内親王
          - 禔子内親王
          - 禎子内親王 後朱雀院后
        - 為尊親王
        - 敦道親王
        - 宗子内親王
        - 尊子内親王 円融女御
      - 致平親王
        - 成信 道長養子
        - 永円
      - 為平親王
        - 憲定
          - 女子 則理室、後中宮宣旨
          - 女子 頼通妾、対ノ君
        - 頼定
        - 婉子女王 花山女御
        - 女王 具平室

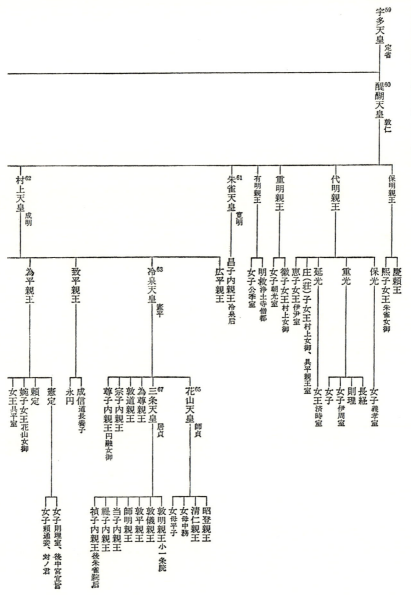

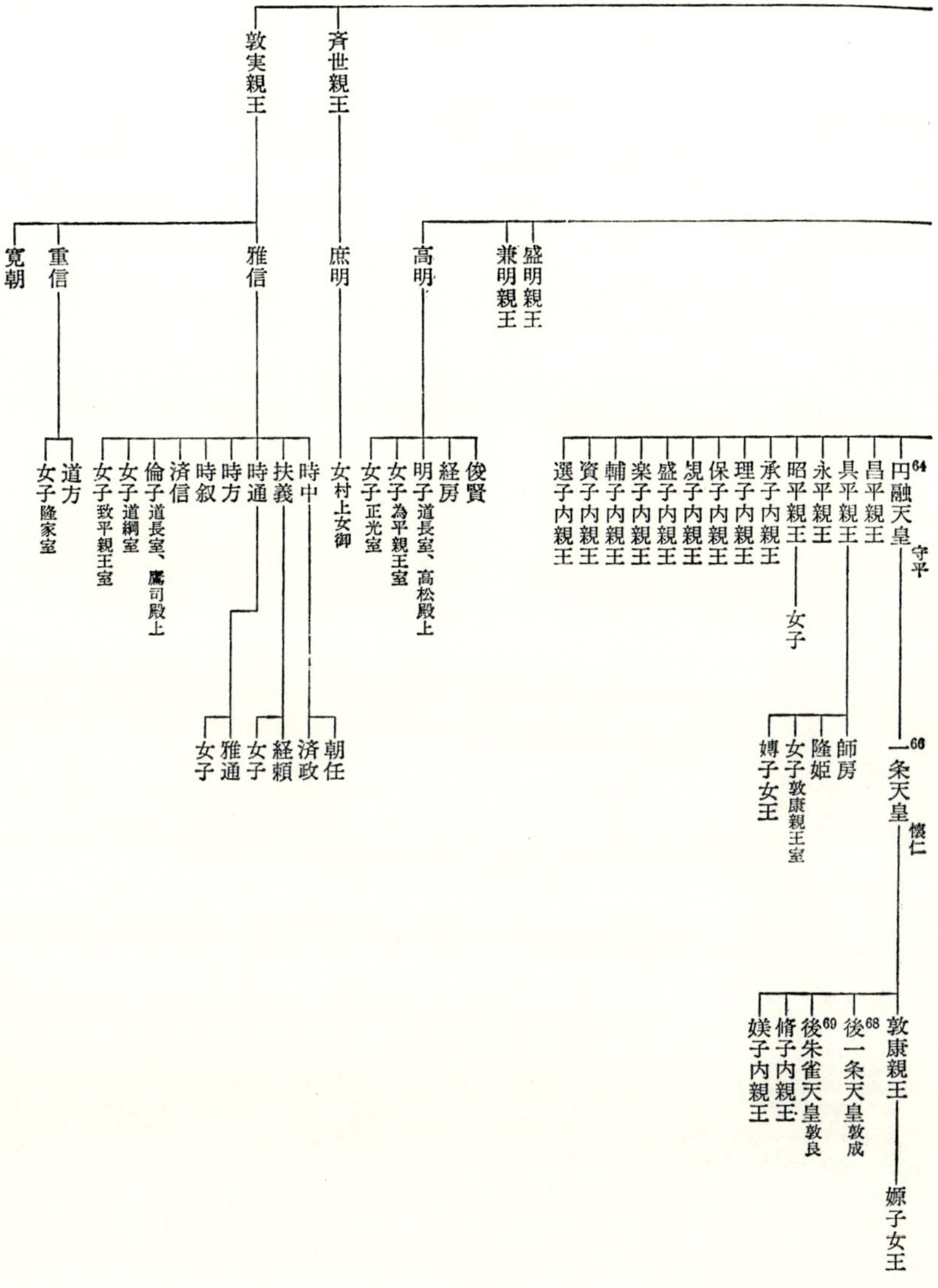
斉世親王
庶明
女 村上女御
敦実親王
雅信
重信
寛朝
盛明親王
兼明親王
高明
俊賢
経房
明子 道長室、高松殿上
女子 為平親王室
女子 正光室
時中
扶義
時通
時方
時叙
済信
倫子 道長室、鷹司殿上
女子 道綱室
女子 致平親王室
道方
女子 隆家室
朝任
済政
経頼
女子
雅通
女子
[64]円融天皇 守平
昌平親王
具平親王
永平親王
昭平親王
承子内親王
理子内親王
保子内親王
規子内親王
盛子内親王
楽子内親王
輔子内親王
資子内親王
選子内親王
女子
師房
隆姫
女子 敦康親王室
嫥子女王
[66]一条天皇 懐仁
敦康親王
[68]後一条天皇 敦成
[69]後朱雀天皇 敦良
脩子内親王
媄子内親王
嫄子女王

日本古典文学大系 75
栄花物語 上

1964 年 11 月 5 日　第 1 刷発行
1988 年 7 月 8 日　第 20 刷発行
1993 年 1 月 7 日　新装版第 1 刷発行
1995 年 9 月 5 日　新装版第 2 刷発行
2016 年 10 月 12 日　オンデマンド版発行

校注者　松村博司《まつむらひろじ》　山中《やまなか》　裕《ゆたか》

発行者　岡本　厚

発行所　株式会社 岩波書店
〒101-8002 東京都千代田区一ツ橋 2-5-5
電話案内 03-5210-4000
http://www.iwanami.co.jp/

印刷／製本・法令印刷

ISBN 978-4-00-730512-2　Printed in Japan